U0905684

中国出版集团
東方出版中心

图书在版编目（CIP）数据

混沌之王 /（美）乔丹（Jordan，R.）著；李镭译. —上海：东方出版中心，2011.1—（2021.10重印）

（时光之轮. 6）

ISBN 978-7-5473-0295-8

Ⅰ. ①混… Ⅱ. ①乔…②李… Ⅲ. ①长篇小说－美国－现代 Ⅳ. ①I712.45

中国版本图书馆CIP数据核字（2011）第008956号

上海市版权局著作权合同登记：图字 09-2008-012 号

责任编辑 刘 琼（284424934@qq.com）
封面设计 布谷工作室 高 蕾
版式设计 一步设计
地图绘制 苗 伸

混沌之王

作　　者 罗伯特 · 乔丹（Robert Jordan）
译　　者 李 镭

出版发行 东方出版中心
地　　址 上海市仙霞路345号
邮政编码 200336
电　　话 021-62417400
印 刷 者 山东韵杰文化科技有限公司

开　　本 710mm × 1020mm 1/16
印　　张 55.25
字　　数 930千字
版　　次 2011年1月第1版
印　　次 2021年10月第4次印刷
定　　价 79.00元（上下册）

各界赞誉

甫一出版即登上纽约时报畅销排行榜冠军。《时光之轮》系列不仅在销售成绩上获得肯定，作者罗伯特·乔丹恢弘的笔触更让全球二千万读者为之疯狂。

《时光之轮》被誉为“正统奇幻”及“剑与魔法”的最佳典范，该系列每一部都是一段独特的冒险，又相互交织成宏大的故事情节，作者通过巧妙的构思，将带你进入一个完全不同的史诗世界。

“《时光之轮》……在英语世界，极少有其他的奇幻传说能与它相提并论，能超越它的就更是微乎其微了。”

——芝加哥太阳报

“宏大的、令人敬畏的、丰富多彩的故事情节，让人不由得想起托尔金的作品。”

——出版人周刊

“罗伯特·乔丹开始统治由托尔金一手开创的世界。”

——纽约时报

“《时光之轮》系列是唯一一部我致以崇高敬意的作品，与之相比，几乎每一部我读过的其他奇幻作品都黯然失色……这个系列有可能会成为有史以来最伟大的奇幻著作，时间将会说明一切。”

——Abby Goldsmith（评论家）

“罗伯特·乔丹写下了关于光明和黑暗的鲜明形象，有时又有孩子气的惊奇，这里面虽然有着淡淡的托尔金风味，但他也创造了鲜明的自我写作风格。”

——Pittsburgh Press

“《时光之轮》兼具文字的优美和情节的丰富，其中包含着格林兄弟的天真与魅力；赫胥黎的《勇敢新世界》的社会道德精神。这一切，再加上有血有肉的人物、隐秘晦涩的譬喻、趣味性的调剂、生动优美的自然风景，还有那种关于永恒的迷人感觉。作者借助一种语言创造了一个文学世界和这个世界可能具有的一切真实性。”

——布鲁斯特·米尔顿·罗伯森，默特尔海滩太阳报

“全方位感觉的史实。”

——星期日时报

“一场幻梦般的景象。”

——SFX（英国著名大型幻想综合网站）

“那些读奇幻的人可以欣喜若狂了，这是真正的艺术！”

——John Lee（奇幻作家）

the Wheel of Time
死海
艾戴沙
达刚河
班达艾班
阿拉多曼
亚库姆河
卡达
托门首
派理斯沃
(黑森林)
阿摩斯平原
法美镇
爱瑞斯洋
安达纳河
塔拉朋
坦其克
艾摩拉
阴影海岸
劲风岬
索马金
细岛

妖境
煞妖谷
废地
世界尽头
末日山脉
塔文隘口
夏纳
坎多
马兰登
查辛
艾拉非
法达拉
戴亚
枪矛平原
索比拉
法莫兰
奈亚隘口
弑亲者之匕山脉
艾伊尔荒漠
伊乌河
黑丘
亚林河
鲁安河
塔瓦隆
龙山
柘林河
凯瑞安
海文河
卡拉兰草原
章嘉隘口
凯瑞安城
两河流域
安多
四王镇
白桥
凯姆林
亚林吉尔
世界之脊
加林之墙
思塔恩河
艾拉河
曼埃瑟兰河
卢加德
艾瑞尼河
莫兰迪
卡利河
法麦丁
哈登莫克
迪西
商台聚落
沙力达
阿特拉
马瑞多平原
提尔
提尔
哥登
沉溺之地
伊利安
龙指
伊利安城
风暴海
梅因
辛达琴
至海民列岛

主要人物表

兰德·亚瑟：来自两河流域伊蒙村的牧羊人，现在被宣称是转生真龙。

麦特·考索恩：来自两河流域伊蒙村，兰德的好友，具有难以置信的幸运。

佩林·艾巴亚：来自两河流域伊蒙村，兰德的好友，具有与狼沟通的能力。

艾雯·艾威尔：来自两河流域伊蒙村的女子，跟艾伊尔智者学习梦行能力，由白塔见习生直接升为沙力达玉座。

奈妮薇·爱米拉：来自两河流域伊蒙村，由见习生成为沙力达黄宗两仪师。

伊兰：摩格丝女王的女儿，安多的王女，由见习生成为沙力达绿宗两仪师。

柏姬泰：传说中能够应瓦力尔号角召唤而来的英雄之一，箭术超凡绝伦，后意外成为伊兰约缚的护法，也是第一位女性护法。

明：全名是伊尔明黛达，一名拥有判读人类周遭灵光能力的少女。

艾玲达：塔戴得艾伊尔苦漠氏族的枪姬众，目前正学习如何成为一位智者。

史汪·桑辰：前任玉座，后遭废黜与静断，现管理流亡两仪师的情报网。

莉安：前撰史者，遭到废黜与静断，现管理流亡两仪师的情报网。

爱莉达：前红宗两仪师，现升为玉座，曾任安多女王摩格丝的顾问。

魔格丁：一名弃光魔使，被奈妮薇用罪铐俘获。

洛根：一名被驯御的有导引能力的伪龙，后被奈妮薇治愈。

摩格丝：安多女王，后出逃，并被认为已经死亡，正积极策划抢回安多王座。

盖温：摩格丝女王的儿子，伊兰的哥哥。现带领一支青年军，为白塔效力。

罗亚尔：一名来自商台聚落的巨森灵，喜欢读书，酷爱树林。

汤姆·梅里林：一名走唱人，曾是安多女王摩格丝的宫廷吟游诗人。

泽凌·散达：提尔人，是一名捕贼人。

加雷斯·布伦：被摩格丝女王驱逐的大将，现为流亡的两仪师统领军队。

马泰恩·塔兰沃：摩格丝女王的卫兵副官。

马瑞姆·泰姆：一名伪龙，目前帮兰德训练一批能够导引的男性。

达弗朗·巴歇尔：泰尔和辛多纳的领主，沙戴亚女王泰诺比的元帅。

培卓·南奥：圣光之子最高领袖指挥官。

目录

时光之轮6：混沌之王（上）

大事记

时间之初：

创世主创世：

同一瞬间，暗帝撒丹被封印在煞妖谷，他是所有邪恶的源泉。他许诺谁若帮助他获得自由，他将给予曾服侍他的人难以想象的力量和财富，以及永生。

此时，在这个世界上，还有极少数能够操控至上力的人，他们可以利用至上力施行常人仅能够想象的巨大能力和奇迹，这些人被称作两仪师。他们成立了自己的组织，分为男性两仪师和女性两仪师。

两仪师中有些人因为追求永生和力量，成为暗帝撒丹的崇拜者，试图将暗帝从牢狱中拯救出来，他们和暗帝的其他追随者被称为暗黑之友。

传说纪元时期（起始时间不详，结束于世界崩毁之后）

大约三千年甚至更久以前，暗影战争爆发：

这是暗黑之友为拯救暗帝撒丹而发动的，又称作至上力之战。暗黑之友中最强大的十三个叫做背弃者。

同时，暗帝创造出兽魔人——一种人类跟野兽混血的扭曲种族，它们和暗黑之友一起进攻人类。

就在暗黑之友几乎快要成功时，男性两仪师路斯·瑟林·特拉蒙带领一百位男性两仪师（*百盟团，传说纪元中力量最强大的战士*），到煞妖谷重新封印了暗帝和那些背弃者，并制造了七片心灵之石，放置在暗帝囚禁之处的七处焦点上，一旦毁坏了这些心灵之石，暗帝就能被重新释放。

暗影战争结束之后，疯狂之年代开始：

在暗影战争中，当暗帝被路斯·瑟林·特拉蒙等男性两仪师封印时，他也发出了还击，用邪恶污染了真源男性的那一半，使得所有从真源获取力量的男性引导者都变得疯狂。

被称为“真龙”的两仪师路斯·瑟林就找出了他所有的亲属，一个不留地全部杀死了，因此他得到了“弑亲者”的称呼。他最后毁灭了自己，但根据真龙预言，真龙将会在人类最危急的时刻转生，以拯救人类，不过转生真龙将会再度造成世界的崩毁。这段时间就被称为疯狂之年代，其确实长度无人知晓，但据信几乎延续了将近一百年，直至最后一名男性两仪师死亡。

疯狂之年代结束时，世界崩毁：

在疯狂之年代中，男性两仪师因为陷入疯狂而开始了毁灭世界的举动，这个世界的许多疆域因此而不宜人居，幸存者如同风中的沙砾一般四散飘零。这段大毁灭的经过被以“世界崩毁”之名记载于故事、历史和传说中。

世界崩毁之后，传说纪元结束。

灭后纪元时期（元年不详，大约是世界崩毁之后数百年，结束于兽魔人战争之后）

灭纪 300 年左右，十国联盟形成：

这是在世界崩毁、国家再度形成后所组成的联盟，他们的目的是摧毁暗帝。

灭纪 335—336 年，出现伪龙罗林·灭暗者。

灭纪 1000—1300 年左右，兽魔人战争期间：

这是持续了超过 300 年的一连串战争，在这段时间里，兽魔人的军队在全世界到处肆虐，他们的领袖是魔达奥，也是暗帝创造的生物。最后，大多数兽魔人都被消灭或者赶回妖境中。

在这漫长的战争中，有许多国家被彻底破坏，甚至还有些国家的疆域完全变得不宜人居。十国联盟也在兽魔人战争中被破坏，曼埃瑟兰就是在这场战争中灭亡的。

这段时间的历史都毁于战火，剩下的只有断简残篇。

灭纪 1300—1308 年，出现伪龙尤瑞安·石弓。

自由纪元时期（始自兽魔人大战之后，至百年战争结束）

自由纪 351 年，出现伪龙达维安。

自由纪 939—943 年，第二次龙之战争：

这是一场对抗伪龙桂尔·亚玛拉桑的战争。在这场战争中，一位名叫亚图的年轻国王有着非常突出的表现，即后来的亚图·鹰翼。

自由纪 943—994 年，亚图·鹰翼统治时期：

这名传奇君王的帝国包括了世界之脊西方的全部疆域，甚至远达艾伊尔荒漠以外的一些区域。他还于自由纪 992 年派出大军横渡爱瑞斯洋，期冀完成世界与民族的统一。但在他过世之后，这些远征军的联系就全都断绝了，而因为他的过世造成的权力虚悬，则直接引起了随后的百年战争。

自由纪 994—1117 年，百年战争：

这一连串战争的起源都是由于亚图·鹰翼的去世所造成的权力结构转移和变动所致。它们造成了巨大的破坏，爱瑞斯洋和艾伊尔荒漠之间的土地大都荒废，从暴风海到妖境之间的人群几乎全都被牵扯进去，历史纪录几乎全部被毁灭。亚图·鹰翼的帝国也在战争中分崩离析，之后，近代各国才陆续建立。

百年战争期间，圣光之子组织建立：

其目的是对抗日益猖獗的暗黑之友，它在随后的战争期间演化成一个完全的军事组织，痛恨两仪师，并且将所有支持或是与两仪师友好的人们视作暗黑之友。

新纪元时期（百年战争后直至目前）

新纪 976—978 年，艾伊尔战争：

新纪 972 年，安多王女提格兰的兄弟路克消失于妖境之后，提格兰随即也跟着失踪，这一意外引发了安多的继承之争，从而间接导致了艾伊尔战争。凯瑞安的国王雷芒死于这场战争中。

新纪 997 年，出现伪龙洛根。

新纪 998 年，出现伪龙马瑞姆·泰姆。

新纪 998 年，真龙现世：

在两河流域的小乡村伊蒙村，三名年轻人——兰德、麦特和佩林——遭到黑骑士和兽魔人的追杀，开始了对抗暗帝、拯救世界的旅程。转生真龙原来就是牧羊人兰德，他和他的朋友们，又会有怎样的传奇历险呢？

前情提要

《天空之火》中，“转生真龙”兰德继续在宿命与自我间艰难地抉择，然而时轴对世界的影响已不可改变，白塔分裂，各国在战乱与叛乱的边缘痛苦挣扎，兰德开始了他在最后之战前对世界的征服。

前玉座史汪·桑辰与莉安、明、伪龙洛根逃过安多国境时，因为不慎烧毁一座谷仓被迫接受当地领主加雷斯·布伦的裁决，发誓要用劳役补偿损失后，逃离当地，加雷斯带领旧部尾随而去。加雷斯其实是摩格丝女王的大将，当世公认的最杰出的将领之一，因为摩格丝被化名为加贝瑞的弃光魔使雷威辛魅惑，他遭到了女王的驱逐。

另一方面，身处鲁迪恩城的兰德正向亚斯莫丁学习阳极力的知识，枪姬众主动担任起他的护卫，让他非常尴尬。艾雯仍在接受智者们的指导。在击溃了一次暗之猎犬的袭击后，兰德得知库莱丁与沙度部族将要进入凯瑞安，便率领所属艾伊尔人启程前往。

伊兰和奈妮薇在汤姆·梅里林和捕贼人泽凌·散达的保护下准备回到塔瓦隆，却被黄宗的线人暗算，她们在特·雅兰·瑞奥德中确证白塔已经易主，于是决定寻找脱离白塔的蓝宗。艾雯也在梦中得知了这个消息，并告知沐瑞。为了躲避伊兰成为白袍众的同父异母哥哥加拉德，奈妮薇一行加入了瓦蓝的马戏团。

安多女王摩格丝在保姆莉妮的帮助下，终于认识到了自己被加贝瑞魅惑、统治被削弱的事实，在卫兵副官马泰恩·塔兰沃的帮助下，她决定逃离。新玉座爱莉达艰难地运转着白塔，却没有发现她的撰史者奥瓦琳原来是黑宗，奥瓦琳协助帕登得到了被污染的煞达罗苟斯红宝石匕首。

史汪与莉安终于找到了脱离白塔的两仪师，并凭借着掌握了关于密探与眼线的秘密加入了他们，同时利用伪龙洛根策动重选新玉座。这时，赶到的加雷斯却被说服替这批两仪师指挥军队。

经过半个月的追击，兰德的队伍来到凯瑞安，库莱丁在这里的残忍杀戮让他们无比愤怒，并很快得到在凯瑞安的提尔人和凯瑞安人的支持。兰德不慎撞见在洗澡的艾玲达，艾玲达慌乱中打开了一个信道，来到一片冰雪覆盖的地方，兰德固定住信道的编织随后赶到，在与艾玲达相拥御寒时发生了关系。

在特·雅兰·瑞奥德中，奈妮薇被魔格丁袭击。为救奈妮薇，柏姬泰用银箭射中魔格丁，却被魔格丁驱逐出梦境，来到了现实世界。伊兰被迫约缚了生命垂危的柏姬泰，成为自己的护法，把她从死亡边缘救回。奈妮薇向疯狂的先知马希玛和追赶他们的加拉德求助，得到一条船，送她们前往逃亡两仪师所在的博安达。

凯瑞安城前兰德与库莱丁的决战开始了，兰德与艾玲达、艾雯使用至上力导引闪电击向沙度，就在战斗如火如荼之时，遭到了沙马奥的至上力攻击。另一方面，试图逃走的麦特却遇到了提尔和凯瑞安人的部队，又莫名其妙地指挥起他们，最终杀死了轻敌的库莱丁。跟从库莱丁的四个艾伊尔部族投向兰德，兰德赢得了战斗的胜利。进入凯瑞安城的兰德迅速怀柔了提尔人和凯瑞安人，平衡双方的地位，赢得了他们的遵从。

到达博安达后，伊兰和奈妮薇接受了两仪师的询问，却发现她们携带的封印石已经碎裂。奈妮薇用使用珂芮宁·尼达梦戒的方法与史汪交换，研究静断与驯御。在特·雅兰·瑞奥德中，奈妮薇再次与魔格丁相遇，乘其不备用罪铐将其束缚，随后从魔格丁口中得知雷威辛为兰德设置的陷阱，来到了梦境中的安多王宫。

兰德从沐瑞处得到爱莉达与奥瓦琳的信，知道白塔将派出十三名两仪师前来，同时从雷威辛被立为安多国王消息里错误地推测出摩格丝已死，决定复仇。兰飞儿因为兰德与艾玲达的关系而疯狂，沐瑞舍身将兰飞儿推入从鲁迪恩带来的门型特法器，两人消失在未知的世界中，岚的约缚随之转移，黯然离去。兰德率领艾伊尔人通过信道来到安多王宫，遭到雷威辛的伏击，困境中兰德使出了禁忌的招数——烈火，将雷威辛彻底消灭，并与梦境中的奈妮薇相见。雷威辛在因缘中的轨迹被抹去，麦特等之前被他杀害的人的生命被夺回。

沙戴亚的元帅达弗朗·巴歇尔来到安多与兰德建立了盟约，亚斯莫丁被不知名的杀手杀死。此时，摩格丝正奔向远方……

群狮啸吼，山丘震颤。
月出于昼，日出于夜。
女失其目，男失其耳，
蠢如寒鸦。
御万众者，混沌之王。

——童谣
传自伟大的阿拉瓦隆
第四纪元

序　言

第一个讯息

狄芒德踏上煞妖谷黑色的山坡。他背后的空穴，一个在真实空间中打开的通道立刻就消失了。在他的头顶上，翻腾的灰色云层遮蔽天空，如同一片倒转的海洋，灰白、迟缓的浪涛不停拍击着周围的高山，吞没了那些峰顶。在下面，诡异的光芒闪过荒凉的峡谷，惨淡的蓝色和红色被一片黑沉的影子覆盖，让人看不到它们来自何处。闪电在云层里留下一道道光痕，随之而来的是阵阵沉闷的雷声。山坡上，蒸气和烟尘不时从一些孔穴中喷发出来，有的孔穴只有人的拳头那么大，有的则足足能吞下十个人。

他立刻放开至上力，甜美的感觉和对周围敏锐的知觉都消失了。阳极力的离开让他感觉到肉体的空虚，但在这个地方，只有傻瓜才会流露任何导引的痕迹，也只有傻瓜才会希望清楚地观察周围的状况。

在称为传说纪元的时代，这里曾经是清凉海面上一座田园诗般的小岛，一个乡村生活的乐园。现在，尽管有水蒸气不停从地底喷出，这里却非常寒冷。他下意识地拉紧天鹅绒披风上的皮毛领子，呼出的气息变成一缕缕白烟，很快又被干冷的空气吞没。再往北几百里，世界就会变成一块纯粹的寒冰，但萨坎鞑永远都像沙漠般干燥，永远都刮着刺骨的寒风。

不过这里也有水，一条墨黑小河在巉岩上缓缓地蠕动着，河岸边是一座灰色顶棚的锻造工厂，那里日夜不停地传出金属敲击的声音，所有的狭窄窗户都闪耀着火光。一名衣衫褴褛的女子绝望地蜷缩在锻造工厂粗粝的石墙边，怀里还抱着个婴儿。一名纤瘦的女孩将脸埋进那女子的裙里。毫无疑问，他们是在对边境国的袭击中虏获的囚徒。但人数这么少，魔达奥一定正恨恨地咬着牙了。尽管袭击的次数减少了许多，但它们的黑剑经过一段时间就会损毁，必须重新打造。

一名锻造工人走出工厂，动作迟缓、粗壮，仿佛是从山岩中雕出来的一样。这些锻造工人没有真正的生命，如果它们离开煞妖谷，就会变成石块或灰尘。它们也不算是铁匠，它们锻造的唯一物品就是魔达奥的黑剑。这名工人用长柄钳夹着一根剑刃，那根剑刃经过了淬火，白亮如月光下的新雪。它小心翼翼地将发光的剑刃浸入黑色的溪流中——这种水可以终结任何形式的生命，即使对于已经不能算是生命的生命。剑刃被提出水面时，变成了死黑色。但黑剑的铸造还没完成，工人又拖着脚步走回工厂。突然间，一个男人绝望的尖叫声从工厂里传出来。

“不——不——不！”尖叫声渐渐低沉下去，但凄厉的感觉丝毫没有减弱，仿佛发出声音的人正被拖往一个遥远而难以想象的地方。现在，那把剑才算完成。

又一名工人出现在工厂外，也许是原先那个，也许是另外一个。它抓住石墙边那名女子的双脚，要将她拖进工厂。女子只来得及将手中的婴孩放到女孩怀里，婴儿和女孩同时哭嚎起来，女子也同样泪如雨下。她拼命地踢蹬着、狠抓着那名工人。但岩石一般的工人对此毫无反应。一进工厂，女子的哭声就停止了。铁锤敲击的声音再次响起，吞没了孩子们的呜咽。

另一把黑剑的制造开始了，除此之外，还可以多制造两把。在狄芒德的记忆里，以前每次进行这种铸造时，作为贡品被献给至尊暗主的俘虏都不少于五十个。魔达奥们这次一定恨得要把牙给咬碎了。

“你在蒙召的时候都会这样四处闲逛吗？”传来的说话声如同腐烂皮革的碎裂声。

狄芒德缓缓地转过身。一名半人怎么敢用这样的腔调跟他说话？但所有的斥责都被他硬生生地压回喉咙里。让他这么做的不是那张苍白面孔上无眼的凝视——魔达奥的凝视会将恐惧刺入人的心中，但狄芒德在很早以前就让恐惧与自己彻底隔绝了。让他噤口不言的是这个黑色生物本身。魔达奥的躯体一般都精细地模仿男人的形状，它们的身高相当于一名高个儿的男人，而且外形完全一样，像是用同一个模子铸造出来的。而这名魔达奥的肩膀却要比其他魔达奥的头顶更高。

“我会带你去暗主那里，”这名魔达奥说道，“我的名字是赛夷鞑·哈朗。”说完这句话，它就转身往山坡上走去，如同一条毒蛇蜿蜒爬行。它的黑色斗篷呈现不自然的静止状态，一丝颤动都没有。

狄芒德犹豫了一下才跟上去。半人的名字全都来自拗口的兽魔人语，但“赛夷鞑·哈朗”一词，是来自被现世的人们称作“古语”的语言，它的意思是“黑暗之手”。这是另一件让狄芒德吃惊的事情。狄芒德不喜欢吃惊，特别是在煞妖谷里。

入山的路应该也是被喷发的地热炸出的裂隙，只是它现在已经不再释放烟尘和蒸气。它的宽度足以让两个人并肩走进去，但那名魔达奥一直走在狄芒德前面。这条隧道几乎从一开始就是向下延伸的，隧道的地面已经被磨蚀得光滑平坦，仿佛经过打磨的地砖。狄芒德看着赛夷鞑·哈朗宽阔的后背，一直不停地向下走，感觉空气的温度正一点点升高。当然，他不会让这种变化触及自己。这里的岩石散发出一种暗淡的光，充满了隧道，让这里显得比外面那片永恒昏暗的天地还要更亮一些。利齿般的尖石从隧道顶上低垂下来，仿佛是噬人巨兽张开的大嘴。它们当然不是自然形成的岩石——这些至尊暗主的牙齿会撕碎任何贰臣和反叛者，无人可以逃脱。

狄芒德突然注意到了一件事情。每次他走进这里的时候，这些尖石都刚好擦到他的头顶，而现在，它们却距离那名魔达奥的头顶有两拳，甚至更远。这让狄芒德感到惊讶。让狄芒德惊讶的不是隧道的高度——高度并无改变，毕竟此处的一切不能以常理判断——而是暗主对这名魔达奥的宽纵。暗主通常对魔达奥会像对人类一样时刻给予警告。他应该好好记住赛夷鞑·哈朗头顶上这片被“宽纵”的空间。

隧道突然变为突出于峭壁外的一座宽阔平台，从平台上可以俯瞰一片熔岩湖泊，红色的湖水中夹杂着黑色的斑块，一人高的火焰不断地从湖面上腾起。向上望去，一个巨大的窟窿穿透山顶，一直通向天空。与这片天空相比，萨坎鞑的天空也没有任何怪异可言了。这里，条纹状的云层疯狂地流动着，仿佛正被这个世界上最强悍的风驱赶。人们称呼这里为末日深渊，却很少有人知道这个名字是多么贴切。

即使三千年来，狄芒德已经多次蒙召来此，但他还是会由衷地感到敬畏。在这里，狄芒德能感觉到那个孔洞——那个钻透了从造物之始起，暗主就被封印其中的远古牢狱的孔洞。暗主的威仪让他无地自容。这个地方与孔洞的实际距离并不比与世界其他地方的更短，但在因缘中，这是一个极为靠近孔洞，甚至可以感觉到它的地方。

狄芒德竭尽所能做出微笑的表情——那些反抗暗主的人完全是一帮傻瓜。是的，孔洞仍然被封锁着，但与他从长眠中醒来、打破自己的封印时相比，它的封锁又薄弱了许多，仍被封锁着的孔洞比他醒来时又大了许多。而且孔洞仍在变大，虽然还不像至上力之战末期他们被掷入封印时那么大，但醒来之后，每次到这里，孔洞都会变得更宽一点。很快的，封印就会消失，暗主会重临大地，那就是回归之日。他将从那时起永远地统治世界，当然，是在暗主的威仪之下，也当然，是和幸存的使徒共同掌握权柄。

“你可以离开了，半人。”狄芒德不想让这东西在这里看到他被震慑心神的丑态，不想让它看见自己的痴迷和苦痛。

赛夷鞑·哈朗一动也不动。

狄芒德张开嘴——一个声音在他的脑海中爆响。

狄芒德。

在这个声音里，高山也不过是一颗卵石。狄芒德蜷缩在自己的颅骨里，心中充满狂热的欢喜。他跪倒在地。那名魔达奥仍然站在一旁看着他，没有显露出任何表情。但沐浴在暗主的声音中，狄芒德几乎已经完全注意不到它。

狄芒德，这个世界怎么样了？

狄芒德从来都无法确定暗主对这个世界有多少了解。暗主对世界的无知和无所不知，都曾经给过他巨大的惊骇。但他知道暗主想听到些什么。

“雷威辛死了，暗主，就在昨天。”他的声音中流露出痛苦，过于强大的欢喜很快就变成了痛苦，他的手臂和双腿抽搐着，皮肤渗出了汗水。“兰飞儿不知所终，亚斯莫丁也是一样。古兰黛说，魔格丁没有出现在她们约好的会面地点。这些都发生在昨天，暗主，我不相信这是巧合。”

使徒的数量在缩减，狄芒德。弱小的遭到淘汰，背叛我的将注定身死而万劫不复。亚斯莫丁被他的软弱所扭曲，雷威辛则死得其所，他对我是忠心的，但即使是我也不能从烈火中拯救他，即使是我也不能走出时光之外。威严的声音在瞬间出现令人颤抖的愤怒，而且……那会是挫折感吗？但这些在转瞬间就消失了。那是我在远古的敌人造成的，被称作龙的那个。你会为了效忠我而释放烈火吗，狄芒德？

狄芒德犹豫了一下，一滴汗珠趴在他的脸颊上，他感觉度秒如年。在至上力战争爆发的第一年里，交战双方都在使用烈火，直到他们发现烈火会导致时间逻辑崩溃，于是在没有约定、没有协议（那场战争中没有任何协议，正如同那里没有任何仁慈）的情况下，双方都放弃了烈火。在那之前的一年里，整座城市被烈火摧毁，因缘中的几十万根丝线被烧毁。真实本身几乎被彻底拆散，世界万物都如同烟雾一般蒸发、消散。如果烈火再一次被无限制地使用，也许他就不再有世界可以统治了。

还有另一个事实在刺激着狄芒德。暗主已经知道雷威辛是怎么死的，而且他对亚斯莫丁的了解也比他更多。“如您所令，暗主，我将遵从您的指派。”他的肌肉也许在剧烈地抽搐，但他的声音却如同岩石一般稳定。他的膝盖被滚烫的岩石烫出了血泡，但他并不觉得这伤痛是属于他自己的。

你自当如此。

“暗主，真龙是可以被毁灭的。”死人就不会再使用烈火了。也许那样的话，暗主将不会继续要求他使用烈火。“现在他仍然无知而弱小，并且将注意力分散在十几个方向上。雷威辛是一个好大喜功的傻瓜，我——”

你想成为耐博力吗？

狄芒德的舌头冻在嘴里。耐博力——仅次于暗主的位阶，统治着所有暗影的造物。“我只想侍奉您，暗主，尽我所能。”耐博力。

那么就听我的命令，为我效力。听清楚谁必须死，谁可以活。

狄芒德尖叫着，忍耐这闯进他脑海的声音。欢喜的泪水从他脸上滚滚滑落。那名魔达奥仍然一动也不动地望着他。

“不要那么烦躁不安的，”奈妮薇试着把自己的长辫子甩到肩膀后面去，“如果你们像个浑身刺痒的小孩一样动来动去，这东西就没用了。”

在这张破桌子两边的女人看起来并不比奈妮薇大多少，但实际上，她们都比她年长二十多岁。而且事实上，她们也没什么特别烦躁不安的表现，只是奈妮薇几乎要被这种闷热给逼疯了。这个没有窗户的小房间里，好像根本就不存在空气。奈妮薇不停地在出汗，而她们两个却显得冰冷而干爽。莉安穿着一件轻薄的阿拉多曼蓝丝裙，她只是耸耸肩，这名古铜色皮肤的高个儿女子似乎有着无穷的耐心。史汪的皮肤比她白皙，个子比她矮小结实，同时也不具备她这样的耐心。

现在史汪正一边烦躁地整理身上的衣服，一边低声咕哝着。她平常都会穿上朴素而庄重的衣裙，但今天上午，她穿了一条黄色的细亚麻裙，在开得相当低的领口周围镶了一圈提尔风格的花纹。她的蓝眼睛冰冷如同深井中的水，不过，在这种疯狂的天气里，即使是深井中的水大概也无法有多冰冷了。史汪改变了衣着，但并没有改变她的眼睛。“无论怎样都不会有用的。”她严厉地说道。她说话的态度也和原来一样。“当整条船都燃烧起来的时候，你即使补上一块船板也没用。好吧，这是在浪费时间，但我已经答应你了，所以你就继续吧！不过请快一点，莉安和我还有事要做。”现在她们两个负责操纵沙力达两仪师的情报网，收集世界各地的眼线传回来的报告和谣言。

奈妮薇理了理身上的裙子，同时也整理了一下自己的心神。她穿着一条素白色的羊毛裙，在裙边上镶着代表七个宗派的七色彩带——这是见习生的制服。这身衣服给她带来的苦恼远超过她的想象。她只想穿上那条被她收起来的绿丝裙，她承认自己喜欢精美的衣服（当然，她只会对自己承认），那条裙子又薄又轻，让她觉得很舒服。也当然，这与岚喜欢绿色完全没有任何关系，一点关系都没有。当然，她只能在做梦时想想这件事。任何见习生如果穿上镶边白裙以外的衣服，都会立刻明白自己和两仪师之间的巨大差别……她用力地将这些念头赶出脑海。她到这里来不是为了苦恼那些艳俗的衣服。岚也喜欢蓝色。不!

她用微弱的至上力刺探面前这两个女人，先是史汪，然后是莉安。准确地说，她其实没有真正进行导引。除非是正在生气，否则她导引不出任何一点至上力，甚至无法感觉到真源。然而她现在做的事与导引大同小异。阴极力的细丝随着她的编织穿过两个女人的身体，但她们却没有任何反应。

奈妮薇在左手腕上戴了一只没有任何嵌饰的细银手镯，不管怎样，手镯的成分大部分还是白银，只不过它的来源有些特殊，虽然这点无关紧要。这是奈妮薇除了巨蛇戒之外唯一佩戴的一件首饰。两仪师们从不认为见习生佩戴太多珠宝是一件好事。一条与奈妮薇的手镯相配的项链正紧紧地系在房间里第四个女人身上。那个女人坐在一张凳子上，背靠着用粗木板拼成的墙壁，双手规矩地放在膝盖上。她穿着一身褐色的粗羊毛衣服，脸也像农夫一样皮粗肉厚，满是皱纹，但那张脸上没有一滴汗水，肌肉也没有一丝颤动，只是用黑色的眼睛注视着房间里的每一样东西。在奈妮薇眼中，阴极力的光晕环绕着那个女人，但控制导引的人是自己。手镯和项链在她们之间建立了一种融合，和两仪师之间为了合并至上力而进行的融合很相似。根据伊兰的解释，两仪师的融合是一种“绝对一致的复合”。当然，伊兰愈解释，奈妮薇就愈不明白。实际上，奈妮薇觉得伊兰对这些也只是一知半解，所谓的解释无非是在她面前装模作样。奈妮薇当然对这件事完全一无所知，她只是能感觉到身边这个女人的每一点情绪，如同对自己的感觉。她将这些感觉塞进脑海中的一个角落里，她所在意的只是她能完全控制那个女人体内的阴极力。有时候，奈妮薇觉得如果这个坐在凳子上的女人死了，可能会更好一些，这样情况就会简单得多，也干净许多。

“有……某样东西断裂了，或者是被切断了。”奈妮薇喃喃地说道，一边不经意地抹去脸上的汗水。这只是一个模糊的印象，奈妮薇差点就忽略了它。但这毕竟是她第一次在一片空虚之中感觉到了东西。不过，这可能只是她在拼命而又徒劳地搜索了许久之后所产生的想象。

“隔绝，”坐在凳子上的那个女人说，“现在你们管发生在女人身上的这种事叫静断，发生在男人身上的叫驯御。”

房里其余三人都将头转向她，三双瞪着她的眼睛里充满了怒火。史汪和莉安以前都是两仪师，但爱莉达在白塔发动了一场篡夺玉座权位的政变，对她们两个实行了静断。静断，这是一个让人颤栗的词汇，受刑者永远也无法导引，但却永远都会记得导引的甜美滋味，永远都会感受到这种缺失。受刑者仍然能感觉到真源，但同时也知道自己无法再碰触它。

这种伤害真的像死亡一样无法治疗吗？

反正，现在所有人都是这么认为的，但奈妮薇坚信至上力可以治愈死亡之外的所有伤害。“如果你还能提供什么信息，玛丽甘，”奈妮薇严厉地说道，“那就说出来。如果没有，就保持安静。”

玛丽甘缩回到靠墙的位置里，闪烁不定的眼睛仍然盯着奈妮薇，恐惧和忿恨的情绪顺着手镯滚滚涌来，但这和平常相比也没什么差异，只不过是程度强弱不同罢了。俘虏很少会喜欢俘虏他们的人，即使他们知道这样的下场，甚至更可怕的惩罚都是他们应得的，他们很可能反而会因此更加痛恨俘虏他们的人。但现在的问题是，就连玛丽甘也说隔绝（静断）是无法被治愈的。哦，先前玛丽甘一直自信满满地宣称，在传说纪元里，除了死亡以外的任何伤害都是可以被治愈的。那些黄宗两仪师们说现在的治疗术只不过相当于传说纪元里在战场上最粗浅的紧急救护。但奈妮薇一直无法从玛丽甘嘴里挖出任何详细的信息。实际上，玛丽甘对医疗的了解大概和奈妮薇对打铁的了解差不多——把铁块插进热煤里，然后用铁锤去敲打。奈妮薇肯定打不出一副马蹄铁；玛丽甘也没办法治好比擦伤更严重的伤口。

奈妮薇在椅子上转回身，端详着史汪和莉安。已经过了好几天，每次她都要费尽心力让她们放下手边的工作，坐下来接受她的诊视，但迄今为止，她还是一无所获。她忽然意识到自己正在转动手腕上的手镯，她讨厌和这个女人融合在一起，无论这为她带来多大的好处。只要一想到这种关系，她就会起一身的鸡皮疙瘩。*至少我能学到一些事情*，她心想，*而且这也不比我遇到的其他事情更糟糕*。

奈妮薇小心地解开那只手镯——除非知道方法，否则想找到它的扣锁是不可能的——然后将那只手镯递给史汪。“戴上它。”失去至上力是痛苦的，但她必须如此。而没有了那些情绪的冲击，却让她觉得像是洗了个澡那般清爽。玛丽甘的视线一直跟随着那只细小的银环，脸上露出恍惚的表情。

“为什么？”史汪问，“你说过，这东西只对——”

“戴上它就对了，史汪。”

史汪顽固地看了她一眼——光明啊，这女人可真够倔的！——然后才将那只手镯合拢在手腕上。惊诧的表情立刻出现在她脸上，她眯起眼睛，望着玛丽甘。“她恨我们，我知道这一点。还有恐惧，和……惊讶。她的脸上没有流露分毫，但她心里极为震惊。我想，她跟我一样没料到我也能使用这个东西。”

玛丽甘不安地动着身体。原本只有两个知道她底细的人能使用这只手镯，而现在却变成了四个人，她以后肯定会受到更多拷问。表面上，她尽力与她们合作，但她实际上又隐瞒了多少？奈妮薇很肯定，她绝对能瞒多少就瞒多少。

史汪叹息一声，摇了摇头。“我不能。我应该可以通过她碰触到真源的，对不对？嗯，我不能。如果我能做到，那么石鲈也能爬上树了。我已经被静断，就是这样。你怎么把它拿下来的？”她边说边摸索着手镯。“该死，你是怎么拿下它的？”

奈妮薇轻轻地按住史汪戴着手镯的手腕。“你不明白吗？这只手镯和那条项链对于不能导引的女人不会起任何作用。如果我将它们戴在那些厨师身上，她们只不过是多了一件漂亮的装饰品。”

“不管什么厨师，”史汪冷冷地说，“我不能导引，我已经被静断了。”

“但这是可以被治疗的，”奈妮薇坚持说道，“否则你就不会从手镯那里得到任何感觉。”

史汪猛地抬起手臂，将手腕伸到奈妮薇面前，“把它拿下来。”

奈妮薇摇了摇头，替史汪拿下了手镯。有时候史汪简直像男人一样顽固！

奈妮薇又将手镯递给莉安，这位阿拉多曼女人迫不及待地伸出手腕。莉安一直像史汪一样，装作对静断毫不在意，但她始终都无法像史汪伪装得那么成功。理论上，在遭到静断之后能继续生存下去的办法，就是找到另一些事情填满自己的生活，填补人生中失去至上力之后出现的空洞。对于史汪和莉安，她们现在的工作是操纵情报网，以及更重要的——说服沙力达的两仪师承认兰德·亚瑟为转生真龙，并全力支持他（同时还不能让这些两仪师察觉到她们的意图）。现在的问题是，这些是否足以填满她们的生活？史汪脸上的苦痛，还有莉安在手镯合拢时表现出的欢乐，仿佛在说明，也许世上永远没有任何事物足以弥补那份缺憾。

“哦，是的。”莉安用平常惯用的轻快语调说道。她只有在面对男人时才会改用甜腻的嗓音，毕竟她是阿拉多曼女人，她现在正尽全力补回在白塔里损失的光阴。“是的，她非常吃惊，对吧？但她现在已经在控制那种情绪了。”片刻之间，莉安只是一直看着那个坐在凳子上的人，玛丽甘也警觉地盯着她。最后，莉安耸了耸肩。“我也没办法碰触真源。刚才我试着让她感觉到脚踝上有跳蚤在咬，如果起作用的话，她一定会有一些表现的。”戴这只手镯的人可以让戴项链的人产生肉体上的感觉，只是感觉而已，不会留下任何痕迹，也不会造成真正的伤害。但只要奈妮薇想象一两下被鞭子狠抽的感觉，玛丽甘立刻就会明白，合作才是最好的选择。或者她还可以选择在迅速地审判之后，立即被执行死刑。

虽然尝试没有成功，莉安还是仔细地看着奈妮薇解下手镯，将它戴回自己的手腕上。看起来，至少莉安还没彻底放弃能够重新导引的希望。

重新得回至上力的感觉真是好极了，虽然还不像自己汲取阴极力、让它充满全身的感觉那么好，但只要能通过另外那个女人碰触到真源，就仿佛有生命力灌进了她的血液，得到阴极力就如同在纯粹的欢乐中欢笑和舞蹈。奈妮薇相信，总有一天她会习惯这种感觉。正式的两仪师一定都很习惯这个。与这种喜悦相比，即使和玛丽甘融合在一起也是值得的。“现在，我们知道静断是有可能治愈的，”她说道，“我想——”

房门猛地被打开，奈妮薇下意识地站起身。她差点叫出声来，但她没想到要使用至上力。有这种表现的不止她一个，但她几乎没注意到史汪和莉安也跳了起来。从手镯上奔涌而来的恐惧，似乎正是她自身情绪的反映。

站在门口的年轻女子又用力地将那扇破木门摔回门框里，似乎根本没看见她在这个房间里造成的混乱。在她绷直的身上穿着一套见习生的镶边白裙，太阳色的卷发披散在肩头，脸上的表情仿佛是个疯子。虽然她脸上全都是怒火和汗水，但看上去仍然是那么美丽，这是伊兰独有的特质。“你知道她们做了什么？她们要派使节团去……去凯姆林！但她们不让我去！雪瑞安禁止我再提出这件事，甚至禁止我说起它！”

“你不知道要敲门吗，伊兰？”奈妮薇扶起椅子，重新坐了下去，她差不多是摔到椅子上的，刚才的紧张还让她的膝盖感到一阵阵虚软。“我还以为是雪瑞安。”门被推开的时候，她的心脏差点从喉咙里跳出来。

就像奈妮薇预料的那样，伊兰立刻红着脸向她们道歉，但她在道歉后又说道："但我不知道为什么你会这么紧张。柏姬泰还在门外，你知道，她会及时向你发出警告。奈妮薇，她们一定要让我走。"

"她们绝不能这么做。"史汪粗暴地说。她和莉安也坐了回去，史汪像往常一样挺直了后背，但莉安则几乎瘫在椅子里，就像奈妮薇的膝盖那样虚软。玛丽甘靠在墙上，剧烈地喘息着，双眼紧闭，双手用力按在墙上，松弛和彻底的恐惧在手镯中猛烈地激荡着。

"但——"

史汪没容伊兰说出第二个字，"你认为雪瑞安，或者其他任何一名两仪师，会让安多王女落入转生真龙手里吗？在你的母亲已经死去——"

"我不相信！"伊兰喊道。

"你不相信是兰德杀了她，"史汪毫无怜悯地说道，"这是另外一件事了。我也不相信。但如果摩格丝还活着，她一定会现身并承认他是转生真龙。或者，如果她不顾这么多证据，仍然相信兰德是伪龙的话，她自然会组织反抗军。但我的眼线没有得到任何与此有关的讯息。不止是在安多，即使在阿特拉和莫兰迪也没有任何关于摩格丝的讯息。"

"确实是有反抗军，"伊兰不服气地说，"在西部。"

"如果那个讯息是真的，那是反抗摩格丝的叛军。"史汪的声音如同木板一样生硬，"你的母亲死了，女孩，最好承认这一点，为她哭泣吧！"

伊兰扬起了下巴，这是她一个非常惹人厌的习惯。她这副样子显得冰冷又傲慢，但大多数男人似乎都认为她这种模样很有魅力。"你总是在说，要过多么长的时间才能和你所有的密探取得联系，"她说，"但我才不在乎你是否能得到那边完整的情报。不管我母亲是活着还是死了，现在我的位置是在凯姆林，我是王女。"

史汪响亮地哼了一声，让奈妮薇也吓了一跳，然后史汪继续说道："你当见习生这么久，该学到些东西了。"伊兰强大的潜力在最近这一千年来都是极为罕见的，虽然她还不如能够导引时的奈妮薇那么强大，但已经足以让任何一名两仪师双眼一亮。伊兰皱了皱鼻子，她很清楚，即使自己已经登上了狮子王座，那些两仪师仍然会以进行训练为借口把她揪回来。她们可能会先提出要求，如果她拒绝，她们就会把她塞进桶子里提回来。她张开嘴，但史汪甚至没有减慢说话的速度："没错，她们不会在意你早一点或晚一点得到王位，已经太长时间没有过两仪师女王了，但她们会等到你成为正式两仪师时才会放开你。即使到了那个时候，因为你是王女，而且即将成为女王，她们也不会让你接近那个该死的转生真龙，直到她们知道他究竟有多值得信任。特别是在他颁布了那个……特赦令之后。”在说出这句话时，史汪的嘴抽搐了一下，莉安的面孔则出现了明显的扭曲。

奈妮薇也感觉到舌头一阵僵硬。从小时候起，大人们就不断地告诉她，任何能够导引的男人有多可怕，他们命中注定会陷入疯狂，暗影对真源男性那一半的污染会让他们恐怖地死去，同时让灾难落在他们周围的每一个人头上。但兰德是她从小看着他长大的，是转生真龙，是命中注定要在最后战争中对决暗帝的战士，是人类唯一的希望，当然，也是一个能够导引的男人。可怕的是，有情报说他正在召集其他像他一样的男人，虽然这样的男人不会太多。任何两仪师都会追猎这样的男人，这也是红宗两仪师唯一的职责。而根据记录，两仪师们现在已经很难找到这样的男性了。

伊兰并不打算放弃，这是她令人佩服的一个特质，即使被压在断头台上，斧头即将落下，她也不会放弃自己认定的事情。她依旧高扬下巴，直视着史汪的目光（奈妮薇经常会觉得这是一件很困难的事），“我要去是因为两个很重要的原因：首先，无论我的母亲出了什么事，她现在失踪了，身为一名王女，我可以安抚人群的情绪，并让他们相信国家会保持安定；第二，我能与兰德交流，他信任我。对于这项任务，我会比评议会选出来的任何人更能胜任。”

沙力达的两仪师已经选出她们的白塔评议会——一个流亡评议会，她们的职责是确定新玉座的人选。这名合法的玉座将讨伐篡夺白塔权位的爱莉达，但奈妮薇却没看到她们在这件事上有过任何行动。

“孩子，你愿意如此牺牲自己，实在是很高尚。”莉安淡淡地说。伊兰的表情没有改变，但整张脸却变得通红。所有两仪师都不知道一件事——但奈妮薇毫不怀疑，伊兰到了凯姆林之后的第一件事，就是和兰德找个无人之处，来个深情的吻。莉安这时还在说话：“既然你的母亲已经……失踪了……如果兰德有了你和凯姆林，他就有了安多。评议会不会允许这种情况发生，她们不会让他继续控制更多的地方。他已经将提尔和凯瑞安纳入囊中，似乎还有艾伊尔人，现在他又占领了安多。如果他握紧手指，那么莫兰迪和阿特拉，也就是我们所在的地方，同样会落入他的手里。他变得愈来愈强大，膨胀得太迅速，也许他会因此而认为他不需要我们。现在沐瑞死了，他身边已经没有人能让我们信任了。”

这番话让奈妮薇打了个哆嗦。正是两仪师沐瑞带着她和兰德离开两河，并彻底改变他们的命运——她、兰德、艾雯、麦特和佩林的命运。她曾经是那么渴望让沐瑞为这一切付出代价，现在失去了沐瑞，她觉得仿佛失去了自己身体的一部分。但沐瑞死在凯瑞安，和兰飞儿同归于尽，她迅速地成为沙力达两仪师的传奇。她是唯一杀死弃光魔使的两仪师，而且是杀死两名弃光魔使！奈妮薇从这件事中能找到的唯一好处（虽然从这种事情里找到好处，让奈妮薇感到很羞愧），就是岚终于从沐瑞的护法约缚中解脱了。如果她能找到岚就好了。

史汪紧接着莉安说道："我们不能让那个男孩在没有指导的情况下肆意妄为，谁知道他会做出什么事来？是的，是的，我知道你要为他辩护，但我不想听。我正努力将一条活银梭子鱼在我的鼻子上放稳，女孩。我们不能让他在接受我们之前变得过于强大，但我们也不敢对他造成太多阻碍。我正在让雪瑞安等人相信她们应该支持他。现在评议会里有半数人不想和他有任何关系，另外半数人则由衷地相信不管他是不是转生真龙，都应该被驯御。不论你要说什么，我建议你应该留意雪瑞安。你无法改变任何人的主意，而提亚娜底下的初阶生还不够多，所以她现在很无聊。"

伊兰的面孔因为气恼而绷紧。提亚娜·诺思勒，这名灰宗两仪师是沙力达的初阶生师尊，见习生只有在严重违规时才会被送到提亚娜那边去，而且被初阶生师尊教训的见习生，总会得到更多的羞辱和痛苦。提亚娜也许会对初阶生有一点怜悯，但她坚信见习生早该对自己的职责有清楚的了解，而且她会确认见习生也有这样的认知后，才能离开她那个狭小的书房。

奈妮薇一直在仔细观察史汪，她的脑海里忽然掠过一个想法。"那些……使节团的事，你全都一清二楚，对不对？你们两个一直都和雪瑞安那个小团体搅在一起。"在选出新的玉座之前，评议会在理论上拥有绝对的权威，但雪瑞安等几名最初到达沙力达的两仪师一直掌握着这里的实权。"她们要派出多少人，史汪？"伊兰猛吸一口气，她显然没想到这一点，这表示她心里现在肯定是一团乱麻了，以往都是她会注意到奈妮薇所忽略的事情。

史汪没有否定奈妮薇的疑问，自从被静断之后，她就能像羊毛商人一样随意说谎了，但当她决定坦诚待人的时候，她的话里不会有任何虚假。"九个人。'足以荣耀转生真龙的身份'——鱼肚子！就算是被派去会见国王的使节团也极少会超过三个人！——'但还不至于让他感到恐惧。'如果他了解得够多，就会知道为何该恐惧。"

"你最好希望他已经了解了，"伊兰冷冷地说，"如果他还不了解，那九个人里也许有八个会是多余的。"

十三名两仪师是危险的人数。兰德很强大，也许是世界崩毁以来最强大的男人，但十三名融合在一起的两仪师可以在力量上压倒他，切断他和阳极力的联系，让他成为俘虏。每次驯御一名男子都会有十三名两仪师参与。虽然奈妮薇开始相信，驯御人数的安排只是出于习惯，而不是出于情况需要。两仪师所做的很多事都是因为她们一直以来总是这样做的。

史汪的微笑里丝毫没有喜悦，“你以为别人就不会想到这点吗，女孩?考虑清楚再说话！雪瑞安和评议会都想到了这个问题。一开始只会有一名两仪师靠近他，直到他相信她们之后，其他人才会出现在他面前。而且他会预先知道这次去的是九个人，也绝对会有人告诉他，这是多么大的光荣。”

“我明白了，”伊兰小声地说，“我应该知道你们会考虑这一点的，我很抱歉。”这是伊兰的另一个优点。她可以像骡子一样顽固，但当她相信自己错了的时候，她就会像所有的乡下姑娘一样，老实地认错。很少有贵族能做到这一点。

“明也会去，”莉安说，“她的……能力在兰德那里也许会有很大的用处。当然，两仪师们并不知道这件事。她会严守她的秘密。”好像这有多重要似的。

“我明白了。”这次伊兰的语气变得低沉许多，她努力想让自己的声音有力一点，却失败了。“嗯，我知道你们正忙着……忙着处置玛丽甘，我不是有意要打扰你们的，请不要被我打断了正事。”没等奈妮薇开口，她就走出了房间，房门在她身后关上，发出很大的声音。

奈妮薇恼怒地转向莉安：“我本来以为史汪是你们两个里面比较恶劣的，但你这次也太坏了！”

答话的是史汪：“两个女人爱上同一个男人永远都意味着麻烦，而当这个男人是兰德·亚瑟……只有光明知道他还剩下多少理智，还有她们会让他做出什么事来。如果她们两个要撕扯对方的头发，抓破对方的脸，那还是让她们先在这里做完吧！”

奈妮薇想也没想，就抓住自己的辫子，用力拉了一下，“我应该……”问题是，她对此确实帮不上什么忙。“我们继续我们的事情吧！但，史汪……如果你们再对她做出这种事，”*或者是对我*，她心想，“我会让你们后悔——你们要去哪里？”史汪这时已经推开椅子站起来。奈妮薇眼角一瞥，莉安也站起了身。

“我们还有工作。”史汪随口说着，迈步朝门口走去。

“你答应过要协助我的，史汪，雪瑞安也叮嘱过你了。”雪瑞安和史汪一样认为这只是在浪费时间，但奈妮薇和伊兰确实因为她们的功绩而获得了回报，拥有某种程度的特权。比如让玛丽甘成为她们的女仆，还获得更多时间进行见习生的学业。

已经走到门口的史汪带着幽默的神色回头看了她一眼："也许你可以找雪瑞安去抱怨？然后解释一下你是怎么进行研究的？今晚我要见一下玛丽甘，我还有一些问题要问她。"

当史汪离开的时候，莉安伤心地说："这样会好些的，奈妮薇，但我们只能做一些力所能及的事情。你可以试试洛根。"然后，她也走了。

奈妮薇满脸怒容。与这两个女人相比，她在洛根身上更是一无所获，她已经不再相信自己还能从这个男人身上得到什么了。不管怎样，她最不想做的事情，就是治疗一名被驯御的男人。洛根总是让她感到紧张。

"你们就像是一群被关在笼子里的老鼠，只知道互相乱咬。"玛丽甘说，"看起来，你成功的可能性不大，也许你应该考虑……其他的手段。"

"闭上你的脏嘴！"奈妮薇瞪了她一眼，"闭上它，愿光明烧了你！"恐惧仍然从手镯里渗透出来，但也夹杂着一些别的东西，一些几乎微弱到无法察觉的东西。一点希望的火星，也许。"光明烧了你。"奈妮薇还在咕哝着。

这个女人真正的名字并不是玛丽甘，而是魔格丁——弃光魔使之一。她因为过度的骄傲而被奈妮薇抓住，现在成了混迹于两仪师之中的一名囚徒。在这个世界上，只有五个女人知道这件事，这其中并没有两仪师，隐瞒魔格丁的秘密是必须的。这名弃光魔使的罪行绝对会让她被处死，这点就像日出日落一样肯定。史汪就这件事和她们达成了共识。但任何两仪师如果知道此事，都会立刻要求对魔格丁进行审判，那样的话，魔格丁就会带着她所有关于传说纪元的知识被送进一座无名的坟墓。那些关于至上力的知识是今日世人做梦也无法得知的。奈妮薇不知道这个女人对传说纪元的描述可信度有没有一半，但她能理解的肯定还不到一半。

想从魔格丁嘴里挖出信息来并不容易。有时候，这么做就像是治疗病患一样，让奈妮薇费尽了心力。魔格丁从不会对没有利益的事情感兴趣，而且这个女人极少会说出事实。奈妮薇甚至怀疑她在发誓将灵魂献给暗帝的时候，大概也没完全说实话。有时候，她和伊兰根本不知道该问些什么。魔格丁很少会主动提供信息，奈妮薇至少能肯定这一点。但即使如此，她们还是从她那里得到很多东西，还把其中的大多数信息转告给了两仪师。当然，她们把这些信息都说成是她们在身为见习生进行研究时得到的成果。为此，她们在两仪师那里得到了很高的威信。

如果可以的话，奈妮薇宁愿和伊兰彻底隐瞒住魔格丁的秘密，但柏姬泰一开始就知道这件事；史汪和莉安则是两个必须知道这件事的人。史汪已经知道了太多的事情，足以让她对魔格丁的俘虏事件产生质疑，而她握有这个把柄也让奈妮薇不得不对她做出解释。奈妮薇和伊兰只了解史汪和莉安的一部分秘密，但史汪和莉安却好像知道她和伊兰的所有事情，只有柏姬泰的事例外。这当然是对史汪和莉安有利的。而且，魔格丁透露的关于暗黑之友等弃光魔使的阴谋，只有在被史汪和莉安伪装成来自情报网的线报之后，才能转达到两仪师那里。不过史汪现在最感兴趣的是关于黑宗的信息，但她们在这方面仍然一无所获。暗黑之友只是让史汪感到厌恶，但一想到两仪师会发誓向暗帝效忠，史汪的脸上就会流露出阴森的怒容。魔格丁声称害怕靠近任何两仪师，这一点应该是可信的，恐惧是这个女人心中永远存在的一部分，她一直都隐身于暗影之中，所以才会被称为蜘蛛。总而言之，魔格丁是一座宝库，不该随便就扔给刽子手，但绝大多数两仪师都看不清这一点，她们会拒绝接触和相信任何来自魔格丁的东西。

内疚和厌恶感刺激着奈妮薇，这已经不是第一次了。难道只是因为一些信息就让弃光魔使逃脱审判吗？但现在交出魔格丁将意味着因为隐瞒这个秘密而遭受惩罚，甚至会是死刑的惩罚。不只是对奈妮薇一个人，伊兰、史汪和莉安也会牵扯进来。交出魔格丁就意味着柏姬泰的秘密也会被曝光，而所有那些知识都将得而复失。魔格丁也许真的对医疗一无所知，但她已经让奈妮薇得到了十几个提示，而且她的脑子里肯定还有更多的东西。有了这些知识的指引，谁又能知道奈妮薇最后能有什么样的发现？

奈妮薇想洗个澡，虽然这与炎热无关。“我们应该谈谈这个天气。”她忿忿地说。

“对于控制天气，你比我了解得更多。”魔格丁的声音很疲倦，手镯中也同样滑过来疲倦的感觉。奈妮薇早就问过她这个问题了。“我所知道的只是这些是至尊……是暗帝做的事，”她边说边做出一个逢迎的微笑，“人类是没有能力改变这种状况的。”

奈妮薇费了很大的劲才没有让自己紧咬住牙齿。伊兰是沙力达最精通于控制天气的人，而她也自认为对这种天气无能为力，同时她也相信这是暗帝干的。除了傻瓜以外，这谁都知道。现在已经快到了要下雪的季节，天气却仍然这么炎热，没有雨水，溪流都干涸了。“那么我们就谈谈使用不同的编织，治疗不同的病痛。”这个女人说过，这样做会比现在通行的做法耗费更多的时间，但这样做的话，全部用于医疗的力量都将来自至上力，而不是来自病人和进行导引的女人。魔格丁还说过，男人在治疗某些病痛方面比女人更擅长，奈妮薇不打算相信这个。“你至少看见过别人这么做。”

奈妮薇打定主意要从残渣里淘一些黄金出来。一些知识值得她付出代价，她只希望自己不要感觉这是在垃圾堆中进行无望的挖掘。

伊兰走出房间，向柏姬泰挥了挥手，就毫不犹豫地大步走了下去。柏姬泰的金发结成细密复杂的辫子，一张弓靠在她身边的墙上。她正一边和两个小男孩玩耍，一边监视着这条狭窄的巷子。或者说，她正在尝试和这两个男孩玩耍。佳瑞和塞弗只是盯着这名身穿古怪黄色宽松裤子和暗色短外衣的女人，除此之外就没有任何动静了。他们总是这样，从不会说什么话。他们原先被认为是那个“玛丽甘”的孩子，柏姬泰很喜欢跟他们玩，但难免又有点哀伤。她总是喜欢和孩子玩，特别是小男孩，而她在与他们玩耍的同时却总是带着哀伤的心情。伊兰明白柏姬泰的心情，正如同她明白自己的感受。

如果她曾经怀疑过魔格丁对这两个孩子动过什么手脚……但魔格丁说她在海丹捡到他们两个的时候，他们就已经是这样了。那时他们是两个在街上流浪的孤儿。黄宗两仪师说他们会变成现在这样，是因为他们在萨马拉的暴乱中看到太多的惨事。伊兰相信这样的说法，因为她当时就在萨马拉。黄宗两仪师说，时间和细心的呵护可以帮助他们恢复。伊兰希望能够如此，她希望自己没有成为此事的帮凶，没有协助必须为此负责的人逃避审判。

她现在不愿去想魔格丁。她的母亲，不，她也不愿去想她。明，还有兰德。一定有办法解决这个问题。她没等柏姬泰向自己点头致意，就已经沿着小巷跑到沙力达的主街上，她的头顶上是一片无云酷热的正午天空。

沙力达已经荒废了许多岁月，直到在爱莉达发动的变乱中逃离白塔的两仪师聚集在此地。现在，这里的房屋都铺上新的干草屋顶，进行了整修。特别是那三座曾经是旅店的石砌高大建筑，现在已经有一些人称其中最高的一座叫小白塔了，那里是评议会的集会地点。不过现在的整修工作只是保障了人们最基本的居住条件，有许多窗户的玻璃还是破碎的，有的窗户或者根本没有玻璃。人们没有精力去装饰房间，因为还有许多更重要的工作需要完成。泥土街道上挤满匆匆往来的行人——两仪师，穿镶边裙的见习生，穿着纯白色裙子、匆忙跑过的初阶生，迈着致命的步伐、或壮或瘦的护法，还有从白塔跟随两仪师们来到这里的仆人和一些仆人的孩子，以及加雷斯·布伦召集的士兵。

这里的评议会正在加强力量准备对抗爱莉达，现在所缺的就是一位真正的玉座。人群熙熙攘攘的声音中夹杂着从村外铸造作坊里传来的铁锤敲击声，马蹄铁、盔甲和武器正从那里源源不断地制造出来。一名灰白色头发的方脸男子穿着浅黄色的外套和有凹痕的胸甲，正骑着马走过人群，他的身边跟随着一队肩扛长枪和长弓的男人。伊兰至今仍然对加雷斯·布伦被允许征集并统率沙力达评议会的军队感到非常奇怪，这一定与史汪和莉安有关，但伊兰想象不出他们之间会有什么关系。加雷斯对待这两个女人都很粗鲁，特别是对史汪。而史汪和莉安好像是在履行对加雷斯立下的某种誓言，史汪总是抱怨要在完成其他工作之前，先为加雷斯整理房间、清洗衣服。虽然不停地抱怨，但她还是会老老实实地把这些事都做好，看来她一定立下了很重的誓言。

加雷斯的眼睛毫不停顿地扫过伊兰。伊兰到沙力达以来，加雷斯对待她的态度一直是礼貌而又疏远，虽然伊兰还在摇篮里的时候加雷斯就已经认识了她。而且就在不到一年之前，他还是安多女王卫队的最高统帅，伊兰曾经以为他总有一天会和母亲结婚。不，她不打算去想她的母亲！明，她必须找到明，和她好好谈一谈。

伊兰刚刚挤进泥土街道上的人群里，就有两位两仪师找上了她。她没有别的选择，只能停住脚步，在不停涌动的人潮中向她们行屈膝礼。两位两仪师的表情显得很愉快，脸上没有一滴汗珠。伊兰从袖子里抽出手绢，擦了擦脸，她真希望自己能快一点学到这些两仪师避暑的方法。“您好，两仪师爱耐雅，两仪师珍雅。”

“你好，孩子，你今天有什么发现可以告诉我们吗？”像往常一样，珍雅·佛仑德用飞快的速度说道，“你和奈妮薇在研究上取得了显著的成果，这对于见习生来说是非常特别的。奈妮薇在使用至上力方面还有那么多困难，我真不明白她是怎么做到这些的，但必须承认，我对此感到非常高兴。”与大多数只专心于书本和研究，对其他事都心不在焉的褐宗两仪师不同，两仪师珍雅的外表非常整洁，精心梳理的黑色短发映衬着她毫无瑕疵的两仪师面孔。她的身材相当苗条，然而一条朴素、结实的灰羊毛裙确实显示着她所属的宗派——褐宗两仪师都认为衣服只要足以蔽体就够了。在和别人说话的时候，珍雅总是会微微蹙起眉，仿佛心不在焉，如果没有这种皱眉的表情，她会显得更漂亮。“那种用光包裹住自己，让自己完全隐形的办法真是令人印象深刻。我相信会有人找出阻止它发生波动的办法，那时你就能在隐身状态下行走了。奈妮薇发现的那种偷听的小把戏让卡伦娜非常兴奋，她竟然会想到那种把戏，实在是有些顽皮，但很有用。卡伦娜认为她可以将这个把戏发展成和他人进行远距离对话的方法。想一想，我们可以和一里外的人交谈！或者同时有三个人，甚至——”爱耐雅碰了碰她的手臂，珍雅闭上了嘴，对另一位两仪师眨了眨眼。

“你们取得了丰硕的成果。”爱耐雅平静地说，这位相貌平庸的两仪师说话时永远都是平静的，“面如慈母”大概就是用来形容这种女人的，她通常给人舒适的感觉，虽然她拥有的是两仪师年岁莫辨的面容。她是和雪瑞安一同掌握沙力达实权的少数几个人之一。“你们的成果超出了我们所有人的期望，虽然我们对你们的期望实际上已经很高了。你是在世界崩毁后第一次制造出特法器的人，这很杰出，孩子，我希望你明白，你应该为此而感到骄傲。”

伊兰盯着前方的地面。两个齐腰高的小男孩正跑跳着钻过人群，一边发出阵阵笑声。伊兰希望没有人会听到这两位两仪师说的话，过往的行人没有多看她们一眼。这么多两仪师聚集在一个村子里，就连初阶生也只是在被两仪师叫到的时候才会行屈膝礼了。每个人都在为昨天就应该做好的事而忙碌着。

伊兰根本无法为这些事感到骄傲，她们的这些“发现”全都来自于魔格丁。她们从她身上获得不少知识，先是“反转”这个编织，让编织者以外的人都看不见它。但她们并没有把这些知识对两仪师全盘托出，比如隐藏自身的导引能力。如果不这样做，魔格丁在几个小时之内就会被两仪师发现——任何两仪师都能感觉到身边数尺之内其他有导引能力的女性。如果她们知道了这样的伪装，她们就有可能找到办法撕破这种伪装。还有易容编织，让玛丽甘拥有与魔格丁毫不相似的外表。

而魔格丁掌握的一些东西又过于邪恶，比如心灵压制——让人们屈从于导引者的意志。被这种方法控制心神的人，在依照导引者命令行事时，甚至不会记得是谁向他下达了这样的命令。还有另一些更加邪恶、更加危险的，她们甚至不敢冒险去进行研究。奈妮薇说她们必须研究这些事情，这样才能对抗弃光魔使，但伊兰不想那么做。她们两个隐瞒了那么多秘密，对自己的朋友和同伴说了那么多谎，现在伊兰几乎想立刻就握住誓言之杖，立下三誓，而不必一定要等到成为两仪师的时候。这样她至少不必再承受说谎的压力了。

“我在特法器方面做得还不够好，两仪师爱耐雅。”至少这件事可以算是完全属于她自己的功劳。她做出的第一件特法器就是那副手镯和项链（当然，这又是一个她们隐瞒起来的秘密），但那只是一件肮脏物品的变形复制品——入侵这片大陆的霄辰人在法美镇被赶回到海里的时候，他们留下了罪锈。然后她又做了一个绿色的碟子，可以让力量不足以隐身的人（这样的人并不多）做到这件事，这才是她的第一项发明。她没有法器和超法器可以研究，所以也没办法做出它们。但即使在轻松地复制了霄辰人的罪锈之后，制作特法器仍然不像她想象的那么容易。特法器不能增强导引至上力的能力，它们只是利用至上力实现一些特殊的目的。有一些特法器可以被无法导引的人使用，甚至还可以被男人使用。它们的结构应该比法器和超法器简单，但这并不代表它们可以轻易地被制造出来。

伊兰的谦逊引来珍雅的一顿教训："胡说，孩子，完全是胡说。啊，我毫不怀疑，只要我们一回到白塔，我们就会对你进行测试，并将誓言之杖放在你的手上。你会得到披肩，我毫不怀疑这一点。你正在实现我们在你身上预见到的一切潜力，并且还不仅于此，没有人能想到——"爱耐雅又碰了碰她的手臂。这动作似乎有特别的含意，因为珍雅又停下话，眨了眨眼。

"不需要过度褒扬这孩子，"爱耐雅说，"伊兰，我不想再看到你闹别扭，你早就不该有这种幼稚的行为了。"这位长辈平时虽然和蔼，但她在表现威严时也毫不含糊。"我不容许你因为一点小挫折就闷闷不乐，毕竟你取得了如此辉煌的成绩。"伊兰在制作那只石碟子时尝试了五次，两次没有任何效果，两次只是让使用者变得模糊，同时还会让使用者感到恶心。发挥正常效用的那一次是她第三次尝试的时候。在伊兰的字典里，这不算是小挫折。"你和奈妮薇做的每一件事都很精彩。"

"谢谢您，"伊兰说，"谢谢您两位。我会试着不再闹别扭。"当两仪师指控你闹别扭时，你万万不可否认。"我现在可以离开一下吗？我知道前往凯姆林的使节团今天就要出发，我想去和明道别。"

两位两仪师立刻就放伊兰走了。不过，如果爱耐雅不在场，珍雅也许还会再教训伊兰半个小时。爱耐雅用锐利的目光瞥了伊兰一眼，她肯定知道伊兰和雪瑞安的对话，但她什么都没说。有时候，一位两仪师的沉默会比大声呵斥更令人紧张。

伊兰用拇指拨动着左手无名指上的戒指，几乎以奔跑的速度向前赶去。她的双眼一直盯着远方，以便可以宣称没看见想拦下她、向她道贺的人。也许这样会有用，但也许这样会让她去见提亚娜。即使取得了令人瞩目的成绩，能得到的优待也是有限的。但在这个时刻，她宁愿去见提亚娜，也不愿意浪费时间去应付自己不应得的祝贺。

她手指上的金戒指镶着一条咬住自己尾巴的蛇——巨蛇戒是两仪师的标志，不过见习生也可以佩戴。等到伊兰选择了宗派，披上了所属宗派颜色的披肩，她就能选择将巨蛇戒戴在任何一根手指上。她决定要选择绿宗，只有绿宗两仪师才能拥有超过一名的护法。她想拥有兰德，至少，尽可能拥有。现在的问题是，她已经约缚了柏姬泰——有史以来第一名女性护法。所以她能感觉到柏姬泰的感觉，知道今天早晨柏姬泰的手上划了一道伤口。现在只有奈妮薇知道她们之间的约缚。只有正式的两仪师才能拥有护法，违反这条法规的见习生绝不会得到任何纵容。但当时如果伊兰不这么做，柏姬泰就死定了，然而伊兰不觉得自己因此就有可能被饶恕。打破一条与至上力相关的规矩是极为严重的，这是两仪师们早就印在伊兰脑子里的概念。而且两仪师很少会因为任何理由而宽恕违反任何一条规矩的人。

当然，在沙力达隐藏着无数暗流，绝不仅仅是柏姬泰和魔格丁。三誓让两仪师无法说谎，但并没有阻止她们隐瞒事实。沐瑞原先就知道该如何编织一张隐形的护网，也许和她们从魔格丁那里学来的一样。奈妮薇曾经看见沐瑞这样做过，那时奈妮薇根本不知道至上力是什么。但沙力达的两仪师们却完全不知道还有这样的手段，或者，至少没有两仪师承认她原先就知道。柏姬泰已经证实了伊兰所怀疑的一件事：大多数两仪师，也许是所有两仪师，都隐瞒了一部分她们的研究成果，都有自己秘密的技巧。如果有足够多的两仪师发现了同样的知识，那些知识就会成为初阶生和见习生的学习内容；而另外一些被发掘出来的知识又会随着发掘者的死亡重新被埋没。有两三次，当伊兰示范新的“发现”时，她瞥见了别人眼中异样的光芒。卡伦娜掌握偷听技巧的速度就快得令人怀疑。当然，见习生不能因为这个就对两仪师提出质疑。

伊兰并不能因为知道这些而喜欢自己的鬼祟行为，不过这至少可以让她有一些安慰。这么做是必须的。但如果她们能停止这种谬赞就好了。

她知道能在什么地方找到明。埃达河就在沙力达西边不到三里之处，一条穿过丛林的小支流正好流经村子边缘。两仪师来到这里之后，村子里大多数的树木都被砍掉了。但在几幢房子后面，溪流边上的一片小树林，因为过于狭窄无法利用，而被保留下来。明说她最喜欢大城市，但她经常会去那个树林里坐一坐。明在那里至少能躲开两仪师和护法的环伺，现在这样的空暇时间对她来说几乎是必需的了。

当伊兰绕过一座石头房子，走到那条溪流旁边的时候，看见明正背靠着一棵树干坐着，望着汩汩流过石块的清亮溪水。现在这条小河水面的宽度还不到河床的三分之一，这片树林的枝桠上也看不到多少叶子了，周围的森林大多已经开始干枯，甚至连高大的橡树也难逃厄运。

一根干树枝在伊兰的软鞋下断裂，发出响声，明立刻跳起身。像往常一样，明穿了一件灰色的男式外衣，下身穿着长裤，但奇怪的是，她的领子和紧身裤管上绣着蓝色的小花。有件事一直让伊兰感到奇怪，明说抚养她长大的三位姑姑都是裁缝，但她似乎连针尖和针鼻都分不清。她盯着伊兰，脸上露出苦闷的神情，手指不停地摸着已经垂到肩头的黑发，过了许久，只说了一句：

“你知道了。”

“我想我们应该谈谈。”

明又拨了一下头发，“史汪今天早晨才告诉了我，我从那时起就想鼓起勇气对你说，史汪想让我去刺探他。史汪还把她在凯姆林安插的密探告诉了我，让我通过他们把情报送回来。”

“当然，你不会这样做的。”伊兰对此没有一丝怀疑。明感激地看了她一眼。“但是明，为什么你会害怕来找我？我们是朋友。我们彼此给过承诺，不会让一个男人离间我们的友谊，即使我们两个都爱他。”

明的笑声显得颇富磁性，伊兰肯定有许多男人会喜欢这样的笑声。明很漂亮，给人一种狡黠灵动的感觉。她比自己要大一两岁，这是她的优势，还是劣势？“哦，伊兰，我们这样说的时候，他还在遥不可及的地方。失去你就像失去一位姊妹一样，但如果我们之中的一个人变了心呢？”

最好不要问她们之中的哪一个会变心。伊兰竭力不去想象用至上力绑住明，塞住她的嘴巴，然后将这些编织反转，再把明藏到地窖里去，直到使节团离开。“我们不会的。”她只说了这么一句。不，她不能这样对待明。她希望兰德能完全属于自己，但她不能伤害明。也许她能求求明等到她能离开的时候，两个人再一起离开，但她只是说道：“加雷斯答应解除你的誓言了？”

这一次，明的笑声变得难听许多。“不可能的，他说可以等到以后再让我履行誓言。史汪才是他真正想留住的人，只有光明知道这是为什么。”明脸上显露出轻微的紧张，伊兰觉得明可能是在加雷斯和史汪身上看到什么幻象，但伊兰并没有问明看到什么，明不会将自己看到的幻象告诉无关的人。

在沙力达，只有少数几个人知道明的这种能力——伊兰、奈妮薇、史汪和莉安，就连柏姬泰也不知道。而明也不知道柏姬泰和魔格丁到底是谁。这么多秘密，但明的秘密毕竟是属于她自己的。有时候，明会看见环绕在人们身体周围的灵光，有时她甚至会知道这些灵光预示着什么。如果她知道灵光的意义，那她所知道的就一定是正确的。如果她说一个男人和一个女人会结婚，那么这两个人迟早都会在一起，即使他们现在可能互看对方都不顺眼。莉安称这种能力是“解读因缘”，这是一种与至上力无关的能力。大多数人的身边只是偶尔会出现灵光，但两仪师和护法总是被灵光环绕着。明离开这里也是为了躲开这么多灵光聚集在一起产生的压力。

“你能为我带封信给兰德吗？”

“当然。”明立刻就答应了，她的脸上只有坦诚。伊兰的脸立刻红起来，如果角色互换，伊兰不知道自己能不能像明一样。她匆忙地说道：“明，你绝不能让他知道你在他身上看到的事情。我是说，关于我们的事情。”明曾在兰德身上看到有三个女子会陷入对他无望的爱，被永远地与他捆缚在一起；而那三个女子中的一个就是明，第二个应该就是伊兰。“如果他知道了那个幻象，他也许会认为这只是因缘的安排，或者是他身为时轴的力量并不是我们想要的。他会认为只有远离我们才是高尚的行为。”

“也许吧！”明犹疑地说，“男人都很奇怪。更有可能的是，如果他知道只要勾勾手指我们就会跟着他跑，他便会多勾几次，他会控制不住自己的。我见过别的男人是什么样子。我想，下巴上长毛的人大概都会这么做。”看明的表情，伊兰真不知道她是认真的还是在开玩笑。明似乎对男人很了解。明因为喜欢马，过去多半在马厩里工作，但明说过，她曾经做过酒馆女侍。“不管怎样，我都不会告诉他的。你和我可以像分一张饼一样把他分开，如果第三个人出现了，我们大概可以给她一点渣渣。”

“我们要怎么办，明？”伊兰不想这样说，更不想带着哭腔说出这句话。她心里的一部分模糊地告诉她，她永远也不会为了一根勾起的手指而奔波忙碌，但她心里的另一部分却渴望着他立刻勾勾手指。她心里的一部分在大声叫喊着她不会与任何人分享兰德，即使是和一位朋友，她要把明看到的幻象扔进末日深渊去；而另一部分却想要甩兰德耳光，因为他对自己和明所做的这一切。这些想法都是那么孩子气，让她恨不得把自己的脑袋埋进土里，但它们已经让她心绪纷乱，难以镇定。她尽量让语气平静下来，抢在明说话之前回答了自己的问题：“我们在这里坐一会儿，聊聊天。”她找了一片落叶堆积较厚的地方坐了下去，将背靠在一棵树干上。“不要再说兰德了，我会想念你的，明。能有一个我信任的朋友，感觉真好。”

明盘腿坐到她身边，懒洋洋地捡起小石子，又将它们扔进溪水里。“奈妮薇是你的朋友，你信任她。柏姬泰应该也是你的朋友，你和她在一起的时间甚至比和奈妮薇在一起的时间多。”她微微皱起眉，额头上出现了几条纹路。“她真的相信自己就是传说中的那个柏姬泰？我是说，那张弓和辫子——每个传说里都有它们，虽然那张弓并不是白银的——我不相信那是她的本名。”

“那确实是她的本名。”伊兰小心地说。从某种角度来看，伊兰说的是真的，但伊兰觉得最好转移话题。“奈妮薇仍然无法决定我是她的朋友，还是某个她必须靠恫吓与命令来驱使的人。她在很多时间里都记得我是她的女王的女儿，比我还严重。我想，她有时候会因此而排斥我，但你却不会。”

“也许我没有这种印象，”明笑了笑，但她随后的语气又显得很严肃，“我出生在迷雾山脉那里的矿区，伊兰，你母亲的手指伸不到那么遥远的西方。”

笑容从她脸上消失了。“抱歉，伊兰。”

伊兰强自压抑住一阵怒意——明应该像奈妮薇一样，也是狮子王座的子民！——她仰头靠在树干上，“让我们谈些高兴的事情吧！”熔金般的太阳正高挂在树梢上，湛蓝的天空无比干净，一直到远方的地平线都看不见一丝云彩。伊兰忽然一阵冲动，向阴极力打开了自己，仿佛这样便能让血管中的每一滴血液都变成快乐的生命精华。只要她能制造出一丝云彩，就表示所有事情都能变好——她的母亲还活着、兰德会爱她、魔格丁……可以得到妥善的处置。她用风之力和水之力编织了一张铺满天空的细网，仔细寻找着任何一点水气。只要她能伸展得够远……甜美的感觉很快就浓烈到近乎痛苦，这是危险的迹象。如果她导引了过量的至上力，她就会将自己静断。只要一点云就好。

“高兴？”明说，“嗯，我知道你不想谈论兰德，但除了你我之外，他现在确实是这个世界上最重要的人，也是最高兴的人。弃光魔使一个个死在他手中，诸国纷纷向他低头，这里的两仪师准备支持他……我知道她们会支持兰德的，伊兰，她们别无选择。啊，下一步，爱莉达就会把白塔交给他。最后战争对他来说将只是一次狩猎，他正逐步获得胜利，伊兰，我们正在获得胜利。”

伊兰放开真源，颓然向后坐倒，盯着空旷的天空。她觉得自己的心也变得像这片天空一样空虚了。不必拥有导引能力，就能看见暗帝正在改变这个世界。如果这就是他的威能，如果他终将现身于世……“正在胜利？”伊兰说道，但她的声音太轻，明并没有听到。

领主官邸尚未完成，大厅里的木制嵌板还没有油漆过，但菲儿·尼·巴歇尔·德·艾巴亚每天下午都要在这里进行庭议，履行领主夫人的职责。她的座椅是一张厚重的高背椅，上面雕刻着猎鹰的图案，在她背后是一座未经装饰的石砌壁炉，另一座壁炉在远处面对着她的墙壁上。她身边的空椅子雕刻着狼的图案，在椅背最高点雕着一只大狼头，那是她丈夫的座位——佩林·德·巴歇尔·艾巴亚，金眼佩林，两河的领主。

当然，这座官邸只不过是一座放大的农庄，大厅的纵深还不到五十尺。而佩林在她坚持指定厅堂的大小时，甚至吃惊得瞪大了眼睛。佩林仍然习惯把自己当成一名铁匠，或者甚至是一名铁匠学徒。菲儿的家族给她的名字是萨琳，而不是菲儿。这并不重要。萨琳这个名字只适合懒洋洋地对着一本诗集无病呻吟的女人。菲儿，这是她立誓成为瓦力尔号角狩猎者时选择的名字，它在古语中是“猎鹰”之意。只要看到她高耸的鼻子、细俏的脸颊，和在发怒时会变得锐利如剑的黑色凤眼，任何人都不会怀疑什么样的名字才最适合她。她也意志坚定，而且重视正确与合理。

这时她的眼睛正闪烁着锐利的光芒，这不是因为佩林的顽固，也和这种不明原因的炎热无关，徒劳地挥动着雉鸡羽扇，忍受着滑下脸颊的汗水，并不能帮她平息火气。

现在时间已近黄昏，前来找她排解纠纷的人大多已经回去了。实际上，他们是来这里找佩林的，但一想到要对看着自己长大的人们进行裁决，佩林就被吓坏了。每天接见领民的时候，如果菲儿没有紧紧地拉住他，他就会像雾中的狼一样消失得无影无踪。幸好人们并不介意由菲儿女士代替佩林大人听取他们的申诉，即使有人介意这点，也都会把这种情绪隐藏起来。

“你们要说的这件事。”菲儿用不带感情的声音说。站在她前面的两个女人不安地在双脚之间来回移动着重心，眼睛只是盯着抛光的地板。

古铜色皮肤的莎麦德·泽法尔用一件高领、却几近透明的阿拉多曼裙装掩映着自己丰满的曲线，这条裙装的裙边和袖口上装饰着淡金丝的镶边，沾染在上面的旅途风尘还没得到清洁，但丝绸毕竟是丝绸。在这里，这种衣服是非常少见的。进入迷雾山脉搜索夏季兽魔人侵略军残余的巡逻队只发现了少数兽魔人——感谢光明，它们之中没有魔达奥，但巡逻队几乎每天都会找到一些难民。他们往往是几个、几十个地聚在一起，其中大多数来自阿摩斯平原，也有许多来自塔拉朋，还有一些像莎麦德一样，来自阿拉多曼。他们的家园都已经毁于内战，菲儿不愿去想在山那边到底死了多少人。缺乏路径的迷雾山脉即使在最好的时节，也不是个适宜行路的地方，而现在肯定不是什么好时节。这些活着走过迷雾山脉的人，不仅带来可怕的讯息，也带来了以前两河人从未见过的技艺。他们的到来补充了因为兽魔人的侵掠而减少的人口，让战争中被闲置的农庄不至于被彻底荒废。

蕾阿·亚芬不是难民，尽管她穿着一件仿塔拉朋样式的羊毛裙，柔软的灰色毛料被加工出细腻的皱褶花纹，论大胆，丝毫不亚于莎麦德的纤薄丝裙。她是一名漂亮的圆脸女子，出生在距离这座官邸不到两里远之处。她的黑发被编成一根手腕粗细的辫子，一直垂到腰际。在两河，女孩要一直到被妇议团认可能够结婚的年纪才会将辫子编起来。那可能是十五岁，也可能是三十岁。不过极少会有女孩超过二十岁还没结辫子。实际上，蕾阿要比菲儿年长五岁以上，她在四年前就结起辫子了，但她看上去还像个少不更事的孩子，已经在为自己异想天开的愚蠢主意后悔了。莎麦德看上去比蕾阿还要窘迫，因为她比蕾阿大一两岁；因为她身为一名阿拉多曼女子，发现在这个时候必须显得谦卑一些。菲儿想各甩这两个女人一耳光，把她们打成斗鸡眼——当然，一位领主夫人不能这么做。

“一个男人，”她尽量保持声音的冷静，“不是一匹马，或一片农田，你们两个都不能拥有他，或者是要我确认你们之中哪一个对他有所有权……”她缓缓地吸了一口气，“如果是维尔·亚兴引诱了你们两个，也许我会对这件事有所评判。”维尔对这两个女人都有意思，她们也对他很有好感，但维尔从没做出过任何承诺。莎麦德一副羞愧得想挖个地洞钻进去的模样，毕竟，阿拉多曼女人素来以玩弄男人著称，反过来被男人玩弄的可不多。“我对此事的判决是，你们去乡贤那里，将事情的前因后果丝毫不差地告诉她，她会处理这件事。我希望在日落之前知道她已经见过你们了。”

两个女人哆嗦了一下。现在伊蒙村的乡贤是黛斯·康加。她绝不会容忍这种胡闹的。她除了不能容忍之外，还会采取严厉的手段制止这种胡闹。但她们还是行了个屈膝礼，绝望地嘟囔着：“是的，女士。”她们大概很快就会因为浪费了黛斯的时间而后悔不已了。

还有因为浪费了我的时间，菲儿坚定地想着。所有人都知道，佩林很少会坐在这里接受人们的拜见，否则他们绝不敢把这些愚蠢的“案件”闹上这儿来。如果佩林确实履行职责，人们会选择悄悄溜走，而不是把“案件”推到他面前。菲儿希望黛斯因为炎热而变得更加火爆，只可惜她无法把佩林送去给乡贤管教。

森布还没等那两个拖着脚步的女人走开，就取代了她们的位置。尽管要倚着一根几乎像他一样粗糙多瘤的拐杖，他才能迈开步子，但他还是正式地向菲儿鞠了个躬，但他弯下腰的时候用瘦骨嶙峋的手指拨了拨稀疏到没剩几根的头发，结果就把这个礼节完全破坏掉了。像往常一样，他褐色的粗布外衣满是皱褶，仿佛他是穿着这件衣服睡觉的。“光明照耀你，菲儿女士，还有你光荣的丈夫，佩林大人。”这段赞颂的辞句用他模糊沙哑的嗓音说出来，显得有些古怪。“村议会的那帮人大概已经祝福过你了，我也祝你能一直快乐下去，你的智慧和美貌让我的人生也亮了起来，还有你公正的判决。”

菲儿用手指敲击着椅子的扶手，强迫自己镇定下来。这次变成花言巧语的恭维，不是阴沉着脸的抱怨了。菲儿提醒自己，森布是伊蒙村村议会的成员，是一个有影响力、备受尊敬的男人。这名茅屋匠手里的拐杖只是他博取同情的一个花招，实际上，他的身手可以和年龄小他一半的人同样敏捷。他一定是想要些什么。“今天你有什么事，森布先生？”

森布直起身体，忘记这么做的时候要用拐杖把身子撑起来，同时他也忘记了不能让自己说话的语气显得过于有力和激烈，“都是那些涌进来的外地人，他们带来各种各样我们不想要的东西。”他似乎忘记菲儿也是外地人，大多数两河人都忘了这一点。“奇怪的处事方法、不像样的衣服……我的女士，你真该听听我们的女人如何评论那些阿拉多曼女人的下贱衣服。你已经听到过了吧？”菲儿确实听过了，但她看见了森布眼里一闪而过的亮光，于是她知道，如果她真的答应那些女人的请愿，森布一定会非常失望的。森布这时接着说道：“陌生人从我们嘴里偷走食物，抢走我们的生意。例如，那个塔拉朋傻瓜就在这里搞什么瓦片制造，他的那双手本该去做些真正有用的工作。他根本不在乎我们两河人，啊，他……”

菲儿摇着扇子，没有再去听森布说些什么，却依旧装出一副在认真倾听的模样。这是她父亲教她的一个技巧，为的就是应付这种状况。当然，如果有胡沃先生给屋顶铺上瓦片，可能就不会有人去求森布铺茅草屋顶了。

并非所有人都像森布一样对外地人抱着排斥的态度，伊蒙村的铁匠哈兰·卢汉已经和一名阿拉多曼的刀匠，以及一名来自阿摩斯平原的锡镴匠合伙工作了。艾戴尔先生雇用了三男两女五个人，他们懂得制造家具、雕刻和镀金的手艺，只是这里并没有黄金。菲儿和佩林的椅子就是他们的作品，这些家具跟菲儿在其他地方看到的工艺品一样精致。其实森布现在雇用的几名帮手也不完全是两河人。当兽魔人来袭的时候，许多屋顶都被烧毁了，而且现在还有许多新房在兴建中。佩林没有权利让她一个人听这些胡说八道。

两河人在佩林的率领下战胜了兽魔人，他们已经宣称佩林是他们的领主。佩林徒劳地阻止他们向自己鞠躬，称他为佩林大人，虽然他心里可能已经明白，自己没办法改变人们的这个愿望，但他还是想尽各种方法不让领主的重担落在自己肩上，逃避领民们对领主应有态度的期待，更糟的是，逃避身为一名领主应尽的职责。菲儿很清楚身为领主该知道的一切，毕竟，她是达弗朗·德·加林恩·巴歇尔活下来的孩子中最年长的。她的父亲是巴歇尔，泰尔和辛多纳的领主，妖境边界卫士，心地守卫者，沙戴亚女王泰诺比的元帅。实际上，她是在逃离家之后才成为号角狩猎者的，然后她又为了丈夫而抛弃了狩猎圣号角的生涯（这一点至今都让她感到吃惊）。但她依然记得父亲对自己的教诲。佩林会倾听她的解释，甚至会在他认为正确的地方点头，但让佩林自己去处理这类事情，就像要一匹马跳撒莎拉舞那么难。

森布终于停止了他的胡言乱语。说了这么久，他竟然都还记得要把骂人的脏话吞回肚子里。

“佩林和我选择茅草屋顶。”菲儿平静地说。当森布还在满意地点头时，她又说道：“不过你到现在都还没有完成我们的屋顶。”森布愣了一下。“你接下的工作量似乎已经超过你的能力了，森布先生，如果我们的屋顶还要这样拖延下去，恐怕我们就只能去求胡沃先生为我们做一些瓦片了。”森布的嘴唇剧烈地蠕动了半天，如果菲儿让这幢官邸有了瓦片屋顶，那么其他人也都会竞相效仿了。“很高兴听到你的言论，森布先生，不过我相信，与其在这里浪费时间闲谈，你会更愿意先完成我的屋顶。当然，我很高兴听你说话。”

森布瘪着嘴瞪了脚趾前的地面一会儿，然后草草地鞠了个躬，嘴里嘟囔了一些令人费解的字句，便转过身，用拐杖戳着赤裸的木地板离开了。菲儿只听见他在最后用近似被勒住喉咙的声音说着“我的女士”。佩林应该和她分担这些浪费时间的琐事，哪怕绑住佩林的手脚，也一定要让他坐在这里。

幸好剩下的申诉并不那么让人恼火。一名曾经身材丰满的女子，一条有着补丁的绣花裙子几乎像麻袋一样挂在她身上。她来自托门首，那个地方距离这里比阿摩斯平原还要远，她说她会采集药草和治疗疾病。笨重的乔·艾玲不停地揉搓着他的秃头；削瘦的塞得·托芬拧着衣领，他们为了田地边界的纠纷一直吵到菲儿这里来。两名皮肤黝黑的阿拉多曼男人穿着长皮背心，留着整齐的胡子，他们自称是矿工，并且说他们来这里的时候，在靠近山脉的地方发现了金矿和银矿的痕迹；另外还有铁矿，不过他们对铁矿没什么兴趣。最后是一名身材细瘦的塔拉朋人，她的窄脸上戴着一块透明的面纱，浅色的头发被编成许多细辫子。她说她是一名地毯编织师傅，并且知道如何制造地毯的编织机。

菲儿将那名对药草有兴趣的女人推荐给当地的妇议团。如果爱帕拉·索玛真的拥有她所说的那些知识，那么妇议团会指派她成为某个村子的乡贤助手。穿过迷雾山脉的人都有一段很糟的经历，所以现在两河的乡贤们全都配备了不止一两名学徒，而且还在寻找更多的助手。也许爱帕拉并不想只当一名助手，但她必须从这个位置上开始做起。问了几个问题之后，菲儿就知道塞得和乔其实早就忘了他们田地的边界在哪里，显然他们在菲儿出生前就在为这个问题而争吵了。只是村议会一直没有给他们一个确切的结论，所以这个问题就一直拖到现在。菲儿命令他们商量出一个折中的办法，解决了这个问题。

她授予那两名矿工开发他们寻找到的矿藏的权利。他们并不真的需要这种许可，但最好让他们从一开始就知道这个地方的权威所在。同时菲儿还为他们提供足够的银钱以购买装备、补给。菲儿让两名阿拉多曼人同意将他们所发掘出来的矿藏的十分之一提供给佩林，作为对于许可和赞助金的交换，同时要确定那处铁矿的具体位置。佩林不会喜欢这样的，两河没有过税收，但一位领主却需要钱来做各种事情和提供各种东西。那些铁矿会像黄金一样有用。至于丽埃勒·莫莱拉，如果这名塔拉朋人并不像她声称的那样技艺精湛，她的事业就不会持续太久，但如果她真的能够……已经有三名织布者向菲儿确保明年从巴尔伦来的商人们，将发现两河绝不只是出产未经加工的羊毛。漂亮的地毯也会是另外一项能带来更多利润的贸易品。丽埃勒承诺会把她的第一批，也是最好的一批作品呈献给这座官邸。菲儿以优雅的姿态点头接受了这份礼物。等到地毯织出来的时候，她自然会给予丽埃勒更多的报酬。官邸的地板确实需要装饰一下。最后，所有人看上去都相当满意，甚至是乔和塞得。

当那名塔拉朋女子一边行着屈膝礼，一边向后退去的时候，菲儿站起身，心里为一天工作的结束而感到高兴。但她立刻又停在原地——四名女子从房间对面的门口走了进来，她们全都穿着厚实的两河羊毛裙，满脸是汗——黛斯·康加，像大多数男人一样高大魁梧，比其他三位乡贤都高出一个头，同时也因为她的村子正是官邸所在地，所以她自然就走在其余乡贤前面。艾戴勒·盖林是望山的乡贤。她身材苗条，辫子已经变成了灰色。她的表情显得非常僵硬，显然她认为，更加年长、担任乡贤的时间也更久的她，才应该处在黛斯的位置上。艾芬恩·塔隆是戴文骑的乡贤，她是四个人之中身材最矮小的，甚至在她强迫别人去做他们不愿意做的事情时，她的脸上也会带着母亲一般的慈祥微笑。最后是来自塔伦渡口的米拉·亚阿札。她也是她们之中最年轻的，年轻到甚至可以当艾戴勒的女儿了，面对周围的人，她总是会显出不安的神情。

菲儿仍然保持着站姿，缓缓地摇动着扇子，现在她真的开始希望佩林会在她身边了，非常非常地希望。这些女人在她们的村子里拥有和村长一样的权威；有时候，在某些方面，她们的权威甚至还超过村长。对待她们要相当地谨慎，要给予她们足够的重视与尊敬，这当然会让菲儿感到头痛。她们围绕着佩林的时候就变成了傻笑的女孩，一心只想讨好佩林，而面对菲儿的时候……这些两河人已经有几世纪没和贵族打过交道了。他们七代以前的祖先才见过来自凯姆林的女王使者。现在这里的每个人——包括这四个人——都还在确认自己该用什么样的态度对待一位领主和他的夫人。有时候，她们会忘记站在自己面前的是菲儿女士，只把她当成是一个刚刚在几个月之前由黛斯主持过婚礼的年轻女孩。她们会一边行屈膝礼，嘴里说着“是的，当然，女士”，一边却在教训她对于某件事该怎么做，完全不在意这样子看上去有多么不协调。你不能再把这些全都扔给我一个人了，佩林。

现在这四名乡贤正以不同的姿势向她行着屈膝礼。“光明照耀你，女士。”四个声音此起彼落地传入菲儿耳中。

黛斯的脸上没有任何愉快的表情，她还没完全直起身就说道：“又有三个男孩跑掉了，女士。”她的声音里一半是尊敬，另一半却像是对年轻女子的训诫，“戴维·艾玲、伊文·芬佳、伊莱姆·多提，他们听了佩林大人的故事之后，就决定去外面看看这个世界。”

菲儿惊讶地眨眨眼。他们三个几乎已经不能算是男孩了，戴维和伊莱姆差不多跟佩林一样大，而伊文的年纪和菲儿是一样的。佩林很少也极不愿意讲述他的故事，而且他的故事现在也绝非两河人唯一的外界传闻来源。“如果你们希望的话，我可以要佩林来和你们说话。”

四名乡贤出现了一些骚动。黛斯显露出期盼的神情；艾戴勒和米拉下意识地抚平了裙子；艾芬恩同样心不在焉地将辫子拉到肩膀前面，小心地将它摆好。她们忽然又意识到自己正在做什么，便立刻僵在原地，既不敢看其他乡贤，也不敢去看菲儿。菲儿的一个优势就在于知道她的丈夫对这些乡贤的影响力。有许多次，菲儿看见她们之中的某一个人在与佩林会面之后，强硬地责令自己绝不能再次重复在佩林面前的丑态；而菲儿也有许多次看见她们又在佩林面前将这样的决心扔出了窗外。这些乡贤们自己大概也不知道，是更愿意与菲儿争论这个问题，还是与菲儿的丈夫在这件事上纠缠不休。

“这没必要，”过了一会儿，艾戴勒说道，“跑掉的男孩们是让人烦恼，但这也只不过是个烦恼而已。”随后她说出“女士”的时候，语调比黛斯的更加走样。

身材丰满的艾芬恩带着母亲照看女儿时的微笑，对菲儿说道：“既然我们来找你，亲爱的，我们也许还应该说些别的事情。水，要知道，已经有人开始为此而担忧了。”

“已经有几个月没下雨了。”艾戴勒说。黛斯点点头。

这一次，菲儿眨了眨眼。她们很聪明，应该能想得到佩林对此也无能为力。“泉水都还在流淌，佩林也已经命令开挖更多的井了。”实际上，佩林只是提出了这样的建议，但幸运的是，这和命令并没有什么不同。“在种植季节到来之前，通往水林的灌溉渠道就可以完成了。”这是她下令做的。沙戴亚半数的田地都需要人工灌溉，但这里的人似乎从没听过这种事。“不管怎样，雨总是会落下来的，渠道只是为了以防万一。”黛斯又慢慢地点点头，艾芬恩和艾戴勒也跟着她做同样的动作，虽然她们像她一样清楚这些事。

“我们说的不是雨，”米拉嘟囔着，“并不完全是，这种天气不正常。要知道，我们都没有听风解语的能力。”其他乡贤立刻皱起眉头，米拉则不由得缩了缩肩膀，她显然是说得太多，泄露了她们的秘密。所有的乡贤应该都能够借助听风来预测天气，至少乡贤们都是这样宣称的。但米拉还是顽固地说道：“是的，我们不行！我们的办法是观察云层、鸟类的行为，还有蚂蚁、毛虫，和……”她深吸了一口气，站直身体，但仍然躲避着其他乡贤的目光。菲儿想知道米拉是如何主导塔伦渡口妇议团的，更别说是村议会了。当然，米拉的妇议团成员几乎都像米拉一样年轻，那个村子在兽魔人的袭击中，失去了全部的人口，现在那里的人都是新移民。“这不正常，女士，一个星期前初雪就应该到来了，但现在的天气却仿佛还是盛夏。我们不是担心，女士，我们是害怕！即使别人不承认，但我得承认，我在大多数夜晚都无法入眠。已经有一个月了，我不曾好好睡过，而且……”她的声音低沉下去，双颊泛起了红晕，她意识到自己也许说得太多了，一位乡贤应该时刻保持冷静，她自己也不曾这样公开宣泄过自己的恐惧。

其他人将目光转向菲儿。她们什么话都没说，没有表情的面孔几乎和两仪师的完全一样。

现在菲儿明白了。米拉只是说出简单的事实。天气并不正常，而且绝非自然界应有的不正常。菲儿经常整夜清醒，祈祷雨水或雪花从天而降，同时竭力不去思考是什么潜伏在这种干旱和燥热之后。乡贤有责任安抚其他人，但当她们需要安抚的时候，又该去找谁？

这些女人也许还不知道她们正在做什么，但她们找到了正确的地方。菲儿从出生时就被灌输一种观念——贵族和平民之间契约的一部分，就是贵族需要为平民提供保护和安全感，而这种安全感的内容之一，就是提醒人们可怕的日子并不会永远持续下去。如果今天很糟糕，那么明天就会好一些；如果不是明天，那就会是后天。菲儿希望自己能有信心，而且她所接受的教育也在命令她，即使没有这样的信心，也要用自己的力量去抚慰别人，要深藏自己的恐惧，不能让自己成为传播恐惧的源头。

“佩林在我来到这里之前，就对我说过他的同胞，”菲儿说道，佩林不是一个吹牛的人，但菲儿必须找到一个契机，“当冰雹打坏你们的庄稼，当冬天杀死你们半数的羊只，你们会勒紧裤带，继续前行；当兽魔人摧毁两河的时候，你们奋力反击；当兽魔人被赶跑的时候，你们一步不停地开始重建家园。”如果不是亲眼所见，菲儿也不会相信这些。这不是南方人能做到的事情，沙戴亚的人们拥有这样的素质，但在那里，兽魔人的袭击如同家常便饭，至少在北部是如此。“我不能告诉你们，明天的天气会有什么样的变化；我只能告诉你们，佩林和我会竭尽全力去做我们该做的事情。无须我多言，你们会认真面对每一天，无论在那一天里需要面对的是什么。这就是两河人的血脉，是你们所拥有的力量。”

乡贤们是聪明的，如果她们刚才没有承认为什么会到这里来，她们现在已经承认了。如果她们不够聪明，她们就会因为菲儿的这番话感到不悦。但是这些她们自己常常用来教训村民的话，现在由别人口中说出来，也颇有效果，当然，她们还是会感到尴尬。现在她们都盯着地面，双颊通红，似乎是宁愿自己没有来过这里。

“嗯，当然，”黛斯说着，将结实的拳头叉在腰上，她瞪着其他乡贤，不容她们反对她，“我也说过的，不是吗？这个女孩说的话很有道理。她刚到这里的时候，我就这样说过了。我说过，这个女孩是有头脑的。”

艾戴勒哼了一声：“有谁说过她没头脑吗，黛斯？我可没听到过。她做得很好。”然后她又向菲儿点点头：“你确实做得很好。”

米拉行了个屈膝礼：“谢谢你，菲儿女士。我知道，我已经对五十个人说过这样的话，但从你嘴里说出来，不知为什么——”黛斯重重地哼了一声，打断米拉的话。米拉又说多了，她的脸也变得更红。

“你的衣服很漂亮，女士。”艾芬恩向前靠过来，指着菲儿偏爱的开叉裙装说，“不过，戴文骑来了一名塔拉朋女裁缝，她能为你做出更好的衣服。恕我冒昧，我已经训诫过她了，现在她除了为已婚女子置装之外，只做端庄的衣服。”母亲般的微笑又出现在她脸上，里面既有纵容，又有威严。“或者是帮恋爱中的人置装，她能做出美丽的衣服。啊，如果能让她来装扮你，她一定会很高兴的。”

还没等艾芬恩说完，黛斯已经露出自得的微笑：“目前人在伊蒙村的瑟芮勒·玛萨已经为菲儿女士做了几件衣服——真是最美丽的礼服。”艾芬恩向前迈了一步，艾戴勒咬住了嘴唇，就连米拉也露出若有所思的神情。

在菲儿看来，这次会见应该已经结束了。对于那位阿拉多曼裁缝瑟芮勒，菲儿需要经常性的监视和严格告诫，才能避免她将自己的礼服做成班达艾班的宫廷样式。缝制这些礼服是黛斯的主意，本来她是想给菲儿一个惊喜。但即使裁缝给菲儿缝制的是沙戴亚风格的礼服，而不是阿拉多曼风格，菲儿也不知道有什么场合适合穿这些衣服，两河大概还要很长时间才会有舞会和游行活动。现在这些乡贤们却已经准备比赛哪个村庄可以为她做衣服了。

菲儿为她们沏了茶，同时不经意地说起她们应该讨论一下，该如何在天气的问题上让人们振作起来。这几乎正中乡贤们的痛处，只过了几分钟，她们就一边为不能在这里久留而抱歉，一边匆忙地履行她们的职责去了。她们的步履是如此匆忙，以至于差点将自己绊倒在地上。

菲儿若有所思地看着乡贤离去，米拉像往常一样走在最后，如同一个跟在姐姐后面的小妹。也许菲儿可以私下和塔伦渡口妇议团的一些成员说几句话。每个村子都需要强有力的村长和乡贤，为村民争取利益。说这些话需要隐密而谨慎。当塔伦渡口选举村长时，她就曾找那里的男人们谈过话——如果一个男人有足够的智慧和坚毅，符合她和佩林的要求，那么为什么不能让参与选举的男人们知道她和佩林属意于谁？但她的这个行动被佩林发现了……佩林是一个温和的人，不轻易发火，但为了自身的安全，她在那时不得不将自己反锁在卧室里，直到佩林冷静下来。而为了让佩林冷静，她不得不承诺不再“干涉”任何村长的选举，无论是公开的还是瞒着他的。最后这一点是最不公平的，也最让菲儿感到棘手。但菲儿当时并没有提到过妇议团的选举。好吧，最好是不要让他知道，这对他、对塔伦渡口都比较好。

想到佩林，让菲儿回想起自己许下的承诺，羽扇挥动的速度不自觉加快了许多。今天那些人无聊的诉求并不算很糟糕，甚至那些乡贤也还可以忍受——至少今天没有人问到佩林大人的继承人，光明保佑！也许是这种无法忍受的酷热将她的怒气激到了顶点。佩林应该担负起他的责任，否则……

雷声在官邸上方滚滚而来，闪电照亮了窗户。她的心中刹时又充满了希望。如果能够下雨……

穿着软鞋的双脚在她跑动时并没有发出声音，她要找到佩林，她想和他分享这场雨。不过她还是有些话要对他说，如果有必要的话，会是一场长谈。

佩林就在她所预期的地方。她全力跑上三楼，在直接与屋顶相接的走廊里，这个满头卷发的男人穿着一件朴素的棕色外套，他有着粗壮的肩膀和手臂，宽大的背正朝向菲儿。他的身子靠在走廊墙壁的一根圆柱上，眼睛盯着楼下的地面，而不是天空。菲儿停在走廊门口。

雷声再次震响，蓝白色的闪电划过天际。焦热的闪电在没有云彩的天上翻滚，这不是雨水的预兆。没有熄灭热气的雨，也不会有随之而来的雪。菲儿的脸上渗出汗水，但她的身体却在颤抖。

“会见结束了？”佩林说道。菲儿吓了一跳。佩林没有抬头，菲儿并不一直都记得佩林的耳朵有多么灵敏，或者他是闻到了她的气味。菲儿希望那会是香水的味道，而不是汗味。

“我还以为你会和格维尔或哈尔在一起。”这是佩林最严重的错误之一。

菲儿尽力训练仆人，但那些仆人对佩林来说，却是可以一同欢笑饮酒的朋友。不过，佩林至少眼睛不会乱瞟（这是许多男人共通的毛病），他从没发觉到卡勒·科普林要在这幢官邸里当仆人，是因为她希望能做一些为佩林大人整理床铺以外的事。佩林甚至没注意到是菲儿用火把将卡勒赶出了官邸。

菲儿走到佩林身边，看见佩林所看的情景。两个赤裸着上身的男人，正在下面挥舞着两把练习木剑——谭姆·阿瑟是一名筋骨结实的灰发汉子，亚蓝更加苗条，也更年轻。亚蓝学得很快，非常快。谭姆曾经是一名士兵，一位剑技大师，但现在亚蓝正在对他展开猛烈的攻势。

菲儿的目光自然而然地转向西林的方向。在那边半里之外，一片被石栏围绕的田地里，簇拥着一片帐篷，在战火中活下来的匠民都居住在那里。在那片营地旁边围绕着匠民们制造了一半的房车。当然，自从亚蓝拿起剑的那一刻起，他们就不再认为亚蓝是他们的一员了。不管怎么样，图亚桑从来不会使用暴力。菲儿想知道，当那些马车做好之后，他们是不是会像他们计划的那样上路。在聚集起躲进树林中的匠民之后，他们仍然有一百余人。也许他们最后会将亚蓝留给他自己的选择。她没听说过任何图亚桑会长久居住在一个地方。

但在兽魔人的灾祸之后，即使是喜欢宣称他们从不曾有过改变的两河人也在发生着巨大的变化。就在这座官邸以南百多步的伊蒙村，已经比她刚到这里时扩大了许多，所有被烧毁的房屋都得到了重建，更多的新房舍正拔地而起。一些房屋使用了瓦顶，还有一些是用砖砌的，这是另一种新风貌。新来的移民仍然不停地定居于此，很快的，这幢官邸就会成为伊蒙村的一部分了。人们在讨论是否要搭建围墙，以免兽魔人再次来犯。

改变。村里的街道上，几个孩子正跟在罗亚尔高大的身躯后面，就在几个月以前，罗亚尔毛茸茸的耳朵、几乎和脸一样宽的鼻子和他超过普通人半个身躯的身高，还让村里的每个孩子在看见他时都会吃惊地张大嘴巴，孩子们的母亲则会害怕地竭力想保护自己的孩子。现在，母亲们都会送孩子到罗亚尔那里，让罗亚尔读书给他们听。身穿奇异服饰的外地人在伊蒙村各处都能看见。在两河人中，他们几乎像罗亚尔一样与众不同，但没有人会多看他们一眼。也没有人会继续在意村里的那三名艾伊尔人，对他们穿着灰褐色衣服的修长身材有什么议论。就在几个星期以前，这里还有两位两仪师，人们只是会对她们报以尊敬的鞠躬和屈膝礼。

改变。草地上，距离酒泉并不远的两根旗杆远高过了所有屋顶，其中一根旗杆上红色镶边的旗帜中央绘着一只红狼头，那已经成为佩林的徽记；另外一面旗上飞翔的红鹰是曼埃瑟兰的标志。两千年以前，曼埃瑟兰在兽魔人战争中被毁，但这片土地是曼埃瑟兰的一部分。飘扬的红鹰旗得到了两河人无数的欢呼。一切都在改变。他们不知道这是多么大、多么不可遏制的改变。但佩林会看清这些，有她的帮助，佩林会看清的。

“我经常会跟格维尔一起去捉兔子，”佩林说，“他只比我大一两岁，他也常常会带我一起去狩猎。”

菲儿过了一段时间才想起他在说什么。“格维尔正在学习当一名仆人，你让他在马厩里和你一起抽烟、谈论马匹，并不能对他有任何帮助。”她缓慢而深长地吸了一口气，这并不容易。“你对这些人负有责任，佩林，无论有多么困难，无论你是多么不愿意，你要承担起自己的责任。”

“我知道，”佩林轻声说，“我能感觉到他在牵扯着我。”

佩林的嗓音显得非常奇怪，菲儿伸手抓住他的短须，让他看着自己。对菲儿来说，他金色的眼睛仍然像以往一样怪异而神秘，可现在那双眼睛里隐含着哀伤。“你这话是什么意思？也许你是想对格维尔好一点，但他——”

“我说的是兰德，菲儿，他需要我。”

菲儿心中那个被她竭力否认的结勒得更紧了。她曾经让自己相信，危险已经随两仪师一起离开。这个想法真愚蠢。她嫁给了一个时轴，一个命中注定会扭曲因缘丝线的男人，而这个男人是和另外两个时轴一起长大的，其中一个正是转生真龙。她必须与他分担这一切，虽然她不喜欢这样，但她无法逃避。“你要怎么做？”

“去找他。”佩林移开目光，但菲儿的眼睛追了上去。在墙边靠着一把沉重的铁锤和一把斧头，斧柄大约有三尺长，半月形的斧刃光看就会让人心生寒意。“我没……”他的声音几乎变成了耳语，“我没办法告诉你，我今晚就要走，当所有人都入睡的时候。没多少时间了，我却有很长的路要赶。如果你需要帮手的话，谭姆和亚贝会帮你对付那些村长的，我跟他们提过了。”他竭力想让自己的声音更轻一些，那种努力的样子真是让人觉得心疼。“乡贤们不会对你造成麻烦的。真有趣，当我还是男孩的时候，乡贤总是那么可怕，但只要你足够强硬，她们就会变得容易相处了。”

菲儿咬紧了嘴唇。那么他已经告诉了谭姆·阿瑟和亚贝·考索恩他要离开，却没有告诉她？他现在还有心思说那些乡贤！她真该让佩林当一天的她试试，让佩林看看乡贤们是多么好相处。“我们不能这么快就离开，我们需要时间组织扈从队伍。”

佩林眯起了眼睛：“我们？你不能离开！那太——”他咳嗽着，降低了语调，“我们之中最好有一个人留下来。如果领主离开了，领主夫人应该继续照料这里才好。每天都会有更多的难民来到这里。所有的争执都需要调解，如果你也走了，这里的状况就会比被兽魔人包围时更糟。”

佩林怎么能以为她不会注意到自己丈夫笨拙的掩饰？他一定是想告诉她，这次的旅途会很危险。菲儿心中感到一阵温暖，但同时她也觉得非常恼火。“就依你所认为最好的方式去做吧！”她不愠不火地说。佩林抓抓胡子，怀疑地眨了眨眼，然后才点了一下头。

现在要做的，就是让佩林看清楚什么才是最好的。至少佩林没有直接说出来她不能走。一旦佩林打定主意，菲儿想要撼动他，就像空手举起一座谷仓那么难了。但只要菲儿够小心，这种情况是可以避免的，应该是可以避免的。

菲儿忽然伸手抱住了佩林，将脸埋在他宽阔的胸膛上。佩林强壮的双手轻轻抚过菲儿的头发，他也许以为菲儿是因为他即将离去而担忧。是的，她是在担忧，但并不是为了他会将她留下，单独离开。他还不知道，拥有一名沙戴亚妻子意味着什么。菲儿担忧的是，他们已经离开兰德·亚瑟这么久，为什么转生真龙现在会如此迫切地需要佩林，以至于佩林甚至能跨越千百里远的距离，感觉到这种需要？为什么会如此紧急？为什么？佩林的衬衫贴在他满是汗水的胸口。不正常的高热让更多汗水流过菲儿的脸颊，但菲儿还是在发抖。

一只手放在剑柄上，盖温·传坎将一颗小石子在手掌上抛掷着，又扫视了他的部下一圈，检查他们围绕这座被树木覆盖的山丘所分布的位置。一阵干热的风带着灰尘掠过不住翻滚的褐色草原，扬起他背后的绿色斗篷。除了枯草和点缀其间的灌木与矮树外，什么都看不见。这里的战线太长，他的人并不足以守御。他命令剑士五人一组在山下列阵，弓箭手则被部署在五十步后的山坡上。还有五十名装备着骑枪和马匹的人等在山顶的营地附近，作为应付紧急时刻的预备队。他希望今天可以不必使用这些骑兵。

一开始，他的青年军并不多，但他们的声誉吸引来新的兵员。这些新兵成为他有用的主力，但任何新兵若达不到标准，就不会被允许离开塔瓦隆。和别人一样，盖温并不认为今天会爆发战斗，但战斗从来不会在人们预料中的时刻爆发。两仪师们会一直等到最后一分钟，才告诉一个男人今天会发生什么。

“一切都好吗？”他说着，停在一组剑士旁边。尽管天气酷热难耐，但还是有人披着胸口绣有白色冲锋野猪的绿斗篷——白野猪是盖温的徽记。

吉索·哈默拉是他们之中最年轻的，他在咧嘴露出笑容时还像是个男孩子，但他是这五个人里唯一在领子上缀有小银塔的人。这是他参与过白塔作战的标志。他回答道：“一切正常，大人。”

青年军这个名字可谓名符其实。盖温自己才二十来岁，但已经算是这支军队里最老一辈的人了。这支军队有条规矩，不接收任何曾经在其他军队服役，或是当过贵族扈兵，甚至是当过商人保镖的人。第一批青年军全部由在白塔里接受护法训练的男孩和青年组成。护法是这个世界上最好的剑手、最好的战士，他们至少继承了护法的部分传统，但现在护法已经不再训练他们了。年轻没有坏处，他们在一个星期前才刚为第一名留出胡子的人举行了一个小型典礼。班奇·达尔弗终于从下巴上剃下了真正能算是胡子的东西，他的脸在白塔的战斗中留下了一道伤疤。两仪师们在史汪被废黜后的日子里，一直忙着治疗伤员。如果不是青年军在白塔的走廊里对上了自己的老师，并战胜了他们，也许史汪现在还是玉座。

“有什么要注意的吗，大人？”哈尔·穆尔问道。他比吉索大两岁，和许多没有佩戴银塔徽章的人一样，他很遗憾没能参加那次战斗。他会学到教训的。“连个艾伊尔的影子都没有。”

“你认为没有？”没有任何预兆，盖温突然将手里的石块全力掷向他们附近唯一的一丛灌木。一阵凌乱的声音响起，干枯的树叶纷纷落下，但那丛灌木抖动得似乎厉害了点，仿佛有个藏在后面的人被打中身上某个柔软的部位。新兵们发出一阵惊叹，而吉索只是调整了一下佩剑的位置。“一名艾伊尔可以蜷成一团潜伏在地上，你在走路时甚至会绊倒在他身上，哈尔。”盖温对于艾伊尔的知识全都来自于书籍，他读过白塔图书馆里每一本和艾伊尔进行过战斗的人写的书。男人必须为未来做好准备，而这个世界的未来应该只有战争。“但如果光明垂怜，今天应该不会有战斗。”

“大人！”喊声从山上瞭望兵那儿传来。盖温很快也发现了瞭望兵指示的目标：三个女人从西边一两百步远的一片灌木丛里走出来，正朝山丘这边靠近。西方，这是盖温没想到的，艾伊尔总是会有出其不意的行动。

盖温在书上读到过，艾伊尔女人会与男人们并肩战斗，但这些穿着暗色宽松裙子和白衬衫的女人绝对不是战士。在这样炎热的天气里，她们仍然将披肩挂在手臂上。但她们是如何在完全不被察觉的情况下走进那丛灌木的？“睁大你们的眼睛，但不是盯着她们。”盖温说完，就违反自己的命令，将目光转向那三位智者。他对她们很有兴趣，在这个地方，她们只可能是沙度艾伊尔的使者。

她们迈着庄重的步伐向这里走来，仿佛站在她们面前的并不是一大群全副武装的男人。她们的头发一直垂到腰际，用一块方巾束在脑后（盖温读到的书里说，艾伊尔女人也会把头发削得很短）。她们身上佩戴着许多金、银和象牙的手镯与长项链，盖温甚至觉得在一里之外的人都能看见那些首饰的闪光。

三名女子挺直了背，带着傲慢的神情走过那些剑士。对于身边和山上的士兵，她们没有多看一眼。走在最前面的女人有一头金发，宽松的上衣没系衣带，露出了乳沟。另外两个人发色灰白，满面皱纹。领头的这个女人年纪一定还不到后面两个人的一半。

"我倒想和前面的这个跳跳舞。"当三个女人走过的时候，一名青年军艳羡地说。他比那个金发女人至少要小十岁。

"如果我是你，我就不会这么想，阿维恩，"盖温冷冷地说，"也许你的邀请会引起她的误会。"那些书告诉盖温，艾伊尔人称呼战争为"舞蹈"。"那时她大概会用你的肝脏当晚餐。"盖温看见那个女人淡绿色的眼睛微微一闪，他从没见过更加凶狠的眼睛。

盖温看着那些智者们爬上山坡，一直走到六名两仪师和她们的护法那里，那些两仪师之中有两名属于红宗，红宗两仪师是没有护法的。当那些女人消失在山顶白色高帐篷后面的时候，五名护法便站立在周围进行警戒。盖温则继续在山下巡视。

艾伊尔人到来的讯息传开之后，青年军才提高了警戒，这让盖温很不高兴。他们刚才就应该保持这样的警戒，即使是那些没有佩戴银塔徽章的人，至少也应见过塔瓦隆周围的战斗。白袍众的指挥官艾阿蒙·瓦达在一个多月前向西撤离了塔瓦隆，几乎所有白袍众都跟着他走了。但剩下的那几名白袍众仍然想继续统率艾阿蒙所聚拢的土匪和打手。至少，青年军驱散了他们——白塔一直让自己的军力远离这些冲突，虽然白袍众出现在这里的唯一原因就是要伤害白塔。盖温希望自己能相信是青年军赶走了艾阿蒙，但他怀疑艾阿蒙的离开另有原因。很可能是培卓·南奥向这里的白袍众下达了命令。盖温很想知道那会是怎样的命令。光明啊，他痛恨信息的匮乏，这就好像在黑暗中摸索着前进。

盖温承认，他在生气。不仅是因为艾伊尔人，也不仅是因为没有人告诉他这一次的会面。甚至直到他和青年军被两仪师柯尔伦带到这里之前，他完全不知道今天要去什么地方。这名灰宗两仪师是今天这支两仪师队伍的首领。爱莉达在凯姆林当他母亲的顾问时，就是一名专横而沉默寡言的人。自从成为玉座后，原先那个爱莉达和现在的她相比，也显得开朗而温和了。毫无疑问，爱莉达催他组成这支卫队，有很大的原因是想让他离开塔瓦隆。

青年军在那场战斗中站在爱莉达这一边——前任玉座被评议会剥夺了令牌和圣巾，为了释放她而爆发的叛乱是非法的，这点简单而清晰。但盖温在对史汪的指控宣读之前很久，就对所有的两仪师都有了怀疑。两仪师挑动各种丝线，让诸国的王座依照她们的意思起舞，这种说法盖温已经听过太多，根本懒得去注意了。但那时他亲眼见到了丝线被挑动，至少，他看见两仪师这种行为的结果。他的妹妹伊兰一直在两仪师的手指间舞蹈，舞出了他的视野，彻底跳出他所知晓的范围。因为伊兰，还因为另一个人。他为了囚禁史汪而战斗，随即又纵容史汪逃走。如果爱莉达发现这一点，就算是他母亲的王冠，也无法保住他的性命。

但即使是在这种情况下，盖温仍然选择留在塔瓦隆，因为他的母亲一直都支持白塔，因为他的妹妹想成为两仪师。还因为另一名女子——艾雯・艾威尔。他甚至没权利想到她，但放弃白塔就意味着放弃她。只是这样一个简单的原因，一个男人选择了他的命运。但这并不能让盖温改变自己的选择。

他瞪了在热风中翻滚的枯草一眼，继续向前走去。因此他在这里，心中希望艾伊尔人不会发动攻击。也许那些沙度智者们与两仪师的会谈不会有结果，也许这次会谈反而会促使艾伊尔下定决心挑起战争。他怀疑，即使他们这一方有两仪师，埋伏在周围的艾伊尔人还是会将他们淹没。实际上，他正在前往凯瑞安的路上，他不知道自己应该如何看待这一点。柯尔伦命令他发誓对这次任务保密，那名两仪师仿佛是在害怕她说到的某件事，这种反应很正常。仔细推敲两仪师所说的话是有必要的——她们不能说谎，但她们可以把事实说得扑朔迷离。但这次，她们的言词听起来似乎没什么陷阱。这六名两仪师的任务是要求转生真龙随同她们前往白塔，安多女王之子所统率的青年军，将成为他光荣的卫队。唯一有可能让柯尔伦感到害怕的是她略微提到的一件事，这件事也让盖温震惊不已——爱莉达打算向世界宣称，白塔将支持转生真龙。

这实在令人难以相信。爱莉达在成为玉座之前属于红宗，红宗痛恨能够导引的男人，同样也不会对普通男人有什么好感。但不可征服的提尔之岩陷落，确实与预言相符合，这证明了兰德・亚瑟是转生真龙。即使是爱莉达也承认最后战争即将到来。盖温很难把那个一头栽进凯姆林王宫、被吓坏的乡下男孩，和传闻中正溯着艾瑞尼河而上，前来塔瓦隆的男人想成同一人。据说，他吊死了提尔的大君们，纵容艾伊尔人洗劫了提尔之岩。他确实率领艾伊尔人跨越了世界之脊，这种事情在世界崩毁后只出现过两次。现在他们正在蹂躏凯瑞安。盖温觉得自己也许是有些疯了——他相当喜欢兰德·亚瑟。对于兰德·亚瑟现在的身份，他只能感到深深的遗憾。

等盖温转回到吉索那一队时，他看见又有人从西边向这里走来。那是一名戴着邋遢帽子的卖货郎，那个人牵着一头驮满货物的骡子，径直朝这座山丘走来。他一定已经看见这些人了。

吉索动了一下，盖温碰碰他的手臂，他立刻又停止了动作。盖温知道这个年轻人在想什么。但如果艾伊尔人决定杀死他们这些人，他们也没办法阻止。如果他挑起了和艾伊尔人的战争，正在和他们会面的柯尔伦一定也不会高兴的。

那名卖货郎满不在乎地走过刚才被盖温丢石子的树丛，停在众人面前，那头骡子开始随意地咬嚼着地上的枯草。卖货郎摘下帽子，向面前的众人鞠了个躬，然后开始用肮脏的领巾擦抹他灰色的面孔。“光明照耀你们，大人们。任何人都能看出来，在这个危险的时刻，你们的旅行装备一定非常齐全。但如果你们还需要什么小东西，也许还不算老的米尔·德森能在他的货品里为你们找出来。方圆十里之内，再没有人比我的价格更公道了，大人们。”

盖温怀疑方圆十里之内连一片农田都不会有。“现在确实不太平，米尔先生，你不害怕艾伊尔人吗？”

“艾伊尔，大人？他们全都在凯瑞安。老米尔能嗅到艾伊尔，他能的。实际上，他倒是希望这里会有些艾伊尔，跟艾伊尔做买卖能赚不少钱。他们从凯瑞安得到了许多金子，而且他们不讨厌卖货郎，所有人都知道这个。”

盖温忍住了质问他的冲动，如果凯瑞安的艾伊尔人是那么好的贸易对象，这家伙就不必跑到北边来了。“有什么讯息吗，米尔先生？我们从北方来，也许你知道南方出了什么我们还不知道的事。”

“哦，南方出大事了，大人。你听说凯瑞安那个自称为真龙的人吗？”看到盖温点点头，他继续说道：“嗯，现在他占领了安多，至少是安多的大部分。安多女王死了。有人说他会占领全世界，而且要赶在——”那个男人的声音突然变成一阵窒息的喘气，盖温这才意识到，他抓住了那个男人的衣领。

“摩格丝女王死了？快说，快一点！”

米尔向四处转动着眼珠寻求协助，但他也同时飞快地说道：“这都是他们说的，大人，老米尔不知道，只是他觉得他们说的不是瞎话。所有人都这么说，大人，所有人都说是真龙干的，大人。老米尔的脖子，大人！大人！”

盖温突然松开双手，仿佛被火烫到一样，他感觉到内心燃起的烈火，现在他希望抓在手里的是另一个人的脖子。“王女，”他的声音仿佛来自遥远的地方，“有王女伊兰的讯息吗？”

米尔一被放开就立刻向后退了一大步：“老米尔不知道，大人，有人说她也死了。有人说是他杀了她，但老米尔不清楚。”

盖温缓慢地点点头，思绪似乎正在从井底飘上来。我的血在她之前而流；我的生命在她之前牺牲。“谢谢你，米尔先生，我……”我的血在她之前而流……这是他刚刚长高到可以看见摇篮中的伊兰时，就立下的誓言。“你可以和……我的手下进行贸易……”加雷斯·布伦跟他解释过这段誓言的意思，从那时起，他知道自己的人生中无论辜负了什么，只有这个誓言是他一定要坚守的。吉索等人都担心地看着他。“照顾这名卖货郎。”他随口说了一句就转身离开了。

他的母亲死了，还有伊兰。这只是谣言，但得到所有人认同的谣言有时就会变成事实。他向两仪师的营帐走了几步，才意识到自己在做什么。他的手在痛。他低头去看，发现两只手都紧抓在剑柄上，他用了很大的力气才将手松开。柯尔伦率领的两仪师使节团要将兰德·亚瑟带往塔瓦隆，但如果他的母亲死了……还有伊兰，如果她们死了，他就要看看转生真龙被刺穿心脏之后，是不是还能活下去！

嘉德琳·亚鲁玎整了整红色流苏的披肩，与帐篷里的其他女人一同从软垫上站起来。听到虚胖的柯尔伦拖着长声说：“既然双方都已经同意，那就这样吧！”她差点哼出了声。这是一次和野蛮人的会面，她们得到的也绝不是白塔与统治者之间达成的协议。

那些艾伊尔女人没有任何反应和表情，如同她们刚刚到来时一样，这是一件令人惊讶的事。诸国的王者在面对两三位两仪师时，都无法让自己的心神平静，更别说是六名了。这些野兽般的野蛮人早就该在她们面前颤抖了，但她们却几乎连一点反应都没有，但或许这也是恐惧的表现。她们的领头者，那个名叫瑟瓦娜，又带着一堆“各氏族”、“沙度”和“智者”之类名衔的女人说道：“只要我看到他的脸，协议即可达成。”她的口气显得相当阴沉。她那个专门为吸引男人眼神而敞开的领口，看上去也很不顺眼。艾伊尔人竟然会选择这样的人当他们的领袖，也显示出他们是多么的低劣。“当他被击败的时候，我想看见他，也让他见到我。唯有如此，你们白塔才能和沙度结盟。”

瑟瓦娜声音中的渴望让嘉德琳压抑住了自己的微笑。智者？这个瑟瓦娜是个十足的傻瓜。白塔没有同盟者，只有自愿侍奉白塔的，和心不甘情不愿侍奉白塔的，没有其他。

柯尔伦抿紧的嘴角泄露了她的恼怒。这名灰宗两仪师是一名优秀的谈判者，但她不喜欢这样的谈判结果，她要求每一步都确切地落在计划中的位置。“毫无疑问，你的服务可以让你得到你所要求的。”

一名灰发的艾伊尔人（她的名字似乎叫特瓦）眯起了眼睛，但瑟瓦娜点了点头。她听到了柯尔伦想让她听到的内容。

柯尔伦率领绿宗的布莲安和褐宗的耐苏恩，连同五名护法，一直护送这些艾伊尔女人到山脚。嘉德琳一直走到营地边缘，看着她们离去。这些艾伊尔人被允许单独进入营地，这符合她们请愿者的身份，但现在她们被给予了全部的荣宠，让她们相信她们真的是白塔的朋友和盟军。嘉德琳怀疑她们的文明是否能让她们懂得这种变化的微妙之处。

盖温正在山脚下，他坐在一块石头上，盯着远方的草原。如果这个年轻人知道了他和他那些年轻人们会在这里，只是因为要将他们遣离塔瓦隆，他会怎么想？爱莉达和评议会都不喜欢在身边养一群拒绝套上索具的小狼。也许沙度能解决这个问题。爱莉达已经对此有所暗示，不能让他的死亡成为他母亲敌视白塔的原因。

“如果你再这样盯着那个年轻人，嘉德琳，我就要以为你应该是一名绿宗了。”

嘉德琳迅速压灭了胸中愤怒的火花，恭谨地低下头：“我只是在推测他的想法，两仪师盖琳娜。”

在如此公众的场合，这样的恭谨有些过头了。盖琳娜·卡斯班看上去比嘉德琳的实际年纪要小，但她的岁数是嘉德琳实际年龄的两倍。这名圆脸的女人身为红宗领袖已经有十八年了，当然，这种事情是不为其他宗派所知的，这是红宗自己的安排。盖琳娜甚至不是红宗在白塔评议会中的宗派守护者，嘉德琳怀疑大多数其他宗派的领袖也不在评议会里。爱莉达本来想任命盖琳娜为这次使节团的首领，而不是妄自尊大的柯尔伦。但盖琳娜指出一名红宗两仪师也许会让兰德·亚瑟产生疑虑。玉座属于所有宗派，又不属于任何一个宗派，成为玉座之人必须断绝她旧有的从属。但如果爱莉达还有可能服从谁的话，她会服从盖琳娜。

“他会像柯尔伦所预测的，自愿前来吗？”嘉德琳问。

“也许，”盖琳娜不动声色地说，“这支使节团所给予他的荣誉，足够让一名国王扛着他的王座走到塔瓦隆了。”

嘉德琳连头都懒得点一下：“只要一有机会，那个叫瑟瓦娜的女人就会杀掉他。”

“那么就绝不能给她机会。”盖琳娜的声音很冷，她抿起丰满的嘴唇，“玉座不会喜欢计划被干扰。如果出了那种事，你和我会在黑暗中连续尖叫几天后才得以一死解脱。”

嘉德琳下意识地将披肩扯上肩头，但还是打了个哆嗦，空气中全都是尘埃，她应该披上她的轻斗篷。爱莉达的怒火无法杀死她们，不过那确实会是个很大的麻烦。嘉德琳成为两仪师已经有十七年，但直到她们离开塔瓦隆的那天早晨，她才知道自己和盖琳娜所共事的宗派并非只是红宗。她投入黑宗已经有十二年，却从来不知道盖琳娜同属黑宗，而且服侍暗主的时间比她更久。黑宗两仪师要隐瞒自己的身份，甚至不能暴露给其他黑宗两仪师知道。在她们极少进行的聚会中，参与聚会的成员也要遮住面孔，扭曲声音。在盖琳娜之前，嘉德琳只知道另外两名黑宗两仪师。授予她的命令或者放在她的枕头上，或者放在她斗篷的口袋里。如果有除她之外的任何人碰到那张纸，那些墨水会立刻消失。她有一个秘密的地点，可以把同样经过处理的情报和命令传给其他人。对于这些命令，她从不曾违背过。在一天之后跟上来的两仪师之中，可能也有黑宗的成员，但她不知道那会是谁。

“为什么？”她问道。命令她们保护转生真龙很不合常理，即使是为了把他交到爱莉达手中。

“对于立下誓言，奉上无限忠心的人，质问是危险的。”

嘉德琳又打了个哆嗦，膝盖差点就撞到地面。“是的，两仪师盖琳娜。”但她还是不禁思忖，为什么？

“她们没有表现出任何尊重和荣誉，”赛莱维怒气冲冲地说道，“她们允许我们走进她们的营地，仿佛我们是没有牙齿的狗；然后她们又看押我们走出来，仿佛是在看押可疑的盗贼。”

瑟瓦娜没有向周围看，在重新走进树林之前，她不会这么做。两仪师正在盯着她，想从她身上找到紧张的痕迹。“她们同意了我们的要求，赛莱维，现在这已经足够了。”现在这是足够了，但总有一天，这些土地将成为沙度的战利品，包括白塔在内。

“想到这些就让人觉得很糟糕。”第三名女人用绷紧的声音说，“智者要避开两仪师，一直都是这样。也许这对你来说是足够了，瑟瓦娜——身为库莱丁的寡妇，还有苏拉迪克的寡妇，在我们另派一个男人去鲁迪恩之前，你拥有部族首领的权力——但我们这些人不该参与这样的事。”

瑟瓦娜几乎无法再强迫自己镇定地走下去。迪赛恩在她被选为智者时就曾出言反对她，说她既没当过智者的学徒，也没去过鲁迪恩；而且宣称她既然已经得到部族首领的权力，就不能再成为智者。另外，她不仅是一名，而是两名部族首领的寡妇，也许她的身边伴随着厄运。幸运的是，有足够的沙度智者站在瑟瓦娜这一边；但不幸的是，也有许多人听从迪赛恩，所以没办法将迪赛恩安全地除去。智者们不该与暴力有染——她们甚至还和那些在凯瑞安的叛徒与傻瓜们自由来往——但瑟瓦娜迟早会找到办法除掉她。

迪赛恩的疑虑似乎也影响了赛莱维，她开始低声嘟囔着什么，瑟瓦娜只能听到其中的只言片语，“对抗两仪师是不应该的。我们在世界崩毁之前侍奉她们，却又失信于她们，所以我们被放逐到三绝之地。如果我们再次失信于她们，我们将只有毁灭一途。”

所有人都相信这一点，这是古老传说的一部分，几乎已经成了艾伊尔人的习俗，瑟瓦娜对此却不认同。那些两仪师在她眼里显得虚弱而愚蠢。她们只有一支几百人的护卫队，而真正的艾伊尔人，沙度艾伊尔可以用十倍于他们的数量将他们淹没。“新的时代已经到来了，”她用严厉的声音重复着她在智者们面前的演讲，“我们已不再被三绝之地所捆缚，任何人都能看见这种改变。我们一定要改变，否则我们就会彻底消失，如同从未出现过一样。”当然，她从没告诉过智者们她要进行多大的改变，按照她的想法，沙度的智者们永远也不会再派男人去鲁迪恩了。

“无论时代新旧，”迪赛恩嘟囔着，“如果我们真的从两仪师那里带走了兰德·亚瑟，我们该拿他怎么办？还不如在她们护送他前往北方时，用一把刀子插进他的肋骨，这样会更好，也更容易。”

瑟瓦娜没有回答，她不知道该怎么回答，现在还不知道。她只知道，只要她得到了那个所谓的卡亚肯，那个艾伊尔首领的首领，将他像恶狗一样拴在自己的帐篷门口，那么这片土地就真正属于沙度、属于她了。她很早就清楚这一点，甚至不必等到那个奇怪的湿地人在被称作弑亲者之匕的山峰中找到她的时候。那个男人给了她一个用某种坚硬岩石制成的小盒子，上面雕刻着奇怪而复杂的图案，他告诉她这个盒子的用法。只要有能够导引的智者帮助，她就能让兰德逃不出她的手心。她一直都将那个盒子放在腰间的口袋里，现在她还没决定该怎么处理这个盒子，也没有对任何人提起这件事。她只是高昂着头，大步走在秋日那个酷烈的太阳下。

宫殿的花园里如果还能剩下一棵树，也许会有一点阴凉的假相，但现在那里最高的也只是一些经过修剪的灌木丛了，它们被修剪成奔马、杂耍熊等形状。只穿着衬衫的园丁正在毒辣的烈日下提着水桶来回奔忙着，竭尽全力想挽救他们的作品。他们已经放弃了花朵，被排列成各种图案的花床都已经清理干净，只剩下干枯的草坪。

“这种炎热真是糟糕。”埃尔隆说着，从黄色丝绸外衣的蕾丝镶边袖里抽出蕾丝手绢，轻轻拍了拍脸，然后将手绢扔到一旁。一名穿着金红色制服的仆人立刻将它从砾石走道上捡起来，又迅速退开，另一名仆人将一条新的手绢放在国王的手中。当然，埃尔隆不会注意到这些事。“这些家伙通常总是能让所有东西一直活到春天，但我在这个冬天可能要失去一点了。不过我们好像不会有任何冬天的样子。寒冷对它们来说应该比干旱更好一些。你不觉得它们很不错吗，亲爱的？”

埃尔隆，光明涂膏者，阿玛迪西亚之王和守卫者，南门的守护人。他并不像传闻中所说的那么英俊，但话说回来，摩格丝在多年前第一次与他相见时，就已经觉得那些传闻的源头也许正是他自己。他波浪状的黑发还算浓密，只是前额的发际线明显地后退了，他的鼻子显得太长了点，耳朵太大了点，整张脸给人一种松弛的感觉。摩格丝很想问，那道“南门”是通往哪里的？

她打开手中的象牙扇，看着一个园丁的……作品，那看上去就像是三名被放大的裸体女子，正绝望地和许多巨型毒蛇搏斗着。“真是令人难忘。”她说道。身为乞丐，有些话是必须要说的。

“是的，是的，难道不是吗？啊，好像有国家事务要等我去处理了。恐怕是一些紧急的事情。”十几名男子身上的衣服，就好像那些曾经有过的鲜花一样鲜艳，他们出现在走道远处的大理石矮阶梯上，他们面前还有十几根没有支撑任何东西的凹槽圆柱。“等到今晚，亲爱的，我们会继续讨论你那些糟糕的问题，还有我可以做些什么。”

他握住摩格丝的手，鞠了个躬，差点就吻在摩格丝的手背上。摩格丝微微行了个屈膝礼，低声说了些应酬的话。然后他就转身走开了，身后跟着那些无时无刻不跟着他和摩格丝的仆人。只有一名仆人留在摩格丝身边。

埃尔隆离去之后，摩格丝开始狠狠地挥动手中的扇子，毕竟他在场时，这种举动是不恰当的。她转身朝她的房间走去——那个男人假装完全不受这种炎热的影响，但汗水早已经湿透了他的脸。她同样也在忍耐这种高热，身上这条淡蓝色的礼服是埃尔隆送她的礼物，尽管天气炎热，但她坚持只要高领的裙装。低领对她来说具有某些含意。

她的身后紧随着埃尔隆留给她的那个仆人，当然，还有塔兰沃。塔兰沃仍然坚持穿着旅途中那件绿色粗布外衣，佩剑还挂在腰间，仿佛他认为在瑟兰达宫中也会遭遇攻击。这座行宫距离阿玛多还不到两里。摩格丝竭力想忽略掉这个高个子的年轻人，但和往常一样，他是无法被忽略的。

“我们应该去海丹，摩格丝，去杰罕那。”

她对他实在已经过于纵容了，摩格丝猛地转过身，瞪着塔兰沃的双眼中闪耀着火花：“在路上的时候，保持一定谨慎是有必要的，但现在这些人知道我是谁。你也要记住这一点，并对你的女王表现出适当的尊敬。跪下！”

让摩格丝感到震惊的是，塔兰沃并没有动作。“你是我的女王，摩格丝？”至少他压低了声音，那名仆人不会听到他们的对话，再把他们的话传出去。但塔兰沃的眼睛……在那种赤裸裸的渴望和愤怒面前，摩格丝几乎倒退了一步。“我至死也不会放弃你，摩格丝，但你在将安多放弃给加贝瑞的时候已经放弃了太多。当你重新找回那些的时候，我会跪在你的脚下。那时如果你愿意，你可以敲掉我的头，但在那之前……我们应该去海丹。”

现在安多已经没有任何贵族愿意支持摩格丝，但这个年轻的傻瓜会为她一直战斗到死。自从摩格丝决定自己唯一的选择，是寻求外国的帮助之后，他开始变得愈来愈傲慢且不顺从。摩格丝可以要求埃尔隆砍下他的脑袋，埃尔隆一定会欣然从命，但摩格丝不确定这样做会让埃尔隆对她产生怎样的想法。她在这里只是一名乞丐，绝不能随意对主人提出要求。而且，如果没有塔兰沃，她就无法来到这里。她会成为加贝瑞大人的囚徒，比其他任何囚徒都更可怜的囚徒。只是因为这些，塔兰沃才能保全他的头颅。

摩格丝的军队守卫着通往她房间的那两扇雕刻精致的门板——贝瑟·吉尔是个粉红脸颊的男人，他所剩不多的灰色头发被努力地梳到后面，想遮住已经变秃的头顶。他的皮马甲缀着许多钢片，紧紧地裹住了他的肚子。他也带着佩剑，但在追随摩格丝之前，他已经有二十年没有碰过这把剑了。蓝格威的身体看上去魁梧而坚硬，但他厚重的眼皮让他看上去总像是昏昏欲睡。他同样佩着一把剑，他脸上的伤疤和断了不止一次的鼻梁，却说明了他更喜欢使用拳头和棍棒。他们一个是旅店老板，另一个则是街头流氓。他们再加上塔兰沃，这就是摩格丝的军队，是她从加贝瑞手中夺回安多王座的力量。

看到摩格丝走过来，贝瑟和蓝格威都笨拙地鞠了个躬。但摩格丝快步走过他们，进房之后，她用力摔上门，将塔兰沃关在门外。然后她大声说道：“这个世界如果没有男人的话，一定会好得多。”

“那肯定要变得空虚许多。”摩格丝的老保姆坐在前厅里，一扇有天鹅绒窗帘的窗户旁边，正低头专心地刺绣。她的身材像芦苇般削瘦，但她并不像看上去那么虚弱。“埃尔隆今天不会再来了吧？或者是因为塔兰沃，孩子？

你一定要学会别让男人将你激怒，愤怒让你的脸色很难看。”莉妮仍然不会承认她已经不是摩格丝的保姆，尽管她早已经成了摩格丝女儿的保姆。

“埃尔隆很吸引人。”摩格丝谨慎地说。房里的第三个女人正跪在地上，从一口箱子里拿出叠好的床单。这时她重重地哼了一声，摩格丝努力让自己不去瞪她。布琳是蓝格威的……同伴，这个皮肤被太阳晒黑的矮小女子总是跟在蓝格威身边，但她是凯瑞安人，一开始她就明白地说过，摩格丝不是她的女王。“再过一两天，”摩格丝继续说道，“我想我就能从他那里得到承诺。今天他终于同意我需要军队从外面攻占凯姆林了，只要将加贝瑞赶出凯姆林，那些贵族就会再一次聚集到我身边。”至少摩格丝是这么希望的。现在她身处阿玛迪西亚，是因为她受到了加贝瑞的蒙蔽，因而恶待了自己在各贵族中的一切朋友。

“‘脚慢的马不总是能跑完全程的。’”莉妮继续着手中的刺绣，引用了一句谚语。这位老保姆很喜欢引用古老的谚语，摩格丝甚至怀疑其中有一些是她临时编出来的。

“这一匹会的。”摩格丝坚持着说。根据埃尔隆的说法，塔兰沃所说的海丹将是一个错误的选择，那个国家已经因为转生真龙的先知而陷入濒临崩溃的状态，瑟兰达宫中的仆人们也都在悄悄议论着那名到处宣讲真龙已经转生的先知。“我需要一杯调味酒，布琳。”但布琳只是看着她，直到她又说了一句“谢谢”。即使是这样，布琳在给她倒酒时仍然阴沉着一张脸。

混合了果汁的葡萄酒经过了冰冻，让摩格丝在炎热的天气中感觉到精神一振。喝过一口之后，她将银制高脚杯贴到额头上。马车队正源源不绝地将迷雾山脉高处的冰雪送进埃尔隆的宫殿里。

莉妮也要了一杯。“至于塔兰沃——”说完这半句话，她抿了一口酒。

“省点力气吧，莉妮！”摩格丝喊道。

“他比你年轻。”布琳说。她同样为自己倒了一杯。这个厚颜无耻的女人！即使她曾经是凯瑞安贵族，但她现在也只不过是一名仆人。“如果你想要他，那就把他握进手里。蓝格威告诉我，塔兰沃向你发过誓，我也见过他看你的眼神。”布琳说到这里，发出一阵刺耳的笑声，“他不会拒绝的。”凯瑞安人令人厌恶，但至少他们大多知道要隐藏自己的放荡风情。

摩格丝刚要命令布琳离开房间，却听到一阵敲门声。没等摩格丝允许，一名身材精瘦结实的白发男人已经走进房间，他雪白色的斗篷在胸口上用金线绣着阳光普照的图案。摩格丝本来希望能避开白袍众，直到埃尔隆在她的协议书上盖好印章。葡萄酒的寒意突然一直渗进她的骨髓。塔兰沃他们在哪里？怎么会就这样让他走进来？

白发男人用一双黑色的眼睛盯着摩格丝，以最小的幅度鞠了个躬。他的面孔显得相当苍老，皮肤在骨骼上绷得紧紧的，仿佛一把坚硬的铁锤。“安多的摩格丝？”他用坚定而沉厚的声音说道，“我是培卓·南奥。”这次来的是圣光之子的最高领袖指挥官本人。“不必害怕，我并不是来逮捕你的。”

摩格丝挺直了腰：“逮捕我？以什么样的罪名？我可不能导引。”刚刚说完这段话，她立刻恼怒地咬住自己的舌头。她不该提到导引，她摆出这种防御姿态只会说明她的慌乱。她说的不是假话。在每五十次尝试感觉真源的努力中，她只能成功一次；即使她找到了真源，她在每二十次向真源敞开自己的行动中，只有一次能抓住一点至上力的泡沫。一位名叫维林的褐宗两仪师告诉过她，当她能安全地控制住自己那一点微小的能力时，就没必要继续留在白塔了。当然，后来白塔也确实送走她了。但即使是这么一点导引的能力，在阿玛迪西亚也是非法的，她完全可以被处以死刑。她那使埃尔隆痴迷不已的纤葱玉指上，仍然戴着那枚巨蛇戒，但它现在却仿佛已经红热得发出光来。

“在白塔接受训练，”培卓喃喃地说道，“这也是被禁止的。但就像我说过的那样，我来不是为了逮捕你，而是要帮助你。让其他人出去，我们好好谈一谈。”他就如同在自己家里一样，伸手拉过一把厚垫扶手椅，又一挥手将斗篷甩到椅背后面。“在她们离开之前，也给我倒一杯喝的吧！”让摩格丝不悦的是，布琳立刻就向培卓送上一只高脚杯。奉酒时，她双眼望着地面，脸上没有任何表情。

摩格丝费了些力气才控制住自己的情绪：“她们会留下来，培卓先生。”即使在称谓上，她也不会让这个男人得意。不过这点似乎并未让培卓的情绪受到影响。“我留在门外的人出了什么事？如果他们受到伤害，我不会和你善罢甘休的。而且为什么你认为我会需要你的帮助？”

“你的人并没有受伤，”培卓一边喝酒，一边不屑地说，“你以为埃尔隆会遂你所愿？你是一个美丽的女子，摩格丝，埃尔隆很喜欢金发的女人，他每天都会朝你寻求的目标更靠近一点，却从不会真正地达到那个目标，除非你决定……付出一定的牺牲，也许那时他会做出口头承诺。但无论你付出什么，他绝不会把你真正想要的给你。那个伪先知所召集的暴民已经蹂躏了阿玛迪西亚北部，塔拉朋西部陷入了混乱的内战，强盗们向自称为转生真龙的人宣誓效忠。关于两仪师和伪龙的谣言早已经吓坏了埃尔隆，给你军队？如果要他从手下挑出十个武装士兵给你，甚至是两个，他一定更愿意把他的灵魂给你。但我能派遣五千名圣光之子，在你的率领下直奔凯姆林。只要你向我提出要求。”

摩格丝的心情已经不能用震惊来形容了。她维持着庄重的姿态，走到培卓对面的一张椅子前，在双腿彻底失去力量前坐了上去。“为什么你想帮我赶走加贝瑞？”她问道。很显然培卓知道她的一切，埃尔隆的仆人中一定有他的奸细。“我在安多的时候从没有给过白袍众为所欲为的机会。”

这一次，培卓的面孔扭曲了一下，圣光之子们并不喜欢这个称呼。“加贝瑞？你的爱人已经死了，摩格丝，那个名叫兰德·亚瑟的伪龙将凯姆林变成了他的战利品。”莉妮轻轻地叫了一声，仿佛针尖刺到了她的手指，但培卓的目光始终没有离开摩格丝。

摩格丝用力握住椅子扶手，才没让自己将双手按在胸前。如果不是她已经将高脚杯放到扶手上，她一定会将葡萄酒洒在地毯上。加贝瑞死了？那个欺骗她，让她变成一名淫妇，篡夺她的权威，以她的名义压迫安多，最后还自立为安多国王的人死了？而她现在怎么会有一种淡淡的遗憾，怎么还是会回忆起他双手的抚摸？这太疯狂了，如果不是她知道那是不可能的，她一定会以为加贝瑞对她使用了至上力。

而兰德·亚瑟占据了凯姆林？这会让一切状况都发生改变。她曾经见过兰德·亚瑟，那是一个被吓坏的年轻农夫。他来自安多西部，在那次会面的全部时间里，他都竭尽全力向他的女王表现出应有的尊敬。但他携带着一把代表剑技大师身份的苍鹭徽剑，而且爱莉达曾经对他相当警觉。“为什么你会称他为伪龙，培卓？”如果培卓打算直呼她的名字，那么他就连那个称呼平民的“先生”也得不到了。“提尔之岩已经陷落，正如真龙预言中记述的那样，提尔的大君们早已拥戴他为转生真龙了。”

培卓的微笑中充满了讽刺的意味，“无论他在什么地方出现，他的身边都会跟着两仪师。在我看来，他所进行的导引都是她们动的手脚，他不过是白塔的傀儡。我在许多地方都有朋友。”当然，他所说的是他的间谍，“他们告诉我，有证据显示是白塔扶植了洛根——在时间上距离我们最近的伪龙。也许是因为洛根变得过于高傲自大，所以她们不得不了结他。”

“没有证据能证实这一点。”摩格丝很高兴自己的声音还算稳定。她听到关于洛根正在前来阿玛多的谣言，但那些只是谣言而已。

培卓耸耸肩：“随你怎么想吧！但我更喜欢事实，而不是愚蠢的幻想。转生真龙会做出他所做的那些事吗？你说提尔大君们拥戴他，那么在活下来的提尔大君向他鞠躬之前，他已经吊死了多少大君？他纵容艾伊尔人掠夺了提尔之岩，以及凯瑞安全境。他说凯瑞安将有一位新的统治者，他会任命这样一个人，但凯瑞安的实权完全掌握在他手里。他说凯姆林也要有一位新的统治者，你已经死了，你知道这件事吗？我相信，戴玲女士会得到提名。而他本人已经坐上了狮子王座，在那之上行使权力。不过我想那个王座对他来说可能有些小，毕竟那是为女人订作的王座。他已经将它当成了一件战利品，用自己的王座代替了它，就在你的王宫大厅内。当然，他并非事事顺心，一些安多贵族认为是他杀了你。因为你死了，所以人们也就对你产生了同情。但他用铁腕统治着安多，他的手下是由一伙艾伊尔人和一支由边境国的流氓组成的军队，毫无疑问，那是白塔为他雇用的。但如果你以为他会欢迎你返回凯姆林，将你的王座交还给你……”

培卓没有继续说下去，但他刚才说的那一大段话，如同冰雹般击打着摩格丝的神经。如果伊兰死了，戴玲才有权利继承安多王位。哦，光明啊，伊兰！她在白塔还安全吗？她会对两仪师如此反感，实在是一件奇怪的事情，这在很大程度上是因为她们曾经一度让伊兰失踪了。没有人敢向白塔提出任何要求，但她要求白塔将伊兰送回凯姆林。然而，现在她却希望白塔能将她的女儿紧抓在手中。她记得伊兰在去塔瓦隆之后，曾经给她写过一封信。伊兰后来还给她写过信吗？在成为加贝瑞的奴隶之后，那么多事情都变得模糊了。伊兰一定要安全。她也应该为盖温感到担忧，还有加拉德——天知道他们现在都在哪里——但伊兰是她的继承人，安多的和平依赖于王位顺利地继承。

面对如此错综复杂的信息，以及巧妙夹杂在其中的谎言，她必须仔细思考。这个男人是个玩弄谎言的大师，而她需要的是事实。安多人认为她已经死亡并不奇怪，当时她只能悄悄溜出她的国家，好躲开加贝瑞和那些可能将她出卖给加贝瑞的人，以及那些因为加贝瑞的苛政而向她实施报复的人。如果人们对她报以同情，那么她就能在死而复生时利用这样的同情心。“我需要时间思考。”她对培卓说。

“当然，”培卓动作利落地从椅子里站起来。摩格丝也应该站起身，以避免培卓俯视她，但她不确定自己的双腿是否能支撑住身体。“我会在一两天内再次造访，在此期间，我希望能确保你的安全。埃尔隆只关心他自己的事情，谁也不知道有谁会潜入这座宫殿，意图伤害你。我已经获得在这里安排一些圣光之子卫兵的权力，埃尔隆同意了我的要求。”

摩格丝一直都听说，白袍众才是拥有阿玛迪西亚实权的人。她相信培卓所说的只是在证明这点。

培卓在离开时显得正式了些，向摩格丝鞠躬的幅度也稍微大了点，像是对待同等身份的人。毕竟，培卓已经让摩格丝明白，她没有选择的余地。

他刚刚离开，摩格丝就站起身，但布琳用比她更快的速度跑向门口。不过没等她们迈出第三步，房门猛然被撞开，塔兰沃、贝瑟和蓝格威冲了进来。

“摩格丝！”塔兰沃气喘吁吁地说着，仿佛是想把摩格丝吞到自己的眼睛里，“我怕——”

“怕？”摩格丝轻蔑地说道。他大概还没学会什么是害怕。“这就是你对我的保护？一个男孩都能比你做得好！但话说回来，你确实只是个男孩。”

塔兰沃那双燃烧着火焰的眼睛又瞪了她一会儿，然后，他转过身，推开贝瑟和蓝格威，走掉了。

旅店老板站在那里，不停地扭动着双手。“他们至少有三十人，女王。塔兰沃努力地战斗过了，他想要叫喊，想要警告您，但他们用剑柄打他。那个老家伙说他们不会伤害您，但他们除了您之外不需要其他任何人。如果他们必须将我们杀死……”他的眼睛转向了莉妮和布琳。布琳正仔细地上下端详着蓝格威，确定他没有受伤，蓝格威也对布琳显示出同样的关心。“女王，如果当时我能想到更好的办法……抱歉，我让您失望了。”

“‘良药苦口。’”莉妮低声地嘀咕着，“特别是对于一个只知道发脾气的孩子。”至少这次她没有让整个房间的人听到她的话。

莉妮是对的，摩格丝清楚这一点。当然，她并不是在乱发脾气。贝瑟可怜的样子似乎是在说，即使接受砍头的刑罚他也愿意。“你没让我失望，贝瑟先生。也许有一天我会求你为我而死，但那必须是为了值得的事情。培卓只是想和我谈一谈。”贝瑟立刻振作起精神，但摩格丝能感觉到莉妮正在望着她，眼神非常苦涩。“你能不能叫塔兰沃来见我，我……我想为我鲁莽的言辞向他道歉。”

“向男人道歉最好的办法，”布琳说，“就是在花园中一个隐蔽的角落里推倒他。”

摩格丝的心中有一样东西被折断了，还没等她意识到自己在做什么，她已经将手里的高脚杯扔向了布琳，调味酒洒了一地。“出去！”她尖声叫道，“你们全都出去！你可以将我的道歉转达给塔兰沃，贝瑟先生。”

布琳平静地从裙子上抹去酒汁，然后不慌不忙地走到蓝格威身边，挽住他的手臂。贝瑟仿佛是恨不得立刻将他们从房里赶出去。

让摩格丝感到惊讶的是，莉妮也走了。这不是莉妮的作风，莉妮应该留在房里，用老谚语教训她，仿佛她还只是十岁一样。摩格丝不知道自己为什么会容忍这一切，然而，她差点就要开口叫莉妮留下来。但他们还是都离开了，房门也重新被关上。她还有更重要的事情需要思考，没时间去担心莉妮的心情是否受到了伤害。

她来来回回在地毯上踱步，竭力想理清自己的思绪。埃尔隆会要求安多在贸易上让步——也许还有培卓所谓的“牺牲”——作为他提供支持的代价。摩格丝愿意给予他贸易的让步，但她担心培卓的话是对的，埃尔隆根本拨不出军队。从某种角度来说，培卓向她提出的要求也许更容易实现。他大概会要求白袍众可以随意进入安多，可以轻率指控民众为暗黑之友，可以鼓动暴徒去侵害孤立无援的妇女，指控她们是两仪师，也可能会有真正的两仪师被他们杀死。培卓甚至有可能要求她立法禁止导引，禁止所有女性前往白塔。

在重新稳定自己的统治之后，再将白袍众赶走是有可能的，虽然过程会困难且充满血腥。但有必要将他们引入安多吗？无论培卓怎么说，她确信兰德·亚瑟是转生真龙，她几乎能确信这一点，但据她所知，预言中并没有真龙会统治诸国的记载。无论是转生真龙还是伪龙，都不能占据安多。但她又怎么能知道兰德是不是真龙？

门外传来一阵轻微的敲门声，她猛地转过身，厉声说道：“进来。”

房门缓缓地打开了，站在门外的是一名面带笑容、身穿金红色制服的年轻男子，他手中的托盘上放着一瓶新的冰镇调味酒，白银酒壶上已经缀满了水珠。摩格丝本来有些期待敲门的会是塔兰沃，但她只看见蓝格威一个人守在门口，那名大汉正无聊地靠在走廊的墙上，仿佛一名酒馆里的保镖。摩格丝挥手示意那名年轻人将托盘放到桌上。

她重新开始踱步，只是这次她的步履间充满了恼怒——塔兰沃应该来的，他应该来的！贝瑟和蓝格威也许听到了临近村庄里传来的谣言，但那毕竟只是谣言，也许正是由培卓散布的。仆人们之间的谈论同样有可能是培卓的安排。

“女王，我能说几句话吗，女王？”

摩格丝困惑地转过身，传进她耳中的是纯正的安多口音，那名年轻人跪倒在地上，微笑的面容在犹豫和骄傲之间来回闪动。如果不是因为他的鼻梁曾经折断过，而且没有经过妥善的照料，他的相貌应该是非常英俊的。和蓝格威那种狰狞的样子不同，这个小伙子仿佛是曾经一头栽倒，鼻梁正好撞在地上。

“你是谁？”摩格丝问，“你怎么到这里来的？”

“我名叫培德·康恩，女王，来自社兰场。”仿佛是害怕摩格丝不知道一样，他又加了一句，“那里是安多的属地。”摩格丝不耐烦地挥手示意他继续说下去。“我跟着我的叔叔简一起来到阿玛多，他是四王镇的一名商人，他认为也许能在这里找到一些塔拉朋染料。因为塔拉朋的混乱状况，所以它们已经变得非常昂贵了，所以他以为它们在这里也许会便宜——”摩格丝绷紧了嘴唇，那名男子立刻加快说话的速度：“我们听说您在这座宫殿里，您曾经在白塔接受过训练，依照阿玛迪西亚的法律……我们觉得我们可以帮助您……”他用力地咽了一口口水，用很低的声音说道，“帮助您逃走。”

“你们准备帮助我……逃走？”这不是最好的计划，但她可以向北方赶往海丹，这样塔兰沃就心满意足了。不，他不会满意的，而且这样只会使状况变得更糟糕。

但培德可怜地摇了摇头：“简叔叔本来拟了一个计划，但现在这座宫殿里到处都是白袍众了。我不知道除了来找您之外还能做些什么，是他叫我来找您的。简叔叔会想出办法来的，女王，他很聪明。”

“我相信这一点。”摩格丝喃喃地说道，海丹又在她的脑海中闪动了一下。“你们已经离开安多多久了？一个月？两个月？”看到培德点头，摩格丝叹了口气，“那你们不知道凯姆林现在的情况了。”

年轻人舔舔嘴唇：“我……我们在阿玛多有一名商人同伴，他有鸽子，所以他能从许多地方得到讯息，其中也包括凯姆林。但我听到的全都是坏消息，女王。也许还要再等一两天的时间，但我的叔叔很快就能想出别的办法。我只是想让您知道，援军就在您身边。”

那么，她还有可能拿回主动权，这是培卓·南奥和培德那个简叔叔之间的竞争。摩格丝希望自己并不是那么清楚培卓·南奥占有多大的优势。“现在你还可以告诉我，凯姆林都传来什么样的坏讯息。”

“女王，我的任务只是让您知道援军的存在。如果我停留太长的时间，我叔叔会生气——”

“我是你的女王，培德，”摩格丝坚定地说，“也是你叔叔的女王，他不会介意你回答我的问题。”

培德露出一副想逃掉的样子，但摩格丝稳稳地坐进椅子里，开始一点一滴地从他口中挖出事实。

培卓·南奥在圣光城堡的主广场下了马，把缰绳扔给一名马夫。现在他的感觉很不错，摩格丝已经被他握在手中，而且这次他不必说谎。他并不喜欢谎言。虽然他在事件的阐述中加进了一些自己的解释，但他相信那都是事实。兰德·亚瑟是伪龙，是白塔的工具。这个世界充满了没有思考能力的傻瓜。最后战争绝不会只是暗帝和转生真龙——一名区区凡人的搏斗。造物主早已抛弃了人类。不，最后战争的爆发一定会像是两千年前的兽魔人战争一样，只是程度会更加激烈。当成群的兽魔人和其他暗影生物涌出妖境，撕裂边境国，让全人类陷入血海的时候，他所领导的圣光之子绝不会让人类仍旧以分裂和无准备的状态面对这场危机。

他走进城堡的石砌走廊，一路上的圣光之子纷纷向他鞠躬，直到他走进自己的私人觐见室。在觐见室的前厅，他满脸皱纹的秘书塞班·巴尔沃立刻跳起身，送上一堆等待最高领袖指挥官签署的文件。但培卓的注意力集中在一名正从靠墙的一张椅子里轻松站起的高个儿男人身上。在他斗篷的金色阳光下绣着一根红色的牧羊人钩形手杖，下面有三个代表其位阶的金结。

贾西姆·卡林丁，圣光之手的裁判者。他看上去像往常一样强硬，但培卓在他的额角上看到更多的灰发。他深陷眼眶中的黑眸里隐藏着忧虑，这是理所当然的，最近他接受的两个任务都以灾难告终，这对一个热衷于成为最高裁判长，甚至是最高领袖指挥官的人来说，绝不是件好事。

培卓将斗篷扔给塞班，又示意贾西姆跟他走进觐见室的正厅。在正厅暗色的墙壁上，挂满了在战场上夺取的敌人旗帜，地面上用金箔铺成的巨型阳光普照图案，足以让大多数世人瞠目结舌。除了这些之外，这只是一个普通的士兵营房——完全体现了培卓的个人品味。培卓坐到一张厚重、精致，却没有任何装饰的高背椅里。房间两端的两座壁炉已经冰冷了将近一年，依照季节，现在它们早该燃起熊熊的火焰了，已经有足够的证据证明最后战争临近了。贾西姆深深鞠了个躬，跪倒在阳光普照的图案上，那片地面几百年来已经被无数的脚底和膝盖磨擦得平滑如镜。

“你想到我为什么会叫你来了吗，贾西姆？”经过阿摩斯平原和法美镇之后，经过坦其克之后，贾西姆很有可能会认为这次是要逮捕他。但即使他有这样的怀疑，他的声音里并没有分毫显露，像往常一样，他总是不由自主地要表现出他比别人知道得更多，更多过他应该知道的。

“有许多两仪师在阿特拉，最高领袖指挥官，就在我们的家门口，这是个好机会，我们可以一举除去半数的塔瓦隆女巫。”这种说法实在夸张了，沙力达的两仪师数量，绝不会超过总数的三分之一。

“你对朋友们说过这些吗？”培卓怀疑贾西姆是否会有朋友，但贾西姆确实会和人一起饮酒，最近还喝醉过。然而，这个男人颇有些手腕，一些很有用的技巧。

“不，最高领袖指挥官，我知道不该这样做。”

“很好。”培卓说，“你不会靠近沙力达，任何光之子都不会。”他不能确定从贾西姆脸上一闪而过的是不是放松的表情，如果是这样，这与贾西姆的个性并不相符，这个男人从没有过缺乏勇气的表现，他不该因此而松了一口气。

“但这实在是消灭她们的大好时机，有证据证明，那些谣言是真的，白塔已经分裂。我们可以毁掉这批两仪师，而另外一批绝不会伸手援助她们。白塔将遭到严重的削弱，甚至足以被毁灭。”

“你是这么想的？”培卓冷冷地说。他将手指搭在自己的腹前，保持着声音的温和。裁判者们（那些圣光之手很不喜欢这个名字，但就连培卓·南奥也会使用这个名字）从来都是一些鼠目寸光的家伙。“即使是白塔也不可能公开支持那个名叫兰德的伪龙。如果他变得像洛根一样，白塔该怎么办？然而，如果是一帮叛逆的乌合之众就不要紧了，白塔会支持他，但无论出了什么事，白塔的裙子仍然会是干净的白色。”培卓确信自己的推测，即使他的推测有误，他也可以利用白塔的一切失误削弱白塔，但他相信自己是正确的。“不管这个世界会如何看待这件事，我不会让他们看到一场单纯由圣光之子和白塔进行的战争。”他要等待，等待这个世界看清白塔的真面目——一伙暗黑之友，玩弄着人类不该碰触的力量，导致世界崩毁的力量。“这是一场世界对抗伪龙兰德的战争。”

“那么如果我不去阿特拉，最高领袖指挥官，我将得到什么样的命令？”

培卓叹息一声，将头向后仰去。他突然感到一阵疲惫，那是他经历的全部岁月压在他肩上的重担，甚至不止如此。“哦，你会去阿特拉的，贾西姆。”

在法美镇的跨海侵略军被摧毁之后不久，培卓就知道了兰德·亚瑟的名字和面孔。这完全是两仪师的阴谋。那场战争断送了上千名圣光之子，伪龙的奴仆们也从那时起在塔拉朋和阿拉多曼四处扩散。他已经知道了兰德的身份，并且相信他可以让兰德变成一根鞭子，藉以将诸国驱赶在一起。一旦诸国在他的领导下成为一体，他们就能赶走兰德，并做好对抗兽魔人大军的准备。他已经派遣使者去见各国的统治者，向他们指出他们所面临的危险，但兰德行动之迅速完全超出他的想象。他本想让一头狂乱的狮子在街头游荡，恐吓街上的每一个人，但这头狮子却茁壮成一头巨兽，行动快如闪电。

但他并没有全盘输掉——他必须不断地提醒自己，在一千多年以前，一名叫做桂尔·亚玛拉桑的伪龙征服的地方比兰德更多，他还有导引能力。但一位名叫亚图·潘恩崔的年轻国王起兵反抗他，最后并建立了自己的帝国。培卓并没有将自己当成另一位亚图·鹰翼，但他是这个世界的支撑，只要他活着，他就不会放弃。

他已经开始反制兰德正在增长的力量，除了向各国派去使者之外，他还派遣人员前往塔拉朋和阿拉多曼。虽然那些人的数量不多，但他们能找到正确的听众，在暗中告诉他们，将所有的麻烦都归咎给那些伪龙奴仆，那些由白塔幕后主使、宣称效忠兰德的蠢货和暗黑之友。在塔拉朋，关于两仪师操纵内战的谣言已经四处流传，虽然是谣言，但它们可以帮助人们认清事实。现在是时候实行他新计划的下一步了，要让那些墙头草们知道该倒向哪一边。时间，他缺少的是时间，但他还是不禁露出了微笑。曾经有一些早已死掉的人说过："当培卓微笑，就是他想舔血之时。"

"阿特拉和莫兰迪，"他对贾西姆说，"将会受到伪龙奴仆的折磨。"

这个房间看上去应该是一座宫殿的起居室，拱形的天花板上装饰着石膏雕塑，白色的地板上铺着工艺精致的地毯，墙壁的嵌板上全都是细腻的浮雕。但这里与任何一座宫殿之间的距离都非常遥远，实际上，这里距离任何人类可以理解的地方都很遥远。麦煞那赤黄色的丝裙不停地发出窸窣的响声，她正绕着一张青金石的桌子来回走动，将象牙骨牌堆积成一座结构复杂、一层比一层巨大的高塔。对此她很感骄傲，不使用至上力，纯粹依靠她对受力和杠杆的知识，她已经将这座塔叠到了第九层。

实际上，她这么做除了取乐之外，更是想避免与同伴交谈。色墨海格正坐在一张铺着红色织锦的高背椅上，一针一线地做着女红，细长的手指灵巧地编织出迷宫般的图案，组成了一簇簇小花。麦煞那总是会对这个女人竟然喜欢如此……普通的事情感到惊讶。色墨海格黑色的裙子和她座椅的颜色形成了鲜明的对比，就连狄芒德也不敢当着她的面评论说，她这么喜欢黑色的衣服是因为兰飞儿喜欢白色。

麦煞那已经不止一千次地尝试分析过，她为什么会因为色墨海格的存在而感到不舒服。麦煞那清楚自己的力量和弱点，无论是在至上力上，还是在其他方面。她在许多地方与色墨海格旗鼓相当，虽有些地方不如色墨海格，但有些地方她却强到足以弥补她败给色墨海格之处。可是这都不是原因所在。色墨海格以残忍为乐，她让别人痛苦往往纯粹只是为了获得快乐，但同样不是因为这个。如果有必要的话，麦煞那也可以变得极端残忍，她也不在乎色墨海格对其他人做了什么。一定有什么原因，只是麦煞那还没找到。

她焦躁地放上了另一块骨牌，高塔颓然倒下，象牙片撒得满地都是。麦煞那咬了一下舌头，转过身，将双臂抱在胸前。"狄芒德在什么地方？他去煞妖谷已经有十七天了，但他一直等到现在才给我们讯息，却又一直不出现。"她自己去过两次末日深渊，在拷问之路上行走，被那些石牙擦过头发，她在那里只看到一名非常高的魔达奥，却从没听它说过话。封印的孔穴就在那里，但暗主并未对她做出过回应。每一次她都没有停留很长的时间。她以为自己已经超脱了恐惧，至少一名半人的注视不该对她造成任何影响，但她两次前往煞妖谷，那名魔达奥无声又无眼的注视，都让她不由得加快了脚步。她必须严格地控制住自己，才不会拔腿逃跑。如果在那里进行导引不会招致死亡的惩罚，她可能已经摧毁那名半人了，或是直接以神行的手段离开末日深渊。

“他在哪里？”

色墨海格从手中的活计上抬起头，不眨一下的黑眸嵌在平滑黝黑的脸上。她以优雅的动作将针线放在一旁，站起身。“他该来时就会来。”她平静地说道。色墨海格的面容永远平静无波，一如她永远优雅的仪态。“如果你不想等下去，那就走吧！”

麦煞那在无意中踮起了一点脚尖，但她还是要抬起头才能看到对方的眼睛。色墨海格比大多数男人都要高，但她的身材极其匀称，以至于人们往往会忽略了她的身高，直到她睥睨自己的那一刻。“走？我会走的，他可以——”

毫无预兆，当然，男人的导引从来都不会有预兆。一道耀眼的垂直细线凭空出现，然后向两旁扩张成一个通道，狄芒德从里面走出来，向房里的两位女士分别微微鞠了个躬。今天他穿着一身暗灰色衣服，只是在脖子上有一圈白色的蕾丝，狄芒德在穿着上很喜欢追随时代的潮流。

狄芒德的鹰钩鼻从侧面看上去相当英俊，但是距离那种让女性怦然心动的程度，恐怕还差一点。从某种角度来说，狄芒德的人生充满了“几乎”和“差一点”，他不幸地比路斯·瑟林·特拉蒙晚一天出生，前者成为真龙，而当时还被称作巴瑞德·贝·梅达的他，在经年累月的努力之后，只是几乎达到了路斯·瑟林的造诣，却没办法像路斯·瑟林那样闻名遐迩。如果没有路斯·瑟林，他也许会成为那个纪元中最著名的人。他始终都认为那个男人的智力比他低下，只是一个胆小的傻瓜，经常是因为太好的运气才能获得成功。如果那时他取代了那个男人的位置，今天他还会站在这里吗？不过，现在再思考这些事情就显得太无聊了，虽然麦煞那曾经不止一次地思考过。不，现在的重点在于狄芒德轻视真龙，而真龙已经转生，狄芒德对他的蔑视也丝毫没有减弱。

“为什么——”

狄芒德抬起一只手：“再等等其他人，麦煞那，我不想重复我的话。”

麦煞那先是感觉到阴极力的编织，然后才看见闪耀的细线变成通道，古兰黛从中走出，但她这次并没有带着半裸身体的仆人。和狄芒德一样，她一出来，通道立刻就闭合了。古兰黛是一名肉感的女人，留着精致的金红色卷发，她穿着以斯台瑟布料缝制的高领裙装，不知道她是在哪里找到这种早已不存于世的布料。虽然裙装是高领的，但如同薄雾般透明的布料显示了裙子主人的喜好。有时候，麦煞那很想知道，除了情欲之乐外，古兰黛是否会真正注意到其他什么事情。

“我还在想，你们会不会真的在这里，”古兰黛轻快地说，“你们三个做什么事都是这样鬼鬼祟祟的。”她发出一阵放荡而又有些愚蠢的笑声。不，要是光凭古兰黛的这些表现就对她做出评价，将是一个严重的错误，将她当作傻瓜的人都活不久，轻视她的人最终都会变成她的牺牲品。

“沙马奥会来吗？”狄芒德问。

古兰黛摇了摇一只戴满戒指的手：“哦，他不信任你们，我觉得他大概连自己也不信任了。”斯台瑟布料变暗了些，遮住了古兰黛的身体。“他正在伊利安整编军队，一边还在抱怨没有震撼矛可以武装他的士兵。另外，他还花了很多精力搜寻可以使用的法器和超法器。当然，他要增加他的力量。”

他们的目光全都转向了麦煞那。麦煞那深吸一口气。为了能得到法器和超法器，他们都会付出任何……几乎是任何代价。他们比现在那些没经过正式训练，却自称为两仪师的幼童们强大许多，但足够多的幼童融合在一起，便足以将他们压倒。当然，前提是她们必须记得如何融合才行。只有超过十三名女性进行融合的时候，才需要有一名男性参与其中；而融合的人数超过二十七人的话，就需要第二名男性。其实，那些女孩（即使她们之中最年长的对她来说，也只是女孩而已。身体状况应该算是中年的她，实际上已经有三千多岁了，这还不包括她被封印的时间）并不构成真正的威胁，但这一点无损于他们对法器，甚至更强大的超法器的渴望。有了那些与他们属于同一时代的遗物，他们就能导引原本可以将他们烧成灰烬的至上力。为了得到那些宝物，只要不是必须的，他们都可以付出。那些宝物对他们来说还算不上是必需品，然而，这一点同样无损于他们的渴望。

麦煞那自动地让语气中流露出训诫的意味：“现在白塔已经分别在储藏室的内外都设置了卫兵与结界，再加上她们每天都要对每样东西清点四次。提尔之岩的大收藏也被设置了结界，那道结界很强大，如果我试图穿过或解开它，它就会牢牢地将我绑住。除了编织它的人之外，大概没有其他人能解开它。除了它的主人之外，它对于任何能够导引的女人，都是一个陷阱。”

“我听说那只是一堆无用的垃圾，”狄芒德不屑地说，“提尔人什么都要，甚至只是谣传与至上力有关的东西。”

麦煞那怀疑狄芒德对那里并非漠不关心，要不是围绕着大收藏也有一个针对男性的陷阱结界，狄芒德早就能得到超法器，并向兰德发起攻击了。“毫无疑问，在凯瑞安和鲁迪恩也有一些，但即使兰德不在那里，那里也全都是能够导引的女人。”

“都是些无知的女孩。”古兰黛哼了一声。

“如果一名厨娘将一把菜刀插进你的背里，”色墨海格冷冷地说，“那和你跌进高垩的一个沙劫度中又有什么区别？”

麦煞那点点头：“那么就只有去被埋没的古代遗迹中碰碰运气了。我不会去的，除非有人知道某个停滞匣的确切位置。”她最后这句话没有得到任何人的回应。停滞匣应该不会遭到世界崩毁的破坏，但经过那样的剧变之后，它们很可能早已被海洋和高山所覆盖了，只是在传说中留下几个模糊的名字。

古兰黛的微笑显得很甜蜜：“我原来一直都认为你应该成为一位教师，哦，很抱歉，我都忘记了。”

麦煞那的脸阴沉了下去。她投向暗主的契机，是在珂蓝丹时他们否认了她的能力的那个年代，他们说她不适合进行研究，但她仍然可以从事教学工作。好吧，她确实成了一名教师，她给他们所有人都上了一课！

“我还在等着听暗主的话。”色墨海格喃喃地说。

“没错，我们要杀死兰德吗？”麦煞那意识到自己抓紧了裙子，便急忙将双手放开。真奇怪，她从不曾让任何人这么干扰过她的心神。“如果一切顺利，在两个月，顶多三个月的时间里，他就会出现在我能安全地接近他的地方。在那里，他将孤立无援。”

“你在什么地方能安全地接近他？”古兰黛带着嘲弄的意味挑起一侧眉弓，“你的巢穴？没关系，虽然显得有些赤裸裸的味道，但这是我近来听到的一个好计划。”

狄芒德仍然保持着平静，只是站在原地，用一双眼睛打量着她们。不，他没有看古兰黛，他只是看着色墨海格和麦煞那。这时狄芒德说话了，仿佛半是对他自己，半是对她们两个：“我始终不知道你们两个都盘踞在什么地方。暗主知道多少，已经知道了多久？有多少发生的事情是他早已安排好的？”没有人回答他。最后，他说道：“你们想知道暗主告诉我什么？很好，但这些信息绝不能外流。既然沙马奥选择置身局外，他就将对此一无所知。其他人，无论是活着的还是死了的，也都不会知道。暗主的话第一部分很简单：‘御万众者，混沌之王。’”他的嘴角抽搐了一下，麦煞那觉得那仿佛是他的微笑。然后他又说了暗主其余的吩咐。

麦煞那发觉自己全身都在颤抖，她不知道是因为兴奋还是恐惧。这样做应该能成功，应该能让他们得到一切，但这需要运气，而赌博总让她感到不舒服。狄芒德是赌徒，他在一件事上是正确的：路斯·瑟林获得的好运正如同铸币厂铸造钱币，源源不绝。在她看来，兰德·亚瑟迄今为止也有同样的好运。

除非……除非暗主在这个计划后面还隐藏了另一个计划，这是让她最感恐惧的可能。

有着镀金外框的镜子映照出房间里的情景——墙壁上令人目眩的镶嵌图案、镀金的家具和精致的地毯、另外一面镜子和装饰织锦。一座没有窗户也没有门的宫殿房间。这面镜子还映照出一名女子，她穿着血红色的礼服，正在房间里来回踱步。她美丽的面孔上混合着愤怒与难以置信的表情，其中难以置信更多过愤怒。镜子也映照出他自己的面孔，他对这张面孔的兴趣要远超过那个女人。他已经碰触过他的鼻子、嘴和脸颊不下上百次，确定它们是真实的，却仍然不停地重复这种举动。这张脸不算年轻，但比他那次漫长的睡眠后第一次醒来时所用的脸要年轻，那场沉睡带给他的只有无尽的噩梦。一张平凡的脸，他一直都痛恨平凡。他认出了从他的喉咙里发出的声音——一阵幼稚的笑声，一阵咯咯声。他将那声音压了下去，他没有疯，确实发生了不少事情，但他没有疯。

在他的第二次沉睡中（那是比第一次更加恐怖的沉睡），他被赐予了一个名字，然后，他就以这副面孔和躯体醒来了。奥森加——他认识这个声音，对这个声音，他从不敢有丝毫违逆。他原来的名字——那个被轻蔑地赐予、被骄傲地接受的名字已经永远地完结了，他主人的声音是这样告诉他的。那名女子的名字是亚兰加，过去的她也已经完结了。

这两个名字很有趣。奥森加和亚兰加是在一种决斗形式中，对左手匕首和右手匕首的称呼。在封印孔穴被打开，到至上力战争爆发的这段时间里，这种决斗形式曾经短暂地流行过一段时间。他的记忆中充满了空洞，在漫长与短暂的睡眠中，有太多东西已经遗失了，但他记得这件事。那种决斗流行的时间很短，因为决斗双方都无法逃避死亡，那些匕首都被涂上了慢性毒药。

有什么东西在镜子里闪动了一下。他转过身，速度不是很快。他必须记住自己是谁，并确定其他人也会记住。仍然没有门，但一名魔达奥出现在房间里。在这座宫殿中，任何事情都不奇怪。但这名魔达奥比奥森加以前见到的都要高。

奥森加没有着急，就让那名半人等着吧！但没等他开口，亚兰加已经气急败坏地喊道："为什么这样对我？为什么我会被放进这副躯体里？为什么？"最后的那一声几乎变成了凄厉的尖叫。

奥森加觉得那名魔达奥没有血色的嘴唇正扭曲成一丝微笑。当然，他知道那是不可能的，就算在此处也一样。即使是兽魔人，也会在邪恶和暴力中感觉到一点幽默，但魔达奥绝不会。"赐给你们的都是能在边境国找到的最好的躯体。"它的声音如同毒蛇爬过干草，"这是一具好躯体，强壮而健康，比另外那种状态好。"

这话没错。这是一具好躯体，在原先的日子里，丹恩舞者的身体也不过如此。光滑的肌肤，绿色的眼睛嵌在象牙色的鹅蛋脸上，映衬着茂密闪耀的黑发。而且，任何一方面都比另外那种状态要好。

也许亚兰加另有看法，怒火扭曲了那张美丽的面孔，她大概会不计后果地做出一些事来，奥森加清楚这一点。在这种事情上总是会出现问题。兰飞儿与现在的她相比，也显得谨慎得多。奥森加开始向阳极力伸展，在这里进行导引是危险的，但总好过真让她做出一些愚蠢的事来。他向阳极力伸展。什么都没找到。他并没有被屏障。他能够感觉到屏障，如果屏障不是很强，而他又有充裕的时间，他知道该如何绕过它，或者是打破它，而现在的感觉却仿佛是他被隔绝了。惊骇，让他呆立在原地。

也许亚兰加发觉了同样的状况，但她却有着不同的表现，她发出猫一般的尖叫，伸出指甲，猛地扑向那名魔达奥。

当然，这种攻击是毫无意义的，魔达奥甚至没有挪动脚步，伸手便掐住了她的喉咙，将她向上提起，直到她双脚离地，尖叫变成沉重的窒息声。亚兰加用双手抓住了半人的手腕。无眼者任由亚兰加吊在自己的手上，转头望向奥森加："你们并没有被隔绝，但你们在得到允许之前不能导引。你们永远也不得攻击我，我是赛夷鞑·哈朗。"

奥森加竭力想咽下一口口水，但他的嘴里仿佛全都是干灰。他现在的状况肯定不是这只生物造成的，魔达奥拥有力量，但并不是在这方面，但这名魔达奥知道发生了什么事情。他从来都不喜欢半人。他参与过制造兽魔人，将人类和野兽的血脉融合在一起——对于这件事，对于应用在其中的技术，其中难题的克服，他感到骄傲——但这些在偶然中发生变异的作品总是让他感到不安。

赛夷鞑·哈朗将注意力转回抓在手中的女人上，她的面孔已经变成了紫红色，双脚在半空中无力地踢蹬着。"你会适应的。肉体会屈从于灵魂，但思想会屈从于肉体，你已经适应了。很快你就会觉得你从不曾拥有其他躯体，或者你可以拒绝，那么就会有另一个人接替你的位置，你会被交给……我的兄弟们，而且你将一直被这样封锁着。”那双薄嘴唇再次扭曲了。“它们很想念它们在边境国的运动。”

“她不能说话了，”奥森加说，“你正在杀死她！你不明白我们是什么身份吗？把她放下，半人！遵从我！”这种东西必须遵从使徒。

但魔达奥只是冷冷地打量着亚兰加逐渐灰白的脸，过了许久，才让她的双足落在地毯上，放松掐住她脖子的手。“我遵从暗主，仅此无他。”亚兰加摇摇欲坠地站立着，咳嗽着，大口地喘着气。如果魔达奥彻底将手拿开，她一定会跌倒在地上。“你会服从暗主的意志吗？”这不是在询问，只是在用刺耳的声音说出一个形式上的问题。

“我……我会的。”亚兰加努力地发出嘶哑的声音。赛夷鞑·哈朗放开了她。

亚兰加仍然摇晃着，抚着自己的喉咙。奥森加急忙上去想要帮她，但她反而朝他挥舞着拳头，并用凶狠的眼光阻止他靠近。奥森加抬起双手，向后退去，他不需要树立这样的敌人。但这是一具不错的躯体，一个不错的玩笑。奥森加一直以自己的幽默感为傲，但这次尤其杰出。

“你们没有心怀感激吗？”魔达奥说，“你们死了，又复活过来。想想雷威辛，他的灵魂已经被抛弃在时光之外，无法挽救了。你们有机会再次侍奉暗主，挽回你们的错误。”

奥森加急忙向它表达了自己的感激之情，宣称自己一心只想侍奉主人，为自己犯下的错误而赎罪。雷威辛死了？出了什么事？没关系，使徒少一个，就意味着在暗主自由时多一分得到权能的机会。向一名魔达奥卑躬屈膝让奥森加感到折磨，毕竟魔达奥和兽魔人一样，只是他创造出来的东西。但对于死亡，他记忆犹新，如果能避免那种可怕的遭遇，他宁肯向一条蛆虫下跪。他注意到，尽管双眼满是怒火，但亚兰加宣誓的速度绝不比他慢。她一定也清晰地记得那种感受。

“那么，现在就是你们再次进入世界，侍奉暗主的时候了。”赛夷鞑·哈朗说，“除了我和暗主之外，不会有人知道你们的复活。如果你们成功了，你们会获得永恒的生命，并凌驾于诸人之上。如果你们失败……但你们不会失败的，不是吗？”这次，这名半人确实是在微笑，那就像是看见死亡在微笑。

第 1 章

丘上狮

时光之轮旋转不息，岁月来去如风，世代更替只留下回忆；时间流淌，残留的回忆变为传说，传说又慢慢成为神话，而当同一纪元轮回再临时，连神话也早已烟消云散。在某个被称为第三纪元的时代，新的纪元尚未到来，而旧的纪元早已逝去。一阵风在末日山脉刮起。这阵风并非开始，时光之轮的旋转既无开始，也无结束。但这确实也是一个开始……

风一直向西，吹过荒弃的村庄和农田——其中有许多只剩下了烧焦的木桩。内战、入侵和由此导致的混乱不停地让凯瑞安经受摧折。现在，即使在战火已经平息的范围内，回到家乡的人仍然屈指可数。风中没有一丝湿气，太阳正全力将泥土中残存的一点水分烤干。小镇玛尔隆与更大一些的亚林吉尔分别坐落在艾瑞尼河两岸。风从这里进入安多。两座城镇都充满了燠热，也许祈雨声在亚林吉尔响起得更多，但那只是因为来自凯瑞安的难民已经塞满了亚林吉尔，如同塞满桶子的死鱼。就连驻满玛尔隆周围的士兵也在不停地向造物主祈祷，有些祷辞充满了醉醺醺的酒气，有些则热切而又虔诚。冬季早该来临，应当落下初雪的时日已经过去许久。浑身汗水的人们畏惧着有什么隐藏在异常的气候里，但没有几个人敢说出这种畏惧。

风继续向西，干枯的叶片在风中颤抖，萎缩的溪流被吹起一阵阵波纹，溪水两侧是被晒得干硬的泥地。安多没有战火过后的废墟，但村民们都用紧张的眼神瞥着大大的太阳，农夫们竭力不去看没有作物的农田。风向西，一直吹到凯姆林。巨森灵建起的内城中心，王宫上飘扬着两面旗帜。一面旗帜如同鲜血一样红，上面绘着一个被蜿蜒曲线分成两半的圆形，一半是耀眼的白色，一半是深沉的黑色。另一面旗帜如同横过天际的一抹雪白，描绘在上面的图案仿佛是一条有黄金鬃毛的四腿大蛇，太阳色的眼睛，金红色的鳞片，在半空中飘舞的身姿似乎正在御风而行。人们不知道哪一面旗帜更令人畏惧，有时候，同样的心中会同时怀有恐惧和希望。对于救赎的希望和对于毁灭的恐惧——它们来自相同的源头。

有许多人说凯姆林是这个世界上第二美丽的城市，而安多人经常会说它是最美丽的，连塔瓦隆也比不上它。高耸的圆塔排列在高大的外城墙上，砌叠城墙的灰色岩石上点缀着银色与白色的条纹，内城墙的高度甚至超过了那些圆塔。白色和金色的圆顶在炽烈的阳光中闪耀着。这座城市建筑在一片丘陵上，它的中心——古老的内城地势比周围更高，环绕内城的城墙是纯粹闪亮的白色。内城中的紫色、白色、金色高塔与圆顶，以及装饰在上面的镶嵌瓷片全都散发着熠熠光彩。从这里可以俯瞰已经有两千年历史的新城。

内城不仅是凯姆林地理位置上的中心，也是它的核心，王宫则是内城的心脏。走唱人的故事里无数次地描述过这里雪白的尖塔、金色的圆顶、如同蕾丝般细腻华丽的石雕。现在这颗心脏正在那两面旗帜的阴影下跳动。

赤着上身，轻松地用前脚掌平衡着身体，此时此刻，兰德早已将外界的一切置之度外，包括宫中的这座白石院子和周围柱廊里的旁观者。汗水让他的头发和前额闪闪发亮，又滑落到他的胸膛上。肋侧半愈合的圆形伤疤让他感到火一般的疼痛，但他拒绝去注意那里。和绘制在那面白旗上完全一样的形象也缠绕在他的一双前臂上，闪耀着金、红两色的金属光泽。龙——艾伊尔人首先这样称谓它，其他人也认同了这个名字。兰德能够模糊地感觉到两只手掌上深深的苍鹭烙印，但这只是因为它们现在正紧贴在木制训练剑的长柄上。

他与剑融为了一体，以流畅的动作，不假思索地转换招式，双脚轻盈地掠过白石地面。丘上狮变成月弓，再变成晨星塔。不假思索。五名同样赤裸着胸膛、全身汗水的男人围绕着他，警戒地用训练剑挥舞出一个个招式。他们是他真正注意的目标。这些表情刚毅而自信的人是岚离开之后，他找到的最好的剑士。不假思索，这是岚教导他的；与剑融为一体，与这五个人融为一体。

他突然向前跑去，包围他的人迅速移动，要让他停留在包围圈的中心。就在这五名剑士中的两个人将要失去平衡时，他又突然停住脚步，朝另一个方向跑去。他们竭力做出反应，但已经太迟了。随着重重的一击，他用训练剑的剑刃劈在一名对手的剑脊上，让那把剑断成两截，同时他的右脚踹到了旁边灰发剑士的胃部，那人哼了一声，身体弯了下去。兰德封住袭来的剑刃，迫使一名断了鼻子的对手转过身，然后又踢了那名已经弯下腰的剑士一脚。灰发剑士倒在地上，大口地喘着气。断鼻子的剑士倒退一步，想要抽回他的剑，兰德却趁势抢得了先机，盘旋的剑身舞出缠藤乱，击中了他的胸膛。大汉仰面摔倒在地上。

只是心跳几下的时间，另外三个人已经靠近兰德身边。第一个冲上来的是一个身手敏捷的小个儿男人，他本来想以断鼻子大汉的身体为掩护，再绕过断鼻子发动攻击。当断鼻子摔倒的时候，他不由得喊了一声。兰德的训练剑敲在他的小腿上，让他踉跄了一下；随后兰德反手砍中了他的后背，让他趴在石板地面上。

现在只剩下两个人了，但他们两个是最强的——一名肢体灵动的瘦削剑士，手中的剑如同蛇信般迅疾；一名身材壮硕、剃秃了头顶的剑士，招式严谨，从不出一点错误。他们分别从左右两侧向兰德袭来。兰德没有停留在原地，他飞快地向那名瘦子靠过去，另外那名剑士要绕过倒下的人才能接近他，这让他得到了一点空隙。

这名瘦子动作迅捷，招式也同样灵巧。兰德出重金聘请最好的剑士，才延聘到了他们。就安多人而言，那名瘦子是个高个子，但兰德比他还要高上一拳。不过个子的高矮与剑术的强弱并没有关系，虽然有时力量会起一定的作用。兰德全力向他攻击，那名剑士不住后退，长脸绷得如同一块铁板。断山血牙突裂开分丝式和三娑霹雳，汹涌而至。训练剑重重地砍在那个人的颈侧，他发出一声窒息的闷哼，颓然倒在地上。

兰德立刻向右侧伏倒，以跪姿猛地挺起身，发动了烈焰曝狂澜。秃头剑士的速度并不快，但他似乎已经预料到了兰德的行动，在兰德的剑砍过他胸口的时候，他也一剑劈在兰德的头上。

片刻之间，兰德摇晃着，眼冒金星。他甩了甩头，努力想看清眼前的景物。他用训练剑支撑自己站起来。秃头剑士粗重地喘息着，同时戒备地看着他。

“给他金子。”兰德说，疑虑的表情从那名秃头男人的脸上消失了。这完全是没必要的疑虑，兰德早已承诺，任何击中他的人都能得到额外一天的酬金，而能在一对一的战斗中击败他的人，则会得到三倍的酬金。这样是为了让人们不会因为他是转生真龙而有意退让。他从没问过他们的名字，如果那些人把这种疏忽当成一种冒犯，也许这样可以刺激他们更加努力地战斗。他只想要有对手来测试自己的能力，而不是结交朋友。他的朋友早晚有一天会诅咒和他相遇的那一刻，如果他们还没有这样诅咒的话。这时，其他剑士也都有了动作。在战斗中，被“杀死”的剑士都要留在他们摔倒的地方，像真正的尸体那样作为战场上的障碍。现在那名矮小的男子正在帮助灰发男人站起来，灰发男人没有别人帮忙的话，连站立都显得有些困难。身子瘦长的剑士试着转了转脖子，哆嗦了一下。今天不会再有练习了。“把钱都付给他们。”

凹槽细圆柱支撑的走廊中响起一阵掌声和赞叹声，那里站了许多男女贵族，他们全都穿着有华丽色彩与绣花装饰的丝绸衣裙。兰德的面孔扭曲了一下，将训练剑扔到一旁。当这些人的君主——摩格丝女王，在她自己的王宫中成为囚徒时，他们只知道向加贝瑞大人逢迎谄媚。但兰德现在需要他们。抓住荆棘，总会被刺痛，他心想。至少他希望这是他自己的想法。

苏琳，这名满身筋骨的白发枪姬众，是兰德身边枪姬众护卫的首领，也是世界之脊这一侧所有枪姬众的首领。她从腰带上的荷包里掏出一枚塔瓦隆金币扔了出去。她脸上那道可怕的伤疤，因为紧皱眉头的动作而被扯动一下。枪姬众不喜欢兰德用剑，即使是一把训练剑，艾伊尔人不接受任何形式的剑。

秃头男子接下那枚金币，朝正用一双蓝眼睛瞪着他的苏琳，小心地鞠了个躬。所有人对待枪姬众都非常小心。这些女子穿着灰褐色的男式外衣、裤子和系带软靴，让她们可以完美地隐藏在荒漠晦暗的环境里。现在，为了适应这片被她们称作湿地的地方，她们之中有一些人已经在衣服上添加了绿色。虽然这里现在也已经干旱了很久，但与艾伊尔荒漠相比，却仍然是湿润的。在离开荒漠之前，几乎没有艾伊尔人见过无法被他们一步迈过的水面。往往是两三步宽的水塘，就可以引起部族间的世代仇杀。

和所有艾伊尔战士一样，和围绕在院子里其他二十名淡色眼睛的枪姬众一样，苏琳将头发剃得很短，只是在颈后留了一绺长发。她带着三根短矛，左手拿着一面牛皮小圆盾，腰间佩着一把重匕首。院子里所有的枪姬众，包括十六岁的、脸颊还有一点婴儿肥的嘉兰妮都配备着这些武器。苏琳知道如何让这些武器发挥巨大的威力。至少龙墙这边的人都认为，随便一点挑衅就会让她使用这些武器。院子里的枪姬众们监视着除了苏琳之外的每一个人、每一扇有着镂空窗栏的窗户和白色的石雕阳台、每一片阴影。一些枪姬众的手里拿着扣上箭的短角弓，更多的箭插在她们腰间的箭袋里。她们是法达瑞斯麦——维护预言中卡亚肯荣誉的枪姬众，她们誓死也会保护兰德的安全。每想到此，兰德的胃就会翻滚许久。

苏琳仍然带着冷笑扔出金币——兰德很喜欢用塔瓦隆金币支付这些酬金——秃头男子又得到一枚金币，其他人也分别得到一枚金币。比起对剑，艾伊尔人对大多数湿地人的感觉也好不了多少，这包括了所有非艾伊尔人生、非艾伊尔人养的人。在大多数艾伊尔人的眼里，虽然兰德拥有艾伊尔血统，但他同样是湿地人。只是兰德的双臂上盘绕着龙纹，一条龙纹是部族首领的标志，只有冒着生命危险证明自己的精神力量的人能够得到；而两条龙纹则标志着卡亚肯——诸首领的首领，随黎明而来之人。而且，枪姬众有特别的理由支持兰德。

剑士们收集起训练剑、衬衫和外衣，然后向兰德鞠了个躬，便转身走开。“明天，”兰德朝他们的后背喊道，“早一点。”他们又回身更庄重地鞠躬，表明已经听到了兰德的命令。

没等那些赤着胸膛的剑士离开院子，那些安多贵族们已经从柱廊中涌了出来。兰德身边仿佛环绕了一圈丝绸的彩虹，这些贵族全都在用绣有花边的手绢拍着自己汗涔涔的面孔，他们让兰德的胆汁都涌到了胃里。利用你必须利用的，否则就让暗影覆盖大地，沐瑞曾经这么对他说过。他几乎偏爱这些人，与凯瑞安人和提尔人相比，他们差不多可以算是诚实的人了。说这些人是诚实的，这个念头几乎让他笑出了声。

“您实在太棒了！”亚瑞米拉边喘气边说着，将一只手放在兰德的手臂上，“您真是又敏捷又强壮。”她棕色的大眼睛看上去比平时更加妩媚。她显然愚蠢得根本想不到兰德有什么样的品味：她的绿色长裙上覆盖着银线绣成的藤蔓，以安多标准来看，裙装的领口开得很低，稍稍露出一点胸部。她很漂亮，但年纪已经大到可以当兰德的母亲。这些贵族没有一个比她年轻的，但都争着要舔兰德的靴子。

“真是惊人，真龙大人。”蜂蜜色头发的爱伦娜几乎要用手肘将亚瑞米拉顶到一边去。微笑的表情让这个女人狡猾的面孔显得很古怪，她以泼辣凶悍著称，当然，在兰德身边的时候，她从不曾显露出这一点。“在安多的历史上，从未出现过像您这样的剑客。亚图·鹰翼麾下最伟大的将军，安多开国女王的丈夫苏蓝·马拉瓦尔只是同时与四名剑士对战就丢掉了性命。那四名剑士是在百年战争第二十三年的时候刺杀他的刺客。不过他在死之前把那四个人也都杀死了。”爱伦娜很少会错过表现自己对安多历史有多么了解的机会，特别是在一些比较偏僻的领域，比如那场在亚图·鹰翼死后让他的帝国四分五裂的战争。不过今天她至少没有在叙述中加进一堆她应该坐上狮子王座的理由。

“只是因为他最后有点倒霉。”爱伦娜的丈夫贾瑞德兴致勃勃地插话道。他是个身材敦实的男人，在安多人之中算是皮肤黑的。在他红色外衣的袖口和长领上绣着漩涡状的花纹和金色的野猪——那是撒安德家族的标志。爱伦娜同样颜色的长裙在高领和长袖上绣着安多的白狮。兰德想知道，爱伦娜是否以为他不知道这些白狮代表着什么。贾瑞德是撒安德家族的家主，但爱伦娜才是这个家族野心和行动的源头。

“真是不可思议，真龙大人，”卡琳德激动地说道。她微微发光的灰色长裙剪裁得像她的面孔一样方正，但在袖子和裙边上缀着厚重的银流苏，几乎和她黑发中的银丝不相上下。“您一定是这个世界上最优秀的剑士。”尽管她这样说，但这名身材短粗的女人目光却像铁锤一样坚硬，如果她的大脑能与她的顽固相比，那她就会变成一个十分危险的人物了。

娜埃安是一名身材苗条、脸蛋白皙的美丽女子，她有一双蓝色的大眼睛，一头闪亮的波浪状黑发。她对五名离开的剑士投去冰冷的嘲笑，她脸上几乎永远都带着嘲弄的表情。“我怀疑他们预先已经谋划好了，才能让一个人打到您。他们一定会平分额外的那枚金币的。”和爱伦娜不一样，这个女人在她蓝裙装的长袖上绣着阿劳恩家族的三枚钥匙徽记。兰德也从没听说过她对安多王座有所企图，至少她从不曾亲口对他说。她假装满足于做一位古老家族的家主，如同一头伪装成家猫的雌狮。

“我能永远让我的敌人各自为战吗？”兰德平静地问。娜埃安的嘴唇惊讶地动了动，她并不蠢，但她也认为所有反对她的人都应该立刻在她面前拜倒在地。而如果这样的要求没有得到实现，她会认为自己受到了侮辱。

脾气暴躁的红发枪姬众安奈拉完全无视于那些贵族的存在，径自走到兰德面前，递给他一条白毛巾。在艾伊尔人中，她算是矮个子，而看到一些湿地女人竟然会比她高的时候，她几乎要把牙咬碎了，因为绝大多数的枪姬众都能平视湿地男人的眼睛。安多贵族们也都竭力忽略安奈拉的存在，一个个都敢怒而不敢言地盯着别的地方，这种举动让他们的伪装显得很笨拙。安奈拉转头又走出了人群，仿佛他们完全是隐形人。

庭院里的寂静只持续了片刻。“真龙大王英明，”里尔大人微皱着眉头，轻轻鞠了个躬。这名巴瑞恩家族的家主穿着镶金流苏的黄色外衣，他如同刀刃一般瘦削，也如同刀刃一般刚硬。但他在兰德面前永远都是恭顺有加，只有偶尔的皱眉会表现出他心中的波澜。不过他本人似乎并没有感觉到他也会在兰德面前皱眉，但朝兰德瞥来古怪眼神的并不止他一个，贵族们在兰德面前都会偶尔流露出难以置信的神色。“敌人迟早都会聚拢在一起，我们必须在他们得到机会之前认出他们来。”

矮个、秃头、目光严厉的亨伦大人；有一头灰色卷发，面容开朗、心思曲折的卡丽丝女士；一直在傻笑、肥胖的戴芮拉；薄嘴唇、神经质的埃里加等十来名其他贵族都以更加华丽的言辞赞颂了兰德的智慧。权势强大的贵族说话之前，低阶贵族是不能说话的。

那些低阶贵族很快又安静了下来，因为爱伦娜又一次张开了嘴：“在敌人自我暴露之前要认出他们来总是有困难的。而等到敌人自我暴露的时候，往往又太迟了。”她的丈夫带着贤明的表情点了点头。

“我总是说，”娜埃安声明道，“不支持我的人就等于是在反对我，我发现这是一条很正确的规律。那些躲避您的人，也许就在等待着您的背后被插上刀子的时刻。”

这已经不是他们第一次向兰德散布对于其他不在场贵族的怀疑，从而试图巩固自己的地位了。兰德希望自己能制止他们，可是又不能明令禁止。他们玩弄权力游戏的水平，和狡猾的凯瑞安人相比，甚至是和提尔人相比，都显得太可怜了。他们很惹人厌，但兰德还不想让他们之中出现一些想法。让他惊讶的是，帮他解围的竟然是卡伦家族的家主奈西恩。

“另一位杰罗姆。”那个白发男人说道。他憔悴的窄脸上笨拙地挂上一副阿谀的微笑。他这句话引来一片恼怒的目光，甚至连一些低阶贵族也不由自主地瞪了他一眼，才急忙收回了目光。自从兰德入主凯姆林之后，奈西恩就显得有一点糊涂了。现在他的淡蓝色翻领外衣上并没有绣着标志卡伦家族的星星与剑，而是装饰着花朵、月滴石和爱人结。他有时还会像个求爱的乡下青年一样，在稀薄的头发上戴一朵花。但卡伦家族实在是太强大了，即使是贾瑞德和娜埃安也不能将奈西恩挤到一旁。奈西恩这时又摇晃着他那颗长在细长脖子上的脑袋，继续说道：“您的剑技真是特别，真龙大人，您是另一位杰罗姆。”

“为什么？”这个声音从院子的另一头传过来，让这些安多人的脸色变得更加阴沉。

达弗朗·巴歇尔显然不是安多人，他有一双眼角上翘、几乎是纯黑色的眼睛，鹰钩鼻，密实的灰色鬓角从脸侧一直延伸下来，像两个钩子般围住了一张大嘴的嘴角。他的身材瘦削，比安奈拉稍微高一点，穿着一件灰色的翻领外衣，在袖口和领子上绣着银线，宽松的裤腿被塞进及膝的折统长靴里。在安多人众目睽睽之下，这位沙戴亚元帅已经将一把镀金椅子放在庭院里，坐了上去，一条腿搭在椅子扶手上，环形护手的佩剑放在伸手就可以握住剑柄的地方。汗水在他黝黑的面孔上闪烁着，但他对此毫不在意，正像他对待这些安多人的态度一样。

“你是什么意思？”兰德问。

“这种剑术练习，”巴歇尔轻松地说，“和五名对手？没有人会同时与五个人进行练习，这是件蠢事。即使用的只是训练剑，在这种没有意义的斗殴里，你的脑浆迟早都会泼溅到这片地面上。”

兰德咬了咬牙：“杰罗姆曾经击败了十个人。”

巴歇尔在椅子上换了个姿势，笑了：“你以为你能活得了那么久，让你可以比得上历史中最伟大的剑客？”一阵愤怒的议论声从安多人之中传出来——兰德知道，这只是装出来的愤怒——但巴歇尔并没有在意那些声音。“毕竟，你就是你。”他突然像松开的弹簧一样一跃而起，匕首如同闪电般掷向兰德的心脏。

兰德没有挪动一根肌肉，没有唤起任何意念，在呼吸之间，他抓住了阳极力。至上力的洪流涌入他的体内，带来暗帝的污染。散发着恶臭的冰川，熔融金属的河流，它们要吞没他，将他卷走，他驾驭着它们，如同在崩塌的巨峰尖端维持平衡。他开始导引，一道风之力的编织裹住了那把匕首，将它定在距离兰德一臂远的地方。虚空环绕着他，他飘浮在其中，所有思想和情绪都被隔绝到遥不可及的地方。

“去死！”贾瑞德高喊着，抽出佩剑向巴歇尔冲去。里尔、亨伦、埃里加等所有安多贵族也都拔剑出鞘，就连看上去连剑柄都握不牢的奈西恩也不例外。枪姬众们用束发巾裹住了头脸，举起长刃的枪矛，黑色面纱覆盖住她们的面孔，只露出蓝色和绿色的眼睛。艾伊尔人在搏杀之前一定要戴上面纱。

“住手！”兰德喊道。所有人都停止了动作，安多人困惑地眨着眼，枪姬众们仍然踮着脚尖，保持着随时发起攻击的姿势。巴歇尔坐回椅子里，又将一条腿跨在扶手上。

兰德伸手从编织中抽出那把角柄匕首，放开真源。即使那种最终会将他摧毁的污染在绞动着他的内脏，离开至上力对他来说仍然是一件困难的事。有阳极力在体内，他的视觉、听觉都会变得更加敏锐，他不明白这是怎样的状态，只是当他飘浮在这片似乎没有尽头的虚空中时，肉体的感觉和情绪都会变得模糊，但所有的感官却会被放大许多。脱离了这样的状态，他会觉得自己的生命也失去了一半。一些污染似乎留了下来，这并不是正在减退的阳极力的光耀——在与这种光耀的对抗中，只要他有一寸的动摇，就会立刻被它杀死。

在手中转动着那把匕首，兰德缓缓向巴歇尔走去。“如果我当时眨眨眼，”他轻声说道，“我就死了。我可以当场杀死你，无论是安多的法律还是其他任何地方的法律都不会说我是错的。”兰德意识到自己已经准备好这样做了，冰冷的怒火代替了阳极力，几个星期的相识并不能作为巴歇尔脱罪的借口。

这名沙戴亚人依旧懒洋洋地斜躺在椅子里，上翘的眼睛平静如常，仿佛这里是他自己的家。“我的妻子不会喜欢这样的，所以，你也不会喜欢。黛拉也许会代替我统率全军，继续展开猎杀马瑞姆的行动。她不赞成我追随你的决定。”

兰德微微摇摇头，愤怒的锋芒已经在他心中钝去了一些，原因是巴歇尔的镇静，还有他的话。当他知道，在巴歇尔的九千名沙戴亚骑兵中，所有贵族和大多数平民军官都携带着他们的妻子时，兰德感到非常惊讶。他不明白一个男人怎么能让自己的妻子身处险地，但这是沙戴亚的传统，只有进入妖境的战斗才不会让女人参加。

兰德避免去看枪姬众们。她们是彻头彻尾的战士，也全都是女人。而他也承诺过，不会让她们远离危险，甚至是死亡。但他没有承诺过自己不会害怕驱使她们去战斗，所以当他必须做出这种决定时，内心总会因矛盾而感到痛苦。他尽量遵守自己的承诺，他做了他必须做的事情，虽然他因此而痛恨自己。

他叹了口气，将匕首扔到一旁。“你的问题，”他客气地说，“是在问什么？”

“因为你就是你，”巴歇尔明白地说道，“因为你，和听从你的号召聚集在你身边的那些男人，你们就是你们。”兰德听见身后传来一阵混乱的脚步声，那些安多人无论怎样也无法掩饰和隐藏住对那道特赦令的恐惧。“你完全可以像这次一样对付这种匕首，”巴歇尔将脚放回地上，向前倾过身子，

“但任何想要接近你的刺客，都必须先通过你的艾伊尔人和我的骑兵。呸！如果这样还有人能靠近你，那他就不是人。”他摊开双手，又坐回椅子里。“嗯，如果你想练剑，那就练吧！男人需要练习，需要放松，但不要让你的脑袋被打成两半。有太多事要依靠你，而我在你身边并没有看到可以对你进行治疗的两仪师。”他的胡子几乎遮住了他突然的笑容：“而且，如果你死了，我想我们的安多朋友大概就不会对我和我的手下有什么优渥的款待了。”

安多贵族们已经收起佩剑，但仍然用狠毒的眼光看着巴歇尔，当然，这不是因为他差点杀死兰德。虽然巴歇尔是一名率领外国军队进入安多领土的外国将军，但平时这些贵族在他面前还能保持面容的平静，因为转生真龙要巴歇尔在这里。只要转生真龙愿意，他们也会对一名魔达奥保持微笑。但如果兰德有可能会倒向他那边……那就不需要对他有任何掩饰了。他们原本就是一些想以摩格丝为食的秃鹰，如果有半点机会，他们会立刻将巴歇尔，甚至是兰德吞下去。兰德知道这点，他迫不及待地想摆脱掉他们。

置之死地而后生，这个念头突然出现在兰德的脑海里。曾经有人以一种他不得不相信的口气这样对他说过，但这个念头实际上并不是他的。*我一定要死，我只该得到死亡*。他转过身，用双手抱住了头。

巴歇尔从椅子里跳起来，伸手抓住兰德的肩膀。虽然那肩膀比他还要高出一个头。“出什么事了？那一下子真的打裂你的头了吗？”

“我没事。”兰德拉开他的双手。他并没有感觉到任何疼痛，只是为另一个男人的想法突然出现在脑海中而感到震撼。巴歇尔并不是唯一盯着他的人，枪姬众们也都在监视周围的同时专注地看着他，特别是安奈拉和黄头发的索麦莱，后者是这些枪姬众之中个头最高的。她们两个大概会在完成值勤任务后立刻为他送草药茶过来，并且亲眼看着他完全喝下去。爱伦娜、娜埃安等安多人都大口地喘着气，紧抓住她们的外衣和裙子，睁大眼睛紧盯着兰德，仿佛惟恐成为兰德陷入疯狂后的第一批牺牲品。“我没事！”兰德高声对院子里的人说道。只有枪姬众们放松了心情，虽然安奈拉和索麦莱仍然流露出担心的样子。

艾伊尔人不在意什么“转生真龙”，对他们来说，兰德是卡亚肯，预言中将他们团结为一体的人，也是摧毁他们的人。虽然会为此而担忧，但他们平静地接受了这一切，也同样平静地接受了他的导引，以及因导引而发生的一切事情。其他那些人（*那些湿地人，他冷冷地想*）称呼他为转生真龙，却从没认真想过这意味着什么。他们相信他是路斯·瑟林·特拉蒙转生，那个被称为真龙的男人在三千年前封印了暗帝牢狱的孔穴，结束了暗影战争。那时暗帝最后的反击污染了阳极力，从路斯·瑟林和他的百盟团开始，所有能够导引的男性都逐渐陷入疯狂，传说纪元也因此而结束。他们称兰德为转生真龙，却从没怀疑过他的脑子里还存留着路斯·瑟林·特拉蒙的一部分思绪，存留着疯狂之年代和世界崩毁的肇因，存留着曾经让这个世界面目全非的狂暴。那些声音以非常缓慢的速度进入他的心神，随着他对至上力了解得愈多，操控阳极力的能力愈强，路斯·瑟林的声音就愈大，他就必须更加努力地将那个死人赶出脑海。所以兰德才会喜欢练剑，让精神专注在其他方面可以帮助他确认自己的存在。

“我们需要找到一位两仪师，”巴歇尔喃喃地说，“如果那些谣言是真的……光明烧了我的眼睛吧，真希望我们没有放走那一位。”

在兰德和艾伊尔人占据凯姆林后，有许多人都逃走了，凯姆林王宫几乎空了一整夜。兰德很希望能在这里找到一些人，一些曾经帮助过他的人，但他们全都消失了，而且仍然有人不断地离开。在最初几天逃走的人群里就有一位年轻的两仪师，她年轻得脸上还没完全呈现出那种无瑕的面容。巴歇尔的人传来讯息，说他们在一间客栈里找到那位两仪师，但当她知道兰德是什么人时，立刻尖叫着逃跑了。兰德甚至没能知道她的名字和宗派。有谣言说凯姆林城里还有一位两仪师，但现在凯姆林正飞窜着成百上千个谣言，一个比一个更荒谬。兰德肯定不能靠这些找到两仪师。艾伊尔巡逻兵已经发现了几位绕过凯姆林的两仪师，她们显然都朝着确定的目的地匆忙前进，而且都无意要进入一座由转生真龙占据的城市。

“我能信任两仪师吗？”兰德问，“只是一点头痛而已，我的脑袋还没结实到在被击中时一点感觉也没有。”

巴歇尔重重地哼了一声，喷出的鼻息将他的大胡子吹动起来：“无论你的脑袋有多么结实，你迟早都要信任两仪师。没有她们，你就只能用强力征服所有国家，才能把它们统一起来。人们需要这个。无论你实现了多少预言，有许多人仍然会等待两仪师将她们的印章盖在你身上。”

“毕竟我无法避开战斗，你知道这一点，”兰德说，“白袍众不会欢迎我进入阿玛迪西亚，即使我能得到埃尔隆的同意。不经一战，沙马奥肯定不会放弃伊利安。”*沙马奥、雷威辛和魔格丁，还有……*他急忙将那个声音赶出脑海。这并不容易，它们总是来得毫无征兆，这样做从来都不容易。

一声闷响传来。兰德回头望去，看见亚瑞米拉倒在石板地面上。卡琳德跪到她身边，将她的裙子拉到脚踝下面，又揉搓着她的手腕。埃里加摇晃着身体，仿佛也要倒下去了。奈西恩和爱伦娜的情况同样好不了多少。大多数安多贵族都显出一副奄奄待毙的样子。说出弃光魔使的名字就会造成这样的效果，特别是自从兰德告诉他们，加贝瑞大人实际上就是雷威辛之后。兰德不确定他们到底相信多少，但只要考虑到这种可能性，就足以让大多数人膝盖发软了。他们的惊讶，正是他们得以保住一命的理由。如果兰德认为他们在效忠加贝瑞的时候就知道……不，他心想，如果他们早就知道，如果他们全都是暗黑之友，你还是可以利用他们。有时候，兰德觉得自己是那么令人恶心，还不如死掉的好。

但至少他说的是事实。两仪师在竭力隐瞒弃光魔使已经自由这个秘密，她们害怕让世人知晓此事会引起更多的混乱和惊恐。兰德则在竭力将实情告知人们，人们也许会惊恐，但他们会有时间恢复过来的。如果依照两仪师的方法，事实和混乱都将到来得太晚，让人群再没有机会恢复过来。而且，人们有权利知道他们面对着什么。

“伊利安不会坚持太久。”巴歇尔说。兰德猛地回头看了一眼，但巴歇尔是一名老军人，应该知道什么话是不该在外人面前说的，他是在将话题从弃光魔使上引开。然而，兰德不知道是什么让巴歇尔如此紧张——是弃光魔使，还是其他什么东西。“伊利安会像坚果一样被铁锤敲碎。”

“你和麦特拟定了一个很完美的计划。”兰德说。这个计划的基本思想是兰德的，但麦特和巴歇尔完善了无数个细节，才让它成为一个可以实行的计划。而麦特做的比巴歇尔更多。

“麦特·考索恩，一个有趣的小伙子，”巴歇尔仿佛陷入了沉思，“我很想再和他谈谈，他从来都没说过谁是他的导师。爱格马·贾盖德？我听说你们两个全都去过夏纳。”兰德什么也没说。麦特的秘密属于他自己，何况就连兰德自己也不太清楚那些秘密的细节。巴歇尔侧过头，用一根指头挠着胡子。“他太年轻了，年纪并不比你大，不可能是任何人的学生。他是不是在什么地方找到了一座图书馆？我很想看看他读过的书。”

“你可以去问他，”兰德说，“我不知道。”他心想，麦特大概确实是在某个时候、某个地方读过书，虽然麦特对书籍并没有什么兴趣。

巴歇尔只是点点头，当兰德不想谈论某件事的时候，巴歇尔多半也会搁置这个话题，多半都会。“下次你去凯瑞安的时候，为什么不带着那里的那位绿宗两仪师？两仪师艾雯？我听艾伊尔人提到过她，他们说她和你来自同一个村庄。你可以信任她，对不对？”

“艾雯有其他的责任。”兰德笑了。一位绿宗两仪师。如果巴歇尔知道实情，他会怎么想？

索麦莱出现在兰德身边，手里拿着他的亚麻衬衫和外衣，外衣是一件安多风格的红色羊毛翻领衫，做工非常精致，在长领上绣着龙的图案，月桂叶从翻领一直伸展到袖子上。索麦莱比一般艾伊尔女子更高，差不多只比兰德矮一个拳头，像其他枪姬众一样，她已经放下了她的面纱，但灰褐色的束发巾仍然包住了她的头部，只露出一张脸。“卡亚肯会着凉的。”她低声说道。

兰德对这点存疑。艾伊尔人也许会觉得现在的气温只是一般，但兰德出汗的速度几乎不比练剑时慢多少。不过他还是将衬衫套过头顶，又把衬衫的衣襟塞进了裤腰里，只是没有系上扣带，然后他又穿上了外衣。他并不认为自己不这样做，索麦莱真的会亲手将衣服套在他身上，至少不会当着这么多人的面这样做。但如果他拒绝穿衣服，索麦莱和安奈拉难免又会有一番喋喋不休的唠叨，还有可能会在草药茶里加上别的什么东西。

对大多数艾伊尔人来说，他是卡亚肯，对于枪姬众也是——至少在公开场合是如此。但在与这些放弃了婚姻和厨房，而选择枪矛的女人单独相处时，事情就变得复杂许多。他觉得自己可以改变这种状况（也许他行），但他对她们有亏欠，所以他只能接受这种状况。有些枪姬众已经为他而死，未来还有更多的会死去，这全都是因为他的承诺。愿光明烧了他吧！如果他能允许她们去死，他也要允许她们去做其他的事。汗水很快就湿透了衬衫，并在外衣上形成深色的汗渍。

“你需要两仪师，兰德。”兰德希望巴歇尔在战场上的顽固程度有现在的一半就好。这个男人以顽固著称，但现在兰德只知道他的一些名声和这几个星期的表现。“你不能承受两仪师们反对你的后果。如果不能让她们以为你身上系了几根她们的丝线，也许她们真的会与你为敌。两仪师计谋多端，男人是没办法知道她们会做什么、为什么要做。”

“如果我告诉你，已经有数百名两仪师准备支持我，你会怎么想？”兰德知道那些安多人在偷听，他一定要保持谨慎，不能说出太多。而且他知道的也不多。也许他所知道的只是一些夸张和想象，他一直都怀疑艾雯所提到的那个“数百名”有多大的真实性。

巴歇尔眯起了眼睛：“如果白塔派出了使节，我会知道的，那么……”他的声音低到接近耳语的程度，“分裂？白塔真的分裂了？”他仿佛并不相信从自己嘴里说出的这段话。所有人都知道前任玉座史汪·桑辰已经被废黜，并遭到静断，有谣传说，她已经被处死。但对大多数人而言，白塔的分裂只是一种无端臆测，并没有什么人相信这件事。三千年以来，白塔一直都是一个整体，凌驾于所有王座之上的巍峨高山。但这名沙戴亚人是一个会考虑到所有可能性的男人。他的说话声变成了真正的耳语，同时又向兰德走近了一步，以免那些安多人听到："那一定是为了支持你而爆发的反叛。你可以向她们争取到更好的条件。她们需要你，就像你需要她们，甚至有可能她们更加需要你。但一群反叛者，即使是两仪师反叛者，也无法与白塔相比，你不会因为她们而得到更多的王冠。平民也许不知道其中的区别，但国王们会知道的。"

"她们仍然是两仪师，"兰德用同样低的声音说，"无论她们是什么人。"*无论她们在什么地方*，他冷冷地想，*两仪师……人众的奴仆……使者殿堂已经破碎……永远地破碎……破碎……伊琳娜，我的爱……*他狠狠地压下路斯·瑟林的想法。有时候，那些话确实能提供帮助，提供他所需要的信息，但它们已经太多了。如果他真的有一位两仪师在身边——一名黄宗两仪师，对医疗了解最多的两仪师——也许她……曾经有一位他所信任的两仪师，但在她得到他的信任不久后，她就死去了。沐瑞留给了他一些关于两仪师的建议，关于所有其他戴着披肩和戒指的女人。"我绝不会信任任何两仪师，"他的声音低沉而充满了怒气，"我会利用她们，因为我需要她们。但无论是白塔还是反叛者，我知道她们也会利用我，因为这就是两仪师。我绝不会信任她们，巴歇尔。"

沙戴亚人缓慢地点点头："如果你能做得到，那就利用她们吧！但记住，没有人能够一直违逆两仪师的意志。"他突然笑了一声，"就我所知，亚图·鹰翼是最后一个这样的人。光明烧了我的眼睛吧！也许你会是第二个。"

靴子敲击地面的声音说明有人来到庭院里。是巴歇尔的人，一名宽肩膀、高鼻子的年轻人，比他的将军高上一个头。他的下巴和上唇留着茂密厚重的黑胡子。他走路的姿势说明他是一个在马背上的时间多过在地面上的人，但鞠躬的时候，他控制着腰间佩剑的手很平稳。他鞠躬的方向更偏向巴歇尔，而不是兰德，巴歇尔也许在追随转生真龙，但塔麦德·阿兹坎（*兰德记得他的名字*）追随的是巴歇尔。安奈拉等四名枪姬众注视着这名刚出现的沙戴亚人，她们不信任所有围绕在卡亚肯身边的湿地人。

"有一个男人在宫门外，"塔麦德不安地说，"他说……他是马瑞姆·泰姆，巴歇尔大人。"

第 2 章

新来的人

马瑞姆·泰姆。在兰德之前的几个纪元中，不断有男人自称为转生真龙。在最近的几年里，兰德见到了伪龙们制造的无数灾厄，其中一些伪龙确实可以导引，马瑞姆就是其中之一。他召集了一支军队，在沙戴亚四处劫掠，直到最后被俘。巴歇尔的表情没有任何变化，但他紧紧抓住了剑柄，指节都泛白了。塔麦德看着他，等待他下达命令。马瑞姆在被押往塔瓦隆接受驯御的路上逃跑了，所以巴歇尔才会率领军队来到安多。沙戴亚人对马瑞姆又怕又恨，在巴歇尔出兵的时候，泰诺比女王向他下达的命令是一直追杀这个男人，无论他逃到哪里、要用多长时间，务必确保马瑞姆永远不会再次危害沙戴亚。

枪姬众们仍然平静如常，但这个名字却在安多人之中引起一阵骚动，如同将火炬扔进一堆干草中。亚瑞米拉才刚刚站起身，立刻又翻了白眼，如果不是卡琳德扶着她坐到地上，她一定又会一头栽倒下去。埃里加摇摇晃晃地走到圆柱中间，弯下腰大声地呕吐起来。其他人也都显出惶恐不安的神情，或者将手帕捂在嘴上，或者用力按住了剑柄，甚至连表情木讷的卡琳德也神经质地舔了舔嘴唇。

兰德从外衣口袋里抽出手。“我已经颁布了特赦令。”他说道。两名沙戴亚人都用冰冷的目光注视着他许久。

“如果他不是来接受你的特赦呢？”过了一段时间，巴歇尔说道，“如果他仍然自称为转生真龙呢？”混乱的脚步声从安多人那儿传来，他们大概以为这里会出现一场用至上力进行的决斗，为此，他们很愿意立刻逃到几里外的地方去。

“如果他认为自己是转生真龙，”兰德坚定地说，“我会让他醒悟的。”在他的口袋里有一件最为罕见的法器，是为男人制作的法器，一个持剑胖男人的小雕像，无论马瑞姆有多么强大，也绝对抵挡不了他的力量。“但如果他是来接受特赦的，就应当给予他赦免，对于任何其他人也是如此。”无论马瑞姆在沙戴亚做了什么，兰德不能让一个能够导引的男人变成他的敌人，而且还是一个不需教导就掌握了导引能力的男人，他需要这样的男人。除了弃光魔使之外，他不会主动赶走任何人。狄芒德、沙马奥、色墨海格、麦煞那、亚斯莫丁……兰德用力把路斯·瑟林的思绪压了下去，现在他也不能让任何事情分散他的心神。

巴歇尔又沉默了一会儿，终于还是点点头，放开了剑柄。“当然，要遵守你的特赦令。但请记住，兰德，如果马瑞姆再踏进沙戴亚一步，他就绝不能活着离开，我们有太多的事情无法忘记，即使我或者泰诺比下达命令，也无法阻止人们那样做。”

“我会让他远离沙戴亚的。”马瑞姆必须投奔他，否则就别无选择，只能杀了他。兰德下意识地摸了摸口袋，隔着衣服碰了碰那个小胖男人。“让我们看看他吧！”

塔麦德看了巴歇尔一眼，巴歇尔迅速地一点头，塔麦德立刻鞠了个躬，看上去倒像是在回应兰德说出的命令。兰德的心中闪过一阵怒意，但他什么都没说。塔麦德立刻沿着略有些起伏的小路跑开了。巴歇尔双臂环抱在胸前，一条腿微曲地立在原地，摆出一副悠闲的姿势。他一双黑眼盯住了塔麦德离去的方向，又从里头流露出浓浓的杀机。

安多人那儿的脚步声变慢了，他们往往是犹豫地迈出半步，又慢吞吞地拖回来，他们都喘着大气，仿佛是刚刚跑了几里路的样子。

“你们可以离开了。”兰德对他们说。

“我要留下来陪着您。”里尔说道。娜埃安也同时用尖细的声音说：“我不会逃跑——”

兰德打断了他们的话：“离开！”

这是一个简单的选择。他是转生真龙，要奉承他就要遵从他，而现在遵从他就意味着做他们想做的事。在一阵慌乱的鞠躬和深屈膝礼、一堆“告退了，真龙大人”和“如您所命，真龙大人”之类的告别辞后，那些贵族们……严格来说并不是逃跑了，只是以他们最快的速度走进柱廊消失了。他们都选择了与塔麦德相反的方向，毫无疑问，他们不想冒险在半路撞见马瑞姆。

等待的时间因为炎热的天气而显得漫长。要带领一个人穿过复杂的走廊，从宫门走到这里也需要很长一段时间，但在那些安多贵族们离开之后，庭院里就再没有人挪动一下。巴歇尔一直紧盯着马瑞姆将会出现的方向，枪姬众监视着所有地方，但她们永远都是这样，即使在她们准备戴上面纱的时候，她们也同样会监视着任何一个角落。除了她们的眼睛之外，她们看上去就像是雕像。

最后，靴子击地的回声传进庭院，兰德差点就碰触了阳极力，但他立刻又收了回来。只要那个人一进入庭院，兰德就能知道他是否握着至上力。兰德不能在他面前表现出畏惧。

塔麦德首先走进了庭院的阳光里，跟在他身后的是一名比一般人稍高的黑发男子，他黝黑的面孔、眼角上翘的眼睛、鹰钩鼻和高颧骨，显示着他也是一名沙戴亚人。但他剃光了胡子，并且穿得像一名曾经富裕、现在已经因为艰难的时势而落魄的安多商人。他深蓝色的外衣曾经是用优质羊毛镶暗色天鹅绒边做成的，长期的磨损已经让镶边都破烂了。他的裤子在膝盖处松垂了下去，裂开的靴子上满是尘土，但他的步履之间仍然充满了骄傲，丝毫不在意紧跟在他背后的四名巴歇尔的士兵，那些士兵手中微弯的刀刃距离他的背不到几寸。炎热的天气似乎也对他毫无影响。枪姬众的目光一直跟随着他。

兰德审视着马瑞姆和他的监视者们走过院子。马瑞姆至少比他要年长十五岁，大概有三十五岁，或者再大一点。记述能够导引男人的数据非常少，大多数正派的人都会极力避免这个问题，但兰德竭尽所能搜集了资料。相对而言，能发现自己有这种能力的男性并不多，这是兰德面临的问题之一。自从世界崩毁之后，能够导引的男人几乎都是生来就有这种能力，阳极力会随着他们的成长蹿入他们体内。有些人能够成功地抵抗污染的侵蚀许多年，直到两仪师找到并驯御他们；有些人在被找到时往往已经陷入毫无希望的疯狂，有时距离他们初次碰触阳极力还不到一年的时间。至今为止，兰德坚持神智健全已经有两年了，但他面前的这个男人至少已经坚持了十到十五年，光是这一点，就值得收纳这个人。

塔麦德打了个手势，这一行人停在兰德面前一两步的地方。兰德张开嘴，但没等他说话，路斯·瑟林已经带着恨怒闯入他的脑海。*沙马奥和狄芒德恨我，*

无论我给他们什么样的荣耀，荣耀愈多，恨意愈强，最后他们出卖了自己的灵魂，变成了我的敌人。特别是狄芒德，我真该杀了他！我应该把他们全都杀死！即使烧焦大地也要把他们杀死！把一切都烧光！

兰德表情僵硬，全力为自己的心智进行抗争。我是兰德·亚瑟，兰德·亚瑟！我从不认识沙马奥、狄芒德，或是其他什么人！光明烧了我，我是兰德·亚瑟！如同虚弱的回音，另一个声音不知从什么地方飘出来。光明烧了我吧！这声音就像是在乞求。然后，路斯·瑟林消失了，被赶回他存身的阴影中。

巴歇尔趁兰德沉默时抢先说话了："你说你是马瑞姆·泰姆？"他的声音里充满了怀疑。兰德困惑地看着他。这是不是马瑞姆？或者他只是个冒用这个名字的疯子？

那名囚徒翘了翘嘴角，然后抹了一把下巴："我把胡子刮掉了，巴歇尔。"他的声音里则满是嘲讽。"在这么靠南的地方，天气实在有些太热了，或者你完全没注意到？即使在这里，气温也高得异乎寻常。你想要我证明自己的身份吗？我是不是应该为你导引一下？"他的黑眸瞥了兰德一眼，然后又转回到巴歇尔身上，现在沙戴亚元帅的面孔变得更加阴沉了。"也许等以后吧！我记得你，在伊林结瓦。我在战场上一直都处上风，直到天空中出现那些影像，那是所有人都知道的。有什么是所有人都不知道，你和马瑞姆·泰姆却会知道的？"

马瑞姆将注意力集中在巴歇尔身上，似乎完全忘记了那些卫兵，还有他们举向他的剑刃。"我听说你隐瞒了发生在木沙、哈卡雷和他们妻子身上的事情。"嘲讽的表情消失了，"他们不该试图在一面会谈的旗子下杀死我。我相信你在仆人的队伍中为他们找到了好位置？他们现在想做的大概只有侍奉和遵从了，否则他们不会高兴的。我本来可以杀了他们，他们四个人全都抽出了匕首。"

"马瑞姆！"巴歇尔咆哮了一声，伸手向剑柄抓去，"你——！"

兰德一步跨到巴歇尔面前，抓住他的手腕，压下已经抽出一半的剑刃。卫兵们，包括塔麦德的佩剑都划破了马瑞姆的外衣，但马瑞姆甚至没有一丝颤动。"你是来见我，"兰德问，"还是来侮辱巴歇尔大人？如果你再这么做，我就让他杀掉你。我的特赦令宽恕了你过去的行径，但它并不允许你炫耀你的罪行。"

马瑞姆审视着兰德，沉默了一段时间才开口说话，在这样的酷热中，他的脸上却看不见一点汗水。"我是来见你的。你就是那个出现在天空中的人，他们说与你作战的是暗帝本尊。"

“不是暗帝。”兰德说。巴歇尔并无意与他为敌，但他能感觉到巴歇尔手臂上的力量，如果他放开手，巴歇尔的剑会在瞬间刺穿马瑞姆的身体，到那时，能阻止巴歇尔的就只有他或者是马瑞姆的至上力了。这种情况是一定要避免的。他继续扣着巴歇尔的手臂。“他自称为巴尔阿煞蒙，但我认为他是伊煞梅尔，我后来在提尔之岩里杀死了他。”

“我听说你已经杀死了几名弃光魔使。我是不是应该称你为真龙大人？我听许多人都用这个名衔称呼你。你是要杀死所有的弃光魔使吗？”

“那么你是否知道有什么其他的办法可以对付他们？”兰德问，“如果他们不死，就只能等世界毁灭。除非你以为能说服他们像原来抛弃光明那样抛弃暗影。”现在庭院里的情形变得相当荒谬。马瑞姆身周的五根剑刃已经染上了鲜血；兰德还按着第六把想将马瑞姆彻底刺穿的剑。他们两个人却在谈论着与此毫不相干的事。不过，巴歇尔的部下至少还被严格的纪律约束着，没有将军的命令，他们不会采取进一步的行动，而巴歇尔毕竟还能控制自己的嘴巴。兰德很羡慕马瑞姆的镇静，虽然对方仍然气定神闲，但他还是尽量加快了说话的速度：

“无论你有什么样的罪行，马瑞姆，它们和弃光魔使的所作所为相比，都微不足道了。你是否曾经折磨过一整座城市，让成千上万的人缓慢地自相残杀，让他们亲手杀死他们的挚爱？色墨海格就这么做过，而她这么做只是为了证明她做得到，为了让自己高兴。你有没有杀过儿童？古兰黛做过，她称此为仁慈。她将那些孩子的父母当成奴隶带走，然后声称是为了不让那些孩子因此受苦才杀死他们。”兰德希望其他沙戴亚人也能听听他说的这番话。而马瑞姆确实倾过身子，认真地听着他的话。兰德希望他们不会过问这些讯息都是从什么地方来的。“你有没有将人类当成兽魔人的食物？所有弃光魔使都在这样做——幸存没死的俘虏，如果不愿效忠暗影，最终都会被扔给兽魔人。狄芒德曾经攻占了两座城市，因为他认为自己在投向暗影之前，曾经被这两座城市的人轻视过。那里的每个男人、女人和孩子都进了兽魔人的胃囊。麦煞那在她控制的地方建立了许多学校，在那些学校里，孩子和年轻人被教导以暗帝的荣光，要杀死他们那些学得不够好或不够快的朋友。我还可以继续说下去，在十三名弃光魔使的名字之下，我可以记录上百条如此深重的罪行。无论你做过什么，都不能与之相比。而现在你来接受我的宽恕，决定顺从我，行走在光明之中，与暗帝进行坚决地战斗。弃光魔使正在世上作恶，我要将他们全部猎杀，彻底根除。你会帮助我的，为此，你得到了宽恕。我绝不向你虚言，在最后战争结束之前，你的所得有可能会百倍于这次宽恕。”

他终于感觉到巴歇尔放松了手臂，感觉到那个男人的剑缓缓滑回鞘中。兰德差点就呼出一口长气。“我想，没必要如此严密看守这名男子，将你们的剑收起来。”

塔麦德等士兵开始缓慢地将剑刃收回鞘内，速度很慢，但他们毕竟做了。这时，马瑞姆开口了：

“顺从？我想我们之间的关系更应该是合作。”沙戴亚士兵们立刻又绷紧了肌肉，巴歇尔还在兰德身后，但兰德能感觉到他的身体也变得僵硬了。枪姬众们没有任何动作，只有嘉兰妮的手指朝着她的面纱动了一下。马瑞姆歪过头，似乎对这些人的反应一无所知。“当然，我是比较次要的合作者，但我对至上力的研究时间比你要久许多，我有很多事情可以教给你。”

愤怒从兰德的心中升起，直到在他眼里涨出血丝，为了能让这个家伙的行径看上去不那么黑暗，他已经说了许多他不该知道的事情，也许他的这番话会产生出十几条他和弃光魔使之间的谣言，而这个人却还在厚颜无耻地说什么合作！路斯·瑟林又开始在他的脑海中咆哮。*杀死他！现在就杀死他！杀死他！*这一次，兰德没有去压制那个声音。“没有合作！”他也同样咆哮道，“没有合作者！我是转生真龙，马瑞姆！我！如果你的知识能够被我使用，我会的，但你要去我说的任何地方，做我说的任何事，在我说的任何时候。”

马瑞姆立刻单膝跪倒在地：“我顺从于转生真龙，我会侍奉并遵从。”他站起身的时候，嘴角又向上翘了一下，塔麦德则是张大了嘴瞪着他。

“这么快？”兰德轻声说，他的怒意并没有消失，而是变得更加暴烈。如果他没有努力控制自己的心神，他不确定自己会做出什么事来。路斯·瑟林仍然在阴影里毫不停歇地咆哮着。*杀死他！一定要杀死他！*兰德将路斯·瑟林推到一旁，让他的声音只剩下一阵阵模糊的咕哝。也许他不该对此感到惊讶，古怪的事情总会发生在时轴周围，特别是像他这么强大的时轴。一个男人也许会在片刻之间就改变自己的主意，即使他的意志像是被刻在石头上一样地坚定。这不是很让人感到惊讶的事情，但他无法消解自己的怒气，还有深深的疑心。“你曾经自称为转生真龙，在全沙戴亚掀起战争，只因为受到撞击后失去知觉才被逮，而你现在却这么快就放弃了？为什么？”

马瑞姆耸耸肩：“我有什么选择？我一个人踽踽独行在这个世界上，没有朋友，永远地被追杀，你却在不停地获取光荣！而且这一切的前提还是我能活着离开这座城市，不被巴歇尔或你的艾伊尔女人杀死。即使逃过了他们，两仪师迟早也会把我逼上绝路，我怀疑白塔是否会忘记马瑞姆·泰姆。如果我跟随你，至少你的一部分光荣将是我的。”他第一次向周围望去，看了那些沙戴亚卫兵和枪姬众一眼，又摇了摇头，仿佛他完全无法相信眼前的状况。“也许我真的是那个人，我凭什么要怀疑这点？我能导引，而且我很强。为什么我要否认自己是转生真龙？我必须做的就是要实现那些预言中的一项。”

“比如让自己能够出生在龙山上？”兰德冷冷地说，“这是预言中的第一条。”

马瑞姆的嘴角又翘了翘，这次肯定不是微笑，他的眼里没有任何笑意：“胜利者记述历史，如果是我占领了提尔之岩，历史就会表明我是生在龙山上的，一名从未被男人碰过的女子将是我的母亲。天空会打开，光明播撒大地，昭示我的到来。现在他们就是用这种口吻说你，因为你带着你的艾伊尔人拿下了提尔之岩，所以全世界都称呼你是转生真龙。我知道和你对抗是愚蠢的，你才是那个人。好吧，既然整条面包不属于我，我也可以安心地享受落在我面前的那一片。”

“你会得到光荣的，马瑞姆，你也有可能一无所获。如果你还在为此而烦恼，就想想其他那些和你一样的人都有些什么样的遭遇吧！洛根被捉住，并且被驯御了，有谣传说他已经死在了白塔。一个没有名字的家伙在哈登莫克被提尔人砍了头，另一个则被莫兰迪人烧死了，活活地烧死了，马瑞姆！伊利安人在四年前也是这样对待高林·罗加德的。”

“这不是我愿意拥抱的命运。”马瑞姆毫无表情地说。

“那么就忘记光荣，想象最后战争吧！我做的所有事都是在为最后战争做准备，我让你做的所有事也是为了这个目的，这是你唯一的目的！”

“当然，”马瑞姆摊开双手，“你是转生真龙，我不怀疑这一点，我公开承认此事。我们正在向最后战争进军，预言中说你会取得胜利，而历史学家们则会说，马瑞姆·泰姆就是你得力的左右手。”

“也许。”兰德只说了这么一个词作为响应。他经历过太多预言，已经无法相信它们真的会按照人们所想象的那样成为现实，它们也许不代表任何结果。在兰德现在的观点里，预言只是设置了一些条件，只有在符合这些条件的时候，才会有事情发生；但光是符合这些条件，并不代表着事情一定会发生。而真龙预言的某些条件暗示着，他必须死亡才有机会赢得胜利，这一点丝毫不会让他减少怒火。“愿光明不会让你的机会来得太快。那么，你有什么样的知识是我所需要的？你能教导男人进行导引吗？你能测试一个男人以确定他是否可以接受训练吗？”和女人不一样，能够导引的男人在平时并不能感觉到其他男人的导引能力。男人和女人在至上力方面的差别，如同男人和女人本身的差别一样，有时候，只是毫厘之差，有时候却有着石块与丝绸般的差异。

“因为你的特赦令？真的有傻瓜愿意学习成为像你我这样的人？”

巴歇尔只是叉开双腿，双手抱胸，轻蔑地盯着马瑞姆，而塔麦德和卫兵们则不安地挪动着身体。枪姬众依然毫无动静，兰德不知道枪姬众是怎样看待那二十几名回应他号召的男人，她们从不曾对此表示过任何看法。但那些沙戴亚人都还记得马瑞姆是怎样强大的一名伪龙，所以他们很难隐藏内心的不安。

“回答我，马瑞姆，如果你能做到我想要的，那就告诉我。如果不能——”这是令人恼怒的对话，他不能将这个人赶走，即使他每天都要和这个人有一番争斗，但马瑞姆似乎认为他会这样做。

“你说的两件事我都能做到。”马瑞姆快速地说道，“虽然我在这几年里并没有真正努力去寻找，但也已经找到了五个人，可是他们之中，只有一个人有勇气在测试后进行导引学习。”他犹豫了一下，然后才继续说道：“他在两年之后疯了，我不得不在他杀死我之前将他杀了。”

两年。“你坚持的时间比这个长得多，你是怎么做到的？”

“你也在为这个担心？”马瑞姆轻声问了一句，然后耸耸肩，“我不能帮你，我不知道该怎么做，我只是做到了。我现在神智健全，就像……”他向巴歇尔眨了眨眼，完全无视于对方的瞪视，“……就像巴歇尔大人一样。”

但兰德突然感觉有些奇怪，半数枪姬众已经恢复监视院子的状态，她们不会将注意力过度集中在一个可能的威胁上，却忽略其他地方——这个可能的威胁就是马瑞姆——而剩下一半的枪姬众仍然紧盯着他们两人，捕捉着马瑞姆所有危险的迹象。任何人都要小心她们，注意她们眼中和手里的死亡，兰德很清楚这点，虽然她们一心只是要保护他。塔麦德和卫兵们仍然紧握着剑柄，时刻准备拔剑出鞘。如果巴歇尔的部下和艾伊尔人决定杀死马瑞姆，无论这个男人怎样进行导引，想要逃出这个庭院都将是件非常困难的事，除非兰德帮助他。但那些士兵和枪姬众在马瑞姆眼中，却仿佛与支撑走廊的圆柱和脚下的石地板没有任何差别。这是他在伪装勇敢，还是真的有勇气，或者有别的原因？一种疯狂的表现？

片刻的寂静之后，马瑞姆又开口说道：“你还不信任我，当然，你没理由要信任我，但你会的。为了表达今后的信任，我为你带来了一件礼物。”他从外衣里拿出一个用破布包住的包裹，包裹比一个男人的两个拳头合起来还要大一些。

兰德皱起眉，接过那个包裹，当他感觉到那个包裹中坚硬的形状时，呼吸一下子急促了许多。他飞快地打开各种颜色的破布，露出一个有他手掌那么大的碟子，碟子上的图案和宫殿上方那面红色旗帜上的图案完全一样——半是白色、半是黑色的圆形，这是在世界崩毁之前，古代两仪师的徽记。兰德不由自主地用手指抚过这两颗交融在一起的黑白水滴。

这是昆达雅石的雕刻，全世界只有七件这样的作品，它们是暗帝牢狱的封印，阻隔在暗帝与世界之间的屏障。兰德手中还有另外两个这样的封印，它们都被谨慎地藏了起来，非常小心地被保护着。没有任何力量能打破昆达雅石，甚至连至上力也做不到——心之石的薄片能划开钢铁和钻石。但现在七道封印中已经有三道破碎了，他亲眼见到它们的碎片，他也看见沐瑞从一道封印的边缘切下了一片。这些封印正在被削弱，只有光明知道它们是怎么被削弱的。现在他手中的这只碟子仍然有昆达雅石那种坚硬光滑的质感，如同最细腻的瓷器混合了抛光的钢铁。但他相信，如果他松手让碟子落在地上，碟子一定会破成碎片。

已经有三道封印破碎了，另外三道封印他也知道了，那么第七道封印在什么地方？如果它还完整的话，现在人类和暗帝之间就只剩下四道封印了。这四道被削弱的封印还能支撑多久？

路斯·瑟林的声音如同霹雳般在他脑中震响。*打破它全部打破它们必须打破它们必须必须必须全部打破它们打破它们并且攻击必须尽快攻击必须攻击现在打破它打破它打破它……*

兰德摇着头，努力要把那个声音压下去，要赶走如同蛛网般缠绕在自己心中的迷雾。他感觉到肌肉的疼痛，仿佛自己正在与一个活生生的人，一个巨人角力。他一把一把地将路斯·瑟林的迷雾塞进思想最深的缝隙中，最黑暗的阴影里。

突然，他听见自己沙哑的呢喃声："现在一定要打破它全部打破它打破它打破它打破它。"他发现自己已经将双手高举过头，举着那道封印，准备将它摔在脚下的白石地板上。唯一阻止他的是巴歇尔，那名沙戴亚人正踮起脚尖，双手紧抓着他的手臂。

"我不知道那是什么，"巴歇尔平静地说，"但我想，也许你应该在决定打破它之前先等一下，是不是？"塔麦德等卫兵们已经不再看着马瑞姆了，他们都睁大眼睛看着兰德，甚至连那些枪姬众也都将目光转移到兰德身上，眼中充满了关切。苏琳向兰德这里迈了半步，嘉兰妮把手伸向了兰德，自己却好像并没有察觉到。

“不。”兰德咽了口口水，他感觉到喉咙像火烧般疼痛，“我想我不该打破它。”巴歇尔缓缓地向后退去，兰德以同样缓慢的速度放下了双手。如果说马瑞姆刚才显得镇定自如，现在他完全变了个样，惊骇已经扭曲了这名男子的面孔。“马瑞姆，你知道这是什么？”兰德问，“你一定知道，否则你就不会把它带来给我。你是在什么地方找到它的？你还有另外一块吗？你知不知道另外一块在哪里？”

“不，”马瑞姆说道。他的声音很不稳定，严格来说并不是恐惧，而像是一个人发现脚下的悬崖突然崩塌，又突然发现自己已经回到坚实的地面上。“这是唯一被我……我从两仪师那里逃出来时听到了许多谣言。怪物凭空出现，奇怪的野兽，人和动物说话，动物也和人说话。我们还没疯，但两仪师已经开始疯了。所有的村庄都疯狂了，他们彼此杀戮。其中一些可能是真的。而我所知道的事实，有一半也是疯狂的。我听说有些封印已经被打破了，一把铁锤就能把这个打破。”

巴歇尔皱起眉，盯着兰德手中的封印，然后他忽然倒抽了一口气，他明白了。

“你是在什么地方找到它的？”兰德将刚才的问题重复了一遍。如果他能找到最后那一道……*那又怎样？*路斯·瑟林问。但他拒绝去听。

“在你最预料不到的地方，”马瑞姆回答，“我想，其他封印也应该隐藏在那样的地方。那是沙戴亚一个衰败的小农庄，我在那里求一口水喝，那里的农庄主人将它给了我。他很老了，没有子孙可以继承它，他以为我是转生真龙。他说他的家族守卫这道封印已经超过两千年时间，说他的祖先是兽魔人战争时期的国王和女王、亚图·鹰翼属下的贵族。他的故事可能是真的。比起在距离妖境几天马程的小茅屋内找到这个，那故事也就不怎么荒谬了。”

兰德点点头，然后低下头，将破布包裹重新包起来，他已经习惯了身边发生各种不可能的事。他将匆匆收拾好的包裹递给巴歇尔：“小心看守它。”*打碎它！*他用力将那个声音压下去。“绝对不能让它出任何事。”

巴歇尔虔诚地用双手接过那个包裹。兰德不确定他是在向自己鞠躬，还是对这道封印行礼。“无论是十个小时还是十年，它都会安全地等到你需要它的时候。”

兰德仔细地端详着巴歇尔：“每个人都在等我疯掉，并且为此而恐惧，你却不是这样。你刚才一定以为我已经疯了，但你那时甚至没露出害怕的样子。”

巴歇尔耸了耸肩，在灰色的胡子后面露出一个笑容：“当我第一次在马鞍上睡觉的时候，莫亚得·彻德是我们的元帅，那个人疯狂得就像是春天解冻时的兔子。每天他都要对他的贴身仆人搜身两次，只为了从那个仆人身上找到毒药。除了掺了醋的水，他什么都不喝，他说这样可以消解那个仆人喂给他的毒药。但就我所知，他会吃掉那个仆人为他准备的一切食物。他曾经下令砍光一小片橡树林，因为他认为那些橡树在看着他，然后他坚持要为那些橡树举行正式的葬礼，由他致悼词。你能想象为二十三棵橡树挖掘坟墓要用掉多少时间吗？”

“为什么没有人为他做些什么？他的家人呢？”

“那些不像他那么疯狂的人，或者比他更疯狂的人，都怕看见他，但泰诺比的父亲不让任何人动他。他也许是个疯子，但他的军事才能是我见过最优秀的。他不曾打过败仗，而且每次都赢得非常漂亮。”

兰德笑了：“那么你追随我是因为你认为我的军事才能比暗帝优秀？”

“我追随你是因为你就是你。”巴歇尔平静地说，“这个世界必须追随你，否则即使是那些活下来的，也将宁可死去。”

兰德缓慢地点点头。预言中说，他会打破诸国，并将它们绑缚在一起。他不想这么做，但只有预言能够指引他赢得最后战争，而且他也认为让世界变成一体是有必要的，最后战争将不止是他与暗帝之间的战争。他无法相信会是如此。即使他正陷入疯狂，他也还没疯到会忘记自己只是个凡人。在那场战争里，人类必将对抗兽魔人和魔达奥、所有其他被妖境吐出来的暗影生物，以及隐藏在人类之中的暗黑之友。而且在通往最后战争的道路上还存在着其他危险，如果这个世界不能联合起来……*你要做你必须做的*。他不知道这句话来自他自己还是路斯·瑟林，但这句话没有错，至少他觉得没有错。

他快步走向距离自己最近的廊柱，同时又对背后的巴歇尔说：“我要和马瑞姆谈谈那个农庄的事，你想过来吗？”

“农庄？”马瑞姆说。

巴歇尔摇了摇头，“谢谢你，不了。”他冷冷地说。他也许不会允许自己有紧张的表现，但兰德和马瑞姆肯定已经对他的神经造成足够的负担了，那个农庄的计划是他更不想知道的。“因为一直在维持街道治安，我的部下已经有些软弱了，我要让他们之中的一些人回到马背上，训练几个小时。你要在今天下午检阅他们的，计划有变吗？”

“什么农庄？”马瑞姆说。

兰德叹了口气，他突然感到非常疲倦。“不，没有改变，如果可以，我会去的。”这件事太重要了，没办法改变，这点只有巴歇尔和麦特清楚。他必须让其他人都以为这只是一次寻常而没有实际意义的仪式，是一个掌握大权的人逐渐变得虚荣的表现，转生真龙将要接受他的士兵们欢呼。今天他还要进行一次拜访，一次要让所有人都认为他在竭力隐瞒的拜访。对大多数人而言，这会是一个真正的秘密。但他想让一些人知道这件事，他也毫不怀疑他们一定会知道。

兰德拿起靠在一根细圆柱上的佩剑，将它挂在敞开的衣服外。他的腰带是用未经装饰的暗色野猪皮制成的，剑鞘和长剑柄用的也是同样的材料，只有腰带扣进行了装饰，上面用黄金刻嵌在纯钢中，形成了龙的图案。他应该去掉这个腰带扣，另找一个朴素点的，但他办不到，这是艾玲达送给他的礼物。也因此，他才应该让自己离开它。他永远都没办法理清这一团乱麻。

还有另外一样东西在等着他——一把两尺长的枪，在锐利的枪头后面有着绿色和白色的穗子。在他回身转向庭院里的时候，他也将这把枪拿了起来，一名枪姬众在这根短枪杆上也雕刻了龙的图案。爱伦娜等一些安多贵族已经称呼它为真龙令牌了。兰德一直将它带在身边，提醒自己，在他看不见的地方还存在着另外的敌人。

“你说的是什么农庄？”马瑞姆的声音变得严厉了，“你要带我去哪里？”

兰德审视着这个男人许久。他不喜欢马瑞姆，这家伙的态度中有某种特质，或者是他本身有某种特质，让兰德无法喜欢他。在这么长的时间里，只有兰德一名男性能在想到导引的时候，不会浑身冷汗地回头去看有没有两仪师在背后。嗯，似乎真的是过了很长时间了，至少两仪师不会想要驯御他，即使只是因为现在她们已经知道了他的身份。难道他是因为自己已经不再是独一无二而恼火？有这么简单吗？兰德不这么想。即使不论其他，他也真心希望能有更多可以导引的男人能无忧无虑地生活在阳光下。他终于不再是畸形怪物了。不，现在想这些还太早，末日战争之前不容他如此乐观。他是唯一的，他是转生真龙，但无论原因是什么，他就是不喜欢这个人。

*杀死他！*路斯·瑟林凄厉地叫喊着。*把他们全都杀死！*兰德压下了那个声音。他没必要喜欢马瑞姆，只要利用那个人就可以了，当然，还要信任那个人。这是最困难的部分。

“我要带你去你可以侍奉我的地方。”兰德的语气冰冷。马瑞姆没有发抖或皱眉，他只是看着兰德，等待着，他的嘴角向上翘了翘，这一次，几乎就像是微笑一样。

第 3 章

一名女子的眼睛

压抑着内心的愤怒，还有路斯·瑟林的喃喃自语，兰德向阳极力伸展过去，将自己投入虚空之中——那为了控制和生存进行的搏斗里，现在他对此已经非常熟悉了。当他导引的时候，污染不停地向他渗透，即使是在虚空里，他也能感觉到那种污染侵蚀了他的骨髓，也许还侵蚀了他的灵魂。他无法形容自己做了什么，只觉得因缘被折叠了一下，一个穿过因缘的孔洞便出现了，这是他自学所得，他的老师并不善于对传授的知识进行解释。一根闪亮的竖线出现在空气中，迅速扩展成一个相当于宽大房门的孔洞，实际上，它似乎是旋转成这样的。孔洞对面是一片阳光下的空旷地面，周围簇拥着在干旱中枯萎的树木。旋转在这时停住了。

安奈拉等三名枪姬众戴上了面纱，没等孔洞稳定下来就跳进去；又有六名枪姬众紧跟在她们身后，其中有的人手里握着搭好箭的角弓。不过兰德并不认为那里会有什么对她们发动攻击。他将另外一端（如果存在另外一端的话，他不明白，他又觉得似乎只有一个端点）放置在这片空旷地带上，因为在人群中打开一个通道是有危险的。但告诉枪姬众或其他艾伊尔男人那个地方不会有战斗，就像告诉一条鱼那个地方不需要游泳一样。

“这是一个通道，”他对马瑞姆说，“如果你还不知道该怎么做，我会示范给你看。”马瑞姆只是瞪着他。如果马瑞姆刚才仔细地观察，他应该能看清楚兰德对阳极力的编织，任何有导引能力的男人都能看清楚的。

当兰德走过通道的时候，马瑞姆跟在他身后，苏琳和其余的枪姬众走在最后。她们从兰德身边走过时，有些人向他腰间的佩剑投来轻蔑的眼神。枪姬众用无声的手语彼此交谈着，毫无疑问，那些手语里也表达了轻蔑的看法。安奈拉率领的前卫已经在那些枯树之间散开来，她们身上穿的凯丁瑟让她们能完美地隐藏在树林的阴影里。为了适应湿地的环境，她们还在这种灰褐色的衣服上加进了绿色。因为至上力的关系，兰德能分辨出每一根干枯和未干枯的松针——前者已经多过后者了，他能闻到羽叶木树干里汁液的酸气。空气本身则只能感觉到热、干燥，以及灰尘。这里没有危险。

“等一等，兰德·亚瑟。”一名女子急迫的声音从通道另一侧传来。那是艾玲达的声音。

兰德立刻放开了编织和阳极力，通道开始飞速地缩小。让她过来是危险的。马瑞姆好奇地看着兰德。部分枪姬众们——无论有没有戴上面纱——将目光从兰德身上移开，彼此对望了几眼，飞快地晃动手指，发出一串串枪姬众的手语。她们显然不赞成兰德的举动，但她们知道要管住自己的舌头，兰德很明确地向她们表明过这一点。

兰德没理会这些好奇和不赞成，而是径自走进这片树林里，马瑞姆就跟在他身边，干枯的树叶和细枝在他们脚下不断发出劈啪的响声。枪姬众围绕着他们形成了一个宽阔的环形。她们的齐膝软靴踩在地面上，没有发出半点声息，她们已经没有任何责难兰德的表示，而是恢复了冷静的警戒。她们之中有些人曾经和兰德一起走过这条路，一直没遇到过意外，但她们永远也不会相信绝没有人在这片树林里准备伏击兰德。在兰德到来之前，荒漠中将近三千年的生活里充满了袭击、冲突、仇杀和战争，任何人在任何时候都有可能突然死于非命。

他肯定能从马瑞姆身上学到一些东西——虽然也许不像马瑞姆想象的那么多；他也一定能向这个比自己年长的人传授一些东西。现在就是他这样做的时候。“迟早你要跟随我和弃光魔使作战，也许在最后战争之前。你看起来并不惊讶。”

“我听到了传闻，他们已经获得自由了。”

那就是说，讯息传开了。兰德不由得冷笑一下。两仪师们不会高兴的，即使没有别的原因，这样挫挫她们的锐气也让人感到愉快。“任何时刻都可能有事情发生，兽魔人、魔达奥、人蝠、灰人、古蓝……”

他停了一下，苍鹭烙印的手掌拍击着他的长剑柄。他不知道古蓝是什么，路斯·瑟林也没有在他的脑子里说什么，但他知道这个名字来自路斯·瑟林。信息的残片不停流过他和那个声音之间脆弱的藩篱，变成兰德记忆的一部分，而兰德往往不知道这些记忆真正的含意。最近一段时间里，这种情况出现得愈加频繁。他没办法像对待那个声音一样，与这些残片争斗。不过，他的停顿只持续很短一段时间。

“不止是在北方靠近妖境的地区，那些怪物也可能会出现在这里，或者出现在任何地方。它们在使用道。”这是他要应付的另外一件事。但他该怎么做？道的培育有阳极力的参与，现在道也像阳极力一样遭受污染，转入了黑暗。即使是暗影生物也不能避开道中的那种力量，那种力量会杀死生灵，或者是让生灵落入更加恐怖的下场。但暗影生物还是在使用道。道虽然不像浮行或神行那样快捷，但在其中行走仍然可以用一天时间跨越数百里的距离。不过这个问题可以放到以后再解决，他现在已经有太多问题要处理了。他烦躁地用真龙令牌在一颗羽叶树干上敲了一下，许多片宽大、坚韧的叶片掉落下来，其中大多数都是棕色的。“如果你已经听到了传闻，那就把它当成事实吧！即使是暗之猎犬也是存在的。不过，虽然它们可能又开始了野猎，至少暗帝还没得到自由，不能在后面驱赶它们。反正，它们已经很可怕了。其中有一些是你能杀死的，但就像传说中说的那样，有一些只能被烈火杀死，这点我可以向你保证。你知道烈火吗？如果你不知道，我也不会传授给你。如果你知道，除了对抗暗影生物之外，不要拿它做任何事，也不要传授给任何人。”

“你听到的一些传闻可能来自于……我不知道该怎么称呼它们，大概只能叫它们‘邪恶的泡沫’。它们就像是偶尔从沼泽中升起的一些气泡，只是这些气泡的源头是封印被削弱的暗帝。充满它们的不是沼泽的臭气，而是……嗯，是邪恶。它们沿着因缘四处飘散，直到突然爆开。这种时候，任何情况都有可能发生。你自己的倒影也可能从镜子里突然跳出来，竭尽全力要杀死你，相信我。”

兰德看不出这番长篇大论是否让马瑞姆感到沮丧，马瑞姆只是说道：“我去过妖境，我也杀死过兽魔人和魔达奥。”他推开一根挡路的低垂树枝，并且压住了那根树枝，好让兰德过去。“我从没听说过烈火，但如果暗之猎犬要来对付我，我会想办法杀死它们的。”

“很好。”兰德称赞的既是马瑞姆的自信，也是他的无知。如果烈火彻底从这个世界消失，兰德大概不会感到遗憾。“如果运气好，你不会在这里遇到我说的那些东西，但这永远都是无法确定的。”

树林突然变成了一个院子，院子后方是一座有着茅草屋顶的破旧两层房屋，房屋的一根烟囱里正冒着烟，房子旁边的一座大谷仓已经明显倾斜了。这里的天气并不比几里外的都城凉爽，阳光也是一样地耀眼夺目。一群鸡正在土地里啄着食物；两头母牛在一圈围栏里安静地反刍着；一群被拴住的黑山羊匆忙地剥食着周围灌木上的叶片；一辆高轮拖车停放在谷仓的阴影里。但这个地方看上去并不像个农场，在众人的视线范围内没有半块田地，森林完全包围了这座院子和房屋，只有一条蜿蜒向北的泥土路在树林间打开了一个缺口。看上去，很少有人利用这条路到城里去，而且，这里显然有太多的人。

四名妇女，其中有三名已届中年，她们正在两根绳子上晾晒洗净的衣服，差不多有十几个不超过十岁的孩子正在鸡群中玩耍。这里也有男人，他们大多在忙着各种日常杂务。一共有二十七名男人，其中有一些年纪还算不上是男人。骨瘦如柴的艾本·霍普维正从井里吊起一桶清水，他自称已经二十岁了，但实际年龄不会超过十五六岁，他的鼻子和耳朵似乎是身上最明显的部分。费德文·穆尔正在和另外两个人挥汗如雨地更换着屋顶的旧茅草，他比艾本要高大许多，脸上的青春痘也少许多，但他肯定不会比艾本更年长。那些男人中有超过一半的人年龄不过才十八九岁。兰德差点就要把这些大孩子轰回家，至少是艾本和费德文，只不过白塔招收的初阶生有时候比他们还要年轻。这些男人里也有几个头发上已经出现了灰丝。满脸皱纹的达莫·弗林正在谷仓前面用剥了皮的树枝教导两名年轻人如何用剑，他的腿有些瘸，白色的头发只剩下发际边缘稀疏的几根。达莫曾经是一名女王卫兵，直到莫兰迪人用长矛刺中了他的大腿。他不是剑士，但他还有能力教导别人如何不让剑刺中自己的脚。这些人之中大多是安多人，也有几名凯瑞安人，还没有提尔人到这里来，虽然特赦令已经传到了那里，但那么遥远的人如果想过来还需要一段时间。

达莫是第一个注意到枪姬众的人，他扔下树枝，然后提醒他的学生们注意兰德。然后是艾本喊了一声，一失手水桶掉了下来，水洒得他全身都是。所有人都在忙乱地向屋里叫喊，同时快步跑到达莫身后。又有两名妇女跑出屋外，她们都系着围裙，整张脸被炊食的炉火熏得通红。她们一出来就帮助其他女人将小孩聚拢在男人们的身后。

“他们都在这里，”兰德对马瑞姆说，“你差不多还有半天的时间。你可以测试几个？我想立刻知道谁可以接受训练。”

“这帮人是从什么地方挖出来……”马瑞姆轻蔑地说道，却又突然停住了。这时他们正站在院子中间。马瑞姆盯着兰德。小鸡们就在他脚边的土地里啄食着。“你还没测试过他们？为什么，以光明的……你不能，是吗？你能神行，但你不知道如何测试这种能力。”

“有些人并不是真的想拥有导引能力。”兰德放开握住剑柄的手，他不喜欢向这个男人承认他知识的缺陷，“有些人只想得到机会获取光荣、财富和权力，但我想让全部有潜力的男人都聚集在我身边，无论他的原因是什么。”

这些将要成为学生的男人们都站在谷仓前看着他们，刚才那阵骚动已经逐渐平息。毕竟，他们来凯姆林的目的全都是为了向转生真龙学习，或者以为自己有这样的志向。枪姬众们已经围绕这座院子建立警戒，并进入那幢房子和谷仓，这让聚集在谷仓前的人们眼神中多了一丝警戒，甚至是担忧。女人将孩子们聚拢在身边，专注地盯着兰德和马瑞姆——其中有一些的表情木然，另一些则担心地咬着唇。

“过来，”兰德说，“来见见你的学生们。”

马瑞姆没有挪动脚步：“你真的只想让我做这些？教导这些渣滓？他们之中真的会有能接受教导的人？在屈指可数的这么几个盲目投到你脚下的家伙里，你真的以为能找到有用的人？”

“这很重要，马瑞姆，如果我能，如果我有时间，我会自己去做的。”时间总是那么关键，那么缺乏。他已经将马瑞姆收编到自己的麾下，虽然心不甘情不愿，也意识到自己并不很喜欢马瑞姆，但他不需要喜欢这个人。他继续向前走去，没有等马瑞姆。过了一会儿，马瑞姆大步跟了上来。兰德继续对马瑞姆说：“你提到过信任，我在这件事上信任你。”*不要信任！*路斯·瑟林在黑暗的缝隙里喋喋不休地叫喊着。*绝不要信任！信任是致命的。*“测试他们，并且尽快开始对有能力的人进行训练。”

“听从真龙大人的吩咐。”马瑞姆挖苦地嘟哝着。这时他们已经走到那群人面前。那些人全都在向他们鞠躬或行屈膝礼，只是没有一个人的姿势算得上漂亮。

“这是马瑞姆·泰姆。”兰德高声说道。当然，这番话让正在行礼的人们都张大了嘴，瞪大了眼睛。一些年轻人紧盯着他们，仿佛兰德和马瑞姆就要开始战斗了，而其中有些人还以为会有一场好戏可看。“向他介绍一下你们自己，从今天开始，他就会对你们进行训练。”马瑞姆咬着牙看了兰德一眼。这时他的学生们已经慢慢聚拢到他面前，逐一向他报上姓名了。

那些男人对马瑞姆的到来反应各种各样。费德文迫不及待地挤到最前面，就站在达莫旁边；而艾本则一直躲在最后面，一脸惨白。其他人有的犹豫，有的怀疑，但最终也都和马瑞姆说了话。兰德的声明意味着他们两个星期的等待结束了，他们多年的梦想终于有了实现的机会。从今天开始，他们也许将开始导引，并承受男人因此要承受的一切。

一名壮实的黑发男子并没有理会马瑞姆，而是从人群中退出来，走到了兰德面前。他比兰德要大上六七岁，穿着一件农夫的粗布外衣，兰德记得他叫朱尔·格莱迪。朱尔不停地在两脚间交换着重心，厚实的双手拧着一顶布帽，视线在帽子和破靴子间来回移动，偶尔抬头瞥兰德一眼。“唔……真龙大人，我已经想过了……嗯……我父亲正在照看我的田地。如果溪水没干的话，那是很好的一块地，如果下雨的话，也许那上面还能有收成。还有……还有……”他将帽子扭成一团，然后又小心地抚平它，“我已经想过要回家了。”

女人们并没有聚集到马瑞姆身边，她们紧紧地看守着孩子们，同时用担忧的眼神看着男人们的行动。她们之中最年轻的是索拉·格莱迪，一个身材丰满的淡色头发女子，一个四岁的男孩正在玩着她的手指。这些女人跟着她们的丈夫来到这里的，兰德怀疑有半数的妻子会把他们的丈夫再带回去。已经有五个男人离开了，虽然他们都没有将婚姻当成退出的理由，但他们五个全都结了婚。有哪位女子能安心地看着自己的丈夫在这里等待着学习导引？那种感觉一定像是看着丈夫等待着进行自杀。

有些人会说，这里不是成家的人该来的地方，或者那些人最有可能说的是，这里根本不是男人该来的地方。兰德认为两仪师们让自己与世界隔绝完全是个错误。除了两仪师、想成为两仪师的女人，和侍奉两仪师的人之外，很少会有人进入白塔，去那里寻求帮助的人也屈指可数，而且那些人在这么做的时候会觉得承受了巨大的压力。当两仪师离开白塔的时候，大多会避开世人，有些两仪师则终生不会离开白塔。对两仪师来说，世人只是棋子，世界则是棋盘，并非是她们的生活之处，在她们的意识里，只有白塔才是真实的。而在自己的家人面前，没有男人会忘记世界和芸芸众生。

这种情况只需要持续到最后战争。到那时还有多久？一年？两年？现在的问题是，这样做是否有成果。他会成功的，家人会让男人们记得他们在为何而战。

索拉正专注地望着兰德。

“去吧，如果你想的话。”他对朱尔说，“你在正式开始学习导引之前，随时都可以离开。只要你迈出那一步，你就如同一名普通士兵一样了。你知道的，朱尔，为了最后战争，我们需要我们能找到的每一名士兵。为了操纵至上力，暗影会制造出新的惊怖领主，他们拥有导引能力。但这是你的选择。也许你可以安心地待在你的农场里，对这一切袖手旁观，在这个世界上，一定能有地方躲过这一切。我希望如此。不管怎样，我们剩下的这些人会竭尽全力保护更多的人以避开灾祸。但至少你可以把名字告诉马瑞姆，如果你连自己是否能学习导引都不知道就离开这里，那就是一种耻辱了。”兰德转过身，避开索拉的目光，只留下烦恼不已的朱尔。你还在谴责两仪师，说她们蛊惑操纵人心，他痛苦地想着。他做了他必须做的事。

马瑞姆仍然在听着人们自报家门，也仍然忍不住朝兰德投来压抑着怒火的目光。突然间，马瑞姆的耐心似乎完全消耗光了：“够了，名字可以以后再报上来，反正明天前还没逃跑的人都可以。谁第一个接受测试？”大家的舌头立刻僵住了，有些人甚至不眨眼地死瞪着他。马瑞姆用一根手指指着达莫：“我也许应该先把你踢出去，过来。”达莫仍然呆立在原地，直到马瑞姆抓住他的手臂，拖着他走到人群外。

兰德注意着马瑞姆的一举一动，也向他靠近了一些。

“我使用的至上力愈多，”马瑞姆对达莫说，“就愈容易侦测到反应，但太大的反应会对你的意识造成不愉快的效果，甚至会杀死你，所以我会从很小的量开始。”达莫眨眨眼。很显然，他几乎一个字都没听懂马瑞姆说什么。或者他可能只听懂自己会被杀死这句话。兰德知道，马瑞姆的解释其实是针对他说的，他觉得马瑞姆正在弥补自己先前显露的无知。

突然间，一朵小火苗在与三个人等距离的半空中凭空出现。兰德能感觉到马瑞姆体内的至上力，但只是微量而已，同时他也看到马瑞姆编织的火之力细流。这个火苗让兰德感到一阵放松，同时也惊讶地发现，他还在怀疑这个马瑞姆是不是真的能够导引。巴歇尔最初的怀疑一定在他的心里留下了印象。

“将精神集中在这个火苗上，”马瑞姆说，“你就是这团火，这个世界就是这团火，除了这团火之外，什么都没有。”

“什么都感觉不到，除了眼睛痛之外。”达莫嘟囔着，用粗糙的手背抹去额头上的汗水。

“集中精神！”马瑞姆喊道，“不要说话，不要思考，不要移动，集中精神。”达莫点点头，然后又向紧皱眉头的马瑞姆眨眨眼，接着他就凝立不动，无声地盯着那团小火苗。

马瑞姆似乎非常专注，但兰德无法确定这一点。他似乎是在倾听着什么，也许是在寻找他所说的反应。兰德集中精神，开始倾听、感觉着……某样东西。

时间一点点过去，他们不曾挪动一块肌肉。五分钟、六分钟、七分钟，达莫连眼睛也没眨一下。这名老人喘着大气，身上汗水直流，仿佛刚被一桶水从头顶浇了下去。这种状况足足持续了十分钟。

突然间，兰德感觉到了那种反应。在马瑞姆的至上力细流中出现了一点微弱的回声，似乎是来自达莫，那一定就是马瑞姆所说的反应，但马瑞姆并没有任何动作。也许他还需要更多的信息，也许兰德的想法是错的。

又过了一两分钟，马瑞姆终于点点头，放开火焰和阳极力：“你能学习……达莫，不是吗？”马瑞姆似乎很惊讶。毫无疑问，马瑞姆并不认为这个首先接受测试的家伙能够通过，毕竟他老得连头发都快掉光了。达莫虚弱地笑了笑，看上去像是要呕吐的样子。“我想，如果这帮笨蛋中的每一个人都能通过测试，我也不该感到惊讶。”马瑞姆喃喃地说着，瞥了兰德一眼，“你一个人的好运似乎抵得上十个人。”

不稳定的脚步声在剩下的“笨蛋”们中间响起，显然有些人已经在希望他们会落选了。现在他们不能退出，但如果落选，他们就可以坦然地回家了。

兰德自己也感觉有些惊讶，毕竟除了那一点回声之外，并没有其他任何征兆。而且，他还比马瑞姆更快察觉到那回声。马瑞姆应该比他更熟悉这个才对。

“过些时候，我们就会知道你的力量能有多强。”马瑞姆对着退回人群里的达莫说道。其他人都和达莫保持着一点距离，同时竭力避免去看达莫的眼睛。“也许你真实的力量可以比得上我，甚至比得上真龙大人。”达莫周围的空地变得更大了。“这一点只有时间能证明。在我测试其他人的时候，你也集中注意力，如果你的感觉够敏锐，我再找出四五个，你就应该能掌握这种技巧了。”马瑞姆飞快地瞥了兰德一眼，表明这句话是对兰德说的。“现在，谁下一个接受测试？”没有人移动。这个沙戴亚人用指头敲了敲下巴：“你。”他指着一名三十多岁的笨重家伙说道，这名黑头发的男人名叫柯力·胡丁，他原来是名织布工。这时在女人们之中，传来柯力妻子的呻吟声。

继续测试这二十六个人会用去整个白天的时间，也许还会更多。失败的测试要比成功的花上更多时间，以进行确认。虽然天气炎热，但白天仍旧像冬天来临时一样在逐渐缩短。巴歇尔在等着兰德，他还要去会见维蓝芒，还有……

“继续。”兰德对马瑞姆说，“明天我会回来看你的成果。记住我对你的信任。”不要信任他，路斯·瑟林呻吟着。这个声音似乎来自兰德脑海里，某个阴影角落中跳动的影像。不要信任，信任就是死亡，杀死他。把他们全都杀死。哦，死亡就是结束，一切的结束，没有梦的长眠，伊琳娜的梦，原谅我，伊琳娜，没有原谅，只有死亡，应该死亡……兰德在内心的挣扎快要表现在脸上的时候转过了身。“明天，如果我能来的话。”

马瑞姆在兰德和枪姬众走向树林时抓住了兰德，“如果你再多留一会儿，你就能学会进行测试，”他的声音里蕴含着恼怒，“如果我真的再找到四五个，我想我也不会惊讶。你似乎真的拥有暗帝的运气。我想你是愿意学会这种方法的，除非你是要把所有这些事都堆到我肩上。我警告你，这样会让训练的进度变得非常缓慢，无论我多么努力，这个达莫也许要用几天，甚至是几个星期才能感觉到阳极力，更不要说抓住它了。即使他抓住了阳极力，也没办法导引出一个火星来。”

“我已经明白该怎样测试了，”兰德回答，“这并不困难。而且我确实是要把这件事完全堆在你肩上，直到你能找到更多的人，训练他们帮助你去测试别人。记住我说的，马瑞姆，快点训练他们。”这其中是有危险的。兰德知道，学习导引阳极力，意味着学习拥抱，学习顺从它，它也将顺从于导引者。导引者引领一股巨大的能量，这不会对导引者本身产生伤害，除非引领出现错误。伊兰和艾雯认为这是很自然的事，而兰德几乎无法相信能如此轻松地操纵至上力。导引阳极力，意味着一场控制与生存的永恒战争。跳入得太远、太快，导引者就会如同全身赤裸的男孩被扔进战场，去抵抗全副武装的敌军。即使已经知道该如何导引，阳极力仍然有机会摧毁你、杀死你，或是抹去你的意识，如果运气好，也许受到的伤害只是被毁掉导引的能力，正如同被两仪师捉住后驯御的那些男人一样。只要有片刻疏忽，心灵有片刻失守，就会有这样的结果。现在谷仓前的这些人并非都能承受这样的代价，柯力·胡丁的圆脸妻子正揪住丈夫的衬衫前襟，急切地对他说着什么，柯力则不确定地摇着头。其他结了婚的男人也都不安地看着他们的妻子。但这是战争，战争就会有伤亡，这点并不会因为是否有家室而有所不同。光明啊，他真的已经变成铁石心肠了。他稍稍转过身子，这样就不会看见索拉·格莱迪的眼睛了。

“努力驱策他们，以最快的速度教导他们。”兰德说第一句话的时候，马瑞姆咬了咬牙。“以最快的速度教导他们，”他几乎毫无表情，“教导他们什么？我想，应该是一些能被当作武器的技巧。”

“武器。”兰德表示同意。他们必须成为武器——他们所有的人，包括他自己。武器能拥有家人吗？武器能让自己有爱吗？但这样的想法又是从哪里来的？“任何东西都可以学，但这些要学得最多。”人数这么少，只有二十七个。即使这些人之中只能再找出一个像达莫那样的人，兰德也会感谢时轴吸引其他导引者的力量。两仪师只能捉住并驯御已经确实开始导引的人，有了三千年经验的两仪师们对此已经非常精通了。一些两仪师显然相信她们已经成功地做到了并非其初衷的一件事——将导引能力从人类中剥除掉。白塔内部有三千间供两仪师居住的房间，以及另外供千百名女孩接受训练的房间。但在白塔分裂之前，白塔中只有四十多名初阶生和不到五十名见习生。“我需要更多的成员，马瑞姆，不管用什么办法，找更多的人来。现在先教会他们测试别人的办法吧！”

“那么，你是想建立像两仪师那样的组织了？”马瑞姆似乎并没有对这件事感到太吃惊，他眼角上翘的黑眼睛仍然镇定如常。

“两仪师一共有多少人？一千名？”

“我想，没那么多。”马瑞姆慎重地说。

竟然削弱了人类的导引能力，烧了那些两仪师吧，即使她们的行动是有理由的。“嗯，不管怎样，我们有足够多的敌人。”他不会缺乏敌人。暗帝和弃光魔使、暗影生物和暗黑之友、白袍众，很可能还有两仪师，或者是两仪师的一部分——那些黑宗两仪师和那些想控制他的两仪师。兰德认为最后那些人也是他的敌人，虽然她们自己可能并不这么认为。一定也会有惊怖领主出现，就像兰德自己说的那样。除此以外，还会有别的敌人，足以摧毁他全部计划的敌人，足以将一切摧毁的敌人。他紧紧抓住真龙令牌的握柄。时间是他最大的敌人，也是他最无法战胜的敌人。“我要打败他们，马瑞姆，打败他们全部。他们以为他们能毁掉一切。总是毁灭，却没有任何建设！我要建设一些东西，留下一些东西。无论出了什么事，我要做到这些！我会击败暗帝，净化阳极力。那样男人就不必害怕会陷入疯狂，世界也不会害怕男人的导引，我会……”

白绿色的枪穗随着他恼怒的痉挛而不断抖动，他不可能做得到，高热和灰尘都在嘲笑他。有些计划是必须完成的，但是它们成功的机会却全都渺茫。他们能希望的最好下场，可能只有在陷入疯狂之前先赢得胜利。即使是这样，兰德也不知道该怎么做到，他能做的只有不断地努力。应该有办法的，如果这世上还有正义可言，应该有办法的。

“净化阳极力。”马瑞姆低声说，“我以为做这件事所需要的力量会超过你的想象。”他若有所思地闭上双眼，“我听说过被称为超法器的物品，你是不是有了这种东西，让你认为你真的可以——”

“不用管我有什么，”兰德打断他的话，“你教他们你能教的一切，然后找更多的人，继续教导他们。暗帝不会等我们的，光明啊！我们没有太多时间了，马瑞姆，但我们必须做到，必须！”

“我会尽我所能。但不要期望达莫明天就能推倒城墙。”

兰德犹豫了一下：“马瑞姆，注意任何学习速度过快的学生，立刻让我知道。也许会有一名弃光魔使混入这些学生里。”

“弃光魔使！”马瑞姆的声音几乎变成了耳语，这是马瑞姆第二次显露出震惊的表情，而且这次他是真的被吓到了，“为什么会——”

“你有多强大？”兰德又打断了他的话，“抓住阳极力，竭尽全力去做。”

马瑞姆看着他，脸上依然没有任何表情，然后，至上力片刻之间涌入他的身体。兰德并不能像女性导引者那样，在另一名同性导引者导引时看到他身周出现光晕，他只能感觉到力量和威胁。现在，兰德就能清晰地感觉到这些，甚至可以判断，马瑞姆拥有的阳极力足以在几秒之内摧毁这座农场、这里的每一个人，直到兰德目力所及之处。这和兰德在没有助力时能做到的差不多。不过，这个男人也许会有所保留？也许马瑞姆不想让兰德看到自己全部的力量，不想因此造成紧张。他想过兰德会有什么样的反应吗？

阳极力的感觉从马瑞姆身上消退了，而兰德此时才意识到，自己的体内也充满了属于男性那一半的真源。在这股狂怒的洪流里有他从衣袋的法器里抽取而来的每一丝阳极力。*杀死他*，路斯·瑟林嘟囔着，*现在就杀死他！*片刻之间，惊骇抓紧了兰德，虚空随他一起颤动着。他在至上力就要摧毁虚空和自己时放开了真源。抓住真源的是他还是路斯·瑟林？*杀死他！杀死他！*

兰德狂怒地在脑海中尖叫着：*闭嘴！*令他惊讶的是，另一个声音消失了。

汗水从他的脸颊滑落，他用一只几乎要颤抖的手将它们抹去。一定是他自己抓住了真源，一个死人的声音做不到这一点。他下意识地不信任马瑞姆，不敢在自己毫无戒备的情况下，让对方控制着如此强大的阳极力。一定是因为这样。

“注意任何学习过快的人。”他喃喃地说道。也许他告诉马瑞姆的事情太多了，但人们有权利知道他们将会面对什么，他们也需要知道这一点。他不敢让马瑞姆或其他任何人知道这些事情他是从哪里得知的。如果他们知道他曾经将一名弃光魔使囚犯留在身边，又任由那名弃光魔使逃走……如果这件事泄露出去，谣言一定会把囚禁的那部分干净利落地省略掉。白袍众宣称他是伪龙，而且很可能是暗黑之友，对于任何能碰触到至上力的人，他们都是这样描述的。如果这个世界知道了亚斯莫丁的事，大概有更多的人会相信这种说法，没有人会体谅兰德，认为必须有人教导他运使阳极力的技巧。女人不可能教他这些，正如同她们看不见他的编织。男人都是乐天派，女人总相信最黑暗的时刻还没到来，这是一句两河的老谚语。如果亚斯莫丁再出现，兰德会自己对付他的。“只要注意就好了，要不动声色。”

“听从真龙大人的吩咐。”马瑞姆真的只是微微鞠了个躬，然后回身向院子另一边走去。

兰德意识到枪姬众们正在看着他，安奈拉和索麦莱、苏琳和嘉兰妮，还有全部其他人，她们的目光里全都充满关切。她们几乎接受了他做的每件事，每件让他自己也会觉得胆颤的事。艾伊尔人对许多事都不会在意，然而让他们毛发倒竖的事情往往又是他完全不能理解的。她们接受他，同时又为他担忧。

“你不要让自己太累了。”索麦莱平静地说。兰德看着她，这名亚麻色头发的女子立刻红了脸。这里应该不算是公众场合——马瑞姆已经距离他们很远，不可能听得到他们说话——但她这句话流露出太多的关心。

安奈拉却从腰间抽出另一条束发巾递给兰德。“太多的阳光对你不好。”她喃喃地说。

另一名枪姬众也同样喃喃地说道：“他需要一名妻子来照顾他。”兰德没看到是谁说的，即使是索麦莱和安奈拉也会注意不多谈这件事。兰德知道她们指的是谁——艾玲达。对于枪姬众的儿子，有谁能比一位放手弃枪、即将成为智者的前枪姬众更适合成为他的妻子？

兰德压抑住一阵怒意，将束发巾围在头上，又对此产生一分感激。太阳确实是太毒辣了，这块灰褐色的布遮挡阳光的效果实在令人惊讶。他的汗水立刻将布浸湿透了。难道马瑞姆也知道两仪师那种寒暑不侵的办法？沙戴亚在遥远的北方，但这个男人几乎像艾伊尔人一样从不出汗。尽管心存感激，但兰德只是说了一句：“我不该做的是站在这里浪费时间。”

“浪费时间？”年轻的嘉兰妮用显得过于天真的声音说道，她边说边卷着颈侧的束发巾，露出了像安奈拉一样的红色短发，“卡亚肯怎么可能在浪费时间？我最后一次像他这样汗流浃背的时候，是因为一直从太阳升起跑到太阳落下。”

微笑和直率的笑声立刻在枪姬众之间响了起来。红发的麦伊拉比兰德至少年长十岁，现在她正不停地拍着大腿；金发的黛索拉用手遮住微笑的面容，她一直都是这样；脸上有伤疤的莉艾兴奋得上下跳跃；苏琳几乎笑弯了腰。艾伊尔人的幽默都是非常奇怪的。故事里的英雄从不会被别人用玩笑捉弄，即使是奇怪的玩笑。兰德怀疑国王也不会受到这种待遇。但艾伊尔首领，甚至卡亚肯，都不是国王。兰德也许在许多方面拥有权威，但任何艾伊尔人都能走到一名首领面前，清楚地说出自己的想法。不过，这不是她们爱取笑他的主因。

兰德在两河流域被谭姆·阿瑟抚养长大。他五岁的时候，谭姆的妻子凯丽去世了。兰德真正的母亲是一名枪姬众，她在龙山山坡上生下兰德时失去了生命。她是枪姬众，却不是艾伊尔人，只有兰德的父亲是艾伊尔人。现在，艾伊尔比法律更强的习俗在影响着他，不是影响，而是包裹着他。没有枪姬众能在结婚后仍然手持枪矛，除非她放手弃枪，否则她生下来的孩子也都要由智者们交给别的妇女抚养。这样，枪姬众就不会知道孩子被送给了哪一位妇女。枪姬众生育孩子和抚养这样的孩子都会被认为是幸运的事，但只有抚养孩子的妇女和她的丈夫会知道。艾伊尔的鲁迪恩预言中说，卡亚肯就是枪姬众生下的孩子，只是他将由湿地人抚养长大。对于枪姬众们而言，兰德代表了所有那些她们失去的孩子，是第一个枪姬众们知道属于她们的孩子。

枪姬众们，无论是年老如苏琳，还是年少如嘉兰妮，都像欢迎一位失散已久的兄弟一样欢迎他。在公众场合，她们给予他一种对首领的尊重，虽然有时也会加一些额外的东西。然而，当他与枪姬众单独相处的时候，他就完全被当成一位兄弟了。只是，到底是被当成兄长还是弟弟，并不由她们与他的年龄差距来决定。他很高兴像安奈拉和索麦莱那样待他的人并不多，让年龄并不比自己大的女子像照顾儿子一样对待自己，实在是件很困扰的事情。

“那么我们就应该去个我不会出汗的地方。”他说着，努力做出一副笑容。他对她们是有亏欠的，她们之中已经有人因他而亡，在一切结束之前，还会有更多的人死去。枪姬众们很快就收敛住她们的嬉笑，准备好要前去卡亚肯所说的任何地方，保卫卡亚肯度过任何危险。

问题是，要去哪里？巴歇尔正在等着他进行那次小心的临时访问。而且如果艾玲达已经听说了这件事，她也许正在巴歇尔那里。兰德一直都尽可能地躲开艾玲达，特别是避免和她单独相处——因为他想和她单独相处。他也一直对枪姬众们隐瞒着这个心思，如果她们对此稍有一点怀疑，她们一定会让他一生都凄惨不堪。实际情况是，他必须远离她，他携带着死亡，如同携带着可怕的传染病。他是箭靶，但他身边的人却会先他而死。他必须让自己的心肠硬起来，任由枪姬众死亡——为了这个承诺，但愿光明永远地灼烧他！——但艾玲达已经放手弃枪，学习当一位智者了。他不确定自己对艾玲达有什么样的感情，但如果她因他而死，他心中的一部分一定也会死去。幸运的是，兰德认为她对他并没有什么感情纠葛。她要留在他身边，只是因为智者们要她监视他，因为她要为了伊兰而监视他。但不管原因为何，兰德绝不会有任何轻松的感觉，反而只是让他更觉沉重。

不过，决定去哪里并不是件困难的事，巴歇尔必须继续等下去，这样他也可以躲开艾玲达，而与维蓝芒会面的时间就要到了。他本来想从王宫开始这次神行，为的是让某些人探察到这次会面，但现在看来要从这里开始了。不过，也许这样效果会更好。那些应该知道这次会面的人还是会知道，也许他们会相信这次会面更为重要，因为这是一次真正隐密的会面。因为时间拖延得更晚，也许会让他对巴歇尔和沙戴亚人的造访显得更加随意一些。是的，他应该玩的是凯瑞安人的权力游戏，在乱麻中添进更多乱麻。真是个愚蠢的理由，但当一个女人拒绝讲道理的时候，男人又能怎么办？

他抓住阳极力，打开了通道，光线扩展成的入口里，出现了一座绿色条纹大帐篷，空旷的帐篷内部只有绣着提尔迷舞图案的各色地毯。他在这座帐篷里不可能受到伏击，比那个农庄周围更不可能，但安奈拉、麦伊拉率领的枪姬众们仍然戴上面纱才飞快地跃进入口。兰德又回头看了一眼。

柯力·胡丁正低垂着头朝那幢农舍走去，他的妻子赶着他们的两个孩子，跟在他身边，她一直安慰地拍着柯力的背。即使从院子的这边望去，兰德仍然能看到他妻子脸上的笑容。很显然，柯力没有通过测试，现在站在马瑞姆面前的是朱尔·格莱迪，他们两个全都在盯着一个火苗的编织。索拉·格莱迪将他们的儿子抱在胸前，却没有去看她的丈夫，而是定定地望着兰德。女人的眼睛比利刃更伤人，这是另一句两河谚语。

兰德走过通道，等待着其余的枪姬众跟进来，然后便放开了真源。他做了他必须做的事。

第 4 章

幽默感

帐篷里的光线很暗，和这里相比，大约在北方八百里外的凯姆林也变成凉快的地方。当兰德推开帐帘时，不由得眨了眨眼，这里的阳光如同铁锤般，他非常高兴自己戴了束发巾。

一面真龙旗的复制品挂在这顶大帐篷上方，在这面旗帜旁有许多红色的旗帜，上头绣着古代两仪师的徽记。这是一片略有起伏的平原，除了几丛杂草之外，这里的草木都已经被马蹄和靴子踩成灰土。许多尖顶、平顶的帐篷分布在大帐篷周围，大多数帐篷都是白色的，装饰着彩色的条纹，只是都已经显得相当肮脏了。它们的条纹颜色和插在它们上方的旗帜代表不同的领主。这是一支聚集在提尔边境的军队，他们现在的位置是马瑞多平原的边缘，这里聚集了成千上万来自提尔和凯瑞安的士兵。艾伊尔人和湿地人的营地保持着相当远的距离，他们的数量是提尔人和凯瑞安人的五倍，而且每天还有更多的艾伊尔人来到这里。这是一支可以将伊利安连根拔起的军队，一股可以将沿途的一切全部扫平的力量。

安奈拉率领的枪姬众前卫已经部署在帐篷外，她们放下了面纱，在她们身边还有十几名艾伊尔男人。这些艾伊尔男人一直守卫着这座帐篷，他们的衣着和武器与枪姬众们一样，他们的身高都不比兰德矮，甚至有人还高过他。如果枪姬众是豹，他们则是一群狮子。这些面孔坚毅、古铜色皮肤的男人们，有着蓝色、绿色或灰色的眼睛，都闪烁着冰冷的光芒。今天守卫这里的是沙麦得康德——雷行众，由罗埃丹亲自率领，他是雷行众在龙墙这一侧的统领。枪姬众维护着卡亚肯的荣誉，但每个战士团都想要承担一份守卫责任。

这些男人的衣着与枪姬众不同之处，在于他们之中有一半的人在额头上系着一根红布带，并在额角处打了结。在这条布带前额处画着代表古代两仪师的黑白饼图案。这并不是艾伊尔人的习俗，只是在几个月之前，这种图案才出现在他们的额头上，系这种头带的人称自己为斯威峨门——这是古语，意思是“龙之枪矛”，或者更精确地说，是“龙所拥有的枪矛”。这些头带和它们所代表的意义，都让兰德感到不舒服，但他对此无能为力，因为这些男人甚至拒绝承认他们有这样的装束。他不知道为什么枪姬众没有佩戴这些标志，至少他没见她们佩戴过这些，她们几乎像艾伊尔男人一样不愿去谈论这种装束。

“我看见你了，兰德·亚瑟。”罗埃丹严肃地说。他黄色的头发大多已经变成了灰色，他的肩膀宽厚，脸上有不止一道横过脸颊和鼻子的伤疤，这张坚毅的面孔完全可以被铁匠当作铁锤和铁砧。但与他冰蓝色的眼眸相比之下，他的脸庞显得柔和多了。他说话的时候，一直避免去看兰德的剑，“愿你在今天找到阴凉。”当然，这句祝愿并不能改变熔金般的太阳和万里无云的天空，使用它的人们来自一个太阳永远在灼烤大地、树木极为罕见的地方。而现在使用它的罗埃丹几乎完全没有出汗的迹象。

兰德也答道：“我看见你了，罗埃丹，愿你在今天找到阴凉。维蓝芒大君呢？”

罗埃丹朝一座侧面装饰着红色条纹的红顶大帐篷点点头。环绕在那座帐篷周围的士兵披挂着磨光的胸甲，穿着提尔之岩守卫者的金黑色外衣，他们手中的长矛都倾斜成完全一致的角度。在那座帐篷上方挂着提尔的三新月旗——白色的新月浮在金红的底色上。还有一面光芒四射的初升朝阳旗帜，金色的太阳在蓝底色上，这是凯瑞安的标志。这两面旗帜分别插在兰德自己的红旗两侧。三面旗帜都在一阵仿佛烤箱中吹来的微风里缓缓摇曳着。

“湿地人全都在那里，”罗埃丹直视着兰德的眼睛，“布鲁安已经有三天没被邀请去那里了，兰德·亚瑟。”布鲁安是纳凯艾伊尔的部族首领，罗埃丹也属于这个部族，他们两个又同属于盐原氏族。“汤曼勒的汉和雷恩的戴雷克也没去过了，任何部族的首领都没有。”

“我会跟他们说。”兰德说道，“能不能告诉部族首领们我来了？”罗埃丹仍旧严肃地点点头。

安奈拉侧眼看着兰德和罗埃丹，走到嘉兰妮身边，压低声音说：“你知道为什么他们被称为雷行众吗？因为即使是在他们静立不动的时候，你还是会不停地看着天空，担心有闪电会落下来。”虽然是压低了声音，但安奈拉清脆的嗓音在十步之外都能听到。枪姬众的队伍中传出了一阵笑声。

一名年轻的雷行众跳起在半空，穿着齐膝软靴的脚一下子踢到了兰德头顶的高度。他的相貌本来很是英俊，但一道白色伤疤贯穿他的一只眼睛，他用一条黑布裹住那只空眼窝。他就是戴着头带的人之一。“你知道为什么枪姬众会使用手语？”他在跳到最高点时喊了一声，然后落在地上，面孔迷惑地扭曲着。不过他并没去理睬枪姬众，而是对着他的同伴们说话：“因为甚至是在她们不能说话的时候，她们也控制不住要说话。”沙麦得康德们像刚才的枪姬众一样齐声大笑起来。

“只有雷行众会把看守一座空帐篷看成是荣誉，”安奈拉摇着头，悲哀地对嘉兰妮说，“下次他们要喝酒的时候，只要奉义徒给他们送去几个空杯子，他们就会比我们喝了澳丝楷更醉了。”

雷行众们显然认为安奈拉在言语上占了上风，那名独眼男子和几名同伴向安奈拉举起手中的皮盾，用矛杆在盾面上不断敲击。安奈拉只是听了一会儿，便自顾自地点点头，和其他枪姬众一起跟上兰德。

兰德一边思考着艾伊尔人的幽默，一边审视着这片营地。食物的香气从数百个营火堆上传来，那是在煤堆上烤面包的气味、肉叉上的烤肉味，还有锅子里熬汤的味道。尽管战争造成食物短缺，但士兵们总是吃得很好，只要时间允许，进餐次数也很频繁。营火中有一种发甜的味道，在马瑞多平原，可以用来当成燃料的牛粪比木头要多得多。

营地各处都有弓箭手、十字弩手和长矛手来回走动，他们有些人身上穿着缀有钢片的皮马甲，有些人只是穿着填充了棉絮的外衣。但提尔和凯瑞安贵族都轻视步兵，欣赏骑兵，所以兰德看到最多的还是骑兵。提尔骑兵都戴着宽边有脊的头盔，身上披挂着胸甲和灯笼袖外衣，外衣袖子上绣着代表他们所属领主的彩色条纹。凯瑞安人则穿戴着暗色外衣和相对破旧的胸甲，以及完全包住头、只露出面孔的钟形头盔。一些人的背后插着短杆小旗，表明他们是凯瑞安的低阶贵族和贵族的幼子，或者只是凯瑞安军官。实际上，凯瑞安和提尔都很少有平民能得到军衔。这两个国家的军人虽然聚在一起，却仍然有着很深的隔阂。提尔人经常是懒洋洋地骑在马鞍上，不时向附近的凯瑞安人抛去一阵嘲笑。身材矮小的凯瑞安人则僵硬地骑在马背上，仿佛是尽量要让自己的身高能多出一寸。对于提尔人，他们完全视而不见，在兰德将他们聚集在一起之前，他们之间进行过不止一次战争。

衣着粗陋的灰发老者和一些稚气未脱的年轻人，在帐篷周围来回搜索。当一只老鼠被他们吓出来时，他们就会用粗棍把老鼠打死，挂在腰带上。一个只穿着脏污皮马甲而没穿衬衫的大鼻子男人，手里拿着弓，腰间挂着箭袋，正把一长串乌鸦放在一座帐篷前的桌上，并从桌后一名没戴头盔的提尔人那儿接过一个钱袋。那名提尔人显得非常无聊，在这么远的南方，并没有多少人相信魔达奥会将老鼠和乌鸦当成间谍。光明啊，除非亲眼见过，否则这些南方人根本不相信魔达奥和兽魔人的存在！但如果真龙大人想在营地中清理这些生物，他们很愿意遵从，特别是真龙大人还会支付银币作为报酬。

当然，兰德所到之处都会引来一阵阵喝彩。只有真龙大人会用枪姬众作为护卫，而且他的手里还拿着真龙令牌。“光明照耀真龙大人！”，“光明眷顾真龙大人！”，诸如此类的喊叫声不断从各地传来。也许这些喊声中有不少是真心真意的，但至于扯着嗓子大喊的人有多少真心，就很难判断了。还有一些人只是木讷地望着他，或者掉转马头，以缓慢的速度向远处走去。毕竟，没有人知道他什么时候会从天上召唤出闪电，或者让地面裂开来。能够导引的男人肯定会发疯，谁知道疯子会做出什么事？又有谁知道他的疯狂何时会发作？不论人们是否欢呼，他们都会用警戒的眼光看着那些枪姬众。他们并不习惯看着女人像男人一样携带着武器，而且，所有这些人都认为艾伊尔人像疯子一样不可预期。

这些噪音并没有阻止兰德听到枪姬众们在他背后说的话。

“他的幽默感很不错，他是谁？”这是安奈拉的声音。

“他叫雷伊蓝，”索麦莱回答，“查林部族，柯赛达氏族的，你觉得他有幽默感是因为他认为你的玩笑胜过了他。他的手看上去确实很强壮。”几名枪姬众立刻笑出了声。

“你认为安奈拉很风趣吗，兰德·亚瑟？”苏琳走在兰德身边，“你没有笑，你从来都不笑，有时候我觉得你好像根本就没有幽默感。”

兰德立刻停下脚步，猛地转过头。他的动作是如此突然，让几名枪姬众甚至伸手抓起了面纱，准备对抗任何将兰德吓到的事情。兰德清了清喉咙：“一位名叫胡的老农夫脾气很暴躁，有天早晨，他发现他最好的一只公鸡飞上了他农场池塘边的一棵大树，却下不来。于是他去找邻居维尔求助，这两个人从来没有在任何事情上合作过，但维尔最后还是同意了。这两个男人走到池塘边，开始往那棵树上爬，胡在前面。他们想吓唬那只公鸡，让它从树上飞下去，但那只鸡却愈飞愈高，从一根树枝跳上另一根树枝。然后，就在胡和那只公鸡将要爬上最高处的树枝时——当然，维尔紧跟在他们身后——胡脚下的树枝断了，他一头栽进池塘里，将池水和烂泥溅得到处都是。维尔马上爬下了树，伸手要把胡拖出来。但胡却任由自己愈沉愈深，直到只有鼻子露出水面。这时恰巧有另一位农夫看见这边出了事，就急忙跑过来，将胡从水里拉出来。'为什么你不握住维尔的手？'他问胡，'你差点就淹死了。''为什么我现在应该握他的手？'胡生气地说，'我刚刚在大白天经过他身边，他连个招呼都没打。'"兰德说完便期待地等着看枪姬众们的反应。

枪姬众们只是交换着呆愣的目光，最后，索麦莱说道："那个池塘怎么样了？这个故事的重点肯定是那些水吧？"

兰德甩了甩手，转身继续朝那座红条纹的帐篷走去。他听到身后传来莉艾的声音："我想这应该是个笑话。"

"我们连那些水出了什么事都不知道，怎么笑得出来？"麦伊拉说。

"重点是公鸡，"安奈拉插嘴说，"湿地人的幽默都很奇怪，我想这故事说的应该是那只公鸡。"

兰德竭力不去听她们又说了些什么。

当兰德走到帐篷前的时候，如果可能的话，守卫帐篷的那些岩之守卫者们站得更加僵硬了。站在金流苏帐帘前的两名守卫者向旁边跨了一步，同时将帐帘拉开，他们的视线却都避开那些艾伊尔女子，落到她们身后的某处。

兰德曾经率领岩之守卫者们与魔达奥和兽魔人进行过激烈的战斗，那时的战场就在提尔之岩的大厅里。在那一夜，他们会追随任何勇往直前的人，而那个人正好就是兰德。

"提尔之岩仍旧屹立。"兰德平静地说道。这曾经是他们的战号，一些卫兵的脸上露出微笑，不过他们很快又板起了脸。提尔人不会在贵族说话的时候笑，除非他们确信这位贵族想让他们笑。

大多数枪姬众都轻盈地蹲在帐篷外面，将短矛横放在膝头。她们可以用这个姿势待上几个小时，不会挪动一下肌肉。苏琳、莉艾、安奈拉和嘉兰妮则跟随兰德走进帐篷，如果这些提尔卫兵是兰德从小的朋友，枪姬众们还会谨慎一些，但帐篷里的这些人和兰德没有任何友谊可言。

帐篷里铺满了缀有流苏的彩色地毯，上面绣着精致的蔓叶花样和提尔迷舞图案，在帐篷中的主位上有一把高大的镏金座椅，上面雕刻了精美的花纹，镶嵌着无数象牙和绿松石。要运送这把椅子很可能需要一辆单独的马车。被地图覆盖的桌子两边各有一群人，一边是十二名满脸汗水的提尔人，另一边是人数只有提尔人一半的凯瑞安人。他们比提尔人更难以忍受这种酷热。他们全都拿着一个金杯，由身穿金黑色制服的仆人不停地向杯里倒着调味酒。这些贵族全都穿着丝绸衣服，只是身材矮小、肤色更为白皙的凯瑞安人都穿着深色的外衣，除了胸前标示家族和位阶的彩色条纹之外，衣服上也没有过多的装饰。而提尔人大多在胡子上涂了油，并弄成尖尖的形状，他们的衬垫外衣十足像是五颜六色的花园，上面绣满了彩缎、织锦、金线和银线。凯瑞安人都显得很严肃，甚至有些阴沉，他们大多面容憔悴，每个人都剃光了前额，并在剃光的部位敷了粉。这种发型曾经只在凯瑞安士兵中流行过，贵族里是没有的。提尔人全都微笑着，嗅着洒了香水的手绢和香盒，让帐篷里充满了浓郁的香气。除了调味酒之外，提尔人和凯瑞安人唯一的共同点就是都用冰冷的眼光瞥着枪姬众，同时又装作这些艾伊尔人完全不存在。

维蓝芒大君头发花白，胡须涂了油，穿了一双精致的镶银靴子。看到兰德进来，他便深深地鞠了个躬，他是这里的四名提尔大君之一。其他三个是过度肥胖的桑那蒙；身材如枪杆般瘦削，让铁灰色的胡须看起来仿佛枪尖的托墨朗；鼻子像马铃薯一样，比大多数农夫更像农夫的特伦。不过兰德一开始就将指挥权交给维蓝芒。另外八名都是次级贵族。他们之中有一些剃光了胡子，但头顶的灰发并不比大君们少，他们都是为了履行对这四名大君中某一名的效忠誓言，才会来到这里。不过他们都有实战经验。

维蓝芒在提尔人里并不算矮，但兰德还比他高出一个头。看到他时，兰德总是觉得仿佛看到一只挺胸阔步的好斗公鸡。“向真龙大人欢呼！”他弯着腰，拉长声音说道，“欢呼您即将成为伊利安的征服者，向朝阳之君欢呼。”其他人也立刻紧随他吟诵起来，提尔人张开双臂，凯瑞安人则把手放在胸前。

兰德的面孔扭曲了一下。朝阳之君曾经是路斯·瑟林的名号之一，至少在史籍的残片中是这么写的。在世界崩毁之时，大量书籍与史料都散失了，而更多的知识在兽魔人战争和随后的百年战争中化成烟尘。到了现在，任何信息残片的存留都是令人惊讶的事，而令兰德惊讶的是，维蓝芒使用这个名号的时候，路斯·瑟林竟然没有在他的脑海里发出任何气恼或悲哀的叹息。现在回想起来，自从刚才对那个声音发出怒喝之后，它就没再出现过。他这时才猛然意识到，自己是第一次与那个声音进行对话。隐藏在这后面的可能性，让他不由得打了个寒颤。

“真龙大人？”桑那蒙揉搓着肥胖的双手，他的视线似乎在竭力避开围在兰德脖子上的束发巾，“您是否——”他用力将后面的话咽回肚子里，脸上摆出一副逢迎的笑容。问一个可能会疯掉（*最终注定会疯掉*）的人是否安好，大概是非常不妥当的。“真龙大人想不想喝些调味酒？这是用罗丹耐勒最好的葡萄酒混合蜜瓜汁调和而成的。”一名个子瘦高的该地领主向桑那蒙立下了效忠誓言，这个名叫埃特凡的人有一副坚硬的下巴和更加坚定的眼睛。他飞快地打了个手势，一名仆人立刻跑到帐篷侧边的一张桌子上，拿了一只金杯，另一名仆人急忙将杯子斟满。

“不必，”兰德说完之后，又加强语气说了一句，“不必了。”同时挥手示意那名仆人退开，连看都懒得看。路斯·瑟林真的听到了？这种想法让情况变得更糟糕。现在他不想去思考这意味着什么，他根本不愿去想这些事。“只要荷恩和西曼到了这里，一切就差不多完备了。”这两名大君早就该到了，他们在一个月前率领最后一支提尔大部队离开凯瑞安。当然，在通往南方的道路上还有其他提尔小部队、凯瑞安人，以及更多的艾伊尔人。艾伊尔的队伍会将其他人都甩在后面。“我想看——”

突然间，他意识到帐篷里变得非常安静，极为安静。只有特伦猛然仰头喝下杯中残酒的声音，他随后用手抹了抹嘴，将金杯伸出去，让仆人再给他斟酒。但仆人们似乎都想竭力躲进帐篷壁上红色的条纹里。苏琳等四名枪姬众都踮起了脚尖，准备立刻将面纱戴上。

“怎么了？”兰德平静地问。

维蓝芒犹豫了一下：“荷恩和西曼已经……去了哈登莫克。他们不会来了。”特伦从一名仆人手中抓过雕金酒壶，倒满手中的酒杯，但同时也将不少调味酒洒在地毯上。

“为什么他们会去那里？”兰德没有提高声音，他知道答案。这两名大君，以及另外五名大君，原先被派往凯瑞安的原因，是为了让他们无暇谋划对抗他。

怀有恶意的微笑出现在凯瑞安人的脸上，但他们很快就举起酒杯，掩住了这些笑容。赛玛拉迪是那些凯瑞安人中位阶最高的，他胸口的彩色横纹一直延伸到腰部以下，这个长脸男人额角上的头发已经有不少变成了灰白，一双黑眼睛却锐利得仿佛能切碎岩石。他僵硬的动作是因为在内战时受的伤，但他的瘸腿却是在与提尔人作战时被砍伤的。他能够与提尔人合作的主要原因是双方都不是艾伊尔人，提尔人对凯瑞安人也是如此。现在他完全没有掩饰自己的冷笑。

回答兰德的是赛玛拉迪的同胞，一个名叫门耐瑞的年轻贵族，他外衣上的横纹只有赛玛拉迪的一半。脸上一道内战时留下的伤疤拉起他左侧的嘴角，让他永远都是一副冷笑的表情。“这是反叛，真龙大人，反叛和谋乱。”

维蓝芒刚才也许还在犹豫，是否该当着兰德的面说出这些话，但他不打算让一个外人抢走他说话的权力。“是的，反叛。”他急忙说道，同时又瞪了门耐瑞一眼，但很快又恢复那种华丽的嗓音。“不止是他们，真龙大人，达林大君、泰德山大君和爱丝坦达女大君也在那里。烧了我的灵魂吧，他们全都在一道向您挑衅的檄文上签了名！此外，参与这件事的还有二三十名低阶贵族，以及一些暴民，都是些该被光明烧掉的傻瓜！”

兰德几乎要钦佩达林了，这个人从一开始就在公开反对他。他在提尔之岩陷落时逃离了提尔城，从那以后，他就一直竭力从地方贵族那里召集反对兰德的力量。泰德山和爱丝坦达就不一样了，像荷恩和西曼一样，他们总是对兰德恭敬有加，称他为真龙大人，只在他背后筹划各种计谋。现在，兰德的忍耐终于得到了回报。特伦又灌下一杯酒，在自己花白的胡子上也洒了不少酒汁。这举动并不奇怪，他与泰德山、荷恩和西曼的交情都很深。

“他们写在那道檄文里的内容不止是挑衅，”托墨朗用冰冷的声音说，“他们声称您是伪龙，提尔之岩的陷落和您抽出非剑之剑的壮举，都被他们说成是两仪师的诡计。”托墨朗的声音里带着一丝怀疑。提尔之岩陷落的那一晚，他并不在场。

“你相信哪一方，托墨朗？”那些反叛者的檄文在这个国家会很有号召力，在兰德改变这里的法律之前，在这里进行导引是违法的，两仪师在这里几乎没有容身之地，而提尔之岩已经屹立三千年不倒。这样的檄文肯定也不是第一次出现。兰德想知道，当那些反叛者被捉住的时候，他是否会从他们的背后找出白袍众。他认为培卓·南奥也许有足够的智慧，不会让白袍众搅进这滩烂泥里。

“我认为是您拿下了凯兰铎，”这个瘦削的男人在片刻后回答，“我认为您是转生真龙。”他在两次说出“认为”时都将语气加重了些。托墨朗是有勇气的。埃特凡缓缓点点头——另一个有勇气的人。

兰德并不讶异于他们为何没提出那个明显的问题——他是否想要根除这些反叛者。首先，哈登莫克是一个易守难攻的地域，那里是一片巨大的丛林，村庄和道路都非常稀少。在它北边起伏不定的山地里，任何人能在一天时间里走出几里远的路程，都是很幸运的事。即使有数支部队穿插行军，也可能在精疲力竭、粮草耗尽之后依然找不到对方。也许更重要的原因是，任何提出这个问题的人都有可能被当作主动请缨去平定这次叛乱，更可能被怀疑是要去投奔达林。提尔人也许不像凯瑞安人那样精通权力游戏，能够在只言片语中察觉到许多信息，但他们也早已习惯了谋划、窥探与猜忌。他们相信所有的人都和他们一样。

而兰德也想把这场叛乱暂时搁置，他的注意力必须集中在伊利安，必须让人们相信他把注意力集中在那里，但他也不能让人们觉得他软弱无力。这些人暂时还不会背叛他，但不管是否会有最后战争，只有两件事能让这些提尔人和凯瑞安人不会立刻出刀砍向对方的喉咙。如果是艾伊尔人，他们更愿意与对方相处，而且他们害怕转生真龙的怒火。如果他们失去了这种恐惧，他们一定会在兰德骂一句“千杀的”之前先杀死对方，然后向艾伊尔人开战。

“有没有人为他们辩护？”兰德问，“有没有人知道他们有什么理由？”即使有人知道，他们也都紧紧地闭上嘴，包括那些仆人在内，二十多双眼睛正在盯着他，等待着。也许看着他的人里面，仆人是最专注的。苏琳率领的枪姬众们则监视着除了兰德之外的每一个地方。“他们的封号将被剥夺，他们的土地和财产会被没收，对每一个已知姓名的反叛者发出逮捕令，包括每一个女人。”现在他面临一个问题。提尔律法中，对于叛乱者的惩罚是死刑，他已经改变了一些法律，但还没来得及改动这一条，而现在要更改已经太迟了。“对外公布，任何杀死反叛者的人不被视为杀人犯，任何帮助反叛者的人都以同罪论处，投降者则可免于一死。”也许这可以解决爱丝坦达给他出的难题。他没办法下令对一名女子处以死刑，他希望自己能想出解决之道。“坚持叛乱者将被吊死。”

提尔和凯瑞安贵族们不安地挪动着身体，彼此窥望着，不止一个人的脸上失去了血色。他们肯定想到了死刑的判决，对于叛乱者绝不能有任何宽贷，毕竟那会引起战争，但剥夺封号的命令确实让他们感到震惊。尽管兰德在这两个国家改变了许多法律，尽管贵族们现在也会被传唤到文职官员面前、会因为杀人被吊死、因为伤人而被处以罚金，但他们仍然认为有一些根深蒂固的东西是无法改变的。一些理所当然的规则让他们像狮子，而平民只是绵羊，即使被绞死的大君仍然是大君。但现在达林和他的同党，将以贱民的身份被推上绞架，这对他们来说，一定比死亡更加可怕。而那些仆人们则泰然自若地端着他们的酒壶，准备斟满每一只被很快倒光的杯子，他们像平常一样面无表情，但一些仆人的眼里似乎正闪烁着从未有过的欢喜。

“就这样了，”兰德一边说，一边扯下脖子上的束发巾，走到桌边，“让我们看看地图，沙马奥比几个在哈登莫克腐烂的傻瓜更重要。”他希望他们真的能腐烂在那里，烧了他们吧！

维蓝芒闭紧了嘴，托墨朗迅速地展平紧皱的眉头，桑那蒙的面孔一直平滑得像一块玻璃，仿佛戴上了一张面具。其他提尔人都露出疑虑的神情，凯瑞安人也是一样，不过赛玛拉迪这次很好地掩饰了自己的表情。这些贵族中有些人在提尔之岩的战斗中见过魔达奥和兽魔人，或者是在凯瑞安见过兰德与沙马奥的对战，但他们仍然认为兰德声称弃光魔使的出现是他发疯的前兆之一。兰德已经听到有人在偷偷议论，说凯瑞安的破坏是他一手造成的，说他在暴躁时会不分敌友地狂乱攻击。兰德无意中看见莉艾岩石般的面孔，他相信，如果这些贵族没有管好自己的表情，枪姬众的矛尖一定会刺穿他们的胸膛。

他将束发巾扔到桌上，翻检着铺成几层的地图，贵族们也渐渐聚拢到桌边。巴歇尔是对的，人们会追随打胜仗的疯子，只要这个疯子一直在赢。当他找到想要的伊利安东部地图时，艾伊尔首领们到了。

纳凯艾伊尔的布鲁安是第一个走进帐篷的，他身后紧跟着色拉得的哲朗、雷恩的戴雷克、汤曼勒的汉和查林的鄂锐，他们每个人都和帐篷中的四名枪姬众彼此点头致意。布鲁安是名高大的男人，有一双阴郁的灰色眼睛，他是这五个南下部族的统帅，没有人对此表示反对。布鲁安奇特的平静神态掩饰了他的战斗技能。首领们穿着凯丁瑟，束发巾松松地挂在脖子上，除了腰间的重匕首之外，他们身上没有任何武器。但即使当艾伊尔人只有一双空拳的时候，也绝不能小觑他们的战斗能力。

凯瑞安人只是假装艾伊尔人不存在，但提尔人则一边冷笑着，一边故意大声地嗅着香盒和洒香水的手绢。提尔只是将提尔之岩失陷给艾伊尔人，而他们相信，艾伊尔人是依靠转生真龙的力量（或者是两仪师的力量）才夺取了提尔之岩。但凯瑞安遭受艾伊尔人两次的蹂躏，受过双重的失败和羞辱。

除了汉之外，其他艾伊尔人对这些湿地人完全视而不见。满头白发的汉有张布满皱纹如同皮革的脸，他在瞪着那些湿地人的时候，眼里总闪烁着杀气。他是个脾气刚硬的男人，一些提尔人身高与他相当的事实，也不会让他有什么好心情。汉在艾伊尔人中算是矮个子（即使这样，他也比大多数湿地人要高），他像安奈拉一样很容易因此而大发脾气。当然，艾伊尔人蔑视“毁树者”，这个称呼是专门使用在凯瑞安人身上，他们对凯瑞安人的另一个称呼是“背誓者”。

“伊利安人。”兰德坚定地说着，伸手将地图抚平，他用真龙令牌压住地图的一边，用一组覆金的墨水瓶和沙碗压住另一边。他不需要这些人现在就开始彼此杀戮，至少他还在这里，他认为他们还不会这样做。在故事里，联军最后一定能彼此信任和喜爱，他怀疑这些人是否能有这样的结局。

起伏不定的马瑞多平原在延伸进入伊利安之后不久，就变成森林丘陵，随后是曼埃瑟兰河，以及曼埃瑟兰河的分支沙奥河。跨越十里范围的五道墨水线表明这些山丘东端的边界，这就是道尔隆丘陵。

兰德将手指点在这段墨水线中部的交叉点上。“你们确定沙马奥没有扩展营地？”维蓝芒脸上一阵轻微的扭曲让兰德恼怒地说道，“那么就是布兰德大人，如果你想听的是这个名字，或是九人议会，或是马汀·斯戴潘诺·德·巴尔加，如果你以为伊利安国王仍然掌权的话。他们有什么行动？”

“我们的斥候是这么说的。”哲朗平静地说。他像长刀般细瘦而刚硬，浅褐色的头发有许多都变成了灰色。自从兰德到来，色拉得和高辛艾伊尔四百年的血仇了结之后，他就一直显得非常平静。“沙汾奈和多阿马狄应一直在严密地监视着那里。”说到这里，哲朗满意地微微点了点头，戴雷克也做了同样的动作。在成为首领之前，哲朗曾经属于沙汾奈——刀手众；戴雷克属于多阿马狄应——寻水众。“跑者会在五天内给我们带来一切讯息。”

“我的巡逻兵相信他们的数量在增加。”维蓝芒说道，他的语气仿佛是哲朗从来没说过话一样，“每个星期，我都会向那里派遣一支部队。他们需要用一个月的时间往返，但我向您保证，我一直在以这个距离所允许的最短时间，获取最新的情报。”

艾伊尔人的面孔仿佛是从岩石中雕刻出来的一样。

兰德没理会这些人对彼此有什么看法，他已经厌倦用力去弥合提尔人、凯瑞安人和艾伊尔人之间的裂隙；即使他这样做了，每次他转过身时，他们立刻又会变得势不两立。这种努力完全是徒劳。

至于伊利安的营地……兰德知道那里仍旧只有五处营地，他曾经以特殊的方式去过那里。有另外一种……空间……他知道如何进去，那是一个特殊的、真实世界的映射，只是那里没有人存在，他在那里走过了巨大山丘堡垒的木墙。他知道他想要知道的每一个答案，但他要在计划中隐藏其他的计划，如同走唱人巧妙地藏起火焰一样。“沙马奥仍然向那里派遣更多的部队吗？”这一次，他故意在说出这个名字时加重了语气。艾伊尔人的表情没有改变，弃光魔使重获自由就重获自由，世界必须面对这个不因任何人的愿望而会有所改变的事实。但其他人立刻都以担忧的眼神望向兰德。他们迟早要接受这件事，他们迟早要相信它。

“几乎每一个能够握住长矛，同时又不会被矛杆绊倒的伊利安人都被派去了。”托墨朗带着阴沉的表情说道。他像任何其他提尔人那样渴望和伊利安人作战，不过他似乎并不像其他提尔大君一样，以为只要一次漂亮的冲锋就能赢得这场战争。提尔和伊利安在从亚图·鹰翼的帝国中分裂出来时，就已经开始彼此仇视，这两个国家的历史就是一段纷争不休的战争史，而往往是一些琐碎到荒诞的借口，就可以在它们之间挑起一次战争。“每一名回来的巡逻兵都报告说那些营地正在扩大，伊利安人在那里建立了更加强大的防御。”

“我们应该现在就行动，真龙大人，”维蓝芒激动地说道，“光明烧了我的灵魂吧，我会在那些伊利安人还没穿好裤子时就抓住他们，他们是在作茧自缚。啊，因为他们几乎没有骑兵！我会把他们砍成碎片，到那时，通往伊利安城的道路就被打通了。”伊利安与提尔和凯瑞安一样，都城的名字就是国家的名字。“烧了我的眼睛吧！我会在一个月时间里将您的旗帜插上伊利安的城头，真龙大人，顶多两个月。”然后他瞥了凯瑞安人一眼，又咬着牙说道：“赛玛拉迪和我会为您做到的。”赛玛拉迪非常轻微地一鞠躬。

“不。”兰德只是说了这么一个字。维蓝芒的计划将导致无可挽救的灾难，从这里到沙马奥的巨型山丘堡垒足有二百五十里的路程。这是一片巨大的草原。在其间，五十尺高的土丘就可以算是高山，两皮方圆的树林就可以算是密林了。沙马奥在这片区域同样有探子，他可以使用任何一只乌鸦和老鼠探察这里的情况。运气好的话，提尔人和凯瑞安人通过这片区域需要十二到十三天，如果艾伊尔人坚持急行军，他们也许能在五天时间里走完这段路程（单独的一两名斥候移动速度比军队要快，即使是艾伊尔人也是如此），但艾伊尔人当然不在维蓝芒的计划之内。根本不用等到维蓝芒到达道尔隆丘陵，沙马奥早已做好毁灭提尔人的准备，不会有别的可能了。一个愚蠢的计划，甚至比兰德丢给他们的更加愚蠢。“我已经向你们下达了命令，你们驻守在这里，直到麦特前来接管指挥权。即使到了那时，在我认为已经聚集了足够兵力之前，也不能有人向东迈出一步。还有更多的部队正在路上，提尔人的，凯瑞安人的，艾伊尔人的。我要碾碎沙马奥，永远地碾碎他，让真龙旗飘扬在伊利安。”他这番话是真心的。“我只希望我能和你们在一起，但安多还需要我去注意。”

维蓝芒的面孔仿佛变成冒着酸气的石头。赛玛拉迪紧缩起五官，似乎他喝下的不是调味酒，而是醋。托墨朗没有一点表情，但不赞成的意思清晰地写在脸上，如同他被人一拳打中了鼻子。赛玛拉迪担心的是进军的延误，他已经不止一次地指出，如果说每天都有更多的人来到这里，也一定会有更多的兵员进入伊利安人的堡垒。毫无疑问，维蓝芒只是迫不及待地要建立丰功伟业。托墨朗的疑虑集中在麦特身上，尽管他已经听说麦特在凯瑞安的战绩，但托墨朗认为那只是一群傻瓜对他的阿谀奉承，因为他只不过恰巧是转生真龙的朋友。毕竟他们的反对都是真诚的，赛玛拉迪的意见甚至可以说是正确的（只不过兰德另有其他的计划），不过沙马奥的间谍应该不止是老鼠和乌鸦。兰德相信这片营地中也有其他弃光魔使的人类间谍，也许还有两仪师的内线。

“就依您说的，真龙大人。”维蓝芒喘了口大气。这个男人在战场上有足够的勇气，但他也是一个纯粹的傻瓜，眼里只能看到冲锋带来的光荣、对伊利安人的痛恨，还有对凯瑞安人和艾伊尔“野蛮人”的蔑视。兰德相信维蓝芒就是他需要的人，只要维蓝芒还握有指挥权，托墨朗和赛玛拉迪就不可能行动得过于迅速。

在之后的一段时间里，兰德只是倾听他们的陈述，偶尔问几个问题。已经没有人继续反对他了，没有人再提出关于现在就发动攻击的建议，他们根本没有再讨论过关于进攻的事。兰德只是询问维蓝芒等人关于马车和马车上所装载的货物。马瑞多平原上很少有村庄，距离这里最近的城市是北方的法麦丁，这里的农场勉强只能养活原先就居住在这里的人，一支巨大的军队需要马车队持续不断地从提尔运来包括从面粉到蹄铁钉在内的每一样东西。除了托墨朗之外，提尔大君们都认为这支军队可以携带所需的一切穿越马瑞多平原，并在伊利安境内维持自己的生存，似乎他们都在想着像蝗虫一样啃光他们古老敌人的土地。而凯瑞安人则有不同的观点，特别是赛玛拉迪和门耐瑞，在凯瑞安内战和沙度艾伊尔围困凯瑞安城的时候，指挥官也都曾有过饥饿欲死的经历，现在他们深陷的脸颊仍然说明了这一点。伊利安是一片肥沃的土地，就连道尔隆丘陵地区也有许多农场和葡萄园，但赛玛拉迪和门耐瑞不敢相信他们的士兵能在那里找到充足的粮草。至于兰德，他绝不想让伊利安受到任何不必要的劫掠。

兰德并没有认真催逼谁。桑那蒙向兰德保证，马车正在不断地被征集，他早已知道，对兰德阳奉阴违会有什么样的下场，补给正从全提尔源源不断地被送过来。

兰德离开的时候，贵族们向他奉上了更多堂皇的废话和典雅的鞠躬。兰德只是重新用束发巾裹住头，拿起真龙令牌。艾伊尔首领们安静地跟随着兰德，帐外的枪姬众和苏琳四人一起组成一个环形，包围住这六名男人，他们一同向那座绿色条纹的帐篷走去。这一次，兰德听到的欢呼声并不多。一直等到他们走进了帐篷，首领们都没说话，直到兰德问起的时候，戴雷克才说："那些湿地人不想听到我们说话。"他是个嗓音沙哑的男人，大概比兰德高出一根手指的宽度。他有个大鼻子，金色的头发中已经隐隐泛起灰白的颜色，蓝眼睛中充满了轻蔑。"他们只想听到刮风的声音。"

"他们有没有告诉你，有人起兵要反抗你？"鄂锐问，他比戴雷克高，有着一副好斗的下巴，头上的白发几乎和剩下的红发一样多。

"他们说了。"兰德回答。汉向他皱起了眉头。

"如果你打算派那些提尔人去对付他们的同族，那就大错特错了。即使他们值得信任，我还是认为他们办不到。派遣枪矛过去，一个部族就绰绰有余了。"

兰德摇了摇头："达林和他那些反叛者可以过一段时间再处理，沙马奥才是重要的。"

"那就让我们现在去伊利安吧！"哲朗说，"忘记那些湿地人，兰德·亚瑟，这里已经聚集将近二十万枝枪矛。维蓝芒·桑尼戈和赛玛拉迪·马拉文仍然在半路上时，我们已经将伊利安人摧毁了。"

片刻之间，兰德猛地闭上了眼睛。所有人都要和他争论这件事吗？这些艾伊尔人可不会因为转生真龙皱一下眉头就噤若寒蝉。"我想得到你们的保证，你们会留在这里，直到麦特告诉你们可以行动。你们每个人都要向我做出保证。"

"我们会留下，兰德·亚瑟。"布鲁安听似温和的声音中带着刚硬的棱角，其他人承诺的语调甚至更加僵硬，但他们毕竟还是答应了。"但这是在浪费时间，"汉一边说着，一边撇了撇嘴，"如果我的话有错，但愿我永远也不知道阴凉的存在。"哲朗和鄂锐也点了点头。

兰德并不认为他们这么快就会放弃："有时候，你只有浪费时间才能争取到时间。"汉只是哼了一声。

现在雷行众已经将这座绿条纹帐篷的侧壁用杆子撑了起来，让风可以从帐篷下面吹过。在这种干热的天气中，艾伊尔人似乎觉得这样非常凉爽，只是兰德不觉得。他拉下束发巾，和首领们面对面地坐到地毯上。枪姬众和雷行众一起围绕住帐篷，彼此揶揄的话语和笑声不时从他们中间传出来。这次，雷伊蓝似乎比刚才发挥得好，至少，枪姬众们两次向他用矛杆敲击盾牌。兰德对此则几乎完全无法理解。

他用拇指在短管烟斗的烟锅里塞满了烟草，然后将山羊皮的烟袋递给首领们，让他们也把烟斗装满——他在凯姆林找到了一盒优质的两河烟草。当首领们派雷行众去营火堆取火种时，兰德则导引至上力点燃了手中的烟斗。所有烟斗都被点燃之后，他们开始满意地抽着烟，继续进行商谈。

只要兰德和那些贵族们进行过会谈，他和这些艾伊尔首领们就必须同样进行会谈，不是因为他们有很多事情要谈，而是因为兰德刚刚和湿地人说了话。艾伊尔人对于荣誉非常敏感，主导他们人生的是节义——荣誉和义务，关于这个概念具体而复杂的条规，如同他们的幽默一样让人难以理解。他们谈论仍然在从凯瑞安向这里赶来的艾伊尔部队，关于麦特的到来和如何处理沙度艾伊尔。他们谈论狩猎、女人和白兰地是否像澳丝楷一样好，以及艾伊尔的幽默。即使是耐心的布鲁安最终也摊开双手，表示放弃了向兰德解释到底怎样才是艾伊尔人的笑话。但光明在上，不管在什么样的环境里，一名女子失手刺中他的丈夫，或者一个男人娶了他所爱的女人的姐妹，这些又有什么好笑的？汉咕哝着，完全拒绝相信兰德不明白他的意思。他刚刚还因为那个误伤丈夫的故事而大笑得几乎仰头躺了下去。他们唯一没有谈论的就是即将到来的与伊利安的战争。

当首领们离开的时候，兰德站起来，斜视着正在向地平线落下的太阳。汉又重复了一遍那个误伤的故事，离去的首领们又都发出了笑声。兰德将烟斗里的烟灰敲到地上，现在应该是回凯姆林去见巴歇尔的时候了，但他只是看着西沉的太阳，太阳碰到地平线的时候，变成了血一般的红色。安奈拉和索麦莱为他拿来一盘足够两个人吃的炖羊肉、一个圆面包和一壶放在井水中冷却的薄荷茶。

“你总是吃得很少。”索麦莱一边说着，一边试图捉住兰德来回闪避的头，要抚平他的头发。

安奈拉看着兰德：“如果你不躲着艾玲达，她应该可以照顾你吃饭的。”

“你勾起了她的兴趣，又从她身边跑开了，”索麦莱嘀咕着，“你一定要再引起她的兴趣。为什么你不为她洗洗头发？”

“他不该那么殷勤，”安奈拉坚定地说，“为她梳头就够了，他不会希望她以为他有那么迫不及待。”

索麦莱哼了一声：“她不会认为他有多么迫不及待，因为他已经从她身边跑开了。你实在是太矜持了，兰德·亚瑟。”

“你们应该知道，你们不是我母亲，对不对？”

两名穿着凯丁瑟的女人困惑地彼此对望着。“你觉得这是另一个湿地人的笑话吗？”安奈拉问，索麦莱只是耸了耸肩。

“我不知道，他看上去一点也不开心。”她拍了拍兰德的背，“我相信这是个好笑话，但你一定要向我们解释一下。”

兰德只能一言不发地咬着牙，在两名女子的目光下开始吃饭。她们专注地看着他吃下每一口食物，当她们带着空盘子离开时，情况并未好转——苏琳来到他面前。她总是会向他提出一些最生硬、最不中听的建议，好让他能重新吸引艾玲达的注意，在艾伊尔人里，这一般都是首姐妹为首兄弟做的事。

“你一定要在她的面前显示出足够的矜持，”这名白发枪姬众对他说道，“但不能矜持到让她以为你很无趣。要她在蒸汽帐篷里为你刮刮背，但一定要带着害羞的表情，要放低你的眼睑。当你在睡前脱衣服时，最好跳一段小舞，仿佛你正因生活而感到高兴。然后装作突然意识到她就在身边的样子，向她道歉，再全身僵直地缩进毯子里。你能假装脸红吗？”

兰德只能继续咬牙，这些枪姬众在某些方面知道得太多，在某些方面却好像一无所知。

当他们回到凯姆林的时候，太阳早已下山了，兰德将靴子抓在手里，偷偷溜进他的卧室里。他在黑暗中摸索着穿过前厅，走进卧室。他知道，艾玲达会在这个房间里，就躺在墙边她的地铺上，而且他已经感觉到她了。在夜晚的寂静中，他能听见她的呼吸，这次他似乎终于捱到了她已经入睡的时候。他曾经想阻止艾玲达晚上和他同室而眠，但艾玲达对他的建议毫不理睬。枪姬众们只是笑话他的“羞怯”和“矜持”。她们同意，单独看个人，这两项特质算是男人的优点，只要别太严重。

他爬上床，确认艾玲达真的睡着了，才松了一口气，但又有些烦恼自己不敢点灯梳洗一下。这时，艾玲达在地铺上翻过身，很可能她一直都是醒着的。

“好好睡一觉再起来。”她只是说了这样一句话。

兰德因为这句话而感到一阵满足，但他立刻又觉得自己很白痴。自己不是一直要躲开这个女人吗？他将一只鹅毛枕塞进头下。艾玲达也许会认为这是一个漂亮的玩笑，嘲弄别人对艾伊尔人来说几乎是一种艺术。而与之相近的更好的一种艺术，大概就是让鲜血飞溅了。睡意袭来，兰德最后的一个意识是他开了个大玩笑，虽然现在还只有他、麦特和巴歇尔知道这件事。沙马奥没有任何幽默感，但一支驻扎在提尔边境的大军，肯定是这个世界上最大的玩笑。如果够幸运，还来不及领悟这笑话的精髓，沙马奥就没命了。

第 5 章

不同的舞蹈

“黄金牡鹿”大致称得上名副其实，腿上装饰着玫瑰浮雕的抛光的桌子和长椅分散在这座大厅里。一名身穿白色围裙的年轻女仆专门负责打扫这里的白石地板。蓝色和金色的蔓叶花样饰带在白灰墙上环绕了一圈，上面就是离地颇高的天花板，石砌的壁炉满是花纹，在炉边雕着常绿树的枝叶。所有壁炉横眉上都雕刻着一头牡鹿，牡鹿的叉状角上撑着一只酒杯。一个稍有些镏金的高座钟被安放在一个壁炉架上，一组乐手正在大厅里的一个小台子上演奏着乐曲——两个只穿着衬衫、浑身汗湿的人吹着长笛；另外两个人弹拨着九弦筝；一名面孔红润的女子穿着蓝条纹的裙装，用一对小木棰敲击着放在细腿支架上的响板琴。十几名穿着淡蓝色裙装和围裙的女侍进进出出地忙碌着。她们大部分都很漂亮，只是其中一些人的年纪已经和黛芬夫人不相上下了，这名身材圆胖的小个子老板娘在脖子后面留了一个灰色的小发髻。这个到处都散发着舒适和金钱气息的地方让麦特很中意，他会选择这里，是因为这个地点几乎就位在这座城镇的正中心。当然，这里的其他条件他也很喜欢。

当然，这家玛尔隆第二好的旅店并非事事都合人意。从厨房中传来的又是羊肉和芜菁的气味，还有那种一成不变的香料大麦汤，这些气味之中还混合着从窗外飘进来的尘土和马匹的气味。嗯，这座城镇中拥挤着许多难民和士兵，还有更多的士兵驻扎在城外，想要在这里找到丰盛的食物自然是不可能的。街上不时传来沙哑的军歌声、靴子和马蹄的敲地声，还有人们咒骂炎热天气的声音。大厅里同样很热，感觉不到一丝凉风，如果现在打开窗户，灰尘立刻就会覆盖每一个角落，而屋中的热气绝不会有半分减少。玛尔隆简直变成了一口热锅。

在麦特的眼里，这个该死的世界正在慢慢干瘪下去，他不想去思考这是为什么，他只希望能忘记这种酷热，忘记他来玛尔隆的原因，将一切都忘记。他身上的绿色外衣在领子和袖口上绣着金线。他将这件外衣和里面的亚麻衬衫都敞开来，但他仍然像虚脱的马一样浑身流淌着汗水，也许解开绕在脖子上的黑丝巾能好受一些，但麦特很少在别人能看见的场合里这么做。他喝干杯中最后一点酒，将光亮的锡镴杯放在桌上，拿起他的宽边帽，用力地扇了起来。无论他喝下什么饮料，其中的水分都会飞快地变成汗液，从他的体内流出来。

当他选择留在黄金牡鹿的时候，红手队的贵族和军官们也随他一同住了进来，这就意味着其他房客都被轰了出去。黛芬夫人通常不会因此而不高兴，她可以从红手队的贵族少爷们那里要到五倍的房钱。这些高阶军官一向出手阔绰，而且甚少斗殴，即使偶尔出现状况，他们也会在见血前到屋外去。但今天中午，只有不到十个人占据了大厅中的桌子，黛芬夫人不时会向那些空椅子眨眨眼，拍拍她的发髻，叹一口气。在晚上之前，她的酒大概不会卖出很多了，她的很大一部分收入都来自她的葡萄酒。乐手们还是卖力地演奏着，几位喜欢音乐的贵族扔出的赏金会比满满一屋子的普通士兵多得多。在乐手眼中，任何掏得出金币的人，都有资格被尊称一声“大人”。

不过现在这些乐手很不幸，全场唯一的听众只有麦特，而且麦特每过三个音节就会撇撇嘴。这并不是他们的错。如果你不去在意听的是什么，他们的曲子还算不错，但麦特知道这是什么曲子，这首曲子就是他教给这些乐手的，他们从麦特打着拍子的哼唱中学会了这首曲子。不过这里的人肯定有超过两千年没听过这首曲子了。麦特能给这些乐手的最高评价是，他们没有弄错拍子。

一阵说话的声音吸引了麦特的注意力。他扔下帽子，摇晃着酒杯，要侍者再将酒杯斟满，又向旁边的桌子探过身，对那张桌上的三名酒客说：“你们在干什么？”

“我们正在讨论该如何从你那里赢回一点钱来。”塔曼尼将酒杯凑在嘴边，一脸严肃地说。不过他并没有因为这件事而感到烦恼过，他比二十岁的麦特大不了几岁，也比麦特矮一个头。麦特很少见他笑过。麦特总觉得这个男人像是一根绷紧的弹簧。“没有人能在玩牌上赢过你。”他是红手队半数骑兵的指挥官，也是凯瑞安的一名贵族，但他像普通士兵一样剃光前额，并敷了粉，不过汗水已经将一些粉冲掉了。现在有许多年轻的凯瑞安贵族都接受了这种士兵装束。塔曼尼的外衣也很朴素，胸口没有一道代表贵族身份的彩色横纹，实际上，他的贵族位阶并不低。

“当然不是这样。”麦特不赞同他的说法。确实，当他的运气在的时候，这种说法绝对没错，但这种状况并非随时随地都会出现，特别是当他参与的牌局有许多规则的时候。“血和该死的灰啊！上个星期你就从我这里赢了五十枚金币。”五十枚金币，大约一年前，他就算只能赢一枚金币都会心跳加速；如果是输一枚金币，他一定会哭出来。不过，一年前他根本就没有一枚金币可输。

“那我们已经输掉几百枚了？”塔曼尼冷冷地问，“我想找机会赢一些回来。”但如果他真的开始一直赢麦特，他也要开始担心了。像大多数红手队一样，他认为麦特的运气是一种可以依靠的奇迹。

“骰子可不是什么该死的好选择。”代瑞德说，他是红手队步兵的指挥官，正往嘴里猛灌着葡萄酒，完全不在乎一旁拿勒辛藏在油胡子后面的厌恶表情。麦特遇到的大多数贵族都认为骰子是低级的东西，只有贱农才会喜欢。“你玩起骰子来总是好运到无法停手，我们必须找到你无法产生影响的赌局，了解我的意思吧？”

代瑞德只比他的凯瑞安同胞塔曼尼高一点，不过他的年纪已经将近四十岁了。他的鼻子断过不止一次，三道白色的伤疤交叉在他的脸上。他是这三个人里唯一非贵族出身的，一辈子都是一名士兵。

“我们觉得应该赌马。”拿勒辛一边摇晃着手中的锡镴杯一边说。他是名壮实的男人，比两名凯瑞安人都要高，他统领着红手队另外一半的骑兵。麦特总是觉得很奇怪，在这么炎热的天气里，他为什么还要留着他那茂密的黑胡子，他每天早晨都会将胡子梳理一番，让它保持整齐的尖形。代瑞德和塔曼尼身上的灰色外衣都敞开着；拿勒辛则将条纹灯笼袖、金缎子袖口的绿丝绸外衣一直系紧到领口，他的脸上闪烁着汗水的光亮，但他似乎不以为意。“烧了我的灵魂吧！但你的运气确实从来也不会从战场和牌局中逃走，还有骰子。”他说这句话时，朝代瑞德做了个苦脸，“但在赛马上，依靠的只能是马匹。”

麦特微笑着，将手肘支在桌上，“为你们自己找一匹好马吧，让我们看看谁能赢。”他的运气也许不会影响到赛马（除了骰子和牌之类的东西外，他还没办法确定他的运气能有什么样的作用），但他从小就看着他父亲做马匹交易，他看马的眼光是相当厉害的。

“你是不是想要斟酒？如果我够不着你的杯子，是没办法往里头倒酒的。”

麦特回头瞥了一眼，一名女侍站在他身后，手里拿着一只抛光的锡镴酒壶。她的身材矮小苗条，有一双黑色的眼睛，还有白皙的皮肤，黑色的卷发披散在肩头，看上去很漂亮，那种精致的、音乐般的凯瑞安声调，让她说话时仿佛是一串风铃随风发出悦耳的韵律。麦特知道这名女子叫贝特丝·修文，麦特从走进黄金牡鹿的第一天开始就注意到她了，但这还是麦特第一次有机会和她说话。麦特总是有许多立刻要办的事情和更多昨天就应该处理好的事情。这时其他人已经重新把脸埋在酒杯里，只剩下麦特和那名女子。他们倒是很有礼貌，甚至那两名贵族也不例外。

麦特咧开嘴笑了笑，一条腿跨过长椅，将酒杯举到女子面前，“谢谢你，贝特丝。”女子微微一屈膝。不过，当麦特邀请她给自己也倒一杯酒，和他一起坐一会儿的时候，贝特丝将酒壶放到桌子上，双臂抱在胸前，侧过头，上下打量着麦特。

“我想，黛芬夫人大概不会喜欢这样的，噢，不，她肯定会不高兴的。你是一位贵族吗？他们好像都是你的手下，但又没有人喊你一声‘大人’。那些平民看见你也没鞠过躬。”

麦特扬起了眼眉。“不，”他的口气比他预期的还要粗鲁，“我不是贵族。”兰德可以让人们在他身边来回乱转，称呼他“真龙大人”之类的，但这不是麦特·考索恩的风格，完全不是。麦特深吸一口气，让微笑又回到脸上。有些女人喜欢以退为进，但是麦特太熟悉这种把戏了：“叫我麦特就好了，贝特丝，我相信如果你只是和我坐一坐，黛芬夫人不会介意的。”

“哦，她会介意的，但我想，我们能聊一会儿。你一定有和贵族差不多的身份，为什么你在这么热的天气里还要系着这个？”还没等麦特反应过来，她已经将丝巾掀开了一点。“这是什么？”她用手指抚摸着环绕麦特颈间的那片苍白伤疤，“有人想吊死你？为什么？你这么年轻，不可能是个罪大恶极的人吧？”麦特向后仰回头，匆忙地用丝巾掩好那道伤疤。但贝特丝并没有罢休，她伸手探进麦特敞开的衬衫，掏出那枚用皮绳挂在麦特脖子上的银狐狸头徽章。“是因为偷了这个东西吗？它看起来很值钱，是不是？”麦特拿回那只狐狸头，将它塞回衣服里，这个女人连喘口气的空隙都不给他。他听到拿勒辛和代瑞德正在他背后偷笑，不由得沉下了脸，有时候，他在赌博上的运气到了女人面前却会彻底失效，而他们总是觉得这样很有趣。“不，如果这是你偷的，你就没办法把它保留到现在了，对不对？”贝特丝依旧在喋喋不休地说着，“如果你有着跟贵族差不多的身份，那我想，你有这样的东西就很正常了。也许是因为你知道得太多了，你虽然很年轻，但看上去却像是个知道很多事情的人，至少你自以为如此。”她面带微笑，完全像是一个想把男人灌醉的女人，这样的女人一般并不会对你有多少了解，但她们能让男人们以为她们知道他所有的秘密。“他们是不是认为你知道得太多，所以要吊死你？或者是因为你假装成贵族？你真的不是贵族吗？”

代瑞德和拿勒辛已经笑出了声，就连塔曼尼也发出一连串含混的呵呵声，但他们还在竭力装作是在为别的什么事而笑。代瑞德一边喘着气，一边在说着一个笑话，在那个笑话里，一个男人一喘气就会从马背上掉下来，麦特完全听不出那有什么好笑的。

但麦特还是重新让自己咧开嘴，即使这个女人说话的速度比他奔跑还快，他也不打算被她打败。她非常漂亮，而他在这几个星期里一直只能和代瑞德这种满身臭汗、偶尔会忘记刮胡子、经常没机会洗澡的男人说话。贝特丝的脸颊上挂着汗珠，但身上散发着薰衣草香皂的气味。“实际上，我有这道伤疤是因为知道得太少。”他轻声说道。女人总是喜欢男人卖弄他们的伤疤，天知道，他长大了，应付得了她们。“现在我知道得太多，而那时却知道得太少，你可以认为我是因为‘信息’才被吊起来的。”

贝特丝摇摇头，咬住了嘴唇：“你大概觉得这段话很聪明，麦特，贵族少爷们才会不停地说聪明话，但你说过，你不是贵族。而且，我只是个简单的女人，聪明的话总是一下子就会从我的脑子里溜走了。我想，简单的话才是最好的。既然你不是贵族，你就应该把话说得简单一些，否则就会有人以为你在假装是贵族了，没有女人喜欢男人伪装自己的身份。也许你能解释一下你在说什么？”

麦特费了不少力气才维持住自己的微笑。和这名女子发生口舌之争实在不是他想做的事，他搞不清楚贝特丝真的只是个单纯的傻瓜，还是想把他搞胡涂。不管怎样，她是个漂亮女孩，而且她身上散发着薰衣草香。代瑞德和拿勒辛似乎已经快被憋死了，塔曼尼现在哼起了“冰上的青蛙”，那么，他也像那首歌里的青蛙一样，在四脚乱蹬？

麦特放下酒杯，站起身，握起她的手鞠了个躬：“我就是我，但你的面孔把所有辞句都从我的脑子里赶走了。”贝特丝眨眨眼，无论女人如何否认，她们总喜欢别人夸赞她们的相貌。“跳个舞如何？”

没等贝特丝回答，麦特已经牵着她向桌子间的空地走去。运气好的话，跳舞能让女人拨弄舌头的速度慢一点——他的运气总是很好，况且，他从没听过有哪个女人的心不为舞蹈而软化。和她跳舞，她就会原谅许多事情；舞跳得好，她就会原谅一切事情。这是一句古老的谚语，非常古老。

贝特丝在麦特身后拖着脚步。她咬着嘴唇望向黛芬夫人，但那名圆胖的小个儿老板娘只是微笑着，挥手示意贝特丝跟上麦特。然后她无聊地拍了拍松开的发髻，开始向其他女侍发出一连串催促，仿佛大厅里坐满了客人一样。黛芬夫人能打倒任何她认为举止不端的男人，虽然她总是一副和蔼可亲的样子，但她一直在裙子里藏着一根短棒。每次她靠近的时候，拿勒辛都会小心地看着她。但如果一个花钱如流水的男人想跳一支舞，又会有什么坏处？麦特握住贝特丝的双手，向两侧展开。桌子间的空地刚刚好。乐手们奏乐的声音比刚才更大了点，虽然并不见得更加动听。

“跟着我，”麦特对贝特丝说，“开始的舞步很简单。”随后他就跟随节拍舞了起来。起步，然后向右侧滑步，接着左脚滑步跟上。点，滑，再滑，双臂向外伸展。

贝特丝很快就跟上步伐，且脚步很轻快，当他们到达乐手那里时，麦特顺畅地将她的手高抬过头，转到她背后，再带着她转过身。然后是继续点步和滑步，面对面的旋转，点、滑和旋转，一次又一次。一直回到他们开始的地方。贝特丝很快就全心投入其中，不停向麦特投来欢愉的微笑。她真是漂亮。

“现在是复杂一点的。”麦特喃喃地说着，转过身。现在他们都是侧脸对着乐手了，他们手腕交叉，四只手在身前交握，右膝提起，稍微踢向左侧，然后向前滑步，向右转身。左膝提起，稍微踢向右侧，向前滑步，向左转身。贝特丝笑着，和麦特一起迈着复杂的舞步又一次向乐手们靠近。每往返一次，舞步都变得更加复杂，但只需要示范一次她就能跟上他。麦特带着她不停地扭动、转身和旋转，觉得她轻得仿若一片羽毛。最让麦特满意的是，她没有再说一句话。

音乐占领了他的心神，恍惚间，他似乎迷失了周围的一切，包括脚下的舞步，记忆在舞步间流入他的脑海。在记忆中，他比现在还要高出一个头，有着金色的胡须和一双蓝眼睛。他穿着有红色肩带的琥珀色丝绸外衣，环状皱领用的是最好的巴辛蕾丝，胸前的钮扣是来自亚朗玛的黄色蓝宝石。和他共舞的是一名皮肤黝黑、面容秀丽的亚桑米亚尔——海民使者，一条细金链连缀着她的鼻环和诸多耳环中的一只，挂在那些耳环上的许多小徽章表明她的身份是守鼎部族的波涛长。他不在乎她有多么大的权势，要为此担心的是国王，而不是一名中阶贵族。她在他的手臂中，美丽而轻盈，他们在沙峨姆宫廷的巨大水晶圆顶下翩翩起舞，而现在全世界都在羡慕科尔曼达的光彩与力量。其他记忆飘浮在他理智的边缘，遮住一些关于那段舞蹈的回忆。第二天，兽魔人大军杀出大妖境的讯息将会传来。再过一个月，黄金尖塔之城——巴辛被劫掠并烧毁，兽魔人继续杀向南方。后世的人们称这场浩劫为兽魔人战争，但此时还没有人为它取名字。三百年不间断的战争。当兽魔人被驱逐回妖境、惊怖领主全数被猎杀时，剩下的只有血、火焰和废墟。在这场灾难中，第一批沦为焦土的就是科尔曼达和她的财富与权势，埃森尼亚和她的哲人学者与学术典籍，曼埃瑟兰、艾哈隆等十国联盟。虽然人类取得胜利，但她们已经变成齑粉。她们原先所在的土地上将有新的国家兴起。只有在人们茶余饭后的传说故事里，才能找到一些关于十国联盟的痕迹，但这些仿佛就在他眼前。他努力驱赶这些记忆和那个比他高的人。今晚，他是在跳舞，和……

他眨眨眼，在这一瞬间，他只是惊诧地望着眼前这张美丽的面孔。从窗口注入的阳光照射在这张浸润着汗水的脸上，让它泛起闪亮的光彩。他几乎完全不知道自己和贝特丝正在跳的复杂舞步是什么，但他总是能在绊倒贝特丝之前找回平衡。这些舞步仿佛是他天生就会的，就像那些记忆一样，这支舞蹈是属于他的。他不知道这些是他借来的还是偷来的，但它们和那些他真正经历过的事实毫无间隙地交织在一起。他如果不认真思考，已经无法将它们分开了。

他向贝特丝说的那些关于伤疤的话是真的，他是因为缺乏信息才被吊起来的。他曾经两次像傻瓜一样走进一件特法器，那时他完全是个乡下白痴，以为走进那里就像走过一片草地那么简单。好吧，确实是那么简单没错，但这种愚行的结果只是让他更加不信任所有与至上力有关的事情。他在第一次走进特法器时得知，他命中注定将要死亡，并且重生，还有其他许多他完全不想听到的事情。而那些事情又让他第二次走进一件特法器，这次，他被一根绳子紧紧地勒住脖子。

一系列复杂的舞步，每一步都是那么巧妙而又必要，每一步都会造成他想象不到的效果。他发现自己一直落入这种舞蹈的陷阱。如果那时不是兰德切断绳子救了他，他就死定了。他开始第一百次向自己许下一个承诺——从现在开始，他要看清自己迈出的每一步，绝不会再不假思索地跳进什么地方。

实际上，他在那一天得到的不仅是伤疤，还有挂在胸前的银狐狸头。狐狸的两只眼睛各有一半仿佛蒙上了一层阴影，让它们看上去很像是古代两仪师的徽记。有时候，他想到这枚徽章就会拼命地大笑，一直笑到自己肋侧发痛。他不信任所有两仪师，所以他甚至在洗澡和睡觉时也会将这样东西挂在脖子上。这个世界是个有趣的地方——总是那么奇特而有趣。

他的另一项收获就是信息，即使那不是他想要的信息。一片片其他人的人生现在塞满了他的脑袋，成千上万的残片，有时只是几小时的场景，有时却是绵延数年的回忆。优雅的宫廷和血腥的杀戮跨越了千年以上，从兽魔人战争以前很久一直到亚图·鹰翼崛起的最后一战，这些都是他的，跟他的没两样。

拿勒辛、代瑞德、塔曼尼，还有其他桌旁的酒客都在随音乐打着拍子，他们都是红手队的成员，都在为他们跳舞的指挥官鼓掌。光明啊，“红手队”这个名字只会让麦特的肠胃抽搐不已，这个名字原先属于传说中一支英雄部队，他们誓死保卫曼埃瑟兰，直至战斗到最后一刻。而现在这些站在红手队旗帜下的步兵和骑兵，绝不会想到他们也会有传说中那样的结局。黛芬夫人同样在打拍子，其余的女侍也都停下脚步，朝这里望过来。

正是因为那些陌生的记忆，这支红手队才会追随麦特，不过他们一直都以为那是麦特自己的能力。麦特的优势在于他的脑海里储存着许多战斗和战役，即使一百个男人也不可能经历这么多战火。不管他那时是属于胜利的一方，还是失败的一方，他都清楚地记得那些战争是如何胜利和失败的。只需要一点智慧，就能运用它们，让他率领的部队获得胜利。至少迄今为止都还是这样——当他找不到办法逃避战争的时候。不止一次，他希望能把这些记忆赶出脑海，没有它们，他就不会待在这里，指挥将近六千名士兵。每天还有更多人投入他的旗下。他要率领他们向南进军，前去指挥一场该死的侵略战争，而他的目标是占领被该死的弃光魔使控制的一个该死的国家。他不是英雄，也不想成为英雄。英雄有一个坏习惯，总是喜欢自寻死路，当你是英雄的时候，别人会扔给你一根肉骨头，就把你丢到墙角去，然后你要等到可以再次去狩猎的时候，再去为另一根肉骨头而拼命。当然，这也是士兵们的命运。

不过，若没有这些记忆，他就不能让六千名士兵环绕在他身旁，那样他将只是个被和转生真龙捆缚在一起的时轴，一个为弃光魔使所知的、赤裸裸的目标。一些弃光魔使显然对麦特·考索恩这个人相当了解。沐瑞曾经说过，他是非常重要的，也许兰德需要他和佩林两个人才能赢得最后战争。如果沐瑞是对的，他就只能去做他必须做的事。他会的，他必须让自己接受这点，但他不打算成为该死的英雄。如果他能想到该怎样去对付那只该死的瓦力尔号角……他为沐瑞的灵魂稍稍祈祷一下，他希望沐瑞会是错的。

他和贝特丝最后一次舞到了空地的末端。当他止住脚步的时候，女孩瘫软在他的怀里，欢笑不已："哦，这真是太奇妙了。我觉得仿佛正在一座王宫中跳舞。我们能再来一次吗？哦，我们能吗？能不能？"黛芬夫人鼓了一会儿掌，才发现女侍们全都呆立在原地，她立刻挥动着手，仿佛赶鸡一样驱赶她们各自去做事。

"'九月之女'和你有关吗？"这句话突然从麦特口中吐了出来，这是他从特法器里得到的信息。他设想过许多和九月之女见面的地方——*光明啊，还是让那个时刻晚点来吧*——却从没想过会在一个挤满了难民和士兵的小镇旅店里，将一名女侍看成九月之女。但又有谁能知道预言会如何实现？那确实是预言，某种形式的预言，虽然他并不十分明白它的意思——*死亡并重生，与九月之女结婚，放弃世界之光的一半，以拯救世界*。毕竟，当他挂在那根绳子上的时候，他已经死了。如果那段预言所指的是这个，其余的也都将一一实现。这是他无法逃避的。

"九月之女？"贝特丝有些喘不过气，但这并没有让她降低说话的速度，"那是一家旅店吗？酒馆？在玛尔隆没有这个地方，也许是在河对岸的亚林吉尔？我从没去过——"

麦特将一根手指放在她的嘴唇上："没关系。让我们再跳一支舞吧！"这次是乡村舞蹈，是他在这里学会的舞蹈，这次他用到的只有他自己的记忆。但是，他现在必须努力分辨才能认清哪些到底是他真正的记忆了。

一阵清喉咙的声音让麦特回头瞥了一眼，叹了口气——艾德隆正站在门口，剑带后面别着铁手套，手臂下夹着头盔。这名年轻的提尔贵族曾经是一名粉红脸颊的肥胖男人，只知道和麦特在提尔之岩里玩牌，但离乡北行以来，现在他的皮肤被太阳晒成了黑色，看上去比原来坚毅许多。他的宽边头盔上也没了羽毛，裂纹和凹陷破坏了胸甲上精美的镏金花纹，外衣的灯笼袖是黑底色上绣着蓝色的条纹，也已经磨损得很厉害了。

"你告诉过我，要在这个小时提醒你该巡查了，"艾德隆将拳头挡在嘴前，咳嗽了一声，故意装作没看见贝特丝，“不过如果你愿意，我可以晚点再来。”

“我现在就去。”麦特对他说。每天例行的巡查是很重要的，因为每天都可能发生一些需要及时察觉的事情。这是那些记忆告诉他的，他现在已经在这些方面信任它们了。如果他无法摆脱这些工作，他就应该把它们做好，也许把它们做好才能让他继续活下去。而且，贝特丝已经离开他的怀抱，正用围裙擦拭着脸上的汗水，梳理散乱的头发，刚才那种欢欣与兴奋已经从她的脸上退去了。这没关系，她会记得他的。和一个女人跳舞，麦特得意地想，她差不多就是你的了。

“把这个给那些乐手。”麦特一边对贝特丝说着，一边将三枚金币塞进她的手里。不管那些乐手演奏得多么糟糕，至少他们让他暂时忘却了玛尔隆和即将到来的未来，而且，女人们总是喜欢慷慨的人。一切都进行得很顺利。麦特鞠了个躬，就差没吻贝特丝的手了。然后他说道：“再晚一些吧，贝特丝，我回来的时候，我们再跳舞。”

让麦特感到惊讶的是，贝特丝伸出一根手指，在他的鼻子底下来回摇晃着，又带着劝诫的神情向他摇了摇头，仿佛已经完全将他看透。是啊，他从没自以为能搞懂女人。

他将帽子扣在头上，从门边拿起黑杆长矛。这是他第二次进入特法器时得到的另一件礼物，它的黑色长杆上雕刻着用古语写成的铭文，如同短剑般的古怪矛锋上刻着两只乌鸦。

“今天我们从喝酒的地方开始。”他对艾德隆说。他们迈步走进了正午的炎热和玛尔隆的混乱中。

这是一座没有城墙的小镇，但也比他离开两河前所看到的任何村镇都要大上五十倍，实际上，这里应该是一个过度膨胀的村子。镇里的砖石房屋很少有超过一层的建筑，只有几家旅店有三层高。木板或茅草屋顶的房子与石板或瓦片屋顶的房子一样多。结实泥土路的街道上挤满了各式各样的行人，其中主要是凯瑞安人和安多人。虽然这里位于艾瑞尼河凯瑞安的这一侧，但玛尔隆现在不属于任何国家，它成为这两个国家之间的缓冲地带，来自几个不同国家的人都居住在这里，或者从此经过。自从麦特到这里以后，这里甚至来了三四名两仪师。即使麦特戴着那枚徽章，他仍然选择尽量远离她们——不需要在这时候自找麻烦，而那些两仪师也都像她们来的时候一样迅速地离开了。在重要的事情上，他的运气一向很好。至今都是如此。

镇民们都在忙碌着自己的事情，没人去理睬那些衣着破烂、盲目地到处游荡的男人、女人和孩子，他们全都是凯瑞安人。他们之中很少会有人选择回到家乡，宁可住在环绕玛尔隆镇的难民营里。凯瑞安的内战也许是结束了，但那里还有许多盗匪，他们也害怕艾伊尔人。麦特知道，他们最害怕的是靠近转生真龙。

拥挤的人群中也有许多红手队的士兵，他们三三两两地在店铺和酒馆之间来回晃荡，或者是集结成正规的队形。到处都有披胸甲的骑兵——戴宽边头盔的提尔枪骑兵和戴钟形头盔的凯瑞安骑兵，甚至还有一些戴锥形头盔和格栅护面的安多骑兵。雷威辛将一些忠诚于摩格丝的士兵从女王卫队中剔除掉，现在他们有些人加入了红手队。小贩们举着托盘穿过人群，叫卖着针线，号称能愈合任何伤口的药膏，能治好水泡、腹泻、营地热及其他各种疾病的药材，肥皂，保证不会生锈的马口铁罐和杯子，羊毛长袜，用最好的安多钢打制的小刀和匕首等士兵们也许需要，或者商贩认为能向士兵们兜售出去的东西。但巨大的嘈杂喧嚣让所有商贩的叫卖声传不到三步远就被淹没了。

士兵们一见到麦特就立刻认出了他，都向他发出欢呼声，其中有许多人只能远远地看到他的宽边帽和异形长矛。现在人们都将这两样东西看作他的标志，如同贵族的徽记一样。麦特已经听过许多关于他为什么会鄙弃甲胄和头盔的谣言，有人说这只是因为近乎他疯狂的勇敢；而另一些人则相信只有暗帝本尊铸造的武器才能杀死他；还有人说那顶帽子是两仪师给他的，只要他戴着这顶帽子，就没有人能杀死他。实际上，这只是一顶普通的帽子，麦特戴着它是因为它有很好的遮阳效果，而且这样可以提醒他不要随意冲进需要穿戴盔甲的地方去。围绕着他这柄长矛的故事就更多了，即使在贵族中，也没有几个人能读懂矛杆上的铭文，更没有一个故事能接近这杆矛的实况。它雕刻着乌鸦的矛刃是在暗影之战时期由两仪师制作的，所以它是一件经历过世界崩毁的遗物。它从不需要磨砺，而且麦特相信它不会被折断。

麦特向那些高喊“光明照耀麦特大人”和“麦特大人必胜”的人们挥手致意，和艾德隆一同挤过人群。至少他不必用力将人们推开，人们一看见他走到身边，立刻就会闪身让出道路。他希望这么多难民不要用这种眼光瞪着他，仿佛解救他们灾厄的钥匙就放在他的口袋里。除了确保他们能够从来自提尔的马车队中获得食物之外，他不知道还能对这些衣衫褴褛、肮脏不堪的人做些什么。

“营地里没有人在用那些肥皂？”他低声说道。

虽然四周人声嘈杂，艾德隆还是听到了麦特的话：“是的，大多数人都用肥皂去和小贩们换廉价酒了。他们不想要肥皂，他们想要过河，或者是其他可以让他们忘记苦难的东西。”

麦特没好气地哼了一声，前往亚林吉尔是他不能给他们的。

直到内战和更可怕的灾难让凯瑞安四分五裂之前，玛尔隆一直都是凯瑞安和提尔贸易的中继站，所以这座小镇里的旅店和酒馆几乎和民房一样多。即使麦特连续走进五家酒馆，也看不出它们有什么太大的差别。无论是“狐狸与鹅”，还是“马车夫的鞭子”，都是石头房屋里拥挤着酒桌。偶尔麦特还会感觉到即将爆发斗殴的气氛，不过这不是他关心的事情。在这些酒馆里，麦特没有找到喝醉的部下。

“水门”位于小镇的另一边，它是玛尔隆最好的旅店，但它雕刻着太阳图案的大门被厚木板钉死了，这是为了提醒全镇的店老板和酒保们，不要让红手队的士兵喝醉。即使是没喝醉的士兵也会打架，提尔人对凯瑞安人，凯瑞安人对安多人，步兵对骑兵，一名贵族的部下对另一名贵族的部下，老兵对新兵，士兵对镇民。不过所有争斗都会在失控之前被镇压下去，负责这个工作的是手拿棍棒、戴着从手腕一直延伸到臂肘的红色臂章的士兵们。每支部队都要轮流提供人员担任这种被称为“红臂”的治安纠察员，每天执行此任务的人都不能是同一个。红臂要负责赔偿值勤当天出现的任何破坏，这让他们更勤勉认真地维持着这里的和平。

在“狐狸与鹅”里面，一名走唱人正在耍弄着火棍，那是一个矮壮的中年男人。在“艾瑞尼旅店”里则有一名皮包骨的秃顶走唱人，正弹着竖琴，朗诵着一段寻猎号角史诗。尽管天气炎热，这两名走唱人却都穿着他们与众不同的斗篷，斗篷上补缀着上百块彩色布片，随着主人的动作随风飘扬。走唱人即使是断掉一只手也不会放弃自己的这件斗篷。他们都吸引了不少专注的观众。甚至在一家叫作“三塔”的酒馆里，一名站在桌上唱歌的女孩也无法吸引那么多观众，她长得很漂亮，有一头黑色长卷发，但一首关于真爱的歌曲并不能让一边大口饮酒、一边发出沙哑笑声的男人们感兴趣。其余的酒馆除了一两名乐手之外，就再没有什么娱乐可言了。但那些地方同样人声鼎沸，半数的桌子上都有人在玩骰子，这让麦特的手指总不由自主地抽搐几下。他确实几乎每次都会赢，至少在玩骰子的时候是这样，而这样从自己的士兵手里牟取钱财是不应该的。坐在酒桌边上的几乎全都是他的士兵，难民们没有钱到酒馆里来消费。

不过在士兵们当中还是能看到屈指可数的其他几个人。一名身材瘦削，留着分叉状胡子的坎多人，在一只耳垂上戴着一枚拇指指甲大小的月长石，一条银链横过他红色外衣的胸口。一名古铜色皮肤的阿拉多曼女子，虽然只是穿着十分端庄的蓝色裙装，但有一双灵巧的眼睛，十根手指上都戴着宝石戒指。在另一家酒馆里，一名塔拉朋人戴着一顶圆锥形的平顶蓝色小帽，浓密的胡子藏在透明的纱巾后面。还有几名身材圆胖的提尔男人，外衣紧勒在腰上；瘦骨嶙峋的莫兰迪人外衣则一直垂到膝头；目光锐利的女子穿着高领或长达脚踝的长裙，这些长裙的剪裁都很精良，以冷色调为主。他们全都是商人，等待着安多和凯瑞安贸易重新开启。在每个喝酒的大厅里，都有两三个人坐在距离其他人很远的地方，他们多半也不会坐在一起。这些人大部分都有一双锐利的眼睛，其中有一些穿得很好，而另外一些衣着只比难民整齐一点；但每个人看上去都仿佛知道该如何使用他们腰上或背上的剑。麦特在这些人当中还看到两名女人，但她们都没有露出身上有武器的模样，其中一人的桌边靠着一根长行路杖，麦特认为另外一人的骑马裙里藏着小刀，他自己的身上也带着几把投掷用的小刀。他相信自己知道这些人到这里来是为了什么，如果那名女人真的没带武器，那她一定是个傻瓜。

当麦特和艾德隆走出"马车夫的鞭子"时，他停下了脚步，一名穿褐色开叉裙的矮壮女人正从人群中走过，圆脸上显得很平静，但毫不眨动的眼睛正在收集着街上的一切信息。她的腰带上挂着一根满是凸起颗粒的短棍，和一把完全可以由艾伊尔男人携带的重匕首，那么这就是那些人之中的第三名女性了。他们是号角狩猎者——传说中的瓦力尔号角可以从坟墓中唤回死去的英雄，让他们参与最后战争，无论是谁找到它，必将名垂史册。*不知道还会不会有人能活下来，去记录该死的历史*，麦特讽刺地想。

有些人相信，圣号角会出现在动乱和战火频繁之地。上次狩猎圣号角的召集令还是四百年前所发出的；这一次，各种地方都有人前去伊利安立下狩猎圣号角的誓言，只差有人从树上跳下来参加狩猎了。麦特曾在凯瑞安的街道上看见成群的狩猎者，他相信自己到提尔时，会看见更多。毫无疑问，也有许多狩猎者正赶往凯姆林。麦特真希望他们之中会有人已经找到那个东西，就他所知，那个该死的瓦力尔号角应该是躺在白塔某个隐密的角落里，而同样就他对两仪师的了解，应该不会有超过十名两仪师知道圣号角就在白塔。

一队步兵跟在一名骑马的军官后面，那名军官穿戴着带凹痕的胸甲和凯瑞安头盔。现在他正好走到麦特和那名矮个儿女人之间。他率领的队伍里有两百人的长矛手，组成了一片长矛密林，跟在他们身后的是五十多名弓箭手，腰上挂着箭袋，肩头挂着弓。他们的弓并不是麦特所熟悉的两河长弓，但也足以应付战场上的厮杀了。为了应付即将到来的战斗，麦特必须找到足够的十字弩，但这些弓箭手又不会喜欢那种武器。他们一边行军，一边还在唱歌，响亮的歌声冲破街上的喧嚣声：

你的三餐将是豆子和烂干草，
你的命名日里只有马蹄跳，
你要流汗和流血，直到你变老，
你的金子要在梦里才能看得到，
这就是你从军的回报，
从军的回报。

还有一群平民跟在这支队伍后面，他们之中既有镇民，也有难民。但他们全都是年轻人，好奇地看着这些士兵，听着他们的歌。麦特总是会为这种情景感到吃惊，士兵们唱的歌愈可怕，被吸引的人就愈多。而实际上，这首绝不是他们最可怕的军歌。麦特相信，这些围观的人之中一定会有一部分在今天之内去找负责征兵的人，而且大多数人会在征兵簿上签下他们的名字，他们一定认为这样的歌是为了吓跑他们，好让唱歌的士兵们能独享光荣和战利品。至少那些长矛兵还没唱起“冲向千杀的暗影”。麦特恨那首歌。有些小伙子一知道“千杀的暗影”指的是死亡，就立刻迫不及待地去找征兵人了。

你的女孩会跟别人跑掉。
泥泞的坟墓就是你的领地。
没人会为你这堆虫食哀悼。
你会诅咒你的出生。
这就是你从军的回报，
从军的回报。

“总会有事情令人吃惊，”艾德隆不经意地说着，看着那支队伍拐过前面的街角，以及仍然跟在后面的傻瓜们，“关于我们向南进军的时间，已经有谣言传出来了。”他从眼角瞥着麦特，估量着麦特的心情。“我注意到那些蹄铁匠正在为补给车队检查马匹的蹄铁。”

“我们该出发的时候自然会出发，”麦特说，“不需要让沙马奥知道我们要过去了。”

艾德隆毫无表情地看了麦特一眼。这个提尔人不是傻瓜，拿勒辛也不傻，但他有时对于某些东西会有过度热切的渴望。而艾德隆有个精明的头脑，拿勒辛永远也不会注意到那些蹄铁匠。奥迪亚家族的势力在赛罗那家族之上，这点确实很糟糕，如果不是这样，麦特一定会让艾德隆顶替拿勒辛的位置。愚蠢的贵族，愚蠢的地位和位阶。不，艾德隆不是傻子，他很清楚，只要红手队向南移动，讯息就会顺着艾瑞尼河道先一步传过去。也许间谍的鸽子会让南方人更早知道这件事，即使自己的运气强到能打破自己的脑袋，麦特也不会打赌玛尔隆没有间谍。

“还有谣言说真龙大人昨天就在这个镇上。”艾德隆在喧嚣声中尽量压低声音。

“昨天最大的一件事，”麦特带着挖苦的神情说，“就是我在一个星期的时间里第一次洗了澡。继续做事吧！按照现在的速度，我们要花半个白天的时间才能把全镇查完。”

如果能查出这个谣言是从什么地方传来的，麦特会支付很大一笔钱。兰德刚离开半天，而且肯定没有别人看见他。那是在清晨时，一道光突然出现在黄金牡鹿的房间里。麦特当时拼命地跳到四柱大床的另一侧，一只脚穿着靴子，另一只脚上的靴子还没来得及套上。当他从背后肩胛骨之间抽出匕首时，才看见兰德从那个该死的洞里走了出来。在那个洞缩小的时候，麦特看见对面林立的圆柱，推测那应该是凯姆林王宫。让麦特吃惊的是，凯姆林那边好像还是深夜。而且兰德没带半个艾伊尔人来，就那么突然出现在麦特的房间里，这让麦特的汗毛都竖了起来。如果麦特恰好站在那道光出现的地方，那东西肯定会将他切成两半，麦特不喜欢至上力。这件事也让他感到非常奇怪。

“别着急，麦特，”兰德一边说一边在房里四处走动，却没有看麦特一眼，汗水还挂在他的脸上。麦特能看出他正咬着牙。“他必须要看到这些完成，一切都要依靠它。”

麦特坐到床上，将脱下一半的靴子扯下来，扔到黛芬夫人为他铺的地毯上。“我知道，”他生气地说着，用手去揉刚才他撞在床柱上的脚踝，“这个该死的计划是我帮忙拟的，你忘了？”

“你该如何判断你是否爱上一个女人，麦特？”兰德并没有停下脚步，突然就说了这么一句话，好像他们就是在讨论这个话题。

麦特眨眨眼：“该死的末日深渊，我怎么会知道？我还没有把脚插进这个陷阱里。你怎么突然有这个念头？”

兰德只是耸了耸肩，仿佛是要甩掉什么：“我会解决掉沙马奥，麦特，我保证。这是我死也要做的事。但其他麻烦呢？我必须把它们全部都解决掉。”

“一件一件来。”麦特勉强控制住自己发问的冲动，他完全不知道最近这些日子里有什么进了兰德的脑袋里。

“在莫兰迪有真龙信众，麦特，在阿特拉也有，人们发誓向我效忠。一旦我拿下伊利安，阿特拉和莫兰迪就会像熟透的李子一样落入我手里，我会和塔拉朋与阿拉多曼的真龙信众建立联系。如果白袍众想把我挡在阿玛迪西亚之外，我会压碎他们。先知已经取得了海丹，我听说，他几乎已经占领了阿玛迪西亚。你能把马希玛想象成一名先知吗？沙戴亚会投向我，巴歇尔已经向我做了保证。所有边境国都会投向我。他们只能这样做！我要将它完成，麦特，所有国家会在最后战争之前统一为一体。我一定要完成它！”兰德的声音中带着一种亢奋的情绪。

“当然，兰德，”麦特缓缓地说着，脱下另一只靴子，“但事情总要按部就班，对吧？”

“一个人的脑子里不该有另一个人的声音。”兰德喃喃地说道。麦特正在扯下羊毛袜的手僵住了，奇怪的是，他发现自己正在思考这双袜子是不是又多了个破洞。兰德知道他在鲁迪恩走进了那件特法器，也知道他在那里遇到的一些状况，知道他从那里得到了关于军事的知识。但兰德并非无所不知——麦特认为他并不完全清楚这件事，至少兰德并不知道这些知识来自他人的记忆。兰德却似乎没注意到麦特有什么反常，他只是用手指拨着头发，继续说道：“他是可以欺骗的，麦特——沙马奥总是以直线进行思考——但现在是否有什么破绽会让他逃脱？如果出现了什么错误，会有成千上万人死亡。成千上万的人。虽然仍旧会有许多人死去，但我不希望会是成千上万。”

麦特的面孔猛烈地扭曲了一下，一名满脸汗水的小贩正卖力地向他兜售一把匕首，匕首柄有一半覆盖着彩色玻璃“宝石”。看到麦特的表情，小贩连忙逃进人群里，还差点将匕首掉在地上。这就是兰德现在对他说话的方式——从入侵伊利安突然跳到弃光魔使，又突然跳到女人身上（光明啊，兰德才是有办法对付女人的人，他和佩林都可以）。兰德会和他说最后战争、枪姬众，以及各种麦特难以理解的事情，但他很少会听麦特回答，有时候他甚至根本不给麦特答话的机会。兰德谈论沙马奥的时候，仿佛对那名弃光魔使有很深的了解。麦特知道兰德最终会变成疯子，但如果疯狂已经在渗入兰德的脑子……

还有那些聚集到兰德身边、想要导引的傻瓜们，再加上那个叫马瑞姆的家伙——他已经可以导引了吧？他们又会搅起什么样的风浪。对于这件事，兰德从没认真地说过。马瑞姆·泰姆，该死的伪龙在教导兰德该死的学生们，如果他们全都变成疯子，麦特绝不想待在距离他们一千里内的地方。

但他就像漩涡中的一片树叶一样，完全没有选择。他是时轴，兰德的身份却还不止是时轴。在真龙预言中没有麦特·考索恩的位置，但他被抓住了，如同被压在篱笆下的小猪。光明啊，他只希望自己从没见过瓦力尔号角。

麦特表情阴沉地走过另外十几家酒馆和旅店大厅，它们和前面那些并没有差别。在离开“银号角”（*白痴名字！*）酒馆和那个有一副纯真面孔的歌手时，他依然是一副凶狠阴冷的脸色。也许正因为如此，当前面另一家旅店里突然传出叫嚷声时，他才会立刻向那里跑去。如果那里的骚动有士兵参与，红臂们自然会去处理，但麦特还是不顾一切地挤开人群，朝那里奔去。兰德在发疯，丢下他被挂在风暴里；马瑞姆和那些白痴们又在追随兰德，要和他一起发疯；沙马奥等在伊利安，其余的弃光魔使还不知道躲在什么地方，他们也许都在找机会砍掉麦特·考索恩的脑袋。这甚至还没算上那些两仪师会对他做些什么——至少那些发现他知道太多秘密的两仪师是不会放过他的。而这里的每个人都认为他一心想成为该死的英雄！他总是竭力想用和谈，而不是武力解决问题，如果他不能避开那个问题的话。但在这个时候，他很想找个理由，在某个人的鼻子上打一拳。而现在他眼前的情景却不在他的预料之中。

一群镇民——衣着颜色单调的矮个儿凯瑞安人，和零星几名个子高一点、衣服颜色也更加鲜亮的安多人包围住两名瘦削的高个儿，他们的脸上没有任何表情。那两名被包围的高个儿男人留着卷曲的胡子，身穿亮色丝绸的莫兰迪长外衣，携带的佩剑有着纹饰华丽的镀金剑柄和剑鞘。其中穿红色外衣的那个人一边狞笑，一边望着另外那个穿黄色外衣的人，后者用双手揪住一名差不多有麦特的腰那么高的男孩，像狗咬住老鼠一样用力地摇晃他。

麦特克制住火气，提醒着自己还没弄清事情的原委。“放下那个男孩，”他用一只手按住黄衣人的手臂，“他做了什么——？”

“他碰了我的马！”那个带着明狄恩口音的男人说道，他用力甩开麦特的手。明狄恩人总是洋洋自得地宣称他们是莫兰迪人中脾气最差的，并认为这是值得骄傲的事！“我要打断他皮包骨的乡下脖子！我要扭断他细柴般的——”

麦特一言不发地抡起长矛，矛杆正打在那个人的两腿之间。那个莫兰迪人张开嘴，却没发出任何声音，他的眼睛向上翻起，眼眶里完全是死鱼般的白眼珠，然后他跪倒下去，脸朝下倒在地上。被抓住的男孩急忙挣脱逃跑了。“不，你不能这么做。”麦特说。

当然，事情并不会这样就结束。红衣男抓住了剑柄，但他才抽出剑刃一寸，麦特就用矛杆打断了他的手腕。他哼了一声，放开剑柄，用另一只手去抽腰间的长匕首。麦特将矛杆敲在他的耳朵上方，他没有用很大的力气，但那个人已经倒在黄衣人的身旁。该死的蠢货！麦特不确定这句话是在骂这个红衣人，还是在骂自己。

终于有六名红臂们推开旁观者走进人群里，他们是穿着齐膝长靴的提尔骑兵，改成步行的时候，显得有些笨重，金黑色的灯笼袖被裹在臂章里。艾德隆已经抓住了那个男孩，那个男孩大约六七岁，面容憔悴而阴沉。他在泥土中扭动着赤裸的脚趾，不时会猛力挣扎一下，想挣脱艾德隆的手。他也许是麦特见过最丑陋的孩子，和他的脸相比，他的嘴和耳朵都显得太大了，而扁平的鼻子仿佛贴在脸上。根据他衣裤上的破洞判断，他应该是个难民，身上肮脏到无法想象的地步。

“处理一下这件事，哈南。”麦特说。哈南是这支小队的队长，他有个方下巴，一张久经风霜的脸，左侧脸颊上还刺着一只画工拙劣的鹰，现在这种刺青似乎在红手队里很流行，但大多数人只是把鹰的图案刺在可以被衣服掩盖住的地方。“查清具体情况，然后将这两个蠢货赶出镇去。”无论那男孩如何挑衅他们，这是他们应得的。

一个穿暗色莫兰迪羊毛外衣的瘦子挤进了人群，跪倒在那两个人身边。那个穿黄衣的已经开始发出窒息的呻吟声，穿红衣的用手抓住头，嘟囔着一些像是咒骂的话。刚刚赶来的那个人发出的噪音比他们两人加起来还多，他着急地喊道：“哦，大人！帕斯大人！库隆大人！你们还活着吗？”他向麦特伸出颤抖的双手。“哦，不要杀死他们，大人！他们现在毫无还手之力。他们是号角狩猎者，大人。我是他们的仆人，我的名字叫帕迪。他们是英雄，大人。”

“我不打算杀死任何人，”麦特厌恶地打断他的话，“但你要把这两个英雄扛到马背上去，在日落之前把他们带出玛尔隆，我不喜欢威胁要折断小孩脖子的成年人。在日落之前！”

“但是，大人，他们受了伤。他只是个贱农的孩子，而且他骚扰了帕斯大人的马。”

“我只是在它上面坐了一下，”那个男孩喊道，“我不是……你说的那种人。”

麦特表情严厉地点点头：“男孩们不该因为在马背上坐一下就被折断脖子，帕迪，即使是‘贱农’的孩子也不该。你把他们两个弄走，否则我就折断‘他们的’脖子。”他向哈南望了一眼，哈南用力地向其他红臂点点头。队长不会亲自做事，至少不会比旗手做得更多。红臂们粗鲁地抓住帕斯和库隆，拖走了这两个还在呻吟的人。帕迪跟在他们后面，扭动着双手，哀求着。

麦特发现，艾德隆仍然抓着那个闹事源头的一只手臂。红臂们已经走了，镇民们也纷纷散开，没有人再向那个男孩多瞥一眼。他们还有自己的孩子要照看，这对他们已经是很困难的事了。麦特重重地呼了一口气：“难道你不知道，骑在陌生的马背上很容易受伤吗，孩子？像那样的男人骑的肯定是牡马，那种马会把小男孩一脚踩进地里去。”

“是一匹阉马。”男孩又扯了一下被艾德隆抓住的手臂，发现没有挣脱开来，显得更生气了，“那是一匹阉马。它不会伤害我的，马喜欢我。我不是小孩了，我今年九岁，我的名字是奥佛尔，不是小孩。”

“奥佛尔，是吗？”九岁？他也许已经九岁了。对于这一点，麦特判断不出来，特别是对凯瑞安的小孩。“嗯，奥佛尔，你的父母在哪里？我必须让你回到他们身边去。”

奥佛尔咬住嘴唇，没有回答，一颗眼泪从他的眼睛里溢出来，他恼怒地将泪水抹掉。“艾伊尔人杀了我爸爸，一个……沙度艾伊尔。妈妈说，我们要去安多。她说我们要在一个农场生活下去，那里会有许多马。”

“她在哪里？”麦特轻声问。

“她病了，我……我把她埋在一个有花的地方。”奥佛尔突然开始拼命地踢打艾德隆，泪水不停地从他脸上滚下来。“你放开我，我能照顾自己，你让我走。”

“照顾好他，直到我们能找到人照顾他。”麦特对艾德隆说。艾德隆一边抓着男孩，一边还在费力地抵挡着他的拳脚。

“我？我该拿这个老虎一样的小老鼠怎么办？”

“先让他吃顿饭，”麦特皱了皱鼻子，奥佛尔至少在马厩的地板上待了一段时间，“再给他洗个澡，他浑身都是臭气。”

“你看着我说话，”奥佛尔一边抹着脸一边喊道，泪水让他脸上的泥垢变成了一片片花纹，“你看着我说，不要对我的头顶说话！”

麦特眨眨眼，然后弯下腰：“我很抱歉，奥佛尔，我也一直都恨人们这样对待我。现在，事情是这样的，你身上的味道很臭，所以艾德隆会带你去黄金牡鹿，那里的黛芬夫人会让你洗个澡。”奥佛尔只是显得愈来愈生气。“如果她有什么意见，你就告诉她，是我说的，你要洗个澡。她不能违抗你。”看着这个男孩惊讶的神情，麦特压抑住自己笑出来的冲动，现在笑的话一定会把事情搞砸的。奥佛尔也许不喜欢洗澡这个主意，但如果有人想要阻止他……“现在，你照艾德隆说的去做，他是真正的提尔贵族，他会为你准备一顿好吃的热饭，还有一些没破洞的衣服和一双鞋。”

“我不喜欢提尔人。”奥佛尔嘟囔着，皱起眉望向艾德隆和麦特。艾德隆正闭上眼，自言自语地叨念着什么。“他真的是贵族？你也是贵族吗？”

还没等麦特说话，艾斯丁跑了过来，脸涨得通红，上面全是汗水，他带着凹痕的胸甲上还残留了一些以往镀金的痕迹，黄色衣袖上的红条纹也都磨损了。他看上去根本就不像提尔最富有的贵族的儿子，但话说回来，他确实不曾像过。“麦特，”他喘息着，一只手还在不停地拨起垂落到额头上的发绺，“麦特……在河那边……”

“什么？”麦特焦躁地打断他的话，他本来正在想是不是要将“我不是该死的贵族”绣在衣服上。“沙马奥？沙度？女王卫兵？还是该死的白狮军？出了什么事？”

“一艘船，麦特，”艾斯丁仍旧喘着气，拨着头发，“一艘大船，我想那是海民的船。”

这不太可能，亚桑米亚尔从不会将船驶到远离开放海域的地方，但……沿着艾瑞尼河向南的路上并没有很多村庄，马车能够运载的供给在红手队到达提尔之前会少得可怜。麦特已经雇用了内河船跟随军队一同出发，而一艘大型船只肯定会更加有用。

“照看好奥佛尔，艾德隆。”麦特没去理会艾德隆糟糕的表情。“艾斯丁，带我去看那艘船。”艾斯丁迫不及待地点点头，如果不是麦特抓住他的袖子，他肯定会拔腿向河边跑去。艾斯丁做什么事都是一副急匆匆的样子，而且他又很不容易接受教训，所以现在他身上才有了五处被黛芬夫人的棍子打出的瘀伤。

麦特愈向河边走，难民的数量就愈多。六艘宽大的渡船被绑在涂了焦油的木制长码头上，但船上的桨和橹都被拿走了，而且码头和船上都看不见半个船员。只有六艘河上小船看上去是可以行驶的，这些短粗的双桅船是为了临时使用而准备的。赤脚的船员们待在这些小船里，也很少会有什么行动。这些船的货舱都被装满了，它们的船长已经向麦特保证，他们只要接到命令，马上就能出发。艾瑞尼河上也有不停颠簸的宽大方帆船和细长三角帆船在行驶，但在玛尔隆和有城墙包围、飘扬着安多白狮旗的亚林吉尔之间，没有任何船只往来。

那面旗帜也曾经在玛尔隆上空飘扬过，驻守在这里的安多士兵并不情愿将这座城镇让给红手队。兰德也许控制着凯姆林，但他的命令无法被传达给这里的女王卫队，或是加贝瑞组建的部队，比如白狮军。现在那些白狮军应该驻扎在玛尔隆东边的某个地方，至少他们是向那里逃跑的，那些关于强盗劫掠的讯息很可能都是他们干出来的。其余的安多部队在与红手队进行过短暂的冲突之后，都已经渡过了艾瑞尼河。

真正吸引麦特注意的是一艘停泊在宽阔河道中央的大船，那确实是一艘海民船，它比河上任何船只都更高、更长，船体也更流线，在船上有两根倾斜的桅杆。许多身影在索具间来回攀爬，其中有一些赤裸着胸膛，穿着宽松的裤子，在岸上还能看到他们黝黑的肤色；另外一些穿着色彩鲜艳的宽松上衣，表明她们都是女性，那些忙碌的海民之中有半数都是女人。巨大的方形帆已经被拉起，收拢在横桅上，但它们绑得很松，随时都能被放开。

“为我找一艘小艇，”麦特对艾斯丁说，“还有一些桨手。”他总是需要向艾斯丁提醒这样的小事。这名提尔人向他眨眨眼，又拨了拨头发。“快点！”艾斯丁哆嗦似的点了一下头，向码头跑去。

麦特将长矛斜倚在肩上，向距离他最近的码头走去，一边从衣袋里掏出望远镜。当他将那个小铜管放到眼前的时候，那艘船立刻变得清晰了。船上的海民们显然在等待着什么，他们在等什么？一些海民在向玛尔隆观望，但大多数人都在朝对岸眺望，包括所有站在后甲板上的人——那里应该是领航长等人所在的地方。麦特将望远镜向对岸转去，看见一艘细长划艇正快速接近海民船，划艇上的桨手都袒露着黝黑的皮肤。

在亚林吉尔的长码头上似乎正发生着某种骚动，那座码头几乎跟玛尔隆码头的一模一样，一小群穿着白领的红色外衣、披挂着光亮胸甲的女王卫队正在迎接一队刚刚登岸的海民。麦特轻声吹了个口哨，因为他在那队海民里看见两顶花边红阳伞，其中一顶是双层阳伞。有时候，那些过去的回忆自然而然地就会出现在他的脑海里。双层阳伞是部族波涛长的标志，另外一顶则属于她的掌剑手。

“我找到船了，麦特，”艾斯丁跑回他身边，气喘吁吁地说，“还有桨手。”

麦特将望远镜转回到海民船上。甲板上的人们正在将那艘划艇拖到船边上，同样有许多船员在卖力地转动锚链绞盘，拉起船锚，船帆也被抖开。“看样子，我不需要小船了。”麦特喃喃地说道。

河对岸的亚桑米亚尔使节团已经在女王卫队的护送下离开了码头，这些对他而言毫无意义，即使从那些记忆中，他也找不到任何有意义的信息。海民到了距离大海九百里以外的地方。波涛长的地位仅次于大船主，掌剑手的地位则仅次于剑士长。这些完全没有意义。麦特只“记得”，亚桑米亚尔是如同艾伊尔一样神秘的族群。他在亲身经历中对于艾伊尔的了解，远比他从那些记忆中得到的更多，但他依然所知甚少。也许有人了解现在的海民，也许那样的人能从这件事里找到一些信息。

海民船上的帆篷已经完全张开，船锚还在被拉上前甲板，看起来，那些海民有一段时间不会回到海里去了。随着船速缓缓加快，海民船向上游驶去，转向澳关雅河的泥沼河口，那里位于玛尔隆北方几里之外。

这件事现在和麦特完全没有关系了。最后带着遗憾看了那艘船一眼（这个大家伙能运输的物资，肯定和他雇用的那些小船加起来一样多），麦特将望远镜塞回口袋里，转身向岸上走去。艾斯丁仍然不知所以地瞪着他。

“告诉那些桨手，他们可以走了。”麦特叹了口气。那名提尔人迈着沉重的步伐走开了——他一边低声嘟囔着，一边还在用手拔着头发。

比起麦特几天前来这里的时候，河边的淤泥更多了。河两侧是两道一拳宽的黏稠泥浆，靠外面的泥地都已经干硬龟裂了。即使是像艾瑞尼这样的大河也在逐渐枯竭。麦特又向那些酒馆和大厅走去。今天似乎没有超乎寻常的事，这才是重要的。

当太阳西斜的时候，麦特回到黄金牡鹿，又开始了和贝特丝的舞蹈。贝特丝取下了围裙，乐手们也用最大的声音演奏着舞曲，这次他们跳的是乡村舞。桌子都被推到一旁，空出一片可以让七八对舞伴跳舞的空地。黑夜带来了一点凉意，但也只是比白昼好一点而已。欢笑饮酒的男人们坐满了长椅，女侍们小跑着将羊肉、芜菁和大麦汤端到桌上，同时不停地将酒杯斟满。

令人惊讶的是，这些女人似乎认为跳舞是端盘子工作空当的一种休息。

至少当轮到要跳舞的时候，她们都会带着期待的微笑，轻轻擦去脸上的汗水，利落地摘下围裙，做好跳舞的准备。但只要一迈开舞步，汗水又会立刻湿透她们的面孔。也许黛芬夫人修改了一下工作安排，贝特丝显然已经从其他女侍中被分了出来，现在这名苗条的年轻女子只为麦特斟酒，只和麦特跳舞。而且这名老板娘总是向这对人儿投来灿烂的笑容，仿佛一位母亲在她女儿的婚礼庆典上一样，这让麦特觉得很不舒服。实际上，贝特丝一直在和麦特跳舞，直到麦特的双脚和小腿都已经感到疼痛。而且她从没停止过微笑，她的眼睛里闪耀着纯粹的欢乐。到后来，麦特不得不时常停下来喘口气，但她却显然不需要休息。当他们停下脚步的时候，她的舌头立刻就会开始飞快地动起来。每次麦特想要亲她的时候，她都会转过头，朝着某样东西发出惊叹或欢呼，于是麦特只能亲到她的耳朵或是头发。而每次被麦特亲到，她似乎都会吃惊一下。麦特仍然搞不清她纯粹只是个蠢女孩，还是非常非常地聪明。

当麦特终于告诉她，今晚已经跳够了的时候，时间已经是午夜后的两个小时。失望的表情堆满了女孩的面孔，她撅了撅嘴，似乎是想一直跳到黎明才肯罢休。除了一名年纪大一些的女侍正靠在墙边，按摩着脚踝之外，大厅里其他的女侍都像贝特丝一样，双眼洋溢着光彩，喋喋不休地说着话。而大多数男人都显得很疲倦了，任由女侍们把他们从椅子上拉起来，另外有许多人只是挥手向那些女人们表示拒绝。麦特不明白这是为什么，一定是因为男人们在跳舞时负责了大部分动作——他觉得这就是原因所在。毕竟托举和转身这种动作都是男人在做，女人们就轻松多了，只是偶尔会小跳一步而已。麦特朝一名正在和艾斯丁转个不停的矮胖女侍眨眨眼（艾斯丁很有跳舞的天赋），然后将一枚金币塞进贝特丝手里——一枚厚重的安多金币——这个足够让她买些漂亮衣服了。

贝特丝将这枚硬币端详了一会儿，然后踮起脚尖，轻吻了一下麦特的嘴唇，轻得仿佛羽毛碰一下。“无论你做什么，我都不会把你吊起来。明天你会和我跳舞吗？”还没等麦特回答。她已经笑着跑开了。当她将艾德隆拖进跳舞区的时候，还回过头来看着麦特。黛芬夫人拦住他们，将一条围裙塞进贝特丝手里，另一只手用力地向厨房指了一下。

麦特稍有些瘸地向墙角处的一张桌子走去，塔曼尼、代瑞德和拿勒辛都躲在那里。塔曼尼正盯着他的酒杯，仿佛是要从里面寻找出人生的答案。代瑞德正笑着看拿勒辛拒绝一名身材丰满、浅褐色头发、灰色眼睛的女侍的邀请，同时又不承认他的脚已经酸痛不堪了。麦特将拳头拄在桌上。“红手队在第一缕曙光出现的时候向南出发，你们最好现在就开始做准备。”三个男人立刻张大了嘴瞪着他。

“只剩几个小时了。”塔曼尼表示反对。拿勒辛也同时说：“这点时间只够把他们从酒馆里轰出来。”

代瑞德哆嗦了一下，不停地摇着头：“今晚我们是睡不成觉了。”

“我会睡觉的，”麦特说，“你们之中的一个要在两个小时后叫醒我，第一缕曙光出现的时候，我们就要出发。”

麦特在黎明前灰色的天光中跨上果仁——他强健的褐色阉马，他的长矛横放在鞍头，没有挂弦的长弓插在马肚带下面。困倦和头痛缠绕着他，但他还是在看着红手队从他面前源源不断地走过。全部六千人，半数骑兵，半数步兵，他们发出的噪音足以将死人惊醒。尽管时间还早，人们仍然涌到街上，或是从窗户里观望着这支军队的离去。

队伍最前方是红手队方形的红边旗帜，雪白的底色上画着一只红色的手，下面用红线绣出红手队的铭言：Dovie'andi se tovya sagain——“该是扔骰子的时候了”。拿勒辛、代瑞德和塔曼尼都走在那面旗下。十名骑兵击打着用红色带子挂在马上的黄铜鼓；同样数量的号手以同样巨大的声音吹着铜号。他们后面是拿勒辛的骑兵部队，这其中混着提尔骑兵和岩之守卫者、插着背旗的凯瑞安贵族和他们的扈从，以及为数不多的一些安多人。每个分队都有他们自己的长三角旗，上面绘着红色的手、一把剑和一个数字。麦特要求所有人抽签决定他们从属于哪个分队。

这种混合招致不少抱怨。一开始，凯瑞安骑兵全都要跟随塔曼尼，提尔人则服从于拿勒辛，步兵则从一开始就是一群杂烩。虽然有人在讨论应该让每个单位都有同样的规模，以及单位配置的数量。贵族和将军们过去总是尽可能将多数人召集到自己身边，这些人都被称为艾德隆的人、麦尔辛的人，或是亚汉丁的人。直到现在，这种现象依然存在，比如艾德隆的五百人就自称为艾德隆之锤，而不是第一小队。但麦特要将这个概念砸进他们的脑子里——所有人都属于红手队，无论他碰巧出生在什么地方。任何不喜欢按照麦特的方式做事的人都可以自由地离开，不过让麦特吃惊的是，并没有人因此而离开。

为什么所有人都会留下来？这点实在令人费解。当然，在他的率领下他们可以打胜仗，但总会有人死亡。他也曾有过没办法让他们吃饱饭、找不到钱发给他们薪饷的时候。他们也许已经忘了他们曾经夸口要去夺取的财富，至今为止都没有人看到过一枚这样的硬币，而且他也看不到他们会有获得这些财富的机会。在这样的状况下，他们会有这种选择，只能说他们都疯了。

第一小队发出的欢呼很快就被第四和第五小队压下去了，这两支伍称呼自己为卡罗明之虎和雷门之鹰。“麦特大人必胜！麦特大人必胜！”

如果麦特手里有块石头，他一定会朝那些人扔过去。

步兵排成长队跟在骑兵之后，每个小队前面都有一名击打节拍的鼓手和一面长三角旗，旗子后面是二十名长矛兵和跟随长矛兵的五名弓箭手或十字弩手。每个小队都有一两支长笛或类似的乐器，步兵们都在随着音乐唱歌：

> 我们整夜痛饮，整日跳舞，
> 把薪水都扔进女孩的衣服深处。
> 等到一切都结束，
> 我们就冲向千杀的暗影。

麦特一直等到唱歌的步兵过去，第一批塔曼尼的骑兵出现，然后用脚跟踢了一下果仁的肋侧。不需要等到最后的补给马车队和替换马匹过来再加入队伍，从这里到提尔的路上，一定会有马匹瘸腿或是死于蹄铁匠无法治疗的伤病。然而，没有马匹的话，骑兵就没什么用处了。在河面上，七艘挂着三角帆的河船正顺流行驶，它们的速度比河水的流速稍微快一些，每艘船上都有一面白色的小红手旗。那些小船也都随军出发了，它们都张满了帆，以更快的速度赶到了部队前面。

当麦特赶到全军最前面的时候，太阳终于露出了地平线，用第一缕曙光扫过起伏的丘陵和稀疏的灌木林。麦特压低帽子，挡住那道耀眼的光亮。拿勒辛用戴着铁手套的手捂住嘴，压下去一个大哈欠。代瑞德消沉地坐在马鞍上，眼皮不停地向下坠，仿佛随时都会睡着的样子。只有塔曼尼挺直脊背，警觉地睁大了眼睛。麦特觉得代瑞德更值得同情。

即使是这样，他还是用盖过鼓号声的嗓音喊道：“等到城镇从视野中消失的时候，就派出侦察兵。”南方的地形有开阔地和森林，一条通畅的大道贯穿了这两种地形，通往南方的主要交通是水路，但足够多的脚步和车轮经过经年累月的碾压，已经开出一条坚实的道路。“停止这些该死的噪音。”

“侦察兵？”拿勒辛有些惊诧地说，“烧了我的灵魂吧，在十里内都不会有什么像样的军队，除非你认为白狮军已经停止了逃窜。即使他们停下来了，如果他们知道我们的势力，他们就绝不会靠近距离我们五十里的范围内。”

麦特没有理他：“今天我打算前进三十五里，当我们每天都能前进三十五里的时候，我们要将速度再加快一些。”当然，他们都朝他张大了嘴。马匹不可能保持这个速度行走太久，除了艾伊尔人之外，任何人都会认为步兵一天行军二十五里已经是很不错的速度了，但他必须这样去逼他们。“柯马迪恩曾经写过，‘发动攻击的地点、时间和方向要出乎敌人的预料，守御在敌人以为你会疏忽的地方。在敌人以为你会逃跑的时候站稳脚跟。出敌预料是胜利的关键，而速度则是出敌预料的关键。对于士兵，速度就是生命。’”

“谁是柯马迪恩？”过了一会儿，塔曼尼问道。麦特恍惚了一下才做出回答：“一名将军，死了很久了，我曾经看过他的书。”不管怎样，他确实记得自己看过那本书，还不止一次，他怀疑现在那本书是否还有一本留下。而且，麦特还记得自己在一场败给柯马迪恩的战役之后见到过他，那大概是亚图·鹰翼之前六百年的事情了。那些记忆不断地爬进他的脑海。不过，他至少没有把那段话用古语直接说出来，现在他已经可以避免这种事了。

看着侦察骑兵成扇形向远处飞驰而去，麦特感觉松了一口气。计划中他的这一部分开始了，这次匆忙的启程会造成他想要偷偷溜向南方的假相，而且这样的排场已经足够造成一些人的注意了。造成这种状况，他完全像是个傻瓜，不过这也就是他们需要的效果。让红手队快速行军是个好主意——迅速行动可以避开战斗——他们的进展肯定会被别人从河面上监视到。麦特抬头看了天空一眼，没有乌鸦，但这并不意味着什么。也没有鸽子，但如果说今天早晨没有鸽子从玛尔隆飞走，他就把马鞍吃掉。

顶多再一两天，沙马奥就会知道红手队正在靠近，而且速度很快。而兰德在提尔散布的讯息会让人们清楚，只要麦特一到，就表示入侵伊利安的行动将要开始。即使以红手队能达到的最快速度，到达提尔也需要超过一个月的时间。运气好的话，麦特不必走到距离沙马奥一百里之内，那名弃光魔使就会像两块石头间的虱子一样被碾死。沙马奥能看到任何事物向他靠近——几乎是任何事物——但这场舞蹈将和沙马奥所预料的完全不同。只有兰德、麦特和巴歇尔知道这是一场什么样的舞蹈，这才是他们真正的计划。麦特发现自己正在吹口哨，这一次，所有事情都要依照他的预料进行了。

第 6 章

暗影的织线

沙马奥一脸严肃地在丝织绣花地毯上踱着步。他没有关闭通道，为的是能够继续导引大量的阳极力，或者是及时撤退。一般他都会拒绝在非中立的，或是不属于他的场合会面，但这是他第二次来这里了，因为有其必要。他从来就不是一个会信任别人的人，自从听说狄芒德和另外那三个女人的会面之后，他能给的信任就更少了。关于那次会面，古兰黛告诉他的内容肯定仅限于能为古兰黛自己争取到利益的部分，对此他非常清楚。他也有自己的计划，其他使徒同样对他的计划一无所知。耐博力只能有一个，而这个奖赏的价值和不朽的肉身是完全一样的。

他正站在一座十尺高的台上，台的一端用大理石栏杆围住，台上摆放着用镀金和象牙雕刻装饰的桌椅，光是细看那些雕刻就会让人感到非常厌恶。这座高台俯瞰着下方长形的廊柱大厅，高台和大厅之间没有阶梯连接，下面这个巨大、奢侈的大厅完全是为了表演娱兴节目。阳光透过高窗照射进来，窗户上用彩色碎玻璃拼出精致的图案，但阳光中的酷热完全被隔绝在这些窗户之外。空气相当清凉，不过这对沙马奥来说只是很遥远的感觉。古兰黛和他一样，其实完全不需要布置这样的环境，不过她愿意这样做。然而奇怪的是，她并没有让这张网覆盖整座宫殿。

在下面的大厅里有些地方和他上次来的时候不一样了，但他看不出是什么不一样。三道细长的浅水池贯穿了大厅中央，每个水池中都有一座喷泉，喷泉中喷出的水几乎碰到了天花板上的大理石横梁。男人和女人们穿着小片的丝布，甚至更暴露的衣料，在水池里做着各种动作。另一些人穿着同样轻薄的衣服，在池边表演着杂技、戏法、各种风格的舞蹈，演奏着长笛、号角、鼓和各种丝弦乐器。所有体形、肤色、发色和眼睛颜色的人种在这里都能看见，一具比一具更完美的肉体，他们唯一的目的就是要为站在高台上的人提供娱乐。这真是白痴的行径，对时间和力量的浪费是古兰黛的标准风范。

当沙马奥步出通道时，高台上除了他之外再没有别人了，但被阳极力充满的沙马奥能够闻到古兰黛甜美的香水味，那种气味就像是花园中的花香。随后他听到了软鞋擦碰地毯的声音，过了许久，才有人声传来："我的宠物不漂亮吗？"

古兰黛走到沙马奥的身边，微笑着望向下面的表演。她轻薄的蓝色阿拉多曼长裙紧贴在身上，毫无遮拦地暴露出身体的许多部位。像往常一样，她在每根手指上都戴了一枚不同宝石的戒指，两只手腕上都挂着四五只镶满宝石的手镯，一条由大颗蓝宝石镶嵌成的宽项圈紧紧地围绕在她长裙的高领外。沙马奥对打扮没研究，但他怀疑她那一头太阳金色的披肩卷发，和点缀在卷发中的月滴石要用几个小时才能做好。那里面每一个随意安排的细节，似乎又都蕴含着某种精密的契合。

沙马奥有时候会对古兰黛保持某种好奇。在放弃了那个失败的人生、开始追随暗主之后，他才和古兰黛见过面。但那时所有人都知道古兰黛，知道她的名誉与光荣，她是一位奉献出一切的苦修者，专职安抚那些至上力医疗无法触及的痛苦心灵。他们的第一次会面是他在古兰黛面前第一次向暗主立下誓言之时，那时他看见的古兰黛已经不再有任何刻苦奉献的痕迹，仿佛她故意要彻底抛弃以前的她。表面上，她似乎只专注于自己的享乐，这几乎掩饰了她对权力的欲望，实际上，她无法容忍任何人与她分享权势，任何拥有权力的人，她都想毁灭。但她很少会公开表现出这些欲望，古兰黛善于将秘密隐藏在单纯的表象之下。沙马奥认为自己比其他使徒更加了解古兰黛——她曾经陪同沙马奥前往煞妖谷向暗帝表明效忠之心——但即使是沙马奥也不知道真正的她是怎样的一个人。她的身上蒙了许多层黑影，如同棘轂身上覆盖着许多鳞片，能以迅雷不及掩耳的速度变换面相。那时她是主人，深具军事造诣的沙马奥只是她的助手，而现在情势已经改变了。

下面的表演者没有人抬起过头，但古兰黛一出现，他们的表演立刻更加卖力，姿势更加优美，他们要表现出自己最好的状态以取悦她。古兰黛让他们不会有别的想法。

古兰黛指了指下面四人一组的杂技演员，那是一名黑发男子正在支撑着三名身材苗条的女子。他们古铜色的皮肤上涂着油，在阳光的照射下闪闪发亮。“我想，他们是我喜欢的宠物。拉赛得是阿拉多曼国王的兄弟，那个站在拉赛得肩膀上的女人是他的妻子，另外两个是那个国王的幼妹和长女。只要有适当的奖励，任何事情都是能被学会的，你不觉得这点很有趣吗？想一想那些被浪费的能力吧！”这是古兰黛很喜欢的一个概念——一个人人有归、各得其所的环境，其中的成员都根据个人能力和社群所需而选择，而真正的需求似乎总是以她的欲望为核心。这个概念让沙马奥感到相当无聊，即使古兰黛的规则施行到他身上，他仍然会站在他所在的地方。

那名男性杂技演员缓缓地转过身，为他们提供了一个更好的视野。他伸展开的双臂上各撑着一名女子，第三名女子站在他的肩膀上，也伸开双手，各抓住两侧女子的一只手。古兰黛这时又转移了目标，现在她注视的是一对深黑色皮肤的卷发男女，他们两个都异常美丽，这两名身材修长的人正在演奏一种形状古怪的长竖琴，一连串的音符伴随着水晶一起共鸣。“我最新的收获，来自艾伊尔荒漠另一侧的国度，他们应该感谢我拯救了他们。齐爱普是那里的师宝安，这个是个相当于女皇的位置。她刚刚成了寡妇；沙鸥凡将要和她结婚，成为师宝玳。齐爱普将拥有七年时间的绝对统治权，然后就要死掉。那时师宝玳将选择一名新的师宝安，并行使绝对的统治权，直到再七年后死掉。他们在三千年时间里一直沿袭这个制度，从未中断。”古兰黛轻笑了一声，饶有兴味地摇了摇头，“沙鸥凡和齐爱普坚持说这种死亡是自然的事情，他们称这个为因缘的意愿，对于他们，一切都是因缘的意愿。”

沙马奥同样在望着下面的人。古兰黛像个傻瓜一样在喋喋不休地唠叨，但只有真正的傻瓜才会怀疑古兰黛的智慧。古兰黛看似无意中在闲聊时透露的信息都是经过严格安排的，如同一枚康吉针，最关键的是要查清她想要得到什么，以及为什么要得到。为什么她突然从那么遥远的地方攫取宠物？她很少会跑到无意义的地方去，古兰黛是想让他以为她对荒漠对面的那些国度有兴趣，想让他将注意力转移到那里吗？但这里才是战场。当暗主获得自由时，他最先碰触的就会是这里，世界其余的地方会受到暴风边缘的抽打，甚至被暴风肆虐，但这些暴风的发源地是这里。

“既然有那么多阿拉多曼王族合你的胃口，”沙马奥冷冷地说，“我很惊讶你没有继续从那里挑选宠物。”如果古兰黛真的想让他转移注意力，她就会再次让那个信息在谈话中出现，她从不认为会有人了解她的伎俩，并看穿那些伎俩。

一名肢体柔软的黑发女子出现在沙马奥的身侧，她已经不再年轻，但那种美丽的白皙皮肤和优雅姿态是她终生都会拥有的。她的双手捧着一只水晶高脚杯，杯中盛着深色的调味酒。沙马奥拿过杯子，但他并不打算喝下杯中的饮料，只有没经验的傻瓜才会瞪着眼睛去寻找大队人马的袭击，却任由一名独行刺客潜到背后。无论多么短暂的联盟都会让他得到好处，但存留到回归之日的使徒愈少，成为耐博力的机会也就愈大。暗主一直都鼓励这种……竞争，只有最合适的人才值得成为他的奴仆。有时候，沙马奥相信，最终能够永远统治世界的人，将是最后一个幸存的使徒。

那名女子朝一名肌肉强健的年轻男人转过身去，男人手中的金托盘里放着另一只高脚杯和一只细高的酒瓶，他们两个都穿着透明的白色长袍。两个人始终没有朝那个通道看一眼，通道对面是沙马奥在伊利安的寝室。当那名女子向古兰黛奉上酒杯的时候，她的表情完全像是在侍奉她的神。在古兰黛的宠物和奴仆面前说任何事都没关系，即使他们之中根本找不出一个暗黑之友。古兰黛不信任暗黑之友，她说他们太容易动摇，而这些被施以心灵压制的人，除了对古兰黛的崇拜之外，心中不会再有其他任何感情。

“我大概能看到阿拉多曼的那个国王亲自在这里奉酒。”沙马奥继续说道。

“你知道，我只选择那些最美丽的，亚撒拉姆达不到我的标准。”古兰黛看也不看地拿过酒杯。沙马奥早已不止一次地思忖过，这些宠物是否像她的闲聊一样，隐藏着一些需要被刺探的信息。一点挑衅也许会让她出现破绽。

“迟早你会因此而吃亏的，古兰黛，你的拜访者之中会有人认出为他奉酒或铺床的奴仆。如果那个人有足够的理智，他就会管住自己的舌头，直到离开你这里。也许就会有一支军队前来攻打这座宫殿，拯救丈夫或姐妹。一支箭也许没有震撼矛那么厉害，但它仍然会杀死你。”

古兰黛昂起头，发出一阵笑声——充满欢愉的婉转颤音，仿佛听不懂他的嘲讽，但只有不了解她的人才会以为她真的听不懂。“哦，沙马奥，为什么我不能让那些人只看到我想让他们看到的东西？我不会让我的宠物去侍奉他们，无论是亚撒拉姆的支持者还是反对者，甚至是那些真龙信众在离开时都会相信，我支持他们，而且只支持他们，而且他们不会想打扰一名病人。”当古兰黛开始导引时，沙马奥的皮肤感到一阵轻微的刺麻。转瞬间，古兰黛的外形改变了，皮肤变成灰暗的黄铜色，头发和眼睛变成呆板的黑色。她显得憔悴而虚弱，成为一名曾经美丽、却已逐渐败给疾病的阿拉多曼女人。沙马奥勉强压抑住翘起嘴唇的冲动。只要碰一下就能知道这副干枯凄惨的面孔不是古兰黛的，只有最精妙的幻像术才能瞒过这种测试，只是他从没见过古兰黛会让自己有这样的外貌。一眨眼的工夫，古兰黛又变成原先的模样，同时嘴角还带着一丝微笑：“你根本无法想象他们是多么信任我，听从我的建议。”

古兰黛会选择留在这样一座在阿拉多曼闻名遐迩的宫殿里，被内战和动荡所环绕，这点总是让沙马奥感到吃惊。当然，他不认为古兰黛还会让其他使徒知道她的巢穴，而古兰黛给予他的这份信任只会让他产生更多的戒心。古兰黛喜欢舒适的环境，又从不想费力去保持，但在这座能够望见迷雾山脉的宫殿之中，需要相当的能力才能让骚乱远离这里，让其他人不会怀疑这座宫殿原先的主人和他全部的家人、仆人们去了哪里。现在，每一个阿拉多曼人在来过这里之后，都坚信这块土地自从世界崩毁时开始，就一直属于古兰黛的家族，连沙马奥也不会感到惊讶。古兰黛经常像抡动铁锤一样粗暴地滥用心灵压制，以至于人们甚至会忘记她可以用极为精巧的手法和细小难察的力量施展这种异能。她能够扭曲思维，让甚至最严密的检查也可能错失每一点关于她的痕迹，实际上，她一定是这个世界上现存最擅长此道的大师。

沙马奥放开了通道，但并没有放开阳极力，心灵压制的伎俩不会作用在被真源包覆的人。老实说，他也喜欢为了生存的斗争，哪怕是在无意中的斗争，只有最强的人才有资格活下来，在这样的战斗里，他每天都在证明自己的强韧。古兰黛不可能察觉到他还紧握着阳极力，但她却望着手中的酒杯笑了笑，仿佛是知道些什么。沙马奥不喜欢别人装出无所不知的样子，如同他不喜欢别人知道他所不知道的事。“你要告诉我什么？”他的口气比他想象的更加粗鲁。

“关于路斯·瑟林？你似乎对别的事完全没兴趣。现在，他将变成一只宠物，我会让他成为我每个展示场的焦点。他还不够英俊，但他的身份可以弥补这点。”她望着酒杯，又笑了一下，然后用极低的声音说：“展示焦点还是身材高大的好些。”如果沙马奥的体内没有阳极力，他就不可能听到这句话。

他很努力地压抑住自己挺直身体的冲动。他的个子不算矮，但每次想到自己的身高无法匹配自己的能力，他就会感到愤懑不已。路斯·瑟林就比他要高出一个头，兰德·亚瑟也是一样，人们总是荒谬地认为更高的人就会更强。他又费了点力气才没让自己去碰那道从发际一直贯穿到胡须的伤疤，那是路斯·瑟林给他的，他一直留着这道伤疤，作为对自己的提醒。他怀疑古兰黛是故意误解了他的问题，是在引诱他。“路斯·瑟林已经死去很久了，”他严厉地说道，“兰德·亚瑟只是个突然冒出来的乡下男孩，一个运气好的蠢蛋。”

古兰黛向他眨眨眼，仿佛是感到很惊讶。“你真的这么想？他所拥有的绝对不止是运气，运气不可能让他前进得这么远、这么快。”

沙马奥本来并没有打算谈到兰德，但他的背脊还是泛起了一阵寒意，他已经强迫自己驱散的念头又悄悄回到他的脑海里。兰德不是路斯·瑟林，但兰德是路斯·瑟林灵魂的重生，这和路斯·瑟林本身已经重生没两样。沙马奥不是哲人或神学家，但伊煞梅尔同时拥有这两种身份。他曾经声称在这个事实中隐藏着神圣的秘密。伊煞梅尔已经在疯狂中死掉了，但在他神智依然健全的时候，在他们似乎已经将路斯·瑟林·特拉蒙彻底打败的时候，他就在宣称这场战斗是从造物时就已经开始的了，这是暗主和造物主利用人类进行的一场没有尽头的战争。而且，伊煞梅尔还公开宣布，暗主在获得自由的时候就会让路斯·瑟林投向暗影。也许伊煞梅尔那时已经有点疯了，但确实存在过要转变路斯·瑟林的力量，而且伊煞梅尔认为这种事情在以前同样发生过。造物主的战士创造出暗影生物，最终被培养为暗影的战士。

伊煞梅尔的这些宣告有一些令人不安的暗示，沙马奥不想去考虑那些被牵连到的可能，但有一个直接被推到他面前的可能就是：暗主也许真的会让兰德成为耐博力。当然，这不是凭空就能实现的事情，兰德需要帮助。帮助——难道这就是他所认为的兰德的好运？“你知道兰德将亚斯莫丁藏在什么地方了吗？或者兰飞儿的行踪？或者是魔格丁的？”当然，魔格丁总是将自己藏起来，那只蜘蛛永远都在你相信她已经死亡的时候突然蹦出来。

“你知道的并不比我少。”古兰黛表情愉悦地说着，喝了一口杯中的酒，“至于我自己，我认为是路斯·瑟林杀死了他们。哦，不要用这种眼神看着我，既然你坚持，那就是兰德吧！”这件事似乎完全不会影响到古兰黛的心情。但话说回来，她绝不会公开和兰德发生冲突，这不是她的方式。即使兰德发现她，她也只是会丢掉眼前的一切，在其他地方重新建立巢穴，或者甚至在兰德发起攻击前就主动投降，然后让兰德相信她是不可缺少的助力。“在凯瑞安流传着谣言，说路斯·瑟林在杀死雷威辛的那一天，也让兰飞儿死在他手里。”

“谣言！如果你问我的意见，我敢说兰飞儿从一开始就在帮助兰德。如果不是有人派魔达奥和兽魔人去救他，他在提尔之岩的时候，脑袋就已经落到我手里了！我相信那是兰飞儿干的。我已经受够她了，下次我遇到她的时候，我会杀了她！为什么兰德要杀死亚斯莫丁？如果我找到他，我倒是会杀死他。他已经投向了兰德那一方，他在训练兰德！”

“你总是在为自己的失败找借口。”古兰黛望着酒液悄声说道，这次她的声音仍然低弱到沙马奥如果没有阳极力就无法听见的程度。然后她又提高声音说：“如果你愿意，就保持你自己的想法好了，你甚至有可能是对的。我所知道的只是路斯·瑟林似乎正逐一将我们从这场游戏中剔除掉。”

沙马奥的手因为愤怒而颤抖，在他镇定住自己之前，他杯中的酒也差点被振得泼溅出去。兰德·亚瑟不是路斯·瑟林，沙马奥还活着，但伟大的路斯·瑟林·特拉蒙已经死了，那个该死的家伙将沙马奥自己无法取得的胜利施舍给他，以为他会因此而感激涕零。现在沙马奥唯一的遗憾，就是那个家伙没有留下一座坟墓，让他将口水吐在那上面。

古兰黛随着下方传来的一段乐曲摇晃着手指，心不在焉地说着话，仿佛她真正的注意力已经被那段旋律吸引过去了。“我们之中有那么多人死在和他的争斗上，阿极罗、巴萨摩、伊煞梅尔、拜拉奥和雷威辛，还有兰飞儿和亚斯莫丁——无论你是否相信。可能还有魔格丁，她也可能正潜伏在黑影里，等着看我们全部完蛋——她真是够蠢的。我真心希望你已经准备好逃亡的路线，毫无疑问，他的下个目标就是你，我想应该快了。我在这里不会看见什么军队，但路斯·瑟林正在聚集一支大规模的军队，准备对你发起攻击。你的至上力和军队都不足以作为你的依靠。”

沙马奥确实准备好了撤退路线（当然，这只是出于谨慎的考虑），但听到古兰黛那种口气，他不由得还是在胸中燃起了一股怒火。“那么，就算我毁掉兰德，也不算违背暗主的旨意了。”他不理解暗主，但暗主不需要理解，只需要遵从。“这是我依你所言做出的判断，但如果你隐瞒了任何事……”

古兰黛的眼睛仿佛变成了蓝色的坚冰，她也许会回避正面的冲突，但她不喜欢受到威胁。不过只是转瞬之间，她已经恢复了那种空洞的微笑。“狄芒德将暗主告诉他的事情告诉了我，而我将这些事转达给你，沙马奥。一字不差。我怀疑他是否敢以暗主的名义说谎。”

“但你根本没有把他的计划告诉我多少。”沙马奥低声说，“他、色墨海格，还有麦煞那，你什么都没告诉我。”

“我已经告诉你我所知道的。”古兰黛气恼地叹息一声，也许她说的是实话，她似乎对自己缺乏情报而感到很懊恼。也许。但她是一个无时无刻都能表演的人。“至于其他的……自己想吧，沙马奥，我们曾经操纵阴谋，彼此对抗，几乎像我们与路斯·瑟林的争斗一样激烈，但我们终究还是赢了——直到他在煞妖谷抓住我们所有人之前。”她打了个哆嗦，片刻之间，她的面孔变得很憔悴。沙马奥同样不想回忆那一天，以及随后的岁月——一个无梦的长眠。这个世界在他的长眠中变成完全陌生的样貌，他曾经留下的一切痕迹都已消失殆尽。“现在，在我们醒来的这个世界里，普通人类已经无法和我们相比，甚至不能再被看作和我们同类的生物，而我们却一个个地死去。先将谁会成为耐博力的事情忘记一段时间吧！兰德——如果你一定要这样称呼他——在我们刚刚醒来的时候就像婴儿一样软弱无助。”

“伊煞梅尔不会这样认为的。”当然，伊煞梅尔那时已经疯了。古兰黛却仿佛没听见他在说什么，只是自顾自地说了下去：“我们肆意妄为，仿佛对这个世界了如指掌，但我们实际上对它知之甚少。我们逐渐凋亡，而兰德却愈来愈强壮。国家和人群都在他身后聚集，我们却在死亡。我有不朽的肉身，我不想死亡。”

“如果他把你吓坏了，那就杀死他。”这句话刚一出口，沙马奥就恨不得将它全吞回去。

不可置信和轻蔑的表情扭曲了古兰黛的脸：“我侍奉并遵从暗主，沙马奥。”

“正像我一样，像任何人一样。”

“那样的话，你能跪倒在我们的主人面前倒真是件好事。”古兰黛的声音和微笑都充满了寒意。沙马奥沉下了脸：“我要说的就是，路斯·瑟林现在是危险的，如同他在我们人生中任何时候一样危险。害怕了？是的，我害怕了，我要永生，而不是得到雷威辛那样的下场！”

“煞刻！”这句亵渎的话至少让古兰黛眨了眨眼，认真地望向了他。“兰德！兰德，古兰黛！他只是个无知的男孩，无论亚斯莫丁怎样训练他！一个粗笨的家伙，他也许还在相信，十分之九你我认为理所当然的事情都是不可能的！兰德强迫几名贵族向他鞠躬，就以为他征服了一个国家。他没有足够强大的意志，能够握紧拳头，真正征服他们。只有那些艾伊尔——巴戛佐贯！有谁能料到他们的改变会这么大？”沙马奥不得不强迫自己冷静一些，他从不曾这样咒骂过，这是一种缺陷。“只有他们在真正追随他，而且还不是全部艾伊尔人。他只是被吊在一根线上，早晚会掉下来。”

“他会吗？如果他……”古兰黛停住话音，迅速地举起酒杯，甚至让杯中的调味酒溅到她的手腕上。她大口地吞下杯中的酒，直到杯子被彻底倒空。那名仪容典雅的侍女急忙捧来水晶酒瓶，古兰黛用力伸出酒杯让她斟满，同时有些气喘地说道：“在他掉下去之前，我们还要死多少人？我们一定要团结在一起，前所未有地团结在一起。”

这不是古兰黛刚刚要说的，沙马奥没有理会背脊中再次泛起的寒意。兰德不会被选为耐博力，他不会的！那就是说，古兰黛想让他们团结起来，是吗？“那就与我融合吧！我们两个融合在一起足以超越兰德，让这成为我们新团结的开始。”他的伤疤随着他的微笑而绷紧，但古兰黛突然绷紧了脸。这种融合必须从古兰黛开始，但因为只有他们两个，古兰黛必须让他掌握控制权，并完全由他来决定什么时候结束融合。“那么，看来我们要和以前一样了。”关于这一点，实际上从不曾有过什么问题，信任不属于他们。“你还要告诉我什么？”这才是他到这里来的原因，而不是听古兰黛关于兰德·亚瑟的唠叨，兰德是可以对付的，无论是用直接的手段还是间接的手段。

古兰黛盯着他，眼里闪烁着空洞的光芒，她肯定是在平静自己的心神。最终她说道：“没什么了。”她不会忘记沙马奥曾经看见过她失控的样子。她的声音没有流露出怒意，而是显得圆润柔和，甚至有些懒散：“色墨海格没有在最后的聚会中出现，我不知道是为什么，而我相信麦煞那和狄芒德一定也不知道。麦煞那对此尤其感到担忧，虽然她在竭力隐藏这一点，她认为路斯·瑟林很快就会落入我们手中，但她每次都是这样说的。她曾经相信拜拉奥会在提尔杀死或捉住他，对于那个陷阱，她感到非常骄傲。狄芒德也警告你要谨慎行事。”

“那么狄芒德知道你和我的会面了？”沙马奥冷冷地说。为什么他会以为真的能从古兰黛这里得到什么信息？

“他当然知道，他知道我会透露给你一些信息，只是他不知道我告诉了你多少。我正在努力将你们聚拢在一起，沙马奥，在一切都太——”

沙马奥厉声喝断她：“你替我捎讯给狄芒德，告诉他我知道他在打什么主意。”南方所有那些动荡都有狄芒德的影子，他总是喜欢利用傀儡。“告诉他要小心，我不会让他或他的朋友干扰我的计划。”也许狄芒德会把兰德的注意力转移到他那里，果真如此，狄芒德就完了，即使他其他的手段没奏效。“只要他们避开我，他的手下就能得到他想要的东西，但他们必须避开我，否则他就等着跟我算账。”在暗主的牢狱被打开孔穴之后，曾经有过长时期的斗争。经过多年聚集力量之后，行动最终才被公开。这一次，最终的封印破碎的时候，他会向暗主献上那些准备追随他的诸国。即使他们不知道将要向谁效忠，又有什么关系？他不会失败，不会落到拜拉奥和雷威辛那种下场。暗主会知道谁是他最能干的奴仆。“你把这些告诉他！”

“如果你希望这样。”古兰黛的面孔不情愿地扭曲了一下，眨眼间，那种懒散的微笑又出现在她脸上，善变的女人。“这些威胁让我感到厌倦，好了，听听音乐平静一下。”沙马奥本想告诉她自己对音乐没兴趣，但古兰黛已经转头望向栏杆外面：“他们就在这里，听一听吧！”

那一对黑色皮肤的男女已经带着他们的竖琴来到高台下。沙马奥觉得他们的弹奏中增添了一些东西，但到底是什么，他又说不上来。看到古兰黛正在俯视他们，这两个人露出了虔诚的微笑。

尽管古兰黛建议沙马奥欣赏一下琴声，她自己却没有住口：“他们来自一个特别的地方，能够导引的女人只能嫁给能够导引的女人的儿子。所有带着这种血脉的人，一出生就要在脸上留下刺青，任何有这种标记的人都不能和没有标记的人结婚，否则他们生下的孩子都将被处死。被刺青的男性在二十一岁的时候一定要处死，在此之前则要遁世隐居。他们甚至不能学习认字。”

古兰黛又开始玩弄她那套伎俩了。她一定以为沙马奥是个头脑简单的人，沙马奥决定放一个他自己的倒刺进来：“他们会像对待罪犯那样把他们捆起来吗？”

一阵困惑的表情闪过古兰黛的面孔，又迅速被她压下去。很显然，古兰黛没有想清楚为什么这会是罪行，她没有理由能想清楚。在他们的时代里，几乎没什么暴行，更别说是更严重的罪行了，至少在孔穴被打开前是这样。当然，古兰黛不会承认自己的无知，有时候隐藏自身的无知是有必要的，但她经常在这种事情上犯错，所以沙马奥才要提出这个问题。他知道这样可以让古兰黛难堪，既然古兰黛丢给他一些没用的碎片，他也应该回敬古兰黛一些东西。

“当然没有，”古兰黛仿佛是完全明白沙马奥在说什么，“那些人称呼自己为阿亚德。他们居住在一些属于他们自己的小城镇里，竭力避开普通的人群。除非是师宝玳或师宝安许可，否则他们不能进行导引。实际上，他们才是那个国家真正的力量，也是那些师宝玳和师宝安只统治七年时间的原因。”一阵笑声逸出古兰黛的双唇，她总是相信权力背后的权力。“是的，一个迷人的国度，只是距离中心太远，许多年都不曾有过任何作用。”她颤动戴满戒指的手指，微微做了一个轻视的手势，“等到回归之日后，就有足够的时间可以看看它能有什么样的用处。”

是的，古兰黛就是想让他以为她对那里感兴趣，但如果她真的有兴趣，可绝不会说出口。沙马奥将没有动过的酒杯放在那名壮硕男仆捧过来的托盘上。古兰黛确实将她的仆人训练得很好。“我相信他们的音乐是很好的，”虽然他对此毫无兴趣，“不过我还有一些准备工作要做。”

古兰黛将一只手放在他的手臂上：“我相信，那应该很谨慎地准备，暗主不会高兴你干扰了他的计划。”

沙马奥咬了咬牙：“除了向兰德投降，让他相信我没有威胁之外，我几乎做了每一件事。但这个男人很令我困扰。”

“你可以放弃伊利安，在其他地方重新立脚。”

“不！”沙马奥从不曾在路斯·瑟林面前逃开过，他更不会害怕这个乡下小丑。暗主不能将这样一个人置于使徒之上，置于他之上！“你已经把暗主的命令全部告诉我了？”

“我不喜欢重复说过的话，沙马奥，”古兰黛的声音和眼神中都蕴含着一丝恼怒，“如果你不相信我第一次说的话，我说再多次也是枉然。”

沙马奥又盯了她一会儿，然后点了点头，很可能她说的是实话，涉及到暗主的谎言很可能会招致死亡。“除了色墨海格有没有出现之外，我希望你还能再告诉我一些别的信息。如果没有的话，我认为我们不必再见面了。”他向那两名竖琴手皱了皱眉，这应该足以让古兰黛相信她的误导成功了。沙马奥将厌恶的目光转向水池里的那些人和岸上的那些演员，这样可以让那个皱眉的表情不那么突兀。而且，所有这些被浪费的力量，所有这些皮肉的展示，确实让他感到非常厌恶。“下次，你可以到伊利安来。”

古兰黛耸耸肩，仿佛这完全无关紧要，但她的嘴唇轻微地翕动着，在阳极力的包覆下，沙马奥能听到她在说：“如果到时你还在那里。”

沙马奥冷着脸打开回伊利安的通道。那名身材健壮的年轻男仆没来得及躲开，连同他手中的托盘和水晶瓶一起被从中间削成了两半，一声尖叫都没有发出来，即使是剃刀的锋芒也无法与通道边缘相比。古兰黛望着自己失去的宠物，恼怒地咬住了嘴唇。

“如果你想帮我活下去，”沙马奥对她说，“查清楚狄芒德等人打算如何执行暗帝的命令。”他走过通道，眼睛却还一直盯着古兰黛。

古兰黛维持着躁怒的表情，直到通道在沙马奥身后关闭，然后才允许自己用指甲在大理石栏杆上敲了一下。一头金发的沙马奥曾经相当英俊，甚至能达到作为她宠物的标准，如果他能允许色墨海格除去他脸上那道烧伤的话。色墨海格是现存唯一还有这种技巧的人，虽然从前这只是一件很简单的事。这真是个无聊的想法，现在真正的问题是，她的努力是否有所收获。

沙鸥凡和齐爱普仍然在演奏着那种古怪的、没有韵律的音乐，其中充满了复杂的合音和怪异的散音，不过听起来相当优美。他们的面孔闪耀着欢喜的光彩，因为他们能够取悦她。她点点头，几乎能感觉到他们的欢喜。他们现在比到这里来之前愉快多了，她耗费了那么多力量才得到他们，而这样做只是为了和沙马奥交谈的这几分钟。当然，她可以省些麻烦——只要随便从那个国家里找两个人就可以了——但即使是一个临时的安排，她也有严格的标准。很久以前，她已经决定要得到世上一切的欢乐，以此否定一切可能在暗主面前威胁到自己的因素。

她的目光落到那堆污染了地毯的肉块上，恼怒地皱了皱鼻子。这块地毯应该还可以挽救，但让她不悦的是，她必须亲自导引以除去这些血渍。她发出一个命令，欧萨娜立刻跑过来，指挥仆役们换走地毯，清除掉上面的残迹。

沙马奥是个一眼就可以看透的傻瓜，不，他还不算是傻瓜，当他有直接的战斗目标，能够看清局势的时候，他是非常致命的；但是当局势变得微妙的时候，他就与瞎子无异了。沙马奥很可能相信她在竭尽心思要遮掩住他们这些人真正的图谋。有一件事沙马奥绝对无法想到——她清楚沙马奥每一点思想的波动。毕竟，她耗费了将近四百年时间研究比沙马奥更为复杂的思维。他是一眼就可以看透的，无论他多么努力地掩饰，也无法隐藏自己的狂躁。他被陷在一个由自己造成的盒子里，一个他誓死也要守卫的盒子，一个他很可能死在那里面的盒子。

她抿了一口酒，双眉微蹙。也许她和沙马奥之间的关系已经结束了，虽然她本来以为沙马奥要来访四五次才能达到这样的效果。她必须找些理由再把沙马奥从伊利安邀请过来，即使病人已经在朝预期的方向发展，最好也要保持对他的继续观察。

那个男孩只是个普通的乡下汉，还是路斯·瑟林的转生？这个问题又回到她的脑海里——她找不出确切的答案——兰德已经证明他是非常危险的。她忠心于至尊暗主，但她不想死，即使是为了暗主而死也不行。她要永生。当然，没有人敢违逆暗主最微小的意旨，除非他想要在永恒的死亡中忍受无可忍受的痛苦。总之，兰德必须除掉，但承担这个罪责的将是沙马奥。如果沙马奥真的能意识到自己成了被用来对付兰德的一头猎犬，她一定会感到很惊讶。不，如此精妙的手腕不是男人能识破的。

还有另外一件事，当然谈不上愚蠢——如果能查清楚沙马奥对那种约缚知道多少，那一定会很有趣。只是因为当色墨海格缺席的时候，麦煞那在恼怒中犯下了极为罕见的错误，她才了解到一些事情，而怒不可遏的麦煞那完全没意识到自己泄露了什么。麦煞那在白塔里隐藏了多久？现在她只知道自己遇到了一个很有趣的契机。如果能有办法发现狄芒德和色墨海格的巢穴，那就有可能查出他们有什么样的目的。他们不信任她，噢，一点也不，虽然从至上力战争以前到现在，这三个人在许多事上都是同谋，至少表面上是这样。她相信，他们彼此之间的敌意绝不亚于其他使徒，但她还没能在他们之间找到一个可以钉进楔子的缝隙。

一阵靴子击地的声音传来，但来的不是更换地毯的男仆。厄布朗是一名身材修长、匀称的阿拉多曼青年，身上穿着红色的紧身马裤和软质布料的白衬衫，如果他不是一名商人的儿子，他本该能成为一只不错的宠物。当他跪下的时候，一双闪亮的黑眼睛还在专注地望着古兰黛。“伊图拉德大人到了，伟大的主人。”

古兰黛将杯子放到桌上：“那么他就是来拜访巴瑟妮女士了。”

厄布朗敏捷地站起身，伸出一只手扶住眼前这位衰弱的阿拉多曼女子。他知道这层幻象下的女子的真正身份，但即使是这样，他的敬意还是稍稍减退了一些。她知道他崇敬的是古兰黛，而不是巴瑟妮，不过此刻她并不在乎这一点。沙马奥和兰德之间的战争一触即发，甚至也许已经开始了。至于狄芒德、色墨海格和麦煞那……只有她一个人知道自己曾经去过煞妖谷，到了火焰深潭。只有她知道，暗主几乎已经答应封她为耐博力了，只要兰德不复存在，暗主的诺言就会实现，她将成为暗主最忠心的仆人。她将散布混乱，直到她的收获让狄芒德气炸了肺。

色墨海格任由箍铁的门扇在背后关闭。只有暗主才知道是从什么地方遗留下的闪耀球为屋里提供了照明，其中一个闪耀球时断时续地闪烁着，但它们发出的光线仍然比蜡烛和油灯要强许多。在这个时代里，色墨海格不得不接受许多不堪使用的蠢笨事物。除了这些闪耀球之外，这个房间完全像是一座牢房——粗石墙壁、没有遮掩的地板，一张未经雕琢的小木桌放在角落里。

这里不符合她的品味，她会让房间完全成为白色的，不见一个污点，到处都是闪耀的柯兰丝，光鲜整洁、一尘不染。她准备这个地方本来并不是为了什么确定的目的。现在，一名身穿丝衣的白发女子正四肢张开悬浮在屋子正中央，用挑衅的眼睛瞪着她。一名两仪师。色墨海格痛恨两仪师。

“你是谁？”这名病人问道，“一名暗黑之友？一名黑宗两仪师？”

色墨海格没有理会她的吵闹，而是先迅速地检查了这名女子和阴极力之间的阻隔。如果阻隔失效了，她能毫无困难地再次封闭这个可怜的家伙——对于这个弱小的女人，她完全不必注意在她身上留下的编织——但小心谨慎是她的第二天性，她迈出的每一步都要精确地落在设计好的位置上。下一步，她要处理的是这个人的衣服，有些人在穿着衣服的时候会认为比赤身裸体更安全。她精确地操纵火之力和风之力，除去这名病人的裙装、衬衣、鞋子和她身上的每一片布。等到这些布片在女子眼前被压成一团之后，她又开始导引火之力和地之力，于是一团细尘洒落在石板地面上。

这名女子瞪起她的蓝眼睛，色墨海格怀疑她根本没见过这样的手段。

“你是谁？”这一次，妇人的声音中带着颤音。是害怕，这种情绪早点出现是件好事。

色墨海格精确地锁定妇人脑中接受疼痛讯号的区域，开始小心地用魂之力和火之力刺激那里，开始只是很小的一股力量，然后逐步加强。一开始就注入太强的力量会让承受者立刻死亡，但只要精细地逐步灌入能量，即使是血肉的身体也可以承受相当大的压力。即使在这么近的距离里，处理无法用肉眼观测的对象不是件容易的事情，但她是现今对人体最为了解的人。

伸展着四肢的病人拼命摇晃脑袋，仿佛这样就能将痛苦摇出去。当她意识到这样做毫无意义时，她又重新瞪着色墨海格。色墨海格只是看着她，维持着自己的编织。即使在如此紧急的时刻里，她还是能允许一点耐心的存在。

她是那么痛恨所有自称为两仪师的人，她曾是他们之中的一员，一名真正的两仪师，而不是吊在她面前这种无知的白痴。她曾经威名卓著，人人皆知，世界的每个角落都知道她能够治愈任何伤病的能力。即使是被所有人断言再无生机的病患，她也能将他们从死亡边缘拉回来。而一支使者殿堂的代表团给了她一个无可选择的选择：接受约缚，让她再也无法触及她的乐趣。这种约缚会让她看到生命尽头的到来。否则她就会被割绝，被驱逐出两仪师的行列。他们以为她会接受约缚，这才是合理、正确的行为，而他们全都是合理、正确的人士。他们绝没预料到她会逃走，结果她成为第一个前往煞妖谷的人。

大颗的汗水从病人苍白的脸上冒出来，下巴颤抖着，鼻翼随着大口的喘息而不停地翕动，偶尔发出一声低弱的咕哝。耐心，不会坚持太久了。

这全都是因为嫉妒，是那些没有能力的弱者对她的嫉妒。有哪个被她从死亡中夺回来的人，宁可死掉也不愿意承受一些她所要求的额外的东西？还有其他人呢？总有些人是罪有应得的，她只不过是从中享受一点乐趣，又有什么不可以？使者殿堂里那些伪善的家伙只是在唠叨什么法规和正义。这是她应有的权利，是她努力赢得的权利，比起所有那些为了取悦她而尖叫的人们，她对于这个世界更有价值。使者殿堂是因为忌妒心和敌意才想将她毁掉！

至少，他们之中的一些人在那场战争中落入她的手里。只要有时间，她可以摧折掉最强壮的男人、最骄傲的女人，将他们塑造成她想要的形态。这个步骤可能比心灵压制要慢一些，但这样的乐趣会更大。而她相信，即使是古兰黛也无法消除她做出的改变。心灵压制可以解除，但她的病人……他们会跪在地上，乞求将他们的灵魂献给暗影，并且会全心效忠，直至死亡。每一次有使者殿堂的高阶成员公开宣称效忠于暗主的时候，狄芒德都只是注重在使者殿堂受到的打击。但她最喜欢的是看到他们那种苍白的面孔，以及在多年之后，他们见到她时仍然会惶急地表白自己仍然忠实于她对他们的改造。

这时，悬在空中的女子发出第一声抽泣，虽然她仍然在拼命克制自己。色墨海格不动声色地等待着。加快速度可能是必须的，但过于匆忙就会毁掉一切。更多的抽泣声爆发出来，压倒了病人克制的努力，那声音愈来愈大，直到变成一阵哭嚎。色墨海格等待着。这女子全身都散发出汗水的光泽，她拼命地甩着头，发丝披散开来。她以常人无法想象的程度抽搐着，发出一阵阵撕裂耳膜的尖叫，直到肺里的空气全部被挤光。当肺部再次充满空气的时候，尖叫声立刻又会重新响起。那双凸出眼眶外的蓝眼睛仿佛成了两颗玻璃球，已经什么都看不见了。现在应该开始了。

色墨海格突然切断了自己伸展出去的阴极力丝线。又过了几分钟，尖叫声才减弱成一阵阵费力的喘息。“你的名字是什么？”她温和地问道。问什么没有关系，只要这名女子愿意回答就可以。她本想问：“你还要违抗我吗？”她很喜欢一直对病人问这个问题，直到他们迫不及待地表白他们再也不敢这样做。但现在她只能先问一些有价值的问题。

那个悬空的女人全身又掠过一阵不自觉的颤抖。她警觉地瞪了色墨海格一眼，舔着嘴唇，咳嗽着，终于用嘶哑的声音说道：“卡布娜·麦坎德。”

色墨海格露出了微笑：“跟我说实话是好事。”在脑子里有痛苦的中心，也有快乐的中心。向这名病人走近的时候，她刺激了一个快乐的中心，速度很快，但用的力量很大。卡布娜猛地将双眼瞪到极限，大口地喘着气，摇晃着身体。色墨海格从袖子里抽出一块手绢，抬起女子带着惊愕表情的脸，温柔地擦去上面的汗水。“我知道这对你很难，卡布娜。”她用温暖地声音说，“你不该让自己受这种苦。”她轻轻地将湿透汗水的头发从女子脸上拨开。“你想喝些东西吗？”没等到回答，她便开始导引。一只破旧的金属细颈瓶从角落里的小桌子上飘进她的手里。这名两仪师的目光一直没离开色墨海格，但她已经在大口地喝着瓶中的水。喝过几口之后，色墨海格将瓶子拿开，放回桌上。“这样就好多了，不是吗？记住，不要让自己受苦。”

当她转过身的时候，那名女子用刺耳的声音说道：“我诅咒你母亲挤到你嘴里的奶，暗黑之友！你听见我说话吗？我……”

色墨海格没再去听。如果是在其他时候，她会因病人还没完全被磨碎的倔强而感到一丝愉快。将病人的敌意和尊严一点点削成碎片，看着病人最终意识到一切挣扎都是徒劳，只能屈服于她，这会让她感到纯粹的喜悦。但她现在却没这样的时间。她又一次小心地将痛苦的丝网缠绕在卡布娜脑子中感觉疼痛的那点上，并将之系上。一般，她喜欢亲自控制病人，现在却必须加快速度了。她固定好那张网，然后导引至上力熄灭闪耀球，走出房间，关紧背后的房门。黑暗中的孤独可以加重痛苦的感觉。

不过色墨海格还是不高兴地吐了口气。这不符合她的性格，她不喜欢这种被迫的匆忙，更不喜欢这样远离她的俘虏，不喜欢遇到这种棘手的状况——这女孩实在是太任性顽固了。

走廊里跟那个房间一样阴暗，石砌的地面和墙上覆盖着黑影。走廊一直向前延伸，偶尔能看见朝侧向伸展的岔路，更远处就只剩下一团她没兴趣去探索的黑暗。除了背后这扇门外，她只能看见另外两扇门，其中一扇通往她目前的住所。如果她不得不留在这里，那些房间也还能算得上是舒适，但她并没有向那里走去。赛夷鞑·哈朗正站在那扇门前，黑色的外衣如同缭绕的烟雾般模糊。它让她觉得肃穆、死寂，以至于当它说话的时候，她差点被吓了一跳。只有骨骼被磨碎时才能发出那样的声音。

“你查到了什么？”

色墨海格被召唤到煞妖谷去的时候，暗主曾经告诫她：*遵从赛夷鞑·哈朗，就是遵从我；而违逆赛夷鞑·哈朗*……这样的告诫让她感到愤懑，但她不需要暗主再多说什么了。“她的名字叫卡布娜·麦坎德，这么短的时间里，我还没办法查到更多信息。”

它以那种令人视线错乱的动作飘过走廊，黑色的斗篷却没有一丝波动。刚刚它还如同一座雕像立在十步以外，而眨眼间，它已经逼到她面前。如果她不后退的话，就只有仰起头才能看见它死白色的无眼之脸。当然，她是不能后退的。“你要把她彻底抽取干净，色墨海格。你要把她榨干，不能有任何耽搁，然后告诉我你得到的每一点信息。”

“我向暗主承诺，我会的。”她冷冷地说。

无血的嘴唇扭曲出一个微笑，这是它唯一的回答，它猛地转过身，穿过那一片片阴影，瞬间便消失了。

色墨海格希望自己知道魔达奥是怎样行动的。这与至上力无关，但在阴影的边缘，光影交界之处，魔达奥能够从那里突然转移到远处的影子里。很久以前，阿极罗曾经测试过超过一百名魔达奥，仍然没办法弄清楚它们是怎样做到的。魔达奥自己也不知道——她自己证实了这一点。

突然间，她意识到自己的双手正用力地按在胃部，那里似乎变成了一团冰球，除了在末日深渊中觐见暗主之外，她在这么多年里还是第一次感到恐惧。当她向另外一扇牢门走过去的时候，胃里的冰块才开始融化。以后她会冷静地分析这种情绪，赛夷鞑·哈朗也许和她以前见过的魔达奥不一样，但它仍然是魔达奥。

她的第二名病人是一个矮壮的方脸男人，身上穿着绿色的外衣和裤子，很适合躲藏在森林里。像第一名病人一样，他也被悬挂在半空中。这个房间里的闪耀球已经有一半在熄灭的边缘闪烁着——任何能保存这么长时间的闪耀球都可以算得上是奇迹了——不过卡布娜的护法也算不得什么重要的人物，他们所需要的一切都在那名两仪师的脑子里。但那名魔达奥接受的命令是捉获一名两仪师，而不知为什么，在魔达奥的思想里，似乎两仪师和护法是不可分开的一体。但这也不无好处，她以前还没有过机会摧残这些传说中的战士。

当她除去这名护法的衣服和靴子，像在卡布娜那里一样将它们在他面前毁掉的时候，他一双黑色的眼睛仿佛是要瞪穿她的脑袋。他的全身都是毛发，大块的肌肉上布满了伤疤，他没有任何退缩，也没说过一句话。他的反抗和那名女子的不一样。卡布娜暴烈，带有攻击性；而他只是平静地拒绝屈服。他也许比他的主人更加难以屈服，也就是说，会引起色墨海格更多的兴趣。

色墨海格停了一下，仔细打量着他的脸。在他的嘴角和眼角周围……有一种紧绷的迹象，仿佛他已经在与痛苦抗争了。当然，这是因为两仪师和护法之间那种奇特的约缚。奇怪的是，这种粗糙的手段中包含着某种使徒们全都无法理解的东西。从自己有限的了解中，色墨海格知道这个家伙很可能承受了至少一部分另外那名病人的感觉。如果是别的时候，这种情况可能伴随着很有趣的可能，而现在，这只是意味着他知道他将面对什么。

“你的所有者没有好好地照顾你，”她说道，“如果她没那么无知，那么你就不会有这么多伤疤了。”他的脸上只是多了一分轻蔑。“那么，好吧！”

这一次，色墨海格将网覆盖在愉快的中心上，并缓缓地增强刺激。他皱起眉，摇着头，然后用眯起的双眼紧紧地盯住色墨海格，如同两片黑色的冰。他很聪明，知道自己不该有这种逐渐增强的快感，但他看不见那张网，只知道这是面前这个女人干的，所以他在努力与之抗争。色墨海格几乎露出了微笑，毫无疑问，他认为欢愉比痛苦容易抵抗。只是在很偶然的场合里，她才会用这种手段制服病人。这样无法让她获得什么乐趣，而且这样处理过的病人往往会失去逻辑思考的能力，只是渴望着曾经绽放在脑海里的那种迷醉，但这样可以很快就让病人屈服，而且这样的病人为了继续获得快感，会毫不犹豫地去做任何事。色墨海格没有对另一名病人这样做，是因为她会因此而失去理智，而色墨海格需要她回答问题。这个家伙很快就会知道其中的不同了。

不同。色墨海格在沉思中将一根手指放在嘴唇上。为什么赛夷鞑·哈朗和其他魔达奥不同？她不喜欢在一切看上去都很顺利的时候，突然发现一些异常的事情，把一名魔达奥置于使徒之上（即使只是偶然的）绝不仅仅是异常的事情。兰德是盲目的，他的注意力完全集中在沙马奥身上，而古兰黛在向沙马奥透露一些信息，以免沙马奥会因为他的骄傲而毁掉一切。当然，古兰黛和沙马奥肯定在为他们自己的利益而密谋，不管他们是否有合谋。沙马奥是一头狂犬，古兰黛就不是那么容易预料了，不过，他们从来都不知道，所有的权能都来自于暗主。暗主只凭自己的意愿和目的将权力赐予人类，如果想要保全自己的脑袋，就必须小心暗主的所有旨意。

更让她感到困扰的是那些已经失踪的使徒。狄芒德坚持说他们已经死了，但她和麦煞那并不确定。兰飞儿。如果真的有公正存在，假以时日，兰飞儿就该落入她手里。那个女人总是在她最意料不到的时候出现，又总是理所当然地染指与她无关的计划，等到将计划搅乱之后，她又会立刻溜到安全的地方去。魔格丁。她总是躲藏在别人的视线之外，但她从不会消失这么久，她总是会让别的使徒记得，她也是使徒之一。亚斯莫丁。一个注定要完蛋的叛徒，但他也真正地消失了。现在，赛夷鞑的出现和她接到的命令全都在告诉她，暗主要亲自夺取他的目标了。

使徒只是棋盘上的棋子，无论是“相”还是“塔”，他们仍旧只是棋子。如果是暗主秘密地将她移到这里，难道他不会移动魔格丁、兰飞儿，以及亚斯莫丁吗？难道赛夷鞑·哈朗不会将秘密的命令传达给古兰黛和沙马奥？或者是狄芒德和麦煞那？他们令人不安的联盟（如果这种关系可以称之为联盟的话）已经持续了很长时间，但这并不能让她知道他们是否从暗主那里得到了密令，也不能让她将自己得到的命令透露给他们，包括先前那个派遣魔达奥和兽魔人去提尔之岩与沙马奥的部队作战的命令。

如果暗主要让兰德成为耐博力，她会跪倒在他脚下，等待着他的失误让他落到自己的手里。永生意味着她有无尽的时间可以等待，而她尽可先以别的病人作为消遣。真正让她苦恼的是赛夷鞑·哈朗，它是棋盘上一枚新的棋子，她不了解它的力量和目的。而如果想要捉住对方的“后”，并将它反转到自己这边，一个大胆的办法就是在佯攻中牺牲掉自己的“塔”。如果有必要，她会下跪，但她不会让自己牺牲掉。

那张网中产生了一种奇怪的感觉，让她暂时停止了沉思。她看了那名病人一眼，立刻恼怒地咬了一下舌头。病人的头已经无力地垂到一边，下巴被血染成黑色，那是因为他嚼烂了自己的舌头，他睁大的眼睛已经覆上了一层白翳。她不小心让刺激增强得太快、太深了。心中带着怒意，她面容平静地停止了导引。刺激一具尸体的大脑是没有意义的。

一个突然的想法出现在她的脑海里。如果这名护法能感觉到两仪师承受的刺激，那么是否反之亦然？看了布满护法身体的伤疤一眼，她相信这是不可能的。如果要承受这么多伤痛，即使是最愚蠢的人也会解开这种约缚。但她还是稍有些匆忙地抛下这具尸体，走进了走廊。

还没等她打开那扇箍铁的牢门，尖叫声已经传入她的耳朵，这让她不由得松了一口气。如果没等她榨出一切口供，这女子就死了的话，她就得被迫待在这里，直到擒得另一名两仪师了。事实上，她获得的处罚很可能不会如此轻松。

在那些撕裂喉咙的嚎叫中，几乎没有任何可以理解的辞句，那只是这名病人的灵魂拼尽全力发出的哀鸣：“求求你——哦，光明啊，求求你！”

色墨海格轻轻地微笑了一下。毕竟，这种工作并非全无乐趣。

第 7 章

想想就可以

伊兰坐在垫子上，结束了用左手进行的一百下梳头，将发梳放回她的旅行小皮匣里，又将皮匣推回窄床下。用一整天的时间进行导引、制作特法器之后，她的眼睛隐隐有种酸痛的感觉，制作特法器的尝试进行得太多了。奈妮薇坐在她们那张榫头已经松动的凳子上，早已梳完她齐腰的长发，准备入睡。汗水为她的脸颊增添了一层光亮。

即使是开着一扇窗户，这座小屋依然十分闷热。满月悬挂在缀满星星的黑色天空上，她们快燃烧完的蜡烛为她们提供着最后一点光亮。沙力达缺乏蜡烛和灯油，除了必须在夜晚使用纸笔的人，其他人都只能得到很有限的照明。这个房间实在是太狭窄了，放下两张短窄的床铺之后，几乎就没什么容身之地。她们大部分的行李都被塞进两只破旧的铜箍箱子里，见习生的白衣和斗篷被挂在墙上。墙壁上发黄的石膏裂开了许多道缝，露出里面的木板条。一张有些歪斜的小桌子塞在两张床之间，墙角处有一个站不稳的盥洗架，上面放着白色的水罐和脸盆，那两件东西上面都有数不清的裂纹。即使是受到无数赞扬的见习生也不会有什么特别待遇。

一束已经凋萎的蓝白色野花（它们受到天气的愚弄，在错误的季节绽开了算不上健康的花朵）从一只破裂的黄色花瓶中探出头。花瓶两旁有两只棕色的陶杯。屋子里唯一另外的亮色是一只关在柳条笼里的绿纹歌雀，伊兰正在照顾这只伤了翅膀的鸟。她已经在另一只鸟身上尝试过她微弱的医疗技能，但这只鸟太小了，大概抗不过至上力造成的震撼。

不要抱怨，她坚定地对自己说。两仪师的居住条件比她们好一点，初阶生和仆人们则更差一点。加雷斯·布伦的士兵大多睡在地上。不能改变的就必须忍受，莉妮总是这样说。沙力达很少有舒适，绝没有奢侈，也没有凉爽。

脱下身上的衬衣，她重重地呼了一口气："我们要在她们之前过去，奈妮薇。你知道如果要她们等待，会有什么样的结果。"

没有一丝风，闷热的空气将汗水从每一个毛孔中挤出来。一定有什么办法能对付这种天气。当然，如果有办法，海民的寻风手应该已经做了。但她还是觉得自己可以有所作为，只要两仪师们不逼着她把全部时间都用来制作特法器。作为见习生，她应该能决定自己的研究方向，但……如果她们认为我可以在吃饭时向她们讲述如何制作特法器，我就连一点私人时间都没有了。至少她在明天可以休息一下。

奈妮薇坐到床上，皱着眉拨弄着手腕上那只罪铐的手镯。她总是坚持她们之中要有一个人戴着这只手镯，即使是睡觉的时候也不能摘下，但这样总是会产生出古怪而令人不舒服的梦。其实这样做是完全没必要的，罪铐即使只是挂在墙上，也能够牢牢控制住魔格丁。现在魔格丁和柏姬泰共享一个小房间，没有任何守卫会比柏姬泰更优秀。现在柏姬泰几乎只要一皱眉，魔格丁立刻就会落下眼泪。柏姬泰应该是最不想让魔格丁活下来的人，魔格丁也很清楚这一点。今晚，这个手镯的用处要比平时更少。"奈妮薇，他们不会等我们的。"

奈妮薇响亮地哼了一声，她不喜欢听别人命令，但她还是拿起桌上两枚宽戒指中的一枚。这两枚戒指对于手指来说都显得太大了，其中一枚戒指上布满了蓝色和棕色的条纹斑块，另一枚则是蓝色和红色。两枚戒指都扭曲成奇怪的形状，且只有一个边缘。奈妮薇解开脖子上的皮绳，将蓝棕色的戒指串上去，和另一枚沉重的金戒指并列挂在一起。那是岚的玺戒。她抚摸了一遍厚实的黄金戒环，然后才将它们收进衬衣里。

伊兰拿起蓝红色的戒指，皱起眉看着。这两枚戒指是她依照一件古老特法器制作的仿制品，那件特法器现在由史汪掌握着。尽管这些戒指的外形简单，但它们的复杂程度却远远超乎想象。在入睡的时候将它们之中的一个贴身佩戴，睡眠者就会进入特·雅兰·瑞奥德——梦的世界。那是真实世界的一个镜像，也许是所有世界的镜像——有些两仪师宣称同时存在着许多个世界。它们表现着因缘各种不同的变化。所有这些世界组成了一个更大的因缘。不过重要的是，特·雅兰·瑞奥德反映着这个世界，这使它成为一件非常有用的工具，特别是据她们所知，现在白塔还不知道该怎样进入那个世界。

这两件仿制品都不像最初的那件特法器那么好用，但它们确实能起作用。伊兰在仿制方面的成绩比较好一些，每四次尝试里，只有一次会失败，这比她独立钻研制作出来的物品要好多了。但如果她在失败中制造出来的物品没作用的话，那又会怎样？不止一位两仪师在研究特法器时失去了导引的能力——两仪师们称这种意外导致的静断为毁断，并认为这同样是无法治疗的伤害。当然，奈妮薇绝不会赞同这种观点，以她的脾气，就算是她救活了已经死掉三天的人也不会满足。

伊兰将戒指握在手里，她能理解它的作用，但还是不知道它的原理，“原理”与“原因”才是关键。她认为这种戒指的图案像它的形状一样有着重要的作用——任何形状上的改变都让戒指变得毫无用处，而一件只有蓝色花纹的仿制品只能给佩戴者带来可怕的噩梦——但她到现在都无法确定如何才能复制出最初那件特法器红、蓝和棕色的花纹，虽然她的复制品即使在最精细的结构上都和原品一样，甚至是只能用至上力才能探测出来的细枝末节也毫无差异。为什么这些颜色会如此重要？需要导引才能工作的特法器都有一个共同的细微结构；而那些可以自行利用至上力的特法器似乎另有一个共同的细微结构——因此仅是尝试凭空制作一件特法器，也困难重重——她实在有太多的事情不知道，有太多的事情要猜测。

“你要整夜坐在那里吗？”奈妮薇冷冷地问。伊兰愣了一下，将手里的一只陶杯放回桌上。奈妮薇在床上躺好，双手交叠在肚子上。“你刚才还说不要让她们等，要我说，我可不想让那些母鸡有借口啄我的尾巴。”

伊兰急忙将那枚斑点戒指（它实际上已经不是石质的了，虽然它的原始材料是石头）穿到她脖子上的皮绳里。这第二只陶杯里也盛着奈妮薇调置的药剂，奈妮薇在里面加了蜂蜜，以消解其中的苦味。伊兰喝了半杯，根据以往的经验，即使在她头痛的时候，这么大的量也足以让她入睡。今晚也像那些晚上一样，她不能耽搁。

在狭窄的床上伸展开身子，伊兰稍稍地导引一下，熄灭了蜡烛，然后掀动衬衣，想制造一点凉风，或者至少是一点气流。“我希望艾雯会好一些了，我已经厌倦了雪瑞安她们丢给我们的零碎消息，我想知道到底出了什么事！”

她知道，自己触及了一个危险的话题。一个半月之前，艾雯在凯瑞安受了伤。在那一天，沐瑞和兰飞儿死了，岚消失了。

“智者们说她逐渐好转了。”黑暗中传来奈妮薇带着睡意的嘟囔，这一次，她的口气倒不像是要追随岚而去的样子，“这就是雪瑞安她们说的，她们不能说谎，当然也没理由说谎。”

“嗯，希望明晚我能比雪瑞安的位置高一点。”

“也希望——”奈妮薇停下来打了个哈欠，“也希望评议会选你为玉座，你也许真的有希望也说不定。因为等她们真正进行选举的时候，我们的头发大概都已经灰得足以配上玉座这头衔了。”

伊兰张开嘴想要回答，但像她的同伴一样，她也打了个哈欠。奈妮薇开始打鼾了。伊兰任由眼皮合上，但她还希望能想些事情。

评议会的工作肯定是相当困难，宗派守护者们每隔几天才会有一次不到一个小时的会面，甚至有时连这样的会面也会取消。如果和宗派守护者交谈，她们从来不会在这件事上表现出急迫的态度。当然，六个宗派（沙力达自然是没有红宗的）的守护者们不会告诉其他两仪师她们谈论的是什么，更不会告诉见习生，她们绝对有行动迅速的必要。就算她们把自己的企图秘而不宣，也无法阻止这里两仪师聚集的情况外泄。爱莉达和白塔不会永远忽略她们的，白袍众就盘踞在几里外的阿玛迪西亚，有谣言说，真龙信众就出现在阿特拉。如果兰德没有控制住那些人，只有光明知道他们会做出什么事来。那位可怕的先知就是个好例子——也是个可怕的例子。暴乱，家园被烧毁，没有狂热支持转生真龙的人被杀死。

奈妮薇的鼾声听起来就像是在遥远的地方有布匹被撕裂的声音。另一个哈欠又扯开了伊兰的下巴，她转过身，将脸埋进小枕头里。迅速行动的必要。沙马奥就在伊利安。这里距离伊利安边境只有几百里，竟然距离一名弃光魔使这么近。只有光明知道其他弃光魔使在哪里，正在谋划着什么。还有兰德，他们的目标一定是兰德。当然，兰德一点也不危险，他永远也不会是危险的。但他是解决一切危难的钥匙，现在他真的变成全世界的中心。她会约缚他的，不管用什么方法。明，她和那个使节团现在应该已经快到凯姆林了，她们不会因为降雪而耽误行程。不过她们应该再过一个月才能到那里。她并不是在想明到了兰德身边会怎样。那个女孩是怎么想的？明。睡意覆盖了她，她滑进了特·雅兰·瑞奥德……

……她发现自己正站在深夜沙戴亚最宽的一条街道上，只有月光照亮了整个寂静的空间，她能将周遭看得很清楚，似乎不止是月亮在为她提供照明。在梦的世界里总有一种弥漫于空间里、却找不到光源的光线，就仿佛黑暗自有其光芒。但话说回来，梦境总是如此。这是一个梦，虽然可能不是一个普通的梦。

这个村庄以一种奇特的方式反映出真正的沙力达，即使是在真实的深夜里，也不会有如此的寂静。每扇窗都是黑暗的，一种空虚的气氛沉重地压迫着伊兰的神经，似乎这些建筑物里一个人都没有。当然，这里确实没有人。一只夜鸟发出清脆的叫声，又得到另一只的响应，然后是第三只。有什么东西在模糊的光线中蹿过地面，发出细微的窸窣声。马厩是空的，还有设立在村庄外面的警戒哨，以及饲养着牛、羊的空地上都没有半点声息。梦的世界里有许多野生动物，但不会有驯养的牲畜。有许多地方在第二眼望去的时候会发现一些轻微的改变——茅草顶的房屋一如原样；但一只水桶会被挪到稍微不同的地方，或者消失；敞开的房门会关起来。真实世界里愈不稳定的东西，在这里也会相对出现愈频繁的变化。

偶然间，阴暗的街道上会突然有人出现，在走过几步之后又消失掉，甚至有人会如同飞行一样飘浮在地面上。许多人都会在梦中触及特·雅兰·瑞奥德，但只是很短暂的一瞬间，这对他们来说应该算是好运。梦的世界另一个特点就是，人们在这里的遭遇同样也会出现在醒来的世界里，如果在这里死掉，在醒来的世界里同样会死。这是一个奇怪的镜像。糟糕的是，这里也像醒来的世界一样闷热。

奈妮薇站在她面前，身上穿着有彩色镶边的见习生白衣，史汪和莉安站在她身边。当然，奈妮薇显得很不耐烦。她还是戴着那只银手镯，但这只手镯并不能影响到醒来的世界。魔格丁还会受到罪铐的束缚，只是奈妮薇现在无法靠它感觉到任何魔格丁的情绪和状态。身材苗条的莉安显得雍容典雅，但在伊兰眼里，莉安身上那件几乎透明的阿拉多曼丝绸薄裙装是个败笔。这袭裙装的颜色还在不断改变，如果没学会控制的方法，在梦的世界里经常会出现衣饰改变的情况。史汪比莉安要好一些，她穿着一条样式朴素的蓝色裙装，低胸领上刚好露出那个扭曲的戒指，不过她的裙摆上也会偶尔出现蕾丝镶边。挂着戒指的银项链会忽然变成缀有红宝石、火滴石和祖母绿的金项链，耳朵上还会出现与之相配的耳环。

因为史汪佩戴的是那件古老的特法器，所以她显得像周围的建筑物一样坚实。伊兰觉得自己也和她一样，但她知道，在别人眼里，她会显得有些模糊，就像奈妮薇和莉安一样，而月光几乎能直接透过奈妮薇和莉安的身体。这就是仿制品能做到的程度。伊兰能感觉到真源，但即使她努力导引，她也只能聚集很少的阴极力。如果是戴着史汪脖子上的那枚戒指，导引至上力就会变得很容易，但这就是被人抓住把柄的代价。比起伊兰的仿制品，史汪更信任这个原版的特法器，所以，史汪要戴这个戒指（有时候也会由莉安佩戴），而能够使用阴极力的伊兰和奈妮薇却只能使用仿制品。

"她们在哪里？"史汪问。她的领口有时开得浅，有时开得深，现在她的裙装变成了绿色，脖子上的项链变成一串大颗的月长石。"她们想要插根桨到我的工作里。任意乱划船已经够糟糕了，现在还要让我等她们。"

"我不知道你为什么要对这种事发火，"莉安对她说，"你是喜欢看着她们犯错的。她们只是一帮不知道自己在干什么，却自以为无所不知的人而已。"片刻之间，她的长裙几乎变成完全透明的，一条大珍珠串成的短项链出现在她的脖子上，又立刻消失了。莉安并没有注意到这些，她的经验比史汪还要少。

"我需要一些真正的睡眠。"史汪嘟囔着，"加雷斯总是把我逼得喘不过气来，但我还要等待着取悦那些要用半个晚上的时间回忆怎么走路的女人。更别说还得和这两个家伙纠缠不清。"她皱起眉看了伊兰和奈妮薇一眼，然后翻了翻白眼。

奈妮薇用力地抓住辫子，这是她要发火的表示，这一次，伊兰衷心地同意奈妮薇的想法。当老师本来就比当学生困难，更别说这些学生竟然以为她们知道许多东西，每次都不等老师苛责她们，就先要苛责老师了。当然，另外那些人又比史汪和莉安更可恶。但她们现在在哪里？

街上出现了一阵变动。六名女子，她们身上都环绕着阴极力的光晕，并没有片刻间就消失。像往常一样，雪瑞安和她理事会中其余的成员在她们各自的卧室里入睡，然后再走到街上。伊兰不确定她们对于特·雅兰·瑞奥德有多少了解，即使在明显还有更好的办法时，她们还是坚持以她们自己的方式做事。有谁能比两仪师知道得更多？

这六名两仪师确实是特·雅兰·瑞奥德的初学者，伊兰每次看到她们的时候，她们的衣服都会有所改变。一开始是其中一个人披着两仪师的流苏披肩，披肩在背后绣着泪滴状的塔瓦隆之焰；然后是四个人的肩头出现了这样的披肩；接着所有的披肩又全部消失了。有时候她们会披上旅行轻斗篷，仿佛要挡开街上的灰尘，在斗篷背后和左胸部位都绣着塔瓦隆之焰。她们不受岁月侵蚀的脸上没有丝毫炎热的痕迹，当然，两仪师从不会觉得炎热，也没有迹象表明她们知道自己的衣服正在不断地变化。

她们像奈妮薇和莉安一样模糊。这些两仪师更信任需要导引才能带她们进入特·雅兰·瑞奥德的特法器，她们就是不愿意相信特·雅兰·瑞奥德与至上力并没有关系。伊兰看不出她们之中谁使用的是她的仿制品。她们之中有三个人应该是各拿着一个曾经是铁制的小碟子，碟子两面都雕刻着精致的螺纹，可以将一股魂之力能流注入其中。魂之力是五行之力中唯一可以在入睡时导引的至上力。当然，此处情况又与平常梦境不同了，在特·雅兰·瑞奥德里可以导引魂之力以外的至上力。另外三个人拿着的是曾经为琥珀质地的薄片，薄片里面雕刻着一名睡眠女子的图案。即使她们将这六件特法器摆在伊兰面前，她也没办法将最初的那两件挑出来了。这些仿制品做得很好，不过，它们毕竟只是仿制品。

当两仪师一同沿着泥土街道走过来的时候，伊兰听见她们最后交谈的几句话，但她无法理出头绪。

“……会嘲笑我们的选择，卡琳亚，”火色头发的雪瑞安正在说话，“但她们会嘲笑我们做出的任何选择。我们应该坚持我们的决定，不需要我再把理由列一遍了。”

摩芙玲是一名矮胖的褐宗两仪师，头发上已经有了灰丝，她哼了一声：“毕竟我们已经对评议会下了这么多苦工，现在要改变她们的想法会很棘手的。”

“只要没有国家统治者敢嘲笑我们，我们还在意什么？”麦瑞勒语气激动地说。她是这六人中最年轻的，成为两仪师还没几年，她显得非常恼怒。

“有哪个统治者敢这么做？”爱耐雅问。她的样子很像是在问有哪个孩子敢把泥巴带到她的地毯上。“反正君王们对两仪师的事都不清楚，遑论理解。我们只需要关心两仪师们会怎么想，而不是他们。”

“让我担心的是，”卡琳亚冷冷地说，“如果她很容易就接受我们的指引，那么她是否也会很容易就接受别人的指引。”这位皮肤白皙、眼睛几乎是纯黑色的白宗两仪师，总是如此冷若冰霜。

无论她们在说什么，那都不会是她们想在第四人面前谈论的内容。走到伊兰身边的时候，她们已经闭上了嘴。

史汪和莉安对这些两仪师的反应是立刻背对她们，仿佛是这些两仪师的到来打断了她们的谈话。伊兰则迅速地检查了一遍自己的衣服，现在她穿上了正式的镶边白裙，她不知道自己该如何看待不假思索地穿着正确的衣服出现在梦的世界里这件事。她可以打赌，奈妮薇一定是在进入这个世界之后才有意识地改变了身上的衣服。奈妮薇比她更有勇气，那些她已经默认的限制，奈妮薇还在努力地做着抗争。如果她的母亲真的死了，她怎么有能力统治安多？如果。

有一双高颧骨、微胖的雪瑞安转过眼角上翘的绿眼睛看着史汪和莉安，在这时候，她身上出现了蓝色流苏的披肩。“如果你们两个不能学会好好相处，我发誓会送你们到提亚娜那里去。”不过雪瑞安的话里并没有什么认真的成分，仿佛只是一再重复的习惯威胁。

“你们合作已经很久了。”波恩宁带着很重的塔拉朋口音说道。她是一名漂亮的灰宗两仪师，一头蜂蜜色的长发被编成了许多小辫子。她那双蓝灰色的大眼睛让她总是一副显得吃惊的样子，但没有什么事情能让波恩宁真正吃惊。除非亲眼看见，否则她甚至不相信太阳会在早晨升上来。即使真的有一天，太阳没升上地平线，伊兰怀疑波恩宁是否会因此而弄乱一根发丝，这只会让她去搜集更多的证据。“你们可以，而且必须再次合作。”

仿佛因为经常说这句话，所以波恩宁不假思索地脱口而出。所有这些两仪师都很快就适应了史汪和莉安现在的身份，她们大概已经将这两个人看成是没办法停止吵架的女孩。两仪师总是喜欢将不是两仪师的人看成小孩，即使是这两个人曾经是两仪师。

“现在不是谈论要不要把她们送到提亚娜那里去的时候。”麦瑞勒打断了她们的话题。伊兰不认为这位皮肤黝黑的美丽女人是在向史汪和莉安发火，她的火气并不是针对某个人或某件事的，她这种暴烈的脾气在绿宗里也是少见的。她金黄的丝绸裙装变成了高领，但在领结下有个卵圆形的缺口，甚至露出了一点胸部。她还戴着一条奇特的项链——仿佛挂着三把小匕首的宽项圈，匕首柄正位于她的胸口，第四把匕首才一出现又立刻消失了，速度快得仿佛那只是伊兰的想象。麦瑞勒吹毛求疵地上下打量着奈妮薇：“我们要去白塔，对不对？如果我们真得如此，我们最好能完成一些有意义的事情。”

现在伊兰知道麦瑞勒为什么会这么生气了。当她和奈妮薇还没到沙力达的时候，她们每隔七天会与艾雯见一次面，分享她们得到的信息。这样做并不算容易，因为艾雯的身边总是会陪伴着至少一位艾伊尔梦行者——艾雯正跟从那些艾伊尔人学习梦卜的技巧——在没有智者陪同下进行的会面，已经让她们尝到了苦头。但这种会面在她们到达沙力达的时候中断了，因为当时只有三件原始的特法器，所以这六位雪瑞安理事会的两仪师就独占了会面的权力，虽然她们仅仅知道如何进入梦的世界。恰巧那时艾雯受了伤，两仪师们能见到的只有艾伊尔智者。这两群女人全都骄傲而武断，又都在怀疑对方的企图，双方都不肯后退半寸，或是稍稍低一下头。

当然，伊兰不知道在那些会面中发生了什么，但凭着她的经验和两仪师们偶尔流露出的一些零碎讯息，她也能猜出会面大概的状况。

两仪师们相信自己的全知全能，要求别人对她们要有像对女王般的尊敬，同时习惯了别人将她们想要知道的事情用简洁而明确的语言告诉她们。她们显然要智者把一切信息都提供给她们——兰德的计划，什么时候艾雯可以到梦的世界来见她们，是否能在特·雅兰·瑞奥德里刺探别人的梦境，能否以肉体进入梦的世界，能否在违抗某人意愿的情况下将那个人带入梦的世界。她们甚至不止一次地问过是否有可能通过在这个梦里的所做所为，影响到真实的世界。虽然这是绝对不可能的，但她们还是对此保持着怀疑的态度。摩芙玲曾经读到过一点关于特·雅兰·瑞奥德的书籍，所以才会问出这么多问题。而且伊兰怀疑史汪也将她对梦的世界的一点了解告诉了两仪师们，她觉得这是史汪在引诱两仪师们允许她也参加那些会面，但两仪师们似乎认为允许她使用那个戒指以协助情报网的工作已经够宽容了。

至于那些艾伊尔……智者们，至少是那些梦行者们，伊兰和她们打过交道。她们知道关于梦的世界的一切信息，但绝不会将这些信息泄露给外人；她们不喜欢任何无知的人走进梦的世界，所以对待她们认为是愚蠢的人都很粗暴。这些口风很紧的女人对兰德具有烈火般的忠心，她们大概只会告诉两仪师兰德还活着，艾雯伤愈之后就会进入特·雅兰·瑞奥德。对于不恰当的问题，她们绝不会回答哪怕一个字。她们所认为的“不恰当”，指的可能是她们认为提问者不可能了解答案的含意，或者是问题和答案冒犯了她们那些关于荣誉和义务的奇怪哲理。伊兰知道“节义”一词的存在，但除此之外她几乎一无所知，只知道这涉及许多怪异又敏感的行为。

不管怎样，这种会面只会导致灾难，而且伊兰觉得这种每隔七天发生一次的灾难，每一次都会有新花样，至少从两仪师的样子来判断是这样的。

雪瑞安等六个人一开始就提出每晚都要进行相关的课程，但现在她们只在两个时间里进行这种课程：一是和智者们会面的前一天晚上，两仪师们大概是想在那个时候临阵磨枪一下；还有就是会面的后一天晚上，那时候她们都会紧绷着嘴唇，仿佛是要弄清楚有什么出了错，以及该如何应对这些错误。

而现在，麦瑞勒也许已经预见到了明晚的灾难，那确实算是某种形式的灾难。

摩芙玲朝麦瑞勒张开嘴，但突然间，她们之间出现了另一名女人——盖拉，沙力达镇上的一名厨子。伊兰过了好一会儿才认出她来，她披着一条绣着塔瓦隆之焰的绿色流苏披肩，面容变得光润无瑕，苗条的身材比现实中瘦了有一半以上。盖拉带着警告的意味向两仪师们挑起了一根手指……然后就消失了。

“这就是她的梦了，对不对？”卡琳亚冷冷地说，她雪白丝裙的袖子长到覆盖了双手，高硬领顶住了下巴。“应该有人和她谈一谈。”

“算了，卡琳亚，”爱耐雅咯咯地笑了两声，“盖拉是个好厨子。让她去做她的梦吧！我明白她的心情。”突然间，她的身材变得细瘦高挑，不过她的面容还是像往常一样朴素而慈祥。又笑了两声，她将身材改变回来：“你看不到其中有趣的地方吗，卡琳亚？”

卡琳亚仍然是冷冷地哼了一声。

“很明显的，”摩芙玲说，“盖拉看见我们了，但她会记得吗？”她钢铁般的黑眸里显出若有所思的神情。她朴素的暗色羊毛裙装是六个人之中最稳定的一套衣服，也许在细节上有些变化，但已经细微到伊兰辨认不出的程度了。

“她当然会记得。”奈妮薇刻薄地说，她以前解释过这个问题。六名两仪师都将目光转向她，并且挑起了眉弓。奈妮薇让声音缓和了一点，一点而已，她也讨厌刷洗碗盘：“她很有可能记得这个梦，但这对她来说只是个梦而已。”

摩芙玲皱起眉，她几乎像波恩宁一样重视证据。不论口吻如何，奈妮薇那副“我受够了”的表情马上就要为她带来麻烦了，但还没等伊兰说些什么岔开两仪师的注意力，莉安已经带着一种近似媚笑的表情开口了。

“大家不认为我们现在应该走了吗？”

史汪轻蔑地哼了一声，仿佛是在嘲讽莉安的毕恭毕敬。莉安立刻回头瞪了她一眼，但史汪在说话的时候也显得很没有自信：“是啊，应该有充分一点的时间去白塔。”史汪说道，莉安也不甘示弱地哼了一声回敬她。

她们确实伪装得很好。雪瑞安等人已经深信，史汪和莉安只是两名被静断后在努力找一个能让自己活下去的理由，在拼命抓住以前人生边缘的两个时刻都恨不得要掐住对方喉咙的小孩。这些两仪师应该记住，史汪曾经以意志坚定和心思深沉著称，莉安也只是比史汪稍差而已。如果她们表现出协力合作的样子，或者显露出她们真实的面孔，这六个人就会回忆起她们的过去，并且用认真的眼光去看待她们的一言一行了。而她们现在摆出一副誓不两立的样子，在两仪师面前又显得卑怯胆小，只差向两仪师匍匐跪拜，同时又好像完全没察觉到自己的这些表现……她们装出被迫听命于人的模样，偶尔又提出此类琐碎的抗议，这是削弱他人戒心的手段。伊兰知道，她们在利用这种假相，试图引导雪瑞安等两仪师支持兰德，伊兰还想知道除了这些之外，她们还使用了什么样的手段。

“她们是对的。”奈妮薇坚定地说，同时厌烦地看了史汪和莉安一眼。她们的伪装让奈妮薇很不悦，即使为了活命，奈妮薇也不会如此卑躬屈膝。“你们应该明白，在这里耽误的时间愈长，真正能休息的时间就愈少。当你们进入特·雅兰·瑞奥德时，你们的睡眠和平时是不一样的。现在，记住要小心你们看到的任何不寻常的事。”奈妮薇讨厌重复自己说过的事——这个事实清晰地表现在她的声音里——但对于这些女人，伊兰也不得不承认这样说话经常是必需的，只是奈妮薇最好不要让语气听起来仿佛是对没脑子的小孩训话一样。“总会有人像盖拉一样在梦中进入特·雅兰·瑞奥德，如果她们在这个时候做噩梦，有时这种噩梦就会生存在特·雅兰·瑞奥德里，它们是非常危险的。一定要避开任何看上去不正常的事物。这一次，尽量控制住你们的思想，你们在这里的想象都有可能变成真实的。上次那只不知从什么地方蹦出来的魔达奥，也许是一个噩梦的残余，但我认为那是你们之中的一个人没有管住自己思绪的结果。如果你们还记得的话，你们那时谈到了黑宗，你们在争论她们是否在将暗影生物引入白塔。”仿佛这还不够糟糕，她又说道:“如果你们明天让一只魔达奥突然出现，那些智者不会对你们有什么好印象的。”伊兰不由得打了个哆嗦。

“孩子，”爱耐雅调整了一下突然出现在身上的蓝色流苏披肩，温和地说，“你做得很不错，但这并不能成为你言语不恭的借口。”

“你已经被授予了许多特权，”麦瑞勒的口气则完全没有和蔼可言，“但你似乎忘记了，它们只是特权而已。”她紧皱双眉的表情，应该足以让奈妮薇发抖了。在过去几个星期里，麦瑞勒对奈妮薇的态度变得愈来愈严厉了，她也披上了披肩。现在所有两仪师的身上都有了披肩，这不是个好现象。

摩芙玲不加掩饰地哼了一声：“当我还是见习生的时候，任何以这种态度对两仪师说话的女孩，都得擦整整一个月的地板，即使她在第二天就要成为两仪师。”

奈妮薇换上了一副也许她认为是温和的面孔，但她的脸上仍然堆满了阴沉和顽固。试图阻止灾难在这里发生的伊兰急忙开口说道：“我相信她没有任何恶意的，两仪师。我们只是工作得太卖力了，请原谅我们吧！”把自己加上去也许会对奈妮薇有帮助，虽然她其实什么也没做，也许这会让她们两个得一起去擦地板，但至少这让奈妮薇将视线转向了她，而且显然是开始思考了。所以现在奈妮薇的面容才真正显得平和，而且行了个屈膝礼，低垂下头，望着地面，仿佛很不安的样子。也许她真的是在感到不安，也许。伊兰急忙又开始说话，仿佛奈妮薇已经进行了正式的道歉，而且道歉已经被接受了：“我知道你们全都希望尽可能多花些时间在白塔里，所以，也许我们不该继续等下去了？你们是不是要出现在爱莉达的书房里，就像你们上次看见的那样？”她们不会称爱莉达为玉座，所以白塔中玉座的书房也被改了称呼。“所有人都要专注地去想象那里，这样我们才能都出现在那个地方。”

爱耐雅是第一位点头的两仪师，即使卡琳亚和波恩宁也不再计较奈妮薇的无礼了。

伊兰不知道是她们十个人在移动，还是她们周围的特·雅兰·瑞奥德在移动。对于梦的世界里几乎无限的可塑性，伊兰同样不甚了解。片刻之前，她们还站在沙力达的街头，现在她们却已身处一个华丽的大房间。两仪师们满意地点点头，她们仍然缺乏经验，所以会对这种环境依照想法而发生改变的情况感到欣喜。

就如同特·雅兰·瑞奥德反映着真实世界，这个房间丝毫不差地反映着醒来现实世界里，它的主人们用三千年时间积累的权势。镏金灯架上并没有亮光，但空间中弥漫着梦的世界的怪异光线。砌成高大壁炉的是来自安多的金色大理石，铺地的抛光红石地板来自迷雾山脉。相对来说，墙壁上的白木嵌板时间要短一些，只有一千年。有着古怪斑纹的嵌板上雕刻着奇异的飞禽走兽，伊兰相信那些鸟兽绝对只是出自雕刻者的想象。一扇高拱窗户嵌着闪烁珍珠光泽的石框，窗外是可以俯瞰玉座私人花园的阳台。出产这些珍珠色石块的无名城市，已经在世界崩毁时沉入了风暴海。除了玉座的书房之外，现在世界上再没有其他地方能找到这样的石头了。

每一位女性在拥有这个房间的时候，都会在这里留下她自己的印记，即使只能留存到继任者接任。爱莉达也不例外。一把王座般沉重的椅子，高大的椅背上镶嵌着象牙雕刻的塔瓦隆之焰。椅子前面是一张同样厚重的写字台，写字台边缘围绕着繁复的三环连缀花纹。写字台上只有三个等距离摆放整齐的阿特拉漆匣。墙边的一根纯白色立柱上放着一个白色的花瓶，花瓶里插着玫瑰，花的数量和颜色每一次都会有所变化，但永远都会保持着极为整齐、统一的样式。在这个季节、这样的气候里，竟然会有玫瑰！至上力都被浪费在培育这些花朵上了。爱莉达在当伊兰母亲的顾问时也做过同样的事。

在壁炉上方有一幅挂上并不算久的画，长方形的画布上描绘着两个男人在云端战斗，互相投掷闪电。其中一个男人有着火焰的面孔，另一个则是兰德。伊兰当时就在法美镇，她知道这幅画离事实并不远。画布上兰德的面孔有一处被撕裂，仿佛有某样沉重的东西被扔到那上头，不过那处撕裂已经被修补得几乎看不见了。很显然，爱莉达要不断地提醒自己，真龙已经转生，而同样明显的是，她不喜欢看到这幅画。

“请原谅，”没等两仪师们满足的点头动作结束，莉安已经在说道，“我必须确认一下我的人是不是收到了我的传讯。”除了白宗之外，所有宗派都有分散在各国的情报网，有许多两仪师还有独立的情报网。但莉安的状况非常特殊，也许是独一无二的。身为撰史者，她在塔瓦隆内部创建了一个情报网。她话一出口，就消失在众人眼前。

“她不该一个人在这里乱走，”雪瑞安生气地说，“奈妮薇，找到她，然后留在她身边。”

奈妮薇揪了一下辫子：“我认为——”

“你经常会有自己的主见，”麦瑞勒打断了她的话，“这次就听从命令吧！你要接受命令，见习生。”

奈妮薇和伊兰交换了一个阴沉的眼神后，点点头，明显地压下一声叹息，然后才消失不见。伊兰并不怎么同情奈妮薇，如果不是奈妮薇在沙力达时那么肆无忌惮地发泄脾气，现在她们至少有机会向两仪师解释，莉安可能出现在塔瓦隆的任何地方，所以想要找到她几乎是不可能的。而且莉安冒险单独进入特·雅兰·瑞奥德已经不止一个星期了。

“现在看看我们能了解到什么吧！”摩芙玲说。但还没等任何人有机会移动，爱莉达已经出现在写字台后面，两只眼睛直盯着这些人。她是一个面容坚毅不屈的女人，有着黑色的头发和眼睛，在她的脸上，男性的英挺更胜过女性的美丽。她穿着一身血红色的裙装，肩头披着玉座的彩纹圣巾。“正如我所预言的那样，”她用庄重的声音说道，“白塔会重新在我的手中统一，在我的手中！”她用力地指了一下地板。“跪下，为你们的罪行乞求宽恕！”随后，她就消失了。

伊兰长吁了一口气，同时有些欣慰地发现这样做的不止她一个人。

“一个预言？”波恩宁的额头出现了代表她正在思考的皱纹。她的声音里没有流露出忧虑，但这并不意味着她不会有这种心情。爱莉达确实有预言的能力，虽然它只是偶尔才能发挥效用。但是当一名女子通过预言异能得知一件事将要发生的时候，那件事就会发生。

“一个梦。”伊兰说。她稳定的声音让她自己也吃了一惊：“爱莉达正在睡觉和做梦，她会梦到她所喜欢的事，这一点不足为奇。”光明垂怜，让事实真的只是这样吧！

“你们注意到那条圣巾了吗？”爱耐雅询问，但她的问题并没有针对任何人，“那上面没有蓝色条纹。”玉座的圣巾应该有代表七个宗派的七色条纹。

“一个梦。”雪瑞安平静地说。她的声音里没有畏惧，但她又披上了蓝色流苏披巾，并紧紧地抓着它。爱耐雅也一样。

“不管有没有，”摩芙玲平静地说，“我们最好开始我们要做的事情。”没有什么能让摩芙玲害怕。

这名褐宗两仪师突然的插话，让众人想到了自己的任务，于是摩芙玲、卡琳亚和爱耐雅飞快地走进前厅，那里是撰史者的办公桌所在之处。爱莉达手下的撰史者是奥瓦琳·弗瑞罕，一名白宗两仪师——这点显得很奇怪，因为撰史者一直都应该和玉座出于同一个宗派。

史汪用焦躁的眼神盯着那三位两仪师的背影。她早就告诉过她们，从奥瓦琳的文件中获取的信息，往往会多过爱莉达的文件，有些时候奥瓦琳似乎比她名义上应该效忠的人知道得更多。史汪曾经两次找到明显的证据，说明奥瓦琳取消了爱莉达的命令，而且显然没有遭到爱莉达的反对。她没有告诉伊兰和奈妮薇那是什么样的命令，史汪所谓的情报共享是很有限的。

雪瑞安、波恩宁和麦瑞勒走到爱莉达的桌边，打开一只漆匣，开始翻检里面的文件，爱莉达一直将最新收到的信件和报告放在这里。这只匣子上绘着蓝天白云之间金色的飞鹰在相互搏斗的场景。每次当两仪师松开匣盖，它就会立刻复原成关闭的样子。文件真的是转瞬即逝，两仪师们不停地发出气恼的啧口声和困扰的叹息声，但她们还是坚持着阅读下去。

“这里有一份来自黛妮勒的报告。”麦瑞勒一边说着，一边匆匆浏览着手中的纸张。史汪想要加入她们——黛妮勒是一名年轻的褐宗两仪师，也是罢黜她的反叛集团中的一员——但波恩宁向史汪严厉地一皱眉，让史汪一边嘟囔着一边退回到角落里。没等史汪退后几步，波恩宁又迅速地将注意力转回匣子和文件上，另外两位两仪师则完全没注意到这件事。麦瑞勒还在说话：

“黛妮勒报告说马汀·斯戴潘诺已经完全接受了；罗德蓝仍然在试图两面讨好；雅莲德和泰琳还需要更多时间考虑她们的回答。下面是爱莉达笔迹的批示：‘继续施加压力！’”当那份报告从她手中消失的时候，她生气地轻呼了一声。“上面没说是关于什么事，但只有两件事能够完全涉及到这四个人。”马汀·斯戴潘诺是伊利安国王，罗德蓝是莫兰迪国王，雅莲德是海丹女王，泰琳是阿特拉女王。麦瑞勒所指的两件事是兰德或反抗爱莉达的两仪师。

“至少我们知道了我们的使者并不比爱莉达缺乏机会。”雪瑞安说。当然，沙力达并没有派使者去见马汀·斯戴潘诺，伊利安真正的掌权者是九人议会中的布兰德大人——沙马奥。伊兰很想知道爱莉达有什么样的提议能让沙马奥愿意支持，或者至少是让马汀·斯戴潘诺宣称自己愿意接受。她相信这三位两仪师绝对也很想知道这个提议，但她们只是继续将一份份文件从匣子里拿出来。

“沐瑞的通缉令，仍然有效。”波恩宁说着，摇了摇头，而她手中那张纸也突然变成厚厚的一份卷宗。“她还不知道沐瑞已经死了。”望着新出现的卷宗，她的面孔扭曲了一下，任由那些纸片从她手中落下，像落叶一样四处翻飞，不等碰触地面就消失在空气里。“爱莉达还是要为自己建一座宫殿。”

“她会的。”雪瑞安冷冷地说。她的双手展开一张纸条，颤抖了一下：“夏茉琳逃走了，见习生夏茉琳。”

三位两仪师不约而同地瞥了伊兰一眼，然后才将注意力转回匣子上，并不得不再次掀开匣盖。没有人对雪瑞安的话做出反应。

伊兰几乎咬紧了牙。她和奈妮薇已经告诉过这些两仪师，爱莉达将黄宗两仪师夏茉琳降为见习生。当然，她们不会相信她的话，一位两仪师可以被勒令苦修、忏悔，可以被流放，可以被静断，但不能被降阶。爱莉达似乎并不在乎白塔的法律有什么样的规定，也许她已经重写了白塔的法律。

这些两仪师对于伊兰和奈妮薇告诉她们的许多事情都不相信。这么年轻的女孩，位阶还只是见习生，不可能真正有能力分辨是非。年轻人喜欢捕风捉影，容易受骗，她们还需要学习该如何去伪存真，如何才能不将自己绊倒。见习生必须接受两仪师给予她们的一切，并且不能对两仪师没有给予她们的事物提出质疑——比如道歉。伊兰只能保持面容的平和，将怒火藏在心里。

史汪却不会有这样的克制，至少在大多数时间里，她不会有。当两仪师没有看着她的时候，她就会用愤怒的目光瞪着她们。当然，如果有一位两仪师向她瞥一眼，她的面容立刻会变得恭顺有加。她对这种事极为擅长。她曾经对伊兰说过，狮子以狮子的方式生存，老鼠以老鼠的方式生存。虽然史汪是一只可怜但并不情愿的老鼠。

伊兰觉得自己从史汪的眼里看到了担忧。自从史汪向两仪师们证明了她可以安全地使用那个戒指之后（也是在她和莉安秘密接受了奈妮薇和伊兰的训练之后），搜查爱莉达书房就一直是史汪的任务，也是她获得情报的一个主要来源。要和分散在诸国的眼线重新建立联系，以及让他们将情报从白塔转而提供给沙力达需要相当长的时间，所以至今情报网还没有很实际的价值。如果两仪师们要接手这个工作，史汪也许就没什么用处了。在白塔的历史上，控制情报网的只能是正式的两仪师。只因史汪熟知玉座的眼线，在成为玉座之前又是蓝宗情报网的管理者，她才能主管沙力达的情报网。波恩宁和卡琳亚公开表示她们不愿意依靠一名已经不属于她们一员的女人，其他两仪师也是如此。实际上，有一名遭受过静断的女人在她们身边，会让她们感到极不舒服。

这里也没有伊兰可做的事情。两仪师们也许会称这样的行动为课程，她们甚至有可能是这样认为的。但伊兰知道，根据过去的经验，如果两仪师没有提出要求，她是绝不能主动教授任何知识的。她的责任只是回答两仪师提出的任何问题。她开始想象一张凳子——一张腿上雕刻着蔓草花纹的凳子出现在眼前——她便坐了上去，等待着。一把椅子会更舒服一些，但这也许会遭到两仪师的批评，一名坐得太舒服的见习生会被认为是犯了无所事事的毛病。片刻之后，史汪给自己做了一张几乎完全一样的凳子，她僵硬地向伊兰笑了笑，又朝两仪师的后背瞪了一眼。

伊兰第一次来到特·雅兰·瑞奥德中的这个房间时，这里曾经有十几张这样的凳子，围绕那个沉重的写字台排列成一个半圆形。以后她每一次到这里都会看见凳子少了一两张，现在，这样的凳子一张也没有了。伊兰相信，这代表着某种讯息，但她想不出那会是什么。她相信史汪也是这么想的，而且史汪很有可能已经找出原因了，只是没告诉她和奈妮薇。

“夏纳和艾拉非的战争停止了，”雪瑞安有些像是喃喃自语地说道，“但它们爆发的原因却还不清楚。那只是一些小冲突，但边境国是不会彼此攻击的，他们要对付的是妖境。”雪瑞安是沙戴亚人，所以她也是一名边境国人。

“至少妖境还是平静的，”麦瑞勒说，“几乎有些太平静了，这不可能持续太久。爱莉达有足够的眼线分布在边境国各处，这倒是好事。”史汪似乎打了个哆嗦，但她同时又用凶狠的目光盯着两仪师。

伊兰觉得史汪应该是还没和边境国的任何眼线取得联系，边境国距离沙力达太遥远了。

“如果塔拉朋也能这样，我就会感觉好多了。”波恩宁手中的纸片变得更长、更宽了，她浏览着上面的文字，哼了一声，将它扔到一边。“塔拉朋的眼线，他们仍然悄无声息，所有塔拉朋的眼线都是这样。她得到的唯一关于塔拉朋的讯息是阿玛迪西亚放出的谣言，说两仪师已经参与了那里的战争。”一边说着，她又朝那份荒谬的报告摇了摇头。两仪师不会参与内战，至少绝不会公开到被别人察觉的地步。“看来，阿拉多曼的情报也只是一团混乱。”

“再过几个星期，我们自己就能知道塔拉朋的状况了。”雪瑞安用安慰的语气说。

这种搜检持续了几个小时。匣子里的文件是看不完的，有时候，从里面拿出一份文件，里面的文件反而会堆得更高。当然，每一份文件在阅读者的手里停留不了多久，就又会回到匣子里，而有时阅读过的文件又会重新出现。房间里大部分的时候都是一片寂静，偶尔有几份文件会引来两仪师的评论，只有极少的一些文件会让她们进行讨论。

史汪的两只手开始玩起了花绳游戏，而她却完全没注意到。伊兰希望自己也能有这种心情，或者最好是能读些东西——一本书出现在她脚边的地板上：《简·法斯崔德游记》，她急忙又让那本书消失了——史汪不是两仪师，比正在被训练成为两仪师的伊兰有更多的自由。但从那些两仪师的对话里，伊兰几乎听不到什么有价值的讯息。

两仪师参与塔拉朋的战争并不是从爱莉达的文件匣里找到的唯一谣言。培卓·南奥召集白袍众的举动，引发了各种各样的谣言——他要夺取阿玛迪西亚王位（他显然没这个必要）；他要镇压塔拉朋和阿拉多曼的战争与动乱；甚至是他打算支持兰德。如果要相信这种谣言，伊兰宁可相信太阳会从西边升上来。有报告说，伊利安和凯瑞安发生了反常的事情。目击者声称，那里的村庄陷入了疯狂，梦魇在白昼四处横行，双头牛开口说话，暗影生物凭空出现。两仪师们并没有注意这些讯息。同样的故事已经从阿特拉、莫兰迪和河对岸的阿玛迪西亚传到了沙力达，她们认为这些都是人群在得知真龙已经转生后歇斯底里的表现。伊兰不像她们那样确定。虽然这些两仪师的年龄和阅历都远超过她，但她见识过她们没见过的东西。谣言中说她的母亲在安多西部聚集了一支军队，而那支军队用的竟然是古老的曼埃瑟兰旗帜！也有谣言说她成为兰德的俘虏，或者是逃到任何人们能想到的国家，包括边境国和阿玛迪西亚。尤其是最后这个逃亡地，完全是无法想象的，白塔显然也完全不相信这些。伊兰希望自己知道该相信什么。

当她听到雪瑞安叫出她的名字时，她停止了惦念母亲身在何处的烦恼。雪瑞安并不是在对她说话，只是匆匆地念着一张方形纸上的文字，那张纸很快就变成了长方形，在最底下出现了三道印章——伊兰·传坎必须被找到，并送回白塔，不惜一切代价，任何耽误这件事的人都会“羡慕伦蒂·麦克拉的下场”。这让伊兰打了个哆嗦，在她们前往沙力达的路上，一个叫这个名字的妇人差点将她和奈妮薇捆成一团送进了白塔。雪瑞安随后读到的内容里说，安多的统治家族是“关键”。这毫无意义，到底是什么的关键?

三位两仪师甚至没有向伊兰瞥过一眼，她们只是交换了一个眼神，就继续查看其他文件了。也许她们已经忘记她在旁边，也许她们会有这种反应正是因为她们没有忘记她，两仪师的行为不是旁人能够理解的。她们可能会决定让她远离爱莉达，也可能会选择将她捆住手脚，交给爱莉达。“叉子插下去的时候不会等青蛙允许。”她记得莉妮是这样说的。

爱莉达对于兰德发布特赦令的反应，在那份报告上清晰地体现出来。伊兰几乎能看到爱莉达将那张纸在手中揉皱，差点将它撕碎，又冷冷地将它抚平，放回到匣子里的模样，爱莉达的愤怒几乎总是冰冷的。在那份文件上，她没有写下任何批示，而她在另一份文件上用潦草、凶狠的字迹，写下了白塔内两仪师的名单。这清楚地表明，她已经准备好公开宣布任何不遵从她的命令返回白塔的两仪师，都会被视为叛徒。雪瑞安和另外两位两仪师低声地讨论了一下这种可能。无论有多少两仪师打算遵守这个命令，她们之中肯定有些人需要走很长的路才能回到白塔。甚至有些两仪师可能至今还没收到这样的命令。不管怎样，这样的声明只会向世界证实，白塔已经分裂。爱莉达一定是神经错乱、失去理智，才会想到这种方法。

一阵颤栗滑过伊兰的背脊，不是因为爱莉达的可怕或她的企图。二百九十四位两仪师在白塔支持爱莉达，这个数量接近于全部两仪师的三分之一，几乎像聚集在沙力达的两仪师一样多。能预期的最好的可能是，其余两仪师支持沙力达或白塔的比例为一半对一半。在最开始的大逃亡之后，进入沙力达的两仪师数量已经非常少了。也许进入白塔的两仪师也在减少，希望如此。

之后的一段时间里，三位两仪师只是沉默不语地检查着文件，直到波恩宁突然喊道:“爱莉达已经派遣使者去见兰德·亚瑟了。”伊兰一下子跳了起来。

如果不是史汪急忙向她打了个手势，她一定会叫出来，而史汪还没来得及消去勒住手指的花绳，因为打这个手势差点让身子失去平衡。

雪瑞安向那张纸伸过手去，但那张纸已经变成一份三页纸的文件。“那些使者的目的地是哪里？”麦瑞勒也同时问道：“她们是什么时候离开塔瓦隆的？”距离两仪师的情绪失控只差毫厘。

“目的地是凯瑞安。”最后波恩宁说，“我没看到她们是什么时候出发的。但她们在发现他已经去了安多之后，一定会立刻转往凯姆林了。”

这个情报已经是很大的收获了。从凯瑞安前往凯姆林大概需要一个月或更多时间，沙力达使节团肯定会抢在她们之前见到兰德。伊兰在沙力达她的床垫下藏了一张粗糙的地图，每天她都会依照她的推测在那上面标出使节团距离凯姆林还有多远。那名灰宗两仪师还在说着：“看来，爱莉达是要支持他了，而且还要将他护送到白塔。”雪瑞安挑起了眼眉。

“这太荒谬了，”麦瑞勒橄榄色的脸颊变暗了许多，“爱莉达是红宗的。”玉座理论上既属于所有宗派，也不属于任何宗派，但没有人能彻底摆脱她的本源。

“那个女人什么事情都做得出来。”雪瑞安说，“兰德也许真的会被白塔的支持所吸引。”

“也许我们能通过那些艾伊尔女人送信给艾雯？”麦瑞勒的语气中带着犹豫。

史汪响亮地假咳了两声，伊兰还是差点就栽倒在地上。当然，警告艾雯是必须的——爱莉达的人如果发现她在凯瑞安，肯定会将她拖回白塔，不管艾雯是否愿意——但这些两仪师的推测……“你们怎么能认为兰德会听爱莉达的话？你们以为他不知道爱莉达属于红宗吗？他不知道红宗所代表的意义吗？她们不会支持他的，你们清楚这一点。我们一定要警告他！”伊兰知道，自己的话是有矛盾的，但忧虑已经钳住了她的舌头。如果兰德出了什么事，她宁可死掉。

“你有什么建议，见习生？”雪瑞安冷冷地问她。

伊兰觉得自己现在这副大张开嘴的样子一定像一条死鱼，她完全不知道该怎么回答。

远处的一声尖叫救了她，随后又是一阵慌乱的叫喊从前厅传来。伊兰距离房门最近，所以她第一个冲进了前厅。前厅里摆放着撰史者的桌子，桌面上堆放着许多文件、卷轴和卷宗。靠墙有一排椅子，前来觐见爱莉达的两仪师等待时就坐在那些椅子上。除了这些之外，这个房间里什么都没有了。爱耐雅、摩芙玲和卡琳亚不见踪影，但通往外面的门正缓缓关上，一阵女子狂乱的尖叫从逐渐关上的门缝中传了进来。雪瑞安、麦瑞勒和波恩宁在朝走廊冲过去的时候，几乎把伊兰撞倒在地。虽然看上去有些模糊，但她们还是有足够的分量。

“小心！”伊兰喊道。她别无他法，只能抓起裙子，和史汪一起用最快的速度追上去。迈出前厅，她们踏进了一个真正的噩梦。

在她们右侧三十步远的地方，墙壁上挂满织锦的走廊，突然变成一个宽阔且看不见尽头的岩石巨洞，只有一些零星的红色火焰为洞里的黑暗提供了一点亮光。那里到处都是兽口鹰喙、獠牙利角的兽魔人，远处的兽魔人要比近处的模糊许多，似乎还没有完全成形，而距离她们最近的兽魔人足有人类的两倍高，甚至比真正的兽魔人还要巨大。它们全都穿着插满黑色长钉的皮甲，围绕在营地火堆上同样满是铁刺的大锅咆哮跳跃。

这真是一场噩梦，即使是艾雯和智者们也没有对伊兰说过如此庞大的噩梦。噩梦都是由不经意的念头而生的，这样的念头有时会飘进梦的世界，有时会固定在某一点上。艾伊尔梦行者们只要在梦的世界里找到这样的噩梦，就会随手将它们除去，但她们和艾雯都叮嘱过她，遇到这种情况最好远远地避开。不幸的是，卡琳亚显然没有认真领会伊兰和奈妮薇的教导。

这位白宗两仪师已经被紧紧地捆住，一根铁链绑在她的脚踝上，将她头向下吊了起来，铁链的另一端消失在上方的黑暗中。伊兰能看到至上力的光晕仍然围绕着卡琳亚，但卡琳亚拼命挣扎、尖叫着，身体却一点点往下坠，逐渐接近一口盛满了滚油的黑色大锅。

当伊兰奔进走廊时，爱耐雅和摩芙玲正好停在那个巨洞前。片刻之间，她们凝立不动，但她们模糊的影像仿佛突然被拉长了，就像是两股轻烟被吸进了那个黑洞。刚一碰到洞口边缘，她们就已经出现在里面了。摩芙玲叫喊着，两只兽魔人转动巨大的铁轮，将她的身体愈拉愈紧；爱耐雅被铁链拴住腰，悬挂在半空中。兽魔人围绕她舞蹈，用带铁钉的鞭子抽打她，在她的衣服上留下一道道裂口。

“我们必须融合至上力。”雪瑞安说。围绕着她的光晕立刻与麦瑞勒和波恩宁的光晕融合在一起。即使是这样，光晕的亮度还是不及她们之中任何一个人清醒时进行导引的程度，毕竟她们现在置身于形体如雾的梦境。

“不！”伊兰急迫地喊道，“你们绝不能将眼前的情景当真，你们必须把这些当作——”她用力抓住雪瑞安的手臂。但三位两仪师编织的火之力，那道即使三人融合也如此微弱的火之力，已经碰到了那个噩梦的边缘。编织彻底消失了，如同被噩梦吸了进去，在同一瞬间，三位两仪师的身形也被吸起，向那个噩梦卷去。她们只来得及惊呼一声，就消失在黑洞里。当她们重新出现的时候，雪瑞安的头从一个黑色的金属钟形容器中探了出来，兽魔人操纵着那个容器外面的把手和拉杆。雪瑞安拼命甩动她红色的头发，发出愈来愈凄厉的尖叫。伊兰看不见另外两位两仪师在哪里，但她觉得自己能听到远处传来凄惨的“不”的喊声，以及另一个令人颤栗的求救声。

“你还记得消除噩梦的方法吗？我们教过你的。”伊兰问。

史汪盯着面前的情景，点了点头：“否定它的存在，竭尽全力想象噩梦不存在时，万物的真实情景。”

这是雪瑞安的错，也许是那三位两仪师全体的错。想用至上力对抗噩梦，代表着她们已经在心中接受了这个梦境，这样一来，这种接受就会将她们拖进去，就像她们自己走进去一样。她们会软弱无助地陷在那里，除非她们记起已经忘记的真实情景，而现在这些两仪师显然是已经把这些“真实”彻底遗忘了，只剩下愈来愈凄厉的尖叫撕扯着伊兰的耳膜。

“走廊，”伊兰喃喃地说着，竭力在脑海里回想她上一次看到这里的情景，“回想你记得的走廊。”

“我正在努力，女孩，”史汪咆哮道，“但这样不管用。”

伊兰叹了口气。史汪是对的，这个噩梦没有丝毫动摇。雪瑞安的头在那个金属容器上面颤抖着，摩芙玲的哭嚎中开始出现了窒息的声音，伊兰几乎觉得自己能听见那个女人的关节被拉开的断裂声。卡琳亚垂下去的头发几乎要碰到那锅滚油了。两个人的力量是不够的，这个噩梦太大了。“我们需要其他人。”伊兰说。

“莉安和奈妮薇？女孩，等我们找到她们的时候，雪瑞安她们已经死……”她的声音弱了下去，两只眼睛紧盯着伊兰。“你说的不是莉安和奈妮薇，对不对？你说的是雪瑞安和……”伊兰只点了一下头，她已经害怕得不能说话了。“我不认为她们能从这里听到我们说话，或者是看见我们。那些兽魔人甚至没有朝我们瞥过一眼，所以我们必须进去。”伊兰又点点头。“女孩，”史汪用有些低哑的声音说，“你有狮子般的勇气，但你的理智比鱼鸥好不了多少。”重重地叹息了一声，她又说道：“但我也找不出别的办法了。”

除了对自己勇气的评价，伊兰同意史汪的每一句话。她知道，如果不是膝盖已经僵硬了，她一定会瘫倒在七色地板上。她发现自己手中握着一把剑——一根闪亮的大钢条。即使她知道该怎么用这个东西，这东西也绝对没有半点用处。她丢下那把剑，它在碰到地面之前就消失了。“等待不会有半点用处。”她咕哝了一句，如果再等下去，她聚集起来的那一小点勇气肯定会被蒸发掉。她和史汪并肩走向噩梦的边缘。

伊兰的脚刚一碰到分界线，她就感觉自己被吸了进去，如同液体被吸进吸管。

瞬间之前，她还站在走廊里，望着这副恐怖的景象。瞬间之后，她趴在粗糙的灰色石块上，手腕和脚踝被反绑在她瘦小的背上。所有的恐怖就围绕在她身边。巨大的洞窟变成了没有边际的黑暗空间，白塔的走廊已经再也看不到了，一阵阵尖叫回荡在巉岩块垒和低垂的钟乳石之间。几步以外，咆哮的营火上架着一口巨大的黑铁锅，正向外喷出一股股蒸气。一只猪嘴獠牙的兽魔人将一块块树根般的东西扔进火里。那是一口煮菜锅，兽魔人什么都吃，包括人类。伊兰想象着自己的手脚是完全自由的，但粗硬的绳子仍然紧勒着她的皮肉，就连最后一点阴极力的的影子也从她体内消失了。她再也不能感觉到真源，一个真实的噩梦，她真真正正地陷入了其中。史汪的声音在这时压住了痛苦的呻吟。“雪瑞安，听我说！”只有光明知道史汪正处在怎样的险境中。伊兰完全看不见其他人，只能听到她们的声音。“这只是个梦！啊……啊啊啊！想想真实的情景！”

伊兰接着史汪的话说道：“雪瑞安、爱耐雅，你们每个人，听我说！你们必须想清楚这条走廊原本的样子！想象它真实的样子！你们必须相信这只是一条走廊！”她坚定地将这条走廊的样子印在脑海里——七色地砖按顺序排列，镀金的灯架和颜色绚烂的织锦壁挂。没有任何改变，充满她耳内的仍旧是绝望的尖叫声。

“你们一定要把走廊想出来！用力在脑子里呈现走廊的样子，它就会成真！你们能击败这个噩梦，只要你们努力！”那只兽魔人看了伊兰一眼，现在它的手里出现了一把锋利的匕首。“雪瑞安、爱耐雅，你们必须集中精神！麦瑞勒、波恩宁，集中精神回想走廊的样子！”兽魔人翻过她的身体，让她侧身躺着。她竭力想要挪开身子，但一只沉重的膝盖毫不费力地压住了她，那把匕首开始割开她的衣服，如同一名猎人在给一头鹿剥皮，她只能竭尽全力地回想那条走廊的模样。“卡琳亚、摩芙玲，为了光明，集中精神！想走廊！走廊！你们所有的人！努力地想！”兽魔人咕哝着某种人类舌头无法承受的粗嘎语言，将她重新脸朝下按在地上，再次用膝盖压住她，沉重的膝盖几乎压断了她的手臂。“走廊！”她尖叫着。坚硬粗大的手指拉起她的头发，强迫她的头向上仰起。“走廊！想走廊！”兽魔人的刀刃碰到了她左耳下方紧绷的脖子。“走廊！走廊！”刀刃开始划了下去。

突然间，她的鼻子下面变成了彩色的地砖。她用双手捂住喉咙，又因为手脚获得自由而吃了一惊。她的手指有一种湿润的感觉，细看手指，那上面已经被血染红了，不过出血量并不大。她的身体开始发抖，如果那个兽魔人真的割开了她的喉咙……至上力也无法治愈她。又打了个寒颤，她缓慢地爬起身。这里是白塔中玉座书房门口的走廊，没有兽魔人和岩洞。

史汪就在她身边，衣衫破烂，满身瘀伤。还有那些两仪师，她们模糊的身影几乎完全崩解掉了。卡琳亚是她们之中状况最好的，她站立着，大睁双眼，不停地发抖，手指拨着头发，现在那些深色头发都已经卷曲干枯，大概只剩一手长了。雪瑞安和爱耐雅不停地哭泣着，身上只剩下一堆染了血的破布。麦瑞勒蜷缩成一团，脸色惨白，一丝不挂的身体上布满了长长的红色伤痕。摩芙玲稍微移动一下就会呻吟不止，而且她的动作很不自然，仿佛她的关节已经不能再正常工作了。波恩宁的衣服仿佛是被爪子撕成了碎片，她跪在地上，依靠墙壁支撑着身体，大口地喘息着，眼睛睁得比任何时候都大。

伊兰突然意识到她自己的裙装和衬衣都已经被从前方整齐地割开了，松垂在肩膀上——一名割开鹿皮的猎人。她的身体又开始剧烈地颤抖，甚至让她差点就摔倒在地上。修复这身衣服只需要简单地想想就可以，但她不知道自己要用多长的时间修复自己的记忆。

“我们必须回去了。”摩芙玲说道，她笨拙地跪在雪瑞安和爱耐雅之间，尽管她动作僵硬，不时会呻吟一声，但她的语气仍然像平时一样冷硬，“我们需要治疗，但我们在这里的能力不行。”

“是的，”卡琳亚又碰了碰自己残存的头发，“是的，我们最好返回沙力达。”她的声音和平时那种冰冷的语调相比，显得极不稳定。

“如果没人反对，我要再留一会儿。”史汪对她们说。她的语气更像是在谦卑地建议，只是声音仍显得不自然。她的衣服已经恢复了完整，但身上的瘀伤仍在。“我也许能再找到一些有用的讯息，我只是受到一些碰撞，我曾经在一条小船上有过更严重的摔伤。”

“你看上去更像是有人把一条小船砸到你身上，”摩芙玲对她说，“但这是你自己的选择。”

“我也要留下，”伊兰说，“我能帮助史汪，而且我根本没有受伤。”每次她咽下口水，都能感觉到脖子上的那道割伤。

“我不需要任何帮助。”史汪说。

与此同时，摩芙玲用更加坚定的声音说：“今晚你的脑子发挥了很大的作用，孩子，现在不要让它变糊涂了。你要和我们一起走。”

伊兰愤懑地点了点头，争论不会给她带来任何好处，只会让她陷入水深火热。这种样子就仿佛这名褐宗两仪师是老师，而伊兰才是学生。她们也许以为伊兰犯了和她们相同的错误才进入了那个噩梦。“记住，你们能走出这个梦境，直接回到自己的身体里，不必先回到沙力达。”伊兰不知道她们是不是听了她的话。她点头的时候，摩芙玲已经转过身去了。

“放轻松，雪瑞安。”这名矮胖的两仪师用安慰的语气说，“我们再过一会儿就会回到沙力达了，放轻松，爱耐雅。”雪瑞安至少已经停止了哭泣，但她仍然在痛苦地呻吟着。“卡琳亚你能扶一下麦瑞勒吗？你准备好了吗，波恩宁？波恩宁？”灰宗两仪师抬起头，盯着摩芙玲。又过了一会儿，她才点点头。

六位两仪师消失了。

伊兰最后瞥了史汪一眼，紧跟着两仪师们离开了走廊，但她并没有去沙力达。如果两仪师们注意到了她脖子上的伤口，很可能会有人来为她治疗。但所有的人暂时都会聚集到那六位满身伤痛的两仪师身边去，伊兰还有几分钟时间可以利用，她还有另一个地方要去。

凯姆林，母亲宫殿里的正厅出现在她身边的时候，她觉得自己耗费了许多力气。在一阵被抗拒的感觉过后，她才站到巨大穹顶下的红白两色地板上，身边是一排排巨大的白色圆柱，空间中又一次弥漫着暗淡的光线。高处的彩绘大窗户描绘着安多的白狮军、历代女王肖像，和安多每一次伟大的胜利。在窗外夜色的掩映下，这些图案都显得模糊不清。

她很快就发现这里为她造成障碍的变化。大厅尽头的王座台上，本来应该是狮子王座所在之处，摆放着另一把高大厚重的座椅。那把椅子上雕刻着许多蜿蜒盘旋的龙，金色和红色的龙鳞用黄金和珐琅做成，龙的双眼是一颗颗日长石。她母亲的王座并没有被移走，而是放在那个巨大座椅后面的另一个高台上。

伊兰缓缓地走过大厅，沿着白色的大理石台阶走上王座台，凝望着安多王座。王座的靠背上，用月长石拼成的安多白狮军昂首立在红宝石底色中，下面就是她母亲曾经安坐的地方。

“你在做什么，兰德·亚瑟？”她严厉地悄声说，“你以为你在做什么？”

她真害怕没有自己的指引，兰德会从他正在行走的独木桥上摔下去。是的，兰德是好好地控制住了提尔，显然凯瑞安也是如此，但她的人民是不一样的。他们直率、坦诚，不喜欢被控制和欺骗。在提尔和凯瑞安通行无忌的手段，在这里会遭到当头痛击，像照明者的烟火一样爆炸。

只要她能在他身边就好了，只要她能警告他，绝不能轻信白塔的使者就好了。爱莉达一定隐藏着诡计和图谋，会在他最疏于防备的时候突然向他发起攻击。他能看穿那些阴谋吗？她也不知道那些沙力达使者会带来什么样的使命。尽管史汪那么努力，大多数沙力达的两仪师对于是否要支持兰德·亚瑟仍然举棋不定。他是转生真龙，预言中人类的拯救者，但他也是一名能够导引的男人，注定无法摆脱疯狂、死亡和破坏。

*照顾好他，明，*她想道。*快点到他身边去，照顾好他。*

她的心中涌起一阵嫉妒。明会去他身边，为他做自己想做的事。她也许可以和明分享他，但他一定要有一部分完完全全地属于她。无论怎样，她都要约缚他，让他成为自己的护法。

“一定能做到。”她向狮子王座伸出一只手，像安多历代女王一样立下誓言。那个王座台对她来说有点太高了，但她的心意很坚定。“一定能做到。”

时间流逝得太快了，在沙力达很快就会有两仪师来叫醒她，为她治疗脖子上那个可怜的伤口。叹息一声，她走出了梦境。

狄芒德从圆柱后面走出来，望着两个王座前，那个女孩消失的地方。伊兰·传坎——不会错。从她模糊的身影看来，她使用的是一件低等级的特法器，一件接受训练的初级学生制作的特法器。狄芒德很想知道那个女孩的脑子里在想些什么，不过她的言辞和表情都表达着很明确的含意——她完全不喜欢兰德的所做所为，而且要对此采取行动。他认为她是一名意志坚定的年轻女孩，不管怎样，这是乱网中的另一根线，无论它能拖动的力量是多么微弱。

“御万众者，混沌之王！”他对着两个王座说道（*虽然他还不清楚为什么会是这样的安排*），然后他打开通道，离开了特·雅兰·瑞奥德。

第 8 章

风暴将临

第二天早晨，第一缕曙光出现的时候，奈妮薇清醒过来，仍然能感觉到心中的怒意，同时还有一种恶劣天气即将来临的感觉。但窗外仍然灰色的天空中，连一丝云彩都没有，又是烤箱般的一天。她的衬衣已经被汗水湿透，因为翻来覆去而粘在身上。她曾经十分信任自己听风解语的能力，虽然这种能力在她离开两河之后受到了很大的影响，但并没有完全抛弃她。

等待着使用洗脸盆，以及听伊兰讲述在她离开爱莉达的书房后发生了什么事情，都无法让她心情变好。她自己的夜晚全都浪费在塔瓦隆的大街小巷里，那里除了她之外，有的只是鸽子、老鼠和一堆堆垃圾。这让她吃了一惊，塔瓦隆一直都是一尘不染的，爱莉达一定已经把这座城市完全抛于脑后了。有一次，她透过南港附近一座酒馆的窗子瞥见了莉安，但当她跑进去的时候，大厅里只剩下刚油漆过的蓝色桌子和长凳。她早就该放弃了，但麦瑞勒最近一直在为难她，她想不在良心上有任何亏欠地告诉那个女人，她确实是努力过了。奈妮薇从没见过或听说过有谁像麦瑞勒这样，对虚假的借口敏感而又严厉。当她昨晚走出特·雅兰·瑞奥德的时候，发现伊兰的戒指已经放回桌上，而伊兰正在熟睡。她白费的力气实在是够多的，而现在，听到那六名两仪师差点送掉了性命……就连正在柳条笼子里叽叽喳喳唱歌的小鸟，都被她狠狠瞪了一眼。

“她们以为她们无所不知，”奈妮薇轻蔑地嘟囔着，“我跟她们提过噩梦的事，我警告过她们，而且昨晚还不是我第一次警告她们。”但六位两仪师并没有因为她的警告而免于接受治疗。这件事很可能会有一个更加可怕的结局——这全都是因为她们的刚愎自用。她用力揪了几下辫子，她已经因为这种动作过于频繁而延迟了编辫子的速度。罪铐的手镯有时候会勾住头发，不过她并没有将它摘下来的意思。今天应该是伊兰戴这只手镯了，只是她不想把它交给伊兰，正如同她不想把它挂在墙上。通过这只手镯，她能感觉到一阵阵担心和恐惧的情绪，但最为强烈的还是深深的挫败感。毫无疑问，“玛丽甘”正在准备早餐，被迫操持杂务显然比成为阶下囚更让她痛苦。“想一想，这件事对你来说是有好处的，伊兰。为什么大费唇舌警告别人后，你自己反倒陷入那种窘境了？你没解释这一点。”

仍然在用毛巾擦脸的伊兰打个哆嗦：“想置身其外并不容易，毕竟那种规模的噩梦需要我们共同的力量才能压制下去。也许这次她们能学会要谦逊些，也许今晚和智者们的会面，不会那么糟了。”

奈妮薇暗自点点头，事情的确如她所料。不是指雪瑞安她们的事，她并不认为她们真的会变得谦逊，两仪师变谦逊时，连山羊也能拍打着翅膀飞舞了，而智者比她们更加骄傲自大。她指的是伊兰。这女孩八成是自愿踏入噩梦的，不过她绝不会承认这点。奈妮薇甚至怀疑，伊兰会以为承认自己的勇气是一种狂妄自大的行为，或者是伊兰从没意识到自己有多么勇敢。奈妮薇真羡慕伊兰的勇气，也真希望伊兰能明白自己是怎样的人。“我想我看见兰德了。”这句话让伊兰的毛巾掉进了脸盆里。

“他是以肉体进去的吗？”智者们认为这种行动是非常危险的，它会让一个人失去某些他身为人的基本要素。“你要警告他别这样做。”

“他什么时候能听进一句好话？我只是瞥见他一眼。也许他是在梦中偶然擦过了特·雅兰·瑞奥德。”这不太可能。兰德为自己的梦设下了很强的防护结界，不可能会接触到梦的世界。他又不是梦行者，也没有特法器，所以他只可能是带着肉身进入那里。“也许另一个看上去有些像他的人。我说过，我只是瞥见他一眼，在白塔前的广场上。”

“我应该去那里找他的。”伊兰嘟囔着，将脸盆里的水倒进夜壶里，然后让出了盥洗架前的位置。“他需要我。”

“他需要很多东西。”奈妮薇恼怒地重新在脸盆里倒上水。她讨厌用放了一夜的水洗漱，这些水都不凉了，这里再也没有凉水这种东西。“应该有人每周抽他一记耳光，让他不要忘记最基本的道理，让他记得要走正道。”

“这不公平，”伊兰将一件干净的衬衣套过头顶，让自己的话音变得有些模糊，“我一直都在担心他。”她的脸从领口冒了出来，写在脸上的担忧远远超过了气恼。然后她从墙上拿下一件镶边白裙装：“我甚至在做梦的时候都在担心他！你觉得他会无时无刻地想念我吗？他肯定不会。”

奈妮薇又点点头，虽然她心里不是特别赞同伊兰。兰德知道伊兰安全地留在两仪师身边，虽然他不知道伊兰真正身处何方，而兰德自己何曾有过安全可言？她朝脸盆弯下腰，岚的戒指从衬衣里滑脱出来，悬挂在皮绳上。不，伊兰是对的，无论岚在做什么，无论他在哪里，他都不会像自己想念他那样想念自己，程度连一半都不到。光明啊，让他活下来吧，即使他已将我完全忘记。但一想到真的有可能出现这种情况，奈妮薇又恨不得把辫子连根拔下来。幸好她的手已经被毛巾和肥皂塞满了。“你不能整天想着男人，”她有些生气地说，“即使你真的想成为绿宗两仪师。昨晚她们都找到了什么信息？”

说来话长，但大部分是废话。没多久，奈妮薇就坐到伊兰的床上，倾听伊兰的描述，向伊兰提问。但伊兰的回答也没能告诉她更多的信息，毕竟没有亲眼看见文件，只是听到两仪师们透露的一麟半爪。爱莉达终于知道了兰德发出的特赦令，她又会对此做出什么样的反应？关于白塔在和各国的统治者们取得联系的证据，也许实际上会是一个好消息，这样会在评议会的屁股下点上一把火，一定要让她们行动加快。爱莉达派遣使者去见兰德，这个讯息确实让人担心，但兰德不可能会愚蠢到听信爱莉达的话。他会吗？伊兰听到的毕竟是太有限了。而兰德将狮子王座放到高台上又是为什么？他是如何看待王座的？他也许是转生真龙，还有艾伊尔人嘴里的那个卡什么，但他逃不掉一件事——是奈妮薇把他从一个孩子拉扯大，揍他的屁股对奈妮薇来说，就像家常便饭。

伊兰把衣服全部穿好之后，丢下一句“剩下的我以后再告诉你”，就匆匆地跑出了门。

奈妮薇嘟囔了几句，开始不慌不忙地穿起了衣服。伊兰今天要第一次给初阶生上课了，奈妮薇还没被允许这样做。即使她还没接到这样的任务，她也还有魔格丁要对付。魔格丁很快就会做完早餐了。

但让奈妮薇感到麻烦的是，当她找到魔格丁的时候，这个女人双臂手肘以下的部分正浸在肥皂水里。罪铐的银项圈看上去十分抢眼。魔格丁不是独自一人，还有另外十几名妇人在卖力地用洗衣板搓洗着衣服。这里是一个用木栅栏围起来的院子，许多冒着蒸汽的煮水锅分散在院子各处。还有更多的人将洗净的衣物挂在一排排晾衣绳上，成堆的亚麻床单、内衣和各种纺织品在等待着被放进洗衣盆里。奈妮薇觉得魔格丁望向她的目光，仿佛是洒在她身上的一勺热油。憎恨、羞愧和愤怒的情绪透过罪铐滚滚而来，几乎淹没了其中的每一点恐惧。

负责管理这地方的是尼奥妲——一个瘦得像根棍子的灰发妇人。看见奈妮薇，她便挤开人群走过来。她以握持令牌的姿势拿着一根扁头短棒，暗色的羊毛裙系紧在膝盖上，以免沾到地上的泥巴。“早安，见习生，我想你是要找玛丽甘，对吧？”她平淡的声音里有一些尊敬的意思。但她知道，任何见习生都有可能被罚到这里洗上一天，或一个月的衣服，她对待这样的见习生绝不会比对待手下的洗衣妇更好。“嗯，我还不能让她走，我的人手缺得厉害。今天我的一个女孩结婚了，另一个逃走了，还有两个不能干粗活，因为她们怀孕了。两仪师麦瑞勒告诉我能用她。也许我只能放她离开一两个小时，也许。”

魔格丁抬起头，张开了嘴，但奈妮薇用一个凶狠的眼光（她同时也在手镯上加了些力气）让魔格丁又把嘴闭上，埋头去工作了。魔格丁只会说一堆不合时宜的话来——她应该是一名乡下妇女，但她的伪装总是会出各种各样的纰漏——这会让她被静断，然后被砍头。奈妮薇和伊兰的下场也不会比她好多少。当魔格丁一边悄声嘟囔着，一边重新趴到洗衣盆上的时候，奈妮薇不由得松了一口气。强烈的羞耻和愤怒几乎冲破了罪铐。

奈妮薇努力向尼奥妲挤出一丝微笑，嘟囔了一些自己也不知道是什么的话，然后大步走向一个公共厨房，去那里找早餐吃。又是麦瑞勒。她想知道，这名绿宗两仪师是否和她有什么私人恩怨。她也想知道，看管魔格丁的工作是不是要让她永远被坏脾气缠绕着。自从给这个女人戴上罪铐之后，她已经在像吃糖一样吃鹅薄荷了。

在陶土杯里倒满蜂蜜茶，从烤炉中拿出一个热的小圆面包，她边吃边离开了厨房。汗水不停地从她的脸上渗出来，即使还只是早晨，天气已经十分炎热和干燥了，正在升起的太阳在森林上方洒下了一片明亮的金光。

泥土街道上已经挤满了人，一般在天刚亮的时候就是这样了。两仪师以优雅的步伐踱过街道，完全无视灰尘和炎热，神秘的面孔后面隐藏着神秘的使命。护法跟在她们身后，冰冷的眼神从驯服的外表下流露出狼的杀意。到处都是士兵——成队列行进的步兵和成群的骑兵。奈妮薇不明白，为什么这些人明明在树林里有自己的营地，却还被允许拥挤在狭窄的街道上。孩子们也在街道上玩耍，他们经常用木棍当成刀枪，模仿士兵们的样子。穿白衣的初阶生小跑着穿过人群，去完成她们的差事。仆人们的动作比初阶生要慢一些。女仆们抱着从两仪师床上换下来的床单，或者是提着装满面包的篮子。男人们赶着装满木柴的牛车，提着箱子，或者是扛着整只绵羊送到厨房去。沙力达并不足以容纳这么多人，这个村子现在几乎已经要爆开来了。

奈妮薇一直在向前走着。见习生的一天大部分时间都是属于自己的，除非她在教导初阶生，或者是单独研究自己选择的题目，或是选择与两仪师共同研究某个项目。不过一名无所事事的见习生很容易被两仪师捉去做事情，她不打算把这一整天的时间都用来帮某位褐宗两仪师编纂书籍目录，或者是为一位灰宗两仪师抄写纪录簿。她痛恨抄写，只要她在纸上落下一滴墨点，就会招来一顿责备。即使一切平安，两仪师也会慨叹她的笔迹没有文书员的整洁。所以她装作匆忙的样子，不停地在人群中来回穿行，一边搜寻着史汪和莉安。她已经郁积了足够的怒气，即使没有魔格丁也能导引了。

每次她感觉到胸前那个沉重的金戒指时，她都会想，*他一定要活着，即使他已经忘了我，光明啊，让他活着吧！*当然，这个想法只会让她更加生气。如果亚岚·人龙真的忘记了她，她一定会让他清醒过来。*他必须活下来。*护法经常会死于为两仪师的复仇中——没有一个护法会让其他事情阻碍复仇，这几乎就像太阳会升起来一样确定——但现在岚并没有为沐瑞复仇的可能，就像沐瑞从马背上跌下来，摔断了脖子，岚也无法为她复仇一样。沐瑞最后是和兰飞儿同归于尽的，所以他只能活下来。但她为什么又会对沐瑞的死有罪恶感？没错，岚已经从沐瑞那里解脱了，但她什么都没做过。只是当她得知沐瑞已经死去的时候，无论有多么短暂，她的第一个想法就是为了岚的自由而欣喜若狂，而不是为沐瑞感到哀伤。她不能让自己摆脱这个羞耻，这比任何其他事情都更让她生气。

突然间，她看见麦瑞勒正朝她走过来，跟在她身后的是黄头发的柯利·曼金，她的三名护法之一。他还是个血气方刚的年轻人，但已经像石头一样坚硬了。这名两仪师的脸上表现出决绝的神态，完全看不出她昨晚有什么样的经历。奈妮薇不知道麦瑞勒是不是在找她，但她还是快步躲进了一栋高大的石砌建筑里面，这栋建筑曾经是沙力达的三座旅店之一。

宽敞的大厅已经打扫得一尘不染，并且被布置成会客室。它的石膏墙壁和高天花板也都修补好，墙上也悬挂了一些颜色鲜亮的织锦。几块彩色的小地毯被分散地铺在地板上，地板已经被打磨平整过了，虽然还没有被打蜡抛光。在阳光下奔波许久之后，这个阴凉的大房间确实让人感觉到些许凉爽。

洛根傲慢地站在一个没有生火的高大壁炉前，身上的绣金红外衣被他拢在身后。蕾兰·艾卡辛正用警戒的眼神看着洛根，她的蓝色流苏披肩让这个场合显得很正式。蕾兰是一名身材苗条的女子，平时总是显得十分威严，但有时她又会给予别人温暖的微笑。她是沙力达白塔评议会蓝宗的三位守护者之一。今天奈妮薇一走进这里，就注意到她锐利的眼神。

屋里还有另外两个男人和一个女人，他们穿着华丽的刺绣丝衣，佩戴着黄金珠宝。这三个人的头发都已经变成了灰色。其中一个男人的头发几乎掉光了，下巴上被修得平整方正的胡须和上唇留得很长的胡子倒是很茂密。他们是掌握实权的阿特拉贵族，前天，他们在强大卫队的护送下来到这里。他们忌惮这支由两仪师在境内聚集起来的军队，而他们彼此之间也同样有着深深的猜忌。阿特拉人效忠的对象是他们的领主或城镇，却对这个被称作阿特拉的国家没什么忠心。没有多少贵族会向国家缴税，或者是留意居住在艾博达的女王有什么旨意，但他们会注意突然出现在他们中间的军队。只有光明知道，真龙信众流传的谣言在他们之中产生了什么影响。但在此时此刻，他们全都忘了对彼此的傲慢和要对两仪师摆出的威仪，三双眼睛全都紧盯着洛根，仿佛他们看见的是一条色彩鲜艳的巨型毒蛇。

屋里的最后一个人是古铜色皮肤的布尔·沙尔伦。他看上去就像是从一株老树根中雕出来的一样，但能在瞬间就敏捷地动武。蕾兰的这名护法是这里唯一警戒洛根的人（理论上，洛根在沙力达是拥有个人自由的），现在他的主要责任是保护这个男人不会被来访者用匕首刺穿心脏。

就洛根而言，他在这些人的注视下倒是很有精神。这个留着披肩卷发的高大男人皮肤黝黑，面容英俊而坚毅，看上去就像一只鹰一样骄傲、自信。但点燃他眼中光芒的，是一个对于复仇的承诺，即使他不能报复所有他想报复的人，至少他在这件事上是可以有所作为的。“在我自称为转生真龙的前一年，六名红宗两仪师在柯杉墨勒找到了我。”奈妮薇进来的时候正好听见他在说话，“她们之中领头的人叫佳纹达，但一个叫贝拉辛的和我谈得最久。她们跟我提到了爱莉达，似乎是她知道她们的目的。她们在我睡觉的时候找到了我，当她们屏障我的时候，我以为我已经完了。”

“两仪师——”那名女贵族厉声说道。这名矮壮的女人有一双凶狠的眼睛，一道细长的疤痕横过她的脸颊（奈妮薇觉得女人脸上出现这样的疤痕，实在是很不协调），当然，阿特拉女人以性情暴烈著称，但在大多数时候是有些夸大其词了。“两仪师，怎么能确认他说的是实话？”

“我不知道该怎么确认，莎伦娜女士，”蕾兰平静地说，“但有一个不能说谎的人向我确认过，他说的是实话。”

莎伦娜的表情没改变，但双手在背后握成了拳头。她的同伴之一，那名高个子、面容憔悴、头上灰发多过黑发的男人将两只拇指都插进剑带里，竭力装出从容的样子，但他抓住剑带的手指节都泛白了。

“就像我说的那样，”洛根继续带着平静的微笑说道，“她们找到了我，让我选择当场死亡或者接受她们提供给我的一切。真是个奇怪的选择，完全出乎我的预料，但我在那时没时间多想。她们没有说以前是否也这样做过，但我觉得她们对于这种事倒很熟悉。她们没告诉我理由，但现在看来，她们的理由是很清楚的。扶植一个能够导引的男人，让他得到一点光荣，然后扳倒一名伪龙，但……”

奈妮薇皱起眉。洛根的语气是如此随意，仿佛一个男人正在谈论一天的狩猎。他说的是自己的陨落，但他的每一个字都是爱莉达棺材上的一根钉子，也许是整个红宗的棺材。如果是红宗两仪师将洛根推上了转生真龙的宝座，难道她们不曾对高林·罗加德和马瑞姆·泰姆做同样的事？也许历史上所有的伪龙都是这样产生的？奈妮薇能看见这样的想法出现在阿特拉人的脑海里，如同推动石磨的齿轮，先是吃力而缓慢的，然后整个磨坊运转得愈来愈快。

“在一整年的时间里，她们帮我躲避其他两仪师，”洛根说，“只要有两仪师接近我，她们就会给我送信来，不过这样的情况并不多。在我正式宣布为转生真龙、开始聚集追随者之后，她们就送信告诉我国家军队所在的方位和数量，要不然你们以为我凭什么总是能知道该从什么地方、在什么时候发动攻击？”他咧嘴一笑。其他的听众们此时动了一下身体，半是因为他的笑容，半是因为他的言词。

洛根痛恨两仪师，奈妮薇在勉强自己为他检查身体的几次机会中确认了这一点。自从明离开之后，奈妮薇还没能再找到这样的机会。而在以前的检查里，她也没能找到任何有用的信息。她曾经以为研究洛根能让她从另一个角度观察静断（虽然她像不了解男人本身一样，不了解他们是如何使用至上力的），但实际上，对洛根的研究比盯着一个没有光的黑洞还糟糕。那里什么都没有，甚至连个洞都没有。待在洛根身边只会让她感到不安，洛根总是用明亮如炬的双眼盯着她的一举一动，让她总是不由自主地有想要发抖的感觉。尽管她知道，只要洛根错动一根手指，她就会用至上力立刻将他压倒。洛根的目光里没有男人对女人的那种轻薄，而是一种纯粹的轻蔑，虽然这种轻蔑从不曾出现在洛根的表情里，这些都只会让奈妮薇感到更加恐惧。两仪师已经让洛根永远地失去了至上力，奈妮薇能够体会到，如果有人对她做了这种事，她会有什么感受。无论如何，他不能向所有的两仪师复仇，他能做的只有摧毁红宗，而现在他已经有了一个好的开始。

这是第一次三名贵族同时来到沙力达，迄今为止，每周大约都有一名阿特拉或莫兰迪的贵族来听洛根的故事。而每名贵族在离开的时候，似乎都被洛根压得透不过气来。比起洛根的故事，更让奈妮薇感到惊讶的是，两仪师们承认了黑宗的存在。不过，她们并不打算公开宣布这件事。差不多也是为了同样的原因，她们并没有大肆宣扬洛根的故事。也许红宗做过这样的事，但她们毕竟是两仪师。大多数人是分不清两仪师宗派的。不管怎样，只有很少的人有机会来听洛根的故事——一些强大家族的家主。这些家族可以支持沙力达的两仪师，即使不是公开的；不管情况再糟，至少他们不会支持爱莉达。

“当更多两仪师来对付我的时候，佳纹达送信给我，”洛根说，“告诉我谁在猎捕我、她们在什么地方，这样我就能在她们发觉之前攻击她们。”蕾兰静美无瑕的面孔片刻之间严肃了许多。布尔握住了剑柄。在洛根被捕之前，有不止一位两仪师牺牲了。但洛根似乎并未注意到他们的反应。“红宗从不曾给过我虚假的情报，直到她们最后出卖我的时候。”

留胡子的贵族用凶狠的目光盯着洛根，显然他是故意这么做的。“两仪师，他的追随者们该怎么办？他在白塔的时候也许是安全的，但他就是在距离这里不远的地方被捉的。”

“这些追随者或者被杀，或者被捉，”面容憔悴的贵族插嘴道，“大多数都逃走了，一哄而散。我知道这些，两仪师。罗林·灭暗者的追随者在他们的主人被抓后妄想要攻击白塔，桂尔·亚玛拉桑的也是一样。我们记得很清楚，洛根的军队曾经穿越我们的土地，想要把他救出来。”

“你们不需要害怕这件事，”蕾兰向洛根抛去一个笑容，仿佛是一名女子在安抚被绳索拴住的狗，“他对荣耀已经失去了兴趣，现在只想为他过去造成的伤害做一些补偿。而且，我怀疑即使他发出召唤，他过去的追随者有多少会回到他身边？毕竟他曾经被装在笼子里送去塔瓦隆，并在那里遭到了驯御。”两仪师轻松的笑声得到了阿特拉人的应和，但两声干笑之后，他们又沉闷下来。洛根的面孔则如同铁铸的面具。

蕾兰突然扬起了眼眉，她注意到奈妮薇正站在门口。她和奈妮薇有过不止一次愉快的谈话，也赞扬过奈妮薇和伊兰所谓的新发现，但她会像任何两仪师一样责罚出错的见习生。

奈妮薇行了个屈膝礼，又指了指已经空掉的陶土杯："请原谅，两仪师蕾兰，我必须把这个送回厨房去。"还没等两仪师说话，她已经跑过房间，从后门溜出去了。

奈妮薇的运气不错，现在她已经看不见麦瑞勒了，她不打算让另一位两仪师教训她一顿关于义务、克制和诸如此类的愚蠢东西。而奈妮薇的好运还不止于此，史汪就站在距离她不到三十步的地方。她站在街道中央，加雷斯·布伦站在她面前，熙熙攘攘的人群只能从他们两个背后挤过去。像麦瑞勒一样，史汪没有任何伊兰所说的那种被殴打的痕迹。如果她们没有就这么简单地走出梦的世界，由两仪师治愈她们的伤口，也许她们会对特·雅兰·瑞奥德有更多的尊敬。奈妮薇又向他们靠近了一些。

"你到底怎么了，女人？"加雷斯带着抱怨的口气对史汪说道。一头灰发的他叉开双腿，两只拳头叉在腰间，俯视着这名外表青春秀丽的女子，看上去就像是一块大石头，汗水从他的脸上滑落，但他却仿佛丝毫不觉。"我只是赞美你把我的衬衫洗得很柔软，你却像是要把我的脑袋咬下来。我是说你看上去气色很好，不是想和你开战。我是在赞美你，女人，虽然我没有送你玫瑰花。"

"赞美？"史汪恶狠狠地看着他，蓝色的眼睛里充满了怒火，"我不想让你赞美我！我不得不给你烫衬衫，你就高兴了？你是个比我想象中还小气的男人，加雷斯·布伦。难道你以为当军队开拔的时候，我会像营妓一样跟着你，希望得到你的赞美？还有，你不能对我喊什么'女人'！那听起来就像是在喊'狗儿，过来'！"

加雷斯的额角冒出几条青筋："我高兴的是你信守承诺，史汪。而如果军队离开这里，我想你应该继续跟在我身边。我从没要求你立下这样的誓言，这是你自己的选择。你那时只是想找机会开溜，却从没想过有一天要履行这个誓言，对不对？说到军队开拔，你在亲吻那些两仪师的脚时有没有听到什么讯息？"

只是一眨眼的工夫，史汪的情绪已从极度的愤怒变成冰冷的镇静："这不在我的誓言范围内。"她的姿态像极了年轻的两仪师，挺直后背的身姿充满了冷静、傲慢与蔑视，只是面容没有那种长期接触至上力后的圆润无瑕。"我不是你的间谍。你效忠的是白塔评议会，加雷斯·布伦，为此你也立下了誓言。评议会将决定你的军队何时启程，听她们的命令，好好遵守吧！”

加雷斯的改变也如同闪电一样快。“你是个值得让我拔出剑的敌人，”他赞赏地笑了笑，“你会是一个更好的……”笑声突然变回一阵怒吼——“评议会，是吗？呸！你告诉雪瑞安，她最好不要再躲着我了。在这里能做的事情我已经都做了，告诉她，一头猎犬在笼子里被关久了，当真正有狼来的时候，它就已经是头猪了。我将这些人召集起来不是为了把他们拉到市场上去卖的。”加雷斯用力地点了一下头，便转头走进了人群。史汪盯着他的背影，紧皱双眉。

“你们都在说什么？”奈妮薇问。史汪愣了一下。

“与你无关。”史汪恨恨地说着，伸手抚平裙子，从她的反应看来，好像奈妮薇是故意在探听的。这个女人本来就不会和别人分享任何事情。

“别太在意。”奈妮薇有些僵硬地说，她关心的不是这个，“我还要继续对你进行研究。”她今天一定要有收获，哪怕这会要了她的命。史汪张开嘴，向周围看了看。“不，我没有带玛丽甘，而且现在我不需要她。自从我在你身上找到某种有可能治愈的线索后，你只让我接近了你两次！两次！今天我要研究你，如果不行，我就会告诉雪瑞安，你在违抗她的命令，你没有充分合作。我发誓我会的！”

片刻之间，奈妮薇以为对面的这名女子是要杀了她，但史汪只是恶狠狠地说：“今天下午。上午我很忙，除非你认为你想做的事比帮助你的两河朋友更重要！”

奈妮薇向史汪逼进了一步，街上的行人根本没注意她们，但她还是压低了声音：“她们对他有什么计划？你一直都说，她们还没决定该怎么做，但这次她们一定是有什么结论了。”如果她们真的有了结论，史汪会知道的，不管那些两仪师是否想让她知道。

莉安突然出现在她们身边，奈妮薇只能闭上嘴。史汪和莉安彼此瞪视着，挺起后背，仿佛是被关在同一个小房间里的两只陌生的猫。

“怎么样？”史汪紧绷着下巴低声说。

莉安哼了一声，她的卷发随着她甩头的动作飘舞起来，嘴角挂着一丝冷笑，但说出的内容与她的表情和语气却完全不相称。“我竭力劝说她们不要那么做，”她呸了一声，动作很轻，“但她们对这件事甚至都没有考虑过。今晚你没办法见到那些智者了。”

“鱼肠子！”史汪咆哮了一声，转身就走。她迈着大步，速度并不比朝反方向走去的莉安更快。

奈妮薇几乎是颓丧地摊开了双手。她们两个只自顾自地说话，根本不在意她，仿佛她不知道她们说的是什么，这种忽视让人非常生气。史汪最好今天下午能如约出现，否则奈妮薇一定会想办法把她身子里的水分都拧出来，然后挂到太阳底下晒干！这时，一个女人的声音从背后传来，把奈妮薇吓了一跳。

“应该把这两个家伙送到提亚娜那里去，让她们好好挨一顿鞭子。”蕾兰从奈妮薇背后走过来，先是看着史汪，然后又看了莉安一眼。她竟然这样到处偷偷摸摸听人谈话！洛根、布尔和那些阿特拉贵族都不在她身边。这位蓝宗两仪师整了整披肩：“当然，她们已经没有过去的身份了，但我以为她们至少可以保留一点端庄。如果她们真的在大街上互揪头发，这点体面也荡然无存了。”

“有些人就是合不来。”奈妮薇说。史汪和莉安那么竭尽全力地维持着她们彼此忿恨的样子，奈妮薇最起码也要帮她们一下。她真是痛恨别人悄悄溜到她背后。

蕾兰看了奈妮薇抓住辫子的手一眼，奈妮薇急忙将手放开，有太多人知道她这个习惯了，她也很努力地想改掉这个习惯。不过两仪师只是说了一句：“只要不会损害两仪师的尊严就好，孩子。侍奉两仪师的女人无论在私人事务上多么愚蠢，她们在公众场合也应有所保留。”奈妮薇当然不能对这种话给予任何评论，反正她说什么都可能祸从口出。“为什么你刚才会在我展示洛根的时候走进去？”

“我以为那里没人，两仪师，”奈妮薇急忙说道，“很抱歉，我希望我没有打扰到您。”她当然不能回答说她是为了躲避麦瑞勒。蓝宗两仪师只是看着她的眼睛，许久没有说话。

“你认为兰德·亚瑟会怎么做，孩子？”

奈妮薇困惑地眨眨眼：“两仪师，我已经有半年没看见他了，我知道的只是我听说的一些讯息。评议会……两仪师，评议会对他做出了什么决定？”

蕾兰仔细端详着奈妮薇的脸，咬住了下唇，那双黑色的眼睛似乎能看进奈妮薇的脑子里去，只是其中充满了不确定：“真是个引人注目的巧合。你和转生真龙，以及那个名叫艾雯·艾威尔的女孩来自同一个村庄。她在成为见习生的时候，我们就对她寄予莫大的期望。你知道她在什么地方吗？”没等奈妮薇回答，她继续说道：“还有另外那两个男孩，佩林·艾巴亚和麦特·考索恩。我知道，他们两个同样是时轴，真是引人瞩目。还有你，尽管你还有许多不足，但你已经有了一些非同凡响的发现。无论艾雯在哪里，她也会做出我们无法企及的突破吗？你可以想象一下，你们在两仪师之中引起了多少讨论。”

“我希望她们都能说一些好话。”奈妮薇慢慢地说道。自从来到沙力达之后，特别是自从前往凯姆林的使节团被派出之后，她总是会被问到许多关于兰德的问题——一些两仪师只要一向她开口，就会提到这种事——但蕾兰的这一席话似乎和其他两仪师有所不同。这就是和两仪师交谈的困难之处，有半数时间，奈妮薇不知道她们真正的意思，或者她们有什么目的。

“你仍然希望能治愈史汪和莉安，孩子？”蕾兰说完之后点点头，仿佛奈妮薇已经回答了，然后她叹了口气：“有时候，我想麦瑞勒是对的，我们对你过于纵容了。无论你有什么样的发现，我们也许应该让瑟德琳管束你，直到你意识上的导引封锁被打破。想想你在这两个月的成绩。如果你打破了封锁，又会取得怎样的成绩。”奈妮薇不由自主地抓住了辫子，她很想插句话，很想小心地做出一些反驳。但蕾兰没有在意她的任何举动，也许这是最好的。“你帮不了史汪和莉安的，孩子，让她们忘记自己过去是什么人，满足于现在的自己吧！从她们的行为判断，现在唯一还让她们无法彻底忘记过去的就是你，还有你想要治疗她们的愚蠢尝试。她们不再是两仪师了，为什么还要抱着这种虚幻的希望？”

她的声音里带着一丝怜悯，以及一点轻蔑。毕竟，不是两仪师的人不能和两仪师相比，史汪和莉安在她们眼中已经算是下等人了。而且，沙力达有不少人将白塔的灾祸归罪于史汪，认为是史汪身为玉座时的种种失误，导致了今天的局面。她们很可能认为史汪受到的惩罚是应该的，甚至还不够。

而过去的历史也增加了奈妮薇的困难。静断是一件非常罕见的事，在史汪和莉安之前，已经有一百四十年时间没有女性接受过静断了。毁断的事故也至少有十几年时间没再发生过。被静断的女人总是会尽量远离两仪师。毫无疑问，如果蕾兰被静断了，她会尽可能忘记自己曾经是两仪师。她现在就很想忘记史汪和莉安曾经是两仪师，以及在她们身上发生的事情。如果她们可以被当成两个从来都不曾与导引和两仪师有关的普通女人，一定有许多两仪师感到更加舒服。

“两仪师雪瑞安已经许可我进行尝试了。”奈妮薇鼓起最大的勇气，坚定地说道。蕾兰只是盯着她的眼睛，直到她低下头去。只有满脑子羊毛的见习生才会想和两仪师彼此对视。

“我们都会有犯傻的时候，孩子，但一个明智的女人通常会知道自己的限度。看样子你已经结束了你的早餐，我建议你在放回那只杯子后去找些事做，以免给自己惹上麻烦。你有没有想过把头发剪短一点？算了，你走吧！”

奈妮薇行了个屈膝礼，两仪师不等她的身子低下去就已经转身离开了。确认蕾兰没有再看她之后，她才狠狠地瞪了一眼。这个女人竟然要剪她的头发！她举起辫子，向逐渐远去的两仪师摇晃了两下。她知道，如果自己胆敢当着两仪师的面发泄怒火，下场只会是和魔格丁一起去洗衣服，之前还得去一趟提亚娜那里。她已经在沙力达滞留了几个月，虽然她和伊兰从魔格丁的嘴里挖出了一些东西，但在实际行动上仍然一事无成。这些两仪师只会空谈和等待，任由世界一步步崩坏。而蕾兰却在想剪她的头发！她追捕过黑宗两仪师，而且已经捉住了其中两个，甚至还逮住一名弃光魔使（当然，两仪师们完全不知道这件事）。她还帮助塔拉朋的帕那克夺回她的宝座（虽然只是很短暂的）。而现在，她只是闲待在这里，靠着从魔格丁身上榨取信息来为自己赢得声誉。剪她的头发？她也许最好是剃一个大光头！

她看见达达拉·芬奇从人群中大步走过来，她的肩膀和街上的这些男人一样宽阔，而且她比大多数男人都来得高。这位圆脸的黄宗两仪师也让奈妮薇很生气。奈妮薇留在沙力达的原因之一，就是她想要跟从黄宗两仪师学习医疗技术，黄宗两仪师掌握的医疗技术多过所有其他的两仪师，大家都是这么说的。但这些两仪师却都不愿将她们独有的技巧跟一名见习生分享。黄宗两仪师本该鼓励她治疗任何病患，甚至是静断的热情，但她们给她的却只有激烈的反对。如果不是雪瑞安干涉，达达拉会让她从日出到日落一直不停地擦地板，直到她放弃“愚蠢的念头和浪费时间的行为”。妮索·达晨——一位身材娇小、严厉的目光几乎能穿透木头的黄宗两仪师，甚至拒绝和奈妮薇说话，因为奈妮薇坚持要“改变因缘已经注定的编织”。

但现在最让她关心的是她对天候的感觉仍然在告诉她，一场风暴即将来临。而没有一丝云彩的天空和赤灼的太阳，却仿佛是在嘲笑她。

奈妮薇低声嘟囔了几句，将陶土杯塞进一辆经过的木材车里，然后挤进人群。在魔格丁自由之前，她除了来回走动之外，没有任何事情可做。而魔格丁还要等多久才能自由，只有光明才知道。整整一个早晨都浪费了，在浪费了这么多天之后。

许多两仪师都向她点头微笑，她每次都会回给她们一个歉意的微笑，然后加快脚步，仿佛是有什么着急的事情要去做一样。如果她停下来，一定又会有一堆问题砸到她头上，询问她是否又有什么新发现。以她现在的心情，也许真的会把所想的事情认真地告诉她们。这当然是一件极端愚蠢的事。这些人什么都不做，只知道问她兰德有什么打算，要她去剪头发。呸！

当然，两仪师对奈妮薇也不全都是微笑。对她完全不理不睬的并不止妮索一个人，当这个小女人朝奈妮薇走过来的时候，奈妮薇不得不敏捷地躲到一旁，才没让她撞到自己。一名神态傲慢、长下巴、浅色头发的两仪师，骑着一匹高大的花斑阉马从人群中走过。经过奈妮薇身边时，她朝奈妮薇皱了皱眉，一双蓝眼睛犀利得吓人。奈妮薇没有认出她。这名女子穿着一身整洁的淡灰色丝绸骑装，一件轻亚麻的防尘斗篷折叠在她的马鞍前，说明她刚刚来到此地。一名穿绿色外衣的瘦高护法，骑着一匹高大的灰色战马跟在她身后，表情有些不安。任何事情都不会让护法有不安的表情，不过奈妮薇觉得加入一场针对白塔的叛乱，也许可以算是例外。光明啊，就连新来的人都打算整治她了！

随后她又遇到了疤脸的乌诺。乌诺按照夏纳战士的风格剃光了头发，只留下一个顶髻，他的那只空眼窝盖着一块皮革，皮革上画了一只怒视前方的凶恶的红眼睛。他正在为一匹战马卸马具，马的主人是一名穿戴盔甲的年轻人，牵着马缰，表情显得十分窘迫，他的骑枪还拴在马鞍上。乌诺朝奈妮薇抛来一个热情的笑容，嗯，如果不看他的眼罩，这个笑容还满温暖的。奈妮薇扭了扭面孔。乌诺眨眨眼，又匆忙去为士兵卸铠甲了。让奈妮薇胃里发酸的不是乌诺和他的眼罩，严格来说不是。乌诺曾经陪伴她和伊兰一路来到沙力达，又曾经答应过奈妮薇，如果她和伊兰要离开沙力达，他会为她们偷马（他管这个叫“借”）。当然，现在她们完全没机会离开。乌诺破旧的黑色外衣上的袖口处，多了一段金线的镶边。他现在是一名军官，负责为加雷斯·布伦训练重骑兵，所以他有太多的事情要做，没精力来打扰奈妮薇了。不，话也不能这么说，如果奈妮薇说想走，乌诺会在几个小时里为她准备好马匹。那时她就能在一队夏纳战士的护送下离开这里。这些夏纳人都是忠于兰德的，他们留在沙力达只是因为她和伊兰将他们带来这里。只是，她必须承认留在这里的决定是错误的；必须向乌诺承认，她以前说的那些留在这里很快乐的话是谎言。但她做不到这点。乌诺留下来的主要原因是照看奈妮薇和伊兰。她什么都不会向乌诺承认！

离开沙力达——这个想法因为乌诺而在她心中升起，并且立刻占据了她的脑海。要是汤姆和泽凌没有去阿玛迪西亚就好了，当然，他们不是为了好玩才去那里的。在之前的一些日子里，这里的两仪师确实摆出了一副要有所作为的样子，那时他们自告奋勇要去侦察河对岸的情况。他们已经出发超过一个月，因为要尽量渗透到阿玛迪西亚内部，所以几天之内应该是不可能回来的。当然，他们并不是唯一的探子，为了获取外界的信息，甚至连两仪师和护法都被派遣出去。但大多数探子的目标都是更遥远的西方——塔拉朋。等待他们回来，看看他们能带回什么有用的信息，这倒是劝说自己暂时留下的好理由。奈妮薇希望当时她没让他们离开，只要她不答应，他们绝对不会走的。

汤姆是一名年老的走唱人，只是他的技艺远远超过一名走唱人的水平。泽凌是来自提尔的一名捉贼人。他们两人都有很强的能力，能够在许多特殊的场合中来去自如，以各种手段完成任务，他们也一直陪伴着她和伊兰来到沙力达。如果对他们说她想离开，他们绝对不会多问一个字。毫无疑问，他们会在她背后说一堆闲话，但他们不会当着她的面说。不过，乌诺会的。

她真的需要他们，承认这点也让奈妮薇很感烦恼，但她确实不知道自己能不能偷匹马出来。不管怎样，一名见习生在马匹旁边晃荡别人一定会注意到，无论马厩或兵营马桩都一样。如果她不穿这身白衣，还没等到接近马匹就会被发现，并被报告给两仪师。即使她真的偷到了马匹，也一定会遭到追缉。逃走的见习生和逃走的初阶生一样，肯定会被抓回去，遭受惩罚，直到脑子里抹去一切再逃走的念头。当一个人开始被训练成两仪师而尚未成为两仪师时，她只能任凭两仪师们摆布。

当然，阻止她的并不是惩罚。被抽上一两顿鞭子怎么能与黑宗和弃光魔使相比？关键是，她是不是真的想离开。她要去哪里？去凯姆林找兰德？去凯瑞安找艾雯？伊兰会和她一起走吗？当然，如果她们的目标是凯姆林的话。她要离开是因为渴望做些事情，还是害怕魔格丁会被发现？如果魔格丁被发现，逃跑所受到的惩罚就完全不值一提了！奈妮薇满心烦乱地转过街角，发现面前就是伊兰的初阶生班，学生们聚集在两座茅草屋顶的石头房屋中间的空地上，这里本来是第三座石头房屋的废墟，不过已经被清理光了。

超过二十名穿白色裙装的女子坐在矮凳上，围成了一个半圆，看着伊兰指导她们之中的两个进行练习。阴极力的光晕包围了这三名女子。塔比娅是一名绿眼睛、雀斑脸的女孩，年纪大约有十六岁；妮可拉是一名年身材苗条的黑发女子，年纪和奈妮薇差不多。她们两个正摇摇晃晃地让一小团火苗前后移动。火苗不停地跳动着，如果一个人没有及时从对方那里接过火苗，并维持住它，火苗还会熄灭一会儿。因为怒火中烧的关系，奈妮薇能清晰地看见她们编织的能流。

当雪瑞安等两仪师逃出白塔的时候，有十八名初阶生随同她们一起逃了出来，塔比娅就是其中一人。但这个初阶生班里的大多数人都像妮可拉一样，是两仪师聚集到沙戴亚之后重新召集的，妮可拉也不是她们之中唯一年纪超过正常初阶生的人，这里有半数初阶生都已经是成年人了。在奈妮薇和伊兰前往白塔的时候，两仪师极少会测试年纪超过塔比娅的女孩（奈妮薇的年纪和她野人的身份同样显得很与众不同）。但也许是出于绝望的心情，这里的两仪师们将测试范围扩大到甚至比奈妮薇还要年长一两岁的女性身上。这样做的结果是，沙力达现在的初阶生比白塔原先的初阶生还多。显著的成果让两仪师们纷纷前往阿特拉，逐村寻找有潜质的女孩。

“你想带这样的初阶生班吗？”

背后传来的声音让奈妮薇心头一颤。一个上午就遇到两次，奈妮薇真希望自己的口袋里能有一些鹅薄荷。如果总是这样被惊吓，还不如去为褐宗两仪师整理书卷。

当然，这位苹果色脸颊的阿拉多曼女子并不是两仪师。如果是在白塔，瑟德琳已经会披上披肩了，但在这里她只是被晋升到一个超过见习生的位阶，还不如正式的两仪师。她将巨蛇戒戴在右手，而不是左手上，一件绿色的裙装很配她的古铜色皮肤，但她还不能选择宗派和披肩。

“比起教导一帮蠢笨的初阶生，我有更好的事情可以做。”

瑟德琳只是向奈妮薇尖酸的话语报以微笑。“笨见习生才会教笨初阶生，”通常来说，她的心肠都很好，“嗯，等到你可以心平气和地导引，不会去乱敲她们的脑袋时，你也会教导初阶生的。如果你很快就得到晋升，我不会惊讶，你已经有过那么多的发现了。知道吗，你还从不曾告诉过我你有什么样的把戏呢！”野人几乎全都有些自学的小伎俩，也就是她们导引能力初次展露的形式。而另一个大多数野人都有的，是对至上力的封锁。她们在思想中建立这种封锁，让所有人，甚至她们自己都不知道自己有导引能力。

奈妮薇很努力地维持住平和的面容。随心所欲地导引，成为两仪师，这些对于魔格丁的问题都无济于事。但那时她就能去任何想去的地方，进行自己的研究，再不会有人告诉她这个或那个是不能治疗的。“在我面前，人们在不可能康复的时候康复。如果有人要死了，我就会着急得几乎疯掉。那时我的草药知识总是没办法……”她耸耸肩，“于是他们就好了。”

“比我好多了。”瑟德琳叹了口气，“我能让男孩想亲吻我，或者是让他们不想接近我。我的封锁是男人，不是愤怒。”奈妮薇难以置信地看着她。瑟德琳笑了：“嗯，也可以说是情绪。如果有一个男人出现，我非常喜欢他或者非常讨厌他，我就能导引了。如果我感觉不到这种情绪，或者根本没有男人，对于阴极力，我和一棵树也没什么两样。”

“那你是怎么打破封锁的？”奈妮薇好奇地问。伊兰现在已经让所有的初阶生两人一组，让她们试着来回移动火苗。

瑟德琳的笑意更深了，脸颊上出现了两团红晕：“白塔马厩里有个叫查尔的年轻人，他总是很在意地看我，那时我十五岁。他有最灿烂的微笑。在我上课的时候，两仪师让他安静地坐在角落里，我就能导引了。当时我还不知道，一开始就是雪瑞安安排他和我相见的。”她的脸颊更红了，“还有一件事我也不知道，查尔有一位双胞胎妹妹，坐在角落里的查尔实际上是梅尔。几天后，当梅尔在我的课程中脱下外衣和衬衫的时候，我吃惊得晕倒了。但从那之后，我就能随意导引了。”

看着瑟德琳紫红色的脸颊，奈妮薇不禁笑出了声：“我希望我也能这么容易，瑟德琳。”

“不管容不容易，”瑟德琳的笑意逐渐退去，“我们一定会打破你的封锁。今天下午——”

“今天下午我要研究史汪。”奈妮薇急忙说道。瑟德琳绷紧了嘴唇。

“你一直在躲着我，奈妮薇。在过去的一个月里，你和我只进行了三次课程，我能接受你努力后的失败，但我不能接受你对努力的畏惧。”

“我没有畏惧。”奈妮薇生气地说。一个微小的声音却在问她，她是不是对自己隐瞒了事实。但一次又一次地尝试、尝试、再尝试……最后总是失败，这太让人气馁了。

瑟德琳没让她继续说下去。“既然今天你已经有约，那就算了，”她温和地说，“明天我要见到你，还有这以后的每一天，否则我就要被迫采取其他手段了。我不想这么做，你也不希望我这么做的，但我要打破你的封锁。麦瑞勒已经要求我在这件事上多花些力气，我发誓我会的。”

奈妮薇的下巴差点掉下来。这和她对史汪说的话太像了，这还是瑟德琳第一次用自己的权威逼压她。如果她在今天的运气一直是这样的话，那她和史汪最后只能肩并肩地等着提亚娜来教训她们。

瑟德琳没等奈妮薇回答，只是点点头，仿佛奈妮薇已经同意了。随后她就转身朝街上走去，奈妮薇似乎能看见流苏披肩已经盖住瑟德琳的肩头。今天上午实在是糟透了。又是麦瑞勒！奈妮薇真想放声尖叫。

在那些初阶生中间，伊兰向她投来一个骄傲的微笑，但奈妮薇只是摇摇头，就转过了身，打算回房去。今天真是多事的一天。没等她走多远，达达拉·芬奇冲了过来，将她撞倒在地上。两仪师竟然在奔跑！这身材高大的女人并没有停下来，也没说一声“对不起”，一头又钻进了人群。

奈妮薇爬起身，掸掉衣服上的泥土，忍着疼痛走回房里，一把摔上了房门。房间里闷热而又狭小，床铺还等着魔格丁来收拾。而最糟糕的是，奈妮薇直觉到，现在就会有一场冰雹落在沙力达了。但她现在对任何事都不会吃惊，也不想再受任何人的蹂躏了。

倒在满是皱褶的床单上，她抚弄着手腕上的银手镯，时而想到今天能从魔格丁身上榨出什么样的信息，时而想到下午史汪会不会出现。她又想到了岚，想到自己是不是还要留在沙力达。即使她离开也绝不算是逃走。她也许会去凯姆林，去找兰德，兰德需要有人照顾他，让他的头脑不至于膨胀得太厉害。而且伊兰肯定喜欢这样。奈妮薇想要离开（不是逃走！），听过瑟德琳的决心之后，她就更想离开了。

她以为当魔格丁结束工作，必须来找她（她在生气的时候经常会躲起来）的时候，从罪铐上传来的情绪应该出现相对的一些变化。但通过罪铐涌来的耻辱和愤怒一直都没减弱过，所以当房门突然被撞开时，她着实吃了一惊。

“原来你在这儿。”魔格丁咬着牙说，“你看看！”她伸出双手。“全都毁了！”在奈妮薇看来，这两只手和任何做久了洗涤工作的手没有差别——皮肤上泛起了一层白色皱皮，但这是可以恢复的。“我必须住在那个肮脏的匣子里还不够，还要像仆人一样被呼来唤去。现在，我又要像个劳工——”

奈妮薇用一个念头打断了魔格丁的话——她想象了一下被鞭子抽击的感觉。魔格丁立刻瞪大了黑眼睛，紧紧地咬住嘴唇。奈妮薇没有打得太狠，她只是要提醒一下这个女人。

“关上门，然后坐下，”奈妮薇说，“你可以等一会儿再铺床，我们先上一课。”

“我以前活得比这个好多了，”魔格丁用模糊的声音抱怨着，“托加的夜工也比我活得好！”

“除非我猜错了，”奈妮薇严厉地说道，“任何地方的夜工都不会得到一纸绞刑的判决。我们随时都可以告诉雪瑞安，你到底是什么人。”这纯粹是在吓唬魔格丁，每次想到这个秘密可能被揭穿，奈妮薇都觉得自己的胃仿佛被放在一颗火球上。一股令人颤栗的恐惧洪流从魔格丁身上涌了过来。这个女人竟然还能保持如此平静的面容，奈妮薇几乎要羡慕她了，如果换成是自己，她一定会尖叫着用牙齿啃咬地面。

“你想要我给你表演什么？”魔格丁用不带丝毫感情的声音问。每次都要奈妮薇或伊兰先进行询问，她才会给予解答。魔格丁从不会主动说什么，除非她们在罪铐上施加的压力让奈妮薇觉得已经到了刑讯拷问的程度。

“我们要试一试你教得并不怎么成功的一件事——探察男人的导引。”至今为止，这是唯一一项她和伊兰无法很快掌握的技能。如果她决定前往凯姆林的话，这种技能就非常有用了。

“这不容易，特别是没有男人可以实际练习。你不能治愈洛根，这实在太可惜了。”魔格丁的语气和表情里都没有任何嘲讽的成分，但她瞥了奈妮薇一眼，急忙加快了说话的速度：“不过，我们可以再试一试。”

这次课程确实不容易。每一次课程都不是容易的，即使魔格丁传授的是奈妮薇只要看见编织就能学会的技能。没有奈妮薇的允许，魔格丁不能导引，实际上，这允许意味着奈妮薇要引领魔格丁。但对于奈妮薇完全不知道的技能，只能由魔格丁来控制能流的走向，于是就造成了许多混乱。正因为如此，奈妮薇和伊兰才没有办法每天都学到十几项新技能。在侦测男性的导引上，奈妮薇已经了解了其中一些能流的编织方式，但这个技能需要对五行之力进行复杂绵密的编织，而且这种编织一直都在以令人目眩的速度变幻着，与之相比，医疗也显得简单许多。魔格丁说，它之所以没有被频繁地使用，就是因为它的复杂，如果将这种编织持续得太久，导引者免不了感觉头痛难忍。

奈妮薇躺回床上，竭尽全力想要掌握这种编织。如果她真的要去找兰德，就需要这个，而她不知道自己什么时候会出发。她完全在依靠自己的力量进行导引，只要偶尔想到岚或瑟德琳，就能有足够的怒火让她抱紧真源。魔格丁迟早要接受审判，为自己的罪行付出代价，如果习惯了使用这个女人的力量，那到时候奈妮薇又该怎么办？她必须解决自己的局限。瑟德琳能找到办法打破她的封锁吗？岚必须活着，只有这样她才能找到他。头痛变成一把钻挖她额角的锥子。魔格丁眼睛周围的肌肤开始绷紧，她有时会揉一揉头部，但在罪铐传来的恐惧之下，还有着一种几乎是满意的情绪。奈妮薇猜想，即使魔格丁不想传授她知识，当她有良好的表现时，魔格丁还是会不由自主地感到某种满足。她不知道自己是否喜欢魔格丁这种普通人的反应。

奈妮薇不知道这次课程持续了多久，魔格丁只是不停地嘟囔着“差不多了”、“还不行”。但当房门突然被撞开的时候，她几乎是挺直身子从床上跳起来。魔格丁强烈的恐惧和对面女子的叫喊声，几乎给她带来了同样巨大的震撼。

“你听说了吗，奈妮薇？”伊兰的一只手仍然按着门板，“白塔派来了使者，爱莉达的使者。”

奈妮薇的心一下子跳到了喉咙，她几乎没听到自己在喊什么，她甚至忘记了自己的头痛：“使者？你确定？”

“当然确定，奈妮薇，你以为我跑过来是为了闲聊吗！整个村子都乱了。”

“为什么要这样大惊小怪的，我们告诉过她们，爱莉达知道沙力达的事。”奈妮薇没好气地说。疼痛又回到她的脑袋里，即使草药袋里所有的鹅薄荷也不能冷却她烧灼的胃。这个女孩从没有学过要敲门吗？魔格丁将双手按在胃部，似乎也想要吃点鹅薄荷的样子。

“也许她们相信我们，”伊兰说着，一屁股坐到奈妮薇的床上，“也许她们不相信，但这次不由得她们不信了。爱莉达知道我们的位置，很可能她也知道我们要干什么，这里的任何一名仆人都有可能是她的眼线，也许甚至这里的两仪师之中也有她的人。我看见那名使者了，奈妮薇，她的头发是浅黄色的，一双蓝眼睛几乎能冻住太阳。她是红宗两仪师，名字叫塔娜·弗尔，是芙芮恩告诉我的，她由一名负责站哨的护法护卫进村。她看你的时候，就像是在看一块石头。”

奈妮薇看着魔格丁：“课程先结束，一个小时以后回来铺床。”魔格丁咬着嘴唇，双拳紧紧地抓住裙摆。奈妮薇一直等到魔格丁离开，才转身对伊兰说：“她带来了什么……讯息？”

“她们没告诉我，奈妮薇，我见到的所有两仪师都想知道这件事。我听说，当塔娜被告知她已经被白塔评议会迎接时，她笑了，不过那好像不是愉快的笑。你认为……”伊兰咬了咬下唇，“你想她们不会真的决定……”

“回去？”奈妮薇难以置信地说，“爱莉达会让她们用膝盖走完最后的十里路，爬着走完最后一里！即使她不这样下令，即使红宗说：‘回家吧，一切罪行都会被饶恕，晚餐已经准备好了。’难道你以为她们会那么容易放过洛根的事？”

“奈妮薇，两仪师会不计一切代价让白塔恢复统一，不计一切代价。你不明白她们，但我明白，从我出生起，宫廷里就有两仪师。现在的问题是，塔娜对评议会说了什么？她们又对她说了什么？”

奈妮薇焦躁地揉搓着手臂，她没有答案，只有希望。她的感觉告诉她，那场并不存在的冰雹正在轰击着沙力达的屋顶，这种感觉一直持续了好几天。

第 9 章

计划

“你将这些照明者带到阿玛多来了？”培卓·南奥坐在他朴素的高背座椅里，他冰冷的声音会让许多人瑟缩不止，但站在培卓面前的这个男人显然不属于其中之一。他站在金箔铺成的阳光普照图案上，如同自信与能力的化身。培卓继续说着：“我派遣两千名圣光之子守御塔拉朋边界是有原因的，埃布尔玳，塔拉朋必须被隔离，没有人能从那里跨越边界。如果我有办法，一只麻雀也不能过来。”

埃布尔玳完全是一名圣光之子军官所应有的形象——高大、威严，一张无畏的面孔，强有力的下巴，额角有几缕白丝。他的黑眸似乎在最恐怖的战场上，也不会流露出丝毫气馁，而事实也正是这样。此时此刻，他的黑眸又显现出深思熟虑的神情，代表着圣光之涂膏者、军队指挥官的金白色战袍非常适合他。“最高领袖指挥官阁下，他们希望在这里建立一座礼堂，”他的声音醇厚舒畅，和他的形象很相称，“照明者到处旅行，在他们之中插入密探是很容易的事，所有城市、贵族庄园和统治者的宫殿都欢迎照明者。请您考虑一下！”在表面上，埃布尔玳·奥墨那是光眷会议中位阶较低的一名成员，实际上，他可以说是圣光之子的间谍首脑。

但培卓考虑的是，照明者行会全都是由塔拉朋人组成的，而他不能让塔拉朋的混乱和疯狂渗透进阿玛迪西亚。即使他现在不能疗救塔拉朋的传染病，至少可以先将它隔离。“对他们的处置和所有潜入阿玛迪西亚的人一样，埃布尔玳，将他们看管起来，不允许他们和别人说话，立刻把他们护送出阿玛迪西亚。”

“请考虑我的意见，最高领袖指挥官阁下，他们十分有用，即使他们会传出一些闲话，也是值得的。而且他们很少与外人来往，都是一些深居简出的人。除了利用他们作为我的密探之外，照明者礼堂也会为阿玛多带来极高的声誉，这将是唯一的照明者礼堂，凯瑞安的礼堂已经被荒废，塔拉朋的肯定也无法再坚持很久了。”

声誉！培卓揉了揉左眼，想缓解一下不觉间出现的痉挛。惹怒埃布尔玳是没好处的，但克制也需要花费力气。上午的热气缓慢地烧灼着他的额角。“他们确实是不与外人来往，居住和外出都要与人群隔绝，很少与外人交谈。你是想让你的间谍和照明者结婚吗？照明者极少与他们行会以外的人结婚，而除了生为一名照明者之外，没有其他办法能够成为照明者。”

“嗯，我确信可以找到一个办法。”没有任何事能减损他的自信和强硬。

“这件事要照我说的去做，埃布尔玳。”这个男人居然还敢开口，但培卓不等他继续说下去，带着烦躁的神情打断了他的话：“照我说的做，埃布尔玳！我不会再听什么意见了！现在，告诉我你今天得到了什么讯息？有什么有用的情报？这才是你的职责，而不是为埃尔隆表演烟火。”

埃布尔玳犹豫了一下，很显然，他仍想为他宝贝的照明者再提出什么请求，但最后，他只是自负地说道：“有报告说，阿特拉出现真龙信众的讯息并非仅是谣传，看起来……在莫兰迪也有真龙信众了，他们在那些地方的规模还很小，但一定会有所成长的。现在只要来一次大规模的扫荡，就能同时剿灭他们以及沙力达的两仪师——”

“你要现在背诵圣光之子的条规吗？你只要收集情报就可以了，判断由我来做。你还有什么要告诉我的？”

这个男人对于发言被打断的反应只是默默地鞠了个躬，埃布尔玳善于保持平静，这也许是他最擅长的事：“我有好消息。马汀·斯戴潘诺准备加入您，他还在犹豫着是否要公开宣告，但我在伊利安的人向我报告，他很快就要采取行动了，他迫不及待。”

“这非常好。”培卓冷冷地说。这确实非比寻常。在这个房间的墙壁上，马汀·斯戴潘诺在黑底色上绘着三头银豹的旗子，悬挂在黄金流苏的伊利安王室旗帜旁边——绿色丝绸旗面上绣着九只金蜂。伊利安国王终于站到这场纠纷的前台来了，他至少要推行一个条约，以确保阿玛迪西亚和阿特拉之间原来的疆界。但培卓怀疑马汀大概不会忘记他在索瑞曼一战里虽然占有地形和人数的优势，却仍然兵败被俘的经历。如果不是伊利安同袍军掩护其余的部队逃出培卓的陷阱，阿特拉现在已经是圣光之子的一片采邑了。很可能莫兰迪，甚至伊利安也都会落入培卓手中。更糟糕的是，马汀·斯戴潘诺延聘了一名塔瓦隆女巫作为他的顾问，虽然他竭力隐藏这个事实。培卓会派使者过去，因为他不想放弃任何机会，但马汀·斯戴潘诺会加入他，这确实是值得注意的事。“继续，话说得简短一些，今天我还有很多事情，我可以过些时候看你的书面报告。”

但埃布尔玳还是进行了很长时间的汇报，他用清晰而确定的语气告诉培卓：兰德在安多几乎没有把他的力量拓展到凯姆林以外，而且他的闪电攻击也在最后时刻停滞下来。埃布尔玳小心地指出，他以前就预见到了这种情况。在近期内，边境国应该不会加入圣光之子对抗伪龙的行动。夏纳、埃拉非和坎多的贵族们，都趁着妖境平静的机会发动了叛乱。沙戴亚女王已经让她的国家隔绝了和其余边境国的往来，埃布尔玳认为这是因为她害怕沙戴亚出现同样的叛乱——但他的密探还是可以从那里送来情报。等那些小叛乱平息之后，边境国的统治者们因为局势所迫，只能依附于圣光之子。另一方面，莫兰迪、阿特拉和海丹的统治者们即将投向圣光之子，他们现在做出的种种假相只是为了迷惑塔瓦隆的女巫们。海丹的雅莲德知道自己的王位不稳，知道她需要圣光之子的支持，才能让自己避免像前任诸王一样突然垮台。阿特拉的泰琳和莫兰迪的罗德蓝都希望能借助圣光之子的力量，让自己不再做傀儡王者。很显然，埃布尔玳认为这些地区已经是培卓的囊中之物了。

依照埃布尔玳的观点，阿玛迪西亚国内的局势更加乐观，大量新兵涌向圣光之子的旗帜，超过了以往几年的总和。严格来说，这和埃布尔玳并没有关系，但他总是用能搜集到的任何好讯息装点他的报告。先知已经不会再侵扰这片土地了，目前他的乌合之众正在劫掠北方的村庄和贵族庄园。埃尔隆的军队只要再展开一波攻击，他们就会被轰回海丹去。监狱里几乎没剩下什么空间，因为逮捕暗黑之友和塔瓦隆奸细的速度，要比吊死他们的速度更快。迄今为止，塔瓦隆女巫只捉到了两名，但已经有超过一百名妇女受到拷问，从这点可以看出搜查者工作的细致。来自塔拉朋的流民已经日渐稀少，证明隔离工作十分有效，那些被捉住的流民都在第一时间被扔回了塔拉朋。最后这件事他说得很快，因为这会显出他在对待照明者问题上的愚蠢。

培卓心不在焉地听着，只是在必要的地方点点头。埃布尔玳在战场上是一名称职的指挥官，只要有人告诉他该做什么，但在他现在的位置上，他的轻信和愚蠢是让人难以接受的。他在报告里声称摩格丝已经死亡，她的尸体已经被发现，并且经过了确认——就在培卓将摩格丝本人引见给他的当天。他曾经嘲笑过关于提尔之岩陷落的“谣言”，确认讯息无误之后，他又坚持认为那座世界上最坚固的堡垒绝不会被任何外来力量攻陷。他相信一定是提尔之岩发生了叛变，一名大君将那座城堡出卖给兰德·亚瑟和塔瓦隆。他一直以为法美镇的灾祸和塔拉朋与阿拉多曼的动乱是亚图·鹰翼的军队跨过爱瑞斯洋，返回这片大陆之后造成的。他认为史汪·桑辰根本没有被废黜，兰德只是个疯子，而且濒临死亡；是塔瓦隆谋杀了盖崔安国王，造成凯瑞安的内战。而这三个“事实”纠缠在一起，造成了那些荒谬的谣言在四处流传，让人们相信有人突然爆成火焰，或者是梦魇凭空出现，屠杀整个村庄之类的无稽之谈。他不知道这些谣言到底是怎么形成的，但他宣称自己正在构筑一个宏大的理论，等到这个理论形成之日，只需依照它行事，一切女巫的阴谋都会被揭穿，塔瓦隆终将落入培卓手中。

这就是埃布尔玳的方式，他或者是为已经确定的事实杜撰各种令人费解的理由，或者是随意生吞活剥各种街谈巷议。他花费大量的时间听取人们的闲聊，从高官宅邸到深街窄巷都不放过，不止一个人看见他在酒馆里和号角狩猎者喝酒。人人都知道一个秘密——他花费巨款购买了至少三支以上所谓的瓦力尔号角，每一次他都会把新买来的号角偷偷带到乡下去，将它一连吹上几天，直到连自己也承认，并没有死去的传奇英雄从坟墓中冲出来。但一连串的失败似乎不能阻止他继续从巷子深处或酒馆的暗室里购买新的号角。

等到埃布尔玳终于住嘴的时候，培卓说：“我会认真考虑你的报告，埃布尔玳，你做得很好。”面前的家伙立刻得意洋洋地整了整身上的袍子。“现在退下吧！你出去的时候叫塞班进来，我有些信件要向他口述。”

“当然，最高领袖指挥官阁下，啊！”埃布尔玳鞠躬到一半的时候，伸手在白色上衣的口袋里摸索了一会儿，拿出一根小骨管，递给培卓，“这是今天早晨鸽子带来的。”骨管上有三道红色的细线，说明这是要呈给培卓的。骨管的蜡封完整无损，然而，这家伙竟然差点就把它忘了。

埃布尔玳仍然站在原地，毫无疑问，他想知道骨管里装着什么情报，但培卓朝房门指了指。“不要忘记塞班。如果马汀·斯戴潘诺要加入我，我必须给他写封信，看看能不能对他施加一点压力，让他做出正确的决定。”埃布尔玳别无选择，只能再次鞠躬，离开房间。

直到房门在埃布尔玳背后关上的时候，培卓仍然只是用手指抚弄着这根骨管，这种罕见的情报通常不会带来好讯息。缓缓地直起身（最近他经常感觉到年岁在压迫自己的骨骼），他在一只朴素的银杯中倒满调味酒，却只是任由那只杯子立在桌上。然后他打开一卷用亚麻线系住的皮革，皮革里保存着一张厚重的画纸。纸张曾经被揉皱过，并有部分破损，上面由一名街头画师用彩色石灰粉画了两个男人在云端战斗的情景。其中一个男人的脸部是一团火焰，另一个有着深红色的头发——兰德·亚瑟。

他希望减缓这个伪龙征服的脚步，希望转移他的力量，但针对这个伪龙的计划全部受到了挫折。他是否等待得太久，让兰德膨胀得过于强大了？如果是这样，就只剩下一个快速解决兰德的办法了。黑暗中的一把匕首，从屋顶上射来的一支箭。他还敢再等多久？但他敢放弃等待吗？过于匆忙的行动只会像太久的耽搁一样带来灾祸。

“阁下，您找我？”

培卓看着那个悄无声息走进房间的人。单从外表来看，很难想象他平时走路时连一点窸窣声都没有，他身上的每一部分都显得窄小皱瘪，褐色的外衣仿佛是悬挂在他多节的嶙峋瘦骨上，那两条腿看上去似乎随时会被他微不足道的体重压断。他迈步时好似非常卖力却又有些笨拙的小鸟。“你相信瓦力尔号角会召唤死去的英雄拯救我们吗，塞班？”

“也许，阁下，”塞班一边说，一边用有些夸张的动作将双手交叠在一起，“也许没这种事，这个我搞不清楚。”

培卓点点头：“你认为马汀·斯戴潘诺会加入我吗？”

“这个也是无法确定的，他应该不想死掉，或者是安心当一名傀儡。他唯一关心的只有保住他的月桂王冠，而聚集在提尔的军队一定已经让他出过不止一身冷汗了。”塞班冷漠地笑了笑，或者只是挤了挤嘴唇。“他已经公开说过，要接受阁下您的建议，但我也刚刚知道，他也和白塔有联系。很显然，他和白塔达成了某种协议，只是我还不知道是怎样的协议。”

全世界都知道埃布尔玳·奥墨那是圣光之子的间谍首脑，这样的职位当然应该是秘密，但马夫和乞丐也能在街上认出他来，对这个阿玛迪西亚最危险的男人保持敬而远之的态度。实际上，埃布尔玳只是个诱饵，一个不知道自己只是一副面具的傻瓜。真正戴着这副面具的人一直躲在圣光城堡里，塞班·巴尔沃，培卓的秘书，古板、干瘪、整日只是阴沉着脸。没有人会怀疑他，或者想到他和间谍有什么关系。

能够让埃布尔玳相信的理由，绝不会让塞班相信，即使是暗黑之友和暗帝。能让塞班相信的只有人们在暗中的耳语，从阴影里挖掘的秘密。当然，他可以像侍奉培卓一样侍奉任何主人，但培卓需要他。塞班提供的信息从不会因为他本人的心态而受到任何扭曲。怀疑一切，只有这样才能挖出事实。

"反正我对伊利安本来就没抱什么希望，塞班，但即使是马汀也是可以被说服的。"他必须做到这一点，不能继续浪费时间了。"边境国有什么新讯息吗？"

"还没有，阁下，但达弗朗·巴歇尔在凯姆林。我得到的情报说，他有三万轻骑兵，但我想他的实际军力应该不到这个的一半。无论妖境有多么平静，他不能将沙戴亚削弱得太厉害，即使这是泰诺比向他下达的命令。"

培卓哼了一声，左侧的眼角抖动了一下。他用手指抚过那张绘图——这应该是一张比较真实的兰德肖像。巴歇尔在凯姆林，所以泰诺比会回避他的使节。无论埃布尔玳是怎么认为的，边境国一直没有传来过好讯息。埃布尔玳报告的那些"小叛乱"确实很小，而且完全不是那个家伙所想象的叛乱，现在所有边境国人都在争论兰德到底是另一名伪龙，还是转生真龙。边境国人就是这样，有时候这种争论会变成小规模的冲突。最初的战斗开始于夏纳，差不多是在提尔之岩陷落的时候，这种时间的巧合就证明了幕后有女巫操纵。根据塞班的情报，所有这些是如何部署的尚未查清楚。

兰德被限制在凯姆林是埃布尔玳少数没有出错的情报之一，但拥有了巴歇尔、艾伊尔人和女巫的兰德为什么会停滞不前？即使是塞班也无法回答这一点。不管怎样，应该为此而赞颂光明！先知的信徒们确实只是一心侵犯阿玛迪西亚北方，但他们在巩固他们已经占领的地方，他们杀死或驱逐任何拒绝宣称拥护真龙先知的人。埃尔隆的士兵只能停住撤退的脚步，因为那个被诅咒的先知停止了进犯。埃布尔玳相信会加入培卓的雅莲德等人，实际上只是一群墙头草，他们在找出各种无稽的理由敷衍圣光之子的使者。培卓相信，这些统治者们自己也不知道该投向哪一方。

在表面上，整个局面似乎都在顺从着兰德发展，除了他被局限在凯姆林这个事实之外。但培卓知道，在敌人力量远超过自己、自己被逼入绝境的时候往往是最危险的。

如果谣言可以相信，那么贾西姆在阿特拉和莫兰迪的进展应该是不错，但还不像培卓希望的那么快。时间对培卓来说，是如同兰德和白塔一样的敌人。即使贾西姆只是在谣传中做得很好，这样也足够了。也许该是将“真龙信众”拓展进安多的时候了，也许还有伊利安。但如果聚集在提尔的军队仍不足以让马汀·斯戴潘诺决心归顺，烧掉几座农场和村子大概也不会有什么差别。这种规模的军队即使培卓也会感到畏惧，即使它的真实规模只有塞班情报中的一半，或者是四分之一，培卓仍然会畏惧。自从亚图·鹰翼的时代之后，世界上还没有出现过如此大规模的军力，那些人大概不会因为害怕兰德的力量而与培卓联合，反倒可能会跑到那面真龙旗下面去。如果能有一年或者半年时间，他就能向世人证明，兰德的军队只不过是一群傻瓜、恶棍和艾伊尔野蛮人。

当然，培卓还没有输掉全局，只要还活着，他就不算彻底失败。塔拉朋和阿拉多曼对于他或者兰德和那些女巫们都没什么用处，它们只是两个堆满了蝎子的深坑，只有傻瓜才会将手伸进去。聪明人会等着那些蝎子自相残杀到一只不剩。如果他对沙力达已经无能为力（他仍然不能承认这一点），至少夏纳、艾拉非和坎多仍然悬而未决，不过，这种暂时的平衡可能很快就会被打破。虽然马汀·斯戴潘诺想同时骑上两匹马（他总是喜欢这么做），他最终还是要选择正确的一匹。阿特拉和莫兰迪会被驱赶到正确的一边来，安多会落入他手里，无论他是否决定在那里用一下贾西姆的鞭子。在提尔，塞班的密探已经说服泰德山和爱丝坦达与达林连手，将挑衅的行动变成真正的战争，而且塞班相信在凯瑞安和安多也可以造成同样的效果。再过一两个月，艾阿蒙·瓦达就能从塔瓦隆赶回来，他对于培卓来说不是必须的力量，但那时绝大部分圣光之子的军力就会被聚集在一起，随时可以用在能取得最大战果的地方。

是的，他还有许多筹码，还没有任何事情是不可挽回的，但距离最终摊牌的时刻已经不远了。他需要的就是时间。

培卓发觉自己仍然捏着那根骨管，他用拇指的指甲将蜡封挑开，小心地抽出卷在里面的薄纸片。

塞班保持着沉默，但他的嘴唇又抿紧了，这次不是微笑。他可以容忍埃布尔玳，那个傻瓜给了他一片可以从容藏身的影子，但他不喜欢培卓避开他，从他不知道的人那里获取情报。

一些如同蜘蛛足印的细小文字组成了一段密码，除了培卓之外，能阅读它们的极少几个人都不在阿玛多。对于培卓，阅读这些文字就像看自己的双手一样轻松。纸片结尾的记号让他眨了一下眼，纸条的内容又让他眨了一下眼。

瓦拉丁曾经是培卓最好的私人密探，一名地毯商人，曾在纠纷期间发挥了很大作用。他在阿特拉、莫兰迪和伊利安各处贩卖他的商品，成为坦其克的一位富商。他的地毯和美酒定期供应给国王和帕那克的宫殿，以及那里的大多数贵族，他也借此获得了许多情报。培卓本以为他早已经死在那里的动乱中了，这是他隔了一年后第一次向培卓传来讯息。看着瓦拉丁写下的内容，培卓觉得他还是一年前死了可能会比较好，这些文字仿佛是一个濒临疯狂的人以痉挛的手写下来的。混乱的语言记述了骑着怪异野兽和巨大飞禽的人、被绳索系住的两仪师和海力奈，最后这个词来自古语，意思是先行者。但纸条的内容里完全没解释为什么瓦拉丁会害怕那些被他记录下来的东西，很显然，他已经因为看到自己的祖国分崩离析而精神崩溃了。

培卓烦闷地将纸条揉成一团，扔到旁边。“我先是要忍耐埃布尔玳的白痴行径，然后又要看这种东西。你还有什么要告诉我的，塞班？”巴歇尔，如果巴歇尔成为兰德军队的将军，情况就更加恶化了，这个人并非浪得虚名。需要为他准备一把匕首吗？

塞班望着培卓，眼睛眨也不眨，但培卓知道，地板上的那个小纸球最后一定会落在面前这个人的手里，除非自己把它烧掉。“有四件事是比较有趣的，阁下，我先从最不重要的说起。关于巨森灵聚落间会面的谣传是真实的，他们似乎有某件很紧急的事情。”当然，塞班没有说出这些会见的目的，让人类刺探巨森灵的事就像让巨森灵来刺探人类一样，是不可能的，也许让太阳在晚上升起还会比这个更容易些。“另外，在南方的港口出现了数量超常的海民船，那些船里没有装载货物，也没有要远航的样子。”

“难道说，他们在等待什么？”

片刻之间，塞班绷紧了嘴唇，仿佛有一根线突然拉起了他的下颌。“我还不知道，阁下。”塞班从不愿承认有什么人类的秘密是无法刺探出来的，但想要探察亚桑米亚尔的内部信息，就如同想要知道照明者行会如何制作烟火一样徒劳无益。至少巨森灵还有可能公开他们会面的目的。

“继续。”

“更有趣一些的是……非常奇特，阁下，有可靠的讯息报告兰德出现在凯姆林、提尔和凯瑞安，有时他在同一天里就会出现在这三个地方。”

“可靠吗？应该是疯狂才对，那些女巫手里也许还有两三个看上去像是兰德的人，这足以愚弄不认识兰德的人的眼睛了。这可以解释许多问题。”

“也许，阁下，但，我的信息绝对是可靠的。”

培卓折起桌上的皮卷轴，盖住了兰德的脸。“最有趣的讯息呢？”

“我从阿特拉的两个来源得到讯息——可靠的来源，阁下——沙力达的女巫宣称是红宗扶植洛根成为了伪龙。她们将洛根带到了沙力达——或者是一个被她们宣称是洛根的男人——并将那个男人展示给被她们带到那里的贵族。我没有证据，但我认为她们在将那个故事传达给任何她们能接触到的统治者。”

培卓皱起眉，端详着墙壁上悬挂的旗帜。它们代表着来自几乎每一个国家的敌人，极少有人击败过他，没有人曾经击败过他两次。现在，这些旗帜都在岁月的侵蚀中逐渐失去了色彩，像他一样，但他还没到只能看着自己开创的事业最终结束的时候。每一面旗帜都是从血战中夺得的。超出视野之外的事情，没有人能看到，胜利和失败都只是暂时的。他经历过最糟糕的一场战役是在纠纷期间，在莫伊森附近，敌我双方在深夜时分纠缠在一起，只能用一团混乱形容当时的状况。与那时相比，现在他至少是在明亮的阳光下作战。

难道他错了？难道白塔真的分裂了？宗派之间出现了纷争？为了什么？兰德？如果女巫们发生了内斗，圣光之子内部肯定会有许多人支持贾西姆的解决办法，一举攻下沙力达，大肆屠杀。艾阿蒙就是这样的人，也许他没有回到阿玛多还要好一些。还有，裁判团的最高裁判长拉丹姆·埃桑瓦也是这种人。艾阿蒙总是想挥舞斧头，即使是在更适宜使用匕首的时候。拉丹姆只想把所有去过白塔的女人全部吊死，把每一本提及两仪师和至上力的书全部烧掉，将与此相关的词汇列为禁忌。这是拉丹姆唯一的目标，为了实现这个目标，他会不惜任何代价。培卓付出了太大精力，冒了太多风险，他不能允许圣光之子和白塔在全世界的眼前混战成一团。

实际上，他是否错了并没有关系。如果他错了，他仍然很有可能从中获取利益，也许还会超过他的判断是正确时的状况。要是运气再好一点，他可以将白塔摧毁到无法修复，让女巫们成为地上的尘埃，那时兰德也会随之完蛋。当然，他也可以留下兰德，作为威胁别人的棍棒。他并没有远离事实，完全没有。

双眼仍然望着那些旗帜，培卓开口说道：“白塔的分裂是真实的，黑宗已经崛起。胜利者掌握了白塔，而失败者则被驱逐出去，在沙力达舔她们的伤口。”他望向塞班，几乎露出一个微笑。如果是圣光之子，也许会反对，指出黑宗并不存在，或者所有女巫全都是暗黑之友，至少那些新兵们会这样说的。塞班只是看着他，仿佛他刚才并没有亵渎圣光之子存在的基础。“现在需要确定的就是黑宗是胜是败，我想她们应该是胜了。大多数人会以为任何控制白塔的人都是真正的两仪师，让他们把真正的两仪师和黑宗混淆在一起吧！兰德是白塔创造出来的、一名黑宗的附庸。”他从桌上拿起酒杯，喝了一口，不过这并不能帮助消解暑热。“也许我可以用这个来解释，为什么我还没有对沙力达有所动作。”通过他的使者，他用自己的这种引而不发证明了他预见到的兰德的威胁有多么可怕。他要注意的是伪龙的危险，所以暂时可以容忍那些聚集在阿玛迪西亚门口的女巫。“那些女人因为黑宗的树大根深而胆寒，对她们深陷于其中的邪恶嫉恨不已……”他的创意仿佛耗干了——她们全都是暗帝的仆人，有什么邪恶能让她们嫉恨的？——不过在片刻之后，塞班又有想法了。

“也许她们已经决定来乞求阁下的怜悯，她们甚至可能会寻求阁下的保护。她们是叛乱的失败者、敌人面前的弱者，她们害怕被粉碎，一个掉下悬崖的人甚至会向他最痛恨的敌人伸手求援。也许……”塞班若有所思地用干柴般的手指敲打着嘴唇，“也许她们准备好了忏悔罪行，不再当两仪师了？”

培卓盯着塞班，他怀疑塔瓦隆女巫的罪行是否也在塞班的不相信之列。“这种推测是荒谬的，”他冷冷地说，“如果埃布尔玳有这样的推测，我倒不会觉得奇怪。”

培卓的秘书仍然像往常一样面容古板，但他揉搓双手的样子显示出他认为自己遭到了侮辱。“阁下能够从埃布尔玳那里听到的，将是这个推测在街巷中和贵族们的酒杯间被重复无数遍之后，再由他转述给阁下的故事。荒谬的事情在那里不会惹人发笑，只会引人倾听。过于荒谬以至于无法让人相信的事，反而是可信的，因为不会有人说出这么荒谬的谎言。”

“那你怎么把谣言散布出去？我不会让人群中出现圣光之子正在和女巫进行交易的谣言。”

“只会是谣言而已，阁下，”培卓的目光变得严厉了，塞班则摊开了双手，“让我来解释。每一个讯息被重复的时候都会由讲述者进行修饰，所以一个简单的故事才最有可能保留原始的内容。我建议散布四个谣言，而不是一个。首先，白塔的分裂是由黑宗的崛起导致的；第二，黑宗胜利了，控制了白塔；第三，沙力达的两仪师们心中充满了厌恶和恐惧，要放弃两仪师的身份；第四，她们要来见您，寻求您的慈悲和保护。对于大多数人来说，每个谣言都是其他谣言的证据。”塞班整整衣领，露出一个表示满意的干瘪微笑。

“很好，塞班，就这样做吧！”培卓长饮了一口酒，这种炎热让他感觉到了自己的年迈。他的骨骼似乎变得松脆了，但他还可以坚持到伪龙垮台、世界团结起来面对末日战争的时候。即使他不能活着指挥那场战争，光明肯定也能满足他的这些心愿。

“我想要找到伊兰·传坎和她的哥哥盖温，塞班，把他们带到阿玛多来，这件事一定要做到。现在，你可以走了。”

塞班没有立刻转身，而是犹豫了一下：“阁下知道，我从没建议过您采取任何行动。”

“那么你现在是要提这样的建议了？是什么建议？”

“向摩格丝施加压力，阁下，已经过去一个多月了，而她仍然在考虑您的提议，她……”

“够了，塞班。”培卓叹了口气。有时候，他希望塞班不是一名阿玛迪西亚人，而是一名从母乳中汲取权力游戏菁华的凯瑞安人。“不管摩格丝是怎样认为的，她每天都更接近我，我当然希望她能够立刻接受——我也希望今天就可以鼓动安多对抗兰德，然后让圣光之子进驻那里——但她接受我招待的每一天，都将更紧密地绑在我身上。最终她会发现，她已经成了我的联盟，因为全世界都相信她是，那时她将没办法从我这里逃开。没有人能说是我在强迫她，塞班，这很重要。如果全世界都相信你自愿组成联盟，你就很难摆脱它，而如果是被迫组成的，就不一样了。不计后果地匆忙行事只会导致失败，塞班。”

“依阁下吩咐。”

塞班鞠了个躬，退出了房间。摩格丝是个棘手的对手，如果逼得太紧，她会不计代价地予以反抗，但只要施以合适的压力，她就会努力和看得见的敌人作战，却注意不到脚边的陷阱。时间在催逼着培卓，他已经活了许多年，他至少还需要许多个月，但决不会让匆忙的行动毁掉他的计划。

向下俯冲的猎鹰击中了那只大鸭子，爆起一团羽毛后，又在瞬间分开。鸭子吃力地游向岸边。猎鹰在无云的天空中十分显眼，它转了一圈，再一次扑击，将鸭子抓起到半空。鸭子的重量让它显得很是费力，但它还是努力地飞向了等在下面的人们。

摩格丝突然觉得自己有点像那只猎鹰，过于骄傲，过于坚决，意识不到要争取的是一件自己的双翅无法承受的目标。她想让戴着手套的双手不要那么紧地抓着缰绳。她的宽边白帽和上面的白色羽毛稍微能挡住一部分炽烈的阳光，但汗水仍然在不停地从脸上滑落。她穿着一套绿色丝绸骑装，上面绣着金线，从外表看，她和囚犯没有任何相同之处。

这片铺着棕色干草的草地上到处都是步行或骑马的人，一群乐师穿着绣着白色花纹的蓝色短披风，用长笛、筝和小鼓演奏着适合于在下午品啜冰酒时倾听的轻快音乐。十几名驯鹰人穿着蓬松的白衬衫和工艺精致的雕花皮马甲，每个人戴着皮手套的手臂上都站着一只双眼被头套遮住的猎鹰。有人抽着一种短烟斗，将一股股蓝色烟雾吹向他们的猎鹰。数量大约是驯鹰人两倍的仆人们穿着颜色鲜亮的制服，用金托盘端着斟满的黄金高脚杯和水果四处走动。一队披挂明亮盔甲的士兵环绕着这片草地，他们全都在为摩格丝和她的随员们服务，以保证他们在这次狩猎中平安无事。

至少摩格丝得到的解释是这样的。虽然先知的追随者们还在距离这里两百里外的北方，强盗们似乎也不愿意到如此接近阿玛多的地方来。现在摩格丝身边围绕着许多骑着母马或阉马的女子，她们穿着颜色鲜亮的丝绸骑装，宽边帽上插着五彩缤纷的羽毛，长发都被烫卷了，这是阿玛迪西亚宫廷的流行款式。但她们并不是摩格丝的随员。真正能算摩格丝手下的人只有贝瑟·吉尔和培德·康恩。贝瑟笨拙地骑在马上，身子歪向一边，一件缀着金属片的皮革短上衣包裹着他的肚子，皮衣下面是一件红色丝绸外衣。贝瑟穿上这件衣服后总算是显得比那些仆人高等了些。培德甚至比贝瑟显得更加笨拙，他穿着青年侍从的红白色外衣，脸上的紧张表情自从摩格丝将他选为随员后就再没有消退过。这些女人们都是埃尔隆宫廷的贵妇，“自愿”成为摩格丝的伴游。可怜的贝瑟将手指按在剑柄上，不停地用愁闷的眼光看着那些白袍众卫兵。每次摩格丝离开圣光城堡时，都会由他们进行护卫，不过他们并没有披上白斗篷。他们是卫兵，但如果摩格丝想要走远一些，或是停留时间长一点，他们的指挥官——一名叫作诺罗芬的年轻人（从他严厉的目光来看，他肯定是痛恨伪装成白袍众之外的任何身份）就会“建议”摩格丝返回阿玛多。毕竟炎热的天气不适合出游，而且城外难免会遭遇盗贼。和五十名全副武装的士兵争论是没有意义的，而且也有损于摩格丝的威仪。诺罗芬一开始甚至跋扈到想直接抢过摩格丝手中的缰绳，所以摩格丝从不让塔兰沃陪她进行这样的出游。那个年轻的傻瓜即使在面对一百名士兵的时候，也会坚决维护女王的尊严和权力。最近塔兰沃把所有空闲时间都用来练习剑技，就好像他要为摩格丝杀出一条自由之路一样。

让她感到惊讶的是，一阵微风忽然吹过她的脸颊。她意识到是莱乌兰正从马背上倾过身来，用一把白绸扇为她扇风。莱乌兰是一名身材苗条的年轻女子，总是带着一种有些傻气的笑容，只是她的一双黑眼睛稍微有点斗鸡眼。“陛下如果知道您的儿子已经加入了圣光之子，一定会感到非常高兴吧！而且他晋升得很快。”

“这并不令人惊讶，”爱塔琳说道。她也拿着一把扇子，正在往自己的胖脸上扇风。“陛下的儿子当然会迅速晋升，这就和太阳一定会发光一样。”她这句愚蠢的双关语引来旁边几个人的低声赞叹，让她很享受。

摩格丝有些费力地保持着平静的面容。昨晚培卓在一次突然的拜访中让她知道了这件事，她着实为此大吃了一惊。加拉德竟然成了白袍众！但至少他还算平安——培卓是这么说的。只是因为圣光之子的职责所限，加拉德现在还没办法回阿玛多来见她。不过培卓已经向她保证，当她返回安多的时候，加拉德将率领一队圣光之子作为她的护送部队。

不，加拉德并不比伊兰和盖温更安全，也许反而还更危险。光明保佑，伊兰由白塔护卫着，也愿光明保佑盖温还活着。培卓声称不知道盖温在哪里，只是肯定不在塔瓦隆。加拉德简直就像是抵在她喉咙上的一把匕首。培卓绝不会粗暴到明说出这件事，但他只需要下一个简单的命令，加拉德就将被派遣到注定会要了他性命的地方。唯一能保护加拉德的就是，培卓也许认为她并不像在乎伊兰和盖温那样在乎加拉德。“如果这是他所追寻的目标，那我很高兴他能做出选择。”她不动声色地对那些女人说，“但他是塔林盖尔的儿子，不是我的。你们要明白，我关心他只是因为我和塔林盖尔有婚姻关系。真奇怪，可能是因为他死得太早了，我几乎已经想不起来他的脸是什么样子。加拉德想做什么都可以，当伊兰继承我的王位时，盖温将是剑之第一王子。”她挥手遣退了一名捧上酒杯的仆人。“培卓至少可以给我们准备一些象样的葡萄酒吧！”一阵有些忧虑的低笑回应了她。她已经成功地将这些女人吸引到她身边。没有人敢如此轻率地冒犯培卓·南奥，这里的一言一行肯定都会被培卓知道，但摩格丝利用每一个机会在她们面前进行这样的表演，这可以让她们相信，她是勇敢的，这对于博取这些陪侍们的好感与忠心非常重要，即使只是脆弱的支持。在她的意识里，更重要的是这样至少可以维持一种假相——她并不是培卓的囚徒。

“我听说那个兰德·亚瑟正把狮子王座当成一件狩猎战利品来展示。”这次说话的是马兰黛，一名有着一张心形脸的漂亮女人，在这群女人中算是年纪比较大的一位。她是亚格蓝家族家主的妹妹，掌握着相当大的权力，她甚至能违逆埃尔隆的旨意，但不能是培卓·南奥的。其他人都勒马向一旁退去，好让她的枣红阉马能走在摩格丝身边。摩格丝知道，想要得到马兰黛的友谊和忠诚是完全不可能的。

“我也听说了，”摩格丝语音轻快地回答，“对猎人来说，狮子是危险的动物，狮子王座则更加危险。特别是对于一个男人，它总是会杀死想要得到它的男人。”

马兰黛露出一丝微笑：“我还听说，他对能够导引的男人赐予高官厚禄。”

这句话引起周围一阵不安的骚动。一名叫玛瑞芬的年轻女子大概比一般女孩也大不了多少，她在高鞍尾的马鞍上摇晃了几下，仿佛是要晕过去的样子。关于兰德赦免有导引能力的男人的讯息衍生出许多恐怖的故事——能够导引的男人聚集到凯姆林，在王宫中狂欢作乐，用恐怖的手段统治那座城市——摩格丝衷心地希望那些都只是谣言。光明保佑，但愿那些都是谣言吧！

“你知道不少信息，”摩格丝说，“你是全部时间都把耳朵贴在门缝上吗？”

马兰黛的微笑更深了一些。她因为不能违抗的命令而成了摩格丝的陪侍，但她的权势让她可以无所畏惧地表现自己的不悦。她就像一根扎进摩格丝脚底的荆刺，无法拔去，让摩格丝每走一步都会感到一阵疼痛。“我的时间都用来侍奉陛下了，没时间去听什么讯息，但我确实是在尽量收集安多的讯息，这样我就能和陛下有话可说了。我听说那名伪龙每天都和安多贵族们厮混在一起，亚瑞米拉女士、娜埃安女士、结林大人和里尔大人，还有其他的贵族、贵族的朋友们。”

一名驯鹰人摘下了猎鹰的头套，将黑翼灰身的猎鹰举到摩格丝面前。当摩格丝碰到驯鹰人的手套时，她颤抖了一下，猎鹰脚带上的银铃发出叮当的响声。

“谢谢，但今天的放鹰已经够了。”摩格丝对驯鹰人说完，又提高了声音，“吉尔先生，让护卫集合，我要回城里去了。”

吉尔愣了一下，他非常清楚自己的任务只是紧跟着摩格丝的脚跟，但他只是犹豫了一下，就向白袍众们喊出了命令，仿佛他相信他们会遵从一样。摩格丝则飞快地掉转过胯下黑色母马的马头。当然，摩格丝并没有让这匹马迈开步子奔跑，每当她发现有逃跑的可能时，诺罗芬都会突然出现在她身边。

没等摩格丝的黑母马走出十步，没穿斗篷的白袍众们已经聚在一起，排成了护送队形。这时摩格丝连草地的边缘都还没走到，诺罗芬就已经跟在她身边，十二名士兵走在前面，其余的跟在摩格丝背后。仆人、乐手和驯鹰人都分别聚成一队，尽可能迅速地跟着他们。

吉尔和培德紧跟在摩格丝身后，他们后面是那些陪侍。马兰黛脸上仍然挂着那副笑容，仿佛那是胜利的徽章，但其他陪侍中有一些不赞成地皱起了眉头，悄悄地皱眉——即使马兰黛必须屈从于培卓·南奥，她在埃尔隆的宫廷依然有举足轻重的地位——虽然是被迫的任务，但大多数贵族确实在努力展现良好的态度。事实上，她们大部分都很愿意陪伴摩格丝，让她们却步的是必须居住在圣光城堡内。

如果不是有马兰黛看着，摩格丝几乎就要笑出来了。在几个星期前，摩格丝之所以没有坚持要把马兰黛遣走，就是因为马兰黛管不住自己的舌头。马兰黛想要刺痛摩格丝，让她知道安多已经不再由她掌握，但马兰黛选择的名字却为摩格丝带来了安慰。那些人在继承战争时就曾经反对过她，后来他们又向加贝瑞奴颜谄媚，她对他们没有什么期待。如果马兰黛说的是另外一些人的名字，也许结果就会有所不同——佩利瓦大人、埃布尔莱大人、鲁安大人、爱拉瑟勒女士、艾络琳女士、亚姆林女士，还有其他一些人。他们从没被马兰黛提起过，这说明安多没有传来任何能让马兰黛想到他们的讯息。只要马兰黛没提起他们，就有可能意味着他们并没有跪倒在兰德面前。他们都是当初支持摩格丝登上王位的人，他们也许还会支持她，光明保佑。

几乎掉光了树叶的树林，为泥土大道让出了空间，他们沿着大路一直向南方的阿玛多前进。一段段树林之间偶尔会出现低矮的灌木、被石墙包围的田地、茅草屋顶的石砌房屋和远离大路的畜棚。路上有许多行人。扬起的尘土让摩格丝只好将一块丝绸手绢裹在脸上。但路人一看见这样一支部队，就立刻躲到路边上去，有些人甚至躲进树林，或者跳过篱笆，朝田地的另一边逃走。白袍众们完全不理会这些人。即便如此，也看不见有农夫出来斥责那些踩踏他们田地的人，有几座农庄已经荒弃，看不见任何鸡鸭和牲畜。

行人中不时会出现一辆牛车、几只绵羊，或是由年轻姑娘驱赶着的一群鹅，很明显他们都是本地人。有些人肩上扛着大包裹，或是背着沉重的旅行袋，但大多数人都两手空空，即使在走路，也仿佛根本不知道该去哪里。摩格丝每次离开阿玛多，都会看见更多的人这么漫无目的地四处游荡。

摩格丝瞥了诺罗芬一眼。他的年纪和身高都和塔兰沃差不多，但他和塔兰沃的相同之处也只有这么多了。在他光亮的圆锥形头盔下，一张红润的面孔已经被太阳晒伤脱了皮，他的相貌中真是没有半点英俊可言，瘦长身材和凸出的大鼻子让摩格丝想到了锄头。每次摩格丝离开圣光城堡，他都是“护卫队”的指挥官，而每次她都想和他多聊几句。不管是不是白袍众，摩格丝觉得他怎么看都像是看管自己的狱卒，能稍稍动摇他也算是个小小胜利。“这些人是那名先知造成的流民吗，诺罗芬？”他们不可能全都是逃避先知的难民，因为他们之中向北走的人并不比向南走的人少。

“不。”诺罗芬口气粗鲁，说话的时候甚至没有瞥她一眼，只是审视着道路两侧，仿佛会有人突然从路边杀出来，将摩格丝救走。迄今为止，摩格丝都只能得到这样的响应，但她还是坚持着。“那他们是什么人？肯定不是塔拉朋人，你们把塔拉朋人全都赶走了，这个任务你们完成得很好。”摩格丝曾经看见过一队塔拉朋人，他们大约有五十个，其中既有男人，也有女人和小孩，全都肮脏不堪，几乎因为疲倦而无力迈步。骑马的白袍众把他们像一群牲口般赶向西方。看着那种她完全无能为力的痛苦，摩格丝当时连话也说不出来。“阿玛迪西亚是一片富饶的土地，即使是这种干旱，也不会在几个月之内就把那么多人从他们的农场上赶走。”

诺罗芬的脸抽搐了一下。“不，”他终于说道，“他们是伪龙造成的难民。”

“怎么可能？他还在距离阿玛迪西亚几百里以外的地方啊！”

那名男子被太阳晒伤的脸上又显露出挣扎的神情，仿佛他不知自己该不该说话，又该说些什么。“他们相信他是真的转生真龙。”最后他开口的时候，语气里充满了厌恶，“他们说，他已经打破了一切束缚，预言里就是这样说的。男人抛弃他们的领主，学徒抛弃他们的师傅，丈夫抛弃家庭，妻子抛弃丈夫。这是一场随风传播的瘟疫，而风就是从伪龙那儿吹来的。”

摩格丝的目光落在一对彼此环抱着手臂、看着队伍通过的年轻男女身上，汗水在他们脸上留下一道道泥痕，灰尘布满了朴素的衣衫。他们已经饱受饥饿的折磨——脸颊下陷，眼睛大得异常。安多也发生了这样的事情吗？兰德·亚瑟在安多也是这样做的吗？如果他是的，他就要付出代价。现在的问题是，疗救安多的结果会不会让它比现在染病的状况更加糟糕？即使是为了避免安多陷入这种困境，而把它交给白袍众……

她竭力想继续这次的谈话，但诺罗芬在说过那仅有的那几句话之后，又回复到以单字作答的状态。这没关系，只要能将诺罗芬的防线打破一次，就会有第二次。

摩格丝在马鞍上转过身，想再看看那对年轻男女，但他们已经被白袍众完全遮住了。这也没关系，那些面孔会常留在她的记忆里，伴随着她的承诺。

第 10 章

边境国的谚语

片刻之间，兰德真希望能有那么一段日子，可以单独在这座宫殿的走廊中漫步。今天早晨陪伴他的是苏琳和二十名枪姬众；高辛艾伊尔的首领贝奥；六名沙汾奈——刀手众，他们来自杰海德氏族，任务是维护贝奥的荣誉；还有巴歇尔和另外六名像他一样有着鹰钩鼻的沙戴亚人。他们拥挤在挂满织锦的宽阔走廊里。身穿凯丁瑟的法达瑞斯麦和沙汾奈，紧盯着每一名匆匆鞠躬或行屈膝礼后立刻跑走的仆人。年轻的沙戴亚人都高傲地昂着头，穿着短外衣，松腿裤的裤脚被塞进了靴子里。即使在不见阳光的走廊中，空气仍然闷热不堪，充满了灰尘。一些仆人穿着摩格丝时代的红白制服，但大多数仆人的衣服都是新的，实际上就是他们来应聘工作时所穿的衣服——从农夫的粗布衣到商人的细羊毛衫，一应俱全。其中大多数都很深沉朴素，但偶尔也会有一些亮色衣衫，甚至是有一点刺绣或蕾丝。

兰德特别叮嘱首席女仆哈芙尔大妈要找到足够的制服，这样新来的人就不会觉得需要穿上自己最好的衣服才能工作。毕竟宫廷制服比任何乡下的日常服装要好。现在的仆人数量比摩格丝时代要少，有许多穿红白色制服的人都已经头发花白，腰弯背驼了，这些人都来自退休者居住区。他们没有像别的仆人那样逃离王宫，对他们来说，即使要脱离退休生活，他们也不愿意看见王宫有任何颓败的迹象。

兰德还叮嘱哈芙尔大妈（首席女仆确实不算很吸引人的名衔，但这座宫殿中的日常事务完全是由莉恩耐·哈芙尔打理的），尽快多招收一些仆人进来，这些老人们就能重新享受他们的退休生活了。摩格丝死后，这些退休的人还能拿到津贴吗？他早该考虑到这件事的。哈文·诺瑞是这里的职员总管，应该知道这件事。兰德有一种要被羽毛压死的感觉，他想到的每一件事都会牵涉出更多的事来。不过，道的问题不是羽毛，他已经派遣士兵看守住凯姆林、提尔和凯瑞安附近的道门。但他不知道这些地区还有没有另外的道门分布。

是的，所有这些鞠躬和屈膝礼，这些荣誉卫兵，这些问题和负担，这些需要给予满足的人，他希望都抛掉，回到那种他要为了买一件外衣而担忧的日子。当然，在那种日子里，他是绝对不会被允许走进这些长廊的，即使他能走进来，也要在另一种卫兵的陪同下。那种卫兵的职责是看管他，以免他会从壁柜里偷走一只金或银的杯子，从镶嵌青金石的桌子上顺手拿走一件象牙雕刻。

至少路斯·瑟林的声音今天早晨没有出现在他的脑海里，至少他似乎已经掌握了马瑞姆教给他的精神技巧。汗水从巴歇尔的脸上渗了出来，但现在这种炎热已经无法触及兰德了。他将身上这件刺绣银线的灰丝绸外衣的一直系到脖领，虽然感到了一点暖意，但到现在一滴汗都没出过。马瑞姆向他保证，再过一段时间，对于能让其他人失去活动力的高热和高寒他甚至也会感觉不到。这些都将变得很遥远，只要他将注意力完全内敛——有点像他准备拥抱阳极力时的样子。奇怪的是，这种行为理当让他与至上力极度靠近，但它却和至上力没有任何关系。两仪师也是这么做的吗？他从没见过一位两仪师出汗，不是吗？

兰德突然大声笑了起来。他竟然在思考两仪师是否会出汗！也许他还没疯，但他确实是个羊毛脑袋的傻瓜。

“难道我说了什么很有趣的话吗？”巴歇尔用指节拨着胡子，冷冷地问。一些枪姬众也以期待的眼神望着他，她们在努力理解湿地人的幽默。

兰德不知道巴歇尔是怎么保持镇定的。今天早晨，一个谣言传进了宫里——边境国发生了战斗，是边境国之间的战斗。旅人的故事如同雨后的杂草，但这个讯息是从北方传来的，向人们讲述这件事的商人们至少去过塔瓦隆。谣言里没说到战斗发生在哪里、有谁参加，有可能战斗就爆发在沙戴亚。

巴歇尔自从几个月前离开沙戴亚后，至今还没从家乡得到任何讯息。但是他不为所动，仿佛这些谣言只是在说边境国的芜菁价格上涨了。

当然，兰德也不知道两河出了什么事——也许这些日子里的传闻中，西方发生的一场起义涉及到他的家乡，或者那只是无意义的谣言——但两河之于他和沙戴亚之于巴歇尔是不一样的，他已经抛弃了两河。两仪师到处都有眼线，他也绝不会赌一个铜板说弃光魔使没有间谍。转生真龙对那个抚养兰德·亚瑟长大的小村子没兴趣，他的志向早已超出了那里。如果他不这样，伊蒙村就会变成敌人用来对付他的人质。反正，他不会再为那里忧心忡忡了，抛弃了就是抛弃了。

*如果我能找到一条路逃避我的命运，我有资格走吗？*这是他自己的想法，不是路斯·瑟林的。

他突然感到肩部传来一阵模糊的疼痛，但他还是保持着轻快的语气："请原谅，巴歇尔，我突然想到一些奇怪的事情，不过我一直在听你说话。你是在说凯姆林已经人满为患了，虽然有人会因为害怕我是伪龙而逃走，但又有两倍的人因为相信我是转生真龙而涌进来。是吧？"

巴歇尔语焉不详地咕哝了一声。

"还有多少人是为了其他原因而来的，兰德·亚瑟？"贝奥是兰德见过的最高的人，他比兰德高出了一掌以上。他与巴歇尔形成了一个奇怪的对比，巴歇尔比除了安奈拉之外的任何枪姬众都要矮。贝奥的深红色头发里已经出现了大片灰丝，但他的面孔瘦削而坚硬，一双蓝眼睛如同刀刃一般锋利。"在这里，你的敌人有成千上百，记住我说的，他们会再次袭击你。在他们之中甚至会有暗影跑者。"

"即使不考虑暗黑之友，"巴歇尔插话道，"各种麻烦都堆积在这座城市里，让这里变得像是已经煮开却仍然留在火上的茶壶。有许多人因为怀疑你不是转生真龙而受到严重的伤害，有个可怜的家伙被从酒馆拖进一座谷仓里，活活吊在屋梁上，只因为他嘲笑你的奇迹。"

"我的奇迹？"兰德难以置信地说。

一名满脸皱纹的白发男仆穿着有些太大的制服，手中拿着一只大花瓶，一边鞠躬一边为他们让出了路。向后退的时候，他踉跄了一下，坐倒在地上。那只淡绿色的花瓶是纸一样薄的海民瓷器，它从老仆人的手中飞出去，在暗红色的地砖上一路翻滚了一段路之后，最后立在地上，距离它飞出去的地方差不多有三十步远。老仆人爬起身，满脸惊愕地跑过去抓起了那只花瓶，一边难以置信地失声惊呼，一边用两只手在上面来回摸索，直到他确认上面没有半点裂纹和缺损，才如释重负地吁了口气。其他仆人也都以同样难以置信的眼神盯着他，然后突然又都开始忙碌自己的工作了。他们都拼命地让自己的视线躲开兰德，甚至有几个人忘了鞠躬或行屈膝礼。

巴歇尔和贝奥交换了一个眼神，巴歇尔吹了一下自己浓密的胡子。

"奇怪的事情，"他说道，"一个孩子头朝下从四十尺高的窗口栽落到石板路面上，身上却连一块瘀伤都没有；或者一位老奶奶陷进了狂奔的惊慌马群中，但那些马完全没有碰到她，更不用说踢伤或踩伤了；有人将五枚硬币扔了二十二次，硬币都是直立在地上，有时扔骰子也会出类似的事。每天都会有这种故事流传开来，他们把这些全都归在你身上。他们倒真是有好运气。"

"据说，"贝奥又说道，"昨天有一篮屋瓦从屋顶上掉下来，完整无缺地散落在地上，排成了古代两仪师徽记的图案。"他瞥了那名大张着嘴的白发仆人一眼。当他们经过的时候，那名老仆人只是紧抱着花瓶，呆立在走廊边上。"我并不怀疑会有这种事。"

兰德缓缓地呼了一口气。当然，他们没有提到另外一种事——一个男人绊了一下，脖子被套进挂在门把手的方巾里。从屋顶上被风刮下来的石片，穿过一扇敞开的窗户和一道门，杀死一名正和家人一起坐在桌边的女人。平时，这样的事情也确实会有可能发生，但肯定极为稀少，而这样的事情在他身边就不会少。坏事发生的频率和好事是一样多的。不管是好是坏，他扭曲了方圆几里范围内事物运行的轨迹。不，即使手臂上的龙纹和掌心的苍鹭烙印全部消失，他仍然无法摆脱自己的印记。边境国人有一句谚语："责任重过高山，死亡轻如绒羽。"一旦将高山扛在肩上，就没办法放下它，也没有别人能扛起它，对此哀哭抱怨没有用。

他仍然让自己的声音显得很轻快："吊死那个人的凶手，你们找到了吗？"巴歇尔摇了摇头。"那就找到他们，以谋杀罪逮捕他们，我想要阻止这种事。怀疑我，并不是罪行。"有谣言说，那名先知已经把怀疑转生真龙定为罪行，但现在他还没有精力处理这件事，他甚至不知道马希玛在哪里。马希玛现在应该是在海丹或阿玛迪西亚的某处，但也有可能已经流窜到别的地方。不过，还有另外一些原因，让兰德必须找到马希玛，并对他加以限制。

"无论对你的怀疑发展到什么程度都没关系？"巴歇尔说，"有人在悄悄议论，说你是伪龙，你在两仪师的帮助下杀死了摩格丝。人们打算发动起义反抗你，为他们的女王复仇。这样的人也许并不少，虽然我们对此还不清楚。”

兰德板起了脸。他能够容忍人们对他的怀疑与议论——他必须容忍这些，有太多变化是他无法掌控的，也是他无法抛诸脑后的——但他不会容忍挑起叛乱的行为。他不允许安多陷入战火，他会将这片土地完整无缺地留给伊兰，就如同安多落入他手中时一样。如果他能找到她的话。“找出是谁在挑起叛乱，”他用严苛的语气说，“将他们丢进监狱。”*光明啊，该怎么找到这些悄声议论的源头呢？*“如果他们想得到饶恕，他们可以向伊兰去乞求。”一名穿着棕色粗布裙的年轻女仆正在抹去一只蓝色玻璃丝碗上的灰尘，看见兰德的面孔，她手一颤，碗掉在地上摔碎了。兰德并非总是能带来奇迹。“有什么好讯息吗？我想听听。”

那名年轻女子有些颤抖地弯下身，将碎片捡起来，但苏琳瞥了她一眼，只是一眼，她立刻向后跳去，瞪大了眼睛，紧靠在一幅描绘着狩猎豹子的织锦壁挂上。兰德不明白这是为什么，但确实有些女人似乎对艾伊尔女人比对艾伊尔男人更加害怕。这个女孩看着贝奥，仿佛是希望贝奥会保护她，贝奥却仿佛完全没看见这个女孩。

“这要看你是怎么定义好讯息。”巴歇尔耸耸肩，“我听说塔梅恩家族的艾络琳和柯易蓝家族的佩利瓦在三天前进入了这座城市，可以说，他们是潜进来的。两个人应该都没靠近过内城。街上有人谈论说，塔拉文家族的戴玲就在靠近这座城市的乡下，他们都没有响应你的邀请。不过我还没听说他们和那些议论有什么关系。”他瞥了贝奥一眼，后者微微摇摇头。

“我们听到的讯息比你少，达弗朗·巴歇尔，湿地人在湿地人面前才会自由地说话。”

不管怎样，这算是个好讯息，兰德需要这些人。如果他们相信他是伪龙，他可以想办法向他们解释。如果他们相信是他杀死了摩格丝……嗯，如果他们真的还能如此忠诚于对她的记忆，这是好事情。他们同样也会忠诚于她的血脉。“再次邀请他们来见我，也包括戴玲，他们也许知道戴玲在哪里。”

“如果我送出这样的邀请，”巴歇尔犹疑地说，“也许这只会提醒他们，有一支沙戴亚军队正驻扎在安多。”

兰德犹豫了一下，然后点点头。突然他笑了：“派亚瑞米拉女士去送邀请吧！我毫不怀疑她会充分利用这个机会炫耀和我的关系有多么紧密，但信要由你来写。”沐瑞关于贵族游戏的课程，又一次发挥了作用。

“我不知道这算是好消息还是坏消息，”贝奥说，“但红盾众告诉我，有两名两仪师已经住进新城的客栈。”红盾众一直在帮助巴歇尔手下维护凯姆林的治安，而现在，这座城市的治安已经由他们单独负责了。贝奥朝满脸懊恼的巴歇尔微微笑了笑：“我们听到的不多，达弗朗·巴歇尔，但也许有时候我们会看到更多。”

“她们之中有我们那个爱猫的朋友吗？”兰德问。关于两仪师的故事在凯姆林一直到处流传，有时候故事里是两位两仪师，或者是三位两仪师，或者是整整一队两仪师。但巴歇尔和贝奥能搜集到的故事里，只是说一位两仪师治好了一些受伤的猫狗，那些故事永远都是从另一条街上传过来，是朋友的朋友在酒馆或市场上听来的。

贝奥摇摇头：“我不认为她们之中有那个人，红盾众说，她们应该是深夜到达的。”巴歇尔看上去很感兴趣——巴歇尔很少会错过任何让兰德相信他需要两仪师的机会——但贝奥微皱起眉头，大概只有艾伊尔人才会注意到他如此轻微的表情变化。艾伊尔人对待两仪师总是非常小心，甚至是有些不情愿。

贝奥的这几句话包含了许多兰德需要思考的信息——与他本身密切相关的信息。两位两仪师进入凯姆林一定有原因，因为其他两仪师都尽可能避开这座有他存在的城市，她们很可能是为他而来的。即使在太平的时候，也极少会有人连夜赶路，现在更不是什么太平的时候。两仪师在深夜住进客栈也许是为了避开别人的注意，而最可能要避开的，也正是他的注意。然而，她们也可能只是急着赶往什么地方，要为白塔完成某个紧急的任务。事实是，他想不出现在对于白塔有什么比他本身更加重要。或者她们只是要去加入那些艾雯坚称会支持他的两仪师。

无论事实是什么，他只想把它查清楚。只有光明知道两仪师的打算，不论是白塔一方，还是与伊兰一起躲藏的一方，但他必须把它们查清楚。两仪师危险而且数量众多，他没办法忽略她们。爱莉达知道他的特赦令时，白塔会有什么样的反应？两仪师们会有什么样的反应？她们知道这件事了吗？

当他们到达走廊末端的门前时，兰德打算要贝奥去邀请一名两仪师进宫来见他。他有能力对付两名两仪师，只要她们没有对他发动突袭，但他不打算在将情况弄清楚之前让她们有机可乘。

骄傲充满了我，我对毁灭我的骄傲感到恶心！

兰德踏空了一步。这是今天第一次路斯·瑟林的声音出现在他的脑海里，而且这句话太像是他自己对于两仪师想法的诠释，这让他很不舒服，但并不是路斯·瑟林的话让他僵立原地，失去了想要向贝奥下令的念头。

因为天气炎热的关系，所以门没关，门外是一座花园，只是花园里并没有花朵，里面的玫瑰和白星草都已经枯萎了，但遮荫的大树仍然耸立着，虽然上面已经没有多少叶片。花园中心的白色大理石喷泉旁边站立着一名女子，她穿着宽松的褐色羊毛裙和白色亚葛衬衫，一条灰色的披巾披在两只手臂上。她带着好奇的神情望着喷泉中喷涌出的水流，直到现在，清水仅仅被用来观赏这件事，仍然会让她感到惊异。兰德目不转睛地望着艾玲达的侧脸，波浪般的浅红色头发从她系在额头上的灰色头巾下绽放出来，一直垂到她的肩头。光明啊，她真是漂亮极了。她只是盯着水面，还没看见兰德。

他爱她吗？他不知道。她和伊兰和明，她们和他的梦在他的脑海里纠缠不休，但他知道自己的危险，他能给她们的只有痛苦。

伊琳娜，路斯·瑟林哭泣着，*我杀了她！愿光明永远毁灭我！*

“两位两仪师现身也许是很重要，”兰德平静地说，“我想我应该去一趟那家客栈，看看她们为什么会在那里。”其他人也全都随着他停下了脚步，只有安奈拉和嘉兰妮交换了一个眼神，快步走进花园。兰德将语气加强了一点：“这里的枪姬众都跟我去，任何想要穿上裙子、谈婚论嫁的人都可以留下。”

安奈拉和嘉兰妮停下脚步，转过身，满脸气愤地看着他。索麦莱今天没在这里确实值得庆幸，她也许会做出更加激烈的事来。苏琳舞动手指，飞快地打着枪姬众的手语，她的话让那两名枪姬众退去了脸上的怒火，换上一片窘迫的红晕。在不适合说话的场合里，艾伊尔人会用手势传达各种讯息。每个部族、每个战士团都有他们表达独特含意的手法，但只有枪姬众发展出一套完整的手语系统。

兰德没等苏琳的手语结束，就转过了身，那些两仪师也许会像来时一样匆匆离去。他又回头看了一眼，艾玲达仍然盯着水面，她没看见他。他加快了脚步。“巴歇尔，你能不能派人去南厩门准备好马匹？”那里是王宫通往女王广场的主要门户之一，挤满了想观看他一眼的民众，如果顺利的话，他到那里需要半个小时。

巴歇尔打了个手势，一名沙戴亚人立刻迈开惯于骑马的人那种起伏很大的步伐向前跑去。“男人必须知道什么时候应该从一名女人面前撤退，”巴歇尔对着空气说道，“但一个聪明的男人会知道，有时候他必须停下来面对她。”

“年轻人，”贝奥带着纵容的意味说，“年轻人一心追逐影子，却要逃避月光，到最后，他们自己的矛尖会刺在他们自己的脚上。”一些艾伊尔人笑了起来，其中既有枪姬众也有刀手众，不过笑的都是年纪比较大的人。

兰德有些生气地回过头：“你们两个穿上裙子都不会好看的。”让他吃惊的是，枪姬众和刀手众们又笑了，而且这次的笑声更大。也许他真的开始掌握了一点艾伊尔人的幽默。

当他骑马走出南厩门，进入内城中一条曲折的街道时，如同他所料想的一样，杰丁欢快地小跑着，在石板路面上留下了一串蹄声，这匹花斑牡马最近很少被牵出马厩。街上的行人很多，但还比不上新城，所有人都在忙着自己的事情。看到兰德一行人，有许多人都会对他们指指点点，并和身边的人窃窃私语。这些人中有一部分也许是认出了巴歇尔——和兰德不一样，巴歇尔经常会去城里。但任何从王宫中走出来的人，尤其是还有艾伊尔人护卫的，肯定是大人物。这些指指点点一路跟随着他。

尽管对于这么多目光的注视感到有些不舒服，兰德还是尽量调整心情去欣赏这座由巨森灵建起的内城。他发现自己几乎没时间欣赏一些精美的事物。许多条街道从闪亮的白色王宫中蜿蜒散出，沿着丘陵的地势迂回转折，如同这片土地的一部分。到处都屹立着覆盖彩色瓷片的纤细高塔，映衬着金色、紫色或白色的圆顶，在阳光的照耀下熠熠生辉。在一些地方可以毫无阻碍地看到公园中成片的树林，另一些地方则能越过整座城市以及高大的凯姆林银白城墙，鸟瞰起伏不定的丘陵平原和森林。内城的建筑风格就是为了取悦人们的视觉，巨森灵都认为只有塔瓦隆和传说中的曼埃瑟兰能够超越这座城市。而许多人类，尤其是安多人，都相信凯姆林丝毫不比那两座城市逊色。

内城纯白色的城墙之外就是环绕它的新城了，新城中也有许多圆顶和高塔，其中有许多高塔显然是要和内城的塔一较高下，但内城的塔都是建在更高的山丘上。这里的街道更加狭窄，其中有许多很人性化的布置，比如宽阔的大路中间也会种植树木。街道上充满了行人、牛车、马车，以及骑马和坐轿的人，空气中弥漫着喧嚣声，如同来自一个巨大的蜂房中一样。

虽然人群会主动让出路来，但在如此稠密的人群之中，兰德的行进速度还是明显减慢了。像凯姆林内城的那些人一样，他们不知道兰德是谁，只是没有人愿意打扰艾伊尔人。速度迟缓单纯是因为人烟稠密。这里有着各种各样的人，穿着粗羊毛衣服的农夫和穿着精致衣裙的商人，为自己的营生而忙碌的工匠和用推车、托盘装载商品沿街叫卖的小贩。小贩的货品从针线丝带到水果烟火一应俱全，不过后两者现在已经相当昂贵了。一名穿百衲斗篷的走唱人和三名艾伊尔人擦肩而过，那三名艾伊尔正在端详着一个刀匠作坊前桌子上展示的刀剑。两名身材瘦削的男人将他们的黑发编成许多小辫子，背后带着长剑（兰德相信他们是号角狩猎者），他们站在街角，一边和几名沙戴亚人闲聊着，一边听着一男一女用手鼓和长笛演奏的音乐。身材矮小、皮肤白皙的凯瑞安人和肤色黝黑的提尔人在安多人之中都非常显眼。兰德也看见了穿长外衣的莫兰迪人、穿精致马甲的阿特拉人、留着分叉胡须的坎多人，甚至还有两名留细长胡子、戴耳环的阿拉多曼人。

还有另一种人也很显眼——那些衣衫肮脏破旧、漫无目的地四处游荡的人，他们呆愣的目光说明他们完全不知道该去什么地方，该做些什么。这种人往往是从很远的地方到这里来寻找他们的心中的目标——他，转生真龙。他完全不知道该怎样对待这些人，但他们是他的责任，虽然并不是他要求他们抛弃原来的人生，丢掉他们所拥有的一切，但他们是因为他才会这样做的。如果现在这些人知道他是谁，他们一定会踩过这些艾伊尔人的身体，为了想要碰一下他而把他撕成碎片。

他摸了摸外衣口袋里那个圆胖男人形状的小法器。他有可能会用至上力对付这些为了他而放弃一切的人，这真是一件讽刺的事情。正因为这些人，他才很少会走进这座城市，至少这是原因之一。他有太多事情要做，也没时间到城里来闲逛。

由贝奥领路，他来到这次行程的目的地。这家客栈位于城市的最西端，名字叫“库雷恩的猎犬”，它是一座三层的石头建筑，屋顶铺着红色的瓦片。客栈大门外是一条曲折偏僻的街道，兰德一行人停在那里的时候，街上的行人纷纷为他们让出了道路。兰德又碰了一下那件法器——两位两仪师，即使不使用它，他也能对付。他跳下马，走进了客栈。当然，三名枪姬众和两名刀手众已经抢在他的前面。他们在进入客栈时全都踮着脚尖，做好了立刻拉起面纱的准备，如果想让他们不要这样做，不如去教猫唱歌。留下两名沙戴亚人看管马匹之后，巴歇尔率领的沙戴亚人和贝奥一起跟随兰德走了进去。其余的艾伊尔人分成两队，一队随兰德进入客栈，一队守在外面。他们在客栈中看到的情景和兰德料想的并不一样。

客栈的大厅和凯姆林城内任何一百家客栈的大厅并没有什么不同。巨大的酒桶里装着淡啤酒和葡萄酒，排列在一堵朴素石灰墙边，上面放着装白兰地的小桶，一只灰斑猫正趴在酒桶的最顶端。两座石砌壁炉里空空如也。桌子和长凳间能看到三四名穿围裙的女侍。大厅中心留出了一片空地，能看见屋梁的天花板直接对着木地板铺成的地面。这家客栈的老板是一名有着三层下巴的圆脸男人，一条白围裙裹住了他的大肚子。他小跑着迎了过来，一边揉搓着双手，一边不时瞥一眼艾伊尔人，流露出一点紧张的情绪。凯姆林人已经知道他们并不打算将这里劫掠一空，并将剩下的全部烧毁（要让艾伊尔人相信安多并不是一片被征服的土地，他们不能拿走这里全部财富的五分之一，实在不是件容易的事），但这名客栈老板显然不太能适应二十几名艾伊尔人同时出现在他的大厅。

客栈老板很快就将注意力集中在兰德和巴歇尔身上——主要是巴歇尔。从穿着就能知道，他们两个是这队人的领头，而巴歇尔比兰德年长许多，应该是更重要的人物。“欢迎，大人，大人们，我能为你们做些什么？我有莫兰迪和安多的葡萄酒，我的白兰地是……”

兰德没有理他。这里和另外一百间大厅不同的是它的客人，在这个时间，兰德本以为至少能看到几名男性酒客，但大厅里一个男人都没有。大多数桌子旁边都坐满身穿朴素裙装的年轻女子，她们之中大部分甚至还只是女孩。这些人都在长凳上转过了身，手里拿着茶杯，有些发愣地看着刚走进大厅的这群人。她们之中不止一个人为贝奥的身高而惊愕不已。并非所有人都在盯着艾伊尔人，有将近十几个人都吃惊地看着兰德，她们也让兰德不由得瞪大了眼睛，他认识她们。他对她们并非全部都很熟识，但他确实认识她们，她们之中有一个人引起了他特别的注意。

“珀黛？”他难以置信地问了一声。那个大眼睛的女孩也在盯着他——她是什么时候结起辫子的？珀黛芠·考索恩，麦特的妹妹。他还看见了圆润的希尔德·巴兰，她的身边坐着皮包骨的洁丽琳·亚卡，还有漂亮的玛莉萨·艾韩，她用双手轻拍着自己的脸颊，她在吃惊的时候总是这副样子。体态丰满的爱米·鲁文、爱莉·马文、黛芮·坎德文，还有……她们全都是伊蒙村或是伊蒙村附近的人。

再次将这些女孩仔细看了一眼，他相信即使是那些他不认识的女孩一定也是两河人，至少其中大部分都是。他也看见了一张应该是阿拉多曼人的面孔，以及另外一两名其他地方的人，所有的两河女孩们都穿着她们的日常衣服。“光明在上，你们在这里干什么？”

“我们正在前往塔瓦隆的路上。”珀黛很快就从惊讶中恢复了说话的能力。她身上唯一和麦特一样的地方，就是那种偶尔会从眼里流露出来的恶作剧神情，现在她的惊讶已经完全消失了，取而代之的是融和着好奇和喜悦的灿烂微笑。“我们要成为两仪师，就像艾雯和奈妮薇那样。”

“我们也要问你这个问题啊！”腰肢柔细的蕾铃·艾玲插嘴说。她似乎是很随意地将她的粗辫子沿着肩膀垂到了胸前。她是这些伊蒙村女孩中最年长的，整整比兰德要小三岁，这些女孩里只有她和珀黛结了辫子。她是一个颇为自负的女孩，而且也有不止一个男孩向她证明了她的美丽。“佩林大人除了说你在外面冒险之外，没多说过一个字。我知道你穿的这身衣服是上等货。”

“麦特还好吗？”珀黛突然露出很焦急的神情，“他和你在一起吗？母亲很担心他，如果没人提醒他，他连换上干净袜子都不知道。”

“不，”兰德缓缓地说，“他不在这里，但他很好。”

“我们没想到能在凯姆林找到你。”简馨·托芬用她清亮的声音说道。她不可能超过十四岁，至少在伊蒙村的女孩里，她是最年轻的。“我打赌，两仪师维林和两仪师埃拉娜一定会很高兴，她们总是在追问我们你是怎样的一个人。”

那么，应该就是这两位两仪师了。他认识维林，他对这位褐宗两仪师还算认识颇深。现在维林出现在这里，他不知道应该对这件事有何看法。不过这并不是最重要的，重要的是这些女孩都是他家乡的人。“两河一切都好吗？伊蒙村还好吗？佩林平安回家了？等等！佩林大人？”

兰德的问题立刻让他陷进了滔滔不绝的洪流里。其余的两河女孩都对艾伊尔人更感兴趣，她们偷偷地打量着那些艾伊尔人，特别是贝奥，偶尔她们也会瞥一眼沙戴亚人。但所有伊蒙村的女孩都聚到兰德身边，急着要把一切事情告诉他，同时又不停地问着关于他自己、麦特、艾雯和奈妮薇的问题。而那些问题中大部分都需要超过一个小时的时间才能回答清楚。

兽魔人袭击两河，但佩林大人将它们赶走了，所有人都迫不及待地要对他讲述那场伟大的战争，这让他没听清楚任何细节。当然，那时所有人都在全力奋战，但是佩林大人救了大家。只能说“佩林大人”，无论何时只要他说一声“佩林”，立刻就会有人纠正他的错误——绝不能用这种马虎的称谓称呼佩林大人，就像不能将“马车”叫做“马”。

即使得知兽魔人已经被击败，兰德仍然感到胸膛一阵发紧。他抛弃了他们，如果他回去，两河就绝不会有那么多人死去，其中有那么多他所熟悉的名字。但如果他回去了，他就不会得到艾伊尔人的支持。凯瑞安将不会落入他的手中。雷威辛很可能率领安多的军队攻击他和两河。任何决定都是要付出代价的，他的身份就意味着巨大的代价，但付出这种代价的将是其他人。他一直在提醒自己，如果没有了他，那些人将会付出更大的代价。但这种提醒并不能给他带来多少安慰。

看到兰德脸上的哀伤，女孩们急忙将话题转到快乐的事情上。佩林和菲儿结婚了，兰德希望自己能为此而感到快乐，却又在担心佩林和菲儿的快乐能持续多久。女孩们都认为他们的婚礼既浪漫又精彩，只是有些遗憾他们没能举办盛大的婚宴。她们对菲儿感到很满意。她们很钦佩菲儿，也有一点妒忌她，甚至连蕾铃也是如此。

白袍众也去了两河，他们还带着帕登·范——那个曾经每年春天都会去伊蒙村的老卖货郎，女孩们不知道那些白袍众到底是朋友还是敌人。但帕登的出现让兰德很清楚该如何看待那些白袍众，帕登是一名暗黑之友，甚至比暗黑之友更加可怕，他会不计一切代价地伤害兰德、麦特和佩林，特别是兰德。也许她们带给他最糟糕的讯息就是没有人知道帕登是不是死了。但白袍众毕竟是走了，兽魔人也没了，随后就是大批难民越过迷雾山脉涌进了两河。他们带来各种新鲜的东西，从风俗到贸易品，从植物、种籽到布料。除了两河本地女孩之外，她们之中还有一名阿拉多曼女孩、两名塔拉朋女孩和三名来自阿摩斯平原的女孩。

"蕾铃买了一件阿拉多曼裙装，"小简馨一边笑着说道，一边做了个鬼脸，"但她妈妈要她把那件衣服退给裁缝。"蕾铃抬起手，似乎又像是想起什么似的，只是整了整辫子的位置，然后哼了一声。简馨咯咯地笑了起来。

"有谁会在乎衣服怎么样？"苏莎·亚兴喊道，"兰德才不在乎衣服。"苏莎虽然身子很单薄，但总是显得活力十足，现在她也是一边跳着一边说话。"两仪师埃拉娜和两仪师维林测试了所有的人，嗯，差不多是所有人——"

"西拉·库勒也想接受测试。"矮壮的麦丝·爱丁插话进来。兰德不太记得这名女孩，在他的记忆里，她仿佛从来都只是把鼻子埋在书本里，甚至走在街上的时候也是如此。"她一定要接受测试，结果她通过了，但她们告诉她，她的年纪已经太大了，不能当初阶生了。"

苏莎的声音压过了麦丝："……我们全都通过……"

"自从到了白桥之后，我们就开始用整个白天赶路，整个晚上进行练习，"珀黛插话说，"能在一个地方停留一会儿实在太好了。"

"你见过白桥吗，兰德？"简馨用超过珀黛的声音说，"那座白色的桥？"

"……我们要去塔瓦隆，成为两仪师！"苏莎被珀黛瞪了一眼，但她还是把话说完了。麦丝、简馨和她一起喊道："塔瓦隆！"

“我们还不能去塔瓦隆。”

从客栈正门传来的声音让所有女孩的注意力都从兰德身上移开了。正走进来的两位两仪师一摆手，压下了所有女孩想要提问的冲动，但她们的目光一直都没离开兰德。虽然拥有相同的光洁面容，但她们是两种完全不同的女人。维林个子矮，身材丰满，有一张方脸，发丝中能看到一点灰色；而维林身边应该就是埃拉娜了，她身材窈窕，皮肤黝黑，有一头波浪状的黑发，她是一名婀娜多姿的女人，但她眼里的光彩说明她的脾气并不小，而且她的眼睛周围稍有一点发红，似乎是刚刚哭过。兰德很难相信两仪师也会哭。埃拉娜的骑装是灰色丝料上装饰着绿色条纹，看上去就像是全新的；而维林的浅褐色骑装就显得有些皱了。虽然维林并不很在意自己的衣服，但她的黑眸里闪动着明察秋毫的光芒。她们的目光一直紧锁在兰德身上，仿佛是粘在岩石上的藤条。

两名穿暗绿色外衣的男人跟随她们走进大厅。其中一个身材矮壮，头发都已经变成了灰色；另一个瘦高如同一根黑色的鞭子。两个人的腰间都有佩剑。即使没有两仪师在身边，那种流畅的步伐也足以清楚地说明了他们护法的身份。他们完全没有理会兰德，而是将精神集中在艾伊尔人和沙戴亚人身上。凝滞不动的身体却仿佛随时都有可能发动强有力的攻击。艾伊尔人没有任何动作，但他们似乎在瞬间就会戴上面纱，不论枪姬众和刀手众都是如此。年轻的沙戴亚人手指突然靠近了剑柄，只有贝奥和巴歇尔还保持着轻松自在的神态。女孩们则只是注意着两仪师。感觉到气氛不对的肥胖老板正用力地揉捏着双手，毫无疑问，他是在想象着自己的大厅，甚至是整座客栈被打烂的惨状。

“不会有事的。”兰德提高声音，平静地说道。他是在对客栈老板、在对艾伊尔人说，他希望所有人都能听见他这句话。“不会有事的，除非你一定要闹出事来，维林。”几名女孩朝他瞪大了眼睛，惊讶他竟然会这样对两仪师说话。蕾铃响亮地哼了一声。

维林用她那双鸟一样黑亮的眼睛端详着他:“在你身边，我们要向谁闹事？自从上次见面之后，你变了很多。”

因为某些原因，他不想提及那段往事。“如果你已经决定不去塔瓦隆，那就是说，你已经知道白塔分裂了。”这句话在女孩之中引起了一片惊愕的议论。她们一定还没听说过这件事，两仪师们则没有任何反应。“那你知道反对爱莉达的两仪师在哪里吗？”

“我们需要单独谈谈，”埃拉娜平静地说，“笛海姆先生，我们需要用一下你的私人餐厅。”客栈老板忙不迭地向两仪师保证，房间立刻就会为她们准备好。

维林向一道侧门望去。“这边走，兰德。”埃拉娜看着他，带着疑问的神情挑起了眼眉。

兰德苦笑了一下。她们刚一进来就掌控了局面，但这对两仪师来说就如同呼吸一样自然。两河女孩们现在都在看着他，对他报以不同程度的同情，毫无疑问，她们一定以为如果他说错了话或者是坐姿不对，两仪师就会立刻剥了他的皮。也许维林和埃拉娜真的会这么做。兰德一躬身，示意埃拉娜走在他前面。他改变了很多，是吗？她们还不知道他到底改变了多少。

埃拉娜一点头，当作对他鞠躬的回应，然后她拉起裙子，走在维林身后。但这时出事了。两名护法似乎是打算要跟上两仪师，但还没等他们迈出一步，两名眼神冰冷的沙汾奈已经挡在他们前面。苏琳飞快地打着手语，安奈拉和另一名叫做黛珍妲的身材矮小的枪姬众立刻移向两仪师刚刚走进的门。沙戴亚人都望向巴歇尔，巴歇尔示意他们不要有动作，但他自己却向兰德投来一个疑问的眼神。

埃拉娜有些气恼地说道：“我们要单独和他谈话，伊万。”瘦高的护法皱起双眉，然后缓慢地点了点头。

维林回头瞥了一眼，看样子有些惊讶，仿佛刚刚从沉思中清醒过来。“什么？哦，是的，当然，托马斯，请留在这里。”灰发护法显得有些犹疑。然后他用严厉的目光看了兰德一眼，才踱到正门旁边，靠在墙上，显出一副懒散的样子——如果绷紧的弹簧能够显示出懒散的话。

直到这时，刀手众才放松下来——那种艾伊尔人的放松。

“我想单独和她们谈话。”兰德看着苏琳说道。片刻之间，他觉得苏琳是想和他争辩。苏琳绷紧的下巴显示出顽固的棱线，但最后她只是又向安奈拉和索麦莱打了几个手语。她们移回原位，看着他，不赞同地摇了摇头。苏琳的手指又晃动了几下，所有枪姬众都笑了。他很想学一点手语，但每次他向苏琳提起这件事，都会惹来苏琳的困窘，仿佛这是一件伤风败俗的事。

兰德跟随两仪师离开时，看见两河女孩们都露出了困惑的表情。他关上那道侧门的时候，又听见一阵叽叽喳喳的声音骤然响起。这家客栈的私人餐厅是一个小房间，不过，抛光的椅子在这里代替了长凳，两张同样经过抛光的桌子上摆放着锡镴烛台，壁炉台上雕刻着藤蔓花纹。这里的两扇窗户都紧闭着，自然也没有人想要将它们打开。他想知道，这两位两仪师是不是注意到了他像她们一样没有受到炎热天气的困扰。

“你们要让她们也卷进反叛吗？”一进屋，他立刻就问道。

维林紧皱双眉理了理裙子。“你知道的要比我们多许多。”

“我们到了白桥之后才听说白塔出事了。”埃拉娜的声音冰冷，但她紧盯着兰德的眼里却燃烧着火焰。“你知道……反叛？”她似乎对这个词极为厌恶。

那么她们就是先在白桥听到了谣传，然后急忙赶到这里，一点情报也没泄露给那些女孩。依珀黛等人的反应来看，她们不去塔瓦隆是刚刚才做出的决定，似乎她们在今天早晨得到了关于白塔动乱的证实。“我不认为你们会告诉我你们在凯姆林的间谍是谁。”她们只是看着他。维林歪过头，仔细审视他。曾经，两仪师这种宁静、知性的目光只要落在他身上，就会引起他深深的不安，现在想来都让他觉得非常奇怪。现在，不管是有一位两仪师还是两位两仪师盯着他，都不会让他有心悸的感觉了。骄傲，路斯·瑟林疯狂地笑着。兰德狠狠地将他压下去。“有人告诉我发生了反叛。你们还没否认你们知道她们在哪里。我不会伤害她们，绝对不会，我有理由相信她们也许会支持我。”他隐瞒了想要知道那些两仪师身处何方的主要原因。也许巴歇尔是对的，也许他确实需要两仪师的支持，但他最希望的是见到伊兰。他需要伊兰恢复安多的和平，这是他要找到她的唯一原因，不再有其他原因了。他对于她是危险的，就像对于艾玲达那样。“为了光明之爱，如果你们知道，就告诉我吧！”

“即使我们知道，”埃拉娜说，“我们也没权力告诉任何人。如果她们决定支持你，她们自然会来找你。”

“这是她们要决定的，”维林说，“而不是你。”

他只能再次苦笑。他应该想到，自己能得到的只有这么多，甚至可能更少。沐瑞的建议出现在他的脑海里——不要信任任何活着的、戴着披肩的女人。

“麦特和你在一起吗？”埃拉娜问。她的语气仿佛是她的脑子里只有这件事。

“如果我知道他在哪里，为什么我要告诉你们？有来有往吧？”她们似乎并不认为这句话很有趣。

“像敌人一样对待我们是愚蠢的。”埃拉娜喃喃地说道。她向他靠近了一步，“你看上去很疲倦，你有足够的休息吗？”他在埃拉娜抬起的手掌前退了一步。埃拉娜停住了。“随你吧，兰德。我不是要伤害你，我在这里所做的一切绝不会让你受伤。”

既然埃拉娜这么直接地将这句话说出来，应该是不会有问题了。他点点头，埃拉娜将手贴到他的前额，一阵微弱的刺麻感掠过他的皮肤——埃拉娜拥抱了阴极力，一阵熟悉的暖意涌过他的身体。这是埃拉娜在检查他的健康状况。

埃拉娜满意地点点头，突然间，暖意变成了热力，猛冲过他，让他觉得自己仿佛站在咆哮的熔炉之中。这种感觉在刹那间就消失了，而他又有了另外一种怪异的感觉——一种对自己从未有过的知觉，对于埃拉娜的知觉。他摇晃着，头脑空空的，肌肉松软，一阵困惑和不安的回声从路斯·瑟林那里传来。

“你做了什么？”他问道。他在怒火中抓住阳极力，让它的力量帮助自己站稳身体。“你做了什么？”

仿佛有什么东西在击打着他和真源之间的能流。她们想要屏障他！他编织出自己屏障，向她们掷去。从上次与维林见面以来，他确实已经变了很多，学到了很多。维林蹒跚着，一只手扶在桌子上，埃拉娜哼了一声，仿佛被他打了一拳。

“你做了什么？”即使是身处虚空的冰冷中，他的声音仍然凶恶可怕。“告诉我！我没有承诺过不会伤害你，如果你不告诉我——”

“她约缚了你，”维林飞快地说道，但她立刻又恢复了平和的神态，“她约缚了你，让你成为她的一名护法，就是这样。”

埃拉娜恢复得更快，虽然还是被屏障着，但她只是将双臂交叠在胸前，平静的面容里带着一点满足。她竟然会感到满足！“我说过，我不会伤害你，我所做的完全不会伤害你。”

兰德缓缓地深吸一口气，尽力平复自己的情绪。他像一只小狗般轻易就走进了圈套，愤怒在虚空边缘爬行。冷静，他一定要冷静。她的一名护法，那么埃拉娜就是绿宗的了，但这并不会有什么差别。他对于护法了解得很少，也不知道该如何打破约缚，或者它是否可以被打破。兰德能够从路斯·瑟林那里感觉到的只有惊骇与震撼。兰德又一次想起岚，又一次希望岚没有在沐瑞死后立即就离开了他。

“你们说你们不会去塔瓦隆。既然你们似乎是不清楚你们自己是否知道那些反叛者在哪里，那么你们可以先留在凯姆林。”埃拉娜张开嘴，但兰德的声音立刻压过了她。“如果我决定松开屏障，而不是就这样把你们丢在这里，你们应该要感到庆幸！”这引起了她们的注意。维林绷紧嘴唇。从埃拉娜眼睛里冒出的火焰几乎可以和他刚才感觉到的热力相比。“但你们不能靠近我，除非我召唤你们，否则你们不能进入内城。如果想违抗这条规定，我就会屏障你们，并将你们扔进监狱。你们了解我的意思了吗？”

“完全了解。”尽管眼里仍然喷着怒火，埃拉娜的声音却如冰一样寒冷。维林只是点了点头。

兰德猛地推开门，又停住脚步，他忘记那些两河女孩了。现在有些女孩正在和枪姬众交谈，有些则打量着枪姬众们，同时用茶杯做掩饰悄悄地说着话。珀黛和几名伊蒙村的女孩正在向巴歇尔提问题。巴歇尔的手里拿着一只锡镴杯，一只脚踏在凳子上，听他说话的女孩们看上去半是兴奋，半是惊骇。猛然被推开的门撞在墙壁上，引来所有人的目光。

“兰德，”珀黛喊道，“这个人正在说你的事情，真可怕。”

“他说你是转生真龙。”蕾铃着急地说着。屋子里其他地方的女孩们显然还不知道这件事，她们立刻都显出震惊的神情。

“我是。”兰德疲倦地说。

蕾铃哼了一声，将双臂抱在胸前：“我一看见你的这身衣服，我就知道你跟着两仪师跑掉后就脑袋发烧了，在你用那么傲慢的语气对两仪师埃拉娜和两仪师维林说话之前我就知道了。但我不知道你真的变成了一个瞎眼的傻子。”

在珀黛的笑声中，惊骇的成分比愉快更多：“即使是开玩笑，你也不该这么说，兰德，谭姆不会把你教成这样的。你是兰德·亚瑟，现在，不要再犯傻了。”

兰德·亚瑟，这是他的名字，但他几乎不知道自己是谁。谭姆·阿瑟抚养他长大，但他的父亲是一名艾伊尔首领，而且已经死去很久了。他的母亲是一名枪姬众，却不是艾伊尔人。这就是他对自己的了解。

阳极力仍然充满着他，他用风之力包裹住珀黛和蕾铃，将她们举起，直到她们的双脚离地一尺高的地方。“我是转生真龙。否认也无法改变这一点，希望也无法改变这一点。我不是你们在伊蒙村熟悉的那个人了。你们现在明白了吗？明白吗？”他意识到自己在高声喊叫，急忙用力闭上嘴。他的胃在搅动，他在颤抖。为什么埃拉娜对他这样做？这名两仪师美丽的面孔后面藏着什么样的阴谋？不要信任她们，沐瑞这样告诉过他。

一只手碰到他的手臂，他猛地转回头。

“请让她们下来吧！”埃拉娜说，“求求你。她们非常害怕。”

她们已经不止是害怕了。蕾铃的面孔似乎完全失去了血色，她的嘴张到了不能再大的程度，似乎想要尖叫，却又忘了该怎么做。珀黛的身体不住地抖动，脸上全都是眼泪。有这种反应的女孩不仅仅是她们两个，其余的两河女孩都蜷缩到尽可能远离他的地方，她们之中大多数人也都在哭泣。女侍们也都缩成一团，控制不住地呜咽着。客栈老板跪倒在地上，双眼凸出，一个字也说不出来。

兰德急忙将那两个女孩放回地上，然后放开了阳极力。“很抱歉，我不是要吓你们。”珀黛和蕾铃一站稳脚跟，立刻就逃进了其他女孩缩成的人堆里。“珀黛？蕾铃？我很抱歉，我不会伤害你们的，我保证。”她们没有看他，没有任何一个女孩看他。苏琳肯定是在看着他，其余的枪姬众也是，她们都阴沉着脸，眼睛里明显地流露出不赞许的神情。

“覆水难收，”巴歇尔说着，放下了手中的杯子，“有谁知道什么是应该的？也许这么做就是最好的。”

兰德缓缓地点点头。也许是，最好她们能够远远地离开他，这对她们是最好的。他希望自己能和她们多聊一些家乡的事，能多一些时间在她们眼里只是兰德·亚瑟。他的膝盖仍然有些虚浮，一定是因为刚才的约缚。但当他迈开步伐的时候，他就没有再停下，直到骑在杰丁的背上。她们最好害怕他，他最好忘记两河。他想知道，这座高山什么时候能够稍微轻一下，至少，不要变得愈来愈重。

第 11 章

课程和教师

兰德一走出门，维林立刻呼出那口她一直憋在胸中的气。她曾经告诉过史汪和沐瑞，他是多么危险，但她们两个都没听她的话。而现在，仅仅在一年之后，史汪遭到了静断，也许已经死了；至于沐瑞……街上到处都流传着谣言，说转生真龙就在王宫里，其中大多数都是不可信的，但在所有可信的描述中都不曾提及一位两仪师。沐瑞也许是决定让他经历一下自行其事的下场，但她是绝不会允许兰德远离她的，特别是现在兰德拥有如此强大的力量、承受着如此巨大风险的时候。难道说兰德对沐瑞有过比对她们更激烈的举动？比起兰德离开自己的时候，他变得更加成熟了，他的脸上留下了战斗的痕迹。只有光明知道他和沐瑞之间发生了什么事，而这其中是否也包括他和疯狂的战斗？

看来，沐瑞死了，史汪死了，白塔分裂，兰德可能正在疯狂的边缘。维林焦躁地啧了一声。冒险就意味着账单可能会在最料想不到的时候，以最想象不到的方式摆在自己面前。几乎在七十年的时间里，她辛勤而精心地完成着自己这部分的工作，而现在，一切似乎都要因为一个年轻人而毁于一旦。但她已经活得太久，经历过太多，让她无法允许自己惊惶失措。首先，要关注现在能做到的，而不是担心可能永远不会发生的。这一课她是被强迫接受的，但她已经将这一课印在心里。

第一件事就是要将这些年轻女子们安顿好。她们仍然像一群绵羊般瑟缩着，啜泣着，将脸藏在彼此的怀里。维林理解她们的感受，这不是她第一次面对一个能够导引的男人，更何况兰德是转生真龙。她忍住自己不断反胃的感觉，开始用温暖的言语安慰那些被吓坏的女孩们，轻拍她们的肩膀，抚摸她们的头发，让她们相信兰德已经走了——在很大程度上也就是劝她们睁开眼睛——逐渐平缓她们紧张的情绪。至少，哭泣声已经停息下来了，但简馨一直在拼命地要求有人来告诉她，兰德是在说谎，这只是一场捉弄人的恶作剧。珀黛芟一直尖叫着要她的母亲来救她——维林愿意付出一大笔钱，只要能知道麦特在哪里。蕾铃哭闹着说她们一定要立刻离开凯姆林，一分钟也不停留。

维林将一名女侍拉到一旁，这名长相普通的女子至少比这些两河女孩要大上二十岁。她大睁着眼睛，仍然在一边打着哆嗦，一边用围裙抹着眼泪。在问过她的名字之后，维林说："给她们端上新茶来，爱泽芮，一定是要加了许多蜂蜜的热茶，在里面掺一点白兰地。"她端详了这名女子一会儿，然后又说道："每一份茶的量都要很大。"

这应该能帮助女孩们平缓神经。"你和其他侍者也要喝一些。"爱泽芮抽着鼻子，眨着眼睛，不停地抹着脸，但还是行了个屈膝礼。让她忙碌点似乎能减少些眼泪，虽然不一定能让她不再害怕。

"把茶送到她们的房间去。"埃拉娜说，维林同意地点点头。睡眠可以达到非常好的效果。她们刚刚起床几个小时，但白兰地和一路的艰辛跋涉能帮助她们迅速入睡。

但两仪师的命令却导致了一场骚动。

"我们不能躲在这里，"蕾铃终于停止了抽噎，"我们必须离开！就是现在！他会杀死我们的！"

珀黛芟的脸颊上仍然闪动着泪光，但她的眼里已经闪动着坚定的光芒。两河人的顽固让这些女孩变得非常棘手。"我们必须找到麦特，我们不能把他丢给……丢给一个男人……我们不能！即使那是兰德，我们也不能！"

"我想看看凯姆林！"简馨尖声说道，虽然她还在打着哆嗦。

其他女孩也都开始七嘴八舌地发表意见。其中有几个虽然在害怕地打着哆嗦，却还是赞成简馨的想法，但大多数人倾向立刻离开。一名来自望山名叫伊莉的漂亮女孩又开始大哭起来。

维林恨不得赏她们每人一巴掌。那些小女孩的失态还有情可原，但蕾铃、伊莉和其他已经结起辫子的应该已经算是女人了。她们并没有受到伤害，而且危险已经离开了。另一方面，兰德的来访是一场突如其来的震撼，所以她们现在肯定已经因此而疲惫不堪，但她们很快就会有许多与此相似的遭遇了。想到这点，维林就忍住了要对她们发泄的火气。

埃拉娜却不像维林那么宽容，即使是在绿宗里，她也是以脾气暴躁而著称，而且最近她的脾气更糟了。“你们现在就回房去。”她神色冷峻地说。维林看着另一位两仪师用风之力和火之力编织出幻象，不由得叹了一口气。房间里立刻充满了沉重的喘息声，已经睁大的眼睛更是向眼眶外凸了出来。其实不一定非要这么做不可，但埃拉娜的脸上已经堆满了阴云。而实际上，维林觉得伊莉的哭嚎能够停止下来实在是件令人感到宽慰的事，她自己的情绪也不见得比埃拉娜要好多少。这些没经过训练的女孩看不见能流，在她们眼中，埃拉娜只是变得更加高大，更有压迫感。她的语调没有改变，但声音的重量随着她外表的变化也在急遽增加。“你们是要成为初阶生的人，而初阶生的第一课就是必须遵从两仪师。马上回房去，不许有抱怨和争辩。”埃拉娜仍然站在大厅中央，没有任何变化——至少在维林眼里是这样——但她编织的幻象已经碰到屋梁了。“现在，动起来！我数到五的时候，任何没有在她房间里的人都会一直后悔到死的。一、二……”没等她数到三，女孩们已经蜂拥着挤到楼梯上。令人惊讶的是，竟然没有人被踩着。

埃拉娜没再去数四，最后一名两河女孩已经消失在楼上。她放开阴极力，幻象立刻消失，她满意地点了一下头。维林相信这些受骗的女孩们大概已经不敢再向房门外探一下头了。或许这样也好，以现在的状况，维林不想再有任何女孩为了想看凯姆林一眼而偷偷溜出去，让她不得不费力把她们找回来。

当然，埃拉娜的行为也造成另外的影响，维林不得不耐心地把躲在桌子底下的女侍们一一劝出来，再扶起那名瘫软在地上、正在向厨房爬过去的女侍。她们全都一言不发，只是像寒风中的树叶一样不停地瑟缩。维林不得不逐一提醒她们回到自己的工作中去，又向爱泽芮重复了三遍关于白兰地茶的要求，才让她不再用那种呆愣的目光望着自己。那名客栈老板的下巴似乎一直都垂在他的胸前，他的眼睛也仿佛准备好从眼眶里掉出来。维林看了托马斯一眼，示意他去摇晃一下客栈老板。

托马斯不高兴地看了她一眼，当维林要求他完成各种琐碎的清理工作时，他总是摆出这副臭脸，但他极少会质疑维林的命令。他用手臂揽住笛海姆师傅的肩膀，用轻快的嗓音问他是否愿意和自己喝两杯客栈里最好的葡萄酒。托马斯是个好人，而且在一些方面很有令人惊奇的一套方法。伊万一直都背靠墙坐在凳子上，两只脚跷在桌上，他似乎能一只眼看着门外的街道，一只眼看着埃拉娜，而他看着埃拉娜的那只眼睛总是带着谨慎。自从埃拉娜的另一名护法奥文死在两河之后，伊万对她就有了一份超乎寻常的惦念与关怀。而伊万也很明智地小心着她的脾气，虽然埃拉娜通常都能控制住它，很少会出现今天这样反常的状况。埃拉娜本人则似乎没任何兴趣帮助清理她造成的这一片混乱，她站在大厅中央，交叠着双臂，两只眼睛似乎什么都没看到。如果是两仪师以外的人看到她，大概会以为她是平静安宁的化身，但在维林眼里，埃拉娜是一名随时都有可能爆炸的女人。

维林碰了碰她的手臂。“我们必须谈谈。”埃拉娜看着她，眼里闪动着复杂难解的神情，然后，她一言不发地朝那间私人饭厅走去。

维林听到背后传来笛海姆师傅颤抖的声音：“你觉得我能请求转生真龙资助我的客栈吗？毕竟他确实是进来过的。”她不禁笑了一下。至少笛海姆师傅已经恢复过来了。当她关上房门，将她和埃拉娜封闭在这个小空间里的时候，她的微笑消失了。埃拉娜正在这个小房间里飞快地来回踱着步，她的裙裤骑装发出一阵阵仿佛剑刃滑出剑鞘的磨擦声。现在她的脸上再没有什么平静了。“该死的男人，该死！！竟然拘留我们！限制我们！”

维林看着她，过了一会儿才张开口。她用了十年时间才从巴林诺的死中恢复过来，约缚了托马斯。埃拉娜的情感因为奥文的死而受到伤害，而她将这种伤害埋藏得太久了，离开两河之后，她偶尔从眼角抹去的几滴泪水完全不足以让她得到解脱。

“我想，他会在内城的城门处设立卫兵阻止我们进去，但他不可能真正限制我们在凯姆林的活动。”

当然，这句话只能得到埃拉娜气恼的一瞥。她们想要离开这里不会很困难——无论兰德让自己学到了什么，他不太可能知道该怎样设立结界，但这就意味着她们要放弃那些两河女孩。维林不知道两仪师已经有多久没有找到过像两河那样的宝藏了，也许自从兽魔人战争之后就没有过了。她和埃拉娜将接纳培养对象的年龄限制在十八岁，因为超过这个年龄的人就比较难接受初阶生的严格约束，但只要她们将年龄限制提高五年，能够入选的人数就会超过现在的两倍。这些女孩中竟然有五个人天生就有至上力的火花，其中包括麦特的妹妹、伊莉和年轻的简馨。即使没有人教导她们，她们迟早也会拥有导引的能力，而且她们的导引能力将会非常强大。她和埃拉娜还留下了两名有这类潜质的培养对象。她们本来打算等到一年以后，那两个女孩年长到可以离开家时再去接走她们。即使天生有导引能力的女孩，如果没有接受过训练，在十五岁以前也极少会接触到至上力，所以暂时把她们留在家里不会有什么危险。即使是其余的女孩也都表现出相当强的能力。两河对两仪师来说简直就是个金矿。

既然已经吸引了埃拉娜的注意力，维林就改变话题。她当然不打算放弃这些女孩，也不打算离开兰德。“他说那是反叛，你认为他说得对吗？”

埃拉娜狠狠地抓了一下裙子。“我讨厌这种可能！难道我们真的要……”她的声音逐渐变弱了，听起来有些失落，她的肩膀沉了下去，泪水充盈在她的眼眶，差点就从她的脸颊滚落下去。不过她的火气算是平息了些，在她重新发火之前，维林还有问题要问她。“关于塔瓦隆的事，你的屠夫能再告诉你一些吗？如果你再逼她一下的话？”那个女人并非真的是埃拉娜的手下，她是绿宗的密探，因为埃拉娜注意到挂在她店铺外的代表紧急讯号的标记，才发现了她。当然，埃拉娜没有告诉维林那是什么样的标记，维林肯定也不会向外人泄露任何褐宗的标记。

“不，她已经把她知道的全部告诉我了，最后我已经逼得她语无伦次了。所有忠诚的两仪师都要回到白塔，一切罪行即可得到宽恕。”这就是她得到的所有信息了。埃拉娜的眼里重新燃起了怒火，但这次她很快就恢复了平静。“如果不是因为那些谣言，我是不会让你知道她是谁的。”虽然她的情绪还很不稳定，但至少她已经不再踱步了。

“我知道，”维林说着，坐到一张桌子上，“我会尊重你对她的信赖。你必须承认，这条信息证明那些谣言都是真实的。白塔分裂了，很有可能在某个地方有反叛的两仪师存在。现在的问题是，我们该怎么做？”

埃拉娜看着维林，仿佛维林已经疯了。她会有这种反应并不奇怪。白塔评议会一定是根据法律废黜了史汪，即使违抗白塔律法的提议也是无法想象的。不过，白塔会分裂本来就是无法想象的事。

“如果你现在没有答案，那就再考虑一下，仔细考虑一下，史汪·桑辰是最初找到年轻兰德的参与者之一。”埃拉娜张开嘴，她肯定是想问维林怎么知道这件事的；维林自己是不是参与者之一，但维林没给她机会：“只有傻瓜才会相信这和她的垮台无关，如此巨大的巧合是不存在的。所以，想一想爱莉达对兰德抱有什么样的看法。记住，她属于红宗。在你考虑的时候，回答我，你是出于什么目的，才会约缚他？”

这个问题本来不该让埃拉娜感到惊讶的，但她确实表现出吃惊的样子。她犹豫了一下，然后拉了一把椅子坐上去，整理好裙摆才回答道：“这是理所当然的，既然他就站在我们面前，很久以前就应该有人这样做了。你不能，或者你不会这样做。”像大多数绿宗一样，其他宗派坚持一名两仪师只能约缚一名护法的想法会让她感到某种愉快，而拒绝约缚护法的红宗自然更会让绿宗两仪师觉得高兴。“他们全都应该被尽快约缚，他们太重要了，绝不能放任自流。而他是最重要的。”她的脸颊突然变得通红，她还没完全控制住自己的情绪，这是个好机会。

维林知道她是在为什么而脸红，埃拉娜曾经在无意中向她透露过，在她们测试两河女孩的几个星期里，佩林就待在她们眼前，但埃拉娜很快就放弃了约缚佩林的打算。原因很简单，菲儿私下给了埃拉娜一个决绝的承诺，如果她这样做了，她就绝对不会活着离开两河。如果菲儿对两仪师和盖丁之间的约缚有更多了解，这个威胁就不会成为事实，但正是她的无知阻止了埃拉娜。很可能正是因为那次挫败，再加上她不稳定的情绪，才让她对兰德做出这种事，不仅约缚了他，而且还是在没有得到他同意的情况下，这种事情已经有几百年没发生过了。

嗯，维林默然想道，我也打破过几条规矩。“理所当然？”她用微笑掩饰着言语中的芒刺，“听上去你很像是白宗的。嗯，现在你得到他了，你要拿他怎么办？想想他教你的那一课。我还记得小时候在火炉边听到的一个故事，那个故事里讲的是一个女人将马鞍放在狮子的背上，她发现骑在狮子背上的感觉好极了；但她很快又发现，自己永远也下不来，永远无法睡觉了。”

埃拉娜打了个哆嗦，揉搓着她的手臂。“我仍然不能相信他是那么强大，如果我们连结得快一点就好了，我试图……我失败了……他是那么强大！”

维林控制住自己颤抖的冲动。她们不可能连结得更快了，除非埃拉娜在约缚他之前就与他进行连结，维林不确定那会导致什么样的结果。不管怎样，那是一段极为糟糕的时间，从发现她们不能将他与真源隔开，到他如此轻易地就屏障了她们，一举割断她们与阴极力的联系，如同割断两根丝线。想要屏障他并维持住这种屏障最少需要多少两仪师的连结？最多的十三人？对于别的男性，十三人的连结只是出自于传统，而对于他也许确实是有必要的。不过这样的问题可以放到明天再去思考。“那么现在的问题就是他的特赦令了。”

埃拉娜睁大了眼睛："你肯定不会相信那种事吧！所有伪龙都被人们传说过会召集有导引能力的男人，但这些传说全都是假的。他们贪婪权势，不会和其他男人分享权力的。"

"他不是伪龙，"维林平静地说，"这让他与众不同。如果一条谣言是真的，那么另一条也就可能是真的。从白桥开始，所有人都在谈论这道特赦令。"

"即使真的有特赦令，也许没有人会投向他，没有哪个男人想要导引。如果真的有几个男人跑去了，我们就每个星期都会有伪龙要对付了。"

"他是时轴，埃拉娜，他会将他所需要的吸引到他身边。"

埃拉娜的嘴唇动了动，她将握成拳头的双手放在桌上，手上的指节都已经泛白了。残存在她身上的每一点两仪师的冷静都消失了，她的身体在明显地发抖。"我们难道会允许……男人导引？允许他们在这个世界上横行？如果真是这样，我们必须阻止它，必须阻止！"她又一次到了爆发的边缘，眼里再次燃烧起火焰。

"在我们能决定如何对待他们之前，"维林依然平静地说，"我们需要知道他把他们安置在哪里，看样子很可能是王宫，但想要查清这点也许很困难，毕竟他禁止我们进入内城。所以我的建议是……"埃拉娜专注地倾过了身子。

现在有许多事需要解决，不过其中大部分可以先搁置一下，有许多问题需要回答，但这些同样可以先放在一旁。比如沐瑞的死——如果她的确死了——她是怎么死的？真的有反叛两仪师存在吗？她和埃拉娜应该以什么样的姿态与她们取得联系？她们是应该将兰德交给爱莉达，还是交给那些反叛者？她们在哪里（无论其他问题有着什么样的答案，这个信息都会是非常有用的）？她们该怎样利用埃拉娜套在兰德身上那脆弱的缰绳？她们两个是不是正在重蹈沐瑞的覆辙？看着埃拉娜因为失去奥文而受伤的心情浮出水面，维林第一次开始为她将这种伤害隐藏这么久而感到高兴，正因为这样，埃拉娜才会变得如此失控。陷入混乱的埃拉娜将更容易服从她，接受她的指引。这样维林知道了那些问题之中有几个该怎样回答。她相信那些答案中有一部分不会让埃拉娜喜欢，所以最好不要让埃拉娜知道，因为也许它们会发生改变。

兰德纵马向王宫疾驰而去，甚至在他身边飞跑的艾伊尔人也渐渐落后。他不去理会他们的喊声，也不理睬从杰丁前面跳开、挥舞着拳头向他叫骂的人们，以及轿子翻倒或大车相撞所造成的混乱。巴歇尔和沙戴亚人催赶着他们矮小一些的坐骑，刚好能跟在他身后。兰德不知道自己为什么会如此急切，所有这些事情不该让他有这种急迫的心情。但是当震撼的感觉从他的四肢逐渐消退之后，他便愈发清楚——自己能察觉到埃拉娜。他能感受到她。就仿佛她爬进了他的脑海，盘踞在那里。如果他能感觉到她，那么她对他也会有同样的感觉吗？她还能对他做些什么？他必须远离她。

骄傲，路斯·瑟林高声笑着。这一次兰德没有将那个声音压下去。

他有另一个目的地，不是王宫，但穿行需要对起点的了解比对终点的了解更多。到了南厩门，他把缰绳抛给一名穿皮背心的马夫，向王宫跑去。在宫中的走廊里，他的长腿将沙戴亚人抛在后面。沿途的仆人们都张大了嘴看着他，甚至直到他跑过去都没来得及鞠躬或行屈膝礼。到了王宫大厅里，他抓住阳极力，打开孔洞，纵身冲了进去，双脚落在一片农场旁的空地上。然后他放开了真源。

他长长地呼出一口气，双膝跪倒在枯黄的叶片上，聚集在光秃树枝下的热气朝他扑面而来。他已经放开精神的内敛很长一段时间了，他仍然能感觉到她，但在这里这种感觉弱了一些——虽然他仍然能准确地判定感觉传来的方向。他闭上眼就能指出那个方向。片刻之间，他再次抓住阳极力，感受着炽烈冰寒的洪流和其中的黏稠腐臭。他手中出现了一把火焰长剑，微微弯曲的红色剑刃上铭刻着一只苍鹭，他不记得自己这样做的时候曾经思考过。这把剑是用火之力做成的，但它的长握柄让他觉得冰冷而坚固。虚空无能为力，至上力无能为力。埃拉娜仍然盘绕在他脑海的一角，注视着他。

苦笑了一下，他放开至上力，继续跪在地上。他曾经是那么有信心。只有两位两仪师，他当然应付得了她们，他曾经压倒过艾雯和伊兰的合力啊！她们怎么可能撼动他？他意识到自己仍然在笑，他似乎没办法停下来。是啊，这很有趣。他愚蠢的骄傲、过分的自信，他以前就因此而经历过危机，也让其他人受到伤害。他曾经是那么有信心地认为，他和百盟团能够一劳永逸地封住那个孔穴……

叶片发出一阵碎裂的声音，因为他踩着它们。他勉强站立起来。“那不是我！”他嗓音沙哑地说，“那不是我！离开我的脑子！你们全都给我离开我的脑子！”路斯·瑟林的声音在遥远的地方，模糊地嘟囔着。埃拉娜则在他的脑海深处，平静而耐心地等待着。而那个声音似乎也在害怕埃拉娜。

兰德命令自己掸去膝盖上的灰尘。他不会放弃。不要信任两仪师，从现在开始，他会记住这一点。没有信任的人还不如去死，路斯·瑟林冷笑着。他不会放弃。

农场上看不到丝毫变化，农舍、谷仓、鸡群和牛羊群依然如故，索拉·格莱迪正从一扇窗户里向他这儿望过来，冷漠的脸上毫无表情。现在她是这里唯一的女性了。其他所有的妻子和情人都带着她们没有通过马瑞姆测试的男人离开了这里。马瑞姆和他的学生们都在谷仓前一片有几丛野草的红色硬土地上，这些学生一共有七个人，除了索拉的丈夫朱尔之外，只有达莫·弗林、艾本·霍普维和费德文·穆尔通过了第一次测试。其他的都是新人。他们全都像费德文和艾本一样年轻。

除了白发的达莫之外，那些学生背对着兰德排成一条直线坐在地上。达莫站在他们面前，紧皱双眉，盯着三十步外一块人头大小的石块。

“开始！”马瑞姆说道。兰德感觉达莫抓住了阳极力，接着看见他生疏地编织出火之力和地之力。

那块石头爆炸了，达莫和其他学生都趴在地上，躲避着飞溅的石片。马瑞姆却纹丝不动地站在原地，飞向他的碎石都被他在最后一瞬掷出的风之力护盾弹开了。达莫小心地抬起头，抹去左眼下方一处伤口中流出的鲜血。兰德绷紧了嘴唇。只是因为运气好，所以没有一粒石屑击中他。他回头看了农舍一眼，索拉仍然在那里，显然没有受伤。她的眼睛还在盯着他。那些鸡仍然在土里刨挖着，它们似乎已经熟悉这种事了。

“下次也许你会记得我说的，”马瑞姆放开自己的编织，平静地说，“在你攻击的时候也要注意防护自己，否则你就会杀死自己。”他瞥了兰德一眼，仿佛他早就知道兰德已经来到这里。“继续！”他对学生们说了一声，就向兰德走来，他有着鹰钩鼻的面孔今天看上去似乎多了一层残酷的影子。

当达莫坐到那一排人中的时候，脸上还有疹斑的艾本站了起来，紧张地捏着自己的大耳朵，开始用风之力举起一块石头，把它移到另一边。他的能流在不停地摇晃，在他将石块放到指定位置之前，还让它掉落到地上一次。

“就这样让他们自己去做安全吗？”兰德问走过来的马瑞姆。

第二块石头像第一块一样爆炸了，不过这一次，所有的学生都编织了护盾。马瑞姆的护盾挡住了他和兰德。兰德一言不发地抓住阳极力，编织出自己的护盾，将马瑞姆的护盾挡在一边。马瑞姆脸上近乎微笑的表情立刻消失了。

“你说过要给他们压力，真龙大人，我就给他们压力。我要求他们做任何事都必须使用至上力，包括日常杂务。他们之中最新的人昨晚才有第一顿热饭可吃，如果他们不能自己把饭弄热，他们就必须吃冷的。现在他们做大多数事情时所用的时间，还是要比只用双手时长两倍，但他们已经在用最快的速度学习导引了，相信我。当然，这里的人仍然不是很多。”

没理会马瑞姆话中暗示出的疑问，兰德向周围望去。“亨瑞在哪？他没有再喝醉吧？我对你说过，他只能在夜里喝酒。”亨瑞·哈斯林曾经是女王卫队的督剑官，负责训练新兵。雷威辛在肃清女王卫队时将他和所有忠于摩格丝的人踢出了军队（还有另一些忠于摩格丝的人被送到了凯瑞安的战场）。虽然因为年纪太大而不能参加战斗，亨瑞仍然放弃了退休金，整日在宫门前徘徊，当摩格丝的死讯传遍凯姆林的时候，他就爬进了酒杯里。但他认为杀死摩格丝的是雷威辛（对他来说是加贝瑞），而不是兰德。兰德认为他可以训练这些学生用剑，只是他清醒得可以进行训练的时候并不多。

“我让他走了。”马瑞姆说，“剑有什么用？”另一块石头爆炸了。“我几乎一拿起它就免不了要刺到我自己，而我从不曾感觉到没有剑会有什么缺憾。现在他们有至上力了。”

*杀了他！现在就杀了他！*路斯·瑟林的声音回荡在虚空中。兰德将那个声音踩了下去，但他不能压抑住那阵愤怒。怒意包裹住容纳他的虚空，如同一层硬壳，但虚空让他的声音中没有任何情绪，“找到他，马瑞姆，带他回来，告诉他你改变主意了，也这样告诉学生们。告诉他们不管你是怎么选择的，但我想让他留在这里，每天上课。他们需要成为这个世界的一部分，而不是被这个世界所隔离。如果他们不能导引，那他们还能做什么？当你被两仪师屏障的时候，如果你知道怎么用剑，如何徒手搏斗的话，也许你是有机会逃出来的。”

“我逃出来了，我就在这里。”

“我听说，是你的一些追随者让你重获自由，不然你就会像洛根一样被驯御，在塔瓦隆结束一生。”

马瑞姆动作流畅地鞠了个躬：“听从真龙大人的命令，真龙大人就是为了这个才到这里来的吗？亨瑞和他的剑？”他的声音中仍然隐含着轻蔑，但兰德没有在意。

“凯姆林有两仪师，你和学生们不能再去城里了，如果他们之中有人在半路上撞见两仪师，被两仪师认出来，只有光明知道会出什么事。”而这些学生肯定是能认出两仪师的。如果他们在慌乱中发动攻击或逃走，维林和埃拉娜会像对付小孩一样将他们制服。

马瑞姆耸耸肩：“对于他们，砍掉两仪师的头并不比砍掉这些牛头困难，只需要很简单的编织。”他回头看了一眼，抬高声音说道：“集中精神，亚德雷，集中精神。”那名瘦高的男子站在其他学生面前，正全力以赴地进行着导引。马瑞姆的声音让他吓了一跳，失去了阳极力，他急忙又摸索着将阳极力找回来。当马瑞姆转过头的时候，另一块石头爆炸了。“而且，我可以亲自……除去……她们，如果你打算袖手旁观的话。”

“如果我想让她们死，我已经杀死她们了。”兰德认为自己会那么做的，如果她们试图杀死他，或者是驯御他。他希望自己能那样做。但在约缚他之后，她们还会伤害他吗？他不打算让马瑞姆知道自己被约缚了。即使没有路斯·瑟林的嘟囔，他也不会信任这个男人。*光明啊，是怎样的莽撞让我任由埃拉娜对我做出那种事？*“如果到了该杀死两仪师的时候，我会让你知道的，但在那以前，除非两仪师要杀死你，否则你就算是骂两仪师一声也不行。你们都要尽量远离两仪师，我不想有意外发生，不能让她们成为我的敌人。”

“你以为她们还不是你的敌人？”马瑞姆喃喃地说道。兰德还是没有理会他，这一次是因为他不知道答案是什么。

“我不想有任何人因为头脑发胀而死亡或遭到驯御，确实让他们都清楚这点，你要为他们负责。”

“如你所愿。”马瑞姆又耸了耸肩，“迟早有人会死，除非你要让他们永远地缩在这里。即使你真的这么做，还是有人会死，这不可避免，除非我放慢训练的进度。你本来不必为这样的事情费心的，只要你让我去寻找学生。”

进行演练的学生又换了一个。兰德向那里望去，一个满脸汗水、浅色头发、蓝眼睛的年轻人正艰难地将石块移动到位。再过几个小时，马车就会装载着昨天中午抵达的志愿者离开王宫了。这次是四个人，原先来的人只有三个或两个，但人数正在逐渐增加。自从七天前，他将马瑞姆带到这里以后，已经来了十八个人，但他们之中只有三个人能够学习导引。马瑞姆坚持说，能从可怜的几名志愿者中挑选出这么多学生，已经是非常惊人了。他也不止一次地指出，以这样的速度，他们在六年之内就能有可比拟于白塔的规模。但兰德不需要别人提醒他并没有六年的时间。他也不能让他们减缓训练速度。

“你打算怎么做？”

“用通道。”兰德示范给马瑞姆的一切技巧，马瑞姆都能很快就学会。“我一天能访问两到三个村庄。在最开始，村庄比小城镇容易处理，我会留下达莫负责训练——他是他们之中学得最快的，就像你看到的那样——朱尔、艾本和费德文的进展也很快。你还要为我们准备一些像样的马匹，那些拖大车的驽马都不中用。”

“你要干什么？骑马跑进村子，宣布你在寻找想要导引的男人？如果村民们没把你吊起来就是你的运气了。”

“我可以稍微谨慎一些。”马瑞姆冷冷地说，“我会说，我在招募想要追随转生真龙的人。”更谨慎些？看样子并没有多谨慎。“这样可以将人们先吓退一会儿，让我有时间召集到志愿者，也可以将还没准备好支持你的人剔除掉。我不认为你要训练那些在找机会反对你的人。”他带着疑问的神情挑起一侧眉弓，却没等待兰德不必要的回答。“一旦我带着他们安全地离开村子，我就能通过通道将他们带到这里，这也许会造成一些混乱，但应该不会太难控制。一旦他们同意追随一名能够导引的男人，他们就很难会拒绝我对他们进行测试了。那些没通过的，我会送他们去凯姆林，你也该组建一支自己的军队，而不是倚靠他人了。巴歇尔可能改变想法，如果泰诺比女王要他改变，他会的。而有谁能知道那些所谓的艾伊尔人会干什么？”这次，他停了一下，但兰德没有说话。他考虑过自己的军队，如果不是艾伊尔人的话，但马瑞姆不需要知道这个。片刻之后，马瑞姆又换了一个话题，仿佛他从没提到过先前那个建议一样：“我和你打赌，你来定赌金，我进行招募的第一天能召集到的人就会和一个月内走进凯姆林的志愿者一样多。一旦达莫和另外一些学生能够从我这里独立了……”他伸开双手，“那时我的规模就能赶上白塔，而我所需要的时间不会比一年更久。那时这里的每一个男人都会是一件武器。”

兰德犹豫着，给予马瑞姆这样的自由是一种冒险，这个男人有太强的侵略性。如果他在征召途中遇到两仪师呢？也许他会服从命令，留下两仪师的性命，但如果是两仪师发现了他呢？如果两仪师要屏障、逮捕他，该怎么办？这是兰德不能承受的损失。他不可能在忙碌于其他事的时候训练学生。需要六年时间才能与白塔匹敌，还要确保这六年时间里两仪师不会找到这个地方，摧毁这里和还没有自卫能力的学生。或者是不到一年。最后，他点了点头。路斯·瑟林的声音已经遥远到渺不可闻。“你会得到你的马。”

第 12 章

问题和答案

“怎么样？”奈妮薇以最大的耐心问。平静地坐在床上，让双手能够一直不离开膝盖确实费了她很大的力气，她压下一个哈欠。时间还早，到现在，她已经有三个晚上没能好好睡一觉了。那只柳条笼已经空了，歌雀被放归自然，她希望自己也能像那只小鸟一样自由。“怎么样？”

伊兰正跪在自己的床上，头和肩膀都从窗口探了出去。窗外是房子背后一条狭窄的小巷，从这里，她隐约能看见小白塔的后方。在那里，大多数宗派守护者正在会见白塔来的使节，即使是在这里，她也能看见那座客栈外面防止有人借助至上力偷听的结界。

片刻之后，伊兰坐回到自己的脚跟上，脸上堆满了挫败的神情。“什么也没有。你说过，可以不被察觉地绕过那些能流，我想我应该没有被注意到，但我肯定是什么都没听见。”

伊兰说话的对象是魔格丁，她正坐在角落里那张摇摇欲坠的凳子上。这个女人一滴汗水都没有的样子总是让奈妮薇非常生气，她说这种不受寒暑侵扰的特性，必须经过长期与至上力的接触才能获得。而两仪师们也只是含混地告诉她们，这种能力她们“最终一定会拥有的”。奈妮薇和伊兰在不停地出汗，魔格丁看上去却仿佛置身于早春的阳光中一样鲜活凉爽。这太让人生气了！

“我说过可以潜进去，”魔格丁的黑眸不停地向四下窥望，眼里闪烁着戒备的神色，但她在大部分时间里都会盯着伊兰——她总是会将注意力集中在戴着罪铐的人身上，“就是可以的。穿过结界的办法有几千种，有些结界需要用几天时间才能穿过。”

奈妮薇勉强能控制住自己的舌头。她们已经试过几天了，这是塔娜·弗尔到这里之后进行的第三次会谈，而评议会仍然没有公布爱莉达信使带来的讯息。当然，雪瑞安、麦瑞勒她们会知道（如果她们是更早于评议会知道的，奈妮薇也不会吃惊），但即使是史汪和莉安也被挡在这些日常会议之外。至少，在表面上如此。

奈妮薇意识到自己正在拉身上的裙子，便急忙让双手停了下来。无论用什么办法，她们必须查清楚爱莉达想要什么；还有更重要的——评议会的回答。她们必须查清楚。

“我必须走了，”伊兰叹息了一声，“我必须去为两仪师们示范特法器的制作方法。”沙力达的两仪师们极少有人能领会伊兰示范中的诀窍，但她们全都想学会这种技能。大多数两仪师都相信只要伊兰向她们示范够多，她们肯定就能学会。“你可以试一试，”她一边解下手镯一边说道，“我想在示范结束后试着做一些新的东西，然后我还要给初阶生上课。”听伊兰的语气，这两件事她都不愿意去做，她在最开始接到这些任务时那种兴奋的神情早已荡然无存了。现在每一次课程结束之后，她都会装了一肚子火气回来，仿佛一只被惹怒的猫。那些小女孩们都迫不及待地要掌握那些她们还没有一点概念的技巧，经常是没有求得许可就莽撞尝试。年长些的初阶生虽然会更谨慎一点，但也更喜欢和她争论，或者干脆拒绝和这名比她们年轻六七岁的女子合作。伊兰现在已经像有十年资历的见习生一样，一张口就是“蠢初阶生”或“顽固白痴”。“或者你可以继续从她嘴里挖讯息出来，运气好的话，也许你能把侦测男性导引的办法弄得更清楚一些。”

奈妮薇摇摇头：“今天上午我要帮珍雅和黛兰娜整理笔记。”她的面孔也因气恼而扭曲了。黛兰娜是灰宗的守护者，珍雅是褐宗的守护者，但奈妮薇却没办法从她们那里刺探到任何信息。“而且瑟德琳还要给我上课。”又是一桩浪费时间的事情，沙力达的每个人都在浪费时间。看见伊兰要把手镯挂在墙上，她急忙对伊兰说：“戴上它。”金发女孩重重地叹了口气，但还是重新戴上了手镯。

奈妮薇觉得伊兰对这副罪铐过于信任了，实际上，只要那只项圈还留在魔格丁的脖子上，任何能够导引的女人都能借助这只手镯找到她，控制她。如果没有人戴上这只手镯，魔格丁只要走到距离它十几步处，就会呕吐着倒在地上。如果魔格丁想将这只手镯稍微移动几寸，或者想摘下脖子上的项圈，她也会落得同样下场。也许即使把手镯挂在墙上，魔格丁也无可奈何，但也许给一名弃光魔使足够的机会，她就能想办法解开这副罪铐。奈妮薇在坦其克时曾经将魔格丁封闭并固定住编织，但她还是逃脱了。再次捉住她之后，奈妮薇问的第一件事就是她在坦其克时是怎么逃跑的。奈妮薇几乎拧断了她的脖子才问出一点答案。似乎一个固定住后被导引者放开的编织是很脆弱的，如果被屏障的女人有足够的时间和耐心，她就有办法打开编织。伊兰坚持说罪铐不是这样的——罪铐没有可以攻击的结点，而且如果没有得到允许，魔格丁甚至不能碰触阴极力。但奈妮薇不打算给魔格丁任何机会。

“抄写的时候别着急，”伊兰说，“我以前为黛兰娜做过抄写，她痛恨任何一点错误。如果有必要，她会为了得到一页干净的文本而让你抄写五十遍。”

奈妮薇气恼地瞪了伊兰一眼。她的笔迹也许不像伊兰那样整洁精雅，但她并不是个只知道该把钢笔的哪一端蘸进墨水瓶的傻瓜。伊兰并没有注意她的表情，只是又给了她一个微笑，就跑出门。也许伊兰真的是一番好意。如果两仪师知道奈妮薇这么痛恨抄写，她们说不定会将这个作为对她的惩罚方式。

“也许你们应该去兰德那里。”魔格丁突然说道。她的坐姿比刚才稍有一些不同——似乎腰更直了。她的黑眼睛注视着奈妮薇的眼睛。她这是怎么了？

“你这话是什么意思？”奈妮薇问。

“你和伊兰应该去凯姆林，去兰德那里。她可以成为女王，而你……”魔格丁的微笑里没有半点愉悦，“迟早她们会对你们产生怀疑，并开始调查你们怎么会有那么多不可思议的发现，但同时你们在为她们做导引的时候又会像偷糖块时被抓住的女孩一样战战兢兢。”

“我没有……”她不打算向这个女人解释什么。为什么魔格丁突然会对她说这种话？“你只要记住，如果她们发现实情，不管我会出什么事，你的脑袋肯定会先被放到断头桩上。”

“而你会受更久的苦。色墨海格曾经让一名男子在五年之中全部清醒的时间里不曾停止地尖叫，她甚至让他无法失去理智，但到了最后，即使是色墨海格也无法让他的心脏继续跳动。我怀疑那些孩子能不能有色墨海格十分之一的能力，这点你倒是有机会体验一下。”

这个女人怎么会说到这个？她平时那种阿谀、焦虑的神态如同蛇蜕皮一般脱落了，她们仿佛是两个平等的人正在谈论某个随意的话题。不，比那个要糟。魔格丁的态度仿佛是在表明，这对她自己是一个随意的话题，但对奈妮薇却是一件可怕的事。奈妮薇希望那只手镯能在自己的手腕上，那样她会感到舒服一些，魔格丁的情绪不可能像她的表情和声音那样平静、冷漠。

奈妮薇的呼吸停滞了一下。那只手镯。原来是这样，那只手镯不在这个房间里，她觉得自己的胃里仿佛郁结了一块冰，汗水从她脸上滚落的速度似乎突然加快了。从逻辑上说，那只手镯是不是在这里并不重要，伊兰戴着它——光明护佑，千万别让伊兰把那只手镯拿下来！——而罪铐的另外一半正牢牢地固定在魔格丁的脖子上。但逻辑与此完全无关，奈妮薇从没有在手镯不在身边时和魔格丁独处过。而在魔格丁戴上罪铐之前，她们的交锋都差点导致了无可挽回的灾难。魔格丁是弃光魔使之一，她们再次单独相处，而这次奈妮薇仍然没办法控制她。她抓住了裙子，以免自己会抽出腰间的匕首。

魔格丁的笑容更深了，仿佛她看到奈妮薇的想法。“在这件事上，你可以相信我和你同样都很感兴趣，这个，”她的手绕着那只项圈转了一下，很小心地不要碰到它，“在凯姆林也一样能锁住我。在那里做奴隶也要比在这里死掉好。不要花太长的时间做决定，如果那些所谓的两仪师决定回归白塔，有什么比你更适合作为礼物献给那个新玉座的？一个关系与兰德·亚瑟如此紧密的女人，还有伊兰。如果兰德对她的感觉有她对他感觉的一半，那么抓住伊兰就是在他的脖子上系了一根他没办法割断的绳子。”

奈妮薇站起身，强迫自己挺直膝盖。“现在，你可以整理床铺、清扫房间了，我回来的时候不能看见一点尘埃。”

“你还要用多少时间？”魔格丁在她走到门口的时候说道，她的语气就像是在问是否水已经烧开，可以沏茶了。“在她们将答案送去白塔之前几天？几个小时？为了让她们珍爱的白塔恢复统一，对于兰德·亚瑟或者爱莉达的罪行，她们会如何取舍？”

“特别是那些壶罐，”奈妮薇在说话的时候没有转身，“这次它们要全部被清洗干净。”

还没等魔格丁说完，她已经走出了房门，用力将门板在身后关上。

她靠在那块粗木门板上，在没有窗户的走廊里沉重地呼吸着。然后她将手探进腰间的荷包，从里面掏出一个小袋子，将两片萎皱的鹅薄荷叶塞进嘴里。鹅薄荷需要过一段时间才能平缓胃部的烧灼感，但她用最快的速度咀嚼、吞咽着，仿佛这样会让这些叶片快一点生效。在她离开房间之前那段短暂的时间里，魔格丁在她面前打碎了一个又一个希望，也仿佛是一拳又一拳地打在她的胃上。她不信任魔格丁，知道这个女人是在恐吓她。*是假话，哦，光明啊，都是假话。*但她曾经相信魔格丁对于伊兰和兰德之间的事情像两仪师一样毫无了解。*哦，光明啊，是假话。*而魔格丁会建议去他那里……她们在魔格丁面前时，说话实在是太随便了。她们还泄露了什么，魔格丁会怎样利用那些信息？

另一名见习生从这座小房子的前厅走进阴暗的走廊，奈妮薇直起身体，收起鹅薄荷，抚平裙子。除了前厅之外，这座房子里的每个房间都被当成宿舍，里面住满见习生和仆人，往往是每三或四个人才能住上一个不比奈妮薇和伊兰的宿舍大多少的房间，有时要两个人同睡一张床。对面那名见习生是个腰身纤细的女子，有双灰眼睛和甜美的面容，名字叫爱玛拉，是伊利安人。她不喜欢史汪和莉安，这点奈妮薇非常能够理解。她认为应该把那两个女人送走（*以体面的方式，这也是她的看法*），就像所有遭到静断的女人一样。除此之外，她是个讨人喜欢的女孩，甚至从没因为伊兰和奈妮薇的“大房间”和“玛丽甘”为她们两个收拾杂务而怨恨她们。在沙力达，这样的见习生实在是不多。

“我听说你要为珍雅和黛兰娜做抄写，”爱玛拉轻盈地走过自己的房间，一边用清亮的嗓音说道，“听我的话，尽量抄快一些，珍雅不在乎一点涂改，她要的是足够多的量。”

奈妮薇瞪了爱玛拉一眼。为黛兰娜要抄得慢，为珍雅要抄得快，真是些令人气恼的建议，但不管怎样，她现在没有心思为抄写而烦恼。魔格丁也被抛到了脑后。当然，如果有时间的话，她会和伊兰谈一下魔格丁。

她摇摇头，低声嘟囔了两句，然后向外走去。也许她一直都过于疏忽，随意说了太多东西，但现在她会好好提醒自己，停止这种错误。她知道她必须找到谁。在最近几天里，沙力达陷入一种平静，虽然街道上仍然像以前一样拥挤，但就连村外的铸造厂也安静下来。所有人都受到告诫，当塔娜在这里的时候要管住自己的舌头，绝不能泄露沙力达已经派遣使者前往凯姆林，以及洛根的事。现在洛根被安全地藏到了士兵营地里，而即使是这些士兵和他们聚集的原因也是要保密的。这让所有的人谈论所有事情的时候，都不敢让声音高过耳语，但无数的窃窃私语又造成另一种令人烦躁不安的气氛。

所有人都受到了影响。原先总是一路小跑地完成工作的仆人，现在犹豫地迈着步子，带着畏惧的神情不停地瞥向背后，即使是两仪师，在她们平静的表情下似乎也多了一份警觉，仿佛在审视经过的每个人。现在街上已经很少能看到士兵了，仿佛塔娜在刚来的那一天看见的挤满街道的部队是幻象。评议会的一个错误的答案，也许会让所有这些士兵的脖子都套上绞索。即使是那些想要避开这场白塔争端的统治者和贵族们，一定也会将他们能捉到的这些士兵全部绞死，以免让他们沾染上反叛白塔的罪名。士兵们可能也有这样的感觉，所以出现在街道上的少数几名全都小心地板着脸，或者忧心忡忡地紧蹙双眉。只有加雷斯·布伦除外，每次评议会和塔娜在小白塔会面的时候，他都会耐心地等在小白塔门外，从那些人进去一直到她们离开。奈妮薇觉得他是想让她们还记得他，还有他为她们做的一切。奈妮薇曾经见过一次宗派守护者们和加雷斯相遇的情形，她们看见他时并不曾显露出任何高兴的神情。

只有那些护法的神情和红宗两仪师来之前没什么两样，还有那些孩子们。当三个小女孩像鹌鹑般蹦跳着来到奈妮薇面前时，她不由得愣了一下。她们的头发上绑着缎带，满脸汗水和泥巴，一边笑一边向对面跑去。这些孩子们不知道沙力达正在等待着什么，即使她们知道，很可能也不明白。而每名护法都会跟从他的两仪师，无论她有什么样的决定，要去什么地方，他们甚至连眼睛都不会眨一下。

人与人之间大多数无聊的谈论都是关于天气，还有一些从其他地方传来的怪事——双头牛在说话；人被大群的苍蝇埋住，窒息而亡；一个村子里的小孩在子夜时分突然全部消失；人们在白天被某种看不见的东西打死。任何头脑清醒的人都知道，这种干旱和不合季节的炎热代表暗帝的手已经碰触到世界。尽管伊兰和奈妮薇坚持认为其他这些事也是真的，但大多数两仪师都在怀疑她们的看法是否正确。随着封印的削弱，邪恶的泡沫正从暗帝的牢狱中升起，沿着因缘四处飘散，在各处爆裂。大多数人都无法认识到这点。有些人把这些事归罪于兰德；有些人说是因为人类没有聚集到转生真龙身边，创世主因此而发怒；还有人说让创世主发怒的原因是两仪师们没有捉住并驯御转生真龙，或是两仪师们在反对现任的玉座。奈妮薇听到过人们说，只要白塔再次统一，天气就会恢复正常。她挤过人群，继续向前走去。

“……发誓这是真的！”一个满手面粉的厨子嘟囔着，“一支白袍众的军队正在埃达河的另一侧聚集，只要爱莉达一声令下，他们就会向这里发起进攻。”除了天气和双头牛之外，关于白袍众的讯息现在也多了起来，但白袍众在等待爱莉达的命令！这个女人的脑子一定是被热天气搞昏了！

“光明不会欺骗眼睛，这是真的。”一名头发花白的马车夫对一个紧皱眉头的女子悄声说道。那女子穿着剪裁优良的羊毛裙，表明她是两仪师的侍女。“爱莉达死了，红宗是来请雪瑞安回去当玉座的。”女子点着头，似乎毫不怀疑他讲的每一个字。

“我觉得爱莉达是一位好玉座，”一个穿着粗布外衣的樵夫一边说着，一边挪了挪肩膀上的柴捆，“就像其他玉座一样好。”这些话他是大声说出来的，但他似乎又竭力不去看周围有谁在听他说话。

奈妮薇撇了撇嘴。这个人是想让别人听到他的话。爱莉达怎么会如此迅速地发现沙力达？塔娜一定是在两仪师们开始向这个村子聚集的时候就离开了塔瓦隆。史汪曾经在暗中指出，有许多蓝宗两仪师仍然处于失踪状态，在沙戴亚聚集的最初讯号正是出自于蓝宗——而奥瓦琳是非常善于审讯犯人的。这样就导致了一个令人反胃的推断。但比这个推断更加令人不安的是普遍流传在人们的议论中的解释：在沙力达有爱莉达的秘密支持者。每个人都在偷窥别人，这名樵夫并不是奈妮薇第一个听到以这样的方式说这种话的人。两仪师也许不会这么说，但奈妮薇怀疑其中有人是想这么说的。沙力达变成了一锅混合着各种食料的炖菜，而味道并不鲜美，这就使她正在做的事情变得更加正确了。

找到她要找的人需要一点时间。这个人应该在有孩子游戏的地方，而在沙力达并没有很多孩子。果然，柏姬泰正在看着五名男孩互相投掷一个装了石头的小袋，无论是谁被打中了，都会引来所有人的一阵笑声，就连被击中的人也会笑。这和大多数男孩或者男人的游戏并没有什么不同。当然，柏姬泰并不是单独一个人，她很少会是一个人，除非她不想让其他人待在身边。爱瑞娜站在她身边，不停地擦着脸上的汗水，竭力不表现出厌烦的样子。她将黑头发编成像柏姬泰的金发一样的辫子，但她的头发才刚到她肩膀下面一点而已，柏姬泰的则一直垂到了腰际。她的衣服也是依柏姬泰的样子做的，一件浅灰色齐腰外衣，青铜色的松腿裤，裤脚在脚踝处收紧，脚上穿着高跟的短靴，而且她也拿着一张弓，在腰间挂上了箭袋。奈妮薇不认为爱瑞娜在遇到柏姬泰之前曾经碰过弓箭。她并没有理会那个女人。“我需要和你谈谈，”

她对柏姬泰说，“单独谈谈。”爱瑞娜瞪了她一眼，蓝色的眼睛里抛出轻蔑的眼神：“这么好的天气，我本来以为你会戴上你的披肩的，奈妮薇。哦，天哪，你像马一样在出汗，这是为什么？”

奈妮薇绷紧了面孔。最开始全心善待这个女人的是她，而不是柏姬泰，但她们的友谊在到了沙力达之后就结束了。在知道奈妮薇不是正式的两仪师之后，爱瑞娜的反应并不止是失望。只是因为对柏姬泰有所求，她才没有向两仪师告发奈妮薇曾经冒充两仪师。爱瑞娜曾经立下号角狩猎者誓言，柏姬泰肯定已经变成了她的人生典范，奈妮薇还曾经可怜过她的身上的瘀伤呢！

“从你的脸上看，”同样在出汗的柏姬泰向奈妮薇一笑，“你像是要掐死什么人——也许就是爱瑞娜——又像是你的裙子在一群士兵中间掉落了，而你却没穿衬衫。”爱瑞娜从鼻子中哼出一声笑，看上去有些震惊，奈妮薇不知道这是为什么。这个女人和柏姬泰共处了这么长时间，应该已经能听得懂柏姬泰所谓的幽默了。这种幽默其实更适合一个没有刮胡子，将鼻子伸在酒杯里，同时已经灌了一肚子淡啤酒的男人。

奈妮薇看了那些男孩一会儿，让自己有机会平息一下怒火。当她要向人家求助的时候，随便发火是毫无益处的。

塞弗和佳瑞也在那些互相投掷、躲避沙包的孩子们之中，黄宗两仪师对他们的诊断是对的，他们需要的药饵是时间。在沙力达和别的男孩为伴，远离恐惧的两个月后，他们已和其他孩子一样大笑大叫了。

一个突然的想法如同一把铁锤般击中她，“玛丽甘”仍然在照看他们，给他们洗澡和喂食，虽然也许她是极不愿意的。但现在这两个孩子已经开始说话了，他们随时都有可能说出那个女人不是他们的母亲，也可能他们已经说了。这样也许会引起别人的怀疑，而怀疑会让她们用树枝搭起来的房子砸到她们的头顶上。冰块重新出现在奈妮薇的胃里。为什么以前没想到过这件事？

柏姬泰碰了碰她的手臂，让她打了个寒颤。“出什么事了，奈妮薇？你看上去仿佛是你最好的朋友死了，死的时候还用最后一口气诅咒了你。”

爱瑞娜已经走开了，她后背挺直，最后还回头看了她们一眼。这个女人会眼也不眨地看着柏姬泰喝酒和卖弄风情，甚至会仿效，但每次柏姬泰想要与伊兰和奈妮薇独处的时候，她都会怒不可遏。男人不是威胁，只有女人才能是爱瑞娜的朋友，但只有她才能是柏姬泰的朋友，而有两个朋友的观点对她来说绝对是陌生的。

“你能为我们准备马匹吗？”奈妮薇竭力让自己的声音平静下来。这本来不是她要问的，但塞弗和佳瑞让这个问题显得非常必要了：“要用多少时间？”

柏姬泰拉着她离开街道，来到一条窄巷里。她又小心地向周围看了一圈，确认没有人会偷听或注意这里之后，才回答道：“一或两天，乌诺刚刚告诉我——”

“不要乌诺！我们会把他留在这里，只有你、我、伊兰和玛丽甘，除非汤姆和泽凌能及时赶回来。也许还有爱瑞娜，如果你坚持的话。”

“从某种角度讲，爱瑞娜是个傻瓜，”柏姬泰缓缓地说，“但生活会把她的愚蠢挤掉，或者把她挤掉。你知道，如果你和伊兰不愿意，我绝不会坚持带着她的。”

奈妮薇没有说话，这个女人的态度就仿佛奈妮薇是在嫉妒爱瑞娜！如果柏姬泰想带着像爱瑞娜那种翻脸不认人的人，这可跟她一点关系也没有！

柏姬泰用指节磨了磨嘴唇，皱起眉头：“汤姆和泽凌都是好人，但避开麻烦最好的办法是确认不会有人麻烦你，十几名武装的夏纳人可以在长途旅行中产生这种作用。我不明白你和乌诺的关系，他很粗鲁，但他会跟随你和伊兰直到末日深渊。”她突然露出一个笑容。“而且，他是个很有型的男人。”

“我们不需要任何人拉着我们的手。”奈妮薇僵硬地对柏姬泰说。很有型？那个画出来的眼睛只会让奈妮薇感到恶心，还有那道伤疤。这个女人对于男人的品味真是怪极了。“我们可以打理一切，我相信我们已经证明这一点了，而且这当然是不言自明的。”

“我知道我们可以，奈妮薇，但我们会招惹来麻烦，如同粪堆会招惹来苍蝇。阿特拉的局势并不平静，每天都会冒出一个真龙信众的故事。我用我最好的丝裙和你的旧衬衫打赌，他们之中有半数人在看见四名女子的时候，会立刻变成真正的强盗，我们每天都要向那些人证明我们不是容易欺负的。我听说莫兰迪的情况更糟，那里全都是真龙信众和强盗，还有因为害怕转生真龙而从凯瑞安流散过来的难民。我想你不会去阿玛迪西亚，你的目标应该是凯姆林。”她侧过头，带着疑问挑起了一侧眉弓，编织繁复的辫子随着她的动作微微晃动了一下。“伊兰同意你抛弃乌诺吗？”

“她会的。”奈妮薇嘟囔着。

“我明白了，嗯，如果她同意了，我会准备足够数量的马匹。但我想让她先告诉我，为什么我们不应该带上乌诺。”

柏姬泰强硬的口气让奈妮薇的脸立刻被怒火烧热了，即使她真的让伊兰柔声细语地告诉柏姬泰，乌诺要留在这里，她们也许仍然会发现乌诺等在路上。而柏姬泰一定会吃惊地问他怎么知道她们要走，从哪条路走。这个女人也许是伊兰的护法，但有时候奈妮薇会感到奇怪，她们之中谁真的说话算数。等她找到岚的时候（她要找到岚！），她一定会让他立下能让他的头发立起来的誓言，要他听从她的一切决定。

奈妮薇深吸了一口气，让自己平静下来，和一堵石墙争论是没有意义的。也许最好是回到她来找柏姬泰的目的上。

她随意地朝巷子里走了一步，让那个女人跟在她身后。虽然这里的道路也经过了清理，但棕褐色的杂草仍然在妨碍着她的脚步。她一边装出随意的样子，一边向街上仔细看了一眼。没有人朝她们多瞥一下，但她还是放低了声音："我们需要知道塔娜对评议会都说了什么，还有她们是怎么对塔娜说的。伊兰和我试过偷听她们，但她们设下了结界，但那些只是至上力的结界。她们只注意到有人会使用至上力的手段，却忘记可以将耳朵贴到门缝上。如果有人能——"

柏姬泰语音平板地打断她的话："不。"

"至少考虑一下。伊兰或者我被抓住的可能都会比你多十倍。"奈妮薇认为加上伊兰是个聪明的办法。但柏姬泰只是哼了一声："我说不！从我认识你开始，我看到了你的很多特点，奈妮薇，但我从没见你愚蠢过。光明啊，她们在一两天之内就会向所有人公布了。"

"我们现在就要知道，"奈妮薇用力压低了声音，又咽了一口口水，"你这个男人脑袋的白痴。"愚蠢？她当然从没愚蠢过！她绝不能生气。如果她能说服伊兰离开，她们也许一两天之后就不在这里了。不再打开装蛇的袋子也好。

柏姬泰打了个哆嗦（奈妮薇觉得她的动作很卖弄），靠在长弓上："有一次，我进行侦察的时候曾经被两仪师发现，她们在三天之后才揪住我的耳朵把我扔出去，我找到一匹马之后立刻离开了沙峨姆。我不会为了替你争取到你不需要的一天时间而再经历这些了。"

奈妮薇维持着自己的平静，努力让没有表情的面容不因为咬紧牙关而扭曲，更不能拉自己的辫子："我从没听说过任何关于你曾经刺探过两仪师的传说。"这句话一出口，她就想收回来。柏姬泰的秘密在于她就是传说中的柏姬泰，任何时候，这件事都是不能被提起的。

片刻之间，柏姬泰的面孔变得如同石雕般，将所有情绪都藏在里面。这已经足以让奈妮薇发抖了。柏姬泰的秘密中包含着太多的痛苦。但最终，石像又恢复了活气，柏姬泰叹息一声：“时间会改变一切，关于我的传说，大概我只能勉强认出一半而已，我们不要再说这个了。”这很显然不是个建议。

奈妮薇张开嘴，却不知道该说些什么——她不想再次触及这名女子的痛处，但既然她两个简单的要求都被拒绝了——第三名女子的声音这时突然在巷口响起：

“奈妮薇，珍雅和黛兰娜要你立刻去她们那里。”

奈妮薇竭力抓住空气爬起身，她的心脏差点从嘴里跳出来。

在巷口外，穿着初阶生衣服的妮可拉显出一脸惊讶的表情，柏姬泰也是一样。然后妮可拉将柏姬泰的长弓仔细看了一遍，又变得很愉快了。

奈妮薇不得不咽下两口口水才强迫自己发出声音。这名女子听到了多少？“如果你认为能以这种方式向见习生说话，妮可拉，你最好快点多学一些东西，否则就会有人教你了。”

这是一句正经的两仪师风格的话，这名身材苗条的女子用一双黑眼睛检验、估量、揣度着奈妮薇，然后行了个屈膝礼，说道：“很抱歉，见习生，我会努力更小心一些的。”

她的屈膝礼刚好到为见习生而行的标准，她的语音是冰冷的，却又还没有冰冷到可以招致责骂的地步。爱瑞娜并不是唯一因为伊兰和奈妮薇的真实身份而失望的，不过妮可拉已经同意要保密，而且似乎很惊讶于她们竟然要向她叮嘱这种事。而在她经过测试，被发现有学习导引的潜质之后，那种检验、估量、揣度的眼神就出现在她的眼里。奈妮薇对此看得非常清楚。妮可拉缺乏那种天生的火花——如果没有教导，她永远也不会碰触到阴极力——但两仪师们认为她有相当强的潜力。如果是在两年以前，她的潜力要比几个纪元以来的任何初阶生都要强，那时她一定能引起白塔的兴奋，但这必须是在伊兰、艾雯和奈妮薇进入白塔之前。妮可拉从没说过什么，不过奈妮薇确定她是要赶上伊兰和奈妮薇，甚至超越她们。她从没做过越界的事，但她经常会在界线前踱步。

奈妮薇向她用力地一点头，理解并不能阻止她将治疗白痴行为的三倍羊舌根药剂灌进这个蠢女人的嘴里。“注意你的行为。去告诉两仪师，我马上就过去。”妮可拉又行了个屈膝礼，但当她转过身的时候，奈妮薇又说：“等等。”那名女子立刻停下了脚步，现在她的脸上没有那种表情了，但在片刻之间，奈妮薇确信自己是看见了一闪而过的……满意？“你把该向我说的事都告诉我了吗？”

“我被派来就是要告诉你两仪师在等你，见习生，该说的我都说了。”她温和的口气就像是在水罐中放了一个星期的水。

“她们是怎么说的，把原话一字一句地告诉我。”

“一字一句？见习生，我不知道我是否还能记得确切的字眼，不过我会试一试。记得她们是这样说的，我只是在重复，两仪师珍雅说的是，‘如果那个蠢女孩还没立刻到我面前来，我发誓她在成为老祖母之前都不能舒服地坐着了’。两仪师黛兰娜说，‘看样子她在决定过来之前就会有这么老了，如果她在一刻钟之内还没到这里，我会把她的皮变成尘土’。”妮可拉的眼睛显得很无辜，“这是大约二十分钟前的事了，见习生，也许还要更久一点。”

奈妮薇几乎又咽了口口水。两仪师不能说谎并不代表说出来的每个威胁都会实行，但有时这其中的差别很可能连粒米都放不进去。如果站在面前的不是妮可拉，她一定会呻吟一声“哦，光明啊”，然后立刻向两仪师那里奔去。但在这双眼睛的注视下，在这样一个知道她许多把柄的女人面前，她不能这样。“既然如此，我想你不需要去跟两仪师说了，去做你自己的事吧！”然后她便转过身，用后背对着行屈膝礼的妮可拉，一副对此完全不在乎的样子对柏姬泰说：“我以后会再和你谈，我建议在那之前你不要着手于那件事。”运气好的话，这也许能让柏姬泰不去找乌诺——如果她的运气非常好的话。

“我会考虑你的建议。”柏姬泰严肃地说道。但她的表情中只流露出同情和饶有兴味的情绪。这个女人了解两仪师，在某种程度上，她对于两仪师的了解更胜于任何在世的两仪师。

除了接受和抱持希望之外，奈妮薇已经没有任何办法了。她向街上走去，妮可拉走在她的身边。“我告诉过你，去做你自己的事情。”

“她们要我找到你之后就回去，见习生。这是你的草药吗？为什么你会使用草药？这是因为你不能……原谅我，见习生，我不该提到那个的。”

奈妮薇向手中那袋鹅薄荷眨了眨眼——她不记得自己曾经把它拿出来——她急忙将它塞回口袋里，但她真想把这一整袋叶片都嚼下去。她没理会妮可拉的道歉，谁知道这道歉是不是在经过深思熟虑之后装出来的。“我使用草药是因为治疗疾病并非总是需要至上力。”黄宗两仪师们听到这样的话会不会不赞成？她们蔑视草药，而且她们似乎只对需要至上力治疗的病患感兴趣，对于不需要浪费至上力的微小病痛完全不予理会。她为什么要担心自己向妮可拉说的话会传到两仪师的耳里？这个女人是初阶生，无论她用什么样的眼神看着她和伊兰。“闭嘴，”她恼怒的说，“我需要思考。”

妮可拉果然闭上嘴，一言不发地跟随奈妮薇穿过拥挤的街道，但奈妮薇觉得这女人似乎是故意放慢脚步。也许这只是想象，因为奈妮薇的膝盖确实在渴望着要超过她，又不能让妮可拉看出任何慌张的表现，这种情形让奈妮薇觉得仿佛有一股火苗缓慢地灼烧着内脏。任何被派来找她的人都要比有这样一双眼睛的妮可拉好。柏姬泰也许在这时候已经跑去找乌诺了。宗派守护者们也许正在告诉塔娜，她们准备好了要跪倒在爱莉达的面前，亲吻她的戒指。塞弗和佳瑞也许在对雪瑞安说，他们并不认识什么“玛丽甘”。也许这些事全都发生了，而熔金般的太阳到无云的天顶只剩下四分之一的距离了。

珍雅和黛兰娜正等在她们住宅的前厅里。这幢小房子是她们和另外三位两仪师共同的宅邸，当然，每一位两仪师都有自己的卧室，每个宗派都有一幢用于集会的房屋，但两仪师是根据她们到这里来的先后次序分散住在全村的。珍雅紧皱眉头盯着地板，用力抿住嘴唇，似乎完全不知道她们的到来。浅色头发的黛兰娜（她的发色浅到奈妮薇说不出那到底是白色还是其他颜色）在她们刚一踏进门的时候，就用同样浅蓝色的眼睛紧盯着她们。妮可拉吓了一跳，奈妮薇也不比她好多少。平时这名矮胖的灰宗两仪师的眼睛和其他两仪师并没有不同，但当她真的望向一个人的时候，其他一切仿佛都不存在了。有人说，黛兰娜是一位成功的仲裁者，因为接受仲裁的双方都会为了避免自己被她盯住而同意她的判决。在她面前，即使清白无罪的人也会思忖自己到底做错了什么，这样的想法让奈妮薇不由自主地行了个像妮可拉一样深的屈膝礼。

“啊！”珍雅眨眨眼，仿佛她们是突然从地板里冒出来的，“你们来了。”

“请原谅我的迟到。”奈妮薇急忙说道。就让妮可拉听到她想听的东西吧！被黛兰娜盯在眼睛里的是她，而不是妮可拉。“我那时迷了路，然后……”

“没关系。”黛兰娜的声音对女人而言有些过于沉厚，重音像乌诺和其他夏纳人般有种喉音的共鸣，所以矮胖的黛兰娜能有如此优美的语调和典雅的动作，实在让奈妮薇感到奇怪。“妮可拉，你可以走了，你要去听从芙芮恩的差遣，直到下次上课。”妮可拉立刻又行了个屈膝礼，跑了出去。也许妮可拉很想听听两仪师们会对迟到的奈妮薇说些什么，但没有人会寻找两仪师的界线在哪里。

即使妮可拉是拍着翅膀飞出去的，奈妮薇也不会在乎。她刚刚意识到在两仪师们吃饭的桌上并没有墨水瓶，没有沙碗，没有钢笔，也没有纸，她所需要的工具都没有。她是要自己把那些工具带来吗？黛兰娜仍然盯着她，这个女人从没盯着任何人看过这么长的时间。除非是有理由，她也不会盯住任何人。

“想喝杯凉薄荷茶吗？”珍雅说道。这回轮到奈妮薇眨眼了。“我想喝了茶会舒服一点，这样可以让我们的沟通更方便，这个我有经验。”没等她回答，这位鸟一样的褐宗两仪师已经从餐具柜上拿下一只有蓝色条纹的茶壶，将里面的茶水倒在三只并非是一套的茶杯里。那个餐具柜断了一条腿，用一块石头作为替代，两仪师也许比别人有更多的房间，但她们的家具也同样破烂。“黛兰娜和我决定可以等到另外的时间再整理笔记，我们这次只想谈一谈。要蜂蜜吗？我个人不太喜欢，不过女孩们总是喜欢蜂蜜。你真是做出了不少精彩的成绩，你和伊兰。”一阵响亮的清嗓子声音让珍雅带着疑问的表情望向黛兰娜。片刻之后，她才又说道：“啊，是了。”

黛兰娜已经将一把椅子从桌边拖到房间的空地中央，一把藤条椅。珍雅提到谈话的时候，奈妮薇就知道，她们之间要进行的根本不会只是一场谈话。黛兰娜示意她坐到椅子上，奈妮薇压着椅子边坐下，伸手接过珍雅用缺口托盘递来的一杯茶，低声说道：“谢谢，两仪师。”她不需要等待太久。

“跟我们说说兰德·亚瑟。”珍雅说，她显然是还想说些什么，但黛兰娜又清了清喉咙，珍雅眨眨眼，闭上了嘴，不急不徐地吮着杯子里的茶。她们就站在奈妮薇的两侧。黛兰娜瞥了珍雅一眼，叹了口气，用风之力将第三只杯子带到自己手里，然后她继续用那种能在脑袋上钻出洞的目光盯着奈妮薇。珍雅似乎又走神了，视线完全不在奈妮薇身上。

“我已经把我知道的一切都跟你们说了，”奈妮薇叹息一声，“嗯，都向两仪师说了。”实际上是她知道的所有不会伤害兰德的事——大致只有兰德在小时候的样子——她想让两仪师们将兰德看成一个普通的人，而不是一名能够导引的男人，想对转生真龙造成这样的效果实在不是件容易的事。“其他的我就不知道了。”

“不要生气，”黛兰娜严厉地说道，“也不必慌张。”

奈妮薇将茶杯放回托盘上，用裙子擦了擦手腕。

“孩子，”珍雅的声音里充满了怜悯，“我知道你认为你已经说了自己知道的一切，但黛兰娜……我无法想象你会故意隐瞒……”

“为什么她不会？”黛兰娜喊道，“生在同一个村子里，照看他长大，她对他的忠诚也许比对白塔的更多。”那种剃刀般的目光又落回奈妮薇身上。“告诉我们一些你以前没说过的事情，我已经听说了你所有的故事，女孩，所以我会知道你话中的真伪。”

“试一试，孩子，我相信你不想让黛兰娜发火，为什么——”珍雅被另一阵清嗓子的声音打断了。

奈妮薇希望她们认为自己手中茶具的碰撞只是因为她的慌乱，她必须用畏惧（不，不算是畏惧，但至少是一种担忧）掩饰住她的愤怒。虽然两仪师总是教导她要认真倾听她们的话，但这样往往不会明白她们真正的意思。反倒是不那么认真地领会时，也许还有机会听懂她们的话，大多数人都是这样对付两仪师的。这两个人从没真正地说出她们认为奈妮薇有所隐瞒，她们只是想吓唬她，找机会从她嘴里抖一些东西出来。她不害怕她们，嗯，不是很害怕，她只是非常愤怒。

“当他还是孩子的时候，”奈妮薇小心地说道，“他会毫不争辩地接受对他的惩罚，只要他认为那是他应得的；但如果他认为他没有错，他就会寸步不让地反抗。”

黛兰娜哼了一声：“这个你对所有听你说话的人都提到过，说些别的，快点！”

“你可以引导他，或者说服他，但他不会被推动。他会死死地站稳脚跟，如果他认为你——”

“这个你也说过。”黛兰娜将双手叉在粗腰上，俯下身，平视着奈妮薇的双眼。奈妮薇几乎希望盯着她的还能是妮可拉。“说些你没有对沙力达每一名厨子和洗衣工说过的事情。”

“试一试，孩子。”珍雅说道。令人奇怪的是，这次她只说了这么一句。

她们俩在分工合作，珍雅施舍同情，黛兰娜施加威严。奈妮薇的脑子里泛起能记得的每一件事，没有任何喘息的机会，每一件事情甚至没来得及被她过滤就被说出来了。但就像黛兰娜“温和”地指出的那样，这些事都已经被奈妮薇说过许多遍了。等到奈妮薇终于有时间喝一口茶的时候，才发觉茶水完全走味了——甜得她几乎卷起了舌头，珍雅显然是真的相信年轻女人都喜欢很多的蜂蜜。这个上午过得很慢，非常非常慢。

“这些对我们来说毫无意义。”最后黛兰娜说道。她瞪着奈妮薇，仿佛全都是奈妮薇的错。

“那么，我能走了吗？”奈妮薇疲倦地问。湿透她衣服的每一滴汗水似乎都是两仪师从她身上榨出来的，她只是感觉疲软无力，几乎想要在这两张两仪师凉爽的面孔上各扇一巴掌。

黛兰娜和珍雅交换了个眼神。灰宗两仪师耸耸肩，走到餐具柜前，又为自己倒了一杯茶。

“当然可以。”珍雅说，“我知道这对你一定很难，但我们确实需要了解兰德·亚瑟更胜于他对自己的了解，才能决定该如何行动，否则，一切也许都将变成灾难。哦，天哪，是的，你已经做得很好了，孩子，但我对你有很高的期待。你能有那么多发现，而且还是在有障碍的……嗯，我相信你一定还会有惊人的发现，想一想……”

两仪师在说了一大堆废话之后，终于让奈妮薇蹒跚着走了出来。她确实是蹒跚着脚步，膝盖一直在打颤。每个人都在谈论她，她本该听伊兰的话，把所有那些所谓的发现都丢到伊兰头上。魔格丁是对的，迟早她们会开始调查她是怎么做出那些发现的。那么，两仪师们在决定怎样才是避开灾难的最好办法。这并没有让她得到任何与兰德有关的线索。

她瞥了一眼几乎升到头顶的太阳，和瑟德琳的约会已经耽误了，至少这次她有个好理由。

瑟德琳的房子（这座房子里一共住了二十五名女子）坐落在小白塔的另外一边，当奈妮薇经过那座以前的客栈时，她放慢了脚步。在加雷斯·布伦身边的许多护法说明会议仍在进行中，心中残余的怒火让奈妮薇能够看见那道结界。那是个扁圆形的护罩，大部分由火之力和风之力构成，其中还有一点水之力。它在奈妮薇眼前闪耀着，覆盖了整座建筑。系住这个编织的结点似乎正在吸引着奈妮薇要去解开它，但碰触这个结点很可能会让她的皮被送去硝皮场——在街道上有许多两仪师。护法们都在来回走动，相互攀谈，不时会有一名护法出入这道闪光的护罩，他们是看不见它的。伊兰无法渗透这道防止借助至上力偷听的护罩。

瑟德琳的房子在大约一百步外的街上，但奈妮薇先走进了老客栈附近一座茅草顶房屋旁边的院子里。一排摇摇摆摆的木栅栏立在这一小片只剩下一些干枯的杂草的空地上，不过栅栏上有一道门，悬挂在一根几乎完全生了锈的铰链上。当奈妮薇将门打开的时候，铰链发出尖细刺耳的声音。奈妮薇急忙向周围看了一眼——没人看见她——她拢起裙子，穿过那道门，冲进一条窄巷里，一直跑到她和伊兰努力想要探察的那幢房子外面。

片刻之间，她犹豫了一下，在裙子上擦了擦汗湿的双手。她还记得柏姬泰所说的，她知道自己在心里是一名懦夫，虽然她极为痛恨这个事实。她曾经以为自己是很勇敢的，就算不像柏姬泰那样是一位英雄，但也够勇敢了。这个世界让她学到了许多事情。只要想想如果那些两仪师抓住她的话，会对她做些什么，她就想立刻转过身，跑到瑟德琳那里去。她不太可能找到一扇窗户通向那些宗派守护者们开会的房间，完全不可能。

她竭力在嘴里弄出一些湿气——她的嘴怎么会这么渴？当她身体其余的地方几乎已经湿透的时候。她悄悄向那个房间靠过去，总有一天，她会想要知道勇敢是什么样的，如何才能变成像柏姬泰和伊兰那样，而不是一名懦夫。

当她穿过结界的时候，并没有任何刺麻感，实际上，几乎没有任何感觉。她知道这样做是不会有感觉的。碰触它不会有任何问题，但她还是让自己趴伏在粗石墙壁上，石块裂缝中的爬墙虎残茎擦过她的脸颊。

她缓缓沿着一扇铰链窗户的边缘摸索了一圈，它关得很紧，所有玻璃都没了，取而代之的是能够透光的油布，但肯定没办法透过这种油布看到或听到里面的情形。不知道窗户对面有没有人，没有一点声音从里面传出来。深吸了一口气，她向另一扇窗户溜过去。这里的一扇窗户也被油布封死了，但她能从另外一扇窗里看到一张曾经有着华丽纹饰的破桌子上堆满了纸张和墨水瓶，还有几把椅子。除了这些，这个房间完全是空的。

她念了一句从伊兰那里听到的脏话（这个女孩知道的脏话数量简直令人吃惊），摸索着石墙继续向前走去。第三扇窗户是打开的，她将鼻子靠过去，又立刻退了回来。真不敢相信自己有这么好运，但塔娜就在那里，和她在一起的不是宗派守护者，而是雪瑞安、麦瑞勒等人。如果奈妮薇的心跳不是如此剧烈，她本来应该能在看见她们之前先听到她们的说话声。

奈妮薇跪下身子，尽量靠近窗口，窗子的下沿磨到了她的头顶。

“……这就是你们希望我带回去的讯息？”这个钢铁般的声音一定是塔娜的，“你们需要更多时间考虑？还要考虑什么？”

“评议会……”雪瑞安开口道。

“评议会，”白塔使节带着嘲笑的声音说，“不要以为我是瞎子，看不见这里的权力掌握在谁手里，那个所谓的评议会只会按照你们告诉她们的去思考。”

“评议会已经要求有更多的时间，”波恩宁坚定地说，“有谁知道她们会做出什么样的决定？”

“爱莉达必须等待她们的决定，”摩芙玲用与塔娜同样冰冷的声音说，“对于白塔的统一，她就不能有耐心点吗？”

但塔娜的回答更加冰冷：“我会带回你们……评议会的……讯息，呈递给玉座。我们看看她会怎么想吧！”随后就是开门声和震耳的关门声。

奈妮薇几乎失望得叫出声来。现在她知道答案了，却不知道问题。只要珍雅和黛兰娜早一点放她走。嗯，这总比什么都没有强，也总要好过听到“我们会回去，并遵从爱莉达”。现在继续留在这里已经没有意义了，最好不要让别人看到她。

她正准备离开，却听见麦瑞勒说：“也许我们应该送信过去，也许我们应该召唤她。”奈妮薇皱起眉头，没有挪动。她是谁？

“形式必须符合规范，”摩芙玲粗声说道，“必须沿用正确的仪典。”

波恩宁用坚定的声音说：“我们必须符合律法的每一个字，即使是最小的疏失也会被用来对抗我们。”

“如果我们已经犯下错误了呢？”卡琳亚的声音也许在她生命中第一次有了热度，“我们还要等多久？我们还敢等多久？”

“所需要的那么久。”摩芙玲说。

“我们所必须的那么久，”这是波恩宁的声音，“我还会等待那个顺从的孩子，这样的等待现在还不会让我们的计划被放弃。”

不知为什么，房里安静下来。奈妮薇只听见有人喃喃地说着“顺从”，仿佛是在检查这个词汇。什么孩子？一名初阶生？一名见习生？不会是这样，两仪师从不会等待初阶生和见习生的。

“我们已经走了太远，无法回头了，卡琳亚。”雪瑞安最后说道，“或者我们将她带来这里，并确认她做了她应该做的。或者我们把一切丢给评议会，希望她们不会带领我们走向灾难。”从语气上判断，雪瑞安认为这第二个办法完全只是个愚蠢的希望。

“只要有一个疏忽，”卡琳亚的声音甚至比平时更加冰冷，“我们就全都会把脑袋插到矛尖上。”

“但谁会这么做？”爱耐雅若有所思地问，“爱莉达，评议会，还是兰德·亚瑟？”

之后又是沉默，裙子的窸窣声，又一次开门和关门的声音。

奈妮薇冒险向窗里窥望了一眼，房间已经空了。她焦躁地哼了一声。她不知道她们要等什么，也没找到任何有意义的线索，爱耐雅的话表明她们仍然对兰德·亚瑟和爱莉达保持着同样的警觉，也许对兰德·亚瑟的更多。爱莉达并没有聚集能导引的男人，而谁又是那个“顺从的孩子”？不，这不重要，她们可能正在谋划着五十个她完全不知道的计划。

结界发生了闪动，奈妮薇吓了一跳，她已经失去了离开这里的最佳时机。她爬起身，用力掸掉膝盖上的泥土，从墙边走开。刚迈出一步，她就停住了，以最快的速度弯下腰去，双手僵在膝盖的泥渍上，两只眼睛直盯着瑟德琳。

苹果色脸颊的阿拉多曼女子也在盯着她，紧闭的双唇没有吐出一个字。

奈妮薇匆忙地考虑着又抛弃了那个有东西掉在地上的愚蠢借口，而是重新直起身，缓缓地走过瑟德琳身旁，仿佛没有任何需要解释的。瑟德琳一言不发地走在她身边，双手叉在腰间。奈妮薇拼命考虑着该怎么办。她能打晕瑟德琳的头，然后逃跑：她能回过身，跪下来乞求瑟德琳。她知道这两个办法全都是破绽百出，但她就是想不到还有什么办法可行。

“你一直都能保持这么镇静吗？”瑟德琳问道，眼睛望着前方。

奈妮薇打了个哆嗦。这是瑟德琳昨天在尝试打破她的封锁后给她的指点，保持镇静，非常镇静，只去想平静舒缓的事情。“当然，”她虚弱地笑了笑，“有什么能困扰我的？”

“这很好，”瑟德琳由衷地说，“今天我要试一些更……直接的办法。”

奈妮薇瞥了她一眼。没有问题？没有指控？她完全想不到自己竟然能如此轻松地度过今天。

她们两个都没看见那个从一座建筑物二楼窗户中看着她们的女人。

第 13 章

在灰尘下

考虑着是否应该解开辫子，奈妮薇越过捂在脸上的破旧红条纹毛巾，恼怒地瞪着她的裙子和衬衣。现在那两件衣服都被挂在椅背上，衣服上的水正滴在清扫干净的地板上，她身上裹着一条绿白色条纹的大毛巾。“现在我们知道了，惊吓是没有用的。”她瞪了瑟德琳一眼，又打了个哆嗦，她的下巴很痛，脸颊上仍然有针刺的感觉。瑟德琳的手臂倒真是强壮又敏捷。“我现在是能导引了，但那时候，阴极力在我的脑海里却是最最遥远的东西。”她说的是那个浑身湿透、挣扎着要吸进一口气时，她的脑子已经容不下任何想法，求生的本能占据了主控的位置。

“嗯，那么导引一下，让你的衣服变干吧！”瑟德琳喃喃地说道。

这让奈妮薇的下巴感觉好一点。她看见瑟德琳专注地盯着已经破碎成三角形的镜子，用手指抚摸着眼眶，那里看上去有点肿胀。奈妮薇怀疑，如果放着不管的话，那个地方会肿得非常厉害。她的手臂也还算有力，一处瘀伤完全是瑟德琳应得的！

也许这名阿拉多曼人也是这么想的，所以她叹了一口气：“我不会再做这种尝试了，但我总能想办法教会你顺从阴极力，而不是气愤时去咬它。”

奈妮薇紧皱双眉看着那些湿透的衣服，思考了一会儿，她以前从没做过这种事，禁止用至上力做日常杂务的律令非常严格，而且理由很充分。阴极力是诱人的，导引得愈多，想要的就更多，而承受的风险也就愈大，最后导引者会因为引入太多阴极力而静断或杀死自己。现在真源的甜美很容易就能充满她了，一个简单的水之力编织让她衣服上所有的潮湿落在地上，形成了一小滩水，然后这滩水又迅速地和从桶中泼出的水混在了一起。

“我并不擅长顺从。”奈妮薇说道。要她顺从，除非是一切斗争都已经毫无意义了，只有傻瓜才会在完全没希望的地方努力。她不能在水里呼吸，她不能拍打着翅膀飞起来，她也不能导引，除非是在她愤怒的时候。

瑟德琳紧皱眉头，目光从地上的水洼移到奈妮薇身上，双拳叉在腰间。“这我知道，”她用过于刻板的声音说道，“根据我接受过的教导判断，你完全是不应该能导引的。我被教导过，导引一定要镇静，平和、冷静，开放自己，并彻底地屈服。”阴极力的光晕环绕在她身周，水之力将地上的水洼凝聚成一个水球，稳稳地立在地上。“你在能够导引之前必须先要顺从，但你，奈妮薇……无论你多么努力地试图顺从——我确实见到了你的努力——但你仍然用你的指甲牢牢地扣着你拼命要忘记的东西。”风之力举起了那个水球，有那么一刻，奈妮薇以为瑟德琳是要将那个水球掷向她，但水球只是飘过房间，从一扇敞开的窗户飘飞出去，然后泼洒向地面。一只猫发出了惊讶而愤怒的尖叫。也许到了瑟德琳的等级，那种禁令就不起作用了。

“为什么不能就像现在这样？”奈妮薇竭力让自己的声音显得轻快些，但她觉得自己是失败了，她想要随时随意地导引，但就像那些老话说的：“如果愿望是翅膀，猪也能飞上天。”

“放开它，”瑟德琳对正要用水之力编织处理头发的奈妮薇说，“放开阴极力，让它自然干燥。把衣服穿上。”

奈妮薇眯起眼睛：“你没有另一个意外在等着我吧？”

“没有。现在，开始准备你的意念，你是一朵花蕾，感受到真源的温暖，正准备朝向那个温暖而开放。阴极力是河流，你是河岸，河水比河岸更有力量，但河岸包容、指引着河水。清空你的意念，只留下那朵花蕾，除了花蕾之外，在你的思想里一无所有，你是花蕾……”

奈妮薇将衬衣套过头顶，对着瑟德琳催眠般的吟诵叹息了一声。这是初阶生的练习，如果这样对她有效，她早就能随意导引了。她应该停下这个，看看自己真正能做些什么，比如说服伊兰去凯姆林。但她也希望瑟德琳能成功，即使要把她的脑袋浸到十桶水里去。见习生不能随意外出，见习生不能挑衅权威，她痛恨被命令不能做什么，更甚于痛恨被命令必须做什么。

几个小时过去了，她们现在面对面地坐在一张乡下破桌子的两边。在这几个小时里，她们一直在重复那种初阶生的训练，甚至是初阶生用这么长的时间可能都已经掌握导引的方法了。花蕾，然后是河岸，夏日的微风，汩汩的小溪。奈妮薇要尽量做一朵飘飞在风中的蒲公英。土地喝饱了春雨，根茎在土壤中缓缓延伸。全都没有结果，至少没有瑟德琳想要的结果。她甚至建议奈妮薇想象自己躺在爱人的怀里，结果引起了一场灾难，因为这让她想到了岚。他怎么敢就这样消失不见！但每一次的挫败都仿佛像热煤落在干草上一样点燃了她的怒火，让阴极力落在她的掌握之中。瑟德琳每次都会让她放开阴极力，重新开始，和缓，镇静。这个死脑筋的女人简直是疯了，奈妮薇觉得她大概能教骡子们该如何顽固。她从来不会有挫败感，保持平静对她来说简直已经成为一门艺术了。奈妮薇真想把一桶冷水浇到她头上，看看她会有什么反应，但考虑到自己疼痛的下巴，也许这不是个好主意。

瑟德琳在奈妮薇要离开时治好了她的下巴，她在医疗异能上的能力也仅限于此了。奈妮薇也治疗了她的眼睛，那时瑟德琳的眼睛周围已经变成一个漂亮的紫色肿包了。奈妮薇真是恨不得把那个肿包留在瑟德琳的脸上，好提醒她今后做事要小心些，但既然瑟德琳帮她治了伤，她也必须为瑟德琳做同样的事才算公平。而且瑟德琳在被魂之力、风之力和水之力能流穿过身体时的喘息与颤抖，也算是对于她被淹在水里时狼狈样子的报偿。当然，她在接受治疗时也会打哆嗦，万事没有十全十美的。

在屋外，太阳已经西斜到了天空一半的高度。下面的街道上，一片鞠躬和屈膝礼的动作在人群中移动着，然后向两旁退开的人群中出现了塔娜·弗尔，如同一位女王从一群肮脏的贱民中穿行而过，红色流苏的披肩松垂在她的双臂上，如同一面炫耀的旗帜。即使是在五十步远的地方，她高昂着头的姿态、惟恐裙子沾上灰尘的模样，和无视于人们礼敬的神态都清晰可见。在塔娜到来的第一天，有许多人认为她毫无礼貌，更多的人甚至会对她呵斥谩骂，但两仪师毕竟是两仪师，至少沙力达的两仪师们是这样认为的。为了在人们心中建立这样的概念，有两名见习生、五名初阶生和十来名男女仆人被罚在他们的自由时间清理厨房垃圾和各处的夜壶，并将这些污物埋到树林里去。

奈妮薇不想让塔娜看见她，所以很快就溜走了。她看见路上有个人背着一篮芜菁，立刻感觉到肚子里发出一阵响亮的咕噜声。因为伊兰要尝试进入那道结界，所以她们并没有吃早餐，午饭时间又是在瑟德琳的练习中度过的，而且她今天和那个女人的纠缠还没结束——瑟德琳命令她今晚不要睡觉。如果惊吓不管用，也许精疲力竭会管用。任何封锁都是可以被打破的，瑟德琳这样对她说，她的声音里充满了绝不妥协的信心，我会打破你的封锁，只需要成功一次，一次你在没有愤怒的情况下导引，阴极力就是你的了。

但在这个时候，奈妮薇想要的只是一些食物。那个背芜菁的人早已经走过去了，但一股炖羊肉和烤猪肉的气味从厨房里飘出来，让她接连抽动了几下鼻子。但她的伙食只有两个可怜的苹果、一点山羊奶酪和一块面包，今天也不会比平时更好。

回到房里时，她发现伊兰正四肢摊开地躺在床上。这女孩瞥了她一眼，连头都没抬，就又翻起眼珠继续盯着破裂的天花板。“今天是我人生中最悲惨的一天，奈妮薇。”她叹了口气，“爱卡拉还不够强，却坚持要学习制造特法器，瓦瑞琳倒是做出了一样东西——我不知道那是什么——她加工的那块石头在她手里变成了一团……嗯，那并不能说是火焰。如果不是达达拉，我想她是死定了，那里没有别人能为她治疗，而且我不认为当时还来得及从别的地方叫能治疗那种伤的人过来。那时我想到了玛丽甘。如果我们学不会如何探测男人的导引，也许我们能学会探测男人做过的事情，我似乎记得沐瑞暗示过，这是有可能的。我想我确实——不管怎样，就在我想到她的时候，有人碰了我的肩膀，我立刻大声尖叫起来，就好像我被针刺了。结果原来只是某个可怜的车夫想问我关于一个愚蠢的谣言，但我把他吓坏了，他差点就逃走了。”

伊兰终于喘了口气，奈妮薇打消了将最后一颗苹果核扔到她头上的念头，趁着她说话的空隙急忙问道：“玛丽甘在哪里？”

“她已经整理过房间——她做得倒是不着急——我让她回自己的房间去了。我还带着手镯，看见了吗？”她向上举了一下手臂，然后又任由它落回床垫上，但她说话的速度仍然没有减慢。“她还在用那种糟糕的方式抱怨我们应该立刻就到凯姆林去，我再也无法多忍受一分钟了，任何事情都比这个容易忍受些。我的初阶生班真是个灾难，那个可怕的琪特琳——就是鼻子长成那样的那个——一直在嘟囔着她在家乡时绝不会让一个女孩对她下命令。还有芙芮恩过来要求知道为什么我会让妮可拉在班里上课——我怎么会知道妮可拉是要去帮她跑腿的？——然后伊贝瑞拉决定想看看她能弄出多大的火焰，结果几乎把整个班都点着了。芙芮恩当着所有人的面责骂我没有将初阶生班管好，而妮可拉说她——”

奈妮薇放弃了想要插话的努力——也许她真的应该将那个苹果核扔到伊兰头上去——最后她大喊了一声：“我想魔格丁是对的！”

这个名字让伊兰立刻闭上嘴，坐起身，直盯着奈妮薇。虽然这其实是她们两个的私人房间，但奈妮薇还是不禁向周围扫视了一眼，确认没有别人在听她说话。

“这太愚蠢了，奈妮薇。”

奈妮薇不知道伊兰指的是她的意见，还是大声喊出魔格丁的名字，也不打算向伊兰查问。她坐到自己的床上，面朝伊兰，调整了一下裙子：“不，不是的，现在佳瑞和塞弗随时都有可能说出玛丽甘不是他们的母亲，也可能他们已经说出来了。你有没有准备好应付因此而产生的疑问？我没有。两仪师们随时都有可能开始调查我是怎么做出那么多发现的，毕竟我并没有从日出到日落一直都在发怒。几乎所有和我说话的两仪师都会提到这点，达达拉最近已经在用一种古怪的眼光看我了。而且，那些两仪师除了空坐在这里之外，什么也不干，或者她们就是在决定是否要回白塔去。我溜到小白塔旁边，听见塔娜和雪瑞安——”

“你什么？”

“我溜过去听她们说话。”奈妮薇冷冷地说，“她们送给爱莉达的讯息是她们需要更多时间考虑，这意味着她们至少考虑过要忘记红宗在洛根身上做的事情。她们怎么能这样，我不知道，但她们肯定是这么做了。如果我们留在这里太长时间，我们也许就会成为送给爱莉达的礼物。至少如果我们现在走的话，我们还可以告诉兰德，不要指望两仪师会支持他。我们可以告诉他，不要信任任何两仪师。”

伊兰蹙起一双秀眉，歪着身子跪坐起来：“如果她们仍然在考虑，这就意味着她们还没决定，我想我们应该留下来，也许我们能帮助她们做出正确的决定。而且，除非你要连瑟德琳一起带走，否则你永远也没办法打破你的封锁。”

奈妮薇没理会这句话。瑟德琳倒是对她做了不少好事，成桶的凉水、今晚不能睡觉，下一个又会是什么？这女人曾经说过，她要尝试一切办法，直到找到有效的手段，但这一切都让奈妮薇觉得有些难以承受了。“帮她们做决定？她们不会听我们的，连史汪几乎都不听我们的，如果她还能揪住我们的脖子走，我们连她的脚趾都拉不动。”

“我还是认为我们应该留下来，至少等到评议会做出决定。那样的话，我们最差也能告诉兰德一个事实，而不是一个猜测。”

“我们该怎么查出来？别指望我第二次还能找到正确的窗户。如果我们等她们公开宣布，我们也许会被看管起来，至少是我。这里的两仪师全都知道我和兰德同是伊蒙村人。”

“史汪会在任何事情公布之前告诉我们，”这个蠢女孩认真地说，“你不认为她和莉安会温顺地回到爱莉达那里去吧？”

确是如此，爱莉达会在史汪和莉安行屈膝礼之前砍掉她们的脑袋。“但这样还是没办法解决佳瑞和塞弗的问题。”奈妮薇坚持说。

“我们可以想想办法。不管怎样，这里有许多难民的孩子不是由亲人抚养的。”伊兰带着酒窝的笑容很能给人安慰，“我们就用脑袋赌一赌吧！至少我们应该等汤姆从阿玛迪西亚回来，我不能丢下他。”

奈妮薇摊开双手，如果真的是相貌反映性格，那么伊兰一定应该长得像是一头从岩石里雕出来的骡子。这个女孩已经让汤姆·梅里林取代了她从小就死去的父亲的位置，她有时甚至会以为如果没有她牵住汤姆的手，汤姆一定连晚餐的桌子都找不到。

突然，房门被风之力猛然撞开，塔娜·弗尔走进了房间。在此之前，奈妮薇得到的唯一警告只是阴极力正在附近被拥抱。奈妮薇和伊兰立刻跳起了身。两仪师就是两仪师，有许多人光是因为塔娜的一句话，就被罚去埋垃圾了。

这名黄头发的红宗两仪师审视着她们，傲慢的面孔如同冬日的大理石：“是了，安多女王和那个有残疾的野人。”

“还不是，两仪师，”伊兰用冰冷而礼貌的语气答道，“我还没有在王座大厅加冕，我的母亲也没被证实死亡。”

塔娜的微笑能够冻住暴风雪：“当然，她们在竭力隐藏你，但这里毕竟是有谣言的。”她看了那两张窄床和破旧的凳子、挂在墙上的衣服和满是裂纹的石膏墙一眼。“我以为你们应该有更好的住处，毕竟你们做了那么多不可思议的事。如果你们是在白塔，就算我看见你们两个接受测试，得到披肩，也丝毫不会感到惊讶。”

“谢谢你。”奈妮薇想让自己表现得像伊兰一样优雅有礼。塔娜看了她一眼，那双蓝眼睛比她脸上的任何地方都更加冰冷。“两仪师。”奈妮薇急忙又把敬称加上。

塔娜转回头看着伊兰：“玉座在心中有个特殊的位置是属于你、属于安多的，她为了寻找你而耗费的心力肯定超乎你的想象。我知道，如果你跟随我回到塔瓦隆，她一定会非常高兴。”

“我的位置在这里，两仪师，”伊兰的声音仍然显得很愉快，但她的下巴却扬得像塔娜一样高，“等其他人回白塔的时候，我也会返回白塔。”

“我明白，”红宗两仪师冷冷地说，“很好，现在你出去一下，我要和这名野人单独谈谈。”

奈妮薇和伊兰交换了一个眼神，但伊兰只能行个屈膝礼，然后走出房间。

当房门关上的时候，塔娜仿佛完全换了一个人。她坐到伊兰的床边，将一条腿搭在另一条腿上，背靠着有缺损的床头板，双手交叠在肚子前面，她的表情中已经没有冰冷的感觉，甚至还露出了微笑。“你看起来很不安，别这样，我不会咬你的。”

如果不是这个女人的眼神也发生了改变，奈妮薇本来还会有点相信她的。她的微笑从没触及到那双眼睛，实际上正好相反，那双眼似乎比原先更严厉了十倍，更冰冷了百倍。这让奈妮薇不禁打了个寒颤。“我并没有不安。”奈妮薇僵硬地说着，暗自压住脚跟，以免两只脚会向门外迈去。

“啊，你对我有敌意，对不对？为什么？因为我说你是‘野人’？你要知道，我也是个‘野人’，盖琳娜·卡斯班亲自打破了我的封锁。她比我更早知道我会加入哪个宗派，而且对我很感兴趣。她总是特别关照那些她认为会选择红宗的人。”她摇了摇头，发出一阵笑声，眼睛却像是冰冻的匕首：“在我可以不用紧闭双眼就能找到阴极力之前，我连续嚎叫、哭泣了几个小时。如果你看不见能流，你就不能编织。我明白，瑟德琳正在使用温柔的手段处理你。”

奈妮薇尽管拼命克制，仍然移动了一下脚步。瑟德琳肯定不会对她那么做的，肯定不会！挺直膝盖并不能让她抽搐的胃好受一些。她不该这么有敌意，是吗？她是否也不愿意“有残疾”？“你要跟我说些什么，两仪师？”

“玉座想确保伊兰的平安，但在很多方面，你和伊兰一样重要，也许更重要，你的脑子里关于兰德·亚瑟的信息也许更有价值。当然，还有艾雯·艾威尔，你知道她在哪里吗？”

奈妮薇想要抹去脸上的汗水，但她一直将双手固定在体侧。“我已经很久没见到她了，两仪师。”自从她们最后一次在特·雅兰·瑞奥德中见面后，确实已经过了几个月。“我能否问一下……”在沙力达，没有人称呼爱莉达为玉座，但她对这个女人还是应该保持敬意的，“……玉座打算怎样对待兰德？”

“想知道，孩子？他是转生真龙，玉座知道这一点，她打算给予兰德·亚瑟应得的所有荣耀。”塔娜的语气稍微增强了一些，“想一想，孩子，当这些人明白自己在做什么之后，她们自然会回到她们应有的位置上，但现在的每一天都是至关重要的。白塔在三千年时间里一直在指引诸国的统治者，如果没有白塔，这个世界上一定会有更多的战争和更可怕的灾难。如果没有人指引兰德，这个世界将面临的必然是一场浩劫。但我们必须要了解他才能指引他，就像我原先必须要闭上眼睛才能导引一样。对他来说，最好的事情就是你现在跟随我回到白塔，把你对他的了解告知玉座，而不是等到几个星期，或者几个月之后。这对你也是最好的，你在这里也绝不能成为两仪师，誓言之杖还在白塔，只有在白塔才能进行这种测试。”

汗水刺激着奈妮薇的眼睛，但她拒绝眨眼。这个女人竟然认为可以向她行贿？“实际情况是，我在兰德身边的时间并不长，我是生活在那个村子里，但兰德却是生活在西林中的一座农场中，那里距离村子很远。我能记得的兰德只是个不愿听劝的男孩，就我所知，他也许已经改变了，大多数男人只是个子长高的男孩，但他可能真的是长大了。”

很长一段时间里，塔娜只是用那种凛冽的目光盯着奈妮薇。“嗯，”她飞快地站起身，让奈妮薇差点要退一步，但在这个小房间里已经没有空间可以退了，那种令人不安的微笑仍然挂在塔娜的脸上，“这里聚集了一些如此古怪的人。虽然没看见，但我明白史汪·桑辰和莉安·沙瑞福一定也在沙力达，明智的女人当然不会和她们接近。也许还有其他怪人？你最好是跟我一起走。我明天早晨离开，今晚让我知道，我是否应该期待在路上和你相遇。”

“我恐怕不——”

“想一想，孩子，这也许是你做过的最重要的决定，好好想一想。”塔娜抹去了亲切的面具，转身走出房间。

奈妮薇的膝盖软了下去，让她一屁股坐到床上。这女人竟然能将差异那么大的情绪塞进她的脑子里——不安和愤怒和愉悦纠缠在一起，奈妮薇完全不知道她是怎么做到的。她希望这名红宗两仪师能有办法与正在寻找兰德的白塔两仪师取得联系，然后她能变成一只苍蝇，趴在那名两仪师卧室的墙上，听听她们是怎么评估兰德的，她们要贿赂她，要恐吓她，而这第二件事她们做得相当成功。塔娜如此确定这里的两仪师会跪倒在爱莉达面前，认为这只是时间的问题，而她的暗示里是否还包括洛根？奈妮薇怀疑塔娜对于沙力达的了解要远超过评议会和雪瑞安的料想。也许爱莉达在这里确实有支持者。

奈妮薇一直等着伊兰回来，但过了半个多小时，她还没看见伊兰。奈妮薇出门去找她，先是在所有街道上转了一圈，然后又问了许多路人，不停地向一个又一个的人群中观望。太阳已经接近树梢时，她才一边嘟囔着，一边拖着脚步回到房间。一进门，她就看见伊兰正在房里。

“你去哪了？我以为塔娜把你绑走了！”

“我从史汪那里得到了这些。”伊兰张开手，两个扭曲的石戒指出现在她的掌心。

“有那个真的吗？拿到它们是个好主意，但你应该尽量把那个真的拿过来。”

“什么也改变不了我的想法，奈妮薇，我仍然认为我们应该留下。”

“塔娜——”

“她只是在说服我。如果我们走了，雪瑞安和评议会就会选择白塔的统一，而不是兰德，我清楚这点。”她将双手放在奈妮薇的肩头，奈妮薇则任由她将自己压到床上。伊兰坐到对面的床上，倾过身子，专注地望着奈妮薇：“你应该还记得，你告诉过我依靠需要在特·雅兰·瑞奥德中寻找某样东西的办法！我们需要的就是找到办法劝说评议会不要投向爱莉达。”

“怎么做？做什么？如果洛根还不够——”

“我们会知道该做什么的，只要我们找到它。”伊兰坚定地说。

奈妮薇心不在焉地用手指抚着她手腕粗细的辫子。“如果我们什么都没找到的话，你会同意离开吗？我不太喜欢在这里无所作为，直到她们决定将我们看管起来。”

“那样我会同意离开的，如果你同意假如我们找到可行的办法，你就会留在这里。奈妮薇，我想见到他，但我们在这里会更有用。”

奈妮薇犹豫着，最后才嘟囔着说道：“好吧！”看来这个约定没什么问题。伊兰不知道她们该做些什么，也就无法想象她们到底要寻找什么。

如果这一天的时间在刚才还只是让人感到缓慢，那么现在它简直就是停在原地不动了。她们在一个厨房前排队拿到了盛有切片火腿、芜菁和豌豆的盘子。太阳似乎在树梢上停了几个小时。大多数沙力达人都会在日落后睡觉，但还是会有几扇窗口亮起灯光，特别是在小白塔里，评议会今晚在那里设宴招待塔娜，偶尔会有一段用竖琴演奏的音乐从那座原先是客栈的地方飘出来。两仪师们在士兵里找到了一个会弹竖琴的人，让他刮了胡子，把他塞进一套不知从哪里找到的侍从制服里。走过小白塔的人们都只是飞快地朝那里瞥一眼，然后就匆匆向前走去，或者是用力一甩头，根本就不看那里。加雷斯·布伦这次又是例外，他吃着晚饭，坐在街道中间的一只木箱上，那些评议会的成员们只要向窗外一探头就能看见他。虽然是以极慢的速度，但太阳还是滑落到树林后方。黑暗突兀地来临，完全没有黄昏后所应有的那种朦胧夜色，街道上已经看不到行人了。竖琴手悠扬的乐声再次响起，加雷斯・布伦仍然坐在那只木箱上，从一个窗口里射出来的宴会灯光洒落在他身边的地面上。奈妮薇摇摇头，她不知道加雷斯是值得钦佩，还是一个傻瓜，她怀疑这两者都有一些。

直到她躺在床上，将斑点石戒指和岚沉重的金玺戒串在一起，看着蜡烛熄灭的时候，她才记起瑟德琳的命令。嗯，现在再想这个已经太迟了，不管怎样，瑟德琳不会知道她是不是睡了。岚在哪里？

伊兰的呼吸声逐渐缓慢下来。奈妮薇轻轻叹口气，将她的小枕头垫在头下，然后……

……她站在她的空床旁边，看着模糊的伊兰站在特・雅兰・瑞奥德昏暗的夜色里。现在没有其他人看见她们。她们不想被雪瑞安和她的那个小圈子，还有史汪和莉安看见——她们有权进入梦的世界，只是她们不想让别人知道今晚的任务。伊兰显然是把这个看成了一次狩猎，只是不知道她自己是否意识到了这一点，她身上穿着和柏姬泰一样的衣服，只不过变成绿色外衣和白色裤子。她朝手里的银弓眨眨眼，它连同箭袋一起消失了。

奈妮薇检查了一下自己的衣服，叹了口气。一件蓝色的舞会裙装，黄金花朵的刺绣环绕着低胸领，又形成缠绕纠结的花纹，一直延伸到裙摆上，她能感觉到脚上套着天鹅绒舞鞋。在特・雅兰・瑞奥德穿什么并没有关系，但她到底为什么会选择这身衣服？“你要知道，这样也许不会有用。”奈妮薇说着，将衣服改回成朴素的两河羊毛裙和坚固的鞋子。伊兰没有权力笑成那样。一张银弓，哈！“我们至少应该想想我们要找什么。”

“一定要成功，奈妮薇。你说过，智者们认为需要愈强烈，就愈有可能找到目标。我们肯定是需要什么，否则我们答应过要给予兰德的帮助就全都会成为泡影，剩下的只有爱莉达愿意给他的。我不会让这种事发生，奈妮薇，我不会的。”

“把你的下巴放低下来。如果有什么事是我们可以做的，我也绝不会放弃。我们也许可以从这点开始。”她握住伊兰的手，闭上眼睛。需要，她希望自己的脑子里能大约知道她们到底需要什么，也许什么都不会发生。需要。突然间，一切似乎都从她身边滑走，她感觉到特・雅兰・瑞奥德在倾斜，在骤然下降。

她猛地睁开眼睛。依靠需要而前进的每一步都是盲目的，也是必要的，每一步都会让她更加靠近她所寻找的，但她有可能掉进毒蛇窝里，或者是打扰到一头正在捕猎的狮子。

这里没有狮子，但这里的情景仍然让她感到十分困扰。这里是明亮的正午时分，当然这不会让她吃惊，时间的流动在这里是不一样的。她和伊兰正牵着手，站在一条鹅卵石铺成的街道上。她们身边全都是砖石建筑，屋顶上都装饰着工艺精美的飞檐和中楣，纹饰华丽的圆顶点缀在瓦片屋顶之间，石砌或木制的拱桥横过街道，有时候足有三四层高。一堆堆垃圾、旧衣服和破烂的家具堆积在街角，周围有老鼠来回乱窜，有时候那些老鼠还会停下来，毫无畏惧地向她们发出挑战似的尖叫声。不时会有某个人的梦境擦过特·雅兰·瑞奥德进入这里，又立刻消失。一个男人尖叫着从一座桥上摔下来，在碰到鹅卵石地面前消失了。一名哭嚎着的女人穿着被撕烂的裙子，向她们跑了十几步，又在眨眼间消失了。突然发出，又突然终止的尖叫和喊声回荡在每一条街道上，有时候还会响起濒临狂乱边缘的粗嘎笑声。

“我不喜欢这样。”伊兰担忧地说。

在远处，一座骨白色的巨型圆柱傲然耸立在这座城市之上，高高在上地俯瞰着其他高塔。那些高塔中有许多借助桥梁和它连在一起。她们所在之处是塔瓦隆，上次进入梦的世界时，奈妮薇就是在这里瞥见了莉安。莉安那次并没有说她都做了什么，就像神秘的两仪师一样，她只是给了奈妮薇一个微笑。

“这没关系，”奈妮薇用刚硬的语气说，“在塔瓦隆，没有人知道梦的世界的事，我们也没遇到任何人。”她突然感到一阵反胃——一名浑身是血的男人突然出现，蹒跚着向她们走来，在他应该长有双手的地方，只留下喷着鲜血的残肢。

“这不是我要找的。”伊兰嘟囔着。

“让我们继续搜寻吧！”奈妮薇闭起双眼。需要。

变化。

她们到了白塔里，身处于一条悬挂织锦的弯曲走廊中，一名穿着初阶生衣服的胖女孩突然凭空出现在距离她们不到三步的地方。当她看见她们的时候，她的大眼睛睁得更圆了。“求求你们，”她呜咽着说道，“求求你们？”然后她就消失了。

突然间，伊兰张大了嘴，“艾雯！”

奈妮薇急忙转过身，却只看见一条空旷的走廊。

“我看见她了，”伊兰坚持说，“我知道我看见她了。”

“我想，她也可以像其他人一样在一个普通的梦中进入特·雅兰·瑞奥德。”奈妮薇说，“让我们继续我们的任务吧！”但她现在觉得更加不安了。她们再一次牵起手。需要。

变化。

这不是一间普通的储藏室。沿墙壁立着两排架子，上面整齐地排放着各种尺寸和形状的箱子，有些只是朴素的木箱，有些则有雕刻装饰或涂上了油漆。还有许多用布包裹住的东西，以及用金属、玻璃、水晶、石头或光滑的陶瓷做成的形态各异的小雕像。奈妮薇看一眼便知道，这些一定是与至上力有关的物品，很可能是特法器，其中有一些甚至可能是法器和超法器。如此种类繁多、摆放严整的收藏，不可能是白塔里的其他地方。

“我想，至今为止，我们还没有任何有意义的收获，”伊兰沮丧地说，“我不知道怎样才能从这里带走任何一样东西。”

奈妮薇快速地拉了一下辫子。如果这里真的有什么她们可以利用的（这里一定会有，除非是那些智者们说谎），那她们就要想办法在醒来的世界中到达这里。她在白塔的时候，这里对于法器的看管并不严格，监守它们的只是门锁和初阶生。这个房间只有一扇沉重的厚木门，门上有一把同样沉重的黑铁锁。毫无疑问，它是经过加固的，但奈妮薇在脑海里想象了一下它被打开的样子，就将门推开了。

门外是一间守卫室，几张双层窄床排列在一侧墙边，另一侧墙上是放着长戟的武器架。屋子中间是一张沉重的旧桌子和几张凳子，对面是另一道箍铁的门，门板上有一个可以打开的小窗口。

当她转回身去看伊兰的时候，她忽然意识到那扇门又关上了。“如果我们不能在这里得到我们所需要的，也许我们能在别的地方找到。我是说，也许还有别的东西可以帮助我们，至少我们现在有了一点线索。我想，眼前这些应该都是还没被发掘出用处的特法器，所以才需要这样守卫着，因为即使在它们附近导引可能也是危险的。”

伊兰没好气地看了她一眼：“但如果我们再试一次，难道我们不会又回到这里吗？除非……除非智者们告诉过你该如何在搜寻的过程中排斥一个地点。”

智者们并没有提过这样的方法，她们从来都不愿意对她说任何事情。但在一个用想象就能打开铁锁的地方，任何事情都是有可能的。“我们确实要这样做，只要我们用力地在脑子里想，我们要去的地方不是塔瓦隆就可以了。”奈妮薇皱起眉，望着那些架子，继续说道：“我打赌我们需要的一定是一件没有人知道该如何使用的特法器。”但它要怎么让评议会决定去支持兰德，她完全想象不出来。

“我们需要一件不在塔瓦隆的特法器。”伊兰的语气仿佛是在说服自己，“很好，我们继续吧！”她伸出双手，过了一会儿，奈妮薇才抓住它们。奈妮薇不知道自己怎么会成为要坚持这么做的人，她想离开沙力达，而不是找一个理由留下来。但如果这样就能确保沙力达的两仪师会支持兰德……

需要。一件不在塔瓦隆的特法器。需要。

变化。

这座正处于黎明曙光中的城市肯定不是塔瓦隆。在不到二十步外，宽阔的石板街道连接着一座白色的石桥，拱形石桥跨过一条有石砌堤岸的运河，在石桥的两端全都矗立着雕像。在五十步外的地方还有另一座桥。到处都有环绕着露台的细瘦高塔，如同长矛穿过一片片纹饰绚丽的扁圆形糖块。所有的建筑物都是白色的，门和窗户上端都是尖拱的形状，在那些宏伟的建筑物上，镶嵌着漆成白色的铸铁阳台，花纹繁复的铁栅栏藏住了所有会站在那些阳台中的人。沿着街道和运河望去，装饰着猩红色或金色镶边的白色圆顶上，都伸出了像那些细塔般的尖顶。

需要。

变化。

她们仿佛来到一座完全不同的城市，街道狭窄坑洼，两侧挤满了五六层高的建筑物，墙壁上的白色石膏有很多都剥落了，露出底下的砖块。这里没有阳台，只有四处乱飞的苍蝇，因为这里都已经被建筑物的阴影覆盖了，所以很难确认这里是否还是黎明。

奈妮薇和伊兰交换了一个眼神。她们在这里似乎并不能找到特法器，但她们已经走了太远，不能停下来。

需要。

变化。

奈妮薇在睁开眼之前打了个喷嚏。当她们睁开眼时，发现每迈出一步都会扬起大片的烟尘。这间储藏室和白塔中的那间完全不同，箱子、柜子和桶子拥挤在狭小的空间里，彼此堆积在一起，几乎没剩下什么能够立足的地方，这里的所有地方都蒙上了一层厚厚的灰尘。奈妮薇用力地打着喷嚏，差点就觉得应该把鞋子脱下来——然后灰尘全都消失了，房间里变得一尘不染。

伊兰的脸上露出得意的微笑，奈妮薇什么都没说，伊兰刚刚一定是在想着房间里没有灰尘的样子。

看着混乱的房间，奈妮薇叹了口气，这个房间并不比她们在沙力达的房间大，但要将所有东西都搜检一遍……“一定要用掉几个星期的时间。”

“我们可以再试试，也许我们至少可以知道，要检查的是什么样的物品。”伊兰的声音里带着和奈妮薇心中一样的怀疑。

但这毕竟还是一个可行的建议。奈妮薇闭上眼睛，又一次进入了变化。

当她睁开眼的时候，她正站在这个狭窄房间的最里面，看着一只比她的腰高一些的方形木箱，木箱的铁箍似乎全都生锈了。这个木箱本身看上去仿佛被铁锤砸了二十年一样，根本看不出它还能装什么有用的东西。奈妮薇想象不出这里面会有什么特法器，但伊兰也站在她身边，同样盯着这只箱子。

奈妮薇将手放在箱盖上，想象铰链被打开，然后掀起了箱盖，她甚至连铰链磨擦声都没听见。放在箱子里的是两把沉重的锈剑，还有一副同样已经变成棕褐色，上面还有个窟窿的胸甲。它们下面有一堆布包袱，那种样子就像是从某个老衣橱里清理出来的垃圾。另外还有几件炊具。

伊兰用手指抚过一只破了嘴的小壶：“用不了几个星期，但也要用掉今晚剩下的时间了。”

“再来一次？”奈妮薇建议，“不会有什么坏处的。”伊兰耸耸肩。闭上眼睛。需要。

奈妮薇伸出手去，碰到某个坚硬的圆东西，那上面还覆盖着一层已经变得薄脆易碎的布。当她睁开眼睛时，伊兰的手和她的手几乎贴在一起。那女孩正咧开嘴，开心地笑着。

要把那东西拿出来并不是件容易的事，它并不小，她们不得不先移开它上面的破烂外衣、带凹痕的罐子和包裹着人或动物雕像的小包袱，以及其他各种垃圾。它被拿出来的时候，是由她们的四只手端在她们两个人中间。这是一只用烂布包裹的、非常大的盘子，将布揭去之后，她们看见一只水晶浅碗，它的直径超过两尺，上面深深地雕刻着漩涡云朵的图案。

“奈妮薇，”伊兰缓缓地说，“我想这是……”

奈妮薇愣了一下，差点失手把碗给掉了下去，因为它突然变成淡淡的水蓝色，那些雕刻的云朵图案也在缓缓移动。在很短的一瞬之后，碗又恢复成透明的水晶，云朵图案也固定在上面。但奈妮薇相信，这些云朵和开始时已经不一样了。

“是了，”伊兰喊道，“这是一件特法器。而且我拿我的一切打赌，它和天气有关，但我还不够强，没办法让它发挥作用。”

奈妮薇咽下一口口水，竭力让自己狂跳不止的心脏平静下来：“不要这么做！难道你忘了，随意探究一件陌生的特法器会把你自己静断的！”

这个傻女孩的胆子总是让奈妮薇大吃一惊。“这就是我们要找的，奈妮薇，你认为还有谁对于特法器的了解能超过我？”

奈妮薇哼了一声，即使伊兰是对的，她给伊兰一点警告也是应该的：“如果它能作用于天气的话，我当然认为这是件好事，但我看不出它对我们有什么用。它不会让评议会通过什么途径去支持兰德的。”

“‘需要的并不一定就是想要的’，”伊兰说，“莉妮在不让我骑马或爬树时经常会这么说，但也许这句话在这件事上是对的。”

奈妮薇又哼了一声。也许是，但她现在只想得到她想要的，这个要求很过分吗？

碗从她们的手中消失了。这回吃了一惊的是伊兰，她喃喃自语地说着她永远也适应不了这种事。那只箱子也合上了。

“奈妮薇，当我向那只碗里导引时，我感觉到……奈妮薇，它不是这房间里唯一的特法器。我想这里应该也有法器，甚至是超法器。”

“这里？”奈妮薇难以置信地说道。她回头望着这个混乱的小房间。但如果有了一个，为什么不会有两个？或者是十个、一百个？“光明啊，不要再导引了！如果你让它们之中的一件发生意外怎么办？你还能——”

“我知道我在做什么，奈妮薇。真的，我知道。我们要做的下一件事是找出这个房间的确切位置。”

她们很快就发现这不是件简单的任务。虽然在特·雅兰·瑞奥德里，已经将门板固定在门框里的生锈铰链不会对她们造成障碍，但问题出在她们走出那个房间之后。房间外是一条昏暗狭窄的走廊，只在走廊末端有一扇小窗户，从那里向外望去，除了街对面一堵石膏剥落的白色墙壁之外，什么也看不见，即使爬下了石砌的窄楼梯也得不到任何有用的信息。外面的这条街道应该就是她们第一次到这座城市时看到的那片街区。所有这些建筑都没什么差别，沿街的小店铺没有招牌，客栈的唯一标志是漆成蓝色的门，红色则似乎是酒馆的标志。

奈妮薇不停地向前走着，想找到某种地标，某种能告诉她们身在何处、这是什么城市的东西。她看到的每一条街道似乎都和前一条没有差别。但她很快就找到了一座桥，那座桥用普通石块砌成，和她刚才见到的那些桥不一样，而且这里也没有雕像。她走到这座拱桥中间，看见桥下的运河两端连接着其他运河。那上面有更多的桥、更多石膏剥落的白色建筑。

突然间，她发现只剩下自己一个人。“伊兰？”除了回声之外，她什么也听不到。“伊兰？伊兰！”

金发女孩从桥基附近冒了出来。“你在这呀！”伊兰说，“这地方比兔子窝还乱。我刚一转头，你就不见了，你有找到什么东西吗？”

“没有，”奈妮薇又低头看了运河一眼，才走到伊兰身边，“什么也没有。”

“至少我们可以确定我们在哪里了，艾博达，一定是那座城市。”伊兰的短外衣和宽松裤子变成一件绿丝裙装，花边缎带一直垂到她的手边，精致的刺绣高领在胸前有一道相当宽的开口。“除了伊利安之外，我想象不出有什么城市会有如此众多的运河，而这里肯定不是伊利安。”

“我希望应该不是。”奈妮薇虚弱地说，她从没想过这种盲目地搜索会把她们带到沙马奥的巢穴里。她这时才发觉，她的衣服也发生了改变，现在她穿着一件深蓝色的丝绸旅行裙装，披着一条亚麻防尘斗篷。她让那条斗篷消失，保留剩下的衣服。

“你会喜欢艾博达的，奈妮薇，艾博达的智妇们比其他任何地方的智妇都知道更多关于草药的知识，她们可以治疗所有的病患。这是她们必须做的，因为在艾博达无论是贵族还是平民，男人还是女人，光是打个喷嚏就会挑起决斗。”伊兰说到这里忽然笑了起来。“汤姆说这里曾经是有老虎的，但它们都离开了，因为它们发现艾博达人的暴躁脾气实在是难以相处。”

“这样就很好了，”奈妮薇对她说，“他们是不是要拼个你死我活与我无关。伊兰，我们也许应该放下戒指，安心去睡觉了，即使只要走回那个屋子里就能得到披肩，我也走不回去了。只要这里能有路，做一张地图……”她的面孔扭曲了一下，如果能把一张地图带出特·雅兰·瑞奥德，那她们也就能把那个碗带出去了。也许在醒来的世界里让自己长出一双翅膀比这个还容易些。

“那么我们就只能来艾博达搜寻了，”伊兰坚定地说，“在真实的世界里，至少我们知道应该搜寻这座城市中的哪个部分。”

奈妮薇的眼睛一亮。艾博达位在埃达河的下游，距离沙力达不过几百里远。“这听起来是个好主意，而且这样我们也可以在一切都落在我们头上之前离开那里。”

“奈妮薇，这个对你来说还是最重要的事？”

“这是一件重要的事，你还能想到要在这里做什么吗？”伊兰摇摇头。“那我们就回去吧！今晚我很想有一些真正的睡眠。”没有人能确定身处于特·雅兰·瑞奥德中的时候，醒来的世界里过去了多少时间。有时候醒来的世界过去一个小时，在梦的世界里也会过去一个小时，但有时却会是一天，甚至一个月。幸运的是，梦的世界里时间流逝的速度总是比醒来的世界快，否则进入这里的人就有可能陷入长久的沉眠了。

奈妮薇走出了梦境……

……她的眼睛猛然睁开，盯着自己的枕头，汗水已经将她的头发和枕头都湿透了。敞开的窗户里没有一丝气流，寂静笼罩了沙力达，最大的声音只是夜鹭轻细的鸣叫。她坐起身，解开脖子上的皮绳，取下那个扭曲的石戒指。手指碰到岚的戒指时，她停了一下。伊兰翻了一下身，打着哈欠坐起来，用至上力点亮了那一小段蜡烛。

“你认为这样会有用吗？”奈妮薇悄声问。

“我不知道。”伊兰含混地说着，用手捂住嘴打了个哈欠，这个女人怎么在打哈欠的时候还是如此美丽？而且她现在的头发还是一团乱，脸上还有在枕头上压出来的粉红色皱纹。这真是个两仪师应该好好调查一番的秘密。“我知道的就是那个碗也许能影响天气，我知道有个隐藏着特法器和法器的地点必须被妥善处理，我们有责任把它交给评议会，虽然其实也就是交给雪瑞安。我知道，如果这还无法让她们支持兰德，我会再继续搜寻，直到找到能让她们这样做的东西。我还知道，我想睡觉，我们能明天早晨再谈这些吗？”没等奈妮薇回答，她已经熄灭了蜡烛，重新蜷起身体，呼吸也变得沉重了。她的头一碰到枕头，喘气声立刻就变成睡觉时那种悠长的样子。

奈妮薇在床上躺直，盯着黑暗中的天花板。至少她们很快就会踏上前往艾博达的旅程了，也许就是明天，顶多再过一两天，她们要为长途旅行做好准备，还要拦下一艘过往的河船。至少……

突然间，她想起瑟德琳。如果她们要用两天时间进行准备，瑟德琳就会继续给她上两次课，这就像鸭子有羽毛一样肯定。而瑟德琳要求奈妮薇今晚不能睡觉，自己是否睡了，她当然不可能知道，但……

重重地叹了口气，奈妮薇爬下床。房里并没有太多空间可以踱步，但满心怒火的她占用了全部这些空间。她只想离开，她已经说过，自己不擅长顺从这种事，但也许她正在变得擅长逃跑。如果能随心所欲地导引，那种感觉一定是棒极了。她甚至没注意到，泪水已经开始润湿她的脸颊。

第 14 章

梦与梦魇

看见奈妮薇和伊兰的时候，艾雯没有走出梦境，她用最大的力量跳了出去。现在时间还早，所以她没有回到凯瑞安睡眠的身体里，而是进入一片充满着闪烁光点的巨大黑暗里。这些光点的数量远比最清澈的夜空中的星星还要多，每一个都清晰耀眼，同时又在眼睛所能看到的最远方——如果她在这里有眼睛的话。实际上，她只是无定形地飘浮在特·雅兰·瑞奥德和醒来世界之间无限的空间里——这也是梦境和真实之间的狭窄缝隙。

如果她在这里拥有一颗心脏，那么它一定会像正在急速乱敲的鼓槌一样狂跳不止。她觉得伊兰和奈妮薇应该没看见她，但光明在上，她们去那里干什么？白塔的那个部分根本不存在任何有价值的东西。在这些晚上的行动中，她小心地避开了玉座的书房、初阶生宿舍，甚至是见习生的宿舍区。即使奈妮薇和伊兰没在那里，一定也会有别的什么人到那些地方去。她早就应该去找奈妮薇和伊兰了，她们肯定知道要保守秘密，但有什么东西告诉她不要这么做。她曾经梦见自己这么做了，而那些梦似乎总是噩梦。不是那种会让她带着一身冷汗惊醒的噩梦，而是让她焦急地绞拧手指的噩梦。那些沙力达的两仪师是不是知道有陌生人在梦的世界里的白塔中徘徊？至少，那些对她来说是陌生的。如果两仪师们不知道，她也没办法警告她们。她想不出任何办法，这让她感到相当沮丧！

巨大、闪烁的黑色海洋在她身周旋转，似乎她真的站稳了脚跟。她如同一条回到海里的鱼，安心地浮游着，脑子里想的事情也不比一条鱼更多。这些闪光全都是梦，全世界的人们的全部的梦，还有全部的世界——她不了解的世界，与她的认知完全不同的世界。这些是两仪师维林最先告诉她的信息，智者们又向她确认了这点，她自己也曾经朝那些闪光中窥望过。但即使是在梦中，她也无法相信那些情景。那些并不是噩梦，但那些有着红色、蓝色，或者是灰暗底色的情景中，充满了不可能的事物。最好避开它们，她肯定不属于这些世界。窥望这样的梦境就像是突然被破碎的镜子围绕，一切都在眼前旋转，整个空间分不清上下左右，这让她只想呕吐。不过，如果她不在这里、进入这些梦境中的一个，她就要回到自己的身体里去了。即使是呕吐也不能成为回去的理由。

智者们也教过她一些这方面的知识，她自己也单独学到过一些，这让她甚至可以冒险进入一些智者们禁止她涉足的领域。但……如果能有一位梦行者在她身边，她相信自己会知道得更多。梦行者当然会告诉她某些事非常危险，不许她做这个、做那个，但她也能从梦行者那里得到中肯的建议，知道有什么是可以去尝试的。她已经掌握了所有那些简单的技能，已经到了可以自己考虑下一步该怎么走的程度（当然，这永远都是不容易的），但这些早已是智者们驾轻就熟的事。她需要用一个月才能掌握的技能，她们能用一个晚上，甚至是一个小时就教会她，但她们要等到她准备好的时候才会教给她——她却等不到那个时候了。每次想到这个，她都会觉得胆汁正在自己的胃里翻涌。她想要学习，学习每一点知识，立刻就学会。

每个光点看上去都和其他光点不同，不过她已经学会识别其中的几个。虽然她只能苦恼地承认，她并不知道自己的识别精不精确，但即使是智者们也不清楚这点。但只要她识别出哪个梦属于哪个人，她以后就会一直认得这个人的梦，即使那个人可能是在世界的另一边，就像有一支箭头为她指出目标一样。这个光点是贝丽兰的，兰德让这名身为梅茵之主的女人管理凯瑞安，窥看贝丽兰的梦让艾雯感到不舒服。通常这些梦和别的女人并没有不同（那些对于权力、政治和最新款衣饰同样感兴趣的女人），但有时候，贝丽兰会梦到男人，甚至是艾雯认识的男人，而那些男人在这种梦境里的样子总是让艾雯一想起来就会脸红。

那边那个稍微有些暗淡的光芒是兰德的，他的梦被挡在一个阳极力的结界后面。这堵石墙般的结界让她完全无法看到或感觉到兰德的任何信息，这当然会让她恼火，她几乎想再试一次穿透这道结界，但最后还是放弃了。再把一个夜晚用在这种徒劳无益的努力上，并不怎么吸引人。

如同特·雅兰·瑞奥德对于时间的扭曲一样，这里完全扭曲了空间。兰德睡在凯姆林，除非他跳到了提尔（她很想知道兰德是怎样做到这件事的）。在距离兰德梦境不远的地方，她找到了另一个光点，那是柏尔的。柏尔在凯瑞安。兰德无论在什么地方，和柏尔的距离都要超过几百里。她真想知道兰德怎么能这样跳来跳去。

艾雯从那位智者的梦前面迅速跑开，她身边的光点也因为她的飞速移动而延展成一条条光带。如果她也看见了艾密斯和麦兰的梦，她也许就不会逃走了。但如果那两位梦行者没有入睡和做梦，她们也许正在梦行，她们也许会看见她，甚至可能已经准备要抓住她，把她扔出梦境，或者是拖进她们自己的梦里。她怀疑自己还没有力量阻止她们，那样就只能乞求她们的怜悯了。想要在某个人的梦境中维持住自己是非常困难的，即使那只是一个不知道发生了什么事的普通人。而如果真的进入了别人的梦里，除非做梦的人醒过来，否则想要离开同样是极为困难的，而想要摆脱梦行者的梦境肯定是不可能的，她根本无法想象在那里会有怎样可怕的遭遇。

她渐渐明白了自己的愚蠢，逃跑是没有用的，如果艾密斯和麦兰已经找到了她，她早就不在这里了。现在她倒是很可能正奔向她们。她周围的光带一下子恢复成了光点。在这个地方就是这样。

她焦急地思考着下一步该怎么做。除了自学能够在特·雅兰·瑞奥德做些什么事之外，她来到这里的主要目的是探察全世界各处都在发生什么事情。有时候，她觉得如果自己不亲眼来看，那些智者们连太阳是否升起都不会告诉她。她们只是说她不能有激动或不安的情绪，但她怎么能不为自己的一无所知而懊恼愤懑？所以她要去白塔察看爱莉达和奥瓦琳有什么打算，她希望能找到一些与此有关的线索，哪怕只是一点蛛丝马迹。她痛恨无知，痛恨这种又聋又瞎的感觉。

但现在整个白塔已经从她的探察名单中被剔除了，她只能这样，因为她已经无法确定那里的哪些地方是安全的。塔瓦隆的其余部分她也不能去了。她已经有四次差点就迎面撞上一名古铜色皮肤的女子，最后这一次，那名女子正看着一张像是刚刚被漆成蓝色的桌子，满意地点着头。无论那名女子是什么人，她绝不是在梦中偶然进入特·雅兰·瑞奥德的，她不像那些普通的做梦人一样转眼就消失，而且她的身影仿佛只是一片模糊的薄雾。显然她是利用特法器进入梦的世界，这几乎就代表了她是一位两仪师。艾雯只知道一件不必导引就可以让使用者进入梦的世界的特法器，而那件特法器正在奈妮薇和伊兰的手里。不过这名腰肢婀娜的女人显然成为两仪师还不久，她非常漂亮，总是穿着极为暴露、轻佻的衣服。她看上去和奈妮薇的年纪差不多，还没有那种长久使用至上力后的无瑕面容。

艾雯曾经想要跟踪她，因为她也许是黑宗两仪师，而那些黑宗两仪师偷走了不少能进入梦的世界的特法器。但艾雯顾忌到万一被发现，甚至被捉到的风险，而且她也不能将得到的信息告诉任何人。除非是极为严重的事情，她才可以联系奈妮薇和伊兰。但黑宗是两仪师自己的事情，即使她知道了，也要别无选择地严守秘密。

她心不在焉地打量着黑暗中离她最近的那些光点，完全认不出它们都属于什么人，它们完全静止地围绕着她，如同冻结在黑色冰块中的星星。

最近在特·雅兰·瑞奥德中出现了太多奇怪的事情，让她无法平静心神。除了那名古铜色皮肤的女子之外，还有另外一名美丽而又面容刚强的女子，有目的地在这里来回走动，那名女子的一双蓝眼睛里总是充满坚定的神情。艾雯觉得这名女子一定能以自身的力量进入特·雅兰·瑞奥德——她的形体非常坚实，没有半点虚幻的感觉。无论她是谁，无论她有什么样的原因，她进入白塔的次数要超过奈妮薇、伊兰、雪瑞安和其他所有人的总和，她似乎会出现在任何地方。除了白塔之外，艾雯在最后一次去提尔时也惊讶地看见了她。当然，她那次并不是要与伊兰和奈妮薇见面。那时那名女子正在石之心大厅里来回踱步，恼怒地嘟囔着什么。而艾雯最后两次去凯姆林时也都看见了她。

这两名女子都有可能是黑宗两仪师，但她们也都有可能来自沙力达。不过艾雯从没见过她们一起行动，也没有在她们身边看见任何沙力达的两仪师。她们也有可能是白塔的两仪师，那些两仪师们一定也有需要彼此窥探的秘密，而且白塔迟早也会知道特·雅兰·瑞奥德。这两名陌生人只是给艾雯增加了更多没有答案的问题。而艾雯能想到的唯一一件事，就是避开她们。

艾雯在梦的世界里要避开所有的人，她已经习惯时刻注意自己的背后，假想有人正悄悄地向自己靠近的可能。她觉得自己有几次曾经瞥到了兰德、佩林，甚至岚。当然，这只是她的想象，或者是她在偶然间触及到了他们的梦。

毕竟她在这里就像一只跳进狗舍里的猫一样紧张。

她皱起眉（如果她还有面孔的话）。这些光点中的一个——并不熟悉，她不知道它——但它看上去……正在吸引她。无论她将视线移到哪里，它都会重新在她的视线中闪烁。

也许她能再试试找到沙力达。这就意味着要等奈妮薇和伊兰离开特·雅兰·瑞奥德——她能认出她们两个人的梦。想到这里，她不禁咧嘴笑了笑。不过至今为止，她已经做过了十几次确定沙力达位置的尝试，而她得到的成果并不比她试图穿越兰德的结界时更多。这里的距离和位置和真实世界中的确实没有任何关系。艾密斯说过，这里没有任何距离和位置可言，不过，这样也能让在这里的人……

她忽然惊讶地发现那个不停吸引她视线的光点正朝她飘过来，刚刚它还像是一颗遥远的星星，现在却已经膨胀成一轮满月。她的心中迸出了一点恐惧的火星。碰触一个梦，向其中窥望，就如同用指尖碰触水面，虽然水面会微微下陷，但并不会破裂。这些应该完全出自她自己的意志，是梦行者在寻找梦，而不是梦来寻找她。她应该能随心所欲地让这些梦远离，让这片缀满星星的空间或静或动。而现在只有这个光点在移动。白光迅速地铺满了她的视野。

她慌乱地想要离开这团光。白色的光，除了白光之外一无所有，她被吸了进去……

她眨眨眼，困惑地望着眼前的情景。在她身周，围绕着一片没有边际的白色巨柱，其中大多数看上去都遥远而又模糊，只有一个形象清晰而真实——盖温，他正在白色地板上向她快步跑来。他穿着一件朴素的绿色外衣，脸上混合着焦虑和宽慰的表情。不管怎样，那几乎就是盖温的脸，盖温也许不像他的同父异母兄弟那样光彩耀人，但他仍然是名英俊的男子。而这张脸看上去……很普通。艾雯想要移动身体，却做不到，她一步也无法挪动。她的后背贴到一根圆柱上，锁链将她的手腕在头顶上方牢牢地拴住。

这一定是盖温的梦。在所有那些无穷无尽的光点中，艾雯最后停在他身边，又被吸引进来。艾雯现在不想思考这是怎么发生的。现在她只想知道，为什么盖温会在梦中让她成为俘虏。她坚定地在自己的脑海里固定住这个事实——这是一个梦，另外一个人的梦。她是她自己，她不是这个梦能够随意摆布、控制的。她不接受这里的一切，这里的每样东西都不会涉及到她的真实。真实如同圣歌般在她脑海里不断地吟咏。她要想起任何其他事情都很困难，但只要她留住它们，她就能冒险留下来。至少她可以停留到找出这个男人的脑子里到底翻滚着什么奇怪的东西，他竟然会以这种方式俘虏她！

突然间，一团巨大的火焰在地板上冒出，辛辣的黄色烟雾四处翻腾。兰德走出那团烈火，直视着盖温，他像国王般穿着刺绣金线的红色衣服。火焰和烟雾瞬间便消失了，但艾雯却觉得那不像是兰德，真正的兰德高度和身材都和盖温差不多，但这个人形却比盖温要高出一个头。那张脸仿佛是兰德的，只是显得更加粗糙和坚硬，带着杀人犯一般的冰冷。这个男人正在冷笑。“你不会得到她！”他用咆哮般的声音说道。

“你不能控制她。”盖温平静地回答。突然间，两个人的手中都出现了长剑。

艾雯倒抽了一口气。盖温并没有在梦里俘虏她，他是要在梦中解救她！从兰德手里！该是结束这种疯狂的时候了。她集中注意力，想象自己离开这里，回到黑暗中，从外部看着这一切。什么都没发生。

剑刃撞击在一起，两个男人跳起了死亡之舞。如果不是在梦里，这场战斗中必定会有人死去，但现在这却是一场胡闹，这只是一场关于决斗的梦。并不是噩梦，一切看起来都是正常的，虽然有一点模糊，但还是看得见。“男人的梦都是一团乱麻，就连做梦的人自己也不了解。”柏尔曾经这样告诉过她。

艾雯闭上眼睛，集中自己全部的注意力。外面，她在外面，在观看里面的一切。她的脑子里再没有别的事情。在外面，看进来。在外面，看进来。外面！

她又一次睁开眼睛。战斗已经到了最激烈的时刻，盖温的剑插进兰德的胸口，兰德颓然倒下。钢刃被抽出，滑过一个耀眼的圆弧，兰德的头颅滚过地板，来到她的脚边，几乎碰到她的脚，而兰德的眼睛正好盯住了她。没等她反应过来，一声尖叫已经迸出她的嗓子。一个梦，只是一个梦，但这双死亡的眼睛实在太真实了。

这时盖温已经走到她面前，长剑也收回鞘里。兰德的头和躯体都消失了，盖温向锁住她的铁链伸出手，它们也消失了。

“我知道你会来的。”艾雯虚弱地说道。她被自己的话吓了一跳。她是她自己！她不能放弃，片刻也不能，否则她就真的会被陷在这里了。

盖温微笑着将她拥入怀中：“很高兴你知道，我应该来得更快一些，我不该把你丢在险境这么久，能原谅我吗？”

“我可以原谅你的一切。”现在出现了两个艾雯。一个心满意足地依偎在盖温的臂弯里，任由他带着自己走过挂满彩色织锦和镏金大镜的宫殿走廊；而另一个艾雯则骑在第一个艾雯的脑子里，拼命想要控制住她。

情况开始变得严重了。艾雯一边拼命地想着自己在外面，一边依然留在这里，通过另一个她看着这一切。她匆忙地压下了想知道盖温会如何对待她的好奇，这种好奇是危险的。她完全不接受这些！但她的处境没有任何改变。

在她的眼中，这条走廊显得非常真实，但她从眼角瞥到的一些景物还是有些模糊。她自己的影像出现在墙上的一面镜子里，引起她的注意。如果可以，她一定会立刻别过头去，但她只是依附在盖温梦中的这名女子身上。在镜子里，她看不出这名女子的脸与她真实的面孔有什么差别，但这张脸……只能用美丽来形容。这让她感到震撼。在盖温眼中，她就是这样的吗？不！不要好奇！外面！

盖温又迈出一步，走廊变成一片铺满野花的山坡，轻柔的微风带来阵阵花香。真正的艾雯愣了一下。这是她自己做的吗？她和另外那个艾雯之间的隔阂变小了。她拼命集中精神，这不是真的，她拒绝接受这一切。她是她自己。外面，她想要到外面去，从外面看进来。

盖温轻柔地将她放到一件已经铺在山坡上的斗篷里，跪倒在她身边。她抚过盖温落到脸颊上的一缕发丝，任由盖温的指尖擦过她的嘴角。想要将精神集中在任何东西上都是非常困难的。艾雯控制不住这个身体，但她能感觉到它的一切感觉。盖温的手指似乎在她的身体上点燃了一串串火花。

“我的心是你的，”他轻柔地说道，“我的灵魂，我的一切。”他的外衣变成了鲜红色，上面绣着黄金叶片和白银狮子。他庄重地用手指了指心口和头顶：“当我想到你的时候，这里就再容不下其他念头了，你的芬芳充满了我的脑海，点燃了我的血液。我的心在剧烈地跳动，即使这个世界裂成两半，我也听不到。你是我的太阳，我的月亮，我的星星，我的天与地，对我来说，你比生命，比呼吸更重要，比……”他忽然停了下来，面孔扭曲了一下。“你听起来就像个傻瓜。”他喃喃自语道。

艾雯如果能控制自己的声带，她一定会对盖温的评价表示不同意。但听到这些话的感觉实在太好了，即使它们确实有些肉麻。但只是有一些而已。

当他扭起面孔时，艾雯感觉到一种失落，但……

闪烁。

盖温轻柔地将她放到一件已经铺在山坡上的斗篷里，跪倒在她身边。她抚过盖温落到脸颊上的一缕发丝，任由盖温的指尖擦过她的嘴角。艾雯控制不住这个身体，但她能感觉到它的一切感觉。盖温的手指似乎在她的身体上点燃了一串串火花。

不！她不能让自己接受任何一点他的梦！

他的面孔变得痛苦，他的外衣变成了荒凉的灰色。他的双手紧握成拳，放在膝盖上。“我无权对你说我想说的那些话，”他僵硬地说道，“我哥哥爱你。我知道加拉德正为你而陷入巨大的苦恼中，他会成为白袍众，至少有一半原因是他认为两仪师虐待了你，我知道他……”盖温用力闭紧眼睛。“哦，光明啊，帮帮我！”他呻吟道。

闪烁。

盖温轻柔地将她放到一件已经铺在山坡上的斗篷里，跪倒在她身边。她抚过盖温落到脸颊上的一缕发丝，任由盖温的指尖擦过她的嘴角。

不！她正在失去最后一点控制！她必须出去！你在害怕什么？她不知道这个念头来自于她自己还是另一个艾雯，她们两个之间的隔阂现在已经所剩无几了。这是盖温，盖温。

“我爱你。”他迟疑地说道。现在他又穿上绿色的外衣了，面孔仍然没有他在现实中那样英俊，他扯下自己外衣上的一颗钮扣，才让自己的手垂了下去。他看着她，仿佛是在害怕她的回答，他努力地隐藏这种情绪，却做得不够好。“我从不曾对别的女人说过这句话，也从不想说。你不会知道，我对你说出这句话有多么难。我当然想这样对你说，”他又急忙挥舞着手说道，“但说出这个，又得不到鼓励，就像是把我的剑扔到一旁，露出胸膛，等待着一把剑砍下来。我当然不觉得你会……光明啊！我说不出来。我有没有机会……你也许会……有时候……对我……有感觉……不止是友谊的那种？”

“你这个傻瓜，”她轻声地笑着，“我也爱你。”我爱你。这个声音回荡在真正的艾雯心中，她感觉那道隔阂消失了。又过了片刻，她才意识到自己已经完全不在乎了，于是只剩下一个艾雯，一个高兴地环抱住盖温脖子的艾雯。

昏暗的月光里，奈妮薇坐在凳子上，用拳头捂住打哈欠的嘴，眨了眨仿佛塞满沙子的眼睛。一定要有效果，哦，一定要有。如果不能睡觉的话，她真该把瑟德琳也叫起来！她的下巴沉了下去，她猛地挺起身子。这张凳子像石头一样，让她的屁股都麻了，不过这种不舒服还不够让她保持清醒。也许出去走走会好一点，她伸出双手，摸索着向门外走去。

突然间，远处传来一声尖叫撕裂了夜幕。同时，那条凳子狠狠地敲中她的背，让她一下子扑到粗木门板上。她也惊讶得尖叫了一声，有些晕眩地回头望去，发现那条凳子已经翻倒在地板上，一条腿明显地歪斜了。

“那是什么？”伊兰一边喊，一边从床上坐起了身。

更多的尖叫和喊声在沙力达各处响起，有些叫声就来自她们居住的这幢房子，低沉、模糊的碰撞声似乎正从每一个角落里传出来。奈妮薇的空床也发出吱嘎的响声，在地板上滑行了一尺距离。伊兰的床则直立起来，几乎把伊兰扔了出去。

“邪恶的泡沫。”奈妮薇很为自己冷静的反应感到吃惊。没必要四处蹦跳，乱甩手臂，但在内心深处，奈妮薇正在这样做。“我们必须叫醒所有仍然在睡梦中的人。”她不知道在这样的混乱中还有谁能睡得着，但那些没醒来的人会在她想清楚这个问题之前就失去性命。

没等伊兰回答，奈妮薇已经冲出房间，推开隔壁的房门，又急忙跳到一旁——一只白色的脸盆飞过她刚才脑袋所在的地方，砸在走廊对面的墙壁上。那个房间里住了四个女人，她们睡在两张比奈妮薇和伊兰的床稍宽的床上。现在那两张床之中有一张正四脚朝天地倒扣着。两个女人费力地要从它下面爬出来。在另一张床上，见习生爱玛拉和罗妮勒正拼命地挣扎着，发出窒息的声音，她们的身体被床单紧紧地裹在一起。

奈妮薇先从那张倒扣的床下拉起一个人，这名身材削瘦的女人叫姆琳达，是名女仆。奈妮薇用力将她推向门口。“去！把所有还在房间里睡觉的人叫醒，帮助一切需要帮助的人！快去！”姆琳达跌跌撞撞地跑了出去。奈妮薇又将另一个正在床下颤抖的人拉起来。“帮我，赛蒂娜，帮我救爱玛拉和罗妮勒出来。”

这名身材丰满的女子一边打着哆嗦，一边点着头，用坚定的眼神望着奈妮薇。当然，解救行动并不只是简单地扯开床单，这床单仿佛有自己的生命，它像粗大的藤蔓般紧紧缠绕着两名见习生，好似要把她们勒碎才罢休。在奈妮薇和赛蒂娜就要将它从那两名女子的脖子上拉开时，盥洗架上的大水壶突然飞了起来，在天花板上撞得粉碎。赛蒂娜吓了一跳，松开了双手，床单立刻从奈妮薇的手中松脱，重新裹紧了两个人的脖子。那两名女子挣扎的力量变弱了，一个的喉咙里还有咯咯的声音，另一个一点声音都没有了。借着窗口透进的一点月光，奈妮薇能看见她们的面孔正在肿胀、变黑。

奈妮薇再一次抓住床单，向阴极力打开自己，却什么都没找到。*我在服从，烧了你吧！我在服从！我需要力量！什么也没有。*她用膝盖顶住的床板在微微颤动。赛蒂娜发出了尖叫。“不要光站在那里！”奈妮薇喊道，“帮帮我！”

突然间，床单再一次从她的双手中松了开来。这次它没有重新缠住爱玛拉和罗妮勒，而是猛地向另一面卷去，爱玛拉和罗妮勒被甩在一旁，挤做一堆。随着床单的飞快旋转，她们几乎出现了虚影。奈妮薇注意到伊兰正站在门口，急忙用力咬紧牙关。床单从天花板上垂挂下来，当然，这是用至上力做到的。

“所有人都醒了。”伊兰说着，递给奈妮薇一件长袍，她自己已经在衬衣外面套上另一件长袍。“有几个人摔伤和擦伤，有一两个人被严重割伤，不过已经得到了治疗。我想，大概所有人都要做几天噩梦了，但损失也就仅此而已。给你！”喊声仍然在夜色中此起彼伏。当伊兰让那条床单落下来的时候，赛蒂娜又吓了一跳，但现在那条床单只是安静地躺在地板上。翻倒的床仍然摇晃着，不停地发出吱嘎声。伊兰俯身去看那两名在床上呻吟的女子：“我想她们只是还有些晕眩，赛蒂娜，帮我扶她们起来。”

奈妮薇瞪着手中的那件长袍，像那样被旋转过，她们当然会头晕。光明啊，她真是没用，却像个傻瓜般跑进来想要主导一切。没有至上力，她一点用处都没有。

“奈妮薇，能帮我一把吗？”伊兰正扶着摇摇晃晃的爱玛拉，而赛蒂娜几乎是扛着罗妮勒走向了门口。“我觉得爱玛拉快要吐了，我们还是出去比较好，这房间里的壶罐应该都已经碎了。”房里的味道说明伊兰是对的。地板上到处都是碎陶片，还有许多陶片正在从那张翻倒的床下面滑出来。

奈妮薇生气地将手臂伸进长袍的袖子里。现在她能感觉到真源了，一团看不见的温暖光芒，但她故意不去理会它。她不靠至上力也过了这么多年，现在她同样不必依靠它。她将爱玛拉的一只手臂跨过自己的肩膀，帮助这名正在呻吟的女子向街上走去，还没等她们走出房门，爱玛拉就吐了出来。

当她们给爱玛拉擦过嘴，将她扶到屋外时，房子里的其他人都已经簇拥在房子前，身上披着长袍或被单。仍然饱满的月亮挂在晴朗的天空中，洒下清亮的白光。人们正从其他房子里一涌而出，造成一阵阵混乱与喧嚣，篱笆上的木板不时会发出一片急遽的嘎吱声。一只木桶突兀地落在街道上，一辆装木柴的大车突然向前驶去，车辕在坚硬的地面上犁出浅浅的沟印。远处的一幢房子上升起了烟雾，要水的喊声从那里传来。

躺倒在街面上的一个身影将奈妮薇吸引了过去。看见他摊开的手旁有一盏明灭不定的油灯，奈妮薇判断是一名守夜人，还能看到他圆瞪的双眼反射着月光。鲜血覆盖了他的面孔，在他头侧的那道凹痕应该是被斧头之类的东西砍出来的，但奈妮薇仍然在摸索着他颈侧的血管，希望能找到一丝微弱的颤动。她只想愤怒地咆哮，走过漫长的生命道路后，人们应该在家人和朋友的环绕中，安息在自己的床上，如果不是这样，就是对生命的浪费，最悲惨的浪费！

“那么，今晚你已经找到阴极力了，奈妮薇，很好。”

奈妮薇吓了一跳，她抬起头，看见了爱耐雅。然后她才意识到，自己确实在吸纳着阴极力，但即使拥有了至上力，她也没办法再对这个人做些什么。她站起身，疲倦地掸去膝盖上的尘土，竭力让自己的视线避开那名死者。如果她的速度更快一点，结局会不会有所不同？

至上力的光晕包围了爱耐雅，不止是她，同样的光晕也包围了另外两位着装整齐的两仪师、一名穿长袍的见习生和三名初阶生。其中有两名初阶生只穿着衬衣，那两名初阶生里有一个是妮可拉。奈妮薇还能看见其他闪耀着至上力光晕的人群，她们都是十来人聚在一起，在街上各处行走着。其中有一些小队完全由两仪师组成，但大多数不是。

“放开你自己，准备连结。”爱耐雅继续说道，“还有你，伊兰，还有……爱玛拉和罗妮勒怎么了？”在知道她们只是头昏之后，爱耐雅低声嘟囔了几句，然后命令她们在头脑恢复清醒后立刻找一个连结环加入。然后她又匆忙地从聚集在伊兰身边的人群中找出四名见习生。

“沙马奥或者其他弃光魔使会知道，我们绝非软弱无能，快点，拥抱真源，然后一直让自己维持在拥抱的状态。你们要放开自己，并且服从。”

“这不是弃光魔使干的——”奈妮薇开口道。但这位充满母性威严的两仪师打断了她的话：“不要争辩，孩子，只要打开你自己。我们预料到会遭受攻击，虽然我们设想的形式和这个并不相同，我们也制定了防御计划。快点，孩子，没时间浪费在愚蠢的争论上了。”

奈妮薇用力闭紧嘴，竭力将自己放在拥抱的边缘，那个顺从的时刻上。这么做并不容易，有两次，她感觉到至上力的能流并不是进入她的身体，而是透过她进入了爱耐雅的身体，而两次能流都反弹了回来。爱耐雅紧闭双唇，瞪着奈妮薇，仿佛认为奈妮薇是有意这么做的。第三次，奈妮薇觉得自己仿佛是被人勒住了脖子，阴极力通过她涌向爱耐雅。当她试图将能流往回拉的时候（这次她意识到了回撤的是她自己，而不是能流本身），她的能流被固定住了，融入一股更加巨大的能量中。

一种敬畏的感觉进入她的内心。她发现自己正看着其他人的面孔，想要知道她们是不是也有同样的感觉。她是某种存在的一部分，某种超越了她、比她更伟大的存在，它所包含的不止是至上力。强烈的情绪在她的脑海中翻滚——恐惧、希望、安慰，还有压倒一切的敬畏。一阵平静的心情从两仪师那里传来，她无法一一分辨出她们每个人的情绪，这原本应该是一种令人颤栗的感觉，但她只是感觉和她们的关系要比和任何姐妹之间的更亲近，仿佛她们已经在血肉上融为一体。一位名叫雅曼耐的身材细瘦的灰宗两仪师给了奈妮薇一个温暖的微笑，她似乎明白奈妮薇在想什么。

奈妮薇这时才感觉到，自己已经不再有愤怒了，不由得连呼吸都停滞了一下。愤怒消失了，被惊讶所吞没，阴极力的流动仍在继续，只是受到了爱耐雅的控制。奈妮薇的目光落在妮可拉身上，却没发现温暖的微笑，只看见一种若有所思的审慎。奈妮薇试着从连结中撤出来，却没有任何效果，在爱耐雅打破连结之前，奈妮薇一直都会是其中的一部分。伊兰进入连结时显得要轻松许多，她进入连结前先让手腕上的银镯落进长袍的口袋里。奈妮薇的脸上一下子冒出了冷汗。如果伊兰没有先除去罪铐，她进入连结时会发生什么事情？奈妮薇对此毫无概念，这只会让她更加感到害怕。妮可拉皱起眉，分别向奈妮薇和伊兰望了一眼，她肯定分不清这些情绪的波动到底是来自于谁，即使是奈妮薇自己也分不清楚。最后两名进入连结的人也像伊兰一样轻松——茜莫科是一名漂亮的黑眼睛安多女子，她在白塔分裂前刚刚成为见习生；凯丽玎是一名塔拉朋人，她的黑发梳成许多细小的辫子，她当见习生已经有十年以上的时间了。这两个女人一个比初阶生大不了多少，另一个无论学什么都要拼尽全力，但她们进入连结时却毫无困难。

突然间，妮可拉说话了，她的样子仿佛是正在梦呓：“狮子剑，献出的矛，看见远方的她。三个在那条船上，死了的他还活着。大战结束，但世界并没有随大战而结束。土地由回归而分裂，守护者制衡仆人。未来在锋刃上蹒跚。”

爱耐雅立刻紧盯住她：“那是什么，孩子？”

妮可拉眨眨眼，虚弱地问：“我说了什么，两仪师？我感觉……很奇怪。”

“嗯，如果你要呕吐的话，”爱耐雅高声说道，“就把它压下去，第一次连结时会有一些人有特别的反应，但我们没时间娇惯你的胃。”仿佛是要证明这点，爱耐雅拢起裙子，向街上走去。“现在，你们都跟紧我，如果你们看到有什么异常，就大声喊出来。”

这个命令倒不算难以执行。街上已经挤了许多人，无数个声音叫喊着发现了异常情况，或者仅仅是单纯地叫喊着。所有的东西也都在移动。门板猛地撞进门框里，窗户突然打开，碰撞和碎裂的声音从房间里传出来。壶罐、工具、石块，任何没有被固定住的东西都会随时飞起来。一名只穿内衣的壮实厨子几乎是歇斯底里地大笑着，抓住了一只凌空飞过的桶子。而一名皮肤苍白、身材削瘦、只穿着内裤的男人想要拨开一根劈柴时，折断了手臂。绳子不停地缠绕着人们的手和腿，就连身上的衣服也开始在来回“爬动”了。她们看见一名有着浓密毛发的男人被衬衫裹住了脑袋，那个男人拼命地挥舞着手臂，让其他想要帮助的人根本无法靠近，直到他窒息倒地，人们才拥上前帮他扯下那件衬衫。一名穿裙子的女人被那条裙子粘在一幢茅草顶屋子的屋檐上，在她刺耳的尖叫声中，那条裙子正带着她越过屋顶，或者只是单纯地升到半空。不过处理这些事情并不比发现它们更困难。爱耐雅通过连结所能使用的至上力能流足以停住一群发疯猛冲的公牛，其他连结所拥有的力量也大致相当。对付一些飞起来的壶罐之类的东西轻而易举，而且一旦某件东西被停下来，无论是否借助了至上力，几乎都不会再动了。但还在不停飞舞的东西有那么多，两仪师们甚至没时间对受伤的人一一进行治疗，只能先救治有生命危险的伤员。流血、断骨的人们也只能等待着两仪师们先把乱飞的篱笆和木桶压制住，以免它们切断人们的脖子，砸断人们的腿。

挫败感不停地在奈妮薇心中膨胀。有这么多东西要压制，虽然它们都只是一些小东西，但被平底锅打碎头颅的男人和被衬衣勒住脖子的女人，会像受到至上力打击的人一样死去。这种挫败感并不只是她有，她能感觉到连结中的每一名女子都有这样的情绪，即使那些两仪师也是一样。但奈妮薇能做到的只有和别人共同行动，看着爱耐雅用她们的力量与上千个危险作战；她则失去了自我，和其他十二名女子融为一体。

最后，爱耐雅突然停下来，皱起了眉头。奈妮薇惊讶地发现连结消失了，她蹒跚了一下，难以理解地望着其他人。呻吟和哭泣代替了刚才的叫喊声，光线昏暗的街道已经恢复了平静，只剩下人们来回奔忙着帮助伤者。奈妮薇看看月亮，判断这阵混乱持续不到一个小时，但却仿佛过了十个小时。刚才被凳子打到的背还在痛，膝盖也在不停地摇晃。她觉得自己的眼睛仿佛被砂子打磨过一样，重重地打个哈欠，两只耳朵里传出一阵嗡嗡声。

“我根本没想到弃光魔使会发起这样的攻击。”爱耐雅喃喃地说道。她听起来也很累了，但她丝毫没有要休息的样子。她抬手抓住妮可拉的肩膀：“你已经快站不住了，到床上去吧，孩子，我想在明天早餐前第一个和你说话。安哲拉，你留下，你可以再次参与连结，为医疗提供一点力量。兰妮塔，到床上去。”

“不是弃光魔使干的，”奈妮薇低声咕哝着，光明啊，她累了，“这是邪恶的泡沫。”三位两仪师都盯住了她。于是，除了伊兰之外，所有的见习生和初阶生也都望向了奈妮薇，就连还没离开的妮可拉也不例外。这一次，奈妮薇不在乎妮可拉怎样审视、估量她。她太想睡觉了，其他的都已经不在乎了。

“我们在提尔时曾经见到过一个，”伊兰说，“在提尔之岩里。”实际上，她们见到的只是那个邪恶泡沫造成的后果，但她们都绝不想再见到那种情景。“如果沙马奥攻击我们，他不会只是扔木柴的。”雅曼耐和巴兰汀交换了一个不带情绪的眼神。巴兰汀是一位绿宗两仪师，身材极为细瘦，长鼻子，但却给人一种雍容优雅的感觉。

爱耐雅甚至没有眨一下眼睛：“伊兰，你看上去还有些力量，你可以帮助进行治疗。还有你，奈妮薇……你又失去它了，对不对？嗯，看起来需要有人把你背回床上去，但你还是要自己走回去。茜莫科，站起来回床上去。凯丽玎，你跟我来。”

“两仪师爱耐雅，”奈妮薇小心地说，“伊兰和我在今晚找到了一些东西，如果我们能单独和您谈——”

“明天吧，孩子，回床上去，不要让自己就这样倒在地上。”爱耐雅甚至没去看奈妮薇是否听从了命令，就带着凯丽玎大步朝一名正在呻吟的男人走去。那个男人头枕在一个女人的大腿上，女人正俯身查看他的伤势。雅曼耐拉着伊兰向另一边走去，巴兰汀则带着安哲拉。伊兰在走进人群里之前，回头看了奈妮薇一眼，向她轻轻摇摇头。

嗯，也许现在并不是告诉两仪师关于那只碗和艾博达的事的最好时机。爱耐雅的反应中有一些奇怪的地方，仿佛知道了这并非弃光魔使的攻击让她感到失望。为什么？奈妮薇太疲倦了，已经想不清楚任何事情。控制能流的是爱耐雅，但阴极力不停地通过奈妮薇的身体，足足持续了一个小时。即使对好好睡了一夜的人来说，也算是个沉重的负担。

奈妮薇在摇晃着往回走时看见了瑟德琳。这名阿拉多曼女子在两名白衣初阶生的陪同下，正一瘸一拐地在人群中行走着，为每一个她能应付的伤者进行治疗。她没看见奈妮薇。

我会回到床上去，奈妮薇不高兴地想，爱耐雅要我这样做。为什么爱耐雅会显得失望？一些想法出现在她脑海深处的角落里，但她太困了，根本抓不住那些想法。她拖着脚步，即使在平坦的地面上也差点摔跤。她会去睡觉，瑟德琳将完成她想要做的事。

第 15 章

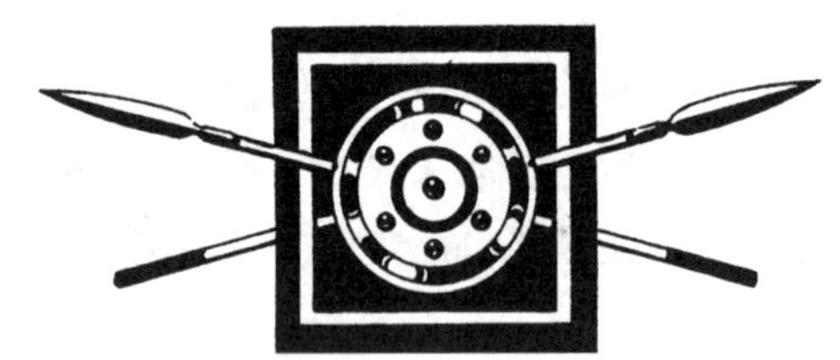

一堆沙子

艾雯睁开眼，盯着面前的虚无。片刻之间，她只是躺在床上，懒懒地抚弄着挂在脖子上的巨蛇戒。将这个戒指戴在手上会引来许多怪异的目光。如果没有人认为她是两仪师，那么智者学徒的身份会让她感到更轻松。她当然不是两仪师，她是见习生，但伪装成两仪师这么长时间，让她有时差点都忘了这点。

一缕清晨的阳光从帘子透进来，照亮了帐篷内部。她几乎完全没睡觉。她额角的血管在不停地抽搐。自从兰飞儿差点杀死她和艾玲达，最后与沐瑞同归于尽的那一天之后，每次进入特·雅兰·瑞奥德都会为她带来一阵头痛，但这种头痛还没真正对她造成困扰。在家乡时，奈妮薇曾经传授给她一些关于草药的知识，而她也在凯瑞安找到了一些有用的草药。好睡根会让她昏昏欲睡（或者这只是因为她的疲惫），但它能清除她的每一点头痛。

从床上爬起来，她抚平身上浸湿汗水、满是褶皱的衬衣，赤脚踩着小地毯向洗脸盆走去。实际上，那是一只雕花的水晶碗，以前的用处也许是为贵族们盛酒，不管怎样，它盛水的作用和镀蓝釉的大陶罐是一样的。她把清水泼到脸上，却完全感觉不到任何凉意。她抬起头，从挂在帐篷壁上的那面镀金镜子里看见自己的眼睛，她的脸颊立刻变得通红。

“那么，你以为会发生什么事情？”她悄声说道。她根本没想过会有这种可能，但镜中她的那张脸只是变得愈来愈红。

这只是一场梦。这和特·雅兰·瑞奥德不一样，在这样的梦里发生的事情等到她醒来时就不复存在，但她记得当时的每一个瞬间，就如同它们都是真实的一样。她觉得自己的脸颊要燃烧起来了。只是一场梦，是盖温的梦，盖温无权梦到那样的她。

“那都是他做的，”她生气地对镜中的自己说，“不是我！我在那里没有选择！”她可怜地闭上了嘴。她在因一个男人的梦而指责他，又像个白痴一样对着镜子说话。

在帐篷口停下脚步，她先弯下腰向外观望。她的矮帐篷位于艾伊尔营地边缘，在西边两里外，灰色的凯瑞安城墙隔着赤裸的丘陵与这里遥遥相对，在城墙外是一片焦土，那里原先是环绕凯瑞安城的首门区。太阳刚刚从地平线探出头，却已经射出了刺目的光芒，有许多艾伊尔人正在帐篷间来回奔忙。

今天她起得并不算早。在离开身体一整夜之后（她的脸颊又变红了，光明啊，她一辈子都要为一场梦而脸红吗！她很害怕自己真的会这样），她现在能一直睡到下午，煮麦片粥的味道完全无法与她沉重的眼皮竞争。她疲倦地走回自己的床铺上，坐倒下去，用双手揉着额角。她太累了，根本没力气准备好睡根，而且她觉得以自己现在的状态，好睡根大概也没什么用了，那种迟钝的疼痛总是会在一个小时左右消退。等她醒来的时候，它就会消失了。

当盖温充满了她的梦时，她丝毫没有感到惊讶，有时候她只是在重复盖温的梦。当然，这些梦都依照她的想法发生了改变。那些令人困窘的事情都没发生，或者是很快就掠过去了。盖温用更长的时间向她倾诉爱意，紧搂着她，和她一起观看日出和日落，在对她说爱她时也没有丝毫犹豫。他看上去像真实的他一样英俊。还有许多梦完全是她自己的，永远不会分开的温柔亲吻。他跪在地上，她用双手捧着他的头。而另外一些梦则毫无意义。有两次，她梦见他们之中一个人压在另一个人身上，她抓住他的肩膀，要违抗他的意愿转开他，让他去看别的方向。其中一次，他粗鲁地拨开她的双手；而另一次，她则比他要强大。这两个梦模糊地混杂在一起。在另一个梦里，他开始关上一道她面前的门。她知道如果那道释放出光亮的狭窄缝隙消失了，她就会死亡。

不同的梦在她的脑海里翻涌，并不完全与盖温有关，而且它们都是一些噩梦。

佩林站在她面前，一头狼躺在他脚边，一只鹰和一只猎鹰栖息在他的肩膀上，越过他的头顶彼此瞪视着。而佩林似乎没有注意到它们，他只是不停地扔掉他的斧头，直到最后他开始拔腿狂奔，而那把斧头仍然飘飞在半空，追赶着他。又是佩林，他从一名匠民面前转过身，开始奔跑，他跑得愈来愈快，虽然她一直在呼唤他回来。麦特说着她几乎完全不明白的奇怪话语——她认为那是古语。两只乌鸦落在麦特肩上，爪子深陷他衣服下面的皮肉中，而麦特似乎像佩林没有察觉鹰和猎鹰一样没有察觉到它们，挑战的神情出现在麦特脸上，又变成严酷的容忍。在另一个梦里，一名被阴影遮住面孔的女子向麦特招手，指引他走进巨大的危险中，艾雯不知道那是什么危险，只知道那是惊人的凶恶与恐怖。还有一些关于兰德的梦，并非全部是可怕的，但却都是古怪的。伊兰用一只手强迫他跪在地上。伊兰、明和艾玲达沉默地环绕他坐着，轮流伸手按在他身上。他正走向一座燃烧的大山，有什么东西在他脚下发出碎裂声。艾雯翻滚着、呜咽着。那些被他一步步踩碎的东西是暗帝的封印，她知道，她不用看到它们也知道。

在恐惧的心情中，她的梦变得更可怕了。那两名她在特·雅兰·瑞奥德中见到的陌生女子抓住了她，将她拖到一张桌子前。桌子后面坐满戴头巾的女人，当她们摘下头巾时，每一个人都是莉亚熏——那名在提尔捉住她的黑宗两仪师。一名面孔刚硬的霄辰女子向她递来一副用银索连在一起的银手环和项圈，这是一副罪铐，她哭喊起来。霄辰人曾经用罪铐铐住过她，她宁死也不会让这样的事情再次发生。兰德跳跃着穿过凯瑞安的街道，大笑着用闪电和火焰摧毁建筑与人群，还有另一些男人跟着他，他们也在使用至上力。他那道可怕的特赦令已经传到了凯瑞安，但肯定不会有男人愿意导引的。智者们在特·雅兰·瑞奥德中抓住了她，将她像牲畜一样卖到艾伊尔荒漠对面的那片土地上，艾伊尔人总是这样处置他们在荒漠中找到的凯瑞安人。她站在自己面前，看着自己的面孔融化，颅骨裂开。她模糊地看见有各种身形的东西用坚硬的棍子戳她，戳她，戳……

她猛地坐起身，大口喘着气。身穿白色羊毛长袍的柯温迪坐在她脚边，被兜帽遮住的头低垂着。

“请原谅，两仪师，我只是要叫醒您，让您吃早餐。”

“但你也不必在我的肋骨上戳个洞出来吧！”艾雯喃喃地说道。话刚一出口，她就感到一阵歉意。

柯温迪深蓝色的眼睛里闪过一丝气恼，但她很快就把那点怒火压了下去，重新戴上了奉义徒顺从忍耐的面具。奉义徒都必须发誓在一年又一天的时间里柔顺地服从所有命令，不能碰触武器，要不做抗拒地接受发生在自己身上的一切，无论是粗暴的言语、殴打，甚至是一把刺进心脏的匕首。但对艾伊尔人来说，杀死一名奉义徒就像是杀死一个孩童，是不可饶恕的罪行，对于犯下这种罪行的人，即使是他的亲兄弟姐妹也会将他杀死。但艾雯相信眼前这名奉义徒的表情只是一副面具，奉义徒虽然忠实地遵守着自己的誓言，但他们仍然是艾伊尔人。艾雯完全无法想象会有真正温顺的艾伊尔人——即使是柯温迪这种在一年又一天之后仍然拒绝脱下白袍的人，她的拒绝是因为她顽固的自尊心和对逆境的不屈与挑战，因为她对艾伊尔节义的认知与忠诚，就像一名战士拒绝在面对十名敌人时退却一样。

正因如此，艾雯在对奉义徒说话时一直都尽量小心，特别是对柯温迪这样的奉义徒。他们认为如果恢复战士的身份，他们就亵渎了他们所相信的一切。而另一方面，柯温迪是一名枪姬众，如果她能说服自己脱下这身白袍，她一定还会作一名枪姬众。如果没有至上力，她也许能在磨利一把长矛的同时将艾雯捆成一团。

“我不想吃饭。”艾雯对她说，“让我睡一会儿。”

“不吃饭？”这是艾密斯的声音。当这位智者走进帐篷时，象牙、白银与黄金手镯和项链发出一连串的碰撞声，她没有戴戒指，艾伊尔人不戴戒指，但她戴在其余地方的首饰分给三名女子都还显多。“我以为你至少是恢复了食欲。”

柏尔和麦兰跟在艾密斯之后走进了帐篷，她们两个同样戴着许多珠宝。这三位智者来自于不同的部族，但她们的帐篷总是聚在一起，而其他越过龙墙的智者都会靠近她们的氏族宿营。她们坐到艾雯床角边的彩色流苏垫子上，调整了一下肩上的暗色披巾，除了法达瑞斯麦之外，似乎所有艾伊尔妇女都无时无刻不戴着披巾。艾密斯和柏尔一样满头白发，但柏尔老祖母般的脸上布满了皱纹。和白色的头发相比，艾密斯的面容显得出奇的年轻，她说过，在她还是小孩时，头发就已经接近白色了。

这三位智者中，通常都是柏尔或艾密斯居于领导位置，但今天坐在这个位置上的，却是有着太阳色头发和绿色眼睛的麦兰。她首先对艾雯说道：“如果你不吃饭，你的身体就无法恢复，我们本来已经考虑让你参加下次与其他那些两仪师的会面，她们每次都会问何时能与你见面——”

“而且她们每次都会表现出湿地人的愚蠢。”艾密斯气恼地说道。她不是坏脾气的人，但沙力达的两仪师似乎很倒她的胃口。也许会见两仪师这件事本身就让她不高兴，根据习俗，智者们都要避开两仪师，特别是能够导引的智者，比如艾密斯和麦兰。而且，她们也很不喜欢那些智者代替了奈妮薇和伊兰，艾雯也不喜欢这一点，艾雯怀疑智者们已经相信奈妮薇和伊兰明白了特·雅兰·瑞奥德的危险。而从她听到的智者们对于那些两仪师的零星评论中，她认为那些两仪师完全没意识到这些危险，很少有人能让两仪师郑重对待某件事情。

“但我们也许应该再考虑一下。”麦兰继续平静地说道。在麦兰结婚之前，她曾经像是一丛多刺的山楂林，但现在似乎没有任何事能影响到她的沉稳。“你在体力完全恢复前绝不能回到梦境里。”

“你有黑眼圈。”柏尔带着专注的神情说。她的声音像她的面孔一样苍老，但她在许多方面都是这三个人之中最强硬的。“你好好睡觉了吗？”

“她怎么可能睡得好？”艾密斯的声音里依然充满着火气，“昨晚我看了她的梦三次，什么都没找到。如果不做梦，没有人能睡得好。”

艾雯感觉到自己心跳加速，喉咙发干，她的舌头和上颚粘在了一起。在她没有回到自己的身体之前，她们隔几个小时就会检查自己一下。

麦兰皱起眉头，她盯着的不是艾雯，而是仍然垂头跪侍的柯温迪。“在我的帐篷附近有一堆沙子，”她的声音中似乎又出现了一些原先的锐气，“你要一粒一粒地找，直到找出一粒红色的沙子为止。如果那不是我要找的那一粒，你就要重新找过。现在，去吧！”柯温迪鞠了个躬，脸一直垂到彩色地毯上，然后才跑出帐篷。然后麦兰带着愉快的微笑望向艾雯：“你似乎很惊讶。如果她的认知有偏差，我会让她做出正确的决定。既然她说要继续侍奉我，她就仍然是我的责任。”

柏尔的长发随着她摇头的动作来回摆动。“不会有用的。”她调整了一下瘦削肩膀上的披巾。虽然太阳还没完全升上来，但艾雯衬衣下的皮肤仍然不停地冒汗，艾伊尔人则早已习惯比这个炎热得多的气候。“我打朱力克和贝莱一直打到手软，但无论我要他们脱下白袍多少次，他们总会在日出前重新将白袍穿在身上。”

“这真是令人生气，”艾密斯喃喃地说道，“自从我们进入湿地以来，有四分之一的奉义徒在期满后仍然拒绝回归他们的氏族，他们误解了节义的内涵。”

这是兰德干的，是兰德告诉所有艾伊尔人原先只有部族首领和智者们才会知道的秘密——曾经所有的艾伊尔人都拒绝碰触武器和进行各种暴力。现在，一些艾伊尔人相信奉义徒才是他们所有人的正确身份，还有一些人因此而拒绝承认兰德是卡亚肯。直到现在，每天仍然会有几名艾伊尔人前往北方的山里，加入隐藏在那里的沙度部族。有些艾伊尔人只是扔下武器失踪了，没有人知道他们出了什么事，艾伊尔人说那些人是被荒季带走了。而最让艾雯感到奇怪的是，除了沙度艾伊尔之外，没有任何艾伊尔人责备兰德。鲁迪恩预言中说，卡亚肯会带他们回归，并摧毁他们。回归到什么地方，似乎没人知道，但艾伊尔人都知道他会摧毁他们。他们平静地接受这个事实，如同柯温迪接受这个毫无希望的任务。

但就在此时，艾雯并不介意凯瑞安所有的艾伊尔都穿上白袍。如果这些智者怀疑她做了什么……她宁可接受搜检一百堆沙子这种惩罚，但她不认为自己能有这么好的运气。只要艾密斯知道她没按照她们说的去做（梦的世界是危险的，没有她们的许可，不能进入），她们就不会继续教导她，而这才是她最害怕的惩罚。在炽热的阳光下翻检一千堆沙子也比这样更好。

“不必这么害怕，”柏尔笑着说，“艾密斯并不是对所有湿地人都会发火，特别是不会对你发火，你已经像是我们的女儿了。反倒是你的那些两仪师姐妹，那个名叫卡琳亚的两仪师建议我们违抗你的意愿将你拘禁。”

“建议？”艾密斯的白眉毛几乎扬到她的发际上，“那个女人只会命令别人！”

“她最好学会管住自己的舌头，”柏尔依然笑着，在猩红色的坐垫上晃了晃身体，“我打赌她会的。我们离开的时候，她还在大声喊叫着，拼命要把裙子里的那些红膨蛇弄出来。”她又用安慰的语气对艾雯说：“红膨蛇看上去很像红蝰蛇，湿地人迟钝的眼睛是分辨不出来的。红膨蛇并没有毒，它们很擅长在狭窄的缝隙里蜿蜒而行。”

艾密斯哼了一声，“如果她认为那些红膨蛇不存在，它们就不会存在了。那个女人什么都不知道。我们在传说纪元侍奉的两仪师不可能是这种蠢货。”不过她说这段话时语气倒是很平和。

麦兰发出响亮的笑声，艾雯发现自己竟然也在笑着。她对于艾伊尔人的幽默还有许多不明白，但她觉得这件事很有趣。她只见过卡琳亚三次，但想象那个僵硬、冰冷、目空一切的女人慌乱地蹦跳着，从裙子里抓出一条条小蛇来——她能做到的只有不让自己的笑声太过嘹亮。

“至少你的情绪还不错，”麦兰说，“没有再头痛过了？”

“我的头还好。”艾雯说了谎。柏尔点点头。

“很好，我们还一直担心你的头痛会持续下去。只要你在今后一段时间里保持不进入梦境，你就可以彻底摆脱头痛了。不要害怕自身的病痛，身体用病痛提醒我们注意休息。”

这差点让艾雯又笑出来，但这次不是因为幽默。艾伊尔人不在意皮肉伤和骨折，他们认为这不会对身体造成真正的伤害。“我还要再等多久？”艾雯问。她痛恨对她们说谎，但她更加痛恨无所作为。在兰飞儿击伤她之后的最初十天里，她什么都没做，这已经让她受不了了，那时她觉得自己的脑袋仿佛要裂开一样。当她觉得自己有些力量的时候，她就结束了她母亲所说的那种“人闲手发痒”的日子，瞒着智者们进入特·雅兰·瑞奥德。躺在床上是什么都不会知道的。“下次会面吗？就像您说的那样？”

“也许，”麦兰耸了耸肩，“我们到时候再看看。但你一定要吃东西，如果你对食物不再有欲望，那么你的身体一定是出了我们还不知道的毛病。”

“哦，我能吃东西。”从帐篷外面传来的麦片粥气味确实是很好闻。“我想，我只是觉得有点懒。”要动作利落地从床上爬起来确实费了她一些力气，她的脑袋似乎并不愿意被挪动。“昨晚我在思考一些刚刚想起的问题。”

麦兰饶有兴致地转了转眼睛：“自从你受伤之后，你对每个人都至少已经问了五个问题。”

因为艾雯要弄清楚自己的疑问。当然，她不能这样说。所以她只是从排列在帐篷壁边上的小箱子里挖出一件干净的衬衣，换下自己身上被汗湿的衣服。

“提问是好的，”柏尔说，“问吧！”

艾雯小心地选择着言辞，一边心不在焉地穿起白色的亚葛外衫和智者们穿的宽大羊毛裙。“有没有可能在违背自己意愿的状况下，被拖进某个人的梦里？”

“当然不会，”艾密斯说，“除非你在碰触梦的时候非常笨拙。”

但柏尔也在艾密斯说话的同时说道：“除非这其中出现了极为强烈的情绪。如果你在窥看某个非常爱你或恨你的人时，你就会被拖进去，或者是在你爱或者恨那个做梦的人时。因为后面这个原因，所以我们不敢窥望瑟瓦娜的梦，甚至不敢在梦中向沙度的智者们说话。”这些智者们，以及另外那些忠于兰德的智者们都去找过沙度艾伊尔，和沙度的智者们进行过会谈，这点仍然让艾雯感到惊讶。智者们超越一切部族仇恨和战争，但那些人都已经发誓反对卡亚肯，要杀死他，同时率领沙度犯下许多罪行。柏尔最后说道：“离开那些恨你的人和爱你的人的梦，就像是爬上一段垂直的峭壁那么难。”

“是的，”艾密斯似乎突然恢复了幽默感，她瞥了麦兰一眼，“所以没有梦行者会错误地去看自己丈夫的梦。”麦兰瞪着前方，面色阴沉下来。艾密斯又说道：“不管怎样，不会有人两次做这种事。”

柏尔咧嘴笑了笑，脸上的皱纹更深了，不过她有意地不去看麦兰。“这种窥望往往会给人巨大的震撼，特别是如果他正朝你发火的话。随便举个例子吧，比如节义要让他离开你的身边，而你却像个傻孩子一样，对他说如果他爱你，就不会离开你。”

“这跟她的问题毫无关系。”满脸通红的麦兰僵硬地说。柏尔大声地笑了起来。

艾雯强自压抑住自己的好奇心和笑出来的冲动，用尽量随意的口气问：“那如果当时你没有向里面看呢？”

麦兰感激地看了艾雯一眼，这让艾雯感到一阵内疚，但这并没有打消艾雯想要知道整个故事的念头，她只是决定以后再问这件事。任何能让麦兰脸红的事都让她觉得非常刺激。

“我听说过这样的事，”柏尔说，“在我年纪很轻，刚开始进行学习的时候，科拉堡的智者莫拉负责训练我。她说如果爱或恨的情绪极为强烈，以至于再容不下任何其他东西，你只要注意到那个人的梦，就会被吸进去。”

“我从没听说过这样的事。”麦兰说。艾密斯的眼里也露出狐疑的神情。

“我也只是从莫拉的口中知道这件事。”柏尔对她们说，“她是一名非常特别的女人。据说她是被血蛇咬伤而死的，当时接近她三百岁生日，而她看上去就跟你们一样年轻。那时我只是个女孩，但我对她的印象很深。她知道许多事情，能够导引强大的至上力，其他各部族的智者都来向她求教。我认为这么强大的爱和恨都是非常罕见的，但她说这种事情在她身上发生了两次，一次是第一个与她结婚的男人，另一次是想成为她第三任丈夫的男人。”

“三个丈夫？”艾雯失声喊道。齐膝软靴的带子从她手中落了下去。即使是两仪师肯定也活不了那么久。

“这些我也只是听人说的，”柏尔微笑着回答，“有些女人确实会衰老得比别人慢，就像艾密斯。而如果这个女人刚好是像莫拉那样的人，就会有许多传说出现了。以后我会告诉你莫拉是怎样移动一座山的，至少有人这样说过。”

“要等到以后吗？”麦兰的声音有些过于客气。很显然的，她在贝奥梦里的遭遇给了她很大的刺激，肯定比其他人知道的还要大。“我还是小孩时就听说过关于莫拉的每一个故事，我把它们全都记在心里。如果艾雯穿完衣服，我们必须看着她吃饭。”她的绿眸中闪烁的光芒说明她要看着艾雯吃下每一口食物。很显然，她怀疑艾雯并没有恢复健康。“我们可以在那时回答她其余的问题。”

艾雯拼命地想再找些问题出来，她平时总是有一堆问题，但昨晚发生的一切让她根本完全无心去思考其他事情了。但如果她只是一再问这种问题，智者们就会开始怀疑她是否曾经偷偷溜去窥看某个人的梦。另一个问题，却又不能和她那些诡异的梦有关，那些梦之中可能有一部分别有深意，只是她暂时还没办法把它们弄清楚。爱耐雅说艾雯是一名梦卜者，能够预言未来的时间，而这三位智者也有这样的看法。但她们说，在这方面艾雯只能从自身学习，而且艾雯并不想和其他人讨论自己的梦。关于她脑子里的事情，这些女人已经知道得太多了。“嗯……有没有不是智者的梦行者？我是说，你们在特·雅兰·瑞奥德中有没有见过别的女人？”

“有时候会有，”艾密斯说，“但这种情况很少见。如果没有接受过训练，即使有这种潜力的女人也只是会以为自己的梦比别人更生动丰富一些。”

“当然，”柏尔补充说，“像这么无知的人，也许梦境会在她接受训练之前就杀死她……”

终于安全地离开了危险的话题，艾雯松了一口气。这次她得到的答案远比她希望的要多。她已经知道了她爱盖温——*你是爱他的？*一个声音在她的脑海里悄声说道，*你愿意承认这点？*——而盖温的梦肯定也表明他是爱她的。不过，既然男人会在醒来时口是心非，他们的梦会是毫无虚假的吗？但依照智者们的说法，他对她的爱已经强大到会压倒一切……

不，这件事可以等到以后再处理。她甚至还不知道盖温在什么地方。现在重要的是，她知道了有这种危险的存在。下一次，她可以认出盖温的梦，并避开它。*你真的想这么做吗？*那个微小的声音又在向她耳语。她希望智者们会将她脸颊上的红晕当成恢复健康的表现。她希望能知道自己的梦有着怎样的含意。如果它们确实代表某种意义的话。

伊兰打了个哈欠，爬上石砌的台阶，好让自己能从人们的头顶上看过去。今天沙力达镇里没有士兵，人们都拥挤在街上或窗前，安静地等待着，所有的眼睛都望着小白塔。伊兰只能听见缓慢的脚步声和在飞扬的烟尘中偶尔的咳嗽声。尽管这又是个热气逼人的上午，但几乎没有人会挥动一下扇子或帽子。莉安站在两幢茅草屋中间，靠在一名身材高大、面孔刚硬的男人怀里，伊兰以前从没见过那个男人，毫无疑问，那是莉安的一名密探。大多数两仪师的眼线都是女性，但莉安的却好像都是男人。她在大部分时间里都不会和他们在一起，但伊兰曾经有一两次注意到她会拍抚一张陌生的面孔，或者是向一对伊兰不认识的眼睛露出微笑。伊兰不知道莉安是怎么做到这些的，这种阿拉多曼人的手腕肯定会让那个家伙想入非非。所有这些被莉安拍过，或者得到莉安微笑的男人离开时，都是脚步轻快、表情愉悦，仿佛被奖赏了一箱金币。

在人群中，伊兰看见了柏姬泰。今天上午，柏姬泰聪明地和她保持着一定的距离，在柏姬泰身边，伊兰没看见那个讨厌的爱瑞娜。昨天晚上实在是一个狂乱的夜晚，直到天空变成灰色的时候，伊兰还没能躺到床上去。实际上，如果不是柏姬泰告诉雅曼耐她觉得伊兰已经不行了，伊兰到现在也没机会躺一下。当然，伊兰的疲惫并不是柏姬泰看出来的，对于护法的约缚作用是双向的。虽然那时伊兰是累了，但还有许多工作要做，而且她仍然能比半数以上的沙力达两仪师导引更多的至上力。尽管这样，她还是像一名初阶生般被命令去睡觉。但伊兰现在通过约缚知道，柏姬泰一直没睡觉！她整夜都在搬运伤者和清理罹难者。

伊兰又向莉安那里瞥了一眼，发现她现在只剩下一个人，正挤进人群，想找个好的观看位置，伊兰没有再看到那名高个子男人。一阵哈欠声传来，睡眼迷蒙的奈妮薇爬到伊兰旁边，又向一名穿着皮围裙的砍柴工瞪了一眼。那个人本该在她之前占据这个位置的，他只是嘟囔几句，就挤回人群里。伊兰希望奈妮薇别再打哈欠了，这让她都不禁要跟着一起打哈欠，下巴都快掉下去了。柏姬泰的疲惫是有道理的（也许是有点道理），但奈妮薇则是毫无道理可言。在发生昨晚那种事之后，瑟德琳不可能还会要求她继续醒着。而且伊兰也听到爱耐雅命令奈妮薇去睡觉了。不过当她回到房里的时候，却看见奈妮薇在那张瘸了一条腿的凳子上撑着，每两分钟点一下头，一边还在嘀咕着要让瑟德琳看看，让所有人看看。

伊兰从罪铐中感觉到了恐惧，这是当然的，但她也感觉到了一点应该是兴致盎然的情绪。魔格丁整晚都躲在床下，没有受到任何伤害。也因为她躲得很好，所以没有人把她揪出去做各种杂役，骚乱平息之后，她甚至还睡了一个好觉。看起来老话里说的那种暗帝的运气确实是存在的。

奈妮薇又打了个哈欠，伊兰急忙将视线转到一旁。即使这样，她还是用拳头堵住了从嘴里冒出来的半个哈欠。那种拖曳的脚步声和咳嗽声让人觉得非常烦躁。

宗派守护者们仍然和塔娜在小白塔里，但那名红宗两仪师的花斑阉马已经站在小白塔前的街道上了，它旁边还有十几名牵着马缰的护法。他们的变色斗篷让别人在看见他们时总会觉得不舒服。作为礼仪，他们要护送塔娜走过返回白塔的第一里路。这支仪仗队比送别沙力达使节团时的规模还要大，但伊兰觉得这些护法之中的大部分人都显得疲倦而无聊。

“你应该认为她……她……”奈妮薇用手捂住嘴，重重地打了个哈欠。

“哦，该死。”伊兰嘟囔着，或者是竭力想嘟囔出一些声音来。实际上，她刚刚只说出一个“哦”字，剩下的话就被长长的哈欠淹没了。莉妮说，喜欢说粗话是一个人心智开始迟钝的表现，但伊兰认为，有时候用几个字表现一下自己的心情也是应该的，如果有机会的话，她一定会多说一些粗话的。

“为什么她们不全体出来欢送她？”奈妮薇忿忿地说，“真不知道她们是怎么想的，要为她安排这种仪式。”然后她又打了个哈欠！

“因为她是两仪师，瞌睡虫。”史汪来到她们身边，又瞥了伊兰一眼，“两只瞌睡虫，如果你们再这样，你们就很像是两条吐泡的鲤鱼了。”伊兰猛地合上嘴，用最冰冷的眼神瞪了史汪一眼，而她的瞪视却像落在屋瓦上的雨滴般，从史汪身上滑走了。“塔娜是两仪师，女孩们。”史汪继续说着，朝等在古老客栈前的那群战马望去，或者她注视的是那辆被拖到小白塔前、经过了清洗的大车。“两仪师就是两仪师，任何事都不能改变这一点。”奈妮薇看了她一眼，她却没有注意到。

伊兰很高兴奈妮薇管住了自己的舌头，她要说的话肯定很伤人。“昨天晚上有人死了吗？”

史汪目不转睛地看着塔娜将要出现的地方。“村里死了七个人，营地里死了将近一百名士兵，那里到处都是飘飞的刀剑长矛，却没有人用至上力压制它们。现在已经有两仪师去那里治疗伤者了。”

“加雷斯大人平安吗？”伊兰的声音里带着一点不安。那个男人现在也许对她很冷淡，但伊兰还是孩子时总是会看见他温暖的微笑，从他的口袋里找到小饼干。

史汪用力哼了一声，引得周围的人都转过头看了她一眼。“那个家伙，”她喃喃地说道，“是一条宁可断了牙齿也要去咬人的恶鱼。”

“今天早晨你的脾气似乎很不错。”奈妮薇说，“你终于搞清楚白塔的某个讯息？加雷斯·布伦向你求婚了？有人死掉了，留给你……”

伊兰竭力不去看奈妮薇，她甚至能听见奈妮薇打哈欠时下巴的磨擦声。

史汪冷冷地看了奈妮薇一眼，奈妮薇用同样冰冷的目光和史汪对视着，虽然她的眼眶里还挤着好多泪水。

“如果你已经知道了什么，”伊兰打断了她们这种无聊的对视，“那就告诉我们。”

“一个说谎自称为两仪师的女人，”史汪嘟囔着，仿佛是在说一个无聊的想法，“已经将自己的脑袋伸到沸水里。如果她还声称自己属于某个宗派，那个宗派就会先找上她。麦瑞勒有没有对你说过她们在查辛抓住的那个自称为绿宗两仪师的女人？那是一名在晋升见习生的测试中失败的前初阶生。等麦瑞勒有时间的时候问问她吧！这件事可就说起来话长了。和被麦瑞勒捉住相比，那个蠢女孩也许宁愿被静断，并且被砍掉脑袋。”

因为某种原因，这个威胁并不比史汪瞪向奈妮薇的目光更有效果。伊兰甚至连个哆嗦都没有，也许她们只是太累了。“告诉我们你知道的事，”伊兰压低了声音说，“否则下次我们单独在一起的时候，我会教教你该怎样坐好。而你会跑着去向雪瑞安哭诉，如果你想的话。”史汪眯起了眼睛。突然间，伊兰惊呼一声，用手捂住了屁股。

史汪抽回捏了伊兰屁股的手，她做这个动作时丝毫没有偷偷摸摸的意思。“我不吃这一套，女孩，对于爱莉达说的东西，我知道的跟你一样多。你们比这里的任何人知道得都更早。”

“回来，一切都可以被饶恕？”奈妮薇带着难以置信的神情说。

“基本上就是这样，还有一堆鱼肠子一样的废话，比如白塔现在比其他任何时刻都更需要统一。再加上一点挑拨离间，说是除了那些‘真正的反叛者’之外，其余的人完全不需要害怕受到惩罚。大概只有光明知道什么是‘真正的反叛者’，我是不知道。”

“为什么她们要对这些话保密？”伊兰问，“她们不可能以为会有人回到爱莉达那里去的，她们只要把洛根展示出来就行了。”史汪什么也没说，只是朝那些等待的护法皱起了眉头。

“我还是不知道为什么她们要更多的时间，”奈妮薇嘟囔着，“她们知道只能做些什么。”史汪保持着沉默，但奈妮薇缓缓地挑起了眉弓：“你不知道她们的回答？”

“我不知道。”史汪清楚地说出这句话，然后又从牙缝中迸出一些“软骨头的傻瓜”之类的话。伊兰同意她的这个说法。

突然间，老客栈的前门被打开了，六名戴着披肩的宗派守护者从里面走出来，每个人代表一个宗派。然后是塔娜。其余两仪师跟在她身后。如果等待的人群想要看到什么仪式，那他们一定要失望了。塔娜爬上马鞍，目光缓缓地扫过宗派守护者们，然后又带着高深莫测的表情看了人群一眼，踢了一下马腹，向前走去。护法组成的护卫队跟在她身后。人们纷纷后退，让出道路。人群中响起一阵关切的议论，仿佛是一个巨大蜂群的嗡嗡声。

这种嘈杂的声音一直持续到塔娜走出村子，离开人们的视线。这时罗曼妲爬上那辆大车，动作流畅地整理好肩头的黄流苏披肩。人群又陷入一阵死寂。根据传统，最年长的宗派守护者会宣布评议会的决定。罗曼妲丝毫没有老年人那种动作迟缓的迹象。她的面容像其他两仪师一样光洁无瑕，但她的头发上已经有了许多灰丝，扎在颈后的发髻完全变成了淡灰色。伊兰很想知道她有多大年纪。但询问一位两仪师的年纪，是种最为无礼的行为。

罗曼妲做了一个简单的风之力编织，好让自己高亢的声音能传到更远的地方，即使在伊兰这里也能清晰地听到，就好像站在罗曼妲身边一样。“你们之中有许多人在这几天都很担心，但这是没必要的。如果两仪师塔娜没有来找我们，我们也会送信去白塔。毕竟，我们并不是要躲在这里。”她停了一下，仿佛是要给人群一个发笑的时间。但所有人都只是盯着她，于是她又整了整自己的披肩。“我们在这里的目标并没有改变，我们在寻求事实和公正，实现正义……”

“对谁的正义？”奈妮薇嘟囔了一句。

“……我们既没有投降，也没有失败，去完成你们各自的任务吧！我们会保护你们。无论是现在还是以后，我们会保证你们得到你们在白塔中应有的位置。光明照耀你们所有的人，光明照耀我们。”

嘈杂的议论声再次响起，人群开始慢慢散去。罗曼妲爬下了大车。史汪的面容仿佛是从岩石中雕刻出来的一样，用力抿起的嘴唇毫无血色。伊兰想要发问，但奈妮薇已经跳下石台，朝那幢三层高的石砌建筑挤了过去。伊兰急忙跟到她身后。昨天晚上，奈妮薇已经打算毫无顾忌地抛出她们获取的信息。但如果真的要撼动白塔的决心，对于这个信息的表露就必须经过谨慎的安排，而且这些两仪师必须被撼动一下。罗曼妲的声明只是一堆废话，这一定让史汪非常不安。

伊兰踮起脚尖，从两名正在瞪着奈妮薇后背的壮汉中间钻了过去。然后她回头瞥了一眼，看见史汪正看着她和奈妮薇，但史汪一看见伊兰的眼睛，就立刻装作在看着人群中另外一些人的样子，跳下石台，仿佛是要朝他们那里走去。伊兰皱皱眉，快步向前走去。是史汪在不安，还是她？史汪的愤怒和无知有多少是装出来的？奈妮薇要去凯姆林的打算（伊兰不知道她现在有没有放弃这个打算）真是愚蠢至极。伊兰打算去艾博达，去做一些真正有用的事情。所有这些秘密和怀疑仿佛是她心中永远也碰不到的痒处。如果奈妮薇不给她捣乱就好了。

她几乎是和奈妮薇一同赶到雪瑞安面前。她们现在站到那辆大车旁边，摩芙玲和卡琳亚也在这里，三位两仪师都戴着披肩。今天上午，所有两仪师都戴着披肩。卡琳亚的短发被梳成一绺绺黑色的卷浪，这是她们在特·雅兰·瑞奥德中遭遇灾难的唯一痕迹了。

“我们需要单独和您谈一谈，”奈妮薇对雪瑞安说，“私下。”

伊兰叹了口气。这不是好的开始，毕竟也不算是最糟的。

雪瑞安审视了她们两个一会儿，然后瞥了摩芙玲和卡琳亚一眼，说道：“那么，进来吧！”

当她们转过身时，罗曼妲站到她们和客栈前门之间，她是一名面容刚毅俊俏、有着黑眼睛的女人，她肩上的黄流苏披肩除了塔瓦隆之焰以外，绣满了花卉和藤蔓的图案。她没有去看奈妮薇，而是微笑着望向伊兰——那种伊兰预料到会出现在两仪师脸上，也是伊兰最害怕的微笑。而当她望向雪瑞安、卡琳亚和摩芙玲时，她脸上所有的表情都消失了。她朝她们高昂起头，直到她们微微行了个屈膝礼，喃喃地说道：“请您让开，姐妹。”她才响亮地哼了一声，退到一旁。

当然，周围忙碌的人们并没有注意到这番情景，但伊兰早就听过两仪师们议论雪瑞安和她的小理事会。有些人以为她们只是在管理沙力达的日常事务，好让评议会有精力处理更重要的事件。有些人知道她们在评议会中的影响力，但影响力有多大，每个人说的都不一样。罗曼妲认为她们的影响力大得过分了，而更糟糕的是，这个小理事会里有两名蓝宗两仪师，却没有黄宗的成员。伊兰在跟随其他人走进客栈时，还能感觉到罗曼妲的眼光。

雪瑞安领着她们走进毗邻大厅的一个私人房间里，有着许多虫咬痕迹的木板墙边放着一张堆满文件的桌子。当奈妮薇要求设立结界防止偷听时，雪瑞安挑起了眉弓，但她一言不发地在房间周围编织出了结界。伊兰想起奈妮薇的那次偷听经历，便检查了一下房间的两扇窗户，确认它们都关紧了。

“我希望能听到一些重要的讯息，比如兰德·亚瑟正赶往这里。”摩芙玲冷冷地说，另外两位两仪师飞快地对望了一眼。伊兰感到一阵气恼，她们真的以为她和奈妮薇隐藏了兰德的秘密，但她们不也同样隐瞒了秘密吗？！

“不是这个，”奈妮薇说，“而是另一件同样重要的事，属于另一方面的。”然后她就一股脑地说出她们前往艾博达，找到那件碗形特法器的经过。她叙述的顺序并不正确，也没有提到白塔，但所有的要点她都说到了。

“你们确定那个碗是一件特法器？”奈妮薇结束叙述之后，雪瑞安问道，“它能够影响天气？”

“是的，两仪师。”伊兰简单地回答。作为谈话的开始，简单的就是最好的。摩芙玲咕哝了几句，这名女子对一切都保持怀疑。

雪瑞安点点头，整理了一下披肩：“那么，你们做得很好，我们会送信给茉瑞莉。”茉瑞莉·辛德文是前去说服艾博达女王支持沙力达的灰宗两仪师。“我们需要你们能够提供的一切细节。”

“她永远也找不到那件特法器，”没等伊兰张开嘴，奈妮薇的话已经脱口而出，“但伊兰和我可以。”两仪师的眼睛闪过一片寒意。

“这对她来说也许是不可能的，”伊兰急忙说道，“因为即便我们见到过碗的位置，现在让我们去找也可能同样困难，但至少我们知道我们所见到的情景，在一封信里把它形容出来就完全不同。”

“艾博达不是见习生该去的地方。”卡琳亚冰冷地说。

摩芙玲的语气稍微和缓一些，但也是生硬得可怕：“我们全都要尽力去完成我们的职责，孩子，你认为爱德西娜、亚法拉和琪馨想要去塔拉朋吗？她们能有什么办法将动荡带回给那片土地？但我们必须试一试，所以她们去了。科鲁娜和碧拉现在也许正在世界之脊，她们要去艾伊尔荒漠寻找兰德·亚瑟，只因我们之前怀疑他也许在那里，而现在兰德·亚瑟离开了荒漠，让她们的行动失去了意义。我们都在做我们能做的事、我们必须做的事。你们两个是见习生，见习生不能跑去艾博达或者其他任何地方。你们能做也必须做的事情就是，留在这里完成学业。如果你们是正式的两仪师，我仍然要让你们留下。一百年以来，还没有人能在这么短的时间里有这么多发现。”

奈妮薇就是奈妮薇，她完全不去理会她不想听到的东西，而是将注意力集中在卡琳亚身上。“谢谢你们，我们以前一直做得很好，我怀疑艾博达是否能有坦其克那么糟糕。”

伊兰不认为奈妮薇察觉到自己已经抓紧了辫子，难道奈妮薇不知道，适当的态度有时候会赢得诚实完全无法得到的东西吗？“我明白你们的关心，两仪师，”伊兰说，“但无论这样做有多么不合适，事实是我比沙力达的任何其他人都更擅长于找到一件特法器。奈妮薇和我知道该去什么样的地方寻找，而这些在纸上是完全无法写清楚的。如果你们派我们去找两仪师茉瑞莉，在她的指挥下，我相信我们很快就能找到那件特法器。乘船的话，只要几天就能到达艾博达，然后用几天时间陪同两仪师莱瑞莉完成任务，再用几天就能回来了。”伊兰费了很大的力气让自己的呼吸平缓下来，“与此同时，你们可以送信给史汪在凯姆林的眼线，信送到的时候，两仪师梅兰娜和使节团应该也到达凯姆林了。”

“光明在上，为什么我们要这么做？”摩芙玲嘟囔着。

“我以为奈妮薇告诉过您，两仪师，我还不确定，但我想，这碗如果要发挥效用的话，也需要一名男性参与导引。”

这番话当然引起一场短暂的混乱。卡琳亚倒抽了一口气；摩芙玲仍然在自言自语地嘟囔着；雪瑞安只是大张着嘴；奈妮薇也一脸惊诧地看着伊兰。但这种情形只持续了很短的时间，伊兰相信她们没来得及注意到她的掩饰。过度的震惊影响了她们的判断，事实上，这是个谎言，纯粹而简单。简单是它的关键。既然传说纪元最伟大的成就都是男女共同完成的，甚至可能是他们在连结后完成的，那么这件特法器就很有可能需要男性的至上力才能运作。不管怎样，如果她不能单独让这只碗起作用，那么除了奈妮薇还有可能之外，沙力达肯定就没人能做得到了。两仪师们不会拒绝任何可能改变天气的契机，即使这需要兰德的力量，而等到她偶然“发现”单纯由女性组成的连结也能运作这只碗的时候，沙力达的两仪师也许已经将自己和兰德紧紧地捆在一起，无法再挣脱了。

“这很好，”雪瑞安最后说道，“但这并不能改变你们是见习生的事实。我们会送信给莱瑞莉，现在沙力达已经有了一些关于你们的议论——”

“议论！”奈妮薇喊道，“只有你们才能做出决定，你们和评议会！议论！伊兰和我能找出那件特法器，但你们却像是群无聊趴窝的母鸡。”话语一连串地从她的嘴里迸出来，她那么用力地拉扯着辫子，让伊兰怀疑她会把辫子给扯断。“你们坐在这里，希望汤姆、泽凌和其他人回来告诉你们白袍众不打算攻打我们，但实际上白袍众随时都有可能追赶着他们冲杀过来。你们嘀咕着爱莉达的命令、摸索着兰德的脾气，却没做到任何你们所说的责任。你们向凯姆林派出了使节团，但你们知不知道该如何对待兰德？你们知不知道为什么你们只是坐在这里夸夸其谈？我知道！你们在害怕，害怕白塔分裂，害怕兰德，害怕弃光魔使和黑宗。昨天晚上，爱耐雅说你们为了抵御弃光魔使的攻击而制定计划。但那些为了压制邪恶泡沫而进行的连结——你们相不相信那只是邪恶的泡沫？——那些连结错误百出，初阶生的数量比两仪师还要多，因为只有很少几位两仪师知道这个计划。你们认为黑宗就在沙力达，你们害怕沙马奥会知道你们的计划，你们就连彼此都不信任。你们不信任所有的人！所以你们才不会派我们去艾博达？你们认为我们属于黑宗，还是我们会跑到兰德那里去，还是……还是……”奈妮薇狂暴地喘息着，声音逐渐变得杂乱无章，低弱了下去。她在说这段话的时候几乎没喘气。

伊兰的第一个反应是要安抚两仪师的情绪，但她完全不知道该怎么做，这大概比要抚平一座山更加困难。而那些两仪师让伊兰忘记了担心奈妮薇是不是已经搞砸了一切。那些没有表情的面孔、能够看穿岩石的眼睛——没有任何讯息被传达出来。但伊兰觉得她得到了一些讯息——并不是那种寒冰般的怒意——她们只是在掩饰，而唯一需要掩饰的就是事实，她们不想承认的事实——她们在害怕。

“你说完了吗？”卡琳亚用能够冻住太阳的声音说道。

伊兰打了个喷嚏，脑袋猛地撞在倒扣的大锅上，烧焦的汤汁气味充满她的鼻孔。上午的太阳灼烧着锅底，让锅中阴暗的空间里变得极为炎热，仿佛这口锅还坐在火上一样。汗水不停地从她身上滚落，不，简直就是从她的身体里涌流出来，落在粗糙的岩石地面上。她用膝盖支撑身体爬出锅子，瞪着身旁的那名女子，那名女子只有一半的身体从另一口稍小的锅里伸出来。她捅了一下奈妮薇的屁股，听到锅里发出一记沉闷的碰撞声和一声惊呼，才恶狠狠地笑了一下。奈妮薇从锅里退出来，生气地瞪着伊兰，但她立刻又用脏手捂住嘴，打了个哈欠。伊兰没有给她说话的机会。

“你就是要乱说话，对不对？你连好好控制脾气五分钟都做不到。我们本来已经控制住了局势，而你却一定要把我们绊倒。”

“不管怎样，她们都不会让我们去艾博达的，”奈妮薇嘟囔着，“而且我也并不止是在绊倒我们。”她以一种可笑的姿势扬起下巴，这样她就要越过鼻尖才能看见伊兰了。“‘两仪师要控制自己的恐惧’，”她的口气就像是在指责一名挡在自己坐骑前面的醉汉，“‘她们不允许恐惧控制住她们。由你领头，我们很乐意跟随，但必须是你领头，不要退缩，希望能有什么东西让你的麻烦消失’。”

伊兰感觉到脸颊发热，她从没想过会有这种事，她肯定也没说过这样的话。“嗯，也许我们都太过分了，但——”听到一阵脚步声，她立刻闭上了嘴。

“两仪师的宠儿们决定要休息一下了，对不对？”芙芮恩的微笑中完全没有丝毫善意，“你们知道，我到这里来不是要寻开心的。今天我本来打算做一些自己的事，我想，应该是一些不比你们这两个宠儿差多少的事，现在我却要监督见习生为了赎罪而刷洗锅子。看着你们，以免你们会像那些糟糕的初阶生一样溜走，你们根本就只该是初阶生。现在，去工作，在你们做完之前我不能离开，但我不打算把一整天都浪费在这里。”

这名皮肤黝黑的卷发女人有着和瑟德琳一样的地位——比初阶生更高，但还不到两仪师的水平，如果奈妮薇没有像一只被踩了尾巴的猫一样，她和伊兰本来也能获得这样的地位了。不过伊兰非常不情愿承认，她也像是一只被踩了尾巴的猫。雪瑞安已经告诉她们，要在多长一段日子里用她们“空闲”的时间在厨房里工作，完成这里能找到的最脏的活计。但她们不能去艾博达，这点是非常清楚的，一封信会在今天中午之前送往茉瑞莉那里。

“我……很抱歉。”奈妮薇说。伊兰朝她眨了眨眼，奈妮薇的道歉简直就像仲夏时的雪花一样难得。

“我也很抱歉，奈妮薇。”

“是的，你们都很抱歉，”芙芮恩对她们说，“就像我看到的那样。现在，回去工作！不要让我找理由送你们去提亚娜那里。”

伊兰懊悔地看了奈妮薇一眼，重新爬进自己的大锅里，用浮石拼命敲打着那些烧焦的汤垢，就像是在敲打芙芮恩，石屑和焦黑的蔬菜残渣四处飘飞。不，不是芙芮恩，是那些坐以待毙的两仪师。她要去艾博达，她要去找到那件特法器，她要用那件特法器将雪瑞安和所有那些两仪师绑起来，献给兰德。她要让她们跪倒在兰德面前！她的喷嚏几乎要把她的鞋子都震掉了。

雪瑞安停止对那两名女孩的窥看，从墙壁的缝隙前转过身，沿着满是干枯乱草的窄巷向前走去。“对此我感到遗憾。”想起奈妮薇的话，还有她的语气；还有伊兰的话——这个恶劣的孩子！——她又说道，“在某种程度上。”

卡琳亚发出一声冷笑，她很擅长这样笑。“你想要将不超过二十位两仪师知道的事情告诉见习生吗？”雪瑞安严厉的目光让她立刻闭上了嘴。

“在我们最料想不到的时候往往会有人偷听我们。”雪瑞安低声说。

“那些女孩说对了一件事，”摩芙玲说，“兰德让我觉得肠子都化成了清水。我们对他还能有什么选择？”

雪瑞安也不知道她们还剩下什么选择。

第 16 章

由时光之轮得知

将真龙令牌放在膝头，兰德懒洋洋地靠在王座里，或者，他至少表现出了慵懒的样子。王座并不是能让人放松的地方，尤其是这个座位，但这并不完全是让他难受的原因，更让他难受的是，他随时都会感觉到埃拉娜。如果他告诉枪姬众，她们就会……不，他怎么能想到这种事？他已经很严厉地吓唬了她，足以让她远离自己了。埃拉娜至今都没有任何想进入内城的意思，如果她这么做了，他立刻就会知道。此时，埃拉娜并不比这个坚硬的坐垫更让他不舒服。

尽管绣银的蓝色外衣连领扣都已经扣上了，但周遭的炎热并不能触及他，他已经开始习惯了马瑞姆的技巧。不过，如果纯粹的急躁能让人出汗的话，他一定已经像是从河里爬上来一样浑身湿透了。保持凉爽并不困难，真正困难的是要保持平静。他要献给伊兰一个没有受过伤害的、完整的安多，今天上午他就要向这个目标迈出第一步了，如果他确实要开始行动的话。

"……另外，"站在王座前的高瘦男人用平板的声音说道，"有一千四百二十三名难民来自莫兰迪，五百六十七人来自阿特拉，一百零九人来自伊利安，城里难民数量已经如此庞大，让我不得不加快工作速度。"哈文·诺瑞头顶上最后几缕灰发仿佛是几根别在他耳后的羽毛笔，他从成为摩格丝的首席职员时起，就是这副样子。“我又雇用二十三名职员进行难民的统计工作，但人数显然还不够……”

兰德没有继续听下去，这个人不像其他人一样逃跑，他已经很感激了。不过兰德觉得，对哈文来说，唯一真实的只有他账目上的数字。无论是这周的死亡人数，还是从乡下运进城来的芜菁价格，在哈文口里都只是没有差别的数字。无论是安排埋葬死去的难民，还是雇用泥瓦匠修缮城墙，在他眼中大概都只是一份计划书而已。伊利安对哈文来说，只是一个异邦，所谓沙马奥的巢穴是没有意义的，兰德也只是另外一名统治者而已。

她们在哪里？兰德焦躁地想着。埃拉娜至少也应该试着向我靠近一下吧！要是沐瑞就绝不会这么容易被吓退。

那些死掉的都在哪里？路斯·瑟林悄声说道。为什么他们不安静下来？

兰德发出冷酷的笑声。这肯定是个笑话。

苏琳轻盈地坐在王座旁的台阶上，红头发的乌伦坐在另一侧。今天有二十名艾散多——红盾众，和枪姬众一起分散在王座大厅的圆柱中间，其中有一些系着红色的头巾。他们或站或蹲或坐，一些人在低声交谈着，但像任何时候一样，所有这些人都会在眨眼间跳起身，展开最猛烈的攻击，即使是正在玩骰子的那名枪姬众和两名红盾众也是一样。随时都至少有一双眼睛在监视着哈文，没有艾伊尔人能放心地让湿地人如此靠近兰德。

巴歇尔突然出现在大厅门口，当他点头时，兰德坐起了身。终于来了，该死的，终于来了。他挥了一下雕刻着龙纹、缀着绿白色枪穗的霄辰枪。“你做得很好，哈文大人，你的报告确实巨细靡遗，我会提供你所需要的黄金。但我现在必须处理其他事务了，请原谅。”

突然被打断的哈文并没有显示出任何好奇或是遭到冒犯的表情，他只是停止发言，深深鞠了个躬，用同样冰冷的语调说：“听从真龙大人的命令。”然后倒退三步，转身离开了，他甚至没有瞥一眼从身边经过的巴歇尔。他的心里只有他的账目。

兰德不耐烦地朝巴歇尔点点头，在王座中坐直身体。艾伊尔人也都沉默下来，他们的样子显得比刚才更加警戒了。

当那名沙戴亚人走进来时，他并不是孤身一人，有两个男人和两个女人跟在他身后，他们都已经不年轻了，身上穿着华贵的丝绸和锦缎衣服。他们都尽量装作巴歇尔不存在的样子，但在圆柱群中注视他们的艾伊尔人却是他们完全无法忽视的。金发的戴玲还只是踉跄了一步，而同样是灰发，表情刚硬的埃布尔莱和鲁安则下意识地伸手到腰间，才发现自己今天并没有佩剑。黑发的艾络琳是一名身材圆胖的女子，如果不是如此强毅果决的面容，她本来应该算是个美人的。她先是停下脚步，瞪视着大厅中的一切，然后才好像是反应过来的样子，快步跟上其他人。当这四个人看清兰德的时候，他们不约而同地都吃了一惊，用诧异的眼神彼此对望了一眼，也许他们以为兰德不该是这么年轻。

“真龙大人，”巴歇尔停在台阶前，用庄重的长音说道，“晨光王子，黎明君主，光明真正的守护者，在他面前，世界将敬畏地跪倒。我向您介绍塔拉文家族的戴玲女士、潘达家族的埃布尔莱大人、塔梅恩家族的艾络琳女士，和柯易蓝家族的佩利瓦大人。”

四名安多人紧绷嘴唇，用严厉的目光瞥了巴歇尔一眼，巴歇尔的语气仿佛是他向兰德献上了四匹马。然后他们都挺直了背脊，直视着兰德。当然，他们的目光也会不由自主地飘向兰德背后高台上光华闪烁的狮子王座。

兰德看着他们满脸愤慨的表情，止不住地想笑。愤慨，但又夹杂着谨慎，也许还有一点震撼。关于他的那段称号，是他和巴歇尔一同想出来的，但那句“世界将敬畏地跪倒”是巴歇尔自己加上去的。沐瑞以前也给过他这方面的建议，他几乎还能听见沐瑞银铃般的声音。*人们对你的第一印象是留在他们脑海中最深刻的印象。全世界莫不如此。你可以从王座上走下来，甚至如果你在一个猪舍里当农夫，人们总还是会记得你是从王座上走下来的。但如果他们一开始就只是看到一个来自乡下的年轻人，他们就会怨恨你篡夺了王座，无论你有什么样的道理和权力。一两个能够给人们留下印象的名衔，会让所有事情处理起来都更容易一些。*

*我是晨光王子，*路斯·瑟林嘟囔着，*我是黎明君主。*

兰德一直保持着面容的平静：“我不会欢迎你们——这是你们的土地，是你们女王的宫殿——但我很高兴你们接受我的邀请。”他们足足耽搁了五天，而且又声明只会停留几个小时，但兰德并没有提到这件事。他站起身，将真龙令牌放在王座上，然后小跑着下了台阶，脸上带着笑意——*永远不要显露出敌意，除非你必须这样。*沐瑞曾经这样对他说过，*但更重要的是，不要显露出过分的友谊，永远也不要着急。*他伸手指了一下五把排成环形的软垫椅，“一起坐下吧！我们可以喝一些凉酒，聊聊天。”

当然，他们跟随他向椅子走去，同时不停地望向那些艾伊尔人，眼神里流露出同等的好奇和憎恶。对于这两种情绪，他们都没有任何掩饰。当他们全部坐定之后，穿着兜帽白袍的奉义徒走上前来，送上来葡萄酒和外侧已经有水珠凝结的黄金高脚杯。每把椅子后面都站着一名奉义徒，用羽扇不停地扇出轻柔的微风，只有兰德身后没有奉义徒。他们注意到了这点，也注意到兰德不见一丝汗迹的面孔，那些穿着白色长袍的奉义徒和艾伊尔人也都没有出汗。兰德将酒杯捧到面前，越过酒杯上缘看着这些贵族。

安多人以坦诚率直而自傲，他们总是夸耀他们的土地上没有那些盘根错节的贵族游戏，但他们也相信，如果有必要的话，他们在达斯戴马中绝不会弱于别人。但事实是，凯瑞安人，甚至是提尔人都认为他们完全没有控制权力游戏的技巧和手腕。这四个人在大多数情况下还能保持镇静，但对于经历过沐瑞的训练，和凯瑞安与提尔人打过不少交道的兰德来说，他们的眼神和表情的变化泄露了许多信息。

首先，他们注意到这里没有巴歇尔的座位，眼里立刻闪过几道光芒。当他们看到巴歇尔离开王座大厅时，全都瞥向巴歇尔的背，露出非常微弱却实在的满意微笑。他们肯定像娜埃安和其他人一样不喜欢沙戴亚军队进入安多，现在他们的想法表露得很明显：也许外国军队的影响并不像他们害怕的那样严重。巴歇尔的待遇也许只是一名高级仆人。

没多久，戴玲和鲁安的眼睛就稍稍睁大了一点，然后埃布尔莱和艾络琳也露出同样的表情。片刻之前，他们全都专注地望着兰德，同时尽量避免去看其他人。巴歇尔是外来者，但他也是沙戴亚的元帅，三地的领主，是泰诺比女王的叔叔，如果兰德只把他当成一名仆人……

“真是好酒，”鲁安望着杯子，又过了一会儿才犹豫地说道，“真龙大人。”这个词像是被拴住绳子，从他的喉咙里拖出来的一样。

“来自南方，”艾络琳抿了一口之后说道，“是汤奈汉丘陵的葡萄。您竟然能在这种天气里在凯瑞安找到冰，这真令人惊讶。我听人们称呼现在是‘无冬的一年’。”

“你认为当世界正在被如此众多的灾难困扰时，”兰德说道，“我会浪费时间和精力寻找冰块吗？”

埃布尔莱棱角分明的面孔开始变得苍白，他似乎是强迫自己又咽下一口酒。而在另一边，鲁安一口气喝光杯中的酒，然后将杯子向捧酒的奉义徒伸过去。那名奉义徒被太阳晒黑的面孔维持着和顺的表情，眼里却闪过一阵怒火，这让他的脸看上去有些古怪。侍奉湿地人会让自己变得像是一名仆人，而艾伊尔人极为蔑视仆人这个概念。将仆人与奉义徒混为一谈，会引起艾伊尔人怎样的嫌恶，兰德至今都还不是很清楚。

戴玲用力将酒杯按在膝盖上，就再也没有理它。在这么近的距离里，兰德能看见她金发中的灰丝。她的相貌仍然很可爱，但除了头发的颜色之外，她与摩格丝和伊兰没有半点相似之处。身为下一个顺位的王位继承者，她至少应该是摩格丝的表亲。现在她微微向兰德皱了一下眉，似乎有种要摇头的冲动，但她只是说道："我们也关心世界上的灾难，但我们更关心安多受到的影响。你要我们来这里是想要找办法解决安多的困难吗？"

"如果你有办法当然最好，"兰德答道，"如果你没有，我就必须再从其他地方找一找。有许多人认为他们知道疗救安多的方法，如果我找不到我想要的，我会退而求其次，接受我认为可行的办法。"所有人都闭紧了嘴。在前来这里的路上，巴歇尔有意地带他们穿过一个院子，亚瑞米拉、里尔和其他那些贵族都等在那里，他们肯定会显示出在这座宫廷里闲适从容的样子。"我相信你们想帮助安多重新团结成一体，你们知道我宣布的命令了吗？"他不必说出是哪一个命令。

"任何人报告与伊兰有关的讯息都能得到奖赏，"艾络琳不带表情地复述道，她的面容变得比刚才更加刚硬了，"摩格丝死后，伊兰将成为安多女王。"

戴玲点点头："在我看来，这是件好事。"

"我看不是！"艾络琳喊道，"摩格丝背叛了她的朋友，抛弃了她的支持者，我们要看到传坎家族在狮子王座上终结。"她似乎忘记了兰德，他们似乎都忘记了兰德。

"戴玲，"鲁安说。戴玲摇了摇头，似乎是知道鲁安要说什么，但鲁安还是继续说道："她是最有权力得到狮子王座的人，我提议由戴玲执掌安多王位。"

"伊兰才是王女，"金发女子冷冷地对他们说，"我拥护伊兰。"

"我们说拥护谁又有什么用？"埃布尔莱问道，"如果他杀死了摩格丝，他也会——"埃布尔莱突然用力闭上了嘴，扭曲着面孔望向兰德。他的表情算不上明显的挑战，但也清楚地向兰德表明，他不会采取任何激烈的行动，同时也不会害怕兰德的任何反应。

"你们真的是这么想的？"兰德悲伤地瞥了高台上的狮子王座一眼，"光明在上，为什么我要杀死摩格丝，只为了把那东西交给伊兰？"

"没有人知道该相信什么。"艾络琳僵硬地说，她的脸颊上仍然有两片红晕，"人们会谈论许多事情，其中大部分是愚蠢的。"

“比如？”兰德向艾络琳问道。但回答的是戴玲，她在说话时直视着兰德的眼睛：“你会在末日战争中战斗，杀死暗帝。你是伪龙，或者是两仪师的傀儡，或者两者都是。你是摩格丝的私生子，或者是一名提尔大君，或者是一名艾伊尔人。”她又皱了一下眉头，但并没有停止说话。“你是两仪师和暗帝的儿子，你是暗帝，或者是创世主在人间的化身。你会毁灭世界，拯救它，征服它，带来一个新的纪元。这几个月里，安多流传着无数这种议论，其中大多数都说是你杀死了摩格丝，还有许多人说你把伊兰也杀死了。他们说你宣布那个命令只是为了掩饰你的罪行。”

兰德叹了口气，这些议论中有一些比他听到的还要糟糕。“我不会问你们相信什么。”为什么戴玲要一直朝他皱眉？戴玲并不是唯一一个这么做的，鲁安也和她一样，而埃布尔莱和艾络琳不停地在瞥他，那种眼神完全像是亚瑞米拉那些人偷窥他时的样子。*观望，观望*。这是路斯·瑟林的声音，一阵沙哑的窃笑。*我看见了你，谁看见我？*“我只想问，你们会帮助我让安多重新成为一体吗？”*我不想让安多成为另一个凯瑞安，或者更糟糕，成为塔拉朋和阿拉多曼*。

“我知道《卡里雅松轮回》中的一些内容，”埃布尔莱说，“我相信你是转生真龙，但《卡里雅松轮回》里并没有说你会统治世界，那里只说你会在末日战争中与暗帝作战。”

兰德的手紧紧地握住高脚杯，直到暗色的酒浆表面开始不住颤抖。如果这四个人是四名提尔大君，或者凯瑞安贵族，对付他们就容易多了，但他们想的并不是如何为自己掠取更多的权势。他是在他们的杯子里倒进冰冷的酒浆，但他怀疑他们是否感受到了至上力的威胁。*他们大概会要求我杀死他们，再诅咒我会因为这个罪行而被烧死吧！*

被烧死。路斯·瑟林愤懑地回应着。

“我要说多少次？我不想统治安多。当伊兰坐上狮子王座的时候，我就会离开安多，永远不再回来，如果可以的话。”

“如果说王座该属于谁，”艾络琳寸步不让地说，“那也应该属于戴玲。如果你说的是真话，那就让她戴上王冠，然后离开这里，那时安多就能恢复统一了。而我毫不怀疑，安多士兵将跟随你参加末日战争，即使它真的是我们的末日。”

“我拒绝！”戴玲用强硬的声音回答，然后她转身望着兰德，“我会等待并考虑你的话，真龙大人。当我看到伊兰活着，戴上王冠，你离开安多的时候，我会派遣我的士兵跟随你，无论安多的其他人是否会这么做。但如果时日耽搁，而你仍然在这里发号施令，或者如果你的艾伊尔野蛮人在这里做了我听说他们在凯瑞安和提尔做过的那些事，”她向枪姬众、红盾众，甚至是那些奉义徒们投去一个愤怒的目光，仿佛她看见他们在烧杀抢掠，“或者你让……那些被你赦免的男人在这里肆意妄为，那么我就会反抗你，无论安多的其他人是否会这么做。”

“我会跟随你。”鲁安坚定地说。

“还有我。”艾络琳说。随后是埃布尔莱的回应。

兰德向后一扬头，笑了起来，他的笑声中半是高兴，半是挫败。*光明啊！我本以为诚实正直的人会比想要偷袭我背后的人，和想要舔我脚趾的人更容易对付的！*

他们不安地看了他一眼，毫无疑问，他们认为这是他发疯的表现。也许真是这样，他自己也不确定。

“去考虑你们必须怎样做吧！”兰德站起身，示意会见已经结束，“我没有半点虚言，当然，这句话也由你们去考虑。末日战争已经临近，我不知道你们还有多少时间可以用来考虑。”

他们互相道别——安多人谨慎地不让自己低头的幅度比兰德更大，不过这已经算是比他们来时要客气了。但是当他们转身要离开时，兰德抓住了戴玲的袖子。“我有个问题要问你。”安多人全都停下脚步，半转过脸看着他。“一个私人问题。”片刻之后，戴玲点点头。她的同伴们都向远处走了几步，虽然他们听不见兰德和戴玲的交谈，但全都专注地看着这两个人。“你看我的样子……很奇怪。”兰德说道。*你和我在凯姆林遇到的所有贵族都是这样。*至少所有安多贵族都是这样。“为什么？”

戴玲注视着他，最后微微点点头：“你母亲叫什么名字？”

兰德眨眨眼，“我母亲？”他的母亲是凯丽·阿瑟，他是这么认为的，当他还是婴儿时，那名女子养育他长大，直到去世。但他决定说出那个他在荒漠中知道的冰冷事实。“我的母亲名叫莎伊尔，她是一名枪姬众。我的父亲是姜钝，他是塔戴得艾伊尔的部族首领。”戴玲怀疑地挑起了眉弓。“对于这件事，我会以你选择的任何誓言发誓。这和你看我的眼神有什么关系？他们都早已经去世了。”

戴玲的脸上出现了放松的表情：“看来，只是个巧合而已，我并不是要说你不知道你的父母，但你有安多西部的口音。”

“巧合？我在两河长大，但我并没有说错我父母的事。我到底像什么人，让你一直这样盯着我？”

她犹豫了一下，然后叹了口气：“我想，这应该没关系。总有一天，你会告诉我为什么你有艾伊尔人的父母，却在安多长大。二十五年前，安多的王女在某天夜里消失了，她的名字是提格兰，她丢下了她的丈夫塔林盖尔和儿子加拉德。我知道这只是巧合，但我似乎在你脸上看到提格兰的影子，这太令人感到惊讶了。”

兰德自己也感到一阵惊讶。他有一种冰冷的感觉，智者们所讲述的一些零星往事在他的脑海中旋转……一名金发的年轻湿地人，穿着丝绸衣衫……她钟爱的儿子，她不爱的丈夫……莎伊尔是她给自己取的名字，她从没说过自己有别的名字……你的容貌中有一些属于她的东西。“提格兰是怎么消失的？我对安多的历史很有兴趣。”

“如果你不把它称为历史的话，我会感谢你，真龙大人。当那件事发生时，我还是个女孩，但已经不是小孩子了。那时我经常会进宫来，那天早晨，宫里任何人都没看见提格兰，以后也没有人再看见她。有人说看见塔林盖尔在那时有异常的行为，但当时塔林盖尔已经因为悲痛而几乎半疯了。他一生中最大的愿望就是看见他的女儿成为安多女王，儿子成为凯瑞安国王。这场婚姻的目的就是结束安多与凯瑞安之间的战争，它确实达到了效果，但提格兰的失踪让凯瑞安人以为安多想要破坏和约，这让他们做出了新的决定，让傲慢的雷芒上台，你也知道由此而导致的后果。”她又用干涩的语音说，“我的父亲本来还说两仪师吉塔拉完全错了。”

“吉塔拉？”兰德很惊讶自己怎么能如此流畅地说出这个名字，他已经不止一次听到这个名字了。这位两仪师的全名是吉塔拉·摩罗索，她有预言的能力，她宣称真龙已经在龙山的山麓上转生，沐瑞和史汪也因此才会进行长久的搜索。也是吉塔拉·摩罗索在多年前告诉“莎伊尔”，除非她不告诉任何人，只身前往荒漠，成为枪姬众，否则安多和全世界都将遭受巨大的灾祸。

戴玲有点不耐烦地点点头，“吉塔拉是摩黛伦女王的顾问，”她加快了语速，“但她总是用更多的时间陪着提格兰和她的兄弟路克，路克前往北方之后就再也没有回来，有人说吉塔拉让路克相信，他要在妖境中建立功勋和名誉，或者是他命中注定要去妖境。还有人说他要在那里找到转生真龙，或者他去那里是末日战争的关键。那大约是在提格兰消失前一年的事。我自己则怀疑吉塔拉对提格兰和路克的行动其实没有任何影响，她一直都是女王顾问，直到摩黛伦女王去世。人们都说，摩黛伦女王是因为失去了路克和提格兰才伤心而死的。当然，随后就引起了继承战争。”她向其他人瞥了一眼，他们都不耐烦地挪动着脚步，带着怀疑的神情皱起眉头。但她还是忍不住又说道：“如果没有这些波折，你会看到一个完全不同的安多。提格兰是女王，摩格丝只是传坎家族的家主，伊兰则根本不会出生，摩格丝在得到王座之后就嫁给了塔林盖尔。有谁知道这其中还有什么样的改变？”

兰德看着戴玲和其他人一同离开，想到了另外一件可能会发生改变的事情。他将不会在安多，他也许根本不会被生出来。无尽的轮回将每件事情都连系在一起。提格兰秘密进入荒漠，导致雷芒·达欧崔为了制作自己的王座而砍倒爱凡德拉狄拉——艾伊尔人赠送给凯瑞安的礼物，使得艾伊尔人跨越世界之脊来取他的性命。这是艾伊尔人唯一的目的。但诸国都称此一役为艾伊尔战争。在这场战争里，一位名叫莎伊尔的枪姬众死于难产。这么多人生被改变，这么多人生被终结，只是为了能让她在正确的时间和地点生出他，而她自己也要因此死亡。凯丽·阿瑟是他记忆中的母亲，虽然那些记忆已经非常模糊。但他也很想知道提格兰、莎伊尔，或者是用其他任何名字称呼自己的那位女子，即使只能和她见上一面，只要能见见她就好了。

但这是无用的梦想。她早已死去，一切都已结束。而这些往事为什么还要来烦扰他？

*时光之轮，或是一个人命运的转轮，都没有任何怜悯和仁慈可言。*路斯·瑟林喃喃地说。

*你真的在吗？*兰德心想。*是不是还有其他的声音和一点古老的回忆，回答我！你在吗？*他得到的只有寂静。他可以听从沐瑞的建议，或者是其他某个人的。

突然间，他意识到自己正盯着王座大厅白色的大理石墙壁，盯着西北方，那是埃拉娜所在的方向。那位两仪师已经不在库雷恩的猎犬客栈了。不！烧了她吧！他不会让一名偷袭他的两仪师取代沐瑞的位置，他不能信任任何与白塔有关的人。除了她们三个——伊兰、奈妮薇和艾雯。他希望自己能信任她们，即使他的信心并不是那么强。

不知为什么，他抬头望向富丽堂皇的天花板，望向那些描绘着战争和女王肖像、中间用白狮图案隔开的彩绘玻璃窗。那些比真人更加巨大的女子肖像似乎都在望着他，眼神中流露出不以为然的神色，又似乎是想知道他到底在做什么。当然，这是他的想象，但他为什么会有这种想象？因为他知道了提格兰的事？想象，还是疯狂？

“有人来了，我想你应该见一见他。”巴歇尔的声音从背后传来。兰德猛地从那些女子面前转过身，他真的也在瞪着她们吗？巴歇尔的身边还带着一名沙戴亚骑兵，他比矮个子巴歇尔要高一些，留着黑色的胡须与髭髯，有一双眼角上翘的绿眼睛。

“除了伊兰，我谁也不见，”兰德的语气比他想象的更严厉，“或者是能证明暗帝已经死亡的人，今天上午我要去凯瑞安。”在话音脱口而出之前，他甚至根本还没有这个打算。艾雯在那里，而且那里也没有这些女王肖像。“我已经有几星期没去过那里了，如果我不留意一下他们，大概就会有某位贵族或女士背着我占据太阳王座了。”巴歇尔用奇怪的眼光看着他。他解释得实在太多了。

“你说的没错，但你会想要先见见这个人的，他说是布兰德大人派他来的，我认为他说的是实话。”艾伊尔人全都立刻站了起来。他们知道是谁在使用这个名字。

兰德只是惊讶地盯着巴歇尔，他最预料不到的事情就是沙马奥会派使者来。“带他进来。”

“哈麦德。”巴歇尔转过头说道。那名年轻的沙戴亚人立刻跑了出去。

几分钟之后，哈麦德带着一队沙戴亚人，警觉地看守着一名中年男子走进大厅。看上去，这个人并不值得沙戴亚士兵们如此小心，他并没有携带武器，身上穿着一件立领的灰色长外衣，留着卷曲的胡子，但没有髭髯，这些全都是标准的伊利安风格。他有着短鼻子和一张正露出笑容的大嘴，但是当他走近时，兰德意识到他的嘴一直是这样咧开着的。这个男人整张面孔都被冻结在这种愉快的表情里，与此相反的是，他的黑眼睛从这张面具里望出来，眼里充满了恐惧。

当距离兰德还有十步的时候，巴歇尔抬起手，卫兵们停住了脚步。那名伊利安人却仍然盯着兰德，继续向前迈步。直到哈麦德用剑尖抵住他的胸口，才让他停下来。他只是瞥了那根微微弯曲的剑刃一眼，就继续带着笑脸，用那双畏惧的眼睛看着兰德。他的两只手垂在身侧，却不停地扭动着。

兰德本来要向他靠近一些，但苏琳和乌伦突然出现在他面前。他们并没有完全挡住他的路，但兰德还是必须推开他们才能走过去。

“我想知道，这个男人被怎么了？”苏琳一边说，一边端详着他。一些枪姬众和红盾众已经从圆柱中走了出来，其中有一些人甚至戴上了面纱。“如果他不是暗影生物，他一定也接触过暗影。”

“这样的生物也许会有我们不知道的能力，”乌伦说，他是那些系了红头巾的人之一，“也许他有利用碰触来杀人的能力。向敌人派来这样一个信使是能产生很大作用的。”

苏琳和乌伦都没有看着兰德，但兰德点了点头。也许他们是对的。“你叫什么名字？”兰德问。苏琳和乌伦确认他会留在原地之后，就向旁边让出了一步。

“我是……是从沙马奥那里来的，”那个带着笑容的男人有些迟钝地说道，“我为……为转生真龙带来了讯息，为你。”

嗯，这算是够直接的了。他是一名暗黑之友，还是一个被沙马奥用可怕手段陷住的可怜灵魂？那肯定是比亚斯莫丁告诉过他的更加可怕的手段。“什么讯息？”兰德问。

那名伊利安人翕动着嘴唇，挣扎着，而从他的口中传出来的声音和他刚才的说话声完全不同，这个声音更加深沉，充满自信。“在暗主回归那天，我们会站在不同的两边，你和我。但为什么我们现在要彼此攻杀，却让狄芒德和古兰黛踩着我们的骨头，瓜分这个世界？”兰德认识这个声音，他的脑子里有路斯·瑟林关于这个声音的记忆残片。沙马奥的声音。路斯·瑟林发出没有言辞的咆哮。“你已经有太多东西要消化了，”那个伊利安人还张着嘴，发出沙马奥的声音，“为什么还要吃下更多？在你费力去咀嚼时，你不害怕色墨海格和亚斯莫丁从背后偷袭你吗？我建议我们之间暂时休战，直到回归之日。如果你不攻击我，我也不会攻击你，我保证向东不会越过马瑞多平原，向北不越过东边的卢加德和西边的杰罕那。你明白，我留给你的部分远比我自己的要大。我不能代表其他使徒，但至少你可以不必再害怕我和我控制的国家。我保证绝不帮助他们对抗你，也不会帮助他们抵御你的攻击。现在你已经除去不少使徒，我毫不怀疑你会继续干下去。如果你不必担心你的南翼，又知道他们得不到我的帮助，你一定会比以前做得更好。我怀疑等到回归之日时，只有你和我会留下，最后一定会是这样。”那个人的牙齿猛地咬在一起，脸上重新出现了那个冻结的笑容。从他的眼睛看，他几乎已经要发疯了。

兰德盯着那个男人。和沙马奥休战？即使沙马奥真的能遵守这个约定，即使这意味着他能暂时搁置一个危险，但这么做会让成千上万人要乞怜于沙马奥的仁慈——沙马奥绝不会有任何仁慈。兰德感觉到愤怒滑过虚空表面，才发现自己已经抓住了阳极力，灼热的甜蜜和刺骨的污秽组成的洪流似乎在响应他的愤怒。路斯·瑟林的疯狂和他的怒火共鸣在一起，直到他无法将自己和他区分开来。

“带信给沙马奥，”他用冰冷的语气说道，“他醒来之后造成的每一个死亡，我都要和他清算，要他偿还。他所进行和导致的每一场谋杀，我都要和他清算，要他偿还。他在罗恩米多，在诺凯曼，在索哈德逃脱了正义的惩罚……”更多路斯·瑟林的记忆涌现出来，那些记忆中的痛苦，路斯·瑟林的眼睛所看到的苦难在虚空中燃烧。“……但我现在要让他接受正义，告诉他，我不会和弃光魔使休战，不会和暗影休战。”

那名信使抬起一只痉挛的手，抹去脸上的汗水。不，不是汗水，他拿开手的时候，那上面全是红色，猩红的颜色从他的毛孔中渗透出来，他从头到脚都在打着哆嗦。哈麦德倒抽了口气，后退一步，他不是唯一这么做的，巴歇尔扭曲着面孔，用指节抚过胡子，连艾伊尔人也都目不转睛地瞪着他。全身都变成红色的伊利安人瘫倒在地上，从他身上溢出的鲜血在他周围形成一个深色的浅潭，又被他来回抽动的四肢抹得到处都是。

兰德深埋在虚空中，看着他一点点死去，没有任何感觉。虚空摒除了情绪。而他对这个人做不了任何事，即使他掌握了医疗异能，他也不认为自己能阻止这个人的死亡。

“我想，”巴歇尔缓缓地说，“也许沙马奥不需要这个人回去就能知道你的答案。我听说过有人会杀死带回坏讯息的信使，却从没见过有人会当着对方的面杀死信使，以此表明自己不喜欢这个讯息。”

兰德点点头，这个死亡改变不了任何事，正如同他即使知道了提格兰也改变不了任何事。“叫人把他埋了，为他祈祷一下不会有什么坏处，虽然这么做也不会有什么用。”为什么彩绘玻璃窗上的那些女王看上去仍然是在责备他？她们在一生中肯定见过同样可怕的事情，也许同样就是在这个大厅里。现在兰德仍然能指出埃拉娜的方向，感觉到她，虚空并不能阻挡这种感觉。他能信任艾雯吗？她也对他隐瞒着秘密。“也许我会在凯瑞安度过今晚。”

“一个有奇怪结局的奇怪的男人。”艾玲达说着，绕过王座台阶走了出来。王座台阶后面有小门通向更衣室，从那里就有通向别处的走廊了。

兰德下意识地要挡住艾玲达，不让她看地上的那团血肉，但又停住了脚步。艾玲达好奇地瞥了那具尸体一眼，就没有再去看那里了。当她还是枪姬众时，她见过的死人肯定不比兰德见过的少。在她放手弃枪时，她杀死的人也许就和兰德在那之前见过的死人一样多了。艾玲达真正关心的是兰德，她上下打量了兰德许久，最后才确定他真的没受伤。一些枪姬众朝她笑了笑，然后她们为她让开一条通向兰德的路，同时也把红盾众都推到一旁。但艾玲达只是停在原地，一边整理着自己的披巾，一边端详着兰德。无论枪姬众是怎么想的，这样就很好了，她会留在他身边，只因智者们命令她这么做，要她刺探他。而兰德却想立刻就把她抱进怀里，艾玲达不想让他拥抱她，这样很好。她手腕上的象牙手镯是他送她的，上面雕刻着荆刺中的玫瑰，很符合她的个性。除了脖子上的银项链之外，这是她身上唯一一件首饰，那条项链错综复杂的花纹在坎多被称为“雪花”，兰德不知道那是谁送给她的。

*光明啊！*他厌烦地想着。艾玲达和伊兰，他都想要，而他知道他得不到她们之中的任何一个。*你比麦特想要当的那种人还坏。即使是麦特也知道，如果他会伤害某一名女子，就一定要避开她。*

“我也一定要去凯瑞安。”艾玲达说。

兰德的面孔抽搐了一下。凯瑞安夜晚的吸引力就是他不必和艾玲达同室而眠。

“这完全无关于……”艾玲达猛地咬了一下自己丰满的下唇，蓝绿色的眼睛闪耀着光芒。“我必须和智者们，和艾密斯谈一谈。”

“当然，”兰德对她说，“你当然可以去谈一谈。”他还有机会能把她丢下。

巴歇尔碰了碰他的手臂。“今天下午你还要再次检阅我的骑兵。”他的口气显得很随意，但他上翘的眼睛流露出另一种含意。

这件事很重要，但兰德却只想离开凯姆林，离开安多。“明天，或者是后天。”他必须离开这些女王的眼睛。她们是不是在怀疑她们的后代（*光明啊，那就是他！*）会像撕裂许多其他国家一样撕裂她们的国家。他还要离开埃拉娜。即使只是一个晚上，他必须离开。

第 17 章

命运的转轮

兰德用风之力拿到放在王座旁边的剑带和真龙令牌，就在台阶前面打开了通道。一道亮光飞速地旋转着，向外扩张，显露出通道对面一间有暗色嵌板的空房子，那里是距离凯姆林六百里的凯瑞安王宫——太阳大厅。为了能让兰德顺利开启通道，那里没有放置任何家具，只有抛光的深蓝色石地板和木板墙反射着通道的光芒。这个房间没有窗户，但依然相当明亮，八盏镀金的灯台昼夜不息地亮着。镜子又将油灯的火光进一步放大，兰德停下脚步，将剑带扣在腰上，苏琳和乌伦这时打开通向走廊的房门，引领戴面纱的枪姬众和红盾众先走了出去。

兰德总是认为他们这种警戒有些可笑。外面的宽走廊是唯一能进入这个房间的通道，而那条走廊里会有三十名法阿达扎丁和二十几名贝丽兰的梅茵士兵守卫，那些梅茵士兵都披挂着漆成红色的胸甲和有护颈与边缘的罐形头盔。在凯瑞安，兰德甚至可以比在提尔更不需要枪姬众。当兰德走出房门时，一名鹰血众已经沿走廊大步向远处跑去。一名梅茵士兵笨拙地抓着长矛和短剑，跟在那名高大的艾伊尔人身后。实际上，那名法阿达扎丁身后几乎是跟了一支小部队——身穿各种制服的仆人、一名身穿磨光胸甲和金黑色外衣的提尔岩之守卫者、一名剃光前额的凯瑞安士兵（他的胸甲比提尔人的要多出许多凹痕）、两名穿着暗色厚裙子和白色宽松外衫的年轻艾伊尔女子——兰德认出她们是智者学徒。像以前每次一样，他到来的讯息很快就会传播开来。

至少埃拉娜距离他已经很远了，当然也有维林的关系，但埃拉娜是主要的。即使是隔了这么遥远的距离，他仍然能感觉到她。不过他只能模糊地感觉到她在西边的某个地方，那种感觉就像是一只手捂在他的脖子上，和他的后颈之间只有一根发丝的距离，却没有碰到他的皮肤。有什么办法能摆脱她？他又抓住了阳极力，但这样不会有任何差别。

你永远也逃不掉这个你把自己卷进去的陷阱。路斯·瑟林嘟囔的声音听起来充满了烦恼。只有更大的力量能打破前一股力量，但那样你又会被陷住，永远地被陷住，连死都没办法。

兰德打了个哆嗦。有时候这声音真的像是在对他说话。如果这声音能保持一定的理智，让它留在自己的脑子里也会容易一些。

“你还活着，卡亚肯。”一名鹰血众说道。他的灰眸可以平视兰德的双眼，一道横过他鼻子的伤疤在他被太阳晒黑的脸上留下一道刺眼的白色。“我是高辛艾伊尔莫萨达氏族的柯曼，愿你今天能够找到阴凉。”

兰德还没来得及用正确的敬语回答柯曼，一名粉红色脸颊的梅茵军官已经挤了进来。实际上，以他瘦小的身躯，他应该是从比他高出一个头、肩膀比他宽一半的艾伊尔人中钻到了兰德面前。他的手臂下夹着深红色的头盔，头盔上插着一根红色细羽毛。“真龙大人，我是海芬·努瑞勒，是翼卫队的领军长。”兰德这时注意到他的头盔上雕刻着翅膀的图案，“我向梅茵之主，贝丽兰·苏·潘恩崔·贝隆效忠，也向您效忠。”柯曼饶有兴致地瞥了他一眼。

“你好，海芬·努瑞勒。”兰德严肃地说道。那个男孩眨了眨眼。男孩？想来他也许并不比自己更年轻。兰德因为自己的想法而吃了一惊。“请你和柯曼带我……”突然间，他发现艾玲达不见了。他拼命想要躲开这个女人，这是几个星期以来他第一次允许她靠近自己，而她却在他一转头的工夫就溜掉了！“请带我去见贝丽兰和鲁拉克。”他粗声地说道，“如果他们不在一起，就先带我去见比较近的那一个，然后再去见另一个。”毫无疑问，她是跑去向智者们报告他的一举一动了。他一定要在这里丢下这个女人。

你想要的是你得不到的，你得不到的是你想要的。路斯·瑟林发出癫狂的笑声。兰德已经不再为这个声音而感到困扰了，如果他必须要忍受这个声音，他就能做到。

柯曼和海芬开始讨论起谁距离这里更近。他们的人在他们身后形成有些壮观的队列，再加上枪姬众和红盾众，一下子有许多人簇拥在这条方形的走廊里。尽管走廊各处都亮着油灯，这里仍然给人一种阴暗、沉重的感觉，除了偶尔能见到的壁挂织锦外，走廊整体都显得缺乏色彩。即使是那些织锦中的图像，无论是花卉鸟雀、狩猎中的鹿和老虎，还是战斗中的贵族，也都经过严格齐整的排列。匆匆跑过的凯瑞安仆人们都只是在袖口、领口或袖子上有一段代表不同家族的彩色条纹，或者是在胸口绘有家族纹章，几乎没有人穿着全身彩色的衣裙，只有高阶仆人衣服上的色彩才会稍多一些。凯瑞安人喜欢秩序，不喜欢艳丽的色彩。墙上偶尔会出现一个壁龛，里面放着金碗或者是海民花瓶，那些艺术品也都以直线条为主。稍有一点曲线的，都被尽量掩饰起来。有时走廊中会出现一段露天的方柱廊，柱廊外面的花园小径也都是平整的直线条。每个花圃都是同样大小，灌木丛和小树也被修剪成严整的形状，如果不是这种干旱的天气让所有植物都枯萎了，兰德相信这些花圃中开出的花朵一定也都是正方形的。

兰德希望戴玲能看看这些金碗和花瓶。在全凯瑞安境内，沙度艾伊尔带走他们能够搬走的一切，烧光所有他们拿不走的东西，这样的行为严重亵渎了节义。跟随兰德的艾伊尔拯救了这座城市，但根据艾伊尔的律法，他们只会拿走占领地的五分之一财富，除此之外，他们连一把勺子都不会多拿。贝奥甚至不情愿地同意了不从安多取走任何战利品。兰德相信，没有掌握太阳大厅物品清单的人，完全不会相信这里有什么物品被拿走了。

虽然一边讨论一边前进，柯曼和海芬最终既没找到鲁拉克，也没找到贝丽兰。最后还是他们两个找到了兰德。

兰德在一道柱廊中遇到这两个人，他遣退了所有跟随他的人，那些人让他觉得自己仿佛是在率领一支游行队伍。鲁拉克穿着凯丁瑟，暗红色的头发里有许多灰色的条纹，他的个子比贝丽兰高出许多。贝丽兰皮肤白皙，年轻貌美，穿着一件蓝白色裙装，领口开得极低，以至于在她行屈膝礼时，兰德不由得清了清喉咙。鲁拉克让束发巾松垂在脖子上，除了一把艾伊尔重匕首外，没有携带任何武器。贝丽兰戴着梅茵之主的王冠，上面有一只飞翔的金鹰，她波浪般的闪亮黑发，一直垂到赤裸的肩膀上。

也许艾玲达还是离开一下比较好，如果她认为有某个女子在兰德面前大献殷勤，她很可能会有相当粗暴的反应。

突然间，兰德发觉路斯·瑟林正发出一种不成调的哼声，那种声音里包含着某种困扰，但是什么？哼声，就像一个男人在欣赏一名完全没注意到自己的漂亮女子。

*停下！*兰德在脑子里喊道。*不许再通过我的眼睛去看！*他不知道路斯·瑟林是否听到了，也不知道是否真的有人在听。不过哼声是停止了。

海芬单膝跪倒，贝丽兰则毫不在意地挥手示意他起身。“我相信真龙大人和安多应该都还不错，”她有那种会让男人驻足倾听的嗓音，“还有您的朋友们，麦特·考索恩和佩林·艾巴亚。”

“都还好。”兰德对她说。她每次都要问候一声麦特和佩林，无论兰德告诉她多少次麦特已经去了提尔，而他在进入荒漠前就没见过佩林了。“那么你呢？”

贝丽兰瞥了兰德另一侧的鲁拉克一眼。这时他们走进了另一道走廊里。“就像您能预料的那样好，真龙大人。”

“还可以，兰德·亚瑟。”鲁拉克说。他的脸上没什么表情，当然，他的脸上一直都缺乏表情。

兰德知道，这两个人都明白为什么他要让贝丽兰管理这个地方。梅茵之主一开始就无条件地成为兰德的盟友。兰德能够信任她，因为她需要兰德，她需要依靠与兰德的联盟而让提尔不会将刀架在梅茵的脖子上。那些大君们总是想让梅茵变成提尔的一个省，而且，身为从南方数百里外的一个小国来到这里的一名外国人，贝丽兰没理由偏袒任何凯瑞安小集团，她也没有攫取权力的希望。而且她熟知管理国家的技巧。如果让鲁拉克管理凯瑞安，考虑到艾伊尔人和凯瑞安人对于彼此的看法，流血冲突随时都有可能发生，而凯瑞安已经流了太多的鲜血。

这种安排看上去取得了很好的效果。既然维蓝芒已经回提尔去了，又有赛玛拉迪共同执政，凯瑞安人也就接受了一名梅茵人作为统治者，因为她是由兰德任命的，也因为她不是艾伊尔人。贝丽兰知道自己在做什么，而且她至少会听取鲁拉克的建议，现在鲁拉克成为留在凯瑞安的部族首领们的代表。毫无疑问，贝丽兰必须对付那些智者（*智者们对于日常事务倒不是太关心，在这点上她们和两仪师差不多*），不过她至今都没向兰德提过这方面的问题。

“那么艾雯呢？”兰德问，“她好些了吗？”

贝丽兰微微抿了一下嘴唇，她不喜欢艾雯，艾雯同样也不喜欢她。兰德认为她们没道理会彼此厌恶，但事实就是这样。

鲁拉克摊开双手："艾密斯告诉我，艾雯还需要休息、轻度的练习、充足的食物和新鲜空气。我想她已经在一天中凉爽些的时间里出来散步了。"艾密斯是他的妻子之一，鲁拉克有两位妻子，这是让兰德感到奇怪的那些艾伊尔习俗之一。贝丽兰白了鲁拉克一眼，她脸上的细小汗珠完全无损她的美丽。当然，鲁拉克完全没出汗。

"我真想见见她，如果智者允许的话。"兰德说道。智者们也像他见过的任何一位两仪师一样，十分看重自己的特权，即使是氏族首领、部族首领，甚至卡亚肯也不能冒犯她们。"但首先，我们——"

一阵嘈杂的声音引起兰德的注意。这时他们所在的走廊有一侧墙壁被替换成立柱栏杆，栏杆外面传来一阵阵训练剑相互敲击的声音。兰德向外面随意扫了一眼，但下面石板庭院里的情景却让他咬住自己的舌头，停下了脚步。一名后背挺直的凯瑞安人穿着朴素的灰色外衣，十二名被汗水湿透的女子分成六组，正在互相拼斗。她们之中有些人穿着骑马的裙裤，有些穿着男人的外衣和裤子。她们之中大部分人虽然很卖力，动作却相当笨拙，还有一些在招式之间的转换还算流畅，只是挥舞训练剑时显得很是犹豫。她们的表情都十分严肃，但在做错动作时，又总是会露出懊悔的笑容。

那名凯瑞安男人拍了拍手。女人们都气喘吁吁地靠在训练剑上，有些人拿剑的手法表现出明显的生疏。兰德看见有许多仆人从远处向这里跑来，一边鞠躬、行屈膝礼，一边奉上了放在托盘上的水壶和杯子。而这些仆人穿的又不是凯瑞安仆人的制服，他们身上的外衣、裤子和裙子全都是纯白色的。

"那是什么？"兰德问。鲁拉克厌恶地哼了一声。

"枪姬众给一些凯瑞安女子留下了深刻的印象，"贝丽兰微笑着说，"她们也想成为枪姬众。不过，我觉得她们比较喜欢用剑，而不是枪矛。"苏琳恼怒地哼了一声。枪姬众之间闪过一片手语，那些手势看上去都表达着愤怒的情绪。"她们都是贵族的女儿，"贝丽兰继续说道，"我让她们留在这里，因为她们的父母不会允许她们这么做。现在这座城市里有将近十来所学校会教导女子用剑。但有许多女子为了去那些学校，必须先从家里偷偷溜出来。当然，受到影响的不仅是女人。年轻的凯瑞安人似乎都很痴迷于艾伊尔人，他们甚至开始奉行节义了。"

"他们只是在破坏节义。"鲁拉克面色阴沉地说道，"有许多人询问我们的处世之道。本来愿意学习正道的人都应该得到教导，即使是毁树者。"他看上去仿佛是要吐口水的样子，"但他们把我们告诉他们的道理全都扭曲了。”

“不该算是扭曲，”贝丽兰表示反对，“我想，只是继承。”鲁拉克挑起一点眼眉，贝丽兰叹息了一声。海芬看见自己的主人受到挑衅，脸上立刻露出遭受冒犯的表情，不过鲁拉克和贝丽兰都没注意到他，他们全都在看着兰德。兰德怀疑他们两个已经为这件事进行过不止一次的争论。

“他们改变了我们的道理，”鲁拉克加重语气重复道，“那些穿白衣服的蠢货被称为奉义徒，奉义徒！”

艾伊尔人中响起了一阵低沉的议论声，枪姬众们又打起手语。海芬看上去有点不安。“这些女孩发动过什么战争或袭击？她们亏欠了什么义？贝丽兰·贝隆，你在这座城市里贯彻了我不许争斗的禁令，但她们只要认为不会被发现，就会立刻展开决斗，斗败的人要穿上白衣。如果两个人都有武器时，一个人撞了另一个，被撞的就会要求决斗，拒绝的话也要穿上白衣。这与荣誉和责任又有什么关系？她们把一切都扭曲了，她们的行为甚至会让色拉曼感到脸红，这应该被禁止，兰德·亚瑟。”

贝丽兰顽固地扬起下巴，两只手紧紧地抓住裙子。“年轻人总是会争斗。”她严肃的语气甚至会让人忘记她有多么年轻。“但迄今为止，还没有人在这种决斗中死亡。一个都没有，只是因为这点就值得让她们继续下去了。而且，我已经说服了一些很有权势的父母，让他们不要把自己的女儿带回家去。我不会违背向这些女孩们做出的承诺。”

“如果你愿意，就留下她们吧！”鲁拉克说，“让她们学习用剑，如果她们愿意的话，但不要让她们再炫耀什么节义了。不要再让她们穿上白衣，自称为奉义徒，她们这么做完全是种冒犯。”鲁拉克冰蓝色的眼睛直盯着贝丽兰，而贝丽兰黑色的大眼睛则一直望着兰德。

兰德只是犹豫了片刻。他觉得自己明白为什么节义会如此吸引这些年轻的凯瑞安人，他们在二十几年的时间里两次被艾伊尔人征服，他们一定想知道是否艾伊尔人的秘密就藏在节义之中，或者也许他们认为他们的失败表明了艾伊尔人的办法会更好。很显然的，艾伊尔人觉得这是对他们信仰的嘲笑，所以会为此感到不安。但实际上，一些被奉为节义的艾伊尔方式确实显得很奇怪。比如，和一名男子谈论他的岳父，或者和一名女子谈论她的婆婆（艾伊尔人称呼他们的方式是次父和次母）会被认为是充满敌意的行为，足以让谈话的人抽出武器，除非是谈话者先提起自己的岳父母。如果因此被冒犯的人在对方说完自己的岳父母之后空手碰触了他，根据节义的解释，这就和空手碰触一名带武器的人，却没有伤害他一样。这会为那个伸出手碰触对方的人赢得许多节，并获取很多义，但被碰到的人可以要求成为奉义徒，以此减少对方的荣誉和他们自己的责任。根据节义，适当的成为奉义徒的要求，是可以得到巨大荣誉的事，所以人们可以通过提及别人的岳父母而成为奉义徒。凯瑞安人很可能不会做这么愚蠢的事情。因为这些，兰德也必须让贝丽兰管理凯瑞安，他必须支持贝丽兰。“鲁拉克，凯瑞安人会冒犯你们，只因为他们并非真正的艾伊尔人。不要再理他们了，谁知道以后会怎样，也许他们最终能够学会足够多的东西，让你们不会再恨他们。”

鲁拉克不高兴地哼了一声，贝丽兰露出微笑。让兰德惊讶的是，贝丽兰好像很想向艾伊尔人吐一下舌头，当然，这只是他的想象。贝丽兰只比兰德大几岁，但兰德在两河牧羊时，她就已经在统治梅茵了。

兰德命令柯曼和海芬回去担负起他们的职守，然后继续向前走去。鲁拉克和贝丽兰走在他两侧，其余的人跟在他们身后。真是一场游行，就差吹号打鼓了。

训练剑的敲击声又在他的身后响起。这是另一个契机，虽然只是很小的契机。即使是耗费了漫长时间研究真龙预言的沐瑞，也不知道预言中说他将再次打破世界是否意味着会带来一个新的纪元，但他肯定会带来变化，无论是什么样的变化。看起来，有许多变化会是他有意而为，也有许多变化会是偶然产生的。

当他们到达贝丽兰和鲁拉克分享的书房门口时，兰德停住了脚步（这个书房抛光的暗色木制嵌板上装饰着升起的太阳，表明这以前是王室成员使用的书房）。他转身看着苏琳和乌伦，如果他不能在这里摆脱他们，他就找不到地方摆脱他们了。“明天日出后大约一个小时我就要回凯姆林了，在那之前，你们可以去营地看看，找找你们的朋友，尽量不要挑起任何血仇。如果你们坚持，你们两个可以留在这里，帮我赶一赶老鼠。我不想在我回来时这里会有很多人。”

乌伦笑着点了点头，但他又看了凯瑞安人一眼，低声说道：“这里的老鼠可能会很大。”

片刻之间，兰德觉得苏琳想要和他争论，但苏琳只是盯着兰德看了一会儿，虽然她仍然抿紧了嘴唇，但也点了点头。兰德丝毫不怀疑，等到身边只剩下枪姬众时，他一定会听到一大堆唠叨的。

这个书房是个非常宽大的房间，房中的布置呈现出明显的差异。在雕花石膏的高天花板上，直线条和尖角构成了繁复精巧的图案，周围的墙壁和宽阔的壁炉上覆盖着深蓝色的大理石。一张巨大的桌子被放在地板中央，上面覆盖着许多纸张和有各种分界线的地图。两扇狭窄的高窗位于壁炉的一旁，长窗台上放着几只陶土小盆，里面有一些开着红白色花朵的矮小植物。桌子一侧的墙壁上挂着海上行船的巨大绘画，一名男子正拉起装满脂鲤的鱼网，那是梅茵的财富之源。一只针线篮子放在一把高背椅上，里面有一件半完成的绣品，红色的丝线从那件绣品上垂挂下来。那把高背椅宽大得足以让贝丽兰蜷起身躺在上面了。地板上铺着一整张的地毯，上面绘制着金色、红色和蓝色的花卉图案。那把高背椅旁边的一张小桌子上放着用银托盘盛装的银制酒壶和高脚杯，上面还有一本用红色镶金皮革封皮的薄书，这就是贝丽兰的地盘了。

桌子另一侧的地板铺着许多块颜色鲜亮的小地毯，还有许多红色、蓝色和绿色的穗子软垫。一只烟草袋、一柄短烟斗、一个夹子，和一只有盖的黄铜碗，放在一只覆铜的小箱上。另一只稍大些的箍铁箱子上摆放着一只象牙雕刻的笨重兽类，兰德觉得那并不是实际存在的野兽。二十几本各种尺码的书整齐地靠墙排列着，其中既有能放在口袋里的小册子，也有即使是鲁拉克也必须用双手才能拿起的沉重典籍。艾伊尔人能够从荒漠中获得他们生活所需的一切，只有书籍除外，商贩们依靠书籍从艾伊尔人那里获得了相当的财富。

“那么，”当房门被关上，只剩下他们三个之后，兰德说道，“真实的情况怎样？”

“就像我说的，”贝丽兰回答，“一切都如同预料的一样，街上有了更多关于卡莱琳·达欧崔和托朗姆·瑞亚丁的议论，但大多数人都不想再有战争了。”

“据说已经有一万名安多士兵加入了他们，”鲁拉克开始将他的烟斗装满，“谣言总是会把人数增加十倍或二十倍，但如果这是真的，也会是很麻烦的事。斥候说他们的数量不算大，但如果任由他们发展的话，也许他们会变成一个恼人的问题。黄蝇是小得几乎看不见，但如果让它们的卵留在皮肤上，你就会在它们孵化之前失去一条手臂或是一条腿，或者连性命也没了。”

兰德不置可否地哼了一声。达林在提尔的反叛并不是他唯一要解决的问题，瑞亚丁家族和达欧崔家族，这是两个最后把持着太阳王座的家族。在兰德出现以前，它们一直在苦斗不休；如果兰德现在消失，它们很可能立刻又会争斗起来。现在它们暂时把彼此之间的仇恨放到了一旁——至少表面上是这样，而表面下的凯瑞安很可能是完全不同的另一个世界。像达林一样，托朗姆和卡莱琳开始在一个他们认为是安全的地方集结力量。他们挑中的是世界之脊的山脚——尽量远离城市，但仍然在凯瑞安境内。他们的军队也像达林一样杂驳混乱，主要是中阶贵族，加上一些难民、佣兵，也许还有一些原来的强盗。培卓·南奥的手也许同样伸到了那里，就像他向达林伸出了手。

世界之脊的山脚丘陵地带并不像哈登莫克那样难以进入，但兰德至今还无法顾到那里。他在太多地方有着太多敌人，如果他停下来拍打这里的黄蝇，他也许就会发现有一头老虎爬到了他的背上，他必须先将老虎处理掉。但他甚至还不知道所有的老虎都在哪里。

“沙度有什么动静？”他一边问，一边将真龙令牌放在一张半打开的地图上。这张地图绘制的地域是凯瑞安北部，上面的那座山被称为弑亲者之匕山脉。沙度艾伊尔也许不是一头像沙马奥那样巨大的老虎，但他们比达林大君和卡莱琳女士要庞大得多。贝丽兰递给他一只盛着葡萄酒的高脚杯，他向贝丽兰表示了谢意。“智者们有没有说过瑟瓦娜有什么企图？”

兰德觉得那些智者们去弑亲者之匕山脉的时候，至少应该能听到或看到一点蛛丝马迹。他打赌，那些沿柘林河而下的沙度智者们肯定带回许多情报，当然，他对此什么都没说过。沙度艾伊尔也许抛弃了节义，但鲁拉克对于间谍行为永远都会抱着传统艾伊尔的观点。智者们的观点又是另一回事了，而且那根本不是他能够左右的事。

“她们说，沙度正在构建聚居地。”鲁拉克停了一下，用夹子从放着沙子的铜碗里夹起一块热煤。把烟斗吹亮之后，他才继续说道：“他们不认为沙度还会回到三绝之地去，我也认为他们不会。”

兰德抓了抓头皮。卡莱琳和托朗姆可以先放在一边，让他们自己烂掉，沙度盘据在龙墙的这一侧，这才是远比达林更加危险的事。埃拉娜看不见的手指似乎总是要碰到他。“有什么好讯息吗？”

“在舍姆莱发生了战斗。”鲁拉克叼着烟斗说道。

“哪里？”兰德问。

“舍姆莱，或者是沙塔。他们给他们的土地取了许多名字——库丹辛、托玛卡、奇盖利，还有其他的。那些人说谎时从不用思考，和他们交易就必须把他们的每一匹丝绢都彻底打开，否则你就会发现那些绢匹只有外面一层是真的。即使你下次在交易场上遇到了骗你的人，他也会矢口否认以前见过你，跟你做过生意。如果你坚持到底，他们会为了安抚你而杀了他，然后说只有他会出售假丝绸，然后再把水当葡萄酒卖给你。”

“为什么沙塔的战斗算是好讯息？”兰德轻声问。他并不真的想听到答案。贝丽兰则感兴趣地听着。除了艾伊尔人和海民之外，没有人知道荒漠那一边的世界是什么样子，人们只知道所有的丝绸和象牙都来自那里。记述那片土地风情的《简·法斯崔德游记》显然充满了太多幻想，不值得采信，不过，兰德确实记得那本书里写过那里的人喜欢说谎，那片地方有许多名字。只是法斯崔德记录下的名字和鲁拉克所说的，没有一个是一样的。

“沙塔从没有过战争，兰德·亚瑟，据说兽魔人战争曾经波及到那里。”兽魔人也曾进入过艾伊尔荒漠，从那之后，兽魔人就将那片荒漠称作“死地”。“但我们在交易场里从不曾听说过那里有战争。那片被高墙围起来的地方并不能听到太多来自外部的讯息。他们说，他们的世界永远都是统一的，永远都是和平的，和这里完全不同。当你成为卡亚肯从鲁迪恩出来的时候，关于你的讯息和你在湿地人中的名号就在向四处传播了。你是转生真龙，这个讯息沿着大裂隙和黎明崖壁一直传到交易场。”鲁拉克的眼神平静而稳定，这件事从不曾对他造成困扰。“现在有讯息从那里返回了三绝之地。在沙塔发生了战斗，交易场中的沙塔人都在问，转生真龙什么时候会打破世界。”

突然间，兰德觉得喝进嘴里的葡萄酒有一股酸味。另一片土地变得像塔拉朋和阿拉多曼一样，因为他的讯息而四分五裂。这种波澜会扩展到多远？会不会在他从不曾听说过的地方爆发了他不知道的战争，而原因却是由他而起？

*死亡骑在我的肩膀上，*路斯·瑟林嘟囔着。*死亡随我的脚印而行，我就是死亡。*

兰德打了个哆嗦，将高脚杯放在桌上。预言中那些隐晦琐碎的提示和模棱两可的韵文中，到底包含着多少信息？沙塔或者那片被称为别的什么名字的土地，也要像凯瑞安和其他地方一样成为他的负担吗？他要扛起全世界吗？当他连提尔和凯瑞安都无法完全掌握的时候，他要怎么做到这一点？只用一个人一生的时间是做不到的。安多。即使他要丢掉其他所有地方，丢掉全世界，他也要为伊兰守护安多的和平。他一定要做到。

“沙塔，或者无论被称为什么的那个地方，距离这里还很遥远，问题要一个一个地解决，沙马奥是第一个。”

“沙马奥。”鲁拉克表示同意。贝丽兰打了个哆嗦，一口气喝光杯中的酒。

然后他们谈论了一下仍然在向南方移动的艾伊尔。鲁拉克提醒兰德，在提尔凝聚的铁锤已经足以打碎沙马奥设置的任何障碍了。鲁拉克似乎对凯瑞安的防御还算满意，贝丽兰则一直抱怨说，凯瑞安需要保留更多的军力才能保证安全。直到最后鲁拉克向她嘘了一声，她还是嘟囔了几句兰德太顽固，只是按他自己的想法做事的话。然后她将话题转到了让流散的农民们重新安居的努力上，她认为到明年就不需要从提尔向这里运输谷物了，当然，前提是这场干旱要在那时结束，如果干旱继续下去，到时候就连提尔自身也会出现粮食匮乏，更不要说别的地方了。现在凯瑞安已经重新出现了贸易的迹象，商人们正从安多、提尔、莫兰迪，甚至是边境国进入这里。就在今天早晨，一艘海民船停泊在城外的河道里，这让贝丽兰感到很奇怪——海民不会进入距离海洋如此遥远的内陆。不过她当然非常欢迎这艘船。

贝丽兰的面容显得专注认真，她的声音清晰干脆。她转过桌子，拿起一份文件，开始陈述凯瑞安需要购买的物品和有能力购买的物品，以及有什么是需要卖出的。计划书被划分成现在、六个月内和一年内三个阶段，当然，以后的贸易计划还需要根据天气情况进行调整。每次提起天气时她都一语带过，仿佛这并不是重要的事情。但她也会看兰德一眼，仿佛是在说，身为转生真龙，他有义务找到办法阻止这种炎热。兰德见识过她妖娆诱人的样子，见过她害怕、轻蔑，或是用傲慢自大掩饰自己的样子，却从没见过她现在这种样子。她看上去完全变成另一个女人。鲁拉克坐在一个软垫上，抽着烟斗，显然是觉得兰德看贝丽兰的样子很有趣。

“……你的那座学校也许会发挥些作用。”她一边说着，一边皱起眉头盯着一份长长的清单。那张清单上用清楚精确的字迹罗列出许多项目。“但他们先要停止考虑新的东西，才有足够的时间把他们已经设想的东西做出来。”她用一根手指敲了敲嘴唇，若有所思地盯着前方。“你说过，把他们要求的黄金给他们，但我希望你能让我在金钱的发放上有所保留，除非他们真的——”

嘉兰妮从门口探进她的圆脸蛋（艾伊尔人似乎并不懂得敲门），说道：“兰德·亚瑟，芒金要见你和鲁拉克。”

“告诉他我很高兴稍后再和他谈话——”兰德的话刚说一半，一直保持沉默的鲁拉克开了口。

“你应该现在就见他，兰德·亚瑟。”部族首领的表情很严肃。贝丽兰将那张长长的清单放回桌上，盯着地面。

“好吧！”兰德缓缓地说。

嘉兰妮的脸消失了。芒金走进房间。芒金的个子比兰德要高。他是那些先前跨过龙墙，寻找随黎明而来之人的艾伊尔之一，也参加了攻占提尔之岩的战斗。“六天前，我杀死了一个男人。”芒金直接就说道，“一名毁树者，我必须知道我是否对你亏欠了义，兰德·亚瑟。”

“对我？”兰德说，“你可以保护你自己，芒金。光明啊，你知道……”片刻之间，他的话音消失了。芒金的灰眸里只有冷静，没有丝毫恐惧。兰德有点好奇。鲁拉克的表情什么也没告诉他，贝丽兰仍然没有从地板上抬起她的目光。“他攻击你了，对不对？”

芒金微微摇摇头：“我认为他应该死，所以我杀了他。”他仿佛只是在和兰德谈一件事情，比如他看见排水沟需要清理，他就清理了它。“但你说过，我们不能杀死那些背誓者，除非是在战场上，或者是他们攻击我们的时候。现在我欠你的义了吗？”

兰德记得自己说过的……*我就会吊死他*。他感觉到自己的胸口一阵发紧。“为什么他应该去死？”

“他的身上出现不该有的东西。”芒金回答。

“什么？他有什么，芒金？”

回答的是鲁拉克，他指了指自己的左臂。“这个。”他说的是盘绕在他手臂上的龙纹。部族首领并不会经常展示他们的龙纹，甚至很少提起它们，几乎所有围绕这个标记的事情都是神秘的，而部族首领们都满足于对此避而不谈。“当然，那是用针和墨水画出来的。”

“他伪装成一名部族首领？”兰德意识到自己正在为芒金找理由……*我会吊死他*。芒金是第一批追随他的人。

“不，”芒金说，“他喝醉了，到处炫耀他不该有的东西。我看得懂你的眼神，兰德·亚瑟。”他突然笑了，“这是个难题。我杀死他是对的，但现在我对你亏欠了义。”

“你杀死他是错的，你知道对于杀人的惩罚。”

“一根绕过脖子的绳子，就像那些湿地人做的那样。”芒金若有所思地点点头。“告诉我，在什么时候，什么地方，我会去那里。愿你今天找到水和阴凉，兰德·亚瑟。”

“愿你找到水和阴凉，芒金。”兰德悲伤地对他说。

“我想，”当房门在芒金背后被关上时，贝丽兰说，“他真的会自己走到绞刑场去。哦，别那样看着我，鲁拉克，我不是要责难他或是艾伊尔的荣誉。”

“六天！”兰德向贝丽兰咆哮了一声，“你们知道他为什么会来见我。已经过去六天了，你们却把它丢给了我。杀人就是杀人，贝丽兰。”

贝丽兰摆出庄严的仪态，但她的口气却像是要保护自己。“我不知道如果有一个男人走到我面前，说他犯了杀人罪时该怎么办。该死的节义，该死的艾伊尔和他们该死的荣誉。”粗话从她嘴里冒出来让人觉得很奇怪。

“你没理由对她生气，兰德·亚瑟。”鲁拉克插嘴说，“芒金的义是对你的，不是对她的，也不是对我的。”

“他的义是对那个被他杀死的人的。”兰德冷冷地说。鲁拉克看上去非常震惊。“下次如果有人杀了人，不要再等我，你们要执行法律！”也许他没办法再向一个他认识并喜欢的人宣判死刑了。他知道，如果没有选择，他还会这样做，但这让他哀痛至深。他变成了什么？

*一个人命运的转轮。*路斯·瑟林喃喃地说着，*没有仁慈，没有怜悯。*

第 18 章

孤独的味道

“还有什么问题你们想要我处理的吗？”兰德的声调明显地告诉他们，所有问题都要由他们自己去解决。鲁拉克微微摇摇头，贝丽兰的脸红了一下。“好。那么安排一下芒金行刑的日子……”这很痛苦吧！路斯·瑟林发出沙哑的笑声，那就去伤害别人，让他们代替你。这是他的责任，他的义务，他挺起背脊，不让那座高山压倒他。“明天执行绞刑，告诉他，这是我说的。”他停下来，瞪大了眼睛，随后才意识到自己是在等待路斯·瑟林的反应，而不是鲁拉克和贝丽兰的。他在等待一个死人的声音，一个死掉的疯子。“我要去学校了。”

鲁拉克提醒他，智者们也许正从营地向这里来。贝丽兰也说，凯瑞安和提尔的贵族们一定会鼓噪着质问她将兰德藏到哪儿去了。兰德告诉鲁拉克和贝丽兰，对那些人实话实说，同时告诉他们不要去找他，他要回来的时候，自然会回来。两个人都露出一副吞下酸李子的模样，但兰德抓起真龙令牌就离开了。

在走廊上，嘉兰妮和一名年纪不比她大的黄发红盾众一看见兰德出来，立刻站起身，然后又飞快地交换了一个眼神。除了他们以外，走廊里就只剩下几名正在奔忙的仆人。两个战士团都只留下一个人。兰德怀疑乌伦是不是把苏琳压在地上才让她同意这么做的。

兰德示意他们跟上自己，然后朝距离这里最近的马厩走去。马厩是用绿色的大理石建成的，材料和支撑宫殿天花板的立柱一样。马夫头子是一位有着一双大耳朵和满脸皱纹的男人。他的短皮背心上绘着凯瑞安的日出徽记。兰德只带着两名艾伊尔护卫出现，让他大感震惊，他不停地向门外观望着，又不停地向兰德鞠躬，以至于兰德开始怀疑他是不是能牵一匹马出来。但他只是喊了一声："为真龙大人备马！"六名马夫就牵出一匹骨架高大、目放精光的枣红色阉马。这匹马配着黄金流苏的马缰和雕金马鞍，马鞍上铺着绣有黄金朝阳的天蓝色丝绸流苏鞍褥。

当兰德跨上马鞍时，那名大耳朵的马夫头子已经不见了。也许他是去寻找转生真龙的随从，或者是去向什么人报告兰德孤身离开了宫殿，凯瑞安人就是这样。这匹皮毛光亮的枣红马显出一副跃跃欲试的样子，同时又保持着平稳的步伐。兰德让它小跑过宫殿外的广场，一路上的凯瑞安卫兵都用惊愕的眼神看着他。他并不担心那个大耳朵的家伙会引来刺客对他伏击，任何想要伏击他的人都会发现，这样做绝不比空着双手剪羊毛更容易。但如果在这里稍微耽搁，他肯定会被一群贵族围住，无法脱身。能有一段孤身一人的时间确实很不错。

他瞥了一眼跑在他身边的嘉兰妮和那名年轻的艾伊尔男子，他记得这男孩叫戴崔克，属于柯代拉艾伊尔姜恩峡氏族。几乎是孤身一人，他仍然能感觉到埃拉娜，路斯·瑟林在遥远的地方为了他死去的伊琳娜而嚎啕。他不可能是孤身一人，也许永远也不再是了，但现在的状态已经让他喘了一口气。

凯瑞安是一座大城，它的主要街道宽阔到让行走在其中的人也变得渺小。每条道路都会笔直地越过天然的土丘或石台，并让它们也变成人工的样子。所有街道的交会点都是标准的直角。全城各处都有仍未完工的巨塔，因为搭着鹰架的关系，所以巨塔周围结构精巧的方形拱壁还很难被看清楚。这些仿佛要碰到天顶的高塔还要被建得更高。凯瑞安无尽高塔是世界的奇迹，却在二十年前的艾伊尔战争中付之一炬，它们的重建工程至今还未完成。

想要从街上拥挤的人群中顺利通过并不容易，兰德已经不能让坐骑继续小跑了，他已经习惯人群在他的护卫面前自动分开。虽然现在他视线中的人群里足有几百名穿着凯丁瑟的人影，但跟随他的只有两个，这种感觉是完全不同的。他觉得一些艾伊尔人认得他，但他们完全没理会他。他们应该是不想因为引起卡亚肯注意而感到困窘，因为卡亚肯现在佩着一把剑，而且，虽然不像佩剑那么糟糕，但也不值得喝彩——他还骑着马。对艾伊尔人来说，羞愧和困窘远比伤痛更难以忍受，而这些不同的痛苦程度又因节义之故变得复杂繁冗，让兰德至今也无法完全明白。艾玲达肯定能向他解释这一切，她似乎很想让他成为艾伊尔人。

拥挤在街道上的其他人当然更多。凯瑞安人穿着他们色彩单调的衣服，他们之间也有许多人穿着色彩鲜艳，但往往是破旧不堪的衣服。他们是首门人，但凯瑞安城外的首门区在沙度艾伊尔围城时被烧成灰烬，让他们不得不住进城里。提尔人虽然没有艾伊尔人那么高，但比一般凯瑞安人却要高上一个头。牛车和马车不时在人群中穿行，又要为涂漆的载客马车和轿子让路，有时这种马车或轿子前方还会有一面代表某个家族的旗帜引路。小贩和卖货郎叫卖着托盘和推车上的货物，乐手、杂技演员和变戏法的人在街道拐角表演着他们的技艺。这座城市的两种居民都改变了，凯瑞安人曾经是沉默和克制的，现在这种风气还留有一些痕迹——店铺的招牌仍然很小，店外也没有在陈列任何商品。首门人也不再像以前那样活泼喧闹了，虽然他们还是会大声地笑，彼此叫喊，在街道上争论。没有改变的是凯瑞安城里的人在看着首门人时，目光中仍然会流露出矜持的厌恶。

除了艾伊尔人外，并没有人认得这个没戴帽子、穿着绣银蓝外衣的骑马者，但偶尔会有人瞥一眼他的鞍垫。真龙令牌在这里还没有多少人知道。没有人让路。兰德一方面因为拥挤的人群而感到不耐烦，另一方面却又为了没有成为所有视线的焦点而感到高兴。

那所学校位于距离太阳大厅一里远的另一座宫殿里，这里曾经是巴萨恩领主的官邸，现在那位领主已经去世，也没有人继承他的权位。组成这座宫殿的是一大堆方形的石砌房屋、一些尖角高塔和方形的阳台。通往宫殿主庭院的高大前门敞开着，兰德骑马进去时，发现人们正站在庭院里等着欢迎他。

伊迪恩·塔辛站在庭院对面宽阔的台阶上，她是这所学校的校长。她是一位矮个儿女子，穿着一件朴素的灰色外衣。现在她的背脊挺得笔直，让她看上去比自己的实际身高足足高了一个头。她的身边聚集着几百名男女，把整个台阶都挤满了。他们之中穿羊毛衣服的人远比穿丝绸衣的要多，衣服上也很少见到装饰，而且其中有许多都破损了。这些人之中大部分都已经上了年纪，伊迪恩不是唯一头上灰发多过黑发的人；也有许多人完全没有了黑发，或是完全没有了头发。但人群中不时会探出一张年轻的脸，向兰德投来兴奋的目光，这些年轻人也比兰德要大上十到十五岁。

他们是这里的老师，但这里并不能算是一所严格的学校。学生们到这里来并不是为了学习（现在每扇朝向庭院的窗户里都趴着许多男女青年），兰德将这些人聚集起来主要是为了能够集中尽量多的学识。他不止一次听说在百年战争和兽魔人战争中有很多知识遗失了；在世界崩毁中人类又彻底失去了多少知识？如果他要再一次毁灭世界，他一定要先把知识储藏起来。提尔已经在建设另一所学校，但只是刚开始，他同样在凯姆林寻找建设学校的地点。

没有任何事会依照你的意愿发生，路斯·瑟林嘟囔着，你不该为此而惊讶。没有任何事，没有希望，什么都没有。

兰德压下那个声音，下了马。

伊迪恩走到他面前，向他行了个屈膝礼。像往常一样，当她站起身时，兰德才吃惊地发现她的高度只到自己的胸口。“欢迎到凯瑞安学校来，真龙大人。”她的声音甜美年轻得令人惊讶，与她线条生硬的脸完全不相配。但兰德听过这个声音变得强硬的样子，那是在伊迪恩对学生和老师们训话的时候，伊迪恩对学校实行非常严格的管理。

“你在太阳大厅里安插了多少间谍？”兰德语气温和地问。伊迪恩看上去很吃惊，毕竟以这种方式提出这个问题不符合凯瑞安的风格。

“我们准备了一个小展览。”当然，兰德并不真的以为伊迪恩会给他答案。校长看了那两名艾伊尔人一眼，就像一名女子看着两条高大的长毛狗，却不知道它们有什么样的脾气。然后，她抽了一下鼻子：“真龙大人愿意随我来看看吗？”

兰德跟在她身后，皱着眉。什么样的展览？

学校高大的前厅里有许多抛光的深灰色立柱，但地板是浅灰色的。在大门对面三幅高的墙壁上，有一座用浅纹灰色大理石筑成的宽大阳台。现在这座大厅里摆满了……各种装置，本来簇拥在兰德身后的老师们纷纷跑向那些装置。兰德愣了一下，才突然记起贝丽兰和他说过的学校制造东西的事。但这些人都做了什么出来？

伊迪恩领着兰德看过一件又一件的装置，每件装置前面都有人向兰德解释他们的发明，而兰德竟然懂得其中的一些原理。

一排筛子、刮刀和装满亚麻布屑的桶子，能制造出世界上最好的纸，至少它的发明者是这么说的。一些巨大笨重的杠杆和平板组成了一架印刷机，根据制造者的说法，它比现在使用的印刷机要好很多。戴崔克对这些装置表现出很大的兴趣，直到最后，嘉兰妮狠狠地踹了一下他的脚，提醒他要注意的是有可能攻击卡亚肯的敌人，他才一瘸一拐地跟上兰德。下一个是装在轮子上的犁，这样它就能同时开出六道犁沟了，至少兰德认识这个，而且他认为这东西应该能发挥功用。另一样东西是可以由马匹拖拉的一些长杆，它们可以代替拿长镰刀的人收割干草。一架织布机，据它的制作者说，它更易于操作。老师们还在纸上绘制出木制高架桥的模型——它们可以将水运到水井干涸的地区——为凯瑞安设计的新排水沟和下水道。一张桌子上展示着人、牛车、吊车和滚筒的小雕像，它们说明了如何能迅速建设并铺实道路，而不需要通过经年累月的行走才能让路面成形。

兰德不知道这些东西是不是都能有用，但其中有一些看上去确实值得尝试一下，比如那张犁。如果凯瑞安人要喂饱自己，那它就是一件很及时有用的工具。他要命令伊迪恩实际制造这种犁。不，他会告诉贝丽兰，让她来向伊迪恩发布命令。*在公众面前一定要保持清晰的权力位阶*，沐瑞这样对他说过，*除非你要除掉某个人，让他垮台*。

在这些老师之中，兰德认识金·陶维尔，他是一位制作透镜的师傅。他正站在一组各种尺寸的透镜旁，不停地用一块条纹手绢擦着自己光亮的头顶。“用它们能在一里之外数清一个男人的鼻毛。”他说道。他的一片透镜像他的脑袋一样大。他还画了一张十八尺长的望远镜结构图，这是用来观星象的。金总是想看到很遥远的东西。

当兰德仔细研究金画的结构图时，伊迪恩装出一副平静而又满意的神情，事实上她对于不切实际的东西并不怎么感兴趣。在沙度围攻凯瑞安时，她亲自制造出一张巨大的十字弩，上面装满了杠杆和滑轮，它能将小型长矛发射到一里外的地方，然后射穿一个人的身体。如果学校完全依照她的想法运作，就绝不应该有人把时间浪费在不切实际的东西上。

“制造它。”兰德对金说。也许它不像那张犁，没有实际的用处，但他喜欢金。伊迪恩摇摇头，叹了口气，金则立刻满面红光。“而且我会奖赏你一百金币，这东西看起来很有趣。”这句话引起人群的一阵骚动，而兰德一时也没能分辨出是谁的下巴掉得更厉害——是伊迪恩的，还是金的。

和大厅里的其他装置相比，金的装置也变得像那个筑路工程设计一样，还算是有道理的东西。一名圆脸男子用牛粪产生出一种气体，把它引到一根黄铜管的末端，并在那里点燃了蓝色的火焰，但就连他自己也不知道这东西能干什么。一名身材高瘦的年轻女子做出了一个纸壳，这个纸壳可以飘浮在一只点着火的小铜火盆上方，如果不是用绳子系住，它就飘走了。她嘟囔着一些关于飞行（兰德相信自己没听错）和鸟的弯曲翅膀之类的话，她还绘制了设计图，兰德觉得那是一只木制的大鸟，但她说起话来非常辞不达意，让转生真龙完全无法明白她在说什么，而伊迪恩也无法为她做出更详细的解释。

然后又是一名秃头男子，他向兰德展示了一大堆黄铜管、圆筒、杠杆和轮子。这些东西覆盖了一张沉重的大木桌，那张桌子上有许多沟槽和刮痕，其中一些沟槽深得几乎要穿透桌面了。不知为什么，这个人的半张脸和一只手都被裹上了绷带。兰德一走进大厅时，他就开始焦急地在他的一个圆筒下面点火。当兰德和伊迪恩站到他面前时，他挪动了一根拉杆，同时骄傲地露出微笑。

接着这套装置便开始颤抖，从它上面两三个地方嘶嘶地冒出蒸气。很快的，嘶嘶声就变成一阵阵尖鸣。而这东西抖动的幅度也变大了，发出不祥的呻吟声，尖鸣声又变成刺耳的长鸣。装置也因为抖动得太剧烈而开始在桌面上移动。那个秃顶男人扑到桌上，摸索着从最大的圆筒上拔掉一个塞子，蒸气猛地喷射出来，变成一团白雾，然后那东西就停下来。男人吮着被烫伤的手指，努力做出一个虚弱的微笑。

“很精细的工艺。”兰德说完就跟着伊迪恩走开了，“那是什么？”他压低声音问伊迪恩。

伊迪恩耸耸肩：“穆尔芬不会告诉任何人的，有时候，他的房间里会发出巨大的爆炸声，甚至连其他房间的房门都会随之颤抖，而他至今为止已经被烫伤六次了。但他说，只要他完成自己的工作，一个新的纪元就会随之到来。”伊迪恩说到这里，不安地瞥了兰德一眼。

“如果穆尔芬能做到，我倒是很欢迎。”兰德冷冷地说。也许这东西是用来演奏音乐的？只要把那些尖鸣声改进一下？“我没看见荷瑞得，他忘记下来了吗？”

伊迪恩又叹了口气。荷瑞得·菲是一名安多人，他一直留在凯瑞安的王室图书馆里——他称自己为一名历史和哲学研究者，而这种知识显然不会引起伊迪恩的兴趣。“真龙大人，除了前往图书馆之外，他从来不会离开他的研究。”

兰德需要进行一次短暂的演讲才能离开这里，他在一张凳子上进行了这次演讲。他将真龙令牌抱在臂弯里，告诉他们，他们创造出来的物品都很精彩（就他所知，至少其中有一些还算挺有用的），然后他就能带着嘉兰妮和戴崔克溜走了，当然，还有路斯·瑟林和埃拉娜。兰德的演讲引来老师们一阵愉快的议论。而兰德想知道，除了伊迪恩外，他们之中是否还有人想到要制作一些武器出来。

荷瑞得·菲的书房在宫殿的上层，那里除了学校的灰瓦屋顶和一个方形广场之外，几乎什么都看不见，周围的风景全都被阶梯形的高塔挡住了。反正，荷瑞得说他从不会向窗外望一眼。

“你们在这里等着。”兰德在书房的窄门前说道（这座宫殿内部的房间都很狭窄），让他惊讶的是，嘉兰妮和戴崔克立刻就同意了。

兰德这时又想起一些小事情。在会见过鲁拉克和贝丽兰之后，嘉兰妮一直都没有用不赞成的眼光看过他的佩剑，这不像她平常会有的表现。她和戴崔克也没有在他骑上马背时，用不屑的眼神去看他的长腿——这同样是她平常会有的行为之一。

仿佛要进行确认一样，兰德朝房门转过身，这时嘉兰妮飞快地上下打量戴崔克一眼，速度确实很快，但嘉兰妮眼神中表现出明显的兴趣和笑意。戴崔克努力地不去看她，几乎是直着眼睛盯住前方。这就是艾伊尔人的方式，装作完全不懂，直到她彻底表白。如果是戴崔克从一开始看她，她也会这样做。

“祝你们有一段好时光。”兰德说完就走进房里，只留下两名满脸惊愕的艾伊尔人站在走廊上。

这个小房间里堆满了书籍、卷宗和一捆捆纸张，拥挤的书架完全挡住了墙壁，一直顶到了天花板，只空出门口和两扇敞开的窗户。书籍和纸张覆满了一张占据屋子大部分空间的桌子和多出的那张椅子，甚至还堆了很多在地板上。荷瑞得·菲是名矮个子男人，看上去，他今天早晨似乎忘记梳理自己稀疏的灰发。他咬在牙齿间的烟斗没有点燃，在他满是褶皱的棕色外衣前襟上还沾了不少烟灰。

他先是朝兰德眨眨眼，然后才说道：“啊，是了，当然，我这就……”他皱眉望向手中的书，然后又坐回桌子后面，用手指在面前一些散落的纸张中摸索着，不出声音地嘟囔着什么，又合起书，看着书的封面，抓了抓头。最后，他重新望向兰德，再次惊讶地眨眨眼：“哦，是了，你想谈什么？”

兰德清理了一下房里的第二把椅子，将上面的书册纸张放到地板上，再将真龙令牌靠在那堆书上，然后坐了下来。他已经试过和这里的其他人交谈——哲学家、史学家和学者，但这些交谈就像是在和两仪师们说话。他们都对自己所确定的事情非常确定，对于其他事，兰德觉得自己会被他们可能包含着各种意思的辞令活活淹死。如果兰德一定要逼问他们，他们或者会极为愤怒（他们似乎认为兰德在怀疑他们的学识，这当然是严重的罪行），或者会成倍地增加术语的用量，直到兰德完全不明白其所以然；或者他们会竭力试探出兰德想听什么，然后再把这种话告诉兰德。荷瑞得和那些人不同，他总是忘记兰德是转生真龙，这点让兰德感到很中意。“你对于两仪师和护法都知道些什么，荷瑞得？关于约缚呢？”

“护法？约缚？我想，对于这些我和其他不是两仪师的人知道得一样多，这代表我对此并不了解。”荷瑞得吸了一口烟斗，却似乎没注意到烟斗已经熄灭了。“你想知道什么？”

“它可以切断吗？”

“切断？哦，不，我不这么想，除非你是指护法或两仪师死亡，我想，这可以将约缚终止。我记得曾听别人说过关于约缚的事，但我记不起……”他看见桌上的一份笔记，就把它挑出来，开始阅读上面的内容。他紧皱双眉，不停地摇着头。这份笔记似乎是他记录的，但他又好像完全不同意上面的内容。

兰德叹了口气，他觉得如果自己转头的速度够快，也许就能看见埃拉娜的手正放在他身上。“上次我问你的问题怎么样了？荷瑞得？荷瑞得？”

那名矮个子男人猛地抬起头：“哦，是的，啊，问题，上一次。最后战争。嗯，我不太记得了。我想，是兽魔人？惊怖领主？是的，惊怖领主。但我一直都在思考，那不可能真的是最后战争，我不认为会是那样。也许每个纪元都有最后战争，或者大多数纪元都有。”他忽然皱起眉看着咬在自己齿缝间的烟斗，然后开始在桌上到处翻找。“我把火绒匣放到哪里去了？”

“你说不可能是最后战争是什么意思？”兰德竭力让自己的声音显得平静。荷瑞得总是能说到事情的重点，但必须先把他赶向那里。

“什么？是，就是这样，那不可能是最后战争。即使转生真龙再次封印暗帝的牢狱，就像创世主所做的那样，当然，我不认为转生真龙能做得到。”他倾过身子，压低声音说：“要知道，他不是创世主。无论街上那些人是怎么说的，但一定会有人重新封印那里。这是时光之轮的转动，你明白的。”

“我不明白……”兰德的声音愈来愈小。

“是的，你明白，你进行过很好的研究。”荷瑞得从嘴里抽出烟斗，用它在空中画了一个圆。“时光之轮，纪元随着它的转动来而复往，这就是一切的答案。”突然间，他在那个想象的转轮上指住了一个点。“在这里，暗帝的牢狱是完整的。在这里，他们在那上面钻出一个洞，又将它封印。”然后他沿着那个圆的轮廓移动烟斗，“我们在这里，封印正在削弱，但这没关系，当然。”烟斗又将那个圆完整地画了一遍。“当轮回转到这里，回到他们最初钻孔的那一点时，暗帝的牢狱又会完整了。”

“为什么？也许下次他们会钻穿那个补丁，也许他们上次也是这样做的，也许他们上次只是钻穿了一个我们不知道的补丁。”

荷瑞得摇着头，片刻之间，他只是盯着自己的烟斗，然后又一次发现它没有点燃。当兰德觉得也许又要把他从沉思中叫醒的时候，荷瑞得却眨眨眼，继续说道：“首先一定要有人去那样做，除非你认为是创世主在制造暗帝的牢狱时留了一个孔洞，然后又用补丁堵上它。”他的眼眉因为这个假设而抖动了两下。“不，它在开始时是完整的，我想当第三纪元再次来临时，它还会变完整的。嗯，他们会称它为第三纪元吗？”他匆匆地用钢笔蘸一下墨水，在那本打开的书的留白上写下一些文字。“嗯，现在没有关系，我不认为转生真龙会让牢狱恢复完整，不会是在这个纪元。但在第三纪元再次到来之前，它一定会恢复完整的，这其间还有很漫长的时间——至少一个纪元——那时就没有人还会记得暗帝和他的牢狱了，没有人记得了。嗯，我想……”他看着自己做的笔记，又抓了抓头，然后才惊讶地发现自己的手里还握着钢笔，结果他的头发上留下了一片墨水的污渍。“任何封印被削弱的纪元一定都会记得暗帝，因为他们必须对抗他，努力将他重新封印回去。”他将烟斗重新插回到牙缝里，钢笔没有蘸墨水就开始做另一段笔记。

“除非暗帝获得了自由，”兰德平静地说，“打破时光之轮，以他的思想重新塑造时间和世界。”

“就是这样。”荷瑞得耸耸肩，皱起眉看着手中的钢笔，最后，他想到了墨水瓶。“我不认为你和我能在这件事上有什么作为，为什么你不和我在这里一同做研究？我不认为最后战争明天就会开始，你最好利用你的时间——”

“你能想到有什么原因必须打破那些封印吗？”

荷瑞得一下子扬起了眉毛：“打破封印？打破封印？为什么会有人想要这么做？难道他是疯子？它们是可以被打破的吗？我似乎在什么地方读到过，它们是无法被破坏的，只是我想不起来那个原因是什么，是什么让你想到要这样做？”

“我不知道。”兰德叹了口气。在他的脑海深处，路斯·瑟林正一遍又一遍地重复着：*打破那些封印，打破那些封印。结束它，让我永远地死去。*

无聊地用披巾的一角为自己扇着风，艾雯在两条走廊交叉处来回望着，希望自己没有再迷路。她很怕自己会迷路，太阳大厅有好儿里长的走廊，和外面的建筑一样，这里也没有什么色彩可言。她在这里没待过多少时间，所以其中大部分地方对她来说都是陌生的。

这里到处都是三三两两的枪姬众，比兰德平时带在身边的要多得多，而比起兰德不在时就更多了。她们似乎只是在到处闲逛，但在艾雯眼里，她们却显得有些——偷偷摸摸。艾雯认得其中一些人，她本来想和她们友善地打个招呼（枪姬众们都把艾雯当成是智者学徒，而不是两仪师，这让艾雯很高兴），但是当她们看见艾雯时，却显示出艾伊尔人程度的惊讶——用慢了一拍的速度向艾雯一点头，话也不说一句就跑走了，所以艾雯一直都没办法找人问路。

艾雯皱起眉，望向一名满脸汗水的仆人，他穿着蓝色薄外衣，袖口上绣着一道金线。艾雯觉得他有可能知道该怎样从这里走到她要去的地方，但问题是，艾雯并不能确定那里是否真的是她想去的地方。更不幸的是，这个家伙已被如此众多的艾伊尔人搞得心神不宁了，看见一名艾伊尔女子正紧皱眉头盯着他（他们似乎从没去注意过艾雯的黑眼睛，艾伊尔人肯定不会有黑眼睛的），他的脑子里大概是充满了关于枪姬众的种种传说，所以转过身用最快的速度跑走了。

艾雯焦躁地哼了一声，她并不真的需要人指路，迟早她能找到一个认识的地方。从她过来的路往回走肯定行不通，那么剩下的三条路呢？她选择其中一条，坚定地迈开大步，甚至有一些枪姬众都为她让开了路。

她现在的脾气确实相当糟糕，在经历过这些事情之后，能够重新见到艾玲达是件很令人高兴的事，但那个女人却只是冷冷地向她点了一下头，就钻到艾密斯的帐篷里去了。艾雯跟进去的时候，却被告知那是私人会面。

你没有受到召唤，艾密斯严厉地说道，艾玲达盘腿坐在一只软垫上，沮丧地盯着面前的地毯。去和别人聊聊天，吃点东西，一个女人不该显得这么轻浮。

柏尔和麦兰都匆匆赶了过来，她们都受到了节义的召唤，只有艾雯被排除在外。这让艾雯看出智者们有所图谋，但也只是仅此而已。毕竟，她是艾玲达的朋友，如果艾玲达遇到麻烦，她很想帮忙。

“你为什么在这里？”索瑞林的声音在艾雯背后响起。

艾雯对自己能保持镇静很感自豪，她平和地转过身望着这位深玳堡的智者。索瑞林属于查林艾伊尔加莱氏族，她有一头稀疏的白发，脸部的皮肤如同褶皱的皮革紧绷在颅骨上，全身仿佛只剩下筋腱和骨骼。虽然她能导引，但她的力量比艾雯见过的大多数初阶生还弱。实际上，艾雯从白塔出走之前，也只不过是个初阶生。当然，导引的能力并不受到智者们的重视，管理智者的是另一种神秘的规则。当索瑞林在场时，领导权总是属于她，艾雯觉得那应该是因为纯粹的精神力量。

像大多数艾伊尔女性一样，索瑞林比艾雯足足高了一个头。她用一双绿眼睛盯着艾雯，严厉的目光完全能把一头公牛击倒，但艾雯却感到一阵放松。索瑞林平常看任何人的时候都是这样，说夸张一点，被索瑞林看到的地方，石墙也会碎裂，壁挂也会燃烧起来。

“我是来看兰德的，”艾雯说，“而且离开营地走一走，进行一下轻度练习应该能帮助我恢复体力。”要是绕着城墙快步走上五六圈肯定会更好——这就是艾伊尔们通常认为的轻度练习。艾雯希望索瑞林不要再追问下去，她真的不喜欢对智者说谎。

索瑞林只是盯着她，仿佛嗅到了她在隐瞒着什么，然后她将披巾拉到瘦削的肩膀上，说道：“他不在这里，他去学校那里了，贝丽兰·贝隆建议不要跟着他，我同意她的看法。”

对艾雯来说，想要保持面容的平静实在是件很费力的事。智者们竟然会听从贝丽兰的话，她完全没有预料到。对于湿地人的权位，智者们向来丝毫不在意，但她们认为贝丽兰是有理智和值得尊敬的女子，而且这并不是因为兰德给予贝丽兰权力，这对艾雯来说实在是无稽之谈，简直太荒谬了。那个梅茵女人只会穿着暴露的衣服四处招摇，用各种不合礼仪的手段和男人们调情。艾雯相信，除了这些她什么都做不了。艾密斯根本不该总是对她报以如此温暖的微笑，仿佛是看见宠爱的女儿，索瑞林也绝不该说出这种话。

盖温突然不期而至地飘进她的脑海。那只是一个梦，是他的梦，当然不能把她在那里所做的事和贝丽兰相提并论。

“女孩的脸如果莫名其妙地变红了，”索瑞林说，“那么她的脑子里经常会有个男人。是哪个男人引起你的兴趣？我们很快就能看见你把新娘花冠放在他的脚边吗？”

“两仪师很少会结婚。”艾雯冷冷地对她说。

满脸皱纹的智者响亮地哼了一声，如同布匹被撕裂。枪姬众和智者们，实际上是所有艾伊尔人也许都不认为她是两仪师，只要她还从师于智者们。

但索瑞林的看法还不止于此，她似乎认为艾雯已经是艾伊尔人了，所以她觉得插手艾雯的事情是她理所当然的权力和义务。“你会的，女孩，你不是那种会成为法达瑞斯麦、认为男人像狩猎一样只是种运动的女孩。你有个擅长生孩子的屁股，你会得到他们的。”

“能告诉我可以在哪里等兰德吗？”艾雯问。如果继续听索瑞林说下去，她也许就要晕倒了。索瑞林不是梦行者，不能解释梦境，而且她肯定也没有预言的能力，但她的意志是如此坚定，她所说的话仿佛最终都会无可避免地成为事实。盖温的孩子，光明啊，她怎么可能会有盖温的孩子？实际上，两仪师几乎从不结婚，也没有男人想娶一位两仪师当妻子，拥有至上力的两仪师可以把男人当小孩一样玩耍。

“往这边走，”索瑞林说，“是杉督因吗？我昨天在艾密斯的帐篷旁见过的那名魁梧的真血众？那道疤让他脸上其余的部位看上去更英俊……”

索瑞林一边引领艾雯穿过宫殿，一边不停地叨念着一个个名字，同时从眼角观察着艾雯的反应。她还尽力罗列出每个男人的魅力所在，其中还包括一些人不穿衣服时的样子——艾伊尔男人和女人会在同一座出汗帐篷里洗浴。艾雯已经不知道自己的脸有多红了。

等她们走到兰德将要在这里过夜的房间时，艾雯高兴地向索瑞林匆匆道别，就用力关上这个起居室的门。她的运气不错，这位智者看起来还有自己的事要处理，否则她有可能会跟进房里继续唠叨。

深吸一口气，艾雯开始抚平裙子，调整披巾。她并不需要这么做，但艾雯觉得自己好像刚翻着跟斗从山坡上滚下来。这女人真喜欢当媒人，她一定会亲手为女孩们编出新娘花冠，然后把她们拉到她选中的男人面前，将花冠放在他脚下，再揪住男人的手臂，让他把花冠捡起来。也许没这么夸张，但实际上也差不多了，当然，索瑞林应该不会对艾雯这么做。不过想象这番情景时，艾雯发出一阵咯咯的笑声。毕竟，索瑞林并不真的认为艾雯已经变成了艾伊尔人。她知道艾雯是两仪师，或者至少她是这么认为的。不，她当然不必为此担心！

在整理包住头发的灰色头巾时，艾雯的双手突然僵住了，她听见寝室里传来一阵轻微的脚步声。如果兰德能从凯姆林一下子跳到凯瑞安，也许他会直接跳回他的寝室。也许是有什么人，或什么东西正在等着他。艾雯拥抱了阴极力，编织出几样可怕的东西，准备随时使用。一名女奉义徒走了出来，抱着一大堆床单被褥，看见艾雯，她愣了一下。艾雯放开阴极力，同时希望自己的脸已经不再那么红了。

妮爱拉长得非常像艾玲达，不注意看的话，很容易把她们搞混，但仔细看就能发现，她比艾玲达要大上六七岁，而且皮肤颜色比艾玲达稍浅一点，也许还比艾玲达丰腴一些。她是艾玲达的姐姐，但从没当过枪姬众，只是一名织工。现在她一年又一天的奉义徒时间已经完成大半了。

艾雯没有向妮爱拉问好，因为这会让妮爱拉感到困窘。“兰德就快回来了吗？”她问妮爱拉。

“卡亚肯该来的时候自然会来，”妮爱拉谦恭地低垂着目光回答道。艾雯觉得这副情景很奇怪，艾玲达的面孔不该显得这么柔顺，即使她比艾玲达稍微要胖一点。“而我们要在他来之前做好准备。”

“妮爱拉，你知不知道艾玲达要与艾密斯、柏尔和麦兰进行什么样的密谈？”这肯定与梦行无关，艾玲达在这方面的能力并不比索瑞林更强。

“她在这里？不，我不知道。”但妮爱拉这么说的时候，眼睛微微眯了一下。

“你知道一些事，”艾雯坚持道，她也许能因为奉义徒的顺从而获得一些优势，“告诉我是什么，妮爱拉。”

“我知道如果卡亚肯发现我站在这里闲聊，而他的床却还是一团乱，艾玲达一定会用鞭子抽我，直到我坐不起来。”妮爱拉可怜地说道。艾雯不知道这是否与节义有关——艾玲达总是以两倍于其他奉义徒的严格标准对待她姐姐。

妮爱拉匆匆向门口走去，长袍一直拖过花纹地毯。但艾雯抓住了她的衣袖说道：“等你的时间结束时，你会脱下这身白衣吗？”

这不是个正式的问题，妮爱拉脸上的柔顺消失了，换之以枪姬众的骄傲。“当然，否则就是对节义的嘲笑了。”妮爱拉强硬地说道。突然，她的唇边露出一丝微笑：“而且，我的丈夫会来找我的，那样的话他可不会高兴。”柔顺的面具又回到她脸上，她垂下目光。“我能走了吗？即使艾玲达在这里，我也会尽量避开她，而且她肯定会来这个房间。”

艾雯放开她，她已经无权再问什么了，和一名奉义徒谈及她穿上白袍之前和之后的生活，都会让她感到羞耻。艾雯自己也觉得有一点羞愧，但她当然不会跟从于节义，这只是个礼貌问题。

当房间里只剩下她一个人的时候，她坐进一把雕刻精致的镀金扶手椅里。在长久地盘腿坐在垫子上和地上之后，她发现这样坐着竟然是如此舒服。将双腿交叠在身下，她又开始寻思艾玲达和艾密斯她们在谈论什么。兰德，肯定没错，他总是被智者们注意。智者们不在乎湿地人的真龙预言，但她们重视鲁迪恩预言，那个预言中说他会摧毁艾伊尔，又说艾伊尔因此能够存留下“残片的残片”。智者们全力要做到的就是让这个残片尽可能地大。

所以她们命令艾玲达留在兰德身边，甚至要和他接近到无法再保持礼仪的范围。如果艾雯现在走进兰德的寝室，一定会发现一个为艾玲达准备的地铺，但艾伊尔人却不这么看这个问题。智者们是要让艾玲达教导兰德艾伊尔的方式和习俗，随时提醒兰德，他的血液里流着艾伊尔人的血统。很显然，智者们认为只要兰德醒着，这种提醒就绝不该间断。考虑到智者们面对着怎样的问题，艾雯觉得不能完全误解她们，不过她似乎也不该完全赞同她们。让一个女人和一个男人睡在同一个房间里，这毕竟是不合礼仪的事。

但艾雯对于艾玲达的问题无能为力，特别是当艾玲达似乎并没发觉问题所在时。用臂肘撑住身子，艾雯开始思考该怎么和兰德进行这次谈话。她的脑子转了一圈又一圈，但是当兰德走进这个房间时，她还是没想到应该先跟他说什么。兰德在走廊里和两名艾伊尔说了些话，然后才走进房间，关上房门。

艾雯从椅子里跳起身：“兰德，你必须帮我和智者们说一说，她们会听你的话。”把这句话说完，她才急忙闭上了嘴，这根本不是她要说的事情。

“我也很高兴又能见到你。”兰德微笑着。他拿着那根霄辰枪，艾雯上次就看见那杆枪上雕刻出了龙纹，艾雯希望能知道他是从什么地方得到这个东西的，任何霄辰人的东西都会让艾雯头皮发麻。“我很好，谢谢你，艾雯，你呢？你看上去又变成你自己了，而且比以前更充满活力。”他看上去是如此疲倦，又如此刚硬，刚硬得连他的微笑都变得奇怪了。现在艾雯每次看见他，都觉得他变得更加刚硬一些。

“你不需要以为你的话很风趣。”艾雯没好气地说道。最好开始继续她已经开始的话题吧！这总比再去慌乱地寻找别的话题，让他有更多的理由嘲笑自己要好。“你会帮我吗？”

“怎么帮？”他将那根带穗短枪扔在一张四条腿被雕刻成虎腿形状的小桌子上，脱下剑带和外衣。一切都仿佛是在他自己的家里一样——当然，这里确实是他的房间。不知为什么，他身上的汗水并不比艾伊尔人更多。“智者们听我的，但她们只会听到她们想听的话。我已经能看出来，当她们用那种不带表情的目光看着我的时候，她们就是认为我在胡言乱语。她们不会这样对我说，因为这样我会感到困窘，她们也不会和我争辩，她们只会不予理睬。”他拖过来一把镀金椅子，面朝艾雯坐了下去，然后全身仰靠在椅子里，穿着靴子的脚直伸出去。即使以这样的姿态，他依旧显示出一副傲慢的样子，现在一定有许多人在向他鞠躬了。

“有些时候你还不会胡言乱语。”艾雯嘟囔着。不知为什么，艾雯没有心思去考虑自己的想法。仔细地调整了一下披巾，艾雯在他面前站稳了身体。“我知道你想听到伊兰的讯息。”为什么他的表情变得如此哀伤？而同时又像冬夜一样冰冷？可能是因为他已经很久没听到伊兰的讯息了吧！“我怀疑雪瑞安不会将伊兰写给你的信转交给智者们。”艾雯根本不知道曾有过这样的事，而且他现在很少来凯瑞安，也没什么机会收信。“伊兰会放心地把信给我，我可以把它们转交给你，只要你能说服艾密斯，我已经足够强壮，可以……可以重新开始我的工作。”

艾雯真希望自己的这段话能够毫无滞塞地说出来，但他已经知道太多关于梦行的事，虽然他可能还不知道特·雅兰·瑞奥德。除了梦行这个名字之外，与梦行相关的所有事情都是智者们严格保守的秘密，特别是对那些能够梦行的智者来说。她无权泄露太多她们的秘密。

“你能告诉我伊兰在那里吗？”他的口气就像是在讨一杯茶。

艾雯犹豫着，但她已经答应奈妮薇和伊兰——光明啊，她们达成这个协议已经有多久了？但协议是不能被破坏的。他已经不再是那个曾经与她一同长大的男孩了，他是个完全的男人，无论他用什么样的语气说话，他那双坚定的眼睛正在向艾雯要求答案。如果两仪师和智者们之间的碰撞会激发出火星，那么两仪师和他之间的碰撞一定会引发巨大的爆炸。在这两者之间一定要有缓冲的力量，而能起缓冲作用的只有她们三个，这是她们的责任，但艾雯希望她们不会因此而被烧成灰烬。“我不能告诉你这件事，兰德。我没有权利，现在还不是应该告诉你的时候。”这是事实。所以，艾雯也不能告诉他沙力达就在阿特拉对面、埃达河岸边的某个地方。

兰德专注地向前倾过身子。“我知道她和两仪师在一起。你告诉过我，那些两仪师支持我，或者她们有可能会支持我。她们害怕我吗？我会立下誓言不去侵扰她们，只要她们不来干涉我。艾雯，我要把狮子王座和太阳王座交给伊兰，她有权得到这些，凯瑞安会像安多一样接受她。我需要她，艾雯。”

艾雯张开嘴，然后才发现自己差点要把关于沙力达的一切都告诉他。她急忙用力地咬紧牙，连下巴都因为牙齿的撞击而感到疼痛。然后她向阴极力张开了自己，生命的甜美感是如此强烈，其余一切都被它吞没。这帮助艾雯安定了自己的心神，渐渐地，想要说出一切的冲动消退了。

他叹息一声，坐回椅子里。艾雯不由得睁大了眼睛望着他。他是亚图·鹰翼之后最强大的时轴，但艾雯却开始注意到另外一些东西，这让艾雯拼尽了全力才没有打着哆嗦抱住双肩。

“你不会告诉我的。”他说道。这不是一个问题，他隔着衬衫用力地揉搓着自己的前臂。这提醒了艾雯，自己还拥抱着阴极力，在这种情况下，他会有一种微弱的刺麻感。“你认为我会强迫你说出来？”他突然愤怒地喊道，“现在我到底变成了什么样的怪物，让你必须用至上力来保护自己？”

“在你身边，我不需要任何东西保护自己。”艾雯尽量平静地说道。她的胃仍然在缓缓地抽搐着。他是兰德，是一个能够导引的男人，艾雯心中的一部分想要发出歇斯底里的喊叫和哭嚎，她为此而感到羞愧，但艾雯没办法让那种情绪消失。她带着一点不舍的心情放开阴极力，其实，即使艾雯不放开阴极力也不会有什么差别，他们之间在导引力量上的差距，就像他们在体力上的差距一样大。“兰德，很抱歉我不能帮你，我真的不能。不过我还是请你能帮我，你知道，这样也能帮助你自己。”

他的愤怒被一个疯狂的笑容所吞没，急速变化的表情把艾雯吓了一跳。“‘猫成了帽子，帽子成了猫。’”他说道。

但一无所有只能是一无所有，艾雯心想。艾雯在小时候听塔伦渡口的人们说过这句俗话，“你把你的猫塞进了你的帽子里，又把它们塞进你的裤子里，兰德·亚瑟。”她冷冷地对他说。走出房间时，她努力不让自己太用力甩上门，但也差不多了。

一边大步向前走着，艾雯一边寻思自己应该做什么。她必须说服智者们让她能够光明正大地进入特·雅兰·瑞奥德。兰德迟早要和沙力达的两仪师们会面，而如果她在那之前能与伊兰和奈妮薇谈一谈，一定会对兰德有很大的帮助。让艾雯有些惊讶的是，沙力达两仪师至今还没见到兰德，是什么阻碍了雪瑞安她们的行动？艾雯对此无能为力，而伊兰和奈妮薇也许比她知道得更多一些。

她有一件事迫不及待地想告诉伊兰——兰德需要她。兰德在这样说的时候仿佛是在对艾雯表明，这对他来说是生命中最重要的事，这应该能打消她对于兰德是否爱着伊兰的疑虑了。只有当一个人爱着另一个人的时候，才会以这样的方式说出他需要她。

兰德盯着那扇在艾雯身后关上的门，和那个与他一同长大的女孩相比，她已经改变了这么多。穿着那身艾伊尔服装，她看上去十足像是个智者，只是个子有点矮——一位身材娇小的智者，有一双黑色的大眼睛。但即使这样，艾雯在做任何事时仍然像以前那样全心全意。艾雯已经变得像两仪师一样冷静，在感觉受到威胁时就会抓住阴极力。这是他必须记住的。无论艾雯穿着什么样的衣服，她的愿望是成为一名两仪师，她会保守两仪师的秘密，即使他告诉她，他需要伊兰是想为两个国家重新带来和平。他必须将艾雯视为两仪师，这让他从内心感到悲伤。

他疲倦地站起身，再次穿上外衣。他还要去见那些凯瑞安贵族——克拉瓦尔、马林金、多布兰和其他人；还有那些提尔人，麦朗和亚拉康一伙人会因为他给凯瑞安人的时间稍微多一点而疑神疑鬼。那些智者们也一定会来见他，还有提摩兰和其他部族首领。为什么他要离开凯姆林？嗯，与荷瑞得的交谈是令人愉快的，虽然他的问题并没有得到答案，但能够和一个意识不到他是转生真龙的人交谈，能带给他很好的感觉，而且他也得到了一点没有艾伊尔人簇拥的时间。他还希望能得到更多这样的时间。

他从一面镀金镜子里看见自己的模样。“至少你没让她看出你已经累了。”他对着镜中的身影说。这也是沐瑞对他提出的一个建议，*绝不要让别人看出你的虚弱*。他已经开始习惯将艾雯看成别人了。

用最省力的姿势蹲在兰德·亚瑟房间窗外的花园里，苏琳将一把小刀掷在地上，似乎正专心玩着这种掷刀游戏。一扇窗户里传出的岩枭叫声让她骂了一声，站起身，将小刀插回腰带上。兰德·亚瑟又离开房间了。用这种方法看护他不会有效的，如果有安奈拉或索麦莱在身边，她会让她们跟上他，她总是要在这些没有意义的活动中保护他，就像保护她的首兄弟一样。

快步向最近的一个门口跑去，她加入另外三名枪姬众之中（*她们都不是跟她一起来的枪姬众*），她们开始在这片交错复杂的走廊中来回搜寻，同时又竭力装作是在无事闲逛的样子。无论卡亚肯是怎么想的，绝不能让枪姬众们唯一回来的儿子遇到任何危险。

第 19 章

义的问题

兰德觉得今晚他应该能睡个好觉，他已经疲惫到几乎忘记了埃拉娜的碰触。更重要的是，艾玲达去智者的帐篷那里并没有回来，他不必战战兢兢地脱衣上床，也不必被她的呼吸声干扰自己的休息了。但还有些事情让他感到不安，那就是他的梦，他总是会为自己的梦设下结界，以阻挡弃光魔使，还有那些智者们，但结界挡不住已经在里面的。梦变成了巨大的白色物体，仿佛是没有鸟的巨型鸟翼。它滑过天空，看见许多宏伟的城市，里面矗立着一座座高度无法想象的建筑，在太阳的照耀下熠熠生辉。它们的形状像倒伏的甲虫和水滴，沿街道排列。他以前在鲁迪恩的那座大型特法器里见过这些，他就是在那里得到了手臂上的龙纹。他知道这是传说纪元的影像，但这次完全不同了。一切都仿佛遭到了扭曲，那些颜色……都是错的，仿佛有什么东西改变了他的视觉。梭翼颤抖着向下坠落，每一架上面都携带着数百个即将死亡的生命，建筑物如同玻璃般碎裂。一次又一次，他面对着一位美丽的金发女子，看见她的面容从爱意转变为恐惧。他的一部分认识她，他的一部分想要拯救她，从暗帝手中，从一切灾厄中，从他自己的所做所为中。他分成了那么多部分，思想裂开成闪烁的碎片，而所有碎片都在尖叫。

他在黑暗中醒来，满身汗水，颤抖不止。路斯·瑟林的梦。他以前从不曾梦到过那个人的梦。之后的几个小时里，他躺在床上，双眼盯着虚空，直到日出。他害怕闭上眼睛。他握持着阳极力，仿佛能够用它与那个死人战斗。但路斯·瑟林一直没有任何动静。

当苍白的阳光终于出现在窗口时，一名奉义徒无声地走进房间，手里捧着一只盖着布的银托盘。看见兰德已经醒了，奉义徒并没有说话，只是鞠了个躬。因为至上力的关系，兰德能闻到香料酒和热面包、奶油和蜂蜜，还有麦片粥的气味，如同他的鼻子就在托盘上一样。放开真源，他穿好衣服，佩上剑。但他没有去碰那些被盖住的食物，他没什么食欲。将真龙令牌捧在臂弯里，他离开卧房。

枪姬众们跟随着苏琳站在宽阔的走廊里，还有乌伦率领的红盾众。人们簇拥在这些卫兵组成的防御线外面，他们里面则站着艾玲达和一个智者们的代表团——艾密斯、柏尔、麦兰，当然，还有索瑞林。属于米雅各布马艾伊尔烟水氏族的凯尔林，在她深红色的头发上已经出现了灰丝。还有锡安德艾伊尔尼德氏族的伊达拉，她看上去并不比兰德年长，但她的蓝眼睛里已经有一种不可动摇的镇静，和不输于其他任何智者的强硬。

贝丽兰也和她们在一起，但所有的部族首领都不在。昨天兰德要对她们说的事情都已经说了，而且艾伊尔人不会拖延事情。那么，这些智者为什么又会在这里？为什么贝丽兰也在？她现在穿的白绿色裙装在胸口处露出很大一片赏心悦目的肌肤。

聚集在艾伊尔人防卫线外的全都是凯瑞安人。克拉瓦尔有着吸引人的俊俏面容，她刚近中年，黑发被卷成结构精细的塔状发髻，平行的彩色横纹从她的绣金高领一直延伸到裙摆的膝盖下，她是这群人之中彩色条纹最多的。身体坚实、方形脸的多布兰依照士兵的风格，将灰发的前额部分剃光了，他的上衣外面还用皮带拴着胸甲。马林金站得如同剑刃一般直，白发一直垂到肩膀，他没有剃光前额。他的黑色丝绸外衣像多布兰一样，彩色横纹铺到了接近膝盖处，这身衣服更适合出现在舞会中。另外还有二十几个人挤在他们后面，其中大多数都比较年轻，没有几个人的横纹能到达腰际的。他们一边纷乱地说着“仁慈眷顾真龙大人，仁慈因真龙大人而眷顾我们”，一边手捂胸口向他鞠躬，或是向他行屈膝礼。

提尔人也派来他们的使节团，他们全都由男女大君组成，没有普通贵族。其中男人戴着尖顶的天鹅绒帽，穿着镶缎条纹的灯笼袖丝绸外衣；女人穿着有缎带环领的亮色裙装，戴着用珍珠或宝石串成的小帽。他们向兰德说着："光明照耀光明真龙。"当然，麦朗站在他们最前面，瘦削、严厉、面无表情，下巴上的尖胡子都已经变成灰色。在他身后，费欧妲强硬的表情和铁灰色的眼睛却无损于她的美丽，而腰肢绵软的安奈伊莱的假笑却让她的容貌逊色不少。在马拉孔的脸上则找不到任何形式的笑容，他有着一双在提尔人中非常罕见的蓝眼睛。秃顶的桂亚姆和亚拉康同样是一脸严肃，亚拉康足足要比魁梧的桂亚姆瘦一半，而他，甚至是麦朗都要比荷恩和西曼更胖一些。兰德昨天并没有提到荷恩和西曼，当然也没有提到他们的叛逆行为，但他相信这些人已经知道这件事了，而他的沉默会在他们心中造成不同的想法。自从他们来到凯瑞安之后，他们就已经逐渐习惯了这种事。现在他们看着兰德的眼神，仿佛是在等待兰德突然宣布逮捕这两个人。

实际上，几乎所有的人都在看着另外一些人。有许多双眼睛紧张地看着艾伊尔人，而在那些眼睛里也不同程度地掩饰着忿恨的情绪，还有一些人用同样专注的神情看着贝丽兰。让兰德感到惊讶的是，即使在那些提尔男人的脸上，思考的成分也多过了想入非非。但大多数人都在看着他。克拉瓦尔冰冷的目光一直在他和艾玲达之间来回移动着，那道目光中一直闪动着憎恨的火焰。但艾玲达似乎完全忘记了克拉瓦尔这个人，只是克拉瓦尔肯定不会忘记，当艾玲达发现她在兰德的房间里时对她的那一顿痛打，她当然也不会因为艾玲达和兰德众所周知的关系就原谅艾玲达。麦朗和马林金都尽量躲避着对方的视线，他们两个全都想得到凯瑞安的王座，也都认为对方是自己的首要竞争者。多布兰看着麦朗和马林金，只是他为什么会看着他们，在不同人的心中就会有不同的推测了。麦兰审视着兰德，而索瑞林却审视着她。艾玲达则紧皱眉头，盯着地板。凯瑞安人中间有一名大眼睛的年轻女子，她松垂的头发在肩膀被修齐，并没有盘成精巧的发髻。她穿着黑色的骑马裙，佩着一把剑，衣服上只有六道横纹。其他许多人在瞥向她的时候都毫不掩饰蔑视的微笑，但她却似乎完全没注意到。她的目光不停地在枪姬众和兰德之间移动着，看枪姬众的时候，她的眼睛里充满了羡慕；而看兰德的时候，她的眼神就变成了畏惧。兰德记得她，赛兰蒂，克拉瓦尔用来引诱转生真龙的众多女子之一。现在兰德总算是让克拉瓦尔相信，这招是没用的。不幸的是，这其中艾玲达未经兰德要求就帮了他很大的忙。兰德现在只希望克拉瓦尔能够足够惧怕他，忘记向艾玲达复仇。但他也希望能让赛兰蒂相信，完全不需要惧怕她。*你不能让所有人都高兴*，沐瑞这样对他说，*你不能安慰所有人*。真是个厉害的女人。

艾伊尔人们监视着除了智者之外的所有人，但贝丽兰不在他们的监视之列。他们总是会以怀疑的目光盯着湿地人，而贝丽兰似乎也被他们当成了一位智者。

“你们全都得到我的欢迎。”兰德希望自己的声音不会显得太过僵硬。他又要带上一支游行队伍了。他现在想知道艾雯在哪里，也许她还懒洋洋地躺在床上。他只想找到艾雯，再做最后一次努力……不，如果艾雯执意不说，他也不知道该如何说服她。时轴的作用在他最需要时却没发挥出来，这实在太糟糕了。“但很不幸，今天早晨我不能和你们进行更多的交谈，我要回凯姆林了。”安多现在还有他要处理的问题，安多，还有沙马奥。

“你的命令会得到执行，真龙大人。”贝丽兰说，“就在今天早晨，所以你可以作为见证人。”

“我的命令？”

“芒金，”她说道，“他被告知是在今天早晨。”大多数智者的脸上都戴上了冰冷的面具，而柏尔和索瑞林则直接表现出不赞成的神情。令兰德感到惊讶的是，这些智者们所针对的都是贝丽兰。

“我不打算见证每一个杀人犯被吊死。”兰德冷冷地说。实际上，他已经忘记这件事，或者至少是把它从自己的思考范畴内排除了。吊死一个自己喜欢的人并不是谁都愿意去记得的，鲁拉克和其他首领甚至没有再向他提到过这件事。另一个问题是，他不能让这次绞刑变得特殊。艾伊尔人必须像任何其他人一样依照法律生活。凯瑞安人和提尔人必须看到这一点，知道他不会特别袒护艾伊尔人，当然更不会袒护他们。*你要利用所有人，所有事*，他心想。这让他感到恶心，但至少他希望自己是这么想的。他不想看见任何绞刑，特别是芒金的。

麦朗显出若有所思的样子。汗水出现在亚拉康的额头，不过这也许是因为炎热的天气。克拉瓦尔的脸色变白了，仿佛这一生里第一次看见兰德。贝丽兰沮丧地向柏尔和索瑞林望了一眼，智者们点了点头。她们是否告诉过贝丽兰他会给出这样的回答？看起来确实是有可能的。其他人的反应从惊讶到满意都有。兰德特别注意了一下赛兰蒂，那名女子大睁着眼睛，显然已经忘记了枪姬众。如果她刚才看兰德的时候表现出来的还是畏惧，那么她现在的表情就是彻底的恐惧。既然如此，那就这样吧！

“我马上就要去凯姆林了。”兰德对他们说。凯瑞安人和提尔人中间发出一阵轻微的骚动，很像是松了一口气。

这些人将兰德送到他用于穿行的房间时，就不会再多走一步了，兰德对此丝毫不感到奇怪。只有贝丽兰除外。枪姬众和红盾众一直将湿地人挡在远离兰德的地方，他们尤其不喜欢让凯瑞安人靠近兰德，而今天他们把提尔人挡在远处也让兰德很高兴。有许多人对此怒目而视，但从没有人对他提过这件事，连贝丽兰也没有。她现在与智者们和艾玲达走在一起，紧跟在兰德身后。她们一边走一边低声地交谈着，偶尔还会发出轻微的笑声。这让兰德脖子上的汗毛几乎都要竖起来，贝丽兰和艾玲达会一起聊天，竟然还有说有笑？

兰德在那个雕刻着方形花纹的房门前，认真地看着贝丽兰向他行深深的屈膝礼。“我会照料凯瑞安，没有畏惧，没有偏袒，直到你回来，真龙大人。”也许，尽管出了芒金这样的事，她今天早晨到这里来真的只是为了说这件事，也许她是要让那些贵族们听到他的判决。索瑞林给了她一个宽容的微笑。他需要查清楚她们之间到底出了什么事，他不打算让智者们干涉贝丽兰。其余的智者将艾玲达拉到一边，她们似乎是在依次和她说话。智者们的样子显得很坚定，但兰德听不清楚她们在说些什么。“等你下次见到佩林·艾巴亚，”贝丽兰又说道，“请替我向他转达最诚挚的祝福，还有麦特·考索恩。”

“我们热切地期盼着真龙大人回来。”克拉瓦尔在说谎，但小心地保持着真诚的表情。

麦朗瞪了抢先说话的克拉瓦尔一眼，然后发表了一段热情洋溢的致词，他说出的实话并不比克拉瓦尔多。然后是马林金更加华丽的致词。费欧妲和安奈伊莱双双走出队列，颂扬真龙大人的伟大。兰德只是焦急地看着艾玲达，但智者们仍然在和她说话。多布兰说完“直到真龙大人回来的时候”以后，马拉孔、桂亚姆和亚拉康嘟囔了一些关于要提高警觉的话。

当兰德将房门关上，把那些人挡在外面的时候，确实松了一口气。让他惊讶的是，麦兰在艾玲达之前走到他面前，兰德疑惑地挑起了眉弓。

“我必须和贝奥商谈关于智者们的事情。”她郑重其事地对兰德说道，然后又立刻瞪了艾玲达一眼。艾玲达露出一副天真的表情，让兰德相信她一定是在掩饰什么。艾玲达经常是坦然直率的样子，但她绝不会无缘无故表现出天真的模样。

“就依你。”兰德说道。他怀疑那些智者们一直在等机会派她去凯姆林。如果贝奥没有妻子管束，有谁能知道他会不会受到兰德错误的影响？贝奥就像鲁拉克一样，有两位妻子，兰德一直不知道这应该算是梦想还是噩梦。

当兰德打开前往凯姆林王座大厅的通道时，艾玲达一直在仔细地看着。她一直都会这样观察兰德的导引，但她看不见兰德的能流。她曾经自己打开过一个通道，那是在她极度混乱时做到的，之后她一直没能记起当时自己做出的编织。今天不知为什么，这道旋转的光芒显然是让她想起那时发生的事情，她茶褐色的脸颊立刻涨得通红，而且她突然就在兰德面前转过头去。因为被至上力充满，兰德能闻到她身上那种草药肥皂的香气，还有另一种芳香的气息，兰德不记得自己以前从她身上闻到过这种气息。他第一次开始真正地想要摆脱阳极力。他是第一个走进空旷的王座大厅的，埃拉娜似乎立刻就冲进他的脑海。兰德觉得她仿佛正在面前看着自己。她哭过了，兰德心想，因为自己离开了吗？嗯，就让她因为这个而哭泣吧！他必须摆脱她。当然，枪姬众和红盾众并不喜欢他第一个走出去。乌伦只是嘟囔着，不赞成地摇了摇头，而苏琳却脸色惨白地踮起脚尖，差点让自己的鼻尖撞在兰德的鼻尖上。“伟大和强大的卡亚肯应该由法达瑞斯麦来维护他的荣誉，”她用压低的嘶声说道，“如果强大的卡亚肯在伏击中死掉了，法达瑞斯麦就不再有任何荣誉可言。如果征服一切的卡亚肯不在乎，也许安奈拉是对的——无所不能的卡亚肯只是个任性的男孩，应该好好抓住他的手臂，以免他闭着眼睛跑到悬崖外边去。”

兰德的下巴绷起一道道棱线。如果是私底下，他也就咬咬牙忍了，他对枪姬众是有所亏欠的，但即使是安奈拉和索麦莱也没有公开斥责过他。麦兰这时已经走进大厅很远了，她用手拉着裙子，几乎是一路向前小跑，她显然是等不及要去实行智者们对贝奥的影响了。兰德不知道乌伦是否听到了苏琳的话，但那个男人似乎正笨拙地全力指挥戴面纱的艾散多协同枪姬众对王座大厅进行检查，实际上这种行动根本不需要指挥。艾玲达将双臂交叠在胸前，皱起了双眉，但兰德确信她的表情中也混杂着赞同的成分。

“昨天就很平安。”兰德坚定地对苏琳说，“从现在开始，我认为两名卫兵就足够了。”

苏琳的眼睛几乎从眼眶中凸出来，而且她似乎是已经窒息得说不出话来了。现在是该让步的时候了，否则她一定会像照明者的烟火一样爆裂开来。“当然，我在宫外时就不一样了，那时你可以为我安排护卫。但在这里，或者是在太阳大厅和提尔之岩里，两个人就够了。”当苏琳还在无声地翕动嘴唇时，他就转过了身。

当兰德绕过放置着王座的台阶时，艾玲达走到他身边，他们并肩向王座后面的那些小门走去。兰德走到这里而不是直接回他自己的房间，目的就是为了能摆脱她。即使没有阳极力，他仍然能闻到她身体的气息，或者这只是他的回忆。不管怎样，他希望自己能因为感冒而失去嗅觉，他太喜欢这股气味了。

艾玲达用披巾紧紧地裹住身体，瞪着前方，仿佛是遇到什么极为困扰的事。甚至当兰德为她打开通往一个有狮子图案嵌板的房间时，也完全没注意到兰德的动作。通常兰德这么做的时候，总会招致艾玲达的一点恼怒，因为这对她来说就像是用嘲讽的口气问她哪只手断了。兰德问她出了什么事，她却愣了一下。“没事，苏琳是对的，但……”突然间，她不情愿地笑了笑，“你看见她的表情了吗？没有人能让她这样惨白，即使是鲁拉克也不行。”

“知道你站在我这边，让我感到有点惊讶。”

艾玲达用那双大眼睛盯着他。兰德觉得如果要确定这双眼睛到底是蓝色的还是绿色的，一定要用去他一整天的时间。不，他无权去想她的眼睛。她开出那个通道之后，她从他面前逃走，他们之间发生的一切，都不会造成任何区别。他尤其无权去想那些。

“你让我如此困扰，兰德·亚瑟。”她的声音里没有半点温度，“光明啊，有时候我觉得创世主造你出来只是为了困扰我。”

兰德想告诉她，这是她自己的错。兰德曾经不止一次找机会送她回智者们那里去，虽然这样只会让智者们找别人来代替她的位置。但还没等兰德开口，嘉兰妮和莉艾已经跑了过来，还有两名红盾众紧跟在她们身后，其中一个人的头发已经开始变成灰色，脸上的伤疤比莉艾多三倍。兰德要求嘉兰妮和那名满脸伤疤的人回到大厅里去，这差点引起了一场争吵。那名红盾众只是瞥了自己的同伴一眼，耸耸肩就走了回去，但嘉兰妮却不屈不挠地朝兰德走了过来。

兰德指着通往大厅的门口：“卡亚肯希望法达瑞斯麦听从命令，去他所指的地方。”

“你也许是湿地人的国王，兰德·亚瑟，但不是艾伊尔的，”一阵粗暴的怒意抹去嘉兰妮的镇定，让兰德记起她的年纪是多么小，“枪姬众永远不会在枪矛之舞中辜负你，但这不是舞蹈。”不过，在和莉艾交换了一连串复杂的手语之后，她还是离开了。

现在只有莉艾和另一名身材瘦削的红盾众留了下来。这名黄发男子名叫卡辛，他的个子比兰德还要高。兰德在他们的护卫下快步穿过宫殿，朝他的房间走去，当然，艾玲达也在他身边。如果他以为那条宽大的裙子会减慢艾玲达的脚步，那他就完全错了。莉艾和卡辛留在房间外面的走廊里。这卧房的起居室是个很大的房间，在高天花板下有着狮子纹样的大理石雕刻横梁，墙壁上的挂毯描绘着狩猎的场景和云雾缭绕的山峰。艾玲达紧跟着他走进了房间。

“你不是应该和麦兰在一起吗？”兰德问，“难道你不需要去处理那些智者们的事务？”

“不，”艾玲达说道，“如果我现在打扰麦兰，她一定会不高兴的。”

光明啊，他不该因为她没有离开而感到高兴的。将真龙令牌扔到四条腿雕刻着镀金藤蔓的桌子上，他解开剑带，又说道：“艾密斯她们有没有告诉你伊兰在哪里？”

很长一段时间里，艾玲达只是站在蓝色地板的中央看着他。兰德看不懂她的表情。“她们不知道，”最后，她说道，“我问过了。”兰德相信她是问过的。在随兰德第一次来到凯姆林之前，她无时无刻不在提醒兰德，他是属于伊兰的，不过她已经有几个月没再提过这个了。这就是艾玲达的看法，无论在她打开的那个通道外面他们之间发生了什么事，都无法改变，而且那样的事也不会再发生了。她很清楚地向他表明过这一点，但他却还想再有那样的经历，所以他只能带着懊悔的心情骂自己比猪还要蠢。艾玲达没有看那些镀金椅子一眼，而是盘腿坐到地板上，用优雅的动作整理她的裙子。“但她们确实说到了你。”

“为什么我不会因此而惊讶呢？”兰德冷冷地说。让他惊讶的是，艾玲达的脸颊变红了。艾玲达不是个容易脸红的女人，但今天她却接连脸红了两次。

“她们都做了一些梦，一些关于你的梦。”她的声音有点奇怪，然后她清了清喉咙，又用稳定、坚决的目光看着兰德。“麦兰和柏尔梦到你在一条小船上，”在湿地生活了这么多个月之后，她在说到“船”这个字时仍然显得很生涩，“你身边还有三个女人，但她们的相貌都没办法看清楚。小船在剧烈地左右摇晃。麦兰和艾密斯梦到一个男人站在你身边，用一把匕首刺向你的喉咙，但你却没看见他。柏尔和艾密斯梦到你用剑将湿地劈成两半。”她用轻蔑的眼神瞥了那把放在真龙令牌上面、插在鞘里的武器一眼，那种轻蔑里还带着一点愧疚感。那把剑是她给兰德的，它曾经是雷芒王的佩剑。她在将那把剑给兰德时，还小心地用毯子将它裹住，以免碰触到它。“她们不能解释这些梦，但她们认为你会知道。”

对于第一个梦，兰德只觉得像那些智者们一样迷茫，而第二个梦看起来就很明显。一个拿着匕首、看不见的男人一定是一名灰人，他们已经将灵魂献给了暗影，不止是抵押，而是彻底地抛弃了灵魂。这样的人即使是正眼看到时也很容易被忽略，所以他们可以从容溜过许多护卫的眼睛，而他们唯一的目的就是行刺。为什么智者们不明白如此明显的事情？至于最后那个梦，他害怕那也是同样明显的。他已经让许多国家分裂了，塔拉朋和阿拉多曼成为了废墟，提尔和凯瑞安的反叛任何时候都可能不再仅限于暗中的密谈。伊利安肯定也会感受到他的剑的重量。这还不包括那名先知，以及阿特拉和莫兰迪的真龙信众。

“我觉得后面那两个梦没有任何神秘可言，艾玲达。”但是当他解释的时候，艾玲达只是怀疑地看了他一眼。当然，智者们不能解释的梦肯定也不是别人能解释的。兰德咕哝了几声，滑进艾玲达对面的一张椅子里：“她们还做了什么梦？”

“还有一个我能告诉你，但它也许和你无关。”这么说意味着艾玲达有一些事是不会说的。兰德也感到奇怪，为什么智者会和她讨论梦的事呢，艾玲达并不是梦行者。

“三位智者都做了那个梦，这让它显得特别重要，那就是雨，”她在说出这个字的时候也显得很笨拙，“雨从一个碗里冒出来，围绕着那个碗有陷阱和深渊。如果正确的手拿起它，从那些陷阱和深渊中也许能找到如同那个碗一样巨大的财富；如果错误的手拿起它，世界就将毁灭。找到那个碗的关键在于找到那个已经‘不久的人’。”

“‘不久的人’？”这点听起来比这个梦的其他部分更重要，“你是说某个就要死去的人吗？”

艾玲达深红色的头发随着她摇头的动作扰过肩背：“她们只知道这些。”她忽然站起来，让兰德吃了一惊，她像所有其他女人一样，又在抚平自己的衣服。

“你……”兰德故意咳嗽了一声。*你一定要离开吗？*他是要这样说。光明啊，他肯定是想让她离开的，在她身边的每分钟都像是种刑罚，但离开她的每分钟同样是种刑罚。但他能做出对他自己是正确的、好的选择，这个选择对她则是最好的。“你想回智者们那里去吗，艾玲达？继续你的学习？你留在这里确实已经没有任何意义了。你教了我这么多，我已经和在艾伊尔人中长大没什么两样了。”

艾玲达哼了一声，这一声似乎代表很多含意，但她当然没有就此罢休：“你知道的比一个六岁的男孩还要少。为什么一个男人会听从他的次母胜于他自己的母亲，一个女人会听从她的次父胜于她自己的父亲？什么时候一名女子可以嫁给一名男子，而不必制作新娘花冠？什么时候一位顶主妇必须遵从一名铁匠？如果你得到一名身为银匠的奉义徒，为什么你让她为你工作一天就必须让她为自己工作一天？为什么对织工就不必这样？”兰德挣扎着想找到答案，却不得不承认他完全不知道。艾玲达突然扯着自己的披巾，仿佛完全忘记了他。“有时候，节义会造成很大的笑话。如果我自己不是笑柄的话，我一定会因此而大笑一场的。”她的声音低弱成了耳语，“我会符合我的义。”

兰德觉得她是在自言自语，但还是小心地回答了她：“如果你指的是兰飞儿，不是我救了你，是沐瑞做的，她用她的生命拯救我们所有的人。”雷芒的剑已经让她偿清了对兰德欠下的其他的义，虽然兰德从来也不明白她欠自己什么义。对兰飞儿的那场战斗应该是艾玲达知道的唯一对他的亏欠了。他只能祈祷艾玲达永远也不会知道另一件事，如果她知道，她一定也会把它看成是对兰德的亏欠，但兰德并不这么认为。

艾玲达侧过头眯起眼睛看着他，唇边带着一点微笑，她已经恢复了能让索瑞林感到骄傲的冷静：“谢谢你，兰德·亚瑟。柏尔说，应该不时提醒自己，男人并不是什么事都知道。一定要让我知道你打算什么时候睡觉，我不会晚回来吵醒你的。”

艾玲达走后，兰德只是坐在那里，盯着门口。一名精通权力游戏的凯瑞安人也要比任何并非有意玩弄玄虚的女人更好理解。他也不明白自己对艾玲达到底有什么样的感觉，他只知道，那种感觉让一切都更加混乱不堪。

我爱的，我就会毁灭，路斯·瑟林大笑着。*我所毁灭的，我都爱。*

*闭嘴！*兰德凶狠地想。那个狂乱的笑声消失了。他不知道自己爱谁，但他知道自己要拯救谁，他要拯救一切，但他更要拯救自己所爱的。

在走廊里，艾玲达颓然靠在门板上，悠长地呼吸着。不管怎样，她要平静下来，她的心脏仍然在竭力冲破她的肋骨。靠近兰德·亚瑟就如同在热煤上拉直她赤裸的躯体，直到她感觉自己的骨骼逐一断裂。他为她带来如此巨大的羞耻，而她从没想过会是这样。一个巨大的玩笑，她这么告诉他，她心中的一部分确实非常想笑。她欠他义，但对伊兰就欠得更多。他只是救了她的性命，如果没有他，兰飞儿就会将她杀死，而且兰飞儿特别想杀死她，用最痛苦的手段杀死她。兰飞儿一定是知道什么。和欠伊兰的义相比，她欠兰德的就如同世界之脊脚下的一个白蚁巢。

卡辛儿乎没有瞥她一眼。从他的衣服判断，艾玲达知道他是高辛的艾散多，但她认不出他属于哪个氏族。现在他正蹲在墙边，短矛横放在膝上。当然他什么都不知道，但莉艾正在朝艾玲达微笑。即使和莉艾并不相识，艾玲达也知道那微笑里显然有着太多的鼓励，任何看到的人都会明白其中的意思。艾玲达惊讶地发现自己在想莉艾（*从她的衣服判断，艾玲达知道她属于查林部族*）

经常会溜出去鬼混的事，她从没想过枪姬众还会有法达瑞斯麦以外的生活。兰德·亚瑟切断了她的思绪，她的手指愤怒地晃动着。为什么你要微笑，女孩？你没有其他事情可以消磨时间了吗？

莉艾微微竖起了眼眉，仿佛她刚才微笑的事情变得十分有趣了。她晃动手指回答了艾玲达。你叫谁女孩，女孩？你还不是智者，但也不再是枪姬众了。我想你会把灵魂编进一只花圈里，然后把它放到一个男人的脚边。

艾玲达恼怒地向前迈出一步——在枪姬众之中没有比这个侮辱更甚的了——但她立刻又停在原地。如果是穿着凯丁瑟，她不认为莉艾能强过她，但现在她穿着裙子，她会被击败。更糟糕的是，莉艾也许会拒绝让她成为奉义徒。如果一名不是枪姬众，但还没成为智者的女人攻击莉艾，又被莉艾打败，莉艾就能让这个女人成为奉义徒，或者莉艾可以要求在所有能聚集起来的塔戴得艾伊尔面前鞭打艾玲达——这个羞耻没有被拒绝成为奉义徒大，但也绝不算小。更糟糕的是，无论艾玲达是否打赢，麦兰肯定会找一种手段让她记得她已经离开了枪矛，这种手段会让她宁愿让莉艾在所有部族面前鞭打十遍。在一位智者的手里，羞耻比刀子更锋利。莉艾连一根肌肉都没动，她像艾玲达一样清楚这些。

“你们终于只是盯着对方了，”卡辛懒懒地说，“总有一天，我要学会你们的手语。”

莉艾瞥了他一眼，发出清脆的笑声：“你穿上裙子一定很漂亮，红盾众，我等你来加入枪姬众。”

当莉艾转开视线时，艾玲达放松地吸了一口气。在这种情况下，她不可能首先移开目光还能维持自己的荣誉。她自然而然地开始晃动手指，这是所有枪姬众第一个学习的手语，也是新枪姬众使用得最多的手语——我亏欠你的义。

莉艾马上发出响应——很小的，枪之姐妹。

艾玲达露出感激的微笑。莉艾没有把小指勾起来——那是嘲笑的意思，它经常会被用在放弃枪矛却又想装作仍然拥有它们的女人身上。

一名湿地人的仆人沿走廊跑了过来，艾玲达努力保持着表情的平和，但心底仍然泛起了对于终生侍奉别人的厌恶。她向另外一条路走去，这样就不必和那名仆人擦身而过了。杀死兰德·亚瑟会实现一个义，杀死她自己会实现第二个，但这两个义都让彼此的解决手段无法实行。无论智者们说了什么，她一定要找出办法来实现这两个义。

第 20 章

来自聚落

兰德才将烟草塞进他的短烟斗里，莉艾从门口探进头来。还没等她说话，一名穿着红白色制服，气喘吁吁的圆脸男人已经从她身边挤了进来，一下子跪在兰德面前，让莉艾只能目瞪口呆地望着他。

“真龙大人，”那个男人仍然喘息着，用尖细的声音说道：“宫里来了巨森灵，足有三个！我们给他们奉上了美酒和其他招待，但他们只是要见转生真龙。”

兰德让自己的声音显得轻松一些，他不想吓坏这个男人：“你在宫里有多久了？”这个人的制服很适合他，而且他早已不年轻了。“恐怕我还不知道你的名字。”

跪在地上的男人圆瞪着双眼：“我的名字？巴锐，真龙大人，唔，到冬日告别夜就有二十二年了，真龙大人。真龙大人，那巨森灵呢？”

兰德曾经两次访问过一个巨森灵聚落，但他仍然不知道怎样才是接待巨森灵的正确礼仪。诸多伟大的城市都是巨森灵建造的，现在那些建造城市的巨森灵即使仍然健在，也是这个族群中最老的一辈了，而年轻的巨森灵会偶尔离开聚落，对这些城市进行修缮。兰德怀疑即使国王和两仪师来了，巴锐也不会如此兴奋。他将烟斗和烟草袋收回口袋里："带我去见他们。"

巴锐立刻跳起了身。兰德觉得自己可能是做出了正确的选择。当这个人听到真龙大人要去见巨森灵，而不是将巨森灵召到面前时，他没有表现出半点惊讶。兰德没有带上佩剑和令牌，巨森灵不会喜欢这两样东西。当然，莉艾和卡辛也已经走了进来，显而易见，如果不是要跟随着兰德的步伐，巴锐一定会以同样快的速度跑回去。

巨森灵等在一个有喷泉的庭院里。喷泉池里铺满了百合花叶，水中游动着金红色的鱼。一位白发的男性巨森灵穿着衣襟一直垂到高筒靴上面的长外衣，高筒靴的靴筒在顶端向下反折。另外两位巨森灵是女性，其中一位比另一位要年轻许多。她们的裙子上绣着藤蔓和叶片，而长者裙子上的花纹要比年轻者的精细繁复。人类使用的金杯握在他们的手中显得小了许多。庭院里的几棵树上只剩下不多的叶片，提供阴凉的是宫殿本身。巨森灵并不是单独在等待，当兰德出现时，苏琳和三十多名枪姬众正围绕在他们身边，还有乌伦和五十多名艾伊尔男人。艾伊尔人在看见兰德的时候，全都恢复了平静。

那名巨森灵男子说道："你的名声已经传进我的耳里，兰德·亚瑟。"他用闷雷般的声音自我介绍。他是哈曼，道欧之子，摩罗之孙。那名年老的女性巨森灵是科芙芮，伊拉之女，菘格之孙。年轻的是伊莉丝，伊娃之女，爱拉之孙。兰德记得自己见过伊莉丝，那是在曹福聚落，如果从凯瑞安城出发的话，需要快马疾驰两天才能到达。他想不出她为什么会来凯姆林。

和巨森灵相比，艾伊尔人全都变成了小个子，他们甚至让这个庭院都显得狭小许多。哈曼的身高超出兰德的一半，依照他的身高，他的身材算是匀称的。科芙芮比哈曼要矮一个头（巨森灵的头），连伊莉丝也足足比兰德高出一尺半。但这已经算是巨森灵和人类之间最小的差距了。哈曼的眼睛像茶杯一样又大又圆，宽大的鼻子几乎占满了脸颊，他的耳朵钻出头发，向上翘着，上面长了一丛丛白毛。他留着长长的白色髭髯和胡须，眼眉一直垂到脸侧。兰德不太能分辨科芙芮和伊莉丝的脸和哈曼的有什么不同，当然，她们没有胡须，而且她们的眼眉也没有那么长而浓密。仔细端详，她们的五官也比哈曼的更加纤细。科芙芮的面容更加坚定一些，兰德觉得她看上去有些面熟。伊莉丝显得很担忧，耳朵都垂了下去。

"请原谅，你们是否——"兰德对艾伊尔人说。

苏琳没有让他继续说下去："我们只是来和树兄弟聊天的，兰德·亚瑟。"

"你必须知道，艾伊尔一直都是树兄弟的水朋友，我们经常会去他们的聚落和他们进行贸易。”

“没错。”哈曼喃喃地说。对于一位巨森灵，这确实只是低微的喃喃声而已，但兰德却觉得在某个看不见的地方正发生着雪崩。

“我相信其他人是来聊天的。”兰德对苏琳说。他在这些人里找到了所有今天早晨离开他的枪姬众卫兵，嘉兰妮的脸都红透了。而另一方面，除了乌伦以外，今天早晨离开的红盾众在这里只能看见三四个。“我不会喜欢让安奈拉和索麦莱接替你的职责。”苏琳茶褐色的面孔因为愤怒而变得更深了，让她在追随兰德后脸上留下的那道伤疤变得更加明显。“我要和他们单独谈谈，单独。”兰德加重了语气，同时用眼睛看着莉艾和卡辛，“除非你们认为他们也会伤害我？”这句话让苏琳的脸色更加阴沉，她用手语让枪姬众快速地聚集在一起，任何艾伊尔人都认得她快速翻舞的手指表明了她气恼的情绪。一些艾伊尔男人在离开时偷偷地发出笑声，他们一定认为兰德是开了某种玩笑。

当他们离开的时候，哈曼抚了抚自己的长胡子：“你知道，人类并非总是相信我们是无害的，嗯嗯。”

他沉思时发出的声音仿佛一大群飞行的黄蜂：“在古老的典籍里，非常古老的，现在只剩下一些残片了，那里记载着，当——”

“哈曼长老，”科芙芮礼貌地说，“我们是否应该先说要紧的事？”这次大黄蜂的嗡嗡声变得清亮了些。

哈曼长老，兰德觉得以前听过这个名字。每个聚落都有它的理事会和长老。

哈曼重重地叹了口气：“很好，科芙芮，但你这种匆忙的表现是没必要的。我们来这里之前，你甚至没给我们足够的时间整理洗漱。你这种躁动不安的样子就像是……”那双大眼睛看了兰德一眼，然后他用火腿般粗大的手臂遮住嘴，咳嗽了一下。巨森灵总是认为人类过于匆忙，今天就要把明天的事情做好，甚至要把明年的事情都做好，巨森灵总是用长远的眼光看待任何事。但巨森灵又认为告诉人类他们有多么紧张焦躁是对人类的冒犯。“那真是一场最艰难的行程，”哈曼向兰德继续说道，“当我们发现沙度艾伊尔围攻奥·凯尔·芮纳兰的时候，着实大吃了一惊，而更让我们吃惊的是，你竟然会在那里。但我们还没来得及见到你，你就离开了。而且……我觉得我们有些过于鲁莽了，不，不，这是不对的，科芙芮。我是为了你才抛下我的研究和教学，跑到世界上的这个地方。现在我的学生们一定已经是一团混乱了。”兰德几乎咧嘴笑了起来。巨森灵总是这样对待一切。其实哈曼的学生们肯定要用半年时间才能确定老师真的离开了，然后要再用一年时间讨论该如何对待这件事。

“母亲是有权焦急的。”科芙芮说着，毛茸茸的耳朵开始颤抖。对于长老应有的尊敬和巨森灵最不该有的躁动，似乎正在她心中激烈地交战。但是看向兰德的时候，她又恢复了平静，尖耳朵竖直起来，面容显得更加坚定。“你对我儿子做了什么？”

兰德吸了口气：“您儿子？”

“罗亚尔！”她盯着兰德，仿佛盯着一个疯子。伊莉丝也在焦急地偷望着兰德，双手交握在胸前。“你告诉过曹福聚落最年长的长老，你会照顾他的。”科芙芮的语气愈来愈强烈，“他们告诉我你说过这样的话。那时你还没有管自己叫真龙，但那是你说的。对不对，伊莉丝？爱拉说的难道不是兰德·亚瑟吗？”她连点一下头的时间都没给那名年轻女子。随着她说话的速度逐渐加快，哈曼开始露出痛苦的神情。“我的罗亚尔还太年轻，不应该出去，更不应该在全世界乱跑，去做那些肯定是你指派他去做的那些事。爱拉长老把你告诉了我，我不和道我的罗亚尔和兽魔人还有瓦力尔号角有什么关系？现在就请你把他交给我，我要让他正式和伊莉丝结婚，伊莉丝会让他安顿下来的。”

“他很英俊。”伊莉丝害羞地嘟囔着。她的耳朵因为困窘而剧烈地颤抖，甚至连上面的黑色茸毛都显得模糊了。“我认为他一定也非常勇敢。”

兰德花了一些时间才让自己的心神恢复平衡。如果巨森灵们在某件事上表现出执着，撼动他们就会像撼动山峰一样难，而一件让巨森灵执着到如此急迫的事情……

在巨森灵眼中，刚过九十岁的罗亚尔还非常年轻，不该单独离开聚落——巨森灵的寿命十分漫长。兰德第一次见到罗亚尔的时候，他就充满了了解这个世界的渴望。而且罗亚尔一直在担心长老们会如何看待他的离家举动，他最害怕的就是母亲会带着一位新娘来找他。他告诉兰德，男性巨森灵在婚事上没有任何发言权，女性巨森灵也说不上多少话，决定婚事的权力完全掌握在双方的母亲手里。如果有一天，母亲向你介绍一位你从未见过的姑娘和她的母亲，说你已经和这位姑娘订婚，这就是你未来的新娘和岳母，那在巨森灵之中也绝不是件不可能的事。

罗亚尔似乎认为婚姻对他来说就意味着一切的终结，尤其是对于他看看这个世界的愿望而言。不管罗亚尔的看法是否正确，兰德也不能让一位朋友自己去面对他所害怕的事情。兰德刚刚张开嘴，要说自己不知道罗亚尔在哪里，建议他们回聚落耐心等待时，一个问题突然出现在他的脑海里，他为自己差点就忘记了对罗亚尔如此重要的事情而感到羞惭："他离开聚落有多久了？"

"太久了。"哈曼的声音如同巨石滚下山坡，"那孩子从不想想什么对自己才是合适的，总说要去看看外面的世界。他应该仔细研读书籍，那上面记载着这个世界的许多事情，而这些事情是不可能这么快就会改变的。嗯，嗯，即使人类在不停地改变地图上的那些线，又会有什么真正的改变？大地仍然——"

"他已经离开聚落太长时间了。"罗亚尔的母亲坚定地插话进来，如同一根硬木插进干燥的松土。哈曼皱起眉看着她，虽然她的耳朵有些困窘地颤抖着，但她仍然努力地和长老对望着。

"……现在已经超过五年了。"伊莉丝说。她的耳朵抽动了一下，然后倔强地挺直起来，那样子很像科芙芮。她继续说道："我想让他成为我的丈夫，我第一眼看到他的时候就知道了。我不会让他死去，不会让他愚蠢地死去。"

兰德和罗亚尔谈论过许多事情，这些事情中的一件就是思乡之情，虽然罗亚尔从来都不喜欢谈论这个。当世界崩毁，人类为了能找到安全的庇护所而四处逃亡时，巨森灵也被赶出了聚落。在漫长的时间里，人类在世界上游荡着，渴求着安全与温饱；巨森灵也在四处漂泊，在面目全非的土地上寻找着聚落，那时，思乡之情入侵他们的心灵。离开聚落的巨森灵想要回家，而长期离开聚落的巨森灵必须回家，离开聚落太久的巨森灵就会死亡。

"他和我说过一位留在外面更久的巨森灵，"兰德平静地说，"我想，他跟我说的是十年。"

没等兰德说完，哈曼就摇了摇巨大的脑袋："不可能。据我所知，在外面停留五年就必须回家，否则就会有生命危险。如果有能停留更多时间的个案，我会知道的，如此疯狂的事情一定会被记录下来，告诫后辈。有五名巨森灵一年没回家，其中三个失去了生命，第四个在残废中度过余生，第五个也好不了多少，她需要用拐杖才能行走，虽然她还可以继续书写。嗯，嗯，达拉说了一些很有趣的事情，是关于……"这次，当科芙芮张开嘴的时候，哈曼猛地转过头盯着她，眼眉也鼓了起来。科芙芮只得用力整了整自己的裙子，但也毫不避让地瞪着哈曼。"我知道，五年不是一段长久的时间，"哈曼一边对兰德说，一边还用眼角严厉地看着科芙芮，"但我们现在已经和聚落拴在一起了，我们在这座城市里没有找到任何罗亚尔的痕迹。从人们看见我们的兴奋表情判断，他应该不在这里。如果你能告诉我们他在哪里，你就是为他做了一件非常大的好事。”

“两河，”兰德说，挽救一位朋友的生命并不是背叛他，“我最后一次看见他的时候，他正和很好的同伴一起出发去那里，他们都是我的朋友。两河是一个平静的地方，在那里会很安全的。”兰德在心里又一次感谢了佩林。“就在一个月以前，他在那里还是很安全的。”珀黛告诉他家乡的近况时说了很多事情。

“两河，”哈曼喃喃地说道，“嗯，嗯。是了，我知道那是哪里，还有很长的路要走。”巨森灵极少骑马，也几乎没什么牲口能负担他们的体重。他们更喜欢走路。

“我们必须立刻就出发。”伊莉丝雷鸣般的坚定声音响起。科芙芮和哈曼都惊讶地看着她，伊莉丝的耳朵立刻缩了起来，毕竟，她在哈曼长老和另一名女性长者面前只是个女孩。而且兰德相信这位女性长者在这件事上有很大的权力。伊莉丝也许还不到八十岁，也许只是个七十岁的小女孩。想到这个，兰德不禁微微笑了笑。“请接受这里的招待，也许休息几天会让你们的脚程更快。而且你们也许能帮助我，哈曼长老。”当然，罗亚尔总是提到他的老师——哈曼长老，在罗亚尔嘴里，哈曼长老是无所不知的。“我需要确定道门的位置，所有道门的位置。”

三位巨森灵同时脱口说道：“道门？”哈曼的耳朵和眼眉都竖了起来，“道门十分危险，极为危险。”

“几天？”伊莉丝表示反对，“我的罗亚尔可能正在走向死亡。”

“几天？”科芙芮的声音更高过了伊莉丝，“我的罗亚尔会——”她闭上嘴，盯着巨森灵女孩，抿紧了嘴唇，耳朵不停地颤抖。

哈曼皱起眉望着她们两个，不安地抚着自己的胡子：“我不知道为什么会让自己卷进这种事，我应该教导我的学生，在聚落会议上讲话。如果你不是一位如此值得尊敬的言者，科芙芮——”

“你是不是想说，如果你没和我的姐姐结婚，”科芙芮强硬地说，“薇奈已经告诉过你，要担负起你的责任来，哈曼。”哈曼的眉毛低垂下去，眉梢碰到了脸颊，他的耳朵似乎也软了下来。“我是说，她是这样请求你的。”她的语气很平静，但也没有丝毫犹豫，“以树与平静，我没有恶意，哈曼长老。”

哈曼重重地喷了一下鼻息——即使对巨森灵而言，这个声音也非常大了。然后向兰德转过头，抚了抚自己的外衣，仿佛那上面全是褶皱。

“暗影生物在使用道，”兰德抢在哈曼之前说道，“我已经在能找到的几座道门前设立了防卫。”也包括曹福聚落外面的那座道门。但从时间上判断，兰德在那里设置防卫时，他们一定已经离开了。“我只找到了屈指可数的几座。所有这些道门都需要防卫，否则魔达奥和兽魔人就会从任意地方突然大批出现，无论那里距离妖境有多么遥远，而我还完全不知道那些道门在哪里。”

当然，他要担心的还不止是道门。有时候他会感到奇怪，为什么弃光魔使不会突然用通道把几千名兽魔人扔进这座宫殿，也许他们有能力运输一两万名兽魔人过来，那样他想要抵挡就会非常困难，如果他能够抵挡的话。即使是最好的情况，也会导致一场屠杀。他对于通道无可奈何，除非他当时就在那里，但他至少能对道门采取一些行动。

哈曼和科芙芮交换了一个眼神。他们退到一旁，悄声地说了些什么。让兰德惊讶的是，他们低沉的声音像是屋顶上的一群蜜蜂，他完全听不到他们在说什么。言者，兰德以前听到过这个名衔。他想到了抓住阳极力，那样就能听到他们说话了，但他立刻厌恶地摒弃这个想法，他还没堕落到要窃听他们的地步。伊莉丝将注意力平均分给了兰德和她的长辈们，两只手不自觉地抚弄着裙子。

兰德希望他们不会探究自己为什么没有向曹福聚落的长老理事会询问道门的位置。爱拉是曹福聚落最年长的长老，也是一位非常固执的人。没有任何事会比将道门的控制权交给一个人类更奇怪——这是以前从没有人想过的事情。爱拉坚持这件事一定要由聚落会议来决定，现在聚落会议正在进行，而兰德的身份对于爱拉就像对于这三位巨森灵一样，毫无意义。

最后，哈曼紧皱双眉走了回来，他的手揉搓着外衣的翻领，科芙芮也皱着眉头。“这太匆忙了，太匆忙了。”哈曼用沙砾层滑下山坡般缓慢的声音说，“我希望我能讨论它……嗯，我不能。你说，暗影生物？嗯，嗯。很好，如果一定要匆忙的话，那就必须匆忙。绝不能让别人说巨森灵在有需要的时候却裹足不前。也许它们正在行动。你必须明白，任何聚落的长老理事会都会拒绝你，聚落会议也会拒绝你。”

“地图！”兰德喊道，响亮的喊声让三位巨森灵都吓了一跳。“我需要地图！”兰德转身寻找总是会出现在他身边的仆人和奉义徒，无论是什么人都行。苏琳从一道门里向庭院中探进头，无论兰德是怎样对她说的，她总是会出现在兰德附近。“地图！”兰德对她吼道，“我要这座宫殿里的每一张地图，还有一支笔，还有墨水。立刻！快点！”苏琳几乎是带着轻蔑的态度看着兰德。艾伊尔人从不使用地图，也不相信真的会有人需要它们，但她还是立刻就转过了身。“快跑，法达瑞斯麦！”兰德还在高喊。苏琳又回头看了他一眼，就拔腿跑开了。兰德希望能知道自己现在是什么样的表情，这样他以后也可以回忆起这种表情来，并好好利用它。

看哈曼的样子，如果他不是在努力地保持长老的尊严的话，现在一定已经在为难地绞拧手指了。“实际上，我们有可能告诉你而你又不知道的信息应该不会很多，每个聚落外面只有一座道门。”道门不能建在聚落内部，因为聚落本身封锁了至上力的作用。即使是在巨森灵得到生长护符，能够自己让道生长，并建立新的道门时，所有这些道与道门仍然蕴含着至上力的作用。“你们的都市全都有巨森灵树林，这里的树林已经超过了原先的范围，但奥·凯尔·芮纳兰的……”他摇摇头，声音低了下去。

将近三千年以前，曾经有一座巨森灵建造的城市被称作奥·凯尔·芮纳兰，今天，它的名字是凯瑞安。巨森灵建筑者为了思念树林而在那里种植的树林成为了巴萨恩家的官邸，现在又变成了兰德的学校。除了巨森灵和可能的一些两仪师之外，再没有人记得奥·凯尔·芮纳兰，即使是凯瑞安人自己也不记得了。无论哈曼是怎么想的，三千年时间可以改变许多东西，巨大的、由巨森灵建筑的城市已经不复存在，有些只剩下一个名字。不曾有巨森灵参与建筑的巨大城市拔地而起。沐瑞告诉过兰德，阿玛多就是在兽魔人战争之后才出现的，此外还有坎多的查辛、艾拉非的索比拉，还有夏纳的法莫兰。在阿拉多曼，班达艾班是在百年战争中被毁的废墟上重新建起的。沐瑞知道那座城市的三个名字，却又无法确定它真正的名字是哪一个，而这座城市也是建立在兽魔人战争中一座城市的废墟之上，最早的那座都市的名字早已失传。兰德知道夏纳有一座道门，就在一座中等城市附近的郊野中，这座中等城市的名字是一座古代巨城名字的一部分。那座巨城已经成为兽魔人的牺牲品。还有一座道门在妖境里，在被暗影谋杀的马吉尔。就像哈曼指出的那样，其他地方也都发生了变化。凯姆林的道门现在位于一座地窖里——一座受到严密监管的地窖。兰德知道在提尔也有道门，它在一片巨大的牧场上，提尔大君们在那里放养他们著名的马群。在迷雾山脉中应该有一座道门，位于曼埃瑟兰的故地，因为去过曹福聚落，兰德才知道该怎样再去那里。沐瑞在对他进行教导时，似乎不认为聚落和巨森灵是必须让他了解的重要内容。

“你不知道聚落在什么地方？”等兰德解释过之后，哈曼仍然难以置信地说道。“这是艾伊尔人的幽默吗？我从来就不懂得艾伊尔人的幽默。”

“对于巨森灵，”兰德温和地说，“从道建成到现在只是经历了很长的时间，但对于人类，这段时间却是无比漫长。”

“但你甚至还记得玛法·戴达兰、安珂海玛、隆达伦·科，还有——”

科芙芮将一只手放在哈曼肩上，但她怜悯的眼神却是给兰德的。“他不记得的，”她轻声说，“他们的记忆都已经失去了。”她的语气仿佛是在说人类失去了能够想象得到的最珍贵的东西。伊莉丝用手捂住嘴，一副要哭出来的样子。

苏琳回来了，她故意一步步走回到兰德面前。她的身后跟着一大群奉义徒，他们的手臂上捧满了一卷卷各种尺寸的地图，其中有一些长得足以拖到庭院的铺石地面上。一名穿白袍的男子拿着一只象牙雕刻的书写匣。“我已经让奉义徒去找更多的地图了，”苏琳僵硬地说，“也让一些湿地人去找了。”

“谢谢你。”兰德对她说。苏琳的表情和缓了一点。

兰德蹲下身，把地图直接在石板地面上摊开，将它们一一分类。其中有一定数量的凯姆林地图，也有许多安多各地区图。他很快就找到一张诸边境国全图，只有光明知道凯姆林为什么会有这样一张地图。有一些地图已经陈旧破烂了，上面绘制了不复存在的国境线和数百年前的地名。

依照不同的国界和地名就可以按年代对这些地图进行排列。在最古老的地图上，哈登与凯瑞安北部接壤。随后哈登消失了，凯瑞安的边境向北扩展，甚至连接至夏纳，随后又逐渐回缩，显示出太阳王座无法控制那么多的土地。马瑞多位于提尔和伊利安之间，随后马瑞多消失了，提尔和伊利安的边界在马瑞多平原相交，又像凯瑞安的边界一样缓缓地退了回去。卡拉兰消失了，然后是阿摩斯、摩撒拉和伊伦芬勒，以及其他国家。有时候它们是被邻国并吞，但大多数最终都成为无主的土地和荒野。这些地图讲述了一个自从鹰翼的帝国崩溃之后文明的萎缩史，人类放弃了一片又一片领土。第二张找出的边境国地图只显示了沙戴亚和一部分艾拉非，但它显示出现在的边境国界再往北五十里范围内的情况。人类在退缩，暗影在扩张。

一名骨瘦如柴的秃头男子穿着不合身的宫廷制服，怀里抱着又一堆地图跑进了庭院。兰德叹了口气，继续捡选并丢弃无用的地图。

哈曼满脸严肃地看着由奉义徒捧到他面前的书写匣，然后从自己的外衣口袋里拿出一枝样式朴素的钢笔。这枝钢笔有经过抛光的木制笔杆，比兰德的大拇指还要粗，但与它的长度相比，它还是显得相当纤细，它在巨森灵粗大的手指间显得非常合适。哈曼手膝并用地趴在地上，一张张审视着兰德捡选过的地图，偶尔会将钢笔在奉义徒的墨水瓶里蘸一下，在地图上写下一些注释。也许你会认为那些文字显得太粗大，但把它们和巨森灵的身材相比，你才能知道哈曼已经尽量把它们写得小一点了。

这对兰德来说就像是上了一堂课。有七个聚落分散在边境国各处。兽魔人惧怕进入聚落，即使是魔达奥也必须在极重要的原因驱赶下才会进入那里。世界之脊中隐藏了十三个，包括弑亲者之匕山脉中的一个——从南方的商台聚落到齐京聚落，再到北方的仙县聚落，它们之间仅隔着几里距离。

“从世界崩毁到现在，这片土地真的改变了。”哈曼对兰德说道。他仍然继续快速地在地图上做出标记。“沧海桑田，高山平陆，咫尺天涯，但没有人能说齐京和仙县曾经有过些许远离。”

“你忘记了开同。”科芙芮说着，示意另一位跑过来的穿制服的仆人放下捧在手臂中的地图。

哈曼看了她一眼，在埃拉河边写下了这个名字，那里距离哈登莫克北部不远。在龙墙西侧，从夏纳北部边界一直到风暴海岸边的范围内只有四个聚落，全都是巨森灵新找到的、最年轻的聚落。其中曹福聚落在六百年前已经有巨森灵居住，而另外三个在一千年之内还没有巨森灵居民。有些存在聚落的地域居然像边境国一样大，比如有六个聚落的迷雾山脉，还有阴影海岸。黑丘也有聚落，还有伊乌河北边的森林，达刚河北边的山地，以及阿拉多曼北部。

让人感到悲哀的是被放弃的聚落名单。那些聚落都衰败得太厉害了，世界之脊、迷雾山脉和阴影海岸中许多聚落都是这样。还有一个深入阿摩斯平原、靠近帕里斯沃大森林的聚落，一个位于托门首北部矮山中、面对爱瑞斯洋的聚落。也许最令人悲伤的是那个被标记在艾拉非方向上的、妖境内部的聚落。也许魔达奥不愿进入一个聚落，但随着妖境年复一年地向南扩张，一切都会被它吞噬。

哈曼停了一下，悲哀地说：“宣度聚落在一千八百四十三年前被妖境吞没，商达聚落是在九百六十八年前。”

“愿它们的记忆留存，与光明并行。”科芙芮和伊莉丝一同喃喃道。

“我知道你们没有标出的一个。”兰德说。佩林告诉过他，曾经在那里受到庇护。他拉出一张安多地图，那里标示出亚林河东部地区。兰德用手指着从凯姆林通往白桥的道路北方的一点，那里距离凯姆林并不算远。

哈曼的脸上出现了几乎可以算是愤怒的表情：“那里应该是鹰翼的都城，那里有几个聚落，但我们不打算得到它们。我们要尽量远离人类的土地。”所有聚落的标记都在山里，在人类难以进入的地方，或者至少是远离任何人类居住的地方。比起其他聚落，曹福聚落所在的位置过于靠近人类。兰德知道，只要一天的行程就可以走到距离那里最近的村子。

“也许等到以后再讨论这件事会好一些，”科芙芮对兰德说道，但看她的眼神，这些话显然是说给哈曼听的，“我想在日落之前尽量向西多赶一些路。”哈曼沉重地叹了口气。

“你们一定要在这里停留一会儿，”兰德表示反对，“从凯瑞安一直走到这里，你们一定筋疲力竭了。”

“女人才不会精疲力竭，”哈曼说，“她们只会让别人精疲力竭。这是我们非常古老的一句俗语。”

科芙芮和伊莉丝同时哼了一声。哈曼自顾自地嘟囔着，继续在地图上画出标记，现在他开始标记出巨森灵建筑的城市，还有那些城市中树林的位置。每座树林中都有道门，巨森灵可以通过道门往返于城市和聚落之间，而不必穿越充满人类纷争的地方。

当然，凯姆林也被标记出来，还有塔瓦隆、提尔、伊利安、凯瑞安、马兰登和艾博达。这是所有仍然存在的城市，艾博达的名字被写成了巴莱斯塔，也许巴莱斯塔是属于另一个地方的名字。哈曼在那个名字旁边标出小点的地方顶多只可能是一个村子。玛法·戴达兰、安珂海玛、隆达伦·科，当然，还有曼埃瑟兰。亚伦玛多、爱瑞荷、沙峨姆、蒂兰贝、布雷姆、康达瑞斯、海伊克瑞门、伊曼……随着名单的加长，兰德开始在哈曼标记过的每一张地图上看见点状的水渍。他过了一会儿才意识到这位巨森灵长者正在无声地哭泣，用泪水祭奠那些已经死亡并被遗忘的城市。也许他是在为那些逝去的生灵哭泣，也许他是在为消失的记忆哭泣。兰德能够确定的是，他不是在为那些城市本身、为那些失落的巨森灵造物而哭泣。对巨森灵而言，石匠技艺只是他们在放逐期得到的一项技能，被雕刻的岩石怎么能与神奇的树木相比？

哈曼标出的一个名字和它的位置牵扯着兰德的记忆。它在巴尔伦东边，白桥北方，亚林河边距离白桥几天路程的一个地方。“这里有树林？”兰德指着那个标记说。

“在爱瑞荷？”哈曼说，“是的，是的，那里有，那也是一件悲伤的往事。”

兰德没有抬起头。“在煞达罗苟斯，”他纠正说，“一件非常悲伤的往事，你……可不可以……指出那座道门？如果我带你去那里的话。

第 21 章

前往煞达罗苟斯

“带我们去那里？”科芙芮朝兰德手中的地图紧皱眉头，“如果我没有把两河的位置记错，这会让我们绕很远的路。在找到罗亚尔之前，我不会浪费任何一天的。”伊莉丝坚定地点点头。

哈曼的脸颊上仍然沾着泪水。他朝两名匆忙行事的女子摇摇头，但他也说道：“我不能允许这样。爱瑞荷，或者是你们的煞达罗苟斯，不是像伊莉丝这样的女孩应该去的地方。实际上，那里不是任何人应该去的地方。”

兰德放开手中的地图，站起身。他了解煞达罗苟斯，虽然他自己并不想这样。“你们不会耽误时间的，实际上，你们会争取到时间。我会打开一个通道，用穿行带你们过去，今天你们就能走完从这里到两河的大部分路程。我们在那里不会停留很长时间，我知道你可以带我直接去道门那里。”巨森灵能感觉到道门，只要他们距离道门不是太远。

这让巨森灵在喷泉对面进行了另一次秘密讨论，伊莉丝也坚持要参加。兰德听到其中的只言片语。很显然，哈曼固执地摇着头，反对这个计划；而科芙芮的耳朵坚硬地挺着，完全绷直了身体，看上去正在用自己的每一点力量坚持这个计划。一开始，科芙芮在瞪着哈曼时也会皱起眉瞥伊莉丝一眼。

无论巨森灵中婆婆和儿媳之间的关系是怎样，她显然认为这名女孩不该参与这场对话。但她很快就改变了看法，巨森灵女孩不停地从侧面攻击哈曼，毫无顾忌地否定他的一切看法。

“……太危险了，太危险了。”哈曼的声音仿佛遥远的雷声。

“……只要今天一天……”科芙芮的雷声要轻一些。

“……他已经出来太久……”伊莉丝的声音仿佛是巨大的银铃被敲响。

“……匆忙会导致失败……”

“……我的罗亚尔……”

“……我的罗亚尔……”

“……那样魔煞达就会在我们脚下……”

“……我的罗亚尔……”

“……我的罗亚尔……”

“……身为一名长老……”

“……我的罗亚尔……”

“……我的罗亚尔……”

哈曼一边拉着自己的外衣，一边走回到兰德身边，仿佛这件衣服刚才被这两个女人扯掉了，女人们则跟在他身后。科芙芮维持着平静的面容，伊莉丝强压住微笑的冲动，她们的耳朵全都竖直起来，表达着满意的心情。

“我们已经决定，”哈曼僵硬地说，“接受你的建议。让我们快点结束这次荒谬的旅程吧！这样我就能回到我的学生那里去了，还有聚落会议。嗯，嗯，关于你，我还有很多话要在聚落会议里说。”

兰德不在乎哈曼是否会告诉其他聚落长老他在仗势欺人。除非要维修古老的石雕作品，否则巨森灵绝不会与人类来往，也不会对人类造成任何影响。

“很好，”兰德说，“我会派人去客栈取你们的行李。”

“我们的一切都在这里。”科芙芮走回喷泉后面，弯下腰，拿出两个包裹。它们之中的每一个对人类来说都过于沉重了。她将一只包裹递给伊莉丝，将另一只斜过胸前背在肩上。

“如果罗亚尔在这里，”伊莉丝一边背上包裹，一边向兰德解释，“我们就打算立刻返回曹福聚落。如果他不在，我们就会马上继续旅程，我们不会做任何耽搁。”

“实际上，这里的床实是在太小了，”哈曼说着，用双手比划出一个大约有人类孩童大小的尺寸，“曾经外面的每一家客栈都有两或三间巨森灵房间，但现在这样的客栈似乎很难找到了，真是难以理解。”他瞥了那些被做出标记的地图一眼，叹息一声：“真是难以理解。”

兰德等哈曼也背起包裹，就抓住阳极力，在喷泉旁边打开一个通道。信道对面显示出一条荒废的、长满杂草的街道，到处都是倾颓的建筑。

“兰德·亚瑟。”苏琳冲进庭院，站到一群捧着地图的仆人和奉义徒前。莉艾和卡辛也在她身边，他们都装成是偶然和她相遇的样子。“你还要更多地图。”苏琳瞥了通道一眼，就差直接责问兰德了。

“我在那里比你更有能力保护自己。”兰德冷冷地对她说。他不想让自己的话语这么冰冷，但被包覆在虚空中，他没办法让自己的声音不显得冰冷和遥远。“那里没有任何能被你的枪矛制服的敌人，有些东西你完全无法对抗。”

苏琳仍然显得非常顽固：“我们有理由去那里。”

如果以这种方式对待非艾伊尔人可能是错的，但……“我不会争论这一点。”兰德说。如果他拒绝，苏琳就一定会紧跟着他。即使他在关闭通道时，也一定会有枪姬众朝缩小的通道里跳。“我希望你只叫来今天当班的卫兵，但所有人都必须紧跟在我身边，什么都不能碰，动作一定要快。我希望立刻集结完毕。”关于煞达罗苟斯的回忆并不让他感到愉快。

“我依照你坚持的将她们解散了，”苏琳气恼地说，“慢数到一百。”

“十。”

“五十。”

兰德点点头。苏琳晃动手指，嘉兰妮立刻飞奔进宫殿里。苏琳的手指再次晃动。三名奉义徒丢下怀里的地图，惊愕地看着她（艾伊尔人从不会有如此的表现），然后他们拢起长袍，朝另一个方向跑进了宫殿。虽然他们的动作非常快，但苏琳已经跑到他们前面。

当兰德数到二十时，艾伊尔开始纷纷冲进庭院，甚至从窗口和阳台跳进来，兰德差点就数错了。每一名艾伊尔都戴着面纱，而其中并非全都是枪姬众。当他们看见庭院里只有兰德和三位正好奇地向他们眨眼的巨森灵时，都露出一点困惑的表情。有些人放下面纱，而仆人们早已躲到旁边，缩成一堆。

直到苏琳回来的时候，人潮仍然不停地涌入庭院。苏琳没有戴面纱。当兰德数到五十的时候，她的一只脚刚好踏进庭院，这时庭院中已经挤满了艾伊尔。很快兰德就会知道了，苏琳散播出去的讯息是卡亚肯正在危险之中，这是她认为在如此短的时间里唯一能召集到足够多艾伊尔的办法。艾伊尔男人们中间传出了一点不愉快的咕哝，但大多数人都认为这是一个不错的玩笑，有些人还笑着用矛杆敲起手中的圆盾，但没有人因此而离开。他们看着兰德打开的通道，都想知道发生了什么事。

兰德因为至上力增强了听力，所以能听见一位叫南蒂拉的枪姬众（她的头发中灰色已经多过黄色，但她仍然显得强壮有力，且面容俊俏）对苏琳耳语说：“你像对法达瑞斯麦那样对奉义徒说话。”

苏琳的蓝眼睛注视着南蒂拉的绿眼睛：“是的，我们等今天兰德安全之后再处理这件事。”

“等他安全之后。”南蒂拉表示同意。

苏琳很快就选出了二十名枪姬众，其中有些是今天早晨的卫兵，有些不是。但是当乌伦开始挑选红盾众时，其他战士团的人都坚持说他们也应该加入，通道对面的那座城市看上去很可能是个潜伏着敌人的地方，而卡亚肯必须受到保护。兰德相信，如果自己告诉他们那里不会有艾伊尔人所擅长的战斗的事实，这些艾伊尔人中愈是年轻的，就愈有可能想要从那里找一个可以作战的敌人来。当兰德说男人的数量不能超过枪姬众时，几乎又引发了一场争论——因为兰德已经将荣誉交给她们维护，这个决定将有损法达瑞斯麦的荣誉。但兰德是要带他们去一个战斗技能无法保护他们的地方，每多一个人，兰德就要多分一份心去看顾。但兰德并没有解释，他还不能确切地知道，如果自己解释，又会损害谁的荣誉。

“记住，”所有的卫兵都被选出来后，他对他们说道，“什么也不能碰，什么也不能拿，甚至是喝那里的一口水也不行。一定要留在我的视线里，绝不能因为任何原因而进入任何一幢房屋。”哈曼和科芙芮用力地点着头。而比起兰德的话，巨森灵的反应似乎给艾伊尔们留下更深的印象，如果他们的表情中真的有所表现的话。

他们开始走过通道，进入一座早已死亡的城市，一个不仅是死亡的城市。

一轮升到半空的金色太阳炙烤着这片宏伟的遗迹，不时还能看见一座巨大的穹顶立在浅色大理石宫殿上，但更多的穹顶都碎裂、塌陷了，只留下一些弧形的残片。长长的立柱走廊连接着那种凯瑞安人所梦想的巨型高塔，而那些塔都只剩下了犬牙嶙峋的残桩。到处都是没有屋顶或者完全塌倒的建筑，砖块和石头铺散在碎裂的石板地面上。每个十字路口都有毁坏的喷泉和纪念碑，碎石堆积成的大山丘上，矮小的树木在干旱中死亡，街道和建筑的缝隙中充塞着干枯的野草。没有任何活的东西，没有鸟，没有老鼠，甚至没有一丝风。寂静包裹着煞达罗苟斯，煞达罗苟斯——暗影等待之地。

兰德消去通道，所有艾伊尔人都戴着面纱。巨森灵不停地扫视着周围，面容紧绷，耳朵僵硬地贴在脑后。兰德仍然握持着阳极力，就像马瑞姆说的那样，这样可以让他知道自己还活着。他在自己还不能导引的时候，也许特别是在那个时候，他在这里一直想要提醒自己这一点。

爱瑞荷在兽魔人战争时期曾经是一座巨大的都市，是曼埃瑟兰的盟友，十国联盟之一。当兽魔人战争甚至百年战争都只像是一段短暂的时间，当暗影在所有地方取得胜利，而光明的每一个胜利都似乎只是在争取一段苟延的时间时，一个名叫魔德斯的人成为爱瑞荷的议员，他提出一个取得胜利、让国家得以生存的办法——爱瑞荷必须比暗影更加严厉，更加残忍，更加缺乏信任。慢慢的，爱瑞荷人将这个方法付诸实践，直到最后，爱瑞荷变得像暗影一样黑暗，甚至有可能比暗影更加黑暗。随着对抗兽魔人的战争日趋激烈，爱瑞荷抛弃了自己，让自己堕入黑暗，最终吞噬了自己。

但有些东西被留了下来，这些东西让一切生灵不能在这里存活，甚至这里的一颗石头都浸染着杀死爱瑞荷、只剩下煞达罗苟斯的恨意和猜疑。

留在这里的并不仅是这种随时间而浸透一切的污染，任何有理智的人都绝不会向这里迈出半步。

兰德在他站立的地方缓缓地转过身，盯着空眼窝般的残破窗口。随着太阳的逐渐升高，他能感觉到看不见的监视者。当他上次来到这里的时候，这种感觉直到日落时才会变得如此强烈，那比这里的污染更可怕。一支在这里宿营的兽魔人军队曾经彻底被抹煞掉，只留下用血写在墙上的一些文字。它们在那些文字中向暗帝乞求拯救。夜晚是绝不能在煞达罗苟斯滞留的。

这个地方吓坏了我，路斯·瑟林在虚空外喃喃地说，你不害怕吗？

兰德的呼吸停滞了。难道他是受到这个声音的感染？是的，它让我害怕。

这里存在着黑暗，比黑暗更深的黑暗，如果暗帝要选择居住在人间，那么他就会住在这里。是的，他会的。我一定要杀死狄芒德。

兰德眨眨眼，狄芒德和煞达罗苟斯有什么关系？

我记得终于杀死了伊煞梅尔。在那个声音里出现了一丝惊诧，仿佛路斯·瑟林刚有了什么新发现。他应该去死。兰飞儿也应该去死，但我很高兴她不是被我杀死的。那个声音对他说的这些话只是巧合吗？路斯·瑟林是否听到了他的问题？是否在回答他？

我怎么……是你杀死了伊煞梅尔？告诉我是怎么回事。

死亡，我想要其余的死亡。但不是在这里，我不想死在这里。

兰德叹了口气。只是巧合，他也不想死在这里。他身边的一座宫殿前面的柱子都已经朽坏了，整座宫殿都朝街上倾斜，随时都有可能倒塌，将他们埋在下面。“带路吧！”他对哈曼说。然后他又对艾伊尔说道：“记住我所说的，什么也不要碰，什么也不要拿，留在我的视线里。”

“我没想到情况会这么糟糕，”哈曼嘟囔着，“这里的黑暗几乎淹没了道门的感觉。”伊莉丝发出一声呻吟，科芙芮看上去也在极力压抑呻吟的冲动。巨森灵对环境非常敏感，过了一会儿，哈曼朝一个方向指了一下。他脸上的汗水和炎热并没有关系。“那边。”

破碎的铺路石板在兰德的靴子下面发出断裂的声音，仿佛兰德所踩的是一片枯骨。哈曼引领他们走过一条条街道，拐过一个个转角，经过一座又一座废墟，但他的方向始终都很确定。环绕他们的艾伊尔在行动时全都踮起了脚尖，在他们黑面纱上方的眼睛里所显示的不是准备迎接攻击的眼神，而是投入到已经开始的战斗中的光芒。

看不见的监视者和毁坏的建筑勾起兰德惟恐避之不及的回忆。麦特从这里开始了走向瓦力尔号角的道路，但也几乎在那条路上丧命。也许麦特同样是从这里开始走上了前往鲁迪恩，得到那件他从不想提起的特法器的道路。佩林在这里的逃亡中和兰德失散，当兰德再次看见他的时候，他已经远离此处，并有了一双金色的眼睛，眼神悲伤。沐瑞从不曾将佩林的秘密告诉过兰德。

虽然煞达罗苟斯没有直接伤害兰德，但他也没能从这里安然脱身。帕登·范跟踪他们进入了这里。那时他们还在一起，他、麦特和佩林，沐瑞和岚，奈妮薇和艾雯。帕登·范——一位经常造访两河的卖货郎；帕登·范——一名隐秘的暗黑之友。沐瑞说，他已经不止是一名暗黑之友，他变得比一名暗黑之友更加可怕。那种转变也是在这里发生的，帕登已经不止是帕登，或者，他身上帕登的成分减少了许多，但那些仍然属于帕登的成分也在渴望着兰德的死亡。他威胁着一切兰德爱的人，只为了能让兰德落入他手中。然而兰德现在还没有去找他，现在对抗帕登、守护两河安全的是佩林。光明在上，两河到底遭受了多么大的伤害，帕登和白袍众都在那里做了什么？培卓·南奥是不是暗黑之友？如果两仪师会成为黑宗，那么圣光之子的最高领袖指挥官会投向暗影也是很自然的事。

“就是这里。”哈曼说。兰德愣了一下。煞达罗苟斯绝不是他可以走神的地方。

长老站立的地方曾经是一片广阔的方形广场，但现在这里已经变成了一座长久腐蚀后的碎石堆。在广场中央应该有一座喷泉的地方却有着一圈工艺精致、依然闪烁着光泽的金属围栏。它有巨森灵那么高，上面看不见一点锈蚀，环绕着一座雕刻有藤蔓和叶片的高大石碑，那些雕刻是如此栩栩如生，观看它们的人甚至会吃惊于它们为什么不是绿色而是灰色。如果有风吹过，它们仿佛会随风摇动。这就是道门，虽然它看上去不像任何一种门。

“巨森灵返回聚落后，他们立刻就砍伐了树林，”哈曼气愤地嘟囔着，眉毛低垂了下去，“不到二三十年后，整座城市就毁了。”

兰德用风之力碰了碰那道栅栏，心中思忖着该如何过去。那道栅栏却一下子就碎裂成二十几片，塌倒在地上。金属栏杆撞击地面发出巨大的响声，巨森灵们吓了一跳。兰德摇摇头，这么长时间都没有锈迹的金属当然是至上力做成的，也许甚至是传说纪元的遗存，但固定住它们的接口一定都被腐蚀掉了，它们所缺的只是一次撼动。

科芙芮将一只手放在兰德肩上：“我请求你不要打开它。罗亚尔肯定告诉过你该如何打开道门——他总是对这类东西表现出太多的兴趣，但道门是危险的。”

“我能锁住它，”哈曼说，“这样如果没有生长护符，它就没办法被打开了，嗯，这很简单。”但他并没有表现出很想这么做的神情，甚至一步也没有向那座道门靠近。

“它也许能被用来迅速传输某些东西。”兰德对他说。全部的道都可以有这种作用，无论它们有多么危险，如果他能纯净它们……那几乎就像他对马瑞姆吹嘘的要纯净阳极力一样宏大。

他开始在道门周围编织阳极力。他使用了全部的五行之力，甚至还将一部分围栏恢复原位。从他导引第一股能流开始，污染就在他体内跳动——一阵逐渐增强的颤抖。一定是煞达罗苟斯的邪恶和阳极力的污染形成共鸣，即使在虚空里，他仍然因为这种共鸣而感觉迷乱，仿佛这个世界正在他脚下随着它们的悸动而摇摆。他想吐出自己吃过的每一点食物，但他将这一切都压抑了下去，他不能派人在这里守卫。

他所编织然后反转的是一个凶恶的陷阱，很适合这个邪恶的地方。这是一个针对暗影污秽的结界，人类可以毫发无伤地通过它，或者连弃光魔使也可以安全通过，而且即使是一名男性弃光魔使也无法侦测到它——他能编织或针对人类，或针对暗影生物的结界，但不能同时编织针对这两者的。如果任何种类的暗影生物通过，它们不会立刻死亡，甚至有可能活着走到这座城市的边缘，最后死在远离这里的地方，这就是这道结界凶恶的地方。这样下一个来到这里的魔达奥就不会因此而心生戒惧。一整支兽魔人军队现在仍然能活着从道门走出来，通过这里，但等待它们的是在别的地方死亡。这让他感到恶心，就如同阳极力中的污染一样。

固定住编织，放开阳极力，这让他感到一阵轻松。每次都会残留在体内的污染，仍然在一阵阵悸动着，那种感觉就像是地面刺穿了他的鞋底，他的牙齿和耳朵都在疼痛。他迫不及待地要离开这里。

深吸一口气，他准备再次导引，打开一个通道——他突然停下来，皱起眉头。他迅速地清点了一遍人数，然后又用慢一点的速度重新数了一遍。“有人不在，是谁？”

艾伊尔人中传来一阵轻微的骚动。

“莉艾。”苏琳在面纱后面说。

“她刚才就在我身后的。”这肯定是嘉兰妮的声音。

“也许她看见了什么。”兰德觉得这次说话的是黛索拉。

“我说过，所有人都要集中在一起！”愤怒冲过虚空，如同在巨石上打碎的波浪。一个人在这里走失了，而他们还保持着那种光明诅咒的艾伊尔人的冷静。一名枪姬众走失了，一名女子走失了，在煞达罗苟斯。“等我找到她的时候……”他一点一点地将怒火压了回去，不让它吞没自己的虚空。他想要对莉艾大声斥责到让她昏厥，然后把她送回到索瑞林那里去，让她在那位智者身边度过余生。但这股怒火中却混杂着白热的杀意。“每两人一组，四处察看，但不要为了任何原因而走进建筑物，不要走进阴影里，否则你们有可能在有所知觉前就全部丧命。如果你们看见她在一座建筑物里，即使她看上去平安无事，你们也一定要先来找我，如果她自己不主动走出来找你们的话。”

“我们如果单独行动的话会找得更快。”乌伦说。苏琳点头表示同意，有许多人也都在点头。

“两人一组！”兰德努力将怒火压下去。该被光明烧的艾伊尔的顽固！“这样你们会有人照顾你们的背后。照我说的去做，我来过这里，知道一些这里的状况。”

艾伊尔人们又用几分钟时间讨论该在兰德身边留下多少人，然后二十对艾伊尔人分散开来。兰德觉得留下的人之中有嘉兰妮，但因为面纱的关系，他无法确定这点。这一次，她没有因为守卫在兰德身边而感到高兴，那双绿眸里流露出郁闷。

“我想我们也可以结成一组。”哈曼看着科芙芮说道。

科芙芮点点头：“伊莉丝可以留在这里。”

“不！”兰德和伊莉丝几乎是同时说道。巨森灵长者们转过头，严肃的脸上充满了责备的神情。

伊莉丝的耳朵垂了下去，仿佛要掉下去的样子。

兰德努力地控制着自己的火气。那股怒火最初只是在虚空外某个遥远的地方，只不过是通过一根细线连接着他，但它现在却愈来愈强，仿佛是要吞掉他，也吞掉虚空。这也许会导致灾难性的后果，而且，除此之外……

“很抱歉，我不该向您叫喊，哈曼长老，还有您，科芙芮言者。”这样说正确吗？它是不是一个名衔？他们的表情没有给兰德任何答案。“如果你们留在我身边，我会非常高兴，我们可以一同寻找。”

“虽然，”哈曼说，“我确实看不出我们在你身边能为你提供什么保护，但这应该听你的。”科芙芮和伊莉丝全都赞成地点点头。兰德不知道哈曼为什么会这么说，但现在似乎不是问这个的时候，而三位巨森灵似乎都做好了要保护他的准备。兰德放下心来，如果他们三个留在他身边，他就能保护好他们。

“只要你遵守自己的命令就可以了，兰德·亚瑟。”那名留下的枪姬众确实是嘉兰妮，她的语气中充满了迫不及待地开始行动的心情。兰德真希望他能够让这些人对这个地方有更多一些的了解。

一开始，搜寻工作相当令人沮丧。他们走过一条条街道，有时还会爬上碎石堆，向四周高声叫喊“莉艾！莉艾！”，科芙芮的喊声让那些倾斜的墙壁发出轻微的骚动，哈曼的喊声则让那些墙壁发出不祥的呻吟。但他们始终没有听到任何回答，传来的只是其他搜寻小组的喊声和彼此嘲笑的声音。“莉艾！莉艾！”

当太阳几乎爬到天顶的时候，嘉兰妮说道：“我不认为她会走这么远，兰德·亚瑟，除非她故意要离开我们，但她不会这么做的。”

兰德这时正站在一道宽阔的台阶上，努力想透过面前那些圆柱的阴影，看清圆柱后大厅里的情形。但他觉得那座大厅里除了灰尘之外什么都没有，一个脚印都看不见。那些看不见的监视者变弱了，即使是现在，它们也没有消失，但已经快察觉不到了。“我们要搜寻尽量大的范围，也许她……”他不知道该怎么把话说下去，“我不会把她丢在这里，嘉兰妮。”

太阳升到了更高的地方后，开始下沉。兰德正站在一座小丘上，这里应该曾是一座宫殿，或者是一幢完整的建筑。经过长久岁月的磨蚀，现在只剩下一堆瓦砾和几块从干燥土地中伸出的石雕。“莉艾！”兰德用双手捂在嘴边喊道，“莉艾！”

“兰德·亚瑟！”一名枪姬众在下面的街道里喊他，放下了面纱。是苏琳，苏琳身边的另一名枪姬众还戴着面纱，她们正站在嘉兰妮和巨森灵身边。“下来。”

兰德从山丘上爬下来。因为跑得太快，他有两次还差点摔倒。“你们找到她了？”

苏琳摇摇头：“如果她还活着，我们就应该找到她了，她自己不可能走这么远。我想，也没有人能将她活着带走，她不是那种容易被捉住的人。如果她受了重伤，无法回应我们，我想她现在也应该是死了。”哈曼悲哀地叹息了一声，两位巨森灵女子的眼眉都垂到了脸颊上。不知为什么，他们的悲伤似乎是出于对兰德的怜悯。

“继续搜寻。”兰德说。

“我们能进入建筑物吗？这里有许多房间从外面是看不见的。”

兰德犹豫着。现在还不到下午，但他又能感觉到那些眼睛了，就像他刚刚到这里的时候一样强，煞达罗苟斯的阴影里绝不是安全的地方。“不，但我们要继续搜寻。”

他不知道自己在一条条街道上又喊了多久。不知道什么时候，乌伦和苏琳一起站在了他面前，都没有戴面纱。太阳落到西方的树尖上，变成了无云的天空中一个血红色的球体，阴影延伸过了一堆堆废墟。

“我会按照你的意愿进行搜寻，”乌伦说，“但叫喊和观望的作用毕竟有限，如果我们能搜索建筑物——”

“不！”兰德这时才发现自己的嗓子完全哑了。他清了清喉咙，光明啊，他真想喝口水。看不见的监视者充满了每一扇窗户，每一个门洞，数量成千上万，它们等待着，期盼着。阴影正在覆盖这座城市，在煞达罗苟斯，阴影是不安全的，黑暗则会带来死亡，魔煞达将会随着日落而升起。“苏琳，我……”他不能让自己说出就这样放弃，丢下生死不明的莉艾。也许莉艾只是昏迷在某个地方，在一堵墙后面，或者是被一堆倒塌的砖块压在下面，这种可能性是很大的。

“我想，那些看着我们的东西正在等待日落。”苏琳说，“我往一扇窗子里看的时候，发觉那里有什么也正在看着我，但那里什么都没有。和看不见的东西进行枪矛之舞并不是容易的事。”

兰德意识到自己想要苏琳再说一遍莉艾已经死了，那样他们就可以离开。但莉艾可能只在某个地方受了伤。他碰了碰自己的外衣口袋，那个肥胖小男人形状的法器和他的剑、令牌都被放在凯姆林。他不确定自己在夜色降临时能否在这里保护每一个人。沐瑞认为倾尽白塔的力量也无法杀死魔煞达，如果那东西可以被认为是活着的。

哈曼清了清喉咙。“根据我对爱瑞荷的记忆，”他一边说着，一边皱起眉头，“……对于煞达罗苟斯的记忆，如果太阳落下，我们也许会全部死亡。”

“是的。”兰德不情愿地吐出这个字。莉艾也许还活着，但他还要为所有这些人负责。科芙芮和伊莉丝在一旁将脑袋凑在一起，兰德从她们的嘟囔中听到了一声“罗亚尔”。

责任重过高山，死亡轻如绒羽。

路斯·瑟林一定是从他这里知道这句话的（他们两个的记忆交流，看样子是双向的），但这句话直击到他心里。

“我们现在必须离开了，”他对他们说，“无论莉艾是否还活着，我们……必须走了。”乌伦和苏琳只是点点头。伊莉丝走到他身边，用手拍了拍他的肩膀。那只手能一下捏碎他的脑袋，但兰德却吃惊地发现它是如此轻柔，仿佛温暖的羽绒垫。

“请原谅我的打扰，”哈曼说，“我们在这里停留的时间比我们预期的要长许多。”他指了指正在下沉的太阳。“如果你能用那种方法将我们带出这座城市，我们会非常感激你的。”

兰德还记得煞达罗苟斯外面的那座森林，这一次那里不会有魔达奥和兽魔人了，但那是一片浓密的野林，天知道从那里该怎样才能走到有人烟的地方。“我可以做得更好一些，”他说，“我能直接把你们带到两河去。”

两位年长的巨森灵严肃地点了点头：“愿光明和平静赐福于你的好心。”科芙芮又轻声嘟囔了一些什么，伊莉丝的耳朵激动地颤动着，也许离开煞达罗苟斯和见到罗亚尔同样让她感到期待。

兰德犹豫了一会儿。罗亚尔也许正在伊蒙村，但他不能把他们带到那里去，因为他的通道完全有可能将某个两河人切为两半。那么，他就要远离村庄，同时还要远离农场密集的地方。

耀眼的垂直光线出现并迅速加宽。污染又一次对他造成重击，比以前更加严重，地面似乎正在轰击他的脚底。

六名艾伊尔人先跳了过去，然后是三位巨森灵，他们匆忙的样子在现在的环境里显得很自然。兰德又回头看了这座死寂的城市一眼，他曾经答应过自己，可以让枪姬众为自己而死。

当最后一名艾伊尔人跳过通道时，苏琳发出一个从牙缝间倒吸一口气的嘶声。兰德瞥了她一眼，发现她正看着自己的手——他的指甲深深地抠进了皮肉里，鲜血流淌出来。因为被包覆在虚空中，兰德只觉得那种痛苦是属于别人的。肉体的伤痛没有关系，它是可以被治愈的，但在他内心深处的伤口，没有人可以看见。每一名死去的枪姬众都会留下一道这样的伤口，他从没让它们愈合过。

“我们在这里的事情已经结束了。”兰德说着，就穿过通道走进了两河。一到了通道的这一边，那种悸动就消失了。

兰德皱起眉，尽力想要恢复自己的方向感。将一个通道精确地放在一个自己从没到过的地方并不是件容易的事，而他确实挑选了一片他已不再认识的原野。这里应该是伊蒙村向南两个小时路程的一片杂草地，兰德记得没有人在这片草地里做过任何事情。但在黄昏的阳光中，他看见了不小的一群绵羊，一个拿着弯钩手杖，背上挂着一张弓的男孩。那名男孩正在一百步外的地方盯着他们，兰德不需要至上力就知道那男孩的眼睛一定瞪得又圆又大。然后那名男孩就丢掉手杖，朝一座农舍跑去，兰德完全不记得这里还有一座农舍，而且还是一幢瓦片屋顶的农舍。

片刻之间，兰德开始寻思自己是否真的到了两河。不，这片土地的感觉告诉他，这里就是两河，空气中的味道呼喊着家的感觉。珀黛和那些女孩告诉他家乡有了多么大的改变，但她们并不了解——两河没有任何改变。他应该让那些女孩回到这里来吗？*你应该做的就是不要插手她们的人生*。这真是个令人气恼的想法。

“伊蒙村就在那个方向，”他说道。伊蒙村，佩林，谭姆也许也在那里，在酒泉旅店，和艾雯的父母在一起。“罗亚尔应该在那里，我不知道你们是否愿意连夜赶路。你们也可以向那幢农舍的主人借宿一晚，我相信他们会给你们一个睡觉的地方。不要跟他们说我的事，不要告诉任何人你们是怎么来到这里的。”那个男孩已经看见了刚才那一幕，但一个男孩在看到巨森灵时，完全有可能编出各种故事。

调整了一下背上的包袱，哈曼和科芙芮交换了一个眼神。科芙芮说：“我们不会说我们是怎么来的，让人们自己去想象吧！”

哈曼抚着胡子，清了清喉咙：“你可不能杀死你自己。”

即使还在虚空中，兰德仍然吃了一惊：“什么？”

“你面前的道路，”哈曼用隆隆的声音说道，“漫长、黑暗，也许会充满血腥，而你恐怕会拉住我们，让我们全部走上那条路，但你一定要活着走到那条路的终点。”

“我会的，”兰德简单地答道，“再见。”他竭力想让那个声音里有一些温度，一些感情，但他不确定自己是否成功了。

“再见。”哈曼说，两位女性巨森灵也向他道别，然后朝那幢农舍走去，即使是伊莉丝仿佛也相信哈曼长老说的是真的。

兰德又在原地站了一会儿。那幢农舍里已经有人走出来，看着正在接近的巨森灵。兰德望向了西北方，不是伊蒙村的方向，而是他长大的那座农场。当他转过身，打开通往凯姆林的通道时，他觉得仿佛撕裂了自己的手臂。这种痛苦比一道抓伤更适合纪念莉艾。

第 22 章

向南前进

五颗石头在麦特手里抛接成一个稳定的环形，其中一颗红色，一颗蓝色，一颗是纯净的绿色，其他两颗上面有着有趣的彩色条纹。他骑在马上，用膝盖引导着果仁。黑杆长矛插在他的马鞍后面，鞍后的另一侧插着他没有挂弦的长弓。这些石头让他想到了汤姆·梅里林，他的杂耍技艺全都是汤姆教的，他有些想知道那个老家伙是不是还活着。也许已经死了。兰德派他跟着伊兰和奈妮薇，要他照顾她们，那似乎是很久以前的事情了。麦特不知道这两个女人是否真的需要照顾，但他相信，没有任何女人比她们两个更适合杀死一个男人了——她们当然不会听从汤姆的任何劝告和建议。奈妮薇会在男人所做的、说的和想的任何事中找出错误，然后一边扯着她该死的辫子，一边朝那个男人大发雷霆。那个该死的王女伊兰像奈妮薇以前一样，只要把鼻子探进风里闻一闻就会告诉你该做什么。而且伊兰比奈妮薇更糟糕，因为如果摆凶相没有达到效果，她又会露出动人的微笑，还有迷人的酒窝——只因她长得漂亮。麦特希望汤姆能从那两个女人手中活下来，其实，他希望他们全都能平安无事，但如果那两个女人发现自己乱跑到了天知道什么地方，结果却一头栽进泡菜罐里，他倒不会很介意。让她们看看如果没有他麦特拉她们出来，她们会落得什么样的下场。他拼死拼活地为她们这样做的时候，她们连个“谢”字都不会说。不过她们最好不要掉进一口油锅里去——只要能让她们希望麦特·考索恩还会像白痴一样再把她们救出来就好了。

“你觉得呢，麦特？”拿勒辛一边问，一边催马走到麦特旁边。“你有没有想过，这种样子就像护法一样？”

麦特几乎掉落了手中的石头。代瑞德和塔曼尼也在看着他，满脸汗水地等待着答案。太阳正滑向地平线，再不久他们就要宿营了。随着白天的缩短，黄昏持续的时间似乎变长了一些，但麦特想在日落前安安静静地抽上一口烟。而且在这样的地形里，一旦失去阳光，马匹就有断腿的可能，人也是一样。

红手队跟随他们一直向北前进，骑兵和步兵都在腾起的尘土中越过一座座零星分布着灌木丛的低矮丘陵，旗帜仍然飘扬，但鼓声已经息了。自从离开玛尔隆，到现在已经过去了十一天，他们已经走完了前往提尔路程的一半，也许还要更多一些。这支部队的行军速度比麦特希望的要快一些。他们只有一个整天是在马背上度过的。麦特确定自己并不急于接替维蓝芒的位置，但他总是禁不住会想，他们从日出到日落最远能前进多少路程，到现在为止，他们的最好成绩是四十五里，这差不多是现在军队行军的极限了。当然，他们后来又等了半夜，补给马车才追上来，而他的步兵在长途跋涉中能够一直跟上骑兵，为他们赢得了一分。

在他们东边靠后一些的地方，一支艾伊尔部队分为三股，正轻盈地向前奔跑，并逐渐拉近和他们的距离。很可能他们从日出一直跑到了现在，而且他们会一直跑到日落，甚至更晚。如果他们在仍然有阳光的时候跑过红手队身边，就会对红手队明天的行军给予鼓励。每次被艾伊尔人追过，红手队在第二天都会尽量再多走一两里。

再往前几里，灌木丛就会重新变成茂密的森林，他们有必要在到达那里之前靠近艾瑞尼河宿营。当他们登上一座山丘的时候，麦特能看见那条大河。他雇用的五艘河船上飘扬着红手旗，还有另外四艘河船现在已经回玛尔隆重新补给了，那些船上装的主要是马匹饲料。虽然他看不见，但他知道从上游到下游都有行人，有很多人在看到这支队伍之后就转向逃开了。其中有一些人还能有大车，但经常是由他们自己拖着，极少能见到一辆马车。大多数人除了背在背上的东西之外，就什么都没有了。即使是最愚蠢的强盗也知道，抢劫这些人毫无益处。麦特不知道他们要去那里，他们自己大概也不知道，但他们已经足以堵塞沿河的大路了。如果没有这一群群的行人，红手队的行进速度一定能更快。

"护法？"麦特将石头塞进鞍袋里。他在任何地方都能找到这种石头，他喜欢它们的颜色。他还有一支鹰羽毛、一块被磨蚀的雪白石头，那上面也许曾经雕刻着旋涡状图案。他还找到过一块大石头，看上去像是一座雕像的头部，但如果要运送那块石头肯定要用一辆马车。"当然不，他们全都是傻瓜和笨蛋，任凭两仪师牵着鼻子转圈圈。你怎么会想到这种事情？"

拿勒辛耸耸肩。他出了不少汗，但仍然穿着外衣（今天是镶红条纹的蓝色外衣），而且扣子一直扣到脖领。麦特的外衣敞开着，还觉得酷热难耐。"我想这全都是因为那里的两仪师，"这名提尔人说道，"烧了我的灵魂吧，那不可能不让你这么想。我是说，烧了我的灵魂吧，她们要干什么？"他所说的是艾瑞尼河对岸的两仪师，据传闻她们正朝上游快速行进，或者至少她们的速度比同样壅塞在那里的流浪者们要快。

"要我说，最好别去想她们。"麦特隔着衬衫碰了碰银狐狸头。即使有了它，麦特仍然很高兴两仪师只是在河对岸。每艘河船上都有他的一些士兵，虽然沿河的村庄并不多，但依照麦特的命令，那些士兵会坐小船去拜访河对岸的每座村庄，去看看能收集到什么样的讯息。至今为止，麦特还没得到任何有价值的讯息，而且经常都是令人不悦的。一群两仪师对他来说还不算是多糟糕的事。

"我们怎么能不想她们？"塔曼尼问，"你认为白塔真的曾经操纵过洛根？"这是他们新得到的讯息，传进他们耳里不过两天时间。

麦特拉下帽檐，遮住前额。夜晚时天气会变得凉爽一点，但他没有酒，没有女人，没有赌博。谁会选择当一名士兵？"我对两仪师没什么可说的。"他将一根手指探进包住脖子的围巾里，将它拉松一些。他倒是从没见过岚出汗。"不过关于这件事，塔曼尼，我倒是宁可先相信你是两仪师。你不是，对不对？"

代瑞德笑得在马鞍上俯下了身子，拿勒辛差点从马背上掉下来，塔曼尼先是绷起了脸，但很快也笑了，而且差点就笑出了声。这个男人没有太多幽默感。

但塔曼尼很快就恢复了严肃："那么真龙信众呢？如果那是真的，麦特，那可是个麻烦。"其他人的笑声都像是被斧头砍过一样，突然中断了。

麦特的面孔扭曲了一下。这是他们最新得到的讯息或谣言，是在昨天传来的——一个莫兰迪的村子被烧毁。更可怕的是，那些真龙信众杀死了每一个不向转生真龙发誓效忠的人，以及他们的家人。"如果那是真的，兰德会对付他们。两仪师、真龙信众，这些都是问题，但这些问题与我们无关，我们有自己的问题要处理。”

这番话并没有让任何人的表情显得轻松一些。他们已经见到太多被烧毁的村子，而且他们认为在到达提尔之后，很快就会见到更多被烧毁的村子。谁会成为一名士兵？

一名骑兵出现在前方的山丘上，并且飞速向他们奔来，即使在下坡时，那名骑兵遇到灌木丛也是让坐骑一跃而过，而不是从旁边绕过去。麦特示意队伍停下，同时又说道：“不要吹号。”命令被快速传向后方，但麦特只是看着那名骑兵。

满身汗水的车尔·万宁在麦特面前勒住他深褐色的阉马，他的头上已经没有多少头发，一身粗布灰外衣套在他身上，仿佛是一只麻袋，他坐在马鞍上的样子也像是一只麻袋。车尔是个胖子，即使是现在这种奔波的生活也没能让他瘦下来，但令人难以置信的是，他能骑任何马匹，甚至是野马，而且能将每匹马的能力都发挥到极致。

在他们还没到达玛尔隆的时候，拿勒辛、代瑞德和塔曼尼就因为麦特的一个命令而大吃一惊：搜寻队伍中最好的偷猎者和盗马贼。那两名贵族尤其不想承认自己的部队里会有这种人，但在施加督促之后，他们还是交出了一张名单，上面记录着三名凯瑞安人、两名提尔人，让人惊讶的是，还有两名安多人。在此之前，麦特从没想过红手队里还会有安多人。

麦特将这七个人召集起来，告诉他们他需要斥候，而一名优秀的斥候所需的技能和偷猎者与盗马贼的非常相像。塔曼尼和拿勒辛都曾经雄辩滔滔地向麦特指出，他们曾经犯下怎样可耻的罪行（他们的雄辩中也加进不少粗话），麦特则完全不予理会。他饶恕了这七个人以前所有的偷盗行为，付给他们三倍的薪饷，免去他们的一切日常劳役，对他们的要求就是向他报告实情。如果他们说一个谎言就会被吊死——一名斥候的谎言会导致许多人的死亡。即使有这样的威胁，他们依旧是欣然从命，也许轻松的工作比起更多的金币更让他们感到高兴。

但七个人是不够的，麦特要求他们再推荐别人，同时叮嘱他们所举荐的人一定也要有他们的技能，因为能否活着拿到三倍薪饷完全要依靠这些能力。这导致许多人的咬牙切齿和侧目相向，但他们还是在队伍中又找出十一个人。无论是代瑞德、塔曼尼或拿勒辛都没怀疑过这十一个人，但他们没能逃出前面那七个人的眼光。麦特向这些人提出同样的条件，并要求他们也去寻找同样的人。等麦特再也得不到新的人选时，他已经有四十七名斥候。艰难的时世让许多人无法用自己的技艺生存，只能投身行伍。

最后一个人选同时被三个人找到，就是现在麦特面前的车尔·万宁，一名居住在玛尔隆的安多人，但他的活动范围却遍及艾瑞尼河两岸。车尔能不惊动雉鸡却偷走它正在孵育的蛋，然后再把那只雉鸡也塞进麻袋里。他能从一名贵族的眼皮底下偷走一匹马，而那名贵族很可能要几天后才会察觉，至少他的推荐者们是用郑重其事的语气说出这些的。而天真的圆脸蛋上总是露出一副缺牙微笑的车尔坚持说，他以前只是一名找不到工作的马夫和蹄铁匠，他要求得到四倍薪饷才会接受这份工作。至今为止，他发挥的作用要超出麦特付给他的酬劳。

而现在车尔看上去显得很不安。他知道麦特不喜欢被称作"大人"，尽管他对每个人都鞠了躬，却还是只对麦特用指节碰了一下额头，行了个粗略的军礼。"我想你应该自己去看看，我不知道该怎么形容。"

"等在这里。"麦特对其他人说，然后他将头转向车尔，"带路。"

他们并没有走很远，只是走过了两座山丘，来到艾瑞尼河一条盘绕的小支流（河水两侧也有宽阔的干泥带）旁。麦特闻到一股气味。他知道车尔想让他看什么。这时，一只秃鹰蹒跚着飞向空中，还有许多秃鹰跳了几下，又重新落回地上，昂起没有毛的头，发出挑衅般的叫声。而更可怕的是那些始终没有从它们的大餐上抬起头来的秃鹰，它们挤在一起，形成了一个个黑色的羽毛堆。

一辆翻倒的马车就像是一间有轮子的小屋，被油漆成鲜亮的绿色、蓝色和黄色。这是匠民的马车，但大多数车子都被烧毁了，到处都是尸体——男人、女人，还有小孩，颜色鲜艳的衣服被血染成黑色。麦特心中的一部分在进行冰冷的分析，而另一部分却想呕吐，想逃跑，但果仁仍然稳稳地站在原地。攻击是从西边开始的，大多数男人和大男孩的尸体都在那里。他们中间还有许多大狗，似乎是想组成一道障碍，用他们的身体挡住屠杀者，好让女人和孩子能有时间逃跑。一场徒劳的逃亡。堆积的尸体表明逃跑的人迎头撞上了第二波攻击。现在这里还活着的只剩下秃鹰了。

车尔从齿缝间吐了口痰："你要在他们偷走太多东西之前就赶走他们。如果你不看紧一些，他们甚至连小孩都会偷走，再把小孩养成他们这样的人，也许你踢他们一下反而会让他们变本加厉地这么做。这会是谁干的？"

"我不知道，强盗吧！"所有马匹都不见了。但强盗们只注重偷抢，不注重杀戮。而即使偷光匠民的最后一分钱，再加上他们的外衣和靴子，他们也绝不会有任何反抗。麦特强迫自己的双手放开紧握的缰绳。无论他望向什么地方，都会看见死去的女子和儿童，做这件事的人不想留下任何活口。麦特缓缓地围着这片尸场绕了一圈，竭力不去看那些向他张开翅膀、发出恐吓声的秃鹰。地面因为过于干燥没有留下什么痕迹，但麦特认为马匹是分几个方向被带走的。最后他回到车尔面前:“你可以告诉我的，我没必要亲自来看。”*光明啊，我不想看到这些！*

“我是可以告诉你这里没有什么清晰的痕迹，”车尔说着，掉转马头走下那条浅溪，“但也许你需要看看这个。”

火焰也许烧掉了这辆马车的一大部分，但马车底座保留了下来，还有红色轮辐的黄车轮。一名男子靠在这辆车旁，身上的外衣还能看见一点刺眼的蓝色，一只摊开的手完全被血染成了黑色，而他用颤抖的字迹写在马车上的血字，仿佛比他的手更黑。

告诉转生真龙——

*告诉他什么？*麦特心想。有人杀死一整队的匠民？或者这个人没有把话写完就死了？这不是匠民第一次揭示出重要的讯息了。在某一段往事里，他很希望自己能活着写完这些潦草的字迹，那样的话，他这一方至少能获得胜利。嗯，无论这个讯息是什么，已经没有人能从这句话里推测出更多。

“你是对的，车尔。”麦特犹豫了一下。告诉转生真龙什么？没理由再传播任何谣言了。“在离开前将这辆马车彻底烧掉，如果有人问起，就说这里有许多男人的尸体。”还有女人的，还有孩子的。

车尔点点头。“肮脏的野蛮人，”他嘟囔着，又从牙缝里吐了口痰，“我想，可能是他们自己干的。”

那队艾伊尔人已经追了上来，他们差不多有三四百人。现在他们已经跑下山坡，涉过溪流，距离这些马车不到五十步远了，其中一些人抬起手向麦特致意。麦特不认识他们，但有许多艾伊尔人都听说过这位兰德·亚瑟的朋友——那个戴着大帽子、逢赌必赢的家伙。那些人又跑上另一座山丘，转眼就消失在山丘背后。

*该死的艾伊尔人，*麦特心想。他知道艾伊尔人会刻意避开匠民，对他们视而不见。*但这个……*“我不这么想，”他说道，“把它烧了，车尔。”

塔曼尼和另外两个人还等在麦特刚才离开的地方。当麦特告诉他们前方发生的事情，并命令他们指派人手埋葬死者时，他们都面容严峻地点了点头。代瑞德怀疑地嘟囔了一声："匠民？"

"我们就在这里宿营。"麦特又说道。他相信会听到反对的意见——现在的阳光还可以让他们再走几里，而这三个人已经习惯于用红手队每天行进的里程打赌了。但只有拿勒辛说道："我会派人去给那些船发讯号。"

也许他们感觉到了他的心情，至少他们从这里能看到那些盘旋在天空中的秃鹰。但即使只是死了一个人，麦特也不会因此而高兴。现在麦特觉得如果多看那些秃鹰一眼，他真的会把胃里的东西都吐出来。等到早晨的时候，那里就只会剩下坟墓，不会有任何东西继续刺激麦特的眼睛了。

但记忆不会从他的脑海中消失，即使是在他的帐篷立在这座小丘顶上的时候（他们把麦特的帐篷立在这里，主要是因为这里至少能感觉到从河面上吹来的一丝微风），麦特的脑海中仍然不停地浮现出当时的场景——身体被凶手砍伤，又遭到秃鹰的蹂躏。这比沙度围攻凯瑞安的时候更加可怕。那时战场上死了许多枪姬众，但他并没有看见，而且那里更不会有孩子。匠民甚至不会为了保护自己的生命而战斗，没有人会杀死匠民。他拿起自己那一份牛肉和豆子，用最快的速度回到自己的帐篷。拿勒辛也不想说话，塔曼尼显得比平时更加严肃。

关于那场屠杀的讯息已经传遍营地，营地在今晚变得一片寂静。平时，黑暗中至少会传来一阵沙哑的笑声，或是几段荒腔走板的歌声，直到旗手将最后几个不愿睡觉的人赶进他们的毯子里去。当他们发现一座只剩下死人的村庄，或是在路上发现一群为了保护自己的财产而被强盗杀光的难民时，夜晚的营地就会变得如此寂静。没有人会在发生这种事情之后仍然能放声谈笑。即使是那些真的还想说话的人也都得不到别人的响应，只会有人阻止他继续说下去。

当夜幕降临的时候，麦特躺在帐篷里，抽着烟斗，但帐篷里的空间显得过于狭小。而记忆中那些死去的匠民，以及更为远久的记忆中那些逝去的人，都让他无法入睡。太多的战役，太多的死者。他用手指抚着长矛，感觉着黑色矛杆上古语的铭文：

> 因此我们的条约被写出，因此协议达成。
> 思想是时间之箭，记忆从不曾消退。

曾被要求的将被给予，代价将得到偿付。

他已在这场交易中得到最差的报偿。

又过了一段时间，麦特拿起一条毯子，然后又拿起这根长矛，穿着睡衣走出帐篷。银狐狸头垂挂在他赤裸的胸口，反射着月光。

将毯子铺在灌木丛中，麦特躺了上去。当他还是个孩子时，他也曾睡在星空下。现在这片无云的天空中，月亮发出的光芒淹没了大多数的星星，但麦特能看见的星星也够多了。他看见高悬在头顶的草战车座、五姐妹座，还有指向北方的三鹅座、射手座、农夫座、铁匠座、长蛇座。艾伊尔人称呼长蛇座为龙座。盾牌座，有些人称呼它为鹰翼盾。想到这里，他哆嗦了一下，在他的一些记忆里，他完全不喜欢亚图·潘恩崔·塔瑞奥。牡鹿座、公羊座、杯座。旅者座撑着它的手杖，显得十分显眼。

某种声音传进他的耳朵，但他无法确定那是什么声音。如果今晚不是如此寂静，那个微弱的声音也许根本不会被他听到，但那声音是确实存在的。有谁会溜进这里？他带着好奇用手肘支起身体——立刻僵在原地。

如同月影一样，许多身影正在他的帐篷周围移动。月光让他看清其中一张戴着面纱的脸。艾伊尔人？光明在上，到底出了什么事？他们悄无声息地包围了这座帐篷，还在逐渐逼近。金属的光泽在夜色中闪耀，然后是布片被割开的刷刷声，然后他们就消失在帐篷里。但只是片刻之后，他们又从帐篷里蹿出来，开始向四周搜寻。麦特借助月光将这一切看得清清楚楚。

麦特悄悄蹲起身，如果他不站起来，也许他能不被察觉地溜走。

"麦特？"塔曼尼在山腰处喊道，听起来他是喝醉了。

麦特一动也不敢动，也许塔曼尼会认为他已经睡着了，返身回去。所有的艾伊尔人似乎都凭空消失了，但麦特相信他们只是躲回他们刚才躲藏的地方。

塔曼尼的靴子声愈来愈近："我有些白兰地，麦特，我想你应该会需要它，它能让你做个好梦，麦特，你不会记得他们的。"

麦特开始考虑，如果自己现在溜走，那些艾伊尔是不是会因为塔曼尼的关系而听不到他。他和睡觉的士兵之间最近的距离应该只有十尺——他们是骑兵第一旗队，是塔曼尼的雷霆队，今晚是他们拥有这样的荣誉。艾伊尔距离他的帐篷不到十尺。他们的速度更快，而他至少可以比他们先跑出一两步，如果他能先跑到那五十名士兵旁边，他们就没办法抓到他了。

“麦特？我不相信你睡了，麦特，我看见你的脸，你还是喝点不会做梦的东西吧！相信我，我知道。”

麦特蜷起身子，抓住他的长矛，深吸一口气。两步。

“麦特？”塔曼尼更近了。那个白痴随时都有可能一脚踩在艾伊尔人身上，他们会悄无声息地割断他的喉咙。

*烧了你吧！*麦特心想。*我只需要迈出两步。*“拔剑！”麦特高喊着，一跃而起，“营地里有艾伊尔！”他冲下山坡。“向旗帜集结！向红手旗集结！集结，你们这些骑狗的偷墓贼！”麦特就像是踏进石南丛的公牛一样大吼大叫，喊声惊醒了所有人。随后喊声朝每一个方向传去，号手们吹起了集合号，第一旗队的士兵们也吼叫着从毯子里跳起来，挥舞着刀剑朝红手旗跑了过来。

但事实是，艾伊尔人和他之间的距离比士兵们和他之间的更短，而且清楚他们的目标。营地中的喧嚣已经让麦特的听觉彻底失去了作用，但也许是因为时轴的幸运，麦特下意识地转过身，看见第一个戴面纱的身影，似乎是凭空出现在他背后。没有时间思考，他用矛杆挡住对方刺来的矛尖。艾伊尔人用小盾挡住他的反击，一脚踢在他的肚子上，把他肺里的空气全都压了出去。绝境激发了麦特的力量，让他撑住了身体，没有倒在地上。他拼命转过身，躲开刺向肋骨的矛尖，同时用自己的矛杆敲中那名艾伊尔人的小腿，又一矛刺穿了他的心脏。光明啊，他希望这是他自己干的。

麦特刚刚抽出长矛，就迎上艾伊尔的第二波攻击。*该死，我有机会的时候应该自己跑掉就好了！*他将长矛当成棍棒，以生平最快的速度挥舞着，挡开一次又一次短矛的进攻，却根本没有反击的余地。艾伊尔人太多了。*我应该闭上该死的嘴，立刻就逃跑的！*他终于又吸进一口气：“集结，你们这些鸽子肠的偷羊贼！你们都聋了吗？把耳朵挖干净，集结！”

麦特寻思着自己怎么还没死掉——他的运气不错，但光靠运气肯定没办法再撑下去了。他突然意识到自己不再是一个人，一名皮包骨的凯瑞安人只穿着短裤倒在他身边，发出凄厉的嚎叫，立刻又有一名穿着衬衫的提尔人抡着剑补上他的空位。又有更多的人涌了上来，他们全都高喊着“麦崔大人胜利”、“红手队”，或者是“杀死黑眼歹徒”。

麦特退了下去，让士兵们去对付那些艾伊尔人。*冲在最前线的将军只会是个傻瓜。*这句话来自他那些古老的记忆，是一句不知流传自什么时候的谚语。*再留在这里肯定没命。*这是麦特·考索恩的话。

最后，麦特这方的人至少是从数量上彻底压倒了对方。十二名艾伊尔。

而这边即使不是整支红手队，也有几百人冲上了山坡。最后一共死了十二名艾伊尔，十八名红手队，受伤人数是死者的两倍以上。即使麦特在战场上停留的时间很短，他的身上也还有十几处出血的地方，其中至少有三处他认为需要缝合。他将长矛当作拐杖，一瘸一拐地走到躺在地上的塔曼尼面前。代瑞德正用力压住塔曼尼的左腿，要给他止血。

塔曼尼的白衬衫被解开了，上面能看到两块血污。“看起来，”他喘息着说，“尼瑞姆又要在我身上试试裁缝手艺了，烧了那个拳头像火腿一样的公牛吧！”尼瑞姆是他的仆人，在为他的主人缝补衣服的同时，也经常会缝补他的主人。

“他有危险吗？”麦特低声问。

只穿着一条裤子的代瑞德耸耸肩。“我想他流的血比你少。”他抬头瞥了一眼，麦特才发现他脸上的伤疤又多了一道。“虽然你没去惹他们，麦特，但他们显然是主动来找你的。”

“幸好他们想要的东西没有到手，”塔曼尼哆嗦了一下，扶住代瑞德的肩膀，挣扎着站起来，“把红手队的运气丢在几个野蛮人的手里，实在是件耻辱的事。”

麦特清了清喉咙：“大概是吧！”艾伊尔人消失在他帐篷里的情景又浮现在他的脑海，他全身颤抖了一下。光明在上，为什么艾伊尔人想杀他？

拿勒辛正在摆放艾伊尔人尸体的地方，即使是现在，他仍然穿着外衣，只是没有扣扣子。他一直皱紧眉看着衣领上的血污，那也许是他的血，也许不是。“烧了我的灵魂吧！我知道这些野蛮人迟早会找上我们的。我想，他们应该是昨天超过我们的那些人的。”

“我怀疑不是，”麦特说，“如果他们想要我的命，他们昨天在我和车尔单独去勘察那些匠民时，就可以取下我的头颅当晚餐了。”他瘸着腿走到那些艾伊尔人旁边，开始仔细查看他们。有人给他递来一盏油灯，让他不必只依靠模糊的月光。当确定所有艾伊尔人都是男性之后，放松的心情差点就让他跪倒在地上。麦特完全不认识这些人，不过，他认识的艾伊尔人并不多。“我想，是沙度艾伊尔。”说完这句话，他就提着油灯回到其他人身边。他们可能是沙度艾伊尔，也可能是暗黑之友。麦特很清楚，在艾伊尔人中是有暗黑之友的，而暗黑之友当然有理由置他于死地。

“明天，”代瑞德说，“我想我们应该去找找河对岸的两仪师。塔曼尼大概要等到他身体里所有的白兰地都流光了才会没命，但另一些人就不像他那么幸运了。”拿勒辛什么也没说，但他轻蔑的神情已经表达了许多意思。

毕竟，他是提尔人，他不会比麦特更喜欢两仪师。

麦特毫不犹豫就表示同意。他不会让任何两仪师对他导引（他身上的每一道伤疤都代表着他又一次胜利地躲开了两仪师），但他不能任由人们这样死去。然后，他告诉他们另一件他要做的事。

“壕沟？”塔曼尼用难以置信的语调说。

“环绕整座营地？”拿勒辛的尖胡子哆嗦了两下，“每天晚上？”

“还要木栅栏？”代瑞德喊道。他向周围看了一圈，压低声音。周围还有不少士兵，而他们已经因为他的喊声把视线转向了这边。“你会引发兵变的，麦特。”

“不会的，”麦特说，“等到早晨，所有人都会知道艾伊尔人穿过整座营地，找到我的帐篷，那样营地中会有半数人再也睡不着觉，因为他们害怕会被艾伊尔人的矛枪刺穿肋骨。你们三个要让他们明白，栅栏也许能让艾伊尔人无法再溜进来。”至少他们的速度会因此而减缓。“现在，离开我，让我今晚能睡一会儿。”

等所有人都离开之后，麦特开始查看自己的帐篷。帐篷壁上有一道长长的切口不时被微风吹动，那里应该是艾伊尔人进入的地方。麦特叹了口气，回身向灌木丛中的那张毯子走去，但他又迟疑了一下。那个声音提醒了他。而艾伊尔人没有再发出任何声音，任何耳语。艾伊尔人发出的声音不会比影子更多。那个声音到底从哪里来的？

靠在长矛上，他瘸着腿绕帐篷走了一圈，检查着地面。他不确定自己要找什么。艾伊尔人的软靴没有留下任何他能借助灯光辨别出来的痕迹。两根固定帐篷的绳子被割断了，但……他将油灯放在地上，用手指摸着那两根绳子。那声音可能是绷紧的绳子被割断时发出的声音，但艾伊尔人进入帐篷并不需要割断绳子。两根绳子是并排落在地上的，这引起他的注意。他拿起油灯，向周围望去。不远处一丛干枯的灌木有一面被整齐地切了下来，被切断的树枝末端非常平滑，仿佛被木匠打磨过一样。

麦特颈后的汗毛竖直了起来，这是兰德凭空打开过的那种洞。艾伊尔人想要杀他，而且派他们过来的人也能够打开这种……通道——兰德是这么称呼它们的。光明啊，如果他在红手队中也逃不开弃光魔使的攻击，他还能躲到哪里去？他开始想象着以后在帐篷周围点起监望的营火，又开始考虑那样的话，他该怎么入睡。还有卫兵，表明他身份的卫兵，这样的说法至少不会那么令人不安，他们要站在他的帐篷周围。下一次，冲进帐篷的也许会是一百个兽魔人，或者是一千个，而不止是几个艾伊尔人。但他真的重要到值得这么做吗？如果他们认为他非常重要，也许会有一名弃光魔使亲自来对付他。该死，他从不想成为时轴，也从不想和该死的转生真龙绑在一起。

“该死……”

土块在靴子下面碎裂的声音引起他的警觉。他转身举起长矛，又急忙停住。奥佛尔已经尖叫着躺倒在地上，瞪大眼睛盯着那根矛尖。

“该死的末日深渊，你在这里做什么？”麦特喊道。

“我……我……”男孩咽了口口水，“他们说有五十名艾伊尔人想要在您睡着的时候杀死您，麦特大人，但您却杀死了他们，我想看看您是不是有事。还有……艾德隆大人给我买了一双鞋，看。”他抬起一只穿着鞋的脚。

麦特咕哝了几声，将奥佛尔揪了起来：“这不是我的意思，你为什么不留在玛尔隆？艾德隆没有找到人照看你吗？”

“她只想要艾德隆大人的钱，不是我，她自己已经有六个孩子了。巴丁师傅给了我很多吃的，我要做的就是给他的马喂饭喂水，并把它们刷洗干净。我喜欢这样，麦特大人，但他不让我骑它们。”

一阵清嗓子的声音传来：“是塔曼尼大人派我来的，大人。”瘦小的尼瑞姆即使在凯瑞安人中间也是个矮个子，这名灰发男子的一张长脸似乎总是在说——任何事都好不起来了，还不如就得过且过吧！“请大人原谅，大人能否把衣服脱下来，让我看一下大人的伤口？”他的手臂下面还夹着他的针线盒。“你，孩子，取些水来，不许顶嘴，为大人取些水来，快去。”尼瑞姆一边鞠躬，一边拿起那盏油灯。“我们能进去吗，大人？夜晚的风对伤口不好。”

在几个简短的命令之后，麦特已经躺到床铺旁边（因为尼瑞姆对他说：“大人不会想弄脏自己的床单的。”），尼瑞姆洗去他身上的血渍，开始缝合他的伤口。塔曼尼是对的，做缝纫工作的时候，这家伙真是有一双火腿般的拳头。但因为奥佛尔在旁边，麦特别无选择，只有咬紧牙关忍耐着。

为了转移自己的注意力，麦特指着奥佛尔肩膀上破旧的布袋，喘着气说：“那里头装的是什么？”

奥佛尔抓住那只破袋子，将它按在胸前。他肯定是比原先更干净了，虽然没有变得更漂亮。那双鞋显得很结实，他的羊毛衬衫和裤子也是新的。“它是我的。”他带着反抗的神情说，“我什么都没偷。”又过了一会儿，他打开那只袋子，开始把里面的东西拿出来。那里面有一条裤子、两件衬衫和几双袜子。但他的另一些东西引起麦特的兴趣。“这是我的红鹰羽毛，麦特大人。这块石头和太阳的颜色完全一样，你看。”他又拿出一个小荷包。“我已经有五枚铜板和一枚银角子了。”然后是用线绳系在一起的一个布卷和一只小木匣。“我的蛇与狐狸游戏，是我爸爸给我做的，他画了棋盘。”片刻之间，奥佛尔的脸皱了一下，然后他又继续说道：“看，这块石头里面有一个鱼头。我不知道这是怎么回事。这是我的海龟壳，一只蓝黑色的海龟，看到上面的条纹了吗？”

尼瑞姆用力的一针让麦特哆嗦了一下。麦特伸出手，用手指摸了摸那个布卷。如果他不必用嘴吸气就好了。嵌在他真实记忆中的那些东西真奇怪，他能记起蛇与狐狸是怎么玩的，但他从没玩过这个游戏。“这真是个漂亮的海龟壳，奥佛尔，我以前也有过一个，是绿色的。”他伸手到另一边，从自己的钱包里拿出两枚凯瑞安金币。“把这个也放到你的荷包里吧，奥佛尔，一个男人需要在口袋里放点金子。”

奥佛尔僵硬地把东西一一塞回到自己的袋子里：“我不是乞丐，麦特大人，我能做工挣我的晚餐。我不是乞丐。”

“我没说你是，”麦特急忙放弃了找理由让奥佛尔接受这两枚金币的想法，“我……我需要有人为我送信，我不能让红手队做这种事，他们都是忙碌的士兵。当然，你也必须照顾你的马，但我找不到任何人能为我做这件事。”

奥佛尔坐直了身子。“我能有自己的马吗？”他有些不相信地问。

“当然，这是必要的，我的名字是麦特，如果你再叫我一声麦特大人，我就把你的鼻子拴成一个结。”然后他又立刻大吼一声，猛地坐起身，“烧了你，尼瑞姆，这是一条腿，不是该死的牛肉肠！”

“如大人所言，”尼瑞姆嘟囔着，“大人的腿并非牛肉肠。谢谢大人指点。”

奥佛尔犹豫地揉着鼻子，仿佛是在考虑那东西是否能打成一个结。

麦特压抑住一阵呻吟的冲动，现在他已经将一个男孩塞到自己的马鞍上，但这对这个男孩没有任何好处——他还不知道弃光魔使下一次刺杀时轴的行动会在什么时候开始。如果兰德的计划成功，弃光魔使又会减少一个。而如果麦特能按自己的意愿行动，他一定会躲开所有的麻烦和危险，直到弃光魔使一个不剩。

第23章

理解一个讯息

古兰黛努力不让自己在走进房间时显得眼神发直，但她的斯台瑟长裙却在不注意时变成死黑色，她急忙控制住自己，将它变回原来薄雾般的蓝色。沙马奥在这里做了许多布置，任何人都不会认为这房间是在伊利安的议会大厅里。如果除了沙马奥外还有人能看出这里其实是“布兰德”大人居室的一部分，她一定会感到惊讶。空气让人觉得很凉爽，在房间的一角放置着对流机的空圆筒。闪耀球明亮而稳定，以古怪的样式立在沉重的金烛台上，发挥着比蜡烛或油灯好得多的照明效果。一只小音乐匣被放在大理石壁炉台上，从里面传出三千年来不曾被演奏过的轻柔音乐。古兰黛认得墙上的几件艺术品，她停在色兰·托尔的《无限的节拍》前面，发现这是原作。“也许会有人以为你抢了一座博物馆，沙马奥。”她有些费力地掩饰着声音中的嫉妒。当她看见沙马奥微微翘起的嘴角时，她意识到她失败了。

沙马奥斟满两只雕银高脚杯，将其中一只递给古兰黛。“只是个停滞匣，我想人们在他们最后的日子里往往会竭力拯救一些东西。”他的目光扫过房里的每一样东西，微笑的表情扯动着脸上的伤疤。能看出来，他特别喜欢那副札拉棋，它的棋盘被摆放在显眼的地方，显示出上面依然清晰的框格。当然，一副札拉棋意味着他的停滞匣来自一个追随暗主的人。对于另一方的势力来说，拥有这种以活人为材料的玩具的人，至少也要被判处监禁的刑罚。他还找到了什么？

抿了一口杯中的酒，古兰黛压抑住叹息的冲动，她一直希望能得到一件精致的赛塔尔或是那些美丽的珂摩莱中的一件。她用戴着戒指的手抚弄着自己的长裙。“我也找到了一个，但它已经不再停滞了，而且里面只有一堆糟糕而无用的垃圾。”毕竟，既然沙马奥会邀请她到这里来，给她看这些，他一定是对自己的收获有相当自信的。渺小的自信。

“真是为你感到可惜。”又是那种似有若无的微笑，他一定找到了一些不仅是玩具和摆设的东西。“另外，”他继续说道，“想一想，如果打开一个匣子，却唤醒了一个卡伐的巢、一只疽摩拉，或者是阿极罗其他的小造物，那又会有多糟糕。你知道还有疽摩拉分散在妖境吗？长大的疽摩拉，但它们现在再也不能变形了，那些人称它们为巨虫。”沙马奥笑得连身子都颤抖起来。

古兰黛的微笑比她的心思要温暖得多，也许她的衣服又变了颜色，但那种些微的变化是无法察觉的。阿极罗这样的创造品曾经给过她极为不悦的、几乎是致命的体验，那个家伙在他的那一方面才华出众，但他是个疯子，只有疯子才能做出古蓝来。“你看起来心情不错。”

“为什么心情会不好？”沙马奥有些夸张地说，“我差不多已经将双手放在一个法器的宝藏上，难道我说错了吗？别露出惊讶的表情。当然，我知道你一直在我背后窥看，希望我能引你到那里去，这对你没好处。是的，我会和你分享的，但那必须在它属于我之后，在我首先进行选择之后。”他坐进一把镀金的椅子里（那也许是一把纯金的椅子，这是沙马奥所喜欢的），将一只脚的脚跟搭在另一只脚的脚尖上，抚着自己的金胡子。“而且，我已经派一名信使去见兰德，他的答案让我感到很愉快。”

古兰黛杯中的酒几乎溅了出去：“是吗？我听说他杀了你的信使。”

古兰黛不知道自己这句话对沙马奥内心是否造成了震撼。他只是继续微笑着。

“兰德没有杀死任何人，安迪斯就是要去死的。你以为我会在乎送信的人或鸽子？他的死亡方式告诉了我兰德的答案。”

“什么答案？”古兰黛谨慎地说。

“我们之间的停战协议。”

冰冷的手指似乎挖进了古兰黛的头皮。这不可能是真的，但自从醒来之后，古兰黛还没见过如此气定神闲的沙马奥。“路斯·瑟林绝不会——”

“路斯·瑟林早死了，古兰黛。”沙马奥的语气显得很愉快，甚至有些嘲讽意味，没有丝毫怒意。

古兰黛假装饮酒，偷偷深吸了一口气。这会是真的吗？“他的军队仍然在提尔集结，我已经见到了，那可不像是要停战的样子。”

沙马奥径自笑了起来：“改变一支军队的动向需要时间。相信我，那不是针对我而来的。”

“你认为不是？我的一两个小朋友说他很想杀死你，因为你弄死了他的一些枪姬众宠物。如果我是你，我就会考虑找一个不是那么惹人注目的地方，一个他也许不会找到我的地方。”沙马奥连眼睛都没眨一下，仿佛所有扯动他的丝线都断掉了。

“死了几个枪姬众又有什么关系？”他脸上确实地显示出不理解的表情，“这是一场战争，士兵们当然会死在战场上。兰德也许是个农夫，但他拥有几位能替他打仗，并向他解释局面的将军。我怀疑他自己甚至都没注意到这点。”

“你确实从没认真看过这些人，他们像这片土地一样发生了巨大的改变，沙马奥。不止是艾伊尔，其余的有可能改变得更多。那些士兵是女人，而这对于兰德·亚瑟就不同了。”

沙马奥不置可否地耸耸肩。古兰黛不让自己轻蔑的心情显示在脸上，也保持着斯台瑟稳定的薄雾状态。沙马奥从来都不明白，你必须理解别人，才能让他们按照你的意愿行事，心灵压制很有效，但心灵压制控制不了全世界。

古兰黛想知道，这只停滞匣是否就是来自沙马奥声称的他很快就会着手处理的隐秘地点。如果他能从那里得到法器……那么古兰黛一定可以查清楚，但在此之前，也许沙马奥就会把这些告诉她。“我想我们应该看看原来那个路斯·瑟林有没有变得更精明些。”古兰黛说完，让自己脸上露出一丝微笑，却又疑惑地挑起眼眉。毫无反应？沙马奥是在哪里找到根缰绳勒住自己的脾气？以往，路斯·瑟林的名字每次都会让他控制不住脾气。“如果他没能把你像只爬上树的魁萨一样赶出伊利安，也许——”

“那也许要等很长的时间，”沙马奥轻声打断了她的话，“对你来说，会有些太长了。”

“这是个威胁吗，沙马奥？”她的长裙变成了浅玫瑰色，古兰黛就让它维持在那种颜色上，让沙马奥知道她发怒了。“我以为你早已经学会，威胁我是个错误。”

“不是威胁，古兰黛。”沙马奥平静地回答。他的所有敏感点似乎都麻木了，没有任何手段能让他脱离这种愉快的冷静。“只是事实。兰德不会攻击我，我不会攻击他。而当然，我同意不帮助任何其他弃光魔使。这与暗主的旨令非常符合，你说是吗？”

“当然。”古兰黛维持着自己面容的平静，但斯台瑟的玫瑰色加深了，而且失去了一些朦胧感。它的一部分颜色仍然代表着恼怒，但现在已经不止这些了，而她又怎么知道其中还有什么？

“这意味着，”沙马奥继续说道，“在回归之日，我很可能会是唯一面对兰德的人。”

“我怀疑他真的能把我们全部杀死。”古兰黛不悦地说道，而胃酸已经在她的胃中翻涌。已经有太多使徒死亡了。沙马奥找到了一个办法，可以让他袖手旁观，直到最后。这是唯一的解释。

“你认为他不会？即使他知道你们所在的地方？”微笑的表情加深了，“我相信我清楚狄芒德在计划什么，但他藏在哪里？色墨海格在哪里？麦煞那呢？亚斯莫丁和兰飞儿呢？魔格丁呢？”

那些冰冷的手指一根根弯下，在她的头颅中烙下那些名字。他的这些话不会只是闲聊，他不敢提出那个他已经提出的建议，除非……“亚斯莫丁和兰飞儿死了，我相信魔格丁一定也死了。”古兰黛惊讶地听到了自己的声音，沙哑而不稳定，葡萄酒似乎并不能润湿她的喉咙。

“那其他人呢？”这只是一个问题，他的声音中没有任何强硬的成分。古兰黛为此打了个哆嗦。

“我已经将我知道的告诉了你，沙马奥。”

“这没关系，当我成为耐博力时，我会选择站在我脚下的人，那个人必须能够或接受暗主的碰触。”

“你是在说你已经去了煞妖谷？暗帝向你承诺……”

“时间到的时候，你自然会知道，但这之前，不行。不过我给你一个小小的建议，古兰黛，现在就做好准备吧。他们在哪里？”

古兰黛的脑海中飞速地闪过各种念头。沙马奥一定是得到了那样的承诺，他一定是。但为什么是他？不，现在没时间思考这些问题。暗主依照他的意愿进行选择，而沙马奥至少知道她在哪里。她可以逃离阿拉多曼，在别的地方重建势力，这并不困难。和受到兰德（或者是路斯·瑟林）的追击相比，丢弃那些小游戏，甚至是更大的游戏都只是微小的损失。她从没想过要直接对抗兰德，如果沙马奥和雷威辛败在他手中，她当然不会冒险耗费自己的力量。沙马奥一定得到了那个承诺。而如果他现在死掉……他肯定握持着阳极力，否则他这样说出这些事情就一定是疯了。而古兰黛在拥抱阴极力的瞬间会被沙马奥感觉到，她会是那个死掉的人。“我……不知道狄芒德和色墨海格在哪里，麦煞那……麦煞那在白塔，这就是我知道的全部。我发誓。”

看到沙马奥点了点头，她胸口的一阵紧张才终于释去。“你要为我找到其他人。”这不是在提问，“他们所有人，古兰黛。如果你想让我相信他们之中有谁死了，就让我看到尸体。”

古兰黛希望自己敢把沙马奥变成一具尸体，她的裙装在抖动中变成刺眼的红影，反映着她无法控制的愤怒、恐惧和羞愧。很好，就让沙马奥以为自己已经受到恐吓吧！如果沙马奥将麦煞那喂给兰德，如果他将他们全都喂给兰德，那也听任他吧！只要沙马奥不让兰德抓住她的喉咙。“我会试一试。”

“不只要试一试，古兰黛，绝不能只是试一试。”

等到古兰黛离开之后，通往阿拉多曼宫殿的通道完全闭合。沙马奥脸上的微笑也消失了，为了维持这种微笑，他的下巴已经酸痛不堪。古兰黛想得太多，她习惯让其他人跟着她走，却忘记自己也可能受到别人引诱。沙马奥想知道，如果古兰黛发现他是在操纵她，就像她精巧地操纵那么多傻瓜一样，她会说些什么。他愿意用自己的一切打赌，古兰黛绝没看出他的真实目的。那么，麦煞那是在白塔，而古兰黛在阿拉多曼。如果古兰黛这时能看到沙马奥的脸，就会知道真正该恐惧些什么。无论出了什么事，沙马奥要成为能坚持到回归之日的那个人，要受封成为耐博力，并打败转生真龙。

罗伯特·乔丹（Robert Jordan）著
李镭 译

时光之轮
The Wheel of Time 6

中国出版集团
東方出版中心

目录

时光之轮6：混沌之王（下）

第 24 章

使节团

街角的两名乐手，一个是正在吹着长笛、满脸汗水的女子，另一个是弹奏着一张九弦筝的红脸男子。艾雯从他们面前转过身，带着轻松的心情穿过人群。熔金般的太阳已经升到了天顶，灼热的石板地面隔着软靴底炙烤着她的双脚，汗水从她的鼻子上流下来，她觉得悬垂在臂肘的披巾仿佛是条沉重的毯子。街上飘扬的尘土让她觉得非得好好洗个澡才行。但她还是在微笑。一些人会偷偷地斜眼瞥她，这让她觉得很好笑，这就是他们看艾伊尔人的样子。人们总是带着自己的想法看待任何事物，他们看见一名女子穿着艾伊尔服装，却从没注意到她的眼睛和她的身高。

小贩和卖货郎叫卖着他们的货物，和屠夫、制烛匠比拼着谁的喊声更大，各种嘈杂的噪音来自银匠和制陶匠的店铺，以及没有涂油的车轴。满口粗话的马车夫和赶大车的人堵塞了道路，让黑漆轿椅和车门上镶着贵族家徽的马车无法通过。到处都有卖艺的乐师、杂技演员和变戏法的人。一小群皮肤白皙的女人穿着骑装，佩着剑，招摇过市，模仿着她们想象中男人的行为，用过于沙哑的声音大笑着，不停地推开路人。如果她们是男人，她们在一百步之内就会引起十几场斗殴。一名铁匠锤打着他的铁砧。各种细碎的喧嚣混杂在一起，充满每个角落。艾雯在艾伊尔人中住久了，几乎忘记了这种城市的声音，也许她甚至有些想念这种声音。

她确实是在笑，就在这拥挤的街道上，她第一次听到都市的喧哗时，差点惊讶得失去了神智。有时候，这个大眼睛的女孩甚至会觉得自己已经不是原先那个艾雯了。

一名女子驱赶着她枣红色的母马穿过人群拥挤的街道，经过艾雯身边时，转过头好奇地看着艾雯。那匹马在它的长鬃毛和尾巴上拴着小银铃，而那名女子垂到背后的黑发上系了更多的银铃。她很漂亮，看年纪不会比艾雯大多少，但面容中包含着一种刚硬，而且有一双锐利的眼睛。在她的腰带上插着不止六把匕首，其中一把几乎像艾伊尔的重匕首一样长大。毫无疑问，她是一名号角狩猎者。

一名高大英俊的男人穿着绿色的外衣，两把剑绑在背后，一双眼睛看着那名骑马而过的女子。他也许是另一名号角狩猎者，他们似乎到处都是。当那名女子隐没在人群之中的时候，那个男人转过身，发现艾雯正在看他。微笑中露出突然而来的兴趣，他挺起宽阔的肩膀，向艾雯走了过来。

艾雯急忙换上最冰冷的面容，竭力模仿出索瑞林的严厉，又想象自己是披着圣巾的史汪·桑辰。

那名男子停下脚步，看上去显得很是惊讶，当他转过身的时候，艾雯依稀听到他抱怨着："该死的艾伊尔。"艾雯不禁又笑了。尽管人声鼎沸，但那名男子一定听到了艾雯的笑声。他停住脚步，摇了摇头，但他并没有再回头。

艾雯有两个好心情的原因，其中一个是智者们终于同意让她在城市里走动，以锻炼她的体力。索瑞林特别不理解为什么她想把时间花在那一群群湿地人中间，特别是在那一圈狭窄的城墙里。而更让她感到高兴的是，她们告诉她，既然她曾经让她们深感困惑的头痛已经完全消失了（她没办法向她们假装她已经好了），她很快就可以回到特·雅兰·瑞奥德之中了。她还不能参加三天后的下一次会面，但她能在再下一次会面之前进入梦的世界。这让艾雯在很多事情上都松了一口气。她不必再偷偷摸摸地进入梦的世界；不必害怕智者们会逮住她，拒绝继续教导她；也不必继续劳累地自己去探察一切；更不必继续说谎了。她没时间可以再浪费，有太多东西要学，而她不能相信自己有时间学到所有她想学的。这些她们永远也不会懂，她只能对她们说谎。

街上的人群中偶尔能看见艾伊尔人，他们或者穿着凯丁瑟，或者穿着奉义徒的白袍。奉义徒们因为有命令要完成而显得行色匆匆，而其他艾伊尔人都用好奇的眼光看着一切，显然是第一次走进城市，很可能也是他们最后一次走进城市。艾伊尔人似乎并不喜欢城市，有许多艾伊尔人都在六天前走进过这圈城墙，来看芒金被吊死，据说芒金是自己把绳圈套在脖子上的。有些艾伊尔人还开玩笑地讨论是绳子会勒断芒金的脖子，还是芒金的脖子会切断绳子。艾雯听见有几个艾伊尔人重复过这个笑话，但没有人评论那场绞刑，兰德喜欢芒金，艾雯相信这一点。贝丽兰将判决告诉了智者们，那种样子仿佛是在告诉她们，明天她们的洗浴已经准备好了，智者们也以同样的态度听取了贝丽兰的通知。艾雯不认为自己能够理解艾伊尔，她也非常害怕自己没办法再理解兰德了。至于贝丽兰，艾雯对她很清楚，那个女人只对活着的男人感兴趣。

因为心中出现了这些想法，艾雯又费了些力气才恢复好心情。这座城市肯定不比外面更凉爽。即使有城墙包围，街道上仍然飘扬着许多尘土。没有风的人群里，只会比外面更热，但至少她一路上不会只是看到首门的灰烬了。再过几天，她就能重新开始学习，真正的学习，这让微笑又回到她的脸上。

艾雯停在一名骨瘦如柴、满脸颓丧的照明者身边。艾雯很容易看出他的身份，或者只是他以前的身份。那个人浓密的胡子并不能被塔拉朋人经常会戴着的透明面纱遮住，他的裤子松垂在两条腿上，在裤腿部位有绣花，同样宽松的衬衫在胸口也有绣花，这些都显示出了他的身份。他正在贩卖关在粗糙笼子里的鸟雀，因为礼堂被沙度艾伊尔烧毁，有许多照明者都在竭力想办法回塔拉朋去。

“我是从最可靠的来源得到它的。”他正在和一名面容俊俏的灰发妇人说话。那名妇人穿着朴素的深蓝色衣裙，毫无疑问是名商人，想要在寻求好生活的凯瑞安人身上赚些金钱。“那些两仪师，”那名照明者靠在一只鸟笼旁，用低微但确定的声音说，“她们分裂了。两仪师之间爆发了战争，她们成了自己的敌人。”商人同意地点了点头。

艾雯停下脚步，假装观看一只绿头雀的样子，而她立刻又不得不跳到一旁，为一名圆脸的走唱人让开路。那名走唱人一边大步走着，一边将他的百衲斗篷挥舞出一个个花样。走唱人都知道，他们属于在荒漠受欢迎的极少数湿地人，艾伊尔人不会让他们感到害怕，至少这名走唱人假装是这样。

这个谣言让艾雯非常担心。她并不是担心白塔的分裂，这早已不能成为秘密了，但两仪师之间真的爆发战争了吗？对艾雯来说，知道两仪师对抗两仪师，就像知道她的一部分家人正在对抗另一部分家人。虽然知道各种理由，但艾雯还是很难接受这个现实，而一想到这样的对抗正变得激烈……如果能有办法让白塔愈合，让她在不流血的状况下重新统一就好了。

在街上稍远处有一名满脸汗水的首门女子，如果她的脸不是那么脏，她应该是相当漂亮。她的胸前有一只靠挂在脖颈上的带子固定的大托盘，除了贩卖托盘里的缎带和针线之外，她还不断地向路人们传播着谣言。她穿着一条蓝色的丝裙，上面装饰着红色条纹，那条裙子显然是为个子更矮一些的女子制作的。裙摆下缘磨损的宽厚镶边，完全遮不住她结实的鞋子，而在袖子和胸衣上的小洞显示出被取掉绣花的痕迹。“我告诉你一件事，”她对那些在她的托盘中挑挑捡捡的女人们说，“这座城市周围有兽魔人出没。啊，是呀，这种绿色跟你眼睛的颜色很配。几百个兽魔人，还有……”

艾雯一步都没停。即使凯瑞安附近只有一个兽魔人，艾伊尔人也会在它成为街谈巷议之前很久就知道它的存在。艾雯希望智者们也能像这些人一样多说一些闲话，智者们有时候确实会说闲话，但她们只是会谈论其他艾伊尔，绝不会涉及这些湿地人所感兴趣的东西。不过，艾雯至少可以在特·雅兰·瑞奥德中钻进爱莉达的书房，阅读那个女人的信函，以此知道世界上正在发生什么事情。

艾雯突然意识到自己正在审视着街道上不同的角落，注意着每一个人的面孔。在凯瑞安有两仪师的眼线，这点就如同她正在出汗一样确定，爱莉达每天至少会收到一封鸽子从凯瑞安带去的信，甚至有可能更多。白塔的间谍，宗派的间谍，某一位两仪师的间谍。他们到处都是，经常会以你最想不到的身份，出现在你最想不到的地方。为什么那两名杂耍艺人会站在那里？他们是在屏住呼吸看着她吗？他们马上又开始继续表演。其中一个人用双手倒立在另一个人的肩上。

一名黄宗的间谍曾经依照爱莉达的命令，想要把伊兰和奈妮薇绑到塔瓦隆去。艾雯不知道爱莉达是否也想要她，但只有傻瓜才会心存侥幸，艾雯不能相信爱莉达会原谅任何曾经与那个被她废黜的女人密切合作的人。

而沙力达两仪师也许在这里同样有眼线，如果她们知道了“绿宗两仪师艾雯”……任何人都有可能是眼线。那个站在店铺门口的瘦女人像是在研究一捆深灰色的布匹。那个头发蓬乱的女人懒洋洋地靠在酒馆门边，用围裙为脸上扇着风。那个手推车上堆满馅饼的胖家伙，为什么他在看她的时候眼神会那么奇怪？艾雯头也不回地向距离她最近的城门快步走去。

那个胖家伙让艾雯停住了脚步，或者不如说是他突然想要用双手遮住馅饼的动作让艾雯停了下来。他会盯着艾雯是因为艾雯在盯着他，他也许是害怕一名艾伊尔“野蛮人”会不付钱就拿走他的商品。

艾雯虚弱地笑了笑。艾伊尔人，即使看清她长相的人也认为她是艾伊尔人，正在寻找她的白塔密探会径直从她身边走过去。现在艾雯感觉好多了，她又开始在街上漫步，倾听她能听到的一切话语。

现在的问题是，艾雯已经习惯了在许多事件发生几个星期，甚至是几天之后就知道它们，而且确定知道它们的真实情况。谣言传过一百里的时间也许是一天，也许是一个月，而谣言一天就会生十个女儿出来。今天艾雯知道了史汪已经被处以死刑，因为她发现了黑宗；或者是史汪属于黑宗，并且她还活着。是黑宗将不是黑宗的两仪师赶出了白塔。这些都不是新故事了，只是老故事的改编。不过有一个新故事正在像夏天草原上的野火一样四处传播——白塔是所有伪龙的幕后操纵者。这个故事让艾雯非常生气，每次听到别人这么说，她都会挺直后背，大步走开。艾雯又听说亚林吉尔的安多人已经拥戴某位女贵族成了新的安多女王——蒂琳、德琳，新女王的名字在每个人的嘴里都有所不同——那也许是真的。两仪师正在阿拉多曼各处做着非常诡异的事情——这就完全是不可能的。先知已经到了凯瑞安境内；先知已经加冕成为海丹的国王——不，是阿玛迪西亚的国王。转生真龙因为先知的亵渎而杀了他。艾伊尔人全都要离开；不，他们打算在这里定居下来。贝丽兰将要登上太阳王座。在一座酒馆外，一名皮包骨、目光闪烁的小个儿男人差点就被他的听众们狠狠打一顿了，因为他说兰德是一名弃光魔使。艾雯想也没想就走到那群人中间。

“你们没有荣誉吗？”她冷冷地问道。那四个已经抓住瘦小男人、满脸凶横的大汉都朝艾雯眨了眨眼。他们是凯瑞安人，个子比艾雯高不了多少，但身材都很粗壮，曾经折断的鼻梁和粗大的骨架说明他们都是打架的好手。但艾雯给了他们一种强烈的压迫感，让他们不由自主地停在原地，而且现在街上还有其他艾伊尔人。他们不是傻瓜，更不会对一位艾伊尔女子动粗。“如果你们一定要因为某个人说的话而打他，那就一个一个地和他对打，这才是有荣誉的。这不是战争。你们四个对一个是在让自己蒙羞。”

他们盯着艾雯，仿佛艾雯是个疯子。慢慢的，艾雯的脸变红了，她希望他们认为这是她在发怒。一对一地以强凌弱就是对的吗？她在用节义评价他们，如果他们真的奉行节义，也许她就不会说出这么一堆话来了。

四个男人中的一个半鞠躬似的低下了头，他的鼻子不仅是被打断了，鼻尖也没了。“唔……他已经走了……唔……小姐，我们也能走了吗？”

这话倒是不错，那名皮包骨的男人已经趁着艾雯打岔的时候消失了。艾雯心中升起蔑视的感觉，因为害怕要和四个人对打而逃走，他怎么能忍受这种羞耻？光明啊，她又来了。

艾雯张开嘴，想说他们当然可以离开，却什么也没说出来。那三个人将艾雯的沉默当作是允许，或者也许是宽恕，匆匆地溜走了。而艾雯几乎没注意到他们的离开，她正全神贯注地盯着街上一队骑马前进的人。

她不认识那二十多名身穿绿色斗篷，在人群中开辟道路的士兵，但他们所护卫的人对她来说是再熟悉不过了。她现在只能看见那些女人的一部分背影，但也已经足够了。她认为她们有五或六个人。那些女人穿着防尘轻斗篷，亚麻斗篷上已经出现了棕褐色的痕迹。艾雯发现自己盯着的是那些斗篷背后绣着的纯白色近似圆形的图案——白宗两仪师的斗篷必须靠针脚的轮廓才能将塔瓦隆之焰分辨出来。她还看见了绿色和红色的斗篷。红色！五或六位两仪师正骑着马向王宫前进。在王宫中的一座阶梯高塔上，飘扬着真龙旗的复制品和一面绣着古代两仪师徽记的猩红色旗帜，人们称它为“兰德旗”、“两仪师旗”，或者是其他十几个名字。

艾雯钻过人群，跟在她们身后大约二十步远的地方，然后又停了下来。一位红宗两仪师——她至少看见了一位红宗两仪师，这就意味着她们是早在意料中的白塔使节团。爱莉达给她们的命令是护送兰德前往塔瓦隆。超过两个月以前，快马信使将爱莉达的一封信送到了凯瑞安，她们一定是在信使出发后不久就启程了。

她们在这里找不到兰德（除非兰德未经宣告地突然来到凯瑞安。艾雯相信那种被称作穿行的异能是被兰德重新发现的古老异能，但艾雯至今也没能对这种异能有丝毫了解），但不管她们是否会找到兰德，她们绝对不能找到艾雯。否则艾雯能期待的最好结果就是自己被轰出白塔，而这种结果的前提必须是爱莉达没有在捕猎她。不管怎样，她一定会先被抓回塔瓦隆去，任由爱莉达处置，而她绝不会幻想自己能够对抗五六位两仪师。

艾雯最后看了那些两仪师一眼，然后就拢起裙子，朝反方向跑去。她不停地在车辆间钻来钻去，在匆忙中躲避着行人，但有时候还是会免不了会撞到他们，气恼的喊声一直跟在她背后。她终于冲出一道高大的方形城门，感觉到热风直吹在脸上。没有了建筑物的阻碍，风中的一团团尘土让她不住地咳嗽，但她不停地向前奔跑，一直跑回智者们的矮帐篷那里。

让她感到惊讶的是，一匹皮毛光亮的灰色母马正站在艾密斯的帐篷外面，它的身上配备着装饰黄金镶嵌与流苏的全副鞍具，有一名奉义徒在负责照顾它。除了偶尔会拍拍这匹姿容俊美的动物之外，那名奉义徒一直都低垂着目光。艾雯一头冲进了帐篷，看见那匹马的主人——贝丽兰，她正慵懒地躺在色彩鲜艳的穗子软垫上，与艾密斯、柏尔和索瑞林一同品尝着葡萄酒。一名叫作罗黛拉的女奉义徒跪在一旁，谦恭地为她们倒酒。

“有两仪师进了城，”艾雯一跑进帐篷就说道，“她们直接朝太阳大厅去了，那一定是爱莉达派来找兰德的使节团。”

贝丽兰以优雅的姿态站起身，即使不情愿，艾雯也必须承认，这名女子真的是非常优雅，她的骑装剪裁得非常合体，她并没有愚蠢到会穿着她平时的衣服在这样的太阳下骑马。智者们也随她一同站了起来。“看来，我必须回到宫殿去了。”贝丽兰叹了口气，“只有光明知道，如果她们没在那里找到人迎接她们，她们会有什么想法。艾密斯，如果你知道鲁拉克在哪里，能否派人送信给他，请他来见我？”

艾密斯点点头，但索瑞林说道：“你不能如此倚重鲁拉克，女孩。兰德·亚瑟是指派你照料凯瑞安，如果让男人随便染指你的事情，他们就会在你发觉之前把整只手伸进来；而如果让一名部族首领染指，他就会把整只手臂都伸进来。”

“这是真的，”艾密斯喃喃地说，“鲁拉克是我心中的阴凉，但这话确实没错。”

贝丽兰从腰带上抽出纤小的骑马手套，将它们戴在手上。“他让我想起我的父亲，有时候，我觉得他们实在是太像了。”一丝悲伤的神色从她脸上一闪而过，“但他能给我很好的建议，而且他知道什么时候该施加压力，该施加多少压力。我想，即使是两仪师一定也会被鲁拉克的目光所影响。”

艾密斯闷闷地笑了两声：“他是个很有压迫感的人，我会让他去找你的。”她轻吻了贝丽兰的额头和两侧脸颊，艾雯吃了一惊，这是母亲给儿女的亲吻。贝丽兰和这些智者之间到底发生了什么事？当然，艾雯不能问这些，这种问题对她和智者们来说都是一种羞耻，对贝丽兰也是。但贝丽兰并不知道这一点。而艾雯也不会介意羞辱她，或者是看看她披头散发的样子。

当贝丽兰要离开帐篷的时候，艾雯用手按住那名女子的手臂：“一定要小心对付那些女人，她们不会对兰德表现什么友善，但错误的言辞或举动会让她们变成公开的敌人。”这是肯定的，但艾雯其实并没有必要说这些话，她宁可舌头被撕掉也不会接受贝丽兰任何的好意。

“以前我和两仪师打过交道，两仪师艾雯。”对面的女子冷冷地说。

艾雯努力地克制住自己，没有让自己深吸进一口气，她不要让这个女人看到自己失态的模样，无论这对她来说是多么困难。“爱莉达不会对兰德有好心，就像黄鼠狼不会对鸡有好心。那些两仪师都是爱莉达的手下，如果她们知道有一名两仪师站在兰德这一边，而且她正在她们伸手可及的地方，那名两仪师也许很快就会失踪了。”看着贝丽兰没有表情的脸，艾雯没办法让自己再说些什么了。

过了许久，贝丽兰一抿嘴角，向艾雯露出微笑：“两仪师艾雯，为了兰德，我会全力以赴。”她的微笑和语调都……有些讽刺。

“女孩。”索瑞林严厉地说道。让艾雯惊讶的是，贝丽兰的脸颊上出现了两片红晕。

她没有看艾雯，而是用一种谨慎的中性语调说道：“如果你们不告诉鲁拉克，我会非常感激的。”实际上，贝丽兰没有看任何人，但她特别在忽视艾雯的存在。

“我们不会的，”艾密斯立刻就说道，而索瑞林刚刚张开嘴。“我们不会的。”艾密斯向索瑞林重复了一遍，又像是肯定，又像是询问。最后，最年长的智者点点头，虽然有些不情愿。贝丽兰终于轻松地叹了口气，才弯腰走出帐篷。

“那个孩子很有精神，”贝丽兰离开之后，索瑞林笑着说，她重新倒卧在垫子上，向艾雯拍了拍身边的空位。“我们应该为她找一个好丈夫，一个能配得上她的男人，不知道湿地人中有没有这样的人。”

艾雯用罗黛拉递过来的湿毛巾擦了擦手和脸，心中还在思量着询问贝丽兰的事是否符合荣誉。她又接过一只绿色海民瓷器的茶杯，然后坐到智者们中间。如果其他智者响应了索瑞林刚才那句话，也许她就能问下去了。

“你确定那些两仪师会害卡亚肯吗？”但艾密斯却问道。

艾雯的脸红了一下，现在还有很重要的事要担心，而她却还在想那些琐碎的事情。“是的，”她快速地答道，然后她放慢了语速，“至少……确切来说，我不知道她们是否要伤害他，她们可能不会有意地伤害他。”爱莉达的信中提到了要给兰德所有他应得的“荣誉和尊敬”。一名前红宗两仪师会认为能够导引的男人应该得到怎样的荣誉和尊敬？“但我不怀疑，她们一定意图要控制他，让他按照爱莉达的意愿行动，她们不是他的朋友。”沙力达两仪师会是他的朋友吗？光明啊，她需要与奈妮薇和伊兰谈谈。“她们绝不会在意他是不是卡亚肯。”索瑞林面色阴沉地哼了一声。

“你相信她们会想要伤害他？”柏尔问。艾雯点点头。

“如果她们发现我在这里……”艾雯竭力用喝茶的动作掩饰自己的颤抖。无论是为了控制兰德，还是为了处罚违规的两仪师，她们一定会把她抓回白塔去。“她们不会给我自由的，爱莉达会不惜一切让兰德只听从她的命令。”柏尔和艾密斯交换了一个严峻的眼光。

“那么答案就很简单了，”索瑞林的语气仿佛是已经做出最后的决定，“你要留在营地，她们才不会找到你。智者们要尽量避开两仪师。如果你在我们身边继续生活几年，我们会让你成为一名好智者。”

艾雯手中的茶杯差点掉在地上。“您太看得起我了，”她小心地说，“但或早或晚，我都必须离开。”

看样子，索瑞林并不相信她的话。艾雯已经学会在艾密斯和柏尔面前保持自己的隐私，但在索瑞林面前……

“我想，不会很快，”柏尔对艾雯说道，同时用微笑掩饰住话中的锋芒，“你还有很多要学。”

“是的，而且你迫不及待地要重新开始学习。”艾密斯说道。艾雯竭力不让自己脸红。这时，艾密斯皱起了眉，“你看上去很奇怪，你今天早晨用力过度了吗？我本来相信你已经恢复到——”

“我已经恢复了，”艾雯急忙说道，“真的，我恢复了，我已经几天没头痛过了。是因为灰尘和一路跑回这里，我才会这样的，而且拥挤在城市里的人比我记得的还要多。当时我太兴奋了。我的早饭也没吃好。”

索瑞林点头示意罗黛拉：“如果还有蜂蜜面包，就拿些过来，还有奶酪，还有你能找到的水果。”她戳了戳艾雯的肋骨。“一个女人身上应该要有点肉才好。”虽然她自己身上的肉似乎都已经被太阳晒干了。

艾雯并不是不想吃东西，今天早晨她只是兴奋得没心思吃东西。但索瑞林要看着她吃下每一口食物，她的目光让艾雯觉得吞咽都有点困难了。智者们在艾雯吃饭时还在一直讨论该如何对付那些两仪师，这也分去了艾雯的许多心思。如果两仪师对兰德有敌意，那就一定要小心注意她们，并想办法保证兰德的安全。谈到智者们有可能必须要正面对抗两仪师的时候，即使是索瑞林也显得有些躁动不安。并不是害怕，但这么做违背她们的习俗，让她们感到不安。但是，为了保护卡亚肯，就必须去做。

对艾雯而言，她担心智者们会将索瑞林让她留在营地的话当成命令执行，如果真是这样，以后的几天时间里，只要她走出自己的帐篷，可能就会有五十双眼睛在盯着她。兰德是怎样穿行的？智者们会采取所有她们认为有必要的行动，只要那不会触及到节义：不同的智者也许会对节义有不同的解释，但她们像任何艾伊尔一样，都严格坚守她们对节义的解释。光明啊，罗黛拉是沙度艾伊尔，是凯瑞安城下那一战中数千名被捉住的俘虏之一，但在艾雯眼中，智者们对待她和其他奉义徒并没有差别。罗黛拉的行为也和任何其他奉义徒没有丝毫差异。她们不会违背节义，无论她们有多么必要。

幸运的是，这次并没有出现这种问题；不幸的是，艾雯的健康问题依然存在。智者们不会医疗，也不会用至上力检查人体的健康状况。她们使用她们自己的方法进行检查，其中有些办法和艾雯从奈妮薇那里学到的乡贤医疗知识非常相似：观察病人的眼睛，用一根木管听病人的心跳。有些则是艾伊尔人独有的办法：艾雯要摸到自己的脚趾，直到头晕；在原地上下跳跃，直到她觉得眼珠立刻就要从眼眶里蹦出来；绕着智者的帐篷奔跑，直到眼冒金星；然后有一名奉义徒从她的头顶向下倒水，她也要喝尽量多的水；再拢起裙子，跑上一段路。艾伊尔非常相信严酷的环境，如果艾雯跑慢一步，如果她在艾密斯说可以停之前蹒跚着停下来，智者们就会相信她的健康并没有完全恢复。

当索瑞林终于点点头说“你像一名枪姬众一样健康了，女孩”时，艾雯正撑着摇摇欲坠的身体，大口喘息着。她相信即使是一名枪姬众也做不了这些，但她觉得很骄傲，她从不认为自己是一个软弱的女孩，可是她很清楚，如果自己没有过和艾伊尔人共同生活的经历，她在测试进行到一半时就一头栽倒在地上了。再过一年，她心想，我就能跑得像法达瑞斯麦一样快了。

而另一方面，艾雯绝不能返回城里了。测试之后，她和智者们一同在出汗帐篷里洗浴。这一次，智者们没有再让她负责向热煤上浇水，负责这项工作的变成了罗黛拉。她沉溺在潮湿的热气里，放松肌肉，直到鲁拉克和另外两位部族首领——米雅各布马的提摩兰和柯代拉的英狄瑞安来加入她们。这些高大魁梧的灰发男人面容都像岩石一样冷静镇定。但艾雯立刻用披巾裹住身体，匆匆跑出了帐篷，她总以为自己这样做的时候身后会传来一阵笑声。但看样子，艾伊尔人只是不明白，为什么一有男人走进出汗帐篷，她就会匆忙地跑开。艾雯很高兴他们并没有把她的这种行为和艾伊尔幽默联系在一起。

从出汗帐篷外面叠放整齐的衣服中拿起自己的衣服，艾雯跑回自己的帐篷里。太阳现在已经快落下了，吃了一顿清淡的晚餐之后，她准备好好睡一觉。她已经非常疲倦，甚至连特·雅兰·瑞奥德也不愿意想了。同样是因为疲倦的关系，她记不清自己做的大多数的梦——智者们告诉过她，疲惫会让人忘记自己的梦——但她记得每一个关于盖温的梦。

第 25 章

如同闪电暴雨

不知为什么，当柯温迪在黎明前的昏暗中唤醒她的时候，艾雯有一种焕然一新的感觉，仿佛已经准备好去看看能在城里找到些什么了。长长地打着哈欠，伸了个懒腰，她站起身，一边嘟囔着，一边飞快地洗漱穿衣，几乎没来得及把头发梳好，因为索瑞林刻意过来带着她去艾密斯的帐篷里吃早餐。

“你不该那么快就离开出汗帐篷，”艾密斯一边对她说，一边从罗黛拉手上接下一碗麦片粥和一些干果。大约有二十几位智者聚集在艾密斯的帐篷里，罗黛拉、柯温迪和另一名来自沙度艾伊尔，名叫多埃蓝的男性奉义徒忙碌地侍奉着所有人。“鲁拉克说了许多关于你的姐妹的话，也许你能做一些补充的。”

经过几个月的伪装之后，艾雯不需多想就知道智者所说的“姐妹”指的是那个白塔使节团。“我会告诉您我能说的一切，鲁拉克都说了些什么？”

首先，使节团中有六名两仪师，其中两名是红宗两仪师，而不是一名——艾雯无法相信爱莉达的这种傲慢，或者是愚蠢——不过至少使节团的首领是一名灰宗两仪师。那些智者们大部分躺卧成一个环形，仿佛一个车轮的轮辐，还有一些在她们的空隙中站着或是跪坐着。两仪师的名单被念完之后，她们的目光全都转向了艾雯。

“恐怕我只认识其中两个人，”艾雯小心地说，“毕竟，白塔有许多两仪师，而我成为两仪师还不久，认识的人并不多。”智者们纷纷点点头，她们接受了这个说法。“耐苏恩·比哈莱的心思精细而清晰，她会在做出结论之前倾听各方的意见，而且她能找出别人话中最小的漏洞。凡是她见过的，都会记住，她朝一页纸看上一眼，就能一字不差地把那页纸上记录的内容全都默写下来，即使是一年前听过的话，她仍然可以清楚地记得。但有时候她会自言自语，下意识地说出自己的想法。”

“鲁拉克说她对王室图书馆很感兴趣，”柏尔搅动着面前的麦片粥，看着艾雯，“他说听到她有时会嘟囔一些关于封印的话。”智者们之间传来一阵轻微的议论声。索瑞林大声地清了清喉咙，帐篷里立刻安静下来。

艾雯往嘴里送了一勺麦片粥（她在粥里吃到一片干李子和某种甜浆果），仔细地思考着。如果爱莉达在处死史汪之前对她进行了刑讯，那么爱莉达就会知道已经有三道封印被打破。兰德藏起了两道封印——艾雯希望自己能知道他把封印藏在哪里，但他现在似乎不信任任何人了。奈妮薇和伊兰在坦其克找到了一道封印，并将它带到了沙力达，但爱莉达不可能知道这些。除非，也许，她在沙力达有间谍。不，这是可以放到以后再思索的问题，爱莉达一定在拼命找寻剩下的那道封印。派耐苏恩前往仅次于白塔图书馆的世界第二大图书馆是有用意的。她吞下干李子，将自己的想法说了出来。

“昨晚我就说过了，”索瑞林阴沉着脸，“亚爱隆、珂琳达、伊达拉，你们三个去图书馆，三名智者应该能在一名两仪师之前找到该找到的任何东西。”那三位智者都拉长了脸——王室图书馆非常巨大。但索瑞林就是索瑞林，虽然那三个女人都叹着气，不高兴地嘟囔着，但她们都放下粥碗，立刻离开了。“你说你认识两个人，”没等她们走出帐篷，索瑞林就继续问道，“其中一个是耐苏恩·比哈莱，另一个是谁？”

“萨伦妮·耐姆达。”艾雯说，“您要知道，我对她们都不是很熟。萨伦妮就像大多数白宗两仪师一样，会依照严格的逻辑推测每一件事，会惊讶于人们竟然凭自己的心情采取行动。但她是个有火气的人，大多数时候，她都会牢牢地控制住自己的脾气，但只要和她打交道时出现错误，她就会……在你能眨一下眼之前咬掉你的鼻子。不过她能听取别人的意见，而且会承认自己的错误，只要不是在她发脾气的时候。”

将一勺浆果和麦片粥放进嘴里，艾雯竭力想看清智者们的表情，同时又拼命装作不在意的样子。智者们似乎并没注意到她话中的迟疑，她刚才差点就说出“萨伦妮会在你能眨一下眼之前就让你去擦地板”，在智者们的概念里，艾雯也是白塔的“两仪师”，而不是擦地板的初阶生。耐苏恩是一名身材苗条的女子，有着鸟一样的眼睛，即使有人在她背后走了神，她也能立刻察觉，艾雯曾经上过她的课。对于萨伦妮，艾雯只听过她两次关于自然的真实的训话，但艾雯很难忘记她用那种绝对严肃的语气告诉她，美和丑是相同的两种性质——比如面孔具有这两种性质的女人都会让男人多看一眼。

“我希望你能记得更多一些。”柏尔说着，将身子靠在了臂肘上，“看起来，你是我们唯一的信息来源了。”

艾雯花了一会儿工夫才把这句话想清楚。是的，当然，昨晚柏尔和艾密斯一定曾试图窥看那些两仪师的梦，但两仪师的梦都是有结界保护的。艾雯很遗憾自己在离开白塔之前没能学会这个技巧。“我是否能问一下，她们住在宫殿里的什么地方？”如果兰德下次来的时候她要见他，她最好小心不要经过她们居住的地方，被她们抓住。特别是不要遇到耐苏恩。萨伦妮也许不会记得她这个初阶生，但耐苏恩极有可能会记得她。也许还有哪位她不认识的两仪师，却认识她。艾雯·艾威尔在白塔里一定引起了许多话题。

“她们甚至拒绝了贝丽兰提供一晚阴凉的好意。”艾密斯皱起眉头。在艾伊尔人中间，款待对方的好意是一定要接受的，即使是双方有血仇，拒绝这种好意也是一种羞耻。“她们住在一个叫阿瑞琳的女人那里，她是一名毁树者的贵族。鲁拉克相信，那个柯尔伦·希尔丹以前就认识阿瑞琳。”

“她应该是柯尔伦的一名间谍，”艾雯用确定的语气说，“或者是灰宗的间谍。”

几位智者恼怒地嘟囔着。索瑞林厌恶地重重哼了一声，艾密斯失望地长叹了一口气，其他智者也有不同的反应。珂芮娜的一双绿眼睛如同鹰眼般锐利，亚麻色头发大多已经变灰了，她现在怀疑地摇着头。提亚琳是一名瘦削的红发女子，有着很高的鼻子，她看着艾雯，眼里直接流露出不相信的神情。

间谍是对节义的严重冒犯，但艾雯总是不明白，那梦行者们窥看别人的梦境又算什么？向智者们强调两仪师不奉行节义是没有用的。智者们知道这一点，她们只是难以真正相信或理解竟然有人不奉行节义，无论那是两仪师还是其他什么人。

不管智者们是怎么想的，艾雯愿意用自己的一切打赌，自己是对的。盖崔安是凯瑞安最后一任国王，他在被刺杀前一直有一位两仪师顾问——妮安德·穆维恩，这位两仪师一直处于幕后状态。盖崔安死后，她也失踪了。不过艾雯知道一件事，妮安德偶尔会去拜访阿瑞琳女士的乡间庄园，她是一位灰宗两仪师。

“她们显然在那座宫殿里安排了一百名卫兵。”过了一会儿，柏尔说道。她的语气变得非常冷漠。“她们说，这座城市的治安仍然没有恢复，但我想，她们是害怕艾伊尔人。”有几位智者露出感兴趣的表情，这表情让艾雯感到不安。

“一百人！”艾雯喊道，“她们带来了一百人？”

艾密斯摇摇头：“超过五百人。提摩兰的斥候发现其余那些人的宿营地，在凯瑞安北方，距离城墙不到半天的路程。鲁拉克向她们提到了这件事，柯尔伦·希尔丹说那只是礼仪卫兵，但她们还是把大部士兵都留在了城外，以免引起我们的警戒。”

“她们认为她们会护送卡亚肯去塔瓦隆。”索瑞林的声音几乎能压裂岩石，表情则比声音更加严厉。艾雯没有向她们隐瞒爱莉达写给兰德信件中的内容，智者们每次提到那封信都不会高兴。

“兰德不会愚蠢到听从爱莉达的命令。”艾雯说。但她现在的心思并不在这件事上。五百名士兵有可能只是礼仪卫兵，爱莉达也许认为转生真龙想要得到这样的排场，也许她还以为兰德会因此而受宠若惊。艾雯想到了一些建议，但她必须小心，如果言语有失，艾密斯、柏尔或索瑞林会向她下达无法拒绝的命令。这其中最可怕的就是索瑞林，艾雯觉得要躲开索瑞林就像是要爬出一片石南地。“我想，首领们正在注意着城外的那些士兵？”北方半天时间的路程（因为不是艾伊尔人，所以他们很可能得用上一天），这么远的距离，他们不可能有什么威胁，但多加小心从不会有害处。艾密斯点点头；索瑞林看着艾雯，仿佛她是在问太阳到正午时是不是会升上天顶。艾雯清了清喉咙：“是了。”首领们应该不会犯这种错误。“嗯，我的建议是，如果那些两仪师中的任何人去了宫里，你们之中能够导引的人应该跟着她们，以确定她们没有留下任何陷阱。”智者们点点头。这些智者之中有三分之二能够使用至上力，其中有些人的能力并不比索瑞林更强。其他的则大致相当于艾密斯，不弱于艾雯见过的大多数两仪师。艾伊尔智者中有能力导引者的基本比例就是这样。她们的技能和两仪师们不一样——在一些方面要弱于两仪师，在不多的几个方面比两仪师强——但她们应该能够察觉出两仪师们留下的任何令人不悦的东西。“我们必须确认只有六名两仪师。”

艾雯必须向智者们解释。智者们都读过湿地人的书，但即使是能够导引的智者也并不真的知道两仪师对付能够导引的男性的方式。在艾伊尔人之中，发现自己有导引能力的男人会认为自己是被选中的人，他们会前往北方，进入妖境猎杀暗帝。当然，他们永远也回不来了。而艾雯也是在进入白塔之后才知道了两仪师们的方式，以前她听到的故事和事实完全大相径庭。

“兰德能同时对抗两名女性，”艾雯说，这是她亲身经历的事实，“他甚至有可能同时对抗六名女性。但如果两仪师的人数多于她们已经告知我们的，那这至少证明她们说了谎，虽然不是直接的说谎。”面对所有皱起眉的智者，艾雯几乎哆嗦了一下。说谎的人对任何听了他谎言的人都亏欠了义，但艾雯必须说出这些话。

在早餐剩余的时间里，智者们开始讨论今天应该由谁去宫殿里进行检查，以及可以让哪名部族首领派遣男人和枪姬众去寻找其他两仪师。不管怎样，还是有一些智者不愿意对抗两仪师。虽然那些智者没有把这种想法直接说出来，但她们阴郁的语气已经清楚地表明了这一点。其他智者们也许认为任何对于卡亚肯的威胁，哪怕是来自两仪师的威胁也要用枪矛去对付，少数几位智者甚至是有些激动地坚持着这个观点。索瑞林对于每一个迂回提出两仪师离开之后所有问题将迎刃而解的智者，都予以严厉地抨击，到最后，鲁拉克和曼德兰成为所有智者都能同意的两个人选。

“要确保他们不会派遣任何龙之枪矛。”艾雯说。那些人会为了任何一点细小的威胁而诉诸武力。但艾雯的这个提醒又惹来许多智者的目光，眼神从冰冷到讽刺，不一而足。智者们不是傻瓜，这次她们完全没提到一件事，一件艾伊尔人几乎每次提起两仪师时都要谈及的事：艾伊尔曾经辜负过两仪师，如果他们再次辜负两仪师，就将毁灭。

说完那句话之后，艾雯没有再参与讨论，只是忙着喝下第二碗放了干梨和干李子的麦片粥，这让索瑞林对她赞扬地点了点头。艾雯并不是为了得到赞扬，她只是饿了，而且更主要的是，她想让智者们忘记她在这里。看来，她的目的是达到了。

早餐和讨论结束之后，艾雯懒洋洋地朝自己的帐篷走去。她在弯腰进帐篷时，看见一小群智者向城里走去，领头的是艾密斯。当智者们消失在距离这里最近的城门中之后，艾雯又从帐篷口退了出来。这里到处都是艾伊尔人，有奉义徒，也有战士，但智者们已经进城去了。如果她向城墙那边走，没有人会多瞥她一眼，只要她的脚步不是特别快。即使有人注意到她，他们也会认为她是在进行晨练。

进城后，艾雯第一个询问的人是一名身材瘦长的女子，她在以极高的价格贩卖着一辆大车上的皱苹果，并不知道阿瑞琳女士的宫殿在什么方向。然后艾雯走进一间裁缝铺，铺子里圆胖的女裁缝瞪大了眼看着这名艾伊尔人，最后也没告诉她任何有用的信息。艾雯向一名刀匠询问，那名刀匠却认为这名艾伊尔人只是对他的匕首感兴趣。最后，一名细眼睛的银匠一边小心地盯着走进自己店铺的艾雯，一边告诉了她想要的信息。挤过人群，艾雯摇摇头，她有时候真会忘记凯瑞安这样的都市到底有多大，即使是居住在这里的人也没办法完全了解它。

就这样，在迷了三次路，又问了两次路之后，艾雯终于靠在一座马厩旁边。拐过街角的路对面有一堆黑色的石头建筑，由许多狭窄的窗户、方形阳台和阶梯高塔组成。作为一座宫殿而言，它显得太小了些，但肯定是一幢巨大的房屋。如果艾雯没记错，阿瑞琳在凯瑞安贵族中应该属于刚刚超过中等阶层的地位。穿着绿色外衣的士兵披挂着胸甲和头盔，守卫在宽阔的阶梯和艾雯能看见的每一个门口，甚至在阳台上都有。奇怪的是，他们看上去都很年轻。但艾雯并不会对这种事感兴趣，她能够清晰地感觉到，那座建筑物里有女人在导引，那肯定不是少量的阴极力。阴极力的量突然锐减下去，但依旧相当可观。

艾雯咬着下唇。她不知道那些两仪师在干什么，从这里她看不到能流，但两仪师们一定要看得见能流才能编织它们。即便艾雯看不见，但所有流出这座官邸的能流一定是指向南方的。那个方向背离太阳大厅，也背离城市的其他部分。她们在干什么？

一道大门打开了，从里面出来了一辆由六匹枣红马拉着的黑色马车，紧闭的马车门上漆着贵族徽记——有绿条纹的红底色上有两颗银星。马车穿过人群，向北驶去，穿制服的马车夫挥舞着长鞭，一边催促马匹，一边将路人赶到一旁。坐在马车里的是阿瑞琳女士，还是使节团的人？

嗯，她到这里来不是发呆的。艾雯向后退了一步，站到刚好能绕过街角看到那座建筑的地方，然后从腰带荷包里掏出一块小红石头，深吸一口气，开始导引。如果这时有一名两仪师向这个方向看过来，她就会看到艾雯编织的能流，只是看不到艾雯。这么做非常冒险。

她手里只是一块经过打磨抛光的红石头，但艾雯从沐瑞那里学到了这个技巧。沐瑞用一块石头当成焦点——她使用的是蓝宝石，但石头的材质并没有关系。她编织的大部分是风之力，再加上一点火之力。偷听——智者们会说这是间谍行为，但艾雯不在乎这个，只要她能知道白塔的两仪师们想干什么就行。

她谨慎地让编织碰触到一扇敞开的窗户，然后另一扇，再一扇，动作要无比精细。寂静。然后……

“……于是我对他说，”一个女人的声音传进她的耳朵，“如果你想让她们的床单整齐一些，你就不要再搔我的下巴了，亚尔芬·雷尔。”

另一个女人的声音咯咯地笑着说：“哦，你不会吧！”

艾雯皱了皱眉头。两名仆人。

一名身材结实的妇女扛着一篮面包从艾雯身旁经过，用困惑的眼神瞥着艾雯。她可能也听到那两个女孩的声音，却只看见艾雯站在这里，而且艾雯的嘴唇也没有动一下。艾雯用最快速的方法解决了这个问题，她狠狠地瞪了那名妇人一眼，那名妇人立刻就钻进人群，连肩头的面包都几乎要掉落了。

艾雯不情愿地降低了编织的强度，这让她也有可能听不见，但总比再吸引来旁观者要好。即使是这样，仍然有许多人会多瞥她一眼，一名靠在墙上的艾伊尔女子并不多见。但所有人都在瞥一眼之后就加快脚步离开了，没有人想惹上艾伊尔人的麻烦。艾雯很快就不再理会那些路人。一扇窗，又一扇窗，她移动着编织，汗流浃背——不仅仅是因为愈来愈热的天气。只要有一名两仪师瞥见她的能流，即使那名两仪师认不出这些能流的目的，她也会知道有人正在向她们导引，也一定会怀疑这个人的意图。艾雯又向后退了一点，只剩下稍稍能瞥到那座建筑的空间。

寂静。寂静。一阵窸窣的声音，有人在移动？是软鞋踩在地毯上的声音？但没有说话的声音。寂静。一个男人嘟囔的声音，显然他是在清理房里的夜壶，而且非常不情愿。艾雯感到耳朵发热，急忙将编织转到下一扇窗户。寂静。寂静。寂静。

“……真的相信这是必要的？”即使听起来只是耳语，那个女人的声音仍然表现出许多情绪和压倒一切的高傲。

“我们必须为各种不可测的情况做好准备，柯尔伦。”另一个女人用铁一般的声音回答。“我听到一个引人注意的谣言……”重重的关门声打断了剩下的话语。

艾雯颓然靠在马厩的石墙上。她几乎要灰心地尖叫起来，那是率领使节团的那名灰宗两仪师，另一个人也一定是两仪师。艾雯不知道想从她们口中听到什么样的讯息，而她们现在肯定是离开了。什么引人注意的谣言？什么不可测的情况？她们要准备什么？官邸内的导引又改变了。阴极力的量在加大，她们要干什么？深吸一口气，她再次小心地探出至上力。

太阳逐渐升高，艾雯听到许多日常的噪音，不少仆人的调笑和闲聊。有个叫塞利的又要有孩子了；两仪师要艾琳蒂拿更多的葡萄酒来，无论她去哪里找酒，同时艾琳蒂还要把她们的午餐拿来。最有趣的讯息是阿瑞琳实际上正在那辆马车里，她是要去乡下看她的丈夫。仅此而已，一个上午就这样浪费了。

官邸的前门突然打开了，穿着制服的仆人开始鞠躬，那些士兵们神情也显得更加专注。耐苏恩·比哈莱从门里走出来，身后跟着一名高个儿年轻男子，他的样子仿佛是从岩石中雕刻出来的一样。

艾雯急忙放开了编织和阴极力，又拼命深吸了一口气，才让自己的心神平静下来，现在不是慌乱的时候。耐苏恩和她的护法商量了几句，然后这名黑发的褐宗两仪师向街道两端各望了一眼。很明显的，她是在寻找什么。

艾雯艰难地控制着自己的心神，缓缓地后退着，以免被耐苏恩那双锐利的眼睛注意到。直到彻底离开了那个女人的视野，她立刻转过身，撩起裙子拔脚就跑。推开拥挤的行人，她刚跑了三步就仿佛撞到一堵石墙，坐倒在地，而灼热的铺路石板又让她向上跳了一下。

她头晕目眩地抬头望去，立刻又因为强烈的心跳而变得更加头晕目眩。那堵石墙是盖温，他正在盯着她，看起来和她一样震惊。他的眼睛是最灿烂的蓝色，那些金红色的发卷，艾雯想再次把它们握在指间。她感觉到自己的脸颊火烧得发痛。*绝不要有幻想*，她坚定地想，*那只是个梦！*

“我伤到你了吗？”盖温焦急地说着，跪到她身边。

艾雯爬起身，匆忙地掸掉裙子上的灰尘。如果现在能让她实现一个愿望，那就是她永远也不会再脸红。这时他们已经吸引了一圈旁观者。艾雯揽住盖温的一只手臂，拉着他沿街道向远处走去。她回头瞥了一眼，只看见密密麻麻的人群。即使耐苏恩向这边走过来，她也什么都不会看到了，但艾雯并没有减缓脚步。人群为这名艾伊尔女子让开路，她身边那个高大的男人很可能也是艾伊尔人，虽然他佩着一把剑。盖温走路的样子说明他知道该怎样使用这把剑，他的姿态就像一名护法。

走了十几步之后，艾雯不情愿地放开环绕盖温的手臂，但盖温立刻就抓住她的手，艾雯就让他这样一直牵着自己。两个人继续向前走去。“我想，”盖温又沉思了一下，“我不该理会你穿得像艾伊尔人，我最后听到你的讯息是你在伊利安。我想不应该评论你为什么会逃离一座住有六位两仪师的宫殿，这对一名见习生来说非常奇怪。”

“我从没去过伊利安。”艾雯说着，又匆匆向周围看了一圈，确认附近没有其他艾伊尔人能听到他们的交谈。有几名艾伊尔人向她这里瞥了几眼，但距离他们都相当远。突然间，盖温的话让她的心神一震。她仔细看了盖温身上的绿色外衣一眼，和那些士兵们穿的一模一样。“你跟她们在一起。那些白塔的两仪师。”光明啊，她真是个傻瓜，她应该在看见盖温时就意识到这一点的。

盖温的表情变得柔和了，他的脸曾经在一瞬间变得非常严肃。“我指挥荣誉卫队，随两仪师来护送转生真龙去塔瓦隆。”他的声音里混合着嘲讽、愤怒和疲惫，听起来非常奇怪。“如果他选择去那里的话，如果他在这里，我明白他……有时会出现，有时不会出现。柯尔伦非常焦急。”

艾雯的心几乎跳到了喉咙：“我……我必须请你帮我一个忙，盖温。”

“我不会伤害伊兰和安多，我不会成为真龙信众，除此之外，我能做到的一切，我都会为你去做。”

有一些人的视线转向了他们，是盖温提到真龙信众吸引了他们。四名肩头缠绕着马车夫皮鞭、面孔凶悍的男人不约而同地瞪了盖温一眼，同时将拳头握得喀喀作响。盖温只是看着他们。他们都是些壮汉，但在盖温的目光中，他们挑衅的神情都消失了。最后，他们之中有两个人朝着盖温挥了挥拳头，然后就全都溜进了人群里。但还是有许多人在看着他们两个，还有许多人装作没在听他们说话的样子。艾雯穿成这样，即使一个字都不说也会吸引很多人的注意；再加上一名超过一幅高，看上去很像护法的红发男子，这种组合自然会让人产生太多的联想。

“我需要和你私下谈谈。”艾雯说。如果已经有其他女人约缚了盖温，我……让艾雯奇怪的是，这个想法并没有让她脸红。

盖温一言不发地带着她向附近的一家客栈走去，这家客栈的名字叫“长男”。盖温将一枚金币扔给客栈的老板娘，换来一个深深的屈膝礼和一个小房间。房间的墙壁上铺着暗色嵌板，中间摆了一套厚重的抛光桌椅，壁炉上的花瓶里插着干燥花。盖温关上门，和艾雯独处的时候，他突然变得笨拙了许多。光明啊，但他是如此灿烂耀眼，轻易就超过了加拉德，他耳边的发卷……

盖温清了清嗓子："天气似乎一天比一天热了。"他抽出一条手绢，擦了擦脸，然后把它递给艾雯，又突然意识到这条手绢已经用过了，连忙又清了清嗓子。"我想，我还有一条。"

艾雯在盖温搜检口袋时拿出自己的手绢："盖温，你怎么会在爱莉达做出那种事之后效忠于她？"

"青年军效忠白塔，"盖温僵硬地回答，但他又不安地摇了摇头，"我们会效忠白塔，只要……史汪·桑辰……"他的眼睛变成了两片寒冰，但那种样子只持续了短短一瞬。"艾雯，我母亲总是说，'即使是女王也必须遵守她制定的法律，否则就不会有法律可言。'"他又恼怒地摇摇头。"发现你在这里，我不该吃惊，我应该知道你会在兰德所在的地方。"

"为什么你会恨他？"蕴含在盖温声音中的一定是恨意。"盖温，他真的是转生真龙，你一定已经听说了在提尔发生的事，他——"

"我不在乎他是不是创世主的肉身，"盖温咬紧了牙，"兰德杀死了我的母亲！"

艾雯的眼睛几乎掉出了眼眶："盖温，不！不是他干的！"

"你能发誓吗？她死的时候，你在场吗？所有的人都这么说。转生真龙占领凯姆林，杀死了摩格丝，他也许还杀死了伊兰，我一直没有伊兰的讯息。"所有的怒气全都从盖温身上发泄出来，他仿佛突然塌了下去，低垂着头，紧握双拳，闭起眼睛。"我什么都找不到。"他低声说。

"伊兰毫发无伤。"艾雯说道。同时惊讶地发现自己已经走到了盖温面前，又惊讶地发现自己的手指已经伸进盖温的发丝中，将他的头捧了起来。一切都恍若她的记忆。她猛地抽回双手，仿佛被火烧到一样，她相信，自己的双颊一定已经燃烧起来了，只是……盖温的脸颊上也出现了红晕。他也记得，但他会认为那只是他的梦。盖温的神情稳定了她的心情，甚至让她微笑起来。"伊兰是平安的，盖温，我可以发誓。"

"她在哪里？"盖温的声音显得非常苦恼，"她去了哪里？现在她应该在凯姆林，嗯，不是凯姆林——兰德也许还在那里——但她应该在安多。她在哪里，艾雯？"

"我……不能告诉你，我不能，盖温。"

盖温端详着她，脸上看不到表情，最后，他叹息一声："每次我看见你，你都更像是两仪师了，"他仿佛是努力挤出了一些笑声，"你知道吗？我经常会想到成为你的护法，这是不是很愚蠢？"

“你会成为我的护法。”没等艾雯意识到，这句话已经离开她的双唇，但艾雯知道，这句话是真的。那个梦。盖温跪在他面前，任由她捧着自己的头。这可能意味着很多，又可能毫无意义。但她知道。

盖温朝她笑了笑。这个白痴以为她在开玩笑！“肯定不是我，我想，应该是加拉德，但你在那之前一定要用根棍子把其他两仪师赶走。两仪师、侍女、女王、女仆、女商人、农妇……我看见她们全都在盯着他。不必不好意思，你一定认为他——”

制止这种胡说最简单的办法就是用一只手捂住他的嘴。“我不爱加拉德，我爱你。”

这个男人仍然想装作她只是说了一句俏皮话。他在她的手指后面微笑着：“我不能成为护法，我要成为伊兰的剑之第一王子。”

“如果安多女王可以是一名两仪师，那么王子也能成为护法。‘你会是我的’，把这句话放进你的脑袋里。我是认真的，我爱你。”盖温盯着她，至少，这次他没有微笑。但他什么也没说，只是盯着她。艾雯将手拿开。“怎么了？你不打算说些什么吗？”

“当你将一个梦想在心底隐藏了那么久，”他缓缓地说，“突然间，毫无预兆地，它变成了真实，那就像是闪电和暴雨同时落在干旱已久的土地上。你会呆住，但你绝对没听够。”

“我爱你，我爱你，我爱你。”她微笑着对他说，“够了吗？”

作为答案，他将她抱起，亲吻了她。一切就像梦中那样美好，是更好，是……当他终于将她放下的时候，她紧抱着他的手臂。她的膝盖似乎已经不管用了。“我的艾伊尔两仪师女士艾雯，”他说道，“我爱你，我迫不及待地想让你约缚我。”收起一本正经的腔调，他用轻柔的声音说：“我爱你，艾雯·艾威尔，你说你想要我帮忙，帮什么？要月亮做链坠吗？我会让金匠在一个小时之内做好。要星星装饰你的头发吗？我会——”

“不要告诉柯尔伦和其他人我在这里，绝对不要提到我。”

艾雯本来以为盖温会犹豫一下，但他只是说道：“她们绝不会从我这里知道你的任何讯息，如果我能做到，她们不会从任何人那里得到你的讯息。”他停了一下，然后抓住艾雯的肩膀。“艾雯，我不会问你为什么在这里。不，但你要听我说，我知道史汪让你陷进了她的阴谋里，我知道你忠于一个和你同村长大的男人，这没关系。你应该在白塔里进行学习。我记得她们都说你终有一天会成为强大的两仪师。你有没有什么计划，能让你回去，又不会受到……处罚？”艾雯无言地摇摇头，他立刻继续说道：“也许我能想到些办法，如果你还没有办法的话。我知道你没有选择，只能服从史汪，但我怀疑爱莉达不会因此而宽容你，现在即使在她身边提到史汪·桑辰这个名字也会被判处斩首。但我会找到办法的，我发誓。你也要答应我，在我找到办法之前，你不会……做任何傻事。”他的手将她的肩头抓得更紧，几乎弄痛了她。“答应我，你会小心照顾自己。”

光明啊，这实在是奇妙的讽刺。她不能告诉盖温，只要爱莉达还坐在玉座上，她就不打算回白塔去，而所谓的傻事肯定指的是所有和兰德有关的事。他看上去是那么担忧，为她而担忧。“我会小心的，盖温，我答应你。”尽可能地小心，她在心中道着歉。这只是一个小改变，但这让她后面必须说的话难以出口了。“我还要你帮我第二个忙，兰德没有杀你母亲。”她怎样才能让自己的话对他的伤害最小？“答应我，你不会反抗兰德，直到我能证明他没有杀死你母亲。”

“我发誓。”同样是毫不犹豫，但盖温的声音变粗了一些。她肩头的双手更加用力地握了一下。她没有退缩，她已经对他造成了痛苦，这种轻微的痛苦是她偿还他的。

“只能这样，盖温，他没那么做，但证明这点需要时间。”光明在上，她该怎么证明？兰德的话并不够。所有这些事都纠缠在一起，她必须将注意力集中在一件事上。那些两仪师要干什么？

盖温沙哑的吸气声吓了她一跳：“为了你，我会放弃一切，背叛一切，跟我走吧，艾雯。我们把一切都抛下。我在白桥以南有一座小庄园，还有一个属于我的村子和一个葡萄园，那里位于乡野深处，就连太阳升起的时间也比别的地方晚。在那里，这个世界不会找我们的麻烦。我们可以在路上结婚。我不知道我们还有多少时间——兰德、末日战争——我不知道，但我们可以在一起。”

艾雯困惑地盯着他，然后才意识到自己刚刚把最后一个想法大声地说了出来——那些两仪师要干什么？而那个词——背叛——滑进她的脑海。盖温以为她想要他监视两仪师，而他会这么做的，即使绝望地想要找个方法不这么做，但他还是会做的，只要她向他要求。任何要求他都会答应，无论要他付出多么大的代价。艾雯对自己做了一个承诺，一个对他的承诺，但她不能将这个承诺大声地说出来。如果他恰巧有什么能被自己利用，艾雯会利用——她必须这样，但艾雯不会主动去寻找他身上可利用的东西，即使是一点点也不会。无论这要艾雯付出多么大的代价。萨伦妮·耐姆达永远也不会理解，但艾雯唯有这样做，才能对得起他。

“我不能，”她轻声说，“你绝对想象不到我有多么想这样，但我不能。”她忽然笑了，感觉泪水充盈在眼眶。“背叛？盖温，这个词适合你就像黑暗适合太阳。”没有说出的承诺她会坚守，但她不能把这件事丢下。她会利用盖温给她的，用这些去对抗盖温所相信的，但必须是盖温给她的。“我睡在帐篷里，但每天上午我都会来城里，日出后不久，我就会从龙墙门进来。”

当然，他明白，艾雯信任他，艾雯的自由就在他的口袋里。他握住她的双手，温柔地亲吻那双手心。“你交给我、要我守护的是一样宝贵的东西。如果我每天早晨都去龙墙门，一定会引起别人的注意，而且我也许不能每天早晨都有机会离开那里。但如果在大多数日子里，我突然出现在你身边，请不要惊讶。”

当艾雯终于走出那家客栈的时候，太阳已经移到下午最热时的位置上。人群变得稀疏了点。和盖温的告别花费了远比她想象中更多的时间，亲吻盖温也许不是智者们想让她进行的那种练习，但她的心脏仍然跳得如同奔跑了很长的路程。

用力将他置于思绪之外——那几乎不是她能承受的力量——她回到马厩旁边那个有利的位置上。那座建筑里仍然有人在导引，也许不止是一个人，除非那个人在进行着非常大的编织。感觉起来，阴极力不像先前那么强大了，但还是有很大的强度。一名艾雯不认识的黑发女子正要走进那栋房子，但她那张没有瑕疵的强硬面容表明了她的身份。艾雯没有再尝试窃听，也没有逗留很长时间——如果她们总是这样进进出出，不管她穿着什么样的衣服，都有太多机会被她们发现。但是当她匆匆离开的时候，一个念头仍然在撞击着她的神经——她们想要干什么？

“我们要护送他前往塔瓦隆。”嘉德琳·亚鲁玎说着，微微动了动身子。她一直都不知道，凯瑞安的椅子是像它们看上去那么不舒服，还是只因为它们看上去那么不舒服，才会让人有这种感觉。“只要他离开凯瑞安，前往塔瓦隆，这里就会出现一段……空白。”

克拉瓦尔女士不苟言笑地坐在她对面的镀金椅子上，稍微向前倾过了一点身子。“你引起我的兴趣，两仪师嘉德琳。下去。”她向那些仆人喊道。

嘉德琳露出了微笑。

“我们要护送他前往白塔。”耐苏恩说道，她感到心中一闪而过的怒意。尽管这个提尔人的脸上没有表情，但他一直来回挪动的脚步表明了他在两仪师面前的焦躁。他也许在担心她会导引。只有阿玛迪西亚人的表现会比这个更糟。“只要他前往塔瓦隆，凯瑞安就需要其他力量的介入。”

麦朗大君舔了舔嘴唇：“为什么你要告诉我这个？”

耐苏恩的微笑可能代表着任何意思。

当萨伦妮走进起居室的时候，只有柯尔伦和布莲安在房间里喝茶，还有侍立在旁的一名仆人。萨伦妮示意那名仆人出去，等房门关上后，她说道：“贝丽兰也许是个难以对付的人，我不知道对她最有效的是苹果还是鞭子。明天我想去见见亚拉康。他大概也不会让我有什么收获，但我认为对付贝丽兰还需要更多的时间。”

“苹果或鞭子，”布莲安用紧张的声音说，“两者都是有必要的。”她的脸像大理石一样白，被乌鸦羽毛般的黑发围绕在中间。萨伦妮私下有个不良嗜好——诗歌，但她绝不会让任何人知道她会对如此……情绪化的东西感兴趣。她曾经用一行行优美的句子描写过他的护法维特里恩，认为在所有优雅、强壮和危险的动物中，只有老虎能与他相比，但如果维特里恩知道这件事，她一定会羞死的。

“镇静，布莲安，”像往常一样，柯尔伦的语气仿佛正在训话，“萨伦妮，让布莲安感到困扰的是盖琳娜听到的一个谣言。当年轻的兰德·亚瑟在提尔时，就有一名绿宗姐妹在他身边，而现在，她就在凯瑞安。”柯尔伦总是说“年轻的兰德·亚瑟”，仿佛在提醒她的听众们，他是年轻的，所以他没有什么经验。

“沐瑞和一名绿宗。”萨伦妮若有所思地喃喃道，这确实是个麻烦。爱莉达坚持认为光是沐瑞和史汪两个人的行动就让兰德失去了管束，如果还有另一名两仪师在兰德身边，这就意味着已经有其他两仪师和兰德建立了联系，也许这将改变一些，甚至是许多逃亡两仪师的趋向。“但这只是谣言而已。”

“也许不是，”盖琳娜一边说，一边走进房间，“你们没听说吗？今天早晨有人在对我们进行导引。我不知道她的目的是什么，但我相信那与我的推测非常相近。”

萨伦妮摇头的时候，辫子上的小珠子发出一连串咯答的碰撞声。“这不能证明那是绿宗两仪师，盖琳娜，这甚至不能证明那是两仪师。我已经听说，一些艾伊尔女人同样可以导引——那些智者。或者那也许只是一些离开白塔的可怜家伙，一个没有通过见习生测试的人。”

盖琳娜，银色的牙齿映衬着夜一般的严厉眼眸。“我想那应该是沐瑞。我听说过，她会使用一种偷听的技巧。我不相信那个说她已经死亡的传闻，没有人见过她的尸体，也没有人能把当时的细节说清楚。”这同样让萨伦妮感到相当烦恼。一部分原因是她很喜欢沐瑞，她们在初阶生和见习生时期一直都是朋友，但沐瑞比她早一年成为两仪师，那之后，她们的友谊在长久年月的不多几次见面中一直都保持着；另外也因为这个讯息太模糊，太巧合了——沐瑞死了，消失了，刚好在她的通缉令发出后不久。在这种环境下，沐瑞很可能是在用死亡掩饰自己的行踪。“所以你相信我们要对付的是沐瑞和一名不知姓名的绿宗姐妹？但毕竟只是怀疑，盖琳娜。”

盖琳娜的微笑没有改变，但她的眼睛闪烁着光亮。她个性强硬，并不在乎事物的逻辑，无论事实如何，她只相信她所相信的。萨伦妮相信，盖琳娜内心深处一定咆哮着猛烈的火焰。“我相信，”盖琳娜说，“沐瑞就是那名所谓的绿宗。还有什么办法比假装死亡，然后以另一个宗派的身份出现更适合逃避通缉令？我甚至听说那名绿宗的个子不高，我们都知道沐瑞不是一个高个子女人。”布莲安已经坐得笔直，她的棕色眼睛里蕴含着怒火，“当我们着手处理那名绿宗姐妹的时候，”盖琳娜对她说，“我建议在我们返回白塔的路程中由你来管理她。”布莲安猛力点了一下头，但那股怒火并没有从她的眼里退去。

萨伦妮感到震惊，沐瑞？她竟然会声称自己属于别的宗派？肯定不会。萨伦妮从没结过婚——认为两个人能和谐地度过一生完全是不合逻辑的，但她觉得沐瑞如果这样做，唯一可以与之相提并论的事只有和另一名女子的丈夫睡觉。不过，真正让萨伦妮感到惊讶的是盖琳娜错误的逻辑。她刚要向盖琳娜指出，世界上有许多矮小的女子，却听到柯尔伦用强势的声音说道：“萨伦妮，又该轮到你了。我们必须准备好，无论发生了什么事。”

“我不喜欢这样，”布莲安坚定地说，“这就像是在准备失败一样。”

“这只是逻辑，”萨伦妮对她说，“将时间分为一段段最小的可能区间，而要确定任何实际的变化发生在某一个区间是不可能的。既然如果我们去凯姆林寻找兰德·亚瑟时，有可能会发现他已经回到这里，我们不如就留在这里。他一定会回来的，虽然那可能是明天，也可能是下个月。在这种等待中，任何一个小时中可能发生的任何单一事件，或者是任何彼此关联的事件，让我们别无选择。因此，做好准备是符合逻辑的。”

“很细致的解释。”布莲安冷冷地说。她根本没有逻辑头脑。有时候萨伦妮会认为漂亮的女人都没有逻辑头脑，虽然她看不出这两者之间有什么关联。

“我们有我们所需要的时间。”柯尔伦宣称。当她不在训话的时候，她就在发表宣言。“柏黛恩今天到了，她占了一个靠河的房间，但麦杨还要过两天才能到。我们必须注意，这让我们有了时间。”

“我仍然不喜欢为失败做准备。”布莲安拿着茶杯，嘟囔着。

“我不会出错的，”盖琳娜说，“如果我们能够有机会让沐瑞伏法，我们就要等待这么久，不必太急着去处理兰德。”

萨伦妮叹息了一声。她们将要做的事情做得很好，但她不能理解，为什么她们简直全无逻辑可言。

走进楼上自己的房间里，萨伦妮坐到黑冷的壁炉前面，开始导引。那个兰德·亚瑟真的知道了穿行的方法？这让人不安，但这是唯一的解释。他是什么样的人？等见到他的时候一切都会知道了，但在这之前不行。让自己体内充满阴极力，直到甜蜜的感觉几乎要变成痛苦的程度，萨伦妮开始重复各种初阶生的练习。能做做这些事也好，进行准备是符合逻辑的。

第 26 章

线的连接

雷声不停地滚过棕褐色矮草覆盖的丘陵，但天空中没有一丝云彩，只有燃烧的太阳在逐渐攀高。兰德等在一座小山顶上，手里抓着缰绳，真龙令牌横放在鞍头。雷声愈来愈大，他很难不让自己时常回头看南方一眼——埃拉娜所在的方向。今天早晨她撞伤了脚踝，又刮破了手，而且她的脾气也很差。兰德不知道这都是为什么，他也不知道自己怎么会知道这些。雷声就在他的耳边震响。那些沙戴亚骑兵出现在旁边的一座山丘顶上，他们三人一排，形成了一支长队，正飞速地跑下山坡，冲入两座山丘之间宽阔的谷地，九千人形成了一条相当壮观的巨蛇。跑到山脚下时，队伍分开了，中间的队伍奔上山来，其余两支向左右分开。队伍分了又分，直到数百路烟尘同时扬起。骑手们彼此超越，有些站在马鞍上，有些倒立在马鞍上，还有人从马鞍一侧坠下身去，直到手掌能碰到地面，然后又挺起身，从另一侧坠下去。有人离开马鞍，蜷缩在奔马的肚子上。或者是跳到地上，随着奔马跑上几步，然后再跳回马鞍上，然后又从另一侧跳下去，重复这种表演。

兰德扬起缰绳，两脚一踹杰丁。当他的花斑坐骑迈步时，艾伊尔人已经包围了他。今天早晨跟随他的是岳舞众——哈玛诺多，超过半数的艾伊尔人都系着龙之枪矛的头巾。头发半变成灰色、体魄坚韧的卡奥丁说服了兰德让他率领超过二十人，有这么多武装湿地人在周围，艾伊尔人已经完全无暇用蔑视的眼光去看兰德的剑了。南蒂拉用更多的时间监视着跟在他们后面的两百多名奇怪的骑马女子，她似乎认为那些沙戴亚的女贵族和军官妻子比士兵更具威胁。虽然已经和一些沙戴亚女子见过面，但兰德并不知道该怎样打消南蒂拉的这种疑虑。也许在这件事上，苏琳能帮他一些忙。兰德想起，他已经有一段时间没看见苏琳了……自从离开煞达罗苟斯之后就没见过她，八天了，他想知道是否自己做了什么事情冒犯了她。

现在不是担心苏琳或节义的时候。他绕过那座山谷，走到对面沙戴亚骑兵出现的山丘上。当第一组骑兵从山丘顶上驰过的时候，巴歇尔就在这里开始检阅了，他自己也站到马鞍上。

兰德抓住阳极力，瞬间之后又将它放开，当视力被至上力增强的时候，他毫不费力地看见山脚下间隔十二尺的两块白石头。昨晚巴歇尔一个人将它们放在那里。运气好的话，不会有人看到他这样做，或者不会有人在今天早晨问太多问题。下面的山谷里，现在有些人骑着两匹马，两只脚各站在一只马鞍上，而那两匹马仍然在全速奔驰。还有的骑手肩上站着或倒立着另一个人。

兰德听见有马匹向这里走来，转过头，看见黛拉·尼·德·加林恩·巴歇尔正穿过艾伊尔人的警戒线。她显出一副漫不经心的样子，身上只有一把插在银鞘里的小匕首，仿佛完全不相信艾伊尔人敢攻击她。她穿着一件灰丝骑装，在袖子和高领上绣着银丝。她的个子像许多枪姬众一样高，几乎比她的丈夫高出一个头，而且她是个高大的女子，身材不算壮硕，不算丰满，只是高大。她的黑发双鬓上已经有了白丝，眼角上翘的黑眼睛看着兰德，兰德怀疑如果不是自己在这里让她变了脸，这位面色刚硬的女子应该是个美人。

“我丈夫……让你觉得高兴了吗？”她从没称呼过兰德任何名衔，也从没叫过他的名字。

兰德看了看其他沙戴亚女子，她们看着他，就像是一队准备冲锋的骑兵，面色冷峻、双眼如同寒冰，全都在等待着黛拉的命令。兰德很相信那些沙戴亚女子捡起丈夫掉落的剑，率领战士重新投入战斗的故事。看到兰德稍微有些惊愕的表情，巴歇尔只是耸耸肩，告诉兰德，他的妻子有时候是个很难相处的女人，但巴歇尔脸上的笑意只是表示着他的骄傲。

“请对巴歇尔大人说，我很高兴。”兰德说完，就转过杰丁的马头，朝凯姆林的方向走去。那位沙戴亚女子的目光似乎正盯着他的背。

路斯·瑟林正在窃笑，兰德只能用这个词去形容他。*绝不要刺激一个女人，除非迫不得已。女人杀死你的速度会比男人快，而且需要的理由也比男人少，即使她在那之后会为你哭泣。*

*你真的在吗？*兰德问，*你只是一个声音吗？*回答他的只有一阵阵低沉、疯狂的笑声。

兰德就这样忍受着路斯·瑟林，一路回到凯姆林。即使在他们经过由瓦顶房屋排成的市场长街进入新城时，那个笑声还是没有退去。兰德担心自己会陷入疯狂，担心自己无法完成自己必须去做的事，但他一直没察觉到自己有发疯的迹象。如果他的心智已经在崩碎，他会知道吗？他从没见过疯子。他只是要忍受路斯·瑟林在他脑海中的唠叨。所有男人在发疯的时候都是一样的吗？他最后会不会变成那样？为别人不知道的事情而狂笑痛苦？他知道自己有机会活下来，虽然那看上去是不可能的机会。*你会活下去，你必须死。*这是他知道的必属于真实的三件事之一，他从一件特法器里得到了这句话，在那里他得到的信息必然是事实，但答案全都不易理解。但如果是活得像……他不确定自己一定不愿意死。

新城中的行人们为四十多名艾伊尔让出道路，其中有些行人也认出了转生真龙。也许认识他的人不少，但只有寥寥几声“光明照耀转生真龙！”、“光明的荣耀属于转生真龙！”和“转正真龙，安多王！”从人群之中传来。兰德每次听到最后这个呼声都会哆嗦一下，而他不止一次听到了这个呼声。他必须找到伊兰。他能感觉到自己咬紧了牙齿。他不能去看街上的那些人，因为他想把他们打倒在地，朝他们吼叫——伊兰才是他们的女王。他也努力不去听他们在喊什么，而是观察着天空、屋顶，或者是除了人群之外的任何东西。所以他看见了那个穿着白斗篷的人从红瓦屋顶上站起，并举起一张十字弩。

一切都发生在心跳之间，兰德抓住阳极力，朝那支飞来的弩箭展开导引。弩箭击中了一片银蓝色的风之力，发出金属互相撞击的声音。一团火球从兰德的手中射出，在弩箭从风之力盾牌上弹落的同时击中了白袍人的胸口。火焰吞没了他，他尖叫着从屋顶上滚落下来。有人跳向兰德，把他从马鞍上推了下去。

兰德和那个人一起重重地跌在石板地面上，呼吸和阳极力一同离开了他。他挣扎着想要吸进一些空气，同时把身上那个人推下去，然后才发现自己抓着黛索拉的手臂。黛索拉向他露出了微笑，一个美丽的微笑，然后她的头垂到了身侧。一双蓝眼睛失去了焦距，从她肋骨间突出的箭头戳在兰德的腰上。

为什么她以往总是要藏起这么美丽的微笑？

枪姬众和岳舞众抓住他，将他拉起来，拥到街边一家锡铁匠的店铺前面。戴着面纱的战士紧紧地包围住他，手中擎着角弓，眼睛搜寻着街道和屋顶。到处都传来喊声与尖叫声，但街上已经露出了一块五十多步的空地，人们拼命拥挤着向远处逃窜。空地上只留下几具尸体。除了黛索拉的，还有另外六人，其中三个是艾伊尔人，兰德觉得那里面有一个是枪姬众，但从远处看倒卧在地上的尸体很难判断。

兰德向前走去，他周围的艾伊尔人形成了一道更紧密的血肉墙壁。“这些地方就像是兔子窝，”南蒂拉用平静的语气说道，同时她的眼睛还在不住地向四周搜寻着，“在这里跳舞，在发觉危险前就有可能被从背后捅上一刀。”

卡奥丁点点头：“这让我想到了一次靠近西达割的时候，那是在……我们至少已经抓到一个了。”他的几名哈玛诺多从对街的一座酒馆里走了出来，一个手臂从臂肘以下被捆到身后的人被他们推在前面。那个人不停地抗争着，直到他们按着他跪在石板地上，并用矛刃抵住他的喉咙。“也许他会告诉我们谁是主谋。”卡奥丁的语气仿佛是他完全不怀疑这一点。

片刻之后，枪姬众从另一幢建筑中走出来，带来第二个被紧紧捆住的人，这个人瘸了一条腿，脸上也全都是血迹。不久之后，一共有四个人跪到了街上。直到此时，围住兰德的人墙才松了一些。

这四个人全都露出凶狠的神色，但那个脸上有血污的家伙不时用眼睛瞪着艾伊尔人；另外两个只是沉着脸，眼神中充满了挑衅；第四个嘴角挂着一丝冷笑。

兰德的手抽搐了一下。“你们确定他们都参与了行刺？”他无法相信自己的声音会这么平静、稳定。烈火能够解决一切。*不要烈火*，路斯·瑟林喘息着喊道，*永远也不要*。“你们确定？”

“是的，”一名枪姬众说道。因为面纱的关系，兰德看不到她是谁。“我们杀死的那些人全都戴着这个。”她从那个被绑住的受伤者背后拉起他的斗篷。一件破烂脏污的白斗篷，在胸口处有着阳光普照的黄金图案，另外三个人也都披着这样的斗篷。

“这些人是被指派来监视行刺的。”一名身材魁梧的岳舞众说，“如果刺杀失败，他们要向主使者报告。”他冷笑了一声，“派他们来的人不知道这种行动会有多么失败。”

“这些人没有弩箭？”兰德问。烈火。*不*，路斯·瑟林在遥远的地方凄厉地叫喊着。艾伊尔人交换了一个眼神，都摇了摇戴着面纱的头。“吊死他们。”兰德说。那个脸上带血的人几乎瘫倒在地上，兰德用风之力抓住他，将他拖到自己脚前，他这才意识到自己握持着阳极力。他欢迎这股要吞没他的洪流，他甚至欢迎这种污染——如同酸液腐蚀着他的骨骼。它们让他不再能感觉到他不愿记得的事，他不愿有的心情。“名字？”

“迪……迪米尔，大人，迪……迪米尔·法劳。”他从血污后面瞪着兰德，眼睛几乎迸出了眼眶，“请……请不要吊……吊死我，……大人，我会行……行在光明中，我发……发誓！”

“你是个很幸运的人，迪米尔·法劳。”兰德的声音如同他听到的路斯·瑟林的嚎叫一样遥远，“你要看着你的朋友们被吊死。”迪米尔开始抽泣。“然后你会得到一匹马，去告诉培卓·南奥，总有一天，我会因为今天发生的一切把他也吊死。”当他放开风之力的时候，迪米尔瘫软成一堆，哭嚎着说他会一刻不停地回阿玛多去。而另外那三个要死的人都轻蔑地盯着泣不成声的迪米尔，其中一个向他吐了一口痰。

兰德没有再去想他们。培卓是他唯一要记住的，但他还有别的事要做。他推开阳极力，连同抗拒被吞没、不愿失去它的挣扎，他不想让自己和自己的情绪之间留有屏障。

一名枪姬众放平了黛索拉的身体，为她戴上面纱。当兰德伸手要去揭下那块黑面纱时，她挡住了兰德，然后又犹豫了一下，抬头望向兰德的脸，退了回去。

兰德揭去面纱，他记得黛索拉的脸，黛索拉看上去仿佛已经入睡，她属于雷恩艾伊尔的穆萨拉氏族。那么多名字，莉艾，查林艾伊尔柯赛达氏族；戴琳，塔戴得艾伊尔九谷氏族；蕾梅勒，米雅各布马艾伊尔烟水氏族……那么多。有时候，他会一个一个地记起这些名字。这一长串名字中，有一个不是他加上去的：伊琳娜·瑟林·摩尔勒。他不知道路斯·瑟林如何在他脑中放进了这个名字，但他不会将它抹去，即使他知道该怎样抹去。

从黛索拉面前转过身的时候，他同时感觉到吃力和轻松。当他看见自己以为是枪姬众的那位死者是一名男子时，他心中得到了巨大的安慰。他为因他而死的男人心痛，但对于男人，他会想起一句老话：“让死者得安息，让生者得照料。”这不容易，但可以让自己做到。而面对的如果是女性，他甚至没办法让自己想起这句话。

铺散在地面上的裙子引起了他的注意。死亡的不仅是艾伊尔人。

弩箭射在她的双肩正中央，几乎没有血从她的衣服里渗出来，死亡一定来得很快，算是一个小小的仁慈。兰德跪倒下去，尽量轻柔地将她翻转过来。箭尖立在她的胸口。这是一名中年女子，有一张方形的脸，头发里有一点灰丝。她的黑眼睛大睁着，里面露出惊讶的神情，兰德不知道她的名字，但他会记住她的脸，她因为与兰德站在同一条街道上而死。

兰德抓住南蒂拉的手臂。南蒂拉将他的手挥开，因为她的手里还撑着角弓，但她还是将目光转向兰德。“找到这名妇人的家人，把他们需要的一切都给他们，黄金……”这并不够，他们需要的是一位妻子，一位母亲，他不能将这些给他们。“照顾好他们，查清楚她的名字。”

南蒂拉向他伸出一只手，又将手重新放在弓弦上。当他站起来的时候，所有枪姬众都看着他。哦，她们把这一切当成是很平常的事，只是确实有更多戴面纱的脸转向了他。苏琳知道他的感受，虽然她有可能不知道他心中的这一串名字。但他不知道苏琳是否将这些告诉了她们，也不知道如果她们知道了，又会怎么想。

兰德走回他刚刚落马的地方，捡起真龙令牌，弯下腰的时候，他感觉到吃力，而那根短枪变得十分沉重。杰丁并没有走远，这匹马受过良好的训练，兰德爬上花斑马的背。“我在这里已经做不了什么了。”他说。随便他们怎么想吧！然后他就踹了一下马的肋侧。

如果他不能离开自己的记忆，他可以离开艾伊尔，至少在一段时间里。在南蒂拉和卡奥丁追上他之前，他已经将杰丁的马缰交给宫里的一名马夫。三分之二的枪姬众和岳舞众都回来了，剩下的人要为死者处理后事。卡奥丁看上去很不高兴。从南蒂拉眼中的火气判断，兰德觉得她没戴上面纱应该是件值得庆幸的事。

没等南蒂拉说话，哈芙尔大妈已经找到兰德，并向他行了个深深的屈膝礼。“真龙大人，”她用厚重宏亮的声音说，“亚桑米亚尔凯特莱部族的波涛长呈上函书，请求您的接见。”

如果莉恩耐·哈芙尔剪裁优良的红白色裙子还不足以表明这位“首席侍女”的权威，那么她的态度也足以说明一切了。她是一位身材有些丰满的妇人，下巴很长，头发半数变成了灰色。她稍稍仰起头，看着兰德的眼睛，神情中带着适度的恭顺，但绝对没有谄媚，而且她还有着一种大多数贵族女子所不具备的傲然冷漠。像哈文·诺瑞一样，当大多数仆人职员都逃走的时候，她留了下来，但兰德有些怀疑她留下来的原因是为了守护这座宫殿，不让它遭到入侵者的破坏。她会定期去兰德的房间里检查有没有宫中的贵重物品被隐藏起来，兰德对此完全不感惊讶。当她打算搜检艾伊尔人的时候，兰德同样没感到惊讶。

“海民？”兰德说，“他们想要什么？”

她充满耐心和宽容地看了兰德一眼：“函书上什么都没说，真龙大人。”

兰德不知道沐瑞对海民是否了解，她并没有将这个作为对兰德教育的一部分。但从莉恩耐的态度来看，兰德觉得这个女人应该是非常重要，而波涛长这个头衔听起来也很重要。他应该要在王座大厅见她，从凯瑞安返回之后，他就没有再去过那里，并不是他有意躲避那个地方，只是没有去那里的必要。“今天下午，”他缓缓地说，“告诉她，我会在今天下午的午中时分见她。你已经为她和她的随从安排好房间了吧？”有这种头衔的人当然不可能单独行动。

“她拒绝了，他们住在球与环旅店。”莉恩耐稍稍抿了抿嘴。显然，无论波涛长有多么高贵，她在莉恩耐·哈芙尔眼中也是不合礼仪的。“他们风尘仆仆、劳累不堪，几乎连站立都有困难了。他们是骑马来的，我相信他们并不习惯马匹。”她眨眨眼，仿佛是惊讶于自己竟然说了这么多话，然后她重新披上了冷漠的袍子。“另外还有人想见您，真龙大人，”她的语调也恢复了那种稍有疏远的感觉，“爱伦娜女士。”

兰德的脸几乎扭曲起了起来，毫无疑问，爱伦娜又准备好了一篇关于她有权力得到狮子王座的演讲。至今为止，兰德已经做到了爱伦娜说三个字的时候，他听见的只有不到一个字。拒绝她并不困难，只是兰德觉得自己确实有必要知道一些安多的历史，而爱伦娜·撒安德正是他最方便请教的人。“请让她去我的房间。”

“你真的是要让王女得到王座吗？”莉恩耐的语调并不刺耳，但那其中的顺从已经完全消失了，她的表情一直没有变化，但兰德相信，如果自己回答错了，哈芙尔大妈一定会高喊着“为了伊兰和白狮”，然后用尽全力把他的脑袋打爆，不管他身边有没有艾伊尔人。

“是的，”兰德叹了口气，“狮子王座是伊兰的，以光明和我重生与救赎的希望起誓，是这样的。”

莉恩耐端详了他一会儿，然后展开裙子，又行了个深深的屈膝礼：“我会让她来见您，真龙大人。”当她转身离开的时候，她的脊背挺直着，但她一直都是这样。兰德不知道她是否相信了自己一个字。

“狡诈的敌人，”卡奥丁有些激动地对兰德说，“会安排一场你可以轻易打破的伏击，让你以为可以轻易消除他对你的威胁，那样你的防御就会松懈，而你也会遭遇到第二场更强的伏击。”

卡奥丁刚刚说完，南蒂拉就用冰冷的语气说道：“年轻男人可以冲动，可以鲁莽，可以愚蠢，但卡亚肯不能让自己只是个年轻男人。”

兰德回头瞥了他们一眼，继续向前走去。走出一段距离之后，他说道：“我们现在已经回到宫里了，选出你们的两个人吧！”让兰德有点惊讶的是，南蒂拉和卡奥丁立刻选了他们自己，他们跟在他身后，一句话都没有再说。

在兰德卧房门口，兰德吩咐他们看到爱伦娜时就让她进来，然后就将他们留在走廊里。卧房里已经放好一只盛着李子酒的雕银酒罐，但兰德并没有去碰它，他只是盯着那只酒罐，计划着自己应该说些什么。直到他意识到自己正在做什么，才惊讶地哼了一声。有什么需要计划的？

一阵敲门声之后，蜂蜜色头发的爱伦娜走进来，向兰德行了个屈膝礼。她穿着一套绣有金玫瑰的裙装，如果是其他女子，兰德会认为那些绣花是玫瑰，但对爱伦娜来说，那些一定代表着玫瑰王冠。“真龙大人的接见真让我受宠若惊。”

“我想问你一些关于安多历史的事情。”兰德说，“想喝些李子酒吗？”

爱伦娜欣喜地睁大了眼睛，然后又急忙将眼帘垂低。毫无疑问，她一直在计划如何通过这种方式将话题引向自己的诉求，这对她来说一定是非常拿手的。微笑的表情绽放在她狐狸般的脸上。

“我能有这样的荣耀，为真龙大人斟酒吗？”没等兰德表示同意，她已经将酒杯倒满了。她显得如此兴奋，兰德甚至认为她会立刻将自己压到椅子里，请求为他脱靴洗脚了。“我能为您讲述哪些历史？”

“一位将军，他有些……”兰德皱起眉，这样她一定会先背出一长串祖先的名字功业的，“……苏蓝·马拉瓦尔是如何将他的妻子带到这里来的。他是凯姆林人吗？”

“是爱莎拉将苏蓝带到这里的，真龙大人。”爱伦娜仿佛是对兰德的无知笑了笑，“爱莎拉的母亲是英达拉·卡赛兰，她是亚图·鹰翼指派在这里的地方官——那时这里的行省就叫安多——她是约奥·雷梅达，亚德沙末代国王的女儿。苏蓝只是……只是一位将军。”兰德打赌，她本来想说苏蓝只是一位平民。“当然，他是鹰翼最好的将军。英达拉顺从了他的安排，跪倒在爱莎拉女王面前。”兰德不相信当时发生的事情会如此简单。“当然，那时的情况非常恶劣，我相信，那像兽魔人战争时期一样恶劣。鹰翼死了，所有贵族都想成为至高王，但爱莎拉知道，没有人能掌握鹰翼的全部遗产。全世界有太多的势力派系，联盟的建立和瓦解一样轻易而快速。她说服苏蓝结束了对塔瓦隆的围困，让苏蓝能够牢牢地控制住自己的军队和这片土地。”

“是苏蓝·马拉瓦尔围困了塔瓦隆？”兰德惊讶地问。亚图·鹰翼曾经对塔瓦隆进行过二十年的围困，并对每一颗两仪师的头颅都标出了赏金。

“围攻的最后一年，”爱伦娜显得有点不耐烦，“几乎就像历史学家记述的那样。”很明显的，她对苏蓝没什么兴趣，认为那只不过是爱莎拉的丈夫而已。“爱莎拉是睿智的，她向两仪师承诺，她的长女会前往白塔学习，以此获得白塔的支持。一位名叫巴莱尔的两仪师成为她的顾问，她是第一位延聘两仪师顾问的统治者，当然，其他统治者也纷纷效仿她的行为，但他们仍然想要鹰翼的王座。”说到这里，她脸上显得生气勃勃。她忘记了高脚杯，而是用另一只手不停地打着手势，不停口地说了下去，“等到这个野心结束的时候，已经过去整整一代人。虽然娜拉希姆·布兰在百年战争的最后十年中几乎实现了这个野心，但仅仅又过了一年，他的头颅就被插到长矛上。在他之前三十年，爱玛莱·盖塔瑞也曾经占领相当巨大的领土，但她攻占安多的行动让她自己人生的最后二十年成为泰拉西恩女王的宾客。爱玛莱最后被刺而亡，但史籍中并没有记载为什么在泰拉西恩毁掉她的权力之后，仍然有人想让她死亡。爱莎拉之后的女王，从艾莉希德到琳德勒秉承了爱莎拉的一切政策，这不仅是派遣一名女儿前往白塔。爱莎拉先让苏蓝确保了凯姆林周围地区的安全，一开始，那只是几个村庄，然后她控制的土地逐渐拓展，她用了五年时间才让自己的领土到达艾瑞尼河。但安多女王的国土一直都是稳固安全的，而其他那些国王们只是对获取更多的土地感兴趣，却不知道要巩固他们已经拥有的疆域。”

她停下来喘了口气，兰德急忙插话进去。爱伦娜谈起这些人的时候，仿佛兰德都认识他们一样，但他的脑子已经快被这些他从没听过的名字弄晕了。“为什么没有马拉瓦尔家族？”

“爱莎拉的儿子没有能活过二十岁的。”爱伦娜耸耸肩，抿了一口酒，她对这个话题不感兴趣，不过这毕竟给了她一个新话题。“在百年战争时期，安多经历了九位女王的统治，而她们的儿子没有能活过二十三岁的。战争一直在持续，安多受到了来自各方的压力。玛莱甘女王在位时期，有四名国王率领军队来攻打她，甚至后来在那片战场上兴起的一座城镇都以那场战役为名。那些国王是——”

“但所有女王都是苏蓝和爱莎拉的后代？”兰德急忙又插话道。如果没人阻止，这个女人会整日整夜地向他讲述那些历史。兰德坐进椅子里，也伸手示意爱伦娜坐下。

“是的。”爱伦娜不情愿地说。她的不情愿也许是因为兰德提到了苏蓝，但她立刻又恢复了。“您要知道，爱莎拉的血脉延续了多么长久，有许多人都和她有千丝万缕的传承线，而我也——”

“我不是很明白，比如说提格兰和摩格丝，摩格丝是提格兰的第一继承人，我想，这意味着她的血缘和提格兰最近？”

“她们是表亲。”爱伦娜很努力地掩饰着自己被打断这么多次之后产生的恼怒，特别是现在，她想说的话已经到了嘴边。她看上去就像是一只想狠狠咬上一口鸡肉的狐狸，而那只鸡却只是不停地从她的嘴边滑走。

“我明白了。”表亲。兰德啜了一大口酒，将杯中的酒汁喝光了一半。

“我们全都是表亲，所有的家族。”兰德的沉默似乎鼓舞了她，微笑又回到她的脸上。“经过一千年的姻亲关系，每个家族都拥有一份爱莎拉的血脉，但血脉的密切程度和有多少条传承线才是重要的，对于我——”

兰德眨眨眼：“你们全都是表亲？你们所有人？这似乎不可……”他专注地向前倾过身子。“爱伦娜，如果摩格丝和提格兰曾经是……商人，或者是农夫……她们的血脉关系亲密到什么程度？”

“农夫？”爱伦娜叫了一声，睁大眼睛盯着兰德，“真龙大人，这是什么……”血色渐渐从她的脸上褪去。兰德就曾经是一名农夫。她润湿了一下嘴唇，她的舌头也因为紧张而有些颤抖：“我想……我应该想到的。农夫。我想这意味着设想所有家族都是农夫。”她发出一阵紧张的笑声，又急忙用喝酒掩饰过去。“如果她们是农夫，我想没有人会认为她们有什么血缘关系，所有的联系都需要追溯到太久以前。但他们不是，真龙大人……”

兰德坐进椅子里，没有再去注意爱伦娜说了些什么。没有血缘关系。

“……有三十一条传承线可以追溯到爱莎拉，戴玲只有三十条，而且……”

为什么他会突然觉得如此轻松？他绷紧的肌肉松弛了下来，而直到此时，他才感觉到它们曾经绷得那么紧。

“……请允许我说一句话，真龙大人。”

“什么？请原谅，我走神了……关于，我没听到你刚才说的事。”但爱伦娜刚才的话里确实有一些扯动了一下他的耳朵。

爱伦娜的脸上堆满了谄媚逢迎的微笑，让她的表情显得很古怪。“我只是说，您的脸上有许多与提格兰相似的地方，您甚至有可能拥有爱莎拉的血脉。您的——”爱伦娜忽然尖叫了一声，兰德意识到自己正踩在她的脚上。

“我……觉得有点累了。”兰德竭力用正常的语调说道，但那听上去就像是他深陷在了虚空里。“请离开吧！”

兰德不知道自己的脸上是什么表情，但爱伦娜一下子就跳出椅子，慌张地将酒杯放到桌上。她在发抖，如果刚才她的脸上是没有血色，那么现在它看上去已经变得像雪一样白。行了个深深的屈膝礼，仿佛是被发现正在偷吃东西的厨房女助手一样，她匆匆地向门口走去，每一步都比前一步更快，又不时回过头来看一眼，直到她拉开房门，接着走廊里传来一阵软鞋奔跑的声音。南蒂拉将头探进来，检查了一下兰德的情形，然后才将房门关上。

很长一段时间里，兰德站在原地，茫然地盯着前方。毫无疑问，那些前代女王正在盯着他，她们知道他正在想什么，而他自己并不知道。自从知道自己母亲的真正名字之后，不安的蠕虫就一直在他看不见的地方啮咬他。但提格兰和摩格丝并没有血缘关系，他的母亲不是伊兰母亲的血亲，他也就没有……

“你真是比纵欲者还要糟糕，”他大声说道，声音里充满了痛苦，“你是个傻瓜，是个……”他希望路斯·瑟林能对他说些话，这样他至少可以和他说话，那个疯子。*我是个疯子。*那种感觉是来自那些正盯着他的安多统治者们，还是来自埃拉娜？他向门口走去，猛地将门拉开。南蒂拉和卡奥丁正蹲在一副描绘着许多飞鸟的织锦下面。“召集你们的人，”他对他们说，“我要去凯瑞安。请不要告诉艾玲达。”

第 27 章

礼物

从城里出来，向艾伊尔大营地走去，艾雯竭力想控制住自己。一团团灰尘被热风吹到她脸上，她咳嗽着，希望智者的衣装里也能有面纱这一项。即使用披巾裹住头脸，效果也及不上面纱，而且那种感觉就像是进了出汗帐篷。她不知道自己的双脚是不是踩在地上，她知道它们应该是，但她却只觉得自己踩在了空气上。她感觉到一阵阵头晕，但这些都不是因为天气的炎热。

一开始，她以为盖温不会来找她了，但当她穿过人群的时候，他突然出现在她身边。他们在长男的那个私人房间里度过了一整个上午，握着彼此的双手，在两盏茶后倾心交谈。她是那样不知羞耻，房门刚一关上，她就吻了他，然后他才吻了她。她还坐到他的膝盖上，虽然这样的时间并不长。这让她想起了他的梦，想起那些他们之间发生的事情，那完全不是正派的女子应该想到的！至少不是一名没有结婚的女子该想的。想到这些时，她像一只受惊的母鹿，从他怀里一下子跳了起来，也把他吓了一跳。

她匆匆向周围看了一圈。这里距离营地还有半里路程，她的身边没有一个活着的灵魂，没有人会看见她羞红的脸庞。这时她发现自己正像傻子一样用披巾紧紧地捂着脸，便急忙将它放了下去。光明啊，她必须控制住自己，忘记盖温强壮的手臂，记起他们为什么要在那家叫“长男”的客栈里用去那么长的时间。

那时她穿过一群群行人，不停地向四处张望，寻找着盖温，还要困难地装作若无其事的样子。毕竟，她不想让盖温认为她是如此渴望。突然间，一名男子向她靠过来，激动地向她耳语：“跟着我去长男。”

她吓了一跳，她无法让自己平静下来，过了一会儿，她才意识到那是盖温。盖温穿着一件朴素的棕色衣服，一条防尘薄斗篷垂在他背后，斗篷的兜帽几乎完全遮住了他的脸。他不是唯一穿着斗篷的人，除了艾伊尔人之外，所有要出城的人全都会披上一条斗篷，但并没有多少人会在这么热的天气里仍然戴着兜帽。

当盖温要走到她前面的时候，她用力抓住他的袖子：“是什么让你以为我会跟你一起去一家客栈，盖温·传坎？”她眯起眼睛问道，但她也将声音压得很低，没必要让别人注意到他们的争吵。“我们只需要在大街上走走，你太自以为是了，不要以为我会——”

他紧皱着眉头，匆忙地对她耳语道：“跟我在一起的那些女人正在找一个人，一个像你这样的人。她们在我面前说得很少，但我偶尔还能听到她们的只言片语。现在，跟我来。”没有再回头瞥一眼，盖温大步向前走去。她只好满腹怨气地跟在后面。

这些回忆让艾雯的脚步稳定了一些。滚烫的地面像城里的石板路面一样炙烤着她的脚底，她在灰尘中跋涉着，脑子里的思考一刻也没有停止。比起第一次，盖温并没有得到太多的信息，他坚持说她们要找的那个人不可能是艾雯。艾雯只要尽量谨慎地导引，同时一定要躲开她们的视线就可以了。只是，如果盖温要以这种伪装来见她，那么他就是连自己也不相信，她们要找的人不是艾雯了。艾雯没有向他提到他的衣服。他非常担心如果两仪师找到艾雯，会让艾雯遭遇到灾难；担心他会将两仪师引到艾雯面前。虽然他没这么说，但他的眼神已经将这些全都告诉了艾雯。而他似乎也相信，艾雯需要以某种方式回到塔瓦隆，回到白塔，或者直接与柯尔伦她们和解，回到她们身边。光明啊，盖温竟然以为自己比艾雯更知道怎样对她来说才是好的。她真该对他发火，但这只是让艾雯直到现在还会不由自主地露出溺爱他的微笑。不知为什么，艾雯没办法用一般的理智去对待他，而他却仿佛爬进了艾雯的所有心思。

咬住嘴唇，艾雯将思绪集中在真正的问题上——白塔两仪师。只是问几个小问题不算是背叛盖温，如果她能问出口。她们的宗派，现在她们要去哪里，还有……不！她已经对自己许下了那样的承诺，打破承诺会让他遭受羞耻。她不会主动去问，只能听盖温自愿告诉她的。

从盖温的话里，艾雯听不出有什么理由可以认为她们正在寻找艾雯·艾威尔，但她也不情愿地承认，同样没有真正的理由认为她们不是在找她。他们所有的只是一些假设和希望。也许白塔的密探们认不出穿着艾伊尔服装的艾雯·艾威尔，但这并不代表他们没听过这个名字，甚至听说过绿宗的两仪师艾雯。艾雯打了个哆嗦，从现在开始，她在城里必须小心行事，非常非常小心。

这时她已经来到营地边缘，这片营地方圆足有几里，覆盖了城市东方的稀疏山丘，艾伊尔们在低矮的帐篷中间来回活动。但她只能看见屈指可数的几名奉义徒，而智者则一个都没看到。艾雯已经违背了一个对于她们的承诺，实际上，是对于艾密斯的，但也相当于对所有智者的。她必须这样做——这似乎变成了支持她所有行为的唯一一根芦苇，而且是愈来愈细的芦苇。

“到我们这里来吧，艾雯。”一名女子的声音传进艾雯耳里。即使用披巾蒙着头，艾雯也很容易被认出来，除非她是和一群没有长大的艾伊尔女孩在一起。苏兰妲是索瑞林的学徒，艾雯能看见她满头的暗金色头发，她正从一座帐篷里探出头来，向艾雯挥着手。“所有智者们正在会谈，她们将一整天的时间都交给我们支配，一整天。”这确实是一项奢侈的赠与，艾雯当然也很乐意接受这项赠与。

在帐篷里面，女人们躺在软垫上，其中一些在油灯旁阅读书籍。为了防尘，帐篷的帘子都紧闭着，所以要点起灯；另一些人在做缝纫、编织或各种刺绣；还有两个人在玩翻绳游戏，帐篷里充满了低微的交谈声。有几个人微笑着向艾雯问好。她们并不全都是学徒，有两位学徒的母亲和几名首姐妹也来拜访她们——两位年长的妇人身上像智者们一样佩戴着许多珠宝。所有人都半解开外衫的系带，将披巾围在腰际，不过炎热的天气似乎并没有对她们造成任何影响。一名奉义徒不停地倒满每个人身边的茶杯，他的步伐说明他是一名匠人，而不是持枪矛者。他的面容同样很刚硬，但相对而言要柔和一点，而且柔顺的表情在他脸上显得更自然些，但是他系着一条代表龙之枪矛的头巾。虽然奉义徒是不该穿戴任何白色以外的衣饰，但帐篷里的女子们都不会向他多瞥一眼。

艾雯将披巾系在腰间，感激地接过递来的清水，将手和脸洗净，然后解开一点外衫的系带，靠在苏兰妲和爱丝塔之间的一个穗子红软垫上。红头发的爱丝塔是亚爱隆的学徒。“那些智者们在商谈什么？有谁知道吗？”艾雯的心思并没有在智者们那里，她完全不打算躲开那座城市。她已经答应盖温，每天上午去长男看看他在不在那里，但每次那位老板娘的笑容都会让艾雯脸颊发烫。光明知道那个女人在想什么！但她绝不能再偷听阿瑞琳女士的官邸了。离开盖温之后，她又去那里感觉了一下在那幢房屋中持续的导引，但她只是从街角瞥了那里一眼就离开了。即使只是站在那里，她也总是惴惴不安地觉得耐苏恩好像立刻就会出现在她面前。

“当然是在讨论你的姐妹们。”苏兰妲笑着说。她是一名俊俏的女子，有一双蓝色的大眼睛，而笑容让她变得更加美丽了。她比艾雯大五岁左右，有导引的能力，而且她的导引能力像许多两仪师一样强大。她渴望着能够自主的那一天，不过现在当然是索瑞林要她蹦跳，她就会立刻蹦跳。“还有什么能让她们这样如坐针毡？”

“我们应该让索瑞林去和她们对话。”艾雯说着，从奉义徒手中接下一只绿色条纹的茶杯。盖温告诉艾雯，他的青年军塞满了没有被两仪师占据的所有卧室，甚至还有些人睡在马厩里，同时他也在无意中说出那里已经连多一个女仆睡觉的地方也没有了，还有两仪师们没有进行任何准备。这是个好讯息。“无论是多少两仪师，索瑞林都会让她们在板凳上坐直。”

苏兰妲仰起头，发出一阵响亮的笑声。

爱丝塔的笑声有些微弱，而且其中搀杂着一些反感。这位身材苗条的年轻女子有一双严肃的灰眼睛，她在任何时候都显得仿佛有一位智者正在看着她。艾雯总是觉得很奇怪，索瑞林会有一名如此开朗有趣的学徒，总是带着微笑，让人感到愉悦。而从不说一句厉害话的亚爱隆，竟然会有一名似乎在追逐着规则要遵守的学徒。“我相信她们应该是在讨论卡亚肯。”爱丝塔用最郑重的语气说。

“为什么？”艾雯不在意地问。她只是要躲开那座城市，但她当然要去见盖温，虽然承认这点会让她很不好意思。无论是因为什么，她都不会放弃与盖温见面的机会，除非是耐苏恩正等在长男客栈。这就意味着无论有多么大的尘土，她还是要去进行绕城行走的练习，她也不打算让智者们有任何理由推迟她返回特·雅兰·瑞奥德的时间。今晚智者们会单独与沙力达两仪师见面，但只要再过七个晚上，她就能和智者们一起去了。“又出了什么事？”

“你还没听说？”苏兰妲喊道。

再过两三天，她就能去找奈妮薇和伊兰，或者是在梦里和她们说话，或者是尽量和她们说话。毕竟，也许她们只会把她当成是一场梦。她们还不习惯这种联系方式，以前她只是这样对她们说过一次话。但不管怎样，能够去找她们的想法仍然让她感到一些模糊的不安。对于这件事，她有过一个模糊的噩梦，每次只要她们之中的一个说出一个字，她们就会跌倒在地上，或者是掉落一只杯子、一只盘子，或者打破一只花瓶，而那些东西总是会撞得粉碎。也许那个盖温成为她的护法的梦只是她一厢情愿，但她相信这个噩梦有它的含意，也许最好还是等到下次会面时再和她们说话。而且，她有可能再次被吸入盖温的梦。光是想到这个，她的脸颊就会变红。

“卡亚肯已经回来了。”爱丝塔说，“今天下午，他要会见你的姐妹们。”

所有关于盖温的梦的思虑都消失了，艾雯捧着茶杯皱起眉头。在十天里来了两次，这么高的频率是不正常的，这其中有什么原因？他是通过某种方法知道白塔的两仪师要来吗？像以前一样，兰德捉住她和伊兰的情景又让她有了那个疑问——他是怎么做到的？

“怎么做到什么？”爱丝塔问。艾雯眨眨眼，惊讶地发现自己已经把心中的想法大声说了出来。

“他怎么这么容易就让我觉得不安？”

苏兰妲同情地摇摇头，但她的脸上还是带着笑意。“他是个男人，艾雯。”

“他是卡亚肯。”爱丝塔用加重的语气说道，其中充满了敬意。如果爱丝塔的头上系了一根那种愚蠢的头巾，艾雯丝毫也不会感到惊讶。苏兰妲立刻用难为人的口气问爱丝塔将来该如何去对付一名堡首领，即使他是一名首领，但他仍然是男人。爱丝塔只是顽固地坚持说卡亚肯是不同的。一名年长的妇人梅拉（她来看她的女儿）向这边靠过来对她们说，对付任何首领，无论是堡首领、氏族首领、部族首领，还是卡亚肯，办法都是一样的，就像对付丈夫一样。这让帐篷里的另一位母亲巴尔玲立刻笑了起来。然后巴尔玲说这么做的话，很可能会召来顶主妇将一把匕首放在你脚边，宣布和你结下仇恨。巴尔玲在结婚前是一名枪姬众。艾伊尔人可以向任何人宣布结下仇恨，除了铁匠和智者。没等梅拉再说话，帐篷里除了奉义徒之外的所有人都参加了这场讨论，几乎所有人都反对可怜的爱丝塔——卡亚肯是首领的首领，仅此而已。大家的争论集中在是应该直接去对付首领好，还是通过顶主妇去对付他比较好。

艾雯没注意这场讨论。兰德一定不会做傻事的，他已经对爱莉达的信产生了怀疑，而且他听艾玲达的话，他对艾玲达简直可以说是言听计从。他认为在白塔里会有他的朋友，甚至是追随者，但艾玲达不这么想。不管有没有三誓，艾玲达相信爱莉达和奥瓦琳连手炮制出了第二封信，在那上面写下“跪倒在他的光辉中”之类的荒谬句子，要把兰德诱入白塔完全是她们的诡计。

懊悔地看着自己的双手，艾雯叹了口气，将茶杯放下。还没等她的手彻底离开茶杯，奉义徒就将它拿了起来。

“我必须走了。”她对那两名学徒说，“我发现有些事情必须去做。”苏兰妲和爱丝塔都说要和她一起去——不止是说说而已，如果艾伊尔人说什么，他们就真的有这个意思——但她们已经完全被这场讨论吸引住了，所以当艾雯坚持要她们留下来的时候，她们也没有争论。艾雯再次用披巾包住头脸，将逐渐升高的争论声抛在身后——梅拉正用确定的声音对爱丝塔说，也许有朝一日她会成为智者，但在那之前，她就要听一位妇人的话，特别是这位妇人拥有一个丈夫，并且在没有姐妹妻子帮助的情况下，独力养育了三个女儿和两个儿子——艾雯俯身走进了帐篷外的风沙中。

在城里，艾雯竭力以泰然自若的姿态溜过街上的人群，一边尽量监视着所有方向，又装作只是看着她前进的方向。迎面撞上耐苏恩的机会并不大，但……在她前面，两名穿着素色裙子和整洁围裙的女子迎面碰上，她们想要绕开对方，却选择了同一个方向，结果差点将鼻子撞在一起。两名女子低声说着道歉的话，又向旁边让去，结果她们这次又选择了同一个方向，然后她们又说了一堆道歉的话。仿佛是跳舞一样，她们又在让路时走到了一起。当艾雯经过她们的时候，她们还在以完全的一致从一侧让到另一侧。她们的脸色开始发红，道歉的言语也被吞回紧紧抿住的嘴唇里。艾雯不知道这种状况会持续多久，但这很容易让她想起兰德就在这座城市。光明啊，在兰德周围，如果她在路上恰巧遇那六名两仪师，又恰巧有一阵风将她的披巾吹开，三个人喊出她的名字，称她为两仪师，也绝不是不可思议的事。在兰德周围，即使她迎面遇上爱莉达也是有可能的。

艾雯快步向前走去，心中愈来愈害怕自己会陷在时轴搅起的漩涡中，眼神愈来愈激动。幸运的是，当看见一名眼神狂野又遮住面孔的艾伊尔人时（他们是否分得清披巾和面纱的差别？），人们都纷纷向旁边退去，这让艾雯能够以接近小跑的步伐快速前进，一直到她从一道供仆人们进出的后门溜进了太阳大厅，她才平缓地吁了一口气。

一股强烈的烹调气味飘荡在狭窄的走廊里，身穿制服的男女不停地来回奔忙着，而那些穿着衬衫或围裙的人则困惑地盯着推开门跑进来的艾雯。很可能这个地方经年累月进出的只有仆人，绝不会有艾伊尔人，他们看起来就好像以为艾雯会从裙子底下抽出一根长矛来。艾雯用手指着一个正在用手绢擦着脖子的小个儿圆胖男人："你知道兰德·亚瑟在哪里吗？"

那个男人愣了一下，向其他人翻翻眼睛，那些人立刻都散去做他们的工作了，而他只能在原地挪动脚步，满心希望着能随他们一起去。"真龙大人，唔……小姐？他大概在寓所里吧？我想应该是。"他开始拖着脚步向旁边退去，一边还在鞠着躬。"请小姐……唔……请女士原谅，我必须回到我的……"

"你带我去。"艾雯坚定地说。这次她不打算在那些走廊里转圈子了。

那个男人向他消失的朋友们最后转了一次眼珠，又飞快地压下自己的一声叹息，用害怕的眼神看了艾雯一眼，看自己有没有冒犯她，然后就跑去拿他的外衣了。看样子，他很熟悉这一堆复杂纷乱的走廊，他一路快步向前走着，每到要拐弯的地方都会鞠躬向艾雯示意，最后他一边鞠躬，一边指着一道高大的镀金房门。那道门的两扇门板上用镀金描绘出初升朝阳的图案，在门外有枪姬众和男性艾伊尔战士守卫着。艾雯示意他可以离开了，同时心中又对他产生了一种鄙视。她不知道自己为什么会有这样的心情，毕竟这名仆人只是做了她所吩咐的事。

当艾雯走到门前时，艾伊尔人都站了起来。其中有一名身材很高的中年男人，有着公牛般的胸膛和肩膀，以及一双冰冷的灰色眼睛。艾雯不认识他，而他显然是要艾雯离开，幸运的是，艾雯认识门旁的枪姬众。

"让她过去，马锐。"索麦莱笑着说，"她是艾密斯的学徒，艾密斯、柏尔和麦兰的学徒，我知道的唯一一位侍奉三位智者的学徒。看她跑过来的样子，她们一定是有紧急事情派她来告诉兰德·亚瑟。"

"跑过来？"马锐发出咯咯的笑声，但他的表情没有显出半点和缓，"看上去像是爬过来的。"说完他就回去守着走廊了。

艾雯没必要问马锐的话是什么意思。她从腰带的荷包里拿出手绢，匆匆地擦了擦脸，没有人会在一张满是灰尘的脸上看到郑重的神情，而兰德必须听她的话。"是重要的事情，索麦莱，我希望他是一个人，那些两仪师是不是还没来？"变成灰色的手绢随着一声叹息回到了她的荷包里。

索麦莱摇摇头："还要再等好一段时间她们才会过来。你是来警告他要小心吗？我不是对你的姐妹不敬，但他在采取行动时是不会小心的，他是个很任性的人。"

“我是要警告他。”艾雯不禁笑了起来。以前她听索麦莱这样说过——就仿佛是一位既生气又自豪的母亲在说自己四处乱闯的小儿子。会像索麦莱这样说兰德的枪姬众并不多，这一定是某种艾伊尔玩笑，即使艾雯不明白，她至少是很喜欢有些东西能让兰德的头脑不至于过度膨胀。“我也会叮嘱他把耳朵洗干净。”索麦莱用力点点头，才控制住自己。艾雯深吸一口气：“索麦莱，我的姐妹们绝不能在这里找到我。”马锐好奇地瞥了艾雯一眼，一边还在监视着每一名进入走廊的仆人。艾雯必须小心：“我们不能见面，索麦莱，实际上，你可以认为我们虽然是姐妹，但还是要尽量彼此远离。”

“最可怕的嫌隙是首姐妹之间的嫌隙。”索麦莱点了点头，“进去吧！她们不会从我这里听到你的名字。如果马锐管不住自己的舌头，我会给他打个结的。”索麦莱的头顶还没有马锐的肩膀高，体重肯定也只有他的一半，而马锐只是微微笑了笑，并没有看索麦莱。

枪姬众们总是让艾雯自己进去，从不会帮她通报一声，这一直都让艾雯感到非常困窘。但这一次，兰德至少没有坐在浴盆里。这间寓所显然是国王使用的，前厅完全是王座大厅缩小后的样子，在抛光的石地板上描绘着一个放射出波浪状光芒的黄金太阳，面积足有一幅之大。而这是艾雯唯一能见到的弧线了。高大的长方形镜子贴墙排列，周围镶着黄金镜框。墙壁与天花板相接处由鳞片般的黄金三角交叠形成，沉重的镀金高背椅排列在那个黄金太阳两侧，形成两条严格的直线。兰德坐在位于那两排椅子末端中间的一把椅子里，那把椅子的宽和椅背高度都是其他椅子的两倍，摆放在一座小的镀金台子上。他穿着绣金线的红色丝绸外衣，那根雕刻龙纹的霄辰枪被他托在臂弯里。他阴沉着脸，就像是一位国王，一位要杀人的国王。

艾雯将双拳叉在腰间。“索麦莱说你应该洗洗耳朵，年轻人。”兰德猛地抬起了头。

他的表情显得有些惊讶，又有一点愤怒，但这都只持续了一会儿。然后他笑着走下台子，将霄辰枪扔到椅子里。“光明在上，你在这里做什么？”他大步走过房间，握住艾雯的肩膀，让她转身去看最近的一面镜子。

艾雯突然非常想笑，但也不禁退缩了一下，那些钻进披巾的灰尘和她脸上的汗水混在一起，已经变成了泥巴，然后又被她刚才用手绢擦过，在她的脸颊形成了一条条直线的花纹，在额头上则是螺旋形的花纹。

“我会让索麦莱送些清水过来，”兰德说，“也许她会认为那是我用来洗耳朵的。”他那一脸笑容真是让人无法忍受！

“不需要。”艾雯带着尽量庄重的神态对他说。她不打算让兰德站在这里看自己洗脸，于是她又抽出已经脏了的手绢，想把脸上最脏的地方尽力再擦一擦。“你很快就会见到柯尔伦她们了，我不需要警告你她们是危险的，对不对？”

“我想你正在警告我。她们并不会全部都来，我已经命令每次来见我的两仪师不能超过三个。看样子，她们已经到了。”在镜子里，兰德侧过头，仿佛是在倾听什么。然后他点点头，说话的声音也变成喃喃自语。“是的，我能对付三个，如果她们不是特别强大的话。”他突然注意到艾雯正在看他。“当然，如果她们之中有一个是戴着假发的魔格丁，或者是色墨海格，我也许就有麻烦了。”

“兰德，你绝对要认真对付她们。”手绢没有起什么作用。带着最不愿意的心情，艾雯向手绢上吐了口口水，向手绢上吐口水永远也无法有庄重的感觉。“我知道你有多强大，但她们是两仪师，你不能把她们当作乡下妇人对待。即使你认为奥瓦琳真的会带着她的朋友们跪在你的脚下，至少这些人是爱莉达派来的，她们的目的就是给你的脖子套上缰绳。最简单的办法就是把她们轰走。”

“然后信任你那些藏起来的朋友？”兰德轻声问道，非常轻的声音。

艾雯的脸已经没法改善了，她真该让兰德叫水过来，但现在她已经拒绝了兰德，不能再提出这种要求了。“你知道你不能信任爱莉达。”她小心地说着，转过头看着兰德，想起上次见面时发生的事，她甚至不想提起沙力达的两仪师。“你知道的。”

“我不信任任何两仪师，她们……”兰德的声音中出现了一丝犹豫，仿佛他是要换一种说法，却又找不到合适的词汇，“……会利用我，而我会利用她们。一个漂亮的环形，你不这么想吗？”如果艾雯考虑过兰德会靠近沙力达两仪师，那么他的眼睛就向她做出了解释——那么强硬，那么冰冷。艾雯从内心发出了颤抖。

也许如果他能足够愤怒，如果他和柯尔伦之间撞击出足够强的火花，让那个使节团空手返回白塔……“如果你认为这很漂亮，我想它应该是的。但记住，她们是两仪师。即使是国王也会带着敬意听从两仪师，即使是他不同意的时候。而如果受到塔瓦隆的召唤，国王们会立刻启程上路。即使是提尔的大君们，或者是培卓·南奥也不敢违抗。”这个蠢男人还在笑她，或者，至少是在向她龇牙咧嘴。他脸上的其余部分都像河中的石头一样冷硬。“我希望你会注意，我在努力帮助你。”只不过不是他所想的那种帮助。“如果你要利用她们，你就不能让她们像被弄湿的猫一样竖起毛来。转生真龙给她们留下的印象不会比他给我留下的更深刻，虽然你穿着这种怪模怪样的衣服，坐在那把椅子上，拿着这根愚蠢的令牌。”她轻蔑地看了那根有穗的枪头一眼，光明啊，那东西只会让她浑身发麻！“她们看见你的时候，是不会想跪下的，而她们不这样做也不会让你没命。你对她们有礼貌一点也不会让你没命，弯一下你那根硬脖子，表现出一点正当的尊重和谦逊，不代表你向她们投降。”

“正当的尊重。”兰德若有所思地说，然后他叹息一声，沮丧地摇摇头，用一只手抓了抓头发，“我想我不能对待两仪师就像对待一些在我背后密谋策划的贵族一样。这是个好建议，艾雯，我会试试的。我会谦逊得像只耗子。”

艾雯竭力不显出匆忙的样子，又用手绢擦了擦脸，同时用这个动作掩饰自己瞪大的双眼。她并不真的确定自己的眼睛是不是从眼眶里凸出来了，但她觉得它们一定是这样的。在她的一生里，每次她向兰德指出右边的路更好时，兰德都会翘起下巴，向左边走去！为什么现在他却会听她的？

这样做真的是正确的吗？至少让他表现出一点尊敬是不会有害处的。即使如果那些两仪师追随的是爱莉达，想到两仪师会受到冒犯，艾雯还是会感到不安。但艾雯又希望兰德会粗鲁一些，会像他往常一样傲慢。但现在再说什么已经没有用了，兰德不是个思维迟缓的人。但这只是让艾雯感到气恼。

“你来这里就是为了这些吗？”兰德问。

艾雯并不满足，也许她有机会纠正一切，或者至少能确定他不会愚蠢得前往塔瓦隆。“你知道在河上的一艘船里有一位海民的波涛长吗？那艘船的名字叫白浪花。”这倒是个可以转移话题的好借口，“她是来见你的，我听说她已经变得很不耐烦了。”这个讯息是盖温告诉艾雯的。布莲安曾经乘小船去那艘海民船，想要查清楚海民为什么会进入如此遥远的内陆，但海民拒绝让她登上他们的船，她回来的时候，气恼得如同一只被踩了尾巴的猫。艾雯相信自己知道海民们为什么会深入这里，但她不打算将她推测的原因告诉兰德，这次就让兰德见一些不会向他鞠躬的人吧！

“看起来，亚桑米亚尔到处都是。”兰德坐在一张高台下的椅子里。不知为什么，他似乎显得很开心，但艾雯敢发誓，这与海民无关。“贝丽兰说，我应该先见过那个哈琳妮·丁·托加拉·双风。但如果她的脾气就像贝丽兰报告的那样，她会等下去的，现在已经有够多的女人让我烦恼了。”

兰德并没有向她掩饰自己的脾气。“我不明白为什么，你总是有这种动人的地方。”艾雯立刻就希望能把这些话吞回去，这么说只能让兰德更加朝她所不愿意的方向发展。

兰德皱起眉，似乎完全没听到艾雯在说些什么。“艾雯，我知道你不喜欢贝丽兰，但情况还不至于超出限度，对不对？我是说，现在你差不多已经变成艾伊尔人了，我可以想象你要和她进行枪矛之舞的样子。她正因为一些事情而感到困扰，她很不安，但她没说过那是什么事。”

也许是贝丽兰终于发现了一个会拒绝她的男人，这足以从根基上震撼这个女人的世界了。“自从离开提尔之岩以后，我和她说的话还不到十个字。即使在提尔之岩，我们也没有说过多少话。兰德，你不认为……”

两扇房门中的一扇被推开一点，索麦莱溜了进来，然后立刻又关上了门。“两仪师来了，卡亚肯。”

兰德向门口转过头，面孔如石头般冷硬：“她们就不能等……以为能对我出其不意，是不是？她们必须知道是谁在制定这里的规矩。”

艾雯不在乎她们是否要在兰德只穿着内衣的时候闯进来。所有关于贝丽兰的想法都消失了。索麦莱打了个也许是代表着同情意思的小手势，不过看上去她也不在乎这种事。如果艾雯要求，兰德不会让她们带走她，但这意味着从现在开始，她要一直留在兰德身边。否则，只要她将鼻子探到街上去，她们就有可能屏障她，并将她掳走，这意味着要请求兰德保护自己。是躲在兰德羽翼之下，还是被塞进一只麻袋里运回塔瓦隆，这两种选择之间似乎没什么差别，都只是会让她的胃部发痛，她永远也不要成为躲在兰德背后的两仪师，但想到要躲起来，她也不由得咬紧了牙。只是她们已经到了这里，正等在门外，如果不采取行动，再过一个小时她就有可能会被塞进麻袋里了，深呼吸并不能平缓她绷紧的神经。

“兰德，还有能够从这里离开的路吗？如果没有，我要先躲到其他房间里。她们绝对不能知道我在这里，兰德？兰德！你在听我说话吗？”

兰德说话了，但绝不是在对艾雯说，“你在，”他用沙哑的耳语说道，“现在你会想到那个，实在是太巧合了。”兰德盯着前方，眼里充满了怒火，也许还有恐惧。“烧了你吧，回答我！我知道你在！”

艾雯不禁舔了舔嘴唇。也许索麦莱还在用那种母亲溺爱的眼光看着他——兰德甚至没注意到索麦莱那有些玩笑神情的目光——但艾雯的胃已经在慢慢抽搐了。他不可能会突然就变成一个疯子，不可能，刚才他似乎是在倾听一个隐密的声音，也许他还在和那个声音交谈。

艾雯不记得自己是怎样走到兰德面前的，但她突然就把手按在兰德的额头上。奈妮薇总是说，要先检查病人有没有发烧，但现在她该怎么办……如果她能掌握一些医疗异能就好了，但这也不会有用的，如果他真的……“兰德，你……你感觉还好吗？”

兰德仿佛又恢复了神智，他从艾雯面前退开，怀疑地盯着她，但片刻之后，他已经抓住艾雯的手臂，拉着她走过前厅。他走得非常快，让艾雯差点就被自己的裙子绊了一下。“就站在这。”他将艾雯拉到高台旁边，说了这么一句，就转身离开了。

艾雯故意用力地揉搓着自己的手臂，让兰德看看她被拉得有多么疼，然后她迈步要追上兰德。男人永远也不知道他们有多少力量，就连盖温也是如此，虽然她并不介意盖温这样。“你到底以为——”

“不要动！”兰德用厌烦的语气说道，“烧了他吧！好像你一动，它就会有波动。我会将它固定在地上，但你不能有大动作。我不知道我能让它有多大，现在也没时间确认这一点了。”索麦莱的下巴在一瞬间垮了下来，但她立刻又闭上了嘴。

将什么固定在地上？他在说什么？艾雯的脑子里充满这样的疑问，甚至让她忘记去思考兰德话里的“他”是谁。兰德在她周围编织了阳极力。她睁大了眼睛，快速地呼吸着，但她不能阻止自己。阳极力距离她有多近？即使她的理智在告诉她，那种污染不会从兰德的导引中渗出来，而且兰德以前也用阳极力碰触过她，但这些想法只是让她的感觉更糟。她下意识地缩起肩膀，抓紧裙子。

“你……你在干什么？”艾雯对自己的声音感到很自豪，虽然音调不是很稳定，但至少不像她想象的那样尖叫起来。

“看看镜子。”兰德笑着说。他竟然在笑！

艾雯不高兴地照做了……然后她惊讶地张大了嘴巴，银色的玻璃只照出高台上那把镀金的座椅，却没有她。“我……隐身了。”她喘息着说。沐瑞曾经将他们隐藏在一片阴极力的屏幕后面，但兰德又是怎么学会这种技巧的？

“总比藏在我的床底下要好。”兰德朝艾雯头顶上方的空气说道，仿佛她曾经这么想过一样！“而且，我想让你看看我有多尊敬她们。”他的语气变得严肃许多，“也许你能察觉到一些我忽略的事情，也许你甚至愿意把它们告诉我。”他笑了一声，跳到高台上，捡起那根穗子枪头，坐进椅子里。“让她们进来，索麦莱，让白塔的使者们来见转生真龙吧！”他扭曲的微笑像艾雯身边的阳极力一样让她感到极不舒服。那些该死的编织距离她到底有多近？

索麦莱消失了，片刻之后，房门被左右敞开。

一名身材丰满、仪容庄严的女人穿着一件深蓝色的长裙走了进来，这一定是柯尔伦了。她的两侧身后一步的地方跟着穿朴素褐色羊毛裙的耐苏恩和一名穿绿色丝裙的两仪师——她是个圆脸的漂亮女人，一头黑发像乌鸦羽毛一样黑，有一双微微撅起的肉感嘴唇。艾雯希望两仪师一直都能穿着代表她们宗派颜色的衣服（似乎只有白宗两仪师每次都会穿白衣服），她相信那个女人肯定不是绿宗的，那个女人一走进房间就狠狠地瞪着兰德，那不是绿宗两仪师会有的反应。冰冷的平静勉强能掩饰住她的轻蔑，也许不了解两仪师的人会受到这种面具的欺骗。兰德能看穿这种面具吗？也许不行，他似乎正把注意力集中在柯尔伦身上，那名两仪师脸上没有任何表情。耐苏恩那双鸟一样的眼睛则已经将房间里的一切都一览无遗。

艾雯非常高兴兰德为她进行的编织。她想用仍然拿在手中的手绢擦擦脸，动作却又僵在半截。兰德说过，他会将它固定在地上，他做了吗？光明啊，她也许正毫无遮拦地站在她们面前。不过耐苏恩的目光从她面前一扫而过，毫无停滞，汗水从艾雯脸上连续不停地滚落下来。烧了那个男人吧！艾雯宁可躲在他的床底下。

在两仪师身后又进来了十二名女子。她们穿着素色衣裙，背上披着粗糙的亚麻斗篷，其中大多数都身材矮壮。她们扛着两个大箱子，箱子抛光的黄铜箍上刻着塔瓦隆之焰的图案。这些女仆们将箱子放下的时候，都发出了一声明显的喘息，房门关上的时候，她们全都在偷偷地揉搓着自己的肩背和关节。柯尔伦和另外两名两仪师行了个仪态完美，但不算很深的屈膝礼。

没有等她们站直身体，兰德已经走下了椅子。阴极力的光晕包围着三名两仪师，她们已经连结在一起。艾雯竭力记忆着自己看到的一切，观察着她们是怎么做的。当兰德走来的时候，除了那团光晕之外，两仪师们似乎保持着完全的平静，但兰德只是走过了她们，开始逐一端详起那些女仆的面孔。

他在做什么？当然，兰德是在确认那些女仆里没有两仪师无瑕的面容。艾雯摇摇头，立刻又停住了动作。兰德真是个傻瓜，那些女仆里大多数人都显得有一定年纪了，但有两个年轻人的面容和刚成为两仪师的女性差不多——她们不是两仪师，艾雯只能从前面那三名两仪师身上感觉到至上力，在这么近的距离里，她的感觉不会有错。不过兰德似乎还不能确认这一点。

他用手指挑起一名年轻女子的下巴，微笑着盯住她的眼睛。“别害怕。”

他轻声说道。那名女子摇晃了一下，仿佛是要晕过去的样子。兰德叹息一声，转过了身。当他再次经过两仪师身边时，他还是没看她们。“你们不能在我周围导引，”他坚定地说，“放开它。”耐苏恩的脸上闪过一阵思索的神情，但另外两个人只是平静地看着兰德回到座位上。兰德揉搓着手臂（艾雯知道他有刺麻感），用更加严厉的声音说道：“我说了，你们不能在我周围导引，也不能拥抱阴极力。”

房里陷入了一片寂静。艾雯只能无声地祈祷，如果她们不放开真源，兰德会干什么？切断她们与阴极力的联系？在一名女子导引的时候切断她和阴极力的联系远比在她没有导引时屏障她要困难。即使是兰德，艾雯也不知道他能不能同时切断三名连结在一起的两仪师。更糟糕的是，如果兰德这么做了，两仪师又会采取什么行动？但光晕最终消失了。艾雯差点就重重地呼出一口气。虽然兰德让她的影像消失了，但他肯定没有消除掉她的声音。

“这样就好多了，”兰德向三名两仪师露出微笑，但那种笑意并没有触及他的眼睛，“让我们开始吧！你们是受尊敬的客人，而你们刚刚走进房间。”

当然，她们明白这是什么意思——兰德要的是直接明白。柯尔伦微微哼了一声，而那名黑发女子则瞪大了眼睛，耐苏恩仅仅是自顾自地点了点头，似乎是在心里记下了什么。艾雯现在只希望兰德能更小心一些，耐苏恩绝不会忽略任何事情的。

柯尔伦明显地振作了一下精神，抚平了一下裙子，又差点要去整理并不在她肩上的披肩。“我是应当得到尊敬的，”她用吟咏般的语调说道，“两仪师柯尔伦，白塔使节；封印守护者，塔瓦隆之焰，玉座爱莉达・德・艾佛林尼・亚洛伊汉的使者。”然后，她又用同样充满敬意的言辞简介了另外两位两仪师，其中那个目光严厉的叫盖琳娜・卡斯班。

“我是兰德・亚瑟。”简洁的言辞和两仪师形成了鲜明的对比。她们没有提到转生真龙，他也没有，但屋子里还是有几个轻微的声音念出了这个名字。

柯尔伦深吸一口气，侧过头，仿佛是在倾听那些轻微的议论声。“我们向转生真龙致以高尚的邀请，玉座充分认识到了重重迹象和预言的实现，例如……”这段语音圆润沉厚的陈述用了一些时间才涉及到问题的重点——兰德应该随她们“因为所有荣誉和应尽之责任”而前往白塔，如果兰德接受这个邀请，爱莉达将不仅会向兰德提供白塔的保护，还会用白塔所有的权威与影响力支持他。然后，柯尔伦又进行了一大段华丽精彩的演讲，最后她说道：“……为了表明诚意，玉座送来了些许薄礼。”

然后她转向箱子，抬起一只手，脸上却又稍稍颤了一下，显出一点犹豫。她又做了个手势，那些仆人才明白她的意思，打开了箱盖，很显然的，柯尔伦本来打算用阴极力打开箱盖的。箱子里装满了皮袋子，柯尔伦又用力地打了个手势，那些女仆们才急忙开始解开那些袋子。艾雯压抑住一阵惊呼的冲动。怪不得刚才这些女仆们扛着箱子时会如此费力！那些被打开的袋子里装满了各种大小的金币、戒指、项链和未经镶嵌的宝石。即使这些袋子下面的东西都是垃圾，这两只箱子也是一笔巨大的财富了。兰德斜靠在王座般的椅子里，看着箱子，脸上露出一种近似于微笑的表情。两仪师们都在审视着兰德，脸上戴着沉着的面具，但艾雯觉得柯尔伦的眼里含着一丝满意，而盖琳娜丰满的嘴唇间又多了一分不屑，耐苏恩……耐苏恩才是真正危险的。

突然间，箱盖猛然合上，那些女仆们全都惊叫着向后跳去，两仪师全都僵在原地。艾雯在涔涔汗水中用力地祈祷着。她希望兰德能傲慢，甚至有一点无礼，但也只要把她们挡退就够了，不要让她们决定现在就驯御他。

艾雯忽然意识到，兰德至今为止都还没表现出他所说的“谦逊得像只耗子”，兰德从没有过这样的打算。这个男人在耍她！如果她不是不敢移动半步，她一定会走到兰德面前，抽他一耳光。

“好多金子，”兰德说道。他显得非常放松，微笑占据了他的整张脸。“金子对我总是会有用的。”艾雯眨眨眼。他听上去真的是很贪婪！

柯尔伦同样带着满意的微笑，泰然自若地答道：“当然，玉座非常慷慨。当你到达白塔之后——”

“当我到达白塔之后，”兰德仿佛是在思考什么，同时大声打断了她的话，“是的，我很期待我站在白塔里的那一天。”他俯下身子，臂肘支在膝盖上，手里晃动着真龙令牌。“这还需要一点时间。你要知道，我还有事情要做，在这里，在安多，还有其他地方。”

柯尔伦抿了一下嘴唇，但她的声音仍然像刚才一样平静圆润：“我们肯定不会反对在返回塔瓦隆之前休息几天。与此同时，我是否能提议，我们之中的一人留在你身边，为你提供建议？当然，我们已经听说了沐瑞的不幸。我不能留在你身边，但我想，耐苏恩和盖琳娜会很愿意的。”

兰德听到这两个名字时，皱起了眉。艾雯屏住呼吸，兰德似乎又在倾听着什么。耐苏恩和兰德毫不掩饰地审视着对方，盖琳娜的手指无意识地敲击着她的裙子。

“不必了，”最后兰德说道。他将双手放在椅子扶手上，坐回椅子里，现在那把椅子更像是王座了，“这样也许并不安全，我不会喜欢你们中间会有人不小心将一根矛尖插进我的肋骨里。”柯尔伦张开嘴，但兰德没给她说话的机会，“为了你们自己的安全，你们未经许可，不该走进距离我一里范围内的地方。如果你们没得到许可，最好不要进入距离王宫一里内的地方。当我准备好和你们走的时候，你们自然会知道，这点我可以答应你们。”突然间，他站起了身。站在那座高台上，两仪师们必须仰起头才能看到他。很显然的，她们不喜欢这种高度的差距，更不喜欢他对她们做出的限制，三张如同石雕般的脸盯着兰德。“现在你们可以回去休息了。我愈早处理完所有的事情，就能愈早前往白塔。我可以再次见你们的时候，我会给你们送信过去。”

两仪师们不喜欢兰德这么突然地拒绝她们。其实，她们根本不喜欢兰德拒绝她们，无论是以什么样的方式——两仪师们说出的话必然会得到执行——但她们除了行一个浅浅的屈膝礼之外，什么也做不了，这让她们差点就打破了两仪师的镇静。

当她们转身离开的时候，兰德又不经意地说道：“我忘记问了，奥瓦琳现在还好吗？”

“她很好。”盖琳娜睁大了眼睛，双唇也有一段时间没合上——那明显是惊讶的表情。

柯尔伦犹豫着，似乎是在考虑是否应该利用这个空档再说些话，但兰德已经不耐烦地站起身，用脚尖轻拍着地面。两仪师离开之后，兰德走下高台，手中握着那根枪头，盯着关上的房门。

艾雯立刻就大步走到他面前：“你在玩什么游戏，兰德·亚瑟？”她足足走了六步才从镜子里看见自己的身影，由此她才明白兰德的编织到底有多大。而她一直对这些编织毫无感觉。“嗯？”

“她是奥瓦琳的人，”兰德若有所思地说道，“盖琳娜，她是奥瓦琳的朋友，我敢打赌。”

艾雯站到他面前，哼了一声：“你就是个丢了口袋里的硬币，又踩在干草叉上的傻瓜。盖琳娜一定是红宗两仪师，否则我就从没见过红宗两仪师。”

“因为她不喜欢我？”兰德看着艾雯，艾雯几乎希望他不要这样看着自己。“因为她害怕我？”他没有瞪大眼睛，面容也很平静，甚至连眼神也不算严厉，但他的眼神似乎在告诉艾雯，他知道艾雯并不知道的事情。艾雯不喜欢这样。他突然露出微笑，让艾雯不由得眨了眨眼。“艾雯，你认为我会相信你能通过一个女人的面孔就确认她的宗派吗？”

“不，但——”

“不管怎样，即使是红宗最终也许同样会追随我。她们像其他人一样知道预言——‘无垢之塔破裂，向被遗忘的徽记屈膝’，这是白塔出现之前就被写下的语句。‘无垢之塔’还能指什么？那么被遗忘的徽记呢？我的旗帜，艾雯，古代两仪师的徽记。”

“烧了你，兰德·亚瑟！”这句骂人的话从艾雯嘴里说出来的时候，比她想象的更加笨拙。艾雯并不习惯这些粗话。“光明烧了你！你不能真的以为可以跟她们去，你不能！”

兰德饶有兴致地露出了牙齿，他竟然会有兴致！“你不想做的事，我就不能做吗？只能做你告诉我的事，只能做你想做的事。”

艾雯生气地咬住嘴唇。他不止在嘲笑她的无知，还要用这么粗鲁的方式把嘲笑扔到她脸上。“兰德，听我说，爱莉达——”

“现在的问题是如何让你回到营地去，又不让她们发觉你在这里。我想，她们在宫里一定是有眼线的。”

“兰德，你必须——”

“藏在那些大洗衣篮里怎么样？我可以让几名枪姬众把它拿出去。”

艾雯感到了一阵无力，他在努力摆脱她，就像努力摆脱那些两仪师一样。“我自己走出去就好了，谢谢你。”洗衣篮，亏他想得出来！“如果你能告诉我，你是如何随意在凯姆林和这里之间来回穿行的，我就不必担心了。”她不知道为什么会以这么刺耳的方式提出这个要求，但她已经提出来了。“我知道你不能教我，但如果你能告诉我是怎样做的，也许我能自己摸索出用阴极力做这件事的办法。”

艾雯虽然在语气中有些玩笑的意味，但她还是有些热切地期待着。兰德用双手拿起艾雯披巾的一端。“因缘，”兰德说，“凯姆林，”他用左手的一根手指在披巾上撑起了一个小帐篷，“以及凯瑞安。”他用另一只手的手指撑起另一个帐篷，然后他将两根手指并在一起。“我扭曲了因缘，并在其中钻了一个连通它们的洞。我不知道我钻穿了什么，但这两者和孔洞之间没有空隙。”他松手放开了披巾。“这有用吗？”

艾雯咬着嘴唇，不高兴地皱起眉，看着披巾。这根本没有任何用处。但只要想到要在因缘中撕破一个洞，艾雯的心里就打了个哆嗦。她本来希望兰德的办法能和她在特·雅兰·瑞奥德中的行动方式有些相似。她当然不是要这么做，但她现在有很多时间无事可做，而且智者们一直都在抱怨，两仪师们总想知道该如何以肉身进入梦的世界。艾雯觉得这种办法在真实世界和作为真实世界映射的梦的世界里应该是相似的。即使在现实世界里，也应该能制造出一个地方，从那里只需要迈一步就可以走到自己想去的目的地。如果兰德的办法和她想象的稍微有一点相同，她都很想试一试，但如果是那样……阴极力会做到她想做的事，但它比她本身的强大很多，必须得到柔和地导引，如果要强迫它去做错误的事，她就会死亡或被烧毁，甚至连一声尖叫都来不及发出来。

“兰德，你确定它绝对不像……或者……”她不知道该如何描述，但没等她继续说下去，兰德已经在摇头了。

“这听起来就像是改变了因缘的编织，我想，如果我试图这么做，我就会被撕裂。我只是钻了个洞。”他挑起一根手指，向艾雯做了一下示范。

嗯，继续追问下去也没意义了。艾雯气恼地掀起披巾。“兰德，关于那些海民，我只是从书中对他们有一些了解。”艾雯确实还知道一些书本以外的信息，但她还不打算告诉兰德，“但一定是什么非常重要的原因才会让他们到如此遥远的地方来见你。”

“光明啊！”兰德心不在焉地嘟囔着，“你转移话题的速度倒是真快，有时间我会去见他们的。”片刻之间，他揉搓着额头，眼睛空洞地望着前方。眨了眨眼，他又重新看着艾雯。“你真的要留在这里，直到她们回来吗？”兰德确实是想摆脱她。

在房门口，艾雯停了一下，但兰德已经朝内室走过去了。他将手握在背后，一路上不停地和自己说着话。他的声音很低，但艾雯还是能听到一些，“你躲到哪里去了？烧了你！我知道你在！”

艾雯打了个哆嗦，走出兰德的住所。如果兰德真的要疯了，她也无力改变，时光之轮按照时光之轮的意愿进行编织，而他们只能接受它的编织。

艾雯这时意识到自己正看着走廊里来来去去的仆人，思量着他们中间有谁会是两仪师的密探。她让自己停止了这种思考，这些全都是时光之轮的意愿。她朝索麦莱点点头，缩起肩膀，尽量控制着自己的步伐，朝距离这里最近的仆人出入口走去。

阿瑞琳女士最好的马车离开了太阳大厅，后面跟着运箱子来的货车，现在那辆车上只有女仆和车夫了。马车里没有人说话，耐苏恩将手指拢在一起，若有所思地敲打着嘴唇。一个令人着魔的年轻男人，一个令人着魔的研究对象。

她的脚碰到了座位下面的一只标本箱，如果不带上适当的标本箱，她绝不会去任何地方。可能人们会以为这个世界的物种清单早已被写好了，但她这次离开塔瓦隆的路上收集了五十种植物、两倍于植物的昆虫，还有一只狐狸的皮毛和骨骼、三种鸟雀以及不少于五种地鼠，她相信这些都是原先的记录上不曾有过的物种。

“我还不知道你和奥瓦琳会是朋友。”过了一会儿，柯尔伦说道。

盖琳娜哼了一声：“不需要当她的朋友也能知道我们离开时她还不错。”耐苏恩想知道盖琳娜是否知道她已经撅起了嘴，也许那只是因为盖琳娜的嘴形如此，但一个人必须了解自己的容貌，并予以适当控制才对。

“你认为他真的知道吗？”盖琳娜继续说道，“知道我们已经……这不可能，他一定是猜的。”

耐苏恩的耳朵竖了起来，但她还是在轻敲着自己的嘴唇。盖琳娜显然是要改变话题，那就是说，柯尔伦的问题让她感到了紧张。马车中又开始陷入寂静，因为没有人想提起兰德，而她们也想不到其他话题可说。为什么盖琳娜不想谈到奥瓦琳？她们两个肯定不是朋友，红宗极少会和本宗派以外的人成为朋友。耐苏恩将这个问题记在自己的脑子里。

“如果他是猜的，他的运气就相当不错了。”柯尔伦并不是傻瓜，也许她喜欢夸夸其谈，但她绝不是傻瓜。“无论这看起来有多么荒谬，我们必须认为他能够感觉到女人体内的阴极力。”

“这就太可怕了，”盖琳娜嘟囔着，“不，这不可能，他一定是猜的。任何能够导引的男人都会认为我们拥抱了阴极力。”

盖琳娜撅嘴的表情让耐苏恩感到气恼，这次整个使节行动都让她感到气恼。如果她受到邀请，她会很高兴地参加这个使节团，但结苏·比拉尔根本没问过她，而是直接就把她推上马背。无论其他宗派是怎么做的，这位褐宗理事会的首脑并不打算效仿她们。最糟糕的是，耐苏恩的同伴们都把注意力集中在年轻的兰德身上，似乎对其他一切都已经视而不见了。

“你有什么看法，”她在沉思中大声说道，“关于那个我们与兰德会见时同样在场的姐妹？”

那也许不是她们的姐妹——她在王室图书馆里遇到了三名艾伊尔妇人，其中有两个人能够导引——但她想看看这两个人的反应。她没有失望，或者说，她失望了，柯尔伦只是坐直了身子，盖琳娜则是愣愣地盯着她。耐苏恩只能暗暗吐出一声叹息，她们真的是眼瞎了，就在几步之外有一名能够导引的女人，而她们完全感觉不到她，只因她们看不见她。

“我不知道她是怎么藏起来的，”耐苏恩继续说道，“但如果能够发现其中的奥妙，那一定会是很有趣的事。”那只会是兰德干的。她们能看见任何阴极力的编织。另外两名两仪师没有问耐苏恩是否确定，她们知道，耐苏恩会把猜想和事实分得很清楚。

“这是沐瑞还活着的证据，”盖琳娜带着残酷的笑容坐回座位里，“我建议，我们派柏黛恩去找她，然后我们就把她抓起来，关进地下室去。先把她从兰德身边拿开，然后我们将她和兰德一同带回塔瓦隆。只要我们让足够的金子在兰德的鼻子底下放光，我怀疑他甚至根本不会注意到沐瑞的失踪。”

柯尔伦用力摇了摇头：“关于沐瑞，我们并没有得到更可靠的证据，她有可能是那个神秘的绿宗。如果能查出她是谁，我同意将她抓起来，但我们必须谨慎考虑其他可能，我不会用如此谨慎的计划进行冒险。我们必须明白，兰德和那名姐妹有联系——无论她是谁——而兰德对于时间的要求有可能只是个计谋。幸运的是，我们有时间。”盖琳娜不情愿地点点头。如果要用她们的计划冒险，她宁可找个农场安居下来，结婚生子。

耐苏恩让自己微微叹了口气，除了喜欢炫耀之外，陈述显而易见的事实是柯尔伦唯一的毛病了。柯尔伦确实有个好脑子，只要她能够使用它。不过她们确实还有时间。她的脚又碰到了一只标本箱，无论情况会如何发展，她记述兰德的一章将是她人生的顶点。

第 28 章

信

路斯·瑟林就在这里，兰德确信这点，但他一直没有从脑子里听到一声耳语。在今天剩余的时间里，他已经在思考其他事情了，虽然那些可能都是无用的事情。因为他不停地来这里向贝丽兰查问她所擅长的各种工作，贝丽兰几乎要火冒三丈了，他怀疑贝丽兰已经在躲避他了，虽然他还不能确认这点。即使是鲁拉克，在兰德第十次追问他关于沙度的事情后，现在也不太容易被找到了。沙度艾伊尔一直没有动静，而鲁拉克能做的只有把他们放在弑亲者之匕山脉不管，或者是去那里把他们挖出来。荷瑞得·菲出去流浪了，伊迪恩告诉兰德，他经常会这样，而且他出去流浪的时候，谁也不会知道他去了哪里，当荷瑞得迷失在自己的思绪中时，他也往往会迷失在城市的街道里。兰德为此还朝伊迪恩吼了两句，然后把面色惨白、颤抖不止的伊迪恩甩在身后，但这不是她的错，不是她的责任。兰德的脾气仿佛是出现在天边的闪电，他朝麦朗和马林金吼叫，直到他们在靴子里颤抖不止，以踉跄的脚步离开了他。他让克拉瓦尔满脸泪水，语无伦次；让安奈伊莱转身逃走，裙摆都扬起到膝盖上。当索瑞林和艾密斯前来问他都对两仪师说了什么的时候，他同样朝她们大吼大叫。看索瑞林离开时的脸色，他怀疑这可能是第一次有人在这位智者面前提高声音。因为他知道，路斯·瑟林真的在这里，而不止是一个声音——有一个人正藏在他的脑子里。

当夜晚降临的时候，他几乎失去了入睡的勇气，他害怕路斯·瑟林会在他熟睡时控制住他。当他真正睡着的时候，他的噩梦让他一直翻来覆去，不得安眠。第一缕阳光穿过窗户时，他裹着被汗水浸湿的衬衫醒来，眼睛酸麻得要命，嘴里仿佛塞了放了六天的生马肉，双腿也传来一阵阵酸痛，他记得自己在梦里一直在逃避某个他看不见的东西。他从四柱大床上撑起身子，开始在镀金的盥洗架上洗漱。外面的天空已经开始变成灰色，应该送新水来的奉义徒还没出现，但昨晚的水就很好了。

他在差不多快剃完胡子时停了下来，剃刀还靠在脸颊上，他只是一动也不动地盯着墙上镜子里的自己。逃避。他以前相信自己在梦中逃避的是弃光魔使，或者是暗帝，或者是末日战争，或者也许是路斯·瑟林。他相信转生真龙会梦到被暗帝追逐。他坚持说自己是兰德·亚瑟，似乎这样他就能像其他人一样轻易忘记自己的身份。兰德·亚瑟在逃离伊兰，从他对伊兰之爱的恐惧中，就像他逃离对艾玲达的爱。

镜子破碎了，碎片掉落在细瓷脸盆里，镜框中的残片映照出一张他的残缺的脸。

兰德放开阳极力，小心地刮去脸上最后一片肥皂沫，仔细将剃刀折好。不要再逃避了，他会做他必须做的，但不会再有逃避了。

两名枪姬众正等在走廊里。哈瑞林是一名瘦高的红发女子，年纪和兰德差不多，当兰德出现在走廊中时，她立刻就跑去通知其他人了。琪亚芮是一名有一双欢快眼睛的金发枪姬众，年纪大得足可以当兰德的母亲，她陪同兰德走过还看不到几名仆人的走廊。而所有已经开始忙碌的仆人们都惊讶地看着兰德，不知道他为什么会这么早起。通常和琪亚芮单独相处的时候，她总是喜欢开一些兰德的玩笑，兰德懂得其中一些。她将兰德看成是自己的一名年轻兄弟，只是需要让这位小兄弟不要过于头脑发热，但今天早晨，琪亚芮感觉到了他的脾气，所以一个字都没说。她确实朝兰德腰间的佩剑投去了厌恶的一瞥，但也只是瞥了一眼。

在兰德走向那个用于穿行的房间时，南蒂拉和其余枪姬众追上了他，她们也全都保持着沉默，守卫着那道雕刻着方形图案房门的梅茵士兵和黑眼众也是如此。正当兰德以为他可以这样安静地离开凯瑞安的时候，一名穿着红蓝色梅茵仆人制服的年轻女子跑过来，行了个深深的屈膝礼，这时兰德已经将通道张开了。

“梅茵之主送这个给您。”那名侍女还喘着气，将一封有绿色大蜡封的信呈了过来，很显然，她是一路奔跑着找到这里来的。“这是海民的信，真龙大人。”

兰德将那封信塞进外衣口袋，然后走进了通道，根本没理会那名还在询问真龙大人是否有回答的侍女。寂静在今天早晨很适合他，他用拇指抚过雕刻在真龙令牌上的纹路，他将变得强大和刚硬，将所有那些顾影自怜抛到脑后。

在幽暗的凯姆林王座大厅里，埃拉娜的抚摸重新回到他的脑海里。这里还是夜晚，但埃拉娜是醒着的，兰德知道这点，就像知道她在哭泣。而且他也知道，当最后一名枪姬众走进王座大厅，他关闭通道后不久，埃拉娜就不再流泪了。只是一股紊乱、无法解读的情绪仿佛小球般，仍然坠在他的脑后。埃拉娜肯定已经知道他回来了，毫无疑问，埃拉娜和她的约缚一定也是他在梦中要逃避的，但他现在接受了这个约缚，即使他并不喜欢它。这几乎让他冷笑起来。他最好接受它，因为他无法改变它。埃拉娜已经在他身上系了一根线（只不过是一根线而已，光明啊，就让它只是一根线吧），这应该不会导致什么麻烦，除非他让埃拉娜过于靠近，让那根线变成了一根绳索。他希望汤姆·梅里林能在这里，也许汤姆了解护法和约缚，那位老走唱人知道许多令人惊讶的信息。嗯，找到伊兰就能找到汤姆，这就是问题所在。

从阳极力中抽出火之力和风之力，他制造出一个光球，照亮了离开王座大厅的路。古代的女王们藏在他头顶的黑暗里，没有对他造成困扰，她们只是彩色玻璃上的绘画。

但艾玲达并不是绘画。在他的寓所外面，南蒂拉解散了枪姬众，只留下她自己和嘉兰妮。然后她们两个跟随兰德走进寓所，开始检查各个房间。兰德用至上力点亮了油灯，将真龙令牌扔到一张镶嵌象牙的小桌上。这张小桌比太阳大厅里相同的家具要少许多镀金，这里的家具全都是如此，镀金更少，但雕刻更多。经常的雕刻形象是石头和玫瑰。一张巨大的红地毯覆盖了地板，上面用金线绣着玫瑰。

如果没有阳极力，兰德怀疑自己能否听到枪姬众的脚步声，但她们还没走出前厅，艾玲达已经从仍然没有光亮的寝室中走了出来。她散乱着头发，手中握着匕首，身上什么也没穿。看到兰德，她先是像根柱子一样僵在原地，然后立刻大步朝她来时的方向走了回去。一点微弱的光亮出现在寝室门口，那是一盏被点亮的油灯。南蒂拉轻声地笑着，和嘉兰妮交换着开心的眼神。

“我绝对无法理解艾伊尔人。”兰德嘟囔着，将真源推开。枪姬众其实并不会对许多事情感到可笑，只是他早已放弃探究艾伊尔人的幽默。让他头痛的是艾玲达，她也许认为在他面前脱衣上床是件有趣的事，但如果是她不愿意被他看到的时候，哪怕他只是看到了她赤裸的脚踝，她都会立刻变得仿佛一只被烫到的猫，更不要说她会怎样责备他了。

南蒂拉还在咯咯地笑着：“你不能理解的不是艾伊尔人，而是女人，没有任何男人能理解女人。”

“而男人，”嘉兰妮插嘴说，“则非常简单。”兰德盯着她。嘉兰妮还有些婴儿肥的脸颊上立刻浮现出一点红晕，南蒂拉看上去则像是立刻就要放声大笑的样子。

死亡。路斯·瑟林轻声说道。

兰德忘记了其余一切。死亡？你是什么意思？

死亡来了。

什么样的死亡？兰德问。你在说什么？

你是谁？我在哪里？

兰德感觉到自己的喉咙仿佛被勒紧了。他已经确定了这件事，但……这是路斯·瑟林第一次对他说出具体的信息，一些清晰而且引起他注意的信息。我是兰德·亚瑟。你在我的脑子里。

在……不！我是我自己！我是路斯·瑟林·特拉蒙！我是我！那个喊声消失在遥远的地方。

回来，兰德喊道。什么死亡？回答我，烧了你吧！寂静。他不安地耸动着身体。他明白这种状况，但一个死人在他身体里谈论死亡，这让他感到污秽，如同他体内阳极力最稀薄的污染。

有什么碰到了他的手臂，他差点又抓住了真源，随后才发现那是艾玲达。刚才还一丝不挂，刚从床铺上爬起来的艾玲达，现在已经仿佛用一个小时的时间整理好了她的每一根头发。人们说艾伊尔人没有情绪，其实他们只是比其他人有更多的保留。如果你知道该怎样去看，他们的脸像其他人一样会告诉你许多事情。艾玲达的脸上现在就同时充满着关切和想要发怒的神情。

“你还好吗？”她问。

“我只是在想事情。”他对艾玲达说。他没有说谎。回答我，路斯·瑟林！回来，回答我！为什么他会以为寂静适合这个早晨？

不幸的是，艾玲达相信他的话，如果他现在没有需要关心的地方……她将双拳叉在腰上，兰德明白女人摆出这种姿势代表着什么，无论那个女人是来自艾伊尔还是来自两河，这个姿势就意味着灾难。他觉得自己其实不必费力去点灯的，艾玲达充满烈火的眼睛就足以把房间照亮了。“你又丢下我跑了，我答应过智者，要留在你身边，直到我必须离开的时候，但你让我的承诺变得毫无意义。因为这个，你亏欠了我的义，兰德·亚瑟。南蒂拉，从现在开始，无论他去什么地方，是什么时候去的，都必须告诉我。如果我应该陪同他，那么，没有我的话他就绝对不能走。”

南蒂拉毫不犹豫地点了点头：“就依你，艾玲达。”

兰德瞪了这两个女人一眼：“等等！除非是我说的，否则不能把我的行踪告诉任何人。”

“我已经答应了，兰德·亚瑟。”南蒂拉用刻板的声音答道，同时也毫不退缩地看着兰德。

“我也是。”嘉兰妮的声音像南蒂拉一样刻板。

兰德张开嘴，然后又将嘴闭上。该死的节义。即使他是卡亚肯也不会有用的，而他这种想要反对的样子似乎就让艾玲达感到了些许惊讶，艾玲达显然认为她的结论是勿庸置疑的。兰德不自然地耸动了一下肩膀，但这并不是因为艾玲达，那种污秽的感觉仍然存在，而且更强烈了，也许路斯·瑟林回来了。兰德在寂静中叫他，但没有得到回答。

门口传来一阵敲门声，随后哈芙尔大妈就走了进来，像往常一样，她行了个深深的屈膝礼。当然，这位首席侍女也没有表现出任何起得太早的样子。无论是一天中的什么时候，莉恩耐·哈芙尔都是一副衣着光鲜、一丝不苟的样子。“城里来了访客，真龙大人，巴歇尔大人认为应该尽快告诉您。亚姆林女士和库汉大人昨天下午进入了凯姆林，他们住在佩利瓦大人那里。爱拉瑟勒女士在他们之后一小时也进入了凯姆林，随行的还有一支规模很大的扈从队伍。巴热大人、麦查蓝大人、瑟嘉丝女士和妮盖拉女士分别于晚间进入了城区，他们只带了很少的扈从。现在还没有人前来王宫。”她的声音始终平静冷漠，丝毫没有表露她自己的情绪。

“这是个好讯息。”兰德对莉恩耐说。这确实是好讯息，不管他们是否对兰德有所尊敬，亚姆林和她的丈夫库汉几乎像佩利瓦一样拥有强大的权势，爱拉瑟勒的力量仅次于戴玲和鲁安。其他人都属于二流家族，而且只有巴热是家族的家主，但反对“加贝瑞”的贵族们已经开始聚集了。至少，如果他能在他们决定从他手中夺走凯姆林之前找到伊兰，这就是个好讯息。

哈芙尔大妈看了他一会儿，然后递上一封有蓝色蜡封的信笺，“这是昨天很晚的时候被送来的，真龙大人，送信的是一名马夫，一名肮脏的马夫。海民的波涛长在等待谒见您的时候，您却离开了，对此她非常不高兴。”这次，她的嗓音中流露出明显的不满，但兰德不知道她的不满是对于波涛长、对于他自己的失约，还是对于这封信被送来的方式。

兰德叹了口气，他已经完全忘记身在凯姆林的那些海民，这让他想到自己在凯瑞安收到的那封信。他将那封信也掏了出来，两个绿色和蓝色的蜡封都有同样的图案，但兰德分辨不出那图案描绘的是什么——两只浅碗，中间连接着细腻繁复的纹路，每封信上都写着“致克拉莫”。兰德认为这个称呼是在说他，也许这是海民对转生真龙的称呼。他先打开了那道蓝色的蜡封，信上没有称谓，而且兰德也从没见过用这种语气向转生真龙写的信：

如光明所愿，也许你最终还是会返回凯姆林。既然我已经走了如此遥远的路，也许等你回来的时候，我能找到时间来见你。

凯特莱部族的翟妲·丁·帕瑞德·黑翼，波涛长

看起来，哈芙尔大妈是对的，这位波涛长并不高兴，而那封绿色蜡封的信言辞则要和缓一些：

如果光明乐意，我会等到你方便的时候在白浪花的甲板上接待你。

梭玳茵氏族的哈琳妮·丁·托加拉·双风，波涛长

“这是坏讯息吗？”艾玲达问。

“我不知道。”皱起眉看着这封信，兰德模糊地察觉到哈芙尔大妈正在和一名穿着红白色衣服的女子低声地说着什么。这些海民女人感觉上并不像是他喜欢见到的那种人。他已经读过他能找到的每一种版本的每一段真龙预言，但即使是其中最清晰的言辞也是含混晦涩、难于理解，他不记得有任何提到亚桑米亚尔的文字。也许，在远洋的航船中，在那些遥远的岛屿上，也许生活着他和末日战争所无法触及人们。他对翟妲负有歉意，不过也许巴歇尔能够先搪塞一下翟妲，毕竟巴歇尔也有一串名衔，足够满足任何人的虚荣心了。“我想应该不是。”

那名仆人跪到兰德面前，已经是满头白发的头低垂着，向兰德高举起了

另一封信——一封写在厚羊皮纸上的信。这个仆人的行为让兰德眨了眨眼，即使是在提尔，他也没见过如此谦卑的仆人，在安多更不可能有这样的行为。哈芙尔大妈皱起眉，摇了摇头。那名跪着的女人仍然低着头说道："这是呈给真龙大人的。"

"苏琳？"兰德大吃了一惊，"你在干什么？你为什么要穿上这身……裙装？"

苏琳抬起头，她的样子非常糟糕，完全像是一头竭力要装成兔子的狼。"为了钱而服侍别人、听人命令的人就要穿成这样。"她用仍然高举的双手晃了晃那封信，"我接受命令，将这个呈给真龙大人，送信的是一名……骑马的人，他留下信之后就立刻离开了。"首席侍女生气地一咋舌。

"我要你直接回答我！"兰德说着，拿起那卷同样有着蜡封的羊皮纸。信一离手，苏琳立刻跳了起来。"回来，苏琳，苏琳，我要个回答！"但苏琳飞快地跑出房门，速度几乎和她穿着凯丁瑟时没有差别。

不知为什么，哈芙尔大妈瞪着南蒂拉："我告诉过你，这不会有用的。我也告诉过你们两个，只要她穿着这座宫廷的制服，她就不能损害这座宫廷的荣誉，无论她是艾伊尔人，还是沙戴亚女王。"然后她行了个屈膝礼，匆匆说了一句"真龙大人"，就离开了。一路上，她还在嘟囔着"疯狂的艾伊尔人"之类的话。

兰德同意哈芙尔大妈的看法，他的目光从南蒂拉转到艾玲达，又转到嘉兰妮身上，她们的脸上都没有丝毫惊讶的表情，似乎刚才发生的一切都是普通的日常事务。"光明在上，你们能否告诉我这是怎么回事？那是苏琳！"

"首先，"南蒂拉说，"苏琳和我去了厨房，她认为刷锅子或者与之类似的劳作适合她。但那里有个家伙，说他手下的人已经足够了，他似乎认为苏琳会在那里挑起无休止的战斗。他的个子不是很高，"南蒂拉比划了一个不到兰德下巴的高度，"但他很粗壮。我想当时如果我们不离开，他大概会和我们进行枪矛之舞。然后我们去找了那个叫作莉恩耐·哈芙尔的女人，因为看样子她是这里的顶主妇。"她的面孔微微扭曲了一下，艾伊尔人的概念里只有顶主妇，没有什么首席侍女。"她不明白，但至少她同意了，当莉恩耐·哈芙尔要苏琳穿上那身衣裙的时候，我几乎以为苏琳要改变主意了，但她并没有。苏琳比我更有勇气。我宁可成为一名新赛亚东的奉义徒。"

"我，"嘉兰妮坚决地说，"宁可在一年时间里每天在我母亲面前被我最大敌人的首兄弟鞭打。"

南蒂拉不赞成地眯起眼睛，手指动了动，但她最后并没有使用手语，而是直接说道："你就像是一名沙度一样在吹牛，女孩。"如果嘉兰妮的年纪大一些。她也许会认为南蒂拉和听到南蒂拉这句话的另外两个人对她造成了侮辱，并因此而导致麻烦，但现在她只是用力闭紧了眼睛，不去看那些听到她的羞耻的人。

兰德用手抓了抓头发："莉恩耐不明白？我也不明白，南蒂拉。为什么她要这么做？她放弃枪矛了吗？如果她嫁给了一名安多人，"他身边永远都会发生各种匪夷所思的事情，"我会给她足够的金子，让她购买一座农场和他们想要的一切，她不必当一名仆人的。"嘉兰妮猛地睁开眼睛，无力的三个女人都在瞪着兰德，仿佛兰德是个疯子。

"苏琳正在承担她的义，兰德·亚瑟。"艾玲达坚定地说。她笔直地站着，注视着兰德的眼睛，样子和艾密斯真是像极了，现在艾玲达身上每天都会多一点艾密斯的影子，少一点对于艾密斯的效仿。"这与你无关。"

嘉兰妮赞同地用力点点头，南蒂拉只是站在旁边，无聊地检查着一根矛尖。

"苏琳与我有关。"兰德对她们说，"如果她出了什么事……"突然间，兰德记起在去煞达罗荀斯之前听到的对话。那时南蒂拉指责苏琳按照对待法达瑞斯麦的方式向奉义徒说话，苏琳承认是自己犯了错误，并且说等以后再讨论该如何处理这件事。从煞达罗荀斯回来之后，兰德就没再见过苏琳，他原先还以为苏琳是在生他的气，让其他人负责守卫他的工作了。他早就该想到这件事的，任何人在艾伊尔身边待久了都会学到一些节义，而在坚守节义上能够和枪姬众相比的，大概只有岩狗众和黑眼众了。况且艾玲达一直在努力要把他变成一个艾伊尔人。

这个状况很简单，或者像任何与节义有关的事情同样简单。如果兰德不是被那么多事情分了心，他一开始就应该意识到的。人们甚至可以向一名身穿奉义徒白袍的顶主妇不断地提起她的顶主妇身份——这是一种很严重的羞辱，但这是被允许的，甚至有时候是被鼓励的——但对于十三个战士团中的九个，向这些战士团中成为奉义徒的成员提起他们原先的身份，是一种严重损害荣誉的行为，只有在屈指可数的情况下可以有例外——兰德不记得那些都是什么样的情况了。法达瑞斯麦是这九个战士团中最坚持这点的，对奉义徒亏欠义的方式很少，这就是其中一种方式，而且是一种最严重的方式。看样子，苏琳承担这种义的办法就是蒙受更大的羞辱——在艾伊尔眼中更大的羞辱。这是她的义，所以她要选择如何承担它，她也要选择这种承担的行动要持续多久。有谁比她自己更清楚她的荣誉有多大价值，她承担了多么大的责任？那时她只是要先完成自己必须的任务。“这是我的错。”兰德说。

兰德的这句话完全说错了，嘉兰妮震惊地望着他，艾玲达的脸上充满了困窘的红晕——她一直在向兰德强调，对于节义绝没有任何理由可言，如果一个人为了救自己的孩子而欠下自己血仇敌人的义，那他也要二话不说地偿还。

南蒂拉望向艾玲达的目光只能被称作蔑视：“如果你不再因为他的眼眉而做白日梦，你就能更好地教他了。”

艾玲达生气地沉下了脸，但南蒂拉已经在飞快地向嘉兰妮打着手语了，嘉兰妮这时猛地仰起头，笑出了声。艾玲达的脸颊变得更加火红，表情也变回纯粹的羞窘，兰德怀疑自己会看见有人提出进行枪矛之舞的要求。嗯，应该不会，艾玲达已经教过他，智者和智者学徒都不能做这种事。但如果艾玲达抽南蒂拉的耳光，兰德绝不会感到惊讶。所以在这种事发生之前，兰德已经抢先说道：“既然是我导致苏琳做了她已经做的事，难道我对她不负有义吗？”很显然的，这么说可能会让他在这些女人的眼中变得更愚蠢，至少艾玲达的脸变得更红了；嘉兰妮似乎突然对脚下的地毯产生了兴趣；就连南蒂拉似乎也对他的无知产生了一点懊恼。一个人可以被告知他负有义，但这是一种侮辱；或者别人也可以提醒他；但主动询问这种事只能表明他的无知。兰德知道自己很无知，他可以让苏琳离开那份荒谬的仆人工作，重新穿上凯丁瑟，然后……然后不让苏琳继续去承担义。但他想要减轻苏琳负担的任何行动都会损害苏琳的荣誉。她的义，她的选择，至今为止，兰德还没办法把这些全都搞清楚。也许他可以问艾玲达，或者还是以后吧，如果艾玲达这次没有羞死的话。这三个女人的表情清楚地表明兰德让艾玲达羞愧得有多么厉害。光明啊，简直是一团乱麻。

心里思忖着该如何找一个解决的办法，兰德意识到自己仍然拿着苏琳给他的信。他将那封信塞进口袋，然后解下佩剑，将它放在真龙令牌上面，再把那卷羊皮纸拿出来，打开。有谁会送这样一封信过来，让骑马的信使连停下来吃一顿早饭都不肯？纸卷外面没有名字，什么都没有，只是那个跑走的信使说了该将它交给谁。这个蜡封他同样不认识——一个应该是某种花朵的紫色蜡封。这张羊皮纸本身很重，应该是最昂贵的那种纸，信纸上的字迹精雅细致，看着它，兰德脸上露出若有所思的微笑。

我的密友：

现在的情况非常微妙，但我觉得必须写信给你，向你确认我的好意，并希望也能得到你的好意。不要担心，我知道你，并承认你，但有很多人不会因为任何人不通过他们接近你而微笑。除了在你的心灵之火中有着对我的信心外，我别无所求。

雅莲德·麦瑞萨

“你在笑什么？”艾玲达一边问，一边好奇地探过头来看那封信。她的嘴角上还挂着一丝刚才那件事让她产生的怒意。

“我只是因为看到了一些人用简单的方法做事而感到高兴。”兰德对她说。和节义相比，权力游戏是简单的，信尾的这个名字让他很清楚这是谁写给他的。如果这张羊皮纸落在错误的人手里，它看上去也只是一封写给朋友的信，或者是向某一个求告者的热切回应。雅莲德·麦瑞萨·基加林，光之祝福，海丹的女王，她肯定不会向一个她从未见过的人写下一封如此亲密的信，除非那个人是转生真龙。她显然是在担心阿玛迪西亚的白袍众，还有那个名叫马希玛的先知，兰德一定要对马希玛采取一些行动。雅莲德非常小心，不敢冒险在一张纸上写下任何多余的东西，而且她也提醒了兰德要把这封信烧掉——心灵之火，不过这毕竟是第一次有一位统治者没等兰德把剑架在她的国家的脖子上，就已经向他暗通款曲。但现在兰德只是想找到伊兰，在安多陷入另一场战争之前把这个国家献给她。

房门被轻轻打开，兰德抬起头，却什么都没看见，于是他重新让目光落到那封信上，思考着自己是否已经将信中的一切信息都挖了出来。他一边读着信，一边揉搓着鼻子。路斯·瑟林和他谈论的死亡，兰德无法摆脱那种污秽的感觉。

“嘉兰妮和我会守在外面。”南蒂拉说。

兰德不在意地点点头。汤姆也许只要将这封信看一眼，就能找出六个被他忽略掉的讯息。

艾玲达将一只手放在他的手臂上，执著地说：“兰德·亚瑟，我必须和你认真谈谈。”

突然间，所有事情都集中到了他的脑海里。房门被打开，他闻到了污秽，而不止是感觉到它，但那又不是真正的气味。丢下信纸，兰德用力将艾玲达推开。艾玲达惊呼一声，摔倒在地上，离开了他，也离开了危险。他抓住阳极力，转过身——一切都缓慢下来。

南蒂拉和嘉兰妮刚刚转身来看是什么让艾玲达发出喊声。兰德必须聚精会神地搜索，才能看到那个穿着灰色外衣的高大男人，那个男人在经过两名枪姬众身边时，她们完全没看到他。那双没有生命的黑眸一直盯着兰德。即使已经集中了精神，兰德仍然发觉自己的目光总是想滑过这名灰人——暗影的刺客。当信纸落到地板上的时候，那名灰人才意识到兰德正在看着他。艾玲达的喊声仍然萦绕在空气里，一把匕首出现在灰人的手中，兰德向前冲去。带着轻蔑的心情，兰德让风之力包裹住灰人的身体。一道火柱射过兰德的肩膀，在灰人的胸口烧了一个拳头大小的洞，这名刺客没来得及抽搐一下就死了。他的脑袋歪到一旁，那双眼睛像刚才一样，散发着死亡的气息，盯着兰德。

死了。那种让灰人难以被看见的作用也消失了，他一下子变得像普通人一样。艾玲达刚刚开始从地上爬起来，又惊讶地喊了一声。兰德感觉到身上的鸡皮疙瘩——这代表着艾玲达已经拥抱了阴极力。南蒂拉压下一声惊呼，迅速向面纱伸出了手；嘉兰妮的面纱已经被提起一半。

兰德让那具尸体倒落下去，但他仍然持握着阳极力，转过身，看着站在他寝室门口的马瑞姆。“为什么你要杀死他？”兰德冷硬的声音并不是完全因为虚空的关系，“我要抓住他，他也许能告诉我一些信息，也许我甚至能知道是谁派他来的。你又为什么会溜进我的寝室里？”

马瑞姆从容不迫地走了过来，他穿着一件黑色的外衣，袖子上盘绕着蓝色和金色的龙。艾玲达爬起身，虽然体内充满了阴极力，但她的眼神说明她正准备从腰带上抽出匕首，刺马瑞姆一刀。南蒂拉和嘉兰妮已经戴上面纱，踮起脚尖，手中擎起了短矛。马瑞姆没有理会她们，兰德感觉到至上力已经离开了这个男人，看样子，马瑞姆甚至不在意仍然充盈着阳极力的兰德。他瞥了那名灰人一眼，嘴角似笑非笑地抽动着。

“肮脏的东西，没有灵魂的家伙。”其他任何人都有可能发抖，但不是马瑞姆，“我用通道走进了你的阳台，因为我认为你会想立刻听到那个讯息。”

“有人学得太快了？”兰德插嘴说。马瑞姆的嘴角又翘了翘。

“不，并没有弃光魔使冒充学徒，除非那名弃光魔使能让自己完全像是个刚过二十岁的男孩。他的名字是佳哈·那瑞玛，他天生就有火花，但那还没有到来，男人通常会比女人显现得稍晚一些。你应该回学校去看看，那里的改变会让你惊讶的。”

兰德并不怀疑这点。佳哈·那瑞玛绝不是一个安多人的名字——穿行可以让马瑞姆不受限制地前往遥远的地方。兰德什么都没说，只是瞥了地毯上的尸体一眼。马瑞姆的脸扭曲了一下，这次是因为气恼。“相信我，我像你一样希望他还活着。我看见了他，没有思考就行动了。我最不想看见的就是你的死亡。你抓住他的同时，我导引了，那时想要停下已经太迟了。”

我一定要杀了他，路斯·瑟林嘟囔着。至上力在兰德体内澎湃，僵立在原地，兰德拼尽全力将至上力推走。路斯·瑟林却想要拉住至上力，想要导引。最后，缓缓地，至上力消退了，如同桶中的水从一个孔穴中渗漏出去。

*为什么？*兰德问，*为什么你想杀死他？*没有回答，只有从遥远的地方传来的疯狂笑声和哭声。

艾玲达用充满关注的目光望着兰德，她已经收回手中的匕首，但兰德皮肤上的刺麻感说明她留下了阴极力。两名枪姬众放下了面纱，现在已经很清楚，马瑞姆到这里来并不是要发动攻击。她们都用一只眼睛盯着马瑞姆，另一只眼睛盯着这个房间，同时还彼此交换着惭愧的眼神。

兰德走到放着他的佩剑和真龙令牌的桌边，坐进一张椅子里。这场战斗只持续了很短的一段时间，但他已经感到膝盖发软。路斯·瑟林几乎占据了他的躯体，至少是几乎夺取了对阳极力的控制。以前，在那座学校的那一次，他还能敷衍自己，但这次不行了。

马瑞姆自始至终没有表现出是否注意到了兰德的异常。他弯下腰，捡起那封信，向上面瞥了一眼，才微一鞠躬，将它交给兰德。

兰德将羊皮纸塞进口袋里，没有任何事情能撼动马瑞姆，能打破他的平衡。为什么路斯·瑟林想要杀死他？“你做了那么多事情，想要对抗两仪师，做着努力，但我很惊讶你从没提出过攻击沙马奥。你和我一起，也许再加上一些强有力的学生，直接通过通道去伊利安向他发动攻击。这个人一定是沙马奥派来的。”

“也许，”马瑞姆又瞥了地上的灰人一眼，“但我还需要更多证据才能相信。”这当然是个简单的事实。“至于伊利安，我怀疑那并不像处置两个两仪师那么简单。我一直在想，如果我处在沙马奥的位置，我会怎么做，我会在伊利安城布满网络一样的结界。这样，只要有人想到导引，我就能立刻知道他在哪里，我会在他喘出一口气之前把那片地方烧成焦土。”

兰德也有这样的考虑，没有人比沙马奥更擅长守御一片地方。也许只是因为路斯·瑟林疯了，也许他是在嫉妒马瑞姆。兰德竭力告诉自己，他并没有因为路斯·瑟林的嫉妒而刻意避开那所学校，但兰德总觉得马瑞姆身上有什么东西在刺激着他。“你已经说完了你的讯息，我建议你去认真训练那个佳哈·那瑞玛，好好训练他，也许他很快就必须使用他的力量了。”

片刻之间，马瑞姆的黑眸闪烁着，然后他稍一躬身，便一言不发地抓住阳极力，在兰德面前打开了通道。兰德让自己坐在椅子里，体内没有一点阳极力，直到那个人消失，通道缩成一道刺目的亮线。他不能再冒险和路斯·瑟林进行一场争斗，也许他最终会失去自己，发现自己已经和马瑞姆展开了战斗。为什么路斯·瑟林想要这个男人死？光明啊，路斯·瑟林似乎想让每个人都死，包括他自己。

这真是个变故繁多的早晨，直到现在，窗外的天空还是灰色的，不过好讯息比坏讯息要多。兰德看了躺倒在地毯上的灰人一眼，他身上的伤口在出现的时候就被烧焦了，但即使地毯上留下了一滴血，哈芙尔大妈也一定会让兰德知道，而且她不会为此说一个字。至于那名海民的波涛长，她可以先发一阵子脾气。兰德已经有太多事情要处理，不愿意再增加一个暴躁的女人了。

南蒂拉和嘉兰妮仍然站在门口，在双脚之间来回挪动着身体的重心。马瑞姆离开的时候，她们就应该回到她们在门外的岗位上去。

“如果你们两个因为这个灰人而感到不安，”兰德说，“那现在就忘了他吧！只有傻瓜会认为自己能主动注意到无魂者，你们都不是傻瓜。”

“不是这样的。”南蒂拉僵硬地说。嘉兰妮的下巴紧绷着，她显然是在努力地控制着自己的舌头。

兰德立刻就懂了，她们并不是相信她们可以看到灰人，但她们仍然在为此感到羞愧。她们为此羞愧，又害怕她们“失败”的讯息被广为传播。“我不想让任何人知道马瑞姆来过这里，以及他说了什么，人们已经在因为那个不知位于何处的学校而焦虑不安了。他们肯定不愿意知道，马瑞姆或那个学校的某个学生能够凭空出现在他们面前。我想最好的办法就是对今天早晨发生的所有事情都守口如瓶，我们不能对一具尸体的出现保密，但我希望你们答应，对外你们只能说是有一个男人想要行刺我，却被杀死了。我对所有人都会这么说，我不愿意你们让我在别人眼中成为说谎的人。”

两名枪姬众脸上的感激之情显而易见。“我负有义。”她们几乎是同时喃喃地说道。

兰德用力清了清喉咙。这不是他要达到的效果，但至少他已经缓和了她们的情绪，突然间，一个对付苏琳的办法在他的脑子里冒了出来。苏琳不会喜欢这样，但这样可以让她承担下义，也许因为她不愿意，所以这样的效果会更好。而这也能让兰德在某种程度上减轻自己的负罪感，并至少能让兰德承担下一些对于苏琳的义。

“现在去站岗吧！否则我会以为你们是在想我的眉毛。”这是南蒂拉说过的话，艾玲达在为他的眉毛着迷？“去吧，再找人来把这家伙拖走。”她们在离开时，还在微笑着彼此打着手语。兰德站起身，抓住了艾玲达的手臂。“你刚才说，我们必须谈谈。我们进寝室去，让人先把这里清理干净。”如果真的有血污，也许他能用阳极力把脏东西抹掉。

艾玲达从他的手里挣脱了手臂。“不！不要去那里！”她深吸一口气，让自己的声调和缓一些，但她看上去仍然满是疑心，而且还带着不小的怒气。“为什么我们不能在这里谈？”除了地上的那个死人以外，并没有其他理由，而且艾玲达似乎并不认为这个死人算是什么理由。

她几乎是粗蛮地将兰德推回到椅子里，然后紧盯着他，又吸了一口气，才开始说话：“节义是艾伊尔的核心，我们就是节义。今天早晨，你把我羞辱到骨头里去了。”她将双臂交叠在胸前，瞪着兰德的眼睛，开始向兰德训话。她表明了兰德有多么无知，并且告诫兰德要将这些无知认真隐藏起来，直到她逐一进行矫正。然后她又强调了这一事实——义必须得到承担，无论要花费多么大的代价。

兰德相信，当艾玲达刚才告诉他有话要跟他说的时候，她想说的并不是这些。但兰德惊讶地发现，自己只是很高兴地看着她的眼睛。他喜欢看她的眼睛，一点一点地，他挖出从她眼神带给他的喜悦，将它们碾碎，只留下迟钝的疼痛。

兰德以为这些都是自己在暗中进行的，但他的表情肯定有了变化。艾玲达的声音慢慢低了下去，只是站在他面前，盯着他，大口地呼吸着。然后艾玲达显然是很努力地将目光挪到了一边。“至少你现在明白了，”她喃喃地说道，“我必须……我需要……只要你明白。”她撩起裙子，快步走出了门。那具尸体仿佛只是个她要绕过的矮树丛。

现在这个房间仿佛比刚才更显昏暗，房里只剩下兰德一个人，还有一具死尸。这太合适了。当奉义徒来清理那名灰人时，他们发现兰德正在轻声地笑着。

·

帕登·范坐在椅子里，将双脚放在椅子前的脚凳上，端详着手中这把反射着朝阳光线的匕首。这把锋刃弯曲的匕首已经不知道被他在手中翻转了多少遍，将它佩在腰间并不够，他必须经常把它拿出来把玩一番。镶嵌在匕首柄末端那颗硕大的红宝石闪烁着深沉的恶意。这把匕首是他的一部分，或者他是这把匕首的一部分。这把匕首是爱瑞荷的一部分，现在的人们都已经管那里叫煞达罗苟斯了。他是爱瑞荷的一部分，或者那是他的一部分。他非常疯狂，而且自己很清楚这点，但他不在乎疯狂。阳光照耀在钢刃上，现在这段钢刃比萨坎鞑更加致命。

一阵窸窣声引起他的注意。他瞥了那名魔达奥一眼，那名魔达奥正坐在房间的另一侧，等待着取悦他。它并不想看帕登的眼睛，帕登早已经让它失去了这样的妄想。

帕登想回到对匕首的沉思中，继续欣赏这种完美的美丽，完美的死亡，那是爱瑞荷曾有的美丽，而现在它又会重现于人间。但那名魔达奥打断了他的沉思，搞糟了他的心情，他几乎要走过去杀掉这东西。半人需要很长时间才能死掉。如果他用这把匕首，它会经过多长时间死掉？仿佛是感觉到了他的想法，魔达奥又开始骚动。不，它还有用。

但对于他来说，将精神长时间集中在一样东西上是很困难的。当然，除了兰德以外。他能感觉到兰德，能够指出兰德的所在，兰德在吸引他，让他痛苦。然而最近，这种情况发生了变化。一个突然出现的变化。几乎就像是有人突然拿走了兰德所拥有的一部分，也因此让帕登所拥有的一部分消失了。没关系，兰德是属于他的。

他希望自己能感觉到兰德的痛苦，他肯定已经让兰德感到过痛苦了，虽然迄今为止，那还只是一些针孔，但针孔也足以吸干兰德。白袍众在激烈地对抗着转生真龙。帕登的嘴唇拧出一丝冷笑。培卓不会比爱莉达更加支持兰德，但最好不要对该死的兰德·亚瑟过于想当然。嗯，他已经用自己从爱瑞荷里带出来的东西刷拂过这两个人，现在他们也许还能信任他们自己的母亲，但绝对不会是兰德·亚瑟。

屋门猛地被推开了，年轻的培闻·贝曼被他的母亲追着冲进了房间。婻恩·贝曼是一名俊俏的妇人，但帕登现在已经很少会注意女人的相貌了。她是一名暗黑之友，原先她以为自己的誓言只是稍微沾了一点邪恶，直到帕登·范出现在她的家门口。她相信帕登也是一名暗黑之友，一名高阶暗黑之友，当然，帕登远不止如此。如果让一名弃光魔使找到他，他就会没命。这个想法让他咯咯地笑了起来。

培闻和他的母亲在看到魔达奥时，都吓得后退了一步。不过男孩先恢复了过来，当婻恩还在竭力恢复呼吸的时候，他已经走到了帕登的面前。

“魔德斯大人，魔德斯大人，”穿着红白两色外衣的男孩尖声叫嚷着，从一只脚跳到另一只脚，“我有你想知道的讯息。”

魔德斯，他用的是这个名字吗？有时候他已经想不起来自己用的是什么名字，自己真正的名字是什么了。将匕首插回外衣下面的鞘中，他堆起一副温暖的微笑：“什么讯息，小子？”

“今天早晨有人想要杀死转生真龙，一个男人，现在他死了。他溜过所有艾伊尔人和其他人，直接走进真龙大人的房间。”

帕登感觉到自己的微笑变得狰狞了。想要杀死兰德？兰德是他的！兰德要死在他手里，而不是其他人手里！等等，那名刺客越过艾伊尔人，进入兰德的房间？“灰人！”他没有认出咬牙说出这个词的是他的声音。灰人意味着使徒。他永远也不能摆脱那些人的干扰吗？

所有这些怒火必须在爆发之前被引到别的地方去，他几乎是不经意地用手抚摸着那个男孩的脸颊，男孩的眼睛凸了出来，剧烈地颤抖着，牙齿不停地相互撞击。

帕登并不真正地明白自己玩弄的把戏，也许是这种小手段可能有一点来自于暗帝，有一点来自于爱瑞荷。在他不再只是帕登·范之后，这些能力开始缓慢地显现出来。他所知道的就是现在他能做一些事了，只要他碰触到某个目标。

婻恩跪倒在他的椅子旁边，紧抓住他的外衣。“求您宽恕，魔德斯大人，”她喘息着喊道，“求求您，饶了他吧！他只是个孩子。只是一个孩子！”

片刻之间，魔德斯侧过头，好奇地端详着她，她确实是个相当漂亮的女人。将一只脚踏在她的胸口，魔德斯将她踹到一旁，好让自己能站起来。那名魔达奥偷偷地向这里望了一眼，看到他的眼睛时，又急忙将自己无眼的脸转到一旁。它很清楚他的……把戏。

帕登来回踱着步。他必须有所行动，兰德的垮台必须是因为他的行动，他的！不是使徒们的！他要怎样才能再次伤害这个人，一直伤到他的心？“库雷恩的猎犬”里有那些爱唠叨的女孩，但是当两河人在受苦的时候，兰德并没有去，即使帕登烧光了那家客栈和里面的那些小妞，兰德又怎么会在意？他还有什么力量可以使用？他手下的圣光之子只剩下了几个。那实际上只是一场测试。如果真的有人在那一次杀死了兰德，他会让那个人乞求被活着剥掉外皮！但他的部下确实遭到了耗损。他有这名魔达奥，有屈指可数的几个兽魔人藏在城外，还有从塔瓦隆到这里的一路上，以及在凯姆林城中搜集到的一点暗黑之友。兰德在吸引他。关于暗黑之友，他的身上也出现了一个引人注意的改变，他本来并不能从普通人之中区分出暗黑之友，但最近，他发现自己只是瞥一眼就能知道某人是暗黑之友了，即使那个人只是想过要向暗影发誓，仿佛这些人都在额头抹上了黑色的标记。

不！他必须集中精神，集中精神！理清了一下自己的思路，他的目光落在那名妇人身上，她正一边哭嚎一边抚摸着发出模糊喊声的儿子，轻声向儿子说话，仿佛这样能让她的儿子好受一些。帕登不知道该怎样停止自己的把戏。这个男孩应该能活下来，那个把戏会停止，只是会留给这个男孩一点比疲倦更糟的感受。帕登并没有认真地去做那个把戏。理清了一下思路，帕登又想到另外一件事，一个漂亮的女人，他有多久没有享受过女人了？

他微笑着抓住那个女人的手臂，却又不得不将她从那个蠢男孩身边拖开。“跟我来。”他的声音变了，变得更加宏亮、庄严，其中的卢加德语调也消失了，但他并没有注意到，他从来都不曾注意到这件事。“至少，我相信你知道如何表现真正的尊敬，如果你让我高兴，你就不会受伤。”为什么这个女人要反抗？他知道自己是有魅力的，他不得不伤害这个女人了，这全都是兰德的错。

第 29 章

火与魂

在小白塔前面的影子里停下脚步，奈妮薇小心地擦了擦脸，然后把手绢收回袖子里。这并没什么用，汗水立刻又从她的皮肤中冒了出来，但她想以最好的形象走进去。她希望自己能显得冷静、沉着、威严，但这种可能性不大。她额角的血管在不停地跳动，她的胃非常……虚弱，今天早晨她甚至没吃早餐。当然，都是因为这种炎热。但她总是想躺回到床上去，蜷缩在那里，直到死掉。而她对天气的感觉又在烦扰她。天上明明只挂着一轮熔金般的烈日，她却总觉得应该有乌云翻滚、电闪雷鸣。

在小白塔前面闲逛的护法们乍看并不像是卫兵，但他们确实在守卫这里。他们让奈妮薇想到了自己在提尔之岩见到的艾伊尔人，这些人也许在睡觉时看上去都会是狼的样子。一名秃头方脸的男人从小白塔里小跑出来，沿着街道向远处跑去，他的个子并不比奈妮薇高，而他的宽度几乎和他的高度一样。剑柄从他的背上伸出，突起在肩头。他是摩芙玲的护法乔锐。即使是有这样的身材，他看上去同样很像一匹狼。

留着顶髻的乌诺经过奈妮薇身边，牵着他的马在人群间穿过。这名夏纳人从肩膀向下全都覆盖着钢板甲和锁甲，但他却好像完全没感觉到空气的炎热。他在马上转过身，用唯一一只眼睛看着奈妮薇。奈妮薇的脸色阴沉了下来。柏姬泰一定告诉他了，现在每次这个男人看奈妮薇的时候，都显然是在等待着奈妮薇命令他去偷马。奈妮薇也早已经做好了这样的准备，即使是伊兰也说不清她们留在这里还能做些什么。是的，伊兰有事可做，而且她正在做，但她们不该只是做那些事。

乌诺已经绕过了街角。奈妮薇叹息了一声，她只是在拖延进去的时间。麦瑞勒也许会在。又擦了擦脸，她朝自己满是皱纹的双手皱起了眉——今天是刷锅子的第十一天，这样的日子还要再过二十九天。二十九天！她走了进去。

在这个大厅里比外面会稍微凉爽一些，也让奈妮薇一直在痛的脑袋轻松了点，现在所有人都称这里为“等候室”。两仪师们没有时间可以浪费来修缮这个地方。这里的石砌壁炉少了许多石块，墙壁上的石膏上有许多窟窿，露出后面的板壁。爱瑞娜和妮可拉正在和另外一名初阶生扫地，但古老残破的地板即使被扫干净了，也不见得有多美观。爱瑞娜满脸怒容，她从来不喜欢和初阶生一起做杂役，但在沙力达，没有人能逃避杂役。在房间的远处，罗曼妲正在和两名细瘦的老年两仪师说话——她们的面容也许仍旧没有瑕疵，但她们的头发已经全部变成了白色，从她们背上的薄防尘斗篷判断，她们一定是刚刚才到的。奈妮薇没看见麦瑞勒，这让她松了一口气，这个女人从不会放过任何折磨奈妮薇的机会！两仪师们坐在桌边。她们的座椅并不一致，但至少被仔细地排列整齐了。她们都在书写文件，或者是向护法和仆人发出各种命令，但现在这里的人已经比奈妮薇第一次进来时看见的要少了许多。只有宗派守护者和她们的仆人还在，其他人都为在这里工作的两仪师让出了空间。小白塔和白塔一样，精确的礼仪比任何事都重要。当奈妮薇第一次看见这个房间时，这里正陷入一片忙碌之中，充满了一种要做什么大事的气氛，但也只是气氛而已。现在，一切都缓慢了下来，就像在白塔中的感觉一样。

奈妮薇走到稍远一些的一张桌子前，小心地行了个屈膝礼：“请原谅，两仪师，但我被告知史汪和莉安在这里，您能告诉我在什么地方能找到她们吗？”布兰妲的钢笔停止了移动，她抬起头，用冰冷的黑眸看着奈妮薇。奈妮薇会选择布兰妲，而不是更靠近门口的两仪师，是因为她是极少几个从没向奈妮薇逼问过兰德情况的两仪师之一。而且，当史汪是玉座的时候，史汪也选择布兰妲作为一名可以信任的两仪师。这与奈妮薇现在的问题并没有什么关系，但面对这位两仪师的时候，奈妮薇会稍微感到一点安慰。

“她们和一些守护者在一起，孩子。”布兰妲的声音清脆悦耳，但像她白皙的面孔一样毫无感情，白宗两仪师很少会显示出任何情绪，布兰妲则从没有显示过情绪。

奈妮薇压抑住一个气恼的叹息。如果是守护者们在听取她们关于眼线的报告，她们也许一个小时之后都不会有时间，也许整整一天都会这样被浪费掉，而那时奈妮薇早已经要埋头在刷锅子里了。“谢谢您，两仪师。”

布兰妲用手势阻止了奈妮薇的屈膝礼：“昨天瑟德琳和你有什么进步吗？”

“没有，两仪师。”如果说奈妮薇的声音有一点紧张，有一点草率，那是有原因的。瑟德琳说过，她要在奈妮薇身上尝试每一种手段，很显然的，她就是这个意思。昨天的尝试包括喝酒让奈妮薇松弛，只是奈妮薇不小心多喝了几口。她不相信自己还能忘记唱着歌被架回房间时的样子——她竟然在唱歌！以后她只要想起那时的情景，一定都会满脸通红的。布兰妲一定也知道了这件事，每个人一定都知道了。想到这个，奈妮薇的肠胃就会翻腾个不停。

“我会问这个只是因为你的学习似乎很不顺利，我听到有几位姐妹认为你的精彩发现差不多已经到了尽头。你的额外杂役也许是个问题，但伊兰即使还要教导初阶生，以及在那些锅碗中工作，每天仍然能提供一些新东西。有几位姐妹都很想知道，她们是否能比瑟德琳给你更多一些的帮助。如果我们每天轮流和你共同探讨，时时不辍，也许我们的收获会比那种非正式的人更多，毕竟瑟德琳自己也不过比见习生要高一些。”布兰妲的这番话完全是用平静的语气说出，没有半点谴责的意味，但奈妮薇的双颊已经烧得烫手了。

“我相信瑟德琳最终是可以找到问题关键的，两仪师，”奈妮薇几乎是用耳语说着，“我会更加努力的，两仪师。”匆忙地行了个屈膝礼，奈妮薇抢在布兰妲阻止她之前转过了身，结果她一下子撞到了那两位新来的白发两仪师中的一位。她们看上去就像是对方在镜子里的映像，任何人都会以为她们是一对姊妹，两个人都有着一副纤细的骨架和一张充满贵族气质的长面孔。

这一下撞得不轻，奈妮薇急忙想道歉，但那名两仪师盯着她的一双眼睛比鹰隼更加犀利。“小心看路，见习生，在我当见习生那个时候，一名想要撞两仪师的见习生会一直被罚擦地板，直到她的头发比我的更白。”

她的同伴碰了碰她的手臂：“哦，让这个孩子走吧，范迪恩，我们还有工作要做。”

范迪恩朝奈妮薇严厉地哼了一声，但还是跟随她的同伴走了出去。

奈妮薇站了一会儿，等那两位两仪师先离开，然后看见雪瑞安从后面的一间会议室中走出来，麦瑞勒、摩芙玲和波恩宁跟在她身后。麦瑞勒也看见了奈妮薇，她刚要向奈妮薇走过来，雪瑞安和摩芙玲已经各抓住这位绿宗姐妹的一只手臂，飞快地向她低声说着什么，同时也不停地瞥向奈妮薇。这四个人一边说话，一边走过房间，消失在另一道门里。

奈妮薇一直走出了小白塔，才狠狠地拉了一下自己的辫子。昨晚她们见过了智者，要猜出她们为什么会阻止麦瑞勒并不困难。如果艾雯终于去了石之心大厅，她们肯定不会想让她知道。奈妮薇·爱米拉失宠了。她在本应该比见习生更进一步的时候却像初阶生一样在刷锅碗子；她和瑟德琳毫无进展，她那些精彩的发现也已经枯竭；她永远也不会成为两仪师。她已经明白了，泄露那些通过伊兰从魔格丁那里得到的信息是个错误。她已经明白了！她的舌头抽搐了一下，因为想起了那种可怕的味道——猫蕨草和马文叶粉的味道，她以前经常用这帖药剂治疗那些总是禁不住要说谎的孩子。是的，她自己就应该喝一帖这种药剂。但这确实是个错误。两仪师已经不再谈论她的创新，她们谈论她已经不再有创新。两仪师们只是对她的封锁有暂时的兴趣，她们不会帮她把封锁打破的。她不可能成功，即便两仪师们从她的头发检查到脚趾，从日出检查到日落。

她更加用力地拉了一下自己的发辫，让头皮都感觉到了疼痛，但这样并不能让她的脾气缓和下来。一名戴着弓箭手扁头盔，穿着镶皮短上衣的士兵好奇地看着她，但奈妮薇凶狠地瞪了他一眼，让他踉跄了一下，立刻消失在了人群里。为什么伊兰要这么顽固？

一只男人的手按在她的肩头，奈妮薇猛地转过身，想把那个男人的脑袋揪下来，但她却僵在了原地。

白胡子的汤姆·梅里林正带着笑容看着她，锐利的蓝眼睛在满是皱纹的脸上闪着光。“你好，奈妮薇，我几乎以为你在发火，但我知道你是个甜美的人儿。人们喝茶的时候只要求你在茶杯里沾沾手指，就不需要放蜂蜜了。”

泽凌·散达就在汤姆的旁边，这个瘦子靠在他拇指粗的竹竿上，仿佛是从乌木中雕出来的一样。泽凌是名提尔人，不是塔拉朋人，但他却始终没有丢下那顶可笑的平顶圆锥形红色小帽，这顶帽子比奈妮薇上次看见时更加破烂了。当奈妮薇瞥向他的时候，他连忙把帽子抓了下来。这两个人全都风尘仆仆、衣衫破烂，原本就不算丰满的面容更是憔悴许多。看样子，他们在离开沙力达的这几个星期里，每天晚上不是在马鞍上度过，就是和衣睡在地上。

没等奈妮薇开口，伊兰就扑到汤姆身上。汤姆踉跄了一下，虽然腿有些瘸，但他立刻就用双手抱起伊兰，把她像小孩一样转了一圈又一圈。当汤姆把伊兰放回地上时，还在笑着，伊兰也一样。她伸手抓住汤姆的一绺胡子，他们笑得更厉害了。汤姆仔细看着伊兰的手，那双手像奈妮薇的一样被泡得皱起皮来。他急忙问伊兰，没有他照看的时候遇到什么麻烦被弄成这样。伊兰只是回答说不需要任何人告诉她该怎样做，但已经是满脸通红了。不过她还是咬着嘴唇，吃吃地笑着。

奈妮薇深吸了一口气。有时候这两个人扮父女实在是过分了，伊兰以为她只是个十岁的小女孩，汤姆似乎也是这么想的。“我想今天上午你还要教初阶生，伊兰。”

伊兰用眼角瞪了奈妮薇一眼，才恢复自己应有的姿态，伸手抚平了彩边长袍，不在意地说道：“我已经求凯丽玎帮我代课了。”然后她又笑着对汤姆说：“我想我可以陪你一会儿，我很高兴能这么做，现在我们能听你说在阿玛迪西亚经历的每一件事了。”

奈妮薇哼了一声，实际上伊兰是想让他们两个陪她罢了。昨天的事情，奈妮薇已经忘得差不多了，但她还记得太阳没有落下的时候，伊兰是怎样一边笑着，一边为她脱衣服，将她放到床上的。她还记得这个女人是怎样问她是否需要一桶水凉凉脑袋。

汤姆什么都没注意到，大多数男人都是瞎子，但汤姆平时还算是目光敏锐的。“我们尽量想要早一点脱身，”他说道，“雪瑞安已经把我们榨干了，她还要我们对一些宗派守护者进行单独汇报，但愿她们只是会大略问一问吧！沿埃达河部署的白袍众并不足以拦住想过河的老鼠，除非那只老鼠在过河的前一天先用大鼓和喇叭宣告自己的存在。培卓·南奥向塔拉朋边境派遣了一支大军，又安排了相当多的军力阻挡侵入阿玛迪西亚北部的先知，他似乎把剩下的每一名白袍众都集中到阿玛多周围，埃尔隆也在聚集他的士兵。我们离开之前，关于沙力达的传闻就已经出现在阿玛多的街头巷尾了，但我没能确认培卓是否已经注意到了这个地方。”

“塔拉朋，”泽凌端详着自己的小帽，喃喃地说道，“那个国家已经彻底毁了，任何人都不知道该怎样让她恢复过来。我们听说是这样的。”

奈妮薇不确定这两个家伙之中谁更擅长装假，但她确定，他们当面说谎的伎俩会让任何羊毛商人都相形见绌。现在，奈妮薇相信他们都隐瞒了一些事情。

伊兰比奈妮薇看到得更多，她揪住汤姆的衣领，死死地盯着他，冷静地说：

“你听到关于母亲的讯息了。”她不是在提问。

汤姆抚了抚自己的胡子：“阿玛多的每条街上都流传着一百条谣言，孩子，每一个都比其他的更匪夷所思。”他粗糙的脸上写满了清白和诚实，但这个男人从他出生的那天开始就不是清白的。“有人说整座白塔的人都已经到了沙力达，有一万名护法准备跨过埃达河。还有人说两仪师已经占领了坦其克，兰德有一双翅膀，能够在黑夜中飞翔，还有——”

“汤姆？”伊兰说。

汤姆喷了一下鼻息，瞪着泽凌和奈妮薇，仿佛这都是他们的错：“孩子，那只是谣言，像我们听到的任何谣言一样疯狂。我没办法确认任何事，相信我，我一直都在努力。我只是无意中提到了他，无意中破触了你的痛处，让它过去吧，孩子。”

“汤姆。”这次，伊兰的语气更加坚定。泽凌在双脚之间移动着身体的重心，看上去仿佛是很希望自己能在别的什么地方。汤姆的表情则相当阴沉。

“嗯，如果你一定要听，阿玛迪西亚的每个人似乎都认为你的母亲在圣光城堡，她要率领一支白袍众的军队返回安多。”

伊兰摇摇头，轻声笑了笑：“哦，汤姆，你以为我会担心这种事吗？母亲绝不会去找白袍众的，我倒是希望她能这样做，我只希望她还活着。即使她这样做是亵渎了她曾经教给我的一切——带领侵略军进入安多，还是白袍众！我希望是这样，但如果希望只是什么黑夜中的翅膀……”她的微笑显得很悲伤，一种被深深压抑的悲伤。“我能够承受自己的悲伤，汤姆，母亲死了，我必须尽全力不要辜负她。她就绝不会相信任何荒谬的谣言，或者为这种谣言而落泪。”

“孩子。”汤姆笨拙地说。

奈妮薇想知道汤姆自己对于摩格丝的死有什么感觉。她很难相信汤姆曾经是摩格丝的爱人，那时摩格丝还很年轻，伊兰更只是个不懂事的小孩子。在那时候，汤姆肯定不是这副在太阳底下被晒干的样子。汤姆后来逃出了凯姆林，身后紧跟着一道对他发出的通缉令。不过关于这段恋情的结束，奈妮薇还知道更多一点——这并不是那种标准的爱情故事。但此时此刻，汤姆关心的只有伊兰是否说了实话，还是她将伤痛藏在心底。他不停地拍着伊兰的肩膀，抚着她的头发。如果奈妮薇不是满心希望他们能像普通人一样好好说话，她一定会认为这是一幅相当美丽的画面。

一阵清嗓子的声音打破了这幅画面。“汤姆先生？”塔比瑟展开她的白裙，飞快地行了个屈膝礼，“泽凌师傅？两仪师雪瑞安说，宗派守护者已经准备好接见你们了，她说你们不该离开小白塔的。”

“小白塔？那个房子？”汤姆冷冷地说着，看了那幢古老的客栈一眼，“伊兰，她们不能永远抓住我们，等和她们说完话，你和我可以讨论……你的一切想法。”然后他示意塔比瑟在前面带路，走进了老客栈，瘸得很明显。当他疲惫的时候，就会这样。泽凌耸了耸肩，跟在汤姆后面，仿佛是要上绞刑架。毕竟，他是提尔人。

奈妮薇和伊兰站在原地，并没有去看对方。

终于，奈妮薇说道：“我不……”与此同时，伊兰说道：“我不应……”她们同时闭上了嘴，片刻之间，两个人只是红着脸，摆弄着裙子。

“站在这里实在太热了。”奈妮薇最后说道。

看样子，听史汪和莉安报告的宗派守护者与听汤姆和泽凌报告的不是同一帮人。也许现在洛根还闲着，但奈妮薇从他身上得不到任何信息。只是，无论做些什么，也总比在这里数手指，等一群两仪师突然出现在她面前，为她安排一堆临时任务要好。

叹了口气，奈妮薇沿着街道向前走去，伊兰跟在她身边，仿佛奈妮薇邀请她这样做似的。突然间，奈妮薇发现伊兰的手腕上什么都没有。

“手镯在哪？”她轻声问。街上没有人会懂得她在问什么，但一次忘记谨慎，以后每次就都可能忘记谨慎。“玛丽甘在哪？”

“手镯在我的口袋里，奈妮薇。”伊兰一边说着，一边向旁边迈出一步，让一辆高轮大车过去，然后又回到奈妮薇身边，“玛丽甘正在洗衣服，她周围大概有二十个女人，现在她每挪动一下都会呻吟一声。她嘟囔着说什么她没想到会让柏姬泰听见，而柏姬泰……我必须把这东西先拿下来，奈妮薇。柏姬泰有这样的权力，但这让我也会很痛。我告诉玛丽甘，她要说是从楼梯上跌下来。”

奈妮薇哼了一声，她的心思并不在这上面。最近她戴这只手镯的时候并不多，不是因为她已经无法从魔格丁身上挖出东西了，她仍然相信魔格丁知道一些关于医疗的技巧，而且魔格丁也没有跟她们说清楚该如何察觉男人的导引。真正原因是，她害怕自己会做出比柏姬泰更可怕的事情来。奈妮薇不喜欢自己因为魔格丁的痛苦而感到心满意足，即使那种痛苦是来自于她从魔格丁身上挖掘知识的时候。也许这让她想起了她没有手镯时，单独面对魔格丁的情形；也许她开始愈来愈厌恶自己隐藏一名弃光魔使，让她免于被审判的行为；也许是所有这些原因的总和。而她知道的是现在必须让自己戴上这只手镯，还有就是无论什么时候她看见魔格丁的脸，都想要在那上面狠狠挥上一拳。

“我不该笑的，”伊兰说，“我很后悔那样。”

奈妮薇突然停住脚步，让一名骑马的人连忙勒住缰绳，以免马蹄踩到她。那个人向奈妮薇喊了些什么，就被人群裹挟着继续向前去了。但惊讶万分的奈妮薇根本没听见那个人喊话的内容，她不是在为伊兰的道歉而感到惊讶，而是惊讶于她自己要说的话，她应该说的话，没有虚假的话。

她没办法去看伊兰，只能继续向前走去。“你完全有权力笑，我……”她艰难地咽了口口水，“我完全是个傻瓜。”瑟德琳只让她喝几口，她却喝光了几乎一整壶酒。如果打算失败，最好找一个自己能够接受的理由。“你真的应该拿一桶水来，把我的脑袋压进去，直到我能一字不差地背出《寻猎号角史诗》。”她小心翼翼地用眼角瞥了一眼伊兰，伊兰的脸颊上还留着小块的红晕，那就是说，伊兰当时确实是提到水桶了。

“任何人都有可能出这种事。”伊兰说道。

奈妮薇感觉到自己的脸颊热了起来，当这种事发生在伊兰身上的时候，奈妮薇确实是将这个女孩按进水桶里，直到把她的酒气全部都洗掉。“你应该做一些能让我……让我清醒过来的事。”

这是奈妮薇有过的最奇怪的争论，她竟然会坚持说自己是个傻瓜，应该受到惩罚，而伊兰则在努力地为她开脱。奈妮薇不明白这样承认所有的罪责为什么反而会让自己感到如此舒爽，她不记得以前这样做过。遇到这样的事情，她总是会竭尽所能为自己辩护。现在，伊兰不同意她是个孩子气的小丑，她甚至有些生气了，这场争论一直持续到村边的那座小茅草屋前面。这是洛根居住的地方。

“如果你不停下来，”伊兰最后说道，“我发誓，我立刻就会拎一桶水过来。”

奈妮薇张了张嘴，没有说话，即使她刚刚发现承认错误能让她感到心情愉快，但她这样做毕竟还是过分了些，而且这样的好心情让她没办法对洛根做任何事。现在，没有魔格丁和那只手镯，她体内几乎就没有至上力了。她瞥了守在那扇石头门框外的两名护法一眼，他们距离她还很远，应该听不到她说话，但奈妮薇还是压低了声音：“伊兰，我们走吧，就在今晚。”有汤姆和泽凌在沙力达，她们不需要让乌诺去找马了。“我们不去凯姆林，如果你不想去的话。我们去艾博达，茉瑞莉永远也找不到那个碗，雪瑞安也永远不会让我们去找它。你觉得怎样，今晚？”

“不，奈妮薇，如果她们认为我们是逃走的，我们还能为兰德做些什么？你答应过我的，奈妮薇，你答应过不会逃走，只要我们找到了某样东西。”

“我答应的是我们找到某样能让我们使用的东西，现在我们却只找到了这个！”奈妮薇将一双满是皱纹的手伸到了伊兰的鼻子下面。

坚定的神情从伊兰的脸上滑走了，她咬住嘴唇，眼睛盯着地面。“奈妮薇，你知道，我告诉过柏姬泰我们会留下。嗯，看起来她已经对乌诺说过，除非是她的命令，否则绝不能单独为你准备马匹。她告诉过乌诺，你想要逃走，我也是后来才发现这件事的。”伊兰焦躁地一摆头，“如果有一名护法就会出这种事，我真不知道为什么所有人都想有护法。”

奈妮薇觉得眼睛几乎要从眼眶里迸出来了。所以乌诺才会用那种眼神瞪她，愉快的情绪消失在半是愤怒、半是耻辱的情绪里了。那个男人知道了，他以为奈妮薇……等等，奈妮薇皱起眉看着伊兰，然后才决定不说出那个突然蹿进脑子里的问题。柏姬泰只是向乌诺提起了奈妮薇吗？还是伊兰也被提到了？伊兰现在就像是一个突然找到家人的孤儿，汤姆是一位纵容的父亲，努力要把自己的一切都教给她；柏姬泰是她的姐姐，认为保护她的安全，让她不要从野马背上栽下来摔断脖子是最重要的事情。

“现在，”奈妮薇冷冷地说道，“先让我看看能从洛根身上找到些什么吧！”

这是一幢小房子，只有两个房间，但厚实的石墙让房间里比外面要凉爽一些。洛根只穿着衬衫，叼着烟斗，正借着窗口射进来的阳光看书。两仪师们将他照顾得很好，房间里的桌椅都像其他沙力达的家具一样，虽然不算精致，但做工都很考究，一张螺旋花纹的金红色地毯覆盖了大部分地板，而且显然是经过了仔细的打扫。奈妮薇怀疑这不会是洛根扫的。

洛根放下书本，似乎完全不介意这两个不敲门就走进来的女人。他从容不迫地站起身，磕了磕烟斗，穿上外衣，然后才向她们打了招呼：“很高兴在这么久之后又看见你们，我以为你们已经忘记我了，愿意和我喝杯酒吗？两仪师给我的东西很少，但她们给我的东西都很不错。”

奈妮薇差点打了个哆嗦，喝酒的邀请就已经足够了，她不需要更多了。奈妮薇想到了乌诺，想到了他是个男人，这就足够了。不需要再从小白塔那里寻找怒火了，虽然这个想法确实又给奈妮薇添了点怒火。真源突然出现在奈妮薇触手可及的地方，她感觉到了视野以外那团看不见的温暖，然后她张开自己，阴极力流入她的身体。如果她刚才的情绪是愉悦，那现在她的心中已经充满了迷醉。她完全地服从于它。烧了瑟德琳吧！

“坐下，”奈妮薇冷冷地对洛根说，“我不会和你闲聊，被问到问题的时候要回答，其他时间里就管住你的舌头。”

洛根只是耸耸肩，听从奈妮薇的吩咐，温驯得如同一只小狗。不，那不是温驯，那种微笑只能被称作高傲。有一部分是因为他对于两仪师的感觉，另一部分……洛根看着伊兰坐进另一把椅子里，细心地整理好裙子。即使奈妮薇没看见洛根在看什么，从洛根的眼神中她也能知道，他一定是在看着一名女人。那种眼神里没有嬉笑，没有轻浮，只是……奈妮薇不知道那是什么，只是当洛根用同样的眼神望向她的时候，她突然强烈地意识到自己是个女人，而洛根是个男人。也许洛根相貌英俊，肩膀宽大，但奈妮薇喜欢认为自己更好一些。当然，这没有其他的意思。

奈妮薇清清喉咙，编织出阴极力的细丝进入洛根的身体，风之力和水之力、火之力和地之力、魂之力。所有用于治疗的元素，但现在只是用于探测。如果她将双手放在洛根的身上应该会更有效一些，但她不能让自己这么做，用至上力碰触他已经是非常糟糕的事情了。洛根像一头公牛一样健康，甚至也像公牛一样健壮，他的身体没有一点毛病——除了那个窟窿以外。

那并不是真正的窟窿，只是感觉上那里中断了，所有平滑和通畅都绕过了那里，那里什么都没有。奈妮薇很清楚这种感觉，在以前，她相信自己真的能有所收获的时候，就已经有过这种感觉了，但现在这种感觉仍然会让她产生鸡皮疙瘩。

洛根专注地看着奈妮薇，奈妮薇不记得自己向他靠近过，他的脸上仿佛戴上一副轻蔑的面具。也许奈妮薇不是两仪师，但她和两仪师之间的距离只有一步之遥。

“你怎么能同时做到这么多？”伊兰问，“我连其中的一半都看不清。”

“安静。”奈妮薇喃喃地说着。尽量不显出强迫自己的样子，她用双手捧住了洛根的头，果然，有了直接接触以后，感觉清晰了很多。

她将全部能流指向那个窟窿应该在的地方，却惊讶地发现一片无边的空虚，当然，她并不期待能得到什么。男人在至上力方面和女人有着巨大的差异，就像在肉体结构上一样，也许甚至比肉体的差异更加巨大。奈妮薇研究洛根总有一种缘木求鱼的感觉，奈妮薇很难让精神集中在她正在做的事情上，她知道自己只是在重复自己以往的行为，在打发无聊的时间。

麦瑞勒打算说什么？她是否隐瞒了艾雯要两仪师转达的一些讯息？那个

空洞是那么小，让她可以一掠而过，但当她向其中注入能流时，它又变得那样巨大，足以将她注入其中的一切都吞噬干净。只要我能和艾雯谈谈，我打赌，一旦她知道白塔向兰德派去了使节团，而这里的两仪师却仍然在束手待毙，她一定会帮我说服伊兰，让伊兰知道我们在这里已经没有任何意义了。巨大的空间，什么都没有。那么她在史汪和莉安身上找到的呢？那种被切断的感觉？她相信那种感觉是真实存在的，无论它多么微弱。男人和女人也许是有不同，但也许……我要做的就是见到艾雯，她会明白，我们三个都在兰德身边肯定对兰德会更好。伊兰也会听艾雯的，伊兰认为艾雯比任何其他人都更了解兰德。就是这里了，有什么被切断了，只是一种感觉，就像在史汪和莉安体内的一样。我该怎样找到她？如果她能再一次出现在我的梦里就好了。我打赌，我可以说服她加入我们，三个人对兰德一定更好。我们能够告诉兰德在特·雅兰·瑞奥德中获取的一切信息，让他免于对那些两仪师犯下愚蠢的错误。艾雯会明白的。那种切断……如果那是火之力与魂之力的桥梁，那么……

洛根微微张开的眼睛让奈妮薇知道自己做了什么。她粗重地喘息着，飞快地从他面前退开，差点被自己的裙子绊倒。

“奈妮薇，”伊兰坐直了身体，“出了什么事？”

只是在心跳一次之间，奈妮薇将她能聚集的所有阴极力编织成一面盾牌。“去找雪瑞安，”她匆匆地说道，“只找雪瑞安一个人，告诉她……”她深吸一口气，仿佛一个小时的时间里，她只吸了这一口气，心跳快得如同一匹飞奔的烈马。“告诉她，我已经治好了洛根。”

第 30 章

再次治疗

有什么东西撞击到奈妮薇固定在洛根和真源之间的那面盾牌上，盾牌开始弯曲，编织在崩溃的边缘颤抖。奈妮薇让阴极力涌过自己的身体，甜蜜的感觉几乎变成了痛苦，她将每一根魂之力的丝线都编入了那面盾牌。“快去，伊兰！”她已经不在乎自己是不是在尖叫了。

光明照耀伊兰，她毫不迟疑地从椅子里跳起来，全速冲出了房间。

洛根连一根发丝都没动过，他的眼睛看着奈妮薇，里头闪耀着光芒。光明啊，他是如此巨大。她向腰间的小刀摸去，又意识到这是多么荒谬，洛根一滴汗都不用出，就能将她的小刀夺走。洛根的肩膀突然变得如同山峰一样巨大，她急忙分出一些风之力，将洛根捆在椅子里，紧紧地捆住他的手脚。洛根仍然很高大，但突然间，他似乎已经恢复成原先的样子，完全可以被控制住。只是在这时，她才意识到自己已经削弱了屏障的力量，但已经不能再多导引一丝阴极力了。她已经……阴极力所造成的、纯粹的生命喜悦是如此强大，让她几乎有要哭的感觉。洛根却在向她微笑。

一名护法探头进来，那是一名黑发男人，有高大的鼻子，一道深深的白色伤疤横贯了他瘦削的下巴。“有什么问题？那名见习生跑得仿佛是刚刚坐在荨麻里。”

“一切都在控制之中。”奈妮薇冷静地对他说，用最冷静的语气。不能让别人知道，任何人都不行！她必须先把这件事告诉雪瑞安，先把那个女人争取到她这边来。“伊兰只是想起了一件刚才被她忘掉的东西。”这个借口真够蠢的，“你可以离开了，我很忙。”

特维尔——这是他的名字，特维尔·杜拉，波恩宁的护法。光明在上，现在想他的名字有什么用？特维尔咧嘴向她笑了笑，带着一点嘲讽的意味鞠了个躬，才退出门去。护法很少会容忍见习生像两仪师一样指使他们。

奈妮薇费了很大力气才压抑住自己舔嘴唇的欲望，审视着洛根。洛根的外表非常平静，仿佛没有感觉到任何变化。

“不必这样，奈妮薇，你以为我会攻击一座有几百名两仪师的村子？不等我迈出一步，她们就会把我削成碎片。”

“安静。”奈妮薇机械地说。她在背后摸索着，找到一把椅子，坐到上面，同时视线一直没有离开洛根。光明啊，雪瑞安怎么还没赶过来？雪瑞安一定要知道，这只是一起意外。她一定要知道！愤怒是唯一能让她继续导引的东西，她怎么会如此不小心，就像是个瞎眼的白痴？

“别害怕，”洛根说，“现在我不会反抗她们。她们正在做我想做的事，无论她们是否知道这一点。红宗完了，在一年之内，将不会再有任何两仪师敢承认自己是红宗的。”

“我说了，安静！”奈妮薇喊道，“你以为我会相信你只恨红宗两仪师？”

“你知道，我曾经见过一个男人，他肯定会制造比我更大的麻烦。也许他是转生真龙，我不知道。那是在我被捕之后，她们押着我穿过凯姆林街道的时候。他距离我很远，但我看见了一……一团光芒，于是我知道了，他会撼动这个世界。虽然那时我被关在笼子里，但我仍然止不住要笑出来。”

奈妮薇又抽出一小团用来捆住他的风之力，将它塞进他的嘴里，洛根恼怒地沉下了脸，但这种表情立刻又消失了，不过奈妮薇不在乎。现在她安全地控制住了洛根，至少……洛根完全没有要挣扎的意思，但这也许是因为他一开始就知道挣扎是没有用的。但他刚才是怎么想打破那道屏障的？那强大的推力。没有用很长时间蓄积力量，速度也绝对不算快，几乎就像是一个男人在活动长久没有使用过的肌肉，用那些肌肉去推一样东西。他不是要推倒它，只是为了试试自己的肌肉，这个想法让奈妮薇的胃几乎变成了冰块。

洛根饶有兴致地眯起了眼睛，仿佛知道奈妮薇脑子里所有的事情。这实在是让奈妮薇感到恼火。洛根坐在那里，嘴巴被撑开成愚蠢的样子，被捆住、遭到屏障，而他却是那个轻松自在的人。奈妮薇什么时候变成这样一个傻瓜了？她真是不适合当个两仪师，即使封锁现在被打开，她也不适合，她不适合单独处理任何事情。她们应该委托柏姬泰照看她，不要让她走过街道的时候栽倒在泥土里。

奈妮薇并非是有意这么做，但这样指责自己能让她保持自己的怒火，直到屋门被猛力推开。站在门口的并不是伊兰。

雪瑞安跟随罗曼妲走了进来，她们身后是麦瑞勒、摩芙玲和塔其玛，然后是蕾兰、珍雅、黛兰娜、巴兰汀和波恩宁，之后又挤进更多的两仪师，直到这个房间完全充满了两仪师。奈妮薇能够看到门外还站着更多的两仪师。所有站在屋里的两仪师都在盯着她，还有她的编织，她们的目光让奈妮薇艰难地咽了口口水，心里最后一点愤怒也彻底消失了，于是她的屏障和对洛根的捆绑也完全消失了。

没等奈妮薇要求两仪师们再把洛根屏障住，妮索已经站到她的面前。妮索的个子很矮，但她仍然对奈妮薇造成了压迫感："这就是你所谓的治疗了他？"

"她是这么说的？"洛根的声音里确实是有些惊讶。

瓦瑞琳挤到妮索身边，这位身材苗条、红头发的灰宗两仪师显得几乎像洛根一样高大，"我想这大概是因为原来所有人都会夸赞她的发现，一旦那些发现没有了，人们也不再夸她了，她就开始产生了幻想，妄想把那些称赞再找回来。"

"这就是纵容她在史汪、莉安和这家伙身边乱转的结果，"罗曼妲坚定地说，"早就该告诉她，有些东西是无法治疗的，早就该结束这种荒唐的行径了！"

"但我做到了！"奈妮薇大声反对，"我做到了！请屏障他，你们必须屏障他！"她面前的两仪师全都转过头去看洛根。现在奈妮薇面前也只剩下了一点空间，让她刚好能看到洛根，洛根只是带着温和的表情面对所有注视他的目光，他甚至还耸了耸肩！

"我想，至少我们可以先屏障他，直到我们最终确认状况。"雪瑞安提出建议，罗曼妲点点头。至上力光晕几乎包围了房里的每一名两仪师，一道强大的屏障围住了洛根。罗曼妲随后指定六名两仪师维持住了一道稍弱一些但仍然有足够强度的屏障。

麦瑞勒伸手抓住了奈妮薇的手臂："请原谅，罗曼妲，我们需要和奈妮薇单独谈谈。"

雪瑞安抓住奈妮薇的另一只手臂："最好我们不会用去太长时间。"

罗曼妲不在意地点点头，她正皱起眉头看着洛根，大多数两仪师都在看着他，没人有要离开的样子。

雪瑞安和麦瑞勒将奈妮薇拉起来，推着她向屋门走去。

"你们要干什么？"奈妮薇喘息着问道，"你们要把我带到哪里去？"她们挤过了许多两仪师，很多两仪师都用犀利的目光盯着奈妮薇，许多目光还包含了责备的神色。奈妮薇只能对被她挤开的两仪师报以歉意的表情。她不期望伊兰能帮她，但这是她最不想见到的情景。雪瑞安和麦瑞勒用力地推着她快步前进，让她几次差点被自己的裙子绊倒。她回头看了一眼，波恩宁一边向人群里挤着，一边正在对伊兰说着些什么。"你们要对我做什么？"奈妮薇呻吟着说。

"我们可以让你的一生都在盆盆罐罐中间度过。"雪瑞安一本正经地说。

麦瑞勒点点头："你可以整天在厕所中工作。"

"我们可以每天抽你一顿鞭子。"

"把你的皮剥下来。"

"把你钉在桶里，从桶壁上的洞窿里给你喂食，直到你老死为止。"

"我们只会喂你玉米粥，用尿煮成的玉米粥。"

奈妮薇的膝盖在发抖："这只是一起意外！我发誓！我不是有意要这么做的！"

雪瑞安不停地用力摇晃着她："不要傻了，孩子，也许你做了不可能的事。"

"你相信我？你相信我！为什么妮索和瓦瑞琳和——为什么你不说些什么？"

"我说的是'也许'，孩子。"雪瑞安的声音里毫无感情，让奈妮薇觉得很郁闷。

"还有另一种可能，"麦瑞勒说，"就是你的脑子已经因为过度疲惫而出了问题。"她一直眯起眼睛盯着奈妮薇。"告诉你一件让你吃惊的事，其实有不少见习生，甚至是初阶生都会宣称她们重新发现了一些早已失传的异能，或者是找到一种新的异能。当我还是初阶生的时候，一名叫作爱琪珂的见习生非常相信她知道该如何飞行，所以她从白塔顶端跳了下去。"

奈妮薇感到头晕目眩。她从一个人望向另一个人，她们到底有没有相信她？她们真的认为是她的脑子出毛病了？光明在上，她们想对我做什么？她竭力想找出一些言辞来说服她们——她没有说谎，没有疯，她治好了洛根——但当她们快步走进小白塔时，她仍然只是在无声地翕动着双唇。

直到她们走进一间单独的长形会议室，奈妮薇才意识到身后跟了一串人，另外十几名两仪师也走进了这个房间。妮索将双臂紧抱在胸前，达达拉扬着下巴，仿佛是要撞破墙壁，珊妮莱、瑟瓦……除了雪瑞安和麦瑞勒之外，屋子里全都是黄宗两仪师。看这个房间的布局，这里应该是供文书员办公的地方，而长条桌边的那一排严峻的两仪师面孔却仿佛是在进行一场审讯。奈妮薇用力地咽了口口水。

雪瑞安和麦瑞勒让奈妮薇站在那里，然后走到其他两仪师中，开始低声地进行讨论。她们全都背对着奈妮薇。当她们转过身来的时候，奈妮薇没有从她们的脸上看到任何表情。

"你说你治疗了洛根。"雪瑞安的声音里带着一丝轻蔑，"你说你治疗了一名被驯御的男人。"

"你一定要相信我，"奈妮薇抗争道，"你说过，你相信我的。"奈妮薇的屁股突然被一股看不见的力量抽了一下，把她吓了一跳。

"记住你的身份，见习生。"雪瑞安冷冷地说，"你坚持你刚才说的事吗？"

奈妮薇盯着那个女人，雪瑞安才是疯狂的、摇摆不定的家伙，但她还是努力用尊敬的声音说："是的，两仪师。"达达拉重重地哼了一声，仿佛是帆布被撕裂的声音。

雪瑞安伸手压下了黄宗两仪师们发出的一阵议论声："你说，这是一次意外。如果是这样，我想你就没办法再次证明你做到了这件事。"

"她怎么可能？"麦瑞勒带着愉悦的神情说。她竟然在笑！"如果她是盲目摸索出来的，她怎么可能重复它？但除非她现在真的能重复这种治疗，否则这件事就毫无意义。"

"回答我！"雪瑞安喊道。那条看不见的鞭子又抽了奈妮薇一下，这次，奈妮薇努力没有让自己表现出任何惊惶。"你是否还有可能记得你是怎么做的？"

"我记得，两仪师。"奈妮薇沉着脸，准备再受一鞭，预想中的抽击并没有到来，但她能看见包围雪瑞安的阴极力光晕，那团光晕让她觉得很有威胁性。

门口发生了一场小小的骚动，卡琳亚和波恩宁挤开了黄宗两仪师的人群，其中一个人推着史汪，另一个人推着莉安。"她们不想来。"波恩宁用恼怒的声音说道，“你们能相信吗，她们竟然说她们很忙？”莉安看上去像两仪师一样面色冰冷，但史汪则是面色阴沉，愤怒地看着每一个人，特别是奈妮薇。

奈妮薇终于明白了。所有的事情都在她的脑子里融汇在一起。黄宗两仪师们的反应；雪瑞安和麦瑞勒先是相信她，后来又是不信，威胁她，鞭打她。这些只有一个目的，就是让她愤怒，让她可以用至上力治疗史汪和莉安，让她向黄宗两仪师们证明自己。不，看她们的表情，她们在这里是为了见证她的失败，而不是成功。奈妮薇毫不掩饰地拉了一下自己的辫子，然后她又拉了一下，好让所有人都能看清楚。她想要狠狠地抽打所有这些面孔。她想要调制一种药剂，让她们闻了它的气味就会坐在地板上，像婴儿一样哭泣。她想揪住她们的头发，用她们的头发将她们统统勒死。她想……

“我还要忍受这种胡闹吗？”史汪气愤地说，“我还有重要的工作要做，对于这种用鱼脑子想出来的事——”

“哦，闭嘴。”奈妮薇暴躁地说着，向前跨出一步，双手捧住史汪的头，仿佛是要揪断这个女人的脖子。她竟然会相信那些胡说八道，会相信那什么被钉在桶子里的话！她们在玩弄她，就像是玩弄一只木偶！

阴极力充满了奈妮薇。她像对洛根那样导引，混合了五种力，这次，她知道自己要找什么，那个几乎不存在的感觉、被切断的感觉。用魂之力和火之力修补断缺，然后……

片刻之间，史汪只是盯着前方，脸上没有任何表情，然后，阴极力的光晕包围了史汪，一时房间里发出了许多惊呼声。缓缓地，史汪向前倾过身子，吻了奈妮薇的双颊。一滴泪水从她的脸上落下，突然间，史汪失声痛哭，身体蜷缩成一团，不住地颤抖，闪耀的光晕从她身上褪去了。雪瑞安立刻将她抱在怀里，看上去，雪瑞安仿佛也要哭出来了。

房里其余的人都盯着奈妮薇。看到两仪师平静的面容都被震撼打破，奈妮薇感到相当满意，但心中也难免充满了怨怼。珊妮莱淡蓝色的眼睛似乎都要从她黝黑漂亮的脸上掉下来了，妮索大张着嘴，直到奈妮薇看到她，她才急忙把嘴闭上。

“你怎么会想到使用火之力的？”达达拉仿佛被别人捏住了嗓子，一个如此高大的女人竟然发出了尖细得刺耳的声音。“还有地之力？你使用了地之力，治疗用的是魂之力、水之力和风之力。”这句话打开了洪水的闸门，所有的黄宗两仪师立刻开始向奈妮薇发问，她们问的实际上是相同的问题，只是使用着不同的言辞和语气。

“我不知道为什么，”奈妮薇终于找机会说出一句话，“我只是觉得这样做是对的，我几乎总是把一切力量都用上。”她的话立刻引来一片警告。治疗使用的是魂之力、水之力和风之力，在治疗中进行试验是危险的，一个错误不仅会杀死治疗者，还会杀死病人。奈妮薇没有做任何回答，但发出警告的两仪师立刻都安静了下来，一边抚弄着自己的衣裙，用懊悔的眼神互相瞥着。奈妮薇没有杀死任何人，而且奈妮薇治好了她们认为不可能治好的伤残。

莉安的脸上露出了充满希望的微笑，那种样子却几乎要让人感觉到痛苦。奈妮薇走到她面前，用微笑掩饰着自己心中的怒火。她曾经那样向黄宗两仪师们乞求她们吹嘘的所有那些医疗技巧，恨不得向她们跪下来，而现在，她拥有的医疗技能比她们更强！“现在，小心地看着，你们不会再有机会看到它了。”

她清晰地感觉到那个切断的地方被重新连在一起，但她仍然说不清是什么被连了起来，这种感觉和在洛根身上不一样，和史汪很像。就像奈妮薇一直告诉自己的一样，男人和女人是不一样的。光明啊，幸好这个办法在她们身上也有用！但这引来了一连串让奈妮薇感到不舒服的思考。是不是有些涉及到医疗的因素在男人和女人身上肯定是不同的，她的这个办法里是不是有这样的因素？也许她对医疗的了解并不比黄宗两仪师们更多。

莉安的反应和史汪的不同。她没有流泪，而是拥抱了阴极力，露出美丽的微笑，然后她放开至上力，脸上的微笑却没有消失。然后她张开手臂拥抱了奈妮薇，直到奈妮薇觉得自己的肋骨都快断了。她轻声地对奈妮薇说着：“谢谢你，谢谢你，谢谢你。”一遍又一遍。

黄宗两仪师们又开始低声地议论。奈妮薇已经准备好享受她们的赞扬了，同时她也会优雅地接受她们的道歉，这时，她听到了她们所说的话：“……使用火之力和地之力，好像她要在石头上钻个洞出来。”这是达达拉的声音。

“如果是柔和一些的碰触，应该更好一些。”珊妮莱表示同意。

“……也许火之力能在解决心脏问题上有用处。”瑟瓦一边说着，一边敲着她的长鼻子。贝德梅是一名身材丰满的艾拉非人，她的头发上缀着许多银铃铛。她若有所思地点了点头。

“……如果地之力和风之力这样混合，你要明白……”

“……将火之力编织进水之力……”

“……地之力和水之力的混合……”

奈妮薇张大了嘴。她们已经彻底将她忘记了，她们认为看过她的一次示范之后，就能做得比她更好！

麦瑞勒拍了拍奈妮薇的手臂。“你做得非常好，”她喃喃地说道，“不要担心，她们以后都会赞扬你的。但现在，她们只是还有一点保留。”

奈妮薇响亮地哼了一声，但那些黄宗两仪师似乎根本没注意到。“我希望这至少意味着我可以不必再刷锅子了。”

雪瑞安带着惊讶的表情摇着头。“为什么，孩子，你怎么会有这种想法？”她的一只手臂仍然抱着史汪，而史汪正困窘地用一条锦缎手绢擦着眼睛。“如果有人认为可以随便违犯任何规矩，然后只需要做些好事就能免于受到惩罚，那这个世界就要乱了。”

奈妮薇重重地叹了口气，她应该知道的。

妮索从黄宗两仪师的人群中走出来，清了清嗓子，然后用只能被称作是指责的眼神瞪了奈妮薇一眼。“我想，这意味着我们必须重新驯御洛根。”她的语气仿佛是想否定刚才发生的一切。

许多两仪师开始点头。这时，卡琳亚说话了，她的声音如同一根冰柱插进了这个房间。“我们可以吗？”所有的视线都转向了她，但她只是冷静地继续说道：“我们是否能一方面考虑支持一个能够导引的男人，而且这个男人还在召集其他有导引能力的男人；另一方面却又像以前一样，驯御那些我们找到的男人？这种行为从道德上是否说得过去？而且，如果那个男人知道了这件事，他又会怎么想？现在他也许认为我们已经从白塔分离，更重要的是，已经和爱莉达与红宗不再是同一种人。如果我们驯御了一个男人，他也许就不再会认为我们有差别了，那样也许我们将没机会在爱莉达之前掌握他了。”

卡琳亚的发言结束之后，房间里陷入了寂静，两仪师们交换着困扰的眼神。不少两仪师开始用比妮索更严厉的目光瞪着奈妮薇。为了捉拿洛根，她们死了不止一名姐妹，即使现在洛根已经被安全地屏障了，他也重新变成两仪师们要处理的难题，甚至比以前变得更加难以处理。

“我想，你应该走了。”雪瑞安轻声说道。

奈妮薇并不打算争论，她谨慎而又快速地行了个屈膝礼，在离开时又竭尽全力不让自己跑起来。

在小白塔门外，伊兰从石头台阶上站起身。“我很抱歉，奈妮薇，”她拉着自己裙子说道，“当时我太兴奋了，我把一切都告诉了雪瑞安，然后才发现罗曼妲和黛兰娜也在那里。”

“没关系，”奈妮薇沉重地说道，她向街道两端看了几眼，“这种事迟早都会发生的。”但这真是不公平。我做到了她们认为不可能做到的事情，但我还是要刷锅子！“伊兰，我不在乎你说什么，我们必须离开。卡琳亚在谈论如何‘掌握’兰德，这帮人比爱莉达好不了多少。汤姆和泽凌能为我们弄到马，柏姬泰只能去咬她的手臂了。”

“恐怕已经太迟了，”伊兰悲惨地说，“讯息已经传出去了。”

拉芮萨·林德和珍奈尔·霍达像两只鹰一样从街道两端扑向了奈妮薇。拉芮萨是一名骨感的女人，即使不是两仪师，她的脸上可能依然不会有一丝纹路；珍奈尔微有些发胖，即使是两位女王加起来也不一定会比她更傲慢，但现在这两个人的脸上都充满了热切的期望。她们都是黄宗两仪师，只是当奈妮薇治疗史汪和莉安的时候，她们不在那个会议室里。

“我想看你一步一步重复你刚才做的一切，奈妮薇。”拉芮萨说着，抓住奈妮薇的一只手臂。

“奈妮薇，”珍奈尔说着抓住了她的另一只手臂，“如果你将你的编织向我重复足够多遍，我打赌我能找到一百种你从没想到过的技巧。”

赛丽塔·托蓝（她是提尔人，几乎像海民一样黝黑）突然就冒到奈妮薇面前。“有人抢在我前面了，如果我一定要排队的话，那就烧了我的灵魂吧！”

“我是第一个来的，赛丽塔。”珍奈尔坚定地说着，同时握紧了奈妮薇的手臂。

“我是第一个。”拉芮萨也握紧了奈妮薇。

奈妮薇恐惧地看了伊兰一眼，得到伊兰同情的回视。然后伊兰耸了耸肩。这就是伊兰所谓的太迟了，从此以后，除了睡觉之外，奈妮薇大概不会再有任何属于自己的时间了。

“……愤怒？”珍奈尔还在说话，“我知道五十种现成的办法，可以让她气恼到能啃碎石头。”

“我能想到一百种办法，”拉芮萨说，“我一定要打破她的封锁。”

玛格拉·代伦诺挤进了人群——她是个很魁梧的女人，如果她的手里拿着一把剑，或者是一把铁锤，看上去也需要合适得多。“你打破封锁？拉芮萨？哈！我已经想了几个办法，一定能把她的封锁彻底揪出来。”

奈妮薇只是想尖叫。

史汪正在等候室里，她必须努力地压抑住自己，才能让自己不会一直拥抱着阴极力，而且她觉得自己几乎又要哭泣了。不能这样，在这么多人面前，她不能变得像是个愚蠢的初阶生。所有人都露出了惊奇和欢快的表情，所有人都向她致以温暖的欢迎，仿佛她已经离开她们数年之久，这让史汪得到很大的安慰。特别是那些在史汪成为玉座前就已经和她是朋友的人，那些被时间和责任从她身边拖走的人。蕾兰和黛兰娜抱住了她，就像是很久以前那样。沐瑞曾经是史汪唯一亲近的人，除了莉安之外史汪唯一一位戴着披肩的朋友，而史汪和沐瑞的友谊也是因为她们的责任才能一直维系下来。

“你回来真是太好了。”蕾兰笑着说。

“实在太好了。”黛兰娜热情地喃喃道。

史汪笑着，又不得不从脸颊上抹去泪水。光明啊，她出了什么事？她还从没有过这样哭得像个小孩！

也许这只是因为喜悦，因为重新得到了阴极力，因为身边所有这些温暖。光明知道，这一切足以撼动任何人的神经。她从不敢梦想会有这样一天到来，而现在，它来了。她完全不怪这些女人们——对于她们之前对她的冰冷和疏远，对于她们要求她谨守身份的命令——两仪师和非两仪师之间的界限是清晰的。在她被静断之前，她也在坚持着这条界限，她知道被静断的女人该如何对待自己，如何对待那些仍然能导引的人。而现在，她恢复了导引能力，自然又跨过了这条界限。这一切都不再需要了，这甚至让她有了一点奇怪的感觉。

她从眼角看到加雷斯・布伦正快步走上房间侧面的楼梯。“请原谅。”她说了一句，就匆匆地追到加雷斯的身后。

虽然史汪在尽量加快脚步，但她每走两步，就要接受一名两仪师的祝贺，所以一直到了二楼的走廊上，她才追上加雷斯，她跑到他前面，回身拦住了他。加雷斯大部分已经变成灰色的头发上带着明显被风吹过的痕迹，方脸和旧软皮外衣上都是灰尘，但他看上去就像岩石一样坚硬。

他举起一捆纸，说道：“我必须把这个放下，史汪。”然后就想要绕过她。

史汪又一次迈步挡住他：“我已经被治好了，我又能导引了。”

他却只是点了点头：“我听到人们正在谈论这件事，我想这意味着你从现在开始可以用至上力清洗我的衬衫了，也许它们现在能真正变得干净些。我很后悔那么轻易地就放走明。”

史汪瞪着他，这个男人不是傻瓜，为什么他要装作完全不为所动的样子？“我又是两仪师了，你真的想让两仪师为你洗衣服！”

为了让加雷斯有一点清晰的概念，史汪拥抱了阴极力——那种久违的甜蜜是如此美妙，让她颤栗不已。风之力将加雷斯包裹，将他举起——试图将他举起。在惊讶中，史汪导引更多的至上力，她很努力地导引，直到那种甜蜜像一千只钩子刺穿她的身体，而加雷斯的靴子却丝毫没有离开地板。

这是不可能的，确实，将重物举起看似简单，确实导引中最困难的事情之一，但史汪曾经能举起接近自身体重三倍的重物。

“这是要给我留下深刻印象，”加雷斯冷静地说，“还是要吓唬我？雪瑞安和她的朋友们已经对这件事说过话，评议会也对此说过话，更重要的是，我还记得你说的话，史汪。我不会让你离开我，即使你重新成为了玉座。现在，解开你所做的，否则等我得回自由的时候，我会因为你的幼稚而抽你耳光。你很少会有幼稚的表现，所以你不需要以为现在我会让你离开。”

史汪几乎是有些头晕地放开了真源。不是因为加雷斯的威胁（加雷斯会这样做，他以前也这样做过，但史汪不是因为这个），也不是因为无法将加雷斯举起来。泪水从她的眼中涌出，她希望放开阴极力能帮助自己阻止它们，但仍然有一些泪珠滚落她的脸颊，无论她如何用力眨眼。

没等史汪反应过来，加雷斯已经双手捧住了她的脸：“光明啊，女人，不要告诉我，我把你吓到了。我以为即使把你扔进老虎窝里，你也不会被吓到的。”

“我没有被吓到。”史汪僵硬地说。很好，她还能说谎，但心中的泪水已经愈来愈多了。

“我们必须想办法，不要总是这样非把对方逼得发疯不可。”他低声说道。

“我们不需要想任何办法。”它们来了，它们来了，哦，光明啊，她不能让他看到。“离开我，求求你，请离开我就好。”让她感到惊讶的是，加雷斯犹豫了一下，就照她说的做了。

听到身后的靴子声逐渐远去，史汪努力绕过走廊十字路口的拐角，泪水的洪流已经冲垮了堤坝，她跪倒在地，哀恸地哭泣。现在，她知道这是什么了。奥瑞克，她的护法，她死去的护法，爱莉达在废黜她的时候杀了奥瑞克。她可以说谎，三誓并没有回来，但一些属于她和奥瑞克的东西回来了——一种血肉之间、心灵之间的连结，她重新感觉到了它们。奥瑞克死亡的痛苦先是被爱莉达造成的剧变所掩盖，又被静断所埋没，这种痛苦现在充满了她，把她逼到了崩溃的边缘。她蜷缩在墙边，哭嚎着，现在唯一让她高兴的事就是加雷斯没看见这些。*我没有时间陷入爱情，烧了他！*

这个想法好像一桶凉水泼到她的脸上，痛苦还在，但泪水已经停止了。史汪从地上爬了起来，爱？这是不可能的，就像……就像……她想不出有什么事能像这件事一样不可能。不可能是那个男人！

突然间，史汪意识到莉安正站在两步以外的地方看着她，她想要擦去脸上的泪水，但又放弃了。莉安的脸上只有同情。“你是如何度过安金的……死亡的，莉安？”那已经是十五年前的事了。

“我哭泣，”莉安说，“一个月的时间里，我在白天的时候强打精神，到夜里的时候，就在床上缩成一团，把床单撕得粉碎，不停地颤抖、流泪。又过了三个月，我还是会发现泪水毫无先兆地就会流出来，一年之后，我才能够不再感到伤痛。所以我再没有约缚过别人，我不认为自己还能有一次这样的经历。但它已经过去了，史汪。”她不知从哪里弄出来一个狡黠的笑容。“现在，我想我能对付两三名护法，或者四名会更好些。”

史汪点点头，她可以等到夜里再哭泣，至于那个该死的加雷斯·布伦……没有什么“至于”，没有！“你认为她们准备好了吗？”在下面要进行的对话只有一次机会，鱼钩必须被迅速放好，否则她们就会失去一切机会。

“也许，我没有太多时间，而且我必须小心。”莉安停了一下，说：“你确定你想完成它，史汪？它正在改变我们一直为之努力的一切，虽然改变得不是那么引人注目。而且……我不像以前那样强大了，史汪，你也应该和我一样。现在，这里大多数女人的导引能力都会比我们强。光明啊，我想，有些见习生都能达到我们的水平，更不要说伊兰和奈妮薇了。”

“我知道。”史汪说。她们必须冒险。另一个计划只不过是权宜之计，因为那时她已经不再是两仪师，但现在，她又是两仪师了，难道她不会再成为玉座吗？

挺起肩膀，她走下去，进行和评议会的战争。

穿着衬衣躺在床上，伊兰压抑住一个哈欠，将莉安给她的乳液擦在手上，这东西似乎确实有些用处，至少它感觉上很柔软。一阵夜风吹过窗户，让长蜡烛上的火焰抖动了一下，伊兰只觉得这个火苗也让房里的温度高了不少。

奈妮薇蹒跚着走了进来，猛地关上门，一头栽倒在床上，两只眼睛盯着伊兰。“玛格拉是全世界最卑鄙、最可恨、最粗俗的女人，”她嘟囔着，“不，拉芮萨才是，不，罗曼妲才是。”

“我想，她们一定是一直让你发怒到可以导引的程度。”奈妮薇哼哼了两声，脸上充满了深恶痛绝的表情。伊兰急忙说道：“你为多少人做了示范？我很早以前就以为你要回来了，我在晚饭的时候去找你，却找不到。”

“我晚饭的时候吃了一个面包卷，”奈妮薇嘟囔着，“一个面包卷！我为她们所有人做了示范，每一名沙力达的黄宗两仪师，但她们还是不满意，她们想要我一个一个地单独示范给她们看。她们还安排了一个进度表。拉芮萨要我明天早晨去——要在早餐之前！然后是珍奈尔，然后……她们在我面前讨论该如何让我发怒，仿佛我根本就不存在！”她从被单上抬起头，仿佛是一直被许多猎人追逐的猎物。“伊兰，她们在比赛谁能打破我的封锁，她们就像是一群在节日里追逐肥猪的男孩，而我就是那只猪！”

伊兰又打了个哈欠，将那罐乳液递了过去。片刻之后，奈妮薇翻起身，开始把乳液涂在手上。毕竟，奈妮薇还要刷锅子。

“很抱歉那时我没有按你说的去做，奈妮薇，我们本可以像魔格丁一样编织出伪装。那样无论我们从谁的面前走过，她们都不会认出我们了。”奈妮薇的手停了下来。“怎么了，奈妮薇？”

“我从没想过这个，我从没想过！”

“你没有？我觉得你一定想过。毕竟，你是先学到它的。”

“我那时还努力不去想有什么是不能告诉两仪师的，”奈妮薇的声音像冰块一样冷漠而生硬，“现在已经太迟了，即使你把我的头发点燃，我也累得没有力气导引了。如果她们还是这样折腾我，我永远也不会有力气试一试。今晚她们放我走的唯一原因是我无论怎样也找不到阴极力，甚至当妮索……”她打了个哆嗦，然后她的手指开始在乳液上面来回滑动。

伊兰小小地呼了一口气，她差点就说错话了。她也累了，承认自己错了总是能让对方感觉好一些，但她本来没有打算提到使用阴极力做伪装的事。从一开始，她就害怕奈妮薇会这么做。留在沙力达，她们至少能够留意这些两仪师们会有什么样的打算，也许还能通过艾雯向兰德传递讯息，只要艾雯能够回到特·雅兰·瑞奥德。再不然，她们也能通过史汪和莉安造成一些影响。

仿佛伊兰的想法真的能产生某种效果，房门被打开，门外站的正是那两个女人。莉安捧着一只木头托盘，上面放着面包和一只碗汤、一只红陶杯和一只白瓷罐，甚至在一个蓝色的小花瓶里还插了一枝绿叶。“史汪和我认为你也许会很饿，奈妮薇，我听说黄宗把你给累坏了。”

伊兰不知道自己是否应该站起来。她们只是史汪和莉安，但她们又是两仪师了，至少，她认为她们是两仪师。不过，她们两个已经帮伊兰解决了这个问题——史汪坐到了伊兰的床角；莉安坐到了奈妮薇的床角。奈妮薇用怀疑的眼神看了她们一眼，然后才坐起身，背靠在墙上，接过那只木盘放在膝头。

“我听到谣传说你们向评议会做了演讲，史汪，”伊兰小心地说，“我们应该行屈膝礼吗？”

“你的意思是，我们是不是两仪师？我们是的。她们吵得就像是星期天的渔妇们，但她们至少承认了这一点。”史汪和莉安交换了一个眼神，史汪的脸颊微微红了一下。伊兰怀疑史汪从来不知道她有什么是不会得到承认的。

“麦瑞勒好心地找到我们，让我们知道了这件事。”在片刻的寂静之后，莉安说道，“我想我要选择绿宗了。”

奈妮薇咬着勺子噎了一下：“你是什么意思？你能改变宗派？”

“不，你不能。”史汪对她说，“实际上，评议会的决定是，虽然我们恢复了两仪师身份，但我们以前所有的联系、关联、地位和名衔都已经被扔下了船。”她声音中的芒刺已经可以锉木头了。“明天，我就去要求蓝宗接纳我，不管她们是否会同意。我从没听说过任何宗派会拒绝某个人。当一个人从见习生得到晋升的时候，她会得到指引，加入她应该加入的宗派，不管她自己是否知道——但依照现在的情况，如果她们将门板摔在我的鼻子上，我也不会感到奇怪。”

“现在的情况如何？”伊兰问。她觉得这种情形有点奇怪——史汪应该吓唬她们，刺激她们，拧痛她们的手臂，而不是送来热汤，又坐在她们的床边，像朋友一样和她们说话。“我还以为所有的事情都应该变得像预期中的那样好。”奈妮薇瞪了她一眼，憔悴的眼光里充满了怀疑。其实，奈妮薇应该知道她的意思。

史汪转过脸来看着伊兰，同时对她和奈妮薇说道：“我经过洛根的房子，有六名姐妹正在维持着对他的封闭，就像他被抓住时那样。当他发现我们知道他已经被治愈的时候，他曾经试着打破屏障。姐妹们说，如果当时维持屏障的是五个人，也许洛根就成功了。那就是说，他还像以前一样强壮，但我不是，莉安也不是。我想让你再试一次，奈妮薇。”

“我就知道！”奈妮薇将勺子扔到托盘上，“我就知道你们这么做是有原因的！现在我太累了，已经没办法导引了，即使我还可以，也没办法，已经被治好的不可能再被治疗一次。你们出去，把你们恶心的汤带走！”现在汤碗里恶心的汤只剩下了一半，而那是一个很大的碗。

“我知道这不会起作用！”史汪也生气地说道，“今天早晨，我还知道静断不会被治愈！”

“等一下，史汪，”莉安说，“奈妮薇，你有没有意识到，我们是冒险来这里的？这里不止是有你们射箭的朋友在守卫，这里还住着许多女人，有许多能看的眼睛和能说话的舌头。如果有人发现史汪和我在瞒着所有的人制定计划，即使那已经是十年前的事情，嗯，两仪师也是可以被判处苦修的。我们有可能会一直到头发全白的时候，还在某个农场里进行着苦修。我们来是因为你对我们所做的，你让我们有了一个新的开始。”

“为什么你们不去找一位黄宗两仪师？”伊兰问，“她们之中的大多数人现在一定已经知道得像奈妮薇一样多了。”奈妮薇只是愤怒地瞪着那只汤匙。恶心的汤？

史汪和莉安交换了一个眼神，最后，史汪不情愿的说：“如果我们去找一名姐妹，迟早每个人都会知道，如果由奈妮薇来做，也许任何今天测试过我们的人都会认为她们错了。而按照习惯，除了玉座和宗派守护者之外，至上力弱的人总要向至上力强的人退让。”

“我不明白，”伊兰说。她还上过与此有关的课程，两仪师层级的分配看上去很有道理，但伊兰也明白，除非真正成为两仪师，否则外人永远也不会了解真正的状况。她已经从许多事情上感觉到，真正要受到的教育只能从戴上披肩以后开始。“如果奈妮薇能再次治疗你们，你们就可以更加强大了。”

莉安摇了摇头：“以前没有人在被静断之后又被治愈过。也许别人会认为，这就像成为野人一样，能够发挥出来的力量比应有的力量要低一些，也许即使弱一些也是值得的。奈妮薇可能让我们恢复到了原来三分之二，或者是一半的程度，即使是这样也好多了。但这里还是有很多人比我们强。”伊兰看着她们，比刚才更困惑了，奈妮薇则仿佛是被人在两眼中间打了一拳。

“所有事情都会受到这件事的影响，”史汪解释说，“谁学得最快，谁在初阶生和见习生时期花费的时间最少。有各种各样暗中的比较，没有人能精确地评估某个人有多么强大。两个女人也许看上去有相同的力量，也许她们没有，唯一能够确定的办法就是进行决斗。光明祝福，我们不至于这样。除非奈妮薇让我们恢复全部的力量，否则我们就有可能只是站在很低的位置上。”

莉安又说道：“这种层级理论上并没有什么强制的力量，但它实际上决定着除了日常生活之外的所有事情，高位者的建议比低位者的更加有说服力。我们被静断的时候，这些都没有关系。我们没有任何地位，她们只会考虑我们的建议中对她们有利的地方，但现在不会是这样了。”

“我明白。”伊兰虚弱地说。怪不得人们都认为是两仪师发明了权力游戏！她们让达斯戴马都显得简单了许多。

“如果能看到这次治疗给其他一些人造成的麻烦比对我造成的麻烦更大，我一定会很高兴的。”奈妮薇嘟囔着，盯着那只碗的碗底，然后她叹了口气，用最后一片面包把碗底擦干净。

史汪的脸沉了下去，但她还是努力让自己的声音保持平静：“你能明白，我们赤裸着身子站在你们面前，不止是为了说服你再试着为我们治疗一次。你……将生命还给了我，虽然这么说是很简单，我一直在说服我自己，我并没有死，但我的感觉却总是仿佛和死了差不多。现在我们至少有了重新开始的机会。朋友，我希望你们能当我是朋友，如果不行，我们至少是在一艘船上同舟共济的盟军。”

“朋友，”伊兰说，“朋友在我听来更好。”莉安向她露出微笑，但她和史汪都还望着奈妮薇。

奈妮薇从一个人望向另一个人：“伊兰有一个问题，我也有一个，雪瑞安她们昨晚从智者们那里得到了什么信息？不要说你们不知道，史汪，我会要你告诉我那些两仪师在一个小时前心里都想了些什么。”

史汪绷紧了下巴，深蓝色的眼睛中释放出压迫的力量，突然间她喊了一声，弯下腰去捂住了脚踝。

“告诉她们，”莉安说着，抽回了脚，“否则我就告诉她们，把全部都说出来，史汪。”

史汪瞪了莉安一眼，然后开始用力吸气，直到伊兰以为她也许是要爆炸了。但史汪的目光碰到了奈妮薇的时候，她又泄气了。言辞仿佛是从她嘴里被拖出来的一样：“爱莉达的使节团已经到达凯瑞安，兰德会见了她们，但兰德似乎只是在玩弄她们，至少我们可以希望他就是那样。雪瑞安她们都很高兴，因为这次她们终于没有在那些智者们面前出丑。下次的会面艾雯就能参加了。”不知为什么，最后这句话是史汪最不愿意说出口的。

奈妮薇眼睛一亮，一下子就坐直了身体：“艾雯？哦，这太好了！她们这次终于没有像傻瓜一样离开。我还在奇怪，她们为什么没有一回来就拉着我们要开始课程。”她斜睨着史汪，但即使这样，她的眼神里仍然充满着欢愉。“一艘船，你说的？谁是船长？”

“我是，你这个小——”莉安急忙清了清喉咙，史汪闭上嘴，又吸了一口气。“我们同舟共济，我们是平等的，但必须有人掌舵。”当奈妮薇开始露出微笑的时候，她又这样说道：“那个掌舵的是我。”

“好吧！”过了很长一段时间，奈妮薇才说道。她又玩弄了一会儿那只勺子，然后才以随意的口吻说：“你能不能帮我……我们……离开厨房？”伊兰立刻有了一种无力感。现在史汪和莉安的面孔并不比奈妮薇更显得年长，但她们做两仪师已经很长时间，她们的眼睛都还记得怎样是两仪师的瞪视。奈妮薇望着那两双眼睛，神情比伊兰预料的要镇定许多——奈妮薇只不过是肩膀动了两下。但最后，奈妮薇还是嘟囔了一声：“我想是不行。”

“我们必须走了。”史汪说着，站起了身，“莉安至少会明白我们被发现的代价。我们可能会是第一批被当众剥皮的两仪师，而我刚刚获得了一个我想要的。”

让伊兰惊讶的是，莉安弯腰拥抱了她，并悄声对她说：“朋友。”伊兰也拥抱了她，并用温暖的语调重复了这个词。

之后莉安又拥抱了奈妮薇，用耳语说了一些伊兰没有听到的话。史汪也像莉安一样拥抱了她们，并向她们说了“谢谢”，虽然那声音听上去既生硬，又不情愿。

至少，史汪的话传到伊兰耳中时是这样的。但她们离开之后，奈妮薇对伊兰说：“她就要哭出来了，伊兰，也许她是真心的。我想，我应该试着对她好一点。”她叹了口气，却又变成了一个沉闷的哈欠，“特别是自从她再次成为两仪师之后。”说完这句话，她就睡着了，连膝盖上的托盘都没拿开。

伊兰用手捂住嘴，打了个哈欠，站起身，将房里的一切都收拾整齐，把那只托盘放到奈妮薇的床底下。她花了一段不算短的时间给奈妮薇脱下衣服，让她在床上躺舒服，但即使这样，奈妮薇还是没醒过来。然后，她只是吹熄了蜡烛，靠在枕头里，望着眼前的黑暗，思考着。兰德想要对付爱莉达派去的两仪师？她们会活吞了他。伊兰几乎希望自己能找到办法接受奈妮薇的建议，并让这个建议能够成功。她能指引兰德平安度过她们设下的一切陷阱，她相信这一点。母亲对此教过她许多知识，汤姆也教了她很多，而且兰德会听她的。而且，这样的话，她就能约缚他了。毕竟，她还没等到戴上披肩就已经约缚了柏姬泰，为什么对于兰德她反而要等待？

她挪了挪身子，又向枕头里挤了挤。兰德只能等待，他在凯姆林，而不是沙力达。等等，史汪说他在凯瑞安，他是怎么……伊兰太累了，这个想法很快就飘出她的脑海。但史汪，史汪仍然在隐瞒着什么。伊兰确信这一点。

睡意袭来，也带来了一个梦。一艘船，莉安坐在船头，正在和一个男人调情。伊兰每次看那个男人的面孔，都会觉得有所不同。在船尾，史汪和奈妮薇正在争斗着，两个人都想把船舵转向一个不同的方向——直到伊兰站起来，开始管理一切。船长理所应当要保留一些秘密，以免船员们造反。

到了早晨，奈妮薇甚至还没睁开眼睛，史汪和莉安已经回来了。奈妮薇还没有足够的怒气能让自己导引。而且，这样也没有用。已经被治愈的不可能再次被治愈。

“我会尽我所能，史汪。”黛兰娜说着，俯过身去拍了拍对面女子的手臂，现在这个起居室里只有她们两人。她们之间小桌上的茶杯始终没有被碰过。

史汪叹了口气，看上去很是沮丧。但当她在评议会面前爆发过之后，她还能期待些什么，对此黛兰娜并不知道。早晨的阳光照射进窗户，黛兰娜想到自己还没吃早餐，但她所面对的是史汪，这种状况令人不安，黛兰娜不喜欢感觉到不安。她已经能够让自己不在这个女人的脸上看到她的老朋友。这张脸不够坚强，也没有任何岁月的感觉，黛兰娜在那上面找不到任何她记忆中史汪·桑辰的影子。她只能看见一个年轻漂亮的史汪，这让她感到震惊，另一个震惊是史汪在太阳还没升起时就站在她的房门口，请求她的帮助，史汪从来不会请求帮助。而最让她震惊的是，自从那个叫奈妮薇的女人实现了她不可能的奇迹之后，每次黛兰娜和史汪面对时，她似乎都和以前不一样了。现在她比史汪强大，强大很多，而以前一直是史汪比她强大，史汪在她们是初阶生时就一直是最强的。但她还是史汪，充满不安的史汪。黛兰娜不记得见过史汪不安，史汪有可能会不安，但她从不会让别人看出来。黛兰娜感到一阵悲哀，她不能再为这个女人多做些什么了。她们曾经一起偷过蜂蜜蛋糕，又曾经不止一次因为共同参与的恶作剧而受到责备。

“史汪，至少我可以做到这个。罗曼妲很想将那些做梦的特法器收纳进评议会的仓库，她没有足够的宗派守护者支持这个提案。但如果雪瑞安认为罗曼妲想这样做，如果她认为你已经运用你的影响力，让蕾兰和我阻止这件事，那么她就不能拒绝你。我知道蕾兰会同意的，但我想象不出为什么你想要会见那些艾伊尔女人。看见雪瑞安在那种会见之后恼火的样子，罗曼妲每次都笑得像是掉在奶油里的猫。以你的脾气，你很可能会对那些艾伊尔女人发火的。”这也是一个改变，曾经黛兰娜绝不会想提起史汪的脾气，现在她却不假思索。

史汪气馁的脸上露出了一丝微笑。“我希望你能做一些这样的事，我会和蕾兰谈一谈，还有珍雅。我想珍雅也会帮忙，但你必须确保罗曼妲不会做出这种事。虽然我知道得不多，但雪瑞安似乎是在装出一副与艾伊尔人合作愉快的假相，恐怕罗曼妲要从最开始做起了。当然，这对评议会来说也许不重要，但我宁愿在所有人的鳃上都有钩子时，不需要先花费力气对付她们。”

黛兰娜微笑着陪史汪走到门前的台阶上，拥抱了她。是的，保持那些智者们的平静对评议会来说是非常重要的，但史汪不可能知道这个。她看着史汪匆匆走过街道后，才转身返回屋里。看样子，她会是那个要起保护作用的人了。她希望自己能做好这个工作，就像她朋友以前做的那样。

茶水仍然是温热的，她决定叫梅萨——她的侍女去为她准备一些面包卷和水果。但她听到了一阵胆小的敲门声，那不是梅萨，而是璐茜德——被黛兰娜带出白塔的初阶生之一。

这名瘦高的女孩紧张地行了个屈膝礼，璐茜德总是这么紧张。“两仪师黛兰娜？今天早晨来了一个女人。两仪师爱耐雅说我应该带她来见您？她的名字是哈丽玛·撒兰诺？她说她认识您？”

黛兰娜本想说她从不认识什么哈丽玛·撒兰诺，一个女人却已经出现在门口，黛兰娜不由得紧紧盯住了她。那个女人身材苗条，颇有风韵，穿着一身深灰色的骑装，衣服出奇的暴露，闪烁着黑色光泽的长发衬着一双绿眼睛。每个男人看到这张脸，肯定都会惊叹不已。当然，这并不是黛兰娜盯着她的原因。这个女人的双手一直放在身侧，但她的两根拇指都从食指和中指中间伸出来，黛兰娜从没想到会在任何没有戴披肩的女人那里看到这个手势，而这个哈丽玛·撒兰诺甚至没有导引能力。黛兰娜和她的距离很近，完全能确定这一点。

“是的，”黛兰娜说，“看样子我认得你。退下，璐茜德，还有，孩子，记住，并不是说每一句话的时候都要提问。”璐茜德又行了个深深的屈膝礼，速度快得差点让她跌倒。如果是其他时候，黛兰娜大概会叹口气。她从来不曾很好地和初阶生们相处过，她一直都不明白是为什么。

几乎就在那名初阶生离开房间之前，哈丽玛已经坐到刚才史汪坐的椅子上，没等黛兰娜发出邀请，她拿起一只没有动过的茶杯，叠起双腿，开始不急不徐地喝茶，眼睛越过茶杯上沿看着黛兰娜。

黛兰娜严厉地瞪了她一眼：“你以为你是谁，女人？不管你以为自己有什么样的地位，没有人能及得上两仪师。你是从哪里学到那个手势的？”也许是黛兰娜平生第一次，这种瞪视没有起任何效果。

哈丽玛看着她，嘴角挂着嘲讽的微笑：“你真的以为那个秘密……或者说，那个颜色深一些的宗派，是个秘密？至于你的地位，你很清楚，如果一名乞丐做出了正确的手势，你也必须彻底服从。我的故事是我曾经和一个叫作卡布娜·麦坎德的人共同旅行过一段时间，她是一名蓝宗两仪师，很不幸，卡布娜从马背上摔下来死了。她的护法在那以后就拒绝离开他的毯子，也没有再吃一点东西，于是他也死了。”

哈丽玛微笑着，仿佛是在问黛兰娜是否明白了。“卡布娜在死前和我谈过许多事情，她告诉了我关于沙力达的事，她还告诉我许多她听说的白塔对于你们的计划，对于转生真龙的计划。”她又笑了笑，两排白牙一闪而没。然后她就开始继续喝茶，看着黛兰娜。

黛兰娜从来都不是个容易放弃的女人。她会用棒槌敲打想发起战争的国王，逼迫他们建立和平；她会揪着女王的头发，让她们签署必须签署的协约。而实际上，她也会遵从做出正确手势、说出正确的话的乞丐。但尽管哈丽玛用手势说明她自己是黑宗两仪师，而她显然不是。也许这个女人认为这是唯一能让黛兰娜承认她的办法，也许她想炫耀自己拥有被禁绝的知识。黛兰娜不喜欢这个哈丽玛。“我想，我的任务是确认评议会是否应该接受你的讯息，”黛兰娜粗暴地说道，“只要你对卡布娜知道得够多，你的故事应该就没问题。对此，我不能帮助你，我和她只见过两次面。我想她不会在这里出现，搞砸你的故事吧？”

“绝对不会，”又是那种一闪而逝的嘲讽的微笑，“我能复述卡布娜的生平。我知道很多她自己都已经遗忘的事情。”

黛兰娜点了点头。杀死一名姐妹总是让人感到哀痛，但必须要发生的事就一定会发生。“那么，这就完全没问题了，评议会会将你当成一位客人接待，我能确保她们会听你的陈述。”

“客人并不确切符合我的设想，我想，应该是一种更持久的方式。你的秘书，或者更好一些，你的同伴。我需要确认你的评议会能得到谨慎的指引。除了卡布娜的讯息之外，我偶尔还会给你一些指示。”

“现在你听我说！我——”

哈丽玛用提高的声音打断了她的话：“我被告知，要向你提起一个名字，一个我有时会使用的名字：亚兰加。”

黛兰娜沉重地坐了下去。这个名字曾经在她的梦中被提到过。在许多年中，黛兰娜·墨赛伦感到了恐惧。

第 31 章

红色的印章

当艾阿蒙·瓦达缓缓地穿过阿玛多街道上的人群时，他胯下黑色阉马的蹄声完全被城市的喧嚣声给吞没，汗水从他的每一个毛孔渗流出来。他身上被打磨得光滑晶亮的甲片虽然蒙上了一层灰尘，但仍然反射着日光，雪白的斗篷覆盖在黑马强壮的臀部上。也许这是个晴朗的春日，但他完全没心思注意天气。他在极力忽略那些有着失落表情和破烂衣衫的男人、女人和孩子。

圣光城堡，由巨大的石墙、高塔和旗帜组成的堡垒，代表着坚不可摧的真理与正义。但生平第一次，这副景况没有鼓舞他的精神。在城堡的主庭院下了马，他把马缰扔给一名圣光之子，用严厉的口吻命令他照顾好这匹马。当然，这个人知道该怎么做，但艾阿蒙只是想发泄胸中的火气。穿白斗篷的人四处奔跑着，在这种炎热的天气里仍然显示出高昂的士气。艾阿蒙希望除了展示士气之外，这些人还能有一些其他的东西。

年轻的戴恩·伯恩哈小跑着穿过庭院，将拳头按在披甲的胸口上，热切地行了个军礼。“光明照耀你，指挥官，你是从塔瓦隆一路疾驰回来的吧？”他的眼里充满了血丝，一股白兰地的气味从身上散发出来。白天喝酒，这种错误没有任何理由可以开脱。

“至少速度不慢。”艾阿蒙恼怒地说着，用力扯下铁手套，将它们塞进剑带后面。

他会记住这个男人现在的样子。这次长途行军的速度确实很快，他打算等到城外的营地构建结束之后，让他的军团在城市里过一晚，作为奖赏。虽然一直在加紧行军，但他并不赞同召唤他回来的命令，现在应该集中一支强大的力量，攻陷已经遭到削弱的白塔，将那些女巫全都埋在瓦砾下。在他赶回的路上，每天都会传来坏讯息。兰德在凯姆林，不管那个男人是伪龙还是真龙，他能导引，任何能够导引的男人都是暗黑之友；真龙信众在阿特拉聚众闹事；那个所谓的先知和他的渣滓们盘据在海丹，甚至已经侵入了阿玛迪西亚。

至少他已经杀死了一些渣滓，但和这些总是四处逃窜的害虫作战非常困难，他们会混杂在那些可憎的难民潮里，还有那些没脑子的流浪者。他们似乎认为兰德已经改变了所有秩序，他们比普通难民更糟糕。但艾阿蒙已经找到了一个解决办法，虽然并不是一个能够完全令人满意的办法。现在他的军团身后的道路上都是一片狼藉，有许多乌鸦正在那里饱餐美味。如果没办法从难民中分辨先知的渣滓，那就把所有堵塞路面的东西都杀掉好了。无罪的人应该留在他们的家里，创世主会护佑他们的。在艾阿蒙的概念里，那些流浪者应该是点缀在这块蛋糕上的梅子。

“我在城里听说摩格丝在这里。”艾阿蒙说道。他不相信这个谣言——现在所有的安多人都在思索是谁杀死了摩格丝。看到戴恩点点头，他不禁愣了一下。

艾阿蒙的惊讶很快就变成厌恶，因为这个年轻人已经开始喋喋不休地谈论摩格丝的住所和她的狩猎，她得到了多么优渥的款待，她必然会和圣光之子签订协约。艾阿蒙表露出明显的愤怒，他不该对培卓有什么期望的，那个人在他那个时代是一名最好的士兵，一位伟大的将军，但他已经年老懦弱了。当他的命令到达塔瓦隆的时候，艾阿蒙就明白了这点。当兰德的讯息第一次从提尔传来时，培卓就应该挥师讨伐那里，他应该聚集所有的力量发动攻击，到时候，诸国都会跟从圣光之子讨伐伪龙，他们在那时就能取得成功。现在，兰德在凯姆林，强大到足以震慑那些懦弱的国家，但摩格丝却在这里。如果是艾阿蒙掌握了摩格丝，那么这位安多女王在第一天就会签下协议，即使那样需要有人握住她的右手签下她的名字。他能让摩格丝学会，在他说“跳”的时候就要跳起来。如果摩格丝拒绝带领圣光之子返回安多，他会将摩格丝的手腕捆在领军进入安多的旗杆上。

戴恩停下来，等待着他的响应，毫无疑问，他希望艾阿蒙邀请他共进晚餐。作为一名下属，他不能向高级军官发出这样的邀请，但他肯定希望和他的老上司聊一聊，关于塔瓦隆，甚至也许还有他死去的父亲。艾阿蒙对于杰夫拉·伯恩哈并没有太多的看法，那个人一直都很软弱。“我要在六点晚餐时在营地看见你，我要见到你冷静的样子，光之子戴恩。”

戴恩肯定是喝酒了，当他行过军礼，离开的时候，还在打着嗝，口吃得厉害。艾阿蒙很想知道发生了什么事。戴恩曾经是一名优秀的年轻军官，有些过于注重细节，比如对于一些罪行，他一定要找到相应的证据，但他总体来说都很不错，不像他父亲那么软弱。看到他将人生浪费在白兰地里，艾阿蒙只觉得羞耻。

艾阿蒙低声嘀咕了几句——军官在圣光城堡喝酒，这是培卓已经腐败的又一迹象。然后他进入城堡，朝自己的房间走去。他要睡在营地里，但一个热水澡不会有什么坏处。

一名肩膀宽阔的年轻圣光之子出现在没有装饰的石砌走廊里，在他胸口上，除了金色的阳光普照图案之外，还有一个代表圣光之手的猩红色牧羊人钩杖。这名裁判者没有停下来，甚至没有看艾阿蒙一眼，只是尊敬地低声说道：“指挥官也许愿意去一下真理圆顶。”

艾阿蒙看着那个男人的后背，皱起双眉。他不喜欢裁判者，他们在工作上很尽职，但艾阿蒙总是禁不住会想，他们佩戴上那个钩杖只是因为那样就不必去对抗手持武器的敌人。艾阿蒙本想叫住那个人，却又停了下来。裁判者们确实不注重纪律，但一名普通的圣光之子绝不会如此散漫地对一位指挥官说话。也许那个热水澡还是迟一些比较好。

走进真理圆顶，他终于恢复了一些精神。纯白色的外观，在里面，黄金叶片反射着一千盏吊灯的光芒，粗大的白色圆柱环绕着大厅，朴素而又光润。圆柱环中间是横跨三百尺没有支撑的圆顶，顶高达到一百五十尺，圆顶下面，白色大理石地面中央是一座样式简单的白色大理石高台。圣光之子最高领袖指挥官会站在这座高台上，向聚集于此地的圣光之子发表最庄严的演讲，举行最隆重的典礼。总有一天，他会站在这里。培卓不会永远活下去的。

几十名圣光之子正在这座大厅里来回巡行，这是一个值得一看的景观，当然，只有圣光之子能够看到。他相信针对他的命令还没有到来，所以他还有时间欣赏一下这座圆顶。在排列成环形的大圆柱后面是一些更细的圆柱，同样是经过了抛光，却没有装饰。高处的壁龛里陈列着圣光之子在千年以来每一次巨大胜利的壁画。艾阿蒙漫步于其中，逐一观赏它们。最终，他看见一名高大的灰发男人正在观看一幅壁画——瑟伦尼亚·莱塔被送上绞刑台，她是圣光之子吊死的唯一一名玉座。当然，那时她已经死了，活着的女巫很难被送入绞索，不过这并不重要。六百九十三年以前，正义曾经依照法律而实现。

“你感到困扰吗，吾子？”声音很低，几乎算得上是温和。

艾阿蒙微微僵硬了一下。拉丹姆·埃桑瓦是至高裁判者，但毕竟只是一名裁判者，而艾阿蒙是指挥官，圣光之涂膏者，不是他的“吾子”。“我倒是没注意。”艾阿蒙刻板地说道。

拉丹姆叹了口气，他憔悴的面孔完全是一副殉道受难的标准形象，也许会有人将他的汗水当作眼泪，但他深陷的眼窝里却似乎燃烧着烈火，将他身上所有多余的肉块都已烤干。他的斗篷上只有牧羊人的钩杖，没有黄金太阳，仿佛他并不属于圣光之子，或者是高于所有圣光之子。“现在的局势很棘手，圣光城堡里窝藏了一名女巫。”

艾阿蒙压抑住眼睛里的一丝冷光，不管是否懦弱，裁判者即使对于一名指挥官而言也是危险的。拉丹姆也许永远也不能吊死一名玉座，但他也许在梦想着吊死一名女王。艾阿蒙不在乎摩格丝的生死，也许现在摩格丝的利用价值还没完全被榨干。他什么都没说。拉丹姆浓密的灰色眉毛低垂下来，两只眼睛看上去仿佛是从两个黑色的洞窟中向外窥望。

“局势很棘手，”他又说了一遍，“绝对不能允许培卓毁掉圣光之子。”

很长一段时间里，艾阿蒙只是端详着墙上的绘画。也许这些画师的水平很高，也许没什么水平，他不了解这种艺术，也对此毫不关心。那些卫兵们的武器盔甲都很齐备，绞索和绞架看上去也很真实，这就是他知道的。“我准备好倾听了。”他最后说道。

“那么我们就谈一谈，吾子，等到稍晚一些，在眼睛和耳朵都不太多的地方。光明照耀你，吾子。”拉丹姆转身就走，白色的斗篷在身后扬起，靴子击地的声音回荡在大厅里，仿佛每一步都要将脚下的岩石踩碎。一些圣光之子在他经过的时候，都向他深深地弯下了腰。

从庭院高处的一扇窄窗里，培卓看着艾阿蒙下马，和年轻的戴恩说话，然后带着怒意大步走开。艾阿蒙总是这样怒气冲冲，如果有什么办法能将塔瓦隆的圣光之子带回来，只把艾阿蒙丢在那里，培卓一定会毫不犹豫地采纳。这个男人是一名称职的战地指挥官，但更是个激起暴动的好手，他的所有战术和战略就是冲锋，再冲锋。

培卓摇摇头，朝接见室走去，他还有比艾阿蒙更重要的事要关心。摩格丝仍然像一支拥有足够饮水和高昂斗志的军队一样在顽强抵抗，拒绝承认自己已经身陷谷地，无路可逃，而她的敌人正在山腰处，随时可以置她于死地。

当培卓走进接见室时，塞班从桌边站起。“埃布尔玳来了，大人，他给您留下了这些。”塞班碰了碰桌上用红色缎带系住的一卷纸。“还有这个。”他从口袋里取出一支小骨管时，抿紧一双薄嘴唇。

培卓低声说了些什么，拿过那支骨管，走进内室。埃布尔玳愈来愈没用了，将报告丢给塞班已经是很糟糕的事，虽然那些报告里只有一派胡言，但即使是埃布尔玳也应该知道，这种有三道红线的骨管必须交给培卓本人。他将骨管放到油灯附近，检查上面的蜡封。没有磨损。他应该在埃布尔玳脚下点上一堆火，让他知道对于光明的畏惧，幸好那个傻瓜只是他设给别人的圈套。

这封信又是瓦拉丁送来的。一张薄纸上用疯狂、繁乱的笔迹写满培卓的私人密码，培卓几乎没有看就要把它烧掉，但在信尾的一些东西吸引了他的注意。他开始从头细读这些密码，他要完全确认这些内容。就像上一封信一样，这封信里一直在胡说些什么被锁住的两仪师和奇怪的野兽，但就在最后……瓦拉丁帮助亚西迪·费沙在坦其克找了一个藏身之地，他会试着将亚西迪偷渡出去，但先行者们看守得十分严紧，没有许可，就连个口讯都传不出城墙以外。

培卓若有所思地揉着下巴。亚西迪是他派去塔拉朋的部下之一，他的任务是察看还有什么可以抢救。亚西迪对于瓦拉丁毫无了解，瓦拉丁也不该认识亚西迪，先行者严密看守着坦其克，连一个口讯都不能传到城墙外。都是疯子的胡言乱语。

培卓将那张纸塞进口袋，转身回到了前厅。“塞班，从西边传来的最新讯息是什么？”在他们之间，“西边”的意思是指塔拉朋的边境。

“一直没有变化，大人，深入塔拉朋境内的巡逻兵没有回来，现在边境最大的问题是不断试图越境的难民。”

过于深入塔拉朋境内的巡逻兵，塔拉朋已经变成一个翻腾着无数毒蛇和巨鼠的深坑，但……“你能用多快速度让一名信使到达坦其克？”

塞班甚至没有眨眼，即使某一天他的马对他说话，这个男人也不会表现出丝毫惊讶。“这其中的问题在于信使越过边境之后该如何换马，大人。一般情况，我会说这段路程往返需要二十天时间，运气好的话，需要的时间会更少一些。现在，运气好的话，往返的时间应该会加倍。可能时间加倍，信使也只刚刚到达坦其克。”在那个深坑里，一名信使会被彻底吞进去，连根骨头都不留。

没有让信使回来的必要，但培卓并没将这点告诉塞班。“安排信使，塞班，我要在一个小时内送出一封信，而且我要亲自和那名信使谈话。”塞班应允地点了一下头，但同时也揉搓着双手，似乎遭到培卓的侮辱。就随他去吧！这件事如果要成功，很难不让瓦拉丁曝光。当然，如果瓦拉丁已经疯了，有些防范就是不必要的，但如果不是……曝光他不会让任何事更快发生。

回到接见室之后，培卓又细看了一遍瓦拉丁的密信，然后才将那张纸放在油灯上，看着它被火焰吞没，纸灰在手指间碾碎。

对于行动和信息，培卓有四条准则：对敌人没有做到尽量了解之前，不制定任何与之有关的计划；如果得到新的信息，不要害怕改变原先的计划；绝不要相信自己知道的一切；但一定要在知道一切之后才有所行动的人在帐篷里空等的时候，敌人已经将火把扔到了他的帐篷顶上。培卓一生中只有一次抛弃了这些准则，任由自己跟随感觉前进。那是在加玛拉的时候，他只是因为头皮一阵发紧，就派遣三分之一的部队去察看一片所有人都认为无路可走的山地。在他调遣其余人马攻击莫兰迪和阿特拉军队时，一支本该在一百里外的伊利安人的军队突然从那片“无路可走”的山地中杀了出来。那一次，他能够顺利撤退，免于惨败的唯一原因就是一种“感觉”。现在，他再次有了那种感觉。

“我不信任他，”塔兰沃坚定地说，“他让我想起一个年轻的骗子。一个娃娃脸的家伙，他可以看着你的眼睛，对你笑，同时又用手掌取走杯中的豆子。”

这一次，摩格丝轻易地控制住了自己的脾气。年轻的培德已经报告说，他的叔叔终于找到一条路，可以让她和随从们偷偷溜出圣光城堡。要带走其他人一直是个难题，托文·巴绍很早以前就说可以让摩格丝一个人出去了，但摩格丝不会将其他人丢给白袍众，尤其不会丢弃塔兰沃。

“我会注意你的感觉，”摩格丝纵容地说，“但不要让这些情绪干扰你。你有关于这方面的谚语吗，莉妮？一些适合年轻的塔兰沃和他的感觉的谚语？”光明啊，为什么她会因为奚落塔兰沃而如此高兴？塔兰沃现在的行动甚至接近于叛国，但她是他的女王，不是……后面的思绪被她压回到了心里。

莉妮坐在窗口附近，正在卷着一个蓝纱线球，布琳用两只手为她撑住纱线。“培德让我想起了那个小马夫，那时刚好是你去白塔之前，那个人让两名侍女有了身孕，当他要逃出庄园的时候被抓住了，他背上的袋子里装满了你母亲的金银盘子。”

摩格丝咬了咬牙，但没有任何事能破坏她的好心情，即使是布琳瞥向她的目光也不行。培德早就因为摩格丝即将逃离这里而大喜了，部分原因是他认为他的叔叔可以给他一些奖赏。他曾经向摩格丝提到过，这可以补偿他在家时犯下的一个错误；而当那个年轻人得知摩格丝同意带他们全部离开这座城堡，并在明天日出离开阿玛多时，他简直是手舞足蹈了。离开阿玛多，前往海丹，那里不会有能被派往安多的大部队。两天前，托文亲自来向摩格丝说明了计划，那时他伪装成一名前来交送针线货品的店主。他是一名矮胖的大鼻子男人，有着暴躁的眼神，嘴角总是挂着一丝冷笑，但他对摩格丝说话时一直都是毕恭毕敬。很难相信他竟然是培德的叔叔，他们看上去完全不一样，而且托文的样子也完全不像是个商人。但他的计划却简单而有效，虽然这个计划肯定会让人觉得有损尊严。只需要先将足够多跟随摩格丝的人疏散到城堡外面，这个计划就能实行。而只要能离开这座城堡，摩格丝完全不在意自己要躲在运送厨房垃圾的马车下面。

“现在，你们全都知道该怎么做了。”她对他们说。只要摩格丝待在自己的房里，她的随从都可以有相当的行动自由，这个行动就是基于这一点。或者说，除了摩格丝之外所有人的逃脱都要基于这一点。“莉妮，当钟声响到高音时，你和布琳一定要在洗衣院子里。”莉妮带着微笑点点头，但布琳只是咬着嘴唇看了摩格丝一眼。这个计划他们已经复习了二十遍，摩格丝不允许有任何错误让某个人被留下来。“塔兰沃，你要放下你的剑，等在一家被称作‘橡树和荆棘’的客栈里。”塔兰沃张开嘴，但摩格丝用坚定的声音继续说下去，“我已经听过了你的争论，你可以再找一把剑，如果你没有带剑，他们就会相信你会回来。”塔兰沃紧皱着双眉，但最后还是点了点头。“蓝格威要等在金头，贝瑟在——”

一阵匆忙的敲门声传来，房门被打开，贝瑟探进了头。“女王，有个男人……一名圣光之子……”他回头瞥了走廊一眼，“来了个裁判者，女王。”塔兰沃的手伸向剑柄，摩格丝接连向他打了两个手势，又用眼睛狠狠地瞪着他，才让他将双手从剑柄上移开。

“让他进来。”摩格丝努力用平静的声音说道，但胃里仿佛有无数只狐狸在拼命地抓着。一名裁判者？难道迄今为止一直顺利进行的事情最后被证明其实只是一场突然来临的灾难？一名鹰钩鼻的高大男人推开贝瑟，走进房间，又在贝瑟的鼻子前面关上了房门，在他金白两色的战袍上肩膀部位绘着猩红色的钩杖，表明他是名裁判官。摩格丝以前没见过埃尼诺·萨伦，但他一眼就认出了摩格丝，他的脸上有着一种不可更改的信心。“最高领袖指挥官召唤你，”他冷冷地说，“现在就去。”

摩格丝脑子里各种念头流过的速度比胃部的颤抖更快，她已经习惯了受到召唤。自从将她软禁在城堡中之后，培卓就不会来找她了，但培卓会时常叫她过去，向她宣讲她对安多应负的责任；或者是进行所谓友谊的交谈，向她表明培卓对她和安多具有最真挚的善意。她已经习惯了这些，但每次来找她的信使不会是这种人。如果她已经被交给了裁判团，这名信使也不会使用这种托辞，拉丹姆会派遣足够的人来将她和她的全部随从拖走。她和拉丹姆有过短暂的会晤，那次她几乎连血液都被冻住了。为什么会派一名裁判官过来？她说出了这个问题。埃尼诺用同样冰冷的语调回答：“我刚才和最高领袖指挥官在一起，而我恰巧要过来这边。我已经结束了我的事务，现在我要带你过去。毕竟，你是一位女王，应该得到尊敬。”他显得有些无聊，甚至有些不耐烦，到最后，他的脸上扭曲出一丝冷冷的嘲笑。

“很好。”摩格丝说。

“我能否陪同女王？”塔兰沃庄重地一鞠躬，至少他在外人面前会显示出足够的顺从。

“不。”摩格丝宁可带上蓝格威。不，带上任何男人都会让别人以为她需要保镖。埃尼诺几乎和拉丹姆一样让她感到危险，但她绝对不会让这名裁判官察觉到丝毫事实。摩格丝让脸上露出随意而宽容的微笑：“我在这里肯定不需要保护。”

埃尼诺也在微笑，或者至少他的嘴在微笑。他似乎是在笑她。

走出房门，贝瑟和蓝格威都用不安的眼神看着摩格丝。摩格丝几乎要改变自己的主意了，但如果真的有什么陷阱，两个男人也不可能保护她，而且现在改变主意会让她显得软弱。跟随着埃尼诺走过一道道石砌走廊，摩格丝确实感觉到了虚弱，她觉得自己根本不像是一位女王。如果裁判团将她扔进地牢，也许她会像其他人一样发出尖叫——嗯，不存在什么“也许”，摩格丝还没有愚蠢到以为有王室血统的人就会和其他人有什么区别——但直到此时，她还应该是一位女王。她用力压下了自己颤抖不止的胃。

埃尼诺领着她走进了一座用石板铺地的场院，在这里，许多赤裸胸膛的男人正在用剑劈砍一根根木柱。“我们要去哪里？”她问，“这不是以前我去最高领袖指挥官书房的路。他在别的地方吗？”

“我走的是快捷通道，”埃尼诺答道，“我还有更重要的事情要……”他没有把话说完，也没有放慢脚步。

摩格丝没有选择，只能继续跟着他。他们走过一条走廊，走廊两侧全都是长形的房间，里面排列着窄帆布床，房间里有许多赤裸着胸膛，或者是穿得更少的男人。摩格丝的眼睛一直盯着萨伦的后背，心中构思着要掷向培卓·南奥的激烈言辞。他们又经过一座马厩的院子，马匹和马粪的气味弥漫在空气里，一名蹄铁匠正在院子的一角为马匹上蹄铁。然后又是一道排列着士兵营房的走廊，一道在一侧全部是厨房的走廊，里面充满浓重的炖菜气味。最后他们走进另一座院子……摩格丝僵立在原地。

一座高大的绞刑台立在院子中央。三个女人和十几个男人站满了上面每一个位置，他们被捆住手脚，脖子上已经套住了绞索。其中有一些人在悲哀地哭泣着，而大多数人只是睁着恐惧的眼睛。那些男人中的最后两个就是托文·巴绍和培德，那个男孩只穿着衬衫，那件摩格丝让人为他做的红白色外衣已经不见了。培德并没有哭泣，但他的叔叔在哭，而培德似乎因为过于恐惧，已经忘了要流泪了。

“为了光明！”一名白袍众军官大声喊道，另一名白袍众军官用力推动了绞刑台末端的一根长杆。

随着一阵巨大的声音，绞刑台下面的活门被打开，所有受刑的人都掉了下去，从摩格丝的视野里消失了。一些绞索还在颤抖着，挂在那些绞索上的人并没有被刚才的掉落拉断脖子，还在做最后的抽搐。培德的绞索就在颤抖，而摩格丝精妙的逃亡计划也随着他的死亡而破灭了。也许摩格丝应该对培德有更多一些关心，但她现在只是想着自己的逃亡，想着走出这个陷阱的办法。是她自己走进了这个陷阱，整个安多也随她一起被陷住了。

埃尼诺正在看着她，显然是在等待她晕过去，或者是趴在地上呕吐。

“一次吊死这么多人？”摩格丝很为自己稳定的声音而感到骄傲。培德的绳子已经不再抖动了，而是缓慢地来回摇摆着。没办法逃走。

“我们每天都要吊死暗黑之友，”埃尼诺冷冷地回答，“也许在安多，你发表一篇演讲就会放了他们，但我们不会。”

摩格丝和他对视着。这就是快捷方式？那么，这又是培卓的新手段了。埃尼诺丝毫没提到她的逃亡计划，这并不让她感到惊讶。培卓非常狡猾。摩格丝是一位值得尊敬的客人，培德和她的叔叔只是碰巧被吊死，因为一些与摩格丝无关的罪行。下一次会是谁被推上绞架？蓝格威还是贝瑟？或者是莉妮？塔兰沃？奇怪的是，塔兰沃被一根绳子吊起的形象比莉妮的更让她感到心痛，一个人的心思真是奇怪。越过埃尼诺的肩膀，摩格丝看见了站在远处的拉丹姆，他正从一扇窗户里俯视这座绞刑台，俯视着她。也许这是他干的，而不是培卓，但这没有不同。她不能让她的人无故死去，她不能让塔兰沃死去。真是奇怪的心思。她带着讽刺的神情挑起一侧眉弓，说道："如果这让你的膝盖发软，我想我肯定可以等到你重新找到力量的时候。"摩格丝的声音很轻松，完全没有受到眼前情景的影响。光明啊，不要让她在这里呕吐吧！

埃尼诺的脸沉了下来，他转过身，迈开了步子。摩格丝以平稳的步伐跟随着他，没有抬头去看那扇有拉丹姆在的窗户，同时竭力不去想那座绞刑台。

也许这真的是快捷方式。在下一道走廊里，埃尼诺引领她走上一段陡峭的阶梯，随后就把她带到了培卓的接见室，比她以前几次走过来所需的时间都要短。像往常一样，培卓没有站起身，房间里也没有椅子可以让摩格丝坐下，所以她只能像一名求告者一样站在培卓面前。他看上去很烦躁，一言不发地坐着，盯着摩格丝，但并不是真正在看她。

培卓赢了，而培卓甚至不在看她，这让摩格丝感到非常恼怒。光明啊，培卓赢了。也许她应该回自己的房间去，如果她命令塔兰沃、蓝格威和贝瑟为她挖一条地道出来，他们也一定会全力去挖的。那样他们就会死，然后她也会死。她从没有拿过剑，但如果她下达了这样的命令，她也会拿起剑。她会死，伊兰会登上狮子王座，兰德将被赶下台。白塔会让伊兰得到她应得的。而如果是白塔保卫伊兰得到王座……这似乎是疯狂的，摩格丝对于白塔的信任甚至比她对培卓的信任更少。不，她必须自己救安多，但是代价，她必须偿付相应的代价。

摩格丝强迫自己开了口："我已经准备好签署你的协约了。"

培卓一开始似乎没有听清楚，然后他眨眨眼，突然间，他冷笑着摇了摇头。这让摩格丝更加愤怒。假装惊讶，假装摩格丝完全没有想过要逃走，假装她是一位客人。摩格丝真希望能看见培卓被挂在绞刑架上。

但培卓又飞快地开始行动，仿佛刚才那个表情冷漠的老人根本就是另一个人。片刻之间，培卓那个干皱的小个子秘书带着一张长长的羊皮纸走了进来，一切都已经写在了上面，而且那名秘书还带来了一个仿冒的安多国玺，但摩格丝完全看不出它和真正的安多国玺有什么差别。

不管是否能有选择，摩格丝还是显出一副逐项阅读条款的样子。它们和摩格丝所预想的没有不同。培卓会率领白袍众恢复她的王座，但这是有代价的，虽然它们在名义上不是这样。一千名白袍众将驻扎凯姆林，他们将设立自己的法庭，遵循与安多不同的律法，此条款永久执行。在安多各处，白袍众与女王卫兵有同等权力，此条款永久执行。签下这个协约，她要用一生时间取消它，还有伊兰的一生时间。但如果不签，狮子王座就仍然是兰德的战利品，即使能有女人再次坐到上面，那也一定是爱伦娜或娜埃安之类的人，她们只不过是兰德的傀儡。或者伊兰有可能作为白塔的傀儡而得到狮子王座。她不能信任白塔。

摩格丝用力地签下了自己的名字，将那个仿冒的国玺按在那名秘书滴在协约末尾处的红色蜡漆上。印章的图案是安多的石子被玫瑰王冠所环绕。从此，摩格丝成为了第一个接受外国军队踏上安多领土的女王。

“再过多久……”要说的话比摩格丝想象中更难以出口，“再过多久，你的军团就能出发？”

培卓犹豫着，瞥了桌子一眼。那上面只有钢笔、墨水、一只沙碗和刚刚被烤残的剩蜡，仿佛他刚刚并没有在这上面写下一封信。他草草地在那张协约上签下了自己的名字，然后盖上自己的印章——一个闪耀太阳的金色印章，然后将那张羊皮纸递给他的秘书。“将这个放到档案室，塞班，恐怕我还不能像我希望的那样迅速行动，摩格丝，现在局势的变化让我必须予以考虑。你不需要担心，我想的只是该如何进入安多以外的地区。我想你可以把这当成是我继续享受一段有你陪伴的时光。”

塞班平稳而又恭谨地鞠了个躬，而摩格丝几乎可以肯定，塞班惊讶地望了培卓一眼。她自己也着实吃了一惊，培卓一直紧紧地逼她，而现在，他却要考虑其他事情？塞班匆匆地走开了，仿佛是害怕摩格丝会夺回那份协约，将它撕毁，但摩格丝现在根本没有心思去想那份协约。至少，不会有更多的绞刑了，其余的可以等到以后再去处理。一次走一步，她顽固的反抗失败了，但现在，她又有了时间，这是一份意料之外的礼物，但绝不应该浪费。享受她的陪伴？

摩格丝装出一副热情的微笑。“看起来，一副重担已经从我的肩上被移开了。告诉我，你下棋吗？”

“我被认为是一名不错的棋手。”培卓的微笑先是夹杂了一些惊讶，然后又显得很愉快。

摩格丝脸红了一下，但她没有让愤怒显现在脸上，也许最好让培卓以为现在她已经被打垮了，没有人会将一名被击垮的敌手看得太紧，或者将这样的敌手看得太高。如果摩格丝足够小心，过一段时间，甚至不必等到培卓的士兵离开阿玛迪西亚，她就有可能开始恢复被她交出的东西了。对于权力游戏，她曾经有一位非常优秀的老师。

“如果你愿意玩一局，我会努力不让自己表现得太差。”摩格丝的棋艺相当精深，但是当然，她要输掉，而且不能输得太轻易，让培卓有无聊的感觉。她痛恨失败。

拉丹姆皱起眉，用手指敲击着镀金的座椅扶手，在他的头顶上，红色的牧羊人钩杖漆雕图案镶嵌在一只纯白色的盘子上。“那名女巫被吓住了。”他喃喃地说道。

埃尼诺急忙做出回答，仿佛拉丹姆是在指责他：“有些人会被绞刑的情景影响。昨晚对暗黑之友进行了搜捕，我被告知，当绰姆破开房门的时候，他们正在吟诵暗影的教义。我进行了检查，但没有人曾经想到要讯问他们是否和她有联系。”至少他没有挪动身体，他站得笔直，就像任何圣光之手应该的那样。

拉丹姆微微摆了摆手，表示他不必进行解释。当然，这之间是没有关系的，他们之间唯一可能的关系就是她是一名女巫，而他们是暗黑之友。女巫还在圣光城堡里，这才是让拉丹姆感到气恼的事情。

“培卓让我去找她，就好像我是一条狗，”埃尼诺咬着牙说，“站在那么靠近女巫的地方，我几乎要吐了，我只想掐住她的咽喉。”

拉丹姆没有在意埃尼诺说了些什么，他几乎完全没听进耳朵里。当然，培卓恨圣光之手，大多数人都恨他们所害怕的。不，他的心思在摩格丝身上。根据以往的各种纪录，摩格丝不是软弱的人，她足以抵抗培卓，虽然大多数进入圣光城堡的人很快就会崩溃。如果摩格丝被证明是软弱的，那么他的一些计划就会遭到破坏。拉丹姆本来已经在脑子里构思好了每一个细节：每天都会让来自不同地方的世界看到对摩格丝进行的审讯，直到最后，她戏剧性地供认了一切罪行。整个过程极富技巧，没有人能看出其中的破绽，然后就是执行她死刑的仪式。要为她建立一座特殊的绞架，将她被绞死的样子保留下去，以纪念这个功业。

“让我们希望她会继续抵抗培卓吧！”拉丹姆的脸上出现一种会被人们认为是温和与虔诚的微笑。即使是培卓，也不能将耐心永远持续下去，最终他还是会将摩格丝交由正义来审判。

第 32 章

匆忙的召唤

对艾雯而言，兰德访问凯瑞安就像那些她只是听说过，但从来没见过的照明者烟火盛会一样，会在全城引发爆炸性的效应，而随后的回响也是无穷无尽。

当然，她没有再走近过宫殿，但每天去寻找阴极力陷阱的智者们会告诉她情况的进展。贵族们总是斜着眼睛彼此窥望，提尔人和凯瑞安人都是如此。贝丽兰似乎是躲了起来，拒绝去见任何不是非见不可的人。鲁拉克显然是认为她有别的任务，所以在不会造成巨大影响的范畴内忽略了一些她担负的职责，而鲁拉克自己似乎是宫殿里唯一没受到影响的人。现在就连宫中的仆人们也都紧张兮兮的，这也可能是因为他们总是看见智者们在宫殿中一个角落接一个角落地仔细察看着什么。

在帐篷里，除了智者们之外，情况要好很多。其余的艾伊尔人都像鲁拉克一样，平静而坚定，与他们相比，智者们就显得紧张不安了，当然，这也是必然的。艾密斯和索瑞林在会见过兰德，回到营地之后，一直都在不屑地喷着鼻息。她们没说是为什么，至少艾雯没听她们说过。而这种心情迅速扩散到所有智者们之中，没多久，所有智者都变得像是竖起毛的猫，仿佛随时准备抓烂任何能够移动的东西。她们的学徒都拼命放轻了走路和说话的声音，但仍然总是被骂，以前根本不会被注意到的小事会招来责骂；以前会招来责骂的事情，现在更是会让这些学徒受到惩罚。

即使是出现在营地里的沙度智者们也无法改变智者们的心态。那三名沙度人中，赛莱维和艾莱瑞是智者，第三个则是瑟瓦娜。瑟瓦娜总是一副趾高气扬的样子，不管营地里如何尘土飞扬，她衣带松散的宽松外衫暴露程度绝不比贝丽兰差。赛莱维和艾莱瑞说瑟瓦娜也是一位智者，虽然索瑞林不悦地嘀咕了几句，但她们没有选择，也只能接受瑟瓦娜是智者。艾雯确信这三个人在窥探营地，当她提出这点的时候，艾密斯只是一言不发地看着她。因为习俗的保护，沙度智者们可以自由出入营地，所有智者，包括索瑞林在内都会欢迎她们，把她们当成首姐妹一样接待。但她们的出现在磨耗着所有人的耐心，特别是艾雯的。那个自鸣得意的瑟瓦娜知道艾雯是谁，而且她会毫无困难地隐藏起自己的愉悦，一本正经地命令“那个矮个子学徒”去给她拿一杯水，或者做诸如此类的事情。瑟瓦娜也会不住地审视艾雯，这让艾雯想起一个人看着一只鸡，思考在将它偷走之后，该如何拿它来煮菜的情景。更糟糕的是，智者们不会告诉艾雯她们谈论了什么。那是智者们的事务，与学徒无关。

不管沙度艾伊尔出于什么样的原因盘踞在那里，其他智者们的心绪肯定是沙度智者们感兴趣的。艾雯不止一次在营地里看见瑟瓦娜，那时瑟瓦娜往往是带着微笑看艾密斯、麦琳德或珂赛恩，一边走一边喃喃自语，同时毫无意义地调整着披肩，而且瑟瓦娜总是以为没人注意到她。当然，没有人会听艾雯的话。最后，因为艾雯对那些沙度女人们说了太多的话，她被命令用一天的大部分时间挖了一个“深到站在里面什么都看不见的坑”，当她终于满身泥汗地从坑里爬出来，开始将坑填平的时候，瑟瓦娜还在看那些智者。

兰德离开两天之后，亚爱隆和其他一些智者说服三名枪姬众，在晚上潜入阿瑞琳的官邸，想要看看能查出什么，而这让一切都变得更糟糕。那三名枪姬众避开了盖温的卫兵，虽然那比她们所预料的更加困难，她们还是成功了。但两仪师就是另外一回事了，当她们从屋顶上爬进一间阁楼里的时候，至上力已经将她们全身都裹住，把她们拖进屋里。幸运的是，两仪师们似乎认为她们是来偷东西的，虽然枪姬众们也许从没想过自己会如此幸运，她们被扔到了大街上，虽然被摔伤得连走路都有困难，但她们仍然一声不吭地回到了营地。智者们谴责了亚爱隆和她的朋友们，这种谴责通常都是在私下进行的，但索瑞林则刻意在尽可能多的人们面前指责她们。瑟瓦娜和她的两名同党以后在见到亚爱隆她们的时候，一定会露出嘲讽的冷笑，然后故意用很大的声音讨论，如果两仪师知道了实情，会有什么样的后果。对于沙度智者们的这种行径，就连索瑞林都会侧目相向，但没有人对此说过任何话。亚爱隆和她的朋友们开始像学徒一样小心走路，而她们的学徒开始努力想要躲起来，除非是在必须完成职责或是上课的时候。每个人脾气的锋芒都开始变得如同剃刀一般锐利了。

除了那个深坑之外，艾雯总算是避开了一些最糟糕的事情，因为她在很多时间里都留在营地外。她要避开瑟瓦娜，以免自己会被这个女人给好好上一课，她知道那会是什么结局。瑟瓦娜已经被接受为一位智者，不管有多少人为此暗中苦坏了脸，艾密斯和柏尔也许会让这个沙度女人亲自惩罚艾雯。至少，躲开瑟瓦娜并不是很困难的事。也许艾雯是智者们的学徒，但只有索瑞林会千方百计地教她各种智者必须知道的事情。在艾密斯和柏尔最终允许她返回特·雅兰·瑞奥德之前，艾雯的白天和晚上大部分都是属于她自己的，只要她能躲开苏兰妲她们邀她一同去洗盘子，或是为晚上的营火收集畜粪。

艾雯不明白，为什么日子过得这么慢，她觉得这一定是因为在等艾密斯和柏尔的允许。盖温每天早晨都会去长男客栈，艾雯已经习惯了那个肥胖的老板娘别有深意的笑容，只是偶尔还是想对这个女人踢上一两脚。和盖温在一起的时间总是眨眼间就过去，她总是刚刚坐到他的膝上，没多久又要梳直头发离开了。现在坐到他的膝上已经不再让艾雯受到惊吓了。并不是真的吓到，但一开始，那种心情确实不止是喜悦。如果艾雯有时候觉得某件事情不应该去做，如果那些想法让她红了脸，盖温总是会用手指抚过她通红的脸颊，用一种艾雯愿意用一辈子去听的声音念着她的名字。从盖温口中说出的关于两仪师的事情，还比不上艾雯能从其他管道获得的信息多，而艾雯根本无法让自己去在乎这些。

而其他的时间却像是陷在泥沼里一样难以前进。艾雯几乎无事可做，仿佛要被心中郁积的挫败感炸开了。智者们一直在监视着阿瑞琳的官邸，但并没有带回来更多两仪师的信息，因为负责监视的智者都有导引能力，所以她们确认两仪师们一直在屋里操纵至上力，日夜不息。艾雯不敢走近那里，即使她过去了，如果看不见能流，也不会知道两仪师们正在做什么。如果智者们不是那么急躁，也许艾雯能试着在帐篷里看看书，但现在除非是在晚上的油灯旁边，否则艾雯一碰书本，柏尔就会叨念女孩白天总是躺在帐篷里浪费时间。这时，艾雯就不得不嘟囔着自己刚好忘记了一些事情，然后在柏尔找到事情让她做之前匆匆溜出帐篷。和其他学徒聊天几句也是同样危险的，她曾经和苏兰妲躲在一座岩狗众的帐篷阴影里说了一会儿话，结果被索瑞林发现，罚她们洗了一个下午的衣服。艾雯觉得也许这样还好一些，至少她能有些事情做，但索瑞林在检查过晾在帐篷里面（这是为了避开外面飘扬的灰尘）绝对干净的衣服之后，只是哼了一声，就命令她们再洗一遍。这样的命令索瑞林一共下了两次！她们洗衣服的样子也被瑟瓦娜看见了。

在城里的时候，艾雯总是禁不住要转回头去看看。在第三天，她像一只溜过猫身边的老鼠一样小心地去了码头。一个枯瘦的家伙驾着一条小窄船，挠着他稀疏的头发向艾雯要一枚银币，作为载送她去海民船的酬劳。现在一切的价格都变得非常昂贵，这实在太荒谬了。艾雯冷冷地盯着那个家伙，告诉他其实这个活儿只值一个银角子（即使是一个银角子也太多了！），同时希望这场讨价还价不会弄光她的钱包。她没有多少钱。所有人都在拼命躲开艾伊尔，但在讨价还价的时候，他们又全都忘了这些穿凯丁瑟、拿短矛的人战斗起来像狮子一样厉害。那个船夫也盯着艾雯，张了张嘴，然后嘟囔着说艾雯偷了他嘴里的面包，这句话着实让艾雯吃了一惊。

"上来吧！"船夫继续嘟囔着，"上来，我不能为这么点钱浪费一整天的时间，你们总是吓唬人、偷人家的面包。"即使在他开始划桨之后，他还是这么说着，不过小舟很快就进入澳关雅河宽阔的水面。

艾雯不知道兰德是否见了这位波涛长，她希望他们已经见过面了。根据伊兰的说法，转生真龙是海民们的克拉莫——被选中者，只要兰德一出现，那些海民一定会激动万分，奔走呼告。艾雯希望海民们不会在兰德面前表现得过于卑躬屈膝，因为已经有太多人对兰德这样了，但她会坐上这名唠叨船夫的船并不是因为兰德。伊兰确实遇到过一些亚桑米亚尔，并且搭乘他们的船进行过长途旅行。她说海民的寻风手能够导引，至少她们之中有一些或大部分人都有这种能力，这是一个亚桑米亚尔严格保守的秘密。但伊兰搭乘的那艘船上的寻风手曾经热情地和伊兰分享她的知识。海民寻风手了解气候，伊兰说她们对于气候的了解比两仪师更加精深，伊兰认识的那位寻风手就能产生出巨大的有用风流。艾雯不知道伊兰的话里有多少真实，有多少夸张，但如果她只能一边拧着手指，一边思考是被耐苏恩抓住更好，还是在智者们和瑟瓦娜那里受罪更好，那么她还不如找机会学习一点关于天气的知识。以她现在掌握的技能，除非天空中已经乌云一团、电闪雷鸣，否则她一滴雨也弄不出来。当然，现在万里无云的空中只有一颗金色的太阳，幽暗的河水上也跳跃着燥热的反光。

当船夫终于收起船桨，让这条小舟靠在海民船边上时，艾雯站起身，不去听船夫嘟囔她的这个动作会把他们两个都掀到河里去，而是抬起头喊道："你们好！你们好？我能上甲板吗？"

艾雯曾经搭过几艘内河船，所以很骄傲自己知道一些正确的船上语言——船上的人似乎对能否正确说话非常敏感。不过艾雯在此之前从没接触过海民，她曾经见过一两艘比这艘船更长的内河船，但从没见过这么高的船。

海民船上有一些人正在索具间忙碌，或者是爬到倾斜的桅杆上。他们全都有着黝黑的肤色，男性海民赤裸着胸膛，光着脚，穿着用裤带系住的裤子，女性还多穿了一件宽松的外衫。他们的衣服全都有鲜艳多彩的颜色。

艾雯刚刚要用更大的声音再喊一遍，一条绳梯已经从船舷上垂挂下来，甲板上没有人回答她，但海民邀请她上船的意思是显而易见的。艾雯沿绳梯爬了上去，这很难，艾雯不止要用力攀爬，还要努力不让自己的裙子散开。现在她明白为什么海民女性都要穿裤子了。最后她还是顺利抓住了船舷的围栏。

这时，艾雯的目光一下子落在不远处甲板上的一名女子身上。她的外衫和裤子是用蓝色丝绸做的，系了一条颜色稍暗些的裤带。她的每只耳朵上都穿着三只雕花金环，一根细链挂在一只耳环和一只穿在鼻子上的圆环之间，细链上缀着许多闪光的徽章。伊兰形容过这种打扮，甚至还在特·雅兰·瑞奥德中表现过这种样子，但看到真正有人这样对待肉体，艾雯还是不禁打了个哆嗦。还有另一件事也吸引了她的注意力，她感觉到了导引的能力。她真的找到了一位寻风手。

艾雯刚刚张开嘴，一只黝黑的手臂突然出现在她的眼前，手上还握着一把闪亮的匕首。没等艾雯发出尖叫，那把匕首已经割断了绳梯的绳子，艾雯抓住没用的绳梯，直线跌了下去。

这时她才发出一声尖叫，但只是心跳一次之后，河水已经冲进她张开的嘴里，淹没了她的喊声。艾雯觉得自己吞下了半条河的水。她疯狂地挣扎着，想要从头顶脱下裙子，想要摆脱那根绳梯。她没有慌乱，她没有。她跌下了多长的距离？周围全都是乌黑的泥水。哪个方向是往上去的？好像有铁箍勒住她的胸口。她用鼻子呼着气，看见一串串泡沫浮上去，那似乎是她的。她扭动着，努力想攀上水面。有多远？她觉得肺仿佛正被火烧着。

艾雯的头冒出水面，咳嗽着，大口喘着气。让她惊讶的，是那名船夫伸手把她拖到他的小船里，而现在这名船夫唠叨得更厉害了，他一边要艾雯停止挥舞手脚，一边又说海民真是些难以对付的家伙。他还伸手从水里捞起艾雯的披巾，艾雯从他手里抓过披巾，把他吓得向后一蹦，仿佛以为艾雯会用披巾打他。艾雯的裙子沉重地挂在身上，外衫和衬衣都紧贴住了身体，她的包头巾歪在头顶上，脚下出现了一片愈来愈大的水渍。

这艘小船现在已经飘到距离海民船二十步左右的地方。现在那名寻风手正站在船栏后面，她身边还有另外两个女人，一个穿着朴素的绿色丝衣；另一个穿着绣金线的锦缎红衣。她们都有耳环、鼻环和细链，在阳光下熠熠生辉。

“你被拒绝通过！”那名穿绿色衣服的女人喊道。穿红衣的女子则喊道：“告诉其他人，伪装无法骗过我们，你没有吓到我们，你们全都被拒绝通过！”

那名瘦子船夫捡起他的桨，但艾雯用一根手指指着他的细鼻子说道：“停下来。”船夫停了下来。

一句讲理的话都没有，就这样把她扔进水里。深吸一口气，艾雯拥抱阴极力，在那名寻风手有所反应之前导引出四股能流。她是了解气候的，对不对？她能同时分开艾雯的四道能流吗？能做到这个的两仪师并不多。一股能流是魂之力构建的屏障，它可以让寻风手没办法给艾雯捣乱，另外三股都是风之力。精密的编织包围了那三个女人，捆住了她们的手臂，将她们全部举起并不算很难，不过也不容易。

当那些女人飘到河面上的时候，船上响起一阵喧哗声，艾雯听见瘦子船夫在呻吟。她对这名船夫不感兴趣。三名海民女子甚至没有挣扎一下。艾雯加了些力气，将她们举得更高，距离水面差不多有三十多尺。不管艾雯再怎么用力，这似乎是她的极限了。*嗯，你并不是真的想伤害她们*，艾雯心想，然后她放开了编织。现在轮到她们尖叫了。

海民女人一开始跌落的时候就蜷缩成球，然后翻滚了一下，又挺直身体。现在她们变成了倒立的姿势，双手伸直朝下。当她们掉进水里的时候，只激起三个很小的水花。又过了一会儿，三颗黑色的头颅冲出了水面，她们开始快速地向大船游去。

艾雯闭上了嘴。*如果我揪住她们的脚踝，把她们的脑袋插进水里，她们就*……她在想什么？因为艾雯尖叫过，她们就一定要尖叫吗？她们身上的水绝不比艾雯更少。我看上去一定像只淹死的老鼠！艾雯小心地导引——对于自身的导引一定要小心，因为这时导引者往往无法看清能流。水分从她身上滚落，从她的衣服里渗出来，这些水里还混杂着许多污泥。

瘦子船夫紧盯着艾雯，眼睛和嘴都张得老大，这才让艾雯意识到自己刚刚做了什么。在河面上导引，如果这时恰巧有两仪师来到河边，没有任何东西能将她藏住。烈日当空，艾雯突然觉得奇寒彻骨。

“现在你可以带我回岸边了。”艾雯不知道现在码头上有什么人，从这个距离，她根本无法看清岸上的人是男是女。“不要去城市，去河岸。”那家伙立刻开始拼命划桨，艾雯差点因为小船的突然加速而摔倒在船底。

最后船夫将艾雯载到一处全都是人头大小平滑岩石的河岸边，在这里看不见半个人。船一靠岸，艾雯就跳下船，提起裙子，全速冲上堤岸的斜坡。她一直跑回到营地，瘫倒在自己的帐篷里，喘着气，不停地流着汗。此后，除了与盖温见面之外，她就再没有靠近过凯瑞安城。

时间一天天过去，现在，几乎不会停止的风没日没夜地带来一波波尘土和沙粒。在第五个晚上，柏尔陪同艾雯进入了梦的世界。她们只是进行一下测试，所以在梦的世界里只逗留了很短一段时间，而且去的是柏尔最熟悉的地方——艾伊尔荒漠。那是一片灼热、崎岖的土地，与之相比，即使是干旱的凯瑞安也显得葱茏美丽。经过一阵短暂的旅行之后，柏尔和艾密斯就过来叫醒艾雯，看看她是否有什么不适。无论她们怎样让艾雯奔跑、跳跃，无论她们如何观察艾雯的眼睛，听她的心脏，最后她们还是同意艾雯确实完全健康。但不管同意与否，第二个晚上，艾密斯又带着艾雯在荒漠里进行了一次短途旅行，然后又是一连串的检查，直到最后，艾雯欣喜地趴在自己的床铺上，立刻陷入了熟睡。这两晚，艾雯没有再进入梦的世界，因为等智者们离开的时候，她早已经精疲力竭了。在这以前，艾雯每天晚上都叮嘱自己，绝不能再偷偷去梦的世界了，如果在智者们即将对她解禁时被抓住，那实在太不值得。但她又总是决定只进去很短一段时间并不会暴露行踪，她只需避开在特·雅兰·瑞奥德和醒来世界之间的那个空间，那个飘浮着无数个梦的地方。她本来还以为如果自己非常小心，就可以窥看盖温的梦，同时不会被吸进去，但最后，她明白自己还是避开为妙。她坚定地提醒自己，她是一名成熟的女子，而不是个傻女孩。即使自己被拖进去，那也只是一个梦。现在艾雯只能庆幸还没有别人知道那个男人是怎样把她的心思搅成一团乱麻的，如果艾密斯和柏尔知道了，一定会笑到流出眼泪。

在第七夜，艾雯精心地为自己铺好床，放上一件干净衬衫，将头发一直梳到闪闪发亮。这些和她在特·雅兰·瑞奥德中的时候并没有什么直接关系，但这样可以让她觉得心安不少。今晚，两仪师会等在石之心大厅，但不会有奈妮薇和伊兰。这应该不会有什么区别，除非……象牙发梳停在半空，除非两仪师揭露她只是一名见习生。为什么她以前没想到过这一点？光明啊，她真希望能与奈妮薇和伊兰谈谈，但又不知道和她们谈能有什么好处。而且她相信那个总有东西破碎的梦，一定预示着如果她和她们说话，就会出现某种非常不好的事情。

艾雯咬着嘴唇，思考是否应该去找艾密斯，告诉她自己身体感觉不好。没有什么严重的问题，只是胃不舒服，但她又希望今晚能够进入梦境。在今晚的会见之后，智者们就要重新开始她的课程了，但……另一个谎言，一种懦弱的方式。她不是个懦夫，也许她不能像有些人那样勇敢，但懦弱是可鄙的。无论今晚发生了什么，她必须自己去面对，就是这样。

艾雯坚定地放下发梳，吹熄油灯，爬上床铺。她已经很累了，很容易就睡着了。其实，如果有必要的话，她现在已经知道该如何让自己立刻入睡，或者是进入浅睡状态，让自己能够走进梦的世界。在这种浅睡中，她还能继续走路，或者是和她肉体旁边的人咕哝几句话。这一次，在睡眠来临之前，她意识到了某件令人惊讶的事，不过，她的胃并没有不适。

她站在一座巨大的拱形房间里，周围立满了粗大的抛光红石圆柱，这就是提尔的石之心大厅。镀金吊灯挂在头顶的长链末端，都没有被点燃，这里弥漫着没有光源的光线。艾密斯和柏尔已经到了，她们的样子和上午时毫无差别，只是项链和手镯比真正的黄金要更加晶莹透亮一些。她们在低声地说着什么，看上去很是恼怒，艾雯只能听见几个零星的字眼，但她听见她们说了两次“兰德·亚瑟”。

突然间，艾雯意识到自己穿着见习生的镶边白袍，她立刻换成智者的服装，只是没有任何首饰。艾雯觉得那两位智者并没有注意到她的变化，当然也不会知道那套白袍代表什么意思。有时候，放弃战斗而投降可能会让自己少失去一些节，少承担一些义，但任何艾伊尔都不会不尝试战斗就立刻投降。

“她们又迟到了。”艾密斯表情冷漠地说着，走到大圆顶下面的开阔空间中。在那个空间正中央的红石地面上，插着一把仿佛是水晶雕成的剑，那是预言中的凯兰铎，一件男性超法器，也是有史以来最强的超法器之一。兰德将它插在这里，让提尔人能够时时想到他，仿佛他们有可能会忘记他一样。

但艾密斯只是瞥了那把剑一眼，对于其他人，非剑之剑也许是转生真龙的标志，但对艾密斯来说，那只是湿地人要关心的事。“至少我们能希望，她们不会再装成无所不知的样子，上一次她们已经好多了。”

柏尔重重地哼了一声，即使是索瑞林，如果听到她的声音大概也要眨眨眼。“她们不可能变得更好，但至少她们可以信守承诺，准时到——”她闭上了嘴，因为有七个女人突然出现在凯兰铎的另一边。

艾雯认识她们，但那名蓝眼睛里充满着坚定神情的年轻女子——艾雯以前在特·雅兰·瑞奥德里见过她。她是谁？艾密斯和柏尔向艾雯提到过其他那些两仪师（一般都是以相当刻薄的语气），但从没提到过她。她戴着蓝色流苏的披肩，她们全都戴着披肩，她们的衣服会不时改变颜色和样式，但那些披肩从不会闪烁一下。

两仪师的目光立刻集中在艾雯身上，仿佛那两位智者完全不存在一样。

“艾雯·艾威尔，”雪瑞安庄重地说，“白塔评议会召唤你。”她眼角上翘的绿眼睛里闪烁着某种被压抑的情绪。艾雯的胃沉了下去，她们知道她伪装成正式两仪师的事情。

“不要问你为什么受到召唤，”卡琳亚紧接着雪瑞安说道，她冰冷的声音在庄重之外还有更多的严厉，“你要做的只有回答，而不是提问。”不知为什么，她将一头黑发剪短了。当然，艾雯现在根本不会注意这种细节，她肯定不想去思考这些都意味着什么。两仪师的话语庄严郑重，掷地有声。艾密斯和柏尔调整了一下她们的披巾，皱起了眉，她们的恼怒已经开始变成了关注。

“不要耽搁回来的行程，”艾雯一直以为爱耐雅为人很温和，但现在这个面容冷峻的女人说出的话如同卡琳亚一样坚定，正式的言辞中没有任何温暖，“你要听从命令，从速上路。”

然后这三个人同声说道：“畏惧评议会的召唤是应该的。应该立刻听命行事，谦恭而不得有疑问。你已受到召唤，要跪在白塔评议会前，接受她们的裁决。”

艾雯控制着自己的呼吸，至少她没有喘息个不停。她所做的一切要受到什么样的处罚？看这些两仪师的架势，处罚绝对不会轻。她们全都在瞪着她。艾雯想从这些两仪师的脸上读到些信息，但这六张无瑕的面容只是从眼睛里射出了强烈的光芒。那名年轻的蓝宗两仪师有一种经历过多年两仪师生活后才会有的冷静沉着，但她并没有掩饰住一点满意的微笑。

她们似乎正在等着什么。“我能去的时候，立刻就会去。”艾雯说。也许她的胃已经沉到了脚踝，但至少不会在声音上输给她们。她不会懦弱，她会成为两仪师，如果在这些事之后她们还能给她机会的话。“但我不知道还要过多久，那是一段很长的路程，而我并不确切知道沙力达在哪里，我只知道它在埃达河岸边的某处。”

雪瑞安和其他人交换了一个眼神，她的衣服从淡蓝色的丝衣变成深灰色的裙裤。

“我们相信有办法能让你快速到达，只要智者们帮一下忙。史汪确信，你只要一两天就能到达沙力达，只要你以肉身进入特·雅兰·瑞奥德——”

“不！”柏尔喊道。艾密斯也同时大声说道：“我们不会教她这种事，那是邪恶的手段，那是邪恶的，无论是谁这么做，她都会失掉自身的一部分。”

“你们并不能确认这点，”波恩宁耐心地说，“既然看起来你们自己也没这样做过，但如果你们知道这是可行的，你们一定也对具体的做法有一些了解，我们也许能看看你们有什么是不知道的。”

波恩宁可能以为自己很有耐心，但她的语气完全错了。艾密斯整了整披巾，将腰杆挺得比刚才更直。柏尔将双拳叉在腰上，瞪着两仪师们，甚至还露出了牙齿。片刻之间，智者们仿佛是要爆发了一样，她们要给两仪师上一课，让两仪师知道在特·雅兰·瑞奥德中什么是可以做的，同时也要让两仪师明白自己是多么无知。两仪师则全部镇静地看着她们，脸上写满了自信。她们的披巾稳稳地搭在肩上，但衣服变化的速度却像艾雯的心跳一样快。只有那名年轻蓝宗两仪师的衣服还能维持稳定，在这段长时间的寂静里只变化了一次。

艾雯必须阻止这一切，她必须去沙力达，如果她在这里看到这些两仪师蒙羞，对她来说将不会有任何好处。“我知道该怎么做，我想我知道，我愿意试一试。”如果不成功，她至少还可以骑马赶过去。“但我必须知道沙力达在什么地方。”

艾密斯和柏尔将注意力转移到艾雯身上，连卡琳亚和摩芙玲都不会有这两位智者如此冰冷的目光，艾雯的心随着她的胃沉了下去。

雪瑞安立刻开始告诉艾雯沙力达的具体位置——在某个村庄以西多少里，以南多少里……但那名年轻的蓝宗两仪师清了清嗓子说道：“这样也许会更有用。”那个声音听起来很熟悉，但艾雯完全无法将它和这张面孔联想在一起。

也许年轻两仪师控制衣着的能力是比其他两仪师强不了多少——软绿色

的丝绸在她说话时变成了深蓝色，刺绣高领变成提尔风格的缎带环领，一顶珍珠小帽出现在她的头上，但她确实对特·雅兰·瑞奥德有所了解。突然间，一盏大灯出现在众人身旁，然后是一个闪光的红点，旁边标示着“凯瑞安”，另一个红点旁标示着“沙力达”。这幅地图开始扩展，并发生了改变，原本只是用线条表示的山脉，变成凸起的山形；森林出现了绿色和棕色的影子；河水变成在阳光下闪耀的蓝色。这幅地图一直扩大，最后完全遮住了石之心大厅的一侧，看着它就像是在看着微缩的世界。

就连智者们似乎也对这幅地图感到惊讶，从而放弃了不屑的表情。但那名女子的提尔长裙很快又变成一件绣银领口的黄色丝裙，这又减弱了智者们对她的重视。不过年轻女子的注意力显然不在这里，不知为什么，她只是以挑战的眼神盯着其他两仪师。

“这很精彩，史汪。”过了一会儿，雪瑞安说。

艾雯眨眨眼。史汪？这一定是个同名的女子。这位年轻的史汪满意地哼了一声，然后快速地一点头，这个动作立刻又让艾雯想起了史汪·桑辰，但这当然是不可能的。*你只是想让自己分心*，她对自己说。“这足以让我找到沙力达了，不管我是否能……”她瞥了艾密斯和柏尔一眼。两位智者沉默着，脸上全都是不赞成的表情，冰冷得仿佛是用冬天的岩石雕刻而成。“不管我是否能以肉身进入这里，我答应我会尽快赶到沙力达。”地图消失了。*光明啊，她们会如何处置我？*

艾雯带着疑问的神情张开嘴，却被卡琳亚打断了。两仪师恢复了那种庄严郑重的语调，而且比刚才更加严厉。“不要问为什么你会受到召唤，你只需回答，不要提问。”

“不要耽搁，”爱耐雅说，“遵从并立刻行动。”

两仪师交换了一个眼神，就消失了，艾雯甚至有些怀疑她们是害怕她会问什么问题。

现在大厅里只剩下她与艾密斯和柏尔，但当她转头望向两位智者，不知道是应该解释，还是道歉并请求谅解的时候，智者们也消失了，只剩下她一个人。无数红石圆柱将她包围，凯兰铎在她脚边闪烁。智者们显然是认为这件事与节义无关。

悲哀地吁了口气，艾雯走出特·雅兰·瑞奥德，回到她正在睡眠的身体里。

她立刻就醒了过来，随心所欲地醒来和睡去都是梦行者训练的一部分，而且她已经承诺过要尽快出发。她导引至上力点亮了所有油灯——她需要光明。她努力让自己振作起来，跪到靠帐篷壁放置的几只小箱子前面，找出自从她进入荒漠后就没再穿过的衣服。她人生中的一段时光结束了，但她不会为了这个失落而哭泣，她不会的。

艾雯刚刚消失，兰德从圆柱之间走了出来，他有时候会来这里看看凯兰铎。他第一次来是在亚斯莫丁教他反转编织之后，那时他改变了这件超法器周围的陷阱，让它只能被他一个人看见。如果预言能够被相信，任何抽出它的人都会“追随”他，他不知道自己还能相信多少，但心存侥幸是不应该的。

路斯·瑟林在他脑海深处的某个地方低沉地说着话——当兰德靠近凯兰铎的时候，他总是会说话。但今晚，这把闪耀的水晶剑丝毫引不起兰德的兴趣，他盯着那幅巨型地图曾经悬挂的地方。毕竟，那并不是一幅真正能存在下去的地图。那是什么地方？他只是碰巧在今天到了这里吗？还是因为时轴对于因缘的牵引？没关系。艾雯已经顺从地接受了这个召唤。如果那是白塔和爱莉达发出的召唤，她是绝对不会听命的。那个沙力达应该就是她那些神秘朋友藏身的地方，是伊兰所在的地方，她们已经把自己悬挂在他眼前了。

兰德笑着打开了通往凯姆林宫殿映像的通道。

第 33 章

勇气得加强

艾雯只穿着衬衣，跪在地上，皱眉看着这套深绿色的丝绸骑装，她穿着这套骑装进入荒漠的日子仿佛已经过去很久了。还有那么多事情要做。她已经匆匆写下了一张纸条，又从毯子里叫醒了柯温迪，命令柯温迪早晨把这张纸条放到长男客栈去。艾雯在那张纸条上只写了自己要离开——她自己也不知道更多的信息，但她不能不告诉盖温就离开，想到一些自己与盖温的事情总是会让她脸红——比如她说爱他。但她只能求盖温等她！她已经尽可能照顾盖温的心情了。现在，她必须为自己所要面对的一切做好准备，而她几乎还不知道自己要面对什么。

帐篷帘子被摔开，艾密斯走了进来，她的身后是柏尔和索瑞林。她们并排站在艾雯面前，俯视着她，三张严厉的面孔上全是不赞成的神情。只穿着衬衣的艾雯费了很大的力气才让自己没将那件骑装紧抱在胸前，她觉得自己现在的态势实在是太不利了，不过也很惊讶智者们竟然用了这么长时间才走进她的帐篷。

她深吸了一口气："如果你们是来惩罚我的，我没有时间背水、挖洞，或者是做其他这种事情了。我很抱歉，但我已经说了，会尽快赶去，我想，她们会以分钟计算我的路程。”

艾密斯惊讶地扬起淡色的眉毛,索瑞林和柏尔交换了一个困惑的眼神。“我们怎么会惩罚你？”艾密斯问，“当你的姐妹们召唤你的时候，你就不再是学徒了。身为两仪师，你必须去她们那里。”

艾雯假装检查骑装，掩饰住了自己的颤抖，虽然被卷起来在箱子里放了几个月,但它上面并没有什么明显的皱褶。她让自己重新抬起头看着智者:“我知道你们对我很生气，你们有理由——”

“生气？”索瑞林说，“我们并不生气，我以为你对我们应该有很多了解了。”确实,她的语气中没有丝毫怒意,但她们的脸上仍然都是责难的表情。

艾雯望着这三位智者，特别是艾密斯和柏尔：“但你们已经告诉过我,我要做的事情是多么错误,你们说我甚至绝不能想到那种事。我说过我不会的,而那时我已经研究出这件事该怎么做了。”

让艾雯感到惊讶的是，索瑞林满是皱纹的脸上绽放出了微笑。她带着满意的神情整了整披巾，让手腕上的镯子发出一连串响声。“看到了吗？我告诉过你们，她会理解的，她可以成为艾伊尔。”

艾密斯和柏尔的表情都轻松了些。艾雯明白了，她们并不是在生气她要以肉体进入特·雅兰·瑞奥德，在智者的观点中，这么做是错的，但一个人一定要做她必须做的事。她们其实根本没有生气，真正让她们难过的是她的谎言。艾雯的胃抽搐了一下，那个已被她承认的谎言，也许是她最小的一个谎言。

艾雯又深吸了一口气，才说出话来：“我对其他事情也说了谎，我在承诺不会进入特·雅兰·瑞奥德之后仍然单独进入了那里。”艾密斯的脸又沉了下来。索瑞林不是梦行者，她只是悲伤地摇了摇头。“我承诺要像学徒一样遵守智者的命令，但是当你们在我受伤之后说梦的世界过于危险时，我还是去了。”柏尔抱起双臂，脸上没有任何表情。索瑞林嘟囔了一些关于蠢女孩的话，但她的声音里听不到任何火气。艾雯第三次深深吸气，这次是她最难说出口的事情。她的胃已经不再抽搐了，它在剧烈地颤抖，剧烈得让艾雯惊讶自己的全身没有随之一同颤抖起来。“最糟糕的是，我不是两仪师，我只是见习生，那也是一个和学徒差不多的身份。依照现在的情势，我在几年之内都不会成为两仪师。”

索瑞林抬起头，薄嘴唇被压成了一条细线，但她们仍然什么也没说，一切事情都要由艾雯自己纠正，她们再也不可能像以前一样了，但……

你已经承认了一切，一个微小的声音在向她耳语，现在你最好集中心思去思考该如何尽快到达沙力达。总有一天，你还是能成为两仪师，但如果你让她们比现在更疯狂，你就没这种机会了。

艾雯垂下目光，看着地上的彩色小地毯，她的嘴角拧出一个轻蔑的表情——她对那个耳语感到轻蔑。这个声音出现在她的脑海里，就是她的羞耻，她能想到这一点。她要离开了，但在她离开之前，她必须将所有事情先纠正过来。一切都要符合节义，一个人要做自己必须做的事情，但也必须偿还这样做的代价。在几个月以前的荒漠里，艾玲达已经让她知道了一个谎言的代价是什么。

艾雯聚集起自己能找到的每一点勇气，希望这足够支撑自己，然后将那件骑装放到旁边，站起了身。奇怪的是，只要开始了，继续下去似乎就变得容易了。她仍然必须要抬起头才能看着她们的眼睛，但她骄傲地这样做着，高昂着头，而且完全不用强迫自己就把话说了出来，“我负有义。”她的胃已经不再颤抖了，“我请求你们帮助我承担我的义。”她必须等一等再去沙力达了。

麦特靠在臂肘上，看着摆放在帐篷地上的蛇与狐狸游戏。偶尔会有一滴汗水从他的下巴滴下来，消失在棋盘上。那并不是一副真正的棋盘，只是一片画着许多黑线的红布，上面还有许多箭头表明哪条线只许单向前进，哪条线可以朝两个方向前进。十只白色的木制小碟上各用黑线画着一个三角形，它们代表狐狸；另外十只小碟上画着波浪线，代表蛇。两盏油灯放在棋盘两侧，将棋盘照得清清楚楚。

“我们这一次要赢了，麦特，”奥佛尔兴奋地说，“我知道我们要赢了。”

“也许。”麦特说。他们的两只被涂成黑色的小碟已经快回到棋盘中心的圆环里，但下一轮是由蛇和狐狸行动。大多数时候，代表他们的黑棋甚至无法离开棋盘的边缘。“掷骰子吧！”自从那天麦特把这副骰盅给了奥佛尔之后，麦特就再没有碰过它。如果他们要玩游戏，那就最好不要受到麦特运气的影响。

奥佛尔笑着将他父亲做给他的木骰子放进皮骰盅里，开始摇晃。骰子停稳之后，他呻吟了一声。这一次，有三颗骰子翻出了三角形的花纹，另外三个是浪线花纹。*你必须将蛇和狐狸以最短的路线向代表自己的棋子移动，而如果它们之中的一个到了你所占据的位置……*一条蛇碰到了奥佛尔，一只狐狸碰到了麦特，麦特能看出来，如果按照其余的骰点走下去，还有两条蛇会碰到他。

只是个小孩的游戏，而且是一个只要遵守规则就不会取胜的游戏。过不了多久，长大的奥佛尔就能明白这点，并像其他孩子一样，不再玩这个游戏。只是个孩子的游戏，但麦特不喜欢被那只狐狸追上，他更不喜欢那些蛇。这勾起了他很糟糕的回忆，即使这两个回忆之间并没有什么关系。

“嗯，”奥佛尔嘟囔着，“我们几乎要赢了。再来一局，麦特？”没等麦特回答，他已经画出了开局的符号：一个三角形，一条浪线将其穿过。然后他开始念道：“‘勇气得加强，火焰得目盲，音乐得晕眩，铁得缚绑。’麦特，为什么我们要这样说？这里没有火，也没有音乐和铁。”

“我不知道。”麦特觉得这勾起了他脑海中的一些东西，但想不起那是什么。来自那件特法器的古老记忆也许随机被插进他的脑子里，而他的脑子里还是布满了缝隙，让他感到困惑和混乱。这个男孩总是在问他不知道该如何回答的问题。

代瑞德从夜色中蹿进帐篷，让麦特吃了一惊。他的脸上闪着汗水的光泽，身上仍然穿着外衣，只是没有系衣带。他最新的疤痕如同一道粉红色的沟槽，横过他脸上已有的交叉白线。

“我想你该上床的时间已经过了，奥佛尔。”麦特说着站起了身。他的伤口让他感到一阵疼痛，但并不是很严重。它们已经得到治疗了。“把棋收起来吧！”麦特走到代瑞德面前，压低声音向他耳语道，“如果你告诉奥佛尔这棋是怎么回事，我就割断你的喉咙。”

“为什么？”代瑞德冷冷地问，“你已经变成一个好爸爸了，他在很多地方都像你。”他似乎是努力要露出一个笑容，但片刻之后，那个笑容就消失了。“真龙大人来到营地了。”代瑞德的声音严肃得像死人一样。

麦特打消了想要一拳砸在代瑞德鼻子上的想法，将帐篷帘子推到一边，穿着衬衫走进了黑夜。六名代瑞德的部下环绕着这座帐篷，当麦特出现的时候，他们都挺直了身体。他们全都是十字弩手，长枪兵站岗没有什么意义。现在已经是夜晚，但营地中并不算黑暗，接近满盈的月亮从无云的天空中洒下了银色的光芒，在成排的帐篷和席地而卧的士兵中间都燃着营火。每二十步就站着一名岗哨，直到营地的原木围栅。麦特并不喜欢这样，但如果攻击会凭空出现……

这座营地安置在几乎完全平坦的地面上，所以麦特能清楚地看见兰德向他走来。兰德不是一个人，两名戴着面纱的艾伊尔人紧跟着他。每次有一名红手队在梦中翻身，或是一名岗哨挪动脚步，他们都会转头去看一眼。那个叫艾玲达的艾伊尔女人也跟着兰德，背上有一个包裹。看她走路的姿势，仿佛无论是谁挡了她的路，她都会立刻割断那个人的喉咙。麦特不明白为什么兰德会一直将她带在身边。艾伊尔女人只会制造麻烦，麦特阴沉地想，而且我从没见过哪个女人比她更麻烦。

“那真的是转生真龙？”奥佛尔喘息着问，卷起的棋盘被他紧抓在胸前，麦特几乎都能听见他的心跳。

“是的。”麦特说，“现在，去睡觉，这不是小孩待的地方。”

奥佛尔走了，不情愿地嘟囔着，但他刚刚走到下一个帐篷那里，麦特就从眼角看到那个男孩一闪身转过了帐篷，然后从帐篷角探出脸来。

麦特没有再理他，但在看清兰德的面孔之后，麦特开始寻思这个地方是不是成年人也不宜久留。那张脸完全应该被用去砸墙，但另外一些情绪正在挣扎着想从那张脸上迸射出来——兴奋，或者也许是渴望，兰德的眼睛里有一种燥热的光芒。他的一只手里拿着一大张卷起的羊皮纸，另一只手下意识地拍着腰间的剑柄，那个龙形带扣反射着火光，偶尔会有一只龙头从他的外衣袖口探出来。

当他走到麦特面前时，甚至没有浪费时间打招呼：“我需要和你谈谈，单独的，我需要你做些事。”夜晚如同一只黑色的烤箱，兰德穿着一件绣金的高领绿色外衣，但身上一滴汗都看不见。

代瑞德、塔曼尼和拿勒辛衣冠不整地站在几步之外看着他们。麦特示意他们等在这里，然后朝自己的帐篷点点头。跟随兰德走进帐篷时，他用手指隔着衬衫摸了摸那个银狐狸头，至少，他没什么可以担心的——他希望自己不会担心。

兰德刚才已经说了要单独谈话，但艾玲达显然认为这话与她无关，她坚定地留在了距离兰德两步远的地方——不会更远，也不会更近。大多数时间里，她看着兰德的眼神里都没有任何感情。她也会不时瞥一眼麦特，皱起眉头，把麦特上下打量一番。兰德则完全没注意她的举动，刚才他显得那样匆忙，现在却又变得从容不迫了。他在帐篷里看了一圈。帐篷里面并没有什么可看的东西，奥佛尔已经将油灯放回那张小折叠桌上，椅子也被收起来了，还有就是盥洗架和一张帆布床。所有的东西都涂着黑漆，又装饰着镀金条纹。如果一个人有钱，他也应该好好地花一花。帐篷壁上那道艾伊尔人割开的裂口已经被整齐地缝起来了，但还是能一眼就被看到。

这种静默让麦特感到不安：“出什么事了，兰德？我希望你并没有决定在这个时候改变计划。”没有回答，兰德只是看着他，仿佛刚刚记起麦特也在帐篷里。这让麦特感到紧张，无论代瑞德和红手队其他人怎么想，麦特都在努力躲避战争。但有时候，时轴总会和他的运气作对，麦特早已发觉了这点。他相信兰德也在影响着他的运气，兰德是更加强大的时轴，有时候麦特甚至能感觉到自己正被拖向他。只要兰德插手，即使麦特刚刚还在谷仓里酣睡，一睁眼却已经发现身陷战场，也丝毫不会觉得奇怪。“再过几天，我就要到提尔了，那里的渡船会将红手队载过河去，然后我们和维蓝芒会师。该死的，不会是现在要——”

“我想让你带伊兰去……去凯姆林，”兰德打断了他的话，“我想让你将她平安护送到凯姆林，无论出了什么事，在她坐上狮子王座之前，绝不要离开她。”艾玲达清了清喉咙。“是的，”兰德继续说道。不知为什么，他的声音和他的表情全都冰冷而坚硬。如果他要疯掉，他需要什么理由吗？“艾玲达要和你在一起，我想这样最好。”

“你想这样最好？”艾玲达愤怒地说，“如果我不是醒着的，我永远也不会知道你已经找到她了。你不能把我送到任何地方去，兰德·亚瑟。我必须和伊兰谈谈，为了……为了我自己的原因。”

“很高兴你已经找到伊兰了。”麦特小心地说道。如果他是兰德，他绝不会去找那个女人。光明啊，还是艾玲达好一些！至少艾伊尔女人不会把鼻子扬得半天高，或者认为只要吩咐一声，你就必须在她们面前蹦跳。当然，一些艾伊尔人的游戏实在有些粗暴，而且他们总是习惯于不时想要把你杀死。“但我不明白，为什么你要我做这件事，从你的通道跳过去，给她一个吻，抱起她再跳回来就好了。”艾玲达将恼怒的目光转向了他。

兰德将那张羊皮纸在桌上摊开，用油灯压住羊皮纸的两端：“这就是她所在的地方。”这是一张地图，一张埃达河沿岸百里范围内的地图，一个用蓝墨水画成的箭头指在森林中的一点上，箭头旁边印着一个词——“沙力达”。兰德敲了敲这张地图东部边缘附近的地方，那里也是森林，这张地图上大部分区域都是森林。“这里有一大片空地，距离这里最近的村庄在将近二十里的北方，我会为你和红手队打开一个通道，直达这片空地。”

麦特努力让自己扭曲的面孔上露出一点笑容。“如果必须是我去，那我就去吧！将你的通道直接开在沙力达，我会把她扔到马背上，然后……”然后怎样？兰德再从沙力达开一个通向凯姆林的通道？骑马去的话，从埃达河到凯姆林就是很长一段路程，而如果一路上还有一名傲慢的贵族女子和一名艾伊尔人作伴，那段路程肯定会变得极为漫长。

“红手队，麦特，”兰德打断了他的话，“你和整支红手队！”他颤抖着长吸了一口气，语调变得柔和一些，但面孔没有丝毫松懈，眼睛里仍然充满了火焰。麦特几乎要相信他是病了，或者正陷在深深的痛苦之中。“在沙力达有两仪师，麦特，我不知道那里有多少。我听说是几百个，但如果那里只有五十多个，我也不会感到惊讶，她们的行事风格和那些白塔里的两仪师完全一样。我怀疑也许你遇到的两仪师会比五十更多一些。我要让你距离她们有两到三天的路程，这样她们会知道你的到来，突然惊动她们不会有好处。她们也许会认为你是白袍众向她们发动突袭。她们反叛爱莉达的统治，也许现在她们都很害怕。也许你应该向她们逼进一些，然后告诉她们伊兰必须在凯姆林加冕，让她们放伊兰走。如果你认为她们是可以信任的，就为她们提供你的保护——还有我的保护，她们被认为是我这一边的人，也许她们会乐于接受我的保护。然后你护送伊兰，以及所有想要随行的两仪师直接穿过阿特拉和莫兰迪，前往凯姆林。扬起你的旗帜，四处宣扬你的行动，我不认为你在阿特拉和莫兰迪会遇到很多麻烦，只要你不停地向前行军。如果你在沿途找到真龙信众，将他们聚集起来，把他们带走。如果我不尽快用一根绳子拴住他们，他们也许都会变成强盗。我已经听过这方面的传闻了。扬起你的旗帜来。”兰德突然露齿一笑，但那个笑容完全没有触及他的眼睛。“一块石头可以打下多少只鸟，麦特？你率领六千人穿过阿特拉和莫兰迪，将真龙信众拖在你身后，你就可以让我得到两个国家。”

麦特只想狠狠地咬牙。他才不在乎兰德是不是因为长了十颗蛀牙和满脚鸡眼才说出这么一堆话。让两仪师以为他要攻击她们？他要威胁五十名两仪师？如果是五六个两仪师，也许他还不会害怕，但五十个！他发现自己又在隔着衬衫摸那个银狐狸头。他倒是真要试一试自己运气的底限了。至于穿越阿特拉和莫兰迪，麦特完全明白那会出现怎样的状况，那些当地贵族们全都会像竖起毛的公鸡一样蹦起来，在他转身时啄他的背。如果再加上时轴的疯狂，他也许会发现一些领主聚集起军队，挡在他面前。

麦特又做了一次努力：“兰德，你不认为这也许会将沙马奥的视线吸引向北方吗？不记得吗？你想让他盯着东方，所以我才会来到这里，我们要让他朝这个方向看。”

兰德用力地摇摇头："如果他在你到达凯姆林之前得知此事，他看见的只有护送安多女王前往凯姆林的荣誉卫队。你能用多少时间准备好？"

麦特张开嘴，然后又放弃了，他不打算说服这个男人。"两个小时。"红手队准备好出发的时间要比这个短，但麦特不打算过于匆忙，而且他非常不想让红手队以为他们是要去投入攻击。

"好，我需要一个小时左右。"兰德没有说要这段时间做什么。"一定要留在伊兰身边，麦特，保证她的安全。我的意思是，如果她没能活着到达凯姆林，举行加冕礼，这一切就没意义了。"难道兰德以为麦特不知道他和伊兰在提尔之岩角落里的那些亲热行为？

"我会待她像我的妹妹一样。"麦特的妹妹们都在竭尽全力地让他的人生变得更加悲惨，嗯，伊兰或许也是一样，虽然可能会使用不同的方式。也许艾玲达会好一点。"她不会离开我的视线，直到我把她塞进安多王宫里。"*如果我觉得她太像个势利眼大妈，我该死的就踢她屁股！*

兰德点点头："我想起来了，珀黛在凯姆林，她正跟着维林和埃拉娜，还有另外一些两河女孩也在那里。她们在前往接受两仪师训练的路上，我不确定她们要去哪一边，但我肯定不会让她们去白塔。也许你带回去的两仪师可以照顾她们。"

麦特吃惊地张大了嘴。他的妹妹，两仪师？珀黛，那个每次他做了什么有趣的事就会跑去告诉母亲的小女孩？

"还有，"兰德继续说道，"艾雯也许会在你之前到达沙力达。我想，她们会发现她一直在称自己为两仪师，尽量把她也带出来。告诉她，我会尽快让她回智者那里去。她也许会很愿意跟你走，但也可能不会，你知道她一直都是那么顽固的人。记住，主要的任务是伊兰，不要离开她身边，直到她到达凯姆林。"

"我答应你。"麦特嘟囔着。光明在上，艾雯怎么跑到埃达河边去了？麦特确信，当他离开玛尔隆的时候，艾雯还在凯瑞安，除非艾雯也学会了兰德打开通道的技巧，那样她随时都能跳回去啊！她也可以跳到凯姆林去，为麦特和红手队打开一个通道。"你也不必担心艾雯，无论她遇到什么麻烦，无论她的脾气有多么强，我都会把她拉出来。"这已经不是麦特第一次替艾雯火中取栗了，这次他大概也得不到什么感谢。珀黛要去当两仪师？该死的！

"好，"兰德说，"好。"但他只是专注地盯着那张地图，然后他猛地将目光从那张地图上移开。在那一瞬间，麦特以为他是要和艾玲达说些什么，但他只是从她面前转过了脸。“汤姆·梅里林应该和伊兰在一起，”他从口袋里掏出一封折好并用蜡漆封上的信，“把这个给他。”他将那封信塞进麦特的手里，就匆匆离开了帐篷。

艾玲达紧跟在兰德身后，半扬起一只手，张开嘴唇仿佛是要说话，但她突然又合上了嘴，将双手埋进裙子里，用力闭紧眼睛。风是从那个方向吹过来的，不是吗？艾玲达想要和伊兰谈谈。兰德怎么让自己陷进这坛泡菜里的？兰德一直都知道该如何对付女人，兰德和佩林都是。

但这和麦特没关系。他在手里转动着那封信，信上面汤姆的名字是一只女性的手写出来的，麦特不认识蜡封上的印章——一棵枝叶伸展的大树上有一个王冠。哪个贵族会给汤姆这种干瘪老头写信？这也和他没关系。将那封信扔到桌上，麦特拿起烟斗和烟草袋。“奥佛尔，”他边说边在烟锅里塞满烟草，“叫塔曼尼、拿勒辛和代瑞德进来。”

帐篷帘外传来一个惊讶的叫声，然后是一声“是的，麦特”，接着又是一连串急促的脚步声。

艾玲达抱着双臂，带着坚定的表情看着麦特。

麦特急忙抢在她之前说道：“只要你和红手队同行，你就在我的指挥之下，我不想惹麻烦，我也不希望你添麻烦。”如果艾玲达真的要添麻烦，他会把她捆到马背上，一路送给伊兰，即使他要用十个男人才能做到这件事。

“我知道如何跟随战争首领，”艾玲达重重地哼了一声，“但你应该知道，并非所有女人都像湿地女人那么软弱。如果你在一个女人不想走的时候硬要把她架到马背上去，她也许会用一把匕首刺穿你的肋骨。”

麦特的烟斗差点掉了，他知道两仪师读不出别人的心思——如果她们做得到，麦特的皮也许早就被挂到白塔的墙上去了。但也许艾伊尔智者……当然不会，这只是女人们用的一个花招。麦特相信，如果自己仔细去想，就能明白她是怎么做到的，他只是不屑仔细去想罢了。

清了清喉咙，麦特将没有点燃的烟斗插进牙缝里，弯腰去察看那张地图。虽然是在林地环境里，如果他加速行军，红手队也许能用一天的时间从那片空旷地赶到沙力达。但他要用两天，甚至是三天的时间，要让两仪师们得到足够的警告，他不想让那些两仪师受到更多的惊吓。他不知道一名被吓坏的两仪师会做出什么事来。即使戴着这个徽章，他也不希望自己站在一名受到惊吓的两仪师面前。

麦特感觉到艾玲达的目光落在自己的后颈上，他听见一阵焦躁的咬牙声。

现在艾玲达已经盘腿坐到靠着帐篷的地方，正一边用一块磨石打磨着她的匕首，一边看着他。

当拿勒辛、代瑞德和塔曼尼走进帐篷时，麦特对他们说道："我们要去挠挠两仪师的下巴，援救一头骡子，把一个高鼻子的女孩放到狮子王座上去。哦，是的，这位是艾玲达，不要那样看着她，否则她会试着割开你们的喉咙，或许她也会不小心把自己的喉咙割开。"艾玲达大声笑了起来，仿佛麦特刚刚说了这个世界上最好笑的笑话，但她并没有停止磨利匕首。

片刻之间，艾雯不明白为什么痛苦没有继续增加，然后她把自己从地毯上撑起来，站起身，她用力地抽泣着，浑身都在颤抖。她非常想擤擤鼻子，她不知道自己已经这样痛哭了多久，她只知道从屁股到膝窝都火烧地疼痛着。她几乎已经无法站稳身体了，她原本以为可以稍微保护一下自己的衬裙早已被扔在一旁。泪水从她的脸上滚落，她站在自己的帐篷里，继续大声哭嚎着。

索瑞林、艾密斯和柏尔严肃地望着她。这里不仅有她们三个，其余的人大都靠坐在软垫上，喝着由一名高瘦奉义徒端来的热茶。感谢光明，那名奉义徒是个女人。她们全都是女人——智者们和学徒们，所有从艾雯口中得知她是两仪师的女人。艾雯庆幸这次惩罚没有包括那些单纯以为她是两仪师的人，否则她一定没办法活过这场惩罚了！惩罚她的原因是她说谎，不过她们的反应又让艾雯感到惊讶。有一头黄发、身材瘦削的珂赛恩是米雅各布马艾伊尔岩脊氏族的智者，她粗声粗气地说艾雯不亏欠她的义，她会留下只是想喝喝茶。爱丝塔也是这么说。但亚爱隆却似乎想要将她劈成两半，还有苏兰妲……

艾雯眨着眼，想要除去模糊了眼睛的泪水，然后她向苏兰妲望了一眼。苏兰妲和三位智者坐在一起，一边聊着天，一边不时看艾雯一眼。苏兰妲对她肯定是毫无同情可言，她们之中也没有人想要宽恕她。艾雯从自己的一只箱子里找出的那根腰带又薄又软，但有她的手掌两倍宽，而那些女人全都很有力气，每个女人都会抽她六七下。

艾雯一辈子从没感觉到如此羞耻，并不是因为她赤身裸体，红着脸，像婴儿一样哭泣（当然，哭泣也很让她感到羞耻），也不是因为所有这些人都在看着她被鞭打，或者是亲手鞭打她。真正让她羞耻的是自己接受惩罚时，反应竟然如此强烈，即使是一名艾伊尔小孩也会比她更克制一些。当然，小孩永远不会受到这样的惩罚，但从道理上来讲就是这样的。

“结束了吗？”这个沙哑、不稳定的声音真的是她的吗？如果这些女人知道她是多么小心地聚积着自己的勇气，她们又会怎么笑她？

“只要你知道了你的荣誉的价值。”艾密斯不带感情地说道。她的手里拿着那根腰带，将宽带扣当作把手。帐篷里交谈的声音停了下来。

艾雯一边呜咽，一边颤抖着长吸了一口气。只要她说结束，惩罚就会结束。在每一名女人打过她一次之后，她就可以说够了，她可以……

她哆嗦了一下，跪下，趴倒在地毯上。她的手伸到柏尔的裙子下面，抓住这女人被软靴包住的细瘦脚踝。这次，她要坚持住自己的勇气，这次她不会哭出来。这一次她也不会踢蹬，不会挣扎，不会……腰带还没有抽到她，她抬起头，眨眨眼睛，望向她们。“你们还在等什么？”她的声音仍然在颤抖，但那其中也蕴含着愤怒。一定要让她这样等下去吗？“我提醒你们，今晚我还要上路，快来吧！”

艾密斯将腰带抛到艾雯头边。“这个女人不亏欠我的义了。”

“这个女人不亏欠我的义了。”这是柏尔苍老的声音。

“这个女人不亏欠我的义了。”索瑞林用力地说道。她弯下腰，从艾雯的脸上抹去被浸湿的头发。“我知道你的心里是一名艾伊尔人，但女孩，不要太骄傲，你已经承担了你的义。起来吧，不要让我们认为你是在炫耀自己。”

然后，她们帮助她站了起来，拥抱她，擦去她的泪水，并给她一条手绢，让她用力地擤了擤鼻子。其他女人也都聚集过来，每个人都向她说了“这个女人不亏欠我的义了”。然后又将拥抱和微笑送给她。她们的微笑让艾雯感到震惊。苏兰妲仍然像以前一样向她报以灿烂的笑容。当然，义被承担之后就不存在了，亏欠义的事情也如同完全没发生过。不过艾雯心中剩下那一点没有陷入节义中的部分在提醒她，也许她最后说的话也起了些作用，但那个声音小得可怜。也许她一开始对艾伊尔并没有什么感觉，但到最后，索瑞林是对的，她的内心里已经是一名艾伊尔了。她觉得自己心中的一部分永远都会是艾伊尔。

智者和学徒们渐渐都离开了，很显然的，她们认为应该陪艾雯过一整夜，甚至是更长的时间，和她一起说笑聊天，但这只是习俗，不属于节义。在索瑞林的帮助下，艾雯终于让她们相信，她确实没时间了。最后，帐篷里只剩下了她、索瑞林和两位梦行者。那些拥抱和微笑逐渐让她停止了流泪，虽然不管她怎样努力，她的嘴唇还在颤抖，但她依旧能够露出微笑。实际上，她又想哭了，这次是为了完全不同的原因，一个让她感到激动的原因。

“我一定会非常想念你们的。”

“胡说，”索瑞林哼了一声，“如果你的运气好，她们就会告诉你，你永远也不能成为两仪师了，那样你就能回到我们这里。你会成为我的学徒，只要三四年时间，你就会有你自己的聚居地。我甚至已经为你挑好了丈夫，我的大女爱玛琳最年轻的大子，塔理克。我相信，总有一天他会成为部族首领，那样你就必须认真找一位姐妹妻子作他的顶主妇。”

“谢谢你。”艾雯笑了。看起来，如果沙力达的评议会真的将她赶走，她还有栖身的地方。

“艾密斯和我会在特·雅兰·瑞奥德里和你见面，”柏尔说，“告诉你我们在这里得知的各种信息，还有兰德·亚瑟的情况。现在你可以在梦的世界里单独行动了，但如果你愿意，我会继续教导你。”

“我很愿意。”如果评议会还会让她靠近特·雅兰·瑞奥德的话，但她们其实并不能把她挡在梦的世界之外，不管她们做什么，她们没有这样的能力。“请时刻注意兰德和那些两仪师，我不知道他在搞什么，但我相信，那比他想象的要危险得多。”

当然，艾密斯没有说什么教训艾雯的话，她一直是通过行动把她要说的告诉艾雯，即使让艾雯承担义也无法将这些抹去。她只是说道：“我知道鲁拉克会后悔今晚不在这里，他已经去北方观察沙度的动静了，不要害怕你亏欠他的义还没有得到偿还。再次见面的时候，他会给你机会的。”

艾雯惊讶地张大了嘴，然后又急忙擤擤鼻子掩饰过去，这已经是她第十次擤鼻子了。她早就忘了鲁拉克。当然，她不会以同样的方法偿还亏欠鲁拉克的义。也许她心中有一部分是艾伊尔，但现在她满心都在寻找其他的解决办法。一定能有一个，在见到鲁拉克之前，她还有足够的时间去找到它。“我很感激。”她虚弱地说道。还有麦兰，还有艾玲达，光明啊！她本来以为自己已经结束这一切了。她的身子开始来回晃动，无论她如何努力想稳定住自己。一定还有别的办法。

柏尔张开嘴，但索瑞林打断了她的话：“我们必须让她先穿上衣服，她还要赶路。”柏尔的细脖子僵了一下，艾密斯的嘴角弯了下来。很显然，她们两个仍然非常不喜欢艾雯将要尝试的事情。

也许她们是要留下来劝说艾雯不要做这件事，但索瑞林已经在用不大不小的声音嘟囔着，只有傻瓜才会阻止一个女人去做她认为必须做的事情。两位年轻的智者抚平了她们的披巾（柏尔一定已经有七十或八十岁了，但她和索瑞林相比仍然是个年轻人），给了艾雯惜别的拥抱。离开的时候，她们还在低声说着："愿你总是找到水和阴凉。"

索瑞林又多留了一会儿："想想塔理克，我本来应该让他来一趟出汗帐篷，那样你就能好好看看他了。记住这件事。我们总是会没必要地过分害怕，但我们也总是比我们想象的更加勇敢。坚持住你的心，两仪师就不能伤害真正的你，你的心，她们并不像我们相信的那样高于我们。愿你总是能找到水和阴凉，艾雯，永远要记得你的心。"

最后，只剩下艾雯一个人，她又站了一会儿，盯着前方，思考着。也许她确实比自己想象的更有勇气，她已经结束了在这里的一切，她已经成为了艾伊尔。在沙力达，她需要这些。两仪师的手段在某些方面和智者们不一样，但如果她们知道她曾经自称为两仪师，她们绝不会这么容易就放过她。如果她们已经知道了呢？艾雯想象不出她们还有什么原因会如此严厉地召唤她。但艾伊尔不会在开始战斗前就投降。

她愣了一下，思想仿佛才又回到了现在。如果我不打算在战斗之前就投降，她冷冷地想，也许我现在就应该前往战场了。

第 34 章

前往沙力达

艾雯洗了脸，洗了两次，然后找到自己的鞍袋，将它们装满。她的象牙发梳、发刷和镜子被装了进去，然后是针线盒——一只精致的小镀金匣，很可能曾经是某位女贵族的首饰匣——再加上一块白色的玫瑰香水皂、干净的长袜、衬裙和一些诸如此类的东西，直到两侧的皮口袋都被装满，她几乎没办法将带扣扣紧为止。另外几件裙装和斗篷，还有一条艾伊尔披巾被打成一个包裹，用一条绳子紧紧地捆起来。随后她又在帐篷里找了一圈，看看还有什么是她想带的。这些全都是她的，就连这顶帐篷也是送给她的，但它和所有这些地毯、软垫显然都太累赘了。她的水晶脸盆非常漂亮，但太沉重了。还有那些箱子，其中有几只在箱箍上有着美丽的花纹，或是很可爱的雕刻。

在这个时候，想着这些箱子和所有这些东西，艾雯意识到自己正试图拖延启程的时间。“勇气，”她冷冷地说，“艾伊尔之心。”

只要不介意站不稳跳来跳去，不坐下来也能穿袜子——蹦跳着将长袜穿好后，她穿上一双耐磨的鞋子，为走远路的可能性做好准备。接着她套上一件柔软的白丝绸衬裙，然后是那套深绿色的骑装和窄裙裤。不幸的是，这条裙裤太过合身，让她刚被鞭打过的臀部感觉很不舒服。穿上这个，她完全不想在任何地方稍微坐一下。

艾雯没有到帐篷外面去的必要，柏尔和艾密斯也许都已经回各自的帐篷去了，但她们也有可能正站在外面。艾雯不想冒险让她们看见自己做那件事，那一定像是在抽她们的嘴巴。当然，前提是艾雯的办法要有用，否则她只能骑马赶过一段漫长的旅程。

艾雯紧张地揉搓着手指，拥抱了阴极力，让它充满身心。然后她又开始不舒服地移了移脚步。阴极力会让她对一切都更加敏感，包括自己的身体，但她现在可是一点也不想感觉到它。她在尝试一些新的办法，一些就她所知没人曾经试过的办法，所以理应要缓慢而小心，但这一次，她真的想立刻就离开真源。她迅速导引了大量的魂之力，开始进行编织，帐篷里的空气随着她的编织而闪耀，让眼前的一切变得模糊。如果她做的是正确的，那么她就是在帐篷里创造了一个和在特·雅兰·瑞奥德中完全一致、没有丝毫差别的空间。但想要确认她是否正确只有一个办法。

艾雯将鞍袋甩到肩上，用一只手臂夹住包裹，迈步穿过这个编织，然后放开了阴极力。

她能够从几个细节中确定自己在特·雅兰·瑞奥德里了：刚刚还冒着火苗的油灯现在已经熄灭了，但这里还是有某种程度的光照；同一件物品看两次，会发现它有了轻微的变化，譬如一个脸盆会变成一口箱子。她已经以肉体进入了特·雅兰·瑞奥德，这和她从梦中进入这里感觉上并没有什么差别。

艾雯屈身走出帐篷，几近满盈的月亮照耀着营地。没有营火，也没有人移动，凯瑞安城陷在一片阴影之中，而且让人感觉奇怪的遥远。现在的问题就是要尽快赶到沙力达，艾雯考虑过这一点，这在很大程度上取决于她在这里是否能像控制自己的梦一样控制自己的肉体。

艾雯将自己要寻找的东西固定在脑海里，绕过帐篷——她不由得笑了起来。贝拉站在她面前。很久以前，艾雯骑着这匹矮小的长毛母马离开了两河，这只是一匹梦中的母马，但它看见艾雯时，便打着响鼻嘶鸣了一声。

艾雯放下包裹，用双臂搂住贝拉的头，对它耳语道：“我也很高兴见到你。”那双水汪汪的大眼睛是贝拉的，不管是不是映影。

贝拉背上高鞍尾的马鞍也是艾雯想象出来的，这种马鞍虽然不柔软，但在长途旅行时却会让骑乘者感觉舒适。艾雯斜睨着那副马鞍，想象着它铺上软垫的模样。在特·雅兰·瑞奥德中可以依靠想象改变一切，甚至是想象者本身，如果她的想象足以让贝拉出现……艾雯开始对自己集中了精神。

带着一丝笑容，艾雯将鞍袋和包裹固定在马鞍后面，爬上马背，舒服地坐进马鞍里。“这不是欺骗，”她对贝拉说，“她们不会让我这样一路骑到沙力达去的。”艾雯并不确定这点，也许她们会，不管有没有艾伊尔之心，她们能接受的总是有限。艾雯掉转过贝拉的头，轻踢一下它的腹侧：“我需要尽快到达，所以你可要跑得像风一样快啊！”

还没等她因为想象圆胖的贝拉像风一样飞驰而笑出来，这匹母马已经按照她的命令做了。周围的景物变得模糊，如箭般疾速射过她们身边，艾雯只能抓紧马鞍，惊讶地大张着嘴。仿佛贝拉每迈出一小步，她们就已经前进了好几里。贝拉踏出第一步时，艾雯惊鸿一瞥地发现自己身在凯瑞安城下的河岸上，几条船漂浮在闪动着月光的黑色水面上。艾雯刚刚想要拉住缰绳，阻止贝拉冲进河里时，贝拉已经一步把她们带进了灌木丘陵区里。

艾雯仰起头，发出一阵爽朗的笑声。这真是太不可思议了！除了周围不停变幻的模糊景物外，她无法从其他地方感觉到自己前进的速度。她的头发几乎还来不及在稍纵即逝的风中向后飘扬，下一阵风又迎面而来。贝拉的步伐就像她记忆中那种缓步前进的感觉一样，但周围所有向后飞速跳跃的一切让她感觉十分痛快，一会儿是一条充满寂静而暗淡月光的乡村小路，下个片刻又是一条盘绕在一座座山丘之间的郊野大路，然后是一片草地，长长的杂草几乎高及贝拉的肩膀。艾雯只是会偶尔停一停，让自己适应一下，然后再让贝拉放开步伐小跑。那个叫史汪的女人制作的地图被她牢牢记在脑中，所以她在认路上没有遇到任何问题。村庄和城镇都在一瞬间出现又消失，还有一些巨大的城市，其中一座艾雯认为是凯姆林——它的城墙在晚上仍然是银白色的。有一次，在草木茂盛的丘陵区，一座巨大雕像的头和肩冒出地面，这一定是一片在历史中湮没的文明遗迹。而那座雕像被磨蚀扭曲的面孔突然出现在贝拉身侧时，艾雯差点尖叫起来，但它立刻又被贝拉甩到身后。不管贝拉如何奔驰，不会移动的只有挂在天上的月亮。一两天才能到达沙力达?这是雪瑞安对她说的。智者们是对的，这么长的岁月里，所有人都相信两仪师无所不知，最后连两仪师们自己也相信这点。她今晚就要向她们证明，她们是错的，但她们大概不会真正注意到她的证明，她们是无所不知的。

过了一段时间，当艾雯确信自己已经深入阿特拉时，她让贝拉放慢速度，特别是当她看见村庄的时候，她甚至会让贝拉以正常速度走上一段。有时候，会有客栈用招牌标示出这个村庄的名字——“玛瑞拉”或是“艾宁泉”，月光再加上特·雅兰·瑞奥德的奇怪光线让艾雯很容易就能看清它们。渐渐地，艾雯确信自己正在靠近沙力达，于是她前进的步伐也愈来愈小。最后，她只是让贝拉以正常速度小跑前进。这里是一片茂密的丛林，绝大多数的底层植物都因缺乏阳光和水分而枯死了。

一座村庄突然出现在丛林之中，在月色里显得寂静而幽暗，艾雯不由得吃了一惊，但这一定就是沙力达了。

在那一片茅草顶的石砌房屋外面，艾雯下了马，并拿下自己所有的行李。天色已晚，但在醒来的世界中也许还有人并未入睡，如果突然凭空冒出来，有可能会吓到他们。如果有一位两仪师看见她那么做，对她产生误解，也许她就永远没机会面对评议会了。

"你真的跑得像风一样快。"艾雯喃喃地说着，最后一次拥抱了贝拉，"我希望我能带你一起走。"当然，这只是她的一厢情愿罢了。特·雅兰·瑞奥德中出现的东西只能存在这里，毕竟，这不是真正的贝拉，即使这样，艾雯在转过身时还是感到一阵不舍。她不会停止想象贝拉，就让它尽量长久地存在吧！艾雯编织出闪亮的魂之力帘幕，高昂起头，走了过去。她已经做好准备，要带着艾伊尔之心面对将来的一切。

刚刚迈出一步，艾雯不由得睁大眼睛，急促地喊了一声："啊！"她在特·雅兰·瑞奥德中做出的改变也都像贝拉一样消失了，臀部上那种灼热的疼痛又回来了，那种感觉仿佛就是索瑞林在她耳边说，如果你为承担义而付出了代价，之后却又让它如同没发生过一样，那你要如何承担你的义？记住你的艾伊尔之心，女孩。

是的，她应该记住，她来这里是为了战斗，无论两仪师们是否明白这点。她准备为了捍卫自己成为两仪师的权利而战斗，她准备面对……光明啊，面对什么？

在街道上还有不少人，窗口映射出的金黄色灯光中也能看见几个人影。艾雯小心翼翼地走到一名身材干瘦、穿着一条白围裙、面容严厉的女人面前，"抱歉，我的名字是艾雯·艾威尔，我是名见习生，"那女人瞪了她的骑装一眼。"我刚刚来到这里，你能告诉我两仪师雪瑞安的住处吗？我需要找到她。"雪瑞安很可能已经睡了，但即使她真的睡了，艾雯也要把她叫醒。她命令艾雯尽快赶来，她就要知道艾雯执行了她的命令。

"所有人都来找我，"那女人嘟囔着，"你们就不能自己做好自己的事吗？你们什么事都想让我来做，尤其是你们这些见习生最糟糕。嗯，我可没有一整晚的时间，跟我来，如果你愿意跟着我的话，否则你就自己去找她。"

尼奥妲头也不回地就向前走去。

艾雯一言不发地跟着她，她害怕如果自己一开口，就会告诉这个女人自己是怎么想的。不管她在这里是不是只会停留很短的时间，这对她留在沙力达并没有好处。她希望自己的艾伊尔之心和两河头脑能够和平相处，为她增加一些力量。

这段路并不算长，她们走过一段硬土街道，绕过一个街角，来到一条窄街上。一些屋子里传出了笑声。尼奥妲停在一幢房子前，这幢房子里没有任何声音传出来，但能够从它的窗口看到灯光。

尼奥妲停下脚步，但只停了足以让她敲门的时间，没等屋里有人回答，她就走了进去。她行了个正式但速度很快的屈膝礼，用比刚才更尊敬些的声音说："两仪师，这女孩说她的名字是艾雯，她——"她没有再说下去。

去过石之心大厅的七位两仪师全都在屋里，完全没有要就寝的意思，不过除了那位叫史汪的年轻两仪师之外，其余的人全都穿着睡袍。看她们的样子，艾雯似乎是闯进了她们的会议里。雪瑞安是第一个从椅子里跳起来的人，她用力一挥手，示意尼奥妲出去。"光明啊，孩子！你到啦？"

没有人注意尼奥妲的屈膝礼，还有她离开时故意哼的那一声。

"我们完全没想到，"爱耐雅带着温暖的微笑揽住艾雯的手臂，"没想到你会这么快。欢迎，孩子，欢迎。"

"有什么副作用吗？"摩芙玲问道。她没有站起身，卡琳亚和那位年轻的两仪师也没有，但摩芙玲专注地向艾雯倾过身子。其他两仪师的睡袍都是不同色泽的丝绸，其中还有一些是锦缎的，或者有刺绣，只有她的睡袍是朴素的棕色羊毛，不过那种料子看上去很柔软，做工也很精细。"你这样过来有没有感觉到什么改变？我们完全不知道这么做会导致什么结果，但说实话，我很惊讶这真的有用。"

"我们必须先看见它发挥作用才能知道结果有效到什么程度。"波恩宁停下来喝了一口茶，然后将茶杯和茶盘放到一张站立不稳只能靠墙摆放的桌子上。茶杯和茶盘并不相配，不过房间里没有任何两件家具是相配的，而且其中大部分家具看上去都像那张小桌子一样有残缺。"即使她有什么问题，我们也可以治疗她，所有的问题都是可以解决的。"

艾雯快步从爱耐雅身边走开，将行李放到门边。"不，我很好，真的。"一开始她还稍微犹豫了一下，爱耐雅也许不需要她的请求就会为她进行治疗，但这是欺骗的行为。

“她看上去确实很健康。”卡琳亚冷冷地说。她的头发确实是变短了——黑色的卷发只稍微盖住她的耳朵——并不是她在特·雅兰·瑞奥德中刻意让自己变成短发。当然，她穿着白色的睡袍，连上面的刺绣也是白色的。“如果有需要，我们稍后可以请一位黄宗姐妹对她进行一次全身检查。”

“让她先歇一下，”麦瑞勒笑着说，她的睡袍上覆满了华美的黄红花朵，已经看不见绿底色了，“她刚刚在一个晚上走了上千里的路，只用了几个小时。”

“你们没时间让她休息了。”那名年轻的两仪师坚定地说道。她看起来和屋里其他两仪师完全格格不入：她穿着黄色的长裙装，裙摆上有蓝色条纹，深圆领上也有蓝色的绣花，而且她也是这些两仪师中唯一能从面容推测出年纪的人。“到了早晨，评议会就会包围她，如果她没准备好，罗曼妲会像处理一条肥鲤鱼一样把她的肠子掏出来。”

艾雯吃惊地张大了嘴，这声音比这段话的内容更让她感到惊讶：“你是史汪·桑辰，不，这不可能！”

“哦，这是可能的，没错。”爱耐雅冷冷地说着，用忍耐的眼神看了那名年轻女子一眼。

“史汪又是两仪师了。”麦瑞勒的表情与其说是忍耐，不如说是愤怒。

这一定是真的，两仪师们都这么说了。但是当雪瑞安向艾雯解释时，艾雯还是感到难以置信。奈妮薇治疗了静断！因为被静断了，所以史汪看起来仿佛和奈妮薇年纪相仿？史汪一直像是个板着脸的女工头，她的心肠也像她的脸一样硬，她绝不可能是这样一个有着奶油般皮肤和如此精巧的小嘴的美人。

在雪瑞安说话的时候，艾雯一直看着史汪。只有那双蓝眼睛还跟以前一样。她怎么可能在看到这双能瞪碎石头的眼睛时，还没想到真实的情况？但史汪在至上力上一直是非常强大的啊！当一个女孩刚刚进入白塔的时候，两仪师会测试她有多么强的导引潜力。艾雯现在已经掌握了这个方法，可以在片刻之间就知道身边人的实力。除了艾雯自己之外，雪瑞安显然是这个房间里能力最强的，其次是麦瑞勒，不过这点并不好确定，因为其余的两仪师能力都很相近；只有史汪除外，她比这些两仪师都要弱得多。

“这确实是奈妮薇最惊人的发现，”麦瑞勒说，“现在黄宗姐妹们都在谈论她的这个发现，并且也做出了自己的改进和发展，但一切的基础都在于奈妮薇。坐下，孩子，我们要说的话太多了。”

“我还是站着好了，谢谢您。”艾雯看了一眼麦瑞勒指给她的那把直背木椅，差点就哆嗦了一下。“伊兰怎么样了？她还好吗？我想知道她和奈妮薇的所有情况。”奈妮薇最惊人的发现？那就是说，奈妮薇不止发现了这个？看来自己的学习已经落后了，一定要努力迎头赶上。至少现在她认为两仪师们会允许她追赶她们的，如果她们认为她犯了什么罪行，就不会这么热情地向她打招呼了。她至今还没行过屈膝礼，也没叫过她们两仪师（完全是因为她一直没机会这么做），但两仪师们都没有责备她。也许她们真的还不知道她的所作所为，但那时她们为什么又会说那种话？

“她和奈妮薇只是犯了些错误，偶尔要刷刷锅子；除此之外都还好。”雪瑞安说道，但史汪用强硬的话语打断了她的话：“为什么你们都像没脑子的女孩般在这里叽叽喳喳的？现在已经太迟了，没机会再让你们却步。已经开始了，是你们开始了这件事，或者你们把它完成，或者罗曼妲将你们和这个女孩吊在太阳底下晒干。黛兰娜、菲丝勒和其他所有评议会成员都会和罗曼妲一起连手拷问你们。”

雪瑞安和麦瑞勒几乎同时转过了脸，然后所有两仪师全都转了过来，摩芙玲和卡琳亚在椅子上也转过身来。在冰冷的两仪师面孔上，是一双双冰冷的两仪师眼睛。

一开始，史汪用挑战的眼神迎向这些目光，除了比她们年轻许多之外，史汪和一位两仪师完全没差别。然后她的头低下了一点，双颊上出现两抹红晕，她从椅子上站起来，仍然低垂着目光。“我说得太急了。”她低声喃喃道。她的眼神并没有改变——也许两仪师们没注意到，但艾雯看见了。她的脸看上去仍然不像是史汪。

艾雯还是不明白到底出了什么事。不光是史汪在两仪师的压力下竟然会变得像奶油一样柔软——就算她只是表面上如此——她们开始了什么？为什么如果她们停止，她就会被挂在外面晒干？

两仪师们这时又恢复了高深莫测，面面相觑。摩芙玲是第一个点头的人。

“你被召来是为了一个非常特殊的原因，艾雯。”雪瑞安严肃地说。

艾雯的心跳开始加速，她们不知道她做过了什么，那她们又想要她做什么？

“你，”雪瑞安说，“将成为下一任的玉座。”

第 35 章

评议会之中

艾雯盯着雪瑞安，想知道自己是不是该放声大笑，也许在她和艾伊尔人共处的这段时间里，她已经忘了两仪师的幽默方式。雪瑞安那张看不出年龄的面孔冷静而严肃，眼角上翘的绿眸眨也不眨。艾雯望向其他人，七张脸上没有任何表情，仿佛只是在等待她的响应。史汪的嘴角也许有一丝微笑，但艾雯分不清那是不是她嘴唇的自然弧线，晃动的灯火让她们的形象突然变得奇怪而不具人性。

艾雯感觉有些头重脚轻，她想也不想，就让自己栽进那把直背椅里。然后立刻又站了起来，突如其来的疼痛确实让她的脑袋清醒一点。“我甚至还没成为两仪师……”她喘息着说。这完全没道理，这一定是个玩笑，或者……或者……或者是其他什么。

“这可以解决。”雪瑞安坚定地说着，强调般地用力拉紧了淡蓝色睡袍的带结。

波恩宁点点头，蜂蜜色的辫子随之来回摆动：“玉座，自然是两仪师——律法上确实在几个地方明白地写着‘玉座是一名两仪师’，但整部律法里却没指出只有两仪师才能成为玉座。”任何两仪师都熟悉白塔律法，但身为仲裁者，灰宗必须知道每个国家的律法。波恩宁的声音变成了演讲般的语调，仿佛是在向众人解释一件只有她才明白的事情："律法上，写明玉座该如何被选出的那一段只写了'受到召唤的女人'和'站在评议会之前的女人'，以及诸如此类的辞句。从头到尾，没有提到'两仪师'三个字，绝对没有。也许有人会说，律法的制订者一定认为这是理所当然的事，但实际的条款很清楚，无论制定法律的那些人有着什么样的初衷，这——"卡琳亚突然打断她的话，让她不由得皱起眉头。

"毫无疑问，她们认为这是不言自明的。但从逻辑上来讲，法律就是法律，无论它的制订者认为它们是什么意思。"

"法律很少会与逻辑有关。"波恩宁带着讽刺的语气说，"然而，现在这种情况下，"过了一会儿，她仿佛让步地说，"你们是对的。"然后她又对艾雯说道："还有评议会，她们也承认这一点。"

所有的两仪师都显得非常严肃，连爱耐雅也是。她对艾雯说："你会成为两仪师，孩子，就在你成为玉座之时，这是必然的。"就连史汪也是如此，她仍然带着一丝微笑。那确实是微笑。

"我们一回到白塔，你就可以立下三誓。"雪瑞安对她说，"我们考虑过让你直接立誓，但没有誓言之杖，这也许会成为一种虚伪的做法。最好还是等一等。"

艾雯差点又跌回那把椅子里。也许智者们是对的，也许用肉体穿过特·雅兰·瑞奥德确实对她的脑袋造成了一些影响。"这太疯狂了！"她表示反对，"我不能成为玉座，我……我……"她有无数拒绝的理由，但这些理由塞满了她的嘴，让她一时什么都说不出来。她太年轻。史汪已经是史上最年轻的玉座，但她成为玉座时也已经三十岁了。无论她对梦的世界了解多少，她几乎还没开始接受训练。玉座必须是知识渊博、经验丰富的人，而且还要非常睿智；玉座肯定都是很睿智的，而她现在却只觉得脑子一团乱，仿佛被灌满了浆糊。大多数女人都要在初阶生阶段度过十年时间，在见习生阶段继续度过十年。确实，有些女人的进展非常迅速，史汪就是其中之一，但艾雯自己当初阶生还不到一年，成为见习生的时间就更短了。"不可能！"最后，她终于努力地挤出这样一句话。

摩芙玲哼了一声，让她想起了索瑞林。"镇静点，孩子，否则我就让你镇静下来，现在可没时间让你慌乱或昏倒。"

"但我还不知道该怎么做！我连一开始该做什么都不知道！"艾雯深吸

了一口气，这并不能让她的心跳平缓下来，但至少对她有一点帮助，一点而已。艾伊尔之心，无论她们要做什么，她不能让她们吓住她。艾雯看着摩芙玲的脸，现在那张脸如同岩石般坚硬。她们能剥掉我的皮，但她们不能胁迫我。“这太荒谬了，我不会在众人面前把自己描绘成一个傻瓜，就是这样。如果这就是评议会召唤我的原因，我会拒绝她们的。”

“恐怕你没有选择。”爱耐雅叹了口气，抚了抚自己的睡袍，那是一件玫瑰色的丝绸长袍，有着精致的象牙色缎带镶边。“你不能拒绝成为玉座的召唤，正如同你不能拒绝接受审判的召唤，而这两种召唤的辞句几乎是一样的。”这可真是振奋人心啊，哦，是的，确实是振奋人心。

“现在选择权握在评议会手里。”麦瑞勒的声音有些哀伤。这对艾雯激动的心情一点帮助也没有。

雪瑞安突然微笑起来，伸手搂住艾雯的肩膀：“不必担心，孩子，我们会帮助你，指导你，这就是为什么我们会在这里的原因。”

艾雯什么都没说，她想不出该说什么，也许遵循法律不算是被胁迫，但这在感觉上跟被胁迫并没有不同。两仪师们把她的沉默视为默许，就连艾雯也认为自己是默认了。两仪师们没有再耽搁，史汪被派去逐一叫醒宗派守护者们，让她们知道艾雯来了。史汪一边向屋外走去，一边还在不满意地嘟囔着。

没等史汪走出屋门，房里其他两仪师也全部忙碌起来。艾雯的骑装引起两仪师们一连串的议论（艾雯并无法参与议论当中）。一名正在内室打瞌睡的圆胖侍女被叫起来，两仪师命令她立刻去找来每一件可能适合艾雯的见习生裙装，同时用极为凶狠的口吻命令她绝不能把艾雯到达的讯息说出去。艾雯在众目睽睽之下，一共试了八件裙装，最后才勉强找到一件合适的，但胸部还是觉得太紧；不过值得庆幸的是，臀部很宽松。当那名侍女不断拿来见习生裙装、艾雯一件件试穿时，两仪师们也轮流回自己的住所穿上正式的服装，其间还不停地指导艾雯到时候会发生什么事，以及她该怎么说、怎样做。

她们让艾雯重复她们所说的每一句话。智者们认为事情说一遍就够了，没听懂的学徒只能自认倒霉。艾雯想起自己在白塔初阶生课程上听到的某几段话，这让她在第一次复诵时就完全说对了，但两仪师们只是把所有的事情重复了一遍又一遍。艾雯不明白她们为什么要这样，如果不是两仪师，而是其他任何人，不管她们的表情是否镇定，艾雯都会认为这些人是太紧张了。她开始担心自己是不是真的出了什么错，于是开始试着在语句不同的地方加重语气。

“像我们告诉你的那样说。”卡琳亚发出冰柱碎裂般的斥责声。麦瑞勒的声音总算比卡琳亚的还多了一些火气:“你不能出错,孩子,一个错也不能!”

她们让艾雯重复了五遍,最后,艾雯坚持说她已经能正确地重复每一个字,也完全明白谁会站在什么地方、谁会说什么。她觉得摩芙玲、波恩宁和卡琳亚都很想抽她耳光,而她们皱眉的样子似乎已经让艾雯的脸颊隐隐作痛了。雪瑞安看着艾雯,仿佛她是一名正在赌气的初阶生。艾雯叹息一声,又重新开始:“我走进去,你们之中的三个会陪在我身边……”

当这支队伍一言不发地走在街道上的时候,街上几乎已经完全空荡荡了,路面上覆盖着月影。为数不多的几名行人只是会瞥她们一眼——一名见习生被六位两仪师围在中间。不管这副情景是不是少见,它显然还没奇怪到足以引起别人的兴趣。刚才还亮着灯的窗户现在全都暗了下来,寂静笼罩整个小镇,所以她们的脚步声清晰地回响在硬土路面上。艾雯用手指捻着已经被牢牢戴在左手上的巨蛇戒,她的膝盖在颤抖,她已经准备好要面对任何状况,但在她概念里的“任何状况”从没包括此刻这种状况。

在一座方柱形的三层石砌建筑前面,她们停下了脚步。这幢建筑的窗户全都暗着,但在月光的照耀下,艾雯能看清它是一间客栈。卡琳亚、波恩宁和爱耐雅要留在外面,卡琳亚和波恩宁看起来并不是很高兴,但她们没有任何抱怨。她们安静地站在原地,不必要地整理着裙子,同时僵硬地高昂着头,完全不去看艾雯。爱耐雅安慰地抚着艾雯的头发,“不会有事的,孩子。”她的手臂下夹着一个小包裹,那里放着艾雯在一切结束后将要穿上的衣服。“你学得很快。”

这时从那幢石头建筑里传出一阵沉闷的锣声,一下、两下、三下,艾雯差点跳了起来——刚刚周围还寂静得能听见心跳的声音。然后,锣声重复了一遍。麦瑞勒无意识地抚平了裙子。又是一片寂静,随后是第三遍锣声。

雪瑞安打开建筑物的大门,艾雯跟随她走了进去,她的身后紧跟着麦瑞勒和摩芙玲。三名两仪师将她围在中间,艾雯觉得她们可能是防止她逃走的卫兵。

这个高大、宽敞的房间相当明亮,油灯排列在四座壁炉台上,通往二楼的楼梯和俯视房间的走廊栏杆上排列着更多的油灯。每个屋角都立着一盏分枝灯架,又用镜子的反光让它们的照明效果更强。钉在窗口的毯子让房间里的光线丝毫无法渗透到外面去。

房间两侧各排列着九把面向中央的椅子，每一排又被分为三组。坐在上面的是沙力达六个宗派的宗派守护者，她们戴着披肩，身穿符合所属宗派颜色的衣服。一行人走进房间时，她们的目光都转向艾雯，脸上只有冰冷的平静。

在房间远端还有一把椅子放在一座似乎是个扁平箱子的小高台上，不过那把椅子显得沉重而高大，椅腿上雕刻着螺旋花纹。它被漆成类似镀金般的深黄色，一条圣巾横搭在椅背上，上面排列着七色彩纹。艾雯觉得自己距离那条圣巾足有几里远。

“是谁来到白塔评议会之前？”罗曼妲用一种高亢、清晰的嗓音问道。她就坐在那把金色椅子下方，面对着三名蓝宗两仪师。雪瑞安平稳地走到一旁，让身后的艾雯面对罗曼妲。

“一名顺从而来、行于光明之人。”艾雯说道。稳定的声音让她吃了一惊，她本以为自己的声音会颤抖不止的。她们怎么可能真的这么做？

“是谁来到白塔评议会之前？”罗曼妲再次问道。

“一名谦卑而来、行于光明之人。”这些人随时有可能会审判她冒充两仪师的罪行，不，不会，那样的话，她们早就屏障她、将她抓去锁起来了。但肯定……

“一名被评议会召唤、在光明中顺从而谦卑之人，只求接受评议会的意愿。”

在罗曼妲身侧，灰宗两仪师的座椅上站起一名身材苗条、肤色黝黑的女子。身为最年轻的宗派守护者，珂娃米纱念诵着自世界崩毁后就一直流传下来的仪式问题。“除了女性之外，还有别人在吗？”

罗曼妲不疾不徐地向后掀起披肩，让它披在椅背上，然后站起身。身为最年长的守护者，她要首先作答。她以同样不疾不徐的动作解开自己的衣服，将它褪到齐腰的位置，然后朗声说道：“我是女人。”

珂娃米纱小心地将自己的披肩横放在椅子上，也将衣服一直脱到腰间。“我是女人。”

其他人也站起身，脱下衣服，每个人在证明自己是女人后都说了同样的话。艾雯在脱下那件稍有些紧的见习生裙装时动作并不利落，还是麦瑞勒帮她解开了扣子。但很快的，她们四个就像其他人一样赤裸上身了。

“我是女人。”艾雯和另外三个人一起说道。

珂娃米纱缓缓地在房间里绕了一圈，在每个人面前都停了一会儿，几乎可以说是有些失礼地端详过每个人的身体，最后走回到她的椅子前，宣布说这里只有女人。两仪师们坐回椅子里，其中大多数开始穿好身上的衣服。她们的动作并不匆忙，不过也没有浪费任何时间。艾雯几乎要为此而摇头了，她仍然不能穿上衣服，至少也要等到仪式后段。要是以前，珂娃米纱会要求更多证据证明她的问题，那时候，正式的仪式需要“只穿着光明”，也就是说，身体要完全赤裸才行。这些女人对于艾伊尔人的出汗帐篷，或是夏纳人的浴池会有什么想法？

现在没时间思考这种问题了。

“谁支持这名女子？”罗曼妲问，“并对她担保，以心对心，以灵魂对灵魂，以生命对生命？”她挺直了腰，表情充满威严，丰满的胸部依然赤裸着。

“我担保。”雪瑞安坚定地说道，随后是摩芙玲和麦瑞勒有力的声音。

“向前来，艾雯·艾威尔。”罗曼妲厉声说道。艾雯向前走三步，跪了下去，感觉到一阵麻木。“为什么你要来这里，艾雯·艾威尔？”

艾雯真的麻木了，她什么都感觉不到，也记不起自己要回答的内容，但那些回答却自动从她口中冒了出来。“我受到白塔评议会的召唤。”

“你在追寻什么，艾雯·艾威尔？”

“侍奉白塔，不求更多，不求更少。”光明啊，她们真的要这么做！

“你欲如何侍奉，艾雯·艾威尔？”

“以我的心、我的魂和我的生命，于光明之中。没有恐惧，没有荣宠，于光明之中。”

“你会在何处侍奉，艾雯·艾威尔？”

艾雯深吸一口气。她还有机会停止这种白痴行为，她不可能真的成为玉座，“在玉座上，如果白塔评议会乐意让我这么做。”她的呼吸停滞了。现在想挽回已经太迟。也许在石之心大厅时，一切就都太迟了。

黛兰娜是第一个站起来的，然后是珂娃米纱和珍雅，最后一共有九名宗派守护者站在她们的椅子前，表示接受艾雯。罗曼妲仍然坚定地坐在自己的座位上。十八个人之中有九个人同意，艾雯必须得到全体守护者的同意——评议会总是寻求全体同意的结果，但这样的结果需要经过大量讨论才能达成。而今晚除了仪式以外，没有人进行讨论，一直坐在椅子上的守护者们就差直接表示拒绝了。艾雯曾经提出过可能发生这种状况，那时雪瑞安她们还为此而奚落她，她们奚落的速度快得几乎让她感到担心，如果不是整件事都显得如此离谱的话。不过，她们也仿佛不经意地警告过她这件事还是有可能发生的。她们说即使那些守护者们会这样做，也不代表她们反对；她们只是在表示自已不甘于当一只任人戏耍的谄媚玩赏狗。雪瑞安说这只是一种样子，一种姿态，但看着罗曼妲和同样赤裸胸膛的蕾兰脸上那种严肃的表情，艾雯对雪瑞安的话实在没什么信心。她们也说过，会这样做的人顶多也只会有三四个。

那些站起身的人一言不发地坐回椅子上。没有人说话，但艾雯知道该做什么，她的麻木感消失了。

她站起身，走向距离自己最近的一名守护者，那是一名目光锐利、名叫萨马琳的绿宗两仪师，她没有站起身。当艾雯跪倒在萨马琳面前时，雪瑞安也跪在她身边，并用双手捧着一大盆水。水面一直不停地波动，艾雯脸上一直闪烁着汗光；雪瑞安的脸上没有一滴汗，但她的双手在颤抖。摩芙玲也跪下来，并递给艾雯一条毛巾。麦瑞勒等在旁边，臂弯里捧着一叠毛巾，因为某种原因，麦瑞勒看起来相当生气。

"请允许我侍奉。"艾雯说道。萨马琳直视正前方，将裙子拉高至膝盖，她的双脚是赤裸的。艾雯洗过这两只脚，将它们擦干，然后移到下一名绿宗两仪师面前，这名有些微胖的两仪师名叫玛玲德。雪瑞安她们已经将所有宗派守护者的名字告诉了她。"请允许我侍奉。"玛玲德有张漂亮的脸蛋、丰满的嘴唇和一双仿佛总是在微笑的黑眼睛，但她现在并没有微笑。她是那些站起来的两仪师之一，她的脚也是赤裸的。

每名守护者的脚都是赤裸的，艾雯在房里转了一圈，洗过所有宗派守护者的脚。她想知道这些守护者们是否都清楚会有几个人留在座位里。很显然的，她们都知道会有人这么做，而且她们都要艾雯进行侍奉。艾雯对于白塔评议会运作状况的了解与她在那些初阶生课程中学到的差不多——实际上，她对此根本没有任何了解，她能做的只有将仪式继续下去。

她洗净并擦干了最后一双脚——那是珍雅的。珍雅紧皱眉头，仿佛是在思考一些与艾雯完全不相关的事情，至少，她刚才站起来了。艾雯将擦脚巾放进水盆里，回到她刚才的位置，再次跪下。"请允许我侍奉。"再一次机会。

再一次，黛兰娜第一个站了起来，不过这次是萨马琳紧跟着她站起身。没有人急着站起来，但她们一个接着一个地离开椅子。最后，只有蕾兰和罗曼妲还坐在椅子里，她们彼此对望着，并没有看艾雯。最后，蕾兰稍一耸肩，不慌不忙地穿上衣服，站起身。罗曼妲转头看着艾雯，很长一段时间里，她就这样一直盯着艾雯，直到艾雯感觉汗水从自己的胸口一直流到肋骨上。最后，罗曼妲庄重而迟缓地穿起衣服，加入其他人的行列里。艾雯听到背后那三名两仪师站着的地方传来一声松了口气的叹息。

当然，一切还没结束。罗曼妲和蕾兰一同引领艾雯走向那把涂着黄漆的椅子，艾雯站在那把椅子前面，罗曼妲和蕾兰为她穿好衣服，将玉座的圣巾围绕在她肩头，同时她们和所有宗派守护者同声说道："你已成为玉座，在光明的荣耀中，白塔永远屹立。艾雯·艾威尔，封印的守护者，塔瓦隆之焰，玉座猊下。"蕾兰从艾雯的左手摘下巨蛇戒，将它交给罗曼妲。罗曼妲接着将它戴在艾雯的右手。"愿光明照耀玉座和白塔。"

艾雯笑了，罗曼妲眨眨眼，蕾兰则明显地吃了一惊。吃惊的并不止是她们两个。"我只是记起一些事情。"艾雯说道，然后又说了一声，"女儿。"这是玉座对于两仪师的称呼。艾雯记起来的并不是这个。她不由自主地想到，这真是为了她轻松穿越特·雅兰·瑞奥德而要付出的代价。艾雯·艾威尔，封印守护者，塔瓦隆之焰，玉座猊下，却要努力地坐在这张硬木椅上，同时又不能显示出任何不自然的模样，更不能哆嗦一下。艾雯认为这实在是对她意志的考验。

雪瑞安、麦瑞勒和摩芙玲以优雅的步伐向前走来。不论之前松了口气的是谁，现在艾雯从她们脸上已经看不到任何惊讶的表情。宗派守护者们在她们身后排成一列纵队，一直延伸到门口。这列纵队是以年龄排序，罗曼妲站在队伍的最尾端。

雪瑞安展开裙子，深深地行了个屈膝礼。"请允许我侍奉，吾母。"

"你应侍奉白塔，女儿。"艾雯用尽量庄严的语调回答。雪瑞安亲吻了她的戒指，退到一旁。然后是麦瑞勒向她行屈膝礼。

队伍缓缓向前移动，但守护者们的排列次序让艾雯有些吃惊。虽然有着无瑕的面容，这些守护者肯定都不年轻了，艾雯本以为白发的黛兰娜一定不比罗曼妲年轻多少，但黛兰娜却是站在队伍中间靠后一点的地方，而容貌都很漂亮，黑发中一丝灰发都没有的蕾兰和珍雅却站在罗曼妲前面。房里所有的两仪师都向艾雯行过屈膝礼，并亲吻了艾雯的戒指。她们全都没有任何表情，只是有些人会瞥一眼艾雯白裙上的彩带镶边。接着，守护者们一言不发地从后门离开了房间。在正常情况下，仪式还会有更多内容，但那些要等到明天早晨再进行了。

最后，艾雯身边只剩下那三名为她担保的两仪师，而艾雯仍然不知道刚才发生的事代表什么。麦瑞勒出门去叫另外三个人进来。艾雯还站在椅子前面问道："如果罗曼妲没有站起来，会发生什么事？"理论上，艾雯还能有一次机会，再帮她洗一遍脚，要求被允许侍奉。但艾雯相信，如果罗曼妲在第二次没有赞同，那么第三次仍然不会赞同。

“那么她很可能会在几天内让自己成为玉座。”雪瑞安回答，“她，或者是蕾兰。”

“这不是我想问的，”艾雯说，“我要问的是，我会出什么事？我还能继续当见习生吗？”爱耐雅、卡琳亚和波恩宁这时微笑着走进房间。麦瑞勒帮艾雯脱下镶边白裙，换上一条淡绿色的丝袍，是让她在上床睡觉前的这一小段时间穿着的；时间已经很晚了，但玉座绝不能穿着见习生的衣服。

过了一会儿，摩芙玲答道：“应该是的，但我不知道这应该算是幸是不幸——你还是一名见习生，但所有宗派守护者都知道你曾经差点成为玉座。”

“这种事极少发生，”波恩宁说，“但一名被评议会否决而无法成为玉座的女人往往会遭到流放。评议会一直在为协调与融洽而努力，而一个被否决的女人必定会成为纷争之源。”

雪瑞安看着艾雯的双眼，仿佛是要深深地强调自己的话。“我们肯定会被流放——麦瑞勒、摩芙玲和我，因为我们为你担保，卡琳亚、波恩宁和爱耐雅很可能也会被流放。”她突然又露出微笑，“但这种事并没有发生，新一代玉座应该在她的第一晚沉思和祈祷，但等麦瑞勒扣完这些扣子，也许我们最好花一点时间告诉你沙力达的现况。”

她们全都看着艾雯，麦瑞勒在艾雯身后，正扣上最后一颗扣子，但艾雯还是能感觉到那个女人的目光。“是的，是的，我想最好应该这样。”

第 36 章

成为玉座

艾雯从枕头上抬起头，环顾四周；她惊讶地看着眼前的大房间，还有这张有篷盖的大床。早晨的阳光从窗户照射进来。一名身材丰满的漂亮姑娘穿着一件简单的灰色羊毛裙装，正将一只盛满热水的白色大水罐放在盥洗架上。琪纱昨晚被引荐成为艾雯的侍女——玉座的侍女。一只有盖的大托盘已经被放在旁边一面镶银框镜子下方的窄桌上，就放在艾雯的发梳和发刷旁。空气中飘散着热面包和炖梨的香气。

爱耐雅早已为艾雯准备好这个房间。这里的家具仍然不算匹配玉座的地位，但它们是沙力达最好的家具。软垫扶手椅上罩着绿色丝绸；屋角立镜的镀金完好无损；雕工精致的衣柜里挂满了艾雯的衣服。不幸的是，爱耐雅的品味似乎严重倾向于轻薄的蕾丝和荷叶边。大床的篷盖幔帐、桌布，凳子和椅子的罩布，被艾雯扔到地板上的被单和丝绸床单，还有窗帘，全都是这种装饰风格。艾雯的头落回枕头上，枕头布边也充满了蕾丝。这个房间让艾雯觉得自己仿佛掉进了蕾丝海洋中。

雪瑞安等人将艾雯带到这个被她们称为小白塔的地方后，和艾雯说了许多话，但艾雯几乎一句话也没听进去。她们对于她所认为兰德或是柯尔伦等人心里的意图并不感兴趣。沙力达已经派出一支由梅兰娜率领的使节团前往凯姆林。这支使节团是雪瑞安她们授意派遣的，但她们也不清楚使节团的具体目的应该是什么，似乎只有梅兰娜本人知道。艾雯不停地听着她们说，而她提出的问题都被她们撇到了一边。她们说她那些问题的答案并不重要，至少目前是如此。而她获得的少数解答都十分简洁，随即她们就又跳回到所谓“重要的问题”上了。沙力达已经向所有的统治者派出了使者，所有统治者都会被告知，他或她对于沙力达是绝对重要的。她们没有明白地说如果有一名统治者反对她们，就有可能导致她们全盘皆输，但她们对每一位领导人的重视很显然地说明了这点。加雷斯·布伦正在组建一支军队，最终这支军队将强大到足以支持她们——支持艾雯——正式宣告反对爱莉达，不过她们认为实际上并没有这么做的必要，尽管爱莉达坚持下令她们回到白塔。她们似乎是相信，只要将艾雯·艾威尔成为玉座的讯息传播出去，世界各地的两仪师，甚至白塔中也会有一些两仪师来投奔她，这样爱莉达就别无选择，只能听从她的命令下台。不知为什么，白袍众始终只是对沙力达隔岸旁观，所以沙力达现在可以维持一定限度的安全。洛根已经像史汪一样得到了治疗，还有莉安也是。艾雯对此稍稍吃了一惊，不过很快就平复了，当然，如果莉安在这里，她一定会受到治疗的。

“你在这里不必有任何担心，”雪瑞安安慰地说道。她站在艾雯面前，俯视着坐在软椅里的艾雯，其他五个人也都环绕着艾雯。“评议会会一直争论是否该再次驯御他，直到衰老替我们解决这个问题。”

艾雯竭力压住另一个哈欠——时间确实已经很晚了。爱耐雅说道：“我们该让她睡了，明天几乎像今晚一样重要，孩子。”她忽然自顾自地轻声笑了笑，“明天也很重要，吾母，我们会派琪纱来帮您铺床。”

即使这些两仪师离开了她，想要睡觉仍然不容易。当琪纱还在为艾雯脱衣服的时候，罗曼妲出现在房间里，为艾雯带来一连串对于玉座的建议，并用郑重严肃的语气将这些话压进艾雯的脑子里。她刚一走，蕾兰又来了，这位蓝宗姐妹似乎正等着刚才那位黄宗姐妹离开。蕾兰将琪纱推出房间，动作温柔但十分坚决，然后她也对坐在床边的艾雯送上了她的忠告。这些忠告和罗曼妲的建议完全不同，也不太像雪瑞安的指点。蕾兰的脸上一直挂着温暖，甚至是亲切的微笑。但有一点可以肯定，她认为艾雯在身为玉座的最初几个月里，需要一点她的指引和帮助。这两个女人都没说她们自己可以来指导艾雯，从而让白塔得到最大的利益。她们也没有说雪瑞安和她的小圈子或许会操纵艾雯，会给艾雯不好的建议，但她们的言辞中充满了这种暗示。罗曼妲和蕾兰甚至还都暗示说对方也许会有自己的谋算，而且这些谋算毫无疑问都会对艾雯造成灾难。

等到艾雯用至上力熄灭最后一盏灯时，她相信随之而来的睡眠里一定会充满噩梦。实际上，到第二天早晨的时候，艾雯只记得两个梦。在一个梦里，她是玉座，是两仪师，但没有立下三誓，而她做的每一件事最终都导致了灾难，这个梦让她从睡眠中猛地惊醒。不过她相信，这并不是一个有意义的梦。艾雯在接受见习生测试时走进那座特法器，也曾经在里面经历过和这个梦非常类似的情景，任何人都知道，那种经历是和现实，这个现实，毫无关联的。另一个梦正是艾雯预料中那种愚蠢的梦。现在她已经对自己的梦有了很深的了解，但她还是不得不叫醒自己，以逃避那种可怕的场面——雪瑞安扯下了她肩头的圣巾，所有人都在笑她，说她竟然会傻到去相信一个刚满十八岁的女孩能成为玉座。而且不止是两仪师在笑她，还有全部的智者，兰德、佩林和麦特，奈妮薇和伊兰，几乎她遇到过的所有人都在笑她。而她赤身裸体地站在他们面前，拼命地想穿上一件只适合十岁孩童身体的见习生裙装。

“吾母，您不能整天在床上躺着。”

艾雯睁开了眼睛。

琪纱的脸上带着些故意装出来的严肃表情，眼睛里闪动着光芒，她的年纪至少是艾雯的两倍。在她们第一次见面时，她看着艾雯的目光中就混合着尊敬和熟悉感，仿佛是艾雯的一位老家人。“玉座不能睡懒觉，今天不行，永远都不行。”

“我想也是。”艾雯僵硬地从床上爬起来，伸了个懒腰，才将自己湿透汗水的衬裙脱下。她真恨不得现在就可以因为长期使用至上力而获得不会出汗的能力。“我要穿那件在领子上绣着白色晨星的蓝丝裙。”她注意到琪纱在将干净衬裙递给她的时候，很小心地不去看她的屁股和大腿。她为了承担义而留下的痕迹已经消退了许多，但那里仍然带着一些瘀伤。“我在来这里之前出了点事。”艾雯一边说着，一边匆忙地将头探进了干净的衬裙里。

琪纱点着头，仿佛突然明白了什么：“马儿都是些糟糕的牲口，不能信任，你永远也别想让我骑马，吾母，结实的马车就安全多了。如果我像这样从马背上摔下来，我绝对不敢让任何人知道的。尼奥妲知道后一定会说很难听的话，还有凯丽恩……哦，你绝对不会相信那些女人在你转过身时会说些什么。当然，玉座应该和别人不一样，但我一定会三缄其口的。”她打开衣柜门，又瞥了艾雯一眼，想看看艾雯是不是明白她的意思。

艾雯微笑地看着她。“人都是一样的，并不会因为位阶而有什么不同。”她严肃地说。

琪纱的脸上漾起一抹笑容，然后她找出那件蓝丝裙。琪纱也许是雪瑞安选的，但她是玉座的侍女，她的忠诚是对于玉座的。而且，今天要进行的一切，确实像她说的一样重要。

艾雯吃得很快，尽管琪纱一直在低声嘟囔着吃太快对胃不好，但加了蜂蜜和香料的热牛奶完全能管住任何打哆嗦的胃——然后艾雯急匆匆地刷牙盥洗，让琪纱为她梳了梳头发，接着在琪纱的协助下快速地套上了蓝丝裙。将七色圣巾披到肩上之后，艾雯在立镜前站了一下。不管有没有圣巾，她看上去实在不是很像玉座。*但我是的，这不是梦。*

楼下大房间的布置仍然像昨晚一样，桌上都空无一物，宗派守护者们披着圣巾，根据不同的宗派分别聚在一起。只有雪瑞安单独站在一处。当艾雯走下楼梯时，她们全都安静了下来。艾雯走下楼梯后，她们向艾雯行了屈膝礼。罗曼妲和蕾兰用锐利的目光看着她，然后将目光转到一旁，很明显的，她们没有去看雪瑞安。随后，她们又开始彼此之间的交谈。这时艾雯保持沉默，其他人也跟着安静下来，偶尔会有人瞥艾雯一眼。在这种环境里，即使是她们的耳语也显得非常响亮，屋外则是一片寂静，绝对的寂静。艾雯从袖子里抽出手绢，拍了拍脸，其他人的脸上都没有一滴汗水。

雪瑞安站到艾雯身边。“事情会顺利进行的，”她轻声说，“只要记住你要说的。”这是另外一件昨晚她们重复许多遍细节的事情——艾雯今天早晨要发表演讲。

艾雯点点头。她觉得有些奇怪，她的胃应该抽搐不止，膝盖应该抖个不停，但这些都没有发生。对此，艾雯并不理解。

“不必担心。”雪瑞安说。她似乎认为艾雯此刻应该怕得要命，急需安慰。但没等她继续说下去，罗曼妲已经开口了：“是时候了。”

随着一阵裙子摩娑声，守护者们根据年龄排成了一列，这次是罗曼妲站在领头的位置，然后她们向外走去。艾雯走到距离门口不远的地方，全身上下依然平静如常，也许琪纱对于热牛奶的评价是对的。仍然是一片寂静。然后罗曼妲用有些过于宏亮的声音说道：“我们有了玉座猊下。”

艾雯走出门，进入室外燥热的空气里。她踏上一座用风之力编织的高台。编织的能流从每一位宗派守护者那里伸向她，每一位守护者身上都闪耀着阴极力的光芒。

“艾雯·艾威尔，”罗曼妲吟诵道，她的声音借助至上力的编织传往各处，“封印的守护者，塔瓦隆之焰，玉座猊下。”

随着罗曼妲的声音，她们将艾雯愈举愈高，直到艾雯的头就要与背后建筑物屋顶齐平。除了能导引的女人之外，其他人完全看不见艾雯脚下的高台。

艾雯背后初升的太阳将她映衬成一个轮廓，第二道编织让阳光围绕艾雯，让她全身都熠熠生辉。人们拥挤在所有的街道上，除了小白塔之外，每个门口、每扇窗户、每座屋顶上都挤满了人。一阵呼喊声在人群中爆发，几乎淹没了罗曼妲的宣告。欢呼的波浪一阵阵涌过全村。艾雯在人群中寻找着奈妮薇和伊兰，但在这片面孔的海洋中，她看不清任何一张脸。等到她能够说话时，似乎已经过了整整一个纪元。刚才那个传播罗曼妲声音的编织转移到了她这里。

雪瑞安她们已经准备好了她的演讲内容，那是一篇措辞严肃的训话，如果艾雯的年龄是现在的两倍大（或者最好是三倍大），也许她就能脸不红气不喘地把那些话说出口。不过，她自己也稍微将讲稿做了些更动。“我们聚集在一起，是为了寻求真理和正义，在伪玉座爱莉达离开她所篡夺的位置之前，我们的努力不会结束。”艾雯做出的唯一改变是用“不会”代替了“不能”，她觉得这样会让语气更强一些。“身为玉座，我会在这次寻求中领导你们，我不会有任何迟疑，正如同我知道你们也不会。”不管怎样，她不打算站在这里，把她们想要她说的每一句训话都重复一遍。她要说的都已经说了。“对于我的撰史者，我提名雪瑞安·巴杨那。”

这引起人群中一阵小得多的欢呼，毕竟，撰史者不是玉座。艾雯向下瞥了一眼，雪瑞安匆匆地从门里走出来，一边还在披上撰史者圣巾，蓝色的圣巾代表她曾经属于蓝宗。她们决定不复制玉座手杖，那根杖头是一团金色火焰的手杖要由撰史者握持，在夺回白塔里真正的手杖之前，她们只能先双手空空地凑合着。雪瑞安本以为她要再等很长的一段时间，所以她现在望向艾雯的目光里充满了恼怒。在宗派守护者的队伍里，罗曼妲和蕾兰的脸上没有任何表情。她们两个都曾经强烈建议艾雯该提名谁当撰史者，当然，她们提出来的人选也绝对不是雪瑞安。

艾雯深吸一口气，将目光转回人群里。“为了庆祝这一天，我宣布，所有见习生和初阶生需要承受的苦修与惩罚一律免除。”这只是庆祝仪式的惯例，这次只有那群穿白袍的女孩和几名忘记身份的初阶生发出一阵欢呼。“为了庆祝这一天，我宣布，瑟德琳·戴柏、芙芮恩·欧兰代、奈妮薇·爱米拉和伊兰·传坎从此刻起得到披肩，成为正式两仪师，我们的姐妹。”人群只是以疑问的寂静响应艾雯，其中不时会传来一阵低声议论。这不是惯例，完全不是，但艾雯已经说出口了。幸好摩芙玲曾经向她提过瑟德琳和芙芮恩，艾雯觉得应该回到既定的发言上来了。“我宣布，今天是欢宴和庆祝的一天，我们要放下一切工作，尽情享受。愿光明照耀你们，创世主的手庇护你们。”艾雯最后这句话，连同编织传出去的声音完全被震耳欲聋的欢呼声所淹没。有些人开始在街上跳舞，虽然他们几乎没有可以移动的空间。

风之力平台的降落速度也许要比它升上来时快一些，守护者们全都盯着走下平台的艾雯，还没等艾雯的脚碰到地面，阴极力的光晕几乎就从她们的身上消褪。

雪瑞安从她们中间冲出来，抓住艾雯的手臂，微笑着向那些面容冷峻的守护者们说道：“我必须领玉座猊下去看看她的书房，请原谅。”艾雯不能说是被雪瑞安硬推进屋里的，但也不能说不是。她用那只没有被雪瑞安抓住的手拢起裙子，迈开大步紧紧地跟上雪瑞安。她觉得雪瑞安应该不会对她有什么粗暴的动作，但她不打算对此进行尝试。

她的书房在那间等候室后面，比她的寝室要小一些，有两扇窗户，一张写字桌，写字桌后面有一把直背椅，前面有两把，其他的就什么都没有了。满是龟裂痕迹的墙板因为打了蜡而泛着暗淡的光泽，桌面上则是空空如也，在地面上还有一张花卉图案的地毯。

“请原谅我的冒犯，吾母。”雪瑞安说着松开艾雯的手臂，“但我以为，在你和任何宗派守护者说话之前，我们应该先单独谈一谈。她们全都参与制定了您的演讲稿，而且——”

“我知道我做了一点修改。”艾雯带着明亮的笑容说道，“但我觉得站在那里，要说那么多东西，实在是太费力气了。”她们全都参与了？怪不得那篇训词完全像是一群老女人的唠叨，艾雯几乎要笑出声来。“不管怎样，重点内容，该说的我都说了，爱莉达一定要被推翻，我会领导他们做到这件事。”

“是的，”雪瑞安缓缓地说，“但关于其他的……修改内容，也许还有些问题。只要我们夺回白塔和誓言之杖，瑟德琳和芙芮恩肯定会成为两仪师。伊兰很可能也会得到晋升。但奈妮薇在不扯辫子的时候，连一支蜡烛都无法点亮。”

“这也正是我要提出的一点，”罗曼妲说着，没敲门就走进房间，停了一下，她才又补上一句，“吾母。”蕾兰将屋门在背后关上。她关门的时候，艾雯看见屋外正有几位守护者要进来。

“这应该是有必要的。”艾雯睁大了眼睛，“昨晚我一直在考虑这件事。我没经过测试、也没握住誓言之杖就成为两仪师，如果我是唯一一个，我就会成为众人视线的焦点，有了另外四个这样的人，我看起来就不会显得那么奇特了。至少，对于这里的人们是这样的。爱莉达在得知这件事之后，也许会在这上面做些文章，但大多数世人对两仪师缺乏了解，他们不会知道该相信什么。最重要的是这里的人，他们一定要对我有信心。”

也许两仪师应有的冷静没有让她们惊讶地张大了嘴，但罗曼妲还是露出了一些慌乱的表情。

“也许是这样。”蕾兰咄咄逼人地说道，但她又用力拉了一下蓝色流苏的披肩，停了下来。确实是这样。玉座已经公开宣布这些女人是两仪师，评议会也许能继续保持她们见习生的身份（或是瑟德琳和芙芮恩现在的身份），但评议会不能抹去人们的记忆。而且，这样会让所有人都知道，评议会从第一天起就在反对玉座，这会严重打击所有人的信心。

“我希望，吾母，”罗曼妲用僵硬的声音说道，“下次您可以先和评议会商量一下，违背惯例的事情有可能导致预料之外的结果。”

“而违背法律只会导致不幸，”蕾兰大声说完这句，才又加了一声，“吾母。”这句话没有意义，或者是几乎没有意义。成为两仪师的条件确实已经被写进法律条文中，但玉座几乎可以宣布她所愿意的任何事，只是明智的玉座不会与评议会进行原本可以避免的对抗。

“哦，以后我会先跟你们商量过，”艾雯诚挚地说道，“但这件事确实应该是正确的。请原谅我好吗？现在我要和撰史者谈一谈了。”

两人听了，身体微微一颤。她们的屈膝礼非常浅，而她们的离别致词虽然毫无差错，但罗曼妲只是从嘴里吐出一串不清不楚的嘟囔，而蕾兰的声音却像刀刃一般锋利。

“你处理得非常好，”等那两人离开之后，雪瑞安说道，她的声音里有些惊讶，“但你必须记住，评议会可以为任何玉座制造问题。我当你的撰史者的原因之一就是我能为你提供建议，让你避免这种问题。无论你做什么，事先都应该征询我的意见。如果我不在你身边，你可以咨询麦瑞勒、摩芙玲她们。我们是在帮助你，吾母。”

“我明白，雪瑞安，我答应仔细倾听你说的每一句话。如果可以的话，我想见见奈妮薇和伊兰。”

“当然可以，”雪瑞安微笑着说，“但我可能得先把奈妮薇从黄宗姐妹那里拖走。史汪将会教导您各种玉座应有的礼仪，这方面有很多东西您需要学习。不过我会让史汪晚一点再过来。”

艾雯盯着那扇在雪瑞安背后关上的门，然后她转过身，盯着桌面。那上面一无所有，没有要批阅的报告，没有要审查的纪录，连可以写张便条的笔和墨水都没有，想要写什么命令或规章就更不可能了。史汪会来教她礼仪。

当一阵拘谨的敲门声响起时，艾雯还站在原地。“进来。”她说道，她不知道将要进来的会是史汪，还是一名捧着切成小块蜂蜜蛋糕的仆人。

奈妮薇犹豫地探头进来，然后被伊兰推进房间。她们肩并肩地展开白色的镶边长裙，行了个深深的屈膝礼，一边喃喃地说道：“吾母。”

“请别这样，”艾雯说道。实际上，艾雯的声音跟哀嚎差不了多少。“我只有你们两个朋友，如果你们也……”光明啊，她几乎要哭出来了！

伊兰先有了动作，她伸开双臂抱住艾雯。奈妮薇却只是沉默着，一边拨弄着手腕上的一只细银手镯。

这时伊兰说道：“我们还是你的朋友，艾雯，但你现在是玉座了。光明啊，记得我告诉过你，总有一天你会成为玉座，那时我还是……”伊兰的脸微微扭曲了一下。“嗯，不管怎样，你是玉座了，我们总不能直接走到玉座面前说，‘艾雯，这件裙装是不是让我显得胖了？’这是不对的。”

“就应该这样，”艾雯坚定地说，“嗯，至少私底下应该这样。当我们单独在一起的时候，我希望你们告诉我，我身上的裙装让我显得胖了，或者……或者你们想说的任何事。”她朝奈妮薇笑了笑，温柔地拉了一下奈妮薇的粗辫子。奈妮薇则吃了一惊。“我想看到你在我面前拉它，只要你想这么做的时候。我需要朋友，不会……不会时时刻刻盯着这条该死的圣巾的朋友，要不然我肯定会疯掉。说到裙装，为什么你们还穿成这样？我本来还以为你们现在肯定已经把衣服换过来了。”

这时奈妮薇确实拉了一下辫子，“妮索对我说一定是出了什么错，就把我拉走了，她说她不想为了一个庆典而浪费掉轮到她的时间。”庆典的声音这时已经在屋外响起，虽然有厚重的石墙阻隔，但她们还是能听到轻微的喧哗声和音乐声。

“这件事没有任何错误。”艾雯说。轮到妮索的时间？艾雯现在不打算问这件事，这件事让奈妮薇不高兴，而艾雯想让此刻变成一段快乐的时间。

她拖出桌子后面的那把椅子，看见椅子上放了两个鼓鼓的软座垫，不禁笑了笑——琪纱。“我们要坐下来好好谈一谈，然后我要帮你们找到沙力达最漂亮的两件裙装。告诉我你们的那些发现。爱耐雅和雪瑞安都提到过它们，但我没机会从她们那里听到任何关于那些发现的细节。”

正要坐下去奈妮薇和伊兰不约而同地停了一下，同时又交换了一个眼神。不知为什么，她们似乎只愿意谈论伊兰在特法器上的进展和奈妮薇对于史汪和莉安的治疗——奈妮薇不安地重复了三次，说治疗洛根完全是个意外。这些都是令人惊叹的成绩，特别是奈妮薇的，但她们只是在说这些。而艾雯也只能一次又一次地告诉她们，她们所做的是多么不同凡响的事，她是多么羡慕她们。为艾雯做的示范也没持续多久，因为艾雯对医疗完全没有感觉，她尤其处理不了这么复杂的编织；但奈妮薇却能想也不想就把这些编织做出来。而尽管艾雯对金属有种特别的亲和力，在火之力和地之力上也相当强大，但对于伊兰所说的，她却只是觉得一头雾水。当然，她们也想知道艾伊尔人的生活是什么样子。看着她们惊讶地眨眼，吃惊地发笑，然后又突然停住，艾雯不知道她们是不是真的相信她告诉她们的每一件事。其实，艾雯并没有把每件事都告诉她们。而谈到艾伊尔人，自然就会谈到兰德。艾雯说到兰德会见两仪师时的样子时，面前的两个女人全都吃惊地盯着她。最后，她们都同意兰德正在走进一片比他想象中要深得多的水里，必须有人在他踩进深坑前给他适当的指引。伊兰认为明应该能发挥这样的作用，当然，前提是那个使节团必须到达凯姆林。这是艾雯第一次知道明在沙力达待过，现在正赶往兰德身边。但伊兰在说到这件事时，却显得相当冷漠，而且还低声嘟囔了些什么，仿佛完全不喜欢这件事的样子。

“明是一位比我好的女人。”不知为什么，伊兰这句话让奈妮薇同情地看了她一眼，“我希望我能在那里，”伊兰用更有力的声音说道：“我是说，由我来指引他。”她看看艾雯，又看看奈妮薇，脸颊逐渐红了起来。“嗯，别的，也是。”奈妮薇和艾雯同时大笑起来，差点从椅子背后跌了下去，伊兰几乎也立刻和她们一同笑了起来。

“有件好事要告诉你，伊兰。”艾雯气喘吁吁地说着，一边想从大笑中恢复过来，然后她才意识到自己要说什么。光明啊，她一脚踏进了怎样的一个泥滩，而且还是大笑着踏进去的！“我为你的母亲感到哀伤，伊兰，你不知道我多么想向她致以我的吊唁。”伊兰困惑地看着艾雯，她当然会困惑。“现在，兰德要把狮子王座和太阳王座给你。”让艾雯惊讶的是，伊兰立刻坐直了身体。

“他要这样做？”伊兰用冰冷、刻板的声音说，“他要把它们给我。”她的下巴稍稍抬高了些。“我确实有一些得以得到太阳王座的权利，如果我选择这样做，我会以我自身的权利去做。至于狮子王座，兰德·亚瑟根本无权把本来就属于我的东西给我！”

“我确信他不是那个意思。”艾雯反对说。他是那个意思吗？“他爱你，伊兰，我知道。”

“要是有这么简单就好了。”伊兰嘟囔着。艾雯不知道她这话是什么意思。

奈妮薇哼了一声：“男人总是说他们不是这个意思，不是那个意思，你可以当成他们是在说另一种语言。”

“当我能回到他身边的时候，”伊兰坚定地说，“我会教他说正确的语言。‘给我’？！哼，那本来就是我的。”

艾雯拼命克制才没有再笑出声来，下一次伊兰回到兰德身边的时候，她一定会立刻就找一个隐蔽的地方与他独处，哪有时间教他什么，这一切就像是回到过去那美好的时光。“现在你是两仪师了，你随时都可以去找他，没有人能阻止你们。”奈妮薇和伊兰立刻飞快地对望了一眼。

“即使她可以走，评议会也不会让任何人随意离开的，”奈妮薇说，“我们已经找到另外一样东西，我想，现在那东西会比较重要。”

伊兰用力地点点头：“我也是这么想的。我承认，当我听到你成为玉座的讯息时，我的第一个想法就是也许我和奈妮薇能去找它了。嗯，这应该是第二个想法，第一个是，这真是个让人惊呆的玩笑。”

艾雯困惑地眨眨眼，“你们找到了一样东西，但现在你们却要去找它。”两个人立刻从椅子上倾过身，抢着向艾雯做出解释。

“我们找到了它，”伊兰说，“但却是在特·雅兰·瑞奥德里。”

“我们使用了‘需要’的办法，”奈妮薇说，“我们确实需要某些东西。”

“那是一个碗，”伊兰继续说道，“一件特法器，我想它也许强大到足以改变天气。”

“只是，那个碗在艾博达的某个拥挤、混乱的街区，那里没有任何明显的记号。评议会给茉瑞莉送去一封信，但她永远也找不到那件东西的。”

“而且她现在正忙着说服泰琳女王，让她相信真正的白塔在这里。”

“我们告诉她们，那东西需要一个男人参与导引。”奈妮薇叹了一声，“当然，那时洛根还没得到治疗，但我不认为她们会信任他。”

“那并不真的需要一个男人，”伊兰说，“我们只是想让她们相信，她们需要兰德。我不知道那东西需要多少女人，也许要全部十三个女人组成的连结。”

“伊兰说它非常强大，艾雯，它能让天气恢复正常。我很希望它能让我对天气的感觉也恢复正常。”

“那个碗能做到，艾雯。”伊兰和奈妮薇交换了一个快乐的眼神，“你只要派我们去艾博达就行了。”

话语的洪水终于退去，艾雯靠回到椅子里，“我会尽我所能，也许这件事不会有人反对，毕竟你们已经是两仪师了。”但她有预感，一定会有人反对这件事，晋升她们是非常大胆的一击，而艾雯现在已经开始相信，这一击所造成的后果并不会那么简单。

“尽你所能？”伊兰难以置信地说，“你是玉座，艾雯，只要你下令，两仪师就会立刻跳起来赶去执行。”她笑了一下，“说‘跳’吧！我来向你证明。”

艾雯苦着脸在软垫上挪了挪身子：“我是玉座，但……伊兰，雪瑞安不必费太多力气就能想起一个叫艾雯的初阶生，曾经目瞪口呆地看着每一样东西，还被命令去打扫新花园的步道，只因她在上床时间之后吃苹果。她要牵着我的手向前走，或是掐着我的脖子向前走。罗曼妲和蕾兰全都想成为玉座，而她们眼里看见的也都是那名初阶生，她们像雪瑞安一样，要告诉我下一步该往哪里走。”

奈妮薇担忧地皱起眉，但伊兰的眼神里只有气愤，“你不能让她们这样……这样吓倒你，你是玉座。是玉座在告诉评议会该怎么做，而不是反过来。你必须站起来，让她们看到你是玉座。”

艾雯的笑声里带着一点苦涩，她难道只在昨晚拒绝被吓倒吗？“这需要一点时间，伊兰，知道吗？我终于明白她们为什么会选中我了。我想，有一部分是因为兰德。也许她们相信，如果兰德看见我披着圣巾，就更容易顺从她们。另一个原因是，她们记得那个初阶生，一个女人……不，一个女孩！习惯听从她们的命令、可以让她们随意差遣的女孩。”艾雯用手指抚着肩上的七色圣巾，“嗯，无论她们是依据什么样的原因，她们让我成为了玉座。既然她们这么做了，我就要当一名玉座。但我必须谨慎，至少，一开始必须谨慎。也许史汪仍是玉座时，只要皱皱眉就会让评议会跳起来。”艾雯怀疑这是不是事实。“但如果我想照做，我也许会成为第一个在晋升当天就遭到废黜的玉座。”

伊兰看上去一脸诧异，但奈妮薇缓缓地点了点头。在家乡时，身为乡贤的奈妮薇曾经和妇议团周旋过很久，也许正因为这样，比起一直被教导该如何当一位女王的伊兰，奈妮薇对于玉座和评议会之间的关系有更真实的体会。

“伊兰，一旦讯息传出去，统治者们知道了我，我就能开始让评议会意识到她们选择了一位真正的玉座，而不是傀儡。但在那以前，她们真的可以像把圣巾给我时一样轻易地把圣巾拿走，而如果我还不是众所承认的玉座，想要撇开我也就很容易了。也许这会在人群中引起一些议论，但我毫不怀疑她们很快就能平息掉。如果那时沙力达以外有人听说一个叫艾雯·艾威尔的成为了玉座，那只会是两仪师周围无数奇特的谣言之一。”

“你想怎么做？”伊兰平静地问，“你不会柔顺地任她们为所欲为。”这让艾雯露出了发自内心的微笑。伊兰最后这句话不是问题，而是在坚定地陈述事实。

“不，我不会。”沐瑞在教导兰德权力游戏时，艾雯也曾听到过一些。在那时，艾雯只觉得这个游戏实在太荒谬、太卑鄙了，现在她只希望自己能记得沐瑞所说的每一句话。艾伊尔人总是说，“使用你拥有的武器。”“她们正想用三条不同的绳索拴住我，这也许对我能有一些帮助。我可以根据我当时的目的，假装被其中一条绳索给拖往某个方向。偶尔我也可以直接做我想做的事，就像我让你们两个成为两仪师那样，但我并不能太常使用这种方法。”她挺起肩膀，望着她们的眼睛。“我很想说，你们两个完全有资格成为两仪师，但事实是，我这么做是因为你们是我的朋友，也因为我希望你们成为两仪师后能给我更大的帮助。除了你们两个，我不知道还能再相信谁。我会尽快让你们去艾博达，但在那之前或之后，我只能和你们讨论问题，我知道你们会告诉我实话。前往艾博达的行程也许不像你们想象的那么迟才会动身。我听说，你们有了各种各样的发现，但如果我能搞清楚一些事情，也许我能拥有我自己的发现。”

“这样就太好了。”伊兰说道，但她的声音听起来很心不在焉。

第 37 章

当战争开始

房间里突然奇怪地陷入了寂静，艾雯完全不明白这是为什么。伊兰看着奈妮薇，然后她们两个都望向奈妮薇手腕上那只细银手镯。奈妮薇将目光转向艾雯，双眼大睁，但她很快又转头望向地板。

“我必须坦白一件事。”奈妮薇的声音如同耳语般低弱，她就用这么小的声音一直不停地说下去：“我捉住了魔格丁。”低垂着双眼，她举起那只戴着手镯的手腕。“这是一副罪铐，我们让她成为我们的俘虏。除了史汪、莉安和柏姬泰，没有人知道这件事。现在，你也知道了。”

“我们只能这么做，”伊兰急迫地倾过身子，“不然她们会将她处死，艾雯。我知道她应该被处死，但她的脑子里装满了知识，那些都是我们做梦也想不到的知识。那是我们所有发现的源头，除了奈妮薇对于史汪、莉安和洛根的治疗，还有我的特法器之外。她们肯定等不及从她身上学到任何东西就会杀掉她的！”

问题在艾雯的脑海中飞快地盘旋，让她感到一阵晕眩。她们捉住了一名弃光魔使？是怎么捉住的？伊兰制作了一副罪铐？艾雯打了个哆嗦，她几乎无法让自己去看那只手镯，它看上去和自己所知的罪铐完全不一样。但即使有这副罪铐，她们又是如何让弃光魔使隐藏在如此众多的两仪师之中？弃光魔使是她们的俘虏，却没有被审判和处刑。兰德现在已经变得那么多疑，如果他发现伊兰这么做，他永远都不会再信任伊兰了。

“把她带来。”艾雯努力让自己的声音不带任何感情。奈妮薇立刻从椅子里跳起身，跑了出去，在她开门的时候，庆祝的喊声、笑声、音乐声和歌声涌进了屋里，然后又被紧紧关上的屋门硬生生切断。艾雯揉搓着额角。一名弃光魔使。“这真是个需要保守的大秘密。”

伊兰的脸颊变得通红。光明在上，为什么……当然。

“伊兰，我不打算问关于……任何我不应该知道的人的事。”

金发女子这回确实是跳起来了：“我……我也许能告诉你，只是要等一等。也许，明天。艾雯，你必须答应我，除非我让你说，否则你不会……不会对任何人说！不管……你看见什么。”

“如果这就是你想要的，我答应你。”艾雯不明白为什么伊兰会如此激动。她知道伊兰的一个秘密，但她只是在偶然间发现的，从那时起，她们两个都装作那仍然只是伊兰一个人的秘密：伊兰一直在特·雅兰·瑞奥德里和柏姬泰——那位传说中的英雄见面，也许伊兰现在还是不停地去找柏姬泰。等等，奈妮薇刚才说，柏姬泰也知道魔格丁的事。奈妮薇说的是那位在特·雅兰·瑞奥德里等待瓦力尔号角召唤的英雄吗？奈妮薇知道那个伊兰一直拒绝向她承认的秘密？不，不该因为这种事而引发一连串的指控与辩驳。

“伊兰，我是玉座，真正的玉座。我已经有了计划。能够导引的智者们可以做出很多不同于两仪师的编织。”伊兰已经知道了智者们的事，不过艾雯不清楚两仪师们（现在应该说是“除了伊兰之外的两仪师们”）是否知道。“有时候，她们所做的会更加复杂，或者是更加粗糙，但她们的一些方法确实比我们从白塔学到的简单，而且一样有效。”

“你想让两仪师跟从艾伊尔人进行学习？”伊兰饶有兴致地翘起嘴角，“艾雯，再过一千年她们也绝不会同意这件事。我想，在她们发现智者的导引能力之后，她们倒是很想测试艾伊尔女孩，从那里面寻找初阶生。”

艾雯在椅垫上挪动着身体，犹豫着。两仪师向智者们学习，当智者的学徒吗？这绝不可能，但对罗曼妲和蕾兰来说，一点节义也许能让她们受益匪浅，还有雪瑞安、麦瑞勒……艾雯终于找到一个更舒服的坐姿，然后便丢掉了她的胡思乱想。“我怀疑智者们是否会同意让艾伊尔女孩成为初阶生。”也许艾伊尔人曾经允许过，但肯定不是现在。对于现在的艾伊尔人，艾雯认为他们能谦恭地向两仪师说话也就足够了。“我是想建立起某种形式的联盟。伊兰，现在的两仪师不到一千名，如果包括留在荒漠中的，我想能够导引的智者应该多于两仪师，也许要多很多。不管怎样，智者们不会放过任何有潜质的女孩。”而在龙墙的这一边，有多少女孩因为突然能够导引而死于非命？因为没有人教导她们，所以她们甚至不知道自己是因什么而死的。“我想加强我们的力量，伊兰，有许多能够学习导引的女子不会被两仪师找到，或者当她们被找到的时候，两仪师已经认为她们年纪太大，不适合当初阶生了。我想，任何想要学习的女子都可以让她们试一试，即使她已经四十或五十岁，即使她的孙子又有了孙子。”

伊兰捧腹大笑：“哦，艾雯，见习生们‘一定’会很喜欢教导那些初阶生的。”

“她们必须得到教导。”艾雯坚定地说。伊兰没看到问题的所在。两仪师们总是说某个人当初阶生年纪太大了，但如果她想学习……沙力达的两仪师已经改变了一些惯有的想法，在这里，艾雯看见比奈妮薇年纪更大的人穿着初阶生的白袍。“白塔总是严格地排斥人们，伊兰。如果你不够强，你将被剔除。拒绝进行测试，你就要离开。在测试中失败，也要退出。她们应该被留下，只要她们愿意。”

“但这些测试是为了确保留下的人足够强大，”伊兰表示反对，“不止是在至上力方面，而是这个人本身。你肯定不想看见两仪师们在第一次承受压力时就倒下吧？或者是成为只能导引毫末力量的两仪师？”

艾雯哼了一声。索瑞林如果在白塔，根本等不到接受初阶生测试就会被赶走。“也许她们不能成为两仪师，但这并不意味着她们是无用的。毕竟，她们可以在某种程度上使用至上力，她们存在于这个世界上是有意义的。我的梦想是每一名能够导引的女人都能与白塔建立联系，一名不少。”

“寻风手呢？”伊兰看到艾雯点点头，立刻又打了个哆嗦。

“你没有出卖她们，伊兰，我真不敢相信她们已经把她们的秘密保持这么久了。”

伊兰重重地叹了口气：“嗯，该发生的一定会发生，‘你不能把蜂蜜放回到蜂巢里去。’但如果你的艾伊尔人能得到特别的保护，那么海民应该也要受到这种保护。让寻风手教导她们的女孩，不能让两仪师染指海民女子，不管她们有什么目的。”

“好的。”艾雯在自己的手掌上吐了口口水，然后将手掌伸到伊兰面前。片刻之后，伊兰也做了同样的动作，然后紧握住艾雯的手，因为达成协议而露出笑容。

慢慢的，伊兰的笑容褪去："这是针对兰德和他的特赦令吗，艾雯？"

"部分是，伊兰，那男人怎么能……"艾雯没把话说下去，她也不知道这个问题的答案应该是什么。伊兰带着一点伤感点点头，她理解并赞同艾雯。

屋门被打开，一名穿着黑色羊毛裙的矮壮女人出现在门口，她双手托着一只白银托盘，上面放着三只银杯和一只长颈银酒罐。她有一张普通农妇的脸，仿佛历经风霜，但是当她打量艾雯和伊兰时，一双黑眸闪烁不定。艾雯发现这个女人虽然衣着朴素，却戴着一串白银短项链。她刚为此感到吃惊时，奈妮薇已经走进屋里，关上了门。她一定跑得像风一样快，因为她已经找时间将见习生白裙换成了一条深蓝色的丝裙，在领口和裙摆上用金线绣着波浪花纹。这条裙子领口不像贝丽兰的衣服开得那么低，但也比艾雯预料中奈妮薇会选择的衣服暴露多了。

"这是'玛丽甘'。"奈妮薇一边说一边习惯性地拉一下辫子，她的巨蛇戒在右手上闪动着金光。

艾雯刚要问为什么奈妮薇会如此强调这个名字，却突然意识到这个"玛丽甘"的项链和奈妮薇的手镯非常相配。艾雯不禁愣了一下，这个女人和她想象中的弃光魔使完全不一样。艾雯直接就把这个想法说了出来。奈妮薇笑了。

"看着，艾雯。"

艾雯所做的不止是看，她差点就从椅子里跳起来，拥抱了阴极力。在奈妮薇说话时，光晕已经包围了"玛丽甘"，那团光晕只出现了一瞬，但当它消失时，那个穿着羊毛裙的女人完全变了。实际上，她的变化并不大，但她已经完全变成另一个女人——俊俏大过美丽，但没有半点倦怠，一名高傲，甚至有着帝王威仪的女人。只有那双眼睛还像刚才一样，不停地闪烁着。艾雯现在能相信这女人正是魔格丁。

"怎么做到的？"艾雯立刻就问道。她仔细地倾听奈妮薇和伊兰向她解释编织伪装和反转编织的方法。但艾雯的眼睛一直看着魔格丁。魔格丁傲慢而自负，跟刚才那个女人完全不同。

"把她变回去吧！"讲解结束后，艾雯说道。又一次，阴极力的闪光只持续了片刻，然后就消失了。艾雯不再能看见她的编织。魔格丁又变成一名普通的农妇，脸上满是艰辛生活留下的沧桑，比她应有的年龄显得更加衰老。那双闪烁的黑眼睛看着艾雯，里头充满了恨意，也许还有一些对她自己的厌恶。

艾雯意识到自己仍然握持着阴极力，忽然觉得自己实在很愚蠢。奈妮薇和伊兰都没有拥抱真源；不过奈妮薇戴着那只手镯。艾雯仍然站在原地，视线一直没离开魔格丁，同时向奈妮薇伸出了手。奈妮薇似乎很想将那东西从手腕上拿下来。艾雯理解她的心情。

奈妮薇将手镯交给艾雯，一边说道："把托盘放在桌上，玛丽甘，做好一点，艾雯曾经和艾伊尔人共同生活过。"

艾雯将那只手镯在双手间来回打量着，同时竭力不让自己打哆嗦。这东西做工精致，连接在一起的链环巧妙而坚固。她曾经被罪铐的另一端束缚过，那是一副霄辰罪铐，有银索连接着项圈和手环，但它们的作用是一样的。艾雯面对评议会和刚才的人群时，胃里也没像现在这样翻腾过。她用力将这只银镯扣在自己的手腕上，她已经大致预料到会发生什么，但还是差点被吓一跳。另一个女人的情绪和她身体的感觉涌入艾雯的体内，在艾雯的意识中聚集成一个被孤立并包围起来的部分，其中主要是一连串恐惧的脉动，而艾雯刚才看到的那种自我厌恶的情绪也极其强大。魔格丁不喜欢她现在这副样子，也许在短暂地恢复了自己原来的模样之后，她更不喜欢现在这种样子了。

艾雯想到了自己正在看着谁，一名弃光魔使，一名数个纪元以来名字被用来吓唬小孩的女人，一名即使死掉一百次也不足以抵偿其罪行的女人。艾雯想到了那颗头脑里的知识，她让自己微笑起来，那不是个美丽的微笑；艾雯并不打算那么做，但她也不相信自己的表情会是自己想做出来的样子。"她们说对了，我和艾伊尔人共同生活过，所以，如果你认为我会像奈妮薇和伊兰那样温柔，那你最好不要将这种想法留在脑子里。在我面前走错一步，我会让你乞求死亡。只是，我不会杀你，我会找一些更加持久的办法，而如果你所做的不止是走错了一步……"艾雯让自己的嘴咧得更开一些，直到露出牙齿。

恐惧的情绪立刻突显出来，并且不停地撞击着情绪的围栏。魔格丁站在桌子前，紧抓住裙子的双手指节已经泛白，并且明显地在颤抖。奈妮薇和伊兰都看着艾雯，仿佛她们以前从没见过她。光明啊，她们想让她对这名弃光魔使表现礼貌吗？索瑞林会让这个女人站到阳光下，直到被太阳晒死，或是直接切开她的喉咙。

艾雯向魔格丁走近了一些。这个女人比她高，但却后退着，直到靠在桌子上，撞得酒杯倒在托盘里，酒罐也摇晃了一下。艾雯让自己的声音显得冰冷，她并不需要多大的努力："我发现你说一句谎言，我就亲手杀死你。现在，我在想该如何从一个地方穿行到另一个地方，通过一个孔洞——至少在说法上是这样的。一个穿透因缘的洞，让两个地方之间没有距离，这是怎么做到的？”

“绝不可能，你或任何其他女人都做不到。”魔格丁喘着气，飞快地说着。刚才还在暗中沸腾的恐惧现在已经明确地显露在她脸上。“这是男人穿行的办法。”听魔格丁的语气，艾雯确认了这是一种古老的异能。“如果你这样做，你就会被吸进……我不知道那是什么，也许是因缘丝线间的空间。我不认为你在那里可以存活太久，而且我知道你永远也回不来。”

“穿行，”奈妮薇生气地嘟囔着，“我们从来也没想到过穿行！”

“是的，我们没想到过，”伊兰同样显得很不高兴，“我想知道，我们还有什么没想到的。”

艾雯没理会她们。“那该怎么做？”她轻声问道。轻柔的声音总比高声大喊更好。

但魔格丁的样子仍然好像是艾雯刚刚朝她大喊过一样。“你在因缘中做出两个完全一样的点，我可以示范给你看，这需要费些力气，因为这个……这个项链，但我能——”

“像这样？”艾雯说着，拥抱了阴极力，然后开始编织魂之力。这次，她并没有试图碰触梦的世界，但她预期会产生与连通梦的世界差不多的效果，但实际上的情况却与她预估的完全不同。

她编织的薄幕并没有发出亮光，而且才一瞬间，它就收缩成一条闪耀着银蓝色光芒的直线。这道光迅速扩展开来（艾雯觉得它同时也在飞快地转动），变成了……某种样子，在她面前立着一道……一道门，不是那种她在帐篷里看见特·雅兰·瑞奥德那般模糊的景象，而是一个开口，开口对面是一片被太阳灼烧的土地，它让这里的干旱也显得青葱翠绿。严峻的岩山和陡峭的石崖分布在飞扬着黄土的平原上，又被许多深深的裂隙割开，几丛干枯的灌木即使从远处望去，也能看见上面的荆刺。

艾雯吃了一惊，这里是艾伊尔荒漠，冷岩堡和鲁迪恩山谷中间的地方。这里不会有任何人看见，也就不会有人被她的编织伤到——为了不造成误伤，兰德刻意在太阳大厅安排了一个专门用来打开通道的房间；艾雯觉得自己也该做好同样的预防措施。原本她只是想要去这个地方看看，而她还以为自己会是透过一片微微发亮的帘幕看到那里的。

“光明啊！”伊兰喘息着说，“你知道你做了什么吗，艾雯？你知道吗？我想我也能做到。如果你再把那个编织重复一遍，我一定就能记住了。”

“记住什么？”奈妮薇几乎是带着哭腔说道，“她怎么做到的？哦，该死的封锁！伊兰，踢一下我的脚踝好吗？”

魔格丁的表情非常镇定，但狐疑的情绪却透过罪铐源源不断地传来，几乎变得跟恐惧一样强。理解情绪和理解一张纸上的文字完全不同，但艾雯能清晰地感觉到魔格丁的这两种情绪。“谁？”魔格丁舔了舔嘴唇，“是谁教你的？”

艾雯学两仪师那样露出微笑，至少，她希望自己的微笑看起来很神秘。“永远也不要太确定我不知道答案。”她冷冷地说，“记住，如果对我说一次谎。”突然间，艾雯想起她这么说，奈妮薇和伊兰会怎么想，毕竟是她们捉住了这个女人，并在最危险的环境里监押着这名俘虏，从她口中审问出各种信息。艾雯转过身，带着歉意向她们两个微微一笑：“很抱歉，我不是故意要占有对她的主控权。”

“你在对谁道歉？”伊兰咧开嘴朝她笑着，“你应该占有这份主控权的，艾雯。”

奈妮薇拉了一下辫子，然后又瞪着自己的辫子。“什么用都没有！为什么我愤怒不起来？哦，你就带着她吧！毕竟，我们不能带她去艾博达。为什么我不能生气？哦，该死的混蛋！”她忽然意识到自己说了什么，急忙捂住嘴。

艾雯瞥了魔格丁一眼，现在这个女人正忙着将酒杯扶起，并朝杯中斟上一种散发着甜香气味的酒。在奈妮薇说话时，某些感觉从罪铐中传了过来。震惊？也许。或许比起她这个才刚见面就威胁要杀死她的女主人，魔格丁还比较喜欢之前的那两个。

一阵结实的敲门声响起。艾雯急忙放开阴极力，那个通向荒漠的开口消失了。“进来。”

史汪向房里走了一步，又停下来，她看着魔格丁和艾雯手腕上的手镯、奈妮薇和伊兰，然后关上门，行了个像罗曼妲和蕾兰那样轻微的屈膝礼。“吾母，我来向您介绍相关的礼仪，但如果您希望我稍后再来……”她的眼眉挑了起来，平静地问。

“出去。”艾雯对魔格丁说道。如果原先奈妮薇和伊兰能让她随意走动，那么表示这副罪铐即使长得不像之前的项圈，也一定能很好地束缚住她。艾雯用手指抚了一下那只手镯。她痛恨这东西，但她要日夜戴着它。她又说道：“但不要走远，我会将试图逃走视同于说谎。”恐惧感自罪铐上涌了过来，魔格丁小跑着出了屋子。这可能会成为一个问题：奈妮薇和伊兰是怎么承受住这些可怕的情绪？但这是待会儿的事了。

艾雯转过头看着史汪，将双臂抱在胸前。“不必了，史汪，我该知道的都已经知道了，女儿。”

史汪侧过头：“有时候，知道并不会带来好处，有时候它只意味着分担危险。”

“史汪！”伊兰说道。她的语气半是吃惊，半是警告。让艾雯感到惊讶的是，史汪做了一件艾雯绝对想不到史汪会做的事——她脸红了。

“你们不能以为我在一夜之间就会变成另外一个人。”史汪生气地嘟囔着。

艾雯觉得奈妮薇和伊兰有可能帮助自己完成那些必须去做的事，但如果她真的要当一名玉座，她就必须自己单独完成那些事。“伊兰，我知道你很想脱下这身见习生衣服，为何不现在就去换掉呢？然后看看你还能找到什么已经遗失的异能。奈妮薇，你也一样。”

奈妮薇和伊兰互望了一下，又看了史汪一眼，接着起身对艾雯行了个优雅的屈膝礼，尊敬地喃喃说道：“听从您的吩咐，吾母。”艾雯没看出伊兰和奈妮薇这么做对史汪造成什么样的触动，只是在她们离开时，史汪看着艾雯的眼睛里流露出嘲讽的神色。

艾雯短暂地又一次拥抱了阴极力，将她的椅子滑回桌子后面原来的位置上，然后她整理了一下圣巾，坐了上去。在很长一段时间里，她只是一言不发地看着史汪。“我需要你，”最后，她说道，“你知道成为玉座代表着什么，什么是玉座能做的和不能做的，你了解那些守护者，知道她们是怎么想的，她们的目的是什么。我需要你，我要得到你的帮助。雪瑞安、罗曼妲和蕾兰也许认为在这条圣巾下，我还穿着初阶生白袍；也许所有那些两仪师都这么想。但你要帮助我让她们知道，她们错了。我不是在请求你，史汪。我——要——得——到——你——的——帮——助。”接下来，她就只有等待了。

史汪看着她，然后微微摇摇头，轻声笑了笑。“她们犯了一个非常严重的错误，是不是？当然，第一个犯错的人是我。准备端上桌的肥美石鲈，却变成和人腿一样长的活银梭子鱼。”她展开裙子，低垂下头，行了个深深的屈膝礼，“吾母，请允许我侍奉，并献上建议。”

“只要你知道，史汪，我要的只是建议。已经有太多人认为可以在我的手脚上捆丝线了，我不会允许你这么做。”

“我宁可在自己身上捆些丝线。”史汪冷冷地说，“你知道，我从没真正地喜欢过你，也许这是因为我在你身上看到太多我的影子。”

“既然这样，”艾雯用同样冷冷的语调说道，“私底下你可以叫我艾雯。现在，坐下，告诉我为什么评议会仍然在这里无所作为？我要如何才能让她们动起来？”

史汪伸手拉过一把椅子，然后才意识到自己又可以用至上力做这件事了。“她们无所作为，是因为她们一旦开始行动，白塔就真的分裂了。至于该如何让她们行动，我的建议……”史汪用了很长一段时间向艾雯讲述自己的建议，其中一些内容艾雯已经考虑过，而且所有这些建议似乎都很不错。

在小白塔自己的房间里，罗曼妲将薄荷茶倒给其他三名守护者，她们之中只有一名是黄宗的。这个房间在小白塔的后方，但庆祝声仍然不时会传进来，罗曼妲刻意地忽略了那些声音。这三名守护者本来是准备支持她成为玉座的，而她们之所以赞同那个女孩，有很大原因是为了避免蕾兰成为玉座，如果蕾兰知道这点，她一定气炸了。现在，雪瑞安把她的孩子推上了玉座位，但这三人至少还愿意听从她，特别是在那些见习生被下令赐予披肩之后。那一定是雪瑞安的主意；她的小党派向来宠坏了那四个人。原本就是雪瑞安她们的谋划，让瑟德琳和芙芮恩位于其他见习生之上；然后雪瑞安又看上了伊兰和奈妮薇。罗曼妲皱起眉头，寻思着是什么事情耽搁了黛兰娜。不过，现在她们已经张开了防止偷听的结界，开始谈话了，黛兰娜只要在赶来后想办法衔接上就好。现在的重点是，雪瑞安要明白，即使她成为了撰史者，她也没有获得她以为的那样多的权力。

在沙力达靠中间的一幢房子里，蕾兰正将冷酒斟给四名守护者，她们之中只有一名和她一样属于蓝宗，防止偷听的结界已经被打开。庆祝声让她不由得微微笑了笑。面前的这四个女人都建议她亲自角逐玉座的位子，她也并非不愿，但如果她失败，就意味着罗曼妲将要成为玉座。如果出现这样的结果，蕾兰倒宁愿自己被放逐。如果罗曼妲知道守护者们会选择那个孩子，只是因为不想让圣巾落在她肩上，她是不是会气得把牙给咬碎？不过，现在她们要讨论的是该如何降低雪瑞安的影响力，毕竟那个女人已经得到撰史者的圣巾。还有让那个女孩将见习生拔擢为两仪师的闹剧！雪瑞安一定是疯了。随着讨论的进行，蕾兰一直觉得奇怪，黛兰娜到哪儿去了？她早就该来了。

黛兰娜坐在自己的房间里，盯着坐在她床边的哈丽玛。亚兰加这个名字绝对不能被使用，有时候，黛兰娜甚至害怕哈丽玛知道她想起这个名字。防止偷听的结界非常小，只包覆住她们两个。“这太疯狂了。”最后，黛兰娜努力地说道，“你不明白吗？如果我继续同时支持所有宗派，她们迟早会把我揪出来！”

“所有人都必须冒一些风险。”这个女人稳定的声音和她红润嘴唇上的一丝微笑并不协调，“你要继续施压，争取再次驯御洛根，或者直接杀掉他。”脸部的轻微扭曲却让这个女人显得更加美丽。“如果她们带他走出那个房子，我就亲自处理这件事。”

黛兰娜无法想象哈丽玛会怎样做，但她毫不怀疑，这个女人一定会采取行动。“我不明白的是，为什么你这么害怕一个被六名两仪师全天控制的男人？”

哈丽玛猛然跳起身，绿眸里闪着火焰：“我不怕他，也不需要你说这种话！我想要洛根被驯御或死亡，你知道这个就可以了。我们沟通清楚了吗？”

黛兰娜已经不是第一次考虑杀死这个女人，但像以往一样，她只能阴郁地承认，如果这么做，她自己将会是死掉的那一个。不知为什么，虽然哈丽玛自己并不能导引，但每次黛兰娜拥抱阴极力时，哈丽玛都知道。最让黛兰娜胆寒的推测是，因为哈丽玛需要她，所以才没杀死她，而黛兰娜甚至想不出哈丽玛还会用别的什么方式处置她。即使是这种模糊的威胁，也总是让黛兰娜颤栗不已。黛兰娜认为自己应该有能力在此时此地杀死这个女人。“是的，哈丽玛。”她恭顺地说着，又在心中痛恨着自己的这副样子。

“你倒不错，”史汪喃喃地说着，将杯子递向蕾兰，让她在自己的茶水里加上一点白兰地。太阳正沉向地平线，落日的余晖将一切都染红了，但屋外的街道上仍旧是人声鼎沸。“你根本不知道教那个女孩礼仪是多么劳累的工作，她似乎认为只要像她家乡的那些乡贤一样做事，就能把一切都处理好，评议会被她看成了妇议团，或是诸如此类的东西。”

蕾兰端着自己的茶杯，先用同情的语气安慰了几句，然后说道：“你说她在抱怨罗曼妲？”

史汪耸耸肩：“似乎和罗曼妲坚持我们要留在这里，而不是向塔瓦隆进军有关，这让她极为恼火。光明啊，那女孩的脾气就像是发情的鱼鹰，我几乎想抓住她的肩膀，将她用力摇晃一顿。但是当然，她已经戴上了圣巾。嗯，只要我结束了礼仪课程，我就不会再理她了。你记得……”

史汪在心中微笑着，看着蕾兰将她的话连同茶水一起吞了进去。刚才的第一句话最为重要，而那一点关于脾气的描述是史汪自己加上去的。不过这也许能让一些守护者在艾雯身边时会变得小心一些。史汪确信，想要操纵艾雯就像想要操纵原先的自己一样不可能，而且这只会为妄图操纵者造成痛苦。但教导一位玉座成为玉座……她期待着这份工作，这是她这段时间以来最期待的事情了。艾雯·艾威尔将成为一位令诸国王座震颤的玉座。

“但我的封锁呢？”奈妮薇说道。罗曼妲皱起眉看着她，她们正在小白塔罗曼妲的房间里。根据黄宗两仪师制定的进度表，现在应该是罗曼妲使用奈妮薇的时间。屋外的音乐声和笑声似乎让这位黄宗两仪师很反感。

“以前你并没有这么积极的，我听说，你对达达拉说你也是两仪师了，还要她去找个水塘，把脑袋泡进去降降火！”

奈妮薇脸颊上的温度立刻升高，她相信自己的脾气也正逐渐膨胀起来。“也许我只是意识到，成为两仪师并不意味着我能比以前更容易地导引了。”

罗曼妲哼了一声：“两仪师，你还要走很长的路才能到达这个位置，无论……嗯，好吧！试试我们以前没试过的一些办法。用一只脚连续蹦跳，然后说话。”她坐进床边的一把扶手椅里，仍然紧皱着眉头。“我想，我们可以进行一些闲聊，谈些无足轻重的事情，比如，玉座说蕾兰想和她谈什么？”

片刻之间，奈妮薇只是愤怒地盯着罗曼妲。一只脚蹦跳？这太荒谬了！但奈妮薇到这里来并不是真的要解决她的封锁。她拉高裙子，开始蹦跳。“艾雯……玉座……没说太多，似乎跟必须守在沙力达有关……”这最好能有用，否则艾雯就要听到一些不太好听的话了，无论她是不是玉座。

“我想，这个效果会更好一些，雪瑞安。”伊兰说着，将一个扭曲的蓝红斑点戒指递给雪瑞安，这个戒指在今天早晨时还是颗石头，实际上，这个戒指和伊兰制成的其他同类作品并没有差别。现在伊兰和雪瑞安正站在远离人群的一道窄巷的巷口处，红色的日光照射在她们周围；在她们身后不时传来小提琴和长笛的声音。

“谢谢你，伊兰。”雪瑞安将那件特法器收进腰间的荷包里，甚至没多看它一眼。伊兰是在一群跳舞的人中间找到雪瑞安的。现在雪瑞安的脸上除了两仪师的冷静之外，还带着一点红晕，但那双清澈的绿眸一直盯着伊兰的脸。伊兰还是初阶生的时候，曾经不止一次在这双眼睛的瞪视下膝盖颤抖个不停。

“为什么我有种感觉，这不是你找我的唯一理由？”

伊兰苦着脸，转动着右手上的巨蛇戒。是右手，她必须记住，自己也是两仪师了。“是艾雯，我猜，我应该称她玉座。她现在很担心，雪瑞安，我希望你能帮助她。你是撰史者，除了你我不知道还能去找谁。对这件事，我还没完全了解清楚。你知道艾雯的脾气，她就算是被砍断脚也不会哼一声。我想，这应该和罗曼妲有关，但艾雯也确实提到了蕾兰。我想，她们两个至少有一个可能和这事有关。她们似乎是反对艾雯留在沙力达，反对现在还太危险、不能行动的说法。”

“这是很好的建议。”雪瑞安缓缓地说，“我不知道有什么具体的危险，但我自己也会给艾雯这样的建议。”

伊兰摊开双手，无助地耸耸肩：“我知道，她告诉我你也这样建议她，但……她没直接说出口，但我想，她有点害怕那两个人。我知道她现在是玉座了，但我想，她们让她觉得自己仍然是名初阶生。我想，她害怕如果她这次依照她们的吩咐做了——即使那是正确的建议——她们下次还会要求她完全听从她们的命令。我想……雪瑞安，她害怕自己只能听任她们予取予求，而且……我害怕我也会这样。雪瑞安，她是玉座，她不该被罗曼妲或蕾兰牵着鼻子走，任何人都不该牵着她的鼻子走。你是唯一能帮助她的人。我不知道该怎样帮助她，但你能做到的。”

雪瑞安一直保持着沉默，直到伊兰甚至要开始怀疑这个女人会对她说，她刚才所说的一切都很荒谬。“我会尽我所能。”雪瑞安最后说道。

伊兰压抑住一声放松的叹息，然后才意识到自己根本没必要这么做。

艾雯向前靠去，将手臂支在黄铜浴盆的边缘，任凭琪纱一边不停地唠叨着，一边为她搓背。艾雯一直在梦想着一次真正的沐浴，但当她真的坐在覆满肥皂泡沫的热水里，周围充满植物香料的芬芳时，她却又开始思念艾伊尔的出汗帐篷，觉得自己很不适应这里。她已经迈出了身为玉座的第一步，整编了她人数略逊一筹的军队，并且开始进攻。她记得鲁拉克曾经说过，当战争开始时，统帅就不可能真正控制住任何事情了。现在，她能做的只有等待。“即使这样，”她轻声说道，“我想，智者们一定会为我骄傲的。”

第 38 章

突然的寒意

炽烈的太阳仍然在他背后向天顶爬升，麦特很高兴自己的宽边帽能给他的脸一点遮蔽。这片阿特拉丛林像冬季时一样萧条，而且比冬天更显枯黄，松树、羽叶木和其他常绿树都已经干枯了，橡树、栲树和甜胶树只剩下裸露的枯枝。现在一天里最炎热的时间还没到来，但麦特已感觉仿佛置身于烤炉之中。他将外衣搭在马鞍上，汗水让他的细亚麻衬衫紧贴在身上。果仁的马蹄踏在腐植土上干枯的蕨类植物和落叶上，不停发出轻微的碎裂声。整支红手队的脚下都在不断发出这样的声音。偶尔能看见几只飞鸟，但它们很快又消失在树丛中。一路上，麦特没看见任何一只松鼠，但有许多苍蝇和蚊子。一切都仿佛是处在盛夏，而不是圣光节前的一个月。这些情景和麦特在艾瑞尼河边看到的毫无差别，但发现每个地方都是这样，让麦特感到很不安。难道全世界真的都要被烤干了吗?

艾玲达走在果仁旁边，背上背着包裹。很显然的，她并不在意那些枯死的树和蜇人的飞虫，虽然她穿着裙子，但她发出的声音比果仁要小很多。她的眼睛搜索着周围的树林，似乎并不信任红手队的巡逻兵和侧卫能让他们免于遭受伏击。艾玲达至今都不接受骑马前进，麦特也不再有这样的期望了，他知道艾伊尔人对骑马的看法。何况，艾玲达即使不骑马，也不会造成任何拖累。只是她在每次歇脚时都会磨那把匕首，这很刺激麦特的神经。而且，奥佛尔因为艾玲达的出现也受到一些刺激。奥佛尔骑在那匹麦特从行军队伍里帮他找来的高大灰色阉马背上，和备用马群在一起；他总是用警觉的目光盯着艾玲达。艾玲达和红手队在一起的第二晚，他就想用小刀杀死艾玲达，那时他一直大喊着艾伊尔人杀死他的父亲。当然，艾玲达只是从他手里夺走了小刀。但即使在麦特给了奥佛尔一巴掌，并竭力向他解释沙度和其他艾伊尔人的差别之后——其中有部分麦特怀疑自己也不是很了解——奥佛尔仍然不停地瞪着艾玲达。他不喜欢艾伊尔人。而对艾玲达来说，奥佛尔似乎让她很不安。这也是麦特完全无法理解的。

这里的树木都很高，所以树冠下还能有一些微风吹过。但他们的旗帜只是松垂在旗杆上。除了红手队的军旗之外，当兰德用通道将他们送到这一片黑夜覆盖的草原上时，又给了他两面旗帜。一面是真龙旗——金红色的游龙现在被捂在低垂的白旗里；另一面被红手队称为“兰德旗”，上面的图案是古代两仪师的徽记，麦特很高兴那个图案现在也被裹在旗子里。现在那面红手旗被一名发色斑白的高阶旗手举着。那名旗手有一双细眼睛，脸上的伤疤比代瑞德还多。他坚持每天都要将红手旗举一段时间，除了他之外，几乎没有旗手会这么做。塔曼尼和代瑞德已经为另外两面旗各派了一组人。这些面孔陌生的年轻人表现得够沉稳，应该能够承担这样的责任。

他们已经在阿特拉的丛林里行进了三天，至今还没看见一名真龙信众，或是其他任何人。麦特希望在到达沙力达的最后这一天里，最好也能平平安安地度过。除了两仪师之外，麦特还要担心该如何让艾玲达不要去割断伊兰的喉咙；他毫不怀疑艾玲达不断磨她那把匕首就是为了这个，现在那把匕首的边缘已经像宝石一样闪亮了。麦特很担心自己不得不在返回凯姆林的路上派人看押艾玲达，而那个该死的王女又会不停地要求他将艾玲达吊死。兰德和他的该死的女人们！在麦特看来，任何能减缓红手队的行进速度、让他能够延迟与那些两仪师见面的事情都是受欢迎的。他一路上都早早宿营，很晚才出发，也为补给车在丛林里处处受阻而感到高兴。不过，红手队也只能走这么慢，车尔迟早会侦察到些什么的。

正当麦特想到这个名字时，那名肥胖的巡逻兵立刻就像受到召唤似的出现在前方的树丛里，跟在他身后的还有另外四名骑兵。车尔在黎明前就出发了，那时一共有六名骑兵跟着他。

麦特举起一只拳头，示意部队停下，低沉的传令声立刻向队伍后方传了过去。麦特在离开通道时下达的第一个命令是："不许吹号，不许击鼓，不许吹长笛，不许唱该死的歌。"也许开始时队伍里还有一些沉闷的面孔，但在第一天的林地行军后，就没有人对此有任何抱怨了，在这种地方，没有人能看清一百步之外的景象。

麦特将长矛横放在马鞍上，等待着。车尔停在他面前，随性地用指节碰了一下额头。"你找到她们了？"

这个即将秃头的男人在马鞍上侧过身子，从齿缝间啐了口口水，他浑身都在不停地流着汗，仿佛要融化了一样。"我找到她们了，在西边八到十里处。那片林子里有护法。我看见一名护法打中了马尔。他穿着那种斗篷，好像凭空出现一样，一下子就把马尔扫下马鞍。他大概伤得不轻，但护法没杀死他。我想，莱德文大概也遇到同样的事了。"

"那么，她们已经知道我们在这里了。"麦特用鼻子重重地喷出一口气。他不认为那两个人能够在护法面前保守任何秘密，更别说护法背后的两仪师。两仪师们迟早都会发现他，但他还是希望这种事能来得晚一些。他向一只蓝头蝇拍过去，但那只虫子立刻就飞走了，只在他的手腕上留下一个血点。"有多少人？"

车尔又吐了口口水："比我想的要多。我徒步走进那个村子，村里到处都是两仪师，也许有两三百人，也许有四百人。当时我不想暴露自己，所以没细数。"没等这个讯息在麦特心中造成的震撼过去，车尔又说道："她们组了一支军队，主要的军营分布在北方，比你的部队还多，也许要多一倍。"

塔曼尼、拿勒辛和代瑞德已经赶了过来，他们都是浑身汗水，并且不停地拍打着各种蚊虫。"你们听到了吗？"麦特问。他们都严肃地点点头。麦特在战场上的运气一直非常好，但如果敌军的数量是己方的两倍，再加上几百名两仪师，再好的运气大概也没办法填补这种劣势。"我们到这里来不是要战斗的。"麦特向他们强调，这三个人仍然拉长了脸，实际上这句话也没能让麦特自己的感觉更好一些。他们现在只能希望两仪师不会命令那支军队和他们开战了。

"让红手队做好应战准备，"麦特发出命令，"尽量清出空地，用原木制造围栏。"塔曼尼的面孔扭曲得几乎像拿勒辛一样厉害，他们在战斗时喜欢骑在战马上驰骋疆场。"记住，也许正有护法在监视我们的行动。"麦特惊讶地看见车尔点点头，并向他们右侧瞥了一眼。"如果他们看到我们在准备防御，那显然我们就是不打算进攻了，这也许能让他们决定不来攻击我们。即使没达成这个目的，至少我们已经准备好了。”他们接受了麦特的解释。塔曼尼接受得比拿勒辛更快，而代瑞德一开始就在点头。

拿勒辛拧了一下自己上油的胡子，“然后你打算怎么办？坐下来等她们？”

“这就是你们要做的事。”麦特对他说。烧了兰德和他的“也许有五十名两仪师”吧！烧了他和他的“让她们感受到一点威胁”吧！在这里等到有人走出那个村子，前来询问为什么他们会在这里、他们想做什么，似乎是个好主意。这次别再让时轴来牵动因缘了，如果有战斗，那将会是对方主动找上门来的，他绝不会自己一脚跨进去。

“她们是在那个方向？”艾玲达向西指了一下。没等有人回答她，她已经整了整包裹，大步向西方走去。

麦特盯着她的背影。该死的艾伊尔人。也许会有护法对她发动攻击，最后却丢了自己的脑袋，还让艾玲达捡回来还给他。或者不会，护法毕竟是护法；如果她想用匕首去刺杀护法，他们肯定会伤害她的。而如果她要为了兰德的事去和伊兰互扯头发，或者更糟糕，要用匕首去刺杀伊兰……艾玲达前进的速度很快，几乎已经是小跑了，她迫不及待要去沙力达。真是该死！

“塔曼尼，你统率部队，直到我回来，但你不能有任何行动，除非有人将两只脚都踩在红手队上。这四个人会告诉你将要面对些什么。车尔，你跟我走。奥佛尔，留在代瑞德身边，他也许需要传递快讯，你也可以教他玩‘蛇与狐狸’。”然后麦特又对着塔曼尼咧嘴笑了一下，“他跟我说过，他很想学。”代瑞德的下巴垮了下去，但麦特这时已经转头走了。如果他头上鼓了个包，被护法拖进沙力达去，那就有趣了。但如何才能不让这种事发生？麦特看见了那些旗帜，“你留在这里，”他对那名花白头发的旗手说，“你们两个跟我来，将旗帜收紧。”

麦特率领的这支奇怪的小队伍很快就追上了艾玲达。也许他现在这种样子能让护法们放他们过去，一个女人和四个男人是不会构成威胁的，而且他们举着两面旗，显然不是在刻意隐藏自己。麦特看了看那两名年轻的旗手，现在连一点风都没有，但他们都用手将旗帜压在旗杆上，面孔都紧绷着。只有傻瓜会在骑马闯进两仪师群里时，让一阵风突然把这些旗吹开。

艾玲达瞥了麦特一眼，然后伸手要把麦特的脚从马鞍里推出去。“让我上去。”她用命令的口吻说道。

光明在上，她怎么又想骑马了？麦特不想让艾玲达在往马背上爬的时候把他给扯下去。他曾经见过一两次艾伊尔人上马时的样子。

麦特拍走另一只苍蝇，然后俯下身，握住艾玲达的手，“抓紧。”他一边说一边将艾玲达拉到自己背后，然后哼了一声。艾玲达几乎跟他一样高，而且身体很结实。“抱住我的腰。”艾玲达只是看了他一眼，然后笨拙地扭动着，直到将身体坐稳。她的裙摆被拉高到膝盖上，她却完全不在意这件事。很漂亮的小腿。但麦特不打算再和另一个艾伊尔女人发生什么关系了，即使她没有因为兰德而神经错乱。

过了一会儿，艾玲达在麦特背后说道：“那个男孩，奥佛尔，沙度杀死他的父亲？”

麦特眼望前方点点头。他能在护法们发动攻击之前看见他们吗？车尔在前面引路。他骑在马背上的样子永远都像是一袋牛油般无精打采，但他有一双锐利的眼睛。

“他的母亲死于饥荒？”艾玲达问。

“嗯，或者是疾病。”护法身上的斗篷可以让他们隐身在任何背景当中，极难被发现。“奥佛尔说得不是很清楚，我也没多问，他一个人埋葬了他母亲。怎么了？因为艾伊尔人让他失去了家人，所以你认为你亏欠他什么吗？”

“亏欠？”艾玲达的语气显得很吃惊，“我又没杀死他们。就算我杀了，他们也是毁树者，我怎么会承担义？”然后她又一刻不停地接着说下去：“你没有正确地照看他，麦特·考索恩。我知道，男人对于养育儿童一无所知。他还太年轻，不能完全和成年男人生活在一起。”

麦特转过脸看着她，又眨了眨眼。艾玲达这时摘下了头巾，正匆忙地用一把抛光的绿松石梳子梳理她深红色的头发，她仿佛将全部注意力都集中在这件事上（也许还有一些注意力被用在不让自己从马背上掉下去）。她还戴了一条花纹繁复的银项链，和一个用象牙雕刻的宽手镯。

麦特摇了摇头，又继续观察周围的树林。不管是不是艾伊尔人，所有的女人在某些方面真的很像，即使世界濒临毁灭，女人也要花时间来梳理好她们的头发；即使世界濒临毁灭，女人也会告诉男人，他有些事情做错了。如果麦特不是在忙着寻找周围是否有护法，他一定会为这件事笑上几声。

当森林突然变成开阔地时，太阳已经爬上天顶有一会儿了。不到一百步的一片开阔地将村落和树林分隔开来，而这片空地似乎是不久前才清理出来的。沙力达是一座规模相当大的村子，里面布满了茅草屋顶的灰色石砌房屋，街上到处都是忙碌的行人。麦特穿上外衣。这是他最好的绿色羊毛外衣，在袖口和高领上绣着金线，要会见两仪师，穿这身衣服应该足够了。不过他并没有系上扣子，他总不能在还没见到两仪师之前就先把自己热死。

当他们进入村子时，没有人想要阻拦他们，但他们所经过的行人都停下了脚步，每双眼睛都在看着这支奇怪的小队伍。是的，这些人知道他们来了，所有人都知道。麦特在数到五十张两仪师的面孔后，就没有再数下去。要数到五十并不需要太久；这么多的两仪师完全能打破任何人平静的内心。在人群中没有士兵，不过有不少护法，其中有一些穿着那种变色斗篷，有一些一边看着这支队伍走过去，一边用手指抚摸着剑柄。没有士兵在村子里只是意味着他们全都集中在车尔所说的那个营地中，所有士兵都在营地聚集意味着他们准备有所行动。麦特希望塔曼尼能够执行他的命令，塔曼尼还算有理智，但他也像拿勒辛一样，渴望着冲锋和拼杀。麦特觉得自己真该让代瑞德负责指挥，代瑞德已经见识过太多战争，没什么想冲锋陷阵的渴望了，但那些贵族们绝不会接受这种指派。沙力达似乎没有什么蚊虫。*也许他们知道一些我不知道的办法。*

一名女子吸引了麦特的目光，那是个美丽的女人，穿着样式奇怪的衣服——宽松的黄裤子和一件白色短外衣，她的金发编成许多样式复杂的细辫子，一直垂到腰际，她带着一张弓。带弓的女人并不多。她一看见麦特，立刻就钻进一条窄巷里，她似乎让麦特想起了什么，但又说不上来，那些老记忆总是让他的头脑陷入一片混乱。他总是会看见某个人，勾起一段回忆，然后才想清楚自己想起来的应该是已经死去上千年的古人了。他现在已经不太能分得清填塞在自己意识空洞中的那些东西和自己的真实人生了。也许他真的曾经见过某个和那女人一模一样的人，也许她只是一名号角狩猎者，麦特带着一点嘲讽想着，然后就把那个女人扫出自己的脑海。

麦特觉得不能等到有人说话时再把马停下来，因为这里似乎根本没有人想跟他说话。他勒住缰绳，朝一名正在看着他的黑发女人点点头。那女人身材瘦削，冰冷的眼神里带着疑问。她很漂亮，但瘦得有些不合麦特的胃口（*谁愿意每次拥抱时都被骨头撞到*），更何况她有那种无瑕的面容。“我的名字是麦特·考索恩。”他用不带任何情绪的声音说道。如果这女人想要他下马鞠躬，她可以打消这个念头了，但和她作对肯定是愚蠢的。“我正在寻找伊兰·传坎和艾雯·艾威尔，我想，应该还有奈妮薇·爱米拉。”兰德没提到奈妮薇，但麦特知道，奈妮薇是和伊兰一起离开的。

那名两仪师惊讶地眨眨眼，但立刻又恢复了静如止水的面容。她审视着麦特，又逐一看过麦特身后的人。看到艾玲达时，她停了一下；看到那两名旗手时，她凝视了他们许久，让麦特开始暗自寻思，她是不是能透过收紧的旗子看见里面的龙纹和黑白双色的两仪师徽记。“跟我来，”最后她说道，“我会看看玉座是否会接见你们。”她拢起裙子，沿着街道向前走去。

当麦特踢了一下果仁的腹侧，跟上那名两仪师的时候，车尔走到麦特身边，低声说道：“向两仪师提出任何要求都是不明智的，我可以告诉你该去什么地方。”他转头望向一座三层的方形石头建筑。“他们管那里叫小白塔。”

麦特不安地耸耸肩。小白塔？她们也有自己的玉座了？他怀疑这个女人所说的玉座并非爱莉达。兰德又错了，这帮人并不害怕，她们只有傲慢和疯狂，绝没有害怕。

走到那幢石头建筑前面，那名皮包骨的两仪师用不容辩驳的语气说道：“在这里等着。”然后她就走了进去。

艾玲达跳下马背，麦特也立刻跟着她跳下来。如果艾玲达想跑开，他就会一把抓住她；即使会流一点血，他也要阻止艾玲达切开伊兰的喉咙。至少，他还要先和这个所谓的玉座谈几句。不过艾玲达只是站在原地，双手收在腰际，披巾落在她的臂肘上。麦特觉得她显得很悠闲，但他也认为艾玲达说不定心里也充满了恐惧，如果她还有一些理智的话。此时他们周围已经聚集一群人了。

站在小白塔前面盯着他们的两仪师愈来愈多。实际上，她们端详艾玲达的时间和端详麦特的时间一样久，但麦特只是觉得那些冰冷的、深不可测的目光都集中在自己的身上。他几乎无法让自己不去碰触衬衫底下的那枚银狐狸头。

一名面容普通的两仪师挤过人群，走到这支队伍前面，她身后还带着一名身材苗条的年轻女子，那名女子穿着白袍，有一双大眼睛。麦特模糊地记得爱耐雅，但爱耐雅却似乎对他没有任何兴趣，她只是向那名初阶生问道：“孩子，你确定？”

那名年轻女子微微抿了抿嘴唇，但她没有让半点怒意进入她的声音。“他看上去仍然在闪光，我真的看到了，我只是不知道为什么。”

爱耐雅给了她一个喜悦的微笑：“他是时轴，妮可拉，你已经发现了你的第一个异能，你能看见时轴。现在，回到课堂去，快点，你肯定不想落后给别人吧！”妮可拉匆匆行了个屈膝礼，最后又瞥了麦特一眼，然后就钻过环绕他们的两仪师跑走了。

爱耐雅这时才将目光转到麦特身上，那种会让男人感到不安的两仪师目光，至少，这够让麦特感到不安了。当然，一些两仪师知道麦特——麦特这才不情愿地想起来，有一些两仪师对他有相当多的了解，而爱耐雅似乎就是其中之一——但是在这么多两仪师面前宣称他是时轴，在这么多冰冷的两仪师目光前……他的手指抚摸着矛柄上的花纹。不管有没有那个银狐狸头，只要这些两仪师一人伸出一只手，就足以让他丧命。该死的两仪师！该死的兰德！

但爱耐雅的兴趣很快又从他的身上移走了，这名两仪师走向艾玲达，对她说道："孩子，你叫什么名字？"她的语气很和善，但其中更多的是不容置疑的命令。

艾玲达板起脸看着爱耐雅，她比这名两仪师足足要高出一个头。"我是艾玲达，属于塔戴得艾伊尔，九谷氏族。"爱耐雅用一丝微笑响应了她挑战的神情。

麦特想知道她们两个谁能赢得这场对视的胜利，但还没等麦特和自己打个赌，另一名两仪师也走到艾玲达面前。尽管这个女人的脸和棕色头发都显得平滑光润，但她棱角分明的面孔却给人一种沧桑的感觉。"你知道你能导引吗，女孩？"

"我知道。"艾玲达只说了这么一句就闭紧了嘴，仿佛根本不想和两仪师说话。她开始集中精神调整自己的披巾，没有再抬头，但她所说的已经足够了。两仪师们立刻聚集到她周围，把麦特挤到一边。

"你多大了，孩子？"

"你已经发展出很强的力量，但你在成为初阶生之后可以学到很多。"

"是不是有很多艾伊尔女孩在比你年轻几岁时会死于疲弱的疾病？"

"你有多久……"

"你可以……"

"你真应该……"

"你必须……"

这时奈妮薇突然出现在小白塔门口，仿佛是凭空冒出来的一样。她将拳头叉在腰间，盯着麦特："你在这里干什么，麦特·考索恩？你是怎么到这里来的？我想，你跟那支就要攻打我们的真龙信众军队应该没什么关系吧！"

"实际上，"麦特冷冷地说，"我是那支军队的指挥官。"

"你——"奈妮薇立刻张大了嘴，然后她摇了摇头，拉着自己的蓝裙装，仿佛它已经是一团乱了。这件裙装在领口和下摆有黄色漩涡形刺绣，麦特从没见过奈妮薇穿领口开这么低的裙装，低到已经能看见她的乳沟了。奈妮薇和她在家乡的时候完全不一样了。“那么，跟我来吧！”她飞快地说道，“我带你去见玉座。”

“麦特·考索恩！”艾玲达喊道，她的声音显得有些喘，她正越过两仪师的头顶寻找着麦特。“麦特·考索恩。”对于一名艾伊尔人而言，她的样子应该已经算得上是狂乱了。

围绕她的两仪师还在不停地说着，她们的声音平静、条条有理，又冰冷无情。

“对于你，最好是……”

“你必须考虑……”

“……肯定要好得多……”

“你绝不能以为……”

麦特笑了，也许艾玲达再过一会儿就要抽出匕首了，但在这群人里，这么做显然不会有什么好处。至少她暂时不会去猎捕伊兰了。麦特一边想着等到自己回来的时候，是不是会发现艾玲达已经穿上了一身白衣，一边将长矛扔给车尔。“带路，奈妮薇，让我们看看你的这个玉座。”

奈妮薇凶狠地向他一皱眉，领着他走进了小白塔。她一边拉着辫子，一边用不算小的声音嘀咕着：“这是兰德干的，对不对？我知道是兰德，绝对是。他想用这种办法吓唬这里的人吗？小心自己的言行，麦特大人。否则我发誓，你一定会更愿意让我捉住你在偷蓝莓。想这样吓唬人！即使是个男人也要有点理智！不许笑，麦特·考索恩，我不知道她会怎样处理这件事。”

这个大房间的桌子旁边也有许多两仪师——麦特觉得这里很像是客栈的大厅，即使这里有这么多起草文件、发号施令的两仪师，这些两仪师都没有多看他和奈妮薇一眼，不过这副情景倒真是世所罕见。一名见习生大步走过房间，一边还在自顾自地嘟囔着，却没有任何两仪师理她。麦特曾经努力让自己只在白塔停留了很短一段时间，但他知道，这不是两仪师的行事风格。

在这个房间后面，奈妮薇推开一道仿佛是经历过一些岁月的门，这里的一切看上去都很古老了。麦特跟随奈妮薇走进那道门，立刻僵在原地。他看见艳丽无俦的金发伊兰，她穿着一件有缎带高领的绿丝裙装，身上的每一寸地方都散发出高贵的气质。她向麦特挑起一侧眉弓，露出了那种高高在上的微笑。麦特也看见了艾雯；她坐在一张桌子后面，脸上带着质问的微笑，一条七色圣巾正披在艾雯的浅黄色裙子上。麦特急忙向门外瞥了一眼，然后抢在那些两仪师从门口看进来之前关上了房门。

“也许你们以为这很有趣，”麦特几步走过面前的地毯，向艾雯吼道，“但如果被她们发现了，她们一定会剥掉你的皮。她们该死的绝对不会放过你们，如果她们——”他一把从艾雯的脖子上扯下那条圣巾，然后又把艾雯从椅子上拉起来——那个银狐狸头在他的胸口散发出一阵阵寒意。他把艾雯从桌边推开，然后瞪着这些女人。艾雯看起来很是疑惑；而奈妮薇又一次惊讶地张大了嘴；伊兰蓝色的大眼睛几乎已经要跳到地板上了。她们之中有人对他使用了至上力。麦特从那座特法器中唯一得到的好处就是这个银狐狸头了，麦特觉得这也是一件特法器，但他仍然很庆幸自己能得到它。只要它碰到麦特的皮肤，至上力就不能触及麦特，至少，阴极力不能触及他。麦特在这方面已经有了一些他不愿意有的证据，但如果有人想用阴极力碰触麦特，这个徽章就会变冷。

麦特将自己的帽子和圣巾扔到桌上，然后朝椅子里坐了下去，又从屁股下面把椅垫抽出来，扔在地上。他把一只脚架在桌边上，看着这些傻女人。“如果那个所谓的玉座发现了你们的这个小笑话，你们就需要这些椅垫了。”

“麦特。”艾雯用坚定的声音说，但麦特立刻打断了她的话：

“不！如果你想说话，你就不该使用你那该死的至上力。现在，你们可以听我说话了。”

“你怎么……”伊兰感到奇怪地说，“能流完全……消失了。”

几乎和伊兰在同一时刻，奈妮薇用威胁的语气说：“麦特·考索恩，你犯了最大的——”

“我说，你们听！”他伸出一根手指指着伊兰，“你，我要带你去凯姆林，同时在路上我还要防止艾玲达杀了你，如果你不想那个漂亮的喉咙被划开，你就要留在我身边，照我说的去做，不许有疑问！”然后那根手指转向艾雯，“兰德说，只要你愿意，他随时都可以让你回到智者们那里去，而既然我看见了你在做这种事，我的建议就是你立刻按照兰德的话去做！看起来，你知道如何穿行，”艾雯稍微吃了一惊。“你可以为红手队做出一个通往凯姆林的通道，我不想有任何争论，艾雯！还有你，奈妮薇！我应该把你丢在这里，但如果你也想走，就跟我们一起走吧！只是，我警告你，如果你在我面前拉一下辫子，我发誓我会让你的屁股热起来！”

她们全都盯着麦特，仿佛麦特已经像兽魔人一样长出了角，但至少她们一直都没说话，也许他已经让她们的脑子里有了一点理智。当然，她们绝不会感谢他挽救了她们的皮肉。哦，她们不会的，像往常一样，她们会说，只要再有一段时间，她们就能自己把一切问题都解决。如果女人们在你将她们从地牢中救出来时对你说，你干扰了她们，那她们还有什么话说不出来？

麦特深吸了一口气："现在，当她们选择的那个可怜的瞎眼蠢玉座回来之前，说话的是我。那个家伙不可能很聪明，否则她们就没办法把她当作傀儡了，在这个该死的荒野，一个该死的、鸟不生蛋的村子里的玉座。你们闭上嘴，行你们的屈膝礼就好了，我会把你们从炭火中救出来。"她们只是在盯着他，这样很好。"我知道她有军队，但我也有，如果她真是疯狂地以为能够从爱莉达手中夺走白塔……嗯，她也许不会为了留住你们三个而冒险失去更多。艾雯，你做出通道来，明天我会带你们去凯姆林。这些疯女人迟早会被爱莉达杀掉。也许你们还有同伴，她们不可能都是疯子，兰德愿意为他们提供庇护。只要行个屈膝礼，兰德就不会让她们的脑袋被爱莉达插到塔瓦隆的矛尖上去。她们不可能再有什么奢求了，不是吗？还有什么要说的？"麦特觉得他说完这堆话的时候，她们甚至没有眨一下眼。"说一句'谢谢你，麦特'就可以了。"她们没有说一个字，也没有眨一下眼。

门口传来一阵拘谨的敲门声，然后走进来一名初阶生，那是一名漂亮的绿眼睛女孩。她大睁着眼睛，行了个深深的屈膝礼："我被派来看看您是否需要些什么，吾母。对……我是说，这位大人，要不要酒，或者……或者……"

"不，塔比瑟。"艾雯将圣巾从麦特的帽子下面抽出来，披回肩上，"我想和麦特大人再谈一会儿。告诉雪瑞安，我很快就会召她来，征询她的意见。"

"闭上嘴，不要把苍蝇吞进去了，麦特。"奈妮薇用极为满意的声音说道。

第 39 章

可能性

艾雯调整了一下圣巾，看着麦特。她以为麦特会像一头被逼进角落里的熊，但麦特只是浑身大汗，仿佛被当头打了一棒一样。艾雯有许多问题要问麦特——兰德怎么会知道沙力达？他怎么可能知道自己已经研究出穿行的方法？兰德以为他自己在干什么？——但艾雯还不打算问这些问题。麦特和他的红手队已经让她有些头晕目眩了，也许兰德是从天上扔了一件礼物给她。

“我的椅子。”艾雯平静地说道。她希望麦特注意到她并没有出汗，伊兰和奈妮薇也没有，虽然奈妮薇做得还不是很好。史汪已经告诉她们这个技巧，这和至上力没有关系，只是以某种方式集中精神。因为史汪以前从没和她们提到过这件事，所以奈妮薇相当生气；这并不意外，史汪只是平静地回答，这是两仪师才应该知道的技巧，并不是为见习生准备的。艾雯也因此能在其他两仪师面前用冷静的表情掩饰自己的想法。一张冰冷的面孔确实比一张汗涔涔的脸更有威仪，至少对某些人是如此。这本来应该能让麦特感到奇怪的，如果他能认真看一看的话。“麦特？我的椅子。”

麦特打了个寒颤，立刻起身站到了一边，同时仍然一言不发地盯着她们三个，仿佛她们是个令他大惑不解的谜团。嗯，奈妮薇和伊兰也在以同样的眼神盯着麦特。她们肯定更有道理这么做。

艾雯掸了掸两只椅垫，带着对琪纱的喜爱将它们放在椅子上。其实，两天之后她就不需要椅垫了，但无论是洗澡还是椅垫，她都接受了琪纱的安排。如果艾雯命令琪纱撤去椅垫，琪纱会听从命令。不管满脸汗水还是满脸冰冷，艾雯是玉座，国王们要向她鞠躬，女王们要行屈膝礼，虽然现在还没有任何统治者这么做。她将审判爱莉达，并判处爱莉达死刑，为白塔挽回无上的权威和整个世界。但琪纱责怪的眼神会让艾雯感到受伤，所以艾雯宁可接受她的照顾，继续坐在椅垫上。

然后艾雯将双手交叠在桌上，说道："麦特——"但麦特立刻就插嘴说道："你知道，这真是太疯狂了。"麦特的声音很平静，但也非常坚定，"你最后会被砍掉脑袋的，艾雯，你们全都会被砍头，被——砍——头。"

"麦特——"艾雯加强了语气，但麦特还是不停地说着：

"听着，你们还能逃出来，如果她们认为你是玉座，你可以跟我去……去检阅红手队。你做出一个通道，我们不等这些山羊脑袋的疯子眨一下眼，就能离开这里了。"

奈妮薇已经见过阴极力在麦特身上失效，但她在学会导引之前已经对付过不少蛮横的男人。她气恼地嘀咕了一声："让我的屁股热起来？"然后就抬腿狠狠踹了麦特一脚，让他一直蹒跚着撞到了墙上，才恢复平衡。伊兰大声笑了起来，很快又把笑声压下去，但她的身子仍然在颤动着，眼睛也闪着亮光。

艾雯紧咬住嘴唇，不让自己笑出来，但这实在是太好笑了。麦特缓缓地转过头，盯着奈妮薇，睁大的眼睛里全都是狂暴的怒火。他低垂眉毛，拉了拉有些乱的外衣，仿佛是要把它拉直。他开始缓缓地向奈妮薇走去——步伐缓慢是因为他有些瘸。艾雯掩住了嘴，这真的不是笑的时候。

奈妮薇强硬地站直身体，但她似乎是想起什么；她或许愤怒得可以导引了，但阴极力对麦特来说显然是没用的。在两河人中，麦特的个子算是高的，比奈妮薇要高许多，也强壮许多。他的眼里闪烁着危险的光芒。奈妮薇瞥了艾雯一眼，抚了抚裙子，竭力维持住脸上的强硬。麦特向她愈走愈近，脸上仿佛有闪电划过。奈妮薇又匆匆地瞥了艾雯一眼，忧虑已经出现在她脸上，然后她向后退了一小步。

"麦特。"艾雯用平板的声音说道。麦特并没有停下脚步。"麦特，不要再做傻事了，你现在的境况很危险，但我应该能让你脱离这种险境，如果你能仔细听我说。"

麦特终于停下脚步，他最后瞪了奈妮薇一眼，警告地向她摇了摇手指，然后转过身，将拳头拄在桌上。“我处在险境里？艾雯，你正在从树上朝熊坑里跳，而你却认为一切正常，只因你还没掉到地上！”

艾雯平静地向他微笑着：“麦特，在沙力达没有什么人对真龙信众有好看法，加雷斯大人和他的士兵们肯定也一样。我们已经听到一些非常令人困扰的故事，其中一些甚至极度令人厌恶。”

“真龙信众！”麦特喊了一声，“他们跟我有什么关系？我不是该死的真龙信众！”

“你当然是，麦特。”艾雯的语气仿佛是在说一件世界上最显而易见的事，而如果仔细想想，也确实如此。“是兰德派你来的，那你怎么能不是真龙信众？但如果你听我的，我可以阻止他们把你的脑袋插到矛尖上去。实际上，我不认为加雷斯大人会浪费一根长矛——他总是抱怨长矛不够，但我相信，他会处置你的。”

麦特看看另外两个女人。艾雯抿了一下嘴唇，她一直让自己的表情镇定如常，但麦特显然是在寻找她话中真正的含意。伊兰给了麦特一个紧绷的笑容，并用力点了点头，也许伊兰不知道艾雯打算说什么，但她知道艾雯要说的事情并不会像她的语气那样平静。奈妮薇仍然竭力要保持住自己严厉的样子，并且不停地拉着辫子、瞪着麦特，不过也许这种样子会更好一些。但奈妮薇已经在出汗了，她在生气的时候就无法再集中精神。

“现在听着，艾雯，”麦特说道，或许她们的响应还是不足以说服他，他努力让自己的话更为通情达理，但听起来还是相当令人恼火，“如果你想称自己为玉座，你当然可以这么叫自己，兰德会在凯姆林张开双臂欢迎你，即使你没有将所有这些两仪师带给他。但我知道，如果你做到了，兰德一定会很高兴。无论你和爱莉达之间有什么问题，兰德都能解决。爱莉达知道他是转生真龙。光明啊，你记得她写给兰德的那封信。你可以在说完‘暗帝的鬼火’几个字之前就能让白塔恢复统一。没有战争，没有流血，你知道你自己不想要流血，艾雯。”

艾雯确实不想要流血。一旦沙力达和塔瓦隆之间迸出第一朵血花，想要让白塔重新统一就会变得非常困难，一旦有一名两仪师死掉，这也许就会变成不可能。爱莉达一定要被推翻，艾雯会为此尽她一切所能；但她不喜欢这件事。她也不喜欢麦特对她说她已经知道的事情；尤其他说的都没错，更令她不悦，而他刚才的语气更是令她生气。艾雯费了很大的力气才让自己的双手静止在桌上，其实她非常想站起来抽麦特一记耳光。

“无论我怎样对待兰德，”艾雯冷冷地说，“你要相信，我绝不会率领两仪师向他或者任何其他男人宣誓效忠。”她用不容置疑的口气冷静地陈述着事实。“我怎样对付爱莉达是我的事，不是你们的事。希望你理智些，麦特，只要你在沙力达，最好就闭上嘴，走路的时候脚步放轻一点。如果你告诉其他两仪师，当她们跪倒在兰德面前时兰德会怎样做，你也许不会喜欢她们的回答。如果你谈论带走我、奈妮薇或伊兰，那么只有祈祷你的运气能让你不会被剑刺穿。”

麦特猛地抬起头，瞪着艾雯：“当你准备好听取道理的时候，我会再跟你谈，艾雯，汤姆·梅里林在这里吗？”艾雯点了一下头。麦特找汤姆做什么？也许是要跟他喝一杯，嗯，如果他能在这里找到一家酒馆，那就是他的好运了。“等你准备好听道理的时候。”麦特表情严峻地重复了一遍，然后一瘸一拐地向门口走去。

“麦特，”伊兰说，“如果我是你，我就不会想要离开，进入沙力达比出去要容易得多。”

麦特傲慢地朝伊兰笑了笑，并上下打量着伊兰。伊兰没有因为他的那种目光而打落他的牙齿，就已经是他的好运了。“你，我的小女士，我会把你带到凯姆林去，即使我要把你捆起来才能交到兰德手里。如果我没有做到，就烧了我吧！而且，我该死的只要想离开就会离开。”他带着讽刺的表情对伊兰和艾雯鞠了个躬，然后又恶狠狠地瞪了奈妮薇一眼，再次向她摇了摇手指。

“兰德怎么会有这么一个让人难以忍受的蠢朋友？”伊兰在门还没关上之前抱怨道。

“他的谈吐真是愈来愈糟糕了。”奈妮薇沉着脸嘟囔道，然后一甩头，将辫子甩到背后。艾雯觉得，奈妮薇如果不把辫子放在背后，也许会把这根辫子连根拔下来。

“我刚才真不该管他，奈妮薇。你必须记住，你现在已经是两仪师了，你不能再那样随便踢人，或是抽人家耳光，或者用棒子乱打人。”奈妮薇瞪着她，嘴唇开合着，脸色变得愈来愈红。伊兰只是仔细地研究着地毯。

艾雯叹了口气，叠好七色圣巾，将它放到桌子的一边，她必须用这种方式让伊兰和奈妮薇记起，她们身边没有别人。有时候，这条圣巾会让她们两个把她当成玉座，而不是艾雯·艾威尔。像往常一样，艾雯的这个动作起了作用，奈妮薇深深地吸了一口气。

但还没等到奈妮薇说话，伊兰已经说道：“你要让他和那支红手队加入加雷斯的军队吗？”

艾雯摇摇头。那些护法说，麦特的红手队有六七千人，这比艾雯记忆中麦特在凯瑞安统领的部队要多，虽然不像那两名俘虏所说的那么庞大，但这已经是一支颇具规模的军队了。但加雷斯的士兵们绝不会善待真龙信众，而且，艾雯有自己的计划。当奈妮薇和伊兰坐到桌子对面的椅子上时，她向她们解释了自己的计划，这很像是她们在厨房里聊天。艾雯将圣巾挪得更远一些。

“这太精彩了。”伊兰发自内心地笑着说道，但伊兰说的话也向来是真心的，“我不认为另外那个也能有效，但这个确实精彩。”

奈妮薇气恼地哼了一声：“你怎么会认为麦特愿意听你的？他会为了好玩把棍子插进车轮里去。”

“我想，他已经做出了承诺。”艾雯说道。奈妮薇点点头，虽然动作很慢，充满了不情愿，但她确实是点头了。伊兰看起来有些不明所以，她不了解麦特。“伊兰，麦特总是照自己的心情去做事，他总是这样的。”

“不管他曾经因为这个而剥了多少个芜菁的皮，”奈妮薇嘟囔着，“其实他经常是被抽鞭子的。”

“是的，这就是麦特。”艾雯叹了口气。麦特是伊蒙村最淘气的孩子，也许是两河最淘气的孩子。“但如果是他做出的承诺，他就一定会履行。我想，他已经向兰德做出承诺，要带你回凯姆林，伊兰。你注意到了他向我让步，向我提出请求——以他的方式——但他的初衷绝不会有丝毫改变。我想，他会像你的腰包一样，一直贴在你身边。但我们不会让他见你，除非他按照我们的计划去做。”艾雯停了一下。“伊兰，如果你想跟他走，当然也可以，我是说，到兰德那里去。只要等到我们让麦特和他的红手队充分发挥作用之后。”

伊兰几乎没有犹豫，就坚决地摇了摇头：“不，艾博达太重要了。”她刚刚赢得了一场胜利，虽然只是对于一句话的胜利，伊兰和奈妮薇要去找正在泰琳女王宫廷中的茉瑞莉。“至少如果他在这里，我就能有几天的时间仔细看看他戴在身上的特法器。他一定是有一件特法器，艾雯，不可能会有别的可能了。”

艾雯只能同意，这是唯一可能的解释。她刚才想用风之力将麦特举起来，用这种柔和的手段提醒他是谁站在他面前，但能流一碰到麦特就瓦解了。艾雯现在还记得自己那种惊骇的感觉。而且，她已经发现，当时并不止是她一个人在不必要地整理着裙子。

“我们可以让一些护法掏空他的口袋，”奈妮薇仿佛正在满意地想象着那副情景，“我们可以看看麦特大人是不是喜欢这样。”

“如果我们直接把东西从他身上抢走，”艾雯耐心地说，“你觉得当我们告诉他该做什么的时候，他不会拒绝合作吗？”麦特从没有愿意服从过任何命令，而且他通常对两仪师和至上力的反应都是一有机会就开溜。也许他对兰德的承诺能让他不会逃走（他一定是做出了承诺，否则根本无法解释他现在的行为），但艾雯不打算冒这个险。奈妮薇又极不情愿地点点头。

“也许……”伊兰用指尖敲着桌面，若有所思地盯着前方，“也许我们能带他去艾博达，这样我也许能有更多机会研究那件特法器。但既然它排斥一切阴极力，我就不知道该怎样才能研究它。”

“带那个小无赖一起去！”奈妮薇挺直了身子，“你不会是认真的吧！伊兰，他会让每一天都变成一场灾难，他很擅长这样。他从不会依你说的去做，而且，他绝不可能安静地待在一个地方。他又那么想带你去凯姆林，你就算是给他戴上项圈，再用一队马牵着他，也不能让他打消这个念头。”

“但如果他就是要一直看着我，直到我返回凯姆林呢？”伊兰对她说，“那样他别无选择，只能跟我们走，这很不错。”

“这也许不是个坏主意，”当奈妮薇还在寻找争论的借口时，艾雯说道。派她们两个去寻找那只碗应该是正确的，但每当想到她们要去的地方，艾雯都会感到更多的担忧。“一些士兵也许是个好主意，除非你们已经选择了护法，却没告诉我。汤姆和泽凌都会很有用，还有柏姬泰，但你们要去的地方是个野蛮之地。”

“几名士兵也许是很好，”伊兰的脸稍微有些变红，“只要他们能知道听从命令。”

奈妮薇没有看伊兰，但她明显是停了一下，才恼怒地摇摇头。“我们又不是去作战，艾雯，无论艾博达人有多么难以对付，汤姆和泽凌也就足够了。依我看，我们听过的那些故事只是要让我们放弃这个决定。”自从奈妮薇和伊兰要去艾博达的讯息传出去之后，所有人都听过那些关于艾博达的故事了。琪纱也听到几个，每一个故事都比前一个更加悲惨、可怕。陌生人因为走错了地方，还来不及眨一下眼就被杀死；女人和孩子因为一句话就变成寡妇孤儿；女人们在街上用小刀彼此厮杀。“我们在坦其克的时候，身边也只有汤姆和泽凌，那时莉亚熏和她的黑宗姐妹们就埋伏在我们身边。我们在艾博达可以过得很好，不需要麦特·考索恩和任何士兵。麦特指挥士兵！他甚至从不记得给他父亲的乳牛挤奶，除非他被按在板凳上，手里被塞了一个桶。”

艾雯微微叹了口气。只要一提到柏姬泰就会变成这样。伊兰和奈妮薇先是仿佛受了什么刺激一样，然后两个人全都会将话题绕过柏姬泰，仿佛她完全不曾被提到一样。但只要看过一眼，艾雯就能确认，那名女子是跟着伊兰和奈妮薇的。不知为什么，她特别会跟着伊兰，而且那名女子就是艾雯在特·雅兰·瑞奥德中见过的那个人——传说中的柏姬泰，从不会错失目标的神射手，一位正在等待瓦力尔号角召唤的死去的英雄。一位死去的英雄，而不是一名活着的女人正走在沙力达的街道上，但艾雯肯定没看错。伊兰至今都没有给艾雯任何解释，她只是小心而困窘地对艾雯嘟囔过，她们已经答应不会说出这件事，所以没办法告诉艾雯。柏姬泰本人在看见艾雯时总会躲进街边的巷子里，或者干脆转身跑开。艾雯不能命令那名女子来她的书房，对她做出解释，毕竟，她已经对此做出承诺，无论她觉得现在这种状况有多么愚蠢。不过，这样似乎并没有什么坏处，她只是希望自己知道其中的缘由。

艾雯将柏姬泰推出脑子，然后向前倾过身望着奈妮薇。“也许我们不能让麦特完全听从我们的命令，但如果让他成为你们的保镖，看着他在你们身边气闷难耐，这不是很好吗？”

“如果兰德真的让他成为了一名军官，”伊兰若有所思地说，“这肯定很值得。母亲经常说，最好的男人都不愿服从命令，但他们也都值得被教导学会服从。我看不出麦特是最好的——莉妮说过，‘傻瓜只听他们自己的话’——但如果我们能给他足够的教导，让他在没人可以援救他的时候不至于变成一个彻底的傻瓜，那我们就帮了兰德一个大忙。而且，我需要时间研究那件特法器。”

艾雯竭力不露出微笑。伊兰总是很快就能领会别人的意思，那么，她也许要从教麦特坐直开始了。艾雯确实有些期待这种教导最后的结果会是什么样子。艾雯喜欢伊兰，也钦佩她的力量，但在这场较量中，艾雯会把赌注放在麦特身上，不过她只会赌很少的钱。

奈妮薇仍然没有表示赞同，麦特是个顽固的人，如果她们说“向上”，哪怕只是为了和她们作对，麦特也会说“向下”，他就算被钉在桶子里也会制造麻烦。如果带着他，她们就要不停地将他从酒馆和赌场中拖出来。最后，奈妮薇抱怨说，到时候可能她一转过身去，麦特就会把伊兰偷走。艾雯知道，她们终于说服了奈妮薇。麦特肯定把很多时间都花在追逐女人上，对于他这种行为，艾雯很难赞成。但无论奈妮薇对麦特有什么样的成见，她也很清楚一点——麦特从不会纠缠对他没意思的女人。不幸的是，就在艾雯相信奈妮薇打算放弃的时候，一阵敲门声宣告了雪瑞安的到来。

雪瑞安没等艾雯许可就走进来，她走进这房间时从不曾等候过艾雯的许可。她披着圣巾，一双眼睛冰冷清澈，看见奈妮薇和伊兰的时候，她停了一下。撰史者虽然是玉座的副手，但这个职位本身在两仪师之间并没有真正的权威。她当然没有权力命令奈妮薇和伊兰出去，但那双眼睛里分明闪动着命令她们离开的意思。

伊兰平稳地站起身，对艾雯行了个正式的深屈膝礼："请原谅，吾母，我应该去找艾玲达了。"

奈妮薇则盯住了雪瑞安，直到艾雯清了清嗓子，将圣巾披回肩上。

奈妮薇红着脸跳起身，"我也要走了，珍雅说，她要跟我谈论一些关于失落异能的话题。"

重新发掘那些异能并不像艾雯希望的那么容易，姐妹们倒是都很愿意谈论关于那些异能的零星信息，但仅凭这些模糊的描述或是往往只有一个名字就想让魔格丁重现那个异能，这实在是件很困难的事，比如能够让金属强度变大的"矩阵排列"，但魔格丁对于金属比对于医疗更缺乏了解。而对于"旋转地火"和"泪抽取"，魔格丁仿佛从来就没听说过。

魔格丁似乎非常想发挥些作用，特别是在史汪教了她们那种忽略炎热的技巧之后。很显然的，她在这件事上对奈妮薇和伊兰说了谎，而且她相信艾雯会将这件事看成是她的"一个谎言"，所以她跪倒在奈妮薇脚下，一边哭泣，一边乞求，亲吻着她们的裙边，牙齿剧烈地打颤。不管她是否真的在努力帮助她们，她的恐惧肯定已经升到了新高，那种令人作呕的恐惧更加频繁地从罪铐上涌流过来。现在那只手镯正放在艾雯的口袋里，她本来应该把它给奈妮薇的（艾雯很高兴能暂时摆脱掉它），但在其他人面前传递这种东西迟早会引起别人的注意。所以艾雯只是说道："奈妮薇，你最好避开麦特，直到他的情绪平静下来。"艾雯不相信麦特真的会将他的威胁变成事实，但奈妮薇有能力刺激他这样做，到时候她就更不可能说服奈妮薇了。"或者，至少确保你在公众场合再跟他说话，最好是在有护法的地方。"

奈妮薇张开嘴，片刻之后，又一言未发地将双唇闭上。她咽了口口水，脸色显得有些苍白。"是的，我想也许这样最好，吾母。"

雪瑞安看着屋门被关上，当她转回头望向艾雯时，眉头还微微蹙起。"吾母，他们有过争吵？"

"只是老友久别后的一点误会。奈妮薇仍然记得麦特是个淘气鬼，但麦特已经不再是十岁的小孩了，他对此很感气愤。"因为受到誓言的束缚，两仪师不能说谎，所以她们发展出一套用真话表达另一种含意的艺术，艾雯认为这是一门很有用的艺术，特别是在和两仪师打交道的时候。三誓不是一样令人喜爱的东西，特别是对两仪师而言。

“想到人们会改变往往是很困难的事。”雪瑞安没有向艾雯提出请求，就拉过一把椅子坐下来。她仔细地整平自己的蓝丝裙。“我想，应该是那支真龙信众军队的指挥官派年轻的麦特来送一封兰德·亚瑟的信？我希望你没有说任何可以被他当作承诺的话，吾母。一支真龙信众的军队就在距离我们不到十里的地方，这是一种微妙的局面，不该让他们的指挥官相信我们会向他们宣誓效忠。”

艾雯打量了面前的这个女人一会儿。雪瑞安没有任何担忧，至少她没有让任何人看出她在担忧。她对麦特有相当的了解，在沙力达的另外几名姐妹也是如此，这可以用来对麦特施压，将他引到正确的方向上去吗？还是这会让他拔腿就跑？麦特的事情可以留到以后再去考虑，艾雯坚定地想，现在要对付的是雪瑞安。“你能请人送些茶过来吗，雪瑞安？我觉得有点渴了。”

雪瑞安的面容稍有些改变——只是在眼角周围有一点绷紧，完全无损于她的冷静。但艾雯几乎能看见问题正要从雪瑞安的嘴里冒出来——艾雯对麦特说了什么她不想再提的话？有没有许下什么轻率的承诺？是不是有什么事情必须由自己来补救，而这种补救会不会让艾雯在罗曼妲和蕾兰那里失去地位？

而雪瑞安只是走出去，对外面的人说了几句。当她回来坐稳的时候，艾雯没有给她开口的机会，艾雯要一拳把这个女人打晕：“看起来，麦特是这支军队的指挥官，雪瑞安，而这支军队本身就是兰德要传达的讯息。很显然的，兰德想要我们全都去凯姆林，而且麦特也提到了宣誓效忠的事。”

雪瑞安抬起头，睁大了双眼，但她的表情中恼怒的成分并不多，而真正被明确表达出来的是……嗯，如果这种表情是在普通人的脸上，艾雯会称它为恐惧。当然，艾雯觉得这是可以理解的。如果艾雯已经答应了这个要求——这名玉座和转生真龙来自同一个村子，是和他青梅竹马一起长大的朋友，这也是她被选为玉座的用途之一——那么这绝对是一个爬不出来的无底深渊。无论雪瑞安如何补救，讯息都会流传出去，评议会也许将以此而责备雪瑞安，或将它视为雪瑞安的一个把柄。评议会中并非只有罗曼妲和蕾兰因为艾雯只听从雪瑞安的建议而深感不悦，实际上，黛兰娜似乎是唯一一名全力支持雪瑞安的宗派守护者。但黛兰娜又同时建议她听听罗曼妲与蕾兰的话，仿佛她真正能做到同时接受三方意见一样。即使雪瑞安能应付过评议会，一旦这个承诺被兰德知道，更重要的是，一旦兰德又知道她们取消了这个承诺，想要控制他一定会比现在更难上十倍、百倍。

艾雯只是等待着，直到雪瑞安张开嘴，她却又抢先说道：“当然，我告诉他这是非常荒谬的事。”

“当然。”雪瑞安的声音不像刚才那么稳定了。很好。

“但你是对的，现在的情势非常微妙，真可惜，你对罗曼妲和蕾兰提出的建议很好，但我不认为增加行动的准备就足够应付现在的情势。”

罗曼妲曾经咄咄逼人地教训艾雯——仓促行动只会导致灭亡。加雷斯·布伦的军队一定要进一步扩大，扩大到足以震慑爱莉达的程度。同时罗曼妲又非常坚决地强调，必须将所有派往各国统治者那里去的使者召回，她们应该尽可能地不让除了两仪师以外的人知道白塔的纷争问题。蕾兰则完全不在乎加雷斯的军队和各国的统治者们——她认为这两者与白塔并没有真正的关系——但她也提醒艾雯要谨慎等待，要用分裂瓦解的办法处理仍然在白塔中的两仪师，这样爱莉达将无法继续留在玉座的位置上，而艾雯也将顺利取得玉座，顺利得只有极少数姐妹会知道究竟发生了什么事。到时候，白塔曾经分裂的事实就会被当作乡野奇谈。如果艾雯真的有足够的时间，也许这种办法真的会起作用，但它的前提是等待不会让爱莉达有机会对这里的姐妹采取行动。

蕾兰与罗曼妲的另一点不同是，她在和艾雯说话时总是带着微笑，仿佛正看着一名她非常为之骄傲并宠爱的初阶生或见习生。艾雯重新发现穿行的事情让许多两仪师都对她有这种微笑，因为只有屈指可数的几个人能强大到制造出一个她们可以伸过一只手臂的通道。罗曼妲想要借助通道从白塔里拿来誓言之杖（她肯定还想拿其他一些东西，但到底是什么，她没有告诉艾雯），这样她们就能在沙力达培养真正的两仪师，而爱莉达则会失去这个能力；艾雯肯定也想成为真正的两仪师。蕾兰同意后面这个提议，但她不同意将通道开在白塔内部。她们有太多机会被发现，而如果白塔中的两仪师学会了穿行的办法，她们就会失去太多优势。这些观点让评议会陷入沉思，这让罗曼妲极为不悦。

雪瑞安也曾经因为和蕾兰达成了某些协议而露出过微笑，但她现在肯定没有微笑。“吾母，我不确定自己是否明白了。”她的声音中有许多忍耐，“进行准备肯定已经足够让评议会知道，你并没有被她们吓住，在一切准备就绪之前展开行动一定会导致严重的失利。”

艾雯努力装出一副天真的模样：“我明白，雪瑞安，没有你的建议，我真不知道自己还能做什么。”她真希望有朝一日能结束这一切。雪瑞安会成为一名优秀的撰史者——她甚至能成为一位好玉座——但艾雯很希望有一天能教教这个女人该如何当一名撰史者，而不是玉座。雪瑞安和评议会都需要这样的教导。“现在麦特和他的真龙信众军队已经到了我们的门口，加雷斯大人要怎样做？他的士兵们要怎样做？每个人都在说加雷斯要派他的人去猎杀那些被认为曾经烧毁村庄的真龙信众。我知道加雷斯已经接到命令，要严格管束他的士兵，但——”

“加雷斯大人会严格依照我们……你的命令行事。”

“也许。”加雷斯并不像雪瑞安相信的那样乐于被拴上缰绳。史汪和加雷斯·布伦共处了很长的时间，虽然她对那个男人总是满腹怨言，不过加雷斯确实也对她说过一些事。但艾雯绝不能放弃史汪的忠诚。“我希望他的每一名士兵也都是这么想的。我们不能向西进入阿玛迪西亚，但我想，也许我们能前往下游的艾博达，也许可以通过通道过去，两仪师在那里肯定是受欢迎的，加雷斯大人可以在那座城外扎营。这样的行动可以表明我们不打算接受兰德的……条件，如果那些可以被称作条件的话。如果我们还要做更多准备，我相信在一座大城市旁边，一切工作都能会容易许多，那里有通向各个地方的大道和远洋海港。”

雪瑞安的自控能力又一次打了折扣，她说话的声音里已经夹杂了一些喘息。“艾博达并不会非常欢迎我们，吾母，一两名姐妹和几百名姐妹是完全不同的，况且我们还带着一支军队。吾母，即使是任何与此有关的暗示也会让泰琳认为我们是要攻占那座城市，泰琳和许多想要从她手中夺走劲风王座的阿特拉贵族都会这么想。这种事情会毁掉我们和每一名统治者的关系。不，吾母，这件事绝不能做。”

“但我们还敢留在这里吗？麦特不会有任何行动，但只要加雷斯大人手下的几名士兵擅自行动，局势就有可能发生巨大的改变。”艾雯皱起眉，看着自己的裙子，用双手将它们抚平，仿佛正在忧虑地思考着。然后，她叹了口气：“我们坐在这里，面对一支真龙信众的军队而无所作为，这样的状况持续愈久，最后的结果就会愈糟。如果听到他们会发动攻击的谣言，我绝不会感到惊讶，人们都说我们应该率先采取行动。”即使艾雯的这番话现在不起作用，谣言也会在外面散播开的，这是奈妮薇、伊兰、史汪和莉安的任务。这是一次危险的行动，但艾雯能找到一些办法，让麦特在动乱的火花出现之前撤退。“而且，谣言传播出去之后，如果在一个月内有半数阿特拉人相信我们是真龙信众，我一样不会感到惊讶。”对于这个谣言，艾雯其实很想将它消灭，只是她还不知道该如何消灭一个谣言。自从洛根被治愈之后，评议会就再没有让贵族来见过他，但加雷斯的征兵队还在四处活动，也不断有两仪师出去寻找新的初阶生，更有许多仆人架着他们的大车和马车，经过漫长的路途去临近村子里购买食物。谣言传播出去的途径有成千上百，而一个谣言只需要一条路径就可以生存发展下去了。“雪瑞安，我总是觉得我们被关进了一个匣子里，如果我们不挣脱出去，最终绝不会有好结果。”

“那我们应该让真龙信众离开，”雪瑞安强自忍耐地说着，“我很后悔让麦特再次脱离我们的掌握，但恐怕没有别的解决办法。你已经告诉他条件不能接受，那么现在就让他离开吧！”

“我希望事情能这么简单。但我不认为他会听我们的话，雪瑞安，他暗示要留在这里，直到情况有变，他可能在等待兰德的命令，甚至是兰德本人。在凯瑞安流传着一个谣言，兰德和他所召集的一些男人也会一起穿行，他似乎正在教那些男人导引。我不知道如果他来了，我们应该怎么做。”

雪瑞安盯着艾雯，和她的平静面容相比，她的呼吸显得相当沉重。

门口传来一阵轻微的敲门声，塔比瑟端着一只旧银盘走了进来。她没有注意到房间里的气氛，只是匆匆地将绿瓷茶壶、茶杯、银蜜盅、小牛奶罐和有花边的亚麻餐巾摆开来。直到最后，雪瑞安用严厉的声音喝止了她。她尖叫一声，睁大眼睛行了个几乎让额头碰到地板的屈膝礼，就转头跑出去了。

片刻之间，雪瑞安只是整理着自己的裙子，直到恢复镇定。“也许，”她最后不情愿地说道，“毕竟，也许我们有必要离开沙力达，虽然比我希望的要快。”

“但现在唯一的选择就是北方了，”艾雯睁大了眼睛，光明啊，她真是痛恨这样！“而那样会让我们看上去像是在朝塔瓦隆移动。”

“我知道！”雪瑞安几乎喊了出来。她吸了一口气，调整了一下音调：“请原谅，吾母，我觉得有一点……我不喜欢被迫做某些事。而我害怕兰德·亚瑟会在我们准备好之前迫使我们有所行动。”

“等我见到他的时候，我会好好跟他谈一谈，”艾雯说，“没有你的建议，我真不知道该怎样做。”也许艾雯能找个办法派雪瑞安去当智者们的学徒。想到雪瑞安如果跟随索瑞林学习半年之后会变成什么样子，艾雯露出了微笑，而雪瑞安也立刻用微笑响应了艾雯。“要蜂蜜吗？”艾雯说着，拿起了茶壶。

第 40 章

意想不到的笑声

“你必须帮我让她们有些理智。”麦特叼着烟斗说道，“汤姆，你在听吗？”

他们正坐在两个倒扣的小桶上抽着烟，一座两层的建筑为他们提供了有限的阴凉。那名瘦高的老走唱人似乎将全部的注意力都集中在兰德给他的那封信上，现在他将那封信塞进了外衣口袋，而上面的树与王冠蜡封甚至还没有被弄破。从巷子另一端传来的嘈杂人声和车轴转动的磨擦声似乎都来自很遥远的地方。汗水不停地从他们的脸上冒出来。至少有件事暂时不用担心了——当麦特走出小白塔的时候，发现两仪师们已经将艾玲达拉到了不知什么地方。她现在不会用匕首去捅什么人了。

汤姆从嘴里拿下烟斗，那是一根长柄烟斗，上面雕满了橡树叶和橡实。“我曾经想要救过一个女人，麦特。拉芮沙是一朵含苞待放的玫瑰，她嫁给了一个鞋匠，一个残暴的畜生。那时我正在旅途中，在她的村子里做短暂的逗留。真是个畜生。当他想要停工的时候，如果晚饭没准备好，他就会朝拉芮沙大吼大叫。如果他看见拉芮沙和别的男人说话超过两句，那个畜生就会用鞭子抽她。”

“汤姆，都什么时候了，你还在鬼扯些什么？这怎么能让那些蠢女人有理智？”

“听着，孩子，那个村子里的人都知道那个畜生是如何对待拉芮沙的。拉芮沙哭着告诉我，她是多么希望有人能拯救她。那时我的口袋里有不少金子，还有一辆漂亮的马车、一名马车夫和一名仆人。我很年轻，长得也不错。”汤姆用指节捋了捋白胡子，叹息了一声。麦特很难相信，这张皱纹堆积的面孔曾经好看过。然后他又眨了眨眼，一辆马车？走唱人怎么会有马车？“麦特，那个女人的惨状拉住了我的心，我不否认，她的外表也有些吸引我。就像我说的，那时我还年轻，我以为自己已经坠入了爱河，就像故事里的那些英雄们一样。终于有一天，我们坐在开满鲜花的苹果树下——当然，离那名鞋匠的房子很远——我告诉她要带她离开，我会让她拥有自己的侍女和别墅，一座充满歌声和诗篇的庭院。等她终于明白我的意思，她就踢了我的膝盖，让我足足瘸了一个月，然后她就举起屁股底下的凳子不停地打我。”

“她们似乎都喜欢踢人。”麦特嘟囔着，在小桶上换了个姿势，“我想她根本就不相信你，这又怎么能怪她？”

“哦，她相信的，她只是因为我认为她会离开心爱的丈夫而感到万分恼怒。这是她说的——‘心爱的’，她用最快的速度跑回那个男人身边。当时我的选择只有杀死那个男人，或是跳上我的马车，结果我几乎丢掉了自己所有的行李，空着身子就逃走了。我想，现在她大概还和她的丈夫像以前那样生活着，每次当她丈夫想要进酒馆里喝杯淡啤酒的时候，她就会紧握着钱包，或随手拿起什么东西把她丈夫的头敲开。这是后来我在几次小心的探察之后才知道的事实。”汤姆将烟斗插回到牙缝里，作为这个故事的结束。

麦特抓抓头：“我看不出这两件事之间有什么关系。”

“在你还没了解一件事的全貌之前，不要妄下评断。比如，你是否知道伊兰和奈妮薇正打算前往艾博达？泽凌和我也要跟她们一起去。”

“艾博……”麦特在烟斗就要掉到地上的干草丛之前抓住了它。拿勒辛自称以前去过艾博达，也许他在说到那里的女人和打斗时有些夸张，但以他的描述，那个地方确实是个野蛮之地。所以，她们以为她们能让伊兰从他身边溜走，是不是？“汤姆，你必须帮我——”

“什么？”汤姆打断了他的话，“从鞋匠那里把她们偷走？”他从嘴里喷出一缕蓝烟。“我不会这么做的，孩子，你还不知道全部的故事。你怎么看艾雯和奈妮薇？或者，就说说艾雯吧！”

麦特皱起眉，心里寻思着这个男人是不是在跟他兜圈子。“我喜欢艾雯。我……烧了我吧！汤姆，她是艾雯，这就足够了，所以我要替她挽救她那根蠢脖子。"

"你是说，从她的鞋匠那里救走她。"汤姆嘟囔道。但麦特还继续说着："她的脖子和伊兰的脖子，甚至是奈妮薇的，不过连我自己都很想掐死她。光明啊！我只想帮她们。而且，如果我让伊兰出了什么事，兰德一定会掐断我的脖子。"

"你有没有想过，帮她们做她们想做的事，而不是做你想做的事？如果是我想做的，我会立刻让伊兰骑上马，赶往安多，但我相信她需要做其他的事情，所以我只能跟在她身后，日夜担心会有人在我不能保护她的时候杀死她。等她准备好的时候，她自然会去凯姆林。"汤姆满足地抽了一口烟，但他最后那一句话中带着火气，仿佛虽然在极力掩饰，但即使是他自己也不喜欢这样的话。

"我只是觉得她们想把她们的脑袋交给爱莉达。"汤姆难道早就想把那个蠢妞拉到马背上带走了？一名走唱人带着王女去加冕！汤姆真是有着常人所不能及的想法。

"你不是傻瓜，麦特，"汤姆平静地说，"你最好知道，艾雯……把这孩子当玉座实在困难……"麦特郁闷地哼了一声，作为赞同。不过汤姆并没有在意他的反应。"但我相信，她的背脊撑得起这个，现在要说某些事是否只是巧合还太早，但我已经开始相信，艾雯也有能够胜任的头脑。现在的问题是，她够冷酷吗？如果她缺乏这个素质，不管她有什么样的背脊和头脑，她们会活吞了她。"

"谁会吞了她？爱莉达？"

"哦，她啊，如果她有这个机会的话，那个家伙丝毫不缺乏残忍。但这里的两仪师甚至没有将艾雯看成是两仪师。也许艾雯是玉座，但她不是两仪师，这真是难以相信。"汤姆摇摇头，"我不明白，但这是真的，她们对伊兰和奈妮薇也是一样，虽然她们在竭力掩饰这点。两仪师们总以为可以滴水不漏地隐藏住她们的想法，但只要你保持清醒的头脑仔细去看，自然能看到一些蛛丝马迹。"汤姆又从口袋里拿出那封信，将它在手里转动着，却不打开它。"艾雯正走在悬崖边上，麦特，在沙力达至少有三个相互争斗的派系——我能确认的是三个。如果艾雯走错一步，她们就会将她推下深渊。"

"就在沙力达？"麦特说着，平板的声音里不带丝毫情绪。汤姆平静地点点头。麦特却不禁提高了音调："那你还想让我把她们丢在这里？"

"我是想让你不要再按照自己的思路去摆布她们，她们已经决定该做什么了，而你不能改变她们。但也许——只是也许——你能帮助她们活下来。"

麦特跳起来。在他的脑海中出现了一个女人的影像，她的胸口插着一把匕首——这不是那些外来的记忆。他踢翻了刚才坐着的那个小桶，让它沿着巷子滚了过去。帮助一名走唱人保护她们活下来？麦特模糊地记得凯姆林的一家旅店老板（好像叫作贝瑟·吉尔）说过一些关于汤姆的事情，但那些回忆就像薄雾一样缥缈，他刚想将它们抓住，它们就消失了。“那封信是谁给你的，汤姆？你救过的另一个女人？还是你把她丢在了她会掉脑袋的地方？”

“我离开了她，”汤姆轻声说。他站起身离开了，没有再说一句话。

麦特伸出手想拦住汤姆，想要再和他说些什么，只是他想不出该说什么。老疯子！不，汤姆并不疯。艾雯像骡子一样顽固，但和奈妮薇比起来，艾雯也像乖乖女一样了，但这两个家伙都是那种爬上树只为了能把闪电看清楚的人。至于伊兰，贵族女人总是连雨天要打伞的常识都没有，而被淋湿之后又会大发脾气。

麦特将烟斗里的烟灰磕掉，在它们点燃干草前把它们踩熄，然后从地上拿起帽子，瘸着腿走上了街道。他需要从更多的人那里获取信息，而不止是一个只知道在翘下巴王女屁股后面乱转的走唱人。这时，麦特看向左方，奈妮薇正从小白塔里走出来，便绕过沿路的大车，向她走去。奈妮薇能告诉麦特他所需要的信息——如果她愿意的话。麦特感觉到屁股上传来一阵疼痛。烧了我吧！她欠我几个答案。

就在这时，奈妮薇也看见了麦特，立刻停下脚步，看着麦特朝自己走过来。然后她突然朝另一个方向跑去，显然是要躲开麦特，在人群和大车把奈妮薇彻底遮住之前，她还回头看了两眼。

麦特满脸怒容地停住脚步，将帽沿压低到脸上。这个女人先是毫无道理地踢他，现在又不跟他说话。她和艾雯就是要这样磨耗他，直到她们挑起一根手指，他就会立刻温顺地跑开为止。嗯，她们为她们的游戏选错了人，烧了她们的皮吧！

车尔和其他人都在一座石砌建筑旁的马厩外面，这座石砌建筑显然曾经是一家客栈，不停有两仪师在那里进进出出。果仁和他们其余的马匹都被拴在马厩外侧的横栏上。车尔和那两名被俘虏的巡逻兵正蹲在墙边。马尔和莱德文是两个完全不同的男人，马尔身材高瘦，面孔粗横；莱德文身材短粗，面容却很柔和。他们两个在看到麦特的时候，同时露出困窘的神情。麦特走到他们身边。这两个人都还没摆脱被俘虏的羞惭。那两名旗手还僵硬地站着，仍然紧紧握着他们的旗帜。他们看起来很明白现在的局势。一场战争是一回事——一个男人在战场上是有机会的——而这些两仪师就完全是另一回事了。有两名护法正在暗中监视着他们；那两名护法并不是刚好站在马厩院子对面的大太阳底下聊天的。

麦特摸了摸果仁的鼻子，然后开始检查这匹马的眼睛。一个穿着皮背心的人从马厩里出来，推着一辆粪车向街上走去。车尔也走过来看着果仁的眼睛，麦特看也不看他地说："你能回红手队吗？"

"也许。"车尔皱着眉，拨起果仁的眼睑，"也许需要一些好运。但是真不喜欢离开我的马。"

麦特点点头，仔细端详那只眼睛。"告诉塔曼尼，我的命令是固守营地。我也许要在这里停留几天，我不想让任何人进行什么该死的援救，然后尽快回到这里来。如果可以，不要被看见。"

车尔向果仁身下的地上吐了口口水。"和两仪师在一起的男人就是给自己戴上了笼头和鞍子。我可以的时候就会回来。"他摇摇头，走进人群里。一个肥胖、邋遢的男人，摇摇晃晃地向前走着，没有人会怀疑他能溜到那里去。

一名旗手清清喉咙，犹豫地向麦特靠近一步："大人，情况……这是你的计划，对不对，大人？"

"一切都在计划中，沃丁。"麦特说着拍了拍果仁。他已经一头栽进了麻袋里，袋口也被扎紧了。他答应兰德要将伊兰平安带回凯姆林，所以他不能就这样离开伊兰；他也不能任由艾雯把脖子放到断头台上。也许——光明啊，这真是让人头痛！——也许他应该接受汤姆的建议，帮助那些该死的女人实现她们疯狂到不可能的计划，让她们该死的脑袋能留在她们该死的肩膀上，顺便也能让他的脖子保持完整。而他还要保证艾玲达远离伊兰的喉咙。嗯，至少他可以在一切变得不可收拾之前先把她们带走，不过这对他的心情一点帮助也没有。"一切都该死的很顺利。"

伊兰以为自己能在等候室或是小白塔门外找到艾玲达，但却都没有，而她也不需要打听就能知道为什么艾玲达不在。几乎所有她身边的两仪师都在谈论两个话题，所有的文件都被扔在桌上，已经没有人去处理了。大多数人谈论麦特，就连在等候室里来回奔忙的仆人和初阶生也会偶尔停下脚步，交换一点关于麦特的讯息。麦特是时轴，让一个时轴留在沙力达安全吗？麦特真的曾经进入过白塔，又轻易被允许离开？他真的率领着一支真龙信众军队？他会因为那些四处流传的真龙信众暴行而被逮捕吗？他真的与转生真龙和玉座来自同一个村子？传说有两个时轴和转生真龙联系在一起，谁是第二个，他在什么地方？也许麦特·考索恩知道。似乎这里的每个人都有自己独特的观点。

伊兰本以为自己会听到人们谈论两个问题，实际上却没听到任何人说起——麦特想在沙力达做什么？兰德是怎么知道要派麦特来这里的？没有人问这些。但伊兰经常能看见两仪师故作冷静地整理披肩，眼神却显得有些呆愣；仆人们困惑地盯着地板，却又突然打个冷颤，仿佛刚刚才发现自己还有事要做；初阶生们不停地用害怕的眼神瞥着两仪师们。麦特不算是被放进一群鸽子里的猫，但也差不多了，光是想到兰德知道她们在什么地方，就足以让她们止不住颤抖了。

提起艾玲达的人要少一些，但两仪师们总忍不住要提到她，而且不单是为了将话题从麦特身上移开。并非每天都会有野人走进沙力达，特别是艾玲达竟然有如此强大的力量，而且还是个艾伊尔人。最后这点确实吸引了每一名两仪师。白塔还没训练过任何艾伊尔人，也几乎没有两仪师进入艾伊尔荒漠。

一个简单的问题就能知道艾玲达被带到什么地方，虽然她们并不会真的困住她，但伊兰知道两仪师想让一个女人成为初阶生时会怎么做。

“她到晚上就会穿上白袍。”爱卡琳自信满满地说，这名身材苗条的褐宗两仪师几乎每说一个字就会点一下头作为强调。听她说话的两仪师也像她一样确信地点着头。

伊兰不赞成地嗤了一声，匆匆走出了门。伊兰能看见奈妮薇正在她前面跑着，一边还在不停地回头观望，甚至经常因此而撞到其他人。伊兰想要追上她——她不会介意有个伴的——但她自己不打算在这么炎热的天气里奔跑，即使现在可以靠集中精神不出汗。不过，伊兰还是拉高一点裙子，加快了脚步。

还没等走出五十步，她感觉到柏姬泰正在靠近，扭头一看，柏姬泰正沿着街道跑过来。爱瑞娜也在，但她立刻停下了脚步，满脸怒容地抱起双臂。这女人真是个惹人厌的家伙，而且她肯定没有因为伊兰已经成为真正的两仪师而改变自己的看法。

“我想你应该知道，”柏姬泰平静地说，“我刚刚听说，在我们去艾博达的时候，范迪恩和艾迪莉丝也要去那里。”

“知道了。”伊兰嘟囔道。这两位年迈的两仪师可能是要去莱瑞莉那里，但在泰琳的宫廷里已经有三名两仪师了，或者，她们去艾博达是有自己的任务。对于这两个推测，伊兰其实都不相信。爱瑞娜有她的主意，评议会也是一样。伊兰和奈妮薇要有两名真正的两仪师作为陪护了，可是——“她要明白，她不能去。”

柏姬泰沿着伊兰的目光瞥了一眼，看见了爱瑞娜，耸耸肩：“她明白，而且非常不高兴。至于我，我等不及要离开这里了。”

伊兰只犹豫了片刻，她答应过要保密，她不喜欢这样。但她并没有答应过要停止劝说柏姬泰，让她明白这样并没有必要，也毫无意义。“柏姬泰，艾雯——”

“我不答应！”

“为什么不？”伊兰在让柏姬泰成为护法之前很久就打定主意要约缚兰德，她会让兰德答应依她说的去做，至少在重要的事情上会是这样。后来，她又决定要让兰德答应另外一件事：兰德必须回答她的任何问题。而柏姬泰却可以按照自己的选择回答，按照自己的选择逃避，或者是按照自己的选择昂起一张倔强的脸，就像她现在这样。“告诉我为什么不，如果你有一个好理由，我就绝不再问。”

一开始，柏姬泰只是怒目而视，然后她突然抓住伊兰的手臂，几乎是推着伊兰走进一条巷子。来往的行人并没有多看她们一眼，爱瑞娜也还留在原地，只是表情比刚才更加阴沉了。柏姬泰仍然小心地向周围看了一圈，才悄声说道：“我总是随着时光之轮的转动出生、生活并死亡，完全不知道自己被绑在时光之轮上。我只有在两个人生之间，在特·雅兰·瑞奥德里才知道这些。有时候，我的人生会引人瞩目，辉煌灿烂，但我像其他所有人一样是个凡人，而不是传说中的人物。这一次，我被剥离出来，而不是随着时光之轮的转动出世。第一次，我在真实的肉体中，却仍然知道我是谁，这一次，别人也同样会知道我是谁。汤姆和泽凌就知道，他们虽然什么都没说，但我确信这一点。他们看我和看其他人的时候不一样。如果我说我要爬上一座玻璃山峰，空手杀死一名巨人，他们也只会问我是否需要帮助，而且他们会认为我不会需要任何帮助。”

“我不明白。”伊兰缓缓地说。柏姬泰叹了口气，头垂了下来。

“我不知道自己是否能做得到。在其他的人生里，我只是做我必须做的，或者所有看上去是正确的事，这对于玛爱隆、乔亚娜或是其他任何女人都足够了。现在，我是传说中的柏姬泰，每个人都知道柏姬泰能做到什么，我觉得自己就像是一名走进了拓梵枢机团的羽毛舞者。”

伊兰没有问什么是拓梵枢机团，当柏姬泰提到以前人生中的经历时，随之而来的解释经常会让伊兰感到更加混乱。“这话没道理，”她只是坚定地说道，同时抓住柏姬泰的手臂，“我知道你，但我肯定不会以为你能杀死什么巨人。艾雯也不会有这样的想法，而且她已经察觉到了。”

“只要我不承认，”柏姬泰嘟囔着，“那就跟她不知道一样。不要再说这没道理了，我知道没道理，但这不会改变我的想法。”

“那么这样说呢？她是玉座，你是一名护法。她应该得到你的信任，柏姬泰，她需要这个。”

“你和她还没说完吗？”爱瑞娜来到了她们身边，“如果你要离开，把我丢在这里，至少你能先帮我练练箭法，你答应过我的。”

“我会考虑的。”柏姬泰平静地对伊兰说道，然后她转过身，抓住爱伦娜的发辫。“我们来聊聊射箭，”她推着爱伦娜向街上走去，“但首先我们要说说什么叫礼貌。”

伊兰摇摇头，又突然想起了艾玲达，急忙快步向前走去。那栋房子并不远。

伊兰过了一会儿才认出艾玲达。她已经习惯看见艾玲达穿着凯丁瑟，将深红色头发剪短的样子；现在的艾玲达却穿着裙子、宽外衫和披巾，头发已经垂到肩膀以下，用一条折起的方巾束在后面。乍一看，艾玲达并没有显出任何为难的样子，她笨拙地坐在一张椅子里（艾伊尔人并不习惯椅子），平静地和五名两仪师一起在这间起居室里喝着茶。两仪师居住的房子都有这样的房间，而伊兰和奈妮薇仍然住在她们的那个小房间里。但伊兰仔细去看的时候，却觉得艾玲达在用警戒的眼神看着那些两仪师，仿佛她是一只正在被追捕的猎物。不过伊兰已经没机会再观察下去了，艾玲达一看到伊兰，就立刻跳起身，连手中的茶杯都掉到被清扫干净的地面上。

除了在提尔之岩里外，伊兰几乎没再见过艾伊尔人，但她知道艾伊尔人总是会隐藏自己的情绪；而且艾玲达在这方面做得很好。只是现在，赤裸裸的痛苦堆满了艾玲达的面孔。

“很抱歉，”伊兰用平稳的语调对那些两仪师说，“我必须带她离开一会儿，也许你们可以过一会儿再和她谈话。”

有几名两仪师犹豫着，似乎是想表示反对，但这是她们不该做的事。这个房间里除了艾玲达之外，伊兰显然是最强大的，而且这些两仪师中也没有宗派守护者和雪瑞安一党的人。伊兰很高兴麦瑞勒不在这里，那名两仪师就住在这幢房子里。伊兰已经选择了绿宗，并得到接纳，可随后她才发现，原来麦瑞勒是沙力达绿宗的首脑，虽然麦瑞勒成为两仪师还不到十五年时间。从人们的闲话里，伊兰知道在沙力达的绿宗两仪师中有戴上披肩超过五十年的人，不过这里所有的绿宗两仪师头上都看不见一根灰发。如果麦瑞勒在这里，并且想要留住艾玲达，伊兰再强大也不可能和宗派首脑相抗。现在伊兰只看见纱娜张开了嘴（伊兰总是觉得这名双眼凸出的白宗两仪师像一条鱼），但她又一言未发地把嘴闭上了。当伊兰挑起一侧眉弓望向她的时候，她的表情显得相当阴沉。

五名两仪师都绷紧了嘴唇，但伊兰并没有理会她们的情绪。“谢谢。”她带着一抹她并没有感觉到的微笑向她们说道。

艾玲达已经将一只暗色的包裹甩到了背上，但她还是在犹豫着，直到伊兰叫她的时候，才向伊兰走了过去。两人走到街上之后，伊兰说：“我为她们向你道歉，我不会让这样的事情再发生了。”伊兰相信，自己能做到这一点，否则艾雯也一定会做到。“恐怕这里没有什么可以单独谈话的地方，我的房间在一天里的这个时间会非常热。我们可以找个有阴凉的地方喝些茶，如果她们还没用茶水把你灌饱的话。”

“你的房间。”艾玲达现在显然还不想说话。突然间，她冲到一辆装满柴禾的大车旁，从车上拉出一根树枝——比她的手臂要长一点，比她的拇指要粗一些，然后她回到伊兰的身边，从腰间抽出匕首，开始削下那根树枝的树皮。锋利的刀刃将细枝一根根切下，仿佛剃刀割下胡须一样。痛苦的表情已经从她的脸上消失了，她似乎是下定了什么决心。

伊兰一边走，一边侧眼瞥着艾玲达。无论麦特·考索恩胡说些什么，她不相信艾玲达真的要伤害她，但……她知道一点关于节义的事，艾玲达在提尔之岩时曾经向她解释过一些。也许兰德说了或是做了什么事，也许那些令人困惑的荣誉与义务让艾玲达必须……这看起来是不可能的。但也许……

她们走进伊兰的房间后，伊兰决定先打开话题，她看着艾玲达（并抱着巨大的决心没有拥抱阴极力）说道：“麦特说你来这里是为了杀死我。”

艾玲达眨眨眼，“湿地人说话总是很奇怪，”她有些惊讶地说着，将那根棍子放到奈妮薇的床脚，然后又将腰间的匕首仔细地放到棍子旁边。“我的姐妹艾雯要我为你看着兰德·亚瑟，我答应了她。”然后她把包裹和披巾放到门边的地板上。“我对她负有义，但负你的义更多。”她解开外衫的衣带，从头上将外衫脱下来，然后又将衬衣一直褪到腰际。“我爱兰德·亚瑟，我也曾经和他躺在一起。我负有义，我要你帮忙让我承担下这份义。”她转过身，跪在两张床之间狭小的空地上。“你可以用棍棒或匕首，这是我亏欠的义，如何处罚由你来选择。”她扬起下巴，伸直了脖子，紧闭起双眼。“无论你做怎样的选择，我都接受。”

伊兰觉得自己的膝盖在发软。明说过，第三个女人是危险的，但艾玲达……等等！她说她……和兰德！伊兰的手猛然向那把匕首探去，她急忙抱紧自己的双臂。“起来，穿上衣服。我不会打你……”几下就好？她更加用力地抱紧手臂。“我也肯定不会去碰那把匕首，请把它收起来。”她本应该拿起匕首递给艾玲达的，但她很害怕自己会有什么出格的举动。“你对我不负有义。”她相信应该是这样说。“我爱兰德，但我不在乎你也同样爱他。”谎言烧灼着她的舌头。艾玲达真的和他有过亲密关系？

艾玲达跪着转过头，双眉紧皱。“我不确定自己是否明白了。你是建议我们分享他？伊兰，我想我们是朋友，但如果我们要成为姐妹妻子，就必须先成为首姐妹，而我们是不是能成为首姐妹，还要再共处一段时间才能知道。”

伊兰这时发现自己的下巴已经掉了下去，便急忙用力将嘴闭上，又虚弱地说道：“我想应该是可以的。”明一直都在说，她们会分享他，但肯定不是这样！即使想象一下当时的情景，也让伊兰觉得下流！“而且情况比你知道的还要复杂，还有另外一个女人也爱他。”

艾玲达立刻站起身，速度快得好像没有经过任何中间过程。“她叫什么名字？”她的绿眸里燃烧着火焰，那把匕首已经被她握在了手里。

伊兰几乎笑出了声。刚刚还在谈论分享他，但一眨眼，却愤怒得像……像……像我一样，伊兰一点也不喜欢这个想法。状况本来可能会比现在糟糕许多的，第三个女人本来有可能是贝丽兰，既然一定要有这个人，那如果是艾玲达的话，反而可能是最好的结果。我应该解决这个问题，而不是像小孩一样乱踢自己的裙子。伊兰坐到床边，将双手夹在膝盖中间。“艾玲达，把刀子收起来，坐下，还有，请把衣服穿好，我有许多事情要告诉你。有一个女人，她是我的朋友，我的姐妹，她的名字是明……”

艾玲达终于穿好了衣服，但她又过了很久才坐下，又过了更久的时间，才听从了伊兰的话，相信应该接受明。她不情愿地说道：“我必须认识那个女人，我不会和一个我不能像首姐妹那样去爱的女人分享他。”然后她仔细端详着伊兰，伊兰只是叹了口气。

艾玲达会考虑和她分享兰德；明准备和她分享兰德。她是她们三个之中唯一正常的吗？从她床垫下面的那张地图推测，明应该很快就会到达凯姆林了，或者她有可能已经到了那里，伊兰不知道自己会希望那里发生什么事。但明一定要用她看到幻像的能力帮助兰德，这就意味着明要留在兰德身边；而伊兰却要去艾博达。

“在生命中有什么事情是简单的吗，艾玲达？”

“如果有男人被牵扯进来，那就没有。”

伊兰不确定是哪件事让她更吃惊——发现自己在笑，还是发现艾玲达在笑？

第 41 章

威胁

在上午炙热的阳光中，明骑着马缓慢穿过凯姆林的街区，但她对这个城市却仿佛视若无睹。她几乎没有在意那些来来往往的行人、轿子、大车和马车，只是偶尔会引导她的枣红色母马绕过堵塞街道的人群。她的梦想就是居住在大城市里，去陌生的地方旅行，但现在这些覆盖着闪亮瓷片的彩色尖塔和熙熙攘攘的街景却根本无法在她眼中停留。能够让她多看一眼的包括三五成群的艾伊尔人，他们在人群中穿行，行人们跟他们保持着距离。受到同样待遇的还有那些鹰钩鼻、经常是蓄有胡须的巡逻骑兵，但明会注意到他们只是因为他们让明想起了在莫兰迪时就已经听到过的传言。梅兰娜因为这些传言而感到愤怒，当她们看到真龙信众肆虐后的残迹时，这样的传言也在成倍增加。明觉得另外一些两仪师只是在担忧，对于兰德那个特赦令的谈论还是愈少愈好。

在皇宫前广场的边缘，明拉紧了野玫瑰的缰绳，仔细地用一块缎带手绢擦过自己的脸，然后把它收回外衣袖子里。也许是因为艾伊尔人守卫着敞开的宫殿大门，所以这座巨大的椭圆形广场上没有几个人，还有更多艾伊尔人站在宫殿的大理石阳台和镀金柱廊里。他们走路的样子仿佛是一头头豹子。

安多的白狮旗飘扬在宫殿最高的圆顶上，还有一面猩红色的旗帜飘扬在一座尖塔上，比那座白色的圆顶要矮一些。微风将那面旗吹起一些，让明勉强能看见旗子上的古代两仪师徽记——黑色和白色组成的圆形。

那些艾伊尔人让明很庆幸自己拒绝了两名护法要在她身边保护的好意，护法和艾伊尔人之间也许会碰撞出火星。那其实也不算是真正的好意，明拒绝的方式则是在他们约定好的一个小时之前先溜出来。梅兰娜是凯姆林人，她们在天还没亮时进入凯姆林后，她就带着她们去了据她说是新城最好的旅店。

虽然明听说过各种关于那些戴着黑面纱的艾伊尔人的可怕故事，但让她止步不前并不是那些艾伊尔人，不完全是。她的外衣和裤子用的质料是沙力达能找到最好的、最软的羊毛料，衣服的颜色是淡玫瑰色，在翻领、袖口和裤腿外侧绣着蓝色和白色的小花。她的衬衫也像是男人的一样，不过是用奶油色的丝绸做成的。在巴尔伦的时候，父亲死后，她的姑妈们曾经要让她成为所谓的正常女人，但也许她的梅伦姑妈明白，明已经穿着男孩衣服在那些矿道里跑了十年，再想把她塞回到裙子里已经太迟了，即使是这样，她们也没有放弃努力。明也顽固地和她们抗争着，拒绝穿上裙子，拒绝学习女红。后来明在“挖矿人休息”当了一段时间的女侍，那不是一段让人高兴的经历，那家客栈是个非常粗俗的地方。拉娜姑妈、姜恩姑妈和梅伦姑妈很快就找到了她，不顾她已经二十岁的事实，硬把她拖走了，所以明也没有在那里待过多长时间。除了那段时间之外，明从没自愿穿上过裙子。现在，明觉得也许自己真的应该穿上裙子，而不是这样的外衣和长裤，一条丝绸裙子，裁剪合身，领口开低一些，然后……

他必须接受我现在的样子，明一边想着，一边气恼地扭着缰绳。*我不会为任何男人改变*。实际上，就在不久之前，她的穿着还像一名农妇那样朴实，而现在，她的发卷几乎已经要垂到肩头了。一个微弱的声音对她耳语，*你会变成他希望你变成的那样*。她用力将那个声音踢开，就像她踢开那些想要对她无礼的马夫一样。然后她踢了一下野玫瑰的腹侧，动作也并不轻柔。她恨那个“女人面对男人就会变得柔弱”的想法。现在只剩下一个问题，她确信自己很快就要知道这想法是怎么一回事了。

她在一座宫门前下了马，拍拍野玫瑰，算是道歉，同时又不确定地看着那些艾伊尔人。他们之中有一半是女人，除了其中一个之外，这些女人都比她高很多。那些男人都有兰德那么高，其中有一些甚至更高。他们全都在看着她，嗯，他们似乎在看着周围的一切，但肯定没有放过她，而且她没看见他们眨过一次眼。他们的手上拿着短矛和圆盾，背上背着角弓，腰间拴着箭袋和重匕首，看上去完全是一副杀手的模样。那些挂在他们胸前的黑色布片一定就是那种面纱了，她听说过，艾伊尔人一定要在戴上面纱之后才会杀死你。希望会是这样。

明走向那名个子最矮的女子，她亮红色的头发剪得就像明以前一样短，被晒成茶褐色的面孔就如同从木头中雕刻出来的，但她的个子甚至比明还要矮一点。“我是来见兰德·亚瑟的，”明说道，声音有些不稳定，“转生真龙。”他们真的不会眨眼吗？“我的名字是明，他认识我，我有重要的讯息要带给他。”

那名红发女子转向其他艾伊尔人，用一只手飞快地做着各种手势。当她转回身来的时候，其他艾伊尔女人都发出了笑声。“我会带你去见他，明，但如果他不认识你，你就会用比来时更快的速度离开。”一些艾伊尔女人又笑了一阵。“我叫安奈拉。”

“他认识我的。”明红着脸对她们说。她的外衣袖子里有一双匕首，汤姆·梅里林教过她该如何使用它们。但她有种感觉——眼前这个女人会将它们夺走，然后用它们剥掉她的皮。一个幻象在安奈拉头顶闪了一下，立刻又消失了——好像是一个花冠，明不知道那是什么意思。“我要把我的马也牵上吗？我觉得兰德应该不会想接见它。”让明感到惊讶的是，一些艾伊尔人——有女也有男——因为她的这句话又发出了笑声。安奈拉也微微抽动着嘴角，仿佛是想笑的样子。

一个男人向野玫瑰走去。明觉得他也是艾伊尔人，但他却谦恭地低垂着目光，身上穿着一件白袍。明跟随安奈拉走进大门，穿过一片宽阔的院子，走进了宫殿。当她看见挂满织锦壁毯的走廊里有许多身穿红白制服的仆人在来回奔忙时，心中确实松了一口气。这些仆人们也会用警觉的目光瞥向走廊中的艾伊尔人，但他们的眼神仿佛只是在看着一条陌生的狗。明本来以为自己会发现一座除了艾伊尔人外再没有别人的宫殿，兰德的周围也全都是艾伊尔人。也许他同样穿着那种灰色、褐色和绿色的衣服，不眨眼地盯着她。

在一道雕刻着狮子图案、敞开着的高大门户前，安奈拉停下脚步，飞快地向守在门外的艾伊尔卫兵打着手势。她们全都是女人，其中那名浅黄色头发的女人比大多数男人都要高，她也向安奈拉打着手势。

“等在这儿。”安奈拉说完就走了进去。

明跟着她向前走了一步，那名浅黄色头发的女人仿佛是不经意地将一根短矛放到了明面前。但明并不在乎，她看见了兰德。

兰德坐在一个雕满了龙的巨大镀金王座上，身穿一件红色外衣，外衣上用金线绣着许多花纹，手里拿着一根有绿白色穗子的短枪。在他背后的高台上还有一个镀金王座，那个王座的靠背上，在红宝石铺底中有一只用白色宝石雕刻的狮子，那就是传说中的狮子王座了。在这个时候，即使兰德把它当成是脚凳，明也完全不会在乎。他看上去很累，但他是那么俊俏，让她如此渴望。幻象不停地在他身边闪现。明在两仪师和护法身上见过这样的情景，她也一直在逃避这种情景。在大多数时间里，她都像其他人一样，完全不知道那些幻象是什么意思，但它们总是会出现。而对于兰德，明必须让自己去看它们，因为如果不看它们，她就会一直盯着他的脸。其中有一个幻象是明在每次都能从他的身上看到的——千亿颗闪烁的光点，如同星辰或流萤，冲进一片巨大的黑暗里，想要将它填满，却又在转瞬间就被吞没。这次，那些光点似乎比明上次看见时更多了，但那片黑暗也在以更快的速度吞没它们。明还看到了以前她没看到过的幻象——一团黄色、棕色和紫色的光晕，让明觉得自己的肠胃仿佛被一只拳头紧紧地握住。

明想从那些侍立在他面前的贵族们身上看到些幻象（从他们华丽的外衣和丝绸裙装判断，他们肯定是贵族），但明从他们身上什么都看不到。大多数人在大多数时候身上都不会有幻象，而且即使有，明也不知道那预示着什么。虽然如此，明仍然眯起眼睛寻找着，只要她能看到一个幻象，一点光晕，那也许都会对兰德有帮助。明在进入安多境内后听到许多传闻，如果这些传闻是真的，那么兰德就是在竭力寻找所有能帮助他的因素。

最后，明重重地叹了口气，放弃了这种努力。如果一开始没看到，无论再怎么努力眯眼睛看，都不会有什么发现的。

突然间，明发觉那些贵族们都在朝后退去。兰德已经站了起来。安奈拉在挥手，示意她进去。兰德在微笑，明觉得自己的心脏就要从胸腔中跳出来了。她曾经取笑过无数将自己抛到男人脚下的女子；这一定就是她们的感觉了。不，她不是个轻率的女孩，她的年纪比他还大，在他还认为不必再牧羊一定是世界上最令人高兴的事情时，她已经有了她的初吻，她……*光明啊，请不要让我的膝盖软下去吧！*

兰德将真龙令牌扔在他刚才所坐的地方，一跃跳下高台，冲过王座大厅，将双手伸到明的手臂底下，一下子将她举到了空中，转了一圈又一圈。戴玲在这时候正率领众人离开，有一些贵族在盯着他们，但他一点也不在乎。他笑着说："光明啊，明，能看到你实在是太好了。"这比戴玲或艾络琳死板的面孔要美妙多了。但如果亚姆林、爱拉瑟勒、佩利瓦、鲁安和所有那些贵族们全部宣告他们因伊兰正在前往凯姆林的路上而感到喜悦，而不是用怀疑的眼神盯着他，甚至用眼睛说他是个骗子，他一定会像看见明一样大喜过望。

当他把明放回到地上的时候，明立刻依偎在他的怀里，紧抓住他的手臂，剧烈地喘息着。"对不起，"他说道，"我不是要让你头晕，我真的是很高兴看到你。"

"嗯，你真的让我头晕了，你这个羊毛脑袋的牧羊人。"她靠在他的胸前呢喃着。他将她从胸前扶起，她透过长长的睫毛瞪着他。"我走了很远的路，昨晚到了这里，你却把我像一袋燕麦一样扔来扔去，你学过要有礼貌吗？"

"羊毛脑袋，"他轻声地笑着，"明，你可以认为我是在说谎，但我确实很期盼听到你这样叫我。"她没有再叫他，只是凝望着他，刚才装出的那一点火气已经完全消失了。她的睫毛确实比他记忆中更长。这时兰德忽然意识到他们在什么地方，就拉起明的手，王座大厅并非老友相见的地方。"明，跟我来，我们可以在我的房里喝些凉酒。索麦莱，我要回我的房间去，你可以把所有人都遣散了。"

索麦莱看起来并不为这件事感到高兴，但她还是遣散了枪姬众，只剩下她和安奈拉，她们两个看上去表情都有一点阴沉，对此，兰德并不能理解。他允许索麦莱召集了这么多枪姬众进入宫殿，是因为戴玲和几名贵族来觐见，巴歇尔也因为这个原因回到了北边他的骑兵营地里。枪姬众的存在是为了提醒这些贵族，而巴歇尔的离开是因为不能给这些贵族太多的提醒。兰德希望剩下的这两名枪姬众不会像母亲对孩子般又在帮他计划什么，他觉得她们两个轮流当他保镖的时间比她们应该分配到的要更久。但在这样的事情上，南蒂拉像苏琳一样强硬。他能指挥法达瑞斯麦，但他不是枪姬众，所有这些事务都与他无关。

明被兰德领着从走廊中穿过，一边欣赏着沿途的织锦壁挂、嵌宝柜橱、金银器皿和放在壁龛中的海民瓷器。她把安奈拉和索麦莱各打量了三遍，但她既没有看兰德，也没有和兰德说上一句话。兰德握着她的手，能感觉到她的脉搏快过马匹的狂奔，他希望明真的没有因为刚才被他那样旋转而生气。

索麦莱和安奈拉站到了兰德房门口的两侧，这让兰德大大松了一口气。但是当兰德要她们去拿一些调味酒来的时候，她们都只是看着兰德，让兰德不得不把话重复一遍。在起居室里，兰德脱下外衣，把它扔到椅子上。

“坐下，明，坐下，放松休息一下，酒很快就会来。你一定要把一切都告诉我，你这段时间都在哪里，你是怎么到这里的？为什么你会在晚上来到凯姆林？夜间赶路并不安全，而且现在比以往更加不安全了。我会让你住进宫里最好的房间……嗯，第二好的房间，这里才是最好的房间。还有一名艾伊尔护卫跟随你去任何你想去的地方，这样任何流氓无赖都不会敢招惹你的，如果他们不是拔腿就跑的话。”

片刻之间，兰德觉得明像是很想笑的样子。明只是站在门边，并没有坐下，她深吸了一口气，从口袋里掏出一封信。“我不能告诉你我是从哪里来的——我答应过别人，兰德，但伊兰原先和我在一起，而且……”

“沙力达。”兰德说道，看到明睁大了眼睛，他不禁露出了微笑，“我知道一些，明，也许比某些人想象的还要多。”

“我……看出来了。”明虚弱地说道。她将那封信塞进兰德的手里，然后又退了回去。她的声音也变得坚定起来：“我发过誓，我见到你的时候，就会把它交给你。打开看看。”

兰德认识那个蜡封——深黄色的蜡漆上印着一朵百合花。他的名字被伊兰圆润的字体写在上面，在打开信封之前，兰德犹豫了一下。清楚地了断是最好的，他已经做到了一个，但有这封信在手里，他总是有情难自禁的感觉。他将信读了一遍，又坐到自己的外衣上，重新将信读了一遍。这封信很短。

兰德：

我已经明白了我对你的感觉，知道它们一直没有改变。我希望你对我的感觉也能像我对你的一样。明能帮助你，只要你愿意听取她的意见。我爱她如同爱自己的姐妹，希望你也像我一样爱她。

伊兰

伊兰这封信写到最后的时候一定是没有墨水了，因为信的最后几行字迹很潦草，完全不像前面的字迹那样雅致精细。明这时走到兰德身后，微微侧过头，想要读到信里的内容，同时又不被兰德发现。但是当兰德站起身，拿起外衣的时候（那件小胖男人雕像的法器就被装在这件衣服的口袋里），她急忙又退了回去。“所有女人都要把男人逼疯吗？”兰德喃喃地说道。

“什么！”

兰德只是盯着那封信，半是自言自语地说道：“伊兰是那么美丽，让我的目光总是无法离开她，但在一半的时间里，我不知道她是想让我吻她，还是跪在她的脚下。说实话，有时候我真的想跪下……敬拜她，光明拯救我，她认为我知道她的感觉。而在这之前，她写过两封信给我。其中一封充满了爱意；另一封说她绝对不想再看到我。我一直希望第一封是真的，另一封只是某种玩笑，一个错误，或者……还有艾玲达，她也是那么美丽，但和她在一起的每一天都是一场战争。没有亲吻，再也没有了，她的感觉毋庸置疑，她离开我甚至比我看见她离开时还要高兴。只是，我一直期待着在转过身时能看见她，当她不在的时候，仿佛我心中的某样东西也失落了。我真的怀念那种战争，当我想到它的时候，就会觉得那确实是值得为之战斗的。”他忽然觉得明寂静得有些异样，就抬起头望向明。明这时正盯着他，一片空白的面孔如同一名两仪师。

“难道没有人告诉你，对一个女人谈论别的女人是不礼貌的吗？”她的声音也是一样刻板，“而同时谈论两个女人显然就更不礼貌了。”

“明，你是我的朋友，”兰德表示反对，“我并没有把你当成一个女人。”这些话一出口，他就知道自己说错了。

“哦？”明扔掉外衣，将两只手放在臀上，这并不是兰德所熟悉的气恼姿势。她弯曲手臂，张开手指，这让她看起来完全不一样……兰德第一次开始真正地去看她，不再只是明，而是这样的一个人儿。不再是平时那种平实无华的褐色外衣和裤子，而是粉红色的绣花衣衫。不再是那种刚到耳际的短发，而是掩住脖颈的卷发。“我看起来像男人吗？”

“明，我——”

“我看起来像个男人吗？像匹马吗？”明一步跨到兰德面前，坐到他的膝盖上。

“明，”兰德惊讶地说道，“你在做什么？”

“让你知道我是个女人，羊毛脑袋，我看起来不像个女人吗？我的味道不像个女人吗？”现在兰德才注意到，她身上散发着淡淡的花香。“我感觉起来……嗯，这应该足够了。回答我，牧羊人。”

两声“羊毛脑袋”和“牧羊人”让兰德从震惊中回神过来，不过他觉得明坐在自己身上的感觉真好。但这毕竟是明，她一直都认为他是个头发里挂着干草的乡下男孩。“光明啊，明，我知道你是个女人，我没有要冒犯你的意思，你是我的朋友，只是我和你在一起觉得很舒服。如果我在你面前像个傻瓜，也没关系，我可以告诉你我无法对别人说的事情，那些事我甚至无法对麦特和佩林说。当我在你身边的时候，所有心结都被解开了，所有紧张、疲惫都消失了。你明白吗，明？我喜欢在你身边，我想念你。”

明环抱双臂，皱起眉头，侧过眼睛看着他。她的腿抽动着，仿佛是要狠狠跺脚的样子。“所有那些关于伊兰的话，还有那个……艾玲达。对了，她是谁？听起来她们两个你都爱。哦，别打哆嗦，你欠我答案，竟然说我不是……那么，回答我，你爱她们两个吗？”

“应该是，”兰德缓缓地说，“光明救我，我想应该是的。我是个色鬼吗，明？或者只是个贪婪的傻瓜？”明张开嘴，但没有说出一个字，她咬住嘴唇，恼怒地甩过头。但兰德并没等明回答就又急忙开了口，其实他并不想让明在那两个答案之中选择一个。“不过这没关系，这已经结束了，我让艾玲达离开，而且不会让她再回来。我不会走进她和伊兰的一里范围之内，不会走进她们的十里范围之内。”

“为了爱……为什么，兰德？你有什么权力为她们做出这种选择？”

“明，你不明白吗？我是一个目标，任何我爱的女人都会成为目标，即使箭尖是指向我的，也有可能会射中她们，而且同样会有利箭指向她们。”他重重地呼出一口气，靠进雕刻着玫瑰的椅子里。明稍稍转过身体，用最严肃的表情审视着兰德，兰德从没见她这么严肃过。明总是在微笑，总是能从一切事情里找到欢乐，但她现在盯着兰德的眼睛里只有严肃。不过兰德自己也是一样严肃。“岚告诉我，他和我在某些方面非常相像，这是真的。他说有一种男人，会自动放射出死亡，他，还有我，都是这种男人。当一个这样的男人陷入爱情时，他能给对方最好的礼物就是尽量拉远两个人之间的距离。你明白吗？”

“我明白的是……”明沉默了片刻，“很好，我是你的朋友，我很高兴你知道这点，但不要以为我会放弃。我会让你相信，我不是一个男人，也不是一匹马。”

“明，我说过，我——”

“哦，不，牧羊人，还不够好。”她在兰德的腿上扭动着，让兰德不得不清了清喉咙。然后，她用一根手指点住兰德的胸口：“我希望如果你再这样说的时候，泪水会流出眼眶，口水会流到下巴，声音会变得模糊不清。你别以为我不会让你为这些话付出代价。”

兰德不禁笑出了声：“明，你能在这里真好。在你眼里，我只不过是来自两河的一个乡下男孩，对不对？”

明的情绪很快又变得乐观了。“我看见的是你，兰德，”她的声音出奇的平静，“我看见了你。”她清清喉咙，将双手放在膝上，让自己显得端庄典雅（如果坐在一个男人的腿上时能显得端庄的话），“也许我最好还是说说我为什么会来。你知道沙力达，这会让许多人挑起眉弓的。但也许你不知道的是，这次来的并不只是我一个人，从沙力达来了一个使节团要见你。”

路斯·瑟林低声地说着话，如同远处传来的雷声。自从兰德被埃拉娜约缚之后，每次有人提起两仪师，路斯·瑟林就会醒来，几乎和提起马瑞姆时一样了。

即使听到了路斯·瑟林的声音，兰德还是很想微笑。当明把伊兰那封信交给他的时候，他就有这种怀疑了。依照他的看法，这支使节团本身就代表着她们的恐惧，她们还能怎样？反叛已经逼得她们不得不藏身于白袍众权势的边缘。她们很可能也在思考着该如何爬回白塔去，正咬着手指忧心该怎样才能乞求爱莉达的宽恕。根据兰德对爱莉达的了解，她们的机会很小，对于这点，她们一定比他更清楚。如果她们已经派遣使节团来见转生真龙，见一个能够导引的男人，那么这就表示她们准备接受他的保护了。这和爱莉达不一样。爱莉达显然认为他是可以被收买的，而且可以像只歌雀般被放进柳条笼里去。现在，艾雯那个关于两仪师会支持他的含混承诺将要变成现实了。

“和你一起来的还有谁？”兰德问，“也许我认识她。”除了沐瑞之外，他并不真的认识任何两仪师——而沐瑞已经死了——他只是以前见过另外几名两仪师。如果这次来的两仪师他见过，事情可能会变得稍微困难一些，那时候他真的只是明眼中的乡下男孩，被两仪师看一眼就会打哆嗦。

“来的两仪师不止一个，兰德，一共来了九名两仪师。”兰德愣了一下。明急忙又说道：“这是对你的一种尊敬，兰德，三倍于她们派往任何国王那里的使节团。梅兰娜是灰宗两仪师，她是使节团的负责人，今天下午，她会单独来见你。除非你同意，否则每次来见你的两仪师都将只有一个人。她们住进了新城的玫瑰王冠旅店，她们和她们带来的护法与仆人包下了那家旅店的所有房间。梅兰娜先派我过来，因为我认识你，我要来为她们铺平道路。她们不会伤害你，兰德，我确定这点。”

“是因为你看到了幻象，还是出于你自己的推测？”和一名坐在他怀里的女人进行这么严肃的谈话，这让兰德感觉很奇怪。但毕竟，她是明，他要不断提醒自己这一点。

“是我的推测。”明不情愿地承认，“兰德，从沙力达到这里的一路上，我每天都在她们身上看见幻象。如果她们想要伤害你，我一定能看到什么的，我不相信这么长时间里还看不到任何蛛丝马迹。”她转过身体，担忧地看了兰德一眼，但脸上立刻又显出坚定的神情。“我也许应该再告诉你一些事。在王座大厅时，我看见一个幻象围绕在你身边。两仪师要伤害你，至少是能够导引的女人，这让我感到很困惑，我也不太确定是否是两仪师，但这种事情也许会发生不止一次。所以我想这就是我在你身上看到的幻象会如此混乱的原因。”兰德一言不发地看着明。而明又向他露出了微笑。“我喜欢你这种样子，兰德，你接受我能做到的，也接受我不能做到的。你不会问我是否确定，或者它什么时候会发生。你从来不问我所不知道的事情。”

“嗯，我要问一件事，明，你能确信在我的幻象中看到的两仪师不是随你而来的那些两仪师吗？”

“不确定。”明简单地回答。这也是兰德喜欢的——明从不会试图逃避。

我必须小心，路斯·瑟林专注地耳语着，*即使是那些没经过完整训练的女孩，有九个在一起也是危险的。我必须……*

是我必须，兰德坚定地想。一阵困惑从路斯·瑟林那里传来，然后他就逃回到阴影中去了。现在，只要兰德跟他说话，他就会这样。现在的问题是，路斯·瑟林似乎能看见和听见的更多了，而且开始蠢蠢欲动地想要干涉他的行动。虽然在他抓住阳极力的过程中没有再发生什么事情，但兰德现在变得更小心了。那个男人想要占据他的身体和意识，他认为这些都是属于他的。如果他真的有一次控制了这些，兰德将无法确定继续存在这个世上的会不会是路斯·瑟林·特拉蒙，而兰德·亚瑟变成了他脑海中的一个声音。

“兰德，”明担忧地说，“不要这样看着我，如果真要选边站的话，我是站在你这边的。不排除会变成这种情势。她们以为我会告诉她们你都说了些什么，我不会的，兰德。她们只想知道如何对付你，能从你这里得到什么。但只要是你不想让我说的，我一个字都不会说，如果你要我说谎，我就会说谎。她们不知道我都看到了什么幻象。这些都是你的，兰德，我会为你而努力去了解任何人，包括梅兰娜和其他那些两仪师。”

兰德强迫自己扭曲的面孔恢复正常，确保自己的声音是温和的：“不必担心，明，我知道你是站在我这边的。”这是绝对的事实，怀疑明就像是怀疑他自己。路斯·瑟林可以等到以后再去对付，先要对付的是梅兰娜和她的使节团。“告诉她们，她们一次可以来三个人。”这是路斯·瑟林在凯瑞安提出的建议，一次不能超过三个，他似乎相信他能对付三名两仪师；他对现在这些人们自称为两仪师非常蔑视。不过这个在凯瑞安的限制在这里还有别的用意。梅兰娜想让他安心，所以答应每次只会有一名两仪师来找他，就让她去猜测为什么兰德会邀请三名两仪师一同前来吧！“同时，如果没有我的允许，她们之中的任何人都不能进入内城，她们也不能试图在我身边导引。告诉她们这些，明，她们握持住真源的时候，我自然会知道，那样我是不会高兴的。告诉她们。”

“她们也不会很高兴的，牧羊人，”明冷冷地说，“但我会告诉她们。”

一阵撞击声让兰德猛地转过了头。

苏琳正站在房门口，身穿着她那身红白两色的衣服。她满脸涨红，脸颊上的那道疤比平时更显苍白。自从她穿上这身仆人制服后，就没再剪过头发，但那仍然比其他女仆的头发要短许多。哈芙尔大妈将她的头发卷成了类似发髻的样子；苏琳痛恨这种发式。在她脚边放着一只镶金边的银托盘，旁边还倒扣着两只缀银丝的金高脚杯。当兰德转过头的时候，那只酒罐刚刚转动了最后一下，奇迹般地立稳了，只是至少有半罐酒液洒在托盘和地毯上。

明刚要从兰德的怀里站起来，就被兰德伸手搂回怀里。应该让她们知道，他和艾玲达已经结束了，明不会介意帮他一下的。实际上，经过片刻的挣扎后，明索性靠在他身上，将头倚在他胸前。

“苏琳，”他说道，“一名好仆人不会把托盘扔在地上的，现在，把它捡起来，做你该做的事。”苏琳阴沉着脸瞪着兰德，全身都在微微颤抖。

兰德一直想为正在承担义的苏琳减轻一点负担，虽然这种事情并不见得有多光彩。苏琳现在负责管理他的房间，而且只为他一个人服务。当然，她不喜欢这样，特别是让兰德每天都看到她在做这些，但她现在已经不用为了擦过整座宫殿的地板而累断了腰，或是为洗衣房搬运无数次沉重的水桶了。兰德怀疑，苏琳宁可让龙墙这一侧的所有艾伊尔人都看到她的这副样子，也不愿意让兰德看见，但兰德大大减轻了她的工作量，也以此减轻了自己的一些良心负担。如果为兰德工作能让苏琳相信自己可以快点将所有的义承担下来，那这就太好了。苏琳属于凯丁瑟和她的矛枪，而不是穿着仆人服为他铺床。

苏琳捡起托盘，走过房间，用力地将它放在一张镶嵌象牙的桌子上。当她转过身的时候，兰德说道：“这位是明，苏琳，她是我的朋友，她不知道艾伊尔的习俗。我不愿意看到她遭遇任何不幸。”他刚刚想起，对于他遣走艾玲达，立刻又抱住另一个女人的行为，也许枪姬众们会有自己的看法，她们也会用自己的手段去解决这个问题。“实际上，如果她受到任何伤害，我都会认为是对我的伤害。”

“除了艾玲达之外，为什么还会有人想要伤害这个女人？”苏琳冷冷地说道，“她用了太多时间为你做梦，却没有用足够的时间把你应该知道的事情教给你。”然后她哆嗦了一下，粗着嗓子说了一声，“真龙大人。”兰德觉得那声音里充满了埋怨。她在行屈膝礼时差点摔倒两次，然后才站起身。走出房间时，她狠狠地摔上了门。

明转过头看着兰德：“我从没见过这样的女仆，兰德，我相信如果她手里有刀的话，她一定已经刺穿你的身体了。”

“也许她会踢我，”兰德发出咯咯的笑声，“但绝不会刺我，她认为我是她失散已久的兄弟。”困惑的表情笼罩着明的眼睛，兰德能看见上百个问题从她的眼中浮起。“这是一个很长的故事，以后我再告诉你。”他会告诉明其中一部分，他不会告诉任何人他必须如何忍耐安奈拉、索麦莱和其他几个人。嗯，枪姬众们都已经知道了，但他不会再对她们之外的人说的。

麦兰以艾伊尔人的方式走了进来——她先从门口探进头，向四下张望了一圈，然后身子的其余部分才跟进了房间。兰德一直都不知道有什么能阻止艾伊尔人走进他的房间，首领们、智者们和枪姬众都曾经在他只穿着内衣时、他躺在床上时，甚至还在澡盆里时径自走到他身边。这名太阳色头发的智者走到他面前，盘腿坐在距离他几步远的地方，然后带着一阵阵首饰碰撞的声音仔细地整理好自己的裙摆。一双绿眸不带任何感情地盯着明。

这一次，明没有想要站起来。实际上，她只是躺在兰德的怀里，头靠在他的胸口，呼吸缓慢而均匀，兰德甚至有些怀疑她就要睡着了。毕竟，明说她是在夜里到达凯姆林的。突然，兰德意识到自己的手正放在明的腰上，便急忙用力将它移到椅子扶手上。明似乎是遗憾地叹了口气，然后又向他的怀里挤了挤，她肯定是打算睡觉了。

“我有讯息要告诉你，”麦兰说，“我确定是最重要的讯息。艾雯已经离开了营地，她去了一个叫沙力达的地方，那里聚集了很多两仪师，那些两仪师有可能会支持你。因为她的要求，我们以前并没有向你提到过她们。但现在我要告诉你，她们是一群刚愎自用、缺乏训练、不服管束、傲慢而不讲理的人。”讲到最后，麦兰向前倾过身子，音调变得相当激动。肯定是凯瑞安的一位梦行者在梦中将这些告诉了麦兰，这是兰德对梦行者们能力的唯一了解。尽管这个能力非常有用，但梦行者们并不是很愿意依照他的吩咐使用这个能力。跟以往不同的是那串关于刚愎自用等等的谈话，大多数艾伊尔人似乎都认为两仪师要惩罚他们，而且相信自己应该受到这样的惩罚，并且会毫不畏缩地接受她们的惩罚，即使是智者们以前也都会以尊敬的口吻谈论两仪师。但现在，有些事情显然发生了改变。对于麦兰的话，兰德只回答了一句："我知道了。"如果麦兰想把她这样说的原因也告诉他，他就不必主动去问；如果她不想，问也不会得到答案。"关于艾雯，还有沙力达，现在刚刚有九名沙力达的两仪师进入了凯姆林，明是跟她们一起来的。"

明在他的胸前动了动，嘟囔了一些什么。路斯·瑟林又开始吼叫，只是声音太低，听不清他在说些什么。兰德有些高兴路斯·瑟林能让他转移一下注意力。明的感觉……真好，如果这让明知道，她一定会觉得自己冒犯了她。但如果她打定主意要让他为这一切付出代价，她也许又会笑了吧！有时候，她真是像水银一样无法捉摸。

兰德对于情况的了解并没有让麦兰显露出任何惊讶的表情，她甚至没有动一下披肩。自从和贝奥结婚后，她已经很少有激动的表现了，用"平静"可能都不足以描述她现在的生活状态。"这是我的第二个讯息。你必须对她们保持警戒，兰德·亚瑟，并且对她们施以强硬的手腕。除此之外，她们不会有任何理由尊敬你。"艾伊尔人对于两仪师的态度确实变了。

"你会有两个女儿，"明喃喃地说着，"一模一样的双胞胎。"

也许麦兰刚才一直是静如止水，但现在却完全不同了，她睁大双眼，打了个冷颤，差点跳了起来。"你怎么能……"她用难以置信的声音说道，然后又立刻让自己恢复平静。即使这样，她还是用带着喘息的声音说："我自己还不确定，我今天早晨才刚知道自己有了孩子，你怎么会知道？"

明这时已经站起身，又回头看了兰德一眼。兰德很熟悉这样的眼光，这是他的错——她并不是绝无瑕疵的，虽然只是有很小的一点缺点。她穿上外衣，向四处扫视了一圈，只是没有去看麦兰。当她的目光又落在兰德身上的时候，眼神和刚才并没有什么差别。是他让她陷了进来，他要负责把她弄出去。

"没关系，明，"兰德说道，"她是一位智者。我想，她知道一些足以令你惊讶得头发都卷起来的事情。"——除了那些已经卷起来的头发之外。女人到底是怎么做到这件事的？"我相信她会答应保守你的秘密，你可以信任她的承诺。"麦兰在向明做出承诺的时候，口齿仍然不是很利落。

明在坐到麦兰身边的时候，又看了兰德一眼，也许那眼神中带着一些责备。明希望他怎么帮她？因为兰德刻意提出了请求，所以麦兰不会忘记这件事，但麦兰会信守承诺，保守这个秘密。她已经保守够多不让兰德知道的秘密了。

虽然很不愿意，但明还是向麦兰解释了自己的能力，而且比第一次对兰德解释时描述得更详尽，也许麦兰不停的问题也发挥了作用。随着明的讲述，麦兰也逐渐改变了态度，似乎开始觉得明的能力让她不再只是一名湿地人，而是成为和她们价值相当的一分子。

“这很惊人，”最后麦兰说道，“就像是没有做梦，却有释梦的作用。你说的是两个？都是女孩？贝奥一定会很高兴的。多灵达已经给他生了三个儿子，但我们都知道，他喜欢女儿。”明眨眨眼，又用力摇摇头。当然，明不知道姐妹妻子的事。

然后这两个女人聊了许多生小孩的事，她们都没生过小孩，但全都当过助产妇的助手。

兰德大声地清了清喉咙。并不是这个话题令他感到不适：他也帮过母羊生羔羊，母马生马驹，还有母牛生犊牛，让他生气的是这两个女人只知道坐在那里热络地聊着天，仿佛根本当他不存在一样。直到他用这么大的声音清嗓子，她们才转过了头。

麦兰靠近明，用隔壁房间也能听到的耳语对明说：“男人总是会晕倒。”

“而且总是挑最糟糕的时候。”明用同样的音调表示同意。

如果她们见识过他在麦特父亲畜棚里帮忙的情形，她们会怎么想？那时鲜血和出生的马驹都堆在他肩上，而他的三根肋骨又被初次生产、毫无经验的母马给踢断了。但他那时有过丝毫的害怕吗？那是一匹好马驹，那匹母马下次生产的时候就没有再踢过人了。

“在我晕倒之前，”他挖苦地说着，也坐到地毯上，“也许你们之中的某个人能再说些关于两仪师的事？”如果不是刚才腿上坐着人，他早就要坐到地上来了。在艾伊尔人之中，只有首领有椅子，而一名首领的椅子只有在宣布判决和接受敌人投降时才能被使用。

两个女人都识相地闭上嘴，没有再说话，只是不停地调整着披巾和外衣，躲避兰德的目光。但是当她们开始说话的时候，又完全变成另一个样子。明顽固地坚持自己的观点，认为沙力达的两仪师无意伤害兰德，而且可能会为兰德提供帮助，只要兰德在公众场合给予她们足够的尊敬。明认为在私下里将听到的一切报告给兰德，就能妥善地控制住她们。“麦兰，你要明白，我不是她们的叛徒。除了沐瑞之外，我在见到任何两仪师之前就已经认识了兰德。事实是，在沐瑞死前很久，兰德就得到了我的忠诚。”

麦兰并不认为明是一名叛徒，相反，她似乎对明的看法更好了。智者们确实对于间谍有着自己的看法，这点和其他艾伊尔人又不一样，但麦兰坚持认为两仪师像沙度一样不可信任。这就是说，必须将她们俘虏，并让她们成为奉义徒才行。麦兰并没有确切地建议要俘虏玫瑰王冠旅店的两仪师，但意思也差不多了。“你怎么能信任她们，兰德·亚瑟？我认为她们完全没有荣誉感可言。当然，除了艾雯·艾威尔，她……”麦兰又拧了一下她的披巾。“当一名两仪师向我表明她像艾雯一样有荣誉感的时候，我就会信任她，但在此之前不行。”

兰德在大部分时间里只是听她们说话，他从她们的争论里得到不少信息。为了回应麦兰的辩驳，明逐一描述了那个使节团的成员，列举出她们每一个人说过的关于支持兰德的话。不过明也承认，这些两仪师说的话并非都是正面的。梅兰娜·亚博瑞和蓝宗两仪师凯尔伦·斯登都是安多人，虽然两仪师应该抛弃一切，只效忠白塔，但也许是因为她们已经离开了白塔，所以她们都在担心是兰德占领了凯姆林，并杀死摩格丝。蕾菲拉·辛达也是蓝宗两仪师，她也许很高兴兰德在提尔做出的改变。以前在那个国家进行导引是违法的，被发现有导引潜质的女孩都会被押出国境，但对此她说得很少，并也同样在担忧摩格丝的事。绿宗两仪师森妮德·台韩对于每一个关于她的家乡凯瑞安的谣言都会思考很久，并得出她自己的结论。同样是绿宗两仪师的费德琳·哈瑞拉有时候会比较真龙信众在阿特拉、莫兰迪和他们在塔拉朋的暴行，她甚至拒绝谈论那个明显的事实——在第一个宣誓向真龙效忠的人出现以前，她的家乡已经被内战摧毁得残破不堪了。但无论麦兰如何步步紧逼，明始终坚持所有那些两仪师都承认兰德是转生真龙，并且在从沙力达到这里的一路上，一直以最谨慎的态度询问明，兰德是怎样的人，该用什么样的办法接近他，才不会让他感到厌恶或恐惧。

听到她们会担心吓到自己，兰德哼了一声。但麦兰又坚持说，如果那个使节团中的大多数女人都有如此众多的理由反对兰德，那么这个使节团肯定不能像用来烧火的畜粪一样值得信任。明对着兰德做出一个充满歉意的扭曲表情，又匆忙继续解释。阿拉多曼的真龙信众似乎和塔拉朋一样多，而那个国家同样陷入了内战。但褐宗两仪师黛玛拉·艾瑞弗只是在谈论两件事：会见兰德和那个兰德在凯瑞安开设学校的传闻。在黛玛拉的眼中，一个会开设学校的人不完全是个坏人。黄宗两仪师贝伦妮西·墨萨德是夏纳人，她在沙力达时就听她的夏纳同胞们说过，兰德已经被法达拉的统帅——

爱格马·贾盖德领主所承认，这个荣誉似乎在很大程度上影响着她对兰德的看法，爱格马领主肯定不会承认一名无赖、一个傻瓜，或是一个恶棍。这件事同样影响着玛苏芮·索柯瓦，这名褐宗两仪师来自夏纳的邻国埃拉非。最后一位两仪师是瓦琳蒂·娜瑟诺，根据明的描述，这名白宗两仪师表现出一种完全不符合她的宗派气质的迫切心情，希望兰德能将沙马奥赶出伊利安。只要兰德给她一个承诺，甚至只是承诺会为这件事而努力，明相信她就会向兰德宣誓效忠。麦兰露出怀疑的表情，甚至还转了转眼珠，她从没见过两仪师会做这样的事。兰德觉得，如果自己真的向那名两仪师要求这样的誓言，麦兰也许会当着他的面大声嘲笑他。但无论身边的这名妇人说些什么，明一直坚持说这是真的。

“我不会向她们下跪，但我会尽量给予她们尊敬。”当明的描述结束之后，兰德对明说。对麦兰，他又说道：“直到她们向我证明了足够的好意之前，我绝不会信任她们。”他觉得这番话应该让这两个人全都会满意，她们都已经得到她们想要的东西，但从她们皱眉的表情来看，他似乎又错了。

经过如此激烈的争论之后，兰德有些怀疑现在她们都恨不得要把对方掐死，但似乎麦兰的怀孕和明看到的幻象在她们之间形成了一种联系。当她们站起身的时候，全都微笑着拥抱对方。麦兰说道：“我原先并不认为自己会喜欢你，明，但我真的喜欢你。我会给我的一个女儿取你的名字，因为是你最先认识她的。我必须去告诉贝奥，那样他就不会嫉妒兰德·亚瑟在他之前知道了。愿你总是能找到清水和阴凉，明。”然后她又对兰德说道：“小心那些两仪师，兰德·亚瑟。注意保护明，如果她们知道她是忠于你的，她们将会伤害她。”当然，她在离开时也像来时一样行了礼——点了一下头。

现在房间里又只剩下兰德和明，不知为什么，他觉得气氛也随之变得尴尬了。

第 42 章

黑塔

兰德和明看着对方，谁也没有动一下。直到最后，兰德说道："愿意跟我一起去农场看看吗？"

兰德的声音让明有些吃惊："农场？"

"实际上，那是一所学校，为那些被特赦的男人建立的学校。"

明的脸立时变得惨白："不，我还是不……梅兰娜还在等着我的讯息，我应该尽快让她们知道你的规矩。现在她们之中也许已经有人走进内城了。你不会想要……我真的应该走了。"

兰德不明白，明甚至还没见过那些学员，为什么要害怕他们。如果是别人，兰德可以理解，但兰德自己也能导引，明会抚弄他的头发、戳他的肋骨，当着他的面给他取绰号。"你需要护卫陪同你回玫瑰王冠吗？现在这里即使是在白天也还有人为非作歹。这样的人不多，但我不想让你出事。"

明的笑声有些不稳定，她确实为那个农场而感到不安："你还在照顾羊群的时候，我已经在照顾我自己了，乡下男孩。"突然间，她的双手中各出现了一把匕首，它们只是闪动了一下，又回到她的袖子里，不过并不像它们弹出来时那么流畅。她用更加冷静的语调说道："你必须照顾好你自己，兰德，注意休息。你看起来很疲倦。”她踮起脚尖，抬起头，用嘴唇碰了一下他的嘴唇。“能见到你真是太好了，牧羊人。”然后她又给了他一个明快的笑容，就转身离开房间。

兰德嘟囔了几句，将外衣穿回身上，走进卧室，从衣柜里拿出佩剑。这个布满了玫瑰花浮雕的暗色高大衣柜足以装下四个人的衣服。他真的是变成一个粗野的色鬼了。明一定觉得那样做很有趣。他想知道，明究竟要多久之后才会停止这种针对他偶然失言的不断逗弄。

他拉开一个镶嵌着青金石的柜子，从他的长袜下面掏出一个中等尺寸的布荷包，将它放进外衣口袋里，那个荷包被他拿起来的时候发出一阵叮当的响声。另一个小得多的天鹅绒袋子放在那件法器上面。那只大荷包里的东西是由一位银匠制成的，那名银匠很高兴能为转生真龙工作，甚至还因为从这项工作中得到的光荣而打算拒绝收取报酬。天鹅绒口袋里的东西是一名金匠做的，他却要求得到巴歇尔认定那件物品所值的四倍酬劳，直到两名枪姬众站到他面前，这件事才算了结。

兰德早就想去农场了。他不喜欢马瑞姆，路斯·瑟林在那个人身边时总是会激动万分。但他不能避开那个地方，特别是现在。据他所知，马瑞姆一直没有让任何一名学员靠近城市，至少现在他还没听到过一起与学员有关的事件。但关于梅兰娜和使节团的讯息迟早会通过供给马车，或是新的学员传到农场去，到时候，九名两仪师在他们的耳中会变成九名红宗两仪师，或者是九十名，正在四处缉拿男人进行驯御。不管这样的谣言最终是否会导致学员在晚上逃走，或是冲进凯姆林抢先发动攻击，他一定要先把学员们的情绪平抚下来。

凯姆林已经有太多关于两仪师的谣言，这是他要去农场的另一个原因。埃拉娜、维林，还有那些两河女孩已经被街谈巷议说成是半个白塔。还有许多人传说两仪师在晚上从城门悄悄溜进凯姆林。那个有两仪师救治流浪猫的谣言在四处流传，甚至连兰德都有些相信了，但巴歇尔追查这则谣言的结果却表示，它就像人们传说跟随转生真龙前往各处的女人们其实都是伪装的两仪师一样，子虚乌有。

兰德在无意中转过身，盯着一面装饰着狮子和玫瑰浮雕的墙壁，但他的目光一直延伸到了墙壁以外。埃拉娜已经不在“库雷恩的猎犬”了，而且她的情绪很激动，如果她不是两仪师，兰德一定会认为她已经精神失常了。昨晚兰德曾经醒来过一次，那时他确信埃拉娜在哭泣，那种感觉非常强烈。有时候，兰德发觉自己几乎忘了她的存在，直到她身上发生了某件会令他惊醒的事情。兰德一直都以为一个人最终总能适应任何事情。今天早晨，埃拉娜非常……渴望，“渴望”似乎是对她最贴切的形容。兰德愿意用整个凯姆林打赌，他望向埃拉娜的视线现在已经穿过了玫瑰王冠。他还愿意打赌，维林和埃拉娜在一起。不是九名两仪师，是十一名。

路斯·瑟林不安地嘟囔着，就像是一个男人在寻思自己是否已经被逼到墙角，后背靠在墙上。兰德也在思考。十一名。十三名两仪师就能像玩弄小孩一样轻易地玩弄他，如果他给她们机会的话。路斯·瑟林开始发出低沉的笑声，一种沙哑的、带着哭腔的笑声；兰德又让自己的心思松懈了。

片刻之间，兰德考虑了一下索麦莱和安奈拉，然后直接在卧室金蓝两色的绣花地毯上打开了通道。从今天早晨开始，她们两个就阴沉着脸、闷闷不乐的样子，说不定她们在农场会说出什么话来。想到上次去农场的经历，兰德不想再让学员们为了二十几名枪姬众而害怕得六神无主了。这种事情绝对会打击男人们的信心，而如果他们想要活下来，他们就必须有充足的信心。

马瑞姆在一件事上是正确的——一直握持着阳极力，一个男人以此才能知道他是活着的，而不仅是会使自己的一切感官更敏锐。尽管有暗帝的污染，尽管那种油腻的秽恶感会一直渗入你的骨骼，当至上力要将你熔融，将你冻碎的时候，当错走一步，有片刻的虚弱就代表着死亡的时候……光明啊，至少你知道你是活着的。但是，兰德穿过通道之后，还是立刻推开了真源。他要推开那种让他想将胃里的东西彻底吐光的污染，这种污染似乎愈来愈恶劣、可怕了。但他要离开至上力的真正原因是，他不敢在阳极力与路斯·瑟林同时存在时面对马瑞姆。

这片空地比他上次来的时候更显枯黄了，更多叶片在他的脚下碎裂，留在枝头的则更显稀疏。一些松树完全变黄了，有几株羽叶木已经枯死，干枯灰败地站在那里。不过，如果说这片空地有了改变，那么农场的变化就让人完全认不出了。

那些农舍整修得焕然一新，房屋的茅草顶和谷仓显然都经过了彻底重建；谷仓比以前大了许多，也没有倾斜的样子。在谷仓旁边的一座大畜栏里站满了马匹。母牛和绵羊的围栏被移到更远的地方，现在山羊也被围了起来，整齐分隔得如同鸡笼一般。林地又被砍伐平整了不少，谷仓后面出现了一排十二座白色的长帐篷，帐篷旁边还有两座比原先那幢农舍更大许多的房屋框架。一群妇女坐在屋外，一边做着女红，一边看着二十几名孩子在空地上滚铁环、扔球、玩布娃娃。最大的改变是那些学员，他们大多穿着合身的高领黑外衣，其中极少有人出汗。各种年龄的学员一定已经超过了一百人，兰德完全想不出马瑞姆的招募措施怎么会如此成功。空气里充满了阳极力的气息。一些男人还在进行着编织——用火之力击碎石块，或者用风之力彼此进行绑缚；有人在用风之力提着水桶打水，或者从谷仓里推出粪车，或者是堆砌柴禾。不过并非所有人都在导引，亨瑞·哈斯林正在监督着一排赤裸胸膛的男人练剑。亨瑞有个球状的红鼻子，在鬓角依稀有一些白发，他身上的汗水比他的朋友们还要多。毫无疑问，他心里在想着喝酒，但他确实正一丝不苟地纠正着学员们的动作，就如同他当女王卫兵的督剑官时一样。灰发的沙瑞克是一名红水·高辛艾伊尔，他已经没了右手，他那双石头般的眼睛正盯着两排没有穿衬衫的男人。其中一排人同时将一只脚踢过头顶，向前迈一步，再将另一只脚踢过头顶，如此一步步前进；另一排人则在用最快的速度击打着面前的空气。兰德上次看见的那可怜的一小撮人已经完全无法和现在的规模相比了。

一名身穿黑外衣、将近中年的男人站到兰德面前，他有个尖鼻子，嘴角带着讥笑的神情。“你是谁？”他用塔拉朋口音问道，“我想，你是要来黑塔进行学习，对不对？你应该在凯姆林等待那里的马车载你过来，这样你就能多穿一天这身漂亮衣服了。”

“我是兰德·亚瑟。”兰德平静地说道。他用平静压抑着突然涌出的怒火。礼貌不需要他付出什么代价，不过这个傻瓜最好能快些明白不礼貌会付出的代价。

但这个家伙讥笑的神情只是更重了。“那么，你就是他了，对不对？”他傲慢地上下打量着兰德，“我觉得你身上看不出什么庄严，我自己大概也可以——”一股风之力能流打在他的耳下，他立刻扑倒在地，瘫成了一堆。

“有时候我们确实需要严格的纪律。”马瑞姆说着，站到那个男人原先站立的地方，他的声音显得很轻快，但他那双上翘的黑眼睛却闪动着要杀死这个男人的凶光。“你不能一边告诉一个男人他有撼动大地的力量，一边又希望他在走路时能放轻步伐。”绣在他黑外衣袖子上的龙纹在太阳下闪烁着光芒，金线可以让它闪烁金光，但那蓝色的闪光是怎么回事？他突然提高声音喊道：“齐斯曼！罗查德！把托沃拉走，把他的头浸在水里，让他醒过来，不要给他治疗。也许一点头痛能让他懂得管住自己的舌头。”

两个比兰德更年轻的黑衣男子跑过来，向托沃俯下身，然后又犹豫地看着马瑞姆。过了一会儿，兰德感觉到至上力充满了他们，风之力能流将托沃举起，然后他们两个让托沃飘浮在他们中间，就这样跑走了。

我早就应该杀了他，路斯·瑟林喘息着说，早就应该……早就应该……他开始向真源伸展。

不，烧了你！兰德想道。不，你不行！你只是个该死的声音！随着一声拉长的嚎叫，路斯·瑟林逃走了。

兰德缓缓地吸了一口气。马瑞姆正看着他，带着那种近似微笑的神情。"你教了他们治疗？"

"我所知道的一点。这是我教他们的第一课，甚至还要早于如何在这种天气里不要出汗到死。一件武器如果在刚受一点损害时就倒下，那就不会有什么用处。现在已经有一个人因为导引过度而死去，有三个烧毁了自己，但现在还没有一个人死于'剑下'。"他似乎特别强调最后那个词。

"我明白。"兰德只说了这么一句。一个死了，三个被烧毁，两仪师在白塔中也会有这样的损失吗？但两仪师们进步得都很慢，她们能够承受如此缓慢的进步。"这些人谈论的黑塔是什么？我不喜欢这个名字，马瑞姆。"路斯·瑟林又开始嘟囔和哀嚎，只是声音中并没有清晰的辞句。这个鹰钩鼻的男人耸耸肩，带着骄傲的神情欣赏着这座农场和他的学员们。"这是学员们取的名字，你总不能一直称呼这里为'农场'，他们觉得这样不对，他们想要一些更多的意义——平衡白塔的黑塔。"他歪过头，几乎是用侧目瞥着兰德，"如果你愿意，我可以禁止他们这么叫，不让男人们说一个词是很简单的事。"

兰德犹豫着。也许禁止说一个词是容易的事，但想要从他们的心里抹去这个词却不容易。这里一定要有个名号，他以前并没有想过这一点，为什么不能是黑塔？看着那座农舍和那两座房架（它们更大一些，但同样是木头的），这个名字让他露出了微笑。"就这样吧！"也许白塔也是从几间茅屋开始的，当然，黑塔没有时间发展成与白塔相匹敌的规模。这个想法抹去了他的微笑。他悲伤地看着那些孩子，他也在像他们一样尽情玩耍着，假装有机会建成一个能够长久延续的东西。"召集学员，马瑞姆，我有一些事情要对他们说。"他本来以为可以让学员们站在他的周围，他可以点一下他们的人数，在那辆破烂的大车上对他们说话。不过那辆大车应该是已经消失了，马瑞姆已经建了一座用来演讲的高台。那是一座毫无装饰的、用黑石砌成的高台，高台经过细致的抛光打磨，在阳光下像镜子一样闪闪发亮。高台背后有一道两级的台阶，它立在农舍外面的空地上，周围的地面都经过了填实压平。女人和孩子们也聚集在高台的一侧，准备听兰德演讲。

从这群人里，兰德大致能看出马瑞姆征募学员已经达到多大的范围。马瑞姆将佳哈·那瑞玛指给兰德看，这个年轻人天生就有至上力的火星。他有一双女孩般的黑色大眼睛，一张白皙的面孔上充满了自信，头发编成两股长辫子，辫稍上系着银铃。马瑞姆说他来自艾拉非。兰德也认出一名剃光了头发、只留下顶髻的夏纳人，还有两名带着透明面纱的男人，那通常是塔拉朋人的穿着方式。人群里也有眼角上翘的沙戴亚人，和面色苍白、身材短粗的凯瑞安人。一名老人留着被涂了油的尖胡子，仿照成提尔领主的样子，不过兰德相信这个满脸皱纹人不会是提尔贵族。不止三个人剃光了上唇，只留着下唇的胡须——兰德希望马瑞姆不要因为招募伊利安人而引起沙马奥的注意。他本以为学员主要会是年轻人。人群中确实有许多像艾本和费德文那样的新面孔；但也有许多秃顶或满头灰发的人，有些人的白发甚至比达莫还要多。当然，能够接受训练的祖父不该比男孩更少。

兰德不知道该如何进行演讲，但他已经思考了很长的时间自己想说些什么，这不是他要讲的最重要的内容，但如果运气好，这是能最快解决的。“你们也许都已经听说了白塔……白塔已经分裂，是的，这是真的。有一些造反的两仪师也许会决定跟随我，而且她们已经派使节团来见我。使节团一共有九名两仪师，正在凯姆林等待我的接见。所以，当你们听说有两仪师进入凯姆林的时候，不要听信任何谣言。你们知道她们为什么会来这里，你们可以尽情嘲笑那些听信谣言的人。”

人群中没有反应，他们只是站在那里，盯着他，眼睛眨也不眨。马瑞姆的脸色很难看，非常难看。兰德碰了碰衣袋里那只大一些的袋子，继续他的演讲。

“你们需要一个名字，在古语里，两仪师的意思是众人的奴仆，或者是一些与此非常相近的意思。古语并不那么容易翻译。”兰德其实认识的古语并不多，亚斯莫丁教过他一些，沐瑞也教过他几个词，还有一部分似乎是来自路斯·瑟林的，但巴歇尔在这方面为他提供了很大的帮助。“在古语里还有一个词——殉道使，它的意思是守卫者，或是保护者，也许还有其他一些意思。我告诉过你们，古语是非常复杂的，守护者应该是它最贴切的意思，但又不是它全部的意思。如果守卫的对象不具备公正与正义，那么执行这个守卫任务的人就不能被称之为殉道使；如果守卫对象是邪恶的，就更不可以。一名殉道使是为所有人守卫真实、公平与正义的人，即使希望已经消失，也绝不会屈服。”光明知道当最后战争到来的时候，希望注定会消失；甚至在那之前，希望可能就会消失。“这就是你们来到这里要成为的人，等你们结束训练之后，你们就会成为殉道使。”

低微的议论如同风吹过叶片的声音传遍了整个人群，这个名字被重复了无数次。但人群很快又恢复了安静，所有眼睛都带着专注的神情望向兰德。他几乎能看到许多只耳朵都竖了起来，等待他说出下面的话，至少这比刚才好一些了。随着一阵轻微的叮当声，他从衣袋中拿出那个袋子。

“两仪师从初阶生开始，然后是见习生，最后成为正式的两仪师。你们也要分出等阶，但和她们不一样的是，我们之中不会有人被淘汰退出。”退出？光明啊，为了不让任何一个能导引的人离开，他宁可捆住那个人的手脚。“当一名男人第一次来到黑塔时……”兰德真的不喜欢这个名字，“他会被称作一名士兵，这就是他加入我们的最初身份。你们全部都是，一名与暗影作战的士兵——不只是暗影，还包括所有反对正义、压欺弱小的人。当一名士兵拥有足够的能力后，他会被称为献心士，并佩戴上这个。”他从袋子里拿出一个银色的徽章，那上面是一把闪烁着光泽的银色军刀，有着长刀柄、弯曲的刀锷和微弯的锋刃。“马瑞姆。”

马瑞姆僵硬地走到高台前，兰德弯下腰，将那柄银刀别在他的外衣领子上，它在黑色羊毛外衣的映衬下，显得更加光亮了。此时马瑞姆脸上的表情绝对不比兰德脚下石块的表情更多。兰德将那只袋子给他，低声对他说：“把这些给你认为已经准备好的人，一定要确认他们已经准备好了。”

然后兰德站直身体。他希望这些能够用，他真的没想到这里已经聚集了这么多人。“献心士在能力大幅度增强之后，就可以被称为殉道使，他们会戴上这个。”他拿出那只小天鹅绒袋子，取出里面的东西——一个工艺精致的黄金徽章在阳光下闪耀着，上面还镶嵌着许多红釉珐琅，它的形貌和真龙旗上的图案完全一样，这个徽章也被戴在马瑞姆另一侧的衣领上，于是军刀和游龙就在他的喉咙下面相映生辉。“我想，我是第一个殉道使，”兰德对学员们说，“马瑞姆·泰姆是第二个。”马瑞姆的面孔变得比石头还要坚硬，这个男人出了什么问题？“我希望你们最后全都会成为殉道使。但不管你们能否做到，记住一点，我们全都是士兵。有许多场战争在等待着我们，虽然并不一定总是我们预料之中的战争，但是到最后，我们将投入最后战争。愿光明照耀我们，我们将取得胜利。我们会赢，因为我们必须赢。”

当他停下来的时候，他觉得应该能得到几声欢呼。他并没有把自己当成那种能让人们欢呼雀跃的讲演者，但这些人知道他们为什么会来这里。告诉他们会取得胜利肯定能让他们感到鼓舞，无论效果多么微弱。但他看见的只有一片寂静。

兰德从高台上跳下来。马瑞姆喊道：“解散，继续课程和杂务。”那些学员——那些士兵们同样安静地开始继续刚才中断的事情，顶多只是传出些压低声音的议论。马瑞姆向农舍那边指了指，他紧紧地握着那只袋子，紧得让兰德有些惊讶，竟然没有一个军刀徽章戳破布袋，刺伤他的手。“不知真龙大人是否有时间喝一杯？”

兰德点点头。他要在回宫之前把这一切都搞清楚。

农舍的前厅就像兰德想象的那样，裸露的地板清扫得一尘不染，几把形状并不完全一样的梯状靠背椅摆放在红砖壁炉前——那座壁炉干净得让人怀疑里面有没有烧过火。一张小桌上铺着一块绣花镶边的白桌布，索拉·格莱迪一言不发地走进来，将一只木托盘放在那张桌子上。托盘里放着一只浅蓝色的酒罐和两只白釉陶杯。兰德本以为过了这么久了，索拉应该能以平常的眼光看他，但这名女人望向兰德时眼神中的谴责之意，让兰德很庆幸她终于转身离开了。兰德发现，那个女人一直在出汗。马瑞姆将那只袋子扔到托盘上，伸手拿起一只陶杯，一口气喝光了里面的酒。

“你没有教那些女人集中精神的技巧吗？”兰德问，“让她们一直这样出汗是很残忍的事。”

“她们大都完全不想和这种事搭上什么关系，”马瑞姆说，“她们的丈夫和情人都想要教她们，但大多数人甚至拒绝听上一听。你明白，对于女人，这也许必然是和阴极力相关的。”

兰德盯着自己杯中暗色的酒浆。他必须慢慢摸索前进，不应该只是因为生气就大发雷霆。“我很高兴看到有了这么多新成员。你说，你要赶上……白塔……白塔……”白塔，黑塔，这会成就怎样的故事？如果还能有人将故事流传下去的话。“你说，可以用不到一年时间做到这一点。如果你保持这样的发展速度，你是能做到的。我不明白，你怎么能找到这么多人。”

“筛过足够多的沙子，”马瑞姆僵硬地说道，“最后总能找到几粒金子。现在我已经让其他人负责这项工作了，我只是偶尔会出去走一走。达莫、朱尔，现在有十二个人，我可以信任他们单独离开一天时间。他们已经有了足够多的经验，不会做出傻事。还有一些年轻人拥有打开通道的能力，他们可以陪同没有这种能力的长辈一同外出。不出一年时间，你就能拥有一千人。我派往凯姆林的那些人怎么样了？你将他们组建成一支军队了吗？随着时间推移，你在那里也会有上千人。”

“我把他们都交给巴歇尔了。”兰德平静地说道。马瑞姆带着嘲笑的意味弯了弯嘴角。兰德放下手中的陶杯，以免会将它捏碎。兰德明白，巴歇尔已经对他们竭尽了全力，他在城市西边为他们安排了一处营地。正像那名沙戴亚人说的那样，他们只是一群赤贫的农民、逃跑的学徒和破产的工匠，是一群从来没拿过剑、骑过马，或是走到过距离出生地五里以外的人。兰德有太多事情要关心，根本没精力再顾及这些人了。他已经告诉巴歇尔，可以随便处置这些人，只要他们不发生暴动就行。

兰德看着丝毫不掩饰轻蔑表情的马瑞姆，将双手在背后紧握成拳。路斯·瑟林在远处嘟囔着，回应着他的愤怒。“你到底出了什么事？自从我将这些徽章给你之后，你就一直神色不对。这和它们有关系吗？如果是这样，我就不明白了。你从转生真龙那里接受任何东西的态度，都会对那些人造成很大的影响，也许你不必依靠用大棒敲他们的脑袋来维持你的纪律。对此你有什么话说？”兰德对自己开始说话时的表现还觉得满意，他的声音平静却不温和（他绝不想有什么温和的态度），但到后来，他的声音变得愈来愈大，里面夹杂了愈来愈多的火气。他总算没喊出来，但最后这个问题却也像鞭子抽击般严厉了。

而兰德对面的这个人也在这时有了明显的改变，马瑞姆的身体明显地颤抖着——兰德知道，那是因为愤怒，而不是因为恐惧——但当这一阵颤抖停止后，马瑞姆又恢复原先的样子。肯定没有友善，有一点嘲笑，更大部分是完全控制住自己之后的闲适。“告诉你也无妨，让我担忧的是两仪师，还有你。九名两仪师到了凯姆林，再加上原先的两名，一共是十一名，也许这里还有另外一两名，只是我还没能找到她们，但——”

“我告诉过你不要进入城市。”兰德冷冷地说。

“我找到了几个可以为我打探讯息的人。”马瑞姆的音调如同灰尘般干燥，“自从那次从灰人手中救了你之后，我就没再靠近过那里。”

兰德没有回应他的这句话。他脑海中的那个声音太低沉，让他无法理解，却又像冰冷的闪电一样刺过他的神经。“如果他们能查到事实，他们肯定早就能用手指抓住烟雾了。”兰德的声音里充满了轻蔑——马瑞姆救了他？马瑞姆似乎是抽搐了一下。在外表上，这个男人仍然从容不迫，但他的一双眼睛却像黑宝石般不停地闪烁着光芒。

“如果她们里面有红宗两仪师呢？”他的声音冰冷而充满了嘲讽，眼睛依旧闪着光。“现在这片乡野中就有红宗两仪师。她们分成了几组，是在几天前到来的，她们在竭力阻挡前来这里的男人。”

我要杀了他。路斯·瑟林喊道，兰德感觉到他在摸索着伸向阳极力。

离开。他坚定地说道。那种摸索和声音还在持续。

我要杀死他，还有他们。他们一定会侍奉他，毫无疑问，一定会侍奉他。

离开！兰德在无声中喊道。你只是一个声音！而他却向真源伸展。

哦，光明啊，我杀死了他们，所有我爱的。但如果我杀死他，那就好了，我就可以做出补偿，只要我能杀死他。不，没有任何可以补偿，但我还是必须杀死他，杀死他们全部。我必须，我必须。

不！兰德在脑海中吼叫着，你死了，路斯·瑟林。活着的是我。烧了你，你死了！你是死的！

突然间，他意识到自己正靠在桌上，用跪下的双膝支撑着自己，嘴里还在不停地叨念着：“你死了！活着的是我，你是死的！”但他并没有抓住阳极力，路斯·瑟林也没有。他颤抖着，看着马瑞姆，惊讶地发现马瑞姆的脸上显露出关切的神情。

“你必须坚持住，”马瑞姆轻声说，“如果理智是可以坚持的，你就必须坚持住。如果你失败了，要付出的代价就太高了。”

“我不会失败的。”兰德说着，让自己站起来。路斯·瑟林恢复了安静。他的脑子里除了他自己之外，似乎已经没有了别人，当然，埃拉娜的感觉仍然存在。“那些红宗有没有抓住什么人？”

“我还没听说她们抓住过任何人。”马瑞姆慎重地看着他，仿佛在预期他的第二次爆发。“现在大多数学员都是通过通道进出的。大路上有许多人，想要从中查出前往这里的男人并不容易，除非他过于口无遮拦。”他停了一下，“不管怎样，我可以轻松地处理掉她们。”

“不！”路斯·瑟林真的走了吗？他希望如此。但他也知道，如果自己相信这一点，那就是个傻瓜。“如果她们开始抓捕男人，我就必须对她们采取行动。但如果是像现在这样，她们待在乡野里并不会构成威胁。相信我，爱莉达的人不会加入城里那些两仪师之中。她们双方宁愿去欢迎你，也不会去欢迎对方的。”

“不在乡野里的那些呢？那十一个呢？如果出一些意外，她们的数量就可以减少到一个安全的范围。如果你不想弄脏你的手，我愿意——”

“不！我要说多少遍。不！如果我在凯姆林感觉到一个男人导引，我就会找上你，我发誓我会的。不要以为你待在远离王宫的地方，让我感觉不到，你就是安全的。如果那些两仪师之中有人原因不明地死亡，我知道该找谁问罪。给我记住！”

“你定的范围太宽了。”马瑞姆冷冷地说，“如果沙马奥和狄芒德决定把几个两仪师的死尸放在你的门口，好给你一个教训，这也要算到我头上吗？”

“迄今为止，他们还没这么做过，你最好希望他们不会这么做。我说了，给我记住。”

“当然，我会遵从真龙大人的命令。”这个鹰钩鼻的男人微微一鞠躬，“但我仍然要说，十一个是危险的数目。”

兰德不禁笑了起来：“马瑞姆，我要叫她们听着我的长笛跳舞。”光明啊，他已经有多久没吹过长笛了？他的长笛放到哪里去了？隐约间，他听见了路斯·瑟林的笑声。

第 43 章

玫瑰王冠

梅兰娜雇用的四轮马车缓慢地在密集的人群中颠簸着，驶向玫瑰王冠。至少在外表上，她是平静的——一名黑发女子，有双冰冷的浅褐色瞳仁，纤细的双手安稳地交叠在淡灰色的丝裙上；但她的内心却和外表完全不同。三十八年前，她曾经碰巧参与过一场阿拉多曼和塔拉朋之间的谈判，谈判的目的是为了结束两国在阿摩斯平原上的纷争。阿拉多曼人和塔拉朋人在每一个回合中都用尽机谋，期间有三次，谈判差点破裂并爆发战争，但坐在谈判桌两侧的人始终是和蔼可亲，满脸真诚。等到协议上的签名墨水渐干时，梅兰娜觉得自己仿佛被塞进一只装满碎玻璃的桶里，从一座崎岖的山峰上一路滚了下来。但谈判结束后，那纸协议却并不比封锢它的蜡漆和缎带更加牢固。她希望今天下午在王宫中进行的那场会谈能有个更好的结果——它必须有更好的结果。但在内心里，她觉得自己仿佛是刚刚又从另一只装碎玻璃的桶中爬了出来。

明靠在椅背上，紧闭双眼，只要没有两仪师和她说话，她似乎就会打盹。马车里的另外两名姐妹不时会飞快地瞥这个女孩一眼。森妮德穿着绿色锦缎裙装，显得冰冷矜持。身材苗条的玛苏芮有双神情愉快的眼睛，她的褐色裙装在裙摆上绣着花草藤蔓。她们全都穿着正式，披着代表所属宗派的披肩。

梅兰娜相信，当她们看着明的时候，心里有着和她一样的想法。森妮德应该是明白的，但这又有谁能确认呢？森妮德对付她的护法们很有一套，几乎就像是对待两匹她所喜爱的猎狼犬。玛苏芮也许能明白，她的确很喜欢跳舞和卖弄风情，虽然如果她听说哪里隐藏着一份古老的手卷，就会立刻忘掉正在和她调情的可怜男人。梅兰娜在那个法美镇第五条约之前很久就已经抛弃了爱情，但她确实还记得爱情的样子。只要看一眼明望着兰德的样子，她就知道这个女孩已经将理智扔出了窗外，正骑着自己狂跳的心闭着眼向前飞驰。

没有证据表示明已经无视她们所有的警告，打破她的承诺，将一切事情都告诉了兰德。但他知道沙力达，他知道伊兰在那里，而且看见她们以种种借口逃避的时候，他显得很开心。很开心！不管明是否已经背弃了她们的信赖，以后在明身边说话时一定要小心谨慎。即使是现在的情势，也让梅兰娜感到害怕。梅兰娜不习惯害怕，在贝森死后的一年里，她经常会感到害怕。她从来没约缚过第二名护法，至少一部分原因就是她不想再有那样的体验；另一个原因是她一直都很忙碌，分不出精力来找到合适的男人。但在艾伊尔战争之后，她就从未有过任何超越了忧心的情绪。现在，她感到了恐惧。她不喜欢这样。一切仍然可以顺利进行，她们并没有遭遇任何损失，但兰德这个人本身就让她的膝盖感到发软。

四轮马车停在玫瑰王冠的院子里，马夫们穿着雕刻有玫瑰花图案的皮背心，从马厩里跑出来，接过缰绳，打开通向室内的门。

旅店大厅内的装潢很配得上这座三层白石建筑的外观，墙上铺着暗色抛光墙板，壁炉外表覆盖着白色大理石。一座壁炉台上摆放着高大的座钟，它的吊摆镀着金，每到整点时，它就会发出悠扬的钟声。这里的女侍都穿着蓝色裙装和绣着玫瑰花环的白围裙，她们全都面带微笑，礼貌而勤谨。即使是那些不算漂亮的人也可以说是相当俊俏。玫瑰王冠向来为安多的地方贵族所喜爱，如果他们在凯姆林没有官邸，来凯姆林时就会住在这里，但现在，坐在大厅桌边的只有护法。埃拉娜和维林坐在大厅靠后的地方。如果依照梅兰娜的意思，她们应该等在厨房里，和那些仆人待在一块儿。其余的姐妹都出去了。现在没有时间可以浪费。

"如果你们不介意，"明说，"我想要出去走一走，我想在天黑前看看凯姆林。"

梅兰娜同意了明的请求，这名年轻女人立刻跑出了旅店。梅兰娜和森妮德、玛苏芮交换了一个眼神，她们倒是想知道，明用多长时间能回到宫殿。

辛珂宁夫人很快就出现在她们身边，她就像梅兰娜见过的其他客栈老板一样圆胖。她不停地鞠着躬，揉搓着双手：“我能为你们做些什么吗，两仪师？有什么需要的吗？”她在知道梅兰娜是两仪师之前和之后对于她们的服务都很周到热心。

“浆果茶，”梅兰娜微笑着对她说，“放在楼上的私人起居室里。”当老板娘跑去向一名女侍发号施令的时候，梅兰娜的微笑消失了。她向埃拉娜和维林打了一个严厉的手势，要她们和她一起去楼上。然后这五个人就无声地上了楼。

从这个起居室的窗户里能够俯瞰街景，但梅兰娜并没有这种兴致。她关上敞开的窗户，把街上的噪音关在外面，然后转身看着其他人。森妮德和玛苏芮已经坐进椅子里，埃拉娜和维林仍然站在那两名坐下的两仪师中间。维林的暗色羊毛裙上似乎曾经有过不少皱褶，但实际上并没有。她的鼻尖上有个墨渍，但她那双鸟一般的眼睛正发出犀利而敏锐的目光。埃拉娜的眼睛也在闪着光，那很像是怒火的光芒，她的手抓住身上有黄色胸衣的蓝丝裙，不时会微微颤抖一下，看上去，她仿佛在睡觉时也没脱下这身衣服。当然，她有一些理由，但并不足够。

“我还不知道，埃拉娜，”梅兰娜坚定地说，“是否你的行动导致了任何不利的后果。他并没有提起你对他的约缚——违抗了他的意志的束缚——但他说起话来很尖锐，非常尖锐，而且——”

“他设下更多的限制了吗？”维林忽然说道，她微微地侧过头，“在我看来，一切都正朝好的方向发展。他没有因为你们的到来而飞走，他已经见过你们之中的三个，而且至少保持了一定的礼貌，否则你们是有可能要面对一团雷电。他稍微被我们吓到了，这是一件好事，否则他就不会设下限制。但除非他设下更多的限制，只要我们还拥有以前那些自由，就说明他没有害怕。不管怎样，我们不能把他吓得太厉害。”

梅兰娜面临的难题是，维林和埃拉娜并不是使节团的成员，她对她们并没有权威可言。她们已经听说了关于洛根与红宗的事情，并且同意不能允许爱莉达留在玉座的位子上，但这对于解决现在的问题毫无意义。当然，埃拉娜并不是真正的问题，她和梅兰娜的力量相近，如果一定要区分出谁强谁弱，就必须进行一场实际的对抗。这种事很多初阶生会做，直到她们被抓起来，接受责罚。埃拉娜在初阶生位置上停留了六年，梅兰娜只有五年，但更重要的是，当助产士将埃拉娜放在她母亲的胸前时，梅兰娜成为两仪师已经有十年的时间了。梅兰娜是前辈，这一点决定了一切。如果没必要，她们并不会刻意去区分这些，但都会下意识地明白并自动调整自己的态度。埃拉娜并不会因此而服从她的命令，但这下意识的顺从可以让梅兰娜在一定程度上控制她，尤其是在得知埃拉娜干了什么好事之后。

维林才是问题的所在，她在力量和辈分上都超过梅兰娜。梅兰娜让自己再一次感受这个女人的力量，但是当然，她知道自己会得到什么样的结果。她们都当过五年初阶生、六年见习生，任何两仪师至少都会知道其他两仪师的这些信息。她们之间最大的区别是，维林的资历更深，也许她们之间的资历差距就像埃拉娜和梅兰娜的一样大，维林头上隐约的灰发就说明了这点。如果维林是使节团的成员之一，对付她倒不难，但她不是。结果梅兰娜发现自己会专心地倾听维林说话，并且下意识地顺从她。今天上午，她就曾经提醒自己两次，主管这里的不是维林。唯一能让情况对梅兰娜有利的因素是，维林一定认为她也要担负一部分埃拉娜的罪责。如果没有这件事，她肯定会跟着大家一起坐下来，而不只是站在埃拉娜身边了。但梅兰娜仍然希望维林只要日夜不停地在库雷恩的猎犬里，看着那些珍贵的两河女孩就好了。

梅兰娜离开窗口，和森妮德、玛苏芮坐在一起，将这两个人围在中间，仔细地调整好自己的裙子和披肩。坐下的人在心理上总会比站着的更多一些优势。对她而言，埃拉娜所做的事情和强奸一个人也差不多。“实际上，他已经设下了另一个限制。你们找到他的学校是一件好事，但现在，我强烈地建议你们放弃在这件事上的任何念头。他已经……命令我们……远离他的……部下。”梅兰娜似乎仍然能看见他——坐在那个怪异的王座里，向前倾过身子，手里拿着一根雕刻着奇怪花纹的短枪（毫无疑问，这是一种艾伊尔习俗）。狮子王座成为了展示品，放在他的背后。

“听我说，两仪师梅兰娜，”他声音显得很友善，但也非常坚定，“我不希望两仪师和殉道使之间出现问题。我已经告诫那些士兵要远离你们，但我不会让他们成为两仪师到口的肥肉。如果你们要猎捕黑塔的成员，说不定你们自己就会变成晚餐。我们都想要避免这种事情发生。”

梅兰娜已经当了很久的两仪师，即使是有人给她挖好了坟墓，她也不会颤抖一下，但这次，她觉得自己就要控制不住身体的镇静了。殉道使、黑塔、马瑞姆·泰姆！一切怎么会发展得这般难以控制？埃拉娜已经向她确定，那里有超过一百名男人。埃拉娜并没有说她是怎样查到这些的，当然，没有任何姐妹愿意暴露自己的眼线。这没关系。“同时追两只兔子，两只兔子都会跑掉。”这是一句很古老的谚语，而兰德是世界上最重要的兔子，其他的都可以等到以后再去解决。

“他……他是不是还在这里？”维林和埃拉娜似乎都将兰德能够穿行当成是很自然的事，但梅兰娜仍然对此有些不安。兰德还会什么两仪师已经遗忘的异能？“埃拉娜？埃拉娜！”

那名身材苗条的绿宗姐妹愣了一下，才从失神的状态中恢复过来，她似乎经常会陷入这种神游的状态。“我想，他还在城里，在王宫中。”她的声音听上去仍然有一点梦呓的感觉，“那是……他的肋下有一处伤口，一个旧伤，并没有被完全治愈。每次我让自己去感觉它的时候，我都想哭泣。他怎么能忍受那种痛楚？”

森妮德用明亮的目光看了她一眼，任何有护法的女人都能感觉到护法身上的伤痛，但她知道埃拉娜失去奥文的感受，所以当她说话的时候，她的声音几乎可以说是温柔的，只是稍微带着一点火气：“这没什么，特锐和弗伦有时也会伤重得几乎要让我晕眩，虽然我们所能感受到的比他们实际上的痛苦要轻很多，但他们从不会减缓步伐，一步也不会。”

“我想，”玛苏芮平静地说，“我们必须改变惯有的策略。”她说话时总是很平静，但不像其他许多褐宗两仪师一样，她的话总是直指重点。

梅兰娜点点头：“是的，我本来想代替沐瑞在他身边的位置——”

一阵敲门声之后，走进来一名穿着白围裙、端着托盘的女人，托盘上放着银茶壶和瓷杯；玫瑰王冠的器具都是为贵族们准备的。等到托盘放好，那名女人离开后，埃拉娜的神情已经彻底恢复了清晰，她的黑眸里闪耀着梅兰娜从没见过的火焰。绿宗两仪师特别在意她们的护法，而兰德现在是属于她的，无论她是怎样约缚他的，在这种事情上，埃拉娜不会有任何顺从。她站得像剑刃一样直，等待着回击梅兰娜的任何一句话。梅兰娜则一直等到所有人的茶杯都被沏满，每个人都坐好，她甚至让维林和埃拉娜也坐下。虽然她有着失去奥文的痛楚，但这个蠢女人应该被吓唬一下，这根本就是强奸的行为。

“我一直在考虑这件事，”梅兰娜终于继续说道，“但不得不放弃它。如果你没有那样做，也许我还能向他提出这个要求，埃拉娜。但他现在对两仪师充满了怀疑，如果我做出这种提议，他一定会当着我的面笑出来。”

“他像任何一位国王一样骄傲。”森妮德说。

“就像伊兰和奈妮薇的陈述，但还要更多，”玛苏芮摇摇头，“他宣称当女人在他面前导引时他会知道。当时我几乎要拥抱阴极力，以表明他是错的，但我那么做恐怕会让他产生过度的警戒。”

“所有那些艾伊尔人，”森妮德的声音绷紧了——她是凯瑞安人，“那些男人和女人。我想，如果我们眨眼睛的时候动作过大，他们就会用矛尖刺穿我们。其中只有一个太阳色头发的女人穿着裙子，她丝毫也不掩饰对我们的厌恶。”

有时梅兰娜觉得森妮德并没有充分认识到兰德自己也许就是个危险。

埃拉娜开始下意识地咬着自己的下唇，就像一个女孩一样。能有维林照顾她实在是件好事，她现在这种状态并不适合单独行动。维林则只是饮着茶，看着这一切，她的眼睛总是令人感到不安。

梅兰娜发现自己在怜悯埃拉娜，她一直都清楚地记得失去贝森后自己脆弱的神经。“幸运的是，虽然他充满了猜疑，但这或许还是有好处的。他已经在凯瑞安见过了爱莉达的使者，他完全没有隐瞒这件事。我相信，猜疑会让他跟她们保持相当的距离。”

森妮德将杯子放回茶盘里。“他是想利用我们去戏耍对方。”

“也许是这样。”玛苏芮冷冷地说，“但是我们比爱莉达更了解他。我想，爱莉达一定以为她的使节会见到一名牧羊人，一名穿着丝绸外衣的牧羊人，但他已经变了。看来，沐瑞将他教得很好。”

“我们有机会预先做好准备。”梅兰娜说，“但我想，她们应该没有这样的机会。”

埃拉娜盯着她们，眨了眨眼：“那就是说，我并没有将一切都毁掉？”看到她们三个全都点了点头，她长吁了一口气，然后她抚着自己的裙子，并皱起眉头，仿佛刚刚才发现那上面全都是皱纹。“我也许还能让他接受我。”她不再皱眉了，她的面孔和声音也变得更加平静，更加自信，“至于被他特赦的那些人，我们也许要暂停对于他们的一切计划，但这并不意味着我们要对他们撒手不管。这样的危险是绝对不能被忽视的。”

片刻之间，梅兰娜有些后悔自己的宽容。这个女人对一个男人做了那种事，却还在为是否削弱了她们成功的机会而斤斤计较。但她也不情愿地承认，如果这个办法能让兰德屈服，她也会俯首承认埃拉娜的成功，管住自己的舌头。“首先，我们必须让兰德·亚瑟服从我们，那些男人可以放到这件事之后再去处理，埃拉娜。”埃拉娜闭紧了嘴，但片刻之后，终于点了点头。

“如何让他顺从？”维林问，“我们必须谨慎对待这件事。一头狼系在一个丝般粗细的项圈上。”

梅兰娜犹豫着，她原先并没有打算和这两个人分享一切，她们对于沙力达的评议会并没有什么忠诚可言。如果维林想要接掌控制权，或者维林真的掌握了控制权，会导致什么样的事情发生，她自己知道该如何处理这些事。她被选为使节团的负责人，是因为她一辈子都在协调各种敏感的争议和冲突，在似乎是不可消弭的恨意中制定协议。协议被打破，条约被撕毁，这些都是出于人类的本性，但在她四十六年的努力中，法美镇第五条约是她唯一真正的失败。她清楚所有那些手腕，这么多年的工作已经让她的某些本性深入到骨头里。“我们要去拜访一些贵族，如果运气好，他们现在都应该在凯姆林……”

“我很担心伊兰。”戴玲坚定地说。因为孤身和一位两仪师在一起，所以她的声音比平时更加坚定。两仪师会对孤身的人施以更强的压力，特别是在没有别人知道她和两仪师在一起的时候。

两仪师凯尔伦微笑着，但她的微笑和那双冰蓝色的眼睛都没有传达出任何信息：“很有可能，王女还是会坐上狮子王座。对其他人而言无法克服的事情，对于两仪师却往往会是另一种样子。”

“转生真龙说——”

“男人会说很多事情，戴玲女士，但你知道，我不会说谎。”

鲁安拍着这匹提尔牡马的灰色脖颈，不停地向两侧望着，以免有马夫走进马厩被牡马咬到。如果出现意外，蕾菲拉的护法会发出警告，但鲁安现在已经不知道自己还能信任谁了。特别是在这样的访客出现时。“我不知道自己有没有弄清楚。”他说道。

“统一好过分裂，”蕾菲拉说，“和平好过战争，耐心好过死亡。”鲁安在听到最后这个词时，猛地打了个哆嗦。这名圆脸的两仪师露出了微笑：“难道让兰德·亚瑟在离开安多时，留下一个统一而和平的国度不会更好吗，鲁安大人？”

艾络琳紧紧抓着自己的浴袍，盯着这位在她洗澡时突然出现在她面前的两仪师。这名古铜色皮肤的女人坐在凳子上，看着躲在大理石浴盆另一侧的艾络琳，仿佛这是非常自然的事情。“那么，”艾络琳最后问道，“谁能够得到狮子王座，两仪师黛玛拉？”

“时光之轮按照它的意愿进行编织。”这就是回答。艾络琳知道，她不会得到其他答案了。

第 44 章

信任的颜色

派车尔去通知红手队在原地固守之后，麦特才发现沙力达所有的客栈都被两仪师占据了，五间马厩也都爆满了。不过，当他把一些银币塞给一名窄下巴的马夫后，那个家伙就挪开了堆在一座石墙院子里的燕麦袋和干草包，这个院子足够放六匹马了。他还指点麦特和剩下的四个男人可以在哪里睡觉，这里并不比其他地方凉快多少。

“不要提任何要求。”麦特一边将自己的钱分给手下们，一边对他们说，“一切东西都要付钱，不要接受任何礼物。红手队不会向这里的任何人低头。”

麦特虚假的信心立刻就感染了他的部下们。当他命令他们将旗帜插在门外的时候，他们甚至没有犹豫一下。于是，黑白圆徽的红色旗帜和白色的真龙旗就悬挂在马厩前面，这让那位马夫的眼睛都从眼眶里凸了出来。他立刻手足无措地跑到麦特面前，要求麦特解释他想干什么。

麦特只是笑着扔给那个窄下巴的家伙一枚金币：“只是让所有人都知道是谁来了。”他想让艾雯明白，他也有自己的立场，即使这样必须让自己做出一些夸张甚至愚蠢的事情来。

但麦特很快就发现了新的问题——这两面旗帜没有产生任何效果。确实，每个人在走过这里时或者会大惊失色，或者会指指点点。还有一些两仪师刻意过来察看，她们全都眼神冰冷，毫无表情。麦特本以为她们会义愤填膺地命令他取下旗帜，结果期待完全落空了。当他返回小白塔时，一名戴着褐色流苏披肩、面色红润的两仪师语焉不详地告诉他，玉座正忙着，也许能在一两天后见他。也许。伊兰仿佛已经消失了，还有艾玲达，但并没有人叫喊发生了谋杀案。他怀疑那个艾伊尔女人也许已经在某个地方穿上了那身白袍。不过，只要一切平安就好，他不希望那两个女人将对方杀死，更不希望自己成为那个将这件事告诉兰德的人。他确实有一次看见了奈妮薇，但追过去的时候，奈妮薇已经转过一个街角消失了。

他用那个下午的大部分时间去寻找汤姆和泽凌，他们两个肯定能告诉他到底出了什么事，而且，他也需要为自己对那封信所说的话向汤姆道歉。不幸的是，似乎没有人知道他们两个在哪里。距离日落还有很长一段时间的时候，他就已经得出结论——他们全都在躲着他。艾雯是要磨磨他的性子，但麦特要让艾雯知道，他不会吃她这一套。所以，他去跳舞了。

看起来，庆祝新玉座登基的活动要持续一个月，只是所有在沙力达的人似乎在白天时都要忙碌着自己的工作。一旦夜晚来临，营火就会在每个街道交叉处点起。小提琴、长笛，还有一两架响板琴都会奏起悠扬的乐曲，音乐和笑声充满在空气中，欢庆一直持续到上床的时刻。麦特看见了两仪师在街道上舞蹈，她们的舞伴往往是还穿着粗布衣服的车夫和马夫。护法们也在和脱下围裙的女仆和厨娘们共舞。但这里面不会有艾雯，该死的玉座不会跑到街上来蹦跶；也没有伊兰和奈妮薇；甚至没有汤姆和泽凌。如果不是另有原因，汤姆就算是两条腿都断掉也不会错过一场舞蹈。麦特只是尽情地娱乐，让所有人都看见他满不在乎的模样，但这并没有像他期望的那样产生作用。

他和一名这辈子他见过的、最漂亮的女人跳了一会儿舞。这个女人有着细腰纤足，但另一些部位却又丰满得引人遐思。她似乎很想知道一切关于麦特·考索恩的事情。她向麦特献足了妖娆媚态，特别是当她邀请麦特共舞时。没多久，麦特就觉得这个名叫哈丽玛的女人似乎是故意挑逗他，甚至刻意摆出一些姿势，让麦特总是能看到她衣服里面的春光。如果不是麦特察觉到每次哈丽玛瞥向他的眼里都带着一种犀利的眼神，她的微笑中也包含着某种讽刺的意味，麦特也许会喜欢这样。哈丽玛不是个很好的舞伴——她一直想要处在主控的位置。最终，麦特离开了她。

这也许都不代表什么，但是还没等麦特走出十步的距离，他胸口的银狐狸头突然变得如同一块寒冰。麦特猛地转过身，带着狂怒的眼神搜索着，而他只看到哈丽玛用火光一样炽烈的眼神盯着他。眨眼间，她已经抓住一名高大护法的手臂，重新开始了舞蹈。但麦特相信，他在那张美丽的面孔上看到了惊骇的表情。

小提琴拉出了一段麦特熟识的乐曲，至少，那段乐曲存在他脑子里的那些古老记忆中。虽然已经过了千年之久，但它却没有什么改变，不过它的歌词早已完全改变了。而存在于麦特记忆中的那些旧歌词，绝对不适合现在的气氛。

给我你的信任——两仪师这么高喊。
我会将蓝天扛在双肩。
相信我能把最好的实现。
我必能实现，无论有多少艰难。
但信任的颜色是黑暗种子的生长。
信任的颜色是心中鲜血的流淌。
信任的颜色是灵魂最后的凄惶。
信任的颜色就是死亡。

“两仪师？”一名身材丰满的年轻女子轻蔑地响应着麦特的问题。她很漂亮，如果是在别的时候，麦特会很想抱抱她，和她亲个嘴。“哈丽玛只是两仪师黛兰娜的秘书，她总是在玩弄男人，就像一个小孩玩弄新的玩具。她玩弄男人只是为了要看看男人是否会被她控制。如果不是黛兰娜护着她，她早就应该被泡进热水里不下十次了。”

给我你的信任——女王在王座上高喊。
我必须一人挑起重担。
相信我的贤明睿智，仁慈果敢。
任何人都会赞同你的判断。
但信任的声音是坟墓前的狗吠。
信任的声音是暗中的刀刃砒霜。
信任的声音是灵魂最后的凄惶。
信任的声音就是死亡。

也许他错了，也许哈丽玛只是因为他的离开而感到惊讶。不会有很多男人从那样的女人面前走开，无论她如何玩弄他，或是她的舞跳得有多差，一定是这样。但这就让麦特必须重新去调查，是谁在对他这么做，又为了什么。他端详着那些跳舞的人和在黑影边缘观看舞蹈、等待着上场机会的人们。那名看上去很面熟的金发号角狩猎者正在和一名面孔粗笨的家伙飞快地旋转着，她的辫子几乎被甩得平飞了起来。麦特能透过面容识别出大部分的两仪师，但他看不出是哪名两仪师做了刚才的事。

他大步走向另一处营火——他不喜欢听到那首歌。接着那段旋律换成了别的曲子，“高台上的国王”、“贵族大爷女士们”直到“一生挚爱”。在那个古老的记忆中，是他写出了这首歌，为了他那一生的挚爱。信任的味道就是死亡。在下一个街角，一名提琴手和一名吹长笛的女子正在演奏“吹起羽毛”，一首很不错的乡村舞曲。

他对艾雯能信任多少？艾雯现在是两仪师了。如果她是玉座，她就一定会是两仪师，即使只是一个破烂小镇里的破烂玉座。但无论她是谁，她是艾雯，麦特不能相信艾雯会在黑暗中袭击自己。当然，奈妮薇确实趁他不注意时踢了他，但那又没有让他真的受伤，不过他的屁股到现在还能感觉到痛，那个被踢到的地方冒出了一个青紫色的大肿包。至于伊兰会做出什么事，那就只有光明知道了。他相信，她们仍然在努力将他赶走，她们也许还会再对他采取行动，而他现在最好的方法就是不理她们。他几乎有点希望她们能快一些行动了。她们的至上力碰不到他，她们进行愈多的尝试和失败，她们就愈会明白他不是好惹的。

麦瑞勒这时出现在他身边，眼睛看着那些舞蹈者。麦特依稀记得她，这名两仪师应该不会知道任何能够威胁到他的事情。当然，她不像哈丽玛那么妖娆，但仍然比一般女孩漂亮许多。营火在她的脸上映照出摇曳的光影，让麦特几乎忘了她是两仪师。

“暖和的夜晚。”她微笑着说道。她的样子相当随意，以至于正在欣赏她的面容的麦特用了一点时间才明白她要做什么。

“我不这么想。”麦特礼貌地说。虽然她在向他示好，但他并没有完全忘记，两仪师就是两仪师。

麦瑞勒只是笑了笑：“你有许多优势。我并不想将你钉在我的裙子上。许多优势。你已经选择了一个危险的人生，或者是这个人生选择了你。如果你是一名护法，或许会有更多机会活下来。”

“我确实不这么认为，但还是谢谢你的好意。”

“好好想一想，麦特，除非……玉座约缚你了吗？”

“没有。”艾雯不会这么做的，她会吗？只要麦特还有这枚徽章，她就做不到。但如果麦特没有这东西，她会这样做吗？“请原谅。”麦特浅浅地鞠了个躬，就快步朝一名美丽的蓝眼睛女孩走了过去，那个女孩的双脚已经在跟随音乐打节拍了。她有一双甜美的嘴唇，吻起来一定很舒服，而麦特很想让自己该死地高兴一下。“我看见了你的眼睛，就控制不住自己的双脚，走到你的面前。愿意跳个舞吗？”

等麦特看到她右手上的巨蛇戒时，已经太迟了。然后，那张温润的小嘴里吐出了一种冰冷而熟悉的声音：“我曾经问过你，孩子，当房屋正在被烧毁的时候，你是不是还会待在那里。不过看起来你习惯直接跳进火堆里。现在，去找一个想和你跳舞的人吧！”

史汪·桑辰！她应该已经被静断，并且被处死了！但现在她却在瞪着他。这张漂亮的脸蛋一定是她偷来的。她还戴着巨蛇戒！自己是在邀请史汪跳舞！

在麦特仍然盯着史汪时，一名腰肢窈窕的阿拉多曼女孩走了过来，她身上的淡绿色丝裙薄得几乎能让火光映照出她身体的曲线。她用冰霜般的眼神看了史汪一眼——史汪也回以一个意味深长的眼神——然后就抓着麦特，将他带进舞蹈的人群中。她像一名艾伊尔女人一样高，黑眼睛甚至能平视麦特的上眼皮。“顺便告诉你，我是莉安。”她用蜂蜜般甜美的声音说，“看样子你没认出我。”她轻柔的笑声也一样让人怡然神醉。

麦特吓了一跳，几乎在旋转时摔倒在地上。莉安也戴着巨蛇戒。麦特像木头一样挪动着脚步。虽然比麦特高一点，但莉安在麦特的手里就像羽毛一样轻盈，她的舞姿像天鹅一样美丽。但这并不能阻止无数个问题在麦特的脑子里，像照明者的烟火般不停地窜出来。光明在上，这到底是怎么回事？但是等到一曲终结，还没等麦特说话，莉安已经用甜美的声音说道：“你是个非常好的舞伴。”然后实实在在地吻了他。麦特完全被吓呆了，甚至没想到要躲避。莉安叹息一声，拍了拍他的脸颊。“真是很好的舞伴，下次把心思放在跳舞上，你会跳得更好的。”然后她就笑着走开了。立刻有几个人和她重新开始了一段舞蹈。

麦特觉得最好还是单独度过这个夜晚。他回到马厩，把马鞍当成枕头，开始睡觉。他的梦本来是很快乐的，只是里面一直充满了麦瑞勒、史汪、莉安和哈丽玛。当一个男人在做梦时，他就连将靴子中的水倒掉这种事也想不起来了。

麦特认为在沙力达的第二天肯定要更好一些，特别是他在黎明时分发现车尔已经在阁楼里，同样枕着马鞍睡觉。塔曼尼已经明白了麦特的命令，会在原地固守。红手队发现有护法在监视他们进行准备。毫无疑问，护法们是故意让他们发现的，但并没有任何人靠近红手队。另一个让麦特不高兴的惊讶是，奥佛尔的灰马也出现在马厩后面的院子里，而奥佛尔本人正盖着他的毯子，蜷缩在阁楼的一角。

“你需要有人照看你的后背，”奥佛尔沉着脸对麦特说，“她肯定是不能信任的。”毋需明言，奥佛尔指的是艾玲达。

奥佛尔完全没兴趣和村中的孩子们玩耍，而当这个孩子跟在麦特屁股后面走过沙力达时，麦特必须忍受无数投向他的惊愕或好笑的目光。奥佛尔一边竭力模仿着护法们的步伐，一边努力要同时看向九个方向，寻找着艾玲达。不过，无论是艾玲达、伊兰或是奈妮薇，都没有出现过踪影。“玉座”也依然忙碌。汤姆和泽凌也是同样“忙碌”。车尔打听到了一些事情，但都不能让麦特感到高兴。如果奈妮薇真的治好了史汪和莉安，她就比以往更加可怕了。她一向就骄傲得厉害，在做出那种不可能做到的事情之后，她的脑袋一定比露蜜瓜更大了。但这个讯息还不算什么，真正让麦特打哆嗦的是洛根和红宗的事，做出这种事情的两仪师是绝对不能被饶恕的。如果率领这支军队的是加雷斯・布伦，那么它就不再只是一群被护法压制的乌合之众了。车尔看到有许多人在将食物打包收集好，似乎是在为长途跋涉做准备，这不是个好兆头，这是麦特能想到的最糟糕的事情。当然，也许还比不上麦特发现一名弃光魔使坐在自己对面，十几名兽魔人正从门外杀进来。这说明这些女人不仅是傻瓜，而且是非常危险的傻瓜。汤姆曾经劝他要“帮助她们完成她们的任务”。如果这名走唱人现在从他藏身的地方钻出来，也许麦特会好好问问他，该怎么帮这些女人。

到了晚上，麦瑞勒又和麦特谈了一次成为护法的事。麦特告诉她，从日出到现在，她已经是第五个被他拒绝的人了。麦瑞勒的眼角变得有些发紧，麦特不确定她是否相信自己，她离开的时候露出麦特从未在两仪师脸上看到过的怒意。但麦特说的是实话。他还在吃早饭的时候就有两仪师向他提出这样的要求，而这名两仪师正是哈丽玛为之工作的黛兰娜。她是一名身材短粗的女人，有着浅色头发和一双浅蓝色的眼睛；她差点就要用威胁的手段迫使麦特同意她的要求了。这天晚上，麦特没有去跳舞，而是早早在阁楼里睡了。音乐声和笑声不停地传入他的耳朵，只是他现在觉得这些声音里充满了讽刺。

当麦特在沙力达度过了整整两天之后的下午时分，一名穿着白袍的女孩找到了麦特。她长得挺漂亮，脸上有一些雀斑。她在麦特面前努力做出冰冷高贵的样子（而且她差点就成功了），向麦特宣布："你要立即前往谒见玉座。"然后她闭上了嘴，没有再说一句话。麦特示意她带路，他的这种反应应该没有错。那个女孩看上去也很喜欢这样。

她们全都在小白塔的那个房间里——艾雯、奈妮薇、伊兰和艾玲达。但麦特又多看了几眼，才认出这个穿着质料上乘的蓝色羊毛裙、在领口和袖口上镶着缎带的艾伊尔女人。至少，艾玲达和伊兰都不像是要掐死对方的样子，不过她们的脸都像石头一样死板，艾雯和奈妮薇也和她们一样。四张脸上没有任何表情，所有的眼睛都在盯着他。最后，肩披圣巾、坐在桌子后面的艾雯看着他们，向麦特宣布了他能做出的选择。麦特总算是在艾雯说话时管住了自己的舌头。

"如果你认为这两样你都做不到，"艾雯最后说道，"那就记住，我可以把你捆在你的马上，赶回你的红手队去，沙力达没有地方留给懒鬼和逃避责任的人。对于你，麦特，或者陪伊兰和奈妮薇去艾博达，或者去看看你的那些旗子能吓唬到谁。"

这就是说，麦特没什么选择的余地了。当麦特这样对她们说的时候，她们的脸上依然没有任何表情，只是奈妮薇的脸似乎变得更加刻板了。艾雯说道："很高兴你能答应，麦特。现在，我还有上千件事要处理，我会尽量在你出发前再见你一面。"玉座要忙碌了，于是麦特就像一名马夫一样被轰了出来，而且还没得到玉座应该打赏的铜子儿。

所以麦特在沙力达的第三个早晨会站在村子和森林间的空地上。"她们也许会一直留在这里，直到我回来。"他一边对塔曼尼说着，一边回头瞥着那些村舍。她们就快来了，麦特不想让这次谈话的任何内容传进艾雯的耳里，否则艾雯也许会用钉子把他钉穿。"不管怎样，我希望如此。如果她们移动，就一直跟着她们，但绝不要接近到会让她们感到害怕的距离。如果有一个名叫艾雯的年轻女子来找你们，绝不要问任何问题，带上她直奔凯姆林，即使你们在这么做之前必须先割断加雷斯·布伦的喉咙。"当然，她们也许本来就是要去凯姆林，这是有可能的。但麦特仍然害怕她们的目的地会是塔瓦隆——塔瓦隆和断头台。"让尼瑞姆留在你身边吧！"

塔曼尼摇了摇头:“如果你不让我派人照顾你的起居,我会感觉受到冒犯。”

尼瑞姆站在和他们有一点距离的地方,牵着果仁和他身躯短胖的棕色母马,还有两匹背上的柳条筐里塞满了行李的驮马。他的身边站着拿勒辛的仆人,他的名字叫罗平,是个身材矮壮的家伙,他牵着自己的高鼻子阉马、拿勒辛高大的黑色战马和另一匹驮马。

这并不是麦特要带走的全部人马。现在麦特对这次任务的了解仍然仅限于他们的目的地。昨天麦瑞勒又找他谈了一次成为护法的事,同时也告诉他,只要不让红手队靠近沙力达,他可以任意和他们取得联系。麦特当然不想让红手队靠近沙力达半步,不过他也因此能为这次任务挑选了一些部下。车尔是第一个被他选中的,因为他需要探察他们到达的任何地方。然后是十二名身高体壮的骑兵,他们身为红手队的成员,曾经很好地维持了玛尔隆的秩序。根据拿勒辛的建议,出击迅速的拳头和棍棒可以解决奈妮薇和伊兰引出的任何麻烦,或是早早地将麻烦吓走。队伍中的最后一名成员是骑在灰马上的奥佛尔,他已经为这匹大灰马取了个名字——疾风,这匹健美的长腿生物配得上这个名字。麦特挑上奥佛尔的时候并没有犹豫,红手队如果要跟着这样一群疯狂的女人,可能会遇到更大的麻烦。也许红手队不会和加雷斯发生冲突,但这样两支军队经过任何地方都会引起当地贵族的恐慌。他们很有可能会遭到夜袭或林间的冷箭。对于一个男孩而言,一座大城市可能还更安全一些。

直到现在,太阳已经开始在树梢上放射出炽烈的光芒的时候,麦特还是没看见任何两仪师的踪影。

麦特烦躁地扯下他的帽子:“拿勒辛认识艾博达,塔曼尼。”那名满脸汗水的提尔人笑着点了点头。塔曼尼的面孔没有任何改变。“哦,不会有问题的,尼瑞姆跟着我就是了。”

最后,村子里仿佛是发生了一点骚动。一队女人牵着马匹走了出来,不止是伊兰和奈妮薇,虽然麦特并没有预料到还会有其他人。艾玲达穿着一身灰色的骑装,不停地用怀疑的眼光看着自己那匹身材纤细的暗褐色母马。那名留着金色发辫的号角狩猎者,则对自己那匹臀胯宽大的鼠灰色阉马充满了信心,并且不停地向艾玲达劝说什么跟她的坐骑有关的事情。她们两个跟过来做什么?另外还有两名两仪师——麦特觉得那应该是两仪师——这两名身材细瘦的女人头发都已经全白了,麦特从没见过这样的两仪师。一个老家伙跟在她们身后,牵着他自己的坐骑和一匹驮马,这名骨瘦如柴的男人头上的灰发已经快掉光了。看见他身后那件会变幻色彩的斗篷,麦特才意识到他是个护法。当护法就是这么一回事：两仪师会尽情地利用这个男人，直到他的头发掉光，也许等到他死之后，两仪师还会利用他的骨头。

汤姆和泽凌跟在她们身后不远的地方，他们也有一匹驮马。那些女人和那名老护法停在距离麦特五十多步的地方，仿佛是尽量不去看麦特和他的部下。老走唱人瞥了奈妮薇她们一眼，然后和泽凌说了几句话。他们两个牵着马向麦特走过来，又在和麦特有些距离的地方停下来，仿佛不确定麦特是否会欢迎他们。麦特便向他们走了过去。

"我必须道歉，麦特，"汤姆抚着胡子说道，"伊兰很确定地告诉我，不能跟你说话。直到今天早晨，她才解除了禁令。在几个月之前，我因为一时软弱，答应过一定会听从她的命令。现在每次遇到她和我说不通的时候，她就会把这个承诺扔在我脸上，她并不喜欢我对你说过的那些话。"

"奈妮薇威胁我如果靠近你，就会打爆我的眼睛。"泽凌靠在他的竹杖上，郁闷地说。他头上那顶红色的塔拉朋帽子并不能遮挡多少阳光，帽子本身仿佛也布满了阴云。

麦特朝奈妮薇看了一眼，奈妮薇也正越过马鞍向他这边窥望，当她看见麦特瞧过来时，立刻躲到了坐骑身后，那是一匹圆胖的棕色母马。麦特根本不相信奈妮薇能把泽凌打倒，但这名肤色黝黑的捉贼人早已和麦特在提尔与之并肩战斗过的那个人不一样了。那时的泽凌会斗志昂扬地迎接任何挑战；而这个泽凌永远都紧皱着眉头，看上去仿佛从来都没停止过忧虑。"这次旅行，我们会教她一点礼貌，泽凌。汤姆，我才是应该道歉的人，我对那封信说的那些话，都是些气话，是因为我对那些蠢女人们有点过分担心了。我希望信里写的是一些好讯息。"这时他想起汤姆曾经对他说过的事情，才意识到自己说错了话。汤姆曾经丢下这个写信的女人，完全不管她的死活。

但汤姆只是耸耸肩，麦特不知道他为什么没有披上那件走唱人斗篷。"好讯息？我现在还不知道这算不算好讯息。等你搞清楚一个女人到底是你的朋友、敌人，还是情人的时候，往往已经太迟了。有时候，她这三者都是。"麦特以为汤姆会笑一声，但汤姆只是皱紧眉头，叹了口气。"女人似乎总是喜欢让她们显得很神秘，麦特，我可以给你举个例子，你还记得亚柳妲吗？"

麦特不得不想了一下："那个被我们在亚林吉尔救了一命的照明者？"

"就是她，泽凌和我在旅途上又遇到了她。我们在旅途上说了不少话。亚柳妲只是不想认出我，虽然我并不知道是为什么，我看不出她有什么要躲避的理由。我遇到她的时候是个陌生人，离开她的时候同样是个陌生人。现在，你是会称她为朋友还是敌人？”

“也许是情人。”麦特冷冷地说。他不会介意再遇到亚柳妲，那个女人送给他一些非常有用的烟火。“如果你想了解女人，那就去问佩林吧！不要问我，我对此一无所知。我本来以为兰德很清楚这个的，不过佩林肯定知道。”伊兰正在和那两名白发两仪师说话，那名狩猎者则一直在看着伊兰。一名老两仪师带着若有所思的神情向麦特这里望过来。她们也像伊兰一样，冰冷得仿佛是坐在该死的王座上的女王。“嗯，运气好的话，我不必忍耐她们太久。”麦特自顾自地嘟囔着，“运气好的话，她们要在那里做的事情很快就能完成，我们过个五到十天就能回来了。”运气好的话，他也许能在红手队跟着那些疯女人跑掉之前跟上她们。当然，寻找两支在一起的军队行踪会像偷馅饼一样容易，麦特只是不希望在伊兰身边待上太久。

“十天？”汤姆说，“麦特，甚至使用那种‘通道’，到达艾博达也需要五六天时间，虽然比二十多天才能到那里好，但……”

麦特没有再听下去，自从他在沙力达第一眼看到艾雯之后聚集起来的每一点怒火，全部冲进了他的脑袋。他从头上抓下帽子，向伊兰和其他人所在的地方走去。让他一直被蒙在鼓里已经很糟糕了（她们什么都不告诉他，又怎么指望他能为她们解决各种麻烦），而这就更加荒谬了。奈妮薇看见他走过来，急忙又躲到坐骑后面。

“和一名时轴旅行一定会是很有趣的事情。”一名白发两仪师说道。虽然已经站到她们面前，但麦特仍然无法确定这位两仪师的年纪，只是她的面容让麦特有一种历尽沧桑的感觉。她的同伴仿佛是她在镜子中照出的映射，也许她们真的是亲生姐妹。“我是范迪恩·纳梅勒。”

麦特完全没心情去谈论什么时轴的事，他从来就不曾有过这种心情：“我听到的那个五六天才能到艾博达的话是怎么回事？”那名老护法挺直了腰杆。麦特不由得重新对他进行了一番评估，也许他很瘦，但他肯定像老树根一样坚硬，但这并不能改变麦特的语调。“你们可以打开一个直接通向艾博达的通道。我们又不是什么吓人的军队，你们是两仪师，人们会理解你们为什么能凭空出现，或者是穿过墙壁。”

“恐怕你找错人了。”范迪恩说道。麦特看着另一名白发女子，她也像范迪恩一样摇着头。范迪恩又说道：“恐怕你和艾迪莉丝说也没用，我们不够强，弄不出那种新玩意儿来。”

麦特犹豫着，然后将帽子按在头上，转身面对伊兰。

伊兰高昂起下巴："很显然，你所知道的并不像你以为的那么多，麦特大人。"她冷冷地说道。麦特发现她身上一滴汗水都没有，那两……另外那两位……两仪师也完全没出汗。那名狩猎者正以挑战的眼神盯着麦特，她的耳朵里飞进蜜蜂了吗？"在艾博达周围百里内都是村庄和农场，"伊兰的口气仿佛是在向一名傻瓜解释一个再简单不过的问题，"向那里打开通道是非常危险的。我不想杀死某个可怜人的牛羊，更不想杀死那个可怜人本身。"

麦特痛恨伊兰的口气。伊兰是对的——麦特同样痛恨这一点，但麦特不打算承认这一点，至少不能向伊兰承认。他开始寻找撤退的路径。他看见艾雯从村里走出来，身边还有二十多名两仪师，其中大多都披着流苏披肩。艾雯扬起头，直视着前方，肩子上挂着那条七色圣巾，其他人结成小队跟在她身后。雪瑞安披着蓝色的撰史者圣巾，正和麦瑞勒及一名表情肃穆威严的两仪师说话。除了黛兰娜之外，麦特就再认不出这群两仪师中的任何其他人了。黛兰娜的灰发被卷成了发髻，两仪师到底要活多少年才能让自己的头发彻底变灰，或者变白？所有这些两仪师们都在自顾自地交谈着，完全不去理会那个被她们拥戴为玉座的人。艾雯是孤独的，她的身边看不到任何同伴。麦特了解她，知道她会努力担负她们丢给她的这份职责，但她们不会给她任何帮助，只会冷眼旁观。

*如果她们以为能这样对待两河女人，就让她们都到末日深渊里去吧！*麦特恶狠狠地想道。

他大步走向艾雯，脱下帽子，鞠了个躬。麦特知道该如何做出最好的屈膝礼，做出最漂亮的敬礼手势；如果他一定要做，他肯定会做到最好。"早上好，吾母，光明照耀您。"他用全沙力达都能听见的声音说道。然后他跪倒在艾雯面前，捧起她的右手，吻了戴在上面的巨蛇戒。他又回头瞪了塔曼尼他们一眼。因为艾雯身体的遮挡，他相信那些两仪师看不见他的这个动作。那些士兵们立刻匍匐在地，高声喊道："光明照耀您，吾母。"就连汤姆和泽凌也跪了下去。

艾雯一开始显得很惊讶，但她立刻就掩饰住自己的情绪。她微笑着轻声说道："谢谢你，麦特。"

片刻之间，麦特只是盯着艾雯，然后他清清喉咙，站起身，掸了掸膝盖上的灰尘。雪瑞安和所有那些站在艾雯身后的两仪师都在瞪着他。他压低声音对艾雯说："我没想到你会到这里来，不过，有很多事情是我预料不到的。玉座猊下总是会送她的手下启程吗？你不是要来告诉我所有这些是怎么回事吧？是吗？”

一开始，麦特真的以为艾雯要告诉他，但艾雯咬了一下嘴唇，微微摇摇头："我总是会送别我的朋友，麦特，我跟你说过，如果我不是那么忙，我会来见你。麦特，在艾博达一定不要惹任何麻烦。”

麦特气恼地盯着艾雯，他在这里又向她下跪，又吻她的戒指，而她却要他别惹麻烦。如果不是要保护伊兰和奈妮薇皮肉完整，他何苦要去艾博达。“我会努力的，吾母。”他稍带一点讽刺意味说道。雪瑞安那些人也许能听到他的话，所以不能太过放肆。“请原谅，我要去照看我的人了。”

他又鞠了个躬，后退两步，转身向仍然跪着的塔曼尼等人走去。“你们要跪在这里直到生根吗？”他朝他们吼道，“上马！”除了塔曼尼之外，所有红手队都跟着他爬上了马鞍。

艾雯和伊兰、奈妮薇说了几句话，范迪恩和艾迪莉丝则和雪瑞安说了几句话。最后，终于到了该出发的时间。麦特以为披着玉座圣巾的艾雯还会进行什么仪式，但她和所有不去艾博达的人只是稍微后退了一点。伊兰走出队伍，她的面前突然出现了一道光线，又迅速扩展成一个开口，开口对面是一片覆盖着枯黄蒿草的低矮丘陵，旋转扩展的光线停了下来，那和兰德所做的东西像极了。

“下马！”麦特命令道。伊兰看上去显得很高兴——现在她正欢快地微笑着，又邀请奈妮薇和艾玲达一同分享她的喜悦，从那微笑中实在很难联想到她究竟是怎样的一个女人。但不管她们高兴与否，这个通道并没有兰德为红手队做出来的通道那么大。当然，这次要通过的也没有那么多红手队，但她至少应该让他们可以骑着马走过这个通道吧！

在通道的另一侧，麦特坐回果仁的背上。绵延起伏的枯草山丘一直延伸到他的视野之外，不过南方的一线黑暗表明那里有一片森林，到处都是灰尘。

“我们在这里不能让马跑得太狠。”艾迪莉丝说，她轻松地骑在一匹圆胖的枣红色母马背上。这时那个通道已经消失了。她的这匹枣红马看上去只适合在家乡的畜棚里吃草。

“哦，确实不能在这种地方赶马。”范迪恩说道。她的坐骑是一匹板状肋、步履轻盈的黑色阉马。她们说完就向南方走去，一边还示意别人跟上来。那名老护法催马紧跟在她们身后。

奈妮薇和伊兰交换了个气恼的眼神，然后用力一踢坐骑，追了上去，八只马蹄把灰尘翻上了天。金发狩猎者跟着她们，就像前面那名护法跟随着他的两仪师。

麦特叹了口气，解下围住脖子的黑色方巾，用它捂住口鼻。他很希望那两位老人能教教这两名新进为人处事的道理，但他更希望能进行一次风平浪静的旅行，在艾博达停留一会儿，然后快点跳回沙力达去，不要等到艾雯做出什么不可挽回的蠢事来。女人总是在给他添麻烦，他完全不明白这是为什么。

看见通道消失，艾雯叹了口气。也许伊兰和奈妮薇能阻止麦特惹出太大的麻烦，如果要求他一点麻烦都别惹，那实在是期望过高了。利用麦特让她感到一种歉意的痛苦，但麦特毕竟应该发挥一些作用，而且让他离开红手队也是一项可以保证安全的措施。更何况，这也是麦特应得的，也许伊兰能教他一点礼貌。

艾雯转过身，看着评议会和雪瑞安的小圈子："现在必须开始我们要做的事情了。"

所有的眼睛都望向那名穿着黑色衣服的凯瑞安人，他正骑着马向树林走去，艾雯记得麦特说过，他的名字叫塔曼尼。她不敢问麦特太多问题。塔曼尼打量了她们一会儿，摇摇头，催马走进树林。

"我从没见过这样一名代表着麻烦的男人。"罗曼妲说。

蕾兰点点头："最好将那种人放到距离我们数里外的地方。"

艾雯压抑住自己的微笑。麦特的红手队已经起了它的第一个作用，但它是否能继续帮助艾雯实现她的计划，还要看麦特对塔曼尼下达了什么样的命令。艾雯觉得她在这件事上可以对麦特有所期待。史汪说，那个叫车尔·万宁的男人还没等她将那些迹象塞到他的鼻子底下，就已经将它们全都挖了出来。如果她真的"恢复了理智"，跑到红手队去寻求保护，那么红手队一定会站在她这边的。"我们是否应该去马匹那里了？"她说道，"如果我们现在离开，我们应该能在日落前追上加雷斯大人。"

第 45 章

苦涩的念头

维纳尔率领他的骑兵巡逻队穿过新城的街道。高大的凯姆林外城墙就在距离他们不远的地方，它的灰色石墙上布满了银色和白色的条纹，在正午的太阳下熠熠生辉。维纳尔想着要剃掉自己的胡须,已经有一些人把胡须剃掉了。即使所有人都说这种炎热是不正常的，但沙戴亚一定要比这里凉快许多。

他在这种时候想一些别的事情不会有什么问题，他甚至能在睡觉的时候继续控马前进，任何凶蛮的盗贼都不可能在十名沙戴亚骑兵的身边作案。他们总是以随机的路线和时间进行巡逻，让那些盗贼找不到安全的作案时机。实际上，他们很少捉拿盗贼，仅仅是逮捕那些主动向他们投案的人。凯姆林最狠恶的流氓宁愿让沙戴亚人抓住，也不愿意面对艾伊尔人，所以维纳尔只是不在意地扫视着街面，同时任由自己的心思飞到了别的地方。他想到家乡莫哈的那个姑娘，他想和她结婚。特芮安的父亲是名商人，他想要一名士兵儿子的心思甚至比特芮安想要一名士兵丈夫更迫切。他想到了那些艾伊尔女人提议的游戏；枪姬吻这个名字听起来很不错，不过那些艾伊尔女人眼睛里的闪光让他有点不安。但他最常想到的还是两仪师。

维纳尔一直都想见到一位两仪师，而凯姆林显然是个最适合见到两仪师的地方，比这里更适合的只可能是塔瓦隆了。现在凯姆林似乎到处都是两仪师，他曾经去过库雷恩的猎犬，人们都说那里有一百名两仪师。但在最后一刻，他还是无法强迫自己走进去。当他的手中有剑、胯下有马的时候，他可以勇敢地面对任何男人或兽魔人，但一想到两仪师却会让他感到羞怯。而且，这家客栈不可能住得下一百名女人，他看见在客栈门口出入的那些女孩也不可能是两仪师。他也去过玫瑰王冠，从街对面朝那里看过，但他不能确定那些女人是不是两仪师，所以他相信她们应该不是两仪师。

他注意到一名有着宽大鼻子的瘦女人，从一栋高大的房子里走出来，那栋房子一定是属于某个商人的。那女人先是皱起眉头看着街道，然后戴上一顶宽边草帽，匆匆离开了。维纳尔摇了摇头，他说不清那个女人的年龄有多大，但这并不足以当成证据。他知道两仪师应该是什么样子。杰达说两仪师都非常美丽，光用微笑就能杀死男人；利森坚持认为她们都比男人要高上一尺。但维纳尔知道，可以从一名女子的面容判断她是不是两仪师，那种不因时间流逝而出现瑕疵的面容，是不可能会弄错的。

当巡逻队向宏伟的白桥拱门前进时，维纳尔已经忘了两仪师的事。在这道门外，一片由农人组成的集贸市场沿着大路一直向远处延伸，形成了两排向街道敞开的石砌屋子，屋顶上都铺着红色或紫色的瓦片。屋子旁边的围栏里装满了牛、猪、羊、鸡、鸭和鹅。店铺里贩卖着从豆类到芜菁等各种食物。一般这样的市场都充满了农夫们叫卖货物的声音。但现在，除了那些牲畜的叫声外，市场上再听不到其他声音了。与此同时，维纳尔在这里见到了一支最为奇怪的队伍。

每四名骑在马上的农夫并肩立成一排，这样一排排连下去，形成了一列长队，在队伍后面似乎还有许多马车。这些穿着粗布衣服的人肯定是农夫，但维纳尔看见他们每个人都背着一张他见过的最长的弓。他们腰间一侧都挂着一只装满的箭囊，另一侧佩着一把匕首或一柄短剑。在队伍前方有一面镶红色边框、绘着一只红狼头的白色旗帜，旗帜下的一些人让这支队伍显得更加奇怪——三名艾伊尔人（当然，他们是徒步的），其中两名是枪姬众；一个人穿着带亮绿色条纹的外衣和颜色炫目的黄裤子，这身打扮说明他是个匠民，但他的背上却有一把剑。他牵着一匹足有拿桑辕马那么高大的马，而那匹马背上的鞍子一定是为巨人准备的。一名身躯魁梧、毛发粗重、留着短胡子的男人，看上去是这支队伍的统帅，他的腰带上别着一把可怕的斧头。而在他身边的一匹马上，坐着一名穿黑色窄裙裤的沙戴亚女子，她一直用最温柔的眼神看着那个男人……

维纳尔不禁在马鞍上倾过了身子，他认识那名女子，现在维纳尔的脑子里出现了巴歇尔大人——他应该是在王宫里，不过，他想到更多的是黛拉女士。维纳尔的心沉了下去，她也在王宫里。如果有某位两仪师挥挥手，将这支部队变成一群兽魔人，也许维纳尔会很高兴。也许这是他做白日梦的代价，如果他专心察看街道，他的巡逻队前进的速度肯定会快得多，那就不会在这时候刚好来到这里了。但他必须尽忠职守。

他一边寻思着黛拉女士是不是会拿他的脑袋当球踢，一边命令部下在城门前展开队形。

佩林让自己的棕色牡马走到距离城门十步远的地方，勒住了缰绳。快步很高兴能停下来，它不喜欢这种炎热。这些挡在城门前的骑兵是沙戴亚人——他们都有着高鼻子和眼角上翘的眼睛，有些人留着光泽的黑胡须，有些人留着浓密的髭髯，也有一些人把胡子都剃掉了。除了最前面的这名军官外，这些沙戴亚人全都将手放在剑柄上，他们散发出一种激动的气息，但并没有畏惧的气味。佩林看了看菲儿，菲儿却弯腰拍抚着燕子弯曲的脖颈，又专注地玩弄起这匹黑母马的马缰，她身上那种淡淡的草药香皂气息中混杂着一种忧虑。在最后两百里的路途中，他们已经听说了有沙戴亚军队在凯姆林的讯息，而且这支军队的统帅很可能就是菲儿的父亲。菲儿似乎不因此感到担忧，而且她确定她母亲也会在凯姆林。她还对佩林说，自己并不会为这个担心。

“我们甚至不需要长弓手。”亚蓝一边低声说着，一边用手抚摸着突出在他背后的剑柄，他的黑眸里似乎充满了渴望，身上也散发着渴望的气味。“他们只有十个人，你和我就能收拾掉他们。”

高尔已经戴上了面纱，佩林相信，菲儿另一侧的贝恩和齐亚得肯定也戴上了面纱。

“不许射箭，不许攻击。”佩林说，“收起矛枪，高尔。”他没有对贝恩和齐亚得说话，毕竟她们只听菲儿的——菲儿至今没有把头抬起来。高尔耸耸肩，放下了面纱。亚蓝失望地皱起眉。

佩林保持着表情的温和，抬起头去看那些沙戴亚人——他的黄眼睛总是会让一些人感到不安。“我是佩林·艾巴亚，我想，兰德·亚瑟会想要见我的。”

那名没有握住剑柄的大胡子男人从马鞍上向佩林微鞠了个躬。“我是维纳尔·巴莱达，佩林大人，是达弗朗·巴歇尔大人部下的中尉。”他用非常大的声音将这句话说出来，同时又让目光极力躲避着菲儿。菲儿听到父亲的名字，叹了口气，又紧皱起双眉瞪着维纳尔。看到维纳尔对她视而不见，她的眉头皱得更紧了。而维纳尔这时仿佛刚刚想起一样，又说道："根据巴歇尔大人的命令，以及真龙大人的命令，任何贵族都不能率领超过二十名武装人员和超过五十名仆人进入凯姆林。"

亚蓝在马背上动了动身体，他比菲儿更加注重所谓的佩林的荣誉，这对他似乎有很重要的意义。不过感谢光明，除非佩林下令，否则他不会抽出他的剑。

佩林回头说道："丹尼，带大家到三里外我们刚刚经过的那片草地去，在那里扎营。如果有农夫来向你抱怨，给他一些金币，好言安抚他，让他知道我们会赔偿一切损失。亚蓝，你跟他们一起去。"

丹尼·鲁文个子瘦高，浓密的胡子几乎遮住了他的嘴，他用指节点了一下额头（实际上佩林总是告诉他，只要说一声"好的"就可以了），然后就立刻开始下达命令让所有人掉头。当然，亚蓝立刻就僵住了身子——他从来都不喜欢远离佩林；当然，同样的，他什么都没说。有时候，佩林觉得这名前匠民已经变成了他的一头猎狼犬，这对一个男人来说并不好，但佩林不知道该如何改变他。

佩林以为菲儿会说一大堆反对的话，她应该言之凿凿地提醒他那些所谓的地位和荣誉，并坚持要他带上维纳尔所说的二十名士兵；甚至可以的话，就带上五十人。但菲儿只是从马鞍上俯下身子，对贝恩和齐亚得耳语了几句。佩林不让自己去听，但他还是能听清楚菲儿的一些只言片语。菲儿说了一些关于男人的话，仿佛是有些戏谑之意，女人们在谈到男人时不是戏谑就是恼怒。因为菲儿，他才带来这么多人，还打起了旗帜，但他至今都不太清楚菲儿是怎么做到这些的。在马车上还有仆人——男人和女人们都穿着肩膀处绣着狼头的仆人制服。两河人甚至完全没有抱怨菲儿的所作所为，他们似乎也像那些难民一样，因为这些而感到骄傲。

"这样可以了吗？"佩林问维纳尔，"你可以护送我们这些人去见兰德，如果你不想我们跑掉的话。"

"我想……"维纳尔的黑眼睛看了菲儿一下，立刻又转到了一旁，"我想这是最好的。"

当菲儿在马背上立直身体时，贝恩和齐亚得跑向那队沙戴亚骑兵，从他们中间直穿过去，仿佛他们根本就不存在一样。沙戴亚人没有显示出任何惊讶的表情。他们一定已经习惯艾伊尔人了。所有的谣言都说，凯姆林现在装满了艾伊尔人。

“我必须去找我的枪矛兄弟们了。”高尔忽然说道，“愿你们总是能找到水和阴凉，佩林·艾巴亚。”然后他就追着那两名女子跑进了城里。菲儿用戴着灰手套的手掩住了一个揶揄的微笑。

佩林摇摇头。高尔希望齐亚得能嫁给他，但依照艾伊尔习俗，齐亚得必须主动向他提出请求。根据菲儿的看法，虽然齐亚得愿意当高尔的情人，但她是不会为了结婚而放弃枪矛的。在这件事上，高尔就像个类似情况下的两河女孩一样感觉遭到了冒犯。贝恩似乎也被扯进这件事里。佩林不明白具体是怎么回事。菲儿对佩林说她也不知道——实际上，佩林那时候还没问过她。高尔被问到这件事时总是会沉下脸。真是一群奇怪的人。

沙戴亚骑兵们在街上的人群中开出了一条路。佩林则对这座拥挤的城市没有任何兴趣。他曾经来过凯姆林，但他现在不喜欢任何一座大城市。狼很少会靠近城市。他已经有两天时间没有感觉到一匹狼了。现在他只是一直在用侧眼瞥着他的妻子，同时又竭力不让她注意到。他不得不去注意菲儿现在的样子。菲儿骑马的姿势总是非常优美，但现在，她却僵硬地坐在马鞍上，两只眼睛瞪着维纳尔的后背。那个男人则一直缩着肩膀，仿佛能感觉到菲儿的目光。一只猎鹰也没有菲儿现在这样犀利的目光。

佩林觉得菲儿应该是正和他思考着同一件事——她的父亲——即使他们思考的方式并不一样。菲儿可能必须做出一些解释，毕竟，她是从家里逃出来，才成为一名号角狩猎者的。但真正要对付巴歇尔——泰尔和辛多纳领主的是佩林。佩林要告诉巴歇尔，自己是一名铁匠，娶了他的女儿和继承人。这不是佩林想做的事。他不认为自己有多么勇敢——做自己必须去做的事算不上勇敢——但他至今都不认为自己会是个懦夫。只是关于菲儿父亲的念头让佩林的嘴巴有些发干。也许他应该先监督他们把营地建好，并送一封信给巴歇尔大人，向他解释一切。一封谨慎措辞的信件可以写上两三天，或者是更多时间。他在遣词用句上并不擅长。

一面猩红色的旗帜缓慢地飘扬在王宫上方，将佩林猛地带回了现实。谣言也说到了这个。无论谣言是怎么说的（有些谣言里说那面旗帜代表着两仪师侍奉兰德，有些则说是代表着兰德侍奉两仪师），但佩林知道那不是真龙旗。他很奇怪为什么兰德没有打出那面真龙旗。兰德。他仍然能感觉到兰德对他的吸引。强大的时轴总会吸引弱一点的时轴。但这并不能让他知道兰德在哪里——它并不是实际意义上的拉扯。佩林在离开两河之后，本来以为自己会去提尔，或是光明知道的什么地方，只是因为散播在安多西部的谣言和传闻才让他来到这里。这些谣言和传闻中有一部分非常让人困扰。不，他感觉到的不止是需要靠近兰德，或者是兰德需要他，那种感觉就像是他的肩胛骨之间在发痒，他却又抓不到。现在，这个发痒的地方就要被抓到了，而他却开始希望这个时刻不要来。他有一个梦想，以菲儿喜爱冒险的性格，一定会嘲笑他的这个梦想，他梦想和菲儿一同住在乡下的小房子里，远离所有城市和纷争，在兰德身边总是充满了各种纷争。但兰德需要他，他要做他所必须做的。

在一座由圆柱环绕的大广场上，佩林将挂着斧头的腰带放到马鞍上，抬头望向广场对面建筑物上的许多阳台和塔尖。能够离开那把斧头一会儿总会让他感到轻松。身穿白袍的一男一女接过了快步和燕子的缰绳。维纳尔和那些眼神冰冷的艾伊尔人说了几句话，就把佩林和菲儿交给他们，这些艾伊尔人中有很多头上系着绘有一只黑白两色圆碟的猩红头巾。这些艾伊尔人将佩林和菲儿带进宫中，跟守卫在里面的枪姬众说了几个字，就把他们交给那些面若冰霜的枪姬众。佩林没有在提尔之岩里见过这些艾伊尔人，他想和她们交谈几句，却只是得到了一些刻板的目光。枪姬众们晃动手指，彼此打着手语，很快的，她们之中就有一个人走出来，带领佩林和菲儿向宫殿深处走去。佩林觉得这名身材瘦长、有着沙色头发的女人大概和菲儿的年纪差不多，她告诉他们，她叫勒瑞安。除了警告他们不要四处乱走之外，这是她唯一跟他们说的话了。佩林希望贝恩和齐亚得能在这里，能看见一张熟悉的脸一定会让人高兴的。菲儿不急不徐地前进着，显示出一名贵族女子的仪态，但每经过一个岔路口，她都会飞快地向左右各看一眼，很显然的，她不想突然被她父亲撞见。

最后，他们来到一道双扇门前，这两扇门板上各雕着一只狮子。两名蹲在这里的枪姬众站起身，和勒瑞安打了几个手语，然后这名沙色头发的枪姬众没有敲门就走了进去。

佩林有些好奇兰德身边的情形是不是一直这样——艾伊尔人守在身边，没有人会说话。但这时，两扇门突然被彻底打开，兰德穿着衬衫就走了出来。

“佩林！菲儿！光明照耀你们的结婚日。”他笑着，轻吻了菲儿一下，“真希望那时我也能在。”菲儿看上去像佩林一样困惑。

“你怎么知道的？”佩林惊呼道。兰德又笑了，他拍了拍佩林的肩膀。

“珀黛在这里，佩林，珀黛、简馨她们都在凯姆林，维林和埃拉娜带着她们走到这里时听说了白塔的事情。”兰德看起来很疲倦，他的眼光低垂，但他还是在笑着。“光明啊，佩林，她们把你做的事都告诉我了，两河的佩林大人，卢汉大妈是怎么说的？”

“她管我叫佩林大人。”佩林没好气地嘟囔着。奥波特·卢汉在佩林小时候打他屁股的次数比佩林的母亲还要多。“她向我行屈膝礼，兰德，她真的行了屈膝礼。”菲儿斜睨了佩林一眼，她总是对佩林说，如果在人们鞠躬和行屈膝礼时阻止他们，就会让他们感到困窘。至于人们在这样做的时候佩林感到的困窘，菲儿说那是他必须付出的代价。

沙色头发的枪姬众从兰德身边擦身而过，让兰德愣了一下，急忙又说道：“光明啊，我让你们一直站在门口干什么，进来，进来，勒瑞安，告诉苏琳我需要更多调味酒，要蜜瓜汁的那种，告诉她快点。”不知为什么，这三名枪姬众都笑了起来，仿佛兰德刚刚说了什么好笑的事。

刚向房间里走了一步，植物香水的气息就告诉佩林，这里还有一名女子。佩林看清楚她是谁的时候，不禁愣了一下。“明？”她留着短卷发，蓝色的外衣和裤子上绣着花，这和以前的明不一样，但那张脸不会错。“明，是你！”他笑着将明抱起。“我们都在一起了，对不对？菲儿，这是明，我和你说过的。”

当他闻到妻子身上的气息时，便急忙将还在朝他笑的明放下了。这时他才发现，明身上那条紧身长裤清晰地显露出她两条腿的曲线。菲儿在各方面都很不错，只是有时难免会爱吃醋，佩林不应该知道菲儿曾经拿着一根棒子把卡勒·科普林追了半里远的。有了菲儿之后，他就不该再多看别的女人一眼了。

“菲儿？”明说着握住菲儿的手，“任何能够忍受这个多毛家伙，甚至能和他结婚的女人都是我钦佩的。我想，只要经过训练，他还是能够成为一名好丈夫的。”

菲儿微笑着握住明的手，不过她的身上真的散发出一种辛辣的气息。“我在这方面还不算成功，明，不过在我做好这件事之前，我会认真看好他的。”

“卢汉大妈行屈膝礼？”兰德不敢置信地摇摇头，“我必须看到才能相信。罗亚尔在哪里？他来了吗？你们没有把他留在外面吧？”

“他来了，”佩林一边说，一边竭力用不太明显的动作去看菲儿，“但并没有一路跟着我们。他说他累了，需要一个聚落，我告诉了他我知道的一个，那是白桥北边一个废弃的聚落。他徒步去了那里，他说只要走到距离聚落十里的地方，就能感觉到它。”

“我想，你应该很熟悉兰德和佩林？”菲儿问明，明只是瞥了兰德一眼。

“和他们共处过一段时间，我是在他们第一次离开两河时遇到他们的，他们那时还认为巴尔伦是个大城市。”

“徒步走去的？”兰德问。

“是的。”佩林缓缓地说。菲儿身上那种多刺的嫉妒气味已经消退了，这是为什么？“你知道的，他更喜欢使用双脚，他跟我赌一枚金币，他会在我们之后十天内赶到凯姆林。”那两个女人正在彼此对望着，菲儿在微笑，明则稍有些脸红，明的气息里出现了一丝羞窘。菲儿则很是高兴，她也有些惊讶，但表情里并没有显露出多少痕迹。“我不想要他的金币，他要走的路足有五十里远，但他坚持要这样做，他甚至还想把打赌的期限定在五天。”

“罗亚尔一直都说他能跑得比马更快。”兰德笑着说。然后他停了一下，用严肃的语气说：“我希望他能一路平安。”他很疲惫，在其他方面也改变了许多。佩林上次看到兰德时是在提尔之岩里，那时他身上已经看不到任何柔软的地方了，而现在的兰德让那时的兰德变得像是个天真的乡下男孩。他很少眨眼，仿佛眨眼会阻碍他看到应该看见的东西。佩林意识到自己从兰德的脸上看到了什么，他也在两河人的脸上看到过同样的东西，那是在兽魔人进攻之后，在第五次、第十次兽魔人的攻击之后，希望已经消失，但你必须战斗下去，因为放弃的代价实在太大那样的表情。

“真龙大人，”菲儿的声音让佩林愣了一下，菲儿以前一直是称他为兰德的，虽然他们在白桥时就听到过这样的称呼，“请原谅，我要先和我的丈夫说句话，然后再让你们两个自己去慢慢聊吧！”

没等兰德惊讶地表示同意，她已经抓住佩林，背朝着兰德说道：“我不会走得太远，亲爱的，明和我要聊一些会让你们感到无聊的话题。”她整了整佩林的领子，把说话的声音压到非常低，菲儿有的时候确实还记得佩林的耳朵有多么敏锐，“记住，他已经不再是你儿时的朋友了，佩林，至少，不止是。他是转生真龙，真龙大人，但你是两河人的领主。我知道，你会为了你自己、为了两河人而坚持住自己的立场。”菲儿对他的微笑充满了爱和信心。佩林很想亲她一下。“那么，”菲儿又用正常的声音说道，“你们聊吧！”她身上已经完全没有那种嫉妒的气味了。

菲儿转身向兰德行过一个优雅的屈膝礼，说了一声“真龙大人”，然后就握住明的手，说道：“来吧！明。”

明行了个动作生疏的屈膝礼，这让兰德很吃惊。

还没等她们走到门口，一扇房门突然被撞开，一名身穿仆人制服的高个子女人闯了进来。她的手里有一只装着高脚杯和酒罐的银托盘，酒罐中散发出葡萄酒和蜜瓜汁的香气。佩林几乎吃了一惊。虽然穿着红白两色的制服，但这个留着白色短发的女人就像是齐亚得的母亲，或者是祖母一样。她皱起眉看了离开的两名女子一眼，然后大步走到桌前，放下托盘。她的脸上仿佛戴着一个显示柔顺表情的僵硬的面具。“我被告知有四个人，真龙大人，”她用一种奇怪的声音说道，佩林觉得她也许是要表现出谦恭的语气，但仿佛又总是被什么东西卡着喉咙，“所以我拿来了四人份的酒。”她的屈膝礼让明的那个也显得流畅而典雅。当她出去的时候，把门狠狠地摔上了。

佩林看着兰德：“你有没有觉得女人都……很奇怪？”

“为什么你要问我？你才是结婚的男人。”兰德在一只雕银高脚杯中倒满调味酒，将它递给佩林。“如果你不知道，你可以去问麦特。每天我对女人的了解都变得更少了。”

“我也是。”佩林叹了口气。这些调味酒很凉，兰德似乎根本没出汗。“那麦特在那里？如果一定要我猜，我猜他是在离这里最近的酒馆里，多半手里拿着骰子，腿上还坐着一个女孩。”

“现在他最好这两样都别碰。”兰德面色严肃地说着，将没动过的调味酒放回桌上，“他的任务是将伊兰带回这里，让她成为女王，我希望他也会将艾雯和奈妮薇带过来。光明啊，在伊兰到来之前，还有这么多事情要做。”他像一头被逼到绝境的熊一样晃着头，然后又猛然盯住了佩林。“你能为我去一趟提尔吗？”

“提尔！兰德，我已经走了两个月，我的屁股都快变成马鞍状了。”

“我可以今晚就让你到达那里，今天就可以，你能睡在将军的帐篷里，远离马鞍。”

佩林也盯着兰德，这个人看上去是认真的，突然间，他发现自己正在怀疑兰德的理智。光明啊，兰德一定要有理智，至少他一定要坚持到末日战争之前。佩林长饮了一口酒想将这个苦涩的念头冲下去。他是怎么去想这个朋友的啊！“兰德，就算你有办法现在就把我送进提尔之岩，我还是会说不，我还要先在凯姆林找人说几句话，我也很想见见珀黛她们。”

兰德似乎没在听他说话。他坐进一把镀金的椅子里，用阴郁的眼光看着佩林。“你还记得汤姆是如何耍弄那些彩球，同时又让自己显得无比轻松的？我在耍弄我所有的一切，但这并不容易。沙马奥在伊利安，其余弃光魔使只有光明知道他们在哪里，有时候，我甚至不认为他们是最可怕的。最让我害怕的是那些认为我是伪龙的反叛者；还有那些以我的名义毁灭村庄的真龙信众。佩林，你有没有听说过先知？没关系，他并不比其他人更糟糕。我拥有彼此痛恨的盟军。我能任命攻打伊利安的最优秀的将军，只想着一路冲杀过去，然后被杀死。运气好的话，伊兰再过一个半月就能到这里了，但在那之前，也许这里就会爆发针对我的叛乱。光明啊，我想将安多完整地交给她，我想自己去接她，但这是我能做出的最糟糕的事。”他用双手揉搓着脸颊，直接用手捂着脸说道，“最最糟糕的。”

“沐瑞怎么说？”

兰德放下双手，看着手心。“沐瑞死了，佩林，她杀死兰飞儿，但自己也死了。已经结束了。”

佩林坐了下去。沐瑞？这应该不可能。“如果埃拉娜和维林在这里……”他在手掌间转动着高脚杯，但佩林其实并不真的信任这两个女人。“你问过她们的意见了吗？”

“不！”兰德比了个向下劈砍的手势，“她们要离我远一点，佩林，我已经跟她们说清楚了。”

佩林决定让菲儿去看看埃拉娜和维林出了什么事，这两位两仪师经常让他感到一种模糊的不安，但菲儿似乎和她们处得很好。“兰德，你跟我一样清楚，这样也许会触怒两仪师。沐瑞来寻找我们——当然，她是来找你——但有时候我觉得她是要杀死麦特、我，还有你。”兰德什么都没说，但他歪着头，看上去至少是在听。“如果我从巴尔伦到这里一路上听到的故事有十分之一是真的，现在让两仪师对你发怒也许是最不合适的，我不是不知道白塔出的事，但——”

兰德打了个哆嗦，向前倾过身子：“白塔一分为二了，佩林，有一半两仪师认为我是一只可以用钱买到手的猪；另外一半……我不知道她们在想什么。这三天里，我已经见过了她们的使者，今天下午我还要再跟她们见面，而我仍然不能确认她们的意思。她们的问题比答案还多，而且，因为我给她们的答案并不比她们给我的多，所以她们似乎不是很高兴。至少爱莉达——她变成玉座了，你听说了吗？——至少爱莉达的手下确实对我说了一些事情，即使她们以为只要让我看到两仪师在对我行屈膝礼，就会满意地不再追问什么了。”

“光明啊！”佩林吁了一口气，“光明啊！你是说，真的有两仪师造反了，而你正在白塔和那些反叛之中左右逢源？这是两头就要厮杀在一起的熊，而你却在她们之间采黄梅！难道你没想过，即使不这么做，你从两仪师那里惹的麻烦也已经够多了？我跟你说实话，史汪·桑辰让我的脚趾在靴子里打颤，但至少你会知道你在她身边是什么立场。她让我觉得自己像一匹马，而她会决定我适不适合在一段漫长艰苦的路程中前行。但至少，她肯定不打算骑到我背上。”

兰德沙哑的笑声里感觉不到任何欢愉。“你真的以为如果我不理两仪师，她们就不会来理我？白塔的分裂对我来说可能是最好的一件事，她们在忙着对付彼此，不会将全部注意力集中在我身上。如果不是这样，我到任何地方都会有几十名两仪师围着我。我已经将提尔和凯瑞安背在身后，也在这里有了立足点。没有这次的分裂，只要我张开嘴，就会有人说‘是的，但两仪师的看法是……’，佩林，沐瑞一直在努力为我拴上缰绳，直到我最终制止了她，但说实话，我并不知道她在那以后是否真的放弃了努力。当一名两仪师说她会给你建议，但最终的决定权在你的时候，她的意思是她知道你应该怎么做，而且她会让你那样做。”兰德拿起酒杯，深饮一口，当他放下杯子时，他看上去平静了一些。“如果白塔是完整的，现在就会有无数根丝线勒住我。如果没有得到六名两仪师的许可，我将连一根手指都无法移动。”

佩林几乎笑了起来，不过他的心里也并不比兰德有更多欢愉。“所以你认为最好……怎样？操纵那些反叛的两仪师对抗白塔？‘朝着公牛喊叫，或者朝着熊喊叫；如果朝着两者喊叫，你就会被踏扁又被吃掉。’”

“不是这么简单，佩林，不过她们还不知道，”兰德有些得意地摇摇头，“除了她们之外，还有第三方正准备跪倒在我面前，如果他们再和我联系的话。光明啊！我们不该把重聚的第一个小时用来谈论两仪师，谈谈伊蒙村吧！佩林。”他的表情变柔和了，几乎变成了佩林记忆中的那个兰德，而且他露出了一些向往的笑容。“我和珀黛她们只度过了很短的一段时间，但她们提到了各种各样的改变，告诉我那些改变，佩林，告诉我还有什么和原来一样。”

在很长一段时间里，他们一直在谈论那些迁入两河的难民和难民，他们带来的所有新事物——新品种的豆类、南瓜、梨和苹果，细布和地毯的编织，烧制的砖瓦，石工和细木家具——两河人很久都没见过如此精致的雕刻了。佩林已经开始习惯了从迷雾山脉另一边进入两河的难民数量，但这个数量还是让兰德大吃一惊。有些人想要在伊蒙村周围建起围墙，其他村庄也都在讨论这样的事情，为它的好处和坏处、为了建石墙还是木墙争辩不休。有时候，兰德似乎又恢复成原先的样子，因为他们聊到的内容而大笑不止。佩林告诉他两河女人们一开始是如何抗拒塔拉朋和阿拉多曼裙子，后来又分成了两派，一派只穿结实的两河羊毛裙；另一派则恨不得把两河裙子全都撕成碎片。有不少年轻人都像塔拉朋人和阿拉多曼人一样留起了胡子，偶尔还能看见有人蓄起了阿摩斯平原的山羊胡，那种样子倒很像是一头蠢牲口挂上了一个鼻环。佩林也告诉兰德，像他这样的胡子在两河更加流行。

但兰德清楚地告诉佩林，他不打算去营地，这让佩林很震惊，营地中的那些人有许多都是兰德的旧识。“我不能保护你和麦特，”兰德轻声说，“但我能保护他们。”

在这之后，他们的谈话渐渐变得拘束而尴尬。最后，就连兰德都意识到他们的交谈已经无法继续下去了，他叹了口气，站起身，手捋着头发，用不高兴的神情向周围看了看。“你一定是想梳洗休息了，佩林，我不该一直拖着你，我会为你安排房间。”看着佩林向门口走去，他忽然又说道：“你能考虑一下提尔吗，佩林？我需要你去那里，那件事不会有危险。如果你决定要去的话，我会告诉你整个计划，你是第四个知道这个计划的人。”兰德的表情变得坚硬起来。“你必须严格保密，佩林，甚至不能告诉菲儿。”

“我可以管住我的舌头。”佩林僵硬地说。他的声音里也有一点悲哀，那个新的兰德又回来了。“我也会考虑提尔。”

第 46 章

在门外

佩林没有太在意兰德向一名枪姬众下达的命令：“告诉苏琳，为佩林和菲儿准备房间，像服从我一样服从他们。”那两名艾伊尔女人却拍着大腿笑了起来，仿佛兰德刚刚讲了一个非常好笑的笑话。佩林只是盯着走廊中一个身材瘦小的男人，他丝毫不怀疑，这男人就是达弗朗·巴歇尔。他留着几乎把嘴完全遮住的弯曲髭髯，看上去一点也不像菲儿，也许他比菲儿还要矮一点，但他那种交叠着双臂站在那里的模样，仿佛一只正在盯着鸡笼的雄鹰，这让佩林确定了自己的猜想。这个男人也一定知道他是谁了。

和兰德道过别，佩林深吸了一口气，向走廊走去，他发觉自己很希望还带着斧头，巴歇尔的腰间佩着剑。“巴歇尔大人？”佩林鞠了个躬，但对方并没有任何回礼，这个男人浑身都散发着冰冷的怒意。“我是佩林·艾巴亚。”

“我们要谈一谈。”巴歇尔说完这一句，就转过了身。佩林别无选择，只能跟在他身后，尽管他有一双长腿，但他还是要加紧步伐才能跟上巴歇尔。

转过两个弯之后，巴歇尔带着佩林走进一个小起居室里，将门关上。高大的窗户让充足的光线射进房里，这里比高屋顶的房间更热。房里有两把雕刻着漩涡花纹的高背软垫椅，面对面地摆放着，一张青金石镶嵌的桌上放着长颈银酒罐和两只银杯。闻气味，这次不是调味酒，而是高浓度的葡萄酒。

巴歇尔倒满了酒杯，将一只杯子递给佩林，然后不容抗拒地指了指一把椅子。他的胡子下面露出了一点微笑，但那个微笑和那双眼睛就像是完全属于两个不同的人，那双眼睛里射出的目光能把钉子砸进墙里去。“我想，在你们……结婚之前，萨琳已经将我的一切背景都告诉了你，一切关于破碎王冠的事。她总是像个小女孩一样多嘴。”

巴歇尔仍然站立着，所以佩林也站立着。破碎王冠？菲儿肯定从没提到过任何破碎王冠的事。“一开始，她说您是一名皮毛商人，或者先是木材商人，然后才是皮毛商人，她说您也贩卖冰胡椒。”

巴歇尔愣了一下，重复道：“皮毛商人？”他的声音里充满了难以置信。

“她的故事一直在变，”佩林继续说道，“但她总是提到，您告诉她一名将军应该如何如何，后来我直接问了她，然后……”佩林望着杯中的酒液，又抬起头来看向巴歇尔的眼睛。“当我知道您是谁以后，我几乎改变主意，要放弃与她结婚，但当菲儿下定决心的时候，想拉动她就像是要拉动一群绝不迈出半步的骡子。而且，我爱她，我爱她。”

“菲儿？”巴歇尔喊了一声，“末日深渊啊，谁是菲儿？我们在谈论我的女儿萨琳，以及你对她做的一切！”

“菲儿是她在成为号角狩猎者时给自己取的名字。”佩林耐心地说，他必须给这个男人留下一个好印象，让你的岳父讨厌你就像让你的岳母讨厌你一样可怕。“那时她还没有遇到我。”

“狩猎者？”巴歇尔的声音闪耀着骄傲的光辉，他忽然笑了，身上愤怒的气息也几乎完全消失了。“那个小妮子从没跟我提过这种事。确实，菲儿这个名字比起萨琳来，更适合她。这曾经是她母亲的意思，而我……”他忽然愣了一下，然后怀疑地瞪了佩林一眼，恼怒又开始在空气中弥漫。“不要想改变话题，小子，我们要谈的是你和我的女儿，还有你们的这个所谓的婚姻。”

“所谓的？”佩林一直都能很好地控制自己的脾气，卢汉大妈甚至说他从来就没有过脾气。如果你在一同长大的孩子中总是最高大强壮的，很可能会不小心伤到别人，那么你就能学会该如何控制自己的脾气。但在这个时候，佩林觉得控制脾气有些困难了。“乡贤为我们举行了婚礼，从我们已经忘记的时代开始，所有两河人都是这样举行婚礼的。”

“小子，即使有一位巨森灵长老和六位两仪师见证，你的婚礼还是有问题。萨琳还没有到不经母亲许可就能结婚的年纪，她也从没向母亲提出过结婚的请求，更不可能被接受。现在她在黛拉那里，如果她没能让她的母亲相信她已经到了可以结婚的年龄，她就要回营地去，也许要担负起成为她母亲的马鞍的职责，而你……”巴歇尔的手指抚过剑柄，但他似乎并没有意识到自己的动作，“你，”他用一种几乎算得上是愉快的语调说道，“我会杀了你。”

“菲儿是我的！”佩林咆哮道。酒液洒到他的手腕上，他低头惊讶地看着那只酒杯——已经被他捏扁了，他小心地将被扭曲的银杯放到桌上的酒罐旁，但他依然控制不住自己的声音：“没有人能从我这里夺走她，谁都不行！无论你将她带回营地——还是其他任何地方！我都会去找她。”

“我有九千人。”巴歇尔用令人惊讶的温和声音说道。

“他们比兽魔人更难对付吗？带走她试试看！试试看！我们很快就能知道结果！”佩林发觉自己在发抖，他紧紧地握着拳头，连手都握痛了。这让佩林自己也非常吃惊。他已经这么久没有真正地愤怒过了，甚至已经忘了愤怒是什么样子。

巴歇尔上下打量着他，然后摇了摇头：“杀死你也许不是个好主意，我们需要一些新血，家族的血已经变得稀薄了。我的祖父经常说，我们全都变得软弱了，他是对的，我的力量连他的一半都不到，承认这点总是让我感到很羞愧。萨琳更是软弱得可怕，注意，不是脆弱……”他紧皱起眉头，过了片刻，看到佩林并没有要说菲儿弱小的意思，便点点头，“……总之，我们没有力量了。”

这番话让佩林很吃惊，他不自觉地走到椅子前，坐了下去。他几乎又忘记愤怒了。这个男人怎么变得这么厉害，他疯了吗？菲儿真的软弱吗？她有时确实温柔又甜美，但任何男人如果真的以为菲儿是软弱的，那他就有掉脑袋的危险，包括佩林自己。

巴歇尔拿起那只被捏扁的酒杯，端详着它，然后将它放回原位，也坐到椅子里。“萨琳在去她母亲那里前告诉我许多关于你的事，关于两河的佩林大人、兽魔人的克星，这很不错，我喜欢能站在兽魔人面前绝不后退的男人。现在，我想知道你到底是什么样的男人。”他啜着酒，带着期许的神情等待着。

佩林希望刚才能多喝一些兰德的蜜瓜酒，甚至希望他刚才没有把那只杯子捏扁。他的喉咙干得厉害，他想要给巴歇尔留下好印象，但他只能实话实说：“实际上，我并不是真正的领主，我是一名铁匠，当兽魔人出现……”他的声音愈来愈小，因为巴歇尔正在一边抹着眼睛，一边用力地大声笑着。

“小子，创世主从来没创造过家族，有些人忘记了这一点，但无论你去追溯哪一个家族的源头，你都会找到一个有着不平凡勇气的平凡人，或是某个人在其他人都像被拔掉毛的鹅一样乱跑的时候，保住了自己的脑袋，同时又掌控了乱局。记住，另一件容易被遗忘的事情是下坡路会突然出现，我在泰尔有两名侍女，如果不是她们两百年前的祖先做出了那些连蠢人都做不出来的蠢事，她们都应该有女士的身份。辛多纳的一名木工说他的祖先是亚图·鹰翼之前的国王，他也许说的是真话，他是一名优秀的木工。道路不会是一成不变地向上或向下，而且往往是向下的路更光滑。”巴歇尔重重地哼了一声，就连他的胡子也随之抖动了两下。“蠢人会在命运将他拖下来的时候大声呻吟，而一个真正的蠢人会在命运将他拉上去的时候大声呻吟。我想知道的不是你不同于过去的地方，不是你的现在，而是你的内心。如果我的妻子能让萨琳体肤完好地离开她，我又没有杀了你，你知道该如何对待妻子吗？嗯？”

佩林谨记要留下好印象的事，决定先不解释他更愿意重新成为一名铁匠的心情。“我以我的理解去对待菲儿。”他小心地说。

巴歇尔又哼了一声。“以你的理解，”他刻板的声音里渐渐出现了怒意，“你最好有着正确的理解，小子，否则我就……你听我说，妻子不是只要你大声叫喊就会向前狂奔的骑兵。在某些方面，女人就像是鸽子，你抓住她的力量一定只能有你认为必须的力量的一半，否则你就有可能会伤到她。你不想伤害萨琳，明白我的意思吗？”他忽然很不协调地笑了笑，然后他的声音几乎是变得友善了。“你也许能当一个很不错的女婿，佩林，但如果你让她不高兴了……”他又摸了摸剑柄。

“我会努力让她高兴的，”佩林认真地说，“伤害她是我最不愿意做的事。”

“很好，因为这是你最不可能做到的事，小子。”这句话也是巴歇尔带着笑意说出来的，但佩林毫不怀疑巴歇尔的意思。“我想，现在应该带你去见见黛拉了，如果她和萨琳现在还没结束她们的讨论，我们最好能抢在她们之中的一个被另一个杀死之前进去，她们在争论时总是会做一些出人意料的事情。萨琳现在也长大了，黛拉大概不能再靠打屁股结束争论了。”巴歇尔将酒杯放回桌上。在他们向门口走过去的时候，他又说道：“你必须知道一件事。女人说相信某件事，并不意味着那件事就是真的。有时她们会相信某件事，但那件事也并不会只因为一个女人相信它就变成事实。一定要记住。”

“我会的。”佩林觉得自己明白这个人的意思，菲儿有时候会把事实故意忽略掉。对于一些不重要的事情，或者是她认为不重要的事情，也许她承诺要去做，但实际上又不想去做，她就总是会想办法找个漏洞钻过去，按照她自己喜欢的样子去实现承诺。佩林不明白的是，这和见菲儿的母亲有什么关系。

他们在宫殿里走了很长一段路，穿过柱廊，登上阶梯，这里似乎没有多少沙戴亚人，却有很多艾伊尔男人和枪姬众。还有许多穿着红白色制服的仆人，一路上不停地向他们鞠躬或行屈膝礼，以及一些像那两名接过他们马匹的男人和女人一样穿着白袍的男女。这些穿白袍的人全都捧着托盘，或是抱着大堆的毛巾，视线低垂，飞快地奔跑着，似乎完全没注意到身边的其他人。佩林愣了一下，才意识到他们之中也有人在额头上系着艾伊尔人的那种红色头巾。他们一定也是艾伊尔人。佩林同样注意到一件小事，系头巾的白袍女人和白袍男人一样多，而穿着褐色外衣和裤子的艾伊尔人里只有男人系头巾，佩林一直都没见到枪姬众系上这种头巾。高尔跟他说过一点关于艾伊尔人的事，但他也从没提到过这种头巾。

最后佩林和巴歇尔走进了一个房间，这个房间里铺着绘有红色、金色和绿色图案的地毯，摆放着象牙镶嵌的椅子和小桌子。佩林的耳朵听出内室里传来女人说话的声音，因为厚重门板的阻隔，他分辨不出她们在说些什么，但他知道，其中一个说话的女人是菲儿。突然间，内室传出一声掌击，然后紧接着又是一声，佩林禁不住打了个哆嗦。只有彻底的羊毛脑袋才会在妻子和丈母娘吵架时插一脚进去——根据他以往看到的例子，这种情况下，两个女人都会同时把矛头转向那个可怜的傻瓜。他很清楚，菲儿在平时会坚持自己的立场，但他也见过许多已经当了母亲，甚至是祖母的强硬女人，在她们的母亲面前仍旧只是个小孩子。

他缩了缩肩膀，向通往内室的门走去，但巴歇尔已经走到了他前面，他用指节敲了敲门，显出一副从容不迫的样子。当然，巴歇尔听不到佩林能听见的声音——那就仿佛是两只猫被塞进同一只袋子里，两只浑身湿透的猫。

巴歇尔敲门的声音立刻打断了里面的吵闹声。“进来吧！”一个沉稳的声音高声说道。

佩林努力地不让自己抢在巴歇尔前面走进去。他一走进去，焦虑的目光立刻就注意到了菲儿。菲儿坐在一张宽扶手的椅子里，窗户中射进来的阳光擦着她的身子落在地上。这里的地毯呈现出大片的暗红色，让佩林想到了血渍。墙上的两幅壁挂中有一幅描绘着一名女子骑在马上，用长矛杀死一头老虎的情景；另一幅描绘了一场激烈的战争，战场上舞动着一面白狮旗。菲儿的气息里混杂着各种情绪，让佩林无法一一分辨。她的左脸颊上有一个红手印，但菲儿对佩林微笑着，虽然只是很淡的微笑。

菲儿的母亲让佩林眨了眨眼。巴歇尔刚才告诉他女人就像鸽子，所以佩林以为自己会看到一位身材纤细的岳母，但黛拉女士足足比她的丈夫高了几寸，而且她显得非常……健美。不是卢汉大妈的那种粗壮，或者是黛斯·康加那种仿佛能抡得动铁匠锤的强悍，她有着凹凸有致的丰盈体态。当然，一个男人绝不该这样去看自己的岳母。不过佩林能看出来，菲儿的美丽来自哪里，菲儿的脸几乎就是她母亲的翻版，只是没有鬓角上的白丝。如果菲儿在鬓生白发的年纪也会是这种相貌，那么佩林就是个非常幸运的男人了。而另一方面，那只高耸的鼻子和一双上翘的黑眼睛让黛拉女士很像是一只鹰，一只将猎物置于爪下的鹰。她身上散发着恼怒和轻蔑的气息。但让佩林惊讶的是，她的脸上也有个红手印。

“爸爸，我们刚刚谈到了你。”菲儿带着亲切的微笑说道。她走过来，握住巴歇尔的双手，亲吻了他的双颊。佩林突然有种不高兴的感觉，当丈夫只得到一个微笑的时候，父亲不该得到这样的优待。

“那么我应该跑开躲起来吗，萨琳？”巴歇尔笑着说。哦，他的笑声真是显得很开心，这个男人甚至仿佛没看见他的妻子和女儿刚刚打了对方！

“她更喜欢菲儿这个名字，达弗朗。”黛拉女士心不在焉地说，她将双臂交叠在那对丰润的乳房下，毫不掩饰地上下打量着佩林。

佩林听到菲儿用耳语对她父亲说道：“现在，全都靠他了。”

佩林也估计会是这样，毕竟菲儿和她母亲都已经动手了。他挺起肩膀，准备告诉黛拉女士，他会非常温柔地对待菲儿，就好像她是只小猫一样，而他自己则会柔顺得像是一只小羔羊。当然，后面这部分只是个谎言——菲儿会把柔顺的男人插在烤肉叉上，当成晚餐。但佩林肯定会和菲儿保持和平，而且，他确实在努力地温柔对待她。也许黛拉女士才是巴歇尔大谈温柔的原因，没有男人会有胆量用其他的态度对待这位女性。

还没等佩林开口，菲儿的母亲已经说道：“黄眼睛不代表你能成为狼，你有足够的力量保护我的女儿吗，年轻人？根据她对我说过的事情判断，你是个懦弱的人，只知道纵容她的每一个幻想，让她像玩翻绳一样把你玩弄在指头上。”

佩林一下子愣住了。巴歇尔已经坐进菲儿刚才坐过的那把椅子里，现在，他满意地端详着自己的靴子，将一只靴子的靴跟叠在另一只靴子的靴尖上。菲儿坐在父亲身边宽阔的椅子扶手上，气恼地向母亲皱起眉，然后又给了佩林一个充满信心的微笑。当她叮嘱佩林要在兰德面前坚持住自己时，也是这样对他微笑着。

“我不认为菲儿把我玩弄于股掌之间。”佩林小心地说道。实际上，菲儿有过这样的企图，只是佩林不认为自己曾经让她的这个企图得逞过。当然，有时候为了能让菲儿高兴，也会有一些例外。

黛拉女士的语调依旧僵硬：“弱者从不会这么想。女人想得到强壮的男人，要比她更强壮的。”她的手指用力地点中佩林的胸口，让佩林差点哼了一声。“我从不会忘记达弗朗第一次抓住我的后颈，让我知道他是我们之中更强壮的时候。那实在是精彩极了！”佩林眨眨眼，他完全想象不出当时会是什么样子。“如果一个女人比她的丈夫强壮，她就会轻视他，她将只能变得凶横霸道，或者是比丈夫更弱一些，让他看起来没那么软弱。但如果是丈夫更强壮……”她更加用力地戳了佩林一下，“女人就能变得像自己应有的那样强壮。你必须向菲儿证明，你是强壮的。”然后是更加用力的一戳。“我的家族的女人都是豹。如果你不能训练她为你狩猎，菲儿就会活吞了你，这是你应得的。你够强壮吗？”这一次，她的指尖让佩林后退了一步。

“你能别这样吗？”佩林沉声说道。他克制住去揉胸口的念头。菲儿根本帮不上忙，只是坐在一旁用微笑鼓励他。巴歇尔微抿着嘴唇，挑起眼眉看着他。“即使我有时候在纵容她，那也是因为我想这样做，我喜欢看见她的笑容。如果你想让我踩在她身上，那就忘记这个想法吧！”佩林不知道是不是自己产生了错觉，他觉得菲儿的母亲开始用一种非常特别的眼光看着他，她的气息也变得非常复杂，让佩林不太能分得清楚，不过愤怒和冰冷的轻蔑的成分依然存在。但不管是否能给她留下好印象，他不会拼命去说巴歇尔和他的妻子想听的话。“我爱她，她也爱我，这就是我要告诉你的。”

“他的意思是，”巴歇尔缓缓地说，“如果你带走女儿，他会再把她带回去。他似乎认为九千名沙戴亚骑兵还比不上几百名两河长弓手。”

巴歇尔的妻子若有所思地看着佩林，最后，她昂起头：“这很好，但任何男人都能耍弄一把剑。我想知道的是，他能不能驯服一个任性、倔强、不服——”

“够了，黛拉，”巴歇尔温和地打断了她的话，“既然你已经认为萨琳……菲儿……不再是个孩子了，那么我想，佩林是可以做好的。”

让佩林感到惊讶的是，巴歇尔的妻子顺从地低下了头。“就依你吧！亲爱的。”然后她又瞪了佩林一眼，眼中没有半点温柔，仿佛是在让佩林明白，一个男人应该像这样对付一个女人。

巴歇尔又悄声嘟囔了一些强壮的血脉和孙儿之类的话。菲儿呢？她带着微笑望向佩林，脸上有种佩林从没见过的表情，一种让佩林很不舒服的表情。她的双手交叠在一起，脚踝也交叉着，头歪向一侧，看上去很是……柔顺。菲儿！佩林觉得自己也许进入了一个所有人都是疯子的家族。

兰德在佩林走后关上房门，喝尽了杯中的酒，然后四肢摊开躺倒在椅子上，思考着。他希望佩林能和巴歇尔好好相处，不过，如果他们之间撞击出火星，也许佩林会更愿意去提尔，他需要佩林或麦特去那里，让沙马奥相信他真的要发动攻击。这个念头让他发出一阵低沉、苦涩的笑声，光明啊，他是怎样去设计他的朋友。路斯·瑟林在疯狂地笑着，用模糊的语句嘟囔着一些关于朋友和背叛的事。兰德希望他能睡上一年。

明走进房间，当然，她没敲门。枪姬众有时候会以古怪地眼光看着她，但无论苏琳和麦兰说过什么，明现在已经成了少数几个可以随意进出这个房间的人之一，她也充分地利用了这个特权。她曾经坚持拿一把凳子坐在兰德的浴盆旁边和他闲聊，仿佛这是很正常的事。现在，明在一只杯子里倒满调味酒，然后坐进兰德的怀里。她的脸上闪烁着薄薄的一层汗光，她根本不想去学什么忽略温度的办法，只是笑着说她不是两仪师，也没有要成为两仪师的计划。看起来，兰德已经成了她最喜欢的椅子，但兰德相信，只要自己装作没注意到的样子，她迟早会放弃这种游戏，所以兰德只是尽量在浴盆里藏好自己的身体，而不是用风之力遮住明的眼睛。一旦让明知道她正吸引着他，那她就永远也不会停止这种玩笑了。而且，虽然兰德羞于对明承认，但有个女孩坐在腿上的感觉确实很好，兰德并不是木头雕的。

“你和菲儿聊得好吗？”

“我们的谈话没持续多久，她的父亲就过来把她带走了。那时候她只知道挂在她父亲的脖子上，已经把我给忘了。那之后我就自己四处走了走。”

“你不喜欢她？”兰德问。明睁大了眼睛，她的睫毛让她的眼睛显得更大了。女人从来也想不到男人会明白她们没有想让男人明白的事情。

“并不是我不喜欢她，”她一字一顿地说道，“只是……嗯，她想要什么，就绝不会轻易放弃。我很同情可怜的佩林，竟然会娶了她，你知道她要我怎么样吗？她要确定我对她心爱的丈夫没有任何企图。你也许还没有注意到吧？男人们从来都看不到这些事情。”她闭上嘴，透过长长的睫毛看着他，眼神里充满猜疑的神情。毕竟，兰德已经表明他是能够看到一些事情的。她满意地确认了兰德并没有要笑的意思，也没有不喜欢这个话题的意思，然后才继续说道："我第一眼就能看出来，他和她在一起的时候就糊涂了，那个可怜的傻瓜；而她也同样地爱着他，我不认为他会多看别的女人一眼。但她根本就不相信，特别是如果有女人先去看他的时候。他已经找到了他的猎鹰，如果那另外那只鹰出现的时候，她将他杀死了，我一点也不会惊讶。"忽然，她倒吸一口气，瞥了他一眼，就匆忙低头去喝酒了。

如果兰德问明，明会告诉他刚才那句话是什么意思。兰德还记得，明曾经不会告诉任何人她看到的幻象，除非那些幻象和那个人有关，但现在的明已经改变了。兰德现在希望她看谁，她就会去看谁，而且明会告诉兰德她所看到的一切，只是这样做会让她觉得不舒服。

*闭嘴！*他对路斯·瑟林喊道。*离开！你已经死了！*但这并没有用，现在这种方法已经产生不了什么作用。那个声音还在低沉地继续喃喃着，也许说的是被朋友背叛，也许说的是背叛朋友。

"你有没有看到什么与我有关的东西？"兰德问。

明感激地一笑，靠在他的胸口——嗯，也许她认为这是一种友谊的表现；或者，也许不是。她开始一边啜着酒，一边说道："当你们两个在一起的时候，我看见那些光点和那团黑暗都比平时更加强大了。唔，我喜欢蜜瓜酒。但只要你们两个在同一个房间里，那些光点就会稳定住，而不是像你单独一个人时，它们还来不及聚在一起就已经被黑暗吞噬。你们在一起的时候，我还看见了别的东西，有两次他要去那里，否则你……"她盯着手中的酒杯，让兰德看不见她的脸。"如果他没去，你就会发生一些可怕的事。"她的声音听起来有些害怕。"非常可怕。"

虽然兰德很想知道佩林要在什么时候去，去哪里，做什么，但明肯定已经说出了她所知道的一切。"那么我就要一直把他留在身边了。"兰德尽量用高兴的语气说道，他不喜欢让明感到害怕。

"我不知道光是这样是否足够，"明将嘴唇压在杯缘，一边嘟囔着，"如果他不在那里，那就会发生，但我看见的并没有表明如果他在那里，那就不会发生。那是非常可怕的，兰德，只是想到那个幻象，我就会——"

兰德捧起她的脸，惊讶地发现泪水正从她的眼眶里涌出。"明，我不知道这些幻象会如此伤害你。"他温柔的说，"我很抱歉。"

"你倒是什么都知道，牧羊人。"她嘟囔着，从袖子里抽出一条缎带花边的手绢，在眼睛上按了按。“只是进了点灰尘，你并不常让苏琳打扫这里。”那块手绢又被明用力地塞回袖子里。“我应该回玫瑰王冠去了，我只是要来告诉你我在佩林身上看到的东西。”

“明，一定要小心，也许你不该这么频繁地到这里来。我不认为如果梅兰娜发现你的所作所为，会轻饶了你。”

明的笑容很像她原来的样子，她的眼睛里虽然还闪动着泪光，却已经流露出了促狭的神情。“我自己由我来担心就好了，牧羊人，她们认为我像所有那些乡下傻瓜一样，已经痴迷于凯姆林的美景了。如果我不是每天都来，你会知道她们正在会见那些贵族吗？”昨天明在前来王宫的路上偶尔瞥见了这样的情景——梅兰娜在一座宫殿的窗口一闪而过，明记得那是佩利瓦大人的官邸，而说梅兰娜只找上佩利瓦和他的贵宾们，就像说她是去为他清理下水道一样不可能。

“你要小心，”兰德坚定地对她说，“我不希望你受伤害，明。”

片刻之间，明只是无声地看着兰德，然后她站起身，轻轻吻了兰德的嘴唇。至少……嗯，她的动作很轻。但她每天离开时都会这样做，而且兰德觉得她每天的动作都会更重一点。

尽管兰德对自己做出过承诺，但他还是说道：“我希望你不要这样。”坐在他腿上是一回事，但亲吻就有一点不像是玩笑了。

“你并没有流泪，乡下男孩，”明微笑着，“也没有口吃。”她抚弄着兰德的头发，仿佛兰德只有十岁大，然后她向门口走去。但是像她有时候做的那样——她袅袅婷婷地摇曳着腰肢，让兰德即使没有流泪，也没有口吃，只是定定地望着她的身姿，无论兰德如何努力阻止自己这么做。当明又转过身来的时候，兰德急忙将目光转移到她的脸上。

“牧羊人，你的脸怎么红了？我以为你现在已经完全感觉不到炎热了。别介意，我想告诉你，我会小心的。明天我会来看你，一定要穿上干净的袜子。”

当房门在明身后被牢牢地关上时，兰德长吁出一口气。干净的袜子？他每天都会换上干净的袜子！现在他只有两个选择——继续装作对明无动于衷的样子，直到她退出；或者任由自己在明面前口吃发傻。或者也许他能求明结束这一切，如果他好好求求明，也许明会停下来，但这样明就一定会用这个揶揄他。明是很喜欢揶揄人的。而另一个唯一的办法——减少他们在一起的时间，对明冰冷、保持距离——这是他绝对不会去考虑的。明是他的朋友，他可以冷淡地对待……艾玲达和伊兰的名字出现在他的脑海里，不，这样不合适。他可以冷淡地对待麦特和佩林。他唯一不明白的一件事是，为什么他在明的身边总是会觉得很舒服。明总是那样嘲弄他，他不该觉得舒服的，但他真的有这种感觉。

当明提到两仪师时，路斯·瑟林的声音变得更大了，而现在，他说话的声音已经变得非常清晰，如果她们正在和贵族策划阴谋，那我必须对她们做些什么。

离开，兰德命令他。

九个太危险了，即使是未经训练的。太危险了，不能允许她们，不，哦，不。

离开，路斯·瑟林！

我没有死！那个声音咆哮道。我应该去死，但我还活着！活着！活着！

你死了！兰德在脑海中大声喊着。你死了，路斯·瑟林！

那个声音低弱了下去，它仍然在嚎叫，活着！随后就听不见了。

兰德颤抖着站起身，重新倒满酒杯，又一口气喝光杯中的酒。汗水从他脸上渗出来，他的衬衫紧贴在身上。重新聚集起精神费了他很大的力气，路斯·瑟林的力量愈来愈强了。不过他说对了一件事，如果梅兰娜真的在和那些贵族暗中策划阴谋，特别如果是那些见不到伊兰坐上王位就要造反的贵族，那么他就必须要做些事情了。

很不幸的是，他不知道该做些什么。

杀死她们，路斯·瑟林又开始悄声说道。九个太危险了，但如果我杀死一些，如果我赶走她们……杀死她们……让她们害怕我……我不会再死了……我应该死，但我想活下去……他开始哭泣，但那个耳语声也还在继续着。

兰德重新倒满了高脚杯，竭力不去听那个声音。

当进入内城的奥瑞甘门进入视野的时候，黛玛拉·艾瑞弗放慢了脚步。人群中有几个男人在挤过她身边时都目不转睛地看着她。她也许已经叮嘱了自己一千遍，不要再穿自己故乡阿拉多曼的衣服，但她也忘记了一千次。穿什么样的衣服并不重要——她也有过在数年时间里只穿六种样式的衣服的经验——而如果一个男人没认出她是两仪师，并且对她过于轻浮，让这种人接受一点教训是很简单的事。他们会飞快地从她的面前和脑子里消失。

这时候，她的兴趣全部集中在那道奥瑞甘门上，那是一座巨大的大理石拱门，镶嵌在闪烁着银光的白色城墙里，密集的人潮、大车和马车不断地在这道门中出入。门旁站着十二名艾伊尔人，黛玛拉怀疑这些艾伊尔人并不像他们看上去那样散漫无聊。他们也许能一眼就从人群中辨认出两仪师——这些人有时会做出很令人惊讶的事。而且，她从玫瑰王冠一直被跟踪到这里，那些能在岩石地带产生很好的隐蔽作用的外衣和裤子在城市的街道上就显得很惹眼了。所以，即使她想要进入内城，即使她不怕梅兰娜的怒火，她也没办法做到。两仪师的行动需要得到一个男人的许可，这是多么令人气恼的事。她只想见见米拉姆·哈恩德——王宫第二图书馆管理员，跟随她将近三十年的密探。

这里的王宫图书馆无法和白塔的图书馆相比，也无法和凯瑞安的王家图书馆相比，甚至不能和班达艾班的特汉那图书馆相比，但她现在急着查找一些数据典籍。如果米拉姆已经收到她发出的讯息，那么她的密探应该已经在寻找她想要的数据了。王宫图书馆也许能保存一些关于暗帝封印的信息，甚至也有关于那些封印来源的编目纪录，不过，这样的期望也许是太高了。大多数图书馆都在角落里存放着几乎已经被人们遗忘了数百年，甚至更久的典籍，那些往往是图书馆管理员们都不知道的宝藏。

黛玛拉耐心地等待着，任凭人潮从她身边涌过。她注意着从城门中走出来的行人，但她一直都没有在那些人当中找到米拉姆的秃头。最后，她叹了口气，很显然的，米拉姆没收到她的讯息，否则他一定会找借口在约好的时间来见她。现在她只能等到陪同梅兰娜去会见年轻的兰德时，从兰德那里求得许可，进入图书馆进行调查——又是他的许可！

她从城门口转过身，不经意看见了那个穿着马车夫背心的高个儿男人，在那个男人瘦长的面孔上，一双眼睛正带着过分的好感盯着她。而当他们的目光相对时，他还朝她眨了眨眼！

黛玛拉当然受不了在这样的目光中一路走回旅店。*我真该记住出门要换上朴素的衣服*，她一边想着，一边怀疑着自己怎么从来没这么做过。幸好她在数年前来过凯姆林，而且斯帝凡会在玫瑰王冠等她，她可以依靠对斯帝凡的感觉为自己指引方向。她走进一家刀剪铺和一家酒馆之间的狭窄缺口里。

上次她来凯姆林的时候，记得这里的窄巷都很泥泞。这次虽然路面上的泥泞已经干了，但她在巷子里走得愈深，周围的气味就愈不堪忍受。这里的墙壁上没有任何装饰，也看不到一扇窗户，只是偶尔能见到一扇小门，而这些门也都是一副很久未曾被打开过的样子。骨瘦如柴的猫趴伏在桶上或墙头上，无声地窥看着她。流浪的野狗身上的肋骨清晰可见，它们俯贴着耳朵，有时会朝她吠两声，然后躲进巷子的拐角里。她并不担心这些猫狗会伤害她，猫似乎对两仪师有一种特殊的感觉，她从没听说过两仪师被哪怕是最凶野的猫抓过。狗总是对两仪师存有敌意，它们似乎认为两仪师也是猫，但它们几乎总是在表露一下敌意后就跑开了。

这些巷子里的猫狗比她记忆中要多，也更加憔悴，但巷子里的人却大大减少了。她一直都没看见任何人，直到她转过一个巷角，才看见五六名艾伊尔人向她走来。他们一边走，一边还在说笑着，看见黛玛拉的时候，他们显得很吃惊。

“请原谅，两仪师。”他们之中的一个人低声说道。虽然小巷里有足够的空间，但他们全都紧贴在了巷子一侧的墙壁上。

黛玛拉寻思着他们是否就是刚才跟踪她的那些人——这些面孔中有一个人让她感觉熟悉，那是一个有着凶恶眼神的矮壮家伙。同时她向他们点着头，低声道过谢，便从他们面前走了过去。

那根插进她肋侧的短矛让她如此震惊，以至于忘记了呼喊。她疯狂地伸展向阴极力，但她的肋侧立刻再次被刺穿。她倒在地上，那张她记忆中的脸出现在她面前，黑色的眼睛里闪烁着嘲讽的光芒。那个人在向她咆哮着什么，但她没有去听，她只是努力地要得到阴极力，努力……黑暗笼罩了下来。

当佩林和菲儿最终摆脱了和菲儿父母冗长的会面后，那名被称作苏琳的奇怪仆人正在走廊里等他们。汗水湿透了佩林的内衣，又在他的外衣上留下大片深色的汗迹，他觉得自己好像跑了十里的路程，而且每跑一步都会被打一拳。菲儿则一直带着微笑，迈着轻快的步伐，她显得神采焕发，美丽而又骄傲，就像她带领望山的人们回来解救即将被兽魔人攻陷的伊蒙村时一样。每次他们看着苏琳时，苏琳都会向他们行屈膝礼，而且她每次行屈膝礼时都差点要摔倒。那张脸颊上有一道伤疤，满是皱纹的脸上挂着一副顺从的微笑，但那种微笑仿佛吹一口气就会碎掉似的。从他们身边经过的枪姬众都在用手语交谈着，苏琳也不停地向她们行屈膝礼，但佩林能清楚地听见她咬牙的声音。就连菲儿也在小心地看着她。

苏琳领着佩林和菲儿走进为他们准备的房间，这套寓所包括一间起居室和一间卧室，卧室里的篷罩大床上足足能躺下十个人，长阳台可以俯瞰一座有喷泉的庭院。苏琳坚持要向他们解说屋里的一切陈设，甚至那些他们一眼就能看清用处的也要一一说明。他们的坐骑都经过了梳洗喂饮，他们的鞍袋和佩林拴斧头的腰带挂在衣柜里，他们其余不多的行李都被整齐地放在橱柜的抽屉里。佩林的斧头靠在灰色大理石的壁炉旁，仿佛是一把劈柴斧。两个银罐中的一个上面结满了露水，里面装的是薄荷冷茶；另一个罐里装的是梅子调味酒。墙上挂着两面有镀金外框的镜子，还有一面镜子放在一张桌子上，镜子前放着菲儿的象牙发梳和发刷。一面巨大的立镜镶嵌在雕刻镜框里，就连瞎子也能轻易摸到。

当苏琳还在给他们讲解洗澡水的引法和黄铜浴盆的用法时，佩林将一个金币放在她满是硬茧的手掌里。“谢谢你，但如果你现在能离开我们——”片刻之间，佩林觉得苏琳要把那枚大金币砸在他的头上，但她只是颤抖着又向佩林行了个屈膝礼，然后就走出房间，狠狠地将门摔上。

“我想，训练这名仆人的人并不了解她的工作。”菲儿说，“不过，你做得不错，礼貌而坚定，如果你也这样对待我们的仆人就好了。”她将自己苗条的后背转向佩林，低声说：“帮我解开扣子好吗？”

为菲儿解开这些小扣子时，佩林总是觉得自己的指头很粗，他很害怕自己会把这些小钮扣扯下来，或者把菲儿的衣服撕破，但他也确实喜欢帮菲儿脱衣服。菲儿原先总是让一名侍女为她做这件事，佩林相信，这一定是因为交给他来做就会把扣子弄掉。“你对你母亲说的那些胡话是真的吗？”

“你还没有驯服我吗，我的丈夫？”菲儿说话时并没有看他，“难道不是你叫一声，我就会停在你的手腕上吗？我不会为了取悦你而奔忙吗？我没有服从你最小的手势吗？”她的身上有一种取笑的气息，她的语气也肯定是在取笑他，但她又仿佛是认真的，就像她将同样的这些话告诉她母亲的时候一样。那时候她高昂着头，样子骄傲得不得了。女人都很奇怪——这是佩林得出的唯一结论。而菲儿的母亲……还有她的父亲！

佩林觉得也许应该改变一下话题。巴歇尔提到的那个东西是什么？“菲儿，破碎王冠是什么？”他确信巴歇尔说的是这个。

菲儿发出一些焦躁而含混的声音，她的气息也忽然充满了烦乱的情绪。“兰德离开王宫了，佩林。”

“他离开了？”佩林弯下腰去盯着那些珍珠贝的小扣子，皱起了眉头，“你怎么知道？”

“那些枪姬众，贝恩和齐亚得教过我一些她们的手语，别把这个说出去，佩林。贝恩和齐亚得知道这里有枪姬众的时候，我看她们的样子像是觉得不该教我手语。而且，如果枪姬众不知道我会手语，也许她们会在我面前透露更多讯息，她们在兰德身边似乎有很多人。”菲儿扭过身，淘气地看了佩林一眼，搔了搔他的胡子。“我们第一批见到的那些枪姬众认为你有一副好肩膀，但她们对这个并没有想很多，艾伊尔女人根本不知道该如何欣赏漂亮的胡子。”

佩林摇摇头，一直等到菲儿转回身去，他才把她刚才转身时被他扯掉的一颗扣子放进口袋里。也许菲儿不会注意到。佩林就曾经把外衣口袋上的一颗扣子掉了整整一个星期，直到菲儿告诉他，他才发现。至于胡子，根据高尔的说法，艾伊尔人总是把胡子全都剃干净，贝恩和齐亚得就总是将他的胡子当成开各种古怪玩笑的目标。在这种炎热的天气里，他也曾经不止一次想过要剃掉这些胡子，但菲儿确实喜欢他留胡子。“兰德怎么了？他离开王宫有什么关系？”

“你应该知道他在你背后做了什么，很显然的，你不知道他要离开。记住，他是转生真龙，这个地位很像一位君王，一位君王的君王。君王有时候会毫不留情地利用朋友，有时可能是无意的，有时可能是故意的。”

“兰德不会这样做的。你有什么建议？我去刺探他？”

佩林这么说只是想和菲儿开个玩笑，但菲儿说道：“你不行，亲爱的，当间谍是妻子的工作。”

“菲儿！”佩林猛地直起腰，差点又扯掉了菲儿的一颗扣子。他抓住菲儿的肩膀，将她转过来，面对着自己。“你不能去刺探兰德，听到了吗？”菲儿沉下脸，眯起眼睛，露出一副倔强的样子——她的身上也全都是倔强的气味，但佩林也可以倔强。“菲儿，我想看看你所吹嘘的顺从。”根据以往的经验，菲儿在高兴时会很高兴地听他的话，否则就完全是另一种样子，那时她才不会理睬佩林是对的还是错的。“我是说，菲儿，我希望你能答应，我不会进行任何——”

“我答应，心爱的，”菲儿将手指压在佩林的唇上，“我答应不会去刺探兰德。你明白，我会顺从我的丈夫主人。你还记得我母亲想要多少个孙子吗？”

这个突然出现的话题让佩林眨了眨眼，但菲儿已经答应了，这是重要的。“我记得是六个。当她在说哪个应该是男孩，哪个应该是女孩的时候，我有些没数清。”黛拉女士用直接得让佩林吃惊的方式给了他们一些如何生养这么多孩子的建议。直到她的训话结束，佩林都在犹豫自己是否应该离开那个房间，而且他很庆幸自己对于那些训话中的大部分内容都没有弄明白。菲儿则只是在点着头，仿佛这是全世界最正常的事，而那时她的丈夫和父亲都在她身边。

“至少六个。”菲儿露出了个彻底淘气的笑容，“佩林，她会一直盯着我们，除非我能告诉她，她很快就能等到第一个了。我想，如果你能解开其他那些扣子……”即使在共度了几个月的婚姻生活后，菲儿还是会脸红，但她脸上那个淘气的笑容丝毫没有退去。“在这么多个星期之后，能有一张真正的床……我都快像是收割期的乡下女孩了。”有时候，佩林会好奇菲儿一直在说的那些乡下女孩是什么样子。不管菲儿是不是脸红了，如果那些乡下女孩一直都像菲儿和他独处时的样子，那么沙戴亚就连一粒粮食也采收不了了。佩林又扯下两颗扣子，才脱去了菲儿的衣服。菲儿一点也没介意，她把佩林的衬衫彻底撕开了。

黛玛拉惊讶地睁开眼，发现自己正躺在玫瑰王冠她自己房间里的床上。她应该是死了，而不是被脱去衣服，裹在亚麻被单里面。斯帝凡坐在床脚的一张凳子上，脸上同时显出松了口气、关心和严厉的表情。黛玛拉的这位凯瑞安护法身材单薄，比她还要矮一个头，虽然鬓角有了灰发，但他实际上要比黛玛拉年轻将近二十岁。有时他却像是黛玛拉的父亲，会斥责黛玛拉不懂得照顾自己，必须由他牵着手才行，黛玛拉很害怕这次意外会让斯帝凡在他们几个月以来的争斗中占优势。梅兰娜坐在床的一侧，面色严肃；贝伦妮西在另一侧。这名圆胖的黄宗姐妹表情永远都是严肃的，现在，她的面孔则是绝对的阴森。

“怎么了？”黛玛拉努力地问道。光明啊，她觉得自己虚弱极了，这是治疗导致的结果，现在她连要将双臂放到被子外面都觉得很吃力。她一定曾经非常接近死亡。治疗没有留下疤痕，但记忆和虚弱的感觉对她来说已经足够了。

“一个男人走进大厅，”斯帝凡说，“想要杯酒喝，他说他看见有艾伊尔人在跟踪一位两仪师——他很精确地描述了你的相貌——然后他说他们打算杀了那位两仪师。当他说话的时候，我感觉到——”他的面孔扭曲成极为阴郁的表情。

“斯帝凡要我去，”贝伦妮西说，“他一路都拉着我拼命向前跑。实际上，直到你刚刚睁开眼之前，我都不确定我们是否及时赶到了。”

“当然，”梅兰娜用冰冷的声音说，“这些全都是陷阱的一部分，那些艾伊尔人和那个男人——一个警告。很可惜，我们让那个男人跑掉了。我们那时把心思全都放在你身上，还没有人来得及想到要抓住他的时候，他就溜走了。”

黛玛拉一直在想米拉姆和这件事对于她进入图书馆会有什么影响，或者是要用多久才能安抚好斯帝凡。又过了一会儿，她才意识到梅兰娜说了什么。“抓住他？警告？你在说什么，梅兰娜？”贝伦妮西嘟囔着说，如果是把这些话写在黛玛拉的书本上，她就能明白了。有时候，贝伦妮西的舌头相当毒。

“自从我们到这里来之后，你可曾见到有人走进这个大厅里来喝酒？”梅兰娜耐心地问。

这倒是真的，黛玛拉还从没见过其他酒客走进这家旅店。在凯姆林，一位甚至是两位两仪师在一家旅店里并不会引起什么不寻常的反应，但九位两仪师就完全不同了，辛珂宁夫人近来已经在公开评论这件事了。“那么就是有人故意要让你们知道艾伊尔人会刺杀我，甚至是要你们能够在我死前找到我。”她还记得那个面色凶恶的家伙对她的吼叫。“我被告知要让你们知道，不许我们靠近兰德。他对我说的是，‘告诉其他女巫，离转生真龙远一点。’如果我死了，我就不能把这个告诉你们了，对不对？我伤在什么地方？”

斯帝凡在凳子上挪动着身体，带着痛苦的眼神望向她。“两处伤都避开所有的致命位置。但你失血的量——”

“我们现在该怎么做？”黛玛拉打断他的话，径自向梅兰娜问道。她不想听斯帝凡指责自己有多愚蠢。

“我觉得应该找到那些要为此事负责的艾伊尔人，”贝伦妮西坚定地说，“给他们一个教训。”她来自夏纳的边境军，艾伊尔人的袭击是她儿时生活的一部分。“森妮德也同意我的意见。”

“哦，不！”黛玛拉表示反对，“我不会让我第一个研究艾伊尔人的机会就这样被毁掉。毕竟，流血的是我。而且，除非那个给我警告的人也是艾伊尔人。他们很明显是奉命行事的，而我认为在凯姆林只有一个人能命令艾伊尔人。”

“我们其余的人，”梅兰娜一边说，一边用坚定的目光看着贝伦妮西，“和你的看法一致，黛玛拉。我不想再听到有人谈论浪费时间和精力去找一群猎犬的事了，那个放狗出来的人还在笑话我们呢！”贝伦妮西先是显露出一阵怒意，然后才低下了头。她总是这样。

“我们至少要让兰德知道，他不能用这种方式对待两仪师。”贝伦妮西厉声说道。梅兰娜的一瞥让她的声音和缓下来，虽然她的语调还是显得愤懑不平。“只是不必用很激烈的手段，因为这么做会毁掉我们的一切计划。”

黛玛拉用指尖撑着嘴唇，叹了口气，她确实感到很虚弱。“我有一个想法，如果我们公开指控他的行为，他当然会否认，而我们也没有证据能扔在他脸上。不仅如此，也许我们像兔子一样不做任何反抗，会是一个明智的做法。”梅兰娜和贝伦妮西交换了一个眼神，然后非常坚定地点了点头。可怜的斯帝凡义愤填膺地紧皱起双眉，他从没放过任何伤害黛玛拉的人。“什么都不说不是更好吗？这肯定会让他心神不宁。为什么我们什么都不说？我们有什么样的打算？我不知道我们能做多少，但至少我们能让他不停地回头去看背后。”

“正确。”维林在门口说道，“兰德必须尊重两仪师，否则我们的努力将不会对他起什么作用。”她示意斯帝凡离开（当然，斯帝凡在看到黛玛拉点头后才走出房间），然后维林坐到刚才斯帝凡坐的那只凳子上。“自从你成为目标后我就在思考……”她皱起眉看着梅兰娜和贝伦妮西，“你们能坐下吗？我不打算这样一直仰头看着你们，直到我的脖子抽筋。”当她们还在把房间里唯一的一把椅子和另外一只凳子拿到床边时，维林已经继续说道：“既然你成为了目标，黛玛拉，你就应该确定如何给兰德大人上这一课。看样子，你已经有了一个开始。”

“我想的是——”梅兰娜刚刚开口，就被维林打断了。

“等一会儿，梅兰娜，黛玛拉有权先提出建议。”

黛玛拉屏住呼吸，等待着梅兰娜的爆发。梅兰娜总是提出建议，然后盼望得到维林的许可；在自然的情况下，这样做除了有些尴尬之外并没有什么问题。然而，这还是维林第一次直接夺走了控制权，至少在其他人面前是这样。但梅兰娜只是咬紧嘴唇盯着维林，过了一会儿，她低下了头。黛玛拉想知道梅兰娜这么做是否代表着她要将使节的地位也转交给维林——她似乎也别无选择了。而所有的目光这时都已经转向黛兰娜，等待着她的发言。维林的目光尤其犀利。

“如果我们想让他担心我们要做什么，我建议今天任何人都不要去王宫，也不必给他任何解释。如果这样显得有些过于生硬，就给一个他必定能一眼看穿的理由。”梅兰娜点点头。更重要的是，维林也点了头。黛玛拉决定再冒一点险，“也许我们应该连续几天都不派人去，让他一个人去担心吧！我相信，只要我们注意观察明，就能知道他什么时候被煎熬得够火候了，然后……”无论她们决定做什么，她想要参与到其中。是她流了血，只有光明知道，现在她要把进入图书馆调查的时间延后多久了。就为了这个原因，她也很想好好给兰德上一课。

第 47 章

流浪的女人

麦特希望能平静地走到艾博达，从某种角度来说，他算是遂了心愿。但和六个女人一同旅行，其中有四个人是两仪师，这本身已经够他气愤难平的了。

第一天，当太阳还高高挂在天上时，他们到达了那片能够依稀看见的森林，然后又在树枝几乎完全光秃的天篷下放马奔跑了几个小时，马蹄踩碎了无数枯叶干枝。太阳即将落下之前，他们在一条已经萎缩了许多的小溪旁宿营。脸上刺着一只鹰、下巴方硬的哈南是随行骑兵小队的队长，他负责率领红手队骑兵安营、照料马匹、设置岗哨和营火。尼瑞姆和罗平一边忙碌着，一边抱怨怎么能不带帐篷赶路；抱怨主人一言不发，让他们不知道该如何在荒地里过夜；抱怨如果主人一早醒来发现他们死了，那也不是他们的错。他们一个瘦一个胖，说起话来也是一唱一和。当然，车尔可以照顾自己，他也在注意照看着奥佛尔。奥佛尔即使把马鞍当作凳子站，也无法刷洗到疾风的全身，他够不着的部位都是车尔帮忙刷洗的。每个人都在照顾奥佛尔。

那些女人也和他们一起宿营，但她们似乎和男人们保持了大约五十步的距离，一条隐形的线把营地分成了两半，提醒着那些骑兵们不可随意跨过。奈妮薇、伊兰、两位白发妇人、艾玲达和那名金发狩猎者聚集在她们的营火周围，几乎没去看一眼躺在毯子里的麦特和他的部下。麦特听得见她们低微的谈话声，但他只听清楚范迪恩和艾迪莉丝询问艾玲达是不是要一路牵着她的马，而不骑上去。汤姆想和伊兰说说话，伊兰只是轻轻拍了拍他的脸颊，就让他回来和泽凌、杰姆坐在一起。干瘦的老杰姆是范迪恩的护法，他似乎把全部的时间都用来磨利他的剑。

麦特不反对女人和他们保持距离，他觉得她们有一种让他无法理解的紧张气氛，至少奈妮薇和伊兰是这样的，而那名狩猎者似乎也受到这种气氛的影响。她们有时候会非常专注地望着那两位两仪师——另外那两位两仪师，麦特不确定自己是否能习惯把奈妮薇和伊兰也当成两仪师。而范迪恩和艾迪莉丝则像艾玲达一样显得有些心不在焉。麦特不打算深究这些女人的事情。麦特觉得那些女人之间很快就要爆发一场争吵了，但不管最后的结果会是烈焰升腾还是闷火暗烧，一个聪明的男人不会在女人的争执中插一脚。不管有没有他的银狐狸头徽章，明智的男人也会尽量和两仪师保持能远则远的距离。

但那些女人们还是让他们受到了一点小刺激，这是麦特的错——食物，一股羔羊肉和某种汤的香气很快就从两仪师的营火那里飘了过来。麦特只对车尔和其他人说了他们要快速到达艾博达，但并没有说食物的事，这意味着他们只有从鞍袋中找出来的一点干肉和硬面包可吃。一路上麦特连一只鸟、一只松鼠都没有看见，更别说鹿了，狩猎是根本不可能的。当尼瑞姆为麦特立起了一张小折叠桌和一只凳子时（罗平也为拿勒辛放了一只凳子），麦特吩咐他把柳条筐里的东西拿出来让大家分享，但结果并不如他希望的那么好。

尼瑞姆站在桌边，从一只银罐里为麦特倒出清水，仿佛那是葡萄酒一样，他用悲哀的眼神看着他准备的美食消失在那些骑兵的肚子里。“盐渍鹌鹑蛋，大人，”他说话的声音仿佛是在念悼词，“它们本来是为大人在艾博达准备的早饭。”或者是：“最好的烟熏牛舌，大人，希望大人知道，我是如何翻遍那个可怜的村子，才找到这些蜂蜜烟熏牛舌。那时我根本没时间，而且好东西都被两仪师拿走了。”实际上，他最懊恼的似乎是罗平为拿勒辛找到了罐装的腌云雀。每次拿勒辛咯吱咯吱地嚼碎一只云雀的时候，罗平自鸣得意的微笑都会更明显一些，尼瑞姆的脸则会拉得更长一些。不过，和一点蜂蜜烟熏牛舌或是鹅肝酱比起来，这些男人显然更喜欢一块羔羊肉和一碗汤。他们全都嗅着飘在空气里的香味，奥佛尔直接就带着向往的神情盯着那些女人的营火。

“你想去和她们一起吃吗？”麦特问他，“那就去吧！”

“我喜欢腌鳗鱼，”奥佛尔倔强地说。然后，他又用郁闷的语调说：“但不管怎样，她或许会在食物里下药。”他的视线一直跟随着艾玲达的一举一动。他似乎对那名狩猎者也充满反感，也许是因为那名狩猎者和艾玲达聊了很久，而且她们之间的关系看起来很友善。艾玲达肯定感觉到了男孩的目光，因为她偶尔会皱起眉头，瞥奥佛尔一眼。

麦特擦了擦下巴，看了两仪师的营火一眼（其实他自己也更喜欢羔羊肉和汤），当他转过头来的时候，发现杰姆不见了。当麦特派车尔出去探察周围的情况时，车尔不高兴地咕哝了几声。确实，杰姆已经去做这个工作了，但麦特不想等着两仪师选择该告诉他什么样的信息。他也许可以信任奈妮薇（麦特不相信奈妮薇会对他说谎，奈妮薇在当乡贤的时候，会把任何说谎的人整治得七荤八素），但奈妮薇一直躲在艾迪莉丝的身后窥望着麦特，让麦特觉得很可疑。

让麦特惊讶的是，伊兰一吃完就站起身，迈步滑过那条分界线——有些女人走路时就好像在水面上滑行一样。“愿意陪我走走吗，麦特大人？”她冷冷地问，语气并不礼貌，不过也算不上粗鲁。

麦特示意伊兰带路。伊兰轻盈地走出岗哨范围，走进月色掩映的树林里，那头流泄在肩头的金发和那张面孔会夺走任何男人的目光，不过月色让她傲慢的表情显得柔和了一些。如果她不是现在的这种样子……不是两仪师，也不是因为她属于兰德，兰德似乎把自己和这个世界上最难对付的女人纠缠在一起。这时，伊兰对他说话了，她的话让麦特立刻把其他事情都忘光。

“你有一件特法器。”她没有看麦特，直接说道，并一步不停地向前走着，仿佛麦特只是一条跟在她身后的猎犬，“有些人会认为两仪师是所有特法器的合法拥有者，我不要求你把它交出来，没有人会从你那里把它拿走，但这东西需要进行研究。因此，我希望你在每晚宿营时把它借给我，每天早晨上路前我把它还给你。”

麦特斜起眼睛瞥着她，她是认真的，这点毫无疑问。“还能让我保留我的东西，您真是太仁慈了，但，是什么让你认为我有那种……你说的是什么？一件特什么？”

这次伊兰的面孔变得僵硬了。她转过头来看着麦特，麦特很惊讶她的眼睛里竟然没有喷出照亮夜色的火焰。不过，她的声音完全像冰晶一样寒冷：“你很清楚什么是特法器，麦特大人，我在提尔之岩听沐瑞对你说过。”

“提尔之岩？”麦特和气地说道，“是了，我记起来了，提尔之岩，我们在那里都有过一段好时光。但你在那里找到了什么，让你有权力命令我？我不知道，我来这里只是为了让你和奈妮薇在艾博达不会被戳穿肋骨。等我把你送到兰德那里去之后，你可以向兰德要特法器。”

很长一段时间里，伊兰只是盯着他，仿佛是要用目光将他击倒。然后，她一言不发地转过身，麦特跟着她走回营地，却惊讶地看见她沿着被排成一排、一起拴住的马匹走过去。她检查了营火和毯子的摆设，又朝着骑兵吃饭剩下的残渣摇了摇头，麦特完全不知道她要干什么。最后她昂起下巴，回到麦特面前。

“你的人表现得很好，麦特大人，”她的声音传遍了整座营地，“我对他们感到非常满意。只是如果你事先计划得周详一些，他们就不必用这种无法让他们安然入睡的食物填饱肚子了。但整体来说，你做得很好，我相信以后你会多想到一些事情的。”她用冰冷的声音说完这些话，就走回她自己的营火旁，只留下目瞪口呆的麦特站在原地。

这个把他当成下属的该死的王女，还有那个鬼鬼祟祟地躲在范迪恩和艾迪莉丝身边的奈妮薇——但如果只是这样，麦特大概就要跳快舞庆祝了。就在伊兰给过“指示”之后，麦特还没来得及钻进他的毯子，那枚银狐狸头变冷了。

麦特惊骇地盯着胸前的银狐狸头，又过了一会儿，他才意识到要去看看那些两仪师。她们在分界线的另一侧排成了一排，艾玲达也跟她们在一起。伊兰低声说了些什么，那两名白发两仪师点点头。艾迪莉丝不停地用钢笔在一个小本子上做着记录，她的腰带上竟然别着一只小墨水瓶。奈妮薇拉着辫子，自顾自地嘟囔着。这种情况只持续了很短的一段时间，然后那种寒意就消退了。她们又回到营火旁，低声地交谈着，只是她们之中不时会有人朝麦特瞥上一眼，直到麦特最后缩进了毯子里。

第二天，他们走上一条大路，杰姆收起他的变色斗篷。这是一条宽阔的硬土路，有时候还能看见一点陈旧的铺路石板。但这条路并没有让他们的旅程更加顺利；它在愈来愈多的丘陵森林中不停地蜿蜒盘绕。一些丘陵已经可以被称为小山峰了——峭壁和石峰不停地凸现在森林之中。而且，这条路上的两个方向一直都有行人陆陆续续地往返，虽然人数不是很多。他们大多满脸脏污、面色苍白，甚至连农夫的高轮牛车都不知道避让，更不用说那些由六匹或八匹马拉着的帆布大马车组成的商队了。在一些山丘的缓坡上能看见用浅色石头砌成的农舍和谷仓。到了旅程的第三天，他们看见了一个充满浅红色瓦片屋顶和白石膏墙壁的村庄。

每晚那种令他不悦的刺激都会来一次，伊兰一直在研究麦特的银狐狸头。在大路边宿营的第二天，当麦特语气辛辣地告诉伊兰，很高兴能让她有心情愉快的时候，伊兰却带着那种从容的尊贵微笑说："你确实应该高兴，麦特大人。"仿佛他是真的有那个意思！

他们开始在客栈歇宿之后，伊兰也一直会去马厩里检查马匹，去阁楼上检查骑兵们睡觉的地方。如果麦特要她不必做这种事情，她就会冷冷地挑起眉弓，却不会给麦特任何回答。麦特告诉她不要摆出这种臭脸，她却只是对麦特不理不睬。她总是提醒麦特去做他已经决定要做的事，比如在第一家有蹄铁匠的客栈为所有马匹检查蹄铁。更让麦特生气的是，有些事情真的要伊兰提醒他，他才会知道，比如泰德·坎戴尔的屁股上长了个疮，却一直隐瞒着；劳丁·蒙丹在他的鞍袋里藏了至少五瓶白兰地。麦特完全不知道伊兰怎么会发现这种事。当伊兰不停地命令他去处理这些事的时候，麦特的心情已经无法用生气来形容了。但泰德的疮必须被割开（一些红手队的成员也对用至上力治愈病痛产生了和麦特一样的看法）；劳丁的白兰地必须被倒掉，还有另外十几件事情也必须得到处理。

麦特几乎要祈祷伊兰能告诉他一些不是必须要去做的事情了，只要一件就行，那样他就可以拒绝她一次了，一次干脆利落、恶狠狠的拒绝！如果伊兰再向他要一次那件特法器就太好了，但伊兰没再提过那东西。麦特向骑兵们解释，他们没有义务服从伊兰的命令，他也着实没看到有人那么做，但现在这些家伙每次听到伊兰询问他们的马匹时，都会高兴地咧开嘴；如果伊兰说他们是好士兵，他们会立刻将胸脯挺得老高。直到有一天，麦特看见车尔在伊兰面前用指节点着额头，一丝不苟地说道："谢谢，女士。"麦特差点把舌头吞到肚子里。

麦特努力地想让自己高兴一些，但那些女人都在打击他的兴致，不止是伊兰。艾玲达说他没有任何荣誉。她还告诉麦特，如果他不能对伊兰表现出更多的尊敬，她就会教教他什么是尊敬。艾玲达！麦特一直怀疑这女人还在等待机会割开伊兰的喉咙，而她竟然已经称伊兰为姐妹了！范迪恩和艾迪莉丝一直在窥看麦特，仿佛麦特是一只被钉在标本板上的奇怪虫子。他邀请那名狩猎者与他比试射箭，无论是单纯的游戏还是搏取彩金都可以——那张弓一定激发了她的想象力，让她用"柏姬泰"当作自己的狩猎者之名。但她只是用一种非常奇怪的眼光看着他，干脆地拒绝了他的提议，从那时起，她就一直远远地躲着麦特。她总是像一个黏在伊兰衣服上的刺果，但只要伊兰靠近麦特，她就会走开。还有奈妮薇……

从沙力达到这里的一路上，奈妮薇都在躲着麦特，仿佛麦特身上有什么糟糕的味道。他们在路上的第三晚，也就是他们第一次住进客栈时（那是一家名叫婚姻匕首的小客栈），麦特看见奈妮薇在瓦片屋顶的马厩里正在用一根干瘪的胡萝卜喂她的胖母马。麦特决定至少要和她谈谈珀黛的事，并不是每个男人都有要成为两仪师的妹妹，奈妮薇一定知道珀黛会有什么样的遭遇。"奈妮薇，"他几步走到奈妮薇面前，"我想要和你谈——"他的话没能说下去。

奈妮薇向后跳了一步，朝他挥舞了几下拳头，但立刻又把拳头藏进裙摆里。"别靠近我，麦特·考索恩，"她差点就喊了起来，"你听见我说话了吗？别靠近我！"然后她就擦过麦特的身子跑开了。麦特觉得她的辫子都要竖起来，就像一根猫尾巴。在这以后，麦特不仅变得气味很糟糕，甚至就好像患了某种恶心的传染病，只要他想靠近奈妮薇，奈妮薇就会躲到伊兰身后，隔着伊兰的肩膀瞪着他，就差向他吐舌头了。女人就是疯子，如此而已。

至少汤姆和泽凌还愿意骑马走在麦特身边，只要是伊兰没有叫他们的时候。有时候伊兰会叫他们过去，麦特相信，这只是为了让他们远离他，但麦特同样不知道这是为什么。他们找到客栈的时候，他们两个总是愿意与麦特和拿勒辛分享一杯啤酒或调味酒。这些都是乡间小店，能看见砖墙的大厅里很安静，往往是一只花斑猫就成为酒客们乐趣的来源。客栈老板会亲自来为客人们服务——看上去都是一些男人捏一下她们的屁股就会折断指头的女人。他们主要是在聊艾博达的事情。汤姆从没去过那里，却知道很多那里的事。拿勒辛往往是不等别人问起，就会大谈特谈他那一次前往艾博达的经历，他谈的主要是在那里见到的决斗和赌马。泽凌从朋友的朋友的朋友那里听到过不少关于那里的传闻，在汤姆和拿勒辛证实这些传闻之前，它们听起来都是非常难以置信。在艾博达，男人会为了女人挑起决斗，女人也同样会为了男人挑起决斗。在这两种情况里，奖品（这是在那里使用的词汇）都会同意跟胜利者走。当两个人结婚的时候，男人会给女人一把匕首，并向女人声明：如果男人让女人不高兴了，女人就要用这把匕首杀死男人——除非有特别的证据，否则女人以这种理由杀死男人会被认为是正确的。在艾博达，男人在女人身边要特别谨慎，即使女人们做了某些男人做就会惹来杀机的事，他们也要对她们强颜欢笑。伊兰一定会喜欢那个地方，奈妮薇一定也会。

他们还谈到另外一些事情，麦特完全想象不到奈妮薇和伊兰会不喜欢范迪恩和艾迪莉丝，她们只是在竭力隐藏这种情绪而已。奈妮薇显然满足于瞪她们两眼，或是低声嘟囔几句。伊兰不会瞪眼或者嘟囔，但她一直都在努力争取控制权，她似乎认为自己已经是安多女王了。即使两仪师的面容显示不出年岁，范迪恩和艾迪莉丝也一定已经年长到可以当这两个年轻女人的母亲，甚至是祖母了。如果说当奈妮薇和伊兰出生时她们已经成为了两仪师，麦特也丝毫不会惊讶。汤姆也没能完全明白她们这种紧张关系的原因，他的很多见识似乎都不该是一名普通的走唱人所有的。汤姆问伊兰这件事的时候，伊兰差点没咬掉汤姆的鼻子，她告诉他，他不会明白这种事的，而汤姆不过是温和地给了她几句抗议。在汤姆和泽凌看来，那两名年长的两仪师对这两个后辈相当容忍。艾迪莉丝完全不计较伊兰的发号施令，只是偶尔会和范迪恩表现出一点惊讶，仿佛刚刚才明白伊兰正在指挥她们。

“范迪恩说，‘嗯，孩子，如果你真的想这么做，我们当然会做的。’”泽凌含着一口酒，语音不清地回忆着当时的情况，“你可以想象几天前还是见习生的那两位听到被叫作‘孩子’会有什么反应，伊兰的眼神让我想起冬日的风暴；奈妮薇狠狠地咬着牙，我觉得她那样一定会把自己的牙咬碎。”

他们这时正在婚姻匕首的大厅里，车尔、哈南和其他人都坐在别的桌子旁边。大厅里还有一些本地的居民，这些本地人都穿着长衫，有些长衫的颜色鲜亮得足以和匠民媲美，他们在长衫下一般都不会再穿衬衫了。这里的女人穿着浅色的裙子，上衣的窄领口都开得很深，裙摆一侧只到膝盖，露出了色彩鲜艳的衬裙，让那些男人的长衫也相形见绌。有许多男人和所有的女人都戴着大耳环。在他们的手上经常戴着三或四枚嵌着彩色玻璃的戒指。男人和女人的腰带上都别着细长弯曲的匕首，并且会用阴沉的眼光看着这些陌生人。有两支来自阿玛迪西亚的商队也在婚姻匕首歇宿，但那些商人都在房间里吃饭。他们的马车夫都留在了马车上。伊兰、奈妮薇和其余女人也都留在了楼上。

“女人是……不一样的，”拿勒辛手拈胡须，笑着回应泽凌，眼睛却看着麦特。平时他对待平民并不会这么僵硬，但泽凌是一名提尔平民，这对他来说似乎是不一样的。特别是他在对泽凌说话时，泽凌总是目不转睛地盯着他。“而且提尔的农夫有一句谚语，‘一位两仪师就是把十个女人塞进一个身体里变成的。’农夫有时候也是有智慧的。如果两仪师不是这样，那就烧了我的灵魂吧！”

“不过，至少她们并没有做什么激烈的事，”汤姆说，“虽然在伊兰不经意地说出她已经让柏姬泰成为她的第一名护法时，我以为激烈的事情就要发生了。”

“那名狩猎者？”麦特喊道。有几名本地人狠狠地瞪了他一眼。麦特急忙放低声音：“她也是护法？伊兰的护法？”如果是这样，麦特就能明白一些事了。

汤姆和泽凌叼着杯子，交换了一个眼神。

“如果你一直认为她是一名号角狩猎者，那她一定会很满意。”汤姆抹去胡子上的酒沫。“是的，她是，这差点引起了一场斗殴。现在杰姆把柏姬泰当成了他的小妹妹，但范迪恩和艾迪莉丝……”汤姆重重地叹了口气，“她们都不喜欢伊兰现在就选择护法——显然大多数两仪师确认一名护法要用去数年的时间，而且她们特别不喜欢伊兰选了个女人。她们的不赞成也让伊兰很感气恼。”

“她们似乎不喜欢做一些传统上所没做过的事。”泽凌说。

“一名女护法？”拿勒辛嘟囔着，“我知道转生真龙能改变一切，但一名女护法？”

麦特耸耸肩。“我想，如果她真的会用那张弓，她是可以做好的。她会射箭吗？”他问泽凌，泽凌一下子被淡啤酒呛到了。“对我来说，弓比箭好用，最好是铁头棒，不过弓也不错。我只希望在我把伊兰交给兰德的时候，她不会阻碍到我。”

“我想，她会用那张弓。”汤姆俯过身子，为泽凌拍了拍后背，“我想她可以，麦特。”

但即使那些女人真的打算去拉彼此的头发（*麦特绝对要躲到十里之外去，不管他有没有银狐狸头*），她们并没有在麦特面前显露出任何痕迹。麦特看见的只是一道女人组成的坚固战线，不断地在对他进行着导引。第二天早晨，麦特给果仁上马鞍的时候，她们就又对他导引了一次。那时麦特正忙着将尼瑞姆赶走——他认为为麦特上马鞍是他的工作，而且还暗示自己能比麦特做得更好。那阵寒意只持续了很短一瞬，麦特也没做出任何反应。没有惊讶，没有怒目而视，也没有指责。他不会理睬她们，就让她们跳到自己煮沸的汤锅里去吧！

之后麦特又有许多机会可以忽视她们。那个银徽章在他们找到大路前又变冷了两次，在那一天随后的时间里，那天晚上，以后的每一个白天和晚上又变冷了更多次。有时候，它在眨眼间就会恢复正常，有时候麦特相信整个过程要持续整整一个小时。当然，他从来也分不清是谁在向他导引，至少通常是如此。有一次，当阳光炙烤着他的后背，他觉得绕在脖子上的那块方巾要把他的脖子锯掉时，他看见奈妮薇正在看着他，而徽章也在这时变冷了。奈妮薇瞪着他的目光可谓凶狠至极，一名赶着牛车的农夫在走过她身边后还回头看了她一眼，仿佛是害怕奈妮薇会将那道目光转向他，把他的牛瞪死。但是当麦特皱起眉望向她的时候，她又吓了一跳，差点从马鞍上跌落下来，那种寒意也消失了，这大概是麦特仅有的一次知道是谁在对他做手脚。有时候，麦特会看到同时有两三个女人在看着他，包括艾玲达。有时麦特只看见她们在相互交谈，或者是观看一只飞过无云天空的苍鹰、一头站在林间峭壁上的黑熊。唯一一件真正的好事是，麦特相信伊兰为此很不高兴。麦特不知道为什么，他也不在乎。检视他的部下、拍着他的脑袋称赞他，如果她真以为麦特应该接受她的这一切作为，麦特一定会狠狠踢她一脚。

实际上，麦特有些得意，无论她们怎么做，她们对他造成的全部影响，只消在他的胸口上擦一点尼瑞姆的药膏就可以消除了。尼瑞姆向他保证，那还没有到冻伤的程度。麦特的这种得意一直持续到旅程的第四个下午。那时他们来到一个名叫索特哈的村子，村子全是由粉刷着白色石膏的破旧砖房组成的，这里的客栈是一幢粉刷白色石膏的二层砖砌建筑，也和村里的其他建筑一样破旧，客栈的名字叫南鹄。当麦特正将果仁送进南鹄的马厩里时，他感觉到有某种东西轻轻打在他的肩胛骨之间，他带着满鼻子的马粪味转过身，准备在某个表情凶狠的马夫或是索特哈笨蛋的脸上送上一拳，不管对方的手里有没有匕首。但他既没看到马夫，也没看到笨蛋，只有艾迪莉丝匆忙地在她的小本子上记录着，一边还在不停地点着头，她的手里也没有任何武器。

麦特走进大厅，让老板娘送调味酒过来，然后他又改变了主意，让她拿白兰地过来。结果那个身材细瘦的女人端上来的是一种黏稠的液体，她坚称这是用梅子酿成的白兰地，但麦特觉得它应该可以拿来去除铁锈了。泽凌只是嗅了一下就放下酒杯；汤姆连酒杯都没碰；连拿勒辛也只是抿了一口，就要老板娘换上了调味酒——拿勒辛可是号称什么都能喝下口的。麦特不知道自己喝光了多少锡镴杯的酒，最后是尼瑞姆和罗平两个人把他架到床上去。麦特从没想过这个银狐狸头是否会有极限，他有无数的证据可以证明它可以阻止阴极力，但如果她们只需要用至上力举起一样东西，掷向他……总比什么都没有强，他瘫软在床上，看着月影慢慢爬过天花板，在心里这样告诉自己，比什么都没有要强多了。但如果现在他能站起来，他一定会回去再喝更多的白兰地。

在第五天的路上，麦特的心情变得极度恶劣。他的嘴里似乎被塞满了羽毛，脑袋里仿佛一直有人在打鼓，汗水不停地被阳光挤压出来。他们沿着大路走上了一座山丘，艾博达出现在下方。宽阔的埃达河从城中直穿而过，远处一座巨大的海湾里停满了船只。

麦特对于这座城市的第一印象是白，白色的建筑物、白色的宫殿、白色的高塔与尖塔。形状如同芜菁或梨子的白色圆顶经常装饰着红色、蓝色或金色的条带，但这座城市的主要基调是白色，反射的阳光甚至刺痛了麦特的眼睛。这条大路通向的城门修筑成尖拱的形状，粉刷着白色石膏的墙壁非常之厚，让麦特在门拱的阴影里足足走了六十尺才重新进入到阳光里。这是一座充满了广场、运河和桥梁的城市，大广场上全都是人，广场中间都有喷泉或雕像。或宽或窄的运河上有许多用船篙推进的船只，各种尺寸样式的桥梁一应俱全，有的低矮，有的拱高，有些大桥旁边停泊着成排的船只。周边立着粗大圆柱的宫殿旁边就有贩卖地毯和布匹的店铺。巨大拱窗上挡着百叶窗的四层建筑紧邻着马厩、刀剪铺和鲜鱼铺。

范迪恩在一座广场上勒住缰绳，和艾迪莉丝交换着意见。奈妮薇紧皱眉头看着她们。伊兰则是冷眼旁观，仿佛冰柱快要从她的鼻子和下巴垂挂下来。经过伊兰的催促，艾玲达在进城时爬上了她的瘦马，但现在又从马背上爬下来，动作像爬上去时一样笨拙。她对这一切就像奥佛尔一样感到好奇，那个男孩自从第一眼看到这座城市开始就一直睁大了眼睛。柏姬泰似乎是模仿杰姆跟随范迪恩的样子，一直紧跟着伊兰。

麦特趁机用帽子给自己扇着风，向周围望去。

这座广场的一侧完全被麦特见过的最大的一座宫殿充满了，那里面全都是圆顶、尖塔、距离地面三或四层的柱廊。广场的另外三边立满了雪白的高大房屋，既有旅店，也有商铺，在广场的正中央有一座穿着如水波般流动长袍的女性雕像。她比巨森灵还高，立在一座更高的台子上，举起一只手，指向南方的大海。在这座白色广场上行走的人并不多，在这么炎热的天气里，这并不奇怪。在那座雕像高台下面的台阶上，有几个人正在吃午饭，鸽子和海鸥群集在广场上，为他们掉下的食物残渣而争斗不休。这是一幅平静的画面，但麦特不明白，为什么他觉得骰子又在脑海中滚动了。

他很清楚这种感觉。有时候，当他的运气在赌博中变得极强时，这种感觉就会出现；当他在面对一场战争的时候，这种感觉就会出现；当他要做出一个生死攸关的决定时，这种感觉就会出现。

“我们现在要从一道偏门里进去，”范迪恩高声说道，艾迪莉丝点了点头。“茉瑞莉会为我们安排休息的房间。”那么，这一定就是泰拉辛宫了。

密索巴家族的泰琳·青泰拉坐在这座宫殿中的劲风王座上，统治着也许只有艾博达周围百里之内的地区。麦特在这一路上知道的很少几件事之一是，他们会在这座宫殿里遇到其他的两仪师，当然，还有泰琳。两仪师要先见过女王才行。麦特望着那一座由闪亮的大理石和粉刷成白色的石头堆砌起来的巨大建筑物，想象着住在那里面会是什么样子。他喜欢宫殿，至少，他喜欢随处都能见到仆人和黄金的地方，羽毛床也让他觉得很舒服。但王宫意味着每次你转过身都会看见贵族，麦特对贵族没什么兴趣，即使是拿勒辛也会让人感到气恼。一座这种尺寸的宫殿将意味着他永远要担心奈妮薇和伊兰去了哪里，想要保护她们几乎是不可能的。麦特也不确定如果自己以保镖的身份跟进王宫，结果会不会更糟。他几乎能听到伊兰用那种冰冷的语调说，请为麦特大人和我的人找个住处吧！给他们弄一些食物和水。她会这么做的。伊兰会突然来视察他的状况，告诉他应该做什么，即使他已经准备要做了。但如果说伊兰和奈妮薇能在什么地方躲过麻烦，那最好的地方莫过于王宫。而麦特则很想找个地方让两条腿歇一歇，喝一杯调味酒，再找个女孩坐在他的腿上，舒缓一下他紧绷的额角。湿毛巾一定也会很有用，他现在头痛得厉害。今天早晨，伊兰一本正经地训了他一顿，用事实向他讲解酗酒的邪恶，那些话至今还在他的耳朵里轰然作响。为了这个，他也必须要歇一下。那时他虚弱得厉害，只是想着自己能不能爬到马背上去，连回一句话的力气都没有。而伊兰已经做得太过头了，他再不阻止她，恐怕她就要期待他对她行军礼了。

这些事在范迪恩转过她板肋的枣红阉马的短短几秒间，飞快驰过麦特的脑海，他大声说道：“我会和我的人在这里找一家旅店，奈妮薇，如果你和伊兰要到街上来，你们可以先送个话出来，我会带几个人去陪你们。”她们应该不会送任何讯息给他，麦特很清楚，这两个女人甚至在空手落入熊坑里时也会自信满满地认为可以保护自己安然无恙。但麦特愿意打赌，车尔肯定可以找到办法察知她们什么时候离开王宫，即使车尔做不到，捉贼人泽凌一定也可以做到的。“就那一家吧！”麦特随意指向远处一座宽大的建筑，那座建筑的拱门旁挂着一块招牌，但因为距离太远，麦特看不见那块招牌上的内容。

范迪恩看着艾迪莉丝，伊兰看着奈妮薇，艾玲达则皱起眉头看着麦特。

但麦特没有给她们机会发言："汤姆、泽凌，你们想不想喝一杯调味酒？"也许还是清水好了，他这辈子都没喝过那么多酒。

汤姆摇摇头："也许等以后吧！麦特，我应该留在伊兰身边，她也许会需要我。"然后，他带着父亲一般的慈祥向伊兰露出微笑，但他的微笑很快就退去了——伊兰这时正困惑不解地盯着麦特。泽凌没有微笑（他已经很少会笑了），但他也说要留在她们身边，等以后吧！

"随便，"麦特重新戴上帽子，"车尔，车尔！"他身边的胖子被吓了一跳，急忙把崇敬的目光从伊兰身上移开。他还脸红了！光明啊，这女人真是个坏影响。

当麦特转过果仁时，伊兰的声音击打在他的背上，比早晨时更加一本正经。"你不能让他们饮酒过量，麦特大人，有些人不知道什么时候该停下来。你尤其不该让一个小男孩看见男人喝酒。"

麦特咬紧了牙，头也不回地策马走过广场。奥佛尔在看着他。他本来已经打算警告那些人不要在这个孩子面前纵情饮酒的，特别是劳丁。光明啊，他真是痛恨伊兰告诉他该做什么！

这家旅店的名字叫流浪的女人。看到大厅里的情形，麦特相信这里能满足他的一切需求。高大的天花板比这栋房子的外观多了许多鲜艳的色彩。宽拱窗外挡着雕刻有藤蔓花纹的木制百叶窗，那些百叶窗在窗叶间都留着很宽的缝隙，但它们有很好的遮阳作用。大厅里坐着不少外地人：一名留着弯曲胡子、身材细瘦的莫兰迪人；一名矮壮的安多人在外衣的胸口上挂着两条银链；其他人麦特一时还认不出他们来自何方。一片稀薄的烟气弥漫在空气里。两名吹长笛的女子和一个用双膝夹着一面鼓的男人演奏着一种奇怪的音乐。最让麦特感到高兴的是这里的女侍都很漂亮，有四张桌子上的男人在玩骰子，有一些坎多商人在玩牌。表情庄重的老板娘在向麦特做自我介绍时自称赛塔勒·安南，她那双浅褐色的眼睛表明她并不是艾博达人。"大人，"她朝麦特和拿勒辛一鞠躬，挂在她耳朵上的黄金大耳环随着她的动作不住摇晃，"流浪的女人愿意为您提供谦恭的服务。"

尽管这位老板娘的头发上已经有了几缕灰丝，她的相貌仍然相当漂亮，但麦特只是看着她的眼睛。她的短项链上挂着一把婚姻匕首，镶嵌着红白宝石的匕首柄缀在她颇有深度的乳沟中间，她的腰带上也有那种弯曲的刀子。但麦特还是不禁笑了起来："赛塔勒夫人，我觉得自己已经到家了。"

奇怪的是，他脑海中的骰子停住了。

第 48 章

靠在匕首上

奈妮薇用一条白毛巾裹住头，从黄铜大浴盆中爬出来，缓缓地将身子擦干。那名身材丰满的灰发侍女想要为她穿衣服，但奈妮薇将她支开了，完全不理会她惊讶的神情和反对的话语，自己一个人穿好衣服，又在高窄的立镜前仔细地检查一遍自己的样子。现在穿在她身上的这条裙装有着很深的开领，领口镶着浅色的梅拉达蕾丝，岚那个沉重的金戒指被她放在口袋里（*最好不要去想它*），同样被放在口袋里的还有一个那种扭曲的戒指形特法器。巨蛇戒在她右手的无名指上闪耀着金光，最好也不要去想它。

这个房间的高天花板上只是简单地绘着蓝天白云的图案，这让奈妮薇很高兴。但房间里摆放着太多无用的家具，那些家具的腿都被镀了金，并雕刻成狮爪的模样。那些细床柱和其他许多地方也都有着太多的镀金和雕花，这完全不符合奈妮薇的风格。不过这个房间仍然比她预料中的更舒服——一个令人惬意的房间，这里比外面也凉爽了许多。但她现在只想让自己平静下来。

当然，奈妮薇的努力没得到效果，她能感觉到阴极力的编织。她一走出卧室，就能看见伊兰在起居室里设下的防止偷听的结界。柏姬泰和艾玲达也在这里，她们全都将身体洗净，并换上干净的衣服。

四间卧室同时排列在这间起居室的两侧，柏娅泰说这是一种很平常的安排。这里的天花板上的图案也是蓝天白云，四扇高拱窗外是一座长阳台，漆成白色的铁栏杆形成了繁复致密的花纹，让她们可以俯瞰宫殿前面的莫海拉广场，却不会被广场上的人看见。一阵微风吹过窗口，带来了海洋的咸味，让奈妮薇惊讶的是，这股微风中确实蕴含着一点凉意。愤怒让她无法集中精神，而奈妮薇在进入泰拉辛宫之后不久，就一直能感觉到周遭的燥热。

汤姆和泽凌得到了一个位于仆人区深处的房间，对于这一点，伊兰甚至比那两个人更加不高兴。那时，汤姆甚至还笑了笑；但他确实有理由这样笑。

“这茶很不错，奈妮薇。”伊兰说道。她的亮蓝色丝裙上放着一块白色的餐巾。像这间起居室里所有其他的家具一样，伊兰所坐的宽大高背椅镀着黄金。艾玲达坐在她身边的地上，双腿盘在浅绿色高领裙装的裙摆下面，她那条做工精细的银项链很配这条裙子。奈妮薇从来不记得自己见过艾伊尔女人坐在椅子上，在那两家客栈里，人们都曾经以惊异的眼光看着艾玲达。

“用的是薄荷和黄梅。”柏娅泰一边说着，一边将手中的镶金瓷杯重新斟满。柏娅泰穿着宽松的灰色裤子和蓝色短外衣，她偶尔会穿裙子，但她穿裙子的品味让奈妮薇很高兴她穿裙子的时间并不多。她们三个全都换了干净的衣服，还打扮过了，却没有人要接见她们。

那只银罐上结满了水珠，清凉的茶水让奈妮薇有种焕然一新的感觉。奈妮薇很羡慕伊兰干燥而又清爽的脸；虽然不时有微风吹来，但她已经又感觉到脸上的潮气了。“我必须承认，”她低声说道，“我预料中的接待不是这样的。”

“你真的那样想？”伊兰问，“即使在范迪恩和艾迪莉丝以那种方式对待我们之后？”

奈妮薇叹了口气：“嗯，我当然那样希望过。我已经是两仪师了，真正的两仪师，但又好像没有人相信这点。我真的希望离开沙力达能有所不同。”

她们和茉瑞莉·辛德文的会面并不顺利。范迪恩只是马马虎虎地向茉瑞莉介绍了她们，然后她们就被命令离开了——她们还无权参与两仪师的谈话。茉瑞莉说她们肯定想好好清洗一下——但那无疑是命令。她们只能选择是当顺从的两仪师，还是成为倔强的孩子。想起这件事，奈妮薇一切保持平静的努力就完全白费了，汗水从她的脸上滚落下来。

实际上，只是被命令离开还不是最糟的。茉瑞莉是一名身材苗条、五官细致、皮肤白皙的凯瑞安人，有一头光润的黑发和一双水漾晶莹的大眼睛。看上去，仿佛任何事情都不会让这名灰宗两仪师感到惊讶，但当她被告知奈妮薇和伊兰是两仪师的时候，那双黑眼睛立刻睁大了；而当她得知艾雯成了玉座，那双眼睛又睁得更大。而柏姬泰的护法身份让她真正地吃了一惊，虽然她努力克制住自己的反应，只是盯着柏姬泰，咬了一下嘴唇。整个会面过程中，艾玲达受到的压力最小，茉瑞莉只是低声说了一句，如果她成为初阶生，一定会感到非常高兴。然后她们就被赶了出来。当然，茉瑞莉没有命令，只是建议她们用几天时间好好休养，舒缓一下这次旅途的劳顿。

奈妮薇从袖子里抽出手绢扇着风，却丝毫没有帮助。“我仍然认为她们在隐瞒着什么。”

“确实，奈妮薇，”伊兰摇了摇头，“我跟你一样不喜欢她们对待我们的方式，但你把老鼠当公牛了。如果范迪恩和艾迪莉丝想要去找那些逃跑的人们，那就随她们去吧！难道你想让她们代替我们去寻找那个碗吗？”在这一路上，因为害怕被范迪恩和艾迪莉丝知道，她们几乎都没提起她们要寻找的那件特法器。

但奈妮薇总是觉得她们在隐瞒着什么，伊兰只是不想承认这点而已。在她们到达艾博达的时候，艾迪莉丝并没有意识到奈妮薇听到她在向范迪恩强调她们要寻找逃亡者。而当奈妮薇问她们是否真的认为可以找到这种人时，范迪恩又有些过快地回答说，她们一直在注意寻找从白塔逃亡的年轻女子。这个回答根本就没道理。长年累月过着完全顺从别人的生活是让人难以忍受的，甚至有些放弃获得披肩的希望的见习生也会逃出白塔。但就奈妮薇所知，从白塔逃走的极少数人最后都会被捉回去，而且至今为止，还没有人从沙力达逃走过。一个女人随时会被淘汰出去——因为不够强大；因为拒绝或没通过成为见习生或两仪师的测试（奈妮薇和伊兰对此可说是逃过一劫），但是否让一个人离开的决定权，永远掌握在拥有披肩的人手里。

如果成功逃走的人是如此罕见，为什么范迪恩和艾迪莉丝认为她们能在艾博达找到这样的人？为什么当奈妮薇问起的时候，她们又像受惊的贝壳般紧闭起嘴巴？奈妮薇害怕自己知道真正的答案，她费了很大的力气才控制住自己，没去拉自己的辫子。她觉得自己的自制力已经变强了。

“至少麦特终于知道我们是两仪师了。”她气恼地说。至少她现在能对付麦特了。让麦特去为所欲为吧！只要她的能流裹住麦特身边所有的东西，就能让他尝到失败的滋味。“麦特最好清楚这点。”

“所以你会像车坦人从税务官那里逃走一样躲避着他？”柏姬泰笑着问。奈妮薇觉得自己的脸颊有些发红，她本以为自己已经能更好地掩藏情绪了。

“即使是对男人而言，他也是很容易令人发怒的。”艾玲达喃喃地说道，“你一定是去过很多地方，柏姬泰，所以你经常会提起我从没听说过的地方。总有一天，我会走遍湿地，看过所有奇怪的地方。车坦在哪里？还是车鞑？”

艾玲达的问题立刻让柏姬泰退去了笑容，无论她说的是什么地方，那里也许在一千年前就毁灭了，甚至那可能是上个纪元的遗迹。柏姬泰又不小心说出那些古代的事情，奈妮薇真希望自己能看看柏姬泰向艾雯承认自己真实身份时的样子（而且艾雯已经知道这些了）。在艾伊尔人中的生活让艾雯变得非常强势，现在她容不得任何人在她面前有半点胡言。柏姬泰从她那里回来时，看上去确实是变乖许多。

虽然柏姬泰总是会说出那种气人的话，但奈妮薇喜欢柏姬泰仍然要多过艾玲达。艾玲达那种刚硬的目光和充满血腥味的言谈，总是让奈妮薇感到有些不安。而且，无论柏姬泰如何令人气恼，奈妮薇答应过要帮她保守秘密，所以她必须说些什么。

“麦特……威胁了我。”奈妮薇有些着急地说。这是她想到的第一个转移艾玲达注意的办法，却也是她最不想让别人知道的事情。她的脸颊又在发烫了。而伊兰竟然在笑，只是她用喝茶的动作掩饰住了表情。当艾玲达皱起眉头，用手指去抚摸腰间的匕首时，奈妮薇急忙又说道：“不是那样的，”这个艾伊尔女人似乎认为一切的解决之道就是暴力，“那只是……”艾玲达和柏姬泰全都朝她竖起了耳朵。“他只是说……”这时就像她救了柏姬泰那样，伊兰也救了她。

“我们不要再谈论麦特大人了，”伊兰坚定地说，“只是为了躲开艾雯，他才会来到这里。以后我可以查清楚他的那件特法器。”她抿了一下嘴唇。范迪恩和艾迪莉丝擅自对麦特进行导引，却连一句向她表示歉意的话都没有，这让她很不高兴；而麦特竟然会溜进那家客栈里，这就让她更不高兴了。当然，她对这些事都无能为力，她只能从告诉麦特他所必须做的事情开始，让麦特逐渐习惯。嗯，她希望自己能有些好运气。“麦特大人是这次行动中最不重要的部分。”她用更加坚定的语气说道。

“是的。”奈妮薇努力不让自己流露出松了一口气的情绪，“是的，那个碗才是重要的。”

“我建议先由我去进行侦察。”柏姬泰说，“艾博达似乎比我记忆中更加野蛮了。你们所形容的那个区域有可能比……”她似乎是有意不去看艾玲达，“比这座城市其余的地方更加野蛮。”最后，她叹了一口气。

“如果一定要进行侦察，”艾玲达急切地说，“我愿意参与行动，我带来了一套凯丁瑟。”

“侦察行动的第一点就是要混入人群，”伊兰温和地说，“我想，我们应该全都换上艾博达衣着。然后我们可以集体行动进行搜寻，不能有人单独行动。奈妮薇肯定能比我们做得更好。”她微笑着向柏姬泰和艾玲达说了这最后一句话。迄今为止她们看见的艾博达人都有着黑头发和几乎纯黑色的眼睛。

艾玲达郁闷地吁了一口气。奈妮薇觉得自己肯定和艾玲达有着同样的情绪——她们都不喜欢那种开得很深的领口，虽然那种领口很窄，但确实是开得太深了。柏姬泰则露出了笑容——这个女人一点羞耻心都没有。

没等这场讨论继续下去，一名留着黑色短发的女人没敲门就走进了房间，她穿着密索巴家族的仆人制服。奈妮薇觉得这个人很无礼，更不符合伊兰告诉过她的仆人应有的规范。她的衣服是纯白色的，裙摆在左侧只到膝盖，露出了绿色的衬裙，紧身胸衣的左胸上绣着绿色的船锚和剑。像奈妮薇见到过的所有艾博达裙装一样，收窄的领口开得很深。这是一名中年女子，身材显得很丰满。她先是犹豫了一下，然后向房里的四个人行了个屈膝礼。“泰琳女王想见三位两仪师，如果两仪师们愿意的话。”四个人彼此交换了一个好奇的眼神。

过了一会儿，伊兰说道：“这里只有两位两仪师，也许你应该去找茉瑞莉？”

“我被命令要来这里……两仪师。”她只停顿了很短一瞬，几乎让人无法注意到，而她原先似乎是要把最后那个尊称化作一个问题的。

伊兰站起身，抚平了裙子，普通人不可能看得出这张平静的面孔后面隐藏着愤怒，只是她的眼角和嘴角稍有些绷紧。“那么，我们应该去了？奈妮薇？艾玲达？柏姬泰？”

“我不是两仪师，伊兰，”艾玲达说。那名侍女急忙说道：“我被命令只是来找两仪师。”

没等伊兰开口，柏姬泰已经说道：“你们去见女王的时候，艾玲达和我可以出去看看这座城市。”艾玲达的表情立刻亮了起来。

伊兰用犀利的目光看了她们一眼，然后叹了口气：“嗯，至少要保持谨慎。奈妮薇，你来吗？还是你也想看看这座城市？”最后这句话的语气很僵硬。伊兰说完之后，又瞥了柏姬泰一眼。

“哦，我不会错过这次会面的，”奈妮薇对她说，“至少终于有人认为……”有这名侍女在场，她总算没有把这句话完全说出来。“我们不该让女王一直等我们。”

“哦，不，”那名侍女说道，“如果再耽搁，我的耳朵就要被割掉了。”

无论她的耳朵是否会被割掉，她们在这座宫殿的走廊中穿行的时间并不算短。仿佛是为了补偿这座宫殿缺乏色彩的纯白色外观，这座宫殿内部充满了各种颜色。在一道走廊里，天花板被粉刷成绿色，墙壁是蓝色的：而另一道走廊的墙壁则是黄色，天花板是浅玫瑰色。地板上全都铺着红色、黑色、白色、蓝色或黄色的菱形地板砖，组合成各种形式的花纹。这里的壁挂很少，其中大多数都描绘着海洋的图画，还有许多放在拱形壁龛里的高大花瓶——它们全都是镶金的海民瓷器，还有许多大块的水晶雕刻成人像、花瓶和碗碟。不单是奈妮薇，就连伊兰也完全被这些水晶雕刻所吸引了。

当然，宫殿中到处都有来回奔忙的仆人。那些男仆的制服包括一条白裤子，一件袖子宽松且上面有褶皱花纹的白衬衫，和罩在衬衫外面的一件绿色长背心。没走多久，奈妮薇看见一个人大步向她们走来，便立刻停下脚步，抓住伊兰的手臂。那是贾西姆·卡林丁。奈妮薇的目光一直跟随着那个面色阴狠的高大男人经过她们身边，他那双深陷在眼窝里的眼睛放射着残忍的光芒，却并没有向她们望一眼。白色的斗篷在他身后扬起。他满脸都是汗水，但他完全没在意这个，就如同完全没在意她们。

“他在这里干什么？”奈妮薇问。奈妮薇知道这个男人曾经在坦其克大肆杀戮。只有光明知道他都在哪些地方杀死了多少人。

那名侍女带着探询的眼光望向奈妮薇。“那名圣光之子也是被派往这里的一名使者，他是几个月以前来的。女王……两仪师？”她的话语中又出现了一次犹豫。

伊兰优雅地向她点点头，但奈妮薇无法从自己的声音中抹去严厉的语气：“那么我们就不该让她等下去了。”茉瑞莉曾经向她们透露过，泰琳是一名拘泥于小节和礼仪规范的女人，但如果她真的在怀疑她们的两仪师身份，奈妮薇打定主意要向她证明这一点。

侍女将她们引至一个大房间里便离开了。这个房间有着浅蓝色的天花板和黄色的墙壁，一排高大的三扇拱窗外是一座雕花铁栏杆的长阳台。一阵阵略微带一些咸味的微风穿过那些窗户吹进房间，给人一种惬意的感觉。在这位女王面前，奈妮薇和伊兰以两仪师的方式向她行了屈膝礼——稍一矮身，点一下头。

泰琳是一名第一眼就会给人留下深刻印象的女人，她并不比奈妮薇更高，但她所具有的女王威仪伊兰恐怕也不容易做到。面对奈妮薇和伊兰的谦逊表示，她本该立刻予以还礼，但她并没有。她只是认真地审视着她们，一双黑色的大眼睛里放射出专横的光芒。

奈妮薇竭力向她还以颜色。光泽的黑色长发在泰琳肩后垂下，但在鬓角处已经变成了灰色，如果脸上没有皱纹，她应该是一名相当俊美的女子。让奈妮薇惊诧的是，她的脸颊上有两道伤疤——两道很细的伤疤，而且经过了长久岁月的消磨，已经快要消失了。她的编金丝腰带上也别着一把弯曲的匕首，匕首的握柄和鞘上都镶嵌着宝石，奈妮薇相信，这把匕首除了装饰之外不会有什么实际功用。泰琳的蓝丝裙装肯定不是为了决斗而设计的——袖口上的雪白蕾丝在她垂下双臂时能把手指全部遮住；裙摆在她身前收在膝盖上方，露出一层层绿色和白色的衬裙，又在身后的地上拖了三尺多长；胸衣上缀着同样的白色蕾丝。奈妮薇在想，穿着这么紧的胸衣是坐着比较不舒服，还是站着会更不舒服？在裙装的高领上有一圈金丝镶边，更多的蕾丝簇拥在她的下巴下。胸前深窄的长卵圆形领口中能看见一把插在白色鞘里的婚姻匕首，刀尖朝上，挂在她的脖子上。

“你们两个一定就是伊兰和奈妮薇了。”泰琳坐进一张雕刻成竹藤状的镀金座椅里，仔细地铺摆好自己的裙摆，视线却一直没离开她们。她的声音浑厚、优美，充满了居高临下的感觉。“我知道还有第三位，艾玲达？”

奈妮薇和伊兰交换了一个眼神。泰琳没有邀请她们坐下，甚至没有向身边的椅子瞥上一眼。“她不是两仪师。”伊兰镇静地说。

泰琳没等伊兰再说下去，就抢先说道：“你们难道就是吗？你顶多见过十八个冬天，伊兰。还有你，奈妮薇，盯着我的眼神就像是一只猫被捉住了尾巴。你见过多少个冬天？二十二个？二十三个？刺穿我的肝脏吧！我去过塔瓦隆，还有白塔，我怀疑你们这种年纪的女人是不是能将这枚戒指戴在右手上。”

“二十六个！”奈妮薇喊道。伊蒙村评议会里也有许多人认为她太年轻，不足以成为一名乡贤，她已经习惯于炫耀自己所度过的每一个命名日了。“我是一位二十六岁的两仪师，属于黄宗。”奈妮薇这么说的时候，仍然能感到一阵骄傲的激动。“伊兰也许是十八岁，但她同样是两仪师，她属于绿宗。你认为茉瑞莉和范迪恩会让我们戴上这个戒指，只为了开个玩笑吗？有许多事情已经改变了，泰琳，玉座猊下艾雯·艾威尔并不比伊兰更年长。”

“她？”泰琳用刻板的声音说道，“我并没有被告知这件事。我父亲的两仪师顾问，也就是从我继位时起就成为我的顾问的两仪师，突然离开我回去白塔，且没有给任何解释。从那时起，我知道，关于白塔分裂的谣传是真实的。真龙信众似乎突然从地底冒出来。一位玉座被选出，作为反抗爱莉达的统帅。就在阿特拉境内，一支军队由一名强大的将军召集起来，而我对此竟然在很长时间里一无所知……发生了这么多事情之后，你不能期望我可以再对任何事情感到惊讶了。”

奈妮薇希望自己的脸不会像自己感觉的那么苍白。为什么她不能学会偶尔管住自己的舌头？突然间，她发觉自己感觉不到真源了。愤怒的情绪总是会因为困窘而减弱，但也许这样会好些，如果她能导引，也许会做出更蠢的事来。

伊兰迅速地介入，想要缓和一下气氛：“我知道你听说了这件事，但还是让我代表我自己、茉瑞莉和其他人向你道歉，没有得到你的允许就在你的国境内组建军队是不合理的。我所能说的只有，情况的变化非常迅速，身在沙力达的我们只能尽量追赶上这些变化，我们也有自己的苦衷。我向你发誓，我们绝对无意危害阿特拉，绝对无意冒犯劲风王座。就在我们说话的时候，加雷斯·布伦已经率领那支军队向北出发，离开阿特拉了。”

泰琳盯着她，眼睛眨也不眨：“在你们之前，我没听到过任何道歉和解释，但任何阿特拉的统治者都要学会不蘸盐地吞下一切强大力量带来的屈辱。”她深吸了一口气，挥挥手，袖口的蕾丝随着她的动作来回摆动。“坐下，坐下，你们两个都坐下，靠在你们的匕首上，放松你们的舌头。”她突然微笑起来，甚至可以说是一个咧开嘴的笑容，“我不知道你们安多人是怎么说的，放宽心，随便想说些什么都可以。”

奈妮薇很高兴伊兰睁大了那双蓝眼睛，因为她自己已经诧异地惊呼了一声。这就是那个茉瑞莉认为像大理石般坚持礼仪的女人吗？不过，奈妮薇很高兴能坐下来，想到沙力达所有的那些暗流，她有些好奇泰琳要……要做什么？奈妮薇已经设想过所有不是她亲密朋友的人试图操纵她的情形。伊兰坐在椅子边上，全身僵硬地挺直着。

“我这些话是真心的。”泰琳坚持说道，“无论你们说什么，我都不认为你们是在冒犯我。”但从她用手指敲击腰间匕首柄的样子看来，如果奈妮薇和伊兰保持沉默，对她来说应该就是一种冒犯了。

“我不确定该从什么地方开始。”奈妮薇谨慎地说道。她希望伊兰并没有在她这么说的时候点头。伊兰才是应该知道如何控制国王的人，为什么她不说些什么？

“那就说说是为什么吧？”女王不耐烦地说，“为什么又有四位两仪师从沙力达来到这里？这不可能是为了压过爱莉达使节团的气焰——苔丝琳甚至没有自称为爱莉达的使者，而且这里只有她和裘丽恩……你们还不知道？”

她笑着靠回到椅子里，将手指压在嘴唇上。“那你们知道白袍众吗？知道了？”她挥了挥空出的那只手，笑声逐渐平息了下去。“那些白袍众的使者！但我必须和所有来找我的人见面，即使那是裁判官大人贾西姆。”

“但为什么？”奈妮薇问，“我很高兴你不喜欢白袍众，既然是这样，为什么你一定要去听贾西姆说些什么？那个人是一名屠夫。”奈妮薇知道自己犯了另一个错误，因为伊兰突然盯住了那只宽大的白色壁炉，端详着壁炉台上被雕刻成高耸波浪形状的横楣，而泰琳笑声的最后一点痕迹也像蜡烛一样骤然间就熄灭了。

“不必担心，”女王平静地说，“我说过要你们放松自己的舌头，而且……”那双黑眼睛望向了地板，她似乎正在镇定自己的情绪。

奈妮薇向伊兰望过去，希望伊兰能提示一下她在什么地方出了错，或者是如何补救，但伊兰只是斜睨了她一眼，用最微小的动作摇了一下头，然后又去端详那些大理石波纹了。奈妮薇不知道自己是不是也应该避免去看泰琳，但那个女人紧盯住地板的样子又让她不由自主地看了过去。泰琳一只手抚摸着腰间的匕首握柄，另一只手则抚摸着胸前更细小些的那把匕首柄。

这把婚姻匕首透露了许多泰琳的情况。范迪恩和艾迪莉丝很愿意向奈妮薇和伊兰解说一些关于艾博达的情况，而且她们的解说总是让人觉得，如果身边没有十几名保镖跟随，在这座城市里就绝对没有任何安全可言。那柄白色的刀鞘意味着女王正在寡居之中，而且无意再婚；镶嵌在包金握柄上的四颗珍珠和一颗火滴石说明她生育过四个儿子和一个女儿；火滴上的白色珐琅釉彩和三颗珍珠上的红色珐琅釉彩说明现在只有一个儿子活了下来，另外那四名死去的孩子至少也都活到了十六岁，而且是死于决斗，否则那些珐琅就应该是黑色的。这是怎样的一种标志啊！根据范迪恩的说法，女人们会认为这种红色和白色的珐琅釉彩是一种骄傲，无论它们包裹的宝石是珍珠、火滴石，还是彩色玻璃。范迪恩说，如果某个艾博达人在超过十六岁之后仍然拒绝决斗，他的母亲就有可能从自己的婚姻匕首上除去代表他的宝石，永远不再承认与他的亲子关系。

过了很长一段时间，泰琳终于抬起头。她的脸上带着喜悦的表情，她的一只手离开了腰间的匕首，但另一只手还在不经意地抚摸着婚姻匕首。“我希望我的儿子能继承我的劲风王座。”她温和地说，“贝瑟兰跟你的年纪差不多，伊兰。这在安多是理所当然的事情，如果他是个女人的话……”她确实是在笑，而且脸上露出了真实的愉快，“或者除了莫兰迪之外的任何国家也是如此，但莫兰迪和阿特拉就是另外一种状况了。自从亚图·鹰翼之后的一千年里，只有一个家族连续五代占据着劲风王座，而安耐雷的迅速毁败让今天的特单德家族变成任何人都可以随意玩弄的小狗。只是除了他们之外，就再没有任何家族曾经两次统治阿特拉了。”

“当我的父亲拥有了劲风王座之后，相比密索巴家族，其他家族控制了这座城市的更多部分。如果我父亲在没有卫兵的情况下走出这座宫殿，他就会被缝进一个装着石块的麻袋里，扔进河水中。他临死前给了我现在所拥有的，和其他统治者相比，这只是很小的一份，一个人骑着刚出马厩的快马，一天时间就能穿越我所统治的地区。但我并没有虚耗时日，当转生真龙的讯息传来的时候，我确定我可以将双倍于我所拥有的这一份交给贝瑟兰，而且还有更多的盟友。提尔之岩和凯兰铎改变了一切。现在，我感谢培卓·南奥安排伊利安包围了上百里宽的阿特拉边界，而不是侵略进来。我听从贾西姆·卡林丁的要求，而不是把口水吐进他的眼里，无论有多少阿特拉人死于白袍众战争。我听从贾西姆，听从苔丝琳，听从茉瑞莉。我祈祷能够给我的儿子留下一些东西，而不是被发现溺死在我的浴盆里，贝瑟兰也在同一天的狩猎中遭遇意外。”

泰琳深吸一口气，那种愉悦的表情还在，但她的声音中确实出现了某种尖锐的情绪。“现在，为了你们，我已经赤裸胸膛站在渔市当中。回答我，为什么我会有如此荣耀，让另外四位两仪师突然找上我？”

“我们到这里来是为了寻找一件特法器，”伊兰说道。虽然奈妮薇一直在用困惑的眼神盯着她，但伊兰一口气地从特·雅兰·瑞奥德，一直说到了那个满是灰尘的房间里的那个碗。

“让天气恢复正常将是一个奇迹般的福运，”泰琳缓缓地说，“但你所描述的那个街区听起来像是横跨河两岸的拉哈德区，在那里，即使是保民兵也会放轻脚步。请原谅，我知道你们是两仪师，但在拉哈德，你们可能在不知不觉间就被匕首刺穿后背。如果你们穿的衣服不错，他们会用窄刃匕首，这样就只会出一点血。也许你们应该把这个搜寻的任务交给范迪恩和艾迪莉丝，我想，她们在这方面应该比你们更有经验。”

“她们也跟你提到过那个碗？”奈妮薇皱起双眉。但女王只是摇了摇头。

“她们只是说到这里来要找某样东西，如果不必要，两仪师从不会多说一句话。”那种笑容又一次突然闪过女王的面孔。它看上去确实很愉快，只是它也让女王脸颊上交叉在一起的两道伤疤更加明显了。“至少你们两个之前的两仪师都是如此，但愿岁月不会将你们改变太多。我经常希望卡凡德拉没回去白塔，她是我能够以这种方式交谈的人。”她站起身，示意另外两个人继续坐着，然后走过房间，用一根象牙棒敲了一下一只银锣。这么小的一根棒子却发出很大的声音。“我会让人送凉薄荷茶来，我们要好好谈一谈，你们可以告诉我该如何帮助你们。不过，如果我派遣军队进入拉哈德区，那只会酿成第二次红酒暴乱。也许你们还能向我解释为什么海湾里充满了海民船，他们既不靠岸，也不贸易……”

她们在茶水和交谈中度过了很长一段时间，谈论的主要内容是拉哈德区的危险和泰琳不能做什么；随后贝瑟兰也加入了这次谈话。他是一名语音轻柔的年轻人，有一双美丽的黑眼睛。他尊敬地向奈妮薇和伊兰鞠躬，当泰琳说他可以离开时，他的眼神中似乎流露出松了口气的神情。他肯定没有怀疑她们是不是真正的两仪师。

谈话结束后，当她们两个在色彩鲜亮的走廊里找路返回寓所时，奈妮薇嘟囔着说道：“那么，她们是要掌管这次搜寻了。”她向周围瞥了一眼，好确认那些仆人不会听到她们说话。泰琳对她们了解得太多、太快，无论她有着什么样的笑容，她是在为沙力达的两仪师担忧的。“伊兰，你认为将一切告诉她是明智的吗？她也许会认为确保儿子继位的最好办法是让我们找到那个碗，然后她再向苔丝琳告发我们。”奈妮薇对苔丝琳有一点印象，那是个不会让人喜欢的红宗两仪师。

“我知道我母亲对于穿行于安多境内的两仪师有什么样的感觉，她们从不会让她知道她们在做什么。我知道我自己会有怎样的感觉。而且，我也终于记起那句话的意思——靠在你的匕首上。如果某个人对你说了这句话，那么冒犯他的唯一方式就是对他说谎。”伊兰微微扬起下巴，“至于范迪恩和艾迪莉丝，她们只是自以为已经掌管了一切。那个拉哈德区也许是危险的，但我想象不出它怎么能比坦其克更加危险，至少我们不必担心黑宗。我打赌，只要十天时间，我们就能找到那个碗，还可以用这段时间搞清楚麦特的特法器有什么样的功能和缺陷，然后我们就能回到艾雯身边；那时候麦特就会像车尔一样在我们面前用指节去点额头，而范迪恩和艾迪莉丝则会和茉瑞莉、苔丝琳之类的人继续留在这里，还不知道已经发生了什么事情。”

奈妮薇不禁大笑了起来。一名身材瘦长的男仆正在她们身边挪动一只镶金大花瓶，不由得抬起头看着奈妮薇。奈妮薇向他吐了一下舌头，这让他差点失手把那只花瓶倒在地上。“我不会跟你打赌，除了关于麦特的事。就十天吧！”

第 49 章

雾镜术

兰德满意地抽着烟斗，他只穿着衬衫，背靠在一根细长的白色圆柱上。这种圆柱环绕着这座椭圆形的小庭院，庭院中央的一座大理石喷泉正在向空中喷涌着清水，水珠在阳光的照射下如同宝石般闪耀着光芒。早晨的阳光仍然给这座庭院留下一片令人喜爱的凉爽。就连路斯·瑟林也没发出半点声音。

“你肯定不再考虑一下提尔？”

佩林靠在旁边的一根圆柱上，同样没有穿外衣。他吐出两个烟圈，然后把烟斗重新放回到嘴里，那只烟斗上以精湛的工艺雕刻着狼头花纹。“那明看见的那些要怎么办？”

兰德也想吐个烟圈出来，但他在同时发出一声闷哼的结果下，最后却只喷出了一股烟。明才无权在佩林面前说那些事情。“你真的想要挂在我的腰带上，佩林？”

“自从我们在伊蒙村第一眼看到沐瑞时起，我想要的似乎就没有再被重视过了。”佩林冷冷地说道。然后，他叹了口气：“你就是你，兰德，如果你失败了，一切就都失败了。”突然间，他向前坐起，紧皱眉头看着他们左侧圆柱后面一道宽阔的门。

很长的一段时间之后，兰德听见那个方向传来一阵脚步声。脚步声太过沉重，不可能是人类的。那个高大的身影穿过门口，走进庭院，比跑步跟在他身后的那名女仆高出了一倍以上。

“罗亚尔！”兰德一边喊着，一边急忙爬起身，他和佩林一同跑到了巨森灵面前。罗亚尔笑着咧开了大嘴，几乎把他那张巨大的脸分成了两半。他的长外衣下摆一直垂到了齐膝高筒靴的卷边上缘，上头还沾染着旅途的风尘。宽大的衣袋里也都鼓鼓的，显示出书本的形状，罗亚尔的手边从没少过书籍。

“你还好吗，罗亚尔？”

“你看起来很累了，”佩林一边说，一边将罗亚尔向喷泉拉过去，“坐到这里来吧！”

罗亚尔任由佩林牵着向前走去，但他挑起了长长的眼眉，目光在兰德和佩林身上来回移动着，毛茸茸的耳朵也困惑地打着颤。他坐下的时候，仍然跟站立的佩林一样高。“还好吗？累？”他的嗓音就像大地震动的嗡嗡声，“当然，我很不错。即使我原先累了，我也已经走了很长的一段路。重新回到地面上的感觉真是好极了，你知道你的双脚会把你带到什么地方去，但你永远都不知道一匹马想要往哪里走。不管怎样，我的双脚能比马走得更快。”他忽然发出雷鸣般的笑声，“你欠我一个金币，佩林，你的那个十天的赌约。我会再用一个金币打赌，你到这里不会超过五天。”

“你会得到金币的。”佩林笑着说道。然后，他又对兰德说：“高尔让他变坏了，现在他学会玩骰子，而且还喜欢赌马，虽然他几乎连不同的马有什么区别还搞不太清楚。”佩林的这番话让罗亚尔很不高兴地晃了晃耳朵。

兰德露出了笑容。罗亚尔一直都不太相信马匹，毕竟他自己的腿比马的腿更长。“你确定自己没有任何问题吗，罗亚尔？”

“你找到那个荒弃的聚落了吗？”佩林叼着烟斗问，“你有没有在那里停留足够长的时间？”

“你们两个在说什么？”罗亚尔不确定地皱起眉头，让眉梢一直垂到脸颊上。“我只是想再看一眼聚落，去感觉一下它，我已经准备好再留在外面十年了。”

“这跟你母亲说的不一样。”兰德严肃地说道。

没等兰德说完，罗亚尔就站起了身。他慌乱地朝四下窥望着，耳朵贴在脑后，不停地颤抖。“我母亲？在这里？她在这里？”

“不，她不在。”佩林对他说。罗亚尔的耳朵垂了下来，仿佛是松了一口大气的样子。“她似乎正在两河，至少一个月前她是在那里，兰德用某种办法带着她、哈曼长老……怎么了？”

罗亚尔刚要坐下，听到哈曼长老的名字，却又弯着双膝僵在了原地，过了一会儿，才闭上双眼，慢慢地坐了下去。“哈曼长老，”他用粗大的双手揉搓着脸颊，喃喃地说道，“哈曼长老和我的母亲。”他偷偷看了佩林一眼，又看了看兰德，用一种伪装得过于随意的语气问道：“除了他们之外还有别人吗？”他的说话声对巨森灵而言有些太低了，但仍然像一只大黄蜂在大水罐里发出嗡嗡的声音。

“还有一位名叫伊莉丝的巨森灵，”兰德对他说，“你——”他的话立刻被硬生生地切断了。

罗亚尔呻吟一声，跳了起来。有许多仆人从门口和窗口探出头，想看看那个古怪的声音是怎么回事，当他们看见兰德的时候，又立刻把头缩了回去。罗亚尔开始来回不停地踱着步，耳朵和眼眉都无力地低垂了下去，仿佛是要融化掉的样子。“妻子，”他嘟囔着，“这不可能有别的含意，竟然让母亲和哈曼长老同时来找我。妻子，我还太年轻，不能结婚！”兰德用手掌掩住了一个微笑。“她会把我拖回商台聚落去。我知道她不会让我跟你们旅行，但我还没有为我的书做好足够的笔记。哦，你当然能笑我，佩林，你说什么，菲儿就会做什么。”佩林显然是被烟呛了一下，直到兰德拍抚他的后背时，他还在不停地喘息着。“对我们来说，这是不可能的。”罗亚尔则继续说着，“如果你不按照妻子所说的去做，你就会被认为是粗暴无礼的人，非常无礼。我知道，她会让我过上稳定的生活，做一些受人尊敬的事情，比如咏树，或者是……”他忽然又皱起眉头，停止踱步。“你们说是伊莉丝？”兰德点点头。佩林似乎是刚刚缓过气来，正用恶作剧般的眼神瞪着罗亚尔。“伊莉丝，伊娃之女，爱拉之孙？”兰德又点点头。罗亚尔颓然坐回喷泉池上。“我认识她，你应该记得她，兰德，我们在曹福聚落见过她。”

“这也是我要告诉你的，”兰德耐心地说，这次他的语气显得很有兴致，“我记得，那时她就说你很英俊，还送给你一朵花。”

“她也许这样说过。”罗亚尔不情愿地嘟囔着，“她也许这样做了，我记不起来了。”但巨森灵的大手却在无意间摸索着一只装满了书本的袋子，兰德愿意用自己的一切打赌，那朵花正小心地被压在那里头的书本里。巨森灵清了清喉咙，用低沉的隆隆声说道：“伊莉丝非常美丽，我从没见过那么美丽的人，而且她也很聪明。她很专心听我解释色登的理论——是色登，库仑之子，拉德林之孙，他在六百年以前写下这方面的著作——那时我向她解释色登关于道的理论……”罗亚尔注意到面前两个人的笑容，声音渐渐低弱了下去，“嗯，她确实听得很专心，她对此非常感兴趣。”

“我相信她是的。”兰德有些心不在焉。罗亚尔提起道，让他想起别的事情。大多数道门都在聚落附近，如果罗亚尔的母亲和哈曼长老的话是可信的，罗亚尔需要聚落。当然，他只能将罗亚尔带到聚落边缘，任何人都不能借助导引进入聚落，正如同不能在聚落内部导引。“听着，罗亚尔，我想为所有道门设置守卫，我不仅需要有人能找到它们，而且需要有人能说服长老们允许我这么做。”

“光明啊！”佩林厌恶地说道，他将烟斗里残留的烟丝磕到靴跟下的石板地面上，“光明啊！你派麦特去对付两仪师。你想让我带着几百名两河人冲进与沙马奥的战争里，那些两河人中有不少都是你认识的。而现在罗亚尔才刚到，你就想把他派出去。烧了你，兰德，看看他吧！他需要休息。还有你不会利用的人吗？也许你想让菲儿去猎杀魔格丁和色墨海格。光明啊！”

怒意涌上兰德的心头，让他浑身都在颤抖。那双黄眼睛严厉地盯着他，但他瞪回去的目光却如同一道闪电。“我会利用我必须利用的所有人，你说过，我就是我，我在拼命利用我自己，佩林，因为我必须这样。就像我必须利用其他人一样。我们没有别的选择，我没有，你没有，任何人都没有！”

“兰德，佩林，”罗亚尔担忧地说道，“安静下来，镇静下来，不要争吵。你们不该争吵。”他的两只火腿般的大手笨拙地按在他们的肩膀上。“你们都应该在聚落里休息一下，聚落是和平的地方，可以舒缓你们的心神。”

兰德和佩林仍然在彼此瞪视着。怒火燃烧在他脸上，雷电不时从风暴中闪现。路斯·瑟林的吼声从远处断断续续地传来。“我很抱歉。”最后他喃喃地说道，既是为了他说的话，也是为了他的态度。

佩林做了个没关系的手势，也许是表示没有需要道歉的事情，也许是表示接受了兰德的道歉，但他并没有向兰德道歉。他只是再一次将头转向罗亚尔走进来的那道门口，同样的，又是过了一段时间，兰德才听到奔跑的脚步声。

明以最快的速度冲进了庭院，她没有看罗亚尔和佩林一眼，就直接抓住兰德的手臂，气喘吁吁地说道：“她们来了，正在路上。”

“放轻松，明，”兰德说，“放轻松。我已经开始以为她们只会躺在床上高谈阔论，就像……你说她的名字是什么？黛玛拉？”实际上，兰德确实感觉到松了一口气。但两仪师被提到的时候，路斯·瑟林的咆哮和喘息的笑声又渐渐地提高了。原本梅兰娜每天下午都会带着另外两名两仪师前来见他，就像最优秀的时钟一样精确。但这种拜访在持续了三天之后，又突然停了五天，而且连一句解释也没有，明完全不知道是为什么。兰德有点担心她们是忍受不了他的规矩，打算离开了。

但明现在却用充满苦恼的眼神看着他，兰德意识到，她在发抖。“听我说！她们这次来了七个人，而不是三个，她们也没有让我来求得你的许可，或是事先通知你。我抢在她们前面溜了出来，骑着野玫瑰一直狂奔到这里，她们要抢在你得到讯息前进入王宫。我听到梅兰娜私下对黛玛拉说，她们要抢在你前面到达王座大厅，那样就是你去见她们了。”

“你认为这是否就是你说的那个幻象？”兰德平静地问。明曾经告诉过他，能够导引的女人会对他造成严重的伤害。七个！路斯·瑟林沙哑地耳语道，不！不！不！兰德没理会他。不能给路斯·瑟林任何机会。

“我不知道。”明痛苦地说道。兰德惊讶地发现，明的那双黑眼睛里闪动着泪光。“如果我知道的话，你认为我会不告诉你吗？我只知道她们正在过来，还有——”

“还有她们没什么可怕的。”兰德用坚定的声音打断了她的话，那些两仪师一定已经把明吓得快哭出来了。路斯·瑟林在呻吟，我不能同时对付七个，不能是七个。兰德想到那件雕刻成小胖男人的法器。脑海中的那个声音低弱下去，但其中仍然充满了不安。至少埃拉娜不在那七个人里面，兰德能感觉到她在远处某个地方，并没有移动，至少肯定是没有向他靠近。兰德不确定自己是否敢再去面对她。“没有时间可以浪费了，嘉兰妮？”

那名脸颊丰满的年轻枪姬众突然从一根圆柱后面冒了出来，让罗亚尔吃惊得一下子竖起耳朵。明似乎在这时才刚刚看见这位巨森灵，还有佩林，让她吃了一惊。

“嘉兰妮，”兰德说，“告诉南蒂拉我要去王座大厅，我将很快在那里会见两仪师。”

嘉兰妮努力让自己保持平静的面容，但得意的神情让她的面孔变得似乎更加圆胖了。“贝拉娜已经去通知南蒂拉了，卡亚肯。”罗亚尔的耳朵听到枪姬众这样称呼兰德的时候，又吃惊地晃了晃耳朵。

“那么你是否可以去通知苏琳在王座大厅后的更衣室见我，带上我的外衣和真龙令牌？”

嘉兰妮的笑容变得更加灿烂：“苏琳已经穿着她那身湿地人的衣服在全

速奔跑，就像是一只被扔到茜葭刺上的灰鼻子野兔。”

“既然是这样，”兰德说，“你可以将我的马牵到王座大厅去。”这名年轻枪姬众的下巴一下子掉了下来，佩林和罗亚尔同时笑了出来。

明一拳打在兰德的肋骨上，让他重重地哼了一声：“现在不是开玩笑的时候，你这个厚脑壳的牧羊人！梅兰娜她们已经裹上了她们的披肩，仿佛是穿上铠甲。现在听我说，我会站在圆柱后面，让你看得见，而她们却看不见。如果我看到什么东西，我就会向你发讯号。”

“你要和罗亚尔和佩林留在这里，”兰德对她说，“我不知道你能弄出什么让我看得懂的讯号，但只要她们瞥见你一眼，她们就知道你预先警告了我。”明将双拳叉在后腰上，透过长睫毛瞪了他一眼，眼神里充满了愠怒和倔强。“明？”

让兰德惊讶的是，明叹了口气，然后说道：“好的，兰德。”那声音柔顺得就如同奶油一样。兰德对明的这个回答充满了怀疑（如果伊兰或艾玲达用这种声音回答他，同样会立刻引起他的怀疑），但他没时间深究这件事了。他只是点点头，同时希望自己的怀疑不要表现在脸上。

兰德一边寻思着是否应该让佩林和罗亚尔看住明（明会喜欢那样的），一边一路跑到王座大厅后面的更衣室里。嘉兰妮紧跟在他身后，嘟囔着刚才要她去牵马的那个命令是不是玩笑。苏琳已经等在更衣室里，手捧着绣金的红外衣和真龙令牌。这根枪头让苏琳满意地嗯了一声，但毫无疑问，如果它没有这些绿白色的枪穗和雕刻，同时长度更合适一些，也许她会觉得它更容易被接受。兰德摸了摸衣袋里的那件法器，确认它的存在。他的呼吸轻松了一些，但路斯·瑟林还在焦躁地喘息着。

当兰德快步走出这间装饰着狮子浮雕嵌板的更衣室，进入王座大厅时，他发现所有人的速度都像苏琳一样快。贝奥双臂交叠在胸前，站在王座高台的一侧；麦兰站在另一侧，冷静地调整着她的暗色披巾。至少有一百名枪姬众单膝跪地，从门口一直排进来，手中拿着短矛和圆盾，背挎角弓，腰间的箭囊里装满了羽箭。南蒂拉是她们的统帅。所有这些枪姬众都将面纱升到了眼睛下方。嘉兰妮飞快地跑了过去，加入枪姬众的队列里。在她们身后，更多的艾伊尔人簇拥在粗大的圆柱中间，既有男性也有枪姬众。但那些人除了腰间的重匕首之外，没有再携带其他武器，他们之中有许多人都面色严峻。他们不会喜欢和两仪师发生正面冲突，虽然他们并不畏惧至上力。不管麦兰和其他智者们现在对他们说了些什么，大多数艾伊尔人都还牢牢地记得，他们的祖先曾经辜负过两仪师。

当然，巴歇尔不在这里，他和他的妻子都在沙戴亚人的一处训练营地里。这里也没有那些盘据在王宫周围的安多贵族。兰德确信娜埃安、爱伦娜、里尔和其他那些贵族们已经知道了这次会面。他们从不会错过来王座大厅觐见的机会，除非兰德不许他们前来。他们的缺席只能意味着他们在前往王座大厅的途中知道了两仪师的行动，这就意味着两仪师已经在王宫里了。

实际上，兰德刚刚在龙座中坐稳，将真龙令牌摆在膝头，哈芙尔大妈已经有些慌乱地跑进王座大厅，兰德从没见过她这种慌乱的样子。哈芙尔大妈带着惊愕的神情盯着兰德和大厅里的所有艾伊尔人，然后才说道："我派仆人到处找您，两仪师——"她刚说到这里，七名两仪师已经出现在大厅门口。

兰德感觉到路斯·瑟林在向阳极力伸展，在碰触那件法器。但兰德让自己牢牢地控制住它，控制住那股火与冰、污秽与甜美的咆哮洪流，正如同他紧紧握住了那根霄辰枪。

七个。路斯·瑟林阴郁地喃喃说道，*我命令她们只能来三个，她们却来了七个。我必须谨慎，是的，谨慎。*

是我命令她们只能来三个，兰德朝那个声音喊道。*我！兰德·亚瑟！*路斯·瑟林恢复了沉默，但很快的，那种遥远而模糊的嘟囔又开始了。

哈芙尔大妈的视线快速地从兰德滑到那七名戴着流苏披肩的女人身上，显然是决定自己不该站在他们中间。她先向两仪师们行了屈膝礼，然后向兰德行了第二个屈膝礼，随后便平静地向一道侧门走过去。但当两仪师们走进大厅，肩并肩地站成一横排时，哈芙尔大妈的脚步也逐渐变得愈来愈快。

梅兰娜以前的三次来访都带着不同的两仪师。现在站到兰德面前的七名两仪师中，只有一名是兰德不认识的。最右边的是费德琳·哈瑞拉，她的一头黑发编成许多样式复杂的细小辫子，上面缀着颜色鲜亮的小珠子。在她右侧是瓦琳蒂·娜瑟诺，她的衣衫和披肩流苏都是白色的，所有这些两仪师的衣着都表明了她们所属宗派的颜色。兰德知道那个他不认识的两仪师是谁——她的古铜色皮肤和深青铜色的丝裙形成了一种典雅的女性之美——她是黛玛拉·艾瑞弗，明的报告中那名一直卧床的两仪师，但现在她站在这一排两仪师的正中间，比她的同伴们更靠前一步。梅兰娜只是站在费德琳和圆胖的蕾菲拉·辛达中间——这名蓝宗两仪师比兰德六天前看到她时显得更加严肃。她们看起来全都非常严肃。

她们停顿了片刻，不带任何感情地看着兰德，丝毫不去在意那些艾伊尔人。

然后她们向前走了过来，黛玛拉领头，后面是森妮德和蕾菲拉，梅兰娜和玛苏芮紧跟在她们身后。七名两仪师组成了一个直指兰德的箭头。不需要皮肤上那种刺麻的感觉，兰德就可以确定，她们已经拥抱了阴极力。每向前走一步，这些女人就会明显地变高一些。

*她们想用雾镜术吓唬我吗？*路斯·瑟林的笑声从怀疑变成了疯狂。兰德不需要路斯·瑟林向他解释，他曾经见到沐瑞这样做过，亚斯莫丁也称它为雾镜术，或者是幻象术。

麦兰气恼地拉着自己的披巾，用力地哼了一声，但贝奥的样子似乎像是在孤身迎击百人的冲锋，他想要抵抗迎面而来的冲击，但并不预期有什么好结果。枪姬众队列中的一些人似乎也发生了动摇，只是在南蒂拉严厉的目光下，她们才能维持住阵形的严整。但南蒂拉也无法阻止圆柱之间的艾伊尔人群里发出轻微的挪动脚步声。

黛玛拉·艾瑞弗开始说话了，她的话音里显然也有至上力的存在；她没有高喊，但声音充满了王座大厅，似乎正从所有的空间中散发出来。“根据现在的情况，我被决定代表所有人说话。今天，我们来到此地并不是为了伤害你。我们以前接受的那些限制，虽然会让你感觉到安全，但我们现在必须拒绝。很明显的，你从没有学会过要尊敬两仪师，现在你必须学会这一点。从此之后，我们要随意来去，一切只听我们的选择。以后我们想要见你的时候，仍然会事先通知你，你的那些在客栈周围监视我们的艾伊尔人必须撤走，不能有人监视或跟踪我们。任何对我们尊严的冒犯都会受到惩罚，不过我们只会像惩罚孩子一样惩罚那些人，而你将为那些痛苦负责。一切事情都必须依此处理，一切事情都应该依此处理。要知道，我们是两仪师。”

当那个箭头的队形停在王座前面时，兰德注意到麦兰正紧皱双眉瞥着他，这位智者肯定是在考虑他是否被这种阵势吓住了。如果兰德不是事先得到明的警告，也许他真的会大吃一惊；即使是现在，他也不确定自己的心神是否未受到撼动。那七名两仪师现在足有罗亚尔的两倍高，也许更高，她们的头顶几乎已经到了这座大厅穹顶的一半高度。黛玛拉从半空中俯视着他，冰冷的表情毫无波动，仿佛她正在思考，是否伸出一只手，将兰德抓起来。

兰德毫不在意地靠回椅子里，但他抿了抿嘴唇，意识到自己为了摆出这副姿态费了些力气，虽然不是很多。路斯·瑟林仍然在不断地咆哮着，只是已经到了很远的地方。他似乎是在喊叫着不要等待，现在就发动攻击。黛玛拉在一些特定的字眼上刻意加重了语气，仿佛兰德应该明白这段陈述的重要性。这是在什么情况下提出的？她们以前接受了那些限制，为什么她们现在又要强调所谓的尊严、打破这些限制？为什么她们突然认为她们的尊严比让他安心更加重要，甚至不惜要为此威胁他？“在凯瑞安的白塔使者同样接受了这些约束，而且完全不认为这是对她们的冒犯。”嗯，至少她们认为这不是严重的冒犯。“她们并没有给我语焉不详的威胁，而是给了我许多礼物。”

“她们不是我们，她们不在这里，我们不会收买你。”

黛玛拉轻蔑的语气刺激着兰德，兰德感觉到握紧着真龙令牌的指节传来一阵疼痛。他的愤怒从路斯·瑟林那里得到了响应。突然间，他发觉路斯·瑟林又挣扎着想要碰触真源。

*烧了你！*兰德想道。他想要屏障她们，但路斯·瑟林说话了，他的喘息声已经接近于恐慌：

不够强。即使有那件法器，也许还是不够强，不足以对付七个。你这傻瓜！你等太久了！太危险了！

屏障任何人都需要相当的力量。借助这件法器，兰德确定他能做出七个屏障，即使她们已经拥抱阴极力。但即使只有一个人打破屏障……他要让她们知道他的力量，而不是给她们一个打败他的机会。不过他还有另一个办法。他编织出魂之力、火之力和地之力，将它们打出去，仿佛是要进行屏障的样子。

两仪师的雾镜术破碎了，转眼间，兰德面前只站着七名满脸惊愕的普通女人，但震惊的表情立刻就被两仪师的平静所取代了。

“你已经听到了我们的要求，”黛玛拉用平常的声音说道，但她的语调里仍然充满了威严，仿佛刚才任何事情都没发生过一样，“我们希望这些要求都会得到实行。”

兰德死死地盯着她们。他应该做些什么，才能让她们知道自己并没有受到恫吓？阳极力在他体内沸腾，卷起阵阵狂涛。他不敢放开它。路斯·瑟林正在狂乱地尖叫着，竭力想要将真源从他手中夺走。他只能紧紧握住真源。缓缓地，他站起身，因为站在高台上，所以他比两仪师们要高出许多。七名面如止水的两仪师抬头看着他。“那些限制仍然有效，”他平静地说，“还要再增加一条关于我自己的。从今以后，我要从你们那里看到我应得的尊敬，我是转生真龙。你们可以走了，觐见结束。”

两仪师们站在原地，经过大约十次心跳的时间，眼睛也没有眨一下，仿佛是要表明她们不会因为他的命令而挪动一步。随后，黛玛拉头也没点一下就转过了身，当她经过森妮德和蕾菲拉身边时，那两名两仪师也跟随她转过了身，然后依次是其他两仪师。她们以平稳、缓慢的步伐走过红白两色的瓷砖地面，离开了王座大厅。

当两仪师完全消失在走廊里的时候，兰德从高台上走了下来。

“卡亚肯对她们处理得很好。”麦兰响亮的声音传遍大厅的每一个角落，“应该抓住她们的脖子，让她们一边哭泣，一边学会什么是荣誉。”听到她对两仪师这样的评论，贝奥并没有能成功地掩饰住自己的不舒服。

“也许这也是对付智者的办法？”兰德努力做出一个微笑。

麦兰用力拉了拉披巾，压低声音说道：“不要当一个彻底的傻瓜，兰德·亚瑟。”

贝奥笑出了声，结果被他的妻子狠狠地瞪了一眼。至少他还能笑出来。兰德却完全没感觉到这有什么幽默可言——不是因为他被包裹在虚空中。他几乎希望明可以在场。两仪师对他隐瞒了太多的东西，让他无法理解。他更害怕有些事情自己完全没察觉到。她们真正的目的是什么？

关上更衣室的小门后，明靠在一块暗色的狮子浮雕墙板上，长长地吸了一口气。菲儿把佩林叫走了。虽然罗亚尔坚持说兰德想让她留在那座庭院里，但明只是告诉他，兰德无权决定她应该留在什么地方，巨森灵就无可奈何了。当然，如果罗亚尔知道明要干什么，他也许会把明夹在手臂底下（肯定会很温柔地夹着她），然后坐在那座庭院里，读书给明听。

最后的结果是，尽管明听到了他们的一切对话，但她并没有看到太多东西。那些两仪师变得比高台上的王座还要高，她们一定是导引了至上力，而这样肯定会让她们身周的影像和灵光受到干扰。不过明已经被两仪师的样子吓呆了，完全没注意到她们身周是否出现了什么。等她恢复过来的时候，两仪师们已经恢复到正常的体形，黛玛拉的声音也不再像是在所有角落里轰鸣了。

明咬着下唇，拼命地思考着。她觉得现在有两个问题：第一，兰德和他要求的尊敬，无论他真正的意思是什么，如果他是想要梅兰娜行屈膝礼时一直把头垂到地上，他就有很长一段时间要等了，他的这种行为显然让两仪师们相当不悦。她必须想办法安抚两仪师的情绪，如果她知道有什么办法的话。第二个问题是那些两仪师。兰德似乎认为两仪师们只是在争强好胜，他只需要一只脚踏下去就能解决，但明不确定两仪师的心情是否如此简单。她相信两仪师的心里一定藏着更严肃的问题，但能查出这些问题的唯一地方只有玫瑰王冠。

明从王宫的前院马厩里牵出野玫瑰，催赶着这匹枣红色的母马一路跑回旅店，把缰绳扔给一名大耳朵的马夫，并叮嘱他把野玫瑰刷洗干净，再给它喂一些燕麦。这一趟她能如此飞快地进入王宫，又飞快地回来，野玫瑰应该得到奖赏。听到兰德那种蕴含着冰冷怒意的声音，明不知道如果他在未经警告的情况下，知道有七名两仪师正在王座大厅等着他，会导致什么样的结果。

玫瑰王冠的大厅看上去和她从厨房小门匆匆离开时完全一样，护法们坐在桌边，有些人在玩着牌和棋，另外一些人在掷骰子。当明走进大厅时，他们不约而同地抬起头望向她。看到是明之后，他们又都低下了头。辛珂宁夫人正站在贮酒室的门口（玫瑰王冠的酒桶并不是沿大厅墙壁排列的），她的双臂交叠在胸前，脸上堆满了不愉快的表情。酒桌旁边只有护法，而护法们很少会喝酒，即使喝也只是喝一点。无论桌上摆着多少只杯子，明从来没看见它们被碰过。她在大厅里看了一圈，终于找到一个也许能告诉她一点事情的人。

马西罗·舒克一个人坐在一张桌边，正在玩拼板游戏，他经常绑在背上的那两把剑正靠在他手边的墙壁上。他有着颇具贵族气质的鼻子，两鬓则已经完全变成灰色，虽然已经是满脸皱纹，但有着另一种样子的英俊。当然，大概只有爱上他的女人会称赞他漂亮。他曾经是坎多的一位领主。他曾经去过每一个国家的宫廷，在那些旅程中，他总是要随身带着一个小图书馆。在赌博中无论是输是赢，他的脸上总是一副轻松的笑容。他能够背诵诗歌，演奏竖琴，跳起舞来更像是梦幻一样。简而言之，除了是蕾菲拉的护法之外，他就是那种明在遇到兰德之前很喜欢的男人的类型，实际上，明现在也喜欢这样的男人，只要她能在想兰德之余注意到他们。不知道算是幸还是不幸，马西罗似乎总是以一种不同于其他坎多人的眼光看待明——就像是看待一个小妹妹，不时和她谈心，给她一点小建议，以免她在放荡不羁的生活中跌断脖子。他告诉明，她有一双美丽的腿，但他绝对没有想过要去碰它们。而且，如果有任何人未经明的允许就想去碰它们，他一定会扭断他们的脖子。

他以灵巧的动作将那些结构复杂的铁片拼在一起，然后放进一堆已经拼好的铁片里，又从另外一堆铁片中取出了一份新的，然后朝着坐到桌子对面的明笑了笑，“卷心菜回来了，脖子没有摔断，没有被绑架，也没有结婚。”总有一天，明要问问他这话是什么意思。他总是对明这么说。

“我离开的时候有什么事情发生吗，马西罗？”

“你是在问，除了那些姐妹们从王宫里回来之后脸上的表情就像山中的狂风暴雨以外，还发生了什么事情？”像往常一样，那些拼板在他手中被分解成碎片，仿佛是有至上力在其中发挥作用似的。

“是什么让她们如此烦恼？”

“我想，大概是兰德。”那些拼板像散开时一样在他的手里被轻松地拼接起来，然后被扔到玩过的那一堆里，接着立刻又有另外一组拼板被扔了过去。“我在几年前玩过这个。”他表示道。

“但她们为什么会生气，马西罗？出了什么事？”

黑色的双眼望着明，如果豹的眼睛是黑色的，那就应该和马西罗的眼睛一模一样。“明，一只羔羊如果把鼻子探进错误的兽穴里，也许它的耳朵会被咬掉。”

明打了个哆嗦。那句话真是没错——陷入爱河的女人会做出各种愚蠢的事情。“我当然要避免这种事，马西罗，我在这里的唯一原因就是要在梅兰娜和王宫之间传递讯息，有时我可能会不自觉地踏进某个不该涉足的地方。我不知道为什么两仪师们会停止每天和他的会面；为什么她们又去了王宫；为什么今天去了那么多两仪师，而不是像以前那样是三个。我可能会在不知不觉间就做出不止是耳朵被咬掉的事情。梅兰娜不会告诉我这种事，除了对我下达指令之外，她没有告诉我任何事情。只是提示一下好不好，马西罗？好不好？”

马西罗开始研究手中的拼板，但明知道，他是在思考，因为那些复杂的铁片在他的长手指间转动着，却完全没有松开的迹象。

大厅后方出现的人影吸引了明的注意。她半转过身，脖子却又立刻僵住了。两名两仪师走进大厅，从她们的样子来看，她们刚刚沐浴过了。上一次明看见这两个人还是在几个月以前，那时雪瑞安听到有许多传闻说兰德在艾伊尔荒漠的某个地方，就派她们去了那里。碧拉·哈金和科鲁娜·奈齐曼的目标应该是荒漠，不该是凯姆林。

除了看不出年龄的无瑕容颜之外，碧拉的棕色短发和方形面孔让她看上去就像是一名农妇，但现在这张脸上正显露出严酷的决心。科鲁娜身材匀称，容貌端庄，看上去完全符合她的身份——艾拉非国王的妹妹，一位拥有强大权势的贵族。她那双黑色的大眼睛不停地闪烁着，仿佛在说明她要宣判一桩死刑，并且会很喜欢这个宣判。影像和灵光在她们身周不断闪现，就如同其他两仪师和护法一样。而当其中一个同时出现在两个人身上的时候，明的视线立刻就被它吸引住了，那是一片棕黄色和深紫色的灵光，它们的颜色没任何意义，但那道灵光让明停止了呼吸。

明所在的桌子距离楼梯并不远，但那两个女人在走上楼梯时并没有看明一眼。在沙力达的时候，她们也从没注意过明，现在她们只是将全部精神集中在她们的对话上。

“埃拉娜早就该让他俯首帖耳了。”科鲁娜的声音很低，但其中流露出来明显的怒意，“我就会这样做。等她到了，我会告诉她的，只有暗帝才会拘泥于习惯。”

“他应该被套上缰绳，”碧拉用刻板的声音附和她，“不能让他对安多造成更多的破坏。”她是安多人。“依我看，愈快愈好。”

当那两个人走上楼梯时，明意识到马西罗正在看着她。“她们怎么会来这里？”明问道，她对自己完全正常的声音吃了一惊。科鲁娜和碧拉的到来让这里有了十三名两仪师，十三名两仪师，还有那道灵光。

“她们一直跟踪着关于兰德的讯息，当听说他在这里时，她们正在前往凯瑞安的半路上。我会远远地避开她们，明，她们的盖丁告诉我现在她们的脾气都很差。”科鲁娜有四名护法，碧拉有三名。

明努力做出一个微笑。她想要冲出这家旅店，但这么做一定会引起所有人的怀疑，就连马西罗也不例外。“这听起来是个好建议，给我的提示呢？”

马西罗又犹豫了一会儿，然后将拼板放下。“我不会说什么是，什么不是，但如果你够聪明……也许你应该认为烦恼的将会是兰德。也许你甚至应该考虑是否还有其他人能传递一些讯息，比如我们之中的一个。”他指的是这些护法们。“也许姐妹们已经决定要就谦恭的问题给兰德稍微上一课，而这些，卷心菜，也许不是我应该说的。你会考虑这个吗？”

明不知道“稍微上一课”指的是已经在王宫中发生的那一幕，或者是别的什么尚未发生的事情，但这些都符合她所见到的情况，只是那道灵光让她始终无法释怀。“这听起来也是很好的建议，马西罗，如果以后几天里梅兰娜找我送信，你能告诉她，我正在游览内城吗？”

“一次漫长的旅程，”马西罗善意地咯咯笑着，“如果你不小心的话，也许你会绑架个丈夫回来。”

当明坚持要那名大耳朵的马夫将野玫瑰牵出马厩，重新上鞍的时候，那名马夫诧异得睁大了双眼。明让野玫瑰缓步走出马厩场院，但刚转过第一个街角，她就猛地踢了一下野玫瑰的腹侧，向王宫疾驰而去，使得街上的人们纷纷跳了起来，为她让开了道路。

“十三个。”兰德冷冷地说道。他这句话让路斯·瑟林又开始努力想从他的手中夺走阳极力的控制权，这就像是一场无声的战斗，而他的敌人是一头狂暴的猛兽。当明第一次说出凯姆林有十三名两仪师时，兰德差点就让路斯·瑟林抢先抓住了至上力。汗水从兰德的脸颊上滚下来，他的外衣上也出现了深色的汗渍，他只能将注意力集中在一件事情上——阻止路斯·瑟林触及阳极力。他的脸颊上有一根肌肉因为过度用力而开始抽搐，他的右手也在不住颤抖。

明停止在他的起居室里踱步，几步走到他面前。“还不只这些，兰德，”她焦躁万分地说道，“还有那个灵光。血，死亡，至上力，那两个女人和你，全都在同一个地方、同一个时间里。”她的眼睛又开始闪光，但这一次，泪水无声地滑落她的脸颊。“科鲁娜和碧拉不喜欢你，完全不喜欢！还记得我在你身边看到的幻象吗？能够导引的女人在伤害你，就是那些灵光，还有十三，一切的一切，兰德，这太严重了！”

明总是说，她所看见的就一定会成为真实，但她从没办法确定那些幻象变成真实的时间是在一天之后，一年之后，还是十年之后。而兰德觉得，如果自己留在凯姆林，也许这件事就会在今天发生。路斯·瑟林在他的脑海中吼叫，兰德知道路斯·瑟林想要抢在梅兰娜发动攻击之前，向那些两仪师发动攻击。兰德因为这个念头而感到不舒服，却又无法将它抹去。也许明看到的事情只是一个意外，也许他的时轴扭曲了他周围事件发生的几率，为他带来了灾厄，但事实毕竟是事实。就在今天，来到凯姆林的两仪师增加到十三名，这就是梅兰娜对他的挑战。

兰德站起身，走进卧室，从衣柜中拿出佩剑，将龙形带扣在腰间扣紧。“你跟我来，明。”他又伸手拿起真龙令牌，就向门口走去。

“去哪里？”明一边问一边用手绢擦着脸颊。当她追上兰德的时候，他们已经走进了走廊。嘉兰妮立刻跳起了身，贝拉娜的速度都没她快。贝拉娜是一名骨感的红发女孩，有一双蓝眼睛，嘴角总是带着一种野性的笑容。

如果周围只有枪姬众，贝拉娜会一直盯着兰德，仿佛是在考虑是否让兰德有这样的荣幸，可以命令她去做各种事情。但现在兰德用严厉的目光瞪了她一眼。虚空让兰德觉得自己的声音遥远、干硬而冰冷。路斯·瑟林的声音已经消退成一阵阵低弱的呜咽，但兰德不敢有丝毫放松。*不能在凯姆林，不能在任何靠近凯姆林的地方。*“贝拉娜，去找南蒂拉，告诉她在佩林的房间见我，她想要带上多少枪姬众都行。”他不能丢下佩林，不是因为明看到了什么。如果梅兰娜发现他离开了，也许就会有一名两仪师像埃拉娜约缚他一样约缚佩林。“也许我不会回到这里了，如果有人看见佩林、菲儿和罗亚尔，就告诉他们去佩林的房间找我。嘉兰妮，去找哈芙尔大妈，告诉她我需要纸笔。”他在离开前要写几封信，他的手又开始颤抖了，他又向嘉兰妮补充说：“许多纸，快去！快！”两名枪姬众交换了一个眼神，立刻开始拔腿快跑。兰德则朝与她们相反的方向走去，明几乎是小跑着才能跟上他。

“兰德，我们要去哪里？”

“凯瑞安。”因为虚空的包覆，这个冰冷的词仿佛是一下子抽击在他的脸上。“相信我，明，我不会伤害你，我宁可砍断我的手臂，也不会伤害你。”明没有说话，兰德低头望过去，发现明正以一种奇怪的表情望着他。

“这听起来真是太好了，牧羊人。”她的声音像她的表情一样奇怪。那十三名两仪师一定把她吓坏了，这一点也不足为奇。

“明，如果我一定要去面对她们，我就要先把你送到安全的地方。”有哪个男人能对抗十三名两仪师？路斯·瑟林又开始在他的脑海中挣扎、尖叫。

让兰德感到惊讶的是，明从外衣袖子里抖出那些匕首，并张开了嘴，但她立刻又以同样的动作将匕首收了回去——她一定是在进行练习——然后她说道：“你可以牵着我的鼻子去凯瑞安，或者是去任何地方，牧羊人，但如果你想让我去一个远离你的地方，那么你就要费些力气了。”不知为什么，兰德相信这不是明本来要说的话。

当他们到达佩林的房间时，兰德发现这里已经聚集了不少人。在起居室的一侧是只穿着衬衫的佩林和罗亚尔，他们盘腿坐在蓝色的地毯上，正和高尔一同抽着烟，兰德记得这名跟随他攻陷提尔之岩的岩狗众。房间的另一边是菲儿，她与贝恩和齐亚得也都坐在地上，这两名枪姬众同样参与过攻打提尔之岩的战斗。从卧室的门口望进去，兰德能看见苏琳正在里面换床单，她的样子仿佛是想把那些床单全都撕成碎片。当他和明走进来的时候，所有人都抬起头来看着他，苏琳也走到卧室的门前。

当兰德向众人说明已经有十三名两仪师进入凯瑞安，以及明所听到的两仪师的对话后，房间里立刻发生了一阵骚动。不过，兰德并没有把明看到的幻象告诉大家，这些人之中有人知道明的能力，有些人也许还不知道。没有明的许可，兰德不会将她的事告诉任何人。他当然也没有提到路斯·瑟林，没有告诉他们，即使那十三名两仪师安静地待在城里，他还是害怕自己会先去伤害她们。如果那些两仪师以为他是在惶恐不安，那就让她们那样想吧！他也无法确定自己是否仍然镇定如常。路斯·瑟林陷入了寂静，但他能感觉到那个人，如同一双炽热的眼睛正在黑夜中看着他，那眼神中流露出恐惧和愤怒，也许还有慌乱，如同大蜘蛛在虚空外缓缓爬行。

佩林和菲儿立刻开始准备行装。贝恩和齐亚得飞快地彼此晃动了一阵手指，然后说她们要陪伴菲儿。高尔则说他要与佩林同行，兰德不明白他们之间出过什么事，但高尔一直避免去看贝恩和齐亚得，贝恩和齐亚得的目光也在躲着高尔，这看上去很不自然。罗亚尔快步走出房间，一边还在嘟囔着凯瑞安比凯姆林距离两河更远，但他母亲的步行速度之快是非常有名的。当他回来的时候，他的一只手臂下面夹着半打包好的包裹，肩膀上扛着巨大的鞍袋，袋口还挂着一件衬衫，一副马上就可以出发的样子。苏琳也离开了一阵，当她回来的时候，她夹着一只似乎完全由红白色长裙卷成的包裹。她的脸上固定着那种与她的气势完全不协调的柔顺表情，怒气冲冲地对兰德说，她接受的命令是服侍他、佩林和菲儿，只有被太阳晒傻的蜥蜴才会认为当他们前往凯瑞安的时候，她能在凯姆林执行这个命令。她甚至还在话里加了一个“真龙大人”，虽然那语气听起来有点像是在骂人。然后她又行了个屈膝礼，这次奇迹似的没有任何不稳的迹象，她自己也对此感到惊讶。

南蒂拉几乎是和哈芙尔大妈同时到来的，哈芙尔大妈带来的书写匣里放着几支钢笔和足够写五十封信的纸张、墨水和蜡漆。事实证明，她这样做是很有必要的。佩林要给丹尼·鲁文写信，告诉他率领所有两河人前往凯瑞安——他也不想将他们之中的任何人留给两仪师。他差点就要让丹尼带走居住在库雷恩的猎犬里的珀黛和其他女孩，但兰德和菲儿全都向他指出：第一，两仪师们不可能让她们离开；第二，那些女孩们自己很可能也不愿意去凯瑞安。佩林和菲儿不止一次去过那家旅店，即使是佩林也不得不承认，那些女孩们都迫不及待地要成为两仪师。

菲儿匆匆地写了两封信，分别是给她的母亲和父亲，她说这样他们就不会担心了。兰德不知道这两封信分别是给哪一位的，但它们在措辞上应该是相去甚远。菲儿在写其中一封信时撕掉了十几张信纸，每写一个词都要皱一下眉头；但在写另一封信时则一直带着笑容，有时甚至还会咯咯地笑出声来，兰德觉得后面这封信一定是菲儿写给母亲的。明给她在玫瑰王冠的一位名叫马西罗的朋友写了信，不知为什么，她刻意告诉兰德，那是一个老头子，而且她这么说的时候脸还红了一下。就连罗亚尔在犹豫片刻后也拿出钢笔，那是他自己的钢笔，一支人类的笔很容易被他的大手捏碎。将信封好之后，他把信笺交给哈芙尔大妈，并要求如果有机会，哈芙尔大妈一定要亲手将这封信交到收信人手中。一根大香肠般的手指遮住了收信人姓名的一大部分（它是同时用人类文字和巨森灵文字写成的），但因为至上力让视力变得更加敏锐，所以兰德能看见那个信封上写着“伊莉丝”。不过，罗亚尔完全没有等待那个女孩、将信亲手交给她的意思。

兰德在写信时像菲儿一样感到困难，只是困难的原因和菲儿不同。汗水从他的脸上滴落下来，冲污了墨迹，他的手不停颤抖着，让他不止一次因为墨水弄脏了信纸而必须重写。但他很清楚自己要写什么。一封信是给马瑞姆的，警告他凯姆林有十三名两仪师，并向他重申要远离那些两仪师的命令。然后是给梅兰娜的，信中包含着另一种警告，以及一个善意的邀请。想要躲起来是没用的，埃拉娜能在这个世界的任何角落里找到他，但掌握主动权的必须是他，如果他能做得到的话。最后他用一个雕刻着龙纹的绿玉印章封好这些信，这个印章让兰德瞪了哈芙尔大妈一眼，不过她对此只是报以一个殷勤和善的眼神。然后，兰德转向南蒂拉：“已经将你的二十名枪姬众部署在门外了吗？”

南蒂拉挑起了眉弓：“二十？你说我带多少来都可以，还说也许你不会再回来了。我带来了五百人，如果不是我最后给出了限制，也许来的人还要更多。”

兰德只是点点头。现在他的脑海里除了他自己的想法之外，已经没有别的声音，但他能够感觉到路斯·瑟林。他和他同在虚空中，像收拢的弹簧一样在等待时机。他打开通道，将所有这些人送到凯瑞安的那个房间里，又将通道关闭。现在埃拉娜在他的脑海中只剩下一个模糊的印象，让他知道她在西边的某个地方。直到此时，路斯·瑟林似乎才离开，仿佛是在和他的搏斗中疲惫了，陷入沉眠。最后，兰德推开阳极力，才察觉到这场搏斗让他自己变得多么疲惫。罗亚尔不得不将他一直背进他在太阳大厅的房间里。

梅兰娜平静地坐在起居室的窗户旁。她背对着窗外，兰德·亚瑟的信正在她的手中，上面的内容她早已熟记于心。

抬头是“梅兰娜”，并不是“两仪师梅兰娜”。

梅兰娜：

我的一位朋友曾经对我说过，在大多数的骰局中，“十三”

这个数字被认为是如同暗帝之眼般不吉利的骰点。我也认为十三是个不吉利的数字。我要去凯瑞安了，你可以率领不超过五名两仪师跟随我，这样你们就可以和来自白塔的使节团处于一个平等的态势。如果你要带更多的人来，我会不高兴的。不要再逼我，我已经没有多少信任可言了。

兰德·亚瑟

转生真龙

到最后，兰德写字时非常用力，已经快将信纸戳破了，最后这两行看上去甚至几乎像是另外一只手写的。

梅兰娜一言不发地坐着。房里还有其他人——使节团的其余成员，如果她们还可以被这样称呼的话。她们在靠墙的椅子里坐成了一圈，表情各不相同。令她不悦的是，只有贝伦妮西像梅兰娜一样低调；她靠在椅子的最里面，圆胖的双手交叠在膝上，头部微微低垂，双眼严肃地望着前方。除非被叫到，否则她一句话也不会说。费德琳则傲慢地挺直身子，想说话的时候就会说话。玛苏芮和蕾菲拉也是如此。森妮德的热情丝毫不亚于她们，她坐在椅子边上，不时地露出果决的微笑。其余的人则大都像瓦琳蒂一样，还能维持住表面的平静。除了维林和埃拉娜之外，所有人都在这个房间里。她们已经派遣盖丁去找那两个人了。科鲁娜和碧拉站在房间的正中央，脸上的表情比屋里其他的人更加决绝。

“竟然有人能给两仪师写这种信，这让我感到十分厌恶。”科鲁娜并没有吼叫，她的声音虽然充满了压力，但仍然保持着平静，只有那双黑眸在不断地闪耀着电光。“黛玛拉，你的密探是否能确定兰德已经去了凯瑞安？”

“穿行。”碧拉难以置信地喃喃道，“真没想到他能重新发现这个异能。”

费德琳辫子上色彩鲜艳的小珠子随着她点头的动作发出一连串碰撞的声音。“想象不出他还能有什么别的方法。这可以提醒我们，他也许比洛根和马瑞姆·泰姆更加强大，对不对？”

“不能对马瑞姆采取行动吗？”蕾菲拉的圆脸通常总是温和而令人愉悦的，现在却像石雕一样生硬，甜美的嗓音也变得冰冷，“那里至少有一百名能够导引的男人，一百名！就在距离我们不到二十里的地方。”凯尔伦用力地点点头，但并没有说话。

“处理他们还需要时间，”科鲁娜坚定地说，“光明和荣誉啊！我不知道需要多少名姐妹才能压倒那么多人。但兰德才是关键，而且我们能对付他一个。黛玛拉？”

黛玛拉正等着科鲁娜把话说完，她稍微点点头，说道：“我只知道他离开了，显然还带走一大批艾伊尔人，佩林·艾巴亚很可能也跟着他走了。”

当黛玛拉发言的时候，维林无声地走进房间，她跟着黛玛拉说道：“佩林肯定是走了，我已经派托马斯去看视两河人的营地。他们似乎是派了两个人去王宫取走佩林和他妻子的马匹，剩下的人撇下了马车和仆人，都以最快的速度向东方出发了。他们在队伍前面高举着佩林的狼头旗和曼埃瑟兰的红鹰旗。”维林的嘴角出现了一丝微笑，仿佛她觉得这十分有趣。

凯尔伦显然没有维林的兴致，她吃惊地张大了嘴，又狠狠地咬住双唇。

梅兰娜同样不认为这是一件有趣的事，但和其他的事情相比，这件事就完全微不足道了，就像是粪堆中飘过的一缕食物变坏的气味，狼群旁边传来的一声狗吠。她曾经那样担心维林，花费了那么多精力和维林争强斗胜，但维林实际上几乎没有对她的计划造成任何影响。只不过似乎是维林指引黛玛拉提出建议，才会有今天这次不幸的会面，维林这招确实非常有技巧，梅兰娜不相信有任何灰宗以外的人能注意到维林的这一招。而现在，她除了要担心维林之外，还要担心科鲁娜和碧拉，她们全都不属于她权威涉及的范畴，而且她们至少像玛苏芮、费德琳和蕾菲拉那样强大。

“现在，汤锅里扔进了一个烂芜菁。”碧拉严厉地喃喃说道。凯尔伦和其他几个人都赞同地点了点头。

“只是一个小芜菁。”科鲁娜用干硬的语调对她说。除了梅兰娜和维林之外，几乎所有人都点了头，梅兰娜只是叹了口气。维林侧过头，用那双鸟一般的黑眼睛盯着科鲁娜。“什么事情耽搁了埃拉娜？”科鲁娜问道，“我不想把所有的话再重复一遍。”

梅兰娜认为现在的窘境是由她引起的，开端就是对维林的尊敬。她仍然是这个使节团的首脑，所有成员仍然会遵从她的命令，即使是玛苏芮、蕾菲拉和费德琳也不例外，但她们全都清楚她的权威到什么程度。而且她不知道现在究竟是科鲁娜还是碧拉在掌权——她们一个出生在农场上，一个出生在宫殿里，但这些和两仪师并没有关系。有件事梅兰娜很清楚，这个团队正在她周围崩溃。当白塔仍然统一，白塔和玉座的力量在背后支持着使节团首脑的时候，这种事情是绝对不会发生的。即使她是用三十年时间才得到披肩，而且她的力量只是勉强让她没遭到淘汰，她也不会有任何担忧。现在，这只是一群聚集在一起的两仪师，完全在用她们自己的标准评价她们之间的关系和位置。

仿佛被提到名字是一种召唤，碧拉刚刚张开嘴，埃拉娜就出现在房间里。碧拉和科鲁娜立刻走到埃拉娜面前。“兰德声称已经去了凯瑞安，”碧拉直接就说道，“你能提供什么信息吗？”

埃拉娜高傲地看着她们，黑眼睛里闪烁着危险的光芒。毕竟，她们是在说她的护法。“他在东边的某个地方，这就是我知道的，那可能是凯瑞安。”

“既然你没得到一名男人许可就约缚他，”科鲁娜颐指气使地说道，“以最圣洁的光明，为什么你没利用这个约缚让他服从你的意愿？和让他服从比起来，你就像是只摸了摸他的手腕。”

埃拉娜仍然无法很好地控制住自己的情绪，她的脸颊泛红，部分是因为愤怒，就像她眼里闪烁的光芒一样；但也有一部分确实是出于羞愧。“没有人告诉你吗？”她有些过于激动地问道，“我想大概没有人希望提到这件事，我肯定不想。”费德琳和森妮德看着地板，这样做的并不只是她们两个。“在约缚他之后，有时候我确实试图要控制他的行动，”埃拉娜继续说道，仿佛完全没注意到别人的表情，“你有没有试过空手从地面拔起一株橡树，科鲁娜？那和这件事一样困难。”

科鲁娜唯一的反应就是缓缓地睁大了眼睛，并以同样缓慢的速度深吸一口气。碧拉则喃喃地说道：“这是不可能的，不可能。”

埃拉娜扬起头，发出一阵笑声，她叉在腰上的双手让这阵大笑充满了轻蔑的意味。碧拉闭紧了双唇；科鲁娜的眼睛里放射出冰冷的光芒。维林专注地望着她们，她的模样让梅兰娜想到一只望着虫子的知更鸟——这个想象让她非常不舒服。维林似乎是服从了她们，但又不是真正地服从，不过梅兰娜完全不知道维林是怎么做的。

“以前从没有人约缚过能够导引的男人，”埃拉娜在笑声退去之后说道，“也许这次的异常与此有关。”

“那就这样吧！”碧拉坚定地说道，她的目光仍然像刚才一样强硬，“那就这样吧！至少你还能确认他的位置。”

“是的，”科鲁娜说，“你要跟我们一起来，埃拉娜。”埃拉娜眨眨眼，仿佛刚刚明白她们是什么意思，然后她低下头，表示默许。

梅兰娜认为现在是时候了，如果她要统合这个团体，这将是她最后的机会。她站起身，折叠着兰德的信，让她的手不会闲着。“当我率领这支使节团前往凯姆林的时候，”她以这句话作为开始，好提醒所有的人，她才是首脑，感谢光明，她的嗓音相当稳定，“我被授予了相当大的自由，而我们该做的事也是明白无误的。”她要提醒她们，她们是一个团队。“我们开始实行计划时，对于成功的几率是相当有信心的。我们要让兰德离开凯姆林，这样我们就能让伊兰返回安多，并为她加冕，将安多牢牢地掌握在我们手中。我们还要让兰德慢慢地信任我们，相信我们不会伤害他，并对我们保持适当的尊敬。我们之中的二或三个人将被精心挑选出来，取代沐瑞的位置，向兰德提供建议，对他进行指导。当然，这样的人里也包括埃拉娜。”

“你怎么知道他没杀死沐瑞？”碧拉插话道，“现在所有人都说他杀死了摩格丝。”

“我们听到了关于沐瑞死亡的各种谣言，”科鲁娜说道，“有些人甚至说她是因为与兰飞儿战斗才会死的。大多数人都说，当她死亡的时候，她的身边只有兰德。”

梅兰娜努力让自己不回答她们，如果她顺着根深蒂固的直觉去说，最后她将会完全顺从，无法再取回地位了。“所有这些事情都在实行之中。”她继续说道，“但你们的到来——我知道，这只是一个巧合，你们也在奉命寻找他——但你们让这里的姐妹人数变成了十三个。像兰德这样的男人听到有十三位两仪师聚集在一起，他怎么可能不逃跑？这是一个简单的事实，我们的计划所遭受的损害必须归咎于你们，科鲁娜、碧拉。”然后，她就只能等待了。如果这番话能为她在道义上赢取足够多的优势……

“你说完了吗？”碧拉冷冷地说。

科鲁娜的反应甚至更加强硬，她转过身去望着其他人。“费德琳，你要随我去凯瑞安，如果你愿意的话，还有你们——玛苏芮、蕾菲拉。”

梅兰娜颤抖着，那封被折起的信在她的拳头里被揉皱成一团。“你们不明白吗？”她高声喊道，“你们说话的样子仿佛我们还能像以前那样，仿佛什么都没有改变。但凯瑞安有一支爱莉达派遣的使节团，一支来自白塔的使节团，兰德明白这点。我们需要他更胜于他需要我们，恐怕他很清楚这一点！”

片刻之间，震撼的表情覆盖了除了维林之外的每一张脸。维林只是若有所思地点点头，暗自露出一个浅浅的微笑，而其他所有人都瞪大了眼睛，满脸震恐。那句话似乎仍然在空气中鸣响——我们需要他胜于他需要我们。她们不需要三誓就知道这句话是真的。

这时，碧拉坚定地说道：“坐下，梅兰娜，平静下来。”梅兰娜不由自主地坐了下去。她仍然在颤抖，仍然想要叫喊，但她只是坐在椅子里，双手紧握着兰德的那封信。

科鲁娜故意转身背对着她。“森妮德，你当然也要来，多两名盖丁总是会有用的。我想，还要有维林。”维林点点头，仿佛这是对她的请求。“黛玛拉，”科鲁娜继续说道，“我知道兰德让你受了特别的委屈，但我们不想再让那个男人感到不安了，而且必须有人照看那些两河女孩前往沙力达。你，瓦琳蒂、柯尔伦和贝伦妮西必须帮助梅兰娜完成这个任务。”

这四个被提到名字的人毫不犹豫地低声应允了科鲁娜的指派，而梅兰娜只感到一阵寒意。这支团队没有崩溃，它直接变成了尘埃。

“我……”当碧拉和科鲁娜的目光转向她的时候，她的声音低弱了下去。还有玛苏芮、费德琳和蕾菲拉的目光。一切都已经化作尘埃，随之灰飞烟灭的，就是她的权威了。“你们也许会需要一名灰宗两仪师，”梅兰娜虚弱地说道，“你们肯定会进行谈判，而且……”她的声音再一次低了下去。在白塔统一的时候，这种事情绝不会发生。

“很好。”碧拉最后说道。她的语气让梅兰娜竭尽全力才没有让自己的面孔因为羞愧而变得通红。

“黛玛拉，你要照看那些女孩平安回到沙力达。”科鲁娜说。

梅兰娜没再说一句话，她祈祷评议会现在已经选出了一位新的玉座，一位在至上力和内心中都非常强大的人。她们需要另一位黛恩，另一位拉馨玛，让她们恢复往日的力量。她祈祷埃拉娜能带领这些人在兰德承认爱莉达之前找到他，如果这些人迟误了，即使是另一位拉馨玛也没有办法拯救她们。

第 50 章

荆棘

这一天里剩余的时间，兰德都是在太阳大厅中度过的；他大部分时间都躺在自己的床上。这张床有四根粗大的方形乌木床柱，比他的腿还粗。经过抛光的乌木在象牙嵌饰的缝隙中闪闪发光，仿佛是要与前厅和起居室里的镀金相映衬一样。这间卧室的家具全都是用乌木和象牙做成的，只是和那些镀金家具一样棱角分明。

苏琳不停地跑进跑出，为他拍松羽毛枕头，或是整理他身上的亚麻床单，一边嘟囔着躺在地上才是更健康的方式；然后又给他拿来他没有叫的薄荷茶，还有他不想要的调味酒，直到兰德命令她停下来。“听从真龙大人的命令。”她一边做出甜美的笑容，一边用埋怨的语气回答着。然后苏琳行了她第二个完美的屈膝礼，但是当她大步走出房间时，又是一副连开门都懒的样子。

明也一直留在他身边，她坐在床垫上，握着他的手，一直紧皱着眉头，甚至让兰德怀疑明是不是认为他要死了。最后，兰德也把明赶出房间，但只维持了一会儿，刚好够他披上自己总是留在衣柜里的灰丝长袍。同时他也在衣柜里找到其他一些东西，一只朴素的窄木匣里面放着一根长笛，这是汤姆·梅里林送给他的礼物，而那仿佛是另外一个人生的事情了。他坐到一扇高窄的窗户旁，想要用这根长笛吹出一支曲子来。过了这么久之后，他一开始只是吹出一些杂音和哑音，而明又被这种奇怪的声音吸引了回来。

“为我吹一支曲子吧！”明欢快地笑着，也许其中还有一些惊讶。她理所当然地坐到兰德的腿上，这时兰德刚刚吹出一些近似曲调的东西。而他们就是以这种样子迎接智者们的到来——艾密斯、柏尔、索瑞林和另外十几个人。明急忙面红耳赤地站起身，用全部力气拉直了外衣，仿佛他们先前是在摔跤一样。还没等兰德开口，柏尔和索瑞林已经走到他身边。“看左边，”索瑞林命令道。她用指头挑起兰德的眼皮，将一张满是皱纹的老脸贴到他面前，“看右边。”

“你的脉搏太快了。”柏尔喃喃地说道。她瘦骨嶙峋的手指正压在兰德的脖子上。

看样子，南蒂拉在兰德的膝盖软倒时就派枪姬众跑去找智者们了，而索瑞林立刻就拣选出这支智者的小部队，直奔王宫——肯定每位智者都想要来看视卡亚肯。等到索瑞林和柏尔结束之后，她们的位置又被艾密斯和珂琳达占据。珂琳达是一名削瘦的中年女子，一双敏锐的灰眸却闪烁着像索瑞林一样威严的光芒，实际上，房里所有的智者都有这样的眼神。兰德被她们仔细审视，用手指戳捏。当兰德拒绝上下蹦跳的时候，她们就用更加严厉的语气命令他。她们似乎很确定他会听话地照着跳。

当智者们轮流看视兰德时，明并没有被忽略。许多智者都包围着她，向她问了上百个问题，全都和她能看到幻象的能力有关。明睁大眼睛盯着她们和兰德，仿佛是在怀疑自己的心思是不是都已经被这些智者们看穿了。艾密斯和柏尔向她做了解释——麦兰还是把怀了一对女儿的讯息告诉了她们。而此时明的眼珠已经差不多要从眼眶里蹦了出来。就连索瑞林似乎也接受了麦兰的观点——明的能力让她和她们有了相当的地位。但智者毕竟是智者（就像“两仪师毕竟是两仪师”一样），明不得不将自己的回答几乎向每一位智者重复了一遍，因为那些在兰德身边忙乱的智者们，也都不想错过明所说的每句话。

最后，索瑞林她们不情愿地得出结论——兰德只是需要休息，她们给了兰德无数遍叮嘱后终于离开了房间。明又舒服地坐进兰德怀里。“她们在做梦时交谈？”她一边问，一边摇了摇头，“真是无法想象，完全像是故事里才有的情节。”她微蹙起眉，让额头上出现了一点小皱纹。“你认为索瑞林有多大年纪？还有那个珂琳达。我看见……不，不，这当然与你无关。也许是炎热的天气影响了我。我知道的时候，我总是会知道的，一定是因为这种热天气。”一丝恶作剧的光亮闪过她的眼睛。她缓缓地向兰德靠过来，撅起嘴唇，仿佛是在索讨一个吻。“如果你把它们摆成这个样子，”当明的双唇几乎碰到兰德的双唇时，她低声说道，“也许能吹得更好些，你最后吹的曲子有点像‘橡胶树上的公鸡’。”看着近在眼前的明，兰德过了一会儿才明白。而当他意识到她的意思时，他的表情一定很可笑，因为明一下子倒在他的胸口上，大笑了起来。

又过了不久，柯尔伦派人送信来，信中问候兰德的健康状况，并祝他身体安然无恙。柯尔伦还询问她是否能带领两名姐妹来看视兰德，她们可以用至上力对他进行治疗，这应该是兰德需要的。当兰德在读这封信时，路斯·瑟林仿佛从沉眠中转醒过来，开始传出一阵阵骚动。但他现在那种模糊、不满的嘟囔和他在凯姆林时狂暴的挣扎完全无法比。而当兰德将那封短信放下时，他似乎又睡了过去。

这和梅兰娜的行为形成了鲜明的对比，但这也提醒了兰德，太阳大厅中午发生的任何事情，柯尔伦在日落之前就能了解清楚。兰德在给柯尔伦的回信中表达了礼貌的感谢，以及礼貌的拒绝——虽然他没再躺回床上，但仍然感觉到疲倦；他希望自己在面对任何两仪师时都能让自己的神智保持清醒、敏捷。

在给柯尔伦的回信里，兰德还邀请盖温来见他，他和伊兰的这位兄长只见过一次，但他很喜欢这个人。然而盖温从没有随白塔使者们来见过他，也从没给过他回应。兰德只能伤心地得出结论，盖温相信了那些关于他母亲的谣言。这件事总是让兰德的心情忧郁。当兰德想到它的时候，即使是明也无法让他快乐起来。当他有这种心情时，佩林和罗亚尔都不愿意留在他身边。

三天之后，柯尔伦又送信来提出请求，语气一样谦恭。以后她每隔三天都会送来这样的信，直到兰德到达凯瑞安之后的第九天。但兰德找借口拒绝了所有这些要求，其中一部分的原因是为了埃拉娜。对于埃拉娜的感觉依旧遥远而又模糊，但她每个小时都在向兰德靠近，兰德对此并不惊讶，梅兰娜一定会选择埃拉娜作为那六名两仪师之一的。兰德并不打算让埃拉娜靠近到他的一里范围之内，更不想看见她。但他说过，要让她们和柯尔伦有平等的机会，他自然要做到这一点，所以柯尔伦只能耐心地等待一段时间了。而且，他一直都很忙，总是有不同的事情要处理。

一次前往原巴萨恩宫的快速拜访却花费他不少时间。伊迪恩·塔辛又一次等在门口，向他展示了所有发明和发现，其中经常会出现他无法理解的东西，不过店铺里已经在售卖各种新型的犁、耙和收割机了。然而真正让兰德感到头痛的是荷瑞得·菲，或者也许是明。像往常一样，荷瑞得的思路总是四处飘移，他的话题也跟着四处飘移，而他显然完全没有注意到明。还没等兰德引导这个人进入正题，荷瑞得忽然仿佛是第一次见到了明，他立刻大吃一惊，一边不停地为了嘴里的烟斗向明道歉（实际上，他还没将它点燃），一边用力掸去衣服前襟的灰尘，又不停地梳理他那头稀薄的灰发。明似乎很喜欢他这样，但为什么她喜欢一个人这么久都没注意到她，兰德完全不明白。当她和兰德起身离开时，她甚至亲了一下荷瑞得的头顶，这让荷瑞得看上去就像是被斧头砍了一下似的。这当然无助于兰德理解荷瑞得对于暗帝封印和最后战争的认知。

第二天，兰德收到一张写在破旧羊皮纸上一角的便条：

信仰和秩序给予力量。你在建筑之前必须清理碎石。下次见你的时候解释。不要带女孩来，太漂亮了。

荷瑞得

这是一张用匆忙笔迹写下的纸条，签名被塞在这张便条的一角；对兰德而言，这没什么道理。但是当兰德再次去找荷瑞得的时候，那个人似乎是告诉伊迪恩，他觉得自己恢复了年轻，并且打算去钓鱼了。在这个干旱肆虐的时期，兰德怀疑是否这位老人的理智终于碎裂了。明肯定是觉得这张便条很有趣，她问兰德自己是否能保留它，而且兰德不只一次看见明朝着这张便条发笑。

不管荷瑞得的理智是否完整，兰德决定下次去找他时不带着明。但实际上，当兰德想要明的时候，把她留在身边又很困难，明和智者们在一起的时间似乎比和他在一起的还要多。兰德不明白为什么这会让自己如此焦躁，但是他也发现当明去智者那里时，自己就总是想严厉地训斥别人。明没有经常陪在自己身边应该是件好事，人们会注意到他们的密切关系，人们会议论，并且怀疑。在凯瑞安，就连那些仆人都在进行着他们的权力游戏，如果人们开始怀疑明是不是一个重要人物，那对明会是很危险的。明离开他应该是好事，他要竭力不对别人太凶狠。

当然，他想要明留在身边的原因只是希望明去看看那些逐一前来探望他、看视他健康状况的贵族（他那次的膝盖软倒一定已经产生了不少流言）。那些贵族向他微笑，询问他这次打算在凯瑞安停留多久，能否将他的计划告知他们，然后再向他奉上更多的微笑。他们总是在微笑。唯一一个不向他微笑的人是多布兰，他仍然像士兵一样剃光了前额，横过外衣前襟的彩色条纹上留下了胸甲磨损的痕迹（他进入王宫时会把胸甲摘下）。多布兰总是以极端阴沉的口吻向兰德问这些问题，所以他离开的时候，兰德要比看到其他贵族离开更觉得高兴。

在这些会面时，明总是会暂时放下她和智者们所做的事情，回到兰德身边来。兰德从没问过她们在做什么，他考虑的只是该如何掩饰明在场的原因。

“我可以假装是你的情妇。”明笑着说，“我可以依偎在你怀里，喂你吃葡萄……嗯，葡萄干吧！我已经有一段时间没见过葡萄了。你可以叫我你的小甜嘴，那样就没人会怀疑为什么我在这里了。”

“不行！”兰德断然说道。明的脸变得严肃起来。

“你认为弃光魔使会为了这个就来追杀我吗？”

“也许，”他同样严肃地对明说，“像帕登·范那样的暗黑之友就会，如果他还活着的话。我不会冒这样的险，明，不管怎样，我不会让那些心思污秽的凯瑞安人和提尔人这样看你。”艾伊尔人是不一样的，他们都认为明的玩笑非常有趣。

明真是个变化多端的女人，刚刚她还是满脸严肃，一眨眼，她又变得神采焕发，甜美的微笑一直浮现在她脸上，直到贵族觐见开始时才真正退去。

在前厅角落里摆放一副镀金浮雕屏风是错误的，马林金的黑眼睛不停地闪烁着，一直避免去看那副屏风。但兰德知道，这个人为了查出是谁或是什么躲在那副屏风后面，一定会将太阳大厅掀个底朝天。让明留在起居室里的效果更好一些，明可以透过门缝向前厅里窥望。但并不是所有人都会在明的眼中显示出影像或灵光，而明在这种接见中和在走廊里看到的幻象，也都是一些无关大局的琐碎事情。满头白发、像刀刃一样细瘦，像冰块一样寒冷的马林金将会死于毒药。克拉瓦尔在得知这一次艾玲达没有随兰德前来凯瑞安时，俊俏非凡的脸上只有平静和镇定，明则看出她将被吊死。留着尖胡子、声音油滑的麦朗将被匕首刺死，这名提尔大君在未来将付出沉重的代价。亚拉康、马拉孔和桂亚姆也全都会死，明认为他们将在战场上满身鲜血地死去，她说她从没见到过死亡如此频繁地出现在一群人身上。

等到明看见鲜血覆盖了桂亚姆的宽脸时，他们在凯瑞安已经停留了五十天。明因为看到太多的死亡而感觉非常难受。兰德让她躺到床上，又让苏琳拿湿毛巾过来，敷在她的前额。这一次，换成兰德坐在床垫上，握住明的手，明也紧紧握住兰德的手。

当然，明一直都没错过任何揶揄兰德的机会。两种情况下她一定会出现：兰德练剑的时候——每次兰德都会同时和四五名最优秀的提尔和凯瑞安士兵过招——还有兰德、鲁拉克和高尔的彼此对打——他们在这种打斗中竭力要踢到对方的脑袋。每次明都会用一根手指划过兰德赤裸的胸膛，开玩笑说牧羊人从不会出汗，因为他们已经像他们的绵羊一样习惯了厚厚的羊毛。有时候，明会碰到兰德肋侧那个半被治愈，却永远不会被治好的伤口，那片淡粉色的圆形伤疤。明每次碰到它时动作都非常轻柔，而且她从来没有对那里开过任何玩笑。有时明还会捏兰德的屁股，兰德总是会被吓一跳，因为明这样做的时候，往往他们身边还有别人。枪姬众和智者们看到兰德这种样子总是会大笑不停，苏琳虽然是在极力克制，但也是一副恨不得要笑破肚子的样子。明更不会放过任何亲吻兰德，或是坐进兰德怀里的机会，她甚至威胁要在兰德洗澡时为他搓背。当兰德假装被她吓到要哭泣落泪时，明总是笑着说这还不够。

但每次如果有枪姬众从门口探进头来，告知他们有人来见兰德时，明都会飞快地从他的怀里跳起来，特别是如果来的人是罗亚尔和佩林。罗亚尔从没有在兰德身边停留很长的时间，他和兰德谈论的唯一话题就是这里的王室图书馆；佩林停留的时间则更短，而且不知为什么，他每次看上去都显得更加疲倦。如果菲儿也陪他们一起过来，明的动作就会更快。菲儿一共来过两次，每次明都会匆忙地在兰德卧室中找一本书，坐下来假装阅读。她总是会把书从中间翻开，仿佛已经读了一段时间似的。兰德不明白这两个女人投给对方的那些冰冷的眼神，那并不是敌视，但也算不上不友善。兰德怀疑，如果这两个女人分别在一张名单上列出不愿与之共处的人，那么她们的名字都会被对方摆在很显眼的位置上。

不过第二次菲儿来的时候发生了很有趣的事。那时明找到的书恰巧是戴雷阿·加汉德的《思考论文》第一卷，兰德觉得那本书过于晦涩难懂，本来打算下次罗亚尔来的时候麻烦他送回图书馆去的。等到菲儿离开后，明却还在看那本书，而且一直皱着眉，低声地嘀咕着什么。那一晚，明把它带回到了宾客区她自己的房间里。

如果说明和菲儿之间只是冰冷的漠视，那么明和贝丽兰之间根本就是敌视了。当兰德来到凯瑞安的第二天下午，索麦莱告知贝丽兰来访时，兰德穿上外衣，大步走进前厅，坐到高台上的镀金椅子里，然后才命令索麦莱让她进来。明走进起居室的速度却慢了许多。贝丽兰袅袅娜娜地走进房间，像以往一样美丽，身上的蓝色的柔丝裙装也像往常一样领口开得很低。她很快就看见了穿着浅玫瑰色外衣和裤子的明。这一段时间里，兰德仿佛从这个房间中彻底消失了，贝丽兰毫不掩饰地上下打量着明，明似乎也忘记要躲在起居室里，而是将双手叉在后腰上，曲起一只膝盖站立着，同样是毫不掩饰地打量着贝丽兰。她们都在向对方微笑。兰德看着她们的模样，却觉得自己的头发都要竖起来了，他觉得自己就像是在看着两只被放在同一个箱子里的猫。明显然是认为继续躲起来已经毫无意义了，她摇曳着腰肢走进前厅，她的样子简直要让贝丽兰走路的姿势看起来像是个男人了。然后她坐进椅子里，将一条腿搭在另一条腿上，脸上仍然带着微笑。光明啊，这些女人怎么能笑得出来。

最后，贝丽兰转向兰德，展开裙子，深弯下了腰。兰德听到路斯·瑟林在脑海中发出细碎的声音，他似乎很高兴能看见一名非常美丽的女子在他面前尽情地展示自己的姿容。兰德也很欣赏眼前的这番情景，虽然他还是在寻思自己是否应该在贝丽兰直起身前把眼光挪开。但出于某个原因，他最后还是让自己纹丝不动地坐在椅子里，同时他也尽量让自己的声音显得坚定而通情达理：

“鲁拉克透露说你疏忽了你的职责，贝丽兰，似乎在我上次来过这里之后，你连续几天将自己藏在你的房间里。我听说他必须和你经过严肃的谈话后才让你走出了房间。”实际上鲁拉克并没有这么说，这是兰德根据他的描述进行的推测。贝丽兰的脸颊立刻变红了，这让兰德知道自己的推测是正确的。“你知道为什么负责管理这个地方的是你而不是他，你应该听取他的意见，而不是把一切都丢给他。我不需要凯瑞安人因为相信我让艾伊尔人统治他们而造反。”

“我……有自己的问题，真龙大人。”尽管犹豫了一下，贝丽兰的脸颊依旧通红，但声音却很镇静，“自从那些两仪师到来之后，谣言就像野草一样四处丛生。我能否问一下，您要让谁成为这里的统治者？”

“伊兰·传坎，安多的王女，现任安多女王。”至少，她很快就能成为女王了。“我不知道你说的谣言是什么，你只需要担心如何管理凯瑞安，两仪师是我要担心的事情。伊兰将会感谢你在这里所做的一切。”不知为什么，明重重地哼了一声。

“她是个好选择，”贝丽兰若有所思地说，“我想，凯瑞安人会接受她的，甚至那些山中的反叛者也会接受她。”贝丽兰的话让兰德感到高兴，她对于政治力量的判断非常敏锐，也许像任何凯瑞安人一样敏锐。这时，贝丽兰深吸了一口气，让路斯·瑟林发出的杂音停了一下。“至于两仪师……有谣言说她们到这里来是要护送您去白塔。”

“我说过了，两仪师的事由我负责。”他并不是不信任贝丽兰。他会放心地把凯瑞安交到贝丽兰的手里，直到伊兰坐上太阳王座，他甚至相信贝丽兰没有任何夺取这个王座的野心。但他也知道，关于他对付两仪师的计划，知道的人愈少，柯尔伦就愈不可能知道他除了黄金珠宝外还想要更多的东西。

房门刚在贝丽兰的身后关上，明又哼了一声，这一次明不止是单纯地从鼻子里喷出一口气了。“她干脆不要穿什么衣服算了，她迟早会碰壁的。我在她身上根本看不见任何对你有用的幻象，只有一个会让她爱得死心塌地的白衣男子。有些女人就是一点廉耻都没有！”

就在那天下午，明向兰德要了钱，雇用了整整一个房间的裁缝。她离开凯姆林的时候，除了身上的衣服以外，一件衣服都没有带，而这些裁缝们很快就为她赶制出大量的丝绸外衣、裤子和衬衣，上面用彩色锦缎装饰出各种花领。有些衬衣的开领非常低，让明的前胸在外衣和衬衣间露出不少。有些裤子，兰德完全不知道明该怎样才能穿进去。她现在每天都要练习飞刀。曾经有一次，兰德看见南蒂拉和安奈拉正在向她示范枪姬众的徒手格斗技巧，那和艾伊尔男人的格斗技巧有许多明显的不同。那些枪姬众不喜欢兰德观看她们的示范，直到他走了之后，她们才重新开始。也许佩林能明白她们的心思，但兰德第一千次确定，他自己绝对无法理解女人，也永远都不会去试图理解。

每天鲁拉克都会来兰德的寓所，或是兰德去鲁拉克和贝丽兰合用的书房。兰德很高兴看见贝丽兰努力地处理着各种关于谷物贩运、难民安置和战争损害修复的报告——尽管兰德努力想让人们将刚刚过去的那场战争称作沙度战争，但凯瑞安人总是称呼它为第二次艾伊尔战争。鲁拉克声称他已经决定不去在意那种凯瑞安人的游戏，那和节义没有任何关系。但每次他看见凯瑞安女子带着一把剑，或是年轻男女身穿全白的衣服时，他还是不禁要发几句牢骚。那些反叛者似乎仍然在山区等待着，他们的数量在不断增加，但兰德已经不再关心他们了。让兰德关心的是沙度艾伊尔，以及每天还有多少枪矛会向南进入提尔。返回的巡逻兵一直在报告沙度在弑亲者之匕山脉有所活动，但现在还看不出他们要朝哪个方向移动，以及何时开始移动。鲁拉克也报告了仍然在抛下枪矛、陷入荒季的艾伊尔数量，以及在奉义徒日期结束后仍然拒绝脱下白袍的艾伊尔数量，甚至还有极少数的艾伊尔人仍然在赶往北方，加入沙度艾伊尔之中。这个迹象让兰德感到不安。让兰德惊讶的是，瑟瓦娜一直在在营地之中，甚至曾经出现在凯瑞安城里，直到兰德到来的那一天，她才离开。鲁拉克只是不经意地提到了这件事。

“将她抓起来不会更好一些吗？”兰德问，“鲁拉克，我知道她自称为智者，但她不可能是智者，我明白这其中的道理。如果在没有了她之后，沙度变得通情达理，我完全不会惊讶。”

“我怀疑这点。”鲁拉克冷冷地说，他靠墙坐在一只软垫上，抽着烟斗，“艾密斯和其他人都用鄙夷的眼光看着瑟瓦娜的后背，但她们承认她是智者。如果智者们说瑟瓦娜是智者，那么她就是。我也见过一些首领，即使我有十潭水，也不会给他们一袋水，但他们还是首领。”

兰德叹了口气，开始研究摊开在桌面上的地图。鲁拉克似乎并不需要这些地图，即使不看它们一眼，他也能说出任何一处画在上面的地点和地形。贝丽兰坐在写字桌另一侧的高背椅里；她将双腿盘在身下，膝盖上放了一堆文件。她的手里拿着一支钢笔，一个墨水瓶放在她椅子旁边的小桌上。她不时会瞥鲁拉克一眼，但每次鲁拉克看她时，她都会重新将头埋进报告里。不知为什么，鲁拉克每次看她的时候都会皱起眉头，而她总是会脸红一下，并倔强地咬咬牙。有时鲁拉克会显露出不赞成的表情，兰德不知道这是为什么——贝丽兰已经在努力地工作了。

“你必须停止将枪矛派往南方了。”兰德最后说道。他不喜欢这样——必须让沙马奥看到这个世界上最强大的军力正在针对他而集中，但他也必须留下足够的力量来防备沙度卷土重来。“我看不出还有其他的办法。”

日子一天天过去，每一天都塞满了各种事务。他要接见那些满脸微笑的贵族们——他们彼此之间显得那么热忱，以至于他确信他们在暗中一定都有彼此戕害的计划。智者们向他提出各种对付两仪师的建议——不管是来自白塔的两仪师，还是来自沙力达的两仪师。与艾密斯和柏尔相比，麦兰完全是一位温柔的好姑娘，索瑞林则往往让兰德觉得浑身发冷。年轻的凯瑞安人在街头发动暴乱，反对鲁拉克发布的关于禁止决斗的命令，为了平息这场动乱，鲁拉克让那些年轻人尝到了一些真正当奉义徒的滋味——他们被看押着，赤身裸体地坐在太阳下。这确实有力地压下了他们的气焰。但鲁拉克并没有做那些过于违背习俗的事，让这些湿地人真正地穿上白袍。实际上，即使是这样，那些被红盾众抓住的人后来都在吹嘘他们的这次经历。兰德就听见赛兰蒂对另外一名带着佩剑、剪短头发的年轻女孩说，除非成为艾伊尔人的俘虏，否则她永远也不会真正明白什么是节义；那时赛兰蒂的口气实在是非常骄傲。不管赛兰蒂是什么意思，那个听她说话的女孩却显得很振奋。但尽管有那些沙度、贵族、智者和动乱，尽管兰德一直在寻思荷瑞得是否会从钓鱼中返回他的书房，兰德却觉得这些日子很是……快乐，它们让他有一种焕然一新的感觉。也许这只是因为他来到这里时太疲倦了，也许他在凯姆林的最后几个小时确实承受了太大的压力。现在路斯·瑟林比那时安静多了。兰德甚至发现自己已经喜欢上了明的胡闹，甚至有一两次他必须提醒自己，明只是在和他胡闹。等到他在凯瑞安的第十天时，他觉得如果能就这样度过余生也是件不错的事，当然，他知道这种情况不可能永远地持续下去。

对于佩林而言，这十天并不怎么让人愉快。他一直都很喜欢罗亚尔能陪伴在他身边，但罗亚尔在王室图书馆里找到了他的天堂。每个白天，他大部分的时间都是在那里度过的。佩林也很喜欢阅读，他甚至有可能会喜欢上那些书籍一直堆到高高的拱顶上，似乎没有尽头的房间。他总是能看到一名两仪师在这些房间里出没，她是一名身材苗条的黑发女子，眼睛似乎从来没眨过一下。她并没有注意到佩林，但佩林在凯姆林的那件事情发生之前就不曾信任两仪师了。她让佩林留在罗亚尔身边的兴致大打折扣，于是佩林在很多时间里都会去找高尔，有几次还和鲁拉克聊了几句，他在提尔之岩就认识鲁拉克，而且他很喜欢这名艾伊尔人。佩林的问题来自于他的妻子，或者来自于贝丽兰，或者来自于这两者。如果兰德不是那么忙碌，佩林一定会去问问他的建议。在很多方面，兰德都对女人非常了解，但也有些事情，一个男人是说不出口的。

佩林的问题从他到凯瑞安的第一天就开始了，那时他在太阳大厅的寓所刚刚被安排好。菲儿与贝恩和齐亚得一起出去勘察情况，他脱光上身的衣服，开始清洗。这时，他忽然闻到一股香水的气味，不是很重，但充满了他的鼻腔。然后有一个温暖的嗓音从他背后传来：“我总是觉得你一定有个漂亮的后背，佩林。”

佩林飞快地转过身，差点撞倒了盥洗架。

“我听说你带来了一位……妻子？”贝丽兰站在起居室门口，向他微笑着。

是的，他带来了一位妻子，而且这位妻子如果看到他没穿上衣，和一名衣着如此的女子单独相处，一定会非常不高兴；更何况，这名女子还是著名的梅茵之主。佩林急忙将一件衬衫套过头顶，并告诉贝丽兰，菲儿出去了，他不知道她什么时候能回来接待访客。然后佩林将贝丽兰推到走廊里，过程中他差点要把贝丽兰抱起来扔出去。然后佩林以为这一切都结束了——贝丽兰离开了，佩林在和她的对话中连续六次强调菲儿是他的妻子，两次强调他是多么爱她。贝丽兰知道他结婚了，知道他爱自己的妻子，不会再有什么问题了。

当不久之后菲儿回来时，她两步就走进了卧室，身上开始散发出充满了嫉妒和恼怒的气息。她的眼睛里燃烧着火焰，目光如同刀子般锋利，让佩林差点流出鼻血来。佩林不明白，他确实还能闻到贝丽兰的香水味，但他的嗅觉几乎像狼一样敏锐，菲儿肯定不可能有这么敏感的嗅觉，这实在太奇怪了。菲儿向他微笑着，却没说出一句责怪的话。她还像以往那样可爱，却比平时更加暴烈，她用指甲狠狠地在佩林的肩膀留下了深深的血痕，这在以前是从没发生过的。

之后，当她在灯光下察看佩林肩上流血的伤口时，又用牙齿咬了一下佩林的耳朵，而且力道肯定不轻。“在沙力达，”她喃喃地说道，“我们会给马耳朵打上缺口，我想，也应该给你打上这样的记号。”她身上那股嫉妒和恼怒的气息一直没有散去。

如果事情只是这样就好了，菲儿的嫉妒之火总是像铸铁炉的炉火般，一下子就会蹿上半空，但只要她知道实际的情况，那股火焰又会立刻平息下去。在第二天早晨，佩林看见她正在走廊里和贝丽兰说话，微笑遮住了两个人脸上的其他所有表情。佩林的耳朵听见了贝丽兰转身离开前说的最后一句话：“我永远都会信守我的诺言。”这句话很奇怪地让菲儿身上冒出了一股辛辣尖锐的味道。

佩林后来问菲儿贝丽兰所说的诺言是指什么，也许那只是个误会。菲儿眨眨眼（有时候就连菲儿也会忘记佩林的听力有多好），然后说道：“我不记得了，她是那种许下一大堆承诺却不会遵守的女人。”佩林的肩膀上又出现了一道道抓痕，距离上次抓痕的出现还不到半天时间！

贝丽兰开始不时地遇上佩林，佩林一开始还没会意到她是有意的，在提尔之岩时，这个女人曾经向他卖弄过风情。不过佩林相信，贝丽兰对他并没有任何真正的意思，何况她知道佩林已经结婚了。看起来，这只是在走廊中的几次巧遇而已，他们所说的也只是几句清白无害的话。但过了一段时间后，佩林开始觉得或许这是他的时轴身份将他身边的事件几率扭曲得不成样子，或者这些都是贝丽兰的故意安排。他努力想告诉自己这十分荒谬，他告诉自己，他一定是在妄想自己像维尔·亚兴一样俊美。维尔是他见过的唯一一个总是被女人追逐的男人，而女人们肯定没有追逐过佩林·艾巴亚。但他和贝丽兰之间的"偶遇"确实是太多了。

每次相逢，贝丽兰都会碰碰他，不是那种擦肩而过时不注意的碰撞——贝丽兰的手指总是会在佩林的手臂或肩膀上停留一会儿。佩林本来并没注意到她的这种举动，但在第三天时，一个想法突然出现在佩林的脑海里，让他脖子后面的毛发都竖了起来——*如果你在驯服一匹从未被骑过的马，你就要从轻轻地碰触它开始，直到那匹牲口知道你的碰触是毫无害处的，直到它在你碰触它时仍然能感觉到自在安逸。在那之后，就可以为它铺上鞍褥，然后是上马鞍，缰绳永远都是要最后勒上去的。*

佩林开始害怕贝丽兰的香水气味，每次这种香味从走廊拐角飘来的时候，他都会朝反方向跑走，但总是会有一些因素影响他注意贝丽兰的行踪。比如，这座宫殿里总是有许多年轻的凯瑞安傻瓜昂首阔步地进进出出，其中大多数是女孩，而且她们还都配着剑！佩林总是要绕过一些故意挡在他前面的男女。有两次，他必须把总是不让他过去的白痴打倒在地上，他们才肯罢休。他对这种事的感觉很糟糕——凯瑞安人几乎都比他矮小很多——但你不能对一个将手握在剑柄上的人掉以轻心。曾经有一名年轻女子向佩林拔出佩剑，当佩林将她的剑夺走时，她立刻开始大哭大闹。佩林把剑还给她之后，她似乎非常震惊，然后又朝着佩林的后背大喊，说佩林没有荣誉。最后还是一些枪姬众将她拖到一旁，严厉地教训了她一顿。

而他遇到的另一个麻烦是人们都知道他是兰德的朋友，虽然他以前没来过凯瑞安，但一些艾伊尔人和提尔人在提尔之岩时就认识他。这个讯息很快就从他们那里传了出去，佩林以前从没见过的贵族会在走廊中向他自我介绍。而在提尔之岩里从鼻尖上看他的那些提尔大君，在凯瑞安却好像都变成了他的老朋友。佩林从他们大多数人身上嗅到了恐惧，还有一种他说不出来的气味，他只是察觉到他们都想要同一样东西。

"恐怕真龙大人并没有完全地信任我，女士。"他礼貌地对一名眼神冰冷、自称为克拉瓦尔的女人说道，"如果他给了我什么权力，您肯定也不会想让我辜负他对我的信任吧！"这个女人的微笑仿佛是来自雪山的寒风，佩林觉得她似乎是正在考虑如何剥下自己的皮，做成一张小地毯。她有一种奇怪的气味，坚硬、平滑，而且很……强烈。

“我并不知道兰德打算做什么。”他对麦朗说。这个男人几乎仍然在从鼻尖上看着佩林，他的微笑也和克拉瓦尔没有什么差别，他同样有着克拉瓦尔那种气味，也同样强烈。“也许您应该去问他。”

“如果我真的知道，我也不能把它告诉全城的人。”他对一名满头白发，却又有着太多牙齿，长得仿佛一只鼬鼠，自称为马林金的家伙说道。但这时，他已经厌倦了对这种人再保持温和的态度。马林金的身上也有那种气味，也是一样的重。

在他们三个人身上，这种气味比其他任何人都要重许多。佩林从骨头里知道，这是一种危险的气味，就像是一座即将崩塌的山。

佩林一边要警戒那些年轻的白痴，一边又被这种气味充满鼻腔，所以他往往是在贝丽兰潜行到他身边准备伏击时，才会认出她的香气。嗯，说实话，贝丽兰在走廊中缓步前行的身姿，像极了在平静池塘上滑行的天鹅，但她每次都会给佩林带来不小的冲击。

佩林不知道自己向贝丽兰叨念过多少次菲儿，贝丽兰却仿佛完全没听到。他要求贝丽兰不要再这样，贝丽兰却问他是什么意思。他告诉贝丽兰，离他远一点；贝丽兰只是笑着拍拍他的脸颊，问他怎样才能离他远一点。而在他躲开贝丽兰时，菲儿却从走廊的拐角里走出来，菲儿一定以为佩林是因为看见了她才躲开的。她没有半点犹豫，立刻转身向远处走去，脚步既不比刚才快，也不比刚才慢。佩林急忙追上去，在痛苦的沉默中陪着菲儿一步步向前走。一个人想说的话往往和人们想听的话是完全不同的。菲儿在返回房间的一路上都很愉快地微笑着，但天哪，他的鼻子里全都是荆刺、荆刺、荆刺的味道。

“那不是你想象的那样。”房门一关上，佩林就对菲儿说道。菲儿并没有说话，只是带着疑问的表情挑起眉弓。“嗯，那是……贝丽兰拍了我的脸……”菲儿仍然在微笑，只是眼眉阴沉地低垂下来，那些荆刺中散发出锋利的怒气。“但她只是做那么一个动作，我没有要她那样做，菲儿，她只是那么做了一下。”他希望菲儿能说些什么，但菲儿只是盯着他。他觉得菲儿正在等待着什么，她到底在等什么？他完全不知道该说些什么，不过，他跟她说话时经常会遇到这种情形。“菲儿，我很抱歉。”怒气一下子变成一把把剃刀。

“我明白。”菲儿冷冷地说了这么一句，就走出房间。

看样子，他是彻底错了，但他仍然不明白自己是怎么错的。他已经道了歉，而他甚至没有做过任何需要道歉的事。

就在那天下午，他听到贝恩和齐亚得在讨论是否应该帮菲儿打他一顿！

她们没说这是不是菲儿的提议——菲儿确实很暴烈，但她真的暴烈到了这个程度吗？佩林也怀疑，那两名枪姬众是故意要让他听到，这让他非常气愤。很显然的，他的妻子在跟她们讨论他和她之间的事情——那些都应该是仅限于夫妻间的事情。菲儿还把他生活中的哪些事情在喝茶时当成话题告诉了别人？那天晚上，他惊愕地看见菲儿在如此炎热的天气里穿上了一件厚羊毛睡袍。当他有些胆怯地想要亲吻菲儿的脸颊时，菲儿只是嘟囔了一句今天她很累了，就转过身，背对着佩林，她身上的怒气锋利得可以将剃刀劈成两片。

在这种气味里，佩林没办法睡得好。他躺在菲儿身边，盯着黑暗中的天花板，愈来愈生气。为什么她要这样做？难道她看不出，他爱她，只爱她一个人吗？难道他没有一次又一次地让她明白，他在这一生中只想永远地拥有她吗？难道因为一个蠢女人向他搔首弄姿了一下，他就应该受到责备吗？他应该好好地打她一顿屁股，直到她恢复理智。只是他以前这样做过一次，那时菲儿以为可以随意用拳头打他，他不得不纠正菲儿这个错误的想法。但在以后很长一段时间里，那次动手对他的伤害比对菲儿的伤害要重得多，他甚至不喜欢想到菲儿被伤害的样子，他想与菲儿和平相待，他只想和菲儿这样。

所以他最后只是平静地躺在菲儿身边，直到灰色的曙光从窗口透进来，带来他们在凯瑞安的第六个白天。他记得在提尔之岩时，贝丽兰曾经同时向十几个男人卖弄风情。不管贝丽兰因为什么把他当成了目标，只要他躲开她足够长的时间，她就会选择另一个男人。等贝丽兰找到别的代罪羔羊，菲儿肯定就能恢复理智了，这个方法看来很简单。

所以，佩林一穿上衣服就去找罗亚尔，和他一起吃早餐，然后又陪他去了王室图书馆。佩林又看见那名身材苗条的两仪师，罗亚尔告诉他，那名两仪师每天都会来——罗亚尔在两仪师面前也很没自信，但他似乎并不在意身边是不是有五十名两仪师围绕着。佩林靠嗅觉找到了高尔，问他是不是愿意出去打猎。现在城市附近的丘陵地带已经没有多少鹿和野兔了，它们像人类一样饱受干旱之苦，但佩林的鼻子仍然能带领他们找到足够的猎物——如果他真的想要很多猎物的话。实际上，佩林在狩猎中根本没有把箭搭在弓上。但他坚持要留在城外，直到天空中出现月亮时，高尔问他是不是要狩猎蝙蝠。有时候，佩林也会忘记别人并不能像他一样在夜色中看清周围的一切。第二天，他同样是一直狩猎到黑夜，以后的每天都是这样。

而他这个简单的计划似乎遭到彻底的失败。在他回到太阳大厅的第一晚，肩上扛着没挂弦的弓，身上带着活动后令人愉悦的疲惫感。他刚刚要走进宫殿的主走廊时，一阵空气的波动将贝丽兰的香气带到他的鼻子前。佩林挥手示意艾伊尔人安静，然后偷偷地向仆人区的门口溜了过去。他得在门上使劲地敲，才有一名睡眼朦胧的男人出来让他进去。第二天晚上，贝丽兰就等在佩林寓所外面的走廊里，他不得不在走廊转角藏了大半夜，贝丽兰才终于放弃离开。每天晚上，贝丽兰都在某个角落里等着他，仿佛在这种只有几名仆人还醒着的深夜里，她依然能和佩林“偶然相遇”。这实在是太疯狂了，为什么她不去找别人？每天晚上，当佩林终于能手提着靴子、爬进卧室里的时候，菲儿都穿着那件该死的厚睡袍睡着了。没等他第六个失眠的夜晚到来，他已经承认自己的失败，但他还是不明白这一切到底是为了什么，这只是看起来是该死的这么简单。现在他只希望菲儿能跟他说句话，稍微提示他一下应该说什么，或者应该做什么，而他得到的只是黑暗中自己的磨牙声。

到了第十天，兰德又从柯尔伦那里收到了见面的请求，措辞就像前三封信一样恭谨有礼。片刻之间，他只是用拇指和食指揉搓着这张柔软的羊皮纸，思考着。他还不能确定埃拉娜距离他有多远，只知道她现在应该是在凯姆林和凯瑞安路途中点附近。这就是说，梅兰娜每天都在加紧赶路，这很好，他希望梅兰娜会着急。一点耐心也许同样会有些益处，但她是两仪师，不该对两仪师有太多期待。如果她们保持这个速度，在她们到达凯瑞安之前还有十天，她们应该能做得到。他还有足够的时间多给柯尔伦两次机会，他会给这两个使节团各三次觐见机会。让梅兰娜去考虑该如何表现吧！她不会得到任何有利条件。白塔是她的对手。她不需要知道兰德宁可把手伸进毒蛇窝里，也不会靠近白塔，尤其是当爱莉达是玉座的时候。再过十天。如果他不能让梅兰娜在随后的十天内同意沙力达彻底拜倒在他的脚下，他就把自己的靴子吃下去。他不会让她们有任何指引或教导他的妄想，那时候，他就终于能把全部注意力转向沙马奥了。

兰德开始写信给柯尔伦，告诉她可以带领她的两名姐妹，在明天下午前来太阳大厅。路斯·瑟林开始发出清晰的声音。*是的，沙马奥，这次要杀死他。狄芒德和沙马奥，他们所有人。这一次，是的，我会的。*

兰德几乎没注意到。

第 51 章

获取

兰德任由苏琳为他穿上外衣。他允许她这么做的原因，只是因为如果他想把外衣拿过来自己穿的话，那一定得从苏琳手里抢过来不可。像往常一样，苏琳用力把那件衣服套在他身上，却丝毫不去在意手臂在哪里之类的细节，这样做的结果是让他在他的卧室中间进行了一次小小的舞蹈。路斯·瑟林带着一种疯狂的快乐发出笑声，声音大到他刚好可以听见。*沙马奥，哦，是的，但应该先是狄芒德。我先要摆脱掉他，然后才是沙马奥。哦，是的。*如果路斯·瑟林有两只手，他一定会高兴地揉搓它们。兰德没有去理会他。

“要知道尊敬，”苏琳低声说道，“你没有对凯姆林的那些两仪师表示尊敬，于是你得到了这样的结果。智者们……我听到智者们说的话……你一定要知道尊敬，真龙大人。”她又把这句话说了一遍，仿佛是刚刚想起来一样。

最后，兰德终于努力地让那件衣服在身上变得服帖。“明来了吗？”

“你看见她了，真龙大人？”苏琳从红丝外衣上摘下她想象出来的碎毛，然后开始给他一个一个地系扣子。兰德将双手放在身侧，任由她去做，因为这样速度会快一点。“明要来的时候自然会来，索瑞林和她在营地里的事情该完成时自然会完成。”她忽然以犀利的目光盯着兰德：“你想要她做什么？你肯定不想在接见两仪师时被捏屁股，真龙大人。”苏琳的表情中没有任何揶揄的成分。就在这个下午，兰德将和两仪师会面。

兰德很难不皱紧双眉，本来每件事都还算顺利，现在却出现这种麻烦。索瑞林知道今天他需要明，比以往每次会面时更需要，明必须要看一看柯尔伦和另外两名爱莉达的使者身上有什么。索瑞林已经答应过要送她回来。兰德又向旁边迈了一步，但苏琳紧跟着他，双手还在系着他的扣子。“苏琳，请你去一趟索瑞林的帐篷，找到明，把她带到这里来。不要提问题，苏琳，照我的话去做。”

苏琳努力向他笑了笑，一面用力地磨着牙，真是个令人瞩目的表情。“听从真龙大人的命令。”她展开红白两色的裙子，以流畅的动作行了个屈膝礼，头垂到了她身高一半的位置。

“还要多久？”兰德向转过身的苏琳问道。他不需说明话中所指的是什么。苏琳犹豫的表情说明她知道兰德的意思。

最后，苏琳说话了，她的声音平静而坚定，其中没有任何怨怼：“直到我的羞耻等同于她们的。”她盯着兰德的眼睛，又变成旧日的那位苏琳，但很快的，那张面具又回来了。“请真龙大人原谅，如果我要执行您的命令，我必须快跑过去了。”然后她把裙子拉高到膝盖，飞快地冲出房间。兰德摇摇头，自己系上衣服上的最后一颗扣子。

实际上，他现在的感觉很不错，当然，除了对明的这个小插曲的感觉之外。索瑞林答应过他，明也答应过他，等他把柯尔伦关于他何时会去塔瓦隆的问题搪塞过去后，他会和明坐在一起，然后……他不确定他们会做什么。但埃拉娜又向他靠近了一天的路程，他不会给柯尔伦太长时间，因为他还想练一个小时的剑。

狄芒德，路斯·瑟林发出嚎叫。他想要伊琳娜！像往常一样，关于伊琳娜的念头让路斯·瑟林开始在遥远的地方呜咽和呻吟。*伊琳娜！哦，光明啊，伊琳娜！*

兰德拿起真龙令牌，走进前厅，一边寻思着柯尔伦会带谁来。他坐进高台上的高背椅里，以免自己会来回踱步。不是为了两仪师踱步，他是为了明，明知道他需要她，她知道。

屋门被打开一道缝，走进来一名女子，但那是齐亚得，不是明。“两仪师到了，卡亚肯。”她说出兰德这个称号时，语音仍然显得有些僵硬。她还不太能适应一名湿地人是艾伊尔首领的首领，也还不确定该如何将兰德看成是枪姬众的儿子。

兰德点点头，直起上半身，将真龙令牌竖在膝盖上。“让她们进来。”他一定要严厉地训明一顿，让她不要把时间都浪费在智者们那里。

柯尔伦以平稳的脚步走进前厅，仿佛是一只丰满、骄傲的天鹅，跟在她身后的是盖琳娜和另一名有鸦黑色头发、强硬眼神和两仪师面孔的女人。她们今天全都穿着灰色的衣服，兰德怀疑这样的选择是因为灰衣服上看不见尘埃。让兰德惊讶的是，这次两仪师的背后仍然跟着穿防尘轻斗篷的女仆。十二名女仆扛着两只沉重的黄铜箍箱子，一点也不比上一次的小，其中有些年轻的女仆会偷瞥兰德一眼，但大多数都低着头，只是将心思集中在她们的重担上，似乎是有些害怕的样子。

兰德的嘴唇微微翘起，但很快又恢复了严肃。她们真的以为可以收买他。

“你的绿宗姐妹不在，真是可惜。”盖琳娜说。

兰德的目光从女仆那里转移到她身上，三名两仪师全都在专注地看着他，她们怎么可能知道埃拉娜的事？

但现在没时间考虑这件事了，几乎就在盖琳娜说话的同一瞬间，兰德的皮肤出现了刺麻感。

怒火跃进他的心中，也刺激了路斯·瑟林，兰德几乎是从路斯·瑟林的手里夺过了至上力。白炽的怒火在虚空的边缘咆哮，其中还夹杂着轻蔑。他瞪着柯尔伦、盖琳娜和另外那个女人。柯尔伦肉感的圆下巴现在已经因为决绝而变得坚硬，另外两个人却在微笑。她们的笑容里有着渴望，却没有什么欢愉。她们就像梅兰娜那帮人一样愚蠢。

切入他和真源间的屏障如同一道闭合的闸门。阳极力的能流消失了，只剩下污染的秽恶残余，从他的脚踝到头顶的空气也逐渐凝固。屏障让他的眼球向外凸起。这不可能，他已经抓住了阳极力，三个女人不可能将他和真源隔开，除非她们像色墨海格或麦煞那一样强……他向真源伸展，却在那堵看不见的石墙上撞得粉碎。他用力，再用力。路斯·瑟林如同一头野兽在嚎叫、冲撞、疯狂地挣扎。他们之中的一个必须碰触到阳极力，他们之中的一个一定能打破只有三个人建立起来的屏障。

屏障稳定后不久，一名女仆走到盖琳娜身边。兰德感觉到自己脸上没有半点血色，四张没有皱纹的面孔上四双眼睛正打量着他。

“出了这样的事情，实在是太可惜了。”在那种平静、圆润的腔调中，柯尔伦的语气却比一个男人还要强横。“我非常希望你能自愿前往塔瓦隆，但很显然的，你只想拖延我们。我想，你应该和那些在史汪被静断后逃走的蠢货有了一些联系。你真的相信她们能给你什么？真的相信她们能对抗白塔？”柯尔伦的声音里确实充满了对他的失望。

现在兰德的眼睛是他全身唯一能够活动的部位，它们转向那些女仆。那些人正在一只敞开的箱子旁忙碌着，她们从里面拿出一只浅盘子。那些人之中有一些面孔看上去很年轻，但其余的……兰德确信，她们全都是两仪师。那五名年轻的女人只是还没有经历足够的岁月，让她们的面孔变得光润无瑕。这五个人主动抬头看他，消弭了他的警觉，其他人却藏起了面孔。一共十五名两仪师，十三名编织出男人无法打破的屏障，两名将他捆住。十三名……路斯·瑟林发出一阵尖叫，落荒而逃了。

盖琳娜从兰德手中拿下真龙令牌，望着它摇了摇头。“现在由我来掌管一切，柯尔伦。”她甚至没有看兰德一眼，就仿佛兰德只是这把椅子的一部分。“我们已经达成了协议，如果出现这种状况，红宗将掌管一切。”她将真龙令牌交给另外那名穿着灰裙的黑发女人。“把它收起来，嘉德琳，也许它可以成为奉上玉座的一件有趣的纪念品。”

红宗。汗水从兰德的脸上渗出来。如果门外的枪姬众现在能走进来，智者，苏琳，任何人都可以用尖叫发出警告，让整座宫殿行动起来。十三名两仪师，由红宗掌管一切。如果他能张开嘴，他一定会发出怒吼。

当屋门打开时，贝恩惊讶地抬起头——兰德·亚瑟刚刚让这些两仪师进去——她看见那些女仆扛出那两只箱子，目光就自动转到了一边。一位黑发两仪师站到她面前，贝恩急忙从蹲伏的姿势中站起来。她很难相信枪姬众在凯姆林告诉她的那些故事——那些曾经只有首领和智者们知道的事，但这个黑眼睛的女人似乎完全知道艾伊尔人在很久以前对她们的辜负，那双眼睛让贝恩不敢挪动半步，让她只是模糊地察觉到另外一位漆黑发色的两仪师正盯着齐亚得，而那位表情傲慢的两仪师则带着扛箱子的女仆们沿走廊向远处走去。贝恩不知道这位盯着她的两仪师是否要因为她祖先的错误而杀掉她，如果她们打算进行这样的杀戮，肯定早就会动手了。但这个女人的黑眼睛里闪动着凶狠的光芒，那肯定是要杀人的光芒。贝恩不害怕死亡，她只希望自己能有时间戴上面纱。

“看起来，年轻的兰德大人喜欢随意来到或离开凯瑞安，”两仪师用岩石般的声音对她说，“我们还不习惯有人如此无礼地从我们面前走开。如果再过几天，他回到这座宫殿里，我们也会回来见他，如果他没有……我们的耐心并不是无限制的。”说完，她就和另外那名两仪师跟着那两只箱子离开了。

贝恩迅速地和齐亚得交换了一个眼神，她们急忙跑进兰德·亚瑟的房间。

“你是什么意思，他走了？”佩林问道。罗亚尔的耳朵朝他抖动了两下，但巨森灵的眼睛一直盯着棋盘，就像菲儿一样。她闻起来……佩林完全分辨不清菲儿身上杂驳不清的气息，这种杂驳让佩林只想狠狠地咬自己的双手一口。

南蒂拉只是耸耸肩。“他有时确实会这样。”她显示出足够的平静，双臂交叠在胸前，表情冷漠，但她的气息中有焦躁的感觉，仿佛她心中有许多抹不掉的毛刺。“他有时会偷偷溜走，甚至没有一名枪姬众守在他背后。通常他这样会离开半天时间，他以为我们不知道，我本来以为你应该知道他去了哪里。”佩林觉得，如果南蒂拉知道兰德去了哪里，一定会立刻就追过去。

“不，”佩林叹了口气，“我不知道。”

“注意棋局，罗亚尔，”菲儿低声说道，“你肯定不是要把棋子放在这里的。”佩林又叹了口气，今天他已经决定将所有时间都用来陪菲儿了。菲儿迟早会和他说话，而且，如果他一直在妻子身边，贝丽兰肯定就不会来找他麻烦了。嗯，贝丽兰确实没找过来，但菲儿一知道佩林不会再去打猎，就立刻缠上了罗亚尔，完全没让他有机会逃到图书馆去。从那时起，他们就开始了无穷无尽的棋局。而且菲儿仍然故意一言不发。佩林真希望他能到兰德所在的地方去。

仰躺在床上，兰德双眼无神地盯着这间地下室厚重的屋梁。这张床并不大，但它铺了两层羽绒床垫，还有鹅毛枕头和上好的亚麻被单。这个房间里有一把坚固的椅子和一张小桌子，上面没有任何花纹，但做工很好。他的肌肉仍然能感觉到在箱子里颠簸的酸痛。至上力轻松地将他卷成一团，让他的头被夹在双膝之间。她们只用绳子简单地捆绑了几下，就把他弄成了一个包裹。

金属敲击声让他转过了头，盖琳娜用一把大铁钥匙打开了将他的床和这套桌椅关在其中的铁笼。一名满脸皱纹的灰发女人将手臂伸进笼中，把一直盖着布的托盘放在桌上，然后她立刻向后跳开。

“我要将你健康地送到白塔去。”盖琳娜一边重新将笼子锁上，一边冷冷地说道，“吃吧！否则我们就喂你吃。”

兰德将目光从屋梁上转过来，六名两仪师坐在笼子周围的椅子里，维持着他身上的屏障。他也维持着自己的虚空，希望这些两仪师能有瞬间的疏忽，他没有再去撞击那道屏障。当她们把他踉跄地推进这只笼子的时候，他还努力过，那些注意到他在挣扎的人只是给了他一阵嘲笑。现在他已经不再有任何激烈的行为，只是小心翼翼地试图接近阳极力。那股火与冰的风暴就在他眼角外的某个地方，他向那里伸展过去，感觉到那堵看不见的墙将他和真源挡开。他沿着那道墙壁向旁边滑去，想找到它的边缘。最后，他感觉那道墙壁归结于六个点。它们同样有效地阻止着他，它们是六个，不是一个，非常清晰的六个点。

他在这里已经多久了？一片阴暗覆盖了他，覆盖了时间，让他觉得了无生气。他已经饿了，但虚空让所有的感觉都变得非常遥远，甚至从那只托盘里传来的热汤和热面包气味也无法引起他的兴趣。站起身似乎是一件非常费力的事情。迄今为止，笼子周围已经轮流替换了十二名两仪师，没有一张脸是他以前见过的。这幢房子里到底有多少两仪师？也许这件事以后会比较重要。这幢房子在哪里？他不知道自己在那只箱子里被运送了多远的路程。从颠簸的情形看来，那只箱子在大部分时间里应该是被放在一辆车上。为什么他会忘记沐瑞的叮咛？不要信任两仪师，一丝一毫也不要信任。六名两仪师导引的阴极力足以保持屏障的强度，也足以让这幢房子外面任何能导引的女人感觉到。只要艾密斯、柏尔或是其他某个人经过房子外面的街道，产生怀疑。在柯尔伦离开宫殿时，她们肯定已经在对他的消失产生怀疑了。如果外面有一条街道，他所需要的……

他又开始感觉这道屏障，他的动作很轻，这样两仪师们就不会感觉到。*六个点，六个柔软的点，一定能有些办法。*他希望路斯·瑟林可以说一句话，但在他脑海里唯一的声音是他自己划过虚空的意念。*六个点。*

沿着尘土覆盖的街道匆匆前行，索瑞林刚刚经过那幢两仪师居住的大房子。她勉强能感觉到她们仍然在那里面导引，因为她导引的能力非常弱，所以她对至上力的感觉也非常弱，但这不是她完全没在意她们的导引的原因。自从她们到来之后，就在那里日夜不停地导引，智者们都对此习以为常了。现在索瑞林还有更重要的事情要考虑。在毁树者的宫殿里，枪姬众已经开始对兰德·亚瑟感到气恼，她们都在低声议论著卡亚肯这次回来后一定要给她们一个解释。索瑞林比这些枪姬众都要活得长久许多，不管她在至上力上是否弱小，她比任何其他智者活得都更长久，但现在她非常不安。像大多数男人一样，兰德·亚瑟总是想走就走，想去哪里就去哪里——男人们在这方面就和猫一样。但这一次，在兰德·亚瑟溜走的同时，明也在营地和宫殿中间的路上消失了。索瑞林不喜欢巧合，无论卡亚肯身边会有多少巧合。她用披巾裹紧了身体，因为她感觉到一阵突然的刺骨寒意，她加快步伐，向营地走去。

第 52 章

至上力的编织

在“流浪的女人”的大厅里，坐在桌边的男人主要是本地人。那些人在宽袖白衬衫的外面穿着颜色鲜亮的丝绸或锦缎长衫，戴着镶嵌石榴石或珍珠的戒指，以及纯金，而不是镀金的耳环，月长石和蓝宝石在从他们腰间伸出的弯曲匕首柄头上闪闪发光。有几个人肩上披着丝绸外衣，在绣着花卉或动物的外衣窄领上穿着金银细链。那些外衣看起来很奇怪——它们实在是太小了，可能只相当于一件小披肩。穿这种外衣的人除了弯曲匕首外，都佩着细长的剑。看样子，只要有一言不合，一个眼神不对，甚至只是一时的心血来潮，他们都很愿意使用这两样东西。

大厅里也聚集了其他各个地方的人。两名莫兰迪商人留着弯曲的髭髯和下巴上那一撮可笑的小胡须；一名阿拉多曼人留着稀疏的胡须，头发一直垂到背后，身上戴着一只金手镯、一条黄金短项链，左耳垂上还有一颗大珍珠；一名肤色黝黑的亚桑米亚尔穿着鲜绿色的外衣，手上刺着纹身，两把匕首插在他的红腰带上；一名塔拉朋人戴着透明的面纱，留着几乎将嘴完全遮住的厚密胡须；另外还有许多不知道来自什么地方的外地人。但所有人的面前都放着一堆硬币，只是硬币堆的大小各有不同。在如此靠近泰拉辛宫的地方，流浪的女人吸引了不少囊中多金的酒客。

麦特用皮盅晃动着骰子，又把它们倒在桌上。最后稳住的骰花是两顶王冠、两颗星，还有一只杯子。不错的一掷，只是不算很好。他的运气一直处在波动之中，在这个时候，这种波动似乎到了低点。他玩骰子顶多只能赢到一半的程度了，迄今为止，他已经连续输了十次，这对他来说很不正常。骰子现在到了一名蓝眼睛的外地人手里，那是一名面容强硬的窄脸男人，他穿着一件朴素的褐色外衣，却仿佛有大量金钱可以随意挥霍。

车尔弯下腰，在麦特耳边说道："她们又出去了，汤姆说他还不知道她们是怎么出去的。"麦特瞪了这个胖男人一眼，立刻以快得惊人的速度直起身子，然后拿起自己的银杯，喝掉了半杯蜜瓜调味酒，皱起眉继续看着桌子。又完了！那个蓝眼睛的男人将骰子扔到桌上，骰花是三顶王冠、一支玫瑰和一柄令牌。他的胜利在桌子周围引起一阵轻声的议论。

"该死的，"麦特嘟囔着，"下一次，九月之女就会走进，将我据为己有了。"那个正在为庆祝胜利而痛饮的蓝眼睛男人突然咳嗽起来。"你知道这个名字？"麦特问。

"只是被呛到而已。"那个男人用一种柔软、含混的语调说道。麦特不知道这是什么地方的口音。"你说是什么名字？"

麦特做了个安慰的手势，他曾经见过这里的人因为比这个更琐碎的理由而挑起争斗。他将自己的金银币装回口袋里，站起身："就这样吧！光明祝福这里所有的人。"桌边所有的人都重复了这个祝辞，就连那个外地人也不例外。人们在艾博达的时候都会变得很有礼貌。

虽然离中午还早，这间大厅里已经坐了许多人。这时，另一桌赌骰子的人群中又响起一阵欢笑和哀叹。赛塔勒夫人的两个小儿子正帮着女侍们把早餐端给客人。旅店老板本人则坐在大厅后面，白石楼梯附近，注意着大厅里的所有一举一动。她的身旁有一名年轻、漂亮的女子，一双黑色的大眼睛里闪动着快乐的光彩，仿佛她知道一个其他人都不知道的笑话。她的脸是一个完美的卵圆形，周围映衬着光润的黑发，她的灰色裙装束着一根红裙带，深深的领口显示出一副挑逗的模样。当她朝麦特露出微笑时，眼角处那种愉悦的神情变得更浓了。

"您真是有好运，麦特大人，"赛塔勒夫人说道，"我的丈夫真该问问您该把他的渔船派到什么地方去。"不知为什么，她的语气里并没有多少温度。

麦特眼也不眨地接受了这个头衔。在艾博达，没有人会向一名贵族挑战，除非他也是贵族。这里的贵族当然比平民要少很多，所以麦特被某个人用匕首刺穿身体的机会也会小很多。即使是这样，他也在过去的十天里不得不打破三颗脑袋。“恐怕我的运气在这方面起不了作用，夫人。”

奥佛尔仿佛是突然从他的身边冒了出来。“我们能去赛马吗，麦特？”他充满期待地问道。

芙丽勒是赛塔勒夫人的女儿之一，她跑过来抓住这个男孩的肩膀。“请原谅，麦特大人，”她焦急地说，“他从我身边溜走了，光明的真实啊，他真不好管。”她很快就要结婚了，挂着婚姻匕首的银制短项链已经挂在她细长的脖颈上。她主动提出要照看奥佛尔，并且还笑着说她是多么想要六个儿子。不过，麦特怀疑她现在已经开始想要女儿了。

这时拿勒辛从楼梯上走下来，麦特立刻瞪了他一眼，麦特的目光让这名提尔人一下子在楼梯中央停下了脚步。拿勒辛让奥佛尔骑着劲风参加了两次赛马（这个地方都是让男孩负责骑马），而麦特是在事后才知道的。这两次的结果表明劲风确实无愧于它的名字，但这并不能让麦特的心情好一点。成功两次之后，奥佛尔一定变得更加莽撞大胆了。“这不是你的错，小姐，”麦特对芙丽勒说，“如果实在没办法，就把他塞进桶里吧！我会祝福你的。”

奥佛尔责怪地看了麦特一眼，但片刻之后，他又转过脸，用不知从哪里学来的粗鲁神态朝芙丽勒咧嘴笑了起来。这副表情在他的大耳朵和大嘴的衬托下显得很奇怪，他肯定不会变成一名英俊的小伙子。“如果我能看见你的眼睛，我就会安静地坐着，你有一双美丽的眼睛。”

芙丽勒和她母亲很像，不止是她们的容貌——她甜美地笑着，搔了搔奥佛尔的下巴，让男孩立刻红了脸。她母亲和那名大眼睛的年轻女子也都笑了。麦特摇摇头，向楼梯走去。他必须跟这个男孩谈一谈，奥佛尔不能向他见到的每个女人都这样笑，再对那女人说她有一双美丽的眼睛！这不是他这种小鬼应该做的事！麦特完全不知道奥佛尔是从哪里学到的这个坏毛病。

当他和拿勒辛擦身而过时，拿勒辛说道：“她们又溜走了，对不对？”他不是在向麦特询问。看到麦特在点头，他拉住自己的尖胡子，骂了一声，“我去召集部下，麦特。”

尼瑞姆正在麦特的房里胡乱忙碌着，他用一块毛巾擦拭着桌子，仿佛女仆们并没有在早晨打扫过这个房间一样。他和奥佛尔一起住在邻门的一个小房间里，很少会离开流浪的女人，他说艾博达是个放荡而未开化的地方。

“大人要出去？”尼瑞姆看见麦特拿起了帽子，就装作忧伤的样子说道，“就穿着这身衣服？我记得昨晚它在肩膀的位置上沾有一块酒渍。如果不是大人天一亮就急急忙忙地把它穿上，我本来可以把它洗干净的。而且它的袖子上还有一个破口——我相信那肯定是一把匕首弄的——我也可以把它缝好。”

麦特只得拿出一件在袖口和高领上绣着银色螺旋图案的灰色外衣，把那件绣金的绿色外衣交给尼瑞姆。

“我相信大人今天至少不会想要流血了，血污是很难清洗的。”他们达成了某种协议。麦特容忍尼瑞姆忧伤的面孔、令人沮丧的意见，让这个人为他取送物品、清洁房间，将他可以轻易拿到的东西送到他的手里，以此换取尼瑞姆不会亲手给他穿衣服——实际上，尼瑞姆很不愿意就这样和麦特妥协。

检查了一下藏在袖子、衣服下面和靴筒里的小刀，麦特没有去拿靠在墙角里的长矛和未挂弦的长弓，下楼走出了旅店。那根长矛会像蜂蜜吸引苍蝇一样引来喜欢打架的白痴。

尽管戴着宽边帽，但麦特一离开大厅的阴凉，汗水立刻从他脸上渗了出来，现在上午的阳光已经像平时仲夏中午的阳光一样强烈了。但莫海拉广场上却聚集了不少人。一开始，麦特只是站在原地，皱起眉盯着泰拉辛宫。有泽凌和汤姆在里面监视，车尔在外面监视，她们是如何悄然离开那里的？现在她们几乎每天都要离开宫殿。在她们偷偷跑掉三次之后，麦特派人看住了所有通往那一堆白色大圆顶的道路，并且从天未亮时就让他的部下站好岗位，加上他和拿勒辛，他们的人手刚好够。他们看不见那些女人的一丝影子，但等到中午之前，汤姆就会出来告诉他们，那些女人又溜了。这名老走唱人似乎已经智穷力竭，一副恨不得要把自己的胡子扯下来的模样。麦特知道，那些女人的这种行径让汤姆非常苦恼。

拿勒辛和其他人都已经在门外集合，他们全都阴沉着脸，汗流满面。拿勒辛用手指抚摸着他的剑柄，仿佛是很想在今天找机会使用它一下。

“今天我们要去河那边看看。”麦特说道。有几名红臂交换了一个不安的眼神，他们听说过这里的故事。

车尔挪动着脚步，摇摇头。“是浪费时间，”他不带任何情绪地说道，“伊兰女士绝对不会去那种地方，也许那个艾伊尔人和柏姬泰会去，但伊兰女士绝对不会。”

麦特闭上眼睛，停了片刻。伊兰怎么能在如此短的时间里毁掉一个好男人？他一直希望在离开伊兰足够长时间之后，车尔能够摆脱他所受到的不良影响，但现在麦特已经开始失去希望了。光明啊，他蔑视贵族。“嗯，如果我们今天没找到他们，我们就能忘记那个拉哈德——她们在那里会像是麻雀群里的云雀一样显眼——但即使她们躲进末日深渊的一张床底下，我也要把她们找出来。像以往一样，两人一组进行寻找，彼此注意保护。现在，先去找些船夫让我们渡河过去。烧了我吧！我希望那些船夫没有都跑到海民船那里去卖水果。”

在伊兰眼里，这条街道就和她在特·雅兰·瑞奥德中看到的一模一样。五六层楼高的砖砌建筑，墙壁上覆盖着大片剥落的白色石膏，全部拥挤在坑坑洼洼的人行道旁边。只是在一天的这个时间里，金色的太阳在头顶上放射出灼热的光芒，将所有阴影都从这些狭窄的路面上抹去了，到处都有苍蝇乱飞。这里和梦的世界中不同的就是挂在窗口的那些洗过的衣服、街道上不多的行人，以及这股气味——一股垃圾腐烂后浓烈的辛辣臭气，让伊兰完全不敢深呼吸。不幸的是，拉哈德区的每条街道看上去都完全一样。

伊兰伸手拉住柏姬泰的手臂，看着一幢粗略建起的砖房。它的半数窗口都邋遢地挂着洗过的衣服，一阵婴儿的啼哭声正从里面传出来。六层，层数没有错。伊兰确定那是一幢六层的房屋，奈妮薇却坚持说是五层。

“我不认为我们应该站在这里盯着某个地方，”柏姬泰轻声说道，“人们都在注意我们。”

柏姬泰说的并不完全对，她只是有些过分担心了。这些街道上总会有只穿着一件破烂长衫、不穿衬衫的男人大摇大摆地到处闲逛，让阳光照射在他们的黄铜耳环和镶着彩色玻璃的黄铜戒指上；或者是鬼鬼祟祟地像一条杂种狗随时都有可能乱叫或咬人的样子。这里的女人们也是一样，穿着同样破烂的裙装，戴着黄铜和玻璃的首饰，每个人都在腰带上插着一把弯曲匕首。他们经常还会再多带一把没有任何装饰的小刀。

实际上，并没有人会向伊兰和柏姬泰多瞥一眼，虽然柏姬泰年老的面容常常显露出挑衅的样子，而且她又比大多数艾博达女人都更高。这是其他人现在看到她们的样子。能做出这种效果是因为伊兰固定并反转了一个并不算很简单的风之力和火之力编织。当伊兰看向柏姬泰的时候，她只会看见一名黑眼睛、眼角有许多鱼尾纹、黑发上有一点灰丝的女人。这种伪装和本人真实的样貌愈接近，就愈容易做到。现在柏姬泰的头发垂在背上，用陈旧的绿色缎带绑成了四股，比一般艾博达女人的头发还要长一些。伊兰也没有将头发剪短，不过并没有人注意到这个，伊兰做出的伪装很完美，她只希望自己能够不必流汗。另外，用一个更加复杂的魂之力编织可以隐藏住女人的导引能力。今天早晨走出宫殿时，伊兰和茉瑞莉擦肩而过，但茉瑞莉丝毫没察觉到是她。她们在河的这边也不止一次见到了范迪恩和艾迪莉丝。

当然，她们的衣服并不属于编织的一部分。她们现在都穿着破旧的羊毛裙装，在袖子和深窄领口的周围有磨损的绣花。她们的衬衣和长袜也是羊毛的，至少伊兰觉得这身衣服让她又热又痒。泰琳为她们提供了这些衣服，还有各种各样的建议，以及插在白色鞘中的婚姻匕首。似乎结过婚的女人比单身女人不容易受到挑战，而拒绝婚姻的寡妇是最不容易招惹事端的。年纪也对她们有帮助，没有人会挑战一名灰发的祖母，不过灰发祖母似乎很喜欢挑战别人。

“我想，我们应该进去看看。”伊兰说。柏姬泰走到她前面，一只手按在腰间的匕首柄上；拴住那把匕首的是一根棕色的粗羊毛腰带。她伸手推开未涂漆的屋门，里面是一条阴暗的走廊，走廊两边排列着一些粗木门，楼梯末端是一道窄楼梯，砌成楼梯的许多砖块都碎裂了。伊兰几乎是松了口气。

不管有没有白鞘匕首，在艾博达，走进一幢不属于自己的房屋，往往会以一场匕首的战斗作为结束；向别人提问、对某件事情追根究底往往也会有同样的结果。泰琳劝过她们不要这么做，但不这么做，她们将不会有任何收获。根据她们的计划，伊兰和柏姬泰一组，奈妮薇和艾玲达一组，这样她们可以查看更多地方。她们伪装成收买旧古董、翻新后再售出的商贩，从第一天开始就拜访了许多家客栈（这里的客栈只是将门板刷成蓝色，做为标识），那些客栈的大厅都是阴暗、肮脏的地方。有两次，柏姬泰都在真正的祸事发生前飞快地把伊兰从里面拉了出来，那时她们的手里都握着匕首。第二次，伊兰不得不短暂地进行导引，绊倒两名一直将她们追到街上的女人。即使是这样，在之后的一天里，柏姬泰还是确信有人在跟踪她们。奈妮薇则用凳子打了一个女人。在那之后，她们就连无害的问题都不敢问了。她们只希望不会在走过一道门口时被人捅上一刀。

柏姬泰又是带头爬上了那道阶梯，一边又不住地回头瞥上一眼。烹调的气味混杂着拉哈德区无所不在的臭气，让人觉得非常恶心。那个婴儿已经停止了啼哭。在这幢房屋的某个地方，一个女人开始叫喊。她们刚到第三层，一个肩膀宽厚的男人打开一扇屋门，他既没穿衬衫，也没穿长衫。柏姬泰看了他一眼，他立刻举起双手，用两只空手掌对着她们，又从走廊中退进了屋里，一脚踢上了屋门。她们一直爬到顶层，如果伊兰记得没错，那件储藏室就在这里。一名面容憔悴的女人穿着粗亚麻衬裙，正坐在走廊里的一只凳子上，享受着从走廊吹过的一点凉风，一边在磨利她的匕首。她朝她们转过头，那把匕首在磨石上停了下来，直到她们缓缓地退到楼梯上，她的目光始终都没有离开她们。她们又一直退到楼梯拐角，低微的磨刀声才再次响起。这时，伊兰才放松地喘了一口气。

伊兰很高兴奈妮薇没有来向她要赌注——十天，她真是个乐天派傻瓜。现在已经是第十一天了，在这十一天里，她总是觉得自己发现了那天晚上看见的街道。十一天里，她还没有找到任何有关那个碗的线索。有时候，她们只能留在宫里，好清理一下自己的思路，最后她们只是觉得灰心丧气。不过，至少范迪恩和艾迪莉丝也没什么运气。根据伊兰的观察，拉哈德区没有一个人愿意和两仪师多说一句话，人们一发现那两个老女人的身份，就会立刻散得无影无踪。伊兰还看见过两名女人想要用刀子去捅艾迪莉丝，毫无疑问，她们是看上了这个在拉哈德区乱走的傻瓜身上的丝绸长裙。等到这名褐宗姐妹用风之力将她们举起来，把她们塞进二层楼的两扇窗户里的时候，她们的视线内已经没有别人了。伊兰不会允许她们两个找到她的碗，从她的鼻子底下把它拿走。

伊兰和柏姬泰回到街上后，才意识到在拉哈德区还有比挫败更糟糕的东西。就在她面前，一名瘦高男人从一扇门后跳了出来，他的手里拿着一把刀子，胸口上全都是血。他跳到街上之后，立刻转过身，迎上另一个在追赶他的男人。第二个男人更加高大魁梧，一侧脸颊上不停地流着血。他们面对面绕着圈子，目不转睛地盯着对方，不断用手中的刀子试探对方。他们周围很快就聚起了一小群人，仿佛是从坑洼的地面中冒出来的一样。这些人并没有急着跑过来，但也没有人一眼不看地就走过去。

伊兰和柏姬泰躲到街边，但并没有离开。在拉哈德，离开这种喧闹的场面反而会引起别人的注意，这是她们最不想出现的状况。她们也在看着这场混乱，但伊兰并没有注意那两个男人，她只是看着两个快速移动的模糊影子。突然间，他们的动作缓慢下来。伊兰眨眨眼，仔细看去，那个胸口上有血的男人正洋洋得意地转着圈，带着笑容挥舞着手中被染红的刀子。那个更加高大的男人趴在路面上，发出沙哑而虚弱的咳嗽声，他和伊兰之间的距离还不到二十步。

伊兰下意识地走过去，她的医疗能力相当弱，但是对于一个即将流血至死的人来说，也总好过什么都没有。至于这里的人对两仪师有什么想法，就让它们全到末日深渊里去吧！她刚刚走出两步，另一名女子已经跪到那个男人身边，她大约比奈妮薇稍稍年长一点，穿着束红裙带的蓝色裙装，衣着比大多数拉哈德人都要好。一开始，伊兰把她当成了那个濒死男人的情人。那名决斗中的胜利者很快就安静下来，周围没有人走开，每个人都沉默地看着那名女子将濒死的男人翻过来，让他仰面躺着。

伊兰很快又愣了一下。那名女子并没有温柔地从男人的嘴唇上抹去血渍，而是从口袋里掏出一把草药，匆匆地将其中一些塞进男人的嘴里。没等她的手离开男人的脸，阴极力的光晕已经包围了她，她开始编织出治疗的能流——伊兰做不出来的细密编织。那个男人仍然躺在原地，只是开始大口地喘着气，颤抖了一阵，最后就完全静止了，半睁的眼睛盯着太阳。

“看来太迟了。”女子站起身，对那个瘦男人说道，“你必须告诉马西克的妻子，你杀死了她的丈夫，巴瑞斯。”

“好啦，爱丝拉。”巴瑞斯顺从地回答。

爱丝拉没再看躺在地上的那个男人一眼，就转身离开了，那一小群人为她让开道路。当她走到伊兰和柏姬泰身边几步远的地方时，伊兰注意到她的两件事情。第一个是她的力量，伊兰有意地对她进行了探察，她本以为这名女子拥有相当强的力量，但爱丝拉的力量似乎甚至无法让她成为见习生。治疗一定是爱丝拉最强的异能，也许是她唯一的异能，她一定是一名野人，她应该是在许多次实验中熟悉了治疗的技巧，也许她依然相信是那些草药在起作用。第二件事是，伊兰注意到这名女子的面孔，它并没有像伊兰想象的那样被太阳晒黑。爱丝拉很可能是一名阿拉多曼人，一名阿拉多曼野人怎么会跑到拉哈德来？

伊兰本来想跟踪这名女子，但柏姬泰把她拉到了一旁。“伊兰，从你的眼神里，我知道你在想什么。”柏姬泰的眼睛一直在注意着街道，仿佛她认为会有行人偷听她们说话。“我不知道为什么你想跟踪这个女人，但她在这里显然是受尊敬的，如果和她搭话，也许我就挡不住所有要捅向你的刀子了。”

这是一个简单的事实，而且那名阿拉多曼野人也不是伊兰来艾博达所要找的。

伊兰碰了一下柏姬泰的手臂，朝刚刚从前面街角转过来的两个男人点点头。身穿装饰着条纹缎带的蓝外衣，拿勒辛完全像是一名提尔领主。他连那件衬垫外衣的领扣都系上了，满是汗水的脸像他涂油的胡子一样闪着光，任何人瞥他一下，都会被他瞪一眼。像他这种样子，若非他仍然在不停地抚弄着剑柄，仿佛是非常想打一架似的，现在肯定应该已经陷入决斗了。而他身边的麦特则没有任何凶狠的表情，他昂首阔步地向前走着，看上去情绪高涨，只是他身上也散发着一种不悦的气氛。他的外衣敞开着，帽子压得很低，在脖子上仍然系着一条丝巾，他看上去整晚都是在酒馆里混过去的。伊兰惊讶地发觉自己已经有好几天没想过他了，伊兰很想研究他那件特法器，但那个碗显然要重要得多。

“以前我从没注意到这个，”柏姬泰喃喃地说，“但我想，麦特是他们两个之中更加危险的。曼梅利的一名恩沙，不知道他们在埃达河的这边要做什么。”

伊兰转头盯着柏姬泰。她在说什么？“他们也许是把对岸的酒都喝光了，真的，柏姬泰，我希望你可以将注意力集中在我们要做的事情上。”这一次，她不打算问柏姬泰说的是什么了。

等到麦特和拿勒辛从她们身边走过去之后，伊兰就不再想他们。她重新开始审视这条街道。如果今天能找到那个碗就太好了。不过这并不是因为她们下次还要来找的话，她会和艾玲达一组，她已经开始喜欢上了那名女子——虽然艾玲达对于兰德和她们有着很奇特的想法，实在是太奇特了！不过，艾玲达确实总像是在鼓励那些准备抽出匕首的女人，她甚至会对那些在她的瞪视前垂下眼睑的男人感到失望，仿佛他们也应该像那些女人一样对她拔刀相向，她才会感到满意！

“那个。”伊兰说着，向前面指过去。奈妮薇坚持说那是五层楼肯定是错的，她会是对的吗？伊兰真希望艾雯能找到一个解决的办法。

艾雯耐心地等待着洛根又喝了一些水。洛根的帐篷并不像他在沙力达的那间小屋那么宽敞，但它还是比营地里大多数的帐篷更大。这里必须有足够的空间可以容纳坐在凳子上的六名姐妹，她们要维持住对洛根的屏障。艾雯建议她们将这道屏障固定住，但这个建议立刻遭到所有人惊讶、甚至是藐视的反应。没有人愿意支持她，特别是在她如此草率地让四名两仪师晋升，竟然完全跳过了测试和誓言之杖以后。史汪告诉艾雯，说不定这些人以后也都不会支持她。依照规矩，这种屏障要由六个人维持，但如果洛根像史汪和莉安一样遭到了削弱，营地里的任意三名姐妹肯定就能牢牢地锁住他。同样是依照规矩，对于一名男人的屏障必须由两仪师维持，不能固定住。帐篷里只有一盏油灯散发出一些昏暗的光亮。艾雯和洛根都坐在铺于地面的毯子上。

“让我明白一下，”洛根放下锡镴杯之后说道，“你想知道我对兰德的特赦令是怎么看的？”有几名姐妹在凳子上动了动，也许是因为洛根没称呼艾雯“吾母”，但更可能是因为她们不喜欢这个话题。

“我要知道你的想法。你肯定是有想法的。如果到了凯姆林，在他身边，你很可能会得到一个光荣的地位。在这里，你每天都有可能被驯御。现在，根据你的说法，你已经阻止疯狂达六年之久。你认为这有多大的机会，任何投奔他的男人都能做到吗？”

“她们真的要再次驯御我？”洛根的声音很平静，但他的语气中流露出委屈和愤怒，“我已经把自己的一切都给了你们，我已经做了你们要求的一切，我已经愿意立下你们提出的任何誓言。”

“评议会很快就会做出决定，也许有些人很愿意你立刻就死掉。如果两仪师告诉你什么，所有人都知道，两仪师不能说谎，但我不相信你需要为此而害怕。对我而言，你为我们服务得非常好，不该让你受到伤害。无论出了什么事，你仍然可以为我们服务，并依照你自己的意愿，让红宗受到惩罚。”

洛根猛地跪立起身子，满脸怒容。艾雯迅速拥抱了阴极力，将洛根安全地裹在风之力中。屏障洛根的姐妹们已经将全部力量用在维持屏障上——这也是规矩之一，维持对男性屏障的人必须为此用尽自己的每一分力量——但这些两仪师中有几个人是能够同时进行两个编织的，如果洛根意图伤害她们，她们也不会坐视不理，艾雯也不想冒险让洛根受伤。

能流让洛根只能保持跪在原地的姿势，但洛根似乎根本不在意这些。“你想知道我对兰德的特赦令怎么想吗？我希望现在就能和他在一起！烧了你们所有人！我已经做了你们要我做的一切！光明烧了你们所有人！”

“平静，洛根。”艾雯很惊讶自己的声音竟然会如此平静。她的心脏在飞快地跳动，但肯定不是因为害怕洛根。“我向你发誓，我永远不会伤害你，也不会允许追随我的人伤害你，如果我能做得到。只要你不会转而对抗我们。”怒气从洛根的脸上消失了，取而代之的是木讷的神情。他在听她说话吗？“但评议会将做出自己的决定。现在你平静下来了吗？”洛根疲倦地点点头，艾雯放开了能流。他颓然坐倒在地上，眼睛并没有看艾雯。“当你更加镇定些的时候，我会再和你谈那道特赦令。也许是一两天之后。”洛根又点点头，眼睛依旧没去看她。

艾雯走出帐篷，进入外面的暮色之中，两名在帐篷门口站岗的护法向她一鞠躬。至少盖丁们不在乎她只有十八岁，因为她是玉座，所以从见习生一下子成为两仪师。在护法们看来，两仪师就是两仪师，玉座就是玉座。但艾雯直到走出那两名护法的听力范围，才重重地呼出了一口气。

这座营地相当大，几百座两仪师居住的帐篷分布在林地各处，还有见习生、初阶生和仆人们居住的帐篷，到处都是大车、马车和马匹。烹调晚餐的气味在空气中显得相当浓郁，在这片营地周围，是加雷斯·布伦的军队点起的煮饭营火。他们之中大多数人都只能睡在地上，而不是帐篷里。那支所谓的红手队在她们南边不到十里处扎营，在这两百里的路程中，无论日夜，塔曼尼从没改变过和她们之间的这个距离。他们已经在艾雯的计划中发挥了作用——

就像史汪和莉安所建议的那样。

在离开沙力达的六天时间里，加雷斯·布伦的力量一直在增长。两支军队缓缓地向北移动，穿越阿特拉，彼此之间没有显露出半点友谊，这当然会引起人们的注意。贵族们纷纷带着他们的部队出现，和这两支军队中更强大的一方结盟。实际上，如果这些贵族们知道在他们的土地上并不会爆发大规模的战斗，他们肯定不会立下那些结盟誓言。如果他们知道艾雯的真正目标是塔瓦隆，并不是一支真龙信众的军队，他们立刻就会转身逃跑。但他们已经对这位玉座立下了誓言，有自称为白塔评议会的两仪师们和另外几百人作为见证，打破这种誓言肯定要付出很大的代价。而且，即使艾雯的脑袋最后被插到白塔的一根长矛上，这些贵族也不会相信爱莉达会忘记他们的誓言。他们也许是被诡计引诱进这个联盟，被骗走了忠心，但他们现在肯定是艾雯最热忱的支持者。如果他们想要安然无恙地走出这个陷阱，唯一的办法就是让艾雯在塔瓦隆披上圣巾。

史汪和莉安对此很有心地盘算着，艾雯则无法确定自己有什么样的感觉。如果有什么办法能赶走爱莉达，同时又不必流一滴血，艾雯一定会毫不犹豫地那么做，但她不认为能有这样的办法。

在吃过一顿由山羊肉、芜菁和一些她没去问的东西组成的简便晚餐之后，艾雯回到自己的帐篷里。这不是营地中最大的帐篷，但肯定是单人居住的最大帐篷。琪纱也在这座帐篷里，等待着帮艾雯脱下衣服。她迫不及待地告诉艾雯，她从一名阿特拉女贵族的侍女那里得到了一些最薄的亚麻布，可以缝制成最最凉爽的衬衣。艾雯经常会让琪纱也睡在这座帐篷里，和她相伴。但用毯子铺成的地铺总是比不上琪纱自己的轻便小床。今晚，琪纱铺好床之后，艾雯就打发她离开了。身为玉座至少可以得到一些特权，比如单独的帐篷，比如在晚上必须睡觉时可以睡觉。

艾雯还没疲倦到可以入睡的程度，但这对她来说不算困难。接受过梦行者的训练后，让自己进入睡眠就变成一件简单的事情。她走入了特·雅兰·瑞奥德……

……站在一个房间里，这个房间在小白塔中，曾经短暂地成为过她的书房。当然，这里的桌椅都被留了下来，家具是不能在行军时被一起搬运的。在梦的世界里，任何地方都让人觉得很空旷，而这个在醒来世界中已经空无一人的地方，让她有着更强的空虚感。整座小白塔都是……空的。

突然间，艾雯意识到玉座的圣巾就披在她的脖子上，她急忙让它消失掉。没多久，奈妮薇和伊兰也出现在这里，奈妮薇像她在醒来世界中一样真实，伊兰则显得有些朦胧。史汪原先很不愿意交出那个原始的特法器戒指，让艾雯不得不用坚定的命令迫使她就范。伊兰穿着一件绿色裙装，缎带覆盖了她的手背，也装饰在这条裙装的领口周围。那个领口很窄，但深得令人惊讶，领口中露出一把挂在黄金短项链上的小匕首，匕首柄靠在她的乳沟上，上面镶嵌着众多的珍珠和火滴石。伊兰无论去哪里，似乎都会很快就接受当地的服饰风格。奈妮薇则像艾雯预料的那样，穿着结实的深色两河羊毛裙，上面没有任何装饰。

“成功了？”艾雯满怀希望地问。

“还没有，但我们会成功的。”伊兰的声音非常乐观，让艾雯吃了一惊。艾雯也非常想用这种语气说话。

“我相信不会再过很久了。”奈妮薇的语气比伊兰更加肯定。她们一定是脑袋在墙上撞晕了。

艾雯叹了口气。“也许你们应该跟我们一起走。我相信再过几天你们就能找到那个碗，但我一直不禁会想到那些故事。”艾雯知道，她们能照顾好自己，但如果她们出了事，就一切都太迟了。史汪说过，那些故事之中没有一个是被夸大的。

“哦，不，艾雯，”奈妮薇表示反对，“那个碗太重要了。这你知道，如果我们找不到它，一切东西最后都会被烤熟的。”

“而且，”伊兰又补充说，“我们能陷进什么麻烦里？我们每晚都睡在泰拉辛宫中。别忘了，虽然泰琳不会亲手给我们盖被子，但她一直都在关照我们。”她的衣服发生了变化，裙装的样式并没有改变，只是质料变得粗糙破旧了。奈妮薇也穿着几乎和伊兰一样的衣服，只是她的匕首柄上镶嵌着九或十颗玻璃珠，任何宫廷中都不可能见到这种衣服。更糟糕的是，奈妮薇正竭力显出一副清白无知的样子，实际上她从来都不擅长这样做。

艾雯没有再和她们计较这些。那个碗是重要的，她们可以照顾自己。而且艾雯很清楚，她们并不是在泰拉辛宫内部进行寻找。毕竟，这些都是艾雯无法亲自去完成的。“你们和麦特处得好吗？”

“我们……”伊兰忽然意识到自己衣着的变化，不由得愣了一下。不知为什么，真正让她吃惊的似乎是那把小匕首。她圆瞪着眼睛，抓住匕首柄，让上面的镶嵌变成一堆红色和白色的玻璃珠，她的脸则红得像火烧一样。片刻之后，她的衣服变成了绿色丝绸的高领安多裙装。有趣的是，奈妮薇也随着伊兰察觉到自己的穿着，并且和伊兰有着同样的反应。唯一的差别就是如果伊兰脸红得像是日落时的红云，奈妮薇脸上的红色就比她还要更深一倍。她用比伊兰更快的速度把身上的衣服变回了两河的羊毛裙。

伊兰清了清喉咙，喘着气说：“我相信麦特非常有用，但我们不能允许他碍我们的事，艾雯，你知道他是怎样的人。不过你可以相信，如果我们要做什么危险的事，我们会让他和他所有那些士兵严密地把我们裹在中间的。”奈妮薇没有说话，而且脸色看上去很差，也许她还记得麦特对她的威胁。

“奈妮薇，你不会把麦特逼得太狠吧？是吗？”

伊兰笑了：“艾雯，她根本没逼他。”

“这是真的，”奈妮薇立刻插嘴说道，“自从我们到了艾博达之后，我就没有对他说过一句重话了。”

艾雯狐疑地点点头。她可以让奈妮薇把实话说出来，但这会……她向下瞥了一眼，以确认圣巾没有重新出现。不过她还是看到了一丝闪烁，幸好就连她自己也看不出来那一瞬间闪过的东西是什么。

“艾雯，”伊兰说道，“你还能和梦行者说话吗？”

“是的，”奈妮薇说，“她们是否知道问题出在什么地方？”

“我还可以，”艾雯叹了口气，“但她们不知道，确实不知道。”那是一次奇怪的会面，只是在几天前，是从寻找柏尔的梦开始的。柏尔和麦兰在提尔之岩和艾雯见了面，艾密斯说她不会再教艾雯了，她也没有来。一开始，艾雯觉得很尴尬，当着她们的面，她说不出自己成为了两仪师，更说不出自己已经成为了玉座，她害怕她们会认为这又是一个谎言。那时她要让圣巾不出现倒是非常容易。她提起了还对麦兰负有义，那时她还在想着第二天自己还要在马鞍上待多久。但麦兰的脑子里只有即将得到女儿的快乐，她一直在大谈特谈明看到的影像，而且她不仅宣布艾雯对她不负有义，还说要给自己的一个女儿取名叫“艾雯”。这在一个充满徒劳和气恼的夜晚确实给艾雯带来些许快乐。

“她们说，”艾雯继续说道，“她们从没听说过有人能两次根据需要找到同一样东西。柏尔认为，这就像是将同一个……苹果吃掉两次。”柏尔说的是一只茉苔，茉苔是能在荒漠中找到的一种肉虫，味道很甜，也很脆——至少这是艾雯在知道自己吃的是什么东西之前的感觉。

“你是说，我们不能从这里回到那间储藏室了？”伊兰叹了口气，“我还在希望是因为我们在什么地方做得不对。哦，好吧！我们能够找到它的。”她犹豫了一下，她的衣服也随之发生了改变，但她似乎并没有察觉到。她穿的仍然是安多裙装，只是变成了红色，并在袖子和胸衣上出现了安多白狮图。

虽然伊兰金红色的卷发上没有出现玫瑰王冠，但艾雯知道，她穿的是安多女王的穿着，只是安多女王的胸衣不该如此紧身，也不该开这么深的领口。“艾雯，她们有没有说过任何关于兰德的事？”

“兰德在凯瑞安，看样子，他正在太阳大厅里闲着。”艾雯努力站稳身子。柏尔和麦兰都不是很愿意提到这件事，麦兰只是阴沉着脸，低声说这事和两仪师有关。柏尔则认为，不管索瑞林是怎么说的，都应该好好地把那些两仪师敲打几顿，才能让她们知道什么是对的，什么是错的。艾雯很害怕梅兰娜会造成不可弥补的错误，不过，至少兰德是在拖延和搪塞爱莉达的使者。但艾雯认为兰德并不能像他自己以为的那样，以精妙的手腕对付两仪师。“佩林跟他在一起，还有佩林的妻子！他和菲儿结婚了！”这让奈妮薇和伊兰发出一阵惊呼。奈妮薇微笑着说，菲儿对佩林来说实在是太好了，佩林根本配不上她。伊兰说她希望他们能够一直快乐，但她的声音里却有某种怀疑的成分。“罗亚尔也在那里，还有明。现在那里就差麦特和我们三个了。”

伊兰咬着下唇，“艾雯，你能……送个信给智者，让她们转给明吗？告诉她……”她犹豫着，若有所思地咬着嘴唇，“告诉她，我希望她能像喜欢我一样喜欢艾玲达，我知道这听起来很奇怪，”她又笑了，“这是我们之间的私事。”奈妮薇以古怪的眼神看着伊兰，艾雯知道，自己看着伊兰的眼神肯定也是一样古怪。

“当然，我会的，但我在一段时间里应该不会和她们见面了。”既然智者们不愿多说一些关于兰德的情况，又对两仪师如此充满敌意，艾雯跟她们见面大概也没什么意义了。

“哦，没关系，”伊兰急忙说道，“这确实不重要。嗯，如果我们不能在梦里找到它，我们就必须在醒来时更加仔细地寻找了。不过在艾博达，现在我的脚还疼着呢！如果你们不介意，我要回到身体里，真正地睡一觉了。”

“你先走吧！”奈妮薇说，“我要再留一会儿。”等伊兰消失后，她向艾雯转回过身，她的衣着又发生了改变。艾雯知道奈妮薇为什么会有这样的改变——她的衣服变成了一条轻柔的低领蓝色裙装。在她的头发上出现了花朵，辫子中出现了缎带，这在两河是新娘的穿着。艾雯的心充满了对她的同情。“你有没有听到任何关于岚的讯息？”奈妮薇低声问道。

“没有，奈妮薇，我很抱歉，我希望能说一些让你高兴的话。我知道他还活着，奈妮薇。我也知道，他爱你就像你爱他一样。”

“他当然活着，”奈妮薇坚定地说，“我不会允许任何其他状况发生。

我要让他成为我的，他是我的，我不会让他死去的。”

当艾雯让自己醒来的时候，史汪正坐在她的简易床旁边。在黑暗中，她的面孔有些模糊。“完成了吗？”艾雯问。

史汪的身上出现了光晕，她迅速地在她们身边编织出一个防止偷听的结界。“从午夜开始的六名值勤姐妹中，只有三名有护法，那些盖丁会在外面看守。会有人给她们送去薄荷茶，添加在其中的一点东西她们是不会尝出来的。”

艾雯将眼睛闭了一会儿。“我所做的是正确的吗？”

“你问我？”史汪似乎被噎了一下，“我只是听命行事，吾母。如果要我决定，我宁可跳进一个全都是饥饿的银梭子鱼的水池里，也不愿意帮助那个男人逃走。”

“她们会驯御他，史汪。”艾雯已经说服了自己，但她觉得现在需要再说服自己一遍，她要让自己相信，她并没有犯错。“就连雪瑞安也不再听卡琳亚的意见了。蕾兰和罗曼妲都对这件事步步紧逼，早晚会有人真正做出黛兰娜所暗示的事情来。我不允许有人被谋杀！如果我们不能审讯一个男人，并对他进行正式处决，我们就没有权力安排他的死亡。我不会让他被谋杀，我不允许他被驯御。如果梅兰娜真的激怒了兰德，这么做就相当于向火中泼油。我只希望我能确定他会去投奔兰德，而不是逃到只有光明知道的什么地方，做出只有光明知道的什么事情。至少，这样我们还能有办法在某种程度上控制他的行动。”艾雯听见黑暗中，史汪的身体移动时发出一阵轻微的声响。

“我一直都觉得圣巾压在我肩上，远比三个男人更重，”史汪平静地说，“玉座的任何决定都很难是轻松的，更难以确定对错。做你必须做的，为你的错误付出代价。有时候，即使你是正确的，你同样要付出代价。”

艾雯轻声地笑了。“似乎我以前听到过这样的话。”过了一段时间，她的笑容消失了。“确保他在离开时不会伤害任何人，史汪。”

“听从您的命令，吾母。”

“这太可怕了，”妮索嘟囔着，“如果它被知道了，那些指控足以让你遭到流放，麦瑞勒，我也会和你一样。四百年前，这也许是很平常的事，但今天没有人会这么想了，有人会称此为罪行的。”

麦瑞勒很高兴月亮已经沉下去了，这样妮索至少不会看见她面孔的扭曲。她自己就可以进行治疗，但妮索一直在研究如何处理意志的虚弱，那是至上力所无法触及的事情。麦瑞勒不确定这是否应该算是一种虚弱，但她会尽力尝试任何可能有用的工具。妮索怎么说都可以，但麦瑞勒知道，她宁愿砍断自己的一只手，也不愿放过这个拓展她研究领域的机会。

她能在这片夜色中感觉到他在逐渐靠近，她们距离营地和那些士兵都很遥远，现在她们周围只有零星的一些树木。她从他的约缚转到她身上时起，就感觉到了他——这也就是那个让妮索感到为难的罪行——一名护法的约缚，在没有得到他同意的情况下，从一名两仪师转移到另外一名两仪师。妮索在一件事上是正确的，她们必须把这个秘密保守尽量长的时间。麦瑞勒能感觉到他的伤口，其中有些几乎已经愈合了，有些还在流血，有些遭到了严重的感染。他不会主动去寻找战斗。他必须来到她身边，如同从一座山峰顶端翻滚下来的巨石，必定会一直滚到山底，但他也不会躲开路上的任何战斗。麦瑞勒能感觉到他漫长而血腥的旅程，那是他的血。穿过凯瑞安、安多、莫兰迪和阿特拉，穿过到处横行着的反叛者、暴徒、强盗和真龙信众的地方，一直将方向对准她，如同一支射出的羽箭，穿透了任何挡在路途中的武装男人。即使是他，也不可能毫发无伤地做到这个。麦瑞勒在脑子里估量了一下他的伤口，开始奇怪他怎么还能继续活着。

一阵平稳的马蹄声首先出现在麦瑞勒耳边，然后麦瑞勒才看见夜色中出现了一匹高大的黑色战马。骑马的人似乎融进了夜色里，他一定穿着他的斗篷。那匹马停在距离麦瑞勒五十步以外的地方。

“你不该派努何和柯利去找我，”那名看不见的骑手用沙哑的声音说道，“我差点在看清他们之前把他们杀死。艾瓦，你最好从那棵树后面出来。”树后的一片夜色似乎发生了移动，艾瓦也穿着他的斗篷，他显然没想到自己会被看见。

“这太疯狂了。”妮索还在嘟囔着。

“安静。”麦瑞勒悄声说道。然后，她用更大的声音喊道：“到我这里来。”那匹马没有移动，一头在死去主人身边哀悼的猎狼犬并不会愿意到新主人身边来。麦瑞勒做出一个精细的魂之力编织，碰触到他身上包含着她的约缚的那一部分。这一定要非常精细，否则他就会有所察觉，而只有创世主知道他察觉之后会爆发出什么反应。“到我这里来。”

这一次，那匹马向前走来，他跳下马，走过了最后一段距离。他是个高大的男人，月影让他棱角分明的面孔如同从岩石中雕刻出来的一样，他站在麦瑞勒面前，比麦瑞勒高出许多。当麦瑞勒望向岚·人龙那双冰蓝色的眼睛时，她看见了死亡。光明助她，她该怎么让岚继续活足够长的时间？

第 53 章

圣光节

在凯瑞安街道上跳舞的人们让佩林感到很烦恼，想从这些人群中穿过去几乎是不可能的。一个没穿衬衫的大鼻子男人吹着一支长笛，带领一长队跳舞的人从他身边经过。队伍最后是一名欢笑舞蹈的圆胖小女人，她抓着前方男子从腰侧伸过来的一只手，同时又想把佩林带进队伍里。佩林摇摇头。可能是他的黄眼睛或严峻的面容吓到了那名女子，那名女子脸上的笑容消失了，她在队伍的带领下很快就离开了佩林。直到消失在人群中之前，她还不停地回头瞥上佩林一眼。一名相貌还算不错的灰发女人在暗色的丝裙上绣着一直到腰间的彩色横纹，她伸出一双纤细的手臂，搂住佩林的脖子，一双嘴唇渴望地向佩林噘了过来。当佩林撑住她的腋下，轻柔地将她举起，放到一旁的时候，她显得非常惊讶。一群和佩林年龄相当的男女围成了一个圆圈，一边欢畅地笑着，一边舞蹈。他们跳到佩林面前，拉住佩林的外衣，他们完全不理会佩林摇头的动作，最后，佩林用力推开一名男子，用狼一般的声音向他们发出一阵嗥叫。片刻之间，笑声消失了，取而代之的是惊讶和困惑的表情。但他们很快又恢复了刚才的喧闹，一边还在努力模仿着佩林的嗥叫，然后又冲回到人群里。

这是圣光节的第一天，也是一年之中白昼最短的一天，一年的最后一天。而这座城市庆祝节日的方式是佩林完全无法想象的。两河人在这一天也会舞蹈，但像这种……凯瑞安人似乎是要在这两天的节日里补偿他们一整年的保守和沉默。矜持的礼仪、平民和贵族的隔阂都被扔进了井里，至少在公开场合是如此。身穿粗布衣服、流着汗的女人将同样汗流满面，身上的暗色丝绸衣服上却有彩色横纹的男人拖进舞蹈中；穿着马车夫外衣和马夫背心的男人们，有时甚至会围绕着一名彩色横纹一直到腰际的女子转圈。赤裸着胸膛的男人不停地往自己的嘴里和周围所有人的嘴里灌着酒。任何男人都可以亲吻任何女人，任何女人也都可以亲吻任何男人。凡是佩林能看到的地方，都有人在狂歌漫舞。佩林尽量不让自己把周围看得很清楚，因为有一些将头发盘成塔状细密发髻的贵族女子完全赤裸着上身，只披着一件薄斗篷，而且完全不在意斗篷前面是否敞开着。在平民之中，完全脱掉上衣的女子很少寻求遮蔽，只用极长的头发覆盖住上身，她们也像那些男人一样狂野地向周围的每个人泼着酒。喧闹的笑声和千百种由长笛、鼓、号角、扁琴、筝和响板琴演奏出来的曲调彼此争斗，形成了一种震耳欲聋的效果。

伊蒙村的妇议团面对这种场面一定会尖叫起来，村议会则几乎会中风地把他们的舌头吞下去。但这些吵闹喧嚣并不是佩林烦恼的主要原因。南蒂拉说兰德只会去几个小时，但他现在已经离开六天了。明或者是和他一起走了，或者是和艾伊尔人在一起，所有人都是一无所知。当佩林向那些智者们追问的时候，她们却像两仪师一样只是推诿搪塞。佩林觉得那个名叫索瑞林的智者似乎察觉到了什么，但索瑞林只是明白地告诉他，他最好还是把心思花在照顾妻子上面，不要随便把鼻子探进与湿地人无关的事情里。索瑞林怎么知道了他和菲儿之间的麻烦？佩林不知道，但他也不在乎，他能感觉到兰德对他的需要，就像是在他的皮肤下面到处丛生的毛刺，每天都在变得更加锋利、坚硬。他刚刚从兰德的学校出来，这是他最后一个能去寻找的地方了，但那里的每个人都喝醉了，像其余凯瑞安人一样放荡地舞蹈着。有人告诉他，一个名叫伊迪恩的女人是这座学校的校长，但佩林在找到伊迪恩之后，却必须先尴尬且困难地打断她和一名年轻得足以成为她儿子的男人之间绵长的亲吻。最后伊迪恩只是告诉佩林，也许一个名叫荷瑞得的男人会知道一些事情，而佩林却发现荷瑞得在和三个足以成为他孙女的年轻女子跳舞。在那三名女子的怀里，荷瑞得似乎连自己的名字都忘了。烧了兰德吧！兰德就这么一句话不说地跑掉了，他明明知道明看到的幻象，知道他需要佩林，否则就有可能没命。很明显的，就连那些两仪师也开始讨厌兰德了，就在这天早晨，佩林得知她们已经在三天前离开凯瑞安，返回塔瓦隆了。她们说留在这里已经没有任何意义。兰德到底要干什么？那种刺痒的感觉让佩林恨不得要咬断什么东西。

当佩林到达太阳大厅时，所有的灯都被点亮了，每一个能够放置蜡烛的地方都放着点燃的蜡烛，所有走廊里都亮着无数闪光，仿佛太阳中的宝石。在两河，这个时候每幢房屋里的每一支灯烛也都会被点亮，直到明天太阳升起。大多数宫殿的仆人都已经到街上去了，留在宫中的仆人即使还有工作，也全都在欢笑、舞蹈和歌唱。就连在这里，有些女人也赤裸着上身——其中既有在两河还没有到结辫子年纪的女孩，也有灰发的祖母。走廊里的艾伊尔人都露出非常厌烦的表情，这对他们来说是很少见的。那些枪姬众们尤其显得暴躁易怒，但佩林怀疑这和那些放荡的凯瑞安女人并没有关系。自从兰德离开之后，枪姬众们每天都会变得更加焦躁。

和往日不同，佩林这次在走廊中大步行进着。他几乎希望贝丽兰正好和他迎面撞上，那样他就能抓住她的后颈，用力把她摔打一顿，让她夹着尾巴逃走。也许是因为幸运，佩林没看见贝丽兰的影子就走进了房间。

当佩林走进门的时候，菲儿从石雕棋盘上抬起头。嫉妒的气味仍然不停地从她身上飘散出来，但这并不是她身上最强的气味，愤怒就比嫉妒更加刺鼻，但也没到最糟的状况，而最强的却是一种木然、阴郁的感觉——佩林觉得那应该被称为失望。为什么她会对他如此失望？为什么她不跟他说话？只要能对他说一个字，给他一个提示，他愿意跪在她面前，接受她堆在他脑袋上的一切责骂。但她只是在棋盘上落下一粒黑棋，然后喃喃地说道：“该你了，罗亚尔。罗亚尔？”

罗亚尔的耳朵不安地哆嗦了一下，他的长眉毛低垂下来。这名巨森灵并没有什么辨别气味的能力——嗯，不会比菲儿的更好——但他能感觉到人类无法识别的心绪。当与佩林和菲儿同在一个房间的时候，罗亚尔看上去总是一副想哭的样子。现在，他只是发出一声如同风吹过岩洞的叹息，然后放下一粒白棋——如果菲儿再不注意，他就要围住菲儿的一大片棋子了。菲儿也许能注意到，她和罗亚尔是旗鼓相当的对手，佩林则要比他们两个差很多。

苏琳走出卧室的房门，手臂上捧着一个枕头，朝菲儿和佩林皱皱眉。她的气味让佩林想到一匹母狼正在忍受咬着她尾巴玩耍的小狼，而且快要到临界点了，她的气味中也充满了担忧，奇怪的是，还有恐惧。为什么一名白发侍女会感觉到害怕——而且这位侍女的脸上还有那样的疤痕——佩林对此完全无法理解。

佩林拿起一本有镀金雕刻花纹的皮封书，坐进椅子里，随意将书翻开。他并没有去读，甚至没有去看他拿起的是什么书。他深深地吸着气，并过滤掉除了菲儿之外的所有气息。失望、愤怒、嫉妒，在这些下面，甚至在那种微弱的清新草药香皂的气味下面，是她的气息。佩林饥渴地呼吸着，她只要说一句话就行。

一阵敲门声响起，苏琳走出起居室，红白色的裙子随着她的步伐被高高踢起。她瞪了佩林、菲儿和罗亚尔一眼，仿佛是在奇怪为什么他们全都没有去应门。当她看见走进门的是多布兰时，便不做掩饰地冷笑了一声——自从兰德离开后，苏琳似乎经常会这样——但她很快又深吸一口气，仿佛是鼓起勇气一样，然后在脸上显出一副恭顺的笑容。然后她行了个深深的屈膝礼，脸几乎都要贴在地面上，仿佛是在恭迎一位要亲手砍掉自己脑袋的国王。突然间，她开始颤抖。怒意从她的气味中融化了，甚至连那种担忧都被另一种气息掩盖住——那种气味就如同上千根发丝一样细的钢针。佩林以前从苏琳身上闻到过羞愧，但这次，他觉得苏琳大概要羞愧而死了。他闻到了女人在痛哭流涕之前散发出来的那种苦涩的甜蜜。

当然，多布兰完全没看苏琳一眼，他的一双眼窝深陷的眼睛一直在盯着佩林。在他那个被剃光并敷了粉的额头下面，他的面孔非常冷静，甚至有些阴森。多布兰的身上没有一丝酒气，他看上去应该也没跳过舞，上次佩林遇到他的时候，只是觉得这个男人有警戒的气味，算不上是恐惧，但他的样子仿佛正走过一片爬满毒蛇的密林，今天那种气味却变成了原先的十倍。“光明眷顾你，佩林大人，”多布兰一边说着，一边侧过了头，“我能和你单独谈谈吗？”

佩林将那本书放在椅子旁边的地板上，指了指对面的一把椅子。“光明照耀你，多布兰大人。”如果这个人想要正式谈话，佩林可以和他正式谈话，但那是有限制的。“无论你要说什么，我的妻子都可以听，我不会对她隐瞒任何秘密，而罗亚尔是我的朋友。”

佩林能感觉到菲儿的目光落在自己身上，突然间，她的气息几乎压倒了他。不知为什么，佩林想到了她对他的爱，当她在最温柔的时候，当她将最激情的吻给他的时候，那种几乎让他晕眩的芬芳。佩林想命令多布兰离开——

也让罗亚尔和苏琳离开。如果菲儿有了这样的气息，他肯定能让她回心转意，但那个凯瑞安人已经坐下了。

“一个可以信任妻子的男人，佩林大人，就是拥有比财富更珍贵的宝藏。”但多布兰还是将菲儿审视了一会儿，才继续说道：“今天，凯瑞安承受了两个灾难。今天早晨，马林金大人被发现死在床上，看样子是被毒死的。之后不久，麦朗大君在街上被一名小贼刺死了，在圣光节发生这样的事是很不寻常的。”

“为什么你要把这种事情告诉我？”佩林缓缓地问。

多布兰摊开双手，“你是真龙大人的朋友，而他不在这里。”他犹豫着，当他再次开口时，每一个字仿佛都是被强逼出来的。“昨晚，克拉瓦尔和一些小家族的客人共进晚餐——达甘瑞、索连德、安那林、奥斯林等等。这些家族都不大，但他们数量众多，他们在讨论与赛甘家族联盟，支持克拉瓦尔登上太阳王座，克拉瓦尔并没有刻意隐瞒这次聚会。”他又停了一下，认真地审视着佩林。无论多布兰看见了什么，他似乎是认为需要对佩林进行更多的解释。“这是最危险的，因为马林金和麦朗都想要得到太阳王座，而如果他们知道克拉瓦尔也想要，他们两个都会将克拉瓦尔闷死在枕头里。”

佩林终于明白了，但他不明白这个人为什么要如此旁敲侧击地说出自己的推断。他希望菲儿能说话，菲儿在这种事情上比他要擅长得多。他从眼角向菲儿望过去，看见菲儿又把头埋在棋盘上，不过菲儿似乎也在从眼角看着佩林。“如果你认为克拉瓦尔犯下了罪行，多布兰大人，你应该去找……去找鲁拉克。”佩林本想说贝丽兰，但还没等他说出口，嫉妒已经在菲儿的气息中变强了。

“那个艾伊尔野蛮人？”多布兰哼了一声，“我还不如去找贝丽兰，但那并不会有用。我承认那个梅茵婊子知道如何管理一座城市，但她把每一天都当成了圣光节，克拉瓦尔会把她切成碎片，和胡椒一起炒熟。你是转生真龙的朋友。克拉瓦尔——”这一次，他停了下来，因为他终于发现贝丽兰没敲门就走进了房间，她的手臂中还捧着一根用毯子裹起来的细长东西。

佩林已经听到了门栓转动的声音，并且看见了贝丽兰——这个女人的胸部有一半都露在衣服外面。怒火几乎扫光了佩林脑子里的一切，这个女人竟然径自走进他的房间，当着他妻子的面向他卖弄风骚？他怒不可遏地站起身，两只手掌狠狠地拍在一起：“出去！出去，女人！现在就出去！

否则我就把你扔出去，我会把你远远地扔出去，远得让你可以在途中弹起来两次！”

贝丽兰吓得掉落了手中的东西，睁大眼睛后退一步，但她并没有离开。佩林在喊出最后一个字的时候，才意识到所有人都在看着他。多布兰的脸上一片冷漠，但他的气味显得相当困惑——就像是一片平原上冒出的一座石峰那样明显。罗亚尔的耳朵像锥子一样僵硬地直立着，下巴几乎松垮到了胸口，而菲儿带着那种冷冷的微笑……佩林完全不明白。他觉得应该能闻到嫉妒的巨浪，但为什么她的气息中只有强烈的伤痛？

佩林忽然看到贝丽兰掉在地上的东西。那条毯子已经摊开，露出兰德的剑和那条有龙形带扣的腰带。兰德会把这些丢下就离开吗？佩林喜欢将事情都认真思考一遍——一个人在匆忙的时候，往往会在无意中伤害到别人。那把剑躺在地上，如同一根闪电。匆忙行事是愚蠢的，这在锻铁时会做出次级品，但佩林的毛发已经竖立起来，一声咆哮在他的喉头深处响起。

“她们抓走了他！”苏琳突然发出骇人的哀嚎。她仰起头，紧闭起双眼，凄厉地痛哭起来，她的哭声已经足以让佩林浑身颤抖了。“两仪师抓走了我的首兄弟！”她的脸颊上满是泪光。

“镇静，好女人，”贝丽兰坚定地说，“到里面的房间去，镇静下来。”然后她又对佩林和多布兰说道：“我们不能允许她将讯息传播——”

“你没认出我，”苏琳狂野地吼道，“我的衣服和头发变了。如果再这样说我，仿佛我完全不存在，我会让你尝尝鲁拉克在提尔之岩让你经历过，而且现在理应继续经历的一切。”

佩林与多布兰和罗亚尔交换了一个困惑的眼神，他甚至还和菲儿对望了一眼，只是菲儿立刻又把目光转到了一旁。贝丽兰的脸色则变得乍红乍白，她的气息则变得羞辱、软弱和渺小。

没等其他人有所动作，苏琳已经大步走到门口，一把拉开了房门。多布兰刚一迈步，却有一名黄头发的年轻枪姬众正从门口走过，她的脸上还带着兴致盎然的笑容。“你给我正经一点，鲁安！”苏琳喊道。她的双手似乎在飞快地做着动作，只是被她的身体挡住了，让房间里的人看不见她做了什么。鲁安的笑容立刻就消失了。“告诉南蒂拉，她必须立刻到这里来，还有鲁拉克。带我的凯丁瑟来，还有剪头发的剪刀，快！你到底是法达瑞斯麦还是山马塔！？”黄发枪姬众立刻向前冲去。苏琳满意地一点头，然后转回身，回手用力将房门摔上。菲儿吃惊地倒抽一口气。

“光明护佑我们，”多布兰呻吟道，“她竟然对艾伊尔人那样说话，那个女人一定是疯了，我们一定要先把她绑起来，塞住嘴巴，然后再考虑该怎样和艾伊尔人交代。”他说话的时候，就已经从外衣口袋里抽出一条暗绿色的手绢，看样子是要立刻把他的话付诸实施。但佩林捉住了他的手臂。

“她是艾伊尔人，多布兰，”贝丽兰说道，“一名枪姬众，我只是不明白她为什么会成为一名侍女。”但苏琳立刻就警告地瞪了贝丽兰一眼。

佩林缓缓地吁出一口气，他本来还想要保护这名白发的老女人，不让她受到多布兰的伤害。那名凯瑞安人带着怀疑的神情看着佩林，稍稍抬起拿着手绢的手。很显然的，他还在想捆绑和堵苏琳的嘴。佩林站到他和苏琳之间，从地上捡起兰德的剑。

“我想确认。”突然间，佩林发觉自己距离贝丽兰已经很近了。贝丽兰正不安地瞥着苏琳，并一点点向他靠近，仿佛是在寻求他的保护。但贝丽兰的气息中只有果决，并没有不安，闻起来，就像是一名猎人。“我不喜欢立刻就得出结论。”佩林一边说着，一边走到菲儿身边，他的步伐并不快，就像是一名要走到妻子身边的男人。“这把剑并不能真正证明任何事情。”菲儿站起身，绕过桌子，从罗亚尔的手肘后面望着棋局。贝丽兰则又向佩林靠了过来，她仍然在用畏惧的目光看着苏琳，身上也仍然没有一丝畏惧的味道。她伸出手，仿佛是要抱住佩林的手臂。佩林跟在菲儿身后，尽量显出不经意的样子。“兰德说过，三名两仪师不能伤害他，只要他保持警戒。”菲儿从桌子的另一边转过去，重新坐回椅子里。“我知道，他从不会让超过三名两仪师靠近他。”贝丽兰跟着他，用哀怨的眼神望着他，同时又用害怕的眼神望着苏琳。“他离开的那一天，我被告知只有三名两仪师来见他。”佩林跟随菲儿的脚步加快了一点，菲儿又从椅子里站起来，回到罗亚尔身边，罗亚尔将脑袋埋在手臂里，发出一阵呻吟——对巨森灵而言只是低声的呻吟。贝丽兰圆睁着双眼，追在佩林身后，像极了一名寻求保护的女人。光明啊，但她的气味中只有决心！

佩林转过身，面对着贝丽兰，用僵硬的手指杵在她的胸口，让贝丽兰发出了一声尖叫。“就停在这里！”他忽然又意识到自己的手指碰到了什么地方，急忙将手抽开，仿佛被火烧了一样。但他仍然保持着语气的严厉，“就停在这里！”他从贝丽兰面前退开，凶狠的眼神几乎能瞪裂石墙。他明白为什么菲儿的嫉妒已经像闪电一样充满了他的鼻腔，但为什么，为什么，为什么她的气息比以前更加痛苦？

“极少有男人能让我遵从，”贝丽兰低声笑着，“但我想，你是一个。”她的表情和语气——更重要的，是她的气味——变得严肃了，“我刚才去真龙大人的住所搜检了一番，因为我感到害怕。所有人都知道两仪师来到这里的目的是护送他去塔瓦隆，我不明白她们为什么会放弃。这段时间里，我和两仪师进行过不下十次的会面，她们告诉我在他随她们返回白塔之后我要做什么，她们似乎对此非常确定。”贝丽兰犹豫了一下，虽然她没有看菲儿，佩林却觉得她是在考虑是否应该在菲儿面前说出某件事。也许贝丽兰针对的是多布兰，但更像是菲儿，那种猎人的气味又出现了。“她们给我强烈的暗示，似乎我应该返回梅茵，如果我不这样，我也许会被两仪师护送回去。”

苏琳悄声嘟囔了几句，但佩林能够听得很清楚：“鲁拉克是个傻瓜，如果她真的是他的女儿，他一定会任何事都不做，先好好抽她一顿。”

“十次？”多布兰说，“只有一位两仪师来见过我。当我向她表明，我已经向真龙大人宣誓效忠的时候，我觉得她很失望。但不管是十次还是一次，克拉瓦尔一定是关键。她像其他所有人一样，知道真龙大人要把太阳王座送给伊兰·传坎。”多布兰的面孔扭曲了一下，“伊兰·达欧崔，这才应该是她的名字，塔林盖尔应该坚持让摩格丝嫁入达欧崔家族，而不是他入赘传坎家族，是摩格丝需要他，而不是他需要摩格丝。嗯，不管是伊兰·传坎，还是伊兰·达欧崔，她远比克拉瓦尔更有权利继承这个王座，但我相信，是克拉瓦尔杀了马林金和麦朗，以扫清她登上王座的障碍，如果她认为真龙大人会回来，她绝不敢这么做。”

“这就是原因所在了。”贝丽兰的额头上出现了一道焦急的小皱纹，“我有证据，克拉瓦尔让一名仆人将毒药放进马林金的酒里——她做事很粗心，而我带来了两名优秀的捕贼人，但我原先还不知道是为什么。”她微微低下头，接受了多布兰赞赏的目光。“她要为此而被吊死——如果有办法能让真龙大人回来的话。如果他回不来，恐怕我们都要开始考虑该怎样才能活下去了。”

佩林的手紧握在野猪皮的剑鞘上，咆哮道：“我会把他带回来。”丹尼和其他两河人肯定还在前来凯瑞安的半路上，他们要受到马车的拖累，但他还有狼群。“即使我必须一个人去，我也要带他回来。”

“不是一个人，”罗亚尔的语气如同岩石般坚硬，“只要有我在，你就永远不是一个人，佩林。”他的耳朵突然困窘地动了动，任何人看到他勇敢的样子，似乎都会让他觉得困窘，“毕竟，如果兰德被关进白塔，我的书就不会有圆满的结局了。如果我不在场，我也就无法记录他被援救的过程。”

“不会只有你们，巨森灵，”多布兰说，“明天我就能召集五百人。我们需要多大力量才能对抗六名两仪师，我不知道，但我会遵守我的誓言。”他看了苏琳一眼，那块手绢仍然被捏在他手里。“但我们对野蛮人能有多少信任？”

“我们对毁树者能有多少信任？”索瑞林用像她一样又老又硬的声音说道，她没敲门就走进房间，鲁拉克跟在她身边，带来一股严峻的气息。他们身后是艾密斯，在她的白发中间，那张显得过于年轻的面孔比任何两仪师更加冰冷。然后是浑身喷涌着杀人怒火的南蒂拉，她拿着一只灰色、棕色和绿色的包裹。

“你们已经知道了？”佩林难以置信地问。

南蒂拉将那只包裹扔给苏琳。“你应该承担义的时间已经过去了，几乎有四个半星期了，即使是奉义徒也认为你的自尊太强了。”那两个女人消失在卧室里。

艾伊尔人一进门，佩林开口说话的时候，立刻从菲儿身上闻到气恼的气味。“枪姬众手语。”菲儿低声说道。她的声音非常低，房里只有佩林的耳朵能听到。佩林感激地看了她一眼，但菲儿只是显出一副关心棋局的样子。为什么菲儿一直都对这件事不理不睬？她能给出很好的建议，而且无论她愿意说什么，他都会非常高兴。菲儿这时放下一粒棋子，朝罗亚尔皱皱眉，巨森灵正专心看着佩林和其他人。

佩林努力克制住叹气的冲动，用平板的声音说道：“我不在乎谁信任谁。鲁拉克，你愿意派遣你的艾伊尔人对抗两仪师吗？她们有六个，十万名艾伊尔人会让她们寸步难行。”从他嘴里说出的这个数字让他眨了眨眼——一万人就已经是一支规模不小的军队了——十万是鲁拉克说过的人数，佩林看到过丘陵地带的艾伊尔营地，所以他相信鲁拉克的说法。但让他惊讶的是，鲁拉克的气息中出现了犹豫。

“这么多人是不可能的。”部族首领缓缓地说。他又停了一下，才继续说道，“跑者们今天早晨来了。沙度正从弑亲者之匕山脉向南进军，已经进入凯瑞安的核心地区，我必须有足够的军力阻止他们。现在还不能确定他们的目标就是这里，但如果我让如此众多的枪矛离开，我们可能就要把以前做过的事重新做一遍。至少，那时沙度会在我们回来之前洗劫这座城市。有谁能知道，他们会在这里前进多远，有多少人会被他们当成奉义徒掳走？”当鲁拉克说出最后这句话时，他身上散发出强烈的轻蔑气息，但佩林并不太明白他在说什么。和阻止兰德被囚禁在塔瓦隆相比，需要重新征服多少地方，甚至是有多少人会死去（但佩林极不愿意想到这个），都不再是重要的事情了。

索瑞林一直在审视佩林，智者们的眼睛经常会让佩林想到两仪师——她们都会把你称量到每一盎司、每一寸。索瑞林让佩林觉得自己如同一架被拆开的旧犁——每根钉子都被重新检查过，以确定是否应该修理或更换。“把一切都告诉他，鲁拉克。”索瑞林厉声说道。

艾密斯将一只手放在鲁拉克的手臂上，“他有权利知道，我心中的阴凉，他是兰德·亚瑟的兄弟。”艾密斯的声音很温柔，但她的气味很坚定。

鲁拉克用严峻的目光看了智者们一眼，然后又轻蔑地看了多布兰一眼，最后他站直了身体。“我只能带领枪姬众和斯威峨门。”他仿佛宁可失去一只手臂，也不愿意说出这些话，“其他人之中有太多不愿和两仪师进行枪矛之舞。”多布兰的嘴唇轻蔑地弯曲起来。

“有多少凯瑞安人愿意与两仪师开战？”佩林平静地问，“六名两仪师，我们除了钢铁之外，一无所有。”鲁拉克能聚集起多少枪姬众和那些斯什么的人？没关系，他至少还有狼群。有多少狼会死去？

多布兰的嘴唇恢复了平直。“我会的，佩林大人。”他坚定地说道，“我和我的五百人，如果是六名两仪师的话。”

索瑞林就连笑声也显得相当老辣：“不要害怕两仪师，毁树者。”突然间，一点火焰出现在她面前。她能导引！

当他们开始制定计划时，索瑞林让那团火焰消失了，但它仍然留在佩林的记忆中。微小、虚弱、闪烁不定，但它比发出了比号角更强的宣战号令，号令着一场剑拔弩张的战争。

“如果你合作，”盖琳娜用安慰的声音说，“你的生活会变得更加愉快。”

这名女孩阴沉地盯着盖琳娜，在凳子上动了动身子，仍然显得有点痛苦。她没有穿外衣，但她的身上在不停地流汗，这座帐篷一定很热，盖琳娜有时候会完全忘记气温。已经不是第一次了，她对这个明，或者是伊尔明黛达，或者是叫其他什么名字的女孩很好奇。盖琳娜第一次看见她的时候，她的衣着完全像是个男孩，那时她总是和奈妮薇·爱米拉及艾雯·艾威尔在一起，还有伊兰·传坎，不过另外那两个女人是和兰德绑在一起的。第二次，伊尔明黛达成为盖琳娜所痛恨的那种女人——虚荣、矫揉造作。

那时她几乎是处在史汪·桑辰的个人保护之下，这只是让盖琳娜更加恨她。盖琳娜完全想象不出，爱莉达怎么会那么愚蠢，竟然允许她离开白塔。这个女孩的脑子里到底有些什么信息？也许不该让爱莉达立刻就得到她。在白塔正确地使用这个女孩，她能帮助盖琳娜将爱莉达变成一只被网住的燕子。因为奥瓦琳的关系，爱莉达已经变得强壮，能够和奥瓦琳一起坚定地控制住玉座的每一分权力，将爱莉达关在笼子里肯定会削弱奥瓦琳。适当地利用……

盖琳娜一直在感受的能流发生了一丝改变，让她坐直了身体。“等你进行了足够的思考之后，我会再和你谈，明，仔细地想想，一个男人能值多少眼泪。”

走出帐篷之后，盖琳娜向那名站岗的矮壮护法厉声说道：“这次要看紧她。”昨晚出事的时候，并不是卡利罗站岗，但盖丁们都被娇纵得很厉害。他们不该比士兵得到更多的优待。

盖琳娜没理会护法的鞠躬，离开那座帐篷后，她开始寻找盖温。自从兰德被捕之后，那个年轻人就变得孤僻而沉默。盖琳娜不想因为盖温要为他母亲进行愚蠢的复仇，而把一切事情搞糟。她看见盖温正骑在马上，在营地边缘和一群自称为青年军的男孩说话。

因为必要的原因，她们今天提早了宿营时间。下午的太阳让帐篷和路边的马车投下长长的影子。起伏不定的原野和低矮山丘包围着这片营地，视野中只有几丛零散的矮小灌木。除了使节团中的六名两仪师之外，这里还有另外三十三名两仪师，以及她们的仆人和护法——其中有九个人是绿宗的，只有十三名红宗，其余的则属于白宗，奥瓦琳原先的宗派。即使不算上盖温和他的士兵，这也是一片相当大的营地了。一些姐妹也走出了帐篷，或是在探头向外观望，她们也感觉到了盖琳娜所感觉到的事情。众人注意力的焦点落在七名两仪师身上，其中六个人坐在围绕一只铜箍箱子的凳子上，那只箱子放在仍然能完全被西斜的太阳照射到的地方。第七个人是布莲安，自从兰德在昨晚被放回这口箱子中之后，她就不曾远离过这只箱子。她们在离开凯瑞安后，兰德曾经被允许出来走动过一次，但盖琳娜怀疑布莲安要让兰德在剩下的旅途中都被塞在这只箱子里。

这名绿宗两仪师一看见盖琳娜走过来，就立刻迎了上去。布莲安通常都很漂亮，她皮肤白皙，脸孔轮廓是优雅的卵圆形，但现在，她的脸颊变成了深红色，从前一晚到现在，她的脸色一直都是这样。她那双可爱的黑眸也被镶了一圈红边。“他又在妄图打破屏障了，盖琳娜。”愤怒混合着对那个男人的轻蔑，让布莲安的声音变得浑浊而沙哑，“他一定要再次受到惩罚，我想成为那个惩罚他的人。”

盖琳娜犹豫着。惩罚明的效果会好很多，这样可以对兰德产生震慑作用，昨晚看见他看到明遭受惩罚时，肯定是被强烈地激怒了（明会遭受惩罚，是因为她看见兰德被惩罚时，突然开始拼命地挣扎和反抗）。这起意外的起因是兰德发现明在营地里，那时看守明的护法粗心地允许明走进帐篷外的夜色里，而不是将明紧紧地看守在帐篷之中。但又有谁能想到，已经被屏障并且受到严密监押的兰德会变得那样疯狂？他不仅是打破了屏障，而且还徒手杀死了一名护法，并且用那名死护法的剑重伤了另外一名护法，最后那名受伤的护法也在治疗中死去。而这一切都发生在姐妹们克服了惊骇之心后，连忙用至上力把他捆了起来的短暂时间内。

依照盖琳娜的意思，她在几天前就会聚集起其他红宗姐妹，将兰德驯御了，但这么做是被禁止的，所以她只能将兰德完整无缺地送去白塔。然而，这样做的前提是兰德必须表现出足够的礼貌。盖琳娜更在意的是做事的效果，如果将明牵出来，让兰德听到明的哀嚎和哭泣，让他知道是因为他的所作所为才会让明如此受苦，这样做肯定会达到最好的效果。但恰巧那两个死掉的护法都是布莲安的，大多数姐妹都认为布莲安有这样的权利，而且盖琳娜自己也想让这名像布娃娃一样可爱的伊利安绿宗两仪师尽快摆脱掉她的愤怒，如果这张瓷器般的脸能在剩下的路途中恢复白皙和光润，一定会好看得多。于是盖琳娜点了点头。

当光线突然射进箱子里的时候，兰德眨了眨眼，不由自主地哆嗦了一下。他知道即将来临的是什么。路斯·瑟林陷入了死寂的平静。兰德吃力地维持着虚空，但他被拖出箱子，拉直身体时，他很清楚自己的肌肉正在痉挛、呻吟。他咬紧牙关，竭力不在这种对他来说像正午时分一样强的阳光中眯起眼睛。和箱子中相比，外面的空气真是清爽宜人，被汗水湿透的衬衫紧贴在身上，上面仍然有汗滴在流。没有绳索捆住他，但他一步都迈不出去，而如果不是被至上力支撑住，他立刻就会跌倒在地上。直到他看清楚太阳已经西斜了多少，他才知道自己的脑袋已经在双膝中夹了多长时间，那时他的全身都窝在由他的汗水形成的水洼里。

他对太阳的注意并没有持续多久，很快的，他的目光就落在站到他面前的布莲安身上。这名矮小、苗条的女人抬起头盯着他，黑眼睛里充满了怒火，让他几乎又打了个哆嗦。和昨晚不一样，这个女人什么话都没说，直接就开始了。

看不见的能流抽在他的肩膀上，第二记是在胸口上，第三记在大腿后面。虚空破碎了。风之力，只是风之力。这样说听起来似乎比较轻柔一点，但每一击都像是被鞭子抽中，挥舞鞭子的手臂比任何男人的手臂都更加强壮。在布莲安开始之前，他从肩膀到膝盖的所有地方都已经布满了鞭痕。他能感觉到它们，并不是他所希望的那种模糊感觉。即使被裹在虚空中，他仍然想要哭泣，而在虚空消失之后，他只想嚎叫。

但他只是咬紧了牙，有时候，他的牙齿缝里会迸出一阵咕哝声。每次发出这种声音，布莲安的力量都会加倍，仿佛是想听到更多的声音。他拒绝屈从，每次被这种看不见的鞭子抽中，他都无法阻止身体的颤抖，但除此之外，他什么也不会给她的。他死死地盯着她的双眼，拒绝移开目光，拒绝眨眼。

*我杀死了我的伊琳娜。*每次鞭子落下，路斯·瑟林都会发出哭嚎。

兰德也在进行他自己的忏悔。痛苦抽打着他的心口，那是因为对于两仪师的信任。火焰灼烧着他的后背。绝不再信任，一丝一毫也不会。剃刀在刮削他的骨肉。这全都是因为对两仪师的信任。

她们以为她们能让他屈服，她们以为她们能让他匍匐在爱莉达脚下！他让自己做出一生中遇到的最困难的事情——他露出了微笑。虽然那微笑只是停留在嘴唇上，但他看着布莲安的眼睛，微笑着。布莲安睁大了眼睛，倒吸一口冷气，鞭打从所有方向上同时而至。世界似乎充满了痛苦和火焰，他看不见，只能感觉。痛苦和灼烧。不知为什么，他知道自己的双手正在那种看不见的绑缚中不受控制地颤抖。但他已经将全部意志集中在紧咬的牙关上。*我要……不能喊出来！我不会喊出……！绝不再……一丝……一丝一毫！绝不……！我不会！绝不！绝不！绝不！*

他在急促地呼吸着，空气激烈地涌进他的鼻腔。他的全身都在抽搐，经历过一次次脉动的火焰，但鞭打停止了，就像它开始时那样突然——他身体中的一部分本以为永远不会结束的，终于结束了。他尝到了血腥味，意识到他的下巴几乎像他身体的其他地方一样痛。很好，他没喊出来，他脸部的肌肉纠结成僵硬的疙瘩。如果他要张开嘴，一定会费很大的力气。

视觉是最后才恢复的，即使当他能看见的时候，他还在怀疑是不是痛苦让他产生了幻觉。在那些两仪师中间站立着一队智者，她们整理着披巾，用她们能聚集起来的全部傲慢望着那些两仪师。当他相信她们是真实存在的时候（或者他真的是在做梦，盖琳娜正在他的想象中说话），他的第一个念头是得救了。智者们终于……这是不可能的，但她们也许能……然后他认出了那名正在和盖琳娜说话的女人。

瑟瓦娜向他走了过来，一丝微笑挂在那双丰满而贪婪的嘴唇上。在金发的映衬中，那双淡绿色的眼睛正从一张美丽的面孔上望着他。与其盯着那张面孔，兰德更宁愿看着一匹发狂的狼。她的站姿有点奇怪——稍稍向前靠过来，肩膀挺起。她在看着他的眼睛。突然间，虽然全身都在疼痛，但他非常想笑。也许他已经笑出来了，只是他不确定从自己嘴唇间出来的声音到底算什么。他是一名囚犯，刚刚被狠狠地鞭打过一顿，伤口发出火烧般的疼痛，汗水在蛰刺全身的每一个地方。他相信，面前的这个女人痛恨他，将他视为杀死爱人的仇敌，但这个女人正在确认他是否在从她的衣领中窥看她的胸部！

缓缓地，瑟瓦娜用一根指甲划过他的喉咙——在他的脖颈上划了一个圈——仿佛是在想象割掉他的脑袋。当然，为了库莱丁，这个女人肯定想这样做。“我已经见到他了。”瑟瓦娜说着，满意地叹了口气，并伴随着一阵满意地微微颤抖着，“你们履行协议中你们的部分，我履行我的部分。”

两仪师立刻又把他折叠起来，让他以头被夹在膝盖中的姿势回到箱子里，窝在那一片汗水之中。箱盖被关上，黑暗包围了他。

直到此时，他才开始活动下巴，让自己能张开嘴，颤抖地呼出一口气。他一直都无法确定自己是否能坚持不哭出来。光明啊，但他真的像是在被火烧一样！

瑟瓦娜在这里干什么？她们有什么样的协议？能知道白塔和沙度之间有协议就很够了；现在还不是为这种事担心的时候。现在他要担心的是明，他必须夺回自由。她们已经在伤害明了。这个心思是如此强烈，几乎大过了肉体的痛苦——几乎。

在这种情况下建立虚空绝不是件容易的事，但他最终还是将自己包裹在虚空里，向阳极力伸展……他发现路斯·瑟林在做和他一样的事，如同两双手在摸索着，要抓住只有一双手能抓住的东西。

*烧了你！*兰德在脑海中咆哮着。*烧了你！为什么你不能跟我合作一次，而不是对抗我！*

*你跟我合作！*路斯·瑟林喊了回去。

兰德几乎在震惊中失去了虚空。这次绝对没错。路斯·瑟林听到了他，并做出了回答。我们可以合作，路斯·瑟林。兰德不想跟这个人合作，兰德想把他赶出自己的脑海。但明也被抓了。还有多少天他们就会被带到塔瓦隆。他相信，如果她们将他带到了那里，他就不会再有机会，永远不会再有。

一个不确定的、但也不是疯狂的笑声回应了他。合作？又是一阵笑声，这次充满了疯狂。合作，无论你是谁。声音和路斯·瑟林消失了。

兰德颤抖着，跪在箱子里，更多的汗水滴进正浸泡着他头部的水洼。他在颤抖着。

他缓缓地向阳极力伸展过去……又遇到了那道屏障。他缓慢而轻柔地感觉着屏障，直到平滑的阻碍突然变成了六个点，六个柔软的点。

柔软的，路斯·瑟林喘息着说。因为有她们在，维持着这个缓冲。它们被固定住之后，就会变得坚硬。它们还是柔软的时候，没有任何办法，但如果它们被固定住，我就能拆开这个网，只要我有足够的时间。他又停了下来，许久没再说话，甚至让兰德以为他又消失了，忽然，他又耳语道，你是真的吗？然后，他真的消失了。

兰德小心翼翼地沿着屏障感觉着那些柔软的点。六名两仪师。需要时间？直到现在，它们还从没有被固定过……已经过了多久？六天？七天？八天？不行，他不能等太久，每一天都会让他更靠近塔瓦隆。明天，他会再次尝试打破屏障，那就像是他用两只手拍打岩石，但他必须用全部力气去拍打。明天，当布莲安鞭打他的时候——他相信鞭打他的人一定会是布莲安，他会对她微笑，然后当痛苦加剧的时候，他会发出尖叫。后天，他将要做的会仅止于碰这个屏障，顶多让她们感觉到他在碰它，不会再做更多了，而且不论之后她们会不会再惩罚他，他也不会再去碰第二次。也许他可以向她们要水喝，她们在黎明时给了他一些水，但他已经渴了。即使她们让他一天不止喝一次水，求她们给水喝也是一件很自然的事。如果他还被关在箱子里，他可以乞求她们让他出来。如果她们认为他还没接受教训，她们就不会让他出来。想到还要在箱子里滞留两三天，勒紧的肌肉又开始抽搐。这里没有任何可以挪动的空间，而他的身体已经疲惫不堪。两或三天，她们会相信他已经屈服，他会表现出恐惧的样子，避免去看任何人的眼睛。他将成为一个可以随意被放出箱子的可怜人，更重要的是，他将成为一个她们不需要严密看守的可怜人。也许到那时，她们就会认为不需要六个人维持屏障，她们会将屏障固定住，或者……或者出现别的疏失。他需要她们的疏失！

这是一个绝望的想法，但他却发觉自己在笑，而且无法停下来。他无法停止去感觉那道屏障，如同一个瞎子在拼命地用手指摸索一片平滑的玻璃。

盖琳娜皱起眉看着那些艾伊尔女人，直到她们登上一座小山，又消失在山丘背后。除了瑟瓦娜之外，那些人都能导引，其中有几个相当强大。毫无疑问，瑟瓦娜认为只要有十来个野人围绕在身边，她就是安全的。真是有趣的想法，这些野人根本就是靠不住的。再过几天，她会再次利用他们——瑟瓦娜所谓"协议"的第二部分——盖温·传坎不幸的死亡，连同他的大部分青年军。

回到营地中心，盖琳娜发现布莲安还站在那个装着兰德的箱子前面。

"他真的在哭泣，盖琳娜。"布莲安激动地说道，"你能听到吗？他真的……"突然间，泪水从布莲安的脸上落下。她也在无声地哭泣，她的双手紧抓着裙子。

"到我的帐篷里来，"盖琳娜安慰地说，"我有一些不错的蓝莓茶，我还可以在你的眼眉上敷一块凉湿巾。"

布莲安在泪水中露出微笑，"谢谢你，盖琳娜，但我不能。瑞山和巴托一定在等我，他们肯定比我受了更多的苦，他们不仅会感觉到和我一样的苦楚，还会因为我在受苦而更加痛苦，我必须去安慰他们。"她感激地握了握盖琳娜的手，就走开了。

盖琳娜看着这只箱子，又皱起眉。兰德似乎的确在哭泣，但也很像是在笑，虽然她并不相信他笑得出来。她抬起头向布莲安望去，那名绿宗两仪师刚刚消失在她的护法的帐篷里。兰德会哭泣的，她们还要再过两个星期才能到塔瓦隆，举行爱莉达计划中的凯旋式——至少还要有二十天。从现在开始，不管布莲安是否愿意再做下去，他都要在每天黎明和日落时接受惩罚。当盖琳娜把他带到白塔时，他会亲吻爱莉达的戒指，听从命令说话，当他不被需要的时候温顺地跪在角落里。盖琳娜眯起眼睛。她要自己去喝蓝莓茶了。

当她们走进林地时，瑟瓦娜转身面对其他人，并对于自己能够如此平心静气地看待身边这些大树暗自得意。翻越龙墙之前，她从未看过这么多树。"你们有没有看清楚她们束缚他的手段？"她问道，同时让自己的语气显得像是在问一件她早已经完全掌握的事情。

赛莱维看了看其他人，她们都向她点点头。"我们可以做出她们所做的一切编织。”赛莱维说道。

瑟瓦娜点着头，用手指抚摸着口袋里的那只小石匣。那名将这个给她的奇怪湿地人说她在这样的时候就应该使用它，当兰德被俘虏的时候。直到她真正看见他之前，她都在打算这样做，但现在，她决定把这个匣子丢开。她当过一位部族首领的寡妇，那个男人进入过鲁迪恩；然后她成为了一个自称为首领的男人的寡妇，其实那个男人并没有进入鲁迪恩。现在，她要成为卡亚肯的妻子，艾伊尔的每一根枪矛都会向她拜倒。她的指尖仍然存留着兰德脖颈的感觉，那时她的指尖正在画出一只项圈的形状——一只将被套在兰德脖子上的项圈。

“是时候了，迪赛恩。”她说道。

不出所料，迪赛恩惊讶地眨了眨眼，在随后的时间里，她只来得及发出一声尖叫。迪赛恩一直在因瑟瓦娜的位置而满腹牢骚，瑟瓦娜却一直没时间理会她。除了迪赛恩之外，在场每个人都已经坚定地支持着瑟瓦娜，别的地方还有更多支持者。

瑟瓦娜专注地看着其他智者们的所作所为。至上力总是令她感到痴迷，所有这些事情都显得如此不可思议，如此功效卓著。她们必须让其他人能够看出，只有至上力能让迪赛恩变成这样。瑟瓦娜觉得这实在是令人吃惊——一具躯体被撕裂的时候，只流了这么一点血。

第 54 章

派遣

圣光节第二天，太阳还只是地平线的一条亮线时，凯瑞安街道上已经挤满了纵酒狂欢的人们。实际上，从昨夜到现在，这些街道从没真正地空旷过。到处都充满了狂热的庆祝气氛，几乎没有人会多看一眼这个留着卷曲胡须、表情严肃，腰间挂着一把战斧的男人。他骑着一匹高大的枣红马，沿着狭窄、笔直的街道一直向河边走去。有些人注意到他的同伴——一名艾伊尔人，现在这在凯瑞安城中已经很常见了，只是当庆典开始时，所有艾伊尔人都已经离开了街道；不过，一位巨森灵就显得不同寻常了。他比骑在马上的男人还高，而这名巨森灵最与众不同的地方是他的背后绑着一把巨斧，斧头从他的肩膀上探出来，斧柄几乎和他的身高一样长。和这位巨森灵相比，那名留胡子的男人似乎都显得欢快许多。

澳关雅河上的船只也都亮着灯，包括那艘在这里造成许多谣言的海民船，它沿河流上溯到如此远离海洋的凯瑞安，然后在这里停泊了这么久，却几乎和岸上没有进行任何联系。根据佩林所听到的谣言，那些海民甚至比艾伊尔人更加不赞成这座城里的人们在这两天的行为。佩林本以为高尔会被凯瑞安人这种放荡的样子吓死，那样做实在是很不成体统。但这些人在公众场所接吻，比起那些女人是否穿着衣服，似乎对高尔产生更大的困扰。

在高大的围墙中间，长长的石码头一直延伸到河里。各种尺寸和形状的渡船被系在这些码头上，从只能运载一匹马的，到能装下五十匹马的，不一而足。现在佩林在每艘船上顶多只能找到一个人。他在一艘系在石柱上的渡船前勒住了缰绳，这艘船没有桅杆，有六到七幅长，相当宽大，它和码头之间架着步桥。一名矮胖的灰发男人光着臂膀坐在甲板中间一只倒扣的木桶上，一名灰发女人坐在他的腿上，在她暗色裙装的胸口上绣着六道彩色的横纹。

“我们想要过河！”佩林大声说道，同时小心地看着这两个缠抱在一起的人是否有放开彼此的迹象。结果是没有。佩林将一个安多金币扔到渡船上，厚重金币敲击甲板的声音才让那个男人转过了头。“我们想要过河！”佩林说着，又在手掌上亮出第二枚金币。过了一会儿，他又拿出第三个。

那名船夫舔了舔嘴唇。“我必须把桨手们找回来。”他一边嘟囔着，一边盯着佩林的手。

佩林叹了口气，又从口袋里掏出两个金币。他还记得自己曾经只看见一个这样的钱币，双眼就恨不得从眼眶里跳出来。

船夫立刻跳了起来，让那名贵族女子一屁股跌坐到船板上。他一边爬上步桥，一边气喘吁吁地说着：“请等一会儿，大人，就一会儿。”那名女子生气地瞪了佩林一眼，努力以优雅的动作走上码头。但还没走出多远，她已经拢起裙子，跑进岸边舞蹈的人群中，佩林能清楚地听见她的笑声。

等待的时间并不算短，但那些金子显然让那名船夫尽量加快了速度。他为船上大多数的长桨位置都找到了人手。当渡船驶向河面上的时候，佩林抚摸着枣红马的鼻子，这是他从太阳大厅的马厩里找到的一匹马，现在佩林还没为它想好名字。它的蹄上钉着上好的蹄铁，一双前蹄是雪白色的，看上去应该很有毅力，但它并不能代替快步在佩林心中的位置。

佩林的两河长弓没有挂弦，拴在马鞍的一侧，装满箭枝的箭囊挂在高鞍尾上，鞍尾的另一侧系着一个整齐的细长包裹。那里面是兰德的剑。菲儿亲自准备了这个包裹，并亲手将它交给佩林，但她仍然没有说一个字。佩林知道不会得到一个吻之后，转过了身，那时他终于听到菲儿开口了：

“如果你倒下了，”她悄声说道，“我会拿起你的剑。”

佩林一直都无法确定菲儿是否想让他听到这句话，她的气息变得纷乱混杂，佩林从中分辨不出任何信息。

佩林知道自己现在应该思考些什么，但菲儿总是悄悄溜进他的心里。有那么一瞬间，他甚至相信她就要跟随他一同行动。那时他的心脏都紧缩成了一团。如果菲儿真的这么说了，他觉得自己完全没办法拒绝她——在他给了她那样的伤害之后，他已经再无法拒绝她的任何要求。但他的敌人是六名两仪师，那代表着流血和死亡，如果菲儿死了，佩林知道自己一定会变成疯子。那个瞬间是发生在当贝丽兰说她会率领她的梅茵翼卫队参加这场追击时，而且很幸运地稍纵即逝，虽然是以一种非常奇怪的方式。

“兰德·亚瑟已经将这座城市交给了你，如果你离开这座城市，”鲁拉克平静地说，“这里会出现多少谣言？如果你派出你所有的枪矛，这里又会有多少谣言？而这些谣言将引发什么样的变化？”这听起来像是建议，但部族首领声音中的某些东西，让它比命令要有力许多。

贝丽兰高昂起头，紧盯着鲁拉克，身上散发出倔强的气息。但缓缓地，这种倔强消失了，她自言自语地喃喃道：“有时候，我觉得有太多男人能……”这句话只有佩林听得见。然后，她又微笑着用堂皇的语气大声说道：“这是个不错的建议，鲁拉克，我想我会接受它。”

最让佩林难忘的是当时他们两个人身上的气味——鲁拉克和贝丽兰——就像是一头年长的公狼和一只刚刚长大的幼崽，一位溺爱女儿的父亲和一名敬爱父亲的女儿。但有时公狼仍然要咬住小狼的鼻子，纠正她的错误举动。而那时佩林真正注意的是行动的热情从菲儿的眼里消失了。他该怎么做？而如果之后他能再见到菲儿，他该怎样做？

一开始，那些赤裸胸膛的桨手时常开着一些粗俗但并没有恶意的玩笑，抱怨他们所错过的一切是无论多少金子都无法抵偿的。他们一边笑着，一边在甲板上来回行进，推拉船桨。每个人都说自己正在和一名贵族女子跳舞，或是正在亲吻一名贵族女子。一名大下巴的瘦子甚至说当麦瑙把他喊过来的时候，一名提尔的女贵族正坐在他的腿上。不过没有一个人相信他；佩林也不相信。那些提尔男人看到街上的这种情形，会立刻冲进欢庆的人群里；而那些提尔女人只要看一眼这种情形就会把自己关在房间里，再让卫兵把门看紧。

玩笑和笑声并没有持续很久。高尔尽量站在甲板中心，一双眼睛有些过于炽烈地盯着河岸，脚尖踮起，仿佛恨不得一下子跳起来似的——这只是因为艾伊尔人不适应这么多水，但船夫们不可能明白高尔为什么要这样。罗亚尔靠在他在太阳大厅找到的那把长柄斧上。那只巨型伐木斧般的斧头上雕刻着精致细密的花纹。巨森灵如同雕像般纹丝不动，那张宽阔的脸真的像是从花岗岩中雕刻出来的一样。那些船夫很快就闭上了嘴，只是在用力推拉着船桨，几乎不敢看这些船客一眼。当渡船终于进入澳关雅河西岸的石码头时，佩林把剩下的金币和一把用来分发给船夫们的银币交给了船主——他希望这个人是船主——那一把银币是为了补偿罗亚尔和高尔对他们造成的惊吓。那个胖男人接下钱之后，就立刻哆嗦着后退了一步。虽然有个大肚子，但他还是在鞠躬时将头一直垂到了膝盖上。也许表情吓人的并不只是高尔和罗亚尔。

许多没有窗户的巨大建筑被木制鹰架包围着，上面的石块都变成了黑色，有许多地方剥落了。谷仓已经在以往的各种动荡中完全被烧毁，整修工作现在才步入正轨。但所有的谷仓、马厩、仓库和马车场院都看不见任何人，在这里工作的人全都去城里了。过了许久，才有两个人骑马从一条侧街赶了过来。

“我们已经准备好了，佩林大人。”海芬·努瑞勒急切地说道。这名粉红脸颊的年轻人，比他的同伴要高许多，他穿着被漆成红色的胸甲，同样是红色的头盔上插着一根细长的红羽毛，显得有些华而不实。他的气息中也充满了急切的心情和年轻人特有的味道。

“我还以为你们不会来了，”多布兰嘟囔着。他没戴头盔，只戴着铁手套和一副破损的胸甲，上面还残留着一些镀金花纹。他瞥了佩林一眼，又说道：“光明在上，我不是要冒犯你，佩林大人。”

“我们还有很长的路要走，”佩林说着转过了枣红马。毅力？他该为菲儿做些什么？兰德对他的需要正在他的皮肤下沸腾。“现在，她们已经超过我们四天了。”他轻轻磕了一下脚跟，让毅力以平稳的步伐前进。一场长距离的追逐，现在让坐骑有闪失是不明智的。罗亚尔和高尔也以平稳的步伐跟在他身后。

宽阔的直街变成塔瓦隆大道——凯瑞安的塔瓦隆大道；别的城市也有同名的路——一条宽阔的硬土路一直向西北方延伸过去，穿过一片片覆盖森林的丘陵。他们进入林地一里后，加入到两百名梅茵翼卫队和五百名塔波文家族扈兵之中，他们的坐骑全都是凯瑞安最好的马匹。

梅茵人全都披挂着红色的胸甲和覆盖住后颈、盆子般的有檐头盔，他们的骑枪上都缀着红色飘带，有许多梅茵人看上去就像海芬一样迫不及待。矮个子的凯瑞安人披挂着没装饰的胸甲和钟形头盔，头盔开了个可以看见脸部的缺口，露出一张张刚硬的面孔。他们的头盔和胸甲上经常能看到一些凹痕。他们的骑枪上也没有装饰。有不少人戴着多布兰的背旗——一根短旗杆上拴着一面方形旗帜，蓝色的旗子上有两个白色的钻石形花纹，标示出他们是军官或是塔波文家族的小贵族。所有的凯瑞安人脸上没有任何急切的神情，只有肃穆和冷酷，他们都经历过战争，在凯瑞安，他们称此为“见过狼”。

想到这个，佩林几乎笑了出来。现在还不是狼来的时候。

在将近中午的时候，一小群艾伊尔人跑出树林，沿着通往大道的山坡继续向前跑去。两名枪姬众跑在鲁拉克身边，其中一个是南蒂拉，佩林过了一会儿才认出另外一个是苏琳。穿上凯丁瑟的苏琳看上去和原先完全不同了，她的白发也剪短了，只留下颈后的一绺。她看上去比她穿着仆人制服的时候……自然多了。艾密斯和索瑞林也和他们在一起，她们将宽大的裙摆拢在大腿上，披巾挂在臂弯里，象牙黄金的项链和手镯随着她们奔跑的动作发出一连串碰撞声，但她们的速度完全不比其他人慢。

佩林抢在其他人之前策马赶了过去，劈头问道：“有多少人？”

鲁拉克回头瞥了一眼高尔、罗亚尔、多布兰、努瑞勒以及他们身后的队伍。他们之间的距离还很远，而且马蹄和鞍鞯的声音会把一切声音都压下去，说不定连佩林都听不见这段距离外的声音。但鲁拉克还是压低了声音：“从不同的战士团一共来了五千人，比五千多一点，我不能带太多人来。我没有和提摩兰一起去对抗沙度，已经引起他的怀疑。如果两仪师捉走卡亚肯的讯息传播开去，恐怕荒季会把我们所有人都吞没。”南蒂拉和苏琳同时大声咳嗽起来。然后这两个女人又彼此瞪了一眼，过了一会儿，苏琳将目光转向一旁，脸颊变成了红色。鲁拉克瞥了她们两个一眼——他的气息中蕴含着怒意，随后，他继续低声说道：“我还有将近一千名枪姬众。如果不是我握紧了拳头，她们所有人都将会跟在我身后，每个人全都举起一支火把，告诉全世界的每一个人，兰德·亚瑟正处在危险之中。”突然间，他的声音变得严厉起来：“现在跟随我的每一名枪姬众都明确地知道我告诉她们的话是认真的。”

苏琳和南蒂拉全都红了脸，红色出现在她们被太阳晒黑的坚毅面孔上，给人非常奇怪的感觉。

“我……”她们又同时开口说道。又一次，她们互瞪了一眼，而苏琳又一次把目光移开了，她的脸变得比刚才更加红润。佩林不记得贝恩和齐亚得曾经有过这种表情，那是他唯一认识的两名枪姬众。“我已经做出过承诺，”南蒂拉僵硬地说，“所有枪姬众都做出了承诺，就如同首领向我们下达了命令。”

佩林没有问荒季是什么，他也没有问鲁拉克是怎样率领艾伊尔人渡过澳关雅河。艾伊尔人没有使用渡船，而宽阔的大河是世界上唯一能阻挡艾伊尔人脚步的东西。其实佩林很想知道答案，只是这件事现在并不重要。六千名艾伊尔人、五百名多布兰的扈兵，以及两百名翼卫队；他们的敌人是六名两仪师、她们的护法和大约五百名卫兵，优势在他们这一方。但两仪师们手里有兰德，如果她们将匕首抵在兰德的喉咙上，他们还敢动手吗？

“还有九十四名智者，”艾密斯说，“她们是这座城市附近至上力最强的人。”艾密斯说这句话的时候，身上散发出不情愿的气味——佩林知道，艾伊尔女人不愿意承认她们能够导引。但艾密斯又加强了语气：“我们本来不想带这么多人，但所有人都想来。”索瑞林清了清喉咙，艾密斯立刻就脸红了。佩林想问问高尔这是怎么回事；艾伊尔人和佩林以前见过的所有其他人都完全不同。也许他们年纪大了就容易脸红。“索瑞林率领我们。”艾密斯最后说道。那名年纪更大的女子这才满意地哼了一声，她的气味闻起来也很满意。

佩林只是摇了摇头，他对于至上力的全部了解都可以被塞进一支顶针里，而顶针里剩下的空间还可以插进一只肥大的拇指。不过佩林和沐瑞一同旅行过，他也见过维林和埃拉娜在战斗中的表现，他还看到了索瑞林做出的那团火焰。如果索瑞林是智者中至上力最强的人之一，佩林怀疑那六名两仪师完全可以将这九十四名智者绑成一捆。但在这个时候，任何助力都是佩林欢迎的。

“她们一定超过我们七十到八十里路程，”佩林说道，“如果她们拼命催赶马车，也许她们能领先我们一百里。我们必须竭尽全力赶路。”当他爬回到马鞍上时，鲁拉克和其他艾伊尔人已经跑回山丘上。佩林抬起手。多布兰示意骑兵加快速度。佩林并没有多想为什么年龄足以当他父母的男人和女人、惯于发号施令的男人和女人都会如此毫无异议地追随他。

现在佩林担心的是他们能以多快的速度移动。他知道，穿凯丁瑟的艾伊尔人能够跟上马匹。本来他还在担心穿裙子的智者们，其中一些的年纪也许有索瑞林那么大。但不管是否穿着裙子，不管头发是否变成了白色，智者们的脚程绝不逊于任何人，她们在和马队同步前进的时候，还在平静地交谈着。

前面的道路非常空旷，没有人会在圣光节期间外出，除非他们的事情像佩林一样紧急。太阳爬得很高，山丘则愈来愈矮。等到他们在黄昏宿营时，佩林相信他们已经前进了三十五里的路程，对于如此大规模的一支部队来说，这一天走得是非常远了。他们至少要比两仪师的速度快一半，除非两仪师打算让拉她们马车的马操劳致死。佩林不再担心是否能在到达塔瓦隆之前追上她们，他开始担心在追上两仪师的时候该怎样做了。

佩林躺在毯子里，头枕着马鞍，带着微笑望着空中的一弯上弦月。天空中没有一丝云彩，所以才会如此清亮。这是个打猎的好夜晚，一个狼的好夜晚。

佩林在思想中描绘出一幅画面。一头毛发卷曲的年轻野牛，骄傲威严，两只角如同抛光的金属，在阳光下熠熠生辉。他的拇指抚过身边的战斧，感觉着弯曲的斧刃和斧刃对面锐利的长钉。犊牛的钢角，这就是狼对他的称呼。

他让自己的意识伸展出去，将这幅画面送进夜色。这里一定会有狼，它们会知道犊牛。能够与狼对话的人——这个讯息会像风一样掠过原野。这样的人，佩林只遇到过两个，一个和他成了朋友，另一个则是一名没能守住自己人性的可怜人。他从进入两河的难民那里听到过一些故事，那是一些关于人类变成狼的古老故事。几乎没有人真正相信这样的故事，他们讲这个只是为了逗逗小孩子。但有三个人坚持说他们知道有人变成狼，跑进了荒野。虽然他们描述的细节在佩林看来有很多错误，但其中两个人一直避免去看佩林那双黄眼睛的不安神情让佩林得到了证实。他们两个分别是来自塔拉朋的一名女子和一个来自阿摩斯平原的男人，他们都不会在晚上走出屋门。不知为什么，他们还一直送佩林大蒜作为礼物，佩林倒是吃得很开心。现在佩林已经不再努力去寻找其他和他一样的人了。

他感觉到了狼群，它们的名字进入了他的意识。双月、野火、老鹿和其他几十个景象出现在他的脑海里，它们实际上并不是名字，而是想象和感觉。对一头狼而言，犊牛是一个非常简单的景象。双月所表现的是一个夜色包围的池塘，平滑如冰的水面上被微风吹出一丝波纹，空气中出现了秋日的气息，一轮满月挂在空中，另一轮月亮倒映在水面。两轮月亮是如此相像，以至于分辨不出何者为真。而这已经是最简略的说明方式了。

片刻之间，佩林只是在和它们交换着名字和气息。然后他想道，我在寻找在我前面的人，两仪师和男人，有马匹和马车。当然，这并不是他实际上所想到的，正如同双月并非真正的两个月亮。人是“双腿”；马是“硬脚四腿”；两仪师是“碰触风，挪动太阳，召唤火的双腿”。狼不喜欢火，它们对于两仪师比对其他人有更多的警觉。佩林无法用感觉将两仪师和其他人分别开来，这让它们感到很惊诧。佩林也是在偶然中知道它们可以轻易分辨出两仪师，它们将这种能力认为是理所当然的事情，就像是从一群黑马中挑出一匹白马。这件事对它们而言不值一提，它们也无法将它解释清楚。

在佩林的脑海中，夜空似乎在旋转，夜空下突然出现了一座由马车、帐篷和营火组成的营地，它们看上去并不那么确切——狼对于跟人有关的事物通常兴趣缺乏，所以那些马车和帐篷看起来很模糊。营火危险地咆哮着，那些马匹则显得非常美味——这些讯息透过一头又一头狼传进佩林的脑海。那片营地比佩林预料中的更大。但野火对此非常肯定，它的群落现在就围绕在那些“碰触风，挪动太阳，召唤火的双腿”的周围。佩林想问一共有多少人，但狼对数字并没有概念，它们只是由看见了多少来表明一共有多少。而野火和它的群落一看见两仪师，就不打算继续靠近了。

有多远？这次佩林得到了更好的答案。野火说，当月亮在天空中移动某个角度后，它能走到半尾（那是一头坏脾气的公狼）和它的群落正在分食一只鹿的山丘。半尾在月亮移动到另外一个角度时可以走到兔鼻那里——那是一头性格暴烈的年轻公狼。信息被这样一点点集中起来，最后到了双月那里。双月保持了庄严的沉默，这很适合一位鼻子上的毛发已经变成白色的老公狼。它和它的群落就在距离佩林不到一里的地方。如果认为佩林连它们的位置都无法判断清楚，那就是对佩林的冒犯了。

佩林经过一番统计，认为这段路程大约有六十到七十里。明天，他就能确定再用多少时间能追上她们了。她们带着马车，肯定不能像他一样快速移动。

为什么？这样问的是半尾，它的气息中流露出这样的意思。

佩林在回答之前犹豫了一下。他害怕做出回答，他对这些狼的感觉就像他对两河人一样。她们将影杀捉进了笼子，最后他这么想道。这是狼对于兰德的称呼，但佩林不知道狼是否认为兰德是重要的。

充满佩林意识的震撼感给了他足够的回答，随后，夜空中传来一阵阵嗥叫，由远及近。那些嗥叫声中充满了愤怒与恐惧。营地里的马匹都害怕地嘶鸣着，用马蹄敲击地面，仿佛是要挣脱绊索的束缚。人们纷纷跑过去安抚马匹，也有许多人向黑暗的夜幕中望去，仿佛以为会有一大群狼冲过来，吞噬掉所有这些马匹。

我们来了。半尾最后回答道。在它之后，又有无数的声音在响应它。它们之中有许多已经和佩林交谈过，也有许多原先只是在沉默中倾听着这名能说狼语的双腿。现在它们全都在呼吼，我们来了。之后就再也没有别的讯息。

佩林翻过身，进入了梦乡。他梦见自己变成了一头狼，穿越过无尽的山丘。第二天早晨，到处都没有狼的踪迹，甚至连艾伊尔人都报告说看不见一头狼。但佩林能感觉到它们，有几百头狼正在路上奔跑着。

在随后的四天里，丘陵变成了稍有起伏的平原，澳关雅河沿岸的那种山丘都已经消失了。森林变得稀薄，逐渐由草原替代；和森林一样，草原也都枯黄衰败了，灌木丛愈来愈稀疏。他们经过的河水和溪流的水只能打湿马蹄，河床上被太阳晒干的泥地和石块随处可见。每天晚上，狼群都会告诉佩林前方两仪师的情况。不过那些两仪师一直都没有什么异常的举动。野火的群落一直保持着相当的距离，紧跟在两仪师身后。佩林每天前进同样多的路程，每天他和两仪师之间的距离都会缩短十里。但当他追上她们的时候，他该怎么办？

每晚在与狼群联系之前，佩林都会静静地和罗亚尔谈一谈，一起和他抽抽烟。佩林想要谈的就是他们追上两仪师时该怎么办。多布兰似乎认为他们应该杀进两仪师的阵营，殒身也在所不惜。鲁拉克只是说他们必须看太阳在明天升起时会照耀哪里，所有人最终都必须从梦中醒来。佩林知道，他这种说法和多布兰的差不多。罗亚尔是一名年轻的巨森灵，但他毕竟已经有九十岁了，佩林怀疑罗亚尔读过的书比他看见过的书还要多。而且，罗亚尔对于两仪师的了解也深刻得令人吃惊。

“有几本书里记述了两仪师如何处理能够导引的男人。”罗亚尔叼着烟斗，皱起眉头，那只雕刻成树叶形状的烟锅足有佩林的拳头那么大。“爱罗拉，爱玛之女，珂乌拉之孙在亚图·鹰翼统治早期写下了《火之男人与风之女人》。黎德，商丁之子，科意麦之孙就在三百多年以前写下了《关于人类中男人、女人以及至上力之研究》，我认为这两本是最好的，尤其是爱罗拉的书，她记录了那种……不，我要说得简短一些。”佩林对此有所怀疑，言简意赅很少会是罗亚尔在谈到书籍时所具备的美德。巨森灵清了清喉咙：“根据白塔的法律，男人在被驯御前必须被带到白塔接受审判。”罗亚尔的耳朵剧烈地颤抖了几下，他的长眉毛也低垂了下来，但他还是努力以安慰的样子拍了拍佩林的肩膀。“我想她们不会这样做的，佩林。我听她们说过，要给他荣耀，他是转生真龙，她们知道这一点。”

“荣耀？”佩林平静地说，“也许她们会让他睡在丝绒床垫上，但囚犯依然是囚犯。”

“我相信她们会好好待他的，佩林，我相信。”但巨森灵的声音里并没有多少自信，他的叹息声如同一阵强风吹过。“至少他在到达塔瓦隆之前是安全的。我不明白的是，她们怎么能抓住他。”那只巨大的脑袋困惑地摇晃着，“佩林，爱罗拉和黎德都认为，当两仪师找到一名拥有强大至上力的男人时，他们总是会召集十三名两仪师，然后再捉拿他。哦，那两位作者就这件事举了四五个实例，当然，他们全都提到了卡黎韩——她一个人将一名男人从将近两千里外带回了白塔，那时她的两名护法都已经被那名男人杀死了——但，佩林，他们也都记述了尤瑞安·石弓、桂尔·亚玛拉桑，以及罗林·灭暗者和达维安。而让我担心的正是前面那两个。”他们是自称为转生真龙的人里面最强的四个，而且全都是亚图·鹰翼以前的人物了。“六名两仪师想要捉拿石弓，他一个人杀死了其中三名，又捉住了其他的。六名两仪师想要捉拿亚玛拉桑，他杀死了一个，又静断了两个。兰德肯定像石弓和亚玛拉桑一样强大。这次的两仪师真的只有六名吗？这很让人费解。”

*也许这次来的两仪师不止是六个。*但这个想法让佩林很不舒服。十三名两仪师有可能打退他能召集的全部力量，况且她们还有护法和卫兵。如果他发动进攻，十三名两仪师有可能威胁要驯御兰德。她们应该不会这样做——她们知道兰德是转生真龙，她们知道必须将兰德保留到末日战争。但就算有白塔法律，他能冒这种风险吗？有谁知道两仪师会做什么？佩林从来都无法让自己信任两仪师，即使是那些向他表现出友谊的两仪师，她们总是隐瞒着各种秘密。一个人怎么能信任总是在自己背后行动的人？不管她们在他面前露出多少微笑。有谁知道两仪师会做什么？

实际上，罗亚尔也不知道当那一天到来的时候，他们该怎么办。而且，罗亚尔对于谈论伊莉丝显然更有兴趣。佩林知道他在离开凯瑞安时给菲儿留下了两封信，一封给他的母亲，一封给伊莉丝。如果他遭遇什么不测，菲儿就要把这两封信转给她们。罗亚尔又费了很大力气向菲儿保证他们不会遇到什么真正的危险——他总是非常担心自己会让别人担心。佩林也写下了给菲儿的信。艾密斯将那封信带回艾伊尔营地，交给留在营地里的智者们保管。

“她是那么美丽，”罗亚尔喃喃地说着，眼睛望着夜空，仿佛是在望着她，“她的脸是那么细致，又是那么坚毅。当我看着她的眼睛时，仿佛其他一切都看不见了。还有她的耳朵！”突然间，罗亚尔自己的耳朵用力地晃动起来，他被烟呛了一下。“不好意思，”他咳嗽着，“忘记我说的……我不该说到……你知道我没有下流的意思，佩林。”

“我已经忘记了。”佩林虚弱地说。她的耳朵？

罗亚尔想知道结婚后是什么样子，他又急忙说，他当然不想结婚，他还太年轻，还要把书写完，还没准备好要过上安定的生活；除了拜访其他聚落之外，永远也不再离开聚落——他的妻子肯定会这样要求他的。他只是觉得好奇，如此而已。

于是佩林谈起了和菲儿在一起的生活，谈到菲儿如何在他发觉之前就已经改变了他的根。两河曾经是他的家，现在，家就是菲儿所在的地方。想到菲儿在等他，总是会让他加快脚步，菲儿的存在会让屋子也变得明亮。只要她笑一笑，所有困难与麻烦都可以被抛到脑后。当然，佩林说不出菲儿如何让他血液沸腾，或是只要看着她就会心跳加速——这些是不适合公开谈论的事——而他绝对不打算提到菲儿塞进他骨头里的那些麻烦。他要怎么做？他已经准备好要跪倒在她面前，但他心中一颗顽固的种子也在要求她至少要先说一句话。只要她说一句还希望他们像以前那样就好了。

“那么她的嫉妒呢？”罗亚尔问。这回轮到佩林被烟呛了。“妻子们都是那种样子吗？”

“嫉妒？”佩林倔强地说，“菲儿没有在嫉妒，你怎么会想到这个的？她很完美。”

“当然，她是完美的，”罗亚尔低声说着，眼睛觑着自己的烟锅，“你还有两河烟草吗？我抽完这一锅之后，就只剩下一些辛辣的凯瑞安烟草了。”

如果情况一直都是这样，这本来会是一次平静的旅程，至少就追逐的标准来看。平原上看不见任何其他人，熔金般的太阳将空气变得如同烤炉一样炙热，无云的蓝天中经常会看见鹰隼在盘旋。不想让人类发现的狼群将许多动物赶到路边，甚至超过了这支部队的需要。在队伍经过的地方，经常能看到有树杈一般的长角的雄鹿带着它的雌鹿们，或是几只尖角的羊。但就像老话说的那样：“只有没肚脐的男人才会真正地放下心来。”

凯瑞安人当然和艾伊尔人处不来，他们经常会皱起眉瞥艾伊尔人一眼，甚至是发出一两声嘲笑。不止一次，多布兰会为艾伊尔人数量是他们的十二倍而发牢骚。他尊敬艾伊尔人的战斗能力，但那是一种对于发疯的豹的尊敬。艾伊尔人没有瞪凯瑞安人，或者向他们冷笑，他们只是清楚地表现出凯瑞安人是完全不值得注意的。即使佩林看见一名艾伊尔人想从凯瑞安人身上直接走过去，只为了拒绝承认对方的存在，他也不会感到奇怪了。鲁拉克说只要毁树者不挑衅，就不会有麻烦。多布兰说只要那些野蛮人不要挡他的路，就不会有麻烦。佩林只希望他们不要在还没有看见两仪师的时候，就开始互相残杀。

佩林本来希望梅茵人能够成为凯瑞安人和艾伊尔人之间的桥梁，但他仍然时常为此感到后悔。

那些穿红色胸甲的人们和那些穿朴素胸甲的矮个子相处得很好——梅茵和凯瑞安之间从没有过战争；梅茵人和艾伊尔人之间的关系也不错——除了艾伊尔战争之外，梅茵人从没和艾伊尔人打过仗。多布兰对待海芬很友善，他们经常会共进晚餐。海芬也和许多艾伊尔人一起抽过烟，特别是高尔。这就是佩林后悔的由来。

“我和高尔聊过了，”海芬有些踌躇地说道。这是他们在路上的第四天，海芬离开梅茵人的队伍，和佩林一起走在队伍的最前面。佩林并没有完全注意这名梅茵人在说什么。野火已经允许它的群落里的一头年轻公狼悄悄靠近两仪师行进的队伍，但那头狼没有闻到兰德的气味，似乎每一头狼都知道影杀的气味。根据晨云看到的信息，两仪师的马车除了一辆之外全都覆盖着帆布罩棚，也许兰德就在那些马车中的某一辆里面，而且他肯定比佩林凉快；太阳将汗水从佩林的脸上榨出来，让它们从他的脖子滚落下去。“他和我说了伊蒙村的战斗，”海芬继续说道，“还有你的两河战役。佩林大人，如果能听您亲口谈一谈您的战斗，我将感到万分荣幸。”

佩林突然僵硬地在马鞍上坐直了身体，紧盯着这个男孩。不，他的年纪不应该是男孩了，虽然他还有着粉红色的脸颊和开朗的表情。海芬肯定和佩林的年纪差不多，但他的气息却是如此鲜亮，那种微微有些颤抖的……佩林几乎呻吟了起来。他在家乡的那些年轻男孩身上闻到过这样的气息，但被一个和他年纪相当的男人当作英雄崇拜，实在让他难以接受的。

然而，如果这是最糟的问题，他对于海芬就没什么好烦恼的了。佩林想到了艾伊尔人和凯瑞安人不会相互喜欢，他却没想到一个从没见过战争的男人会怎样看待另一个曾经和兽魔人厮杀的男人。还有什么是他没想到的？这个问题开始不停地折磨他的神经。他害怕某一件没有预料到的事情，会在他最虚弱的时候咬住他的脚踝。这无形中又让他多了一份担心。

除了高尔和鲁拉克之外，每一名艾伊尔男子都在额头上系了一条猩红色的头巾，头巾在眉心上方绘着一个黑白两色的圆形。佩林在凯瑞安和凯姆林时都见过这种装扮。但是当他问高尔和鲁拉克，这是否就代表着鲁拉克所说的斯威峨门，他们两个都竭力装作不明白佩林在说什么，仿佛他们根本看不见有五千个男人的头上系着那种红带。佩林甚至向鲁拉克的一名手下——乌伦问了这个问题，佩林很早以前就认识了这名属于双峰·雷恩的艾伊尔人，但乌伦似乎也不明白他的问题。鲁拉克原来说他只能召集到斯威峨门，这就是佩林对这些人的认识，虽然他完全不懂得这个词的意思。

不过，有件事佩林是知道的——在那些斯威峨门和枪姬众之间也许存在着一些问题。当一些斯威峨门看着枪姬众时，佩林能闻到一缕嫉妒的气息。当一些枪姬众看着斯威峨门时，她们的气味让佩林想到了看守着一大块鲜肉，即使自己撑死，也不许同伴分享一口的狼。佩林不明白这是为什么，但这些气味都很清晰。

但是那个“也许”，是可以以后再去担心的事，另外还有一些就在眼前的事情。在离开凯瑞安的最初两天，每次鲁拉克提到任何关于枪姬众的事，苏琳和南蒂拉都会抢着说话。每次都是苏琳红着脸做出让步，但到了下一次的时候，她肯定又会不由自主地开口。第二个晚上，营地被扎好之后，她们几乎想要空手杀死对方。

至少在佩林眼里，她们是要这样做。她们彼此拳打脚踢，努力要把对方摔在地上，用力拧弯对方的手臂——佩林相信，那种动作一定能把臂骨折断。她们这样打斗着，直到两个人几乎都没了力气。当佩林想要阻止她们继续打下去的时候，鲁拉克阻止了他，而且他似乎很为佩林的行动感到惊讶。有许多凯瑞安人和梅茵人都聚集在她们周围旁观，还为她们下了赌注，但没有一名艾伊尔人瞥一眼这场争斗，甚至连智者们也没有。

最后，苏琳将南蒂拉的一只手臂拧到背后，让她面朝下地趴在了地上。她抓住南蒂拉的头发，用力把南蒂拉的脸向地面撞去，直到南蒂拉瘫软在地上。之后的很长一段时间里，这名年纪更大的女子站在南蒂拉身边，看着这名被她打败的人。然后，苏琳将不省人事的南蒂拉扛在肩头，蹒跚地走开了。

佩林以为从此时开始，苏琳将从南蒂拉手中夺过说话的权力，但实际情况和他的推测完全不同。满身伤痕的南蒂拉仍然在回答鲁拉克的问题、接受他的命令；而满身伤痕的苏琳仍然保持着沉默。当南蒂拉要苏琳去做什么的时候，苏琳也会毫不犹豫地去做。佩林只能挠挠头皮，寻思一下那晚的战斗结果是否和他想象的并不一样。

智者们总是走在路边，组成一个个成员和数量都在不断变化的小队。在第一天结束时，佩林才明白了，所有这些变化都围绕着两名女人——索瑞林和艾密斯。在第二天结束时，佩林确信这两个人坚持着完全不同的观点，她们彼此有着太多的瞪视和皱眉。艾密斯在索瑞林面前退缩的速度开始变慢了，脸红的次数也在变少。偶尔，当鲁拉克望向自己的妻子时，佩林能从他身上闻到焦虑的气味，这是佩林能够找到的唯一线索。第三次宿营时，佩林有些觉得苏琳和南蒂拉之间的打斗又要在这两位智者中间重演了。

但这两名女人只是拿着一袋水囊，走到和营地有一段距离的地方，然后她们坐在地面上，拿下头巾，让她们的长发松垂下来。佩林看着她们坐在只有月光的黑暗里，他则保持着一段距离，以免自己不小心捕捉到她们的只言片语。直到佩林躺到床上的时候，她们仍然只是在喝水、谈话。第二天早晨，其余的智者们仍然组成一个又一个小队，但他们还没走出三里，佩林就发现所有智者现在都以索瑞林为中心了。索瑞林和艾密斯仍然会不时走到一旁，进行单独的交谈，但她们已经不会再向对方怒目而视。如果她们是一群狼，佩林会认为一次争夺群落领袖地位的挑战已经被击败了，但从她们身上的气息判断，索瑞林以接纳一位平辈的态度接受了艾密斯。这完全不是狼应该有的样子。

离开凯瑞安的第七天，在上午炽烈的阳光中前进着，佩林还在担心艾伊尔人又会让他有怎样的惊讶；担心艾伊尔人和凯瑞安人是否能平安地再度过一天；担心再过三四天，当他追上两仪师的时候又该怎么办。

而半尾送过来的一段讯息让佩林不得不先将这些担心暂时放下。就在西方几里外，有一大群男人（也许还有女人，狼对人类的雄性和雌性并不能分得很清楚）正全力朝佩林前进的方向策马疾驰。引起佩林注意的是那支队伍领头处的两面旗帜，虽然半尾传过来的画面非常模糊。

佩林立刻转过头。多布兰和海芬、鲁拉克和乌伦、南蒂拉和苏琳、索瑞林和艾密斯全都迅速围了过来。“继续前进。”佩林一边说一边让毅力转向西方，“也许有一些朋友会加入我们，但我们不能损失任何时间。”

当佩林向西跑去的时候，队伍确实在保持原速继续前进，但他们并没有让佩林一个人离开。他还没有跑过四分之一里，就有十二名翼卫队和同样数量的凯瑞安人追了上来，他们旁边还有苏琳率领的至少二十名枪姬众，以及数量相当的斯威峨门。率领那些斯威峨门的是一名灰发绿眼的男人，他的面孔看上去能用来敲碎岩石，唯一让佩林惊讶的是，竟然没有一两名智者跟过来。

“朋友，”苏琳跑在佩林的马镫旁，喃喃自语道，“突然出现的朋友，没有任何迹象，他却突然知道了他们在那里。”然后她抬头看了佩林一眼，大声说道：“我不想再看见你被一个枕头绊倒、摔破鼻子了。”

佩林摇摇头，寻思着她扮成一名仆人的时候，自己是不是打过她。艾伊尔人真是奇怪。

根据太阳判断，他至少快跑了一个小时。狼一直在指引他，如同射向目标的箭那样确定。当他跑上一道缓坡的时候，他毫不惊讶地看见大约在两里外，骑马的人们组成了一支两列长队——两河人高举着他的红狼头旗，一阵轻风让旗帜飘扬起来。让佩林惊讶的是那支队伍里真的有女人，他很快就数清是九名女人，还有一些男人，佩林确定他们不是两河人。而另一面旗帜让佩林咬了咬牙——曼埃瑟兰的红鹰旗。佩林记不清有多少次叮嘱他们不要将这种旗帜带出两河。在家乡的时候，他就没能阻止人们让这面旗帜飘扬起来，这是他不能阻止两河人去做的少数几件事之一。幸好那些狼传来的信息已经让他预先有了准备。

两河人很快就看见山坡上的这群人，他们之中有不少人的眼光非常犀利。他们逐渐向佩林逼进，一些人从背上取下了上弦的长弓。两河长弓能够在三百步之外的地方杀死敌人。

“不许走到我前面，”佩林说道，“只要他们认出我，就不会射箭。”

“似乎黄眼睛确实能看得很远。”苏琳刻板地说道。其他一些人也向佩林投来奇怪的目光。

“留在我的身后就好了。”佩林叹了口气。

当佩林向那支队伍驰去的时候，那支队伍中的成员纷纷将长弓收起，把箭放回箭囊。佩林高兴地看见他们带来了快步，但他看见燕子也在队伍里，不由得踌躇了一下，如果菲儿的黑色坐骑受伤，她是绝对不会原谅他的。能够骑回到他的褐色马背上感觉一定会很好，但也许他也应该留下毅力。一名领主拥有两匹马是很自然的事，即使是一名也许只有四天可活的领主。

丹尼跑出了两河人的队伍，一边还用指节抚着他密实的胡须。他的身旁是亚蓝，那些女人也跟在他们身后，佩林首先辨别出了她们光洁无瑕的两仪师面孔，才认出跟在最后面的两名女人是维林和埃拉娜。他不认识其他两仪师，但他知道她们是谁，虽然他不知道她们怎么会这么快就赶过来。九名两仪师，这在三四天之后会非常有用，但他对她们能有多少信任？兰德告诉过她们只能过来六个，但她们却来了九个。佩林想知道谁是梅兰娜——她们的领袖。

没等丹尼开口，一名骑着一匹健壮的棕色母马，看上去像是农妇的方脸两仪师已经抢先说道：“那么你就是佩林·艾巴亚了，我应该称呼你为佩林大人。我们听到了许多关于你的故事。”

“在这里遇到你真是令人惊讶。”一名傲气十足的漂亮女人冷冷地说道，“你的同伴也真是奇怪。”她胯下的暗色阉马有双火烈的眼睛。佩林愿意打赌，这匹马一定是被当作战马训练的。“我们本来以为你还会在我们前面。”

佩林没有理会她们——梅兰娜一定是她们之中的一个，佩林现在还不知道该对梅兰娜说些什么——他转过头去看丹尼，“我不是不高兴，但你们是怎么到这里来的？”

丹尼瞥了那些两仪师一眼，用力地拉了两下自己的胡子：“佩林大人，我们依照您的吩咐从凯姆林出发，用最快的速度赶路，把马车和所有东西都留在了后面，因为我们觉得您这么着急地离开一定是有原因的。两仪师科鲁娜、两仪师碧拉和其他两仪师在路上遇到了我们，她们说埃拉娜能够找到兰德——我是说，真龙大人——既然您是和他一起走的，我以为您一定还是和他在一起。但我们不知道您们是否会离开凯瑞安，而且……”他深吸了一口气，“不管怎样，看起来她们是对的，不是吗，佩林大人？”

佩林皱起眉。他不知道埃拉娜怎么能找到兰德，但埃拉娜一定有这样的能力，否则丹尼他们就不会在这里了。埃拉娜和维林仍然留在队伍后面，她们身边还有一名身材细瘦、浅褐色瞳仁的女子，不时地叹着气。

“我是碧拉·哈金，”那名方脸的女人说道，“这是科鲁娜·奈齐曼。”她指着她那名面容傲慢的同伴说道。很显然的，她暂时没有介绍后面那些两仪师的意思。“你能否告诉我，为什么你会在这里，而年轻的兰德——真龙大人——却在北方几天的路程之外？”

佩林没有做太多考虑，如果这九个人要加入前面的那些两仪师之中去，他没有办法阻止她们。然而，如果他这一方能有九名两仪师……“兰德被抓住，当作了囚犯，一名叫做柯尔伦的两仪师和至少五名其他两仪师正在将他押往塔瓦隆，我要去阻止她们。”佩林的这番话引起了相当的震撼。丹尼睁大了眼睛，两仪师们不约而同地说起了话。亚蓝似乎是唯一没有受到影响的人，他除了佩林和他的剑之外，似乎对任何事情都不关心。虽然两仪师的表情还都保持着平静，但她们全都散发出了愤怒和恐惧的气味。

“我们必须阻止她们，碧拉。”一名留着塔拉朋风格的细辫子，又在辫子上缀有许多小珠子的两仪师说道。同时一名皮肤白皙，骑在一匹枣红色瘦母马背上的两仪师说道：“我们不能允许爱莉达得到他，碧拉。”

“六个？”那名浅褐色眼睛的两仪师难以置信地说道，“六个两仪师不可能抓住他，我确信这点。”

“我告诉过你们，他受到了伤害。”埃拉娜仿佛是要哭泣的样子。佩林能够清晰地嗅出从她身上散发出来的痛苦。“我告诉过你们的。”维林保持着沉默，但她的气息中蕴含着暴怒——以及担忧。

科鲁娜用轻蔑的目光扫过佩林和他背后的那些人：“你要用这个阻止两仪师，年轻人？维林并没有说过你是个傻瓜。”

“我在塔瓦隆大道上还有一些人。”佩林冷冷地说。

“那你可以让他们加入我们，”科鲁娜对佩林说道，她的语气仿佛是在给佩林一个恩准，“这样就很不错了，对不对，碧拉？”

佩林不知道为什么科鲁娜的态度会让他如此恼火，但现在没时间去想这种事。“我要率领这三百名两河长弓手回到大道上去。”埃拉娜怎么知道兰德是不是受了伤？“欢迎两仪师们和我们一起来。”

两仪师们当然不喜欢这样。她们聚到十几步之外，开始了讨论——她们一定使用了至上力，就连佩林的耳朵也听不到她们在说些什么——片刻之间，佩林以为她们就要单独前进了。

最后，她们终于同意了跟佩林一起走。但碧拉和科鲁娜在返回大道的一路上一直紧贴在佩林两边，轮流告诉他现在的情势是多么危险和复杂，他一定不能做出任何让年轻的兰德陷入危险的事情。至少，碧拉偶尔还记得称兰德为转生真龙。她们很清楚地表达了一件事——没有先得到她们的许可，佩林一步也不能迈出去。碧拉很是气恼地意识到佩林并不会将她的话重复一遍；而科鲁娜似乎是认为佩林已经重复过了。佩林开始怀疑自己要她们一同行动是否犯了个错误。

看到这支由艾伊尔人、梅茵人和凯瑞安人组成的军队，两仪师们并没有流露出任何惊讶的迹象，但她们确实是让烧热的汤上增添了更多的泡沫。看到九位两仪师和十六名护法，梅茵人和凯瑞安人都显得非常振奋。每当有两仪师经过他们身边时，他们几乎都要脱帽鞠躬。枪姬众和斯威峨门看待这些两仪师的目光却像是在提防被她们踩碎在脚下。智者们虽然和两仪师一样保持着面容的平静，但佩林能从她们身上闻到一波波强烈的怒意。除了一名叫做玛苏芮的褐宗两仪师之外，其他两仪师一开始完全不理睬智者们。但在随后的几天中，玛苏芮至少被回绝了二十多次——玛苏芮非常坚持，但智者们都面不改色地躲开了她，让佩林怀疑她们一定是天生就知道该怎么对付两仪师。在这以后，碧拉、科鲁娜和其他两仪师都开始不停地审视智者们，并在那种看不见的至上力结界后面进行讨论，让佩林一个字都听不到。

如果佩林有偷听的机会，他绝对不会放过，她们隐瞒的事情肯定不止是对于那些艾伊尔女人的讨论。埃拉娜就拒绝告诉佩林她怎么会知道兰德在哪里——“有些知识会烧掉除了两仪师以外所有人的思想。”她这样告诉佩林，语气冰冷而又神秘。但埃拉娜身上一直在散发出焦虑和痛苦的辛辣气息——埃拉娜甚至以某种方式拒绝承认她曾经说过兰德受到伤害的话。维林几乎没有对佩林说过一句话，只是用那双鸟一样的黑眼睛看着一切，嘴角挂着一丝神秘的微笑，但她也在不停地散发出焦躁和恼怒的气味。根据气味判断，佩林相信碧拉或科鲁娜是她们的领袖。他觉得应该是碧拉，但她们两个的气息非常相近，有时候甚至很难分辨清楚。每天，她们之中的一个人都会在他身边走上一个多小时，以居高临下的姿态向他重复她们的“建议”。海芬似乎真的认为队伍的指挥者变成了她们，严谨地执行她们的命令，甚至不会瞥佩林一眼。多布兰也只不过会多瞥佩林一眼。经过了一天半的时间后，佩林以为梅兰娜留在了凯姆林，而当他知道这个名字的主人就是那名身材细瘦、浅褐色瞳仁的女人时，他着实大吃了一惊。兰德告诉过他，梅兰娜是沙力达使节团的领袖。虽然从表面上看，这些两仪师都是平等的，但佩林认为梅兰娜在这群狼中的地位应该是最低的，阴郁、颓丧和焦虑充满了她的气味。毫无疑问，两仪师隐瞒着秘密。他要从柯尔伦那伙人手中救出兰德，他也要努力弄清楚，能否再从科鲁娜和她的朋友们手中把兰德救出来。

至少，能够与丹尼他们重新会合确实是件好事，即使他们在两仪师周围像梅茵人和凯瑞安人表现得一样糟糕。两河人看到佩林是如此高兴，当佩林要他们将红鹰旗收起来的时候，他们都没怎么抱怨。不过佩林相信，他们迟早还会找机会把红鹰旗举起来。丹尼的兄弟鲁文（他看上去几乎和丹尼完全一样，只是有个尖鼻子，胡子也是细长的阿拉多曼风格）仔细地将红鹰旗叠好，收进鞍袋里。当然，他们不会缺少旗帜，佩林的红狼头旗仍然被高举在队伍前面。如果佩林要他们把这面旗也收起来，他们大概就不会理他了。不过不知为什么，科鲁娜那种冰冷、轻蔑的目光也让佩林想把自己的旗举起来。除此之外，多布兰和海芬同样打起了旗帜，但他们的旗帜不是凯瑞安的日升旗或梅茵的飞翔金鹰，他们各打起了代表兰德的那一对旗——白底色上绣着金红色游龙，猩红底色上黑白两色的圆形。艾伊尔人好像对这些并不在意，两仪师则变得更加冰冷，不过这两面旗帜似乎很适合他们此行的目的。

到了第十天，当太阳升到距离天顶还有一半高度时，虽然有旗帜在头顶飘飞，身边的两河人们斗志昂扬，驱策着快步飞速前进，但佩林的心中却感到了沉重的压力。过了中午之后不久，他们就要赶上那些两仪师的马车了。但佩林仍然不知道到时候该怎么办。这时，狼传来了讯息，现在来了，许多双腿，许多，许多，许多！现在来了！

第 55 章

杜麦的井

盖温骑马走在队伍最前面，努力将自己的注意力放在周围的自然环境里。这片起伏连绵的平原和分布零星的树丛会让人觉得可以看到很远的地方，但实际上，一些绵长的山脊和低矮的山丘并不像它们看上去那般矮小，那后面可以隐藏住许多东西。今天，劲风吹起了一团团尘土；尘土也可以成为很好的掩护。杜麦的井就在他右手的路旁——一小片灌木丛中有三口石井，透过灌木丛的树梢能看见井边的水桶，到下一个汲水点至少要四天时间。而且，现在很难确定雅连泉是否已经干涸。但盖琳娜已经下令——不许在这里停留。盖温竭力把注意力集中在他应该注意的地方，但他做不到。

他不时会从马鞍上转过身，看看那支长蛇般沿大道伸展的马车队。马车旁边跟着骑马的两仪师和护法，以及徒步行进的仆人们。大多数青年军都在队尾，这也是盖琳娜的命令。盖温看不见那辆马车——那辆没有帆布覆盖、在队伍中间位置的马车，总是有六位骑马的两仪师环绕在它周围。如果他可以，他会立刻杀掉兰德，但两仪师的这种行为让他感到恶心。即使在第二天之后，布莲安就拒绝再参与其中（光明知道她是出于什么理由），但盖琳娜是很强硬的。

盖温用力将目光转向前方，他碰了碰外衣口袋里艾雯的信，那封信被小心地用几层丝绸包起来。那里面的话不过短短几句，艾雯说她爱他，但她必须走，仅此而已。他每天都要把这封信读五六遍。艾雯从没提到过他的承诺。是的，他一直都没有真正对兰德动手。他在兰德被抓住的几天后才第一次得知兰德已经成为阶下囚。他必须想办法让她明白自己的处境。他向艾雯承诺过，不会做出反对这个人的事，所以他就算是死也不会这样做，但他也绝不会帮助兰德，艾雯必须明白这点。光明啊，她必须明白。

汗水从他脸上滚落下来，他用袖子擦了擦眼睛。除了祈祷之外，他无法为艾雯做任何事，但他能为明做些事，他必须这样。明不该被带到白塔去，成为一名囚徒，他不相信明有罪。如果护法对明的看押能够松懈一点，他就能……

突然间，盖温发现一匹马正穿过一片片尘土，迎头向马车队急驰而来，它的背上看不见骑手。“吉索，”盖温命令道，“让马车停下来。哈尔，告诉雷加让青年军做好准备。”他们一言不发地掉转马头，向后面跑去。盖温则等在原地。

这是班奇·达尔弗的铁灰色阉马，当它靠近的时候，盖温看见班奇趴伏在马背上，紧握着马的鬃毛。这匹马几乎从盖温身边一闪而过，但盖温抓住了它的缰绳。

班奇没有直起身，只是回过头，用一双失神的眼睛盯着盖温。他的嘴角流出了血沫，一只手臂用力捂在胸前，仿佛是要阻止自己的身体裂开。“艾伊尔人，”他喃喃地说道，“有几千人。我想，每个方向都有。”突然间，他露出了微笑，“今天很冷，不是——”鲜血从他的嘴里喷涌出来，他一头栽倒在路面上，不眨眼地盯着太阳。

盖温转过自己的牡马，飞速跑向马车队。如果他们之中还有人活下来，可以等以后再照料班奇的尸体。

盖琳娜迎了上来，亚麻防尘斗篷在她背后飘起。在那张平静的面孔上，黑色的眼睛闪耀着怒火。自从那天兰德试图逃跑之后，她的怒气就没消退过。“你以为你是谁，竟然命令马车停下？”

“有数千名艾伊尔人正在向我们靠近，两仪师。”盖温努力保持住自己语气的礼貌。至少马车是停下来了，青年军也在结成阵形，但马车夫们都不耐烦地握着缰绳；仆人们一边用手掌扇着风，一边向这里观望着；两仪师则与护法们交谈着。

盖琳娜的嘴唇轻蔑地扭曲起来。“傻瓜，毫无疑问，那是沙度人，瑟瓦娜说她会派人来护送我们。但如果你还在怀疑，就带你的青年军自己去看看吧！这些马车将继续向塔瓦隆前进。现在你要明白，我是发号施令的人，而不是——”

“如果他们不是你的驯顺的艾伊尔呢？”在最近这几天里，盖琳娜已经不止一次建议盖温亲自带领人去进行侦察了。盖温怀疑如果自己这么做了，他将发现艾伊尔人，而不是驯顺的艾伊尔人。“无论他们是谁，他们已经杀了我的一个人。”至少是一个人，现在仍有六名斥候没有归队。“也许你该考虑一下，这些会不会是兰德的艾伊尔人，他们可能是来援救他的。等他们冲杀进来的时候，就太迟了。”

直到此时，盖温才意识到自己在大声喊叫。但盖琳娜的怒气确实消退了，她抬起头，看着班奇躺倒的路面，然后缓慢地点点头：“也许在这个时候谨慎些确实是上策。”

兰德费力地呼吸着，箱子里的空气浑浊而炎热。幸运的是，他不再能闻到这里面的气味了，她们每天晚上都会向他泼一桶水，但这很难算是一次洗浴。每天早晨，当她们关上箱盖，并将它拴死以后，阳光的曝晒都会让箱子里的臭味比前一天更加强烈。坚持住虚空是一件相当费力的事情。现在他的身上布满了伤痕，从肩膀到膝盖的所有皮肤在没有被汗水蜇刺之前就已经火辣辣地疼痛了。在虚空边缘燃烧的千万股火焰时刻想要将虚空吞没。在他的肋侧，那个半愈合的伤口在遥远的地方发出一阵阵悸动，每一次悸动都撼动着虚空。埃拉娜，他能感觉到埃拉娜正在接近。不，他不能浪费时间去想她，即使她真的向他赶来，六名两仪师的力量不足以让他重获自由。而且，她们有可能是要来加入盖琳娜。不能信任，再不能信任任何两仪师。毕竟这也许只是他的想象。有时候，他确实会想象出一些东西——清凉的微风、行走。有时候他会失去一切思维，只是在幻想中自由地行走。只是行走。时间失去了重要性。他只是在费力地呼吸，感觉着将他和真源分开的、冰片般光滑的屏障。一次又一次，他摸索着那六个柔软的点，轻轻地。他不能停止，这样的摸索是重要的。

黑暗，路斯·瑟林在他的脑海发出呻吟，*不要再有黑暗，不要再有*。一次又一次。但这样并不坏，这次兰德已经可以忽视他了。

突然间，他大喘了一口气。这只箱子在移动，和马车发出了巨大的磨擦声。已经是晚上了吗？满是鞭痕的皮肉不由自主地瑟缩着。他又会遭到鞭打，然后是吃下食物、被泼水，最后像一只鹅般被捆起来睡觉，不管他是否能睡得着。但他可以暂时离开这只箱子。因为从箱盖的缝隙里透进的一点光线，所以箱子里实际上是一片深灰色，但他的脑袋被夹在膝盖中间，所以还是什么都看不见，而他的眼睛几乎也失去了视觉，正如同他的鼻子已经在这股恶臭中失去了嗅觉。不过，现在一定已经是晚上了。

当箱子倾斜的时候，他不禁呻吟起来。他在这个狭小的空间中动了动，让早已疲劳过度的肌肉承受着新的紧张。他的小监狱重重地落在地面上，箱盖很快就会被打开。在阳光的炙烤下已经过了多少天？过了多少个夜晚？他已经数不清了。这一次会是谁？不同的面孔在他的脑海中轮换着。他记住了所有拷打过他的女人，现在她们已经混成了一团，他记不清时间和地点，但他知道，盖琳娜、布莲安和嘉德琳拷打他的次数最多，她们都不止拷打过他一次。那些面孔在他的脑海中闪耀起凶悍的光芒。她们想要听他尖叫多少次？

突然间，他意识到以前箱子在这时候应该已经被打开了。她们打算这样让他待上一晚，然后就是明天的太阳，然后……伤痕累累、疲惫不堪的肌肉发出一阵疯狂的抽动。“让我出去！”他沙哑地喊道，手指在背后痛苦而徒劳地抓挠着，“让我出去！”他尖叫着。他觉得自己听见了一个女人的笑声。

片刻之间，他哭了，但泪水很快又被怒火烤干。*帮帮我！*他向路斯·瑟林吼道。

帮我，那个男人呻吟着，*光明助我*。

暗自咕哝着，兰德重新开始盲目地摸索着那道平滑的屏障，直到那六个点。迟早她们会让他出去，迟早她们会放松她们的戒备，当她们……他甚至不知道自己发出了嘶哑的笑声。

正午的太阳下，佩林趴在平缓的土坡上，窥望着远处一幕仿佛暗帝梦境般的场景。狼群对于这里发生的事情传给了他一些讯息，但那样的讯息在现实面前也相形失色。大约在距离他一里外的地方，距离大道不远的一片小树林里，一些人把许多马车绕成一个环形，而一支沙度大军已经将这些马车和人彻底包围了。一些马车上燃起了火焰。许多火球——从拳头那么小到岩块那样大的，不停地落进艾伊尔人的队伍中。往往是一片火焰闪过，就有十几个身躯变成了火炬。闪电从无云的空中落下。爆起的地面和穿凯丁瑟的身躯被抛向空中。但同样有银链般的闪电击中马车，火球也在从艾伊尔人的队伍里突射出来。这些火焰大多数都在没有击中目标时就消失或爆开了。有许多闪电在中途就停顿下来。现在的情势稍稍有利于两仪师，但沙度人的数量看起来终将压倒一切。

“那里一定有两三百名女人在导引，甚至更多。”科鲁娜趴在佩林旁边——这位两仪师的语气中也流露出了震撼。索瑞林在这名绿宗两仪师的另一侧，下面的战斗肯定也给她留下深刻的印象。这位智者的气味中流露出关注，没有恐惧，但相当困扰。“我从没见过这么多人同时进行编织。”绿宗两仪师继续说道，“我想，在营地里至少有三十名姐妹。你把我们丢进了热锅里，年轻的佩林。”

“四万名沙度，”鲁拉克在佩林的另一侧。他的声音和气味都散发出同样的冷酷，“至少有四万，怪不得他们没有向南方派出更多的人。”

“真龙大人在那里吗？”多布兰探询的目光越过鲁拉克，落在佩林脸上。佩林点点头。“那么你是否要冲进去，把大人救出来？”佩林再次点点头。多布兰叹了口气，他身上散发出听天由命的气息，但并不是恐惧。“我们会冲进去，佩林大人，但我不相信我们能出来。”这一次，鲁拉克点了点头。

科鲁娜看着那些男人：“你应该知道我们的人数不足以对付这样的麻烦。我们有九个人，而即使你的智者们真的能导引，我们也不足以与她们匹敌。”索瑞林重重地哼了一声，但科鲁娜并没有把目光转过去。

“那么就掉过头向南跑吧！”佩林对科鲁娜说，“我不会让爱莉达得到兰德的。”

“很好，”科鲁娜微笑着回答，“我也不会。”佩林希望两仪师的微笑没有让自己的身上冒出鸡皮疙瘩。当然，如果科鲁娜看到背后索瑞林射向她的凶狠目光，她一定也会起鸡皮疙瘩的。佩林向山坡上的人们打了个手势，而索瑞林和科鲁娜也在同时开始倒退着爬下山坡，当他们可以站起来的时候，他们立刻朝坡下相反的方向跑去。

佩林想不出什么具体的计划。他们要找到兰德，让他恢复自由，然后希望兰德还有能力制造出一个信道，让这么多人在被沙度或营地里的两仪师杀死之前逃走。对于那些走唱人故事中的英雄，这肯定不费什么力气；但佩林希望能有时间制定一个真正的计划，而不止是他、多布兰和鲁拉克——他不断在马匹间奔跑，传递着讯息——临时拼凑成的方案。但时间是他们所缺少的许多条件之一，他们不知道白塔两仪师是否还能在沙度的猛攻下守住一个小时。

首先行动的是两河人和翼卫队，他们被分成两队，其中一队围绕着徒步的智者们，另一队则有骑马的两仪师和护法同行。他们从左右两侧绕过这道山坡。丹尼再次任由两河人举起了红鹰旗，和红狼头旗并列在一起。鲁拉克甚至没有朝走在科鲁娜附近艾密斯瞥上一眼，但佩林听到他低声喃喃道：“愿我们能再次一同看到日出，我心中的阴凉。”

随后，梅茵人和两河人将掩护智者们和两仪师撤退，或者，让她们掩护他们撤退。碧拉和科鲁娜似乎非常不喜欢这个计划，她们很想在第一时间出现在兰德身边。

“你确定不会骑马吗，佩林大人？”多布兰从马鞍上问。他肯定非常讨厌双脚站在地面上作战。

佩林拍了拍腰间的战斧：“这个在马背上挥不开。”实际上，虽然那是事实，但他只是不想让快步或毅力冲进前面这片战场。男人能选择让自己冲进钢铁与死亡之中，而他也要为他的马做出选择，今天他选择让它们离开。“也许如果时候到了，你可以借我一只马镫。”多布兰眨眨眼——凯瑞安人轻视步兵——但他又点了点头，似乎是明白了佩林的意思。

“该是让笛手吹出曲子的时候了。”鲁拉克提起了他的黑面纱。但今天不会有人吹笛子，虽然一些艾伊尔人并不喜欢这样。有许多枪姬众都不喜欢被命令在手臂上系一根红带子，好让湿地人能把她们和沙度枪姬众区分开来。她们似乎认为所有人都应该一眼就能区分她们和沙度的枪姬众。

戴黑面纱的枪姬众和斯威峨门开始集结成密实的队形向山坡上跑去。佩林随同多布兰到了凯瑞安人队伍前面。罗亚尔也站在这里，双手握住他的巨斧，耳朵紧贴在脑后。亚蓝同样在这里，双脚站在地上，出鞘的剑被握在手中，这名前匠民的嘴角流露出带着期盼意味的阴沉微笑。多布兰向前一挥手臂，在兰德的两面旗帜后，五百杆骑枪组成的一小片丛林随着艾伊尔人上了山坡。

战局还没有发生变化，这让佩林吃了一惊，然后他才意识到，从他刚刚观察战场到现在只过去了很短一段时间，只是佩林以为时间已经过去了很久而已。大队沙度人仍然在压迫着两仪师的防线。马车上依旧燃烧着火焰——也许有更多的马车被点燃了。闪电持续地从空中落下，火焰和火浪不停地翻卷着。

两河人、梅茵人、两仪师和智者们从容不迫地在平原上移动着——他们几乎已经就位了。佩林很希望他们距离战场能够更远些，能有更多的机会逃跑，但丹尼坚持说他们必须靠近到距离战场三百步以内的地方，长弓才能发挥效用。海芬则焦急地不想殿后。即使是两仪师们也坚持不能距离战场太远——佩林相信她们只是要靠近到将战局情况完全看清楚的程度。现在沙度们还没注意到周围的变化，至少他们没有对这三支正在向他们缓慢移动的部队表现出任何警戒，甚至没有人向他们转过脸来。所有沙度人都在向马车环绕的营地猛冲，偶尔被闪电和火焰打出的缺口又会立刻被冲锋的人补上。佩林知道，只要有一个人回头看一眼，情况就会立刻发生改变；但他们的注意力似乎都集中在眼前的炼狱上。

八百步、七百步。两河人都下了马，将长弓握在手上。六百步、五百步、四百步。

多布兰抽出佩剑，将它高举过头。“真龙大人，塔波文，胜利！”战号从五百个喉咙里爆发出来。五百杆骑枪被平端在马前。

佩林急忙抓住多布兰的马镫，随着凯瑞安人挟雷鸣之势直冲下山坡。罗亚尔迈开一双长腿，速度丝毫不亚于疾驰的战马。佩林拉住马镫，大步向前跳跃着，他的心思奔向狼群，呼唤着它们。*来吧！*

棕色的草地迅速向他们身后退去。空旷的原野上突然出现一千头恶狼——削瘦的、棕色毛皮的平原狼，其中还有一些毛色更深、体形更大的狼肯定是来自丛林地区的。当两河人的第一波箭雨划过天空，落进艾伊尔人的队伍里时，它们也亮出獠牙，猛冲进艾伊尔人群之中。这时，第二波箭雨也滑过了半空，连同许多耀目闪电，炽烈火蛇。戴面纱的艾伊尔人刚刚转过身，开始对抗狼群的攻击，凯瑞安人的骑枪和另外无数根艾伊尔短矛就已经纷纷戳穿他们的胸膛。

佩林抡开战斧，砍倒一名沙度，跳过他倒下的身体。他们必须冲到兰德身边，这是他们唯一的目的，也是他们唯一的希望。在他身旁，罗亚尔的巨斧不停地向四处斩落，立刻就砍开了一条通路。亚蓝似乎在拿着剑跳舞，每当他砍倒一个人，都会发出一阵笑声。但佩林没有时间去想别人，他有条不紊地挥舞着斧头，他是在劈砍木头，不是人。他竭力不去看那些喷溅出的血肉，任由红色的液体喷在脸上却不去在意。他必须找到兰德，他要从荆棘丛中砍开一条出路。

他将全部的注意力都集中在前面这个人的身上——他把他们都视为男人，虽然这个人的身高更像是一名枪姬众，他不知道如果自己心中如果有了这种想法，是否还能挥下斧头——他集中注意力要砍开通路，但其他事情不停地涌进他的视线之中。一道银色的闪电将穿着凯丁瑟的身躯打入空中，他们之中有一些系着红色的头巾，有一些没有。另一道闪电将多布兰从马背上打落马下。这名凯瑞安人吃力地站起身，用佩剑支撑住身体。火焰围绕住几名凯瑞安人和艾伊尔人，人和马都变成了尖叫的火炬——或者是悄无声息的火炬。

这些事情飞快地从佩林眼前闪过，但他并没有让自己去看它们。他的面前只有敌人——那些荆棘。他和罗亚尔的斧头，还有亚蓝的剑要把这些全部清除干净。但很快有一些事情分散了他的注意力。一匹扬起前蹄的马，一名被艾伊尔短矛从马鞍上戳下的骑士——一名穿着红色盔甲的骑士，随后是成群的翼卫队。他们挺起骑枪，不停地向前猛冲，海芬的羽毛飘扬在他的头盔上面。片刻之后，佩林看见了科鲁娜，绿宗两仪师一步步向前行进着，面色威严冷峻，如同战场上的女王。三名护法为她开辟出道路，火焰不停地从她手中喷涌而出。然后是碧拉，更远处，是费德琳、玛苏芮和……光明在上，她们都跑到这里干什么？她们应该和智者们在战场外面的！

从前面的某个地方传来一阵轰鸣，压倒了所有喊声和喧嚣。片刻之后，一道闪光出现在距离佩林不到二十步的地方，它像剃刀一样切穿了几个人和一匹马，展开成为一个通道。一名身穿黑衣的人拿着一把剑从通道里一跃而出，但立刻被沙度的短矛刺穿身体，倒在地上。与此同时，又有八九个人跳出通道，随后那个通道就消失了。这些人也都拿着剑，在那名倒在地上的黑衣人周围结成一个圆圈。一些沙度人冲向他们，结果倒在他们的剑刃下，但更多的沙度人在他们面前爆成了一团团火焰；或者是脑袋像摔在地上的瓜果般骤然爆裂。差不多在他们一百步外的地方，佩林依稀看见了另外一个由黑衣人结成的环，这些人的周围出现了无数的火焰与死亡。但佩林没时间去考虑这些人，他的周围已经开始聚集了无数的沙度人。

他和罗亚尔、亚蓝背靠背地站在一起，拼命地挥砍着手中的武器。现在他们已经不能继续向前了，他能做的只有坚持站在原地。血液冲击着他的耳膜，他能听到自己粗重的喘息，他也能听到罗亚尔的喘息，如同一只巨大的风箱。佩林格挡开一根刺来的矛，又用斧背的长钉刺中另一名艾伊尔人，同时伸手抓住一支刺来的矛锋，完全不在意它在手掌上割开的血口，并挥动斧头砍开了一张戴着黑面纱的脸。佩林不认为他们能坚持很长时间，他身体的每一部分都拼命地为了能再多活过一次心跳的时间而努力。但在他心中的一个角落里，仍然只有菲儿。那让他感到悲伤，因为他不能为无法回到她身边而向她道歉。

兰德身躯折叠在箱子里，痛苦地喘息着；他仍然在摸索他和真源之间的屏障。呻吟声不断地飘过虚空，狰狞的怒火和灼烈的恐惧在围绕着虚空边缘滑动。他已经不再注意何者是他，何者是路斯·瑟林了。突然间，他连呼吸都停滞了下来。六个点，但已经有一个变得坚硬，不再是柔软的，是坚硬的。然后是第二个，第三个。沙哑的笑声充满了他的耳膜，片刻之后，他意识到是他的笑声。第四个点变得坚硬了。他等待着，竭力压抑着自己几近疯狂的咯咯声。最后两个点仍然是柔软的。被压抑住的咯咯声逐渐消失了。

她们能感觉到，路斯·瑟林绝望地呻吟着。她们能感觉到，她们能叫其他人回来。

兰德用几乎是干燥的舌头舔了舔干裂的嘴唇。他体内所有的湿气似乎都变成汗水，流出了他的身体，刺激着他的鞭伤。如果他失败了，将不会有第二次机会，但他不能等待。也许过了这片刻的工夫，他就不会再有机会了。

他谨慎地、盲目地感觉着这四个坚硬的点。除了屏障之外，他什么也看不到，感觉不到，但他能在周围的空无中进行感觉，感觉到它们的形状，如同是四个结。在绳索和结之间总会有空间，无论它们纠结得多么紧，即使这些空隙比头发更细，只有空气才能通过。缓慢地，极为缓慢地，他摸索进一道空隙里，挤进一个无穷小的空间里。极度的缓慢。其他人回来之前，还有多长时间？如果在他摸索清楚这些曲回转折的迷宫之前，她们回来了……极度的缓慢。突然间，他能感觉到真源了，如同用指甲的边缘擦过了它。阳极力仍然在他身外，屏障仍然完好，但他能感觉到路斯·瑟林流露出的希望——希望和颤抖。两名两仪师仍然维持着屏障，仍然掌握着这个编织的状况。

兰德不能解释自己随后做了什么，但路斯·瑟林告诉了兰德该怎么做——在他的疯狂中，在他的怒火和对伊琳娜的悲嚎中，在他应该去死、他不会让她们割绝他的吼叫声中，他告诉了兰德。兰德拼尽全力在那个结中蜿蜒伸展，那个结抵抗着兰德的进入。它开始颤抖，最后，它爆开了。现在只剩下了五个点。屏障变薄了，兰德能感觉到它变弱了。一道看不见的墙壁，应该有六块砖的空隙里只填充着五块砖。那两名两仪师应该也感觉到了，但她们也许并不明白发生了什么事。光明垂怜，不要让她们现在发觉，还不要。

迅速地，几乎是狂乱地，他开始依次进攻剩下的结。第二个消失了，屏障变得更薄。他的速度也更快了，仿佛他正在逐渐熟练这个办法，但每次结被打开的方式都有所不同。第三个结消失了，随之出现了第三个柔软的点；也许两仪师们并不真正明白他在做什么，但她们不可能任由屏障这样削弱下去。兰德真正变得狂乱了，他拼尽全力冲击第四个结，必须在第四名两仪师加入屏障中之前打开它。四名两仪师也许能压制住他的一切努力。几乎是在哭泣中，他挣扎着冲破了这个复杂的空隙，从空无之间穿过去，拼命地爆开了这个结。屏障仍然存在，但现在只有三个人在维持它，只要他的速度够快就好了。

当他伸展向阳极力的时候，那堵看不见的墙还在那里，但它已经不再是一堵坚硬的石墙了。它开始在他的压力下退让，弯曲，弯曲，弯曲。突然间，它像一块破布般被撕开。至上力充满了兰德，让他能够同时抓住那三个柔软的点，用魂之力的拳头凶狠地将它们击碎。而除了魂之力以外，他能导引的范围只有他能看见的范围，现在他的头仍然被压在两膝之间，能看到的只有箱子中的一片灰暗。在魂之力的拳头消失之前，他已经开始导引风之力。随着一阵巨大的爆炸声，箱子变成了他身边飞溅的碎片。

自由了，路斯·瑟林喘息着喊道，这也是兰德想法的回应。自由了，或者也许是兰德在回应路斯·瑟林的想法。

她们要付出代价，路斯·瑟林咆哮着，我是朝阳之君。

兰德知道，现在的行动一定要更快，更加迅猛。但他只能先挣扎着让自己移动起来，他的肌肉每天要承受两次不知多长时间的抽打，在其余的时间都要被塞进箱子里，现在这些肌肉都在不停地哀叫着。兰德全力咬紧牙关，缓缓地用手和膝盖撑起身体。那些哀叫都只发生在遥远的地方，是另外某个人肉体的痛苦，但无论他感觉到了多么强大的阳极力，他也不能让这具躯体移动得更快。虚空包裹在他的情绪之外，但总是有一些类似于惶恐的东西要努力钻进来。

他正在一片零散的树丛中，大片的阳光从几乎没有树叶的枝干间倾泻下来。他这才惊讶地发现现在还是白天，甚至也许还是中午。他必须移动，会有其他两仪师过来查看他。有两名两仪师就躺在他身边，显然是失去了知觉，其中一个人的额头上有一道正在流血的可怕伤口。第三个是一名瘦骨嶙峋的女人。她跪在地上，双眼迷茫地盯着前方，两只手紧紧地抓着脑袋，声嘶力竭地叫喊着。她似乎是幸运地没有被箱子的碎片击中。兰德不认识她们之中的任何人，他只是稍稍遗憾了一下，这三个被他静断的人里没有盖琳娜和布莲安——兰德不确定这是不是他自己要做的，路斯·瑟林一直在叫嚣着要隔绝每一个囚禁他的人。兰德只希望这真的是出于他自己的意思，无论他刚才的行动是多么慌张。这时，他看见另外一个身体趴伏在箱子的碎片之中，那个身体穿的是玫瑰色的外衣和长裤。

当兰德爬过那名瘦削的女子身边，将她撞倒在低矮的石砌井台上时，那个女人仍然没有停止尖叫，也完全没看他一眼。而兰德也在惊惧中感到奇怪，为什么至今还没有人被她的尖叫声吸引过来。在接近明的时候，他才发觉到有许多闪电正从空中落下，火球在不远处连连爆开。他能闻到木头燃烧的声音，听见呼嚎和吼叫，金属的碰撞，以及各种战场上的噪音。他不在乎是否已经到了末日战争。如果他杀死了明……他轻柔地将那个身体翻转过来。

黑色的大眼睛直盯着他。“兰德，”明喘息着说道，“你还活着，我真害怕去看那里发生了什么。那里传出一阵可怕的吼叫，到处都是木头碎片，我能认出，这些碎片都是那只箱子的……”泪珠滚落她的脸颊。“我以为她们已经……我真害怕你会……”她用被捆住的双手抹了抹脸，深吸了一口气。她的脚踝也是被捆住的。“能给我松绑吗，牧羊人？然后弄出一个通道离开这里？哦，或是别费力气松绑了，把我扛在肩上，赶快离开这里吧！”

兰德编织出精巧的火之力，将捆住明的绳子变成碎屑。“不是这么简单的，明。”他完全不清楚这个地方的状况。一个从这里打开的信道也许会通往任何地方；或者在这里，他根本就打不开通道。痛苦和疲倦切割着虚空的边缘，他不确定自己能汲取多少至上力。他忽然意识到自己能感觉到每个方向都有人在导引阳极力。在树林外面，在燃烧的马车外面，他能看见艾伊尔人正在与护法和盖温的绿衣士兵激战，在两仪师的火焰和闪电中被迫后退，但立刻又猛冲过来。一定是马瑞姆找到了他，率领殉道使和艾伊尔人来解救他了。“我不能就这样离开。肯定是有一些朋友来救我了。别担心，我会保护你。”

一道锯齿状的银色闪电击中了林地边缘的一棵树。它距离兰德非常近，甚至让兰德的头发也竖直了起来。明打了个哆嗦。“朋友。”她一边揉搓着手腕，一边嘟囔着。

兰德示意明留在原地——除了这道突然其来的闪电之外，这片灌木丛看上去还是完好无损的。但是当兰德站起身的时候，明立刻跳起在他身边，扶住了兰德。他们蹒跚着走到稀疏的林地边缘。兰德很高兴能有明的搀扶，但他仍然努力撑直了身子，不让自己靠在明身上。如果他需要明的扶持才能不栽倒在地上，又怎么能让明相信他可以保护她？他伸手扶住被闪电击碎的那棵树干，一缕缕烟尘仍然在从那棵树干上飘飞起来，不过它并没有着火。

马车在树林周围摆成了一个环形，一些仆人正在努力地安抚马匹，让它们平静下来，大多数仆人却都在慌乱地躲避着面前这一场恐怖的厮杀。不过马车圈内的局面似乎还处在控制之中。除了刚才那道偏移的闪电之外，其他所有闪电和火球都是以马车和战斗的人们为目标的，也许还有一些是以两仪师为目标。那些两仪师全都骑在马背上，分布在和厮杀的战线有一段距离的地方，其中一些人为了获得更好的视角，站立在了马镫上。

兰德很快就找到了布莲安，那名苗条的黑发女子骑在一匹浅灰色的母马背上。路斯·瑟林发出了咆哮。兰德没有多想就发动了攻击。他感觉到路斯·瑟林对他的失望。魂之力没有遭到多少抵抗就切断了她和阴极力的联系，当魂之力屏障被固定住的时候，一根风之力的棒子将她打晕过去，滚落到马下。兰德想要静断她，但必须要让她明白自己遭到什么样的惩罚，还有为什么会这样。一名两仪师呼喊别人来照顾布莲安，但没有人向树丛中看一眼。她们之中没有人能感觉到阳极力，她们会以为布莲安是因为马车圈外面的攻击才晕倒的。

兰德的眼睛在其他骑马的女人之中搜索着，然后将目光固定在嘉德琳身上，那名红宗两仪师不停地驱赶她的长腿枣红阉马来回移动，向艾伊尔人群中喷射出一片片火浪。魂之力和风之力，她瘫软地倒在地上，一只脚还挂在马镫里。

好啊，路斯·瑟林大笑着。现在是盖琳娜，我特别想要她。

兰德眯起眼睛。他在干什么？是路斯·瑟林如此渴望得到这三个人，兰德想让她们清偿她们对他做出的一切，但战争还在继续。当他在寻找某个两仪师的时候，人们正不停地死去。毫无疑问，这些死者中有许多枪姬众。

他制服了嘉德琳左侧二十步外的另一名两仪师，然后蹒跚地绕着林地缓慢潜行，在暗中发动一次又一次攻击。明已经不再扶他了，但她的双手一直护在他身边，惟恐他会跌倒。

“她们会看见我们的，”明悄声说道，“只要有一个人回一下头，就能看见我们。”

盖琳娜，路斯·瑟林吼叫着。她在哪里？

兰德没有理会路斯·瑟林，也没有理会明。柯尔伦倒下了，然后又是两个他不知道名字的。他必须尽力而为。

两仪师们并不知道发生了什么事。沿马车圈排列的姐妹们一个接一个倒下，仍然清醒的两仪师进一步展开她们的队形，竭力填补出现的漏洞。焦躁的情绪从她们控马的动作中流露出来。加倍的怒火随着火焰和闪电被倾泻进艾伊尔人的队伍里。一定是某个力量正在从外面发动进攻，但她们不知道那是什么力量，也无法阻止两仪师的进一步跌落。

她们的数量在减少，效果很快就体现出来。从空中落下的闪电数量变少了，而更多的闪电落在了护法和绿衣士兵的队列里，更多的火球击中了马车，而不是在半途中就消失或爆炸。艾伊尔人开始冲进马车间的缺口，马车被逐一掀翻，片刻之间，两仪师的阵地上已经充满了戴黑面纱的艾伊尔人，陷入一片混乱。兰德困惑地看着这一切。护法和绿衣士兵结成小队，和艾伊尔人作战。两仪师用雨点般的火焰将自己包围住，但艾伊尔人也在和艾伊尔人厮杀。系着红色斯威峨门头巾的男人和在手臂上系着红色带子的枪姬众，在和没有这种标识的艾伊尔人作战，戴着钟形头盔的凯瑞安骑兵和披挂红色胸甲的梅茵人也出现在马车中间。他们并肩攻击着护法和艾伊尔人。他终于疯了吗？

他感觉到明正紧靠在他的背上，不住地颤抖。她是真的；他所看见的一定是真实的。

十几名和兰德一样高，或者比兰德更高的艾伊尔人向他飞奔过来。他们的身上没有红带子。兰德不明所以地望着他们，直到他们跑到距离他只有三尺的地方，其中一个人反手举起短矛，仿佛是要把它当作棍棒挥舞。兰德开始导引。从所有方向喷出的火焰刺穿了这十几具躯体，被烧焦的扭曲肉体倒在他脚下，仍然在剧烈地抽搐着。

突然间，盖温骑着一匹枣红色的牡马，出现在他面前不到十步的地方。盖温的手中握着长剑，二十多名绿衣士兵骑马跟在他身后。片刻之间，他们只是彼此对视着。兰德暗暗祈祷他不必伤害伊兰的这名兄长。

"明，"盖温咬着牙喊道，"我能带你离开这里。"

明从兰德的身后望着盖温，摇了摇头。她紧紧地抱着兰德，让兰德觉得自己无论如何也不可能甩脱她。"我要和他在一起，盖温。盖温，伊兰爱他。"

因为在体内湍行的至上力，兰德能看见盖温握住剑柄的手上苍白的指节。"吉索，"他用僵硬的声音说道，"重整青年军，我们要从这里冲出去。"如果他说这些话的时候，声音显得非常僵硬，当他再次开口的时候，他的声音里已经充满了死亡的气息："兰德，总有一天，我会看着你死掉。"他踢了一下坐骑的肋侧，疾驰而去，他和所有追随他的士兵都用最大的声音喊道："青年军！"更多穿着绿色外衣的士兵从战团中冲出来，加入到他们中间。

一名身穿黑衣的男人冲到兰德面前，他紧盯着跑远的盖温，当那一队绿衣士兵冲到马车旁边的时候。他们脚下的地面突然在火光中发生了爆炸，有几名士兵连同他们的坐骑被轰倒在地上。兰德用风之力把这名黑衣男人打倒在地上，同时他看见盖温在马鞍上摇晃了一下。这名面孔刚硬的黑衣人向他大声吼叫着，兰德不认识这个人，但这个人的高衣领上别着龙形和剑形的徽章，他的体内充满了阳极力。

似乎就在转瞬之间，马瑞姆出现了，他低头凝视着倒在地上的人，金蓝色的龙纹盘绕在他的黑衣袖子上，但他领子上一枚徽章也没有。"你不能攻击转生真龙，葛德芬。"马瑞姆说道。他的声音既柔和，又刚硬。那名硬面孔的男人从地上爬起来，将拳头按在心口上，行礼致敬。

兰德向盖温离去的方向望去，在那里，一大队士兵正簇拥在一面白色野猪旗后面，向艾伊尔人包围的阵势中杀过去，更多绿衣士兵在拼杀着要加入他们。

马瑞姆转身面向兰德，嘴角上带着那种似笑非笑的神情。"在这种情况下，我相信你不会反对我违犯你的命令，和两仪师发生了正面对抗。我有些事情要去凯瑞安见你，然后……”他耸耸肩，“你看上去糟透了，还是让我……”当兰德后退一步，躲开他伸出的手时，他稍稍弯曲的嘴唇变得平直了。明也随着兰德一起向后退去，她比刚才更用力地抱紧了兰德。

路斯·瑟林又在吼叫着要杀死马瑞姆，疯狂地叫喊着要杀死弃光魔使和每一个人。但兰德没有去听他的叫喊，将他排斥在意识之外，让他变得仿佛是一只嗡嗡叫的苍蝇。这是兰德在那只箱子里摸索出的办法。在那里，兰德能做的只有摸索那道屏障和倾听脑海中这个疯狂的声音。但即使没有路斯·瑟林，他也不想让马瑞姆对他进行治疗。兰德觉得如果马瑞姆用至上力碰触他，无论马瑞姆的动机多么单纯，他也会把他杀死。

“随你，”这名鹰钩鼻的男人讽刺地说道，“相信我现在应该已经让这片营地的局势稳定下来了。”

这话似乎没错，地面上到处都是尸体，但在马车圈里，只有少数几个地方还有战斗。一只风之力的圆顶突然笼罩了整座营地，火焰上冒出的烟尘都从圆顶上方留出的一个窟窿里逸散出去。这并不是一个完整的阳极力编织，兰德能看见有许多人编织出独立的一块，然后将它们拼合在一起。他觉得这只圆顶下面大概有两百名穿黑衣的男人。数道闪电和火焰击落在这座圆顶上，发生了剧烈的爆炸，没有造成任何伤害，却让天空本身仿佛是裂开，燃烧了起来，一连串的轰鸣充满了所有空间。手臂上挂着红带子的枪姬众和斯威峨门沿他们看不见的墙壁站立着，和他们在一起的还有梅茵人和凯瑞安人，他们之中有许多也站到了地面上。在墙壁的另一侧，大批沙度人盯着这道将他们和敌人隔开的无形障壁，不住地用矛刃刺它，用肩膀撞它。但所有这些攻击都被反弹了回去。

在圆顶里面，最后的战斗终于结束了。在屈指可数的斯威峨门和枪姬众的看押下，被取走武器的沙度人正表情麻木地剥下身上的衣服。在从此之后的一年又一天里，他们将穿上奉义徒的白袍，即使沙度人现在冲进了这片营地，这点也无法改变了。凯瑞安人和梅茵人则看押着一大群愤怒的护法和青年军，他们之中还混杂着许多满脸恐惧的仆人。这批囚犯的数量和他们的看押者一样多，有十名左右的两仪师被同等数量的殉道使屏障了。这些殉道使的衣领上都戴着剑形和龙形徽章。那些两仪师看上去虚弱而害怕，兰德认出了其中的三个，但耐苏恩是他唯一能叫出名字的两仪师，他也不认识那些看押两仪师的殉道使。一些被兰德屏障、仍然不省人事的两仪师被排列在其他两仪师俘虏旁边，她们之中已经有一些人开始有轻微的动作。穿黑衣的士兵和戴银色剑徽的献心士还在使用阳极力将昏厥的两仪师拖到那一排人里。他们之中的一些人将树丛中那两名被箱子碎片打晕的两仪师和那名瘦削的两仪师也拖了出来，瘦削的两仪师到现在依然没停止尖叫。当她们被拖到那一排人之中的时候，一些两仪师突然转过身，呕吐了起来。

圆顶中还有其他一些两仪师，她们的身边环绕着护法，同样有黑衣人在监视着她们，但她们并没有被屏障。她们像那些两仪师俘虏一样用不安的眼神看着这些殉道使。她们同样在注意着兰德，很显然的，如果没有殉道使的监视，她们一定会立刻走到兰德面前。兰德向那些两仪师瞪了一眼，埃拉娜就在那些两仪师里面，这不是他的幻觉。他不认识所有埃拉娜的同伴，但这已经足够了。她们有一共有九个人。九个。怒火在虚空外喷涌。路斯·瑟林的嗡嗡声更大了。

见到这些人之后，再看见佩林摇摇晃晃地跑过来时，兰德已经完全不感到惊讶了。佩林的脸上和胡子上全都是血，他的身后还跟着手擎一把巨斧、一瘸一拐的罗亚尔，还有一名目光明亮的男人——他身上的红色条纹外衣是标准的匠民穿着，但他手上拿着完全变成暗红色的剑。兰德差点就想仔细查看一下麦特是不是也在这里。他又看见了多布兰，这名凯瑞安人单腿站立着，一只手握着剑，另一只手撑着兰德红色旗帜的旗杆。南蒂拉跑到佩林身侧，放下了面纱。还有另一名枪姬众，兰德一开始几乎没认出她来——能看见苏琳穿回凯丁瑟实在是太好了。

“兰德，”佩林一边说，一边还大声喘着气，“感谢光明，你还活着。我们本来打算让你制造出一个逃跑的通道，但我们全都失散了。鲁拉克和大多数艾伊尔人还在外面沙度的人群里，大多数梅茵人和凯瑞安人也在其中。我不知道两河人和智者们怎么样了，这些两仪师本来应该和他们在一起的，但……”佩林将战斧的斧头撑在地面上，靠在斧柄上喘着粗气，如果没有这个支撑，他可能就要倒在地上了。

在那道看不见的障壁外面出现了骑马的士兵，还有系红头巾的艾伊尔男人和手臂上有红带的枪姬众。这道障壁同样把他们挡在外面。无论他们出现在什么地方，沙度人都会簇拥过来，将他们吞没。

“撤去圆顶！”兰德命令道。佩林放松地叹了口气。他是否以为兰德会让自己的人遭受屠杀？但罗亚尔也在叹气。光明啊，他们以为他是什么样的人？明开始拍抚着他的后背，低声对他说着安慰的话。不知为什么，佩林非常惊讶地看了明一眼。

马瑞姆也许是有些惊讶，但他的脸上显然没有放松的表情。“真龙大人，”他用绷紧的嗓音说，“这里仍然有几百名沙度女人，她们的力量不容忽视，更别说还有成千上万名沙度人挥舞着利矛，除非你真的想确认你是否坚不可摧。我建议再等几个小时，直到我们完全了解了这个地方，可以确实制造出能让他们离开的通道，然后我们就可以离开了。战争中总会有伤亡，今天我也损失了一些士兵——一共九个人，他们比起容易叛变的艾伊尔人更难以被取代。无论是谁死在这里，都是为转生真龙而死的。”如果马瑞姆注意到了南蒂拉和苏琳，他也许会让自己的语气更平和，选择用字的时候也会更谨慎一些。她们飞快地用手语交流着，看样子已经准备好立刻将马瑞姆置于死地。

佩林站直身体，黄眼睛盯着兰德，眼神中同时充满了焦虑和坚定：“兰德，即使丹尼和智者们能够撤退，只要他们看不到你，他们也绝对不会后退半步。”他向远处指了指，火焰和闪电仍然在不停地发出耀眼的光芒。“如果我们在这里空坐几个小时，沙度人迟早会向他们发动攻击，也许现在沙度人已经在杀戮他们了。光明啊，兰德！丹尼、班、维尔和特尔……艾密斯也在那里，还有索瑞林，还有……烧了你吧！兰德，死掉的人已经比你知道的要多了！”佩林深吸了一口气，“至少让我出去，如果我能再冲出去，我可以让他们知道你还活着，让他们在被杀死之前撤走。”

“我们两个可以钻出去，”罗亚尔平静地说着，举起了那把巨斧，“两个人的机会更大。”那名匠民只是在微笑，但他的微笑里充满了渴望。

“我可以在障壁上打开一个缺口。”马瑞姆说道。但兰德厉声喝止了他。

“不！”不能这样丢下两河人。但他不能显露出担忧两河人更甚于担忧智者们的样子，实际上，他对两河人的担忧必须看起来更少。艾密斯在外面？智者们从不会参与战争，她们绝不会被战争和血仇触及，为了他，她们放弃了一切习俗，甚至可能还违犯了法律。就像他不可能让佩林回到战场上一样，他也不可能彻底抛弃他们，他不能这样对待智者和两河人，“瑟瓦娜想要我的头，马瑞姆，很显然的，她以为今天就能达到目的。”虚空遮盖住一切情绪，让他的语气和言辞完全符合。这确实让明感到担忧，她不停地安抚着他的后背，仿佛是在安慰他。“我要让她知道她的错误，我说过，马瑞姆，你的任务是制造武器。让我看看他们有多么致命，驱散沙度人，击败他们。”

“听从你的命令。”马瑞姆的声音如同岩石般生硬。

“将我的标志立在所有人都能看到的地方。”兰德命令道。至少这会告诉所有在障壁外面的人，是谁控制着营地，也许智者们和两河人在看到之后会向后撤退。

罗亚尔的耳朵不安地哆嗦着。当马瑞姆走开的时候，佩林抓住了兰德的手臂。“我看见他们所做的一切，兰德。那——”虽然他的脸上和斧头上全都是血污，但他的脸上仍然明显地表现出了厌恶的神情。

“你希望我怎样做？”兰德问，“我还能怎样做？”

佩林放开手，叹了口气，“我不知道，但我不必喜欢这样的做法。”

“朱尔，升起光明旗帜！”马瑞姆喊道。至上力让他的声音震耳欲聋。朱尔·格莱迪导引魂之力，从惊讶的多布兰手中举起那面猩红色的旗帜，让它穿过圆顶上方的缺口，一直升上半空。火之力在它的周围爆发，放射出耀眼的红光，将所有火焰燃烧的烟尘都压了下去。兰德认出了一些穿黑衣的人，但除了朱尔之外，他只知道其中几个人的名字——达莫、费德文、艾本、佳哈和托沃。在这些人之中，只有托沃戴上了龙徽。“殉道使，组成战列！”马瑞姆用巨大的声音喊道。

除了朱尔和看管两仪师的人之外，其他所有黑衣人全部冲到了紧靠障壁的地方。在那些白塔两仪师之中，只有耐苏恩还在专注地看着这一切，其他人都只是无精打采地跪在地上，甚至不去看那些屏障他们的男人一眼。即使是耐苏恩也流露出了疲弱的神态。而沙力达两仪师们只是冷眼看着那些看管着她们的殉道使，也不时会把冰冷的目光转移到兰德身上。埃拉娜则只是盯着兰德，兰德意识到，自己的皮肤上出现了微弱的刺麻感。如果他在这个距离还能有这样的感觉，那九个女人一定都拥抱着阴极力。他希望她们能有足够的理智，不要进行导引，那些像岩石般面对着她们的男人正攫着几乎要到临界点的大量阳极力，他们现在看上去和那些不停地用手指抚摸剑柄的护法们一样紧张。“殉道使，将障壁升起两幅！”在马瑞姆的命令下，圆顶的边缘提升起来。一直在攻击障壁，却没有任何效果的沙度人一下子往前倾倒，但他们很快就恢复了过来。一片黑面纱的波浪奔涌向前，但沙度人刚刚迈出一步，马瑞姆已经又喊道：“殉道使，杀！”

沙度人的前列顿时剧烈地爆炸开来。除了这样说之外，实在没有其他语言可以更贴切地形容，穿着凯丁瑟的躯体炸成了血肉的飞沫。阳极力能流迅速穿透这片血雾，在眨眼间穿透了一具又一具肉体。第二排沙度人死光了，然后是第三排、第四排，仿佛沙度人是在冲进一架巨型绞肉机。兰德盯着这场屠杀，感到喉咙无比的干涩。佩林已经弯下腰，吐出胃中的一切。兰德完全明白他的感受。又是一排人死了。南蒂拉用手掌捂住了眼睛，苏琳转过了身。

血腥而支离破碎的人体开始堆积成一堵墙壁。

没有人能忍受这种情景。在又一次死亡的爆炸之后。前排的沙度人突然开始拼命朝其他方向逃去，用尽全力想要挤进还在向前冲锋的沙度大队里。而爆炸又发生在混乱的沙度人群中，所有的沙度人都开始向后奔逃。撞击着障壁的火焰和闪电也开始变弱了。

“殉道使，”马瑞姆的声音再一次发出，“翻滚地之力和火之力圆环！”

在最靠近马车的沙度人脚下，地面突然爆发出火焰和尘土的喷泉。到处都有人被冲撞得飞上半空。还没等那些人体落下，更多的火焰已经咆哮着冲出地面，形成了一个围绕马车，逐渐向外扩大的圆环，追逐着沙度人，扩展到五十步、一百步、两百步。马车圈中的人能看见的只有混乱与死亡。短矛和圆盾被扔在地上。圆顶上方只剩下了马车燃烧的烟尘。

“停！”爆炸的声音吞没了兰德的喊声，就像它吞没了沙度人的尖叫声，他编织出马瑞姆用来增强音量的能流，“马瑞姆，停！”他的声音如同霹雷般，压住了所有声音。

又一圈爆炸之后，马瑞姆喊道：“殉道使，休止！”

片刻之间，空气中只剩下一片震耳欲聋的死寂。兰德在经过一阵耳鸣之后，才听到了尖叫声和呻吟声。受伤的人在尸堆中爬行。在远处，沙度人全都在奔逃，只剩下结成一个个小群的斯威峨门和枪姬众、凯瑞安人和梅茵人——他们之中还有一些仍然骑在马上。这些人几乎都在犹豫了片刻之后，才开始向马车靠近。一些艾伊尔人放下了面纱。兰德借助被至上力增强的视力从他们中间分辨出了鲁拉克，鲁拉克瘸了一条腿，一只手臂也无力地垂在身侧，但他还站立着。在更远的地方，穿两河外衣、手拿长弓的男人们护卫着一大群身穿暗色宽松裙子和浅色外衫的女人。他们距离太远，兰德看不清楚他们的面孔。但看那些两河人盯着逃跑的沙度人的样子，他们像其他任何人一样震惊。

兰德全身上下都充满着如释重负的感觉，但这并不足以让他绞动的胃平静下来。明将脸用力地压在他的衬衫上，不住地抽泣。他抚摸着明的头发。“殉道使，”他从没如此庆幸过虚空可以将他的情绪从声音中抽走，“你做得很好，我向你祝贺，马瑞姆。”他转过身，好让自己不再看到那片屠场。他几乎无法听到黑衣人如雷鸣一般的吼声：“真龙大人！殉道使！”

当兰德转过身来的时候，他看见了那些两仪师。梅兰娜站在她们的最后面，但埃拉娜站在他面前，正专注地看着他，身边是两名他不认识的两仪师。

“你做得很好。”那两名两仪师之中方脸的一个说道。一名农妇，无瑕的面孔上维持着平静的表情，完全忽略掉她身边的殉道使，非常刻意地忽略。“我是碧拉·哈金，她是科鲁娜·奈齐曼，我们来营救你——在埃拉娜的帮助下，”后面这句话显然是她看见埃拉娜皱起眉头，临时加上去的，“看起来你并不怎么需要我们，不过，我们的用意是好的，而且——”

“你们的地位和他们一样。”兰德指着那些被屏障和看押的两仪师说道。他数清了她们有二十三个，盖琳娜不在其中。路斯·瑟林的嗡嗡声膨胀起来，但他拒绝去听。现在不是疯狂发怒的时候。

科鲁娜高傲地昂起头，她肯定不是农妇。“你忘记我们是谁，她们也许虐待了你，但我们——”

“我什么都没忘，两仪师。”兰德冷冷地说，“我说你们可以来六个，但我看到了九个。我说你们要和那些白塔的使者处于同一地位。既然你们来了九个，你们就仍然要和她们处在同等地位。她们现在跪到了我面前，两仪师。跪下！”

冰冷、平静面孔回应着兰德。兰德感觉到殉道使已经准备好了魂之力屏障，挑衅的神情愈来愈明显地出现在科鲁娜和碧拉脸上，也出现在其余两仪师脸上。二十四名黑衣男人形成了一个环，围绕着兰德和那些两仪师。马瑞姆的脸上又出现了兰德经常看见的那种似笑非笑。“跪下，向真龙大人发誓。”他轻声说道，“否则你们会被迫跪下。”

故事在向四处传播，随着商队、卖货郎和旅者们在客栈的闲聊，它们穿越凯瑞安，被带往南方和北方。就像故事应有的那样，它们随着每一次被重复而发生了改变——在杜麦的井边或是其他什么地方，艾伊尔人背叛转生真龙，并杀死了他；不，两仪师救了兰德·亚瑟；是两仪师杀死了他；不，驯御了他；不，是将他带去了塔瓦隆，让他成为白塔地牢中的囚犯；不，是玉座在塔瓦隆亲身向他下跪。不过，和其他故事不太一样的是，大多数人最相信的版本恰好是非常接近于事实的。

在那个火焰与鲜血喷洒的日子里，一面残破的旗帜在杜麦的井上空飘扬，上面绘着古代两仪师的徽记。

在那个火焰、鲜血和至上力共同爆发的日子里，就像预言中记载的那样——无垢之塔破裂，向被遗忘的徽记屈膝。

九名两仪师率先向转生真龙宣誓效忠，世界永远地改变了。

第 56 章

答案

这个男人停了一下，将手落在轿子门边，当法理恩从他的手指间拿走纸条的时候，他立刻就缩回手。还没等那名穿着泰拉辛宫仆人制服的人推进广场中的人群里，法理恩已经催促两名抬轿子的人继续前进了。

在这张正方形的小纸条上只有两个字——“走了”。法理恩将纸条在拳头里揉成一团。她们又溜出去了，完全没有被她在宫中的眼线发现。不管魔格丁是怎么想的，经过几个月徒劳的搜索，她相信这里完全没有藏匿任何法器。她甚至考虑过审问这里的一两名智妇，如果那东西真正存在的话，她们之中也许有人知道它的下落，但这件事本身也许就是异想天开。她之所以仍然留在这座可怜的城市里，是因为如果使徒下达了命令，唯一的选择只有遵从，除非这个命令被改变。任何有违命令的行为都只能导致痛苦的死亡。但如果伊兰和奈妮薇在这里，情况就不同了。她们毁掉了坦其克的一切，不管她们是不是正式两仪师（看上去她们应该不是），法理恩都不会将她们的出现当成巧合。也许这里真的有什么秘密。她第一次开始庆幸魔格丁在几个月前的阿玛迪西亚向她下达命令后，就再也没有调遣过她。她也许是被使徒忽视了，但她现在有了在使徒面前提升自己地位的机会。伊兰和奈妮薇也许能引领她找到那件东西，即使这个目的没有实现……魔格丁似乎对于这两个人很感兴趣，将她们献上去肯定比虚无飘渺的法器更好。

法理恩向后靠去，让轿子摇晃的感觉抚平自己的心神。她并不恨这座城市——当她还是一名初阶生的时候，她曾经逃亡到这里。但也许这次行动会有一个愉快的结尾。

坐在书房里，荷瑞得·菲盯着自己的烟斗，寻思着自己是不是要将它点燃。而此时，一只古蓝正从门缝里挤进来。当然，即使荷瑞得注意到了，他也不会相信；而一旦古蓝进了房间，就极少有人还能再有机会活着。

当伊迪恩走进荷瑞得的书房时，她惊讶地盯着桌边地板上不甚整洁的那堆东西。她花了一些时间才看清楚那是什么，而当她看清楚的时候，连一声尖叫都没来得及发出来就昏了过去。无论她听说过多少次有人被撕成碎片，她以前毕竟从没见过。

那名骑手在山丘顶上掉转过马头，最后看了艾博达一眼——那座城市正在阳光下面闪耀着白色的光辉，一座利于劫掠的城市。而且根据他从当地人那里打听到的情况，他们是会抵抗的，那么王之血脉就会允许对这座城市进行劫掠。他们会抵抗，但他希望其他眼线会带回这里分裂的报告，就像他所看见的那样。抵抗不会持续很久，那名所谓的女王只统治着很小一片土地。掉过马头，他向西方驰去。有谁能知道？也许那个家伙的话就是个先兆，也许回归旧土的时候就快到了，九月之女就快要来了。那肯定是伟大的胜利先兆。

躺在夜色中，魔格丁盯着这顶小帐篷，现在她已经成为玉座的一名仆人。她不时咬着牙，但每当她意识到自己的这个动作，都会立刻把嘴松开。她对脖子上的这副罪铐项链保持着万分警戒，那个艾雯·艾威尔比伊兰和奈妮薇更加强硬，对她容忍得更少，要求得更多。当艾雯将那只手镯交给史汪或莉安的时候，特别是史汪……魔格丁打了个哆嗦。即使是柏姬泰戴上那只手镯肯定也不过如此。

帐篷帘被掀开，魔格丁借助月光勉强能看见一个女人走了进来。

“你是谁？”魔格丁质问道。当她们在晚上派人来找她的时候，无论是谁都会拿着一盏灯。

“叫我亚兰加吧！魔格丁。”这个声音似乎显得很愉快。一小团光在帐篷中亮起。

魔格丁听到自己的名字，舌头一下紧紧贴住上颚。在这里，如果她的真名被泄露，对她来说将只有死路一条。她拼命地想要说话，想说她叫玛丽甘，而她这时才忽然意识到那团光。一个闪耀的苍白小球，悬浮在靠近她头顶的空中。因为戴着罪铐，所以她不经允许甚至不能想到阴极力，但她仍然能感觉到那片被编织出来的网。但这次她什么也感觉不到、看不到，只有一个由纯粹的光组成的小球。

她盯着那个自称为亚兰加的女人，终于将认出她来——哈丽玛，某一名宗派守护者的秘书。她肯定是个女人，一个完全符合男人欲望的女人，一个女人。但那个光球是阳极力形成的！“你是谁？”她的声音微微有些颤抖，而她却在惊讶自己的声音竟然还可以如此稳定。

那个女人向她笑了笑——一个意味深长的微笑——然后她坐到魔格丁的床铺旁边。“我告诉过你，魔格丁，我的名字是亚兰加。如果你的运气好，你可以在未来知道这个名字。现在，仔细地听我说，不要问任何问题，我会告诉你该知道些什么。再过一会儿，我会除掉你这条漂亮的项链。我做好之后，你要像洛根一样迅速而安静地消失。如果你做不到，你就会死在这里，这肯定是件羞耻的事情，因为就在今晚，煞妖谷向你发出了召唤。”

魔格丁舔舔嘴唇。煞妖谷的召唤，这可能意味着永远被囚禁在末日深渊，或永远统治这个世界，或是其他任何可能。大概她不太可能会成为耐博力——特别是如果暗主知道她在过去几个月里都干了什么，但这种召唤是不能拒绝的。而且，她也终于能摆脱这副罪铐了。“好，除掉它，我会立刻就走。”再耽搁下去没有意义，她比这座营地中的任何人都强，但她不想和十三个人组成的连结相对抗。

“我想你也不会反对，”哈丽玛——或是亚兰加——用甜美的声音咯咯笑着，碰了一下那串项链，却又微微打了个哆嗦。魔格丁又一次对这个显然是在导引阳极力的女人起了疑心。这个女人受了伤，虽然可能只是很轻的伤，而只有能够导引的男人才会如此受伤。但那条项链脱落了，被那个女人匆匆塞进了口袋，“走吧！魔格丁，现在就走。”

当艾雯走到这座帐篷前，提起油灯，探头望进去时，只看见一堆凌乱的毯子。她缓缓地从帐篷里退出来。

“吾母，”琪纱在她身后惊讶地喊道，“您不该在黑夜里跑出来，夜晚的空气总是不好。如果您想叫玛丽甘，我可以为您叫她。”

艾雯向四周看了一圈。她刚才感觉到了项链的脱落，也感觉到那一闪而过的痛苦——那意味着有一个能够导引的男人擦过了这个连结。大多数人还在睡觉，但还是有一些人坐在帐篷外低矮的营火旁边，其中有一些人距离这里并不远。她有可能查清是哪个男人曾经来过“玛丽甘”的帐篷。

“我想，她逃走了，琪纱。”艾雯说道。琪纱气愤地嘟囔着好女人不该抛弃她们的主人，跟随艾雯回到玉座的帐篷。这不可能是洛根干的，是吗？他不可能再回来，也不可能知道魔格丁在这里，是吗？

狄芒德跪倒在末日深渊，这一次，他已经不在乎让赛夷鞑·哈朗用那种无眼的凝视看见他的颤抖。“我这样做不是很好吗，暗主？”

暗主的笑声充满狄芒德的脑海。

无垢之塔破裂，向被遗忘的徽记屈膝。
海洋狂怒咆哮，风暴在看不见的地方聚集。
在地平线的另一边，隐藏的火焰窜升着，蛇群盘曲在胸口上。
曾经尊贵的将要倾覆，曾经倾覆的将被扶起。
秩序燃烧，清出他的道路。

真龙预言

译者：杰奥拉德·曼雅德

——至高王，亚图·潘恩崔·塔瑞奥所任命之安多行省长官

（《混沌之王》完，敬请期待《时光之轮 7：剑之王冠》）

名词解释

罪铐（A' dam）：这是霄辰人为了控制有导引能力的女子而制作的一种装置，它只能使用在有导引能力的女子身上，对于不能导引的女人则没有任何作用。它包含一个项圈和一只手环，两者中间用银索连结，整套装置全都用一种银白色的金属打制而成。它能在两名女子之间建立一种连结，如果一名能够导引的男人和一名女子通过罪铐连结在一起，那么可能的结果就是两者全部死亡。当一副罪铐佩戴在有导引能力的女子身上时，能够导引的男人只要碰它一下就会感觉到痛苦。

艾伊尔人（Aiel）：艾伊尔荒漠中的居民，他们骁勇善战且刻苦耐劳。在展开杀戮之前，他们会以面纱遮住脸部。不管是拿着武器或是赤手空拳，他们都是可怕的战士，但他们绝不使用剑类的武器，除非不得已，他们也不会骑乘马匹。艾伊尔人的乐手会以音乐的节奏来代替战斗伴奏，所以，艾伊尔人把战斗称为“斗舞”或“枪矛之舞”。他们分为十二个部族：查林、柯代拉、达茵、高辛、米雅各布马、纳凯、雷恩、色拉得、沙度、锡安德、塔戴得、汤曼勒。有时候也包含第十三个部族——“非部族之部族”——杰恩，他们创建了鲁迪恩。艾伊尔人认为自己曾经辜负了两仪师的嘱托，因此才被驱逐至艾伊尔荒漠。如果他们再次辜负两仪师，他们就会被彻底毁灭。

阿特拉（Altara）：风暴海沿岸的一个国家，但除了还有统一的国名之外，这个地方已经再没有任何统一可言。阿特拉人都只认为自己从属于某座城镇或某个乡村，应当向某位领主效忠，而阿特拉人只是他们一个次要的身份。很少有贵族会向国王纳税，对于国王的各种命令也都是敷衍了事。阿特拉的现任统治者是是泰琳·青泰拉女王，出生于密索巴家族。和她以前的历代阿特拉国王一样，她只能算是这片土地上最有力量的贵族之一，甚至可能还算不上是最有力的贵族。劲风王座所代表的权力微不足道，甚至有许多强大的贵族在能够得到它的时候却会对它嗤之以鼻。

凯瑞安（Cairhien）：沿着世界之脊建立的国家，它的首都与国号同名，在艾伊尔战争期间遭到大肆劫掠并被焚毁。在那场战争以后，世界之脊附近的大量农场被凯瑞安人抛弃，导致凯瑞安现在需要进口大量谷物以满足国内的食品需要。盖崔安国王遭到刺杀（新纪 998 年）导致凯瑞安爆发争夺太阳王座的内战，谷物进口因此中断，从而引发了大规模的饥荒。凯瑞安的首都凯瑞安城在被人们称作

434

“第二次艾伊尔战争”的时间里遭到沙度艾伊尔的围攻，而兰德·亚瑟率领的艾伊尔军队击溃了沙度艾伊尔，为凯瑞安城解了围。凯瑞安的国徽是从天蓝色大地上升起的金色太阳，太阳上有许多道光芒。

卡黎韩·马康那（Caraighan Maconar）：传奇的绿宗两仪师（灭纪 212 年至灭纪 373 年），上百个冒险故事中的女英雄。这些故事大多在白塔的史册上有记录，但有些两仪师仍然认为其中一部分故事是不可能的，比如说她曾经独力解决在摩萨多灵发生的叛乱，没有护法的陪同就镇压了柯麦丁暴动。她被绿宗两仪师认为是绿宗的典范。

暗黑之友（Darkfriend）：追随暗帝的人们，他们相信一旦将暗帝从封印中释放出来，自己就会获得莫大的权柄和奖赏，甚至获得永生。他们在彼此之间有时会使用古老的称呼——黑暗友人。

黛恩·阿瑞曼（Deane Aryman）：出自红宗的玉座邦雯试图控制亚图·鹰翼，却反而让白塔遭受严重的伤害，而从这场灾厄中拯救白塔的玉座就是黛恩·阿瑞曼。自由纪 920 年，她出生在沙力达的一个小村里，那里属于当时的国家艾哈隆，她在自由纪 992 年由一位蓝宗两仪师晋升成为玉座。据信是她说服苏蓝·马拉瓦尔，在亚图·鹰翼死后结束了从自由纪 975 年就开始的对塔瓦隆的围攻。黛恩恢复了白塔的威望。史学家们相信，当黛恩在自由纪 1084 年因为从马背上跌落而去世时，她已经即将说服那些贵族们停止争夺亚图·鹰翼帝国的战争，接受白塔的领导；如果她成功的话，那时这片大陆就已经重新成为一体了。

转生真龙（Dragon Reborn）：根据真龙预言，路斯·瑟林·特拉蒙在后世转生而成的男人。现在大多数世人（并不是所有的人）都已经知道兰德·亚瑟就是转生真龙。

梦行者（Dreamwalker）：艾伊尔人对于能够进入特·雅兰·瑞奥德世界的女人们的称呼，这些女人还能解释梦境，并在人们的梦中对人们说话。两仪师也使用这个名称，不过她们所指的是梦卜者，而且她们很少会使用这个名词。

融合（Linking）：能够导引的女人将她们各自的至上力能流融合在一起的能力。虽然这种能流的强度要弱于她们各自能流的总量，但它能够被引领连结的人完全操控，所以效能会精确和强大许多。没有女人的参与，男人没办法融合彼此的至上力。没有男人的参与，最多可以有十三名女人共同连结在一起；只要在这个连结的环中增加一名男人，连结的女人就可以增加到二十六人；增加两名男人，可以让连结的女人增加到三十四人；最多一共有六名男人和六十六名女人同时参与在一个连结里。参与一个连结的女人不一定非得那么多人，但除了一男一女进行的连结之外，其他连结中的女性人数至少要比男性多出一个。在大多数连结中，男人或女人都可以控制这个连结，但在最大的七十二人连结和少于十三人的两性混合连结中，占据主导地位的必须是一名男性。虽然男人的导引能力一般都比女性更为强大，但一个连结中男性和女性的数量愈接近，这个连结相对的力量也就愈大。

梅茵（Mayene）：风暴海沿岸的城市邦国，因为可以捕捞到大量脂鲤群而赢得了它的财富和独立。此地的脂鲤与提尔、伊利安和塔拉朋的橄榄林形成了激烈的油料经济竞争，这两种原料几乎供应了全大陆的灯油。因为梅茵位于提尔的边缘，所以在历史上一直受到提尔的压迫。梅茵现在的统治者——梅茵之主是贝丽兰。梅茵的统治者们自称是亚图・鹰翼的子孙。梅茵的副主在历史上应该也曾经是唯一的，但最近四百年以来，同时拥有这个名号的往往要多达九人。梅茵徽记是一只在蔚蓝底色上飞翔的黄金鹰。

沐瑞・达欧崔（Moiraine Damodred）：一名蓝宗两仪师。新纪 956 年出生于凯瑞安宫廷，不过并不拥有能继承王位的直系血统。她在新纪 972 年进入白塔，成为初阶生，这以后她的晋升速度远快过常人。只用了三年时间，她就成了见习生；又用三年时间，到艾伊尔战争结束时，她成了两仪师。从那时起，她开始寻找一名在闪亮之墙战役期间出生于龙山山麓上的年轻人。根据两仪师吉塔拉・摩罗索的预言，这名年轻人就是转生真龙。她将兰德・亚瑟、麦特・考索恩、佩林・艾巴亚、艾雯・艾威尔和奈妮薇・爱米拉带出了两河。在凯瑞安与兰飞儿战斗时，她消失在一座特法器里，很显然，她和那名弃光魔使同归于尽了。

准姐妹（Near-sister）、准兄弟（Near-brother）：艾伊尔人对于亲密朋友的称谓。这种友谊关系被认为几乎相当于首姐妹或首兄弟之间的关系。准姐妹经常会正式承认对方为自己的首姐妹，准兄弟则几乎从不会这样做。

拉馨玛・克伦摩沙（Rashima Kerenmosa）：被称为战士玉座。出生于约灭纪 1150 年。在灭纪 1251 年由绿宗两仪师晋升为玉座。她亲自统领白塔的军队，并赢得数不清的胜利。其中最著名的战役有凯新隘口、索瑞阶梯、拉莱裴勒、特诺文和麦翰德。她也于灭纪 1301 年死在麦翰德战役里。当人们在那场战役后找到她和她的五名护法的尸体时，发现她们周围堆积起一圈兽魔人和魔达奥的尸墙，其中还有不少于九名的惊怖领主。

编后记

这是《时光之轮》中少数的、超过90万字的一卷。如果说翻开第一页时我还有疑问，乔丹怎么能将这一个故事敷衍到如此规模时，随着阅读的深入，我已经被错综复杂而又精心编织的情节深深迷住。每一个人都在其中绽放独特个性，那些微妙而俏皮的心理描述，更显示了乔丹创作时的愉快和自由，让人不时会心一笑，多少缓解了紧张情节带来的过分专注。

一个故事，为何能让全球无数读者追逐二十年，苦苦期待下一部呢？答案已经豁然开朗——源于作品本身，源于40000000读者的阅读体验。这是一部注定要流传久远的奇幻经典，甚至在某种意义上，它已超越了“奇幻”的限定，在故事的外壳下，有着极为丰富、深刻的生命体验和深邃、博大的解读空间。

作为编辑者，我们既愉快又痛苦。愉快的是对这样一部皇皇巨著，可以先读为快，所有读者关心的人物命运与故事，抢先一步了然于胸；痛苦的是没法在编辑阶段畅快地和读者交流——憋闷之苦也；面对如此浩繁体量的书稿，恨不能长上百双眼睛，以提高作品的出版质量——尽责之苦也；封面设计仁者见仁，智者见智，不断与美编、读者等进行沟通中——完美之苦也；如何保证图书内容与图书的装帧形式匹配得体——这更是难言之苦也……

一定还有很多方面需要继续改进，因为出版本身就是永远有遗憾的工作，但有一点可以确保，我们已经尽力将内容的差错率减少到很低，将方便读者的工作做到很细，希望这套每卷都超过60万字的巨著，能成为中国畅销书出版中最不敷衍的奇幻作品之一，这也是在《时光之轮》研讨会上很多专家读过此书后的共同感受：你们“是用做学术著作的认真态度来做奇幻小说”。

感谢译者李镭出色的翻译和尽心负责的合作态度，在《时光之轮》研讨会上，他的翻译能力得到了翻译界前辈们的一致称赞；感谢为本书的编辑和宣传付出心血的吴旭倩、李霆、杨懿晶、付艺曼、姚岚等人，他们所展现的卓越的个人能力让人叹服；感谢“龙骑士城堡”这一中国奇幻界的标志性网站，为《时光之轮》提供了良好的沟通平台；感谢《时光之轮》官方QQ书友群（86571871）上的众多朋友，他们是当之无愧的坚强后盾和智囊团。时光之轮旋转不息，因缘之中有你有我——毫无疑问，是时光之轮编织的因缘联结了大家。

让我们继续出发，去《时光之轮》的世界里体验另一种人生和历险吧！

读者热评精选

只是一次简单的机场偶遇，喜欢它的中国读者在阅读乔丹《时光之轮》原作的同时，自发地开始了《时光之轮》最初的翻译。而《时光之轮》奇特的想象力与层层推进的迷宫般的故事，少年人身怀的非同凡响的绝技，又受到游戏者们的青睐，成为游戏中的经典。更令人期待的，是美国环球电影公司筹措中的《时光之轮》的电影，稚嫩的牧羊男孩突然面对拯救世界的责任，人生的转折由此开始……故事中的时空如同“盗梦空间”中的梦境一样华美、交错而令人着迷，而书中构建的世界也不比“阿凡达”的星球逊色，这一切点燃了电影人的激情，也让千万读者从此不断推测电影上市的时间……

这一切的源起，只因有了《时光之轮》。从时光之轮的第六卷《混沌之王》开始，我们决定将所有喜爱《时光之轮》的读者们在各处——**当当、卓越、豆瓣、龙骑士城堡、百度贴吧、博客、微博、QQ 甚至其他相关的奇幻、科幻 BBS**——留下的评论中，精选十条。选择原则是公开投票，录入其中得票数最高的十条；如果有并列者，一并入选。所以，这一次共挑选出十二条。其中得票数最高的一条置于书腰，其余十一条录于该卷最后。也许文字不是最精炼，也许词句不是最优美，但打动我们的，是其中的热情。

《魔戒》强调的是人替代神成为自己命运主人的过程；《冰火》和《刺客》强调的是内心感情的矛盾冲突；而《时光之轮》则向我们呈现出一幅错综复杂又真实得要命的政治版图，以及大历史背景下个人的渺小。而当渺小的个人在历史洪流的冲击下屹立不倒的时候，大浪淘沙后，我们的眼前便显露出一颗颗光芒璀璨的宝石。而数不清的明、暗故事线贯穿于整个故事，一个个预料之外、情理之中的矛盾爆发点让时光之轮的世界成为一个真正够复杂、够有分量、够真实，也够有趣的世界。

——

乔丹编织了一张繁复而精妙的大网，在结尾猛然收紧，发现我们也早已在这张网中，紧张地期待着下一卷……

——Iris

我们是最特别的，身边的因缘只因我们而编织，世界的未来只能由我们来改变。当我们举起苍鹭剑那一刻，我们全部都是亚瑟·兰德。

—— 嗷呜

每看完一卷《时光》，都会觉得下一卷才是真正的开始。正是它这种故事发展的无限可能性，将我们深深吸引。

——flywings

《时光之轮》是一部让我遐思无限的小说，它是现代思潮与中古史诗的完美结合，是东方元素在西方舞台上的精彩演绎，是坐困平凡生活的都市人寓于生命的遐想。

——索思爵士

罗伯特·乔丹是我见过的最能放线和收线的作者，在每一部结尾处，当故事达到高潮，一系列冲突集中爆发的时候，都不由得给人回肠荡气、痛快淋漓之感。这大概就是《时光之轮》每一部都能跻身纽约时报畅销书榜前十位、新作出版不到一周就突破百万册的原因吧。

——douban520

阅读《时光之轮》让我找到了生命中缺失的色彩。愿光明照耀《时光之轮》的每一位读者。

——传说の黑骑士

大师之作，整个故事情节是超“史诗级”的，它创造的世界是那么的宏伟，那么波澜壮阔，那么真实，让读者深入其中，感叹不已！读这本书是一种非常非常享受的过程！

——229942802@***.***

“跟随着光明前进的不仅仅是随着情节跌宕起伏而前进的主角们，更多的是，随着时光之轮而寻找到人生的读者们！向你致敬，逝去的 Robert Jordan！向你致敬，不灭的 wheel of time！”

——风卷龙枪

精妙的语言描绘经典的史诗，峰回路转，荡气回肠。

——fly630605

时光之轮旋转不休，因缘把我们编织在一起，透过重重迷雾，展现恢宏世界。在宏伟的史诗巨作中，领略英雄的喜怒悲欢与脆弱，看兰德颠倒真龙人生，在破碎的时空中找到自我。

——子安 祭り